Agnar Mykle

Liebe ist eine einsame Sache

Agnar Mykle

Liebe ist eine einsame Sache

Roman

Aus dem Norwegischen
von Lothar Schneider

Ullstein

Besuchen Sie uns im Internet:
www.ullstein-buchverlagde

This translation has been published with the financial support of NORLA.

NORLA
NORWEGIAN LITERATURE ABROAD

MIX
Papier aus verantwortungsvollen Quellen
FSC® C014496

Die norwegische Originalausgabe erschien 1954 unter dem Titel *Lasso rundt fru Luna* bei Gyldendal Norsk Forlag, Oslo.

This translation has been published with the financial support of NORLA.

ISBN 978-3-550-05003-9

First published by Gyldendal Norsk Forlag, Norway

Gesetzt aus der Quadraat Pro powered by pepyrus.com
Druck- und Bindearbeiten: GGP Media GmbH, Pößneck

VORWORT

Wir sind so nackt und bloß in Norwegen.

Deshalb muss gesagt werden, dass nichts in diesem Bericht mit der Absicht geschrieben wurde, irgendeinen noch lebenden Norweger zu verletzen oder den Nachruf eines verstorbenen Norwegers in den Schmutz zu ziehen.

Was in diesem Buch geschildert wird, ist nicht geschehen.

Dieses Buch wird von Engeln und von Teufeln bevölkert, von Heiligen und von Dämonen.

Sie existieren nur in diesem Buch.

In der Wirklichkeit wird man vergeblich nach ihnen suchen.

Aber ebenso wie dieses Buch anderes und mehr enthält, als der Autor selbst im wirklichen Leben erlebt hat, ist es die Hoffnung des Autors – und die einzige Berechtigung des Buches –, dass der Leser diesen Bericht als wirklicher erleben möge als die Wirklichkeit selbst.

Dieses Buch ist ein Stück Norwegen.

Es ist der Bericht von einem jungen Norweger und seiner Wanderung auf dieser Erde; ein Lied von seinem Zweifel und seinem Glauben, von seiner Unsicherheit und seiner tastenden Sehnsucht, von der Last der Schmach und dem Traum vom Ruhm.

Dieses Buch ist einem unbekannten Mädchen in Norwegen gewidmet.

Vielleicht lebt sie.

Vielleicht ist sie tot.

ERSTER TEIL

You can't go home again.
Thomas Wolfe

Zwölf Jahre danach

Der große, einem Watvogel gleichende Mann, der gerade auf die kleine Treppe zum Schlafwagen steigen wollte, wich zur Seite und machte einer kleinen Gruppe von Menschen Platz, die heraus und herunter drängte. Er stellte die Koffer für einen Moment auf den schneebedeckten Bahnsteig und wischte sich den Schweiß von der Stirn. Er war gerannt.

Eine Frau mittleren Alters, die zu der Gruppe gehörte, sagte verärgert:

»Isser immer noch nich da?«

Ein älterer Mann mit roten Augen hinter dicken Brillengläsern antwortete ungerührt:

»Der Zug geht in drei Minuten. *Den kriegt er nie mehr.*«

Die kleine Gruppe blieb ihren Zorn unterdrückend stehen. Es war klar, dass sie auf einen anderen warteten, der kommen sollte, eine empörende Person, der sie nicht vertrauen konnten, eine, über die sie herfallen würden.

Ask Burle, der neu gekommene Alleinreisende, dachte plötzlich: Der Mann, dessentwegen diese Menschen dastehen und warten, er sitzt irgendwo in Oslo und trinkt. Der Mann will nicht nach Hause fahren, er sitzt irgendwo und zögert es hinaus, er sitzt und trinkt.

Ask Burle wurde noch einige Schritte auf dem Bahnsteig zurückgedrängt, er konnte den langen Schlafwagen sehen, in den er hineinwollte. Im kalten Licht der Bahnsteiglampen konnte er die Silhouette des Zugwaggons sehen; ganz oben auf dem Wagendach saß eine Reihe schwarzer Ventilatoren. Sie hoben sich vor dem blaugrauen Abendhimmel ab wie kleine, rauchgeschwärzte Ritterhelme mit heruntergeklapptem Visier; sie standen in einer Reihe, leer, schwarz. Wie tote Balladen.

Als er endlich die Treppe erreichte, hörte er hinter sich eine laute alkoholisierte Männerstimme, die mit ihrer unmäßigen Lautstärke eindeutig innere Pein und Scham zu übertönen suchte:

»Aber mir ist doch meine Uhr stehen geblieben! He, einfach stehen geblieben! Ich war noch bei der Olga, und ... Ja, ein paar Schnäpse waren es schon, das ist immer so bei Olga, aber hauptsächlich Kaffee. Und dann bleibt diese verdammte Uhr stehen! Wir mussten ein Taxi rufen ...«

Der Mann mit der versoffenen Stimme und dem roten, aufgedunsenen Gesicht wurde gestoßen und vom Bahnsteig hinauf zur Waggontür geboxt, jetzt haben sie ihn, jetzt soll er bitte schön in den Zug und nach Hause.

Ask Burle hört den Mann hinter sich im langen Gang des Waggons schlurfen und jammern und schimpfen, jetzt kommt die entsetzliche Lautsprecherstimme dazu: »Platz nehmen! Türen schließen!«, und plötzlich versteht er, dass es Menschen gibt, die betrunken am Bahnsteig erscheinen, wenn sie mit dem Nachtzug nach Hause fahren.

Der Nachtzug

Kennst du das nackte und entsetzliche Grauen, hier in Norwegen mit einem Nachtzug reisen zu müssen?

Vielleicht ist es das Grauen vor der Enge, das jeden Norweger überfällt, wenn er gezwungen ist, die Nacht in einem Schlafwagenabteil zu verbringen. Er, der vom Panorama der weiten Hochebenen und vom unendlichen Horizont des Meeres gekostet hat, der den Wind in den endlosen Wäldern gespürt und rittlings auf Bergrücken gesessen hat, der soll nun elf Stunden eingezwängt und verkrampft sein, soll sich fühlen, als würde er ratternd in einer engen Kiste mit geschlossenem Deckel transportiert. Ihn fröstelt beim Gedanken an den Nachtzug, er verabscheut diese Fahrt, er würde ein Lehen geben für ein Pferd, eine Provinz für ein Paar Ski, ein Fürstentum für ein Automobil und ein Königreich für ein Schiff auf dem blaugrauen Meer.

Es gibt zwar eine zweite Klasse im Zug, du bist durch die Schlafwagen gegangen. Sie sehen offener und freundlicher aus. Wenn man durch die Gänge eines dieser Waggons geht, liegt da ein weicher Läufer auf dem Boden und das Licht scheint auf ein dunkles, poliertes Holz, das aussieht wie Mahagoni. In diesen Waggons ist jedes Schlafabteil nur für zwei Personen bestimmt, das Abteil ist ein kleiner Salon, noch nicht für die Nacht hergerichtet. Die zwei Reisenden können auf einer bequemen Couch sitzen und die Beine ausstrecken und lesen und Nüsse knacken und ihre kleinen Notizen ordnen, bis sie müde sind und schlafen wollen. Dann kommt ein Dienstmann und gestaltet den Salon zu einem Schlafabteil um und er wünscht den beiden eine geruhsame Nacht. Aber das ist nicht deine Klasse, diese Klasse ist für die beruflich Reisenden, die Klasse für die kräftigen, etwas fülligen Männer mittleren Alters im nachtblauen Wintermantel und nachtblauen weichen Hut, sie stehen entspannt und breitschultrig im Gang und reden mit tiefer, angenehmer Stimme, sie rauchen türkische Zigaretten, und ein schwacher Duft nach französischem Likör und Cognac umgibt sie. Diese Männer mittleren Alters sind in bester Form, die Männer mit den glatt rasierten Gesichtern, mit den fülligen, leicht geröteten Wangen, mit den dicken Nacken, deren gespannte Haut wie frisch geputztes Kupfer kräftig glänzt. Diese Männer haben Geschäfte gemacht mit Hering und landwirtschaftlichen Maschinen, Männer, deren ruhiges, großzügiges Wesen ahnen lässt, dass ihr Aufenthalt in der Hauptstadt nicht ohne Erfolg war.

»Aber die nächtliche Reise ist nie zweiter Klasse. Die Reise in der Nacht ist immer dritter Klasse.«

Der bloße Gedanke an die Reise in der Nacht löst Krämpfe in deinem Innern aus, deine Eingeweide verknoten sich.

Du weißt, dass es bereits im Gang anfängt, du musst deine Koffer über dem Kopf balancieren, du musst die Luft anhalten und den Bauch einziehen und dich mit aller Kraft zwischen Koffern, Kisten und Menschen vorwärtsdrängen, du wirst von einer Ansammlung Menschen eingeschlossen, die sich nicht entschieden haben, ob sie rein oder raus, vor oder zurück wollen; es riecht intensiv nach Ruß und Bier und Virginiazigaretten, in einem Abteil weint ein Kind, ein Fenster steht offen, und die Kälte und der raue Luftzug dringen herein, der Gang ist erfüllt von Dampf und grauen Rauchwolken, du hustest, du blinzelst, um die Zahlen an dem Türrahmen zu lesen, du beißt dir auf die Lippen.

Immer ist in deinem Abteil schon einer vor dir da. Immer ist einer da drin und steht, das Gesicht dir zugewandt, da, sein Lächeln ist schief, und er steht da wie ein Menschenaffe in einem engen Käfig. Die eine Hand umklammert die schmale Leiter an der freien Wand, mit der andern hält er sich an dem breiten Lederriemen fest, der von der Decke nach unten zu dem mittleren der drei weiß bezogenen, hospitalartigen Stockbetten geht. Vielleicht stützt er den Ellbogen auf das mittlere Bett, aber sein Gesicht ist immer ohne Hoffnung, und er wird dir unweigerlich mit einem blassen, um Verzeihung bittenden Lächeln begegnen, als wolle er sagen, dass es nicht an ihm liegt, dass kein Platz ist. Jetzt ersuchst du ihn, er möge sich nicht stören lassen, du willst nur den einen Koffer zwischen seinen Beinen durch und unter den kleinen Klapptisch ganz hinten in der Ecke schieben, neben seinen Koffer, der da bereits steht, und dann willst du nur den anderen Koffer auf die Gepäckablage über der Abteiltür legen und dann wirst du dich wieder zurückziehen, er soll einfach stehen bleiben. Aber jetzt hat ihn deine zurückhaltende Höflichkeit geweckt, jetzt besteht er darauf, rauszugehen und dir den engen Darm von einem Abteil zu überlassen, denn da drin ist kein Stehplatz für zwei; er versucht rauszukommen, und du versuchst reinzukommen, aber der Türrahmen ist zu schmal, die Menschenmenge auf dem Gang drückt dich und deinen Mitreisenden aneinander, zwei Menschen begegnen sich Wange an Wange, trotzdem geschieht es selten, dass man sich einander vorstellt.

Dann ist man eine Weile allein in dem Abteil, während der andere draußen auf dem Gang wartet und so tut, als sei er mit sich beschäftigt. Ein Schlafwagenabteil ist so eng und so beklemmend, einen beengenderen Ort gibt es in ganz Norwegen nicht, es ist so unfreundlich, so trostlos, jedes bisschen Platz wird auf das Kaltblütigste ausgenutzt. Die Kleiderbügel, die an kleinen Messingketten unter der inneren Ablage an der Decke hängen, sind so schmal, dass sie für Kindermatrosenjacken gemacht scheinen; die übrigen Bequemlichkeiten des Abteils wurden verstaut oder umfunktioniert oder in die Wand versenkt. Erinnerst du dich an die Wasserkaraffe und die drei Wassergläser in der Halterung, angebracht in einem versenkten Regal? Erinnerst du dich an die kleine Tür in der Wand unter der Glasablage, die Tür, die nach unten gedrückt werden muss, damit man die metallglänzende Waschschüssel ausklappen kann, erinnerst du dich an das geschwungene Kupferrohr, das herausgezogen wird (dann kommt Wasser) und reingedrückt wird (dann stoppt das Wasser)? Und die kleine Tür am Boden, die man ebenfalls nach unten drücken kann, wenn man den Drang in sich verspürt, den schweren, rechteckigen Gegenstand aus weißem, glänzendem Porzellan mit Henkel zu benutzen? Das Geräusch in diesem engen, offenen Schacht, der ins Freie führt, hinunter zu den kalten Eisenbahnschienen?

Trotz der schmutzig gelben, lackierten Wände im Abteil, trotz des Gefühls von Kälte und unerträglicher Enge, trotz der nackten Glühbirne an der Decke, trotz der drei schmalen, exakt bezogenen Schlafkojen im Etagensystem, trotz der grauen Militärwolldecken, die sauber gefaltet am Fußende jeder Koje liegen, trotz des Gefühls der Beklemmung und des düsteren Grauens kann man nicht umhin – während man seine Habseligkeiten im Abteil verstaut –, diese Einrichtungskunst zu bewundern, dieses Ausnutzen von jedem Kubikzentimeter Platz. Der Wärmeregler mit dem Hebel zur Einstellung der Temperatur von kalt über warm zu heiß ist so gut versteckt, dass man das Kopfkissen der mittleren Koje wegnehmen muss, um ihn zu finden; die wichtigste Lüftungsklappe ist ganz oben unter der halbrunden Decke, besteht aus Messing und sieht aus wie die auf den Kopf gestellte Pickelhaube der deutschen Soldaten; das Thermometer, das entweder 26° oder 8° anzeigt, falls die Quecksilbersäule nicht zerbrochen ist, hat man umständlich in den Türrahmen eingebaut. Ein kleiner Aschenbecher aus dunklem Messing ist an der Schiebetür hinaus zum Seitengang befestigt, weit unten an der Abteiltür, und nimmt keinen Platz weg.

An der freien Wand bei dem verdeckten Fenster gibt es einen Klappsitz; dieser Sitz nimmt auch keinen Platz weg, kann aber andererseits nicht benutzt werden, weil er von den Koffern auf dem Boden verbarrikadiert ist. Demnach kann man in einem Schlafwagenabteil der dritten Klasse niemals sitzen; versucht man sich auf das untere, glatt bezogene Bett zu setzen, setzt man sich zum einen auf das Bett eines anderen Mannes, zum andern ist der Abstand zwischen der unteren und der mittleren Koje so gering, dass man Gefahr läuft, sich das Genick zu brechen. Weil man im Abteil nicht sitzen kann, hat man nur die Wahl, entweder sofort ins Bett zu gehen (es ist neun Uhr abends), oder wie ein Menschenaffe im Käfig aufrecht stehend auf den dritten Mann zu warten oder sich hinaus auf den Gang zu begeben und einen der Klappsitze zu ergattern.

Ein solcher Sitz ist klein und schmal, und selbst als Zwerg hättest du keinen Platz, um die Beine in dem schmalen Gang auszustrecken. Du kannst nur aufrecht sitzen, als hättest du einen Stock verschluckt, und eine waagrecht verlaufende Leiste schneidet dir dabei in den Rücken. Ungestört kannst du nie sitzen; alle zehn Sekunden hasten Menschen stolpernd an dir vorbei. Das Bein, das du ausgestreckt hast, musst du zurückziehen; trotzdem ragen deine Knie so weit vor, dass du den Weg versperrst. Du wirst von den Vorbeiströmenden auf deinem Sitz eine halbe Umdrehung verschoben, sodass du mit dem Gesicht in Fahrtrichtung des Zuges sitzt. Aber in dieser Position sind deine Schultern zu breit, der entgegenkommende Menschenstrom erfasst deine Schulter und schiebt dich eine viertel Umdrehung zurück. Du wirst zur Seite gedreht und wieder vor. Zur Seite und vor, zur Seite ...

Du erhebst dich also und stehst, der Klappsitz unter dir schnellt mit einem Knall nach oben. Du stellst dich resigniert an die Wand und schaust aus dem Fenster. Die Glasscheibe hat an der Außenseite oft einen dünnen Belag aus feuchtem grauem Ruß. Draußen ist es dunkel. Du kannst da stehen, so lange du willst, mit der Stirn an der kalten Scheibe, und in die Dunkelheit starren.

Da kannst du stehen und denken, dass alles nicht so sein müsste. Ein Zugabteil ist, wozu man es macht. Ebenso schrecklich, ebenso kalt und ebenso steril, wie es hier wirkt; genauso angenehm und wunderbar würde es sein, wenn man nicht immer allein reisen würde, zusammen mit zwei Unbekannten, fremden Mitreisenden, sondern wenn man zu dritt reisen würde, als drei Kameraden. Drei, die zusammenhalten wie Pech und Schwefel. Drei Brüder.

Es gibt Augenblicke im Leben eines Menschen, wo es ein schönes Gefühl sein würde, sich vorzustellen, man wäre in einem solchen Abteil drei Brüder, ein unfassbarer Reichtum an Wärme, drei Brüder, drei schon halb entkleidete Brüder, das Licht würde auf nackte Schultern scheinen, und die Luft wäre warm vom Duft der jugendlichen Körper, drei Brüder, vertraute Zehen, knarrende Kojen, Gesang, ein blonder Kopf legt sich in den Nacken und gurgelt, singt und gurgelt, das Licht wird aus- und eingeschaltet, aus und ein, lass zum Teufel endlich das Licht an, nackte Körper in den Kojen, drei Brüder, ein Kreischen und Brüllen von einem, der gekitzelt wird, das Abteil erzittert vom Lachen der Brüder, eine harte Faust wird auf eine nackte Brust geschlagen, warmer Atem, stiller Atem, Äpfel werden geknabbert, Wärme, Geborgenheit, Einigkeit, drei für einen und einer für drei, »Verflixt und zugenäht! Das Schwein hat in meinen Schuh gepisst!«, Kampf, Geheul, der Geruch von den nackten Körpern junger Burschen und von Äpfeln, drei Brüder, ein Abteil voller Liebe.

So könnte es sein. Deshalb ist vielleicht nicht das enge und kalte Abteil daran schuld, dass es dich schaudert, wenn du in Norwegen in einen Nachtzug einsteigen musst.

Vielleicht ist der Rußgeruch, der Rußgeschmack schuld an deiner Abscheu. Vom ersten Moment, in dem du die große Bahnhofshalle betrittst, ist Ruß in deiner Nase und Ruß in deinem Schlund, deine Schleimhäute schrumpfen und versuchen sich gegen den feinen Kohlenstaub zu wehren, die Begegnung mit dem Schmutz macht dich mürrisch und krank, du atmest mit Vorsicht. Als sei die Reise nicht an sich schon schrecklich genug, wirst du mit einem neuen Farbton in deinem Gesicht, in deinen Kleidern und an deinen Händen ankommen, du wirst am nächsten Morgen, wenn du ankommst, grau sein, du wirst mit Asche im Haar kommen. Du wünschst verzweifelt, dass ein Brief dir von Nutzen sein könnte. Als du an den Waggons vorbeihastest, um deinen Schlafwagen zu finden, starrst du für einen Moment wie gebannt auf den Briefschlitz in der Außenwand des Postwaggons. Du musterst diesen Waggon ganz am Ende des Zuges, dessen Außenwand aus schmalen, senkrecht stehenden Brettern so schmal wie Zierleisten besteht, an der Wand stehen in dicken Reliefbuchstaben die Worte »Post« und »Briefkasten«, dazwischen die Abbildung eines Posthorns; der kleine Postwaggon ist schwarz, schwarz, Kohlenstaub und Ruß von tausend Fahrten sind tief in die Wagen und die Buchstaben eingedrungen, das lässt sich nie mehr wegwaschen. Aber du schleppst deine Koffer schnell daran vorbei, denn du musst weiter vorne in den Zug.

Vielleicht liegt es am Aussehen der Halle des Ostbahnhofs, der Leere, dem Echo von den Steinwänden, der ungeheuren Höhe unter dem Glasdach. Als würde man sich in einer riesigen, verräucherten, zugigen Fabrik befinden, oder in einem ungeheuren, kalten, aufgegebenen Treibhaus. Drang jemals der Schein eines glitzernden Sternes oder eines lächelnden Mondes durch die unzähligen Glasscheiben in dem schrägen, verschmutzten Glasdach hinunter zu den Menschen? Saß da jemals ein Vogel und zwitscherte auf einem der nackten, verrußten Querbalken aus Stahl hoch unter dem Dach? Ein so hohes Dach, ein so düsterer Palast, bei Regen und bei Tauwetter weint es von den Glasscheiben da oben unter dem Himmel, rußschwarze Tränen tropfen aus der Höhe und sammeln sich in kleinen, dunklen, einsamen Pfützen auf dem Betonboden.

Aber gehen wir deinem Grauen auf den Grund, dann liegt es wohl vor allem an deinem Bewusstsein von der Notwendigkeit der Reise und von dem Zweck der Reise. Wenn ein Norweger den Zug nimmt, und speziell den Nachtzug, steckt immer eine unvermeidliche Pflicht dahinter, eine Einberufung. Von hinten wird einem eine schwere, behandschuhte Hand auf die Schulter gelegt. Nie ist ein Norweger zu seinem Vergnügen mit dem Nachtzug gefahren. Nie hat sein Herz vor Erwartung und unaussprechlicher Freude höhergeschlagen beim Anblick eines bereitstehenden, siedenden, dampfenden Eisenbahnzuges an einem Aprilabend um acht Uhr im Ostbahnhof. Er weiß, dass ihn jenseits dieser Nacht, jenseits der Berge oder jenseits der Grenze eine vergebliche Hoffnung, Krankheit, Niederlage oder Tod erwarten. Ein Norweger geht auf einen Nachtzug zu und steigt mit demselben bleichen Schrecken ein, als würde ihn plötzlich die Lautsprecherstimme zum öffentlichen Telefon rufen oder melden, dass ein Telegramm für ihn gekommen sei. Er hat das die ganze Zeit gewusst. In Wirklichkeit stockt sein Herz schon in dem Moment, wenn er die vier Treppenstufen am Bahnhofsvorplatz hinaufläuft und den ersten Blick in die große Halle wirft. Für einen Moment setzt er die schweren Koffer auf dem Steinboden ab, der schmierig ist von Straßenschmutz und Schneematsch, er bleibt stehen, und seine Kehle schnürt sich zusammen, denn links vom Eingang brennen die zwei ewigen Gasflammen bei der Bronzetafel an der Wand.

Sie brennen für die Toten.

Der Ostbahnhof ist der Scheideweg des Landes. Früher oder später werden alle Norweger mit dem Reisekoffer in der Hand durch diese Halle gehen.

Zwei große Schienenstränge führen ins Ausland, hier liegt noch Hoffnung. Aber es führen auch zwei große Schienenstränge ins Inland: Das eine Gleis bringt dich über die Berge nach Norden, ein zweites bringt dich über die Berge nach Westen.

Diese zwei Gleise führen nach Hause.

Jeden Tag kommen Menschen mit den Inlandszügen. Sie kommen an. Es sind die, die in die Hauptstadt streben, in die goldene Stadt, zu Hoffnung und Freiheit. Und sie kommen alle mit dem festen Entschluss, dass sie eines Tages, wenn sie gesiegt haben, gewaltig gesiegt haben, wieder heimreisen werden. Eines Tages werden sie stark genug sein, wieder heimzureisen, und dann werden sie mit Goldstaub auf den Schultern zurückkommen.

Eines Tages.

Aber sie fahren nie nach Hause. Als scheint das die wesentliche Krankheit unserer Zeit zu sein: Kein Zug bringt dich wieder nach Hause.

Und deshalb besteigt niemals ein Norweger am Ostbahnhof in Oslo den Nachtzug, um über die Berge zurückzufahren, wenn er nicht die düsterste und schwerste aller Einberufungen erhalten hat und sein Herz nicht von einem nackten und grausamen Entsetzen zerrissen wird.

Lasso um Frau Luna

Er stand im Gang, bis es elf Uhr wurde.

»Unfassbar«, sagte er plötzlich als Abschluss einer langen Gedankenreihe, und die zwei Reisenden weiter hinten im Gang schauten erstaunt zu ihm hin. Er hatte laut geredet.

Er steckte die Zeitung in die Jackentasche, klopfte vorsichtig an die Tür zum Schlafwagenabteil und schob die Tür zur Seite. Im Abteil war es halbdunkel, nur die zwei kleinen runden Leselampen an der mittleren und der oberen Koje verbreiteten ein gedämpftes Licht.

In der unteren Koje war es dunkel. Dort lag ein älterer Mann und schlief bereits mit dem Gesicht zur Wand, Ask sah seinen kahlen Hinterkopf und einige Strähnen langen schwarzen Haares, die über die kahle Stelle gekämmt waren.

Der Mann in der obersten Koje war noch wach. Er stützte sich auf den Ellenbogen, als Ask ins Abteil kam, und machte eine grüßende Handbewegung, um anzudeuten, dass das Abteil nun Ask zur Verfügung stehe. Dann begab er sich wieder in die Horizontale und las weiter in seiner Zeitschrift.

Ask begann, seine Kleider abzulegen. Er überlegte, ob er sich ganz ausziehen und den Pyjama aus dem Koffer holen sollte, aber wie immer bei einer solchen Reise ist einem das dann doch zu umständlich. Es war kein Platz, um sich im Abteil groß zu bewegen, er konnte den Fuß nicht heben und auf die kleine Leiter stellen, konnte den Oberkörper nicht zum Fuß auf dem Boden beugen, die Schnürsenkel aufzuknöpfen war nicht möglich, er musste die Schuhe mit einem Tritt loswerden und schob sie mit einem Fuß zu den Koffern unter dem Klapptisch. Draußen war es Winter, und er beschloss, in Unterhemd und Unterhose zu schlafen. Jemand hatte Wasser auf dem Boden verschüttet, er spürte es unter den nackten Fußsohlen. Er öffnete den kleinen Koffer und nahm einige Papiere heraus. Zusammen mit der Zeitung legte er sie in das kleine Gepäcknetz über dem Fußende, dann warf er erneut einen Blick auf den Mann in dem unteren Bett, um festzustellen, ob er schlief, denn jetzt wollte er die kleine Leiter hinaufklettern, und man kann nie wissen, ob die Unterhose nicht irgendwo geflickt und gestopft ist.

In der mittleren Koje angekommen, blieb er auf dem Rücken liegen und blätterte in der Zeitung. Es war der Frühling, einige Jahre nach dem Krieg, als in Norwegen Schokolade und Bonbons freigegeben wurden und als der amerikanische Wunderdoktor Freeman nach Oslo kam und durch Handauflegung heilte. Hjalmar »Hjallis« Andersen war Weltmeister im Eisschnelllauf geworden und Hans Bjørnstad Weltmeister im Skispringen (während Thorbjørn Falkanger ihn später besiegte und norwegischer Meister wurde). In London veranstalteten Norweger erstmals ein Skispringen im Hyde Park und der Atomphysiker Dr. Fuchs wurde als Spion für Sowjetrussland verhaftet. Es war der Frühling, als Ingrid Bergman in Rom mit Rosselini einen Sohn bekam und Truman das Taft-Hartley-Gesetz gegen Lewis und die Grubenarbeiter anwenden wollte. Der Film *Der dritte Mann* und dessen Filmmusik waren nach Norwegen gekommen, und auf den Kinoplakaten sah man die Gesichter von Red Skelton, Jennifer Jones und Gregory Peck. Es war der Frühling mit der norwegischen *Kon-Tiki* und den italienischen *Fahrraddieben*, König Leopold war nach Belgien zurückgekehrt, um seine Geschäfte an Prinz Baudouin zu übergeben, der Frühling, als die norwegischen Besatzungssoldaten in Deutschland über das Wochenende nach Hamburg fuhren und als Zehntausende Léon Blum auf der Place de la Concorde die letzte Ehre erwiesen.

Einen Moment dachte er: Léon Blum? Ihm war, als hätte er einmal vor vielen Jahren Léon Blum in einer Zeitung abgebildet gesehen, mit Kopfverband, sicher nach einem Attentat. Der Verband war so schön arrangiert, hatte auf Léon Blums Kopf gesessen wie ein schicker weißer Fliegerhelm. Damals waren sicher auch Zehntausende, vielleicht sogar Hunderttausende von Menschen für ihn durch die Straßen von Paris marschiert. Das musste vor dem Krieg gewesen sein. Als Blum noch lebte.

Er blätterte eine Weile in der Zeitung, er wollte sie zurücklegen in das Gepäcknetz, er konnte ja die kleine Anzeige auf der zweiten Seite unten rechts schon auswendig, aber er musste sie noch einmal lesen. Er überflog mit den Augen die wenigen Zeilen, schloss die Augen, schluckte und legte die Zeitung weg. »Von den Werken, die aufgeführt werden ...«

Er blieb auf dem Rücken liegen und hörte den Wagenrädern zu, die gegen die Schienen schlugen, jetzt hatte der Zug eine hohe Geschwindigkeit erreicht, *fikkete fikkete fikkete fikkete fikkete, fikketa fokketa fikketa fokketa fikketa fokketa*, es ratterte und sauste, ein Gesang von Eisen und blinder Nacht, *fikkete fikkete fikkete fikkete fikkete, fukkete fukkete fukkete*, und plötzlich war der Rhythmus *fukketetu fukketetu fukketetu fukketetu* und erneut *fikkete fikkete fikkete fikkete*, aber dann kam wieder: *fukketetu fukketetu fukketetu fukketetu …*

Er wusste, dass die Nacht lang werden würde und dass an Schlaf nicht zu denken war. *Fukketetu fukketetu fukketetu.*

Er nahm die dünne Mappe aus grauem Pappkarton, öffnete sie, legte sich auf die Seite und schaute hinein. Er wusste nicht, warum er das tat, denn der Zugrhythmus unterbrach ständig, *fukketetu fukketetu fukketetu fukketetu*, aber er musste etwas haben, um sich festzuhalten, um die Seele zu verankern, bevor er das Licht löschte und sich der dunklen Nacht hingab.

Der Mann im oberen Bett bewegte sich. Er hatte geraucht und die Asche auf den Boden fallen lassen, jetzt musste er nach unten und die Zigarette im Aschenbecher an der Tür ausdrücken. Er hatte nur ein knappes ärmelloses Unterhemd an und war ansonsten völlig nackt, Ask schloss für einen Moment die Augen, als das behaarte Kreuz und das Hinterteil des Mannes in einem Abstand von nur fünfzig Zentimetern an seinem Gesicht vorbeiglitten. Nach Erledigung seines Vorhabens kletterte der Mann wieder hinauf, er lächelte Ask breit und freundlich an und fragte:

»Man hätte doch für jede Koje einen Aschenbecher einbauen können.«

Dann ruckelte er sich im Bett über Ask zurecht, streckte aber plötzlich den Kopf vor und schaute im Spiegel über der Glasablage auf Ask. Er schien irgendetwas an Ask entdeckt zu haben, was er nicht verstand. Er kniff sich in die Nase, legte sich zurück, lugte dann aber wieder mit dem Kopf über die Bettkante. Schließlich beugte er sich weit hinaus und hinunter und fragte:

»Äh, Entschuldigung, aber können Sie das da *lesen*?«

Ask schaute hinauf zu ihm.

»Was meinen Sie?«

Die Wagenräder donnerten über die Schienen, trotzdem dämpften sie ihre Stimmen aus Rücksicht auf den Mann, der im untersten Bett schlief.

»Das sind doch Noten, oder?«, sagte der Mann.

»Ja«, sagte Ask.

»Ich sehe keinen Liedtext«, sagte der Mann. »Und Sie liegen gemütlich da und lesen nur Noten. Das ist es, was ich nicht kapiere. Geht das denn, einfach Noten lesen?«

»Doch«, sagte Ask, »das geht.«

»Aha«, sagte der Mann. »Ich kann auch ein bisschen Noten lesen, aber dann muss ich sie spielen. Ich spiele ein bisschen Ziehharmonika. Aber ich habe gehört, dass es Leute gibt, denen es genügt, die Noten zu lesen. Sie müssen sie nicht spielen.«

Es entstand eine kleine Pause. Dann sagte der Mann: »Dann sind Sie vielleicht Musiker?«

Ask wand sich ein bisschen, war aber doch froh, jemanden zum Reden zu haben.

»Nicht eigentlich«, antwortete er. »Ich bin – na ja, ich schreibe Musik.«

»Komponist?«, sagte der Mann in der obersten Koje.

Erneut verschob Ask seinen Fuß unter der Decke, das war ein ziemlich anspruchsvoller Titel, den der Mann ihm verlieh. Beethoven war Komponist, Brahms, Rossini, Strawinsky, sie alle waren Komponisten. Aber konnte ein noch Lebender, selbst wenn er Musik schrieb, sich als Komponist bezeichnen? War das nicht ein Titel, den ihm die Nachwelt verlieh? Oder nicht verlieh?

Ask überlief ein Schauder.

»Was?«, sagte der Mann. Aber Ask hatte nichts erwidert. Erneut entstand eine Pause, und der Mann fragte: »Ist das schwierig, das mit dem Notenlesen?«

»Das ist halt so wie mit Buchstaben«, sagte Ask. Er überlegte. »Wenn man die Buchstaben kennt, braucht man das, was man liest, nicht laut zu lesen. Und man braucht auch keinen Schauspieler, der einem laut vorliest. Man liest in sich drinnen.«

»Können Sie jede Art Musik lesen, und – äh – klingt das dann wie ein richtiges Konzert, in Ihnen drin?«

»Nein, das geht nicht immer. Das Lesen von Buchstaben lernen alle Menschen, wenn sie sieben Jahre alt sind. Das Lesen von Noten habe ich erst so richtig mit fünfundzwanzig Jahren gelernt. Hätte ich mit sieben Jahren begonnen, wäre es leichter gewesen.«

Der Mann ließ sich zurückfallen auf sein Bett und dachte nach. Dann beugte er sich vor.

»Wie heißt das Stück, das Sie da lesen? Vielleicht kenne ich es. Ich höre oft das Wunschkonzert im Radio.«

»Das ist noch nicht gespielt worden. Es soll – äh – nächste Woche uraufgeführt werden.«

Ask biss sich auf die Lippe, er hätte besser von Urdarbietung sprechen sollen. Eine Oper wurde uraufgeführt, aber eine Rhapsodie wurde dargeboten.

»Was Sie nicht sagen.« Der Mann zündete sich eine neue Zigarette an und hielt Ask die Packung hin. Ask sagte Danke. Sie rauchten eine Weile.

»Wo soll es aufgeführt werden?«, fragte der Mann.

»In der Aula«, sagte Ask.

»In Oslo?«, sagte der Mann.

»Hm.« Ask nickte.

»Dann haben Sie es vielleicht selbst geschrieben?«, fragte der Mann.

»Ja«, sagte Ask.

»Stark«, sagte der Mann.

Fikkete fikkete. Fukketetu fukketetu fukketetu fukketetu.

Der Mann stützte sich wieder auf den Ellenbogen, schnippte die Zigarettenasche auf den Fußboden und fuhr fort: »Müssen Sie auch selbst dirigieren?«

»Hm.« Ask nickte.

»Wahnsinn«, sagte der Mann. Sein Kopf fiel zurück auf das Kissen.

Der Zug sang: *Fukketetu fukketetu fukketetu fukketetu.* Es ist, wie wenn du mit dem Mund etwas sagen willst und dabei die Lippen gegen das Mundstück einer Trompete oder eines Waldhorns drückst, um eine distinkte Triole zu blasen. Das ist eine Grundübung. *Fukketetu fukketetu fukketetu fukketetu.*

»Was haben Sie gesagt, wie dieses Stück heißt?«, fragte der Mann.

Ask konnte sich nicht erinnern, etwas gesagt zu haben. Er sagte, und das war, als müsse er dazu ein bisschen Anlauf nehmen, um es auszusprechen: »Lasso um Frau Luna.«

»Aha«, sagte der Mann. Er spitzte den Mund und dachte nach, dann sagte er: »Da fällt mir Luma ein, Sie wissen schon, die Glühbirnen, die die Kooperative macht.«

»Nein«, sagt Ask, »Luna bedeutet Mond.«

Der Mann überlegte, dann sagte er halblaut: »Lasso um den Mond.«

Dann hob er die Stimme und dachte laut: »Was den Leuten alles einfällt.«

Er wollte aus dem Bett steigen und hinunter auf den Boden, um die Kippe wegzubringen, aber Ask nahm die Zigarette des Mannes und beugte sich aus der Koje und drückte die Zigarette des anderen und seine eigene in dem kleinen Aschenbecher unten an der Tür aus. Dann wurde es still, bis der Mann erneut fragte:

»Eine Sinfonie ist es aber nicht?«

»Nein«, sagte Ask. »Es ist – äh – etwas anderes. Ich habe es eine Rhapsodie genannt. Der Unterschied ist der, dass …«

Der Mann in der untersten Koje drehte sich um, legte sich auf den Rücken und begann dröhnend zu schnarchen.

»Wohl am besten, jetzt zu pennen«, sagte der Mann ganz oben, »es ist bald zwölf Uhr.«

»Ja«, sagte Ask.

»Gute Nacht«, sagte der Mann. Er drehte sich um und fügte hinzu: »Und viel Erfolg.«

»Danke«, sagte Ask.

Als beide ihre Lichter gelöscht hatten, wurde es ganz dunkel im Abteil. Ein Gefühl der Enttäuschung erfasste Ask, da wurde er ausgefragt und hatte sich als Lehrer oder Vortragsredner gefühlt und war mittendrin unterbrochen worden, genau in dem Moment, in dem er echten Wissensstoff hätte vermitteln können. Außerdem wusste er, dass in dem Augenblick, in dem das Licht gelöscht wurde, seine eigene finstere

Nacht begann. Das hätte er gerne etwas hinausgezögert, nur noch einige Augenblicke; anfangs war es ja lästig, mit dem fremden Mann da oben zu reden, aber es war mehr und mehr zur Erleichterung geworden. Das ist oft so im Leben: Du triffst auf der Reise einen wildfremden Menschen, mit dem du ohne Scheu über deine tiefsten Geheimnisse sprichst, ja, dich anvertraust; vielleicht hängt das mit dem Unpersönlichen der Reisebekanntschaft zusammen, ein Fremder will einfach zuhören, er wird nie kritisieren, er wird dich nie hintergehen und deine Offenherzigkeit gegen dich ausspielen.

Fikkete fikkete fikkete, fukketetu fukketetu fukketetu fukketetu. Fikketa fokketa fikketa fokketa.

Fukketetu.

Jetzt gab es keinen Ausweg mehr. Jetzt, in der ratternden Nacht, musste er hinab und nach Norden, zurück zu Balder, zurück zu dem Lasso. Er war jetzt 33 Jahre alt, damals war er 21 gewesen. Zwölf Jahre lagen dazwischen. Zwölf Jahre, seit er Balder das letzte Mal gesehen hatte.

Nach einer alten Sage galt der Pakt von Faust mit Mephisto 24 Jahre lang, das Jahr mit 365 Tagen berechnet. Aber Faust war unersättlich, er ließ den Teufel Tag und Nacht für sich arbeiten.

Kann man es dem Teufel vorwerfen, dass er schon nach zwölf Jahren ankommt und sagt, die Frist sei abgelaufen? Kann man den Teufel beschuldigen, ein doppeltes Spiel gespielt zu haben?

Jetzt, nach zwölf Jahren, unternahm er diese nächtliche Reise mit der Partitur von »Lasso um Frau Luna«. Eine Rhapsodie. Er hatte diesen Titel mit voller Absicht gewählt, nur ein Mensch auf der Welt würde wissen, was damit gemeint war. Würde der Titel Mephisto irgendwie beeindrucken?

Smetanas »Die Moldau« müsste nicht »Die Moldau« heißen, wenn der Komponist dabei an das Konzertpublikum oder die Kritiker gedacht hätte. Er hätte seine sinfonische Dichtung »Sinfonische Variationen« nennen können oder »Pastorale«. Ebenso hätte Beethoven »Für Elise« auch »Der Bach läuft in die Wiese« nennen können oder ganz einfach »Bagatelle in a-Moll«. So hätte auch Ask sein erstes Musikstück »Rhapsodie in B-Dur für Orchester, Harfe und Waldhorn« nennen können. Aber ebenso, wie er davon ausging, dass bei den Komponisten ein persönlicher Grund vorlag, dass »Die Moldau« und »Für Elise« diese Titel bekommen hatten, und dass in jedem künstlerischen Werk im Innersten die Erinnerung liegt an eine Sache oder eine Person, die man geliebt hat, so wusste er, dass der Titel für seine eigene Musikarbeit nicht zufällig gewählt war.

Die Menschen, die seine Rhapsodie hören werden, würden vielleicht – beeinflusst von dem Titel – die Vorstellung haben, dass dieses Musikstück eine Vision sei von einem Schweben hinauf zum Himmel, ein Wurf mit dem Lasso hinauf zum Mond. Hätten sie erst diese Vorstellung, würden sie in der Rhapsodie viele Klangbilder finden, die ihre Vorstellung bestätigten. Sie würden Erwartung hören und Hoffnung, sie würden einen zunehmenden Jubel hören und eine Konzentration auf den Absprung, sie würden das Lasso hören, das pfeifend über den Kopf des Werfenden geschwungen wird. Das melodische Thema, von Trommelwirbeln begleitet, war das nicht, wie wenn sich der Trapezkünstler im Zirkus auf den entscheidenden Sprung konzentriert? All das würden sie hören, sie würden auch den endgültigen, stürmischen Wurf hinauf in die Luft hören; sie würden die lange Pause hören und sie würden die qualvolle, schreckliche Enttäuschung hören, wenn das Lasso vorbeifliegt, das Ziel verfehlt und schlaff durch die Luft herunterfällt. Wenn das Publikum seine Rhapsodie als eine Art Programmmusik dieser Art auffasste, dann könnte er dem nicht widersprechen. Er hatte in diesem Stück sogar eine Windmaschine vorgesehen, eine Trommel mit einer Kurbel, die unter einem straff gespannten Stück Leder herumgewirbelt wird. Das Geräusch von dieser Windmaschine (die von dem Paukisten bedient wird) bestimmt lauter und lauter den Mittelteil der Rhapsodie und wird am Ende des Musikstückes zu einem Flüstern, fast wie ein irdischer Seufzer. Wenn der Komponist nicht ein musikalisches Schweben gemeint hätte, warum hatte er etwas so Seltenes wie eine Windmaschine in ein Sinfonieorchester eingebaut?

Wenn sie behaupteten, er hätte einen Wurf mit dem Lasso gemeint, so konnte er ihnen nicht widersprechen.

Trotzdem hatte er im tiefsten Innern mit dem Titel eine andere Absicht.

Nur für einen Menschen auf der Welt hatte er die Rhapsodie »Lasso um Frau Luna« genannt. Mehr sollte nicht gesagt werden. Aber dieser eine Mensch sollte wissen, dass dieses Musikstück durch seinen Titel und seinen Inhalt als ein Geschenk gemeint war. Es sollte die Bekundung eines erwachsenen Mannes sein, dass er nicht vergessen hatte, das war seine wortlose Art, eine alte offenstehende Rechnung zu begleichen. »Lasso um Frau Luna« sollte die Abrechnung für all die schweigenden Jahre sein. Für zwölf schweigende Jahre.

Nur ein Mensch sollte es wissen, nur ein Mensch sollte es bekommen.

Fikketa fokketa.

Fukketetu, fukketetu, fukketetu.

Er lag lange wach in dieser Nacht, versuchte ein Muster zu finden und einen Sinn.

Erlöse unsere Seelen.

Wir fahren mit dem Nachtzug in Norwegen und liegen lange wach, versuchen, ob wir das Muster und den Sinn sehen können.

Wie eine brennende kleine Kerze wird das Leben des Menschen über dem ewigen, bodenlosen Abgrund der Nacht gehalten. Eine flüchtige Sekunde flackert das Licht in der Dunkelheit. Dann wird es fallen gelassen.

Bitterkurz sind unsere Tage. Unendlich und ohne Echo ist die dunkle Tiefe des Weltalls.

Erlöse unsere Seelen.

ZWEITER TEIL

Den Leuten graut vor so einem unvernünftigen Gerede,
denn sie hatten eben genau das selbst gedacht.
Olav Duun

Die Ouvertüre

Der Kurs für das Leben eines Menschen scheint in einem bestimmten Augenblick festgelegt zu werden, irgendwann zwischen dem 18. und dem 21. Jahr. Das ist die Zeit, wenn der junge Mensch das Elternhaus und den Heimatort verlässt, um sich eine Arbeit zu suchen, an einen fremden Ort zu reisen, an einer höheren Schule anzufangen, oder wenn er die Straße, den Hinterhof, die Demütigung verlässt.

Das ist ein wundervoller Augenblick im Leben eines Menschen, erfüllt von derselben zitternden und angespannten Erwartung wie im Theatersaal, wenn das Licht verlöscht, der Dirigent in den Orchestergraben steigt und die ersten Töne der Ouvertüre erklingen.

Der Unterschied ist nur der, dass eine Ouvertüre in der Regel als eine Komprimierung der fertig geschriebenen und also bekannten Oper komponiert wird, während die erste Reise fort vom Elternhaus eine Ouvertüre zu einer noch ungeschriebenen und noch unbekannten Oper ist. Kein Musikkritiker, kein musikalisches Nachschlagewerk, kein Opernführer vermag etwas über den Inhalt *dieser* Oper zu sagen. Die ersten Takte der Ouvertüre sind genauso unergründlich, genauso geheimnisvoll wie das Auge eines Waldsees und das Antlitz des Himmels; wird die Oper im Schloss spielen oder im Schweinestall, im Olymp oder im Hades, wird sie ein Spiel sein über einen Prinzen oder einen Bettler, ein Spiel in der goldenen Stadt oder im tristen Seitental, oder wird es um einen himmelstürmenden Triumphator oder um das bleiche Gesicht des Gefangenen hinter den eisernen Gitterstäben gehen?

Jedem Menschen, der gelebt hat, ist dieser Augenblick bekannt. Es fühlt sich mit Recht so an wie die Einführung in das große Spiel um Leben und Tod. Und wie es wenige Kompositionen gibt, die so geheimnisvoll und ergreifend sind wie die Ouvertüren von Mozart, Suppé, Verdi, Berlioz und Rossini – weil sie alle die Botschaft eines Vorhangs haben, der sich gleich heben wird –, so gibt es im Leben eines Menschen keine Zeit so zitternd vor verlockender Erwartung wie die Zeit, wenn ein junger Mensch an einem Dampferkai steht, wenn nur noch zehn Minuten bis zur Abfahrt bleiben und wenn es die Reise ins Reich der Selbstständigkeit ist.

Es ist ein feierlicher Augenblick. Klingt nach Zirkus und Parade, nach Prozession und Maskenball, nach den Fanfaren des Trompeters und nach Fahnen, die im Wind knattern. Die kleine Schar der Anwesenden ist vielleicht im Festtagsgewand gekommen, jemand hat Blumen mitgebracht, und es ist sogar möglich, dass einer Luftschlangen in der Hand hält, bereit, sie zu werfen.

Aber mehr als alles andere ist es ein fürchterlicher Augenblick. Den Anwesenden passiert es, dass sie sich gegenseitig mustern und sie ein kurzer, schrecklicher Schauer durchfährt, dass die dunklen Sonntagskleider, die frisch rasierten Männergesichter, die frisch geföhnten Frauenköpfe, die Blumen und die frisch gebügelte Seidenschleife im Haar des kleinen Mädchens nicht nur zu einem Fest der Freude passen.

In einem solchen Augenblick, mitten im Verkehrslärm, wurde es still am Kai, einen Sekundenbruchteil froren sie und mussten schlucken, denn sie hatten den Laut des Tieres gehört. Vielleicht schrie der Wind oben in der Takelage des Schiffes, vielleicht verdunkelte sich eine Sekunde der Himmel, vielleicht hörten sie den Todesvogel mit den schwarzen Flügeln und den braunen Glasaugen heiser schwatzen; vielleicht vernahmen sie den Laut der großen Ratte, die sich auf dem Bauch an einem Spant im Frachtraum des Schiffes vorwärtsschob (der lange, empfindliche Schwanz scheuert über Wellblech, und in der Dunkelheit wird sie den Kopf mit den blinden Augen drehen und sich witternd im Raum orientieren); vielleicht war es die Schlange, versteckt in dem Bananenbüschel drinnen im Paketraum, die einen Zoll vom Stängel abglitt und lautlos mit der gespaltenen Zunge zuschlug. Vielleicht kam der Laut von den Wasserwirbeln, von einem grauweißen, schlabbernden Meerestier, versteckt unter der sich langsam drehenden Schiffsschraube. Niemand kennt das Tier, aber das Geräusch lässt die Herzen der Menschen eine Sekunde stocken, und in diesem hastigen Augenblick scheint es, als sei das Schiff aus weißen, sonnengebleichten Menschenknochen gebaut.

Deshalb ist eine solche Abschiedsszene immer von Hysterie geprägt. Am stärksten zeigt sich das bei der Mutter des Abreisenden; es blubbert unablässig in ihrem Hals – vor Aufregung ebenso wie vor tödlicher Angst –, denn sie hat tausend Ratschläge parat, tausend Warnungen, und sie hat all die tausend Dinge, die sie sagen wollte, vergessen und deshalb redet sie unaufhörlich mit stotternder Fistelstimme, und ihr Gesicht ist hässlich und bereits geschwollen von kommenden Tränen, und ständig kramt sie mit der Hand tief in der Tasche, um sich zu vergewissern, dass ein Taschentuch bereitliegt.

Der junge Abreisende ist ebenfalls hysterisch, aber er hat sich besser in der Gewalt. Sein Gesicht ist weiß und sein Lächeln ist schief und sein ganzer Unterleib ist taub vor Anspannung, Verlegenheit, Angst und Erwartung, aber er ist zwanzig Jahre alt und er meint, es gehört sich nicht, dass Menschen die Besinnung verlieren.

Gro verabschiedet sich

An einem grauen, frostigen, windigen Tag im März stand eine kleine Schar von Menschen zusammengedrängt weit draußen auf der zementierten Landungsbrücke einer mittelgroßen norwegischen Stadt.

Es war dieser Frühling, in dem Kipling und König George starben, in dem das schwedische Lazarett in Äthiopien von den Italienern bombardiert wurde, in dem die *Queen Mary* ihre erste Probefahrt machte, in dem Hitler das Rheinland besetzte, in dem der Arbeiterführer

Shoemaker in Florida verprügelt, geteert und gefedert und getötet wurde, in dem mit dem Bau der Brücke über den Bosporus begonnen wurde und in dem Charlie Chaplin für *Moderne Zeiten* die Goldmedaille des Völkerbundes erhielt. Das waren für die wenigen Menschen, die dicht gedrängt draußen auf der Landungsbrücke standen, weit entfernte Ereignisse, ebenso weit weg wie der Protest der 100 000 Demonstranten der Volksfront in Frankreich, die wegen des Attentats auf Léon Blum auf die Straße gingen. Die große Welt erfuhren sie eher am eigenen Leib durch die Gesichter von Hermann Thimig und Paul Kemp, Luise Ullrich und Anny Ondra (oh Anny Ondra), dieser Frühling in Norwegen wurde eingespielt von Paul Muni, von Ginger Rogers und Fred Astaire in *Top Hat*, und Mickey Rooney war elf Jahre alt und spielte in Max Reinhardts Verfilmung von *Ein Sommernachtstraum* den Puck. Aber am nächsten stand ihnen ihre eigene Welt, Norwegen. Würden sich die Menschen an der Landungsbrücke an etwas Bestimmtes in diesem Frühling erinnern, würde es die alte Dame Gulla Grundt sein, die die norwegischen Abiturientinnen beschuldigte, illegal abzutreiben, oder die aufregende Geschichte von der jungen Frau in der Gemeinde Bykle, die mit einem Holzscheit ihren Vater erschlug und freigesprochen wurde.

Vor der Anlegestelle lag der Fjord blaugrün im Wind, mit kleinen kreideweißen Wellenkämmen, und in der Luft war ein kalter Geruch nach Eisen. Denn noch war es Winter, und in den Bergen auf der anderen Seite des Fjords lag Schnee.

Die Stadt, oberhalb von ihnen, war an sich eine schöne, alte und wohlhabende Stadt, eine Stadt mit Zeugen aus dem Mittelalter, mit Kirchen, Stadttoren und Festungen, aber auch mit modernen zehnstöckigen Geschäftsgebäuden. Die Stadt war eine merkwürdige Mischung von Alt und Neu: Asphaltierte Straßen vom vorigen Jahr kreuzten alte Gassen, deren glatte, runde Pflastersteine Geschichten aus dem 13. Jahrhundert erzählen konnten, es war eine Stadt mit alten Zugbrücken, Speichern, Salutkanonen aus Bronze und alten Patrizierhäusern, aber auch mit allem, was zu einer modernen Stadt gehört: Fabriken mit großen Glasfenstern, Straßenbahnen, Autos, Busse, Züge, einige Kaufhäuser, drei Kliniken (davon eine nicht nur privat, sondern auch katholisch), sechs Volksschulen, drei Mittelschulen (davon eine privat), zwei Gymnasien (davon das eine staatlich, das andere ein privates Wirtschaftsgymnasium, kommunal subventioniert), drei Kinos, die alle gut liefen, und ein Theater, das so schlecht lief, dass es nur vier der zwölf Monate des Jahres spielte, und jedes Mal unter einer anderen Leitung. Ab und an kam es vor, dass ein Flugzeug über die Stadt brummte, und da liefen die Jungs der Stadt auf die Straße und schrien hinauf: »Wirf Geldscheine runter«, aber der Flieger hörte sie nie.

Mitunter wirkte die Stadt einladend und freundlich, aber der Kai, wo die Menschen standen, war eine Landungsbrücke und nur einige flache Lagerschuppen gewährten Schutz vor dem kalten Märzwind. Der junge Mann, der abreisen sollte und der im Mittelpunkt dieser Abschiedsszene stand, hatte sich kurz in einen der Lagerschuppen begeben, wo er sich auf die Lippen biss und mit einem groß gewachsenen Mädchen in seinem Alter redete.

»Das ist für dich«, sagte sie und zog ein längliches Päckchen aus der tiefen Tasche ihres Gabardinemantels. »Ist von uns Jungs.«

Sie lachte ein metallisches Lachen und entblößte eine Reihe perlweißer, aber unregelmäßiger Zähne. Diesmal was das Lachen echt. Aber vor vier Jahren, zu Beginn der Gymnasiumszeit, als die Klasse ihr ein Geburtstagstelegramm geschickt hatte, adressiert an »Herrn Gro«, da war sie am nächsten Tag mit bleichem Gesicht in die Klasse gekommen. Der Spaß war nicht böse gemeint gewesen; die Klasse hatte sich nur ganz einfach abgewöhnt, sie als Mädchen zu betrachten. Das einzig Weibliche an ihr waren ihre Haare: Sie waren hell, weich und schön und reichten ihr über die Schultern. Aber die Stirn war niedrig, die Augenbrauen dunkel und zusammengewachsen, das Gesicht eckig und breit, die Nase groß und krumm, und als wäre das noch nicht genug, stand der Unterkiefer etwas vor und erzeugte einen Unterbiss wie bei einer Bulldogge. Es half nichts, dass ihre Gesichtshaut frisch und zart war und an Äpfel und Milch erinnerte, ein normales Mädchen war sie nicht.

Sie war die Tochter eines Advokaten, ein tonnenförmiger Mann mit Sinn für mechanische Hobbys und für die Geheimnisse der Natur. Einmal überraschte er die norwegischen Radiohörer, als er ein Mikrofon mit in den Wald nahm und eine große Invasion von Lemmingen aufnahm. Es wurde eine ungewöhnliche halbe Stunde, mit Piepen und Pfeifen und Bellen, und mitten in der Lawine der kleinen, gelben, bissigen Nager, die eine ganze Jahresernte zu vernichten drohten, bevor sie das Meer erreichten und starben, stand der Advokat in hohen Gummistiefeln und kommentierte ihre Wanderung. Vor dieser Aktion hieß er Semmingsen, danach hatte man ihn Lemmingsen genannt. Er hatte drei Töchter, und Gro war die älteste und vielleicht hatte der Wunsch nach einem Sohn auf sie abgefärbt und sie zu dem gemacht, was sie war.

Sie konnte eine Axt schwingen wie ein Kerl, sie schreinerte eigenhändig Bücherregale und Bänke und Vogelkästen, sie konnte mit einem Streichholz ein Feuer im Wald anzünden, sie schoss treffsicher sowohl mit der Schrotflinte als auch mit dem Kleinkalibergewehr oder mit der Mauser-Pistole, bei einem Wettschwimmen, das »Hafenrunde« hieß, hatte sie einen Preis gewonnen, sie liebte Skispringen, spielte Fußball, baute Modellflugzeuge mit Elektromotor, sie rauchte abwechselnd Zigaretten, Pfeife und Zigarre. Sie vertrug Unmengen Alkohol, und bei den feuchtfröhlichen Abiturfesten kam es regelmäßig vor, dass sie als einsame Kriegerin übrig blieb und sich selbst zuprostete, während alle ihre männlichen Kameraden längst unter dem Tisch lagen, das Gesicht am Boden in den Pfützen aus Erbrochenem und Bier. Sie war sehr groß, mit breiten Schultern und fast ohne Hüften. An diesem Vormittag am Kai trug sie braune Schuhe mit flachem Absatz, einen grauen Militärmantel aus Gabardine mit einem strammen Gürtel um den Bauch, und auf dem Kopf hatte sie eine kleine schwarze Baskenmütze. Aus irgendeinem Grund erinnerte sie ihn an einen Landvermesser-Assistenten.

Er und Gro waren in der Gymnasiumszeit viel zusammen gewesen, so viel und so oft, dass sie manchmal als »ein Paar« bezeichnet wurden. Er war häufig stehen geblieben und hatte sich am Kopf gekratzt und versucht, herauszufinden, wie das Ganze angefangen hatte. Ihn beschlich das vage Gefühl, dass sie ihm aufgedrängt worden war.

Er hatte in der Gymnasiumszeit ein paar hastige, billige Erlebnisse mit Mädchen gehabt, ohne dass dabei sein Hunger nach dem schüchternen Lächeln und dem anschmiegsamen Körper befriedigt worden wäre. In Wirklichkeit lebte er in diesen drei Gymnasiumsjahren wie die meisten anderen jungen Männer in einem dunklen, feuchten Dschungel aus Sehnsüchten, Begierden und Träumen, ohne jemals die Hand, die Stimme oder den Mund zu finden. Nur ein einziges Mal hatte er eine zärtliche und innige Verliebtheit gespürt, das währte von elf Uhr abends bis zum nächsten Vormittag um elf Uhr. Das war auf einer Tanzparty bei einem Schulfreund zu Hause, da hatte er mit einem hübschen Mädchen aus der Parallelklasse getanzt, die ihm schon oft aufgefallen war. Tanz und Punsch hatten sie verlassen und waren hinaus in den Garten gegangen, und hier – unter einem blühenden Apfelbaum in der hellen Nacht – hatte sie sich von ihm küssen lassen. Er würde nie den Anblick ihrer geschlossenen Augen mit den langen Wimpern vergessen, als sie sanft und zitternd ihr Gesicht zu ihm hob, er würde nie ihren winzig kleinen Mund vergessen. Waren ihre Lippen nicht ein bisschen rau gewesen? Und hatte sie nicht seinen Kuss erwidert? Er hatte das Gefühl, als hielte er eine Elfe in Händen, die Nacht wurde zu einer Fabel-Nacht, die Luft voller zerbrechlicher Kristalle, er wagte nicht, sie zu berühren, er wäre beinahe zersprungen vor Gefühl, Gefühle von solcher Stärke, solcher Zärtlichkeit, solcher vollkommenen Schönheit. Aber bevor sie wieder ins Haus gingen, hatte er ihren Halsschmuck als Pfand bekommen. In dem elektrischen Licht und dem Lärm des Grammofons konnte er nicht fassen, was gerade geschehen war, er hatte die Hand in der Tasche und spürte das dünne Goldkettchen und hatte Todesangst, es zu verlieren. Sie fuhr zusammen mit einigen anderen im Auto nach Hause. Er war auf eine wundersame Weise froh darüber, in der Frühlingsnacht nach Hause spazieren zu können, alleine.

Am Tag darauf in der Schule gab er ihr den Halsschmuck zurück. Sie bedankte sich, aber zerstreut, als hätte sie vergessen, wo das Kettchen geblieben war. Und er schluckte, als er vorsichtig einen Blick auf ihren kleinen, hübschen Kopf warf. War alles nur ein Traum gewesen? Später an diesem Tag, in der großen Pause, waren welche von dem Fest am gestrigen Abend, die leise und offenherzig sprachen; zwei von seinen Klassenkameraden, die im selben Auto wie das Mädchen zurückgefahren waren, erzählten, dass sie unterwegs beschlossen hätten, bei einem von ihnen weiterzufeiern. Das Mädchen sei nicht unwillig gewesen, gegenüber keinem der beiden. Die Eltern des Jungen waren verreist, es hätte sich im elterlichen Schlafzimmer abgespielt, im Ehebett. Sie wäre so heiß gewesen, dass die beiden Jungs danach hätten duschen müssen.

Das Bild von diesem schönen, zarten Elfenmädchen mit den weichen Wangen und dem schüchternen Lächeln sollte ihn noch lange Zeit verfolgen. Ihr Gesicht erschien ihm im Traum, immer mit einem spöttischen Zug um den kleinen Mund. Dann wälzte er sich im Schlaf, und es kam vor, dass seine Mutter wach wurde und erschrocken in sein Zimmer kam, weil er im Schlaf so laut mit den Zähnen knirschte.

Er sah das Mädchen fast täglich in der Schule, und ihr Anblick erfüllte ihn jedes Mal mit einem Gefühl aus Schmerz und verzweifelter Leere. Es war immer noch das Gefühl, verliebt zu sein: Er würde nie ihren kleinen, weichen, rauen Mund vergessen, ihre winzigen Ohren und den Duft ihres Haares; er würde nie vergessen, dass sie seinen Kuss sachte erwidert und geflüstert hatte: »Du bist so gut, Ask; du bist der Beste.« Das hatte sie ihm zugeflüstert. Es war, als hätte er einen Schmetterling in der Hand gehalten. Alleine wollte er in der Nacht nach Hause gehen, und sein Glück und seine Dankbarkeit waren so grenzenlos, dass er sich in einem Park ins Gras gekniet und der Erde seinen Dank zugeschluchzt hatte. Aber jetzt, jedes Mal, wenn er sie sah, hatte sie ein Tierfell: Pelz und Schwanz, jetzt erinnerte sie ihn an eine Hündin, eine kleine, läufige Hündin, und hinter ihr und über ihr standen die großen Hunde-Köter, schnaufend und wartend, mit hängender Zunge und zuckendem Körper, und ihr Grinsen war schief und gemein, wenn sie sich kumpelhaft zukläfften: »Na los, einer nach dem andern!«

Deshalb hatte er sich mit einer gewissen Dankbarkeit und Erleichterung in die Freundschaft mit Gro, diesem großen, starken, männlichen Mädchen hineintreiben lassen. Ask wusste nicht, wann es angefangen hatte; vielleicht war in ihm eine Art Bewunderung erwacht für dieses Muskelmädchen, das nie Angst hatte, seine Meinung zu sagen, und das immer einen frischen und munteren Gruß für ihn hatte; vielleicht war es etwas an ihrer Jungenhaftigkeit, das ihn beruhigte, das ihm das Gefühl gab, dass er von ihr nichts zu befürchten hatte. Und was Gro betraf: Vielleicht fand sie bei Ask, was sie an sich selbst und ihrer Familie vermisste: ein Gesicht, einen Traum? Keiner der beiden wusste, wie ihre Freundschaft entstanden war, aber sie hielt ungebrochen die letzten zwei Jahre im Gymnasium. Und weil sie beide sehr eigenwillig und sehr anspruchsvoll waren, kam es zeitweise vor, dass sie sich gegenseitig derart reizten, bis sie mit ihren Nerven am Ende waren; da saßen sie dann in einer Kneipe und fixierten einander über einem Glas Bier mit zusammengekniffenen Augen.

Bei Ask schlich sich in die Beziehung früh ein Anflug von Unbehagen und Verbitterung, gerade weil es keine richtige Beziehung war. Er berührte sie nie und hatte nie das Bedürfnis, sie zu berühren. In vielerlei Hinsicht schätzte er sie sehr, sie war aufrecht, redlich und in der Seele des Mädchens war kein Falsch, aber die geheimen Gedanken eines jungen Mannes wandern immer zu dem hübschen Mädchen, zum Elfenmädchen. Gro war wie die Frau im Zirkus, die Frau mit dem Vollbart, nur dass ihr der Vollbart fehlte. Zu Festen und Zusammenkünften wurde er immer zusammen mit Gro eingeladen. Sie schien sich selbst als »sein« Mädchen zu sehen wie alle anderen auch. Am Ende hatte er das Gefühl, dass es ihm nie gelingen würde, sich zu befreien, dass er mit ihr verheiratet war, dass ihm eine Hexe, ein Dämon im Nacken saß. Ihr eigenes Verhalten trug dazu bei, diesen Eindruck zu verstärken, denn es verging kein Tag, ohne dass sie irgendetwas vorschlug, was sie zusammen machen könnten: Sie könnten zusammen Schlittenfahren gehen, sie könnten zusammen ins Kino gehen, sie könnten zusammen einen trinken gehen, er könnte zu ihr nach Hause kommen und sie könnten gemeinsam die Hausaufgaben machen. Ask wurde jedes Mal, wenn er sich widerwillig hatte überreden lassen, sie zu Hause zu besuchen, von einer Panikattacke erfasst; dort fühlte er sich in seiner Beziehung zu ihr am meisten eingeengt und eingesperrt, dort hatte sie ihn am besten im Griff, sogar ihre Eltern sahen ihn mit einem wohlwollenden, einladenden, wissenden Blick an, als hätten sie ihn bereits in die Familie aufgenommen.

Manchmal empfand er die Verzweiflung wie einen Schrei in der Brust. Er wünschte sich dann nichts sehnlicher, als sich von ihrem kräftigen Krakengriff loszureißen, aber wie konnte er das tun, ohne sie zu verletzen? Dann beschwichtigte er jedes Mal seine Unruhe und die untergründig quälende Verärgerung, er stand zu dem männlichen Mädchen mit den Boxhandschuhen, den Pistolen und den Hockey-Schlittschuhen, aber die ganze Zeit war er sich darüber im Klaren, dass es nur etwas Vorläufiges war. Die Menschen können sich lange mit einem Ersatz begnügen; erst in dem Moment, in dem der Ersatz permanent zu werden droht, gerät der Mensch in Panik.

Bei einer Tanzparty während der Abiturzeit hatte er ein anderes Mädchen gefunden, mit der er tanzte, vier und fünf und sechs Tänze (er tanzte nie mit Gro). Dann kam der entscheidende Augenblick, er wollte den siebten Tanz mit dem Mädchen, aber das Mädchen lehnte ab und sagte: »Nein, du darfst Gro nicht im Stich lassen.«

Er schluckte und ließ das Mädchen los.

Danach wurde in einer Blockhütte weitergefeiert. Es waren vier Paare, eines davon er und Gro. Zwei Paare verschwanden sofort nach oben ins Matratzenlager und verrieten ihre Anwesenheit nur mit leisem Knarren und Seufzen. Das dritte Paar zog auf dem breiten Diwan beim Kamin die Decke über sich; sie waren die Statisten im Theater, die Meereswellen darstellen sollten.

Gro und Ask blieben auf dem großen schwarzen Rosshaarsofa am anderen Ende des Raumes sitzen. Sie tranken Whiskey, und in regelmäßigen Abständen stand Gro auf und stampfte mit schwerem Soldatenschritt durchs Zimmer und sang dabei mit grölender Stimme deutsche Trinklieder. Trotz ihres barschen Auftretens hatte sie die unschuldige Seele eines Kindes. Sie war wirklich vollkommen ahnungslos, was die anderen Paare trieben; sie sprach gut gelaunt mit ihnen, mit lauter Stimme, und antwortete selbst, wenn sie als Antwort nur ein ersticktes Grunzen erhielt.

Er legte sich auf das Sofa, und als sie zurückkam und sich setzte, zog er sie hinunter zu sich. Er nahm eine luftige, löchrige Häkeldecke, die er über sie beide breitete. Er drehte Gro zu sich, schloss die Augen und fand ihren Mund. Sie ließ es zu, dass er sie küsste, und erwiderte seinen Kuss schwach. Ihre Lippen waren trocken und weich, und er fühlte sich eigentümlich gerührt. Er hatte sie noch nie geküsst, und es war, als küsste er ein kleines Kind.

Er strich mit der Hand über ihren Körper und berührte ihre Brust. Die war klein, und unter dem Blusenstoff konnte er ihre Brustwarze nicht finden. Dann küsste er sie erneut auf die weichen, trockenen Lippen und bewegte die freie Hand nach unten. Sie ließ es zu, dass seine Hand über ihre Hüfte glitt, und sie war auch passiv, als er sie auf den Rücken drehte. Er spielte ein bisschen mit dem Rand des Hosenbundes ihrer langen Skihose, dann schob er die Hand behutsam weiter zu ihrem Schoß. Als er mit den Fingern tastend hinfasste, wand sie sich und drehte ihm das Gesicht zu. Sie schaute ihn mit klaren grauen, ruhigen Augen an und sagte:

»Nein, Ask, das willst du nicht.«

Er konnte nicht antworten. Er zog die Hand zurück und breitete erneut die Häkeldecke über sie. So blieben sie lange liegen, die Arme umeinander gelegt, als wärmte man einen Freund in Not, und schwiegen. Etwas war ausprobiert worden, etwas war missglückt, und sie wussten beide, dass hier, in dieser fremden Blockhütte, in dieser Nacht, eine zwei Jahre alte Freundschaft endete. Sie lagen mit den Körpern dicht beieinander, und in ihrem Atem war eine seltsame, stille Wehmut, und als sie schließlich vom Sofa aufstanden, um mit den anderen nach Hause zu fahren, sah er, dass Tränen in ihren Augen standen.

Danach waren sie nicht mehr so oft zusammen, und im selben Herbst, nach dem Abitur, erfuhr er, dass sie sich mit einem Studenten verlobt hatte, der Maschinenbau studierte und im Diskuswerfen und beim Slalom Studentenmeister war. Als Ask die Neuigkeit erfuhr, kratzte er sich am Kopf und sagte zu sich: »Na toll. Aber warum hat sie sich dann zwei Jahre lang krampfhaft an *mich* geklammert?«

Dieses Paradox ließ ihn nicht los, und mit dem Hang unreifer Menschen, alle Schuld anderen Menschen zuzuschieben, hasste er sie oft wegen des »Lebens«, um das sie ihn gebracht hatte, indem sie sich an ihn klammerte. Er vergaß, dass sie ein freimütiges, starkes, ungewöhnlich charmantes und lebensfrohes Mädchen war; in seinem Herzen stellte er sie oft an den Pranger und verfluchte sie, er würde erst später im Leben zu der Einsicht kommen, dass sie eine der besten und ehrlichsten Freundinnen war, die er in seinem Leben gehabt hatte. Er hatte sie fast ein Jahr nicht gesehen, und jetzt stand sie am Kai, um sich von ihm zu verabschieden. Sie hatte wohl von einem der Freunde die Nachricht von seiner Abreise erhalten.

Ask wusste nicht, was er von diesem Wiedersehen halten sollte. Er nahm vorsichtig das Päckchen, das sie ihm reichte, und sagte:

»Was ist das?«

Sie wieherte entzückt und sagte mit einer Stimme, die übersprudelte bei dem Gedanken an das Komplott:

»Eine Flasche Scuff.«

Er schaute sie verständnislos an, und sie flüsterte:
»Von unserem Chemiker-Boy, aus reinem Alkohol destilliert. Du kannst dir nicht vorstellen, wie gut das schmeckt! Wie Sahne!«

Mit ihrem harten Ellenbogen versetzte sie ihm einen Rippenstoß und sagte noch:

»Aber du musst alles selber trinken. Auf der Reise! Du darfst nicht die Mädchen damit traktieren, wenn du ankommst!«

Für einen Moment war er ziemlich irritiert über die für sie typische kindliche Freude an physischen und chemischen Späßen. (Einmal hatte sie ihm eine mit Schießpulver präparierte Zigarette angeboten und konnte nicht verstehen, dass er ihre jubelnde Freude an dem Knall nicht teilen konnte.) Die Götter mochten wissen, was der Inhalt der Flasche war. Aber Gros letzte Replik versetzte ihm einen Stich. Wahrscheinlich hatte sie über seine Eskapaden mit anderen Mädchen während ihrer Freundschaft besser Bescheid gewusst, als er geglaubt hatte. Stand sie hier und war insgeheim verbittert? Oder wusste sie, wie erbärmlich und hektisch und schmählich seine Begegnungen mit anderen Mädchen gewesen waren? Stand sie hier voller Schadenfreude?

Plötzlich begann die Schiffsglocke zu schlagen. Bei ihrem metallenen, fürchterlichen, unbarmherzigen Schlag fröstelte ihn vor verdrängter Angst. Er räusperte sich und wollte etwas zu Gro sagen, aber sein Bruder Balder – ein Junge von zehn Jahren mit blauen Augen und hellem Haar, das unter der gestrickten Mütze aus schwarzer Wolle hervorlugte – kam mit vor Aufregung bleichem Gesicht in den Lagerschuppen gestürzt:

»Ask! Jetzt fährt das Schiff ab!«

Der Junge stand auf einem Bein und als Überbringer dieser Botschaft stotterte er in seinem Eifer. Ask beruhigte ihn, noch hatte es erst zum zweiten Mal geschlagen. Es konnte noch fünf oder zehn oder fünfzehn Minuten bis zur Abfahrt dauern, und er hatte sein Gepäck bereits an Bord. Aber der Junge konnte den Mund nicht halten, er tanzte um den älteren Bruder herum und packte ihn am Ärmel:

»Komm endlich, Ask! Komm endlich!«

Ask hob die Augenbrauen und schaute Gro an, dann gingen sie gemeinsam zum Ausgang des Lagerschuppens. Aber die Toröffnung war verstopft von anderen Menschen, die von der Schiffsglocke aufgeschreckt worden waren und die jetzt kamen, um nach Ask zu sehen. Seine Mutter war auch dabei, und Ask sah an ihrem Gesicht, dass sie sich jetzt lange genug beherrscht hatte. Lange genug hatte sie draußen auf dem Kai gestanden und mit den anderen in hoher schwatzender Stimme geredet, lange genug hatte sie ablenkende Manöver mit den anderen veranstaltet, lange genug hatte sie versucht, diesen Abschied als ein nettes Ereignis der besseren Gesellschaft zu nehmen (»Mit 20 Jahren eine Anstellung als Schulleiter! Ob ihm das nicht zu anstrengend wird? Mit der vielen Arbeit und den vielen Pflichten?«), lange genug hatte sie mit schlecht verhohlenem Stolz wiederholt, dass Ask dieser Posten förmlich angetragen worden sei (»Der Rektor ging sofort zu Ask, hat gar nicht versucht, mit den anderen zu reden!«), lange genug und detailliert genug hatte sie kundgetan, wie sie Ask für diese Reise ausgestattet hatte. (»Zwei neue Garnituren aus Mako-Baumwolle, eigentlich braucht er Wolle am Körper, bei der Kälte da oben, aber was soll man machen, wenn der Junge sich strikt weigert? Und sechs Paar Strümpfe habe ich ihm eingepackt, das ist das Mindeste. Ask zerreißt die Strümpfe so schnell, besonders am rechten Fuß. Da steht immer die große Zehe hoch, von seiner Kinderlähmung damals. Ja, ja, ich habe gesagt, er soll die Strümpfe nach Hause schicken, dann stopfe ich sie ihm.«)

Lange, lange, lange genug hat sie das Publikum vorbereitet und es weich gemacht. Jetzt ist der Augenblick für die direkte Aktion gekommen.

Ask sieht ihr an, dass es jetzt kommen wird. Jetzt ist die Zeit reif, um im jungen Sohnesfleisch zu schwelgen, jetzt macht sie den ersten Schritt in die Arena, der Lagerschuppen ist ihr Colosseum, hier kommt die Mutter, die Gladiatorin, die alleinige Besitzerin, er kann in ihrem Gesicht lesen wie in einem offenen Buch:

»Seht! Seht alle her! Die Mutter tritt nun vor, um ihren Sohn in Besitz zu nehmen! Seht! Ist er nicht schön? Gehört ihm nicht die Zukunft? Wer hat ihn geboren, wer nährte ihn? Wer wachte über ihn, wer trug ihn, wer ist ihm in all den Jahren der Kindheit beigestanden und hat ihn gepflegt, als er ein schwächliches, bronchitisches Pflänzchen war, wer hoffte, wer betete, nach wem verlangte er? Ich, die Mutter, habe all das gemacht. Mir verdankt er alles: sein Leben, seine Gesundheit, seine Ausbildung. Mir, der Mutter. Deshalb nehme ich ihn jetzt vor allen Leuten in Besitz. Seht, ich trete nun vor und läutere ihn im Bad meiner Tränen; nur ich, die Mutter, werde den Duft seiner jungen Männerhaut und seinen Halsansatz riechen, denn wer hat seine Hemden gebügelt und seine Kragen gestärkt? Noch bin ich die Mutter. In einigen Augenblicken werde ich die verlassene Mutter sein. Und dann müssen mir alle tröstend beistehen und mein Leid teilen, denn alle haben gesehen, wie ich mich an ihn klammerte und ihn nicht loslassen konnte, alle haben gesehen, wie die verzweifelte Mutter von dem Sohn, dem geliebten, weggerissen werden musste! O, dies ist die Stunde der Mutter! Der Sohn mag ablehnend gewesen sein, der Sohn mag oft versucht haben, sich der Umarmung der Mutter zu entziehen, aber dies ist ein öffentlicher Ort und ein gesellschaftliches Ereignis, diesmal kann er nicht entfliehen! Seht alle her! Seht diesen Auftritt! Hört das Schluchzen der Mutter! Die Mutter wird sich nun einen Weg bahnen, hin zu ihrem Sohn, und er kann nicht entfliehen!«

Noch sind keine Tränen im Gesicht der Mutter, aber Zuckungen entstellen es, und die Wangen sind geschwollen, als sei der ganze Kopf ein Schwamm, der im Wasser gelegen hat und darauf wartet, ausgedrückt zu werden. Sie räuspert sich laut und hält eine Sekunde inne, um die Aufmerksamkeit aller zu gewinnen. Dann bewegt sie sich langsam auf dem Betonboden des Schuppens vorwärts, sie erinnert Ask an eine Dampfwalze und er schließt die Augen. Bleich vor Verzweiflung und Scham beißt er die Zähne zusammen und packt mit einer Hand den Rand einer Apfelsinenkiste.

Da geschieht etwas. Von draußen ertönt gellendes Glockengebimmel, und ein weißer, flammender Blitz auf dem Fahrrad rast in wahnsinniger Geschwindigkeit durch die Tür des Lagerschuppens. Der Blitz stoppt mit einem Aufschrei der Fahrradbremsen und dem rutschenden Quietschen der Räder auf dem Betonboden. Noch ehe das Echo der Bremsgeräusche verebbt und das Fahrrad lautlos auf den Boden gelegt worden war, stand unvermittelt ein großer, knochiger, lachender, hellhaariger junger Mann auf dem Betonfußboden und grüßte die Versammelten mit einer weit ausholenden, troubadourartigen Handbewegung.

Der Auftritt hatte alle völlig gelähmt. Als sei direkt vor ihren Augen der Vogel Phönix mit einem Funken sprühenden Knall quicklebendig aus dem Aschehaufen gesprungen.

Ebenso lässig, wie er sie begrüßt hatte, zog der junge Mann seine Uhr aus der Hosentasche, warf einen Blick darauf und rief triumphierend:

»Drei vor! Das nenne ich Pünktlichkeit!«

Ask hatte sich tief im Tal der Verzweiflung befunden. Jetzt erwachte er und begriff sogleich, welche einzigartige Chance der Rettung ihm hier geboten wurde. Mit einem Satz war er bei dem Neuankömmling und drückte ihm begeistert die Hand.

»*Pelle!*«

Er wagte es nicht, seine Mutter anzuschauen, und er wiederholte den begeisterten Ruf:

»Pelle! Wie schön, *dich* zu sehen, alter Freund!«

Der junge Mann mit den hellen Haaren hatte den Lagerschuppen mit Elektrizität erfüllt. Sein Gesicht loderte vor Zufriedenheit mit der Welt, dem Fahrrad und sich selbst, und während er eine weit ausholende Handbewegung machte, hob er die Augenbrauen mit einem Anflug von weltmännischer Arroganz, der niemand widerstehen konnte: »Ich sagte zum Chef, dass ich eine halbe Stunde wegmuss, um meinem guten Freund Ask Lebewohl zu sagen. Hm. ›Kannst *eine Stunde* wegbleiben‹, sagte der Chef.«

Er räusperte sich und schaute sich lächelnd im Lagerschuppen um. Wie ein Taubenfalke auf einer Taube landet, so landete sein Blick auf Asks Mutter. Und mit dem verblüffenden und praktischen Verständnis für das, was in einer Situation wesentlich ist – eine Begabung, die ihn bereits zu Schulzeiten zu einem hervorragenden Organisator gemacht hatte –, machte er einen Schritt auf sie zu, zog den Hut und blieb mit dem Hut in der Hand vor ihr stehen.

Er räusperte sich und begann:

»Liebe Frau, dies ist ein großer Tag für Sie.«

Pelle, der Weißfuchs

Keines von Pelles vielen Talenten war so groß und bestechend wie seine Fähigkeit, Frauen mittleren Alters und alte Damen zu betören. Sein unbefangenes, spontanes Wesen konnte die vornehmste und missmutigste Madame im Handumdrehen in eine wiehernde, trippelnde junge Stute verwandeln. Er verstand es meisterhaft, ihnen *mit* dem Strich über die Haare zu streicheln, wusste aber auch, wie man ihnen den kleinen, unmerklichen Schubs *gegen* den Strich gab, der das Geheimnis allen menschlichen Umgangs ist. Er lobte sie in den höchsten Tönen:

»Dieser Weihnachtskuchen, gnädige Frau, den haben Sie selbst gebacken. Nicht? Doch! Nur Sie und Sie allein, liebe Frau, können so einen Kuchen kreieren. Dieser Kuchen verdient einen Ehrenplatz, wenn einmal die gastronomische Geschichte Norwegens geschrieben werden sollte. Widersprechen Sie mir nicht, Gnädigste, dieser Kuchen ist himmlisch, wie Manna. Nein, wie Ambrosia. Mmmm, wie Ambrosia!«

Dabei achtete er jedoch stets darauf, eine kleine Stichelei hinzuzufügen:

»Aber was finde ich da? Eine steinharte Korinthe in Ihrem Weihnachtskuchen? Und noch eine! Sie haben die Korinthen gewiss im Sonderangebot gekauft, liebe Frau. Ach ja, ach ja, die Zeiten sind für uns alle hart. Na, na, na, bitte keine Erklärung, es gibt keine Entschuldigung dafür, dass zwei von Ihren Korinthen hart wie Stein sind und ungenießbar wie Kaninchenkot! Hihi! Hihi!«

Und lodernd von tiefem Stolz und leichter Verärgerung, würden die Frauen ihm mit ihrer bleichen, fleischigen Hand verzückt einen Klaps geben, sie würden heulen vor Protest und Erregung; und wenn Pelle endlich ging, küsste er ihnen die Hand und hinterließ sie am ganzen Körper zitternd und bebend. Er brachte jede dieser Frauen dazu, zu erröten und kurzatmig zu werden. Er war ein Phänomen, und die meisten Menschen mochten ihn, besonders die Frauen.

Das Wort »Frau« konnte er auf tausend verschiedene Arten aussprechen. Er konnte es gurren, summen, flüstern, rufen, stöhnen, er konnte die verschiedensten und verlockendsten Nuancen finden. Nachdem Pelle die Augenbrauen gehoben, sich überredend vorgebeugt und das Wort »Frau« ausgesprochen hatte, gab es keine Frau mehr. Da gab es keine so gewöhnlichen Wesen mehr wie Frau Svendsen, Frau Staveng oder Frau Sørdal. Von dem Moment an war sie die Señora Maria José Banderilla oder Lady Nicholas-Pettigrew von Mumford Castle oder Madame Honorée Désirée de Récamier.

Hätte er sich für den Beruf eines Verkäufers entschieden, hätten alle Hausfrauen aus ganz Norwegen nur seinetwegen ihr Haus bis unters Dach mit Nähmaschinen, Staubsaugern und Sparuhren aufgefüllt, sie hätten freudig sich selbst und alle ihre Nachkommen in Schulden gestürzt, nur um zu hören, wie der junge Pelle mit den hellen Haaren sie »Frau« nannte. Sein Wesen und sein Auftreten hatten eine stärkere Wirkung auf sie als eine königliche Hochzeit in England oder ein Gewinn in der Klassenlotterie. Seine Worte und sein Lachen waren ein Lied, ein Choral, ein Pfeil in ihrem Fleisch, ein Biss in ihr Ohrläppchen. Er gab ihrem Leben Sinn, er machte sie zu Göttinnen. Wenn Pelle »Frau« sagte, wölbte er einen Regenbogen über ihren abgewetzten Küchentisch.

Er war nicht nur einer der seltsamsten Menschen, die Ask je getroffen hatte, er war im Gymnasium mit Ask in eine Klasse gegangen, sie hatten sogar über zwei Jahre in derselben Bank gesessen.

Pelle war ungefähr 1,80 groß, wirkte aber noch größer, weil er so mager und knochig war, weil das dünne helle Haar oft senkrecht in die Höhe stand und weil er eine so hohe Stimmlage hatte, dass die Stimme jeden Moment in ein Pfeifen überzugehen drohte.

Seine Vitalität war beinahe beunruhigend, er konnte weder stehen noch still sitzen. Aber wie er gleichsam immer eine ganze Welt von Wärme und Freude an alle verteilte, war er umgekehrt ständig damit beschäftigt, alles aufzusaugen.

Er hatte etwas Schnüffelndes und Witterndes an sich, das ganz frappierend war. Seine Augen waren klein und graugrün und ragten lustig und zwinkernd unter zwei kleinen weißen Wollgrasbüscheln hervor, die ihm als Augenbrauen dienten. Die Augen waren ständig auf Wanderschaft, immer auf der Jagd: lauernd, hellwach und aufmerksam, nicht ohne Grund hatte man ihn in der Schule unter dem Namen der Weißfuchs gekannt. Alles an ihm war lauschend, sehend, riechend. Die Nase war groß und breit, und die Nasenflügel waren auf fast unanständige Weise nach außen und oben gestülpt: Kein Geruch oder Duft der Welt entging dem Saugen dieser Nationalfeiertagstrompete von einer Nase. Ähnlich war es mit den Ohren: Sie waren groß, abstehend und fingen alles auf, was im Umkreis von 20 Kilometern gesagt, geflüstert und gemurmelt wurde. Ask hätte schwören können, dass er manchmal gesehen hatte, wie sich Pelles Ohren nach den Geräuschen drehten und ausrichteten, wie bei einem Tier.

Dieses Feuerwerk von einem Menschen schien eine strahlende Zukunft vor sich zu haben, obwohl er aus einfachen Verhältnissen stammte. Er war der Nachkomme eines kleinen, peniblen Vertreters für Margarine und einer bleichen, triefäugigen, hohlbrüstigen Frau. Beide Eltern waren tief und fanatisch religiös; sie gehörten einer obskuren kleinen Sekte an, die alle kleinen und großen Freuden der Welt verdammte, und es war für alle ein Rätsel, dass zwei so ernste Todesengel einen so sprühenden Spaßvogel wie Pelle hatten erzeugen können. Kleinen Andeutungen, die Pelle hatte fallen lassen, hatte Ask entnommen, dass die Kindheit des Freundes drückend und düster gewesen war. Dunkel und eng war es in der kleinen Küche gewesen, wo es zu Mittag gesalzenen Dorsch und Kartoffeln gab; dunkel und eng in der Stube, wo der Vater abends – nach der Verkaufsrunde des Tages – die Familie zu einer Stunde der Erbauung versammelte mit nachfolgendem Hinknien; dunkel und eng im Schlafzimmer, das er mit seinen beiden jüngeren Schwestern teilen musste und wo er keine andere Lektüre haben durfte als religiöse Zeitschriften und die Schulbücher; dunkel und eng in der kleinen Steinkirche, wo sie dreimal in der Woche auf schmerzhaften Holzbänken sitzen und einem Handelsvertreter zuhören mussten, der Priester wurde, indem er sich einfach einen schwarzen Umhang überwarf, und der danach wieder zum Handelsvertreter wurde, indem er den Umhang wieder abstreifte. Aber langsam und zielstrebig hatte sich Pelle aus dieser unterdrückenden, kellerfeuchten Welt herausgearbeitet; langsam und vorsichtig hatte er Bücher ins Haus gebracht, er hatte sich Freunde und Bekannte zugelegt, er hatte mit dem heimlichen Wunsch der Eltern gespielt, dass es der Sohn in der Gesellschaft zu etwas bringen möge; unendlich behutsam hatte er sich das von den Eltern nie ausgesprochene Einverständnis besorgt, am weltlichen Leben teilzunehmen. Pelle verabscheute Szenen, und früh hatte er sein Talent entdeckt, seine Ziele zu erreichen, ohne dass es hart auf hart ging. So hatte er es bereits in der zweiten Klasse Gymnasium geschafft, seine beiden Schwestern ins Schlafzimmer der Eltern zu verbannen, damit bekam er ein eigenes Zimmer und war in Wirklichkeit unabhängiger von seinen Eltern als manch einer seiner Klassenkameraden. Aber die Kindheit hatte ihn gezeichnet: Tief in der Seele rumorte in ihm ein Hass auf gesalzenen Dorsch und Armut und ein tiefer Respekt vor der Sünde.

Er war zwar Proletarier, aber er war der begeisterte, siegende Proletarier. Seine billigen Anzüge, seine alten, verknitterten Krawatten, seine unmöglichen Kragen, sein verschossener Mantel (ein umgeändertes Stück des Vaters), sein ausgebeulter Hut und seine löchrigen Schuhe, all das, was jeden anderen Jugendlichen veranlasst hätte, auf Seitenstraßen zu gehen, das wurde bei ihm zu einer Titanenrüstung, die unter seinen begeisterten, ironischen Kommentaren funkelte und blitzte. Zur Konfirmation hatte er eine silberne Uhr bekommen, wahrscheinlich die billigste und schäbigste Uhr, die jemals nach Norwegen importiert worden war, aber er zog sie immer triumphierend aus der Uhrentasche in der Hose und sagte mit andächtiger Stimme:

»Ich erlaube mir, mein Chronometer zu konsultieren.«

Er war unverwundbar.

Alle Menschen haben in ihrer Jugend eine Zeit, in der sie peinlich bemüht sind, alles richtig zu machen, damit ihr Handeln in Übereinstimmung ist mit Brauch und Sitte. Die Überlegung, was wir zu einem besonderen Anlass anziehen sollen, kann uns schlaflose Nächte bereiten, ob wir zu einem Menschen Du oder Sie sagen sollen, auf welcher Seite einer Dame wir auf der Straße gehen oder im Kino sitzen sollen; und es gibt Menschen, die eine Einladung absagen, nachdem sie erfahren haben, dass es Brathähnchen gibt, weil sie nicht wissen, wie sie ein solches Tier essen sollen, wenn andere dabei sind. Nicht so Pelle. Erstens hatte er alle Regeln der gesellschaftlichen Etikette wie ein Schwamm aufgesaugt, er war deshalb gerüstet wie ein Konversationslexikon. Zweitens hatte er gezielt seine Fähigkeit trainiert, jeder denkbaren neuen Situation zu begegnen. Und drittens verfügte er über ein Reservoir an Witzen, Anekdoten und Wortspielen, das nie versiegte.

Wenn er in eine feine Gesellschaft kam – und es war für Ask ein Anlass zur Bewunderung und heimlichen Neids, wie verblüffend oft Pelle bei den Honoratioren der Stadt eingeladen wurde –, dann verlor er nie die Fassung. Er fühlte sich nie beklommen, wenn er mit einer Direktorenfrau im Galakleid bei Tisch saß, obwohl er selber nur seinen billigen, abgewetzten Konfektionsanzug vom Vorjahr trug. Er achtete im Übrigen stets darauf, dass sein Äußeres korrekt war, dass er frisch rasiert war und dass seine Fingernägel tadellos sauber waren. Er hatte dafür gesorgt, dass seine Mutter seinen Anzug mit einer in Kaffeesatz getunkten Bürste bürstete und dass die Fransen an den Hemdmanschetten abgeschnitten wurden. In feineren Gesellschaften legte er außerdem nie die Beine auf den Tisch, sodass die Löcher in den Schuhsohlen sein kleines Geheimnis blieben. Sollte trotzdem der Blick einer Direktorenfrau mitleidig über seine ärmliche Kleidung streifen, würde er dem auf halbem Wege begegnen, indem er in Begeisterung ausbrach und einen Finger hin zu dem üppigen Busen der Frau ausstreckte: »Nein, aber gnädige *Frau*, was für eine ausgesprochen *hübsche* Brosche! Ist sie aus Portugal?«

Er wurde nie blass, wenn er eine Reihe von fremdartigen Gläsern vor seinem Teller sah, ihn fröstelte nie beim Anblick einer um sein Gedeck verteilten Batterie von verschiedenen Gabeln, Messern und Löffeln, er hatte nie den Fehler begangen, das Wasser aus der Fingerschale zu trinken. Natürlich wusste er nicht, welches Messer er zuerst nehmen musste; er konversierte nur angeregt mit seiner Tischdame, um gleichzeitig mit allen seinen Sinnen – er hatte Tausende – zu beobachten, was die anderen machten. Ohne hinzuschauen, konnte er spüren, zu welchem Messer die anderen griffen. Und wenn sich dann das richtige Messer manifestiert hatte, streckte er am Tisch die Hand danach aus: wie zufällig, lässig, weltmännisch.

Nur einmal war es schiefgegangen. Da hatte er eine junge Dame in ein feines Restaurant eingeladen, das Essen wurde kalt und die Soße bekam eine Haut. Später stellte sich heraus, dass die junge Dame ebenso unsicher war wie Pelle und nur dasaß und darauf wartete, dass er anfing. Aber es war eine absolute Ausnahme, dass er sich mit Menschen abgab, die ihm bildungsmäßig unterlegen waren.

Trotz seines glänzenden und übersprudelnden Auftretens gab es vieles an Pelle, was Ask bedenklich und ärgerlich fand. Schon von Anfang an hatte in der Schule zwischen ihnen ein unausgesprochenes Konkurrenzverhältnis bestanden. Was die Noten anging, lagen sie beide an der Spitze, und jedes Mal, wenn ein Lehrer eine komplizierte Frage stellte, drehten sich alle in der Klasse automatisch zur Bank in der Fensterreihe um, wo Ask und Pelle saßen. Es kam vor, dass Ask ein paar Punkte vor Pelle lag, aber meistens lag Pelle ein paar Punkte vor ihm. Denn immer war es der nie zur Ruhe kommende Pelle, der das Tempo vorgab. Er hatte ein blitzschnelles Hirn und ein erstaunliches Gedächtnis und er konnte zu jeder Zeit dem Lehrer das richtige Stück Lehrstoff hinwerfen.

Ask erdreistete sich oft, Bücher außerhalb des vorgeschriebenen Pensums zu lesen. Seine glücklichsten Stunden hatte er, wenn er sich abwandte von den Hochglanzbildern in den Schulbüchern, wenn er Schriftsteller fand, die etwas Lebendiges, Neues, Warmes, Boshaftes, Entlarvendes, Stolzes oder nach Gerechtigkeit Hungerndes vertraten. Heimlich las er Shaw, Wilde, Dreiser, Strindberg, Andersen-Nexø. Eines Tages lieh ihm ein Junge aus der Klasse eine kleine Broschüre von Arnulf Øverland: »Drei Vorträge zur öffentlichen Verärgerung«. Er blätterte zu dem Artikel »Das Christentum, die zehnte Landplage«, las die erste Seite, wurde blutrot vor Aufregung, zog den Kopf ein und blickte sich mit großen Augen vorsichtig um, überzeugt davon, dass die Welt einstürzen würde. Danach taumelte er eine ganze Woche in höchster Ekstase herum. Die Broschüre hatte ihm ein neues Reich eröffnet, und von dem Augenblick an bewunderte er den Schriftsteller auf das Höchste. Er konnte nicht begreifen, dass ein Mensch so rückhaltlos ehrlich und furchtlos sein konnte, dass er, ohne mit der Wimper zu zucken, allen Autoritäten des Landes widersprach. Der Mann hatte reinen Tisch gemacht, es blieb nichts mehr übrig von der Kirche, der Schule, den Eltern, dem Parlament, Gott oder den norwegischen Kaufleuten. Ask fragte eines Tages Pelle, ob er die Artikel gelesen hätte. Pelle hatte einen flüchtigen Blick hineingeworfen. Was er von ihnen halte? Mist. Ein gewisses Talent zum Sarkasmus, aber mit einem unglückseligen Drang zur krankhaften Übertreibung. Keine Wärme, kein Sinn für das Ganze. Nein, da bevorzugte Pelle doch Dickens, Hugo, Bjørnson. Bjørnson!

Schon in ihrem literarischen und politischen Geschmack lagen die beiden sehr weit auseinander. Und es machte die Sache nicht besser, dass Pelle immer Bücher ausfindig machte, die auf rätselhafte Weise zum Lehrstoff passten und seinen Noten zugutekamen, während sich Ask immer Bücher aussuchte, die auf ebenso wundersame Weise meilenweit von den Unterrichtsthemen entfernt waren. Pelle spielte Tennis: Damit bekam er soziale Kontakte und gute Sportnoten; Ask spielte Violine: Davon bekam er wunde Haut auf der linken Unterseite des Kinns.

Deshalb war Pelle immer beängstigend und irritierend, wenn man ihn zu nahe an sich heranließ. Zwei Jahre lang saß er Tag für Tag neben Ask, wie ein blinkendes Werbeschild für die Wege, die zu Erfolg und glänzenden Noten führen. Und ohne es zu wollen, wurde Ask von Pelles maßlosem Ehrgeiz angesteckt. Asks Mutter war wie alle Hausfrauen völlig betört von Pelle und hielt ihn Ask oft als Beispiel für Fleiß, Tüchtigkeit und Klugheit vor. »Denk an meine Worte«, sagte sie bedeutungsvoll, »der Junge wird es weit bringen.« Dieser Wettbewerb im Klassenzimmer machte sich schließlich auch bei Ask zu Hause bemerkbar. Wenn er mit dem Zeugnis nach Hause kam, fragten die Eltern sofort: »Und was hat Pelle bekommen?« Ask schäumte vor Wut.

Diese ständigen Reibereien und der Konkurrenzkampf führten schließlich dazu, dass er mehr und mehr auf das Manierierte in Pelles Wesen aufmerksam wurde, auf das Leere und Äußerliche in seinen Gesten, in böswilligen Augenblicken entdeckte er den Lakai und den Narren unter der glitzernden Oberfläche.

Pelles maßloser Appetit, seine Energie und Vitalität waren eines Genies würdig. Aber Ask war überzeugt, dass Pelle kein Genie war, nicht einmal ein geistiges Talent, trotz der guten Norwegischaufsätze, auf denen immer die Eins stand, trotz seiner Belesenheit, die so groß war, dass er jedem Lehrer in jedem beliebigen Fach antworten konnte, trotz seiner Eloquenz, die ihm unaufhörlich so begehrte Aufgaben wie die des Festveranstalters und Vereinsvorsitzenden einbrachte, trotz des Glorienscheins der ›jeunesse dorée‹, der ihn umgab. Ask war ständig auf der Hut und wollte sich nicht bluffen lassen; aber er hatte so viele schwierige und qualvolle Augenblicke, in denen er versuchte, sich darüber klar zu werden, warum er sich nicht wie die andern die Hände wund klatschte, um der großen Hoffnung der Schule zuzujubeln: Pelle, dem weißen Fuchs.

Pelles Vitalität war ohne Kontur und ohne Richtung, niemand konnte auf ihn deuten und sagen: »Das ist Norwegens kommender Ministerpräsident.« Seine nervöse Lustigkeit wirkte irgendwie blind und verzweifelt, das einzig Sichere an ihm war sein starker Wille, aus der Welt des religiösen Kleinbürgertums, in die er hineingeboren worden war, herauszukommen. Seine Rebellion war nicht echt genug, um Sozialist zu werden. (Denn das bedeutet, für seine Rechte zu kämpfen mit dem Ziel, dass auch andere dieselben Rechte bekommen.) Aber sein Machtstreben trieb ihn auch nicht so weit, dass er sich bedingungslos mit den Besitzenden in der Gesellschaft verbündete. (Denn das bedeutet, dass man für seine eigenen Rechte kämpft, ohne bereit zu sein, den anderen dieselben Rechte zuzugestehen.) Er wollte nicht mit den Armen teilen, auch wenn er sie bedauerte. Er wollte an der Tafel der Reichen speisen, auch wenn er sie für gottlos hielt. Er wollte nie über Leichen gehen, dazu hatte er weder den Mut noch die Entschlossenheit. Wäre er jedoch auf der Straße über einen Toten gestolpert, hätte er die Augen geschlossen und wäre weitergehastet, dabei panisch seinen philosophischen Lieblingsspruch murmelnd: »Es gibt gewisse Dinge im Leben, über die sich der Mensch erhaben fühlen muss.«

Pelle ekelte sich vor Kranken, Armen, Krüppeln, Putzfrauen und Straßenkehrern, vor Juden, Schwarzen, Flüchtlingen, Kommunisten und Sozialisten. Er ahnte, dass all diese Leute eine Bedrohung für die Welt der Damast-Tischdecken und der spiegelblanken Mahagonitische darstellten, die Welt, in die er Einlass begehrte, sei es als Hofnarr oder als Zeremonienmeister. Deshalb hatte er nacheinander bei allen angesehenen politischen und religiösen Klubs mitgemacht. In der ersten

Klasse Gymnasium war es der Vaterlandsverein, ein halbnazistischer Gesellschaftsklub, wo er lernte, zu tanzen und mit flammender Stimme über die »*Vernigqerung Europas*« zu sprechen. In der zweiten Klasse Gymnasium war es die Oxfordgruppe, ein halbreligiöser Gesellschaftsklub, wo er zu seiner ungemeinen Befriedigung lernte, wie man mit der Zigarette in der einen und einem Glas Sherry in der andern Hand zu Gott betete und wie sich das Christentum hell, heiter und witzig gestalten ließ. In der dritten Klasse Gymnasium ging er in die halbpolitische, linke Jugendorganisation Unge Venstre, die sich hauptsächlich für die Aufforstung der Wälder und die Pflege der Nationalsprache einsetzte und wo man ohne Angst vor Konsequenzen mit lauter Stimme und unschuldigem Gesicht über Liberalität, Toleranz und Menschenwürde reden konnte. Dieser Verein entsprach zutiefst Pelles Überzeugungen.

Ask war oft ziemlich irritiert über Pelles maßlosen Lebenswandel, weil er ihm so sinnlos erschien. Pelle steppte und tanzte und rief und schrie, er wieselte auf dem Schulhof herum wie ein Eichhörnchen, er kniff die Klassenkameraden in die Nase, er riss ihnen übermütig den Schlips aus dem Pullover, er zog ihnen den Hut ins Gesicht und sang und pfiff dabei. Aber nicht alle gestanden ihm ohne Weiteres das Recht des Genies auf ein zügelloses Verhalten zu. Ask war nicht allein, wenn er manchmal eine heftige Abneigung gegen Pelle verspürte und das ebenso heftige Bedürfnis, ein Federbett auf Pelle zu legen, sich daraufzusetzen und die tiefe Befriedigung zu erleben, wenn man merkt, wie er langsam zur Ruhe kommt und endlich den Mund hält.

Oft kam es vor, dass er Pelle beobachtete, ihn von der Seite studierte, um festzustellen, was an Pelles Äußerem nicht perfekt war und wo der Fehler steckte. Er betrachtete ihn oft mit einer stillen Wehmut, dass die Welt so großzügige und galvanische Menschen braucht und nach ihnen schreit. Pelle war mit fast allen Gaben gesegnet, die aber nicht genügten, dass er ein Anführer sein konnte. Wo war der Sprung in der Glasur?

Pelles Kopf war klein und wohlgeformt, saß aber auf einem lächerlich langen und dünnen Hals. Der Hals war wie ein Blumenstängel. Ein verwachsener Stiel, der davon zeugte, dass der Kopf zu schnell das Licht hatte sehen wollen. Vielleicht war der Hals zu schnell gewachsen, vielleicht hatte er sich in der Kindheit überanstrengt, vielleicht war er nicht imstande, ein solider Röhrentunnel zwischen Körper und Gehirn zu sein. Pelles Kragen waren immer zu weit und aus diesem viel zu weiten Kragen ragte der Kopf heraus, wie eine verwelkte Pfingstrose in einem gewaltigen Blumentopf. Besonders traurig war es, Pelles Kopf von hinten zu sehen, sein Nacken war der eines alten Mannes, so faltig, so dünn.

Ebenso merkwürdig war es, Pelles Hände zu betrachten. Ask sah ihm oft dabei zu, wie er mit zierlicher Schönschrift seine fehlerfreien Aufsätze, seine fehlerfreien Nacherzählungen, seine fehlerfreien Mathematikaufgaben ins Reine schrieb. Ein energischer, aktiver, zielstrebiger, starker Mensch zeichnet sich oft dadurch aus, dass seine Hände kräftig und knochig sind, die Finger etwas gekrümmt und zupackend, die Nägel gern hart und dick, die ganze Hand darauf eingerichtet, zuzugreifen und festzuhalten. Bei Pelle war das nicht so. Während sonst alles an ihm von Energie und Lebhaftigkeit geprägt war, waren seine Hände weich und fast weiblich, die Finger lang und zart; und wenn er die linke Hand auf dem Löschpapier abstützte, knickten die vordersten Fingerglieder nach oben, weich wie dünne, runzlige, rohe Wienerwürste. Das war für Ask ein unschöner Anblick, es wirkte unmännlich und gemein und erinnerte ihn daran, wie er Pelles nackten Körper in der Dusche gesehen hatte.

Denn das war eine von Pelles vielen Eigenheiten: Er war noch Jüngling und hatte beschlossen – ohne dass ihm das offenbar Schwierigkeiten bereitete –, »rein« zu bleiben, bis er die Frau träfe, die er heiraten würde. Mit Schrecken und Abscheu hörte er die Geschichten, die die anderen in der Klasse erzählten, und er hielt Ask regelmäßig kleine Vorträge über das Risiko, sich eine Geschlechtskrankheit zu holen. Eines Abends standen sie vor dem großen Mietshaus, in dem Ask wohnte, und redeten über die Schularbeiten. Da kam eines der Dienstmädchen heraus auf den Hof, fertig mit der Arbeit des Tages, und ging mit wippendem Busen und wiegenden Hüften an ihnen vorbei und hinauf zum Bürgersteig.

Ask lächelte der jungen Frau zu. Sie lächelte zurück. Ihr Gesicht war braun und grob und ihre Zähne waren groß und mit Luft dazwischen, erinnerten an ein Pferdegebiss. Sie war mindestens 25 Jahre alt und mollig und kräftig. Ask hatte sie manchmal unten im Keller beim Mangeln der Wäsche angetroffen.

Er hatte sie gezwickt, und ihr Hals duftete erregend nach den Blüten der Traubenkirsche.

»Dass du so eine grüßt«, sagte Pelle. Die weißen Wollgrasbüschel über seinen Augen zogen sich tadelnd nach oben.

In Ask begann es zu arbeiten. Er drehte sich und schaute dem Dienstmädchen nach. Er sagte:

»Na dann tschüs. Mach's gut.«

Pelle sagte:

»Du solltest dir zu gut sein, um ihr hinterherzulaufen.«

Ask hielt einen Moment inne und schielte hinüber zu Pelle. Er hatte weder eine besondere Lust, noch war er besonders entschlossen, aber er sagte:

»Das werde ich wohl noch selbst bestimmen!«

Pelles Nasenlöcher weiteten sich so sehr, dass Ask ihm bis ins Gehirn schauen konnte. Er sagte:

»Das tust du nicht, auf keinen Fall.«

Ask spürte, wie sich seine Kiefer zusammenpressten. Er sagte:

»Und wer sollte mich daran hindern?«

Pelle legte ihm eine pastorale Hand auf die Schulter und sagte:

»Ich!«

Pelle stand aufrecht da, mit verklärtem Gesicht, als schickte er sich an, die ganze Menschheit zu retten, als wollte er die ganze Last der Welt auf seine Schultern laden. Das war so grotesk, dass Ask sich losriss und die Straße hinauflief, dem Dienstmädchen hinterher. Pelle startete eine Sekunde später, holte rasch auf. Das war ein großer und edler Moment in Pelles Leben, niemand sollte ihn davon abhalten, den Freund vor einem Schicksal zu bewahren, das schlimmer war als der Tod. Ask hörte das Klappern von Pelles Schuhsohlen hinter sich auf dem Bürgersteig, er hörte den keuchenden, ekstatischen Erlöser-Atem aus Pelles Kehle, er merkte, dass Pelle ihn einholte, und in einem kurzen, wunderlichen Augenblick ahnte er etwas schrecklich Dunkles und Schicksalhaftes in diesem gehetzten Lauf die Straße hinauf, der jungen Frau mit den wiegenden Hüften und den großen weißen Zähnen hinterher.

Diese Szene sollte später im Leben für ihn zum Symbol werden für das menschliche Dreieck in Norwegen.

Für jeden A, der um die Gunst von C buhlt, wird es – in anderen Ländern – einen B geben, der hinter A herläuft, um ihm den Rang streitig zu machen.

Für jeden A, der um die Gunst von C buhlt, wird es – in Norwegen – einen B geben, der hinter A herläuft, um ihn vor der Sünde zu bewahren.

Das ist einer von vielen Gründen, warum die Sünde in Norwegen eine eigene, bittere Verlockung ist.

In ihren Jugendjahren hören all die jungen Männer auf die schönen Worte, wonach das Leben rein sein soll, edel und gesund, sie hören die Wörter über die Liebe, die Selbstlosigkeit und den guten Willen, und gewiss stimmen sie mit den Forderungen der hohen Ideale überein. Aber unter der drückenden Decke grauer Pfadfinder-Gedanken protestiert etwas, und sie wischen sich verwirrt über die Stirn, denn sie können nicht begreifen, dass der einzige gute und reine und edle Geruch der Welt der Geruch nach Seife und Lavendel sein soll. Es geht ihnen nicht in den Kopf, dass das gute und das reine und das edle Leben den kräftigen Geruch nach einem saftigen, blutigen Steak, nach dunkel schäumendem Bier, den Geruch nach gepresstem Tabak und Hobelspänen und neuem Leder negiert, sie verstehen nicht, dass von den Befürwortern des reinen Lebens verschwiegen wird, dass der Geruch nach Pferdemist auf einem Acker ebenso gut, ebenso edel, ebenso himmlisch ist wie der Geruch nach frisch aufgebrühtem Tee. Und es übersteigt alles menschliche Verständnis, dass der erregende Geruch nach den Blüten der Traubenkirsche und nach den kleinen Härchen in den Achselhöhlen der jungen Mädchen etwas Unanständiges und Gemeines sein soll. Sie können es nicht verstehen, sie haben das Gefühl, dass sie aus irgendeinem Grund auf grandiose Weise betrogen werden. Niemand kann ihnen das Geheimnis erklären; stellen sie Fragen, antworten ihnen die erwachsenen Männer mit den faltenlosen Gesichtern und den unschuldigen Augen: »Treibt Sport, Jungs, und beginnt den Tag mit einer kalten

Abreibung!« Und deshalb gehen so viele von den jungen Männern später mit einem Hunger nach der Sünde hinaus ins Leben, ein Hunger so intensiv, dass sie für sich selbst und die Welt zur Gefahr werden.

Pelle gewann den Wettlauf. Ask musste sich geschlagen geben. Die beiden Jungs standen heftig atmend an der Straßenecke einen Häuserblock weiter. Die junge Frau war verschwunden.

Ask fühlte sich nach diesem Ereignis so gedemütigt, dass er beschloss, das Versäumte nachzuholen. Er lauerte dem Dienstmädchen im Keller auf, umgarnte sie, zwickte sie, und einmal kam er so weit, dass er die Hand unter ihre Bluse schob und ihre weiße, warme, üppige Brust spürte. Aber da war für sie die Grenze erreicht. »Das ist nichts für kleine Jungs«, sagte sie. Und danach wusste Ask nicht genau, wen er mehr hasste: Pelle oder das Dienstmädchen.

Das Dienstmädchen bekam woanders eine Arbeit und verschwand. Aber Pelle blieb in derselben Bank sitzen wie Ask, wie eine immerzu klappernde Windmühle. Genauso oft, wie er Pelle bewunderte, genauso oft knirschte er heimlich mit den Zähnen. Und wenn die andern über Pelles Witz und seine Erfolge staunten, dann saß er für sich und wusste, dass Pelle ein Blender war, ein Adler mit Dorschseele, ein Nansen mit dem Hirn eines Kontoristen und den Fingern eines Kopisten, die größte Mittelmäßigkeit in der Geschichte Norwegens.

Ihn schauderte, wenn er merkte, dass seine Kritik an Pelle auch auf ihn zutraf. Denn die beiden waren sich sehr ähnlich. Aber er reagierte aus dem Grund nicht weniger scharf. Wenn Pelle moralisch wurde und seine Predigten hielt, wurde Ask unmoralisch und sagte hässliche Dinge. Wenn Pelle überschäumte vor Witzeleien und Späßen, wurde Ask schweigsam und wütend. Wenn Pelle mit seinen Erlebnissen bei den feinen Leuten prahlte, konterte Ask manchmal mit der bissigen Bemerkung, dass 12 Prozent der männlichen Bevölkerung des Landes arbeitslos seien und dass ein Familienvater in der Woche gerade einmal 37 Kronen Sozialfürsorge bekomme. Aber Pelle war im Vorteil, er hatte seine Melodie gefunden. Ask war im Nachteil, ständig war er angespannt und musste sich auf die Lippe beißen, wenn er sich bei Diskussionen äußern sollte. Deshalb war Pelle immer der Überlegene. Mit einem leisen, mitleidigen Lächeln hörte er sich die wankelmütige Rede des Freundes an; er zog die weißen Augenbrauen hoch und ließ auf eine irritierende und ablenkende Weise einen Bleistift zwischen den weichen Fingern wippen, sodass alle auf den Bleistift schauen mussten. Pelle achtete immer darauf, im Mittelpunkt zu stehen, und er wusste ganz genau, dass die anderen um ihn herum ständig mit freudiger und gespannter Erwartung auf seine Reaktion warteten. Sein Lieblingskommentar war »Hört, hört«, und die anderen schütteten sich aus vor Lachen. Diesen Laut setzte er gezielt dann ein, wenn Ask Luft holen musste oder wenn er sich versprochen hatte. Und wenn Ask dann fertig war und nach seinem letzten Beitrag zitternd und bebend dastand, machte Pelle eine genau kalkulierte Kunstpause, bis alle Blicke auf ihn gerichtet waren. Und dann erst pflegte er zu sagen:

»Nichts macht mich so hungrig wie ein Vortrag über Sozialismus. Da muss ich mir jetzt einfach was Süßes holen!«

Und dann zog die ganze Meute brüllend vor Lachen ins Schulgebäude und scharte sich um die Tochter des Hausmeisters, die im Flur Kuchen und dampfenden Kakao verkaufte, während Ask auf dem Schulhof stehen blieb und in den Kies stampfte.

Nach dem Abitur wollten sowohl Pelle als auch Ask an der Universität in Oslo studieren. Sie hatten sich noch nicht entschieden, ob sie Jura oder Philologie wählen sollten, mit dem endgültigen Entschluss wollten sie warten, bis sic die vorbereitenden Prüfungen in Philosophie und Latein hinter sich hatten. Dieses erste Jahr, meinten sie, könnten sie in ihrer Heimatstadt verbringen und im Selbststudium lernen. Eine solche Planung passte ihnen ausgezeichnet, denn sie waren beide arm und sahen mit heimlichem Grauen dem Augenblick entgegen, wenn es ernst würde und sie nach Oslo fahren und in einer Studentenbude wohnen müssten. Im Sommer arbeiteten sie, Pelle als Verkäufer in einem Herrenausstattungsgeschäft, Ask als Aushilfe in einer Bank. Ask verdiente 100 Kronen im Monat, Pelle 110. Aber am 1. September fuhren sie beide mit dem Zug nach Oslo und ließen sich an der Universität immatrikulieren. Sie hatten auch gehört, dass die Studenten in Oslo mehrtägige Feiern veranstalteten.

Die drei Festtage in Oslo wurden zu einem vernichtenden Albtraum, den Ask nie vergessen sollte. In diesen Tagen konnte er bei entfernten Verwandten in der Altstadt wohnen. War das Oslo? Vielleicht begannen schon da die Angst und die Demütigung, als sie ihm den alten Diwan im Esszimmer zeigten, auf dem er schlafen sollte, und als er an der Wand hinter Glas eingerahmt das beliebte Bild des kleinen Jungen sah, der dasitzt und einem Hund in die Augen schaut, mit der Unterschrift: »Kannst du nicht sprechen?« Aus irgendeinem Grund wirkte dieses Bild total deprimierend auf ihn. Er kannte es bis zur Bewusstlosigkeit aus seiner Kindheit, seine Großeltern hatten es an der Wand hängen, seine Onkel und Tanten, alle Menschen hatten das Bild mit dem Knaben und dem Hund. Es gab nur ein anderes Bild – auch das eine eingerahmte tabakbraune Fotografie hinter Glas –, das ihn ebenso anwiderte: Es war das Bild eines alten, müden Mannes in Arbeitskleidung, der allein an einem ärmlichen, roh gezimmerten Tisch sitzt, die groben Hände demütig auf der Tischplatte gefaltet und vor sich einen Kanten Brot und eine leere Milchschale. Dieses Bild trug den Titel »Das tägliche Brot«. Obwohl ihm dieses Bild in Oslo erspart blieb, musste er drei Nächte unter dem Schwachkopf von einem Knaben schlafen, der nie zu begreifen schien, dass ein Hund stumm ist und stumm bleibt. War das Oslo?

Er stand auf dem Universitätsplatz. Die neue schwarze Studentenmütze saß auf der Stirn wie ein eiserner Ring, und er wusste, dass er gegen ein geheimes ehernes Gesetz verstoßen hatte, weil er die schwere, glatte Seidenquaste mit einer Sicherheitsnadel am Mantelkragen befestigt hatte, damit sie auf der Schulter liegen blieb. Er stand auf dem Platz eingeklemmt zwischen tausend anderen künftigen Studenten und warf einen ehrfürchtigen Blick hinauf zu dem jungen Studenten im Smoking, der sein Goldhaar zurückgekämmt und mit einem unbeschwerten Lächeln oben an der Treppe zur Aula stand und für die Universität die Rede der Studenten hielt. Ein solcher Mut und eine solche Überlegenheit erschienen ihm unfassbar. Mit bebendem Herzen hörte er der jungen, kräftigen Stimme zu, die wie eine Fahne im Wind schlug. Der junge Mann, der da redete, war im Frühjahr der Abiturientensprecher von Oslo gewesen, und er führte seine ehrenvolle Aufgabe in einer Sprache aus, die stark, klar, gewählt, wohlklingend und natürlich war. »Norwegen«, sagte der junge Mann, und es klang fast wie die Töne einer Goldharfe, und Ask zog den Gürtel um den grauen Regenmantel enger und fror.

Danach spielte das Philharmonische Orchester an der Balustrade unter den gewaltigen griechischen Säulen Svendsens »Festpolonaise«. Auf einen Norweger, der noch dazu musikalisch ist, wirkt diese Polonaise noch großartiger und ergreifender als selbst Tschaikowskis Polonaise von »Eugen Onegin«. Als die Töne verklungen waren und die Feier vorbei war, hatte Ask kein Gefühl mehr in den Beinen. Seine Knie waren zu Gelee geworden, er verstand nicht, mit welchem Recht er es gewagt hatte, diesen Tempelplatz zu betreten, er meinte, die wunderbaren Menschen um ihn herum würden ihn streng anschauen und sich kreisförmig von ihm fortbewegen.

Es wurde ein bisschen besser, als ihm in dem großen Saal mit den im Halbkreis angeordneten Bankreihen, wo sich die Studenten versammeln sollten, um ihre Immatrikulationsurkunde zu empfangen, die heimatlich vertraute, abgestandene Klassenzimmerluft in die Nase stieg. Ask blieb hoch oben in der hintersten Reihe sitzen, neben Pelle. Pelle war völlig unbeeindruckt, saß nur da und machte Witze. Er kannte bereits die Namen der drei Universitätsleute, die tief dort unten auf einem Podium Platz genommen hatten und die Zeremonie leiteten. Einer war Professor, die zwei anderen waren Dozenten. »Warte nur, bis du und ich hier Professoren sind!«, sagte Pelle und rieb sich selbstzufrieden die Hände. Ask überlief es kalt, ihm schwindelte wegen der Dreistigkeit des Gedankens und wegen Pelles leichtfertigem Umgang mit den Werten des Olymp. Er schloss die Augen und wartete darauf, dass ein Blitz einschlug und sie beide verbrannte. Aber nichts geschah, und nacheinander gingen fünfhundert Studenten an dem Professor am Katheder vorbei und erhielten ihre Immatrikulation. Der Mann war groß, kräftig wie ein Stier und sehr hässlich. Er hatte eine Nase wie eine hängende Schlangengurke, und er hatte ein verschlagenes Pfaffenlächeln, das er aufsetzte, wenn er dem ehrfürchtig wartenden Studenten die Urkunde überreichte, und das er danach blitzschnell ablegte, wenn er mit dem Rücken zum Auditorium in den Papierstapel griff. Die Hand des Mannes – die jeder drücken musste – war riesig, schlaff und feucht.

Bevor Ask an die Reihe kam, hatte er in der maschinengeschriebenen Liste geblättert, in der die neu eingeschriebenen Studenten aufgeführt waren, die jetzt nach vorne gingen, um ihre Immatrikulationsbescheinigung zu erhalten. Es war eine sehr norwegische Liste, was Vorname, Familienname, Geburtsort und Wohnort betraf. Martin, Else, Knut, Ottar, Anne, Torbjørn, Margit, Rolf, Svein. Sie kamen aus Oslo, Røros, Haugesund, Oslo, Molde, Narvik, Oslo, Bergen, Trengereid, Oslo, Trondheim, Levanger, Lillehammer und Oslo. Deshalb stockte er plötzlich, als er in der Rubrik Geburtsort entdeckte, dass einer der Studenten in Hautes-Pyrénées, Frankreich, geboren war. Er fuhr mit dem Finger die Zeile entlang und sah, dass es sich um ein Mädchen handelte, das ansonsten einen ganz norwegisch klingenden Namen hatte. Er atmete tief ein, ergriffen von diesem merkwürdigen und exotischen Eintrag in der norwegischen Liste, und er fand keine Erklärung, warum ihn das so bewegte. Der Strom der Studenten zog langsam an dem Katheder dort unten vorbei, aber dieses norwegische Mädchen und ihr ungewöhnlicher Geburtsort gingen ihm nicht aus dem Kopf, er musste ständig auf die Liste schauen und immer wieder ihren Namen, ihr Geburtsdatum, ihren derzeitigen Wohnort Oslo und ihren abenteuerlichen Geburtsort lesen: Hautes-Pyrénées. Später im Leben sollte er herausfinden, dass Hautes-Pyrénées eine der Provinzen Frankreichs ist, damals stellte er sich darunter die hohen Berge der Pyrenäen vor. Das Mädchen musste direkt unter dem Firmament geboren worden sein. Seine Gedanken begannen zu wandern, mit seinem inneren Blick stellte er sich das Mädchen vor, sie wurde zu einer poetischen Vision von solcher Intensität, dass das Herz in seiner Brust zu hämmern anfing.

»Das Mädchen aus den Pyrenäen«!

Was für eine schöne, warmherzige, zauberhafte Lebensgeschichte musste sich hinter diesem Mädchen verbergen! Und welch hinreißende, nette, charmante Eltern sie zweifellos hatte! Welch poetische Kindheit! Welch wunderbare Jugend!

Er sah ihre Eltern vor sich. Der Vater war reich, jung, unabhängig, gut aussehend, rank, er war ein guter Reiter, war sogar Leutnant der Kavallerie, aber seine Neigung galt vor allem der Musik, seine liebsten Stunden verbrachte er am Flügel in der Privatbibliothek, er interpretierte Chopin auf eine innige und gefühlvolle Weise. Seine junge Frau war von wunderbarer Schönheit: schlank, zart und mit Wespentaille und hochgestecktem Haar, große, sanfte Veilchenaugen in einem geistvollen Gesicht, ihre Seele war fromm und poetisch, sie liebte Blumen, und ihr Mann hatte ihr in der alten herrschaftlichen Wohnung einen Wintergarten einrichten lassen. Oh, ihre Liebe zueinander war wie ein Gedicht, ihre Welt war voller Schönheit und Glück, sie waren das attraktivste Paar in Oslo, die Leute blieben stehen und tuschelten, wenn das Paar aus dem Landauer stieg und einen seiner seltenen Spaziergänge in einem der öffentlichen Parks machte.

Dann geschah es, an einem Tag vor neunzehn Jahren. Es geschah im Wintergarten. Sie war eines Abends eigenhändig mit der kleinen Sprühflasche herumgegangen und hatte ihre geliebten Hyazinthen, die herrlichen Kaktusblüten, die Lilien und die Orchideen segensreich bedacht. Er war nach ihr in den Wintergarten gekommen, er war zu ihr gegangen und hatte den Arm um ihre Schulter gelegt. Da stellte sie die kleine Sprühflasche zur Seite, schmiegte zärtlich ihren Kopf an seine Brust und vertraute ihm mit schüchterner, fast unhörbarer Stimme das Geheimnis an. Zuerst konnte er gar nicht fassen, was sie sagte, er strich ihr zitternd übers Haar, aber dann wurde er sich des Wunders bewusst. War sie sicher? Ja, sie war sicher. Jetzt war sie sicher. Jetzt trug sie sein Kind unter ihrem Herzen. Da fiel er auf die Knie und begrub sein Gesicht im Schoß ihres Kleides. Dann erhob er sich, drückte sie behutsam an sich, hob sie hoch und trug sie auf seinen Armen hinaus aus dem Wintergarten, voller Sorge, sie könnte sich dort eine Lungenentzündung holen.

Später hatte er ihr zugeflüstert: »Unser Kind soll im warmen Süden geboren werden. Es soll in den französischen Pyrenäen geboren werden. Es soll unter Weinranken gestillt werden, von der Wiege aus soll es hinunterschauen auf das Mittelmeer, seine Augen sollen die Farbe des Meeres annehmen.«

Asks Traum war wahrhaftig, wirklich und wunderbar: Er sah den jungen, reichen Ehemann, gekleidet in einen englischen Anzug aus klein kariertem Tweed, wie er am Bahnhof die Fahrkarten löste, er sah die Diener und das Kammermädchen die Koffer packen, er sah den Abschied am Bahnsteig, er sah die Blumen und die Bücher und die Schachteln mit dem Konfekt und die Frühstückskörbe und die mit Bast überzogenen Weinflaschen, er sah das Ehepaar auf seiner Reise durch Europa, er sah sie in ihrem reservierten Abteil einander gegenübersitzen, ihm entging auch nicht, dass der junge Ehemann sie rücksichtsvoll so platziert hatte, dass sie mit dem Gesicht in Fahrtrichtung saß. Er sah, wie sich ihre Blicke von Zeit zu Zeit trafen, still und glücklich, wie der junge Ehemann seine Hand über das kleine Tischchen am Fenster streckte und die ihre fest und beruhigend drückte, wie sie zum Fenster hinausschauten auf die Bäume, die Felder, die Kühe, die Häuser, die Städte, wie sie vorbeiflogen. Neben ihnen auf dem weichen Sitz des Abteils würden Bücher und Illustrierte liegen, und ab und zu würden sie zur Ablenkung darin blättern, aber dann würden sich ihre Blicke wieder treffen und zärtlich würden sie sich an den Händen fassen. Und der junge Ehemann würde sich erheben und den Frühstückskorb aus dem Gepäcknetz herunterholen und ihn öffnen und kritisch in die verschiedenen Fächer schauen; er würde den glänzenden hellroten Lachs unter dem Butterbrotpapier mustern und überlegen: Was sollte er seiner jungen Gattin am besten anbieten? Er würde prüfend die kalten Kalbskoteletts ansehen und erneut überlegen. Aber dann würde er triumphierend das gebratene Hühnchen entdecken, er würde einen zarten Flügel abbrechen und ihr reichen, dazu eine reife, tiefrote, glänzende Tomate. Mit einem strahlenden, tapferen kleinen Lächeln würde sie ihm für seine umsichtige Fürsorge danken und vorsichtig einen winzigen Bissen nehmen. Dann würde er die Weinflasche von der Ablage holen, eine Serviette auf ihrem Schoß ausbreiten, die Gläser aus dem Schweinslederetui hinstellen und ihr ein Glas mit rotem, funkelndem Wein einschenken und er würde die Worte sagen: »Auf dich.« Und als wüsste sie, was er aus Verschämtheit nicht ausgesprochen hatte, lächelte sie zurück und flüsterte: »Und auf das neue Leben.« Danach aßen und tranken sie schweigend, zu sehr ergriffen, um etwas sagen zu können.

In Paris tätigte er die nötigen Vorbereitungen und Einkäufe für ihr Vorhaben. Bereits in Norwegen hatte der junge Ehemann telegrafisch ein großes, altes, romantisches Chalet in den Pyrenäen gemietet, es fehlte nur noch der Kauf von Liegestühlen und anderem Inventar, und man musste sich um eine Krankenschwester und einen Arzt kümmern.

Da erwartete sie eine große Enttäuschung. Professor Gascognard an der Sorbonne, einer der berühmtesten Gynäkologen der Welt und ein Jugendfreund vom Vater des jungen Ehemanns (der selbst Arzt war), hatte seinen Beistand bei der Geburt in den Pyrenäen zugesagt. Aber zwei Tage vor ihrer Ankunft in Paris hatte der Professor einen Schlaganfall erlitten, und ihm stand ein langes, vielleicht lebenslanges Krankenlager bevor. Aber von seinem Krankenlager aus war es ihm geglückt, einen Ersatz zu finden: Professor Tourneville von der Universität Marseille, den er nach seiner Wenigkeit für den besten Geburtshelfer Frankreichs hielt und den er über die Lage in Kenntnis gesetzt hatte. Nach diesem kleinen Schrecken, der sie beinahe veranlasst hätte, umzukehren, zogen sie getrost weiter gen Süden. In Marseille sprachen sie mit Professor Tourneville, der ihnen versprach, seine Praxis in der Stadt zu verlassen und zu ihnen in die Berge zu kommen, um im letzten Monat ihrer Schwangerschaft bei der jungen Frau zu sein. Hier in Marseille fanden sie auch zwei speziell ausgewählte Diener und die Krankenschwester. Sie war von Geburt Engländerin, in ihrem Wesen kühl und etwas barsch, aber im Grunde ihres Herzens ein empfindsamer und guter und verlässlicher Mensch. Die Weiterfahrt erfolgte zunächst mit dem Auto, aber das letzte Stück des Weges musste teils zu Fuß, teils auf dem Rücken von Mauleseln zurückgelegt werden, und oft konnte man im Blick des jungen Ehemanns eine tiefe Besorgnis lesen. Aber alles ging gut. Die junge Frau war nach der Ankunft ein wenig blass und matt gewesen, erholte sich aber rasch in der klaren Hochgebirgsluft. Das Rosige kehrte in ihre Wangen zurück, und die gesunde Kost – das Brot, die blauen Trauben, der Wein, der Käse, die Ziegenmilch – schienen ihr bestens zu bekommen. Wenn sie am Abend in den Liegestühlen am Rande der Gebirgsschlucht saßen und den Blick über das tiefblaue Meer von Spanien auf der einen Seite bis hinüber nach Afrika auf der anderen schweifen ließen, wenn er die dicke, wollene schottische Decke über ihre Schultern breitete, um sie vor der Kühle des Abends zu schützen, da geschah es oft, dass sie nach seiner Hand griff und sie voller Dankbarkeit küsste. Dann holte der Mann tief Luft und hob seinen Blick zum Himmel.

Als aber ihre Zeit gekommen war, gebar sie ihr Kind. Es war ein Mädchen. Es war das schönste aller Kinder, und seine Augen waren so blau wie das azurblaue Mittelmeer tief unter ihrer Gebirgsfestung. Oft, wenn der Ehemann sah, wie sich seine Frau mit einem verklärten Ausdruck im Gesicht über den kleinen Engel in der Wiege beugte, musste er seinen Hut und seinen Bergstock nehmen und in der felsigen Landschaft wandern, um mit seinem Glück allein zu sein.

In den Hautes-Pyrénées wurde das Mädchen geboren, und die Eltern blieben ein halbes Jahr mit der Kleinen in dem Chalet. Danach ließen sie sich in Florenz nieder, wo sie sich mit kleinen Unterbrechungen aufhielten, bis das Mädchen zwölf Jahre alt war. Der Vater, der in all diesen Jahren nur einige kurze Sommerbesuche in Norwegen und einige wenige Geschäftsreisen nach Marokko und England unternommen hatte, beschloss nun, mit der ganzen Familie, die sich in der Zwischenzeit um einen Sohn erweitert hatte, zurückzukehren in das Heimatland. Aber es wurde entschieden, dass das Mädchen einige Jahre ein Internat in Frankreich besuchen sollte, bevor sie den Eltern nach Norwegen folgte, um dort das Abitur abzulegen.

Ask wurde aus diesem Traum geweckt, als der Name des Mädchens aufgerufen wurde. Er beugte sich vor, blass vor Spannung und Erregung, um einen Blick auf das Mädchen aus den Pyrenäen zu erhaschen. Sein Herz hörte auf zu schlagen, und er musste sich in die Hand beißen, denn noch nie hatte er ein so schönes Mädchen gesehen.

Denn jetzt geschah das Wunderbare, dass sich der Traum, den er sich hier auf seinem Platz ausgedacht hatte, vor seinen Augen materialisierte! Aus einer der Bankreihen unter ihm in dem großen Saal hatte sich ein Mädchen erhoben, sie ging bereits den Seitengang hinunter und hin zu den drei dunklen Männern am Katheder. Ask konnte sie erst nur von hinten und von der Seite sehen, aber ihr Anblick traf ihn wie ein Schlag. Ihre Haltung war rank und wunderbar graziös. Sie ging anmutig und selbstbewusst wie eine Prinzessin, und das weiße Seidenkleid betonte die weichen Linien ihres Körpers. Ihr Kleid war ärmellos, und die Arme und Schultern glänzten in hellem Braun mit einer mattgoldenen Tönung der Haut. Ihr Haar war nussbraun und fiel ihr in Wellen über die Schultern. Sie knickste, als sie ihre Immatrikulation entgegennahm, noch nie hatte Ask eine junge Frau so sanft und charmant knicksen sehen. In dem Moment, in dem sie sich wieder erhob, machte sie eine kleine Bewegung mit dem Kopf, für einen kurzen Augenblick glitt ihre Haarfülle zurück, für einen kurzen Augenblick schaute sie verlegen lächelnd zu den Studenten in dem Saal, und für einen kurzen Moment blickte Ask in das schönste, anmutigste, hübscheste Jungmädchengesicht, das er je gesehen hatte. Der Anblick ihres sanften, ebenmäßigen goldbraunen Gesichts, ihrer weißen Zähne, ihres feinen, sicheren, halb wehmütigen Lächelns und ihrer großen tiefblauen Augen erfüllte Ask mit einem so tiefen Gefühl der Andacht, dass er zitternd die Hände unter der Bank zusammenpresste. Er sah sie wie durch einen Schleier tief dort unten, fünfzehn Meter weiter unten im Saal, er versuchte ihr ständig mit den Augen zu folgen und ihr Wesen in sich aufzusaugen, er sah sie vom Podest hinuntersteigen und weggehen. Und da, als endgültige Bestätigung für die Richtigkeit des Traumes, da sah er, wie sie sich zu einer hochgewachsenen, schönen Frau um die vierzig und einem noch stattlicheren Mann gleichen Alters gesellte. Der Mann, dessen Schläfen grau meliert waren, hatte einen dunklen Mantel über dem Arm, bereit, ihn um die Schultern des jungen Mädchens zu legen. Das waren die Eltern des Mädchens! Die sie aufgezogen, mit ihr musiziert und Gedichte gelesen hatten, sie hatten ihre Seele und ihr Gesicht mit der Schönheit der rosafarbenen Marmortreppen und der dunkelgrünen Zypressen an den Gestaden des Mittelmeers geprägt, sie waren es, die das Mädchen in die natürliche Welt des Schönen und Guten geleitet hatten und die sie ihre ganze Kindheit mit Perlmutt und Goldfäden hatten spielen lassen – sie standen jetzt da und erwarteten sie! Zärtlich und stolz drückten sie ihr die Hand, das Mädchen küsste sie auf beide Wangen – vor dem gesamten Auditorium küsste sie ihre Eltern auf die Wangen! –, und gemeinsam gingen die drei zur Tür. Noch einmal drehte sich die junge, weiß gekleidete Fee um und schaute hinauf zu den anderen Studenten, aber Asks Augen waren vernebelt, und er konnte ihr Gesicht nicht deutlich sehen, und dann öffnete sie die Tür und verschwand in einem Lichtkegel aus goldenem Sonnenschein. Alle anderen Studenten waren nach Empfang ihrer Immatrikulation zurück auf ihre Plätze gegangen, wo sie die ganze lange und öde Zeremonie sitzen blieben. Nur sie – die Fee – war von ihren Eltern erwartet worden. Nur sie – die Fee – schien wie eine Prinzessin verschwinden zu dürfen, wann es ihr passte. Dem staunenden und paralysierten Ask kam es so vor, als sei die ganze Zeremonie ausschließlich ihr zu Ehren in Szene gesetzt worden.

Sie verschwand wie eine Erscheinung. Er sah sie später nie mehr wieder, er hörte nie mehr, wie ihr Name genannt wurde, er wusste nicht, wohin sie ihre Schritte lenkte, nachdem sie die Tür zum Universitätsplatz geöffnet hatte und in einem Meer aus herbstlicher Sonne verschwunden war. Aber er sollte sie nie vergessen.

Pelle versetzte ihm einen Rempler, jetzt war Ask an der Reihe. Noch ganz in Gedanken, stieg er aus der Bank, man hatte ihn unten am Katheder zweimal aufgerufen. Er lief hinkend den Seitengang hinunter und wäre zweimal beinahe gestolpert. Als er auf das Podium kam, sah er ein böses Glitzern in den Augen des hässlichen Professors. Ask hatte die akademischen Gesetze gebrochen, hatte sich gegen die Alma Mater versündigt, er war jetzt ein Ausgestoßener, weil sie ihn zweimal hatten aufrufen müssen, er sah den Hass in dem schmierigen Lächeln des hässlichen Professors, er wusste, er war verloren, sie würden ihn zwar sechs Jahre an der Universität studieren lassen, aber genau dieser Professor würde ihn im Examen prüfen, würde die Frage nach der Quadratur des Kreises stellen und würde ihn durchfallen lassen. Vom ersten Moment an hatten sie sich Ask gemerkt, er war der, der schlief und von Mädchen träumte, er war der, der nicht erschien, wenn er aufgerufen wurde, sie würden sich an Ask erinnern, sie hatten einen eigenen Index für solche Studenten. Ask zitterte so stark vor Angst, dass er die Immatrikulation mit der rechten Hand entgegennahm. Er brauchte lange, bis er die Urkunde in die linke Hand gewechselt hatte, um mit der rechten, freien Hand die ausgestreckte, schwammige, feuchte Hand des Professors zu drücken. Er sah an dem Blick der beiden Dozenten, dass alle anderen Studenten die Immatrikulation mit der linken Hand entgegengenommen hatten, ohne zu zögern, ohne Zeit zu vergeuden. Sie nickten sich zu, die drei dunkel gekleideten Männer, und Ask wusste, dass er erledigt war, ausgesondert, bevor er angefangen hatte. Sterbenselend vor Scham und Verzweiflung, taumelte er herunter vom Podium, er hätte sich beinahe übergeben.

Die goldene Stadt

Am gleichen Abend wollte er mit einem Mädchen ausgehen. Es war eine Bekanntschaft, die er nicht mehr gesehen hatte, seit sie beide Kinder waren und sie für einen kurzen Ferienbesuch in seiner Heimatstadt gewesen war. Er hatte ihr geschrieben, bevor er nach Oslo fuhr, er kenne niemanden in Oslo, ob sie vielleicht Lust habe, einen Abend mit ihm auszugehen?

Als er sich am Abend rasierte, sah er mit einiger Sorge, dass sich auf der Nase ein Pickel gebildet hatte, fast ganz vorne an der Nasenspitze. Am Vormittag war die Nase nur ein bisschen empfindlich gewesen, wenn man sie angefasst hatte, und hatte nur eine leichte hellrote Färbung der Haut gezeigt. Jetzt war die Schwellung schlimmer geworden. Er versuchte, den Pickel mit einer Sicherheitsnadel zu entfernen, aber es war einer von der unterirdischen Sorte, die in die Breite gehen statt in die Höhe. Er wäre vor Schmerz beinahe ohnmächtig geworden und musste aufgeben. Aber diese unvollendete Operation hatte die Schwellung nur vergrößert, und in seiner Not wusste er keinen anderen Rat, als Talkumpuder darüberzustreuen, um auf diese Weise die Peinlichkeit zu verdecken. Aber er fand in seinem Kulturbeutel keine Talkumpuderdose – seine Mutter musste, als sie gepackt hatte, vergessen haben, die Dose hineinzutun, wahrscheinlich sollte er das nächste Mal, wenn er verreiste, das Packen selbst übernehmen! – und er wagte es nicht, zur Hausfrau zu gehen und sie zu fragen. Es müsste schon ein äußerst ungewöhnlicher junger Mann sein, der es wagte, zu seiner Gastgeberin zu gehen und um etwas Puder für die Nase zu bitten. In diesem Punkt war Ask ein ganz normaler, junger norwegischer Student. Voller Panik schaute er sich um in dem alten Bad, in dem er stand; sein Blick schweifte über die abgenutzte Badewanne, über die Ablage mit den Zahnputzgläsern, über die niedrige Klosettschüssel, über den blank geputzten Badeofen aus glänzendem Kupfer: kein Puder zu erblicken. In größter Not nahm er ein Stück Toilettenseife vom Waschbecken und rieb eine gelb-weiße Schicht Seife über die Nasenspitze. Es sah sehr seltsam aus. Aber er hatte jedenfalls die rote Peinlichkeit verdeckt, und so gerüstet nahm er mit einer kleinen Hoffnung die Trambahn zu dem

Haus der jungen Dame. Er hatte sie nicht mehr gesehen, seit sie beide zwölf Jahre alt gewesen waren, aber sie hatten sich damals eine Woche lang gut verstanden, und sie hatte ihm einen netten Brief mit beigelegtem Foto geschickt, und es war der erste Tag als frisch gebackener akademischer Bürger, und das war Oslo, die goldene Stadt mit den verheißungsvollen Sünden, das war das Leben, und ein vielversprechender Abend, und deshalb stand er in der Trambahn wie alle norwegischen jungen Männer in solchen Situationen (außer Pelle) und tastete nach etwas in der Jackentasche, denn man kann nie wissen, und es ist niemandem verboten, zu hoffen. Es gibt einem jungen Mann ein besonderes, prickelndes Gefühl, mit der Hand in der Jackentasche zu spüren, dass es etwas anderes und mehr gibt als den Hausschlüssel und die Schachtel mit den Zündhölzern.

Das Mädchen hatte braunes Haar und braune Augen. Sie saß im Wohnzimmer und wartete auf ihn, zum Ausgehen gekleidet, und sie wirkte auf ihn etwas kühl. Das kam möglicherweise daher, dass ihre Schultern nackt waren, dass der Raum nicht geheizt war und dass er deshalb auf ihren Armen und Schultern einen Anflug von Gänsehaut wahrnahm. Er wusste nicht, was es war, aber etwas im Wesen des Mädchens und in ihrem Blick ließ ihn unsicher, mutlos und ein wenig ablehnend werden. Die Eltern des Mädchens verstärkten dieses ungute Gefühl, sie sahen ihn an, wandten den Blick ab und schauten sich verstohlen an. Die Mutter des Mädchens kam mit einer Broschüre an, es war eine Firmenzeitung von dem Betrieb, in dem das Mädchen arbeitete. Auf der Vorderseite war das Mädchen mit einer Leselampe im Schoß abgebildet, es war ein Reklamefoto, und das Mädchen lächelte sein schönstes Filmsternchenlächeln. Ask murmelte etwas, und weil alle seine Laute als einen bewundernden Kommentar deuteten, nahm die Mutter des Mädchens die Zeitschrift an sich, legte sie behutsam auf das Buffet und sagte:

»Wohin wollt ihr denn heute Abend gehen?«

Darüber hatten sie nicht geredet. Ask musste zugeben, dass er zum ersten Mal in Oslo war, seine Kenntnisse bezüglich der Restaurants in der Hauptstadt waren äußerst mangelhaft.

»Das Speilen und das Bristol sind die besten Adressen«, sagte das

Mädchen. Sie griff sich mit einer Hand in den Nacken unter das lange Haar und warf es zurück. »Aber dort ist natürlich Verzehrpflicht«, ergänzte sie und schaute Ask mit braunen Augen an.

Ask schluckte und zuckte in einem Anfall von plötzlicher Panik mit dem Fuß. Er hatte genau 19 Kronen in der Tasche, und die sollten noch einen Tag reichen, außerdem hatte ihm seine Mutter eingeschärft, der Hausfrau, bei der er wohnte, zum Abschied einen kleinen Blumengruß zu überreichen. Er sah plötzlich das Etablissement vor sich, welches das Mädchen genannt hatte. Beide Wände und die Decke waren sicher mit funkelnden Kristallspiegeln bedeckt, der Fußboden musste einen dicken, weichen Teppich haben, in dem die Schuhe versanken, die Tische würden imponierend sein, mit weißen, knisternden Damastdecken, eine Reihe von Gläsern mit hohen Stielen würde bei jedem Gedeck in Bereitschaft stehen und darauf warten, mit Champagner gefüllt zu werden. Aufwendige Speisekarten und die Weinkarte würden aufgeschlagen auf dem Tisch stehen, der Raum würde erfüllt sein vom edlen, ehrwürdigen Duft Tausender erlesener Speisen, erlesener Getränke, erlesener Zigarren, an den umstehenden Tischen würden alle Professoren, Generäle, Kammerherrn, Ministerpräsidenten und Bankdirektoren Oslos in Begleitung ihrer mit Perlen und Juwelen geschmückten Gattinnen sitzen, ein Salonorchester würde gedämpfte Musik spielen. Ein Ober mit dunklem Bartschatten im Gesicht würde sich über Ask beugen, mitleidig diesen Jüngling ansehen, der in einem gewöhnlichen Sonntagsanzug erschienen war, während alle anderen der anwesenden Herrn entweder im Frack oder in Galauniform waren, er würde sich zu Ask herunterbeugen und ihm kalt und wissend ins Ohr flüstern: »Sie müssen hier etwas essen. Schnittchen sind das Billigste.« Und schlagartig sah Ask den größten Schrecken aller jungen, mittellosen Männer vor sich: die *Rechnung* – er sah den Ober dastehen und mit seinem Bleistift kritzeln, dessen Spitze er auf eklige Weise mit der Zunge anfeuchtete, er spürte förmlich, wie die Zahlen auf der Rechnung in astronomische Höhen stiegen, er fühlte sich wehrlos in eine Unternehmung hineingezogen, die sein weiteres Leben zerstören würde, ihn selbst in den Schuldturm und seinen Verwandten und Nachkommen ewige Schande bringen würde, er stöhnte bei dieser grässlichen Vorstellung und sagte mit krächzender Stimme:

»Ich – ich habe keinen Smoking ... und da ... Ich dachte, wir könnten etwas finden ... etwas weniger Pompöses ...«

Das Mädchen und seine Mutter streiften ihn mit einem vernichtenden Blick ihrer braunen Augen, und es entstand eine peinliche Pause. Da fröstelte das Mädchen, es legte sich einen gehäkelten Schal über die nackten Schultern und sagte:

»Nun denn.«

Ask war starr vor Angst, er zermarterte sich verzweifelt das Hirn und der Schimmer einer Hoffnung stieg in ihm auf, als ihm ein Restaurant einfiel, das jemand an diesem Tag erwähnt hatte:

»Gibt es nicht ein Lokal, das Cecil heißt?«

Mutter und Tochter schauten sich an und das Mädchen sagte düster:

»Doch. Natürlich.«

Sie hob die Augenbrauen ein wenig und fügte hinzu:

»*Ich* bin da noch nie gewesen. Aber wenn du willst, dann können wir es einfach versuchen.«

Ask war ungeheuer erleichtert. Er erhob sich rasch von dem Stuhl, auf dem er gesessen hatte, als wollte er andeuten, dass das Problem zur allgemeinen Zufriedenheit glücklich gelöst war. Draußen im Flur half er dem Mädchen in den Mantel.

»Keine Minute später als zwölf Uhr«, sagte die Mutter des Mädchens. »Du darfst deinen Schönheitsschlaf nicht versäumen.« »Nein«, sagte das Mädchen und drehte sich in der Tür um, »sei unbesorgt.«

Draußen auf der Straße sagte sie ihm, dass gleich in der Nähe ein Taxistand sei. Zum Glück kam in dem Moment eine Straßenbahn vorbei und in ökonomischer Panik handelte Ask rasch. Aber die Tram war voll, und sie mussten eng zusammengedrängt hinten auf der Plattform stehen und es war kalt und zugig, und der dunkle, seidenglatte Schal auf dem Kopf des Mädchens verrutschte und fiel ihr dann über die Nase. Sie stand so eingezwängt, dass sie ihn nicht mit der Hand richten konnte, sie blickte Ask nur mit einem braunen Auge an.

Am Eingang zum Restaurant mussten sie sich an zwei Matrosen vorbeidrängen, die lauthals mit dem Türsteher verhandelten. Endlich drinnen, mussten sie eine Viertelstunde im Flur warten, bis ein Kellner einen Tisch für sie hatte; und als sie den Platz bekamen, war es an einem Tisch, an dem bereits ein anderes Paar saß. Der Mann war lang und dürr, mit einem hässlichen, rot gefleckten Gesicht, und saß nur da und stocherte mit einem Zündholz in den Zähnen. Seine Begleiterin war klein, plump und farblos, mit wasserblauen Glupschaugen. Das Paar wechselte den ganzen Abend kein einziges Wort. Sie saßen stumm und träge da und starrten Ask und das Mädchen auf der anderen Seite des Tisches unverwandt an, vor allem Ask.

Nachdem Ask und seine Begleiterin am Tisch Platz genommen hatten, knetete Ask missgelaunt seine Hände unter der Tischdecke. Er versuchte ein Gespräch mit dem Mädchen anzufangen, aber jedes Mal, wenn er zu einer Bemerkung oder einer Geschichte ansetzte, traf ihn der Blick der beiden Fischgesichter auf der anderen Seite des Tisches, und ihm gefror das Blut in den Adern. Ask bot seiner Begleiterin eine Zigarette an, während sie darauf warteten, mit dem Kellner Kontakt aufzunehmen. Sie rauchte nicht, Nikotin sei schädlich für die Gesundheit. Danach wusste Ask nicht recht, ob er es wagen durfte, selbst eine zu rauchen. Schließlich machte er es einfach und kassierte erneut einen braunen Blick von seiner Begleiterin.

Sie war, wie sich herausstellte, Vegetarierin, sie wollte ein bestimmtes Gemüsegericht haben, das nicht auf der Speisekarte verzeichnet war, und als sie nicht bekommen konnte, was sie wollte, versank sie in verdrossenes Schweigen. Mit schlechtem Gewissen bestellte Ask für sich eine Portion Fleischklößchen. Blieb die Frage, was sie zu trinken haben wolle? Wermut? Wermut mit Eis? (Ask hoffte und betete innerlich, sie möge auf seinen Vorschlag eingehen; neben Bier war Wermut das einzige Getränk, dessen Preis ihm bekannt war.) Aber das Mädchen war Abstinenzlerin; Alkohol sei schädlich für ihr innersekretorisches System, sie müsse darauf achten, in Form zu bleiben, sie wolle nur Milch haben. Milch oder Orangensaft.

In Ask stieg langsam ein dumpfes, zorniges Gefühl der Verärgerung auf. Was bezweckte sie eigentlich? Diva spielen, um für ein Foto auf der Vorderseite eines Magazins gut auszusehen! Diese übertriebene Askese, diese penible Kontrolle mit Vitaminen und Kalorien, diese kalte, sauertöpfische, wissenschaftliche Sorge, nur mit dem Ziel, ihren Körper für den Fotoapparat zu trimmen. Sie trug sich vielleicht sogar mit dem Gedanken, Schönheitsprinzessin zu werden? Oslo-Prinzessin? Ha! Bestand das ganze Leben dieses Mädchens nur aus Gemüse, Milch und Schönheitsschlaf? Hatte sie keine anderen Interessen, als vor einem Spiegel zu sitzen und zu kontrollieren, ob sie, ein neunzehnjähriges Mädchen, vielleicht eine Falte auf der Stirn hatte oder ein graues Haar in all den braunen? Maß sie jeden Morgen und jeden Abend Puls und Temperatur, kontrollierte sie vor und nach jeder Mahlzeit ihr Gewicht, nahm sie, bevor sie sich schlafen legte, Block und Bleistift, um die Mengen an Vitaminen und Kalorien, die sie im Laufe des Tages zu sich genommen hatte, aufzuschreiben, machte sie regelmäßig Morgengymnastik und duschte eiskalt, schlief sie bei offenem Fenster, hatte sie nachts eine Maske aus Heilerde auf dem Gesicht und eine Fotografie von sich selbst auf dem Nachttisch? Diese Askese, diese Prüderie, diese Unzufriedenheit, dieses Geschniegelte, diese krankhafte Besessenheit vom eigenen Aussehen, wozu sollte das gut sein? Diese junge Frau hatte etwas Strenges, Steinhartes, Unerbittliches. Er begriff, dass sie mit gewaltsamer Energie und Verbissenheit irgendeinen Plan verfolgte, irgendein Programm. Beabsichtigte sie, als Fotomodell oder Schönheitsprinzessin Karriere zu machen? Es war, als würde man neben einer Prinzessin aus Glas sitzen, und voller Verzweiflung fragte er sich erneut: Ist das Oslo?

Später forderte er sie zum Tanz auf. Sie tanzte sehr förmlich und hielt Abstand, achtete ständig darauf, dass dreißig Zentimeter Luft zwischen ihren Körpern waren, seine Arme wurden ganz lahm von den Versuchen, sie an sich zu ziehen. Als sie nach dem Tanz zurück zum Tisch gingen, biss er sich auf die Unterlippe und wischte sich unauffällig mit einem Taschentuch den Schweiß von der Stirn.

Als es halb zwölf wurde, machte sie Anstalten aufzubrechen. Ask zischte ein ›Ssst‹ in Richtung des Kellners, und sie belehrte ihn, dass es unhöflich sei, ›Ssst‹ zu einem Kellner zu machen. Der Kellner legte die Rechnung zusammengefaltet auf den Tisch, Ask griff zögernd danach und warf einen ängstlichen Blick auf die Summe ganz unten. Mit einem langen Seufzer der Erleichterung sah er, dass es nicht mehr als

12,90 Kronen waren. Das bereute er im selben Augenblick, in dem er nach dem Geld suchte. Denn noch war das Problem mit dem Trinkgeld nicht gelöst.

Von allen Rechenproblemen der Welt ist das widerwärtigste, für den wartenden Kellner das Trinkgeld zu bestimmen. In diesem Moment wünschen alle jungen Männer alle Kellner zur Hölle, sie winden sich in einer namenlosen Seelenqual, die jungen Männer wissen, dass ihnen die Verachtung sowohl von ihrer interessiert zuhörenden Tischdame wie die des Kellners gewiss ist, egal, was sie geben, es ist zu viel oder zu wenig; sie wissen, dass darin ein Geheimnis liegt, das nur ein Mann von Welt zu lösen imstande ist, sie schaudern und beißen die Zähne zusammen, sie finden es ungeheuerlich und empörend, dass die Mutprobe in einer zivilisierten Gesellschaft in Form einer arithmetischen Aufgabe bei einem Kellner mit Schuppen auf den Schultern erfolgt, es gab Zeiten, in denen junge Männer ihre Männlichkeit im Kampf gegen einen Stier, einen Löwen, einen Eisbären oder ein Mammut bewiesen; im 20. Jahrundert ist nur der ein Mann, der genau weiß, wie viel Trinkgeld man dem Kellner geben muss.

Ask gab dem Kellner 13 Kronen, wohl wissend, dass es zu wenig war, aber er wollte die schreckliche Situation einfach schnell hinter sich bringen. Der Kellner verbeugte sich sehr tief und sagte mit einem leisen, höflichen Schnarren:

»Herzlichen Dank.«

Ask blickte beim Hinausgehen starr auf den Boden.

In der Garderobe bat Ask das Mädchen, ihn einen Augenblick zu entschuldigen, und ging zur Toilette. Dort seufzte er tief und leidend.

Er warf einen Blick in den Spiegel über dem Waschbecken und fuhr zurück, als hätte ihn der Blitz getroffen. Wem gehörte dieses monströse Gesicht, das er gesehen hatte? Langsam hob er eine zitternde Hand. Er sah die Hand im Spiegel hochkommen. Ergo war es seine Hand. Aber dann musste wohl das Gesicht im Spiegel auch seines sein?

Noch nie in seinem Leben hatte er so etwas Fürchterliches gesehen. Die Nase, die er fast vergessen und die zu berühren er sorgsam vermieden hatte, war grässlich angeschwollen und sah aus, als wäre sie von einer Tigerwespe gestochen worden. Die Schwellung war nicht nur so groß und dick, dass sie aussah wie eine faule, mittelgroße Tomate, darüber hinaus hatte sich der glühende Pickel einen Weg durch die Schicht aus weißer Toilettenseife gesprengt! Das Ungeheuer präsentierte sich jetzt hübsch eingerahmt von weißen, konzentrischen Kreisen aus Seife! Die Nase erinnerte an die Malerei eines verrückten Rubens, die Seifenringe hin zur Mitte des Pickels hatten dank der Wärme ein schäumendes Stadium erreicht, mitten auf der Tomate zeigten sich sogar kleine, glänzende Seifenbläschen, die in allen Regenbogenfarben schillerten.

Jetzt konnte Ask die Blicke, die er den ganzen Abend gefühlt hatte, besser nachvollziehen, er verstand auch den Drang des Mädchens, beim Tanzen etwas Luft zwischen ihm und sich zu lassen.

Er wusch die Nase vorsichtig mit einem Stück in Wasser getauchtem Toilettenpapier, biss die Zähne zusammen und ging mit einer Mischung aus Brandfackel und Erster-Mai-Fahne gesenkten Hauptes zurück zu dem Mädchen.

Etwas später standen sie draußen und warteten auf die Straßenbahn und sie sagte:

»Ich kann auch allein mit der Tram nach Hause fahren, macht mir nichts aus.«

Ein solcher Vorschlag wirkt keineswegs aufmunternd und erwärmend auf einen jungen akademischen Bürger, im Gegenteil, er wirkt äußerst verletzend, ja, vernichtend. Zwar wäre Ask nichts lieber gewesen, als sie allein heimfahren zu lassen, um selbst allein sein zu können, aber wie eine Katze am Nackenfell gehalten und dann auf der Straße als unerwünscht, unbrauchbar, wertlos fallen gelassen zu werden – da ballten sich seine Fäuste in den Manteltaschen, und er knurrte in die Nacht:

»Aber natürlich werde ich dich nach Hause bringen.«

Dann die Straßenbahn, die Haustür, der Schlüssel in der Handtasche und die ausgestreckte, kühle Hand:

»Danke für diesen Abend.«

»Ich habe zu danken.«

»Es war ein netter Abend.«

»Es war nett, dass du mitkommen konntest.«

»Ich bin etwas dünn angezogen und erkälte mich leicht. Gute Nacht also.«

»Gute Nacht also. Wir können es vielleicht wiederholen, irgendwann später?«

»Ruf mich an, wenn du das nächste Mal nach Oslo kommst. Jetzt muss ich aber los. Gute Nacht!«

»Gute Nacht.«

Das Sicherheitsschloss klickt, als sich die Tür hinter ihr schließt, jetzt hast du dem Begräbnis einer tot geborenen Hoffnung beigewohnt, jetzt erreichst du gerade noch die letzte Tram von Majorstua nach Gamlebyen, jetzt legst du dich auf das Sofa mit den knarrenden, hochstehenden Federn, du blickst hinauf zu dem Bild mit dem Knaben und dem Hund, es ist klar, dass der Hund immer noch keine einzige Silbe herausgebracht hat.

Oslo.

Im Zug nach Hause fuhr er zusammen mit Pelle. Pelle hatte eine herrliche Zeit in Oslo verbracht: Er hatte tausend Bekanntschaften geknüpft, er hatte sich genau nach dem Pensum für das juristische und das philologische Staatsexamen erkundigt, er war bei einem Ministerialrat des Außenministeriums auf einem Empfang gewesen, wo er Dichter, Maler, Schauspieler und einen Bischof getroffen hatte, und am letzten Tag hatte er eine Einladung zu einem Essen bei der Frau eines Direktors gehabt, die in der Oxfordgruppe war und unbedingt wollte, dass Pelle als Hauslehrer für ihre zwei Mädchen nach Oslo kam.

Mitten in diesem Redefluss versuchte Ask seine Bilanz aus den Hauptstadterlebnissen zu ziehen. Er hatte die Hände in den Jackentaschen und spielte dort mit etwas, aber er wusste, dass die Begegnung mit dem Oslomädchen keine entscheidende Niederlage gewesen war, auch wenn sie schmerzte. Aber etwas anderes in der Hauptstadt hatte einen tiefen Eindruck bei ihm hinterlassen, hatte sich ihm derart in die Seele gebrannt, dass er sich vor Ohnmacht und Hilflosigkeit krümmte. Es war die Begegnung mit den Jüngsten in der Hauptstadt. Die Begegnung mit den Kindern.

Die Kinder in Oslo glichen Göttern: Schon als Dreijährige konnten sie ohne Stottern die norwegische Sprache rein, korrekt und ohne jeden Provinzakzent sprechen. Doch zugleich glichen sie Teufeln: Sie hatten die erstaunliche und abscheuliche Eigenschaft, blitzschnell jede Schwäche und jeden Fehler von denen aus der Provinz zu entdecken, sei es in Aussprache, Wortschatz, Kleidung, Gangart, Wohlstand oder Intelligenz, und diese Entdeckungen taten sie laut und deutlich kund. Noch im Zug verfolgte ihn ihr kaltes, plattes Lachen, er musste sich vorbeugen und das Gesicht in den Händen verbergen und sich die Finger in die Ohren stecken, um ihre scharfen metallischen Kommentare nicht zu hören:

»Wenn mein Onkel zu Besuch kommt, bringt er mir ein Eis mit. Warum bringst du kein Eis mit?«

Oslo.

»Wie ich heiße? Rat doch mal. Du fragst wie ein Fräulein.«

Oslo.

»Oh je, du kannst wohl eine Messerschmitt nicht von einer Junker unterscheiden?«

»Schau dir diesen Ask an! Gibt's das wirklich, dass einer den Salat zur Makrele isst, Mama?«

Oslo.

»Und dann fragt er, was ein BH ist. Ich glaub, ich spinne. *Er weiß nicht, was ein BH ist!*«

Oslo.

Wenn er daran denkt, packt ihn die pure Verzweiflung, es schüttelt ihn das Grauen, und er beißt sich auf die Lippe, und um sich auf die Probe zu stellen, wendet er sich Pelle zu, versucht die Stimme ruhig zu halten und fragt:

»Weißt du, was ein BH ist?«

Pelle liest in einem Buch und sagt geistesabwesend:

»Das ist ein Büstenhalter, abgekürzt: B-H.«

Ask sackt in sich zusammen, flüstert aber undeutlich:

»Es könnte ebenso gut Bauern-Hof heißen. Oder Bananen-Haus.«

Pelle blättert die Seite um und schaut nicht auf.

»Könnte. Aber es bedeutet nun mal Büstenhalter.«

Fertig. Verloren.

Die Stimmen kommen wieder, kommen wieder, sie klingen in seinen Ohren. Und mit einer plötzlichen, schrecklichen Gewissheit sitzt er im Zugabteil und weiß, dass der entscheidende Kampf eines Provinzlers mit der Hauptstadt nicht ein Kampf mit den Erwachsenen ist, mit den Kannibalen, denn die kann man sehen, wenn sie vorrücken, die Sonne scheint auf ihre Speerspitzen und verrät sie. Nein, es ist ein Kampf mit der kleinen, unscheinbaren Brut, mit den Pygmäen, die sich im Unterholz und im Gebüsch verstecken und plötzlich ihre vergifteten, tödlichen Pfeile abschießen. Mit den Kindern muss der entscheidende Kampf geführt werden. Sie sind die Gefährlichsten. Sie sind die Grausamsten.

Kommt man mit den Kindern in der Hauptstadt zurecht, hat man gesiegt.

Die Sardine

Nachdem Pelle und Ask von ihrer Immatrikulation aus Oslo heimgekommen waren, mussten sie sich auf die Zulassungsprüfung in Latein und Philosophie vorbereiten. Dazu hatten sie ein Jahr Zeit, aber sie mussten beide Geld verdienen und deshalb kam ihnen das Angebot, eine kleine Stelle als Hilfslehrer am Wirtschaftsgymnasium anzutreten, sehr gelegen.

Das klang nicht schlecht für die zwei frisch gebackenen Abiturienten, umgehend als Hilfslehrer angestellt zu werden. In Wirklichkeit war mit dieser Stelle keine echte Lehrertätigkeit verbunden: Sie mussten am Nachmittag eine kleine Gruppe von Schülern beaufsichtigen, die bei ihren Schularbeiten Drill und Kontrolle brauchten. In jeder Klasse waren zwölf bis fünfzehn Schüler, eine seltsame Mischung aus Sitzenbleibern, Taugenichtsen, Schizophrenen und Faulenzern, die es nicht aus eigenem Antrieb schafften, für das Examen zu lernen, aber mit Rücksicht auf den Ruf der Schule und die Prüfungsergebnisse mit sanfter, aber fester Hand angeleitet werden sollten. Es hieß bei der Einstellung, es handle sich hier um eine einfache, nette Beschäftigung, fast wie ein Hobby, bei dem die zwei Abiturienten überdies etwas Geld verdienen könnten. Während sie auf dem Katheder sitzen und die kleine Schar überwachen und »ab und zu eine Frage eines Schülers beantworten«

würden, könnten sie sich ausgezeichnet auf ihre Zulassungsprüfung an der Universität vorbereiten.

Pelle fühlte sich dabei ganz in seinem Element. Er strahlte über seine neue Würde als Lehrer, seinen erhöhten Platz auf dem Katheder und seine glänzende Überlegenheit über diese Bande von Schwachköpfen und Versagern. Mit einer erstaunlichen Begabung für geteilte Aufmerksamkeit – als sei er mit den Augen eines Chamäleons, den Fangarmen eines Kraken und der automatischen Merkfähigkeit eines Diktafons ausgestattet – saß er lächelnd und gut gelaunt auf dem Katheder, aß seine belegten Brote aus seiner gewaltigen Proviantbüchse mit der einen Hand und blätterte mit der anderen im Philosophiebuch, löste mit einem Teil des Gehirns eine geometrische Aufgabe für einen Schüler, und mit einem anderen las und begriff und speicherte er Spinozas Gedanken zur Unsterblichkeit, mit dem einen Fuß stampfte er warnend auf das Kathederpodest, um das Schwätzen unten in der Klasse zu dämpfen, und mit dem anderen schlug er den Takt zu »Adieu, mein kleiner Gardeoffizier«, alles gleichzeitig! Für Pelle war dies der Beginn des Abenteuers, seine Trompetennase witterte und vibrierte, seine weißen Haare standen ihm vor Begeisterung zu Berge, sein Lachen schallte durch das nachmittagsleere Schulgebäude, und er nahm von September bis Weihnachten zwei Kilo zu.

Für Ask war diese Zeit ein Albtraum.

Vielleicht hing das mit den neuen Fächern zusammen, mit denen er sich jetzt zu beschäftigen hatte und die er sich ohne Oberaufsicht und ohne Anleitung durch einen Lehrer aneignen musste. Das Lehrbuch der Philosophie erzeugte bei ihm Langeweile, Missmut und Unzufriedenheit. Er hatte sich einen schwarzen Nachthimmel erwartet, erhellt und gespalten von furchtlosen Gedankenblitzen, fand aber nur eine irdische Schlucht, in der graue Nebelschwaden waberten. Die Philosophie kam ihm vor wie ein ödes und realitätsfernes Spiel mit Begriffen, die ihm keinen Halt boten im Hinblick auf Marx und Lenin und Mussolini und die katholische Kirche und den deutschen Nazismus und die Banker an der Wall Street. In den Denkgebäuden aller großen Philosophen schien man zu übersehen, dass es ein Leben geben musste, in dem die Menschen eine Stimme, eine Hand, einen Mund finden konnten. Und wenn es eine solche Welt nicht gab, warum sollten dann nicht alle Bestrebungen der Menschheit darauf konzentriert sein, eine solche Welt zu schaffen? Wo war die glänzende Formel, das geheime Rezept, das eine, erlösende Wort? Im Kapitel über Schopenhauer schrieb er ein Zitat aus dem Buch Kohelet an den Rand, so fest, dass der Bleistift tief ins Papier drang:

»Der Tor legt die Hände in den Schoß und hat doch sein Fleisch zum Essen!«

Auch mit der Psychologie ging es zäh. Es war ein unheimlich dickes Buch, geschrieben in einer abscheulichen, gestelzten und verquasten Sprache. Doch der Stoff war überwältigend und erschütternd. Den Begriff »Bewusstseinsschwelle« stellte er sich bildlich vor; jedes Mal, wenn er das Wort las, dachte er sofort an den »atlantischen Kontinentalhang« und kam sich vor, als sei er in der Taucherglocke von Jacques Piccard tief unten im Meer und könnte im Halbdunkel diese versunkene Gebirgslandschaft betrachten; alles Leben, alles Licht hing davon ab, dass man nicht über den Bergkamm hinunter in die Dunkelheit rutschte, in die bodenlose Tiefe des Meeres. Oft zitterte Ask bei dem Gedanken an die unterirdischen Gänge im menschlichen Geist, mit denen sich die Psychologie beschäftigte. Für ihn stand fest, dass die Reise in das Land der Seele hundertmal spannender sein musste als *Ein Kapitän von fünfzehn Jahren*, tausendmal überraschender als *In 80 Tagen um die Welt*, zehntausendmal ergreifender als *Von der Erde zum Mond*, hunderttausendmal erschütternder als *Die geheimnisvolle Insel* und Millionen Mal gruseliger als *Der ewige Jude* (erinnerst du dich an die Spuren im Schnee am Nordpol von den genagelten Stiefeln eines unbekannten Wanderers?). Oft meinte er die Tür zu einem Raum zu öffnen, den Menschen nicht sehen dürfen, ohne ihre Seele und ihre Seligkeit zu verlieren. Manchmal, wenn er mit dem Lehrbuch in der Hand dasaß, überfiel ihn eine tödliche Angst bei dem Gedanken, es aufschlagen und weiterlesen zu müssen, und er dachte: »Wenn ich dieses Buch zusammenpresse, nur ein wenig, dann läuft Blut heraus.«

Latein mochte er trotz allem am liebsten. Er hatte eine besondere Begabung für Sprachen. In der ersten Klasse der Mittelschule war er im ersten Monat in den Deutschstunden stumm wie eine Auster gewesen; er hatte zugehört und beobachtet, und dann plötzlich konnte er Deutsch. Die fremde Sprache war direkt in ihn eingedrungen, wie ein Musikstück, das er geübt hatte. Er schrieb Deutsch ohne einen Grammatikfehler, er sprach Deutsch fließend und ohne Akzent. In der zweiten Klasse der Mittelschule ging es mit Englisch genauso, auch wenn er zwei Monate zugehört hatte, bevor er den Mund aufmachte. Da sprach er Englisch absolut fehlerfrei, wie ein Muttersprachler, im Gegensatz zu seinem alten Lehrer, der *we* man sagte statt *the* man und I *fink* statt I *think*.

In der ersten Klasse Gymnasium musste er drei Monate zuhören, denn Französisch war enorm. Aber dann öffnete er eines Tages auf eine Frage des Lehrers den Mund und sagte zur grenzenlosen Überraschung seiner selbst und der ganzen Klasse: *»La distance d'ici à Oslo est cinq cents kilomètres, environ.«* Das war perfektes Französisch.

Er sprach die fremden Sprachen langsam und zögernd, mit Denkfalten auf der Stirn, so wie er es auch mit seiner Muttersprache machte, aber immer verblüffend richtig, musikalisch, mit der passenden Satzmelodie. Weder Ask selbst noch sonst jemand verstand, woher er diese Begabung hatte. Und einige Male wollte der Lehrer nicht lockerlassen, und während er sich am Kopf kratzte und während Pelles Ohren wackelten vor Neugier und ratlosem Neid, fragte er Ask: »Sind Sie jemals in Frankreich gewesen? Nicht? Hm. Aber dann haben Sie vielleicht Verwandte, die in Frankreich gewesen sind und die ... Nicht? Hm. Haben Sie vielleicht französische Touristen getroffen, hier im Land? Auch das nicht? Hm. Hm. Schauen Sie sich oft französische Filme an? Nur ab und zu? Hm. *C'est curieux.*«

Aber mit Latein lief das nicht so. Er konnte das dazugehörige Land nicht sehen, das ihm verheißungsvoll mit einem Versprechen nach Abenteuer und Wunderdingen zuwinkte, sobald er die Landessprache beherrschte. Die lateinischen Lehrbücher waren schmal und dünn, aber mit ekligen, insektenähnlichen Zahlen am Rand, die zeigten, dass hier fünf weitere Zeilen des Prüfungsstoffes geschafft waren. Wie die Sprache tot war, so waren die Bücher tot. Er fand keinen Zugang zu dem Land, in dem die römische Sprache erklungen war und wo römische Schreiberhände mit einem Griffel in eine Wachstafel Buchstaben geritzt hatten, sosehr er auch witterte, den Geruch der römischen Soldaten nach Pferden und Leder roch er nicht. Oft musste er in dem Heft mit Cäsars Bericht zurückblättern und jedes Mal musste er traurig zugeben, dass er jedes gelesene Wort vergessen hatte. Da war es ein magerer Trost zu wissen, dass er die ersten sieben Wörter des Textes auswendig konnte: *»Gallia est omnis divisa in partes tres.«* Der Damm brach ein wenig, als er das alte lateinische Sprichwort fand: *»Gutta cavat lapidem, non vi, sed saepe cadendo.«* Erstens war das ein kurzer Satz, den man auswendig lernen konnte, zweitens lag Musik darin und drittens hätte er von Engels stammen können: »Der Tropfen höhlt den Stein, nicht durch seine Kraft, sondern durch stetes Fallen.«

Tropfen aller Länder, vereinigt euch!

Aber der Hauptgrund, dass es mit der Vorbereitung so langsam voranging, lag in den drei Aufsichtsstunden, die er jeden Nachmittag in der Schule absolvierte. Keiner der Schüler saß dort zu seinem eigenen Vergnügen, sie wurden zu diesem ständigen Nachsitzen gezwungen, und sie gedachten der Person, die oben am Katheder saß und sie beaufsichtigte und sicher glaubte, Gott weiß wer zu sein, das Leben so schwer wie möglich zu machen. Es war die grausamste Schulklasse, die es jemals in der Geschichte gegeben hatte, und sie hatten vom ersten Moment – mit diebischem Vergnügen – die Verlegenheit des jungen Mannes bemerkt, seine Unsicherheit und sein bodenloses Unwissen. Sie quatschten und schwätzten miteinander, schrieben kleine Zettel, schossen Papierflieger durch die Luft und scherten sich nicht um Asks verzweifeltes Stampfen mit dem Fuß auf das Katheder und sein hoffnungsloses Klopfen mit dem Bleistift auf die Tischplatte. Sie sangen und pfiffen, spielten auf dem Kamm und der Mundharmonika, und eines Tages hatte eines der Mädchen ein kleines amerikanisches Radiogerät mitgebracht, mit dem man Tanzmusik und auch Vorträge empfangen konnte.

Ein anderes Mal saß einer der Knaben in der Klasse und beschmierte sein Gesicht mit Tinte. Er drehte sich zu seinem Banknachbarn, wollte ihn dazu anstiften, auch wie ein Indianer mit Kriegsbemalung auszusehen. Da verlor Ask die Beherrschung. Mit einem Satz sprang er vom Podest herunter und stürzte sich auf sie wie ein riesiger, rachsüchtiger Flamingo. Schäumend vor Wut, packte Ask die Schurken am Schlafittchen, er schrie sie an, er wolle sie nicht mehr sehen, sie sollten auf der Stelle den Raum verlassen und nicht vor morgen wiederkommen! Es wurde ganz still in der Klasse. Ask schlich zurück an sein Katheder und saß lange da und verfluchte sich wegen seines ungebührlichen Auftretens. Natürlich hätte er ruhig und würdig bleiben sollen, er hätte eisig von oben herab mit ihnen reden sollen, er hätte sie völlig vernichten sollen, indem er sagte:

»Packt jetzt auf der Stelle eure Sachen zusammen und verlasst die Klasse. Das hier ist ein Schulzimmer, kein Kinderzimmer.«

Was aber hatte er gesagt? Er hatte mit den Armen gefuchtelt und mit Fistelstimme geschrien:

»Verpisst euch!«

Barmherziger Gott, er hatte gesagt, sie sollen sich verpissen!

Sein Wutausbruch hatte für eine Weile geholfen. Aber es dauerte nicht lange, da hatten die Schüler wieder Oberwasser. Sie wussten, dass er selbst für eine Prüfung lernte. Sie wussten, dass sie ihn beim Lernen störten, wenn sie ihn etwas fragten. Und zugleich wussten sie, dass sie das Recht hatten, Fragen zu stellen.

»Herr Lehrer«, sagten sie, »darf ich Sie etwas fragen?«

Zu allen Zeiten hatten sich junge Menschen am Lehrerpult bei einer solchen Frage gekrümmt, sie haben schwer geschluckt und sie haben gekrächzt:

»Ja bitte?«

Ask neigte den Kopf und wartete in bodenloser Angst, denn nur selten konnte er eine exakte Antwort geben. Reife Menschen können ohne Scheu und ohne Angst, ihr Gesicht zu verlieren, zugeben, dass es Dinge unter der Sonne gibt, von denen sie keine Ahnung haben und von denen sie nichts verstehen. Aber junge Lehrer können das nicht. Die Schüler sahen seine Angst, sie hörten seinen Schrecken, sie ertappten ihn oft bei der peinlichsten Unwissenheit, manchmal sagte er voller Panik etwas völlig Falsches, und wenn dann die leise lächelnde Zufriedenheit der Klasse zu ihm ans Katheder drang, brauste er auf und rief rechthaberisch nach unten:

»Es ist so, wie ich es gesagt habe! Ruhe! Lernt weiter!«

Da wurden die Augen der Schüler schmal vor Triumph, und sie pfiffen zwischen den Zähnen.

Eines Nachmittags stand ein kleiner blonder Mops von einem Mädchen hastig von der Bank auf und sagte eifrig:

»Herr Lehrer! Herr Lehrer!«

Ask rechnete mit dem Schlimmsten. Er sagte zitternd:

»Ja?«

Das Allerschlimmste kam. Das Mädchen legte den Kopf schräg, sah ihn mit seinen blauen Kartoffelaugen an und sagte:

»Herr Lehrer, was ist ein Koitus interruptus?«

Ask saß da mit offenem Mund, und die Röte der Angst und der Scham stieg ihm in die Wangen. Er war wütend, er versuchte verzweifelt, die Klasse mit seinem Blick im Zaum zu halten, er musste innerhalb einer Sekunde herauskriegen, ob das Mädchen nur gefragt hatte, um ihn bloßzustellen, oder ob sie wirklich aus unschuldiger Wissbegier gefragt hatte oder ob einer der anderen in der Klasse es auf einen Zettel geschrieben und sie aufgefordert hatte, den Lehrer zu fragen. Aber er wurde nicht schlau aus ihr: Vier oder fünf der älteren Schüler hatten die Köpfe eingezogen und schüttelten sich in einem unhörbaren, infamen Lachen, doch der Rest der Klasse schaute ihn mit ebenso unschuldigen Augen an wie das Mädchen. Er lehnte sich zurück auf seinem Stuhl, zuckte nervös mit den Beinen und sagte:

»Ja – das bedeutet – äh – nun, also – ich glaube, es ist am besten, wenn Sie nach der Stunde zu mir kommen, dann werde ich es erklären. Das – äh – das ist eine Frage von – äh – etwas delikater Natur.«

Einer der älteren Jungs in der Klasse unterdrückte nur mühsam ein freches Grinsen, als Ask das sagte. Ask hätte sich die Zunge abbeißen können. Und die des Burschen.

Nach der Stunde blieb Ask am Katheder sitzen, zitterte und wartete, aber das Mädchen kam nicht. Stattdessen ging sie mit den anderen zur Tür. Ask rief nach ihr. Sie blieb an der Tür stehen, schürzte die Lippen und sagte:

»Ich hab inzwischen erfahren, was es bedeutet.«

Sie schlug die Augen nieder, ging einen Schritt, drehte sich wieder zu Ask um und sagte mit einer Grimasse:

»Pfui.«

Ask blieb mit offenem Mund sitzen. Wie gelähmt. Und errötete wieder, erfüllt von einem unerklärlichen Gefühl.

In der Regel umfasste die Studierzeit am Nachmittag drei Stunden mit zehn Minuten Pause nach jeder Stunde. Pelle, der seine Klasse mit den Nachsitzern im Klassenzimmer auf der anderen Seite des Flures beaufsichtigte, kam immer nach Stundenende frisch und gut aufgelegt aus der Tür, er schien Freude daran zu haben, die Pause zusammen mit den Schülern zu verbringen, entweder auf dem Flur oder unten auf dem Schulhof.

Für Ask aber waren die Pausen eine unsägliche Qual. Da fühlte er sich völlig nackt und wehrlos, wie eine Krabbe ohne Panzer, auch noch der erbärmlichen Überlegenheit beraubt, die ihm der Platz auf dem Katheder bot. Deshalb flüchtete er immer und versteckte sich, entweder auf der Toilette oder am liebsten oben im Flur vor dem Lehrerzimmer im dritten Stock. Das verlieh ihm ein Gefühl der Stärke und Würde, die Schüler verlassen zu können und die Betontreppe nach oben zu gehen, dorthin, wo das Lehrerzimmer lag. Er hatte auch vor den Schülern vage angedeutet, wohin er ging.

Aber die Schule war am Nachmittag leer. Das Lehrerzimmer war abgeschlossen. Und Ask hatte keinen Schlüssel.

Wären ihm deshalb ein paar Schüler gefolgt, um zu sehen, was er da oben machte, wären sie die Treppe bis ganz hinauf zum Lehrerzimmer gegangen, hätten sie den obersten Treppenabsatz umrundet und in den kleinen, dunklen Flur geschaut, sie hätten zu ihrer Überraschung einen jungen, großen, linkischen Mann stehen sehen, der mit starrem, lauschendem Gesicht Zigaretten rauchte. Er stand mit dem Rücken an die Tür gedrückt, fast ohne zu atmen, er stand gut versteckt für alle, die sich im Stockwerk darunter bewegten, er stand mit offenen Ohren, alle Sinne auf der Hut. Da stand er, starr und wie angenagelt zehn Minuten lang, damit die Schüler (und er selbst) glauben sollten, er säße im Lehrerzimmer und rauchte sein Pfeifchen und unterhielte sich mit den anderen Lehrern über Außenpolitik. Waren die zehn Minuten vorbei, ging er langsam und würdig die Treppen wieder hinunter und tat sein Bestes, um eine geheimnisvolle Aura von den oberen, gebietenden Regionen mitzubringen.

Sein Versteck war sicher, und er bewahrte die Heimlichkeit wie einen Schatz in seinem Herzen. Nur ein Mal war es passiert, dass einer der Schüler bis zur obersten Treppe heraufgekommen war. Da hatte Ask eilig einige Schritte aus dem dunklen Flur gemacht, er traf den Schüler in der Mitte der Treppe und sagte:

»Im Lehrerzimmer ist jetzt niemand. Und ich habe hinter mir abgeschlossen. Kann ich mit etwas behilflich sein?«

Damit war die Situation gerettet, es war ein vortrefflicher Auftritt gewesen. Die Erinnerung an diese einzigartige Tat versöhnte ihn mit vielem.

Aber nach und nach wurde es immer schlimmer in der Klasse. Es gelang ihm nicht mehr, sich auf seine eigenen Studien zu konzentrieren, es gelang ihm nicht mehr, die Dummköpfe, die ihre Schularbeiten machen sollten, unter Kontrolle zu halten. Er flehte und bettelte, er summte vor sich hin und versuchte, sie nicht zu beachten, er schrie und er brüllte, er schmeichelte und schleimte, er spielte sogar den Clown und versuchte, Späße zu machen, nichts half. Nervöse Schweißausbrüche suchten ihn heim, so heftig, dass seine Achselhöhlen in Mitleidenschaft gezogen wurden und sich rote, brennende Entzündungen bildeten. Wenn er abends von der Schule nach Hause ging, musste er die Arme vom Körper weghalten, wenn er heimkam, musste er sich gründlich waschen und unter den Armen mit Vaseline einschmieren.

Innerhalb von vier Monaten gelang es ihnen, sein Verantwortungsgefühl völlig zu unterminieren, sie hatten aus ihm einen zitternden, zermürbten und würdelosen Menschen gemacht. Nach vier Monaten der Hölle brach er zusammen und kapitulierte, und von dem Moment an waren diese Schwachköpfe die uneingeschränkten Herrscher. Um einen Zustand zu erreichen, der nach Frieden schmeckte, begann er es zu ignorieren, wenn sie Illustrierte und Detektivgeschichten mitbrachten und darin lasen, statt ihre Schularbeiten zu machen. Das ging so weit, dass er seinen Platz am Katheder verließ und sich ganz hinten im Klassenzimmer auf das Fensterbrett setzte, bei der Tür. So platziert hatte er eine Entschuldigung, nicht zu sehen, womit sie sich beschäftigten, so platziert konnte er auch das Geräusch ankommender Schritte auf dem Flur hören und die Klasse mit einem deutlichen Räuspern warnen. Umgekehrt war damit ein heimliches, unausgesprochenes Abkommen geschlossen, dass ihn die Klasse nicht mit allzu vielen Fragen belästigen werde. Dieser Burgfrieden war zutiefst falsch und zutiefst schmählich, alle wussten, wie er zustande gekommen und welche der beiden Parteien die schwächere gewesen war, nur eine der Parteien würde mit Schimpf und Schande davongejagt, wenn das Abkommen auffliegen sollte, nur eine der Parteien schlotterte vor Angst bei dem Gedanken, dass die Zügel straffer angezogen werden sollten.

Einmal hätte Ask um ein Haar die Nerven verloren. Eines der Mädels schlug mit einem Knall eine neue und in Hochglanz schillernde Nummer eines Modejournals auf, drehte sich in ihrer Bank um und sagte mit lauter, kalter Stimme:

»Sag Bescheid, wenn jemand kommt.«

Ask wurde aschfahl im Gesicht, und seine Lippen zitterten. Aber während ihn die ganze Klasse anschaute, blinzelte er, schluckte das Gefühl hinunter, setzte sich wieder auf das Fensterbrett und blätterte in seinem Buch. Aber er wusste, er hatte seine Seele verkauft. Sie hatten jetzt auch angefangen, ihn Sardine zu nennen. Die Sardine.

Rex

An einem Nachmittag Anfang März, als die letzte Stunde vorbei war, kam der Rektor der Schule in die Klasse gestürmt. Ohne auf die Schüler zu achten, polterte er direkt auf das Kathederpodest, legte einen riesigen Klotz von einer Hand vor Ask auf den Tisch, sah ihm streng ins Gesicht und sagte:

»Ich habe etwas Wichtiges mit dir zu besprechen. Kannst du sofort mit rauf ins Lehrerzimmer kommen?«

Das letzte bisschen, das noch übrig war von Asks Welt, fiel in sich zusammen. Ihm wurde ganz schlecht, er versuchte seine trockenen Lippen zu befeuchten und stotterte in wilder Angst:

»Ka-ka-kann das nicht bis morgen warten?«

Ausgerechnet heute habe er eine Verabredung, noch dazu mit einem Mädchen. Aber er sah an dem Gesicht des Rektors, dass es keinen Ausweg gab.

»Es dauert nur eine Viertelstunde«, sagte der Rektor. »Vielleicht nur zehn Minuten.«

Zitternd packte Ask seine Bücher zusammen, nahm Hut und Mantel und folgte dem Rektor. Er wusste, das war das Ende. In gewissem Sinne war es eine Art Erleichterung, dass sie nun endlich gemerkt hatten, was für ein Subjekt er war, welchen Traumtänzer die Schule ans Katheder gesetzt hatte. Jetzt wussten sie es ebenso gut wie er, dass er die vornehmste Made der Erde war, die tollste Kröte der Welt, das glänzendste Kriechtier des Universums, dass er die Karikatur eines Menschen war, ein Vetter von Schakalen und ein Bruder von Eseln. Jetzt wussten sie es. Nun, es war keine Sekunde zu früh.

Mit weichen Knien und erfüllt von dem Jammer der Verzweiflung, ging er hinter dem Rektor die Treppe hinauf. Der Rektor und die Schule hätten etwas Besseres verdient. Der Rektor hatte sich seiner angenommen, hatte viel für ihn getan, Ask hätte die Freundschaft und das Vertrauen vergelten sollen, statt Schmach und Schande über die Institution zu bringen. Vielleicht musste die Schule seinetwegen schließen?

Auch wenn er zwei Schritte hinter dem Rektor die Treppe hinaufging, waren sein Kopf und der des Rektors in gleicher Höhe. Er dachte den seltsamen und schmerzlichen Gedanken: Hier im Leben ist es nicht die Größe, auf die es ankommt.

Sie blieben vor der Tür zum Lehrerzimmer stehen, der Rektor grub den Schlüsselbund heraus und öffnete die Tür. Dann trat er einen Schritt zur Seite, um Ask vorbeizulassen. Aber Ask blieb stehen und schüttelte den Kopf, er nötigte den Rektor, zuerst einzutreten. Der Rektor lächelte und trat über die Schwelle. Ask folgte nach. Dann schloss der Rektor die Tür und schlug Ask impulsiv auf den Rücken.

Der Rektor – der von allen an der Schule, Lehrern wie Schülern, nur Rex genannt wurde – war einer der merkwürdigsten Schulmänner in der

Geschichte der Pädagogik. Der Ursprung des Namens Rex ist dunkel, aber es besteht kein Zweifel daran, dass an diesem Mann wirklich etwas Königliches war. Er war ein außergewöhnlich kräftiger Mann, untersetzt und breit wie ein Scheunentor; sein Äußeres ähnelte am ehesten einem Granitblock auf zwei Beinen. Alles an ihm war viereckig und kubistisch: Der Kopf war viereckig, der Körper war viereckig, die Hände waren viereckig, die Finger waren viereckig, selbst die Zähne waren viereckig und glänzten wie kleine weiße Würfel, hier und dort mit etwas edlem Gold geschmückt. Der Mann strotzte vor Vitalität und alles besiegender Stärke, er brummte und sang vor begeisterter Selbstsicherheit, er liebte den Klang der eigenen donnernden Stimme und versäumte keine Gelegenheit, ganz oben an der Treppe zu stehen und das Echo seines Löwengebrülls unten in den Fluren zu hören. Er hegte eine gewisse Bewunderung für Mussolini, doch ohne dessen Helmschmuck zu kopieren, und er liebte es, an Festtagen oben auf dem Balkon der obersten Etage zu stehen und den Schülern unten im Hof schwülstige und phrasenreiche Reden zu halten. Auch ohne Megafon war seine Stimme mehrere Kilometer weit zu hören. Der Name Rex war durchaus passend.

Er war ein Donnerwetter, ein Tornado und einer der prächtigsten Menschen, denen Ask jemals begegnet war. Er liebte es, zu organisieren und Vorsehung zu spielen, er war der geborene Planer, obwohl die Effektivität des Mannes manchmal doch in Zweifel gezogen werden konnte. Den einen Tag kam er begeistert in die Schule und verkündete allen, Schülern wie Lehrern, dass er nun beschlossen habe, im Chemiesaal oben unter der Decke einen Zementboden einzuziehen, wo die neue Schreibmaschinenklasse untergebracht werden könne. Ob das nicht ein genialer, wissenschaftlich durchdachter Plan sei, um ein drängendes Platzproblem zu lösen? Am nächsten Tag war ihm das Dach des Gebäudes eingefallen. Es war flach und wurde, abgesehen von ein paar Krähen und einer seltenen Möwe, von niemandem genutzt. Rex wollte eine Öffnung in das Dach bohren und mit einer Treppe nach unten versehen, sodass man das Dach nutzen konnte als – rate mal! Es sollte dort ein Restaurant für die Schüler entstehen! Ein Ort der Erholung, wo sie in der großen Pause Milch trinken und sich von der Sonne bescheinen lassen konnten!

Er hatte Pläne, die Schultafeln aus den Klassenzimmern zu entfernen und an ihrer Stelle Leinwände aufzustellen. Der Lehrer sollte ebenso wie jeder Schüler einen Diaprojektor vor sich auf dem Tisch stehen haben und alles, was sie ins Buch oder Heft schrieben, würde automatisch auf der Leinwand abgebildet werden. Im Keller hatte er Ausschachtungsarbeiten für ein Schwimmbassin in Auftrag gegeben, und von einer Elektrofirma waren Leute mit Scheinwerfern gekommen, damit er sich einen Eindruck verschaffen konnte, wie die Schule nachts im Flutlicht aussähe. Er war ein Phänomen, er war sein eigener Architekt, Ingenieur, Baumeister, Ökonom, und es verging kein Tag, an dem das Schulgebäude nicht von Hämmern, Meißeln und Pressluftbohrern widerhallte und nach frisch gesägter Fichte, Kalk, Zement und Dynamit roch.

Und es machte nichts aus, jedenfalls für ihn, dass nur die wenigsten Pläne verwirklicht wurden. Denn mit derselben zyklonenhaften Begeisterung, mit der er Löcher in den Boden gesprengt oder sich durch eine Wand gebohrt hatte, ließ er den Plan schon nach der Hälfte wieder fallen, weil ihm eine noch bessere Lösung eingefallen war. Egal, wo er ging, war sein Weg übersät mit Ziegelsteinen, Planken und Kalkeimern, und Arbeiter in grauen Overalls schauten ihm mit zuckenden Mündern nach und versuchten sich verzweifelt daran zu erinnern, was die neuen Anordnungen bezweckten.

Er war Rex.

Alle liebten ihn und alle fürchteten ihn.

Gefürchtet war er wegen seiner donnernden Stimme und wegen des gewaltigen Zorns, mit dem er einen Schüler überschütten konnte, der eine Zurechtweisung oder eine schlechte Note nicht mit einem Lächeln entgegennahm. Traf er auf solch einen *bad loser,* auf einen, der den Kopf hängen ließ, wurde er streng wie ein alttestamentarischer Prophet. Aber sonst war er der liebenswürdigste Mensch der Welt und hatte – trotz seiner unbekümmerten Provinzialität und seines ebenso unbekümmerten provinziellen Dialekts – einen merkwürdigen Glanz von hoher Bildung und edlem Geschmack. Auf den ersten Blick war er ein bemooster Baumstumpf – das leicht graue Haar stand wie ein Busch auf seinem Kopf, und aus seinen Ohren und Nasenlöchern spross gewelltes Haar wie abgeblühte Heide –, aber schaute man ihn genauer an, war er von einer noblen Aufrichtigkeit, die das Herz jedes Beobachters rührte. Seine braune Gesichtshaut war glatt und weich, mit einem matten Glanz alter Patina, seine behaarten Hände waren sehr gepflegt und die Nägel überraschend schön. Er war hässlich wie ein Troll und vierschrötig wie ein Holzfäller, aber seine Kragen und Hemden waren von erlesener Qualität, ebenso sein dunkler Anzug, mit tadelloser Bügelfalte, und seine glänzenden Schuhe. Nichts an seinem Aussehen war aufdringlich, es war einfach zeitlos korrekt. Und wenn Rex an seine Hornbrille fasste und sie auf die Nasenwurzel schob, indem er Daumen und Zeigefinger der rechten Hand benutzte, dann war das eine Bewegung so voller Harmonie und Anmut, dass die Welt andächtig seufzte.

Rex war von allen geliebt. Er hatte Humor, Herzenswärme, eine außergewöhnliche Aufmerksamkeit für andere, er ging mit Blumen zu Schülern, die im Krankenhaus lagen, und einmal hatte er auf der Polizeiwache einen betrunkenen Schüler aus den Händen des Polizeipräsidenten der Stadt gerissen mit dem bewährten Satz: »Hier bestimme ich.« Er hatte Kräfte wie ein Bär und in Freistunden seinen Spaß daran, für die Arbeiter die Zementsäcke zu tragen, unter jedem Arm einen.

Als er nun – nachdem sie beide ins Lehrerzimmer gekommen waren – Ask auf den Rücken schlug, war der Schlag so kräftig, dass Ask nach vorne taumelte und beinahe gefallen wäre. Dann schloss Rex die Tür, schubste Ask auf einen harten Stuhl und stellte sich mit gespreizten Beinen vor ihn. Er zog langsam ein Stück Papier aus der Innentasche des Jacketts und wedelte damit vor Asks Nase herum. Der verdatterte Ask hielt das Papier für ein Telegramm, und er dachte: Das ist eine Beschwerde von Schülereltern, nein, das ist vom Kultusministerium, sie teilen mit, dass nun endgültig Schluss damit sein muss, derart unfähige Subjekte an norwegischen Schulen zu beschäftigen ... Er konnte nicht atmen, und dumpf ergab er sich in sein Schicksal: in den Skandal, den Aufstand, in die endlich eingetretene und lang erwartete Niederlage. Er saß nur da und dachte starr: Ich kann immer noch Laufbursche werden, noch ist es nicht ganz aus mit mir, kann Bauer werden oder Leichtmatrose.

Rex räusperte sich, hob die gewaltigen buschigen Augenbrauen, verzog die dicken, gummiartigen Lippen und das Kinn zu einer fürchterlichen Grimasse und sagte:

»Deine Zukunft ist gesichert, Junge.«

Ask saß leblos und wie gelähmt auf seinem Stuhl. Er konnte nur schwach nicken. Es war also so, wie er es erwartet hatte. Vielleicht könnte ich den Führerschein machen, dachte er, Bierkutscher werden, oder Taxifahrer. Rex drehte eine Runde durch das Zimmer, die Hände hinter seinem breiten Rücken verschränkt. Plötzlich sprang er wie ein Bär wieder hinüber zu Ask und rief:

»Du hast gehört, was ich sagte, Junge? Deine Zukunft ist gesichert.«

Ask nickte, seine Kiefer zitterten vor Angst.

Der Rektor bohrte Ask das Blatt Papier ins Auge und sagte:

»Da, lies!«

Geblendet und mit klammen Fingern, nahm Ask das Papier. Rex ging weg von ihm und stellte sich ans Fenster. Nur ab und zu warf er einen Blick über die Schulter zu Ask.

Es war ein Telegramm. Ask las es drei Mal, ohne ein Wort zu verstehen. Es war aus einem Ort in Nordnorwegen, von dem Schulleiter einer Handelsschule, der mitten im Schuljahr krank geworden war und der eine Vertretung brauchte, um die Schüler zur Abschlussprüfung zu führen. Ask las völlig verständnislos. Wo war die Beschwerde, wo das Urteil, wo war die weiße Binde vor den Augen und das Erschießungskommando?

»Na?«, ertönte plötzlich die Stimme von Rex, und Ask fuhr zusammen. Der Rektor hatte ein Stimmvolumen wie eine Kirchenorgel.

»Ja?«, sagte Ask vorsichtig.

»Ausgezeichnet«, schrie Rex. »Ausgezeichnet. Ich wusste, dass du einverstanden sein würdest.«

»Was?«, sagte Ask.

»Es freut mich außerordentlich, dass du das Angebot annimmst«, sagte Rex.

Jetzt dämmerte es Ask, Übelkeit stieg in ihm auf, er umklammerte die Stuhllehne und stemmte sich in die Höhe, aber der Rektor legte ihm seine Holzfällerpranken auf die Schultern und drückte ihn wieder runter. Rex baute sich vor ihm auf, jetzt war er der geborene Organisator, er glänzte vor Unternehmungsgeist:

Er warf einen Blick auf das Telegramm.

»... äh, 160 Kronen im Monat. Hier, als Hilfslehrer, hast du 100. Nicht wahr? Gut. Der Mann sitzt in der Klemme, du kannst ihn ohne Weiteres auf 200 hochschrauben. Nein, auf 240. Zweihundertvierzig, Junge, dafür werde ich sorgen. Das sind andere Brötchen als hier. Das Geld für die Reise bekommst du, hin und zurück, und freie Unterkunft am Ort. Das Essen musst du selbst berappen. Hast du verstanden?«

Ask faltete die Hände. Er flüsterte:

»Aber ...«

»Keine Widerrede, Junge, und hör mir mal gut zu. Das Wichtigste an dem Angebot, das dir dieser Mann macht, ist: Er will dafür sorgen, dass das Ministerium dich als Schulleiter bestätigt.«

Rex sah Ask scharf an.

»Ist dir klar, Junge, was das für dich und deine Zukunft bedeutet? Dass du vom Ministerium zum Schulleiter ernannt wirst? *Schulleiter in einem Alter von zwanzig Jahren!* Das kriegst du ganz umsonst, dafür müssen andere viele Jahre schuften.«

Er klatschte in die Hände und strahlte wie Gottvater am siebten Tag:

»Du wirst der jüngste Schulleiter im ganzen Land!«

Ask verknotete hilflos seine Finger. Der Rektor fuhr fort:

»Du weißt ganz genau, dass ich in meiner ...«

Er ließ die Stimme zu Donnerstärke anschwellen. Das machte er nur, wenn er wirklich verbittert war oder wenn er über sich selbst scherzte, weil eine Zärtlichkeit und Wärme in dem Granitblock verdeckt werden sollte.

»... in meiner unermesslichen Güte und in meiner unergründlichen Großmut ...«

Jetzt hatte er die Klippe umschifft, der donnernde Ruf hatte ihn gerettet, jetzt konnte er in normaler Tonlage fortfahren.

»... habe ich euch ausgesucht, dich und Pelle, so wie es bei der Viehzucht geschieht. Das ist *mir* erlaubt. Aber nicht *dir*. Hast du verstanden, Junge?«

Ask nickte.

»Ich habe auf euch gesetzt nicht als Hornvieh, sondern weil ihr die zwei weitaus besten Kandidaten des vorjährigen Examensjahrgangs gewesen seid und weil ich euch beide als künftige, hervorragende Vertreter des norwegischen Lehrerstandes betrachte.«

Ask schluckte schwer und bitter, er dachte an die Schwachköpfe, die in der Nachhilfeklasse saßen und Illustrierte lasen und Karten spielten ... Der Rektor wusste also nichts. Ein seltsames Gefühl der Enttäuschung überfiel ihn, Rex verdiente es zu erfahren, wie beherzt und wie effektiv er eine Klasse führte ...

Rex ließ ihn nicht zu Wort kommen. Er sagte mit funkelnden Augen:

»Du musst nicht glauben, dass ich dir und Pelle die Stelle als Hilfslehrer hier an der Schule angeboten habe, weil das Budget der Schule solche Überschüsse hat, dass wir Pfründen für begabte junge Leute einrichten könnten?«

Er zwinkerte und verzog das Gummigesicht derart, dass er aussah wie ein Gnom.

»Oder weil der Schulleitung eure Nasen gefielen?«

Er schaute Ask einen Augenblick kritisch an.

»Menschenskind«, heulte er und machte einen begeisterten Sprung. Der schwere Körper hatte die Beweglichkeit eines Flohs.

»Du? Du siehst aus wie eine Kreuzung aus einer Pappel und einer misshandelten Seerose. Und Pelle? Pelle!«

Er kaute auf seiner Gummilippe herum, es sah aus, als würde sie völlig in seinem Mund verschwinden. Dann klappte er sie mit einem Schmatz heraus und sagte:

»Pelle? Ein ausgeraubter Wiedertäufer auf dem Weg zum Damenkränzchen!«

Er wieherte los, äußerst zufrieden mit sich:

»Das muss ich mir merken. Das muss rein, wenn ich einmal meine Memoiren schreibe. Nein, mein Lieber, es war nicht wegen eurer Nasen!«

Plötzlich hielt er inne und musterte Ask intensiv und kritisch.

»Aber du hast dich ja nicht rasiert, Junge!«

Es blitzte unter den Augenbrauen.

»Rasierst du dich jeden Tag?«

Stammelnd musste Ask gestehen, dass er sich nur jeden zweiten Tag rasierte. Er hatte keinen besonders starken Bartwuchs und außerdem eine sehr empfindliche Haut …

»Hör zu, Junge, du wirst dich jeden Tag rasieren. Hast du verstanden?«

Ask nickte.

»Jeden Tag. Die Weltherrschaft der Engländer beruht darauf, dass sie sich jeden Tag rasieren, egal, ob sie sich in der Antarktis befinden oder in Britisch-Kongo. Jeden Tag. Der Weg zu Stärke und Respekt führt über die tägliche Benutzung des Rasierapparats.«

Das war ein gewaltiger Wortschwall, das war wie ein amerikanischer Werbespot für Gillette, und Ask musste wieder an sein Auftreten in der Nachsitzerklasse denken. Kein Rasierapparat der Welt hätte ihn dort retten können – es sei denn ein Rasiermesser, um den Schwachköpfen die Kehle durchzuschneiden –, aber trotzdem kam er nicht umhin, von der gut gemeinten, überzeugenden Predigt des Mannes mitgerissen zu werden.

»Du wirst dich jeden Tag rasieren«, donnerte Rex, »auch wenn du nicht den Schatten eines Härchens auf deinem Kinderpopogesicht siehst. Ja, auch wenn dein Gesicht sich danach wie eine geschälte Tomate anfühlt. Hast du verstanden? Jetzt wirst du hinausgehen in die Welt und *repräsentieren*, Junge, du wirst diese Schule repräsentieren. Und wenn ich dich noch einmal sehe mit einem Gesicht wie ein räudiger Landstreicher, dann schieße ich. Hast du verstanden?«

Er schüttelte eine behaarte Faust vor Asks Gesicht und fixierte ihn drohend. Es entstand ein Augenblick schrecklicher Stille.

In der guten alten Zeit des Wilden Westens in Amerika kam eines Tages eine reisende Truppe von Schauspielern in eine Neusiedler-Stadt. Die Bevölkerung der Stadt bestand ausschließlich aus Männern.

Ein romantisches Singspiel wurde gegeben und in der abendlichen Vorstellung kam man auch zu einer zärtlichen Szene, in der der Held vor der schönen Angebeteten auf die Knie fällt und stöhnt:

»Oh, wenn Ihr wüsstet, was mein Begehren an Euch ist!«

Die Dame blickt schamhaft hinunter auf ihn und sagt:

»Was ist es denn, das Ihr von mir begehrt?«

An dieser Stelle schnellt ein erhitzter Zuschauer im Saal in die Höhe und schreit mit Ziegenstimme:

»Möse!«

Der allgemeine Tumult, der jetzt losbrach, war ohnegleichen. Die Zuschauer brachen in ein brüllendes Gelächter aus, Goldgräber und Cowboys fielen sich jubelnd um den Hals, und es dauerte fünfzehn Minuten, bis die Vorstellung weitergehen konnte.

Am nächsten Tag war der Theatersaal bis ganz oben zu den Stehplätzen vollgestopft mit bärtigen Kerlen. Man kam zu der zärtlichen Szene, und die schöne Heldin fragte mit banger Vorahnung:

»Was ist es denn, das Ihr von mir begehrt?«

Wie auf Kommando erhoben sich gleichzeitig alle fünfhundert Männer im Saal und donnerten unisono:

»MÖSE!«

Noch nie war in Amerika eine derart populäre Theatervorstellung gegeben worden.

Nichtsdestotrotz gab es einige ehrbare Bürger in der Stadt, die diesen Auftritt für unanständig hielten. Als Wächter der Moral wurden sie beim Sheriff vorstellig und verlangten von ihm, tätig zu werden.

Der dritte Abend kam. Der pflichtbewusste Sheriff hatte auf dem Balkon Platz genommen. Die Vorstellung näherte sich der Szene. Es war totenstill im Saal. Jetzt kniet der Held vor der Schönen:

»Oh, wenn Ihr wüsstet, was mein Begehren an Euch ist!«

Die Heldin schielt hinauf zum Balkon und sagt:

»Was ist es, das Ihr von mir begehrt?«

Da erhebt sich der Sheriff in all seiner Machtvollkommenheit, er wedelt in jeder Hand mit einem schweren Revolver, deutet drohend über den zum Bersten gefüllten Saal und brüllt mit donnernder Polizistenstimme:

»Wenn es auch nur einer hier im Saal wagt, Möse zu sagen, dann schieße ich!«

Beim Anblick der drohend ausgestreckten Faust des Rektors musste Ask plötzlich lachen. Es war diese fürchterliche Art des Lachens, die entstehen kann, wenn eine Situation gleichermaßen unerträglich ernst und unerträglich grotesk ist, wenn man eigentlich weiß, dass ein Mensch gerade hier absolut nicht lachen darf, die Art von verzweifeltem, konvulsivem Friedhofslachen, das einen Menschen in einer Kirche, einem Gerichtssaal oder in einer vollen Aula überkommen kann. Es ist ein Lachen, das seine unerträgliche Stärke aus dem düsteren Ernst der Situation bezieht, es entspringt dem Zusammentreffen mit etwas, das zu viel ist, es ist eine Art von unkontrollierbarem Sicherheitsventil, das ausgelöst wird; ein solches Lachen ist hysterisch und unerträglich böse, ist aber zugleich wahnsinnig lustig; es kann nicht auf einen Schlag beendet werden, aber der Mensch kann es manchmal hinunterschlucken, sodass es sich als Rührung und tränenerstickte Ergriffenheit ausgibt.

Rex hatte das Grinsen gesehen, es aber missverstanden:

»Da gibt es nichts zu lachen, Junge. Du hast dich jeden Tag zu rasieren. Hast du verstanden?«

Asks Kiefer klappten zusammen.

»Du wirst doch nicht glauben, dass *ich* die Stelle als Rektor dieser Schule bekommen hätte, wenn ich mit einem drei Tage alten Stoppelbart im Gesicht herumgelaufen wäre?«

Er räusperte sich. Der Feldzug für den Rasierapparat war beendet. Niemand hatte ihm widersprochen. Er kam wieder zur Sache.

»Gut. Nun weiß ich zufällig, dass Pelle fest entschlossen ist, Philologe zu werden. Dann soll er das in Gottes Namen werden. Deshalb habe ich nicht ihn gefragt. Mit dir ist das allerdings etwas anderes. Soviel ich mitgekriegt habe, bist du mit der Philosophie noch nicht recht vorangekommen?«

Er warf einen kurzen Blick auf Ask, kehrte aber ebenso schnell zum Thema zurück. Der Mann war unglaublich taktvoll. Wenn er an den Schwächen und Empfindlichkeiten der Menschen rühren musste, tat er das immer so behutsam wie irgend möglich.

»Deshalb habe ich jetzt einen Plan für deine Zukunft geschmiedet. Seit gestern, als ich dieses Telegramm bekam, habe ich die Angelegenheit durchdacht. Deine Zukunft ist gesichert, Junge.«

Er schaute Ask streng an, als wollte er jede Form von Widerrede abschneiden.

»Wir können hier an der Schule keine Überproduktion von Philologie-Lehrern betreiben. Wir dürfen nicht vergessen, dass dies ein Wirtschaftsgymnasium ist. Deshalb habe ich beschlossen, dass du dich als Handelslehrer ausbildest. Wir haben nämlich ein neues kaufmännisches Institut hier im Land bekommen. Den Weg sollst du gehen. Als Erstes fährst du los und wirst Schulleiter – der jüngste Schulleiter des Landes –, dann kommst du hierher zurück und wirst als ordentlicher Lehrer angestellt – hast du gehört: ordentlicher Lehrer –, und nach einem Jahr bewirbst du dich an dem Institut. Es ist sicher wie das Amen in der Kirche, dass du dort genommen wirst. Dafür sorge ich. Deine Zukunft ist gesichert. Ich telegrafiere jetzt gleich.«

Er drehte sich um und stampfte mit schweren Schritten durch den Raum zum Telefon an der Wand.

Ask war wie gelähmt. Er hatte das Gefühl, als fiele er durch Luft, als sinke er durch Wasser. Er kam wieder zu Atem und versuchte, die Hand nach dem Rektor auszustrecken.

»Du hast natürlich Bedenkzeit bis morgen. Du kannst mit deinen Eltern reden. Ich bin sicher, dass sie mit deinem Entschluss einverstanden sein werden.«

Ask hatte überhaupt keinerlei Entschluss gefasst, aber er brachte kein Wort heraus. Die wildesten und einander widerstreitenden Gedanken liefen kreuz und quer: Einmal sah er sich als einen jungen mit Lorbeer bekränzten Triumphator, dann wieder als ewige Sardine, gezwungen, das ganze Leben in kleinen Klassenzimmern doppelte Buchhaltung zu unterrichten, die er nie ganz verstanden hatte. Was sollte aus den Sprachen werden, aus Englisch, Deutsch und Französisch, wenn er sich für die kaufmännische Laufbahn entschied? Neben der Musik waren die Sprachen das Einzige, was er hier auf der Welt hatte, sie waren für ihn die kleine Kammer, wo er für kurze Zeit Begeisterung, Geborgenheit und Sicherheit empfand. Warum konnte Pelle nicht ebenso gut diesen Job machen? Pelle, der mit untrüglicher Sicherheit alle Probleme in Mathematik, Geometrie, Dreisatzrechnung, Zinsrechnung, Bilanzrechnung, Bauholzberechnung, Buchführung und Kostenrechnung lösen konnte, er, der der geborene Administrator war und ein Mann des praktischen Lebens?

Den Bruchteil einer Sekunde ertappte er sich bei dem Gedanken, wie seltsam es Menschen in Prüfungen ergehen kann, wie wenig man Prüfungsergebnissen trauen kann und welche falschen Schlüsse die Leute daraus ziehen. Ask war sehr gut in Sprachen gewesen, im Schriftlichen hatte er immer zwischen Sehr gut und Ausgezeichnet gelegen, weder er noch der Lehrer noch die anderen Schüler hätten sich gewundert, wenn er im Abitur in diesen Fächern dreimal ein Ausgezeichnet bekommen hätte. In Mathematik dagegen war er mittelmäßig, bekam in der Regel ein Befriedigend, und wenn er die Wurzel ziehen sollte aus $-2(x^2 + 3y)$, lief es ihm kalt über den Rücken.

Pelle war ausgeglichener, sicherer. Alle erwarteten von ihm, dass er viermal Sehr gut bekäme, denn er war universalbegabt, die Wahrscheinlichkeit war groß, dass er in Mathematik sogar ein Ausgezeichnet holen würde.

Als die Ergebnisse Ende Mai auf einer Tafel angeschlagen wurden, lauteten sie für die beiden wie folgt:

Pelle:
Norwegisch I: Sehr gut
Norwegisch II: Sehr gut
Englisch: Sehr gut
Mathematik: Befriedigend

Ask:
Norwegisch I: Befriedigend
Norwegisch II: Befriedigend
Englisch: Befriedigend
Mathematik: Ausgezeichnet

Die beiden hatten sich angeschaut. Und es war das erste Mal, dass Ask gehört hatte, wie Pelle wirklich fluchte. Pelle sagte:

»*Verdammt!*«

Ask brachte kein Wort heraus. Er konnte Pelles abgrundtiefe Enttäuschung verstehen, dass er kein Ausgezeichnet bekommen hatte, aber wie sah es bei ihm aus? Drei Befriedigend in den Sprachen. Und dann Ausgezeichnet in Mathematik!

Ungeachtet dessen, was sie über die eigenen Fähigkeiten wussten, wurden sie gleichwohl durch die Prüfungsergebnisse festgelegt, gebunden, gefangen. Pelle *war* nun auf dem Papier ein guter Allrounder für Sprachen. Ask *war* ein Genie in Mathematik.

Er versuchte vom Stuhl aufzustehen, er wollte versuchen, den Rektor von dem unglücksträchtigen Telefon an der Wand zurückzurufen, doch ihm fehlten die Worte, um zu protestieren. Und die Verheißungen des Rektors klangen – trotz seiner Bedenken – weiterhin in seinen Ohren, deine Zukunft ist gesichert, Junge, der jüngste Schulleiter des Landes, mitten in der Verzweiflung spürte er den prickelnden Rausch, wegfahren zu dürfen, die Aussicht auf ein Zipfelchen Abenteuer, den Schritt gehen in das Land der Mitternachtssonne, und war nicht auch von einer eigenen Wohnung die Rede gewesen? Es hatte ihm die Sprache verschlagen.

Der Rektor stand da und wartete auf das Freizeichen. Er streckte sich und sagte in lautem Befehlston:

»Jetzt wirst du deine Ohren spitzen und dir merken, wie ich auftrete. Dies wird für dich ein Schulbeispiel, wie man in der Praxis auftritt, wie man eine Sache anpackt und wie man alle vorliegenden Umstände nutzt. Als zukünftige Führungskraft – Direktor, Bankchef oder Rektor ...«

Beim letzten Wort machte er eine Bewegung mit der Hand, als umarme er das gesamte Weltall und alle dazugehörigen Herrlichkeiten, und den jungen Mann überlief eine wunderbare Wärme, dass der Rektor an ihn glaubte, dass ein reiches und herrliches Leben vor ihm lag, ihn fröstelte vor wunderbarer Freude.

Rex drehte die Wählscheibe, bekam die Verbindung und redete mit langsamer, lauter und sehr deutlicher Stimme. Dabei sah er ständig Ask an, um sicherzugehen, dass er zuhörte.

»Telefonische Telegrammannahme? Wollen Sie ein Telegramm annehmen. (Man fragt das Fräulein vom Amt nicht ›Wollen Sie ein Telegramm annehmen?‹. Man zeigt Selbstsicherheit und Autorität, man vermeidet jede Möglichkeit von Zeitverschwendung und Weibergeschwätz, man sagt: ›Wollen Sie ein Telegramm annehmen.‹) Absender ist das Wirtschaftsgymnasium. (Punkt 1: Sage immer, wer der Absender ist.) Es ist der Rektor am Apparat. (Punkt 2: Sie wollen immer wissen, wer am Telefon ist und das Telegramm aufgibt.) Die Kosten des Telegramms übernimmt das Wirtschaftsgymnasium. (Eigentlich müsstest du bezahlen, Junge. Ist dir das klar? Merk dir, welch Großmut und welch unfassbare Hilfsbereitschaft dir hier zuteilwird.)«

Er machte eine kleine Pause, räusperte sich und begann, den Text des Telegramms zu diktieren:

»Indrepollen Handelsschule. Telegramm empfangen. Nach eingehenden Sondierungen (ich habe überhaupt nicht sondiert, Junge, das weißt du ebenso wie ich, aber es macht sich gut, zeugt von einer aufrechten Gesinnung) wird der eindeutig beste Kandidat, Hilfslehrer Ask Burlefot, Student, vorgeschlagen. Er hat hier im Vorjahr das beste Examen abgelegt (das hast du zwar nicht, Pelles Ergebnisse waren besser, beschämend, in Englisch nur Befriedigend, Befriedigend in Englisch! Sogar ich habe zu meiner Zeit in Englisch Befriedigend geschafft), und er ist ein hervorragender Pädagoge, (darauf brauchst du dir nichts einzubilden, ich weiß so einiges, aber ich habe einmal erlebt, wie du für die Schüler an der Tafel einen deutschen Satz analysiert hast, das hätte ich nicht besser gekonnt), und er ist in der Lage, während Ihrer krankheitsbedingten Abwesenheit den Unterricht in allen Fächern zu übernehmen.«

Ask wurde grün im Gesicht. Er dachte mit panischem Entsetzen an all die kaufmännischen Themen, mit denen er sich seit Langem nicht mehr beschäftigt hatte. Er hatte alles vergessen, er wusste nicht mal mehr den Unterschied zwischen Debet und Kredit. Und rote Zinszahlen, barmherziger Gott ... Der Rektor musste seine Aufregung bemerkt haben, er legte die Hand über die Sprechmuschel und sagte entschieden:

»Du wiederholst das alles auf dem Schiff nach Nordnorwegen. Das ist eine Sache von zwei Nachmittagen.«

Dann setzte er unbeirrt sein Telefongespräch fort:

»Der Gehaltswunsch ist 240 Kronen im Monat, dazu die Reisekosten und eine Dienstwohnung. Umgehende Antwort erbeten, da der Student Burlefot ansonsten die Reise nach Oslo antritt, um dort sein Studium aufzunehmen. (Das machst du zwar nicht, aber so wird die Entscheidung des Mannes beschleunigt.) Unterzeichnet mit: der Rektor. Würden Sie so freundlich sein und das Telegramm noch mal vorlesen. (Wenn du eine Anordnung gibst, Junge, musst du immer auf einer Wiederholung bestehen, Wort für Wort. Du musst dich davon überzeugen, dass du verstanden worden bist und alles korrekt ist. Du darfst dich nie auf die Intelligenz deiner Mitmenschen verlassen.)«

Rex lauschte in den Hörer. Dann nickte er, sagte: »In Ordnung«, hängte auf, drehte sich zu Ask um und rieb sich vergnügt die Hände.

Ask hatte dieser resolute Zug im Charakter des älteren Mannes überrascht und schockiert. Während Rex das Telegramm ins Telefon diktierte, hatte Ask bei ihm nicht nur einen Sinn für die Realität gespürt, sondern auch einen gewissen Zynismus, ja, das Telefongespräch war ein Kursus in raffinierter Bauernfängerei gewesen. Bis jetzt hatte er Rex als ein Vorbild betrachtet, als einen aufrichtigen, großzügigen, toleranten Menschen, untadelig in Kleidung, Rede und Meinung, ein Gentleman. Jetzt wusste er mehr über ihn. Aber merkwürdigerweise enttäuschte ihn diese Entdeckung nicht, sie vergrößerte nur seine Bewunderung für diesen Mann. So bringt man etwas in Schwung auf dieser Welt.

»Er kann nicht Nein sagen«, sagte der Rektor halb zu sich, halb zu Ask. »Der Mann ist in einer Notlage, er braucht auf der Stelle eine Vertretung. Außerdem hat er genug Geld, um zu bezahlen. Eine Handelsschule ist ein gutes Geschäft. Das weiß ich. Hm. Und außerdem sollst du ab jetzt Geld für dein späteres Studium auf die hohe Kante legen. Achte im Leben immer darauf, Junge, für deine Leistung anständig bezahlt zu werden. Du darfst nie unterbezahlt arbeiten!«

Er schlug prophetisch mit seiner Pranke auf den Tisch, als er das sagte. Für Ask passten die hochtrabenden Worte des Rektors zwar nicht recht zusammen mit der sehr bescheidenen Entlohnung, die er für den Hilfslehrerposten bekam, aber die Worte des Mannes hinterließen einen tiefen Eindruck bei ihm. Er reckte sich auf dem Stuhl, er schien in den Himmel zu wachsen, wo die Monatsgehälter vierstellig geschrieben wurden.

»Ein Mann, der keine anständige Bezahlung fordert, zeigt gerade damit, dass er nicht das Selbstvertrauen hat, das ihn zu einer übergeordneten Stellung befähigt.«

Er schaute Ask drohend an, als habe er mit diesem einzigen Satz das innerste Geheimnis der Menschheit offengelegt und die tiefste Lebensweisheit der Welt formuliert, und er fügte hinzu:

»Es gilt, seinen eigenen Wert zu kennen.«

Ask nickte heftig, wie der aufgeweckte Schüler, für den er gehalten wurde.

»Abschließend muss ich dir eine Kleinigkeit gestehen. Es betrifft dein persönliches Benehmen.«

Die Wolke, auf der Ask saß, öffnete sich, und er sauste mit schwindelerregendem Tempo erneut zur Erde. Der Rektor stand mit gegrätschten Beinen vor ihm und sah ihn mit flammendem Blick an.

»Um ein Haar hättest du heute Abend diese Stelle nicht bekommen. Wusstest du das? Nein. Aber ich habe meine Methoden. Ich stellte dich auf die Probe. Du erinnerst dich, als wir das Lehrerzimmer betraten? Dass ich die Tür öffnete und dir den Vortritt lassen wollte? Nun, wärst du vor mir hineingegangen, dann wärst du jetzt kein Schulleiter.«

Er verzog sein Gummigesicht, dass er aussah wie ein grässlicher Troll, und sagte:

»Du hast dem Älteren den Vortritt gelassen. Darin verbirgt sich die gesamte Kultur der Welt. Man kann für dich voller Hoffnung sein, Junge. Voller Hoffnung.«

Das ließ er tief in den jungen Mann eindringen, dann streckte er eine behaarte Hand aus und zog Ask vom Stuhl hoch. Jetzt musste er den Kopf in den Nacken legen, um Ask ins Gesicht schauen zu können.

»Morgen bekomme ich Antwort. In der Zwischenzeit wirst du alles für die Abreise Nötige erledigen. Du startest wahrscheinlich übermorgen. Grüß deine Eltern von mir.«

Ask brachte kein Wort heraus. Rex verabschiedete ihn mit einem zufriedenen, tödlichen Klaps seiner Bärenpranke, der Ask mit dem Kopf voraus durch die Tür beförderte. Verwirrt, zitternd und aufgelöst, blieb er draußen im Flur stehen und suchte nach dem Hut, den er auf dem

Fußboden verloren hatte. Hinter sich hörte er, dass die Tür mit einem festen und entschiedenen Klick geschlossen wurde.

Rex.

Camilla

Das Angebot, das er durch Rex bekommen hatte, war wie ein Geschenk des Himmels gewesen. Er hatte es bekommen, als er zutiefst in Unglück und Schmach steckte, als er sich jeder Selbstachtung und jeder Ehre verlustig gefühlt hatte, als die Nachsitzer in provozierender Offenheit Illustrierte lasen und als ihn die Mädchen mit frechen Gesichtern aufforderten, Bescheid zu sagen, wenn jemand komme. Das Angebot war wie eine Botschaft des Olymp gewesen, die Götter hatten nun lange genug auf den jungen Prometheus und seine Leiden heruntergeschaut, jetzt hatten die Götter in weiser Gerechtigkeit erkannt, dass die Adler lange genug in seine Leber gehackt hatten, jetzt stiegen die Götter herunter und befreiten ihn von dem Felsen.

Doch es war nicht nur Rex, der ihn dazu brachte, ernsthaft über das Angebot nachzudenken. Trotz der Strafpredigt, trotz der ganzen Show als ruppiger Strippenzieher war Rex im Grunde der Inbegriff eines verständnisvollen und freundlichen Menschen. Wäre Ask am nächsten Tag zu ihm gekommen und hätte gesagt, nein, leider habe ich genug andere Pläne, dann hätte Rex ihn ruhig und freundlich angeschaut und gesagt:

»Nun gut. Dann streichen wir dieses Projekt. Aber jetzt hör zu. Du erinnerst dich an die Schwimmhalle, die ich im Keller einrichten wollte? Gut. Das hieße aber, den Platz schlecht zu nutzen. Eigentlich ist das der reine Luxus. Die Schüler können im Fjord schwimmen. Das habe ich als Junge so gemacht und mache es immer noch. Nein, ich werde im Keller ein Geschäft einrichten. Ein *Geschäft*, Junge! Ein richtiges Geschäft, mit eigenem Geschäftsführer mit Gewerbeschein, aber so, dass die Schüler von Fall zu Fall praktisch arbeiten können, als Verkäufer, als Einkäufer, als Buchhalter. Dies ist ein Wirtschaftsgymnasium, aber leider haben wir viel zu viel Theorie. Diesem Missstand wird abgeholfen. Das ist fantastisch! Einfach fantastisch. Zum ersten Mal in der Geschichte der kaufmännischen Welt begründe ich hier das pädagogische Geschäft. Merke dir die Bezeichnung, Junge. *Das pädagogische Geschäft.* Fantastisch? Es ist grandios, mein Junge. Das ist Weltgeschichte.«

Es war nicht nur Rex.

Es war auch Camilla.

Am selben Tag, an dem Ask als Hilfslehrer begonnen hatte, hatte er auch Camilla kennengelernt. Ihre Bekanntschaft war sechs Monate alt.

Sie war ein junges, phlegmatisches, etwas fülliges Mädchen aus einer kleinen Stadt in Nordnorwegen. Sie hatte aschblondes Haar, in einem kleinen, adretten Knoten hinten im Nacken zusammengefasst, und der Knoten war mit der kleinsten und zauberhaftesten Schleife der Welt gebunden. Sie hatte kleine, weiche, fleischige Hände, sie hatte eine weiche, gurrende Stimme wie eine Taube, ihr Mund war winzig, winzig klein mit süßen weißen Zähnchen darin, sie hatte ein Lächeln wie ein sanfter Seraph, sie trug Bluse und Rock, und die Bluse war mit reizenden zarten Spitzen besetzt. Ihre Büste ließ sich unter der Spitzenbluse mehr als ahnen, ihre Hüften waren rund, weshalb sie etwas untersetzt wirkte, ihre Beine waren drall, fast dick, und sie ging ein wenig schwerfällig, so als wollte sie am liebsten Arm in Arm mit einem Kavalier gehen.

Ask verliebte sich denn auch prompt in sie. Die beiden begegneten sich in einer Gesellschaft, sie war in die Stadt gekommen, um die weiterführende Schule zu besuchen – die Handelsschule nach dem Abitur –, sie war hoch begeistert, als sie hörte, dass Ask vom Fach war, er müsse ihr unbedingt bei den Hausarbeiten helfen, die beiden ließen sich auf einem Sofa nieder, sie schob unauffällig ihre Hand in seine, Ask war verloren.

Sechs Monate lang schwärmte er für dieses Mädchen, erfüllt von einer hemmungslosen, stürmischen Zärtlichkeit. Am ersten Abend begleitete er sie nach Hause, sie gingen Arm in Arm durch die Stadt, ihre füllige Hüfte drückte sich weich und wiegend und innig gegen seinen Oberschenkel. Vor dem Haus, in dem sie wohnte, blieben die beiden stehen, standen einen Moment auf der Treppe, es war ein Septemberabend, ihr weiches Gesicht kam ihm ganz nahe, er spürte ihren süßen Atem und hörte ihr leises Gurren, er sah ihren winzig, winzig kleinen Mund und er zog sie an sich und küsste sie, oder war sie es, die sich an ihn gedrückt und den Kopf in den Nacken gelegt hatte, ihn zugleich sanft um die Schultern fasste und betörend ihren schwellenden Schoß an ihn presste? Sie küssten sich. Er nahm ihren Kopf, wollte sie noch einmal küssen. Da entzog sie sich seiner Umarmung, ruhig, lächelnd, legte halb strafend, halb kokett einen kleinen, weichen Zeigefinger als Schranke vor ihren Mund und flüsterte: »Morgen.« Dann gab sie seinem Arm einen Klaps, schaute ihn mit ihren veilchenblauen Augen an und verschwand als ein junges, phlegmatisches, verheißungsvolles Gretchen durch die Tür. Hätte sich in diesem Moment Mephisto als Erscheinung vor ihm auf der Straße gezeigt und ihm alle Reichtümer der Welt versprochen, der junge Faust hätte dem Teufel mit einem höhnischen Lachen einen Tritt in den Hintern verpasst.

Im Übrigen *hatte* er in dieser Zeit weder Gott noch dem Teufel eine Seele anzubieten. Seine Gedanken kreisten unablässig um das Mädchen Camilla, er war so ausgehungert nach Weiblichkeit und Liebe, dass er Camilla einen Glorienschein um den Kopf legte und Palmzweige in die Hände gab, sie war das Süßeste, das Schönste, das Bezauberndste und Verlockendste, das unser Herrgott geschaffen hatte. Er verliebte sich hoffnungslos in sie, errötete, schwitzte, stammelte, suchte verwirrt nach ihrer kleinen, weichen Hand, wenn sie alleine waren, er verlor das Bewusstsein vor Glück, wenn sie seinen Händedruck erwiderte, und wurde ohnmächtig vor aufwallender Dankbarkeit, wenn sie im Kino oder im Konzert saßen und sie sich an ihn schmiegte und er den Arm um ihre Schultern legen konnte. Für einen hungrigen, verzweifelt sehnenden jungen Mann ist kein Gefühl so groß, so ergreifend, so wunderbar wie ein schönes Mädchen, das sich an ihn schmiegt, ihm zu verstehen gibt, dass sie sich nach seinem Arm sehnt, dass sie ihn als Beschützer braucht, dass sie es gut bei ihm hat. Barmherziger Gott, hier war ein Mädchen, das sich freiwillig, aus eigenem Antrieb, an ihn drängte, an ihn schmiegte, sich auf seinen Schoß setzte und die voller Genuss erschauderte, wenn er sie in den Nacken küsste!

Er fühlte sich stark wie ein Titan und hatte eine Heidenangst, ihr lästig zu sein. Sie war wie ein kleiner Silberengel, wie man ihn als

Schmuck an den Weihnachtsbaum hängt, hergestellt aus hauchdünnem Glas, das bei der kleinsten Erschütterung bricht. Nur ab und zu traute er sich, seine Hände bei ihr auf eine vorsichtige Entdeckungsreise zu schicken, nur einmal hatte er seine Hand unter die Bluse geschoben, hatte ihre warme weiche Haut gespürt und die Hand um ihre eine nackte Brust gelegt. So saßen sie lange, vielleicht eine ganze Stunde, sie legte ihre Hand auf seine und gab ihm damit zu verstehen, dass sie beide gemeinsam einen heimlichen, unbeschreiblichen Schatz bewachten.

Über einen Monat nach der ersten Begegnung war seine Seele erfüllt von Zärtlichkeit, er fühlte, dass die Liebe langsam in ihnen reifte, wie eine süße, wunderbare Frucht, bald, bald würde der Augenblick der Vereinigung da sein, dann würde sie ihr sanftes, willenloses Gesicht ihm zuwenden, ihre Augen wären geschlossen und ihr kleiner Mund würde beben, sie würde niedersinken, unter ihn, sie würden beide niedersinken, und die Frucht, die Frucht, die Frucht, und sie würde kaum hörbar flüstern: »Ja, Ask.« Aber der Oktober verstrich, und keine Frucht fiel. Der November verstrich, und immer noch hing die Frucht am Baum. Der Dezember kam, und immer noch legte Camilla ihren weißen, weichen Zeigefinger zwischen seinen und ihren Mund, immer noch legte sie ihre rundliche kleine Hand beschützend über seine, wenn er andächtig seine Hand in den Ausschnitt ihrer Bluse schob.

Im Dezember fuhr sie nach Hause, in den Norden, es waren Weihnachtsferien.

Als das Postschiff der Hurtigruten hinausfuhr auf den Fjord, mit ihr an Bord, blieb Ask mit einem Gefühl zurück, als habe man ihm ein Stück so groß wie ein Schuhkarton aus der Brust geschnitten und ins Wasser geworfen. Als er heimwärts wankte, spürte er, dass der Wind durch ihn hindurchblies.

Er war so krank vor Sehnsucht nach Camilla, dass er sich ins Bett legte und die ganzen Weihnachtsferien liegen blieb. Er stand nur morgens auf, um ans Fenster zu gehen und nach dem Postboten Ausschau zu halten. Jeden zweiten Tag schrieb er einen Brief an sie. Von ihr bekam er in diesen drei Wochen nur einen Brief von zwölf Zeilen. Sie berichtete, dass sie seit ihrer Heimkehr jeden Abend in Gesellschaften gewesen sei, dass sie zwei Skitouren unternommen habe und fünf Ausflüge im Mondschein mit Pferd und Schlitten und einem jungen Arztsohn. Der Schluss des Briefes lautete: »Freundliche Grüße, Camilla«. Nicht einmal *Deine* Camilla. An diesem Weihnachten nahm er fünf Kilo ab, und am ersten Schultag, an dem er zurückmusste in die Klasse der Dummköpfe, wankte er blass wie eine Leiche durch die Stadt.

Denn im Laufe dieser Weihnachtstage war nicht nur seine Sehnsucht nach diesem blonden, dicklichen Mädchen gewachsen. Auch sein Verständnis von der Beziehung zwischen ihnen war gewachsen, er hatte während ihrer Abwesenheit begonnen, sie mit klaren, verbitterten Augen zu betrachten. Er schloss diese klarsehenden Augen, sooft er konnte, in der Einsamkeit der Nacht begrub er seinen Kopf im Kopfkissen und küsste es, streichelte es, bedachte es mit so zärtlichen Liebeserklärungen, wie sie nie einem lebenden Menschen zuteilgeworden waren – trotzdem konnte er das neue, verstörende Bild von dem Mädchen Camilla nicht von sich fernhalten.

Jetzt wusste er.

Jetzt wusste er, dass sie die Tochter eines wohlhabenden Zahnarztes aus vornehmem, altem Geschlecht war, einem Nachkommen von Grundbesitzern und Kleinkönigen, während er der Sohn eines Trambahnfahrers war. Er wusste, dass sie insgeheim auf ihn herabblickte, er erinnerte sich, dass sie bei verschiedenen Anlässen ihre Augenbrauen gehoben hatte über Dinge, die er machte und sagte. Dass er sie einmal nach Hause zu seinen Eltern eingeladen hatte, er erinnerte sich, wie sie mit ihnen geredet hatte, wie sie die Möbel und das Tafelgeschirr gemustert hatte, wie sie dagesessen und mit ihrem kleinen, dicken Fuß mit einem abgetretenen Stück des Linoleumbodens gespielt hatte. Er wusste, dass sie in einem reichen, behüteten Elternhaus aufgewachsen war, sie hatte Geschichten von ihrem Vater erzählt, den sie sehr liebte, von seiner Großzügigkeit, von den Pferden, den Gesellschaften, der Villa, dem Rotwein, den Schneehühnern, den Moltebeeren, von all seinen Geschenken und ständigen Aufmerksamkeiten. Nach dem Handelsschulexamen würde sie für ein Jahr in Oslo eine Hauswirtschaftsschule besuchen. Ask konnte sie vor sich sehen, im weißen Kittel und mit einem weißen Häubchen auf dem Kopf, und er schluckte.

Er wusste jetzt, dass sie ihn die ganze Zeit zum Narren gehalten hatte. Natürlich hatte sie ihn zeitweise interessant und nützlich gefunden, aber sie war zu etwas anderem bestimmt. Ihre Welt war die gediegene Welt, eine Welt mit Glasveranda und Weinkeller, mit Schmuckschatulle in der Schublade und ausgestopften Elchköpfen an der Wand, die gediegene Welt, die reiche Welt, die respektable Welt, die nichts wusste von Sozialisten und Aufwieglern. Sie sollte nun nach Oslo, wo sie lernen würde, Kuchen zu backen zum Five o'Clock Tea und Dorsch zu kochen für die Herrenrunde, wo sie lernen würde, das Silber zu putzen, den Parkettboden aus Eiche zu bohnern, die Tagesdecke glatt und gleichmäßig auf ein Doppelbett aus Mahagoni zu breiten, sie würde lernen, Cocktails zu mixen, eine Stube mit Blattgrün zu dekorieren und kleinen, rosigen, molligen Pflegekindern den Hintern zu pudern. Es war ihm zu Ohren gekommen, dass sie in Oslo einen Freund hatte, einen Piloten. War da nicht von einem Leutnant die Rede gewesen? Durchaus passend, dachte er, ein Leutnant ist ein Schwiegersohn, der dem Zahnarzt willkommen wäre. Die zwei mit einem Drink in der Hand gemütlich am Kamin.

Je mehr er an das Mädchen Camilla dachte, umso mehr gingen ihm die Augen auf und umso verbitterter wurde er. Er war sich nun völlig darüber im Klaren, dass sie alles andere als ein überirdisches Gretchen war. Sie war nicht wohlgeformt, sie war dick. Sie war nicht sanft, sie war faul. Sie war nicht sinnlich, sie war gleichgültig. Sie war kein Seraph, sie war eine Kuh.

Sie war aalglatt, bösartig, zynisch, ihr einschmeichelndes Lächeln und ihre verheißungsvollen kleinen Körperbewegungen verdeckten eine schwarze Seele, sie war feige, weinerlich, egozentrisch und verwöhnt, sie war ein überfüttertes Häschen mit Pausbacken, mit Sahneschnitten und Konfekt als Hauptnahrung, und obendrauf saß ein Hirn so groß wie bei einer Henne. Es schüttelte ihn, wenn er daran dachte, wie dumm sie war, welche Fettschicht offenbar ihr Hirn umgab, wie hatte er sich bemüht, ihr die einfachsten Grundbegriffe von praktischem Rechnen und Buchführung einzutrichtern. Ihm fiel ihre grauenvolle Malträtierung der deutschen, englischen und französischen Sprache ein, ihre ungenaue, lustlose, selbstzufriedene Aussprache, und er hätte die Fäuste ballen können vor bleicher Verzweiflung, wenn er an die wenigen Male dachte, als er ihr beim Singen oder Klavierspielen zugehört hatte. Wenn Ask etwas hasste auf dieser Welt, dann war es ein falscher Ton, die ungenaue Wiedergabe eines Musikstückes, ein achtloser Umgang mit einem Musikinstrument. Merkwürdigerweise hatte er es die ersten Male rührend gefunden, er hatte etwas Suchendes und Sehnendes und Unfertiges bei ihr gespürt, er hatte sie doppelt so sehr geliebt wegen dieser unreinen, komischen Töne, die sie sang, und wegen ihres hinkenden, dreisten Anschlags im Bass, wenn sie einen Tango oder einen Foxtrott spielte. Aber jetzt wusste er es besser: Sie war eine Ignorantin und eine Blenderin, ein Ferkel mit Schleife um den Ringelschwanz, eine Seidennutte.

Auch war ihr Atem nicht so süß, wie er einmal gemeint hatte: Wenn sie lächelte, bemerkte er manchmal Kuchenreste zwischen ihren kleinen weißen Mausezähnen. Ihr Haar war fahl und leicht fettig, und was war das für ein Getöse, wenn sie einmal die Woche zum Friseur ging. Und jetzt erinnerte er sich auch deutlich an das Gefühl, wenn er die wenigen Male seine Hand unter ihre Spitzenbluse geschoben hatte. Die Haut war keineswegs warm und weich und sanft gewesen, sie war eher klebrig gewesen, nach diesem Besuch unter der Bluse hatte er auf der Innenseite seiner Hand winzige Hautschuppen, sie war so faul, dass sie sich nicht einmal regelmäßig wusch! Und, barmherziger Gott, hatte er nicht das einzige Mal, als er oben in ihrer Studentenbude war, einen Rückenkratzer auf ihrem Toilettentisch liegen sehen!

Das war es, was er für sie in diesen unerträglichen Monaten gewesen war: ein Rückenkratzer!

Folglich war seine Liebe zu ihr völlig verrückt, völlig krank. Er wusste mit jeder Faser seines Wesens, dass sie und er sich nichts zu geben hatten, er wusste, dass er sie verabscheute und verachtete, dass er sich selbst auf das Schlimmste erniedrigte, indem er ihr immer noch Aufmerksamkeit schenkte. Trotzdem konnte er nicht damit aufhören, trotzdem konnte er ihr nicht den Laufpass geben. Er war hoffnungslos in sie verliebt. Das Gefühl des Verachtenswerten in ihrer Beziehung verstärkte nur seine Sehnsucht nach ihr. Wenn er die halbe Nacht in der Dunkelheit seines Zimmers gewütet und in Gedanken Bilanz gezogen hatte, wenn er sie in den Schmutz getreten und auf die letzte aschblonde Locke, die unter seiner Schuhsohle hervorlugte, gespuckt hatte, dann grub er sie mit zitternden Händen wieder aus, wusch sie, badete sie, zog sie an, platzierte den Glorienschein auf ihrem Kopf und setzte sie auf den Thron seines Herzens. »Camilla«, flüsterte er in die Nacht, »Geliebte, vergib mir, ich meinte es nicht so. Camilla, ich bete dich an, ich bin dein Diener, Camilla, gib mir eine Hoffnung. Nur eine klitzekleine Hoffnung. Eine Hoffnung so groß wie eine Briefmarke. Camilla, meine Geliebte, sage, dass du mich magst. Camilla, liebst du mich? Camilla, oh, liebst du mich?« So schlief er schluchzend ein, das Kopfkissen innig umschlungen.

Morgens war es am schlimmsten. Er wagte nicht aufzuwachen, er lag da und klammerte sich an die Nacht und die schwarze, tödliche Dunkelheit. Er wusste, dass in dem Augenblick, in dem er die Augen aufschlug, sein ganzer Unterleib mit Blei gefüllt sein würde, die Welt würde so grau und schwer auf seiner Brust liegen wie ein Berg aus Schiefer, er würde wach liegen ohne Hoffnung und ohne Glauben, weil er ohne Camillas Liebe war. In dem Augenblick des Erwachens würde er wissen, dass Camilla nichts für ihn übrighatte. Da war es besser, im Dunkeln zu sein, besser, tot zu sein. Er winselte wie ein verletztes Tier, wenn seine Mutter am Morgen hereinkam und ihn rüttelte. Und er schrie vor Schmerz, wenn sie schließlich um zehn Uhr keinen anderen Rat wusste, als ihm die Decke wegzuziehen.

Es erwartete ihn ein Tag mit Schopenhauers lebensverneinender Philosophie, mit einer Tafel vom Aufbau des menschlichen Ohres, mit einer Wiederholung der Feststellung, dass Gallien in drei Teile geteilt war, und mit einer dreistündigen Anwesenheit am Nachmittag bei der Bande der Dummköpfe.

Camilla aber sollte er nicht treffen.

Sie hatten sich im neuen Jahr nach ihrer Rückkehr aus den Weihnachtsferien kaum getroffen. Er brachte es nicht fertig, sie anzurufen, er zitterte bei dem Gedanken, ihre leise, gurrende Stimme zu hören und ihre Entschuldigungen, dass sie so sehr mit ihren Hausarbeiten beschäftigt sei und nicht mit ihm zusammen sein könne. Er wusste, dass sie zu anderen Abendgesellschaften ging. Aber ständig dachte er an ihren weichen, verheißungsvollen, nachgiebigen Körper, wie sie kokett ihren Mund gespitzt hatte, wie sie ihren Körper an ihm gerieben hatte, wie ihre kleinen, weichen Hände liebkosend und erregend über seine Brust, seine Knie, seine Schultern und seine Hände geglitten waren. Sie hatte auch oft ihre kleinen Fingerspitzen an seinen Hals gelegt und mit seinen Ohren gespielt. Er war dem Wahnsinn nahe, vor Sehnsucht und vor Selbstverachtung.

Einmal hatte er sie angerufen, er fragte, ob sie zu einer kleinen Party kommen wolle. Bei wem das sei? Bei einem seiner Freunde. Ob da viele kommen würden? Nein, nicht sehr viele. Ob er vielleicht gedacht habe, dass da nur er und sie sein würden? Gut, er habe vielleicht so etwas gedacht. In dem Fall könne sie nicht kommen. Warum nicht? Nein, *so* etwas könne sie sich nicht vorstellen.

Durchschaut stand er da und starrte zu dem Telefon an der Wand. Er hatte sich ausgemalt, ernsthaft in Aktion zu treten, aber sie hatte den Braten gerochen. Sie wusste schon, wie sie ihre molligen, jungfräulichen Reize bewahren konnte, bis ein Leutnant ihr einen dicken Goldring auf den runden Ringfinger schob!

Am selben Abend, an dem er seine aufregende Besprechung mit Rex im Lehrerzimmer gehabt hatte, hatte er mit ihr eine Verabredung in einer Konditorei. Er kam hektisch angelaufen, eine Viertelstunde zu spät, und sah sofort, was ihn erwartete. Ihr Gesicht war kalt und herablassend, eine Augenbraue war einen Millimeter nach oben gezogen, sie warf ihm einen gleichgültigen Blick zu und las weiter in einer Illustrierten, als er sich längst an den Tisch gesetzt hatte. Er entschuldigte sich so gut er konnte und platzte plötzlich damit heraus, dass er eine Stelle als Schulleiter bekommen habe und in ein paar Tagen abreisen werde. Er servierte die Neuigkeit wie eine Bombe, in einer plötzlichen und wahnsinnigen Hoffnung, dass dies bei ihr eine Veränderung bewirken könnte. Konfrontiert mit einem unwiderruflichen Abschied, musste sie doch schmelzen, *jetzt* musste sie doch seinen wahren Wert erkennen, jetzt musste sie doch beide Hände über den Tisch schieben und in seine legen?

Sie sagte:

»Das solltest du tun.«

Er sagte verwirrt:

»Was?«

Sie klappte die Illustrierte zu, warf einen kühlen Blick auf ihn und sagte:

»Abreisen natürlich.«

Danach bestellte sie sich eine heiße Schokolade und ein üppig belegtes Brot zu einem italienischen Salat.

Sie blieben eine halbe Stunde sitzen, und es war wie eine Ewigkeit, ein langsames Driften abwärts, ein langsames Driften über den Rand des atlantischen Kontinentalhangs.

Als sie gingen, begleitete er sie nach Hause. Er befand sich in einer so tiefen Verzweiflung, dass er nun zum Äußersten bereit war. An diesem Winterabend gingen sie an einem Park vorbei, und er fragte, ob sie nicht durch den Park gehen sollten. Bemerkenswert ruhig fügte er hinzu, dass dies jedenfalls auf lange Sicht ihr letzter Parkspaziergang sein würde. Aber sie war mürrisch und ablehnend, sie fror und wollte schnell zu sich nach Hause, sie wollte nicht durch den Park gehen.

Später im Leben sollte er sich oft mit Grauen fragen, ob er wirklich im dunklen Park über sie hergefallen wäre und ihr den Mund zugehalten hätte, während er sich mit Gewalt das nahm, mit dem sie ihn sechs Monate gelockt hatte.

Er wusste es nicht.

Er wusste nur, dass er befreiter hinaus in die Welt gefahren wäre, wenn Camilla – in dem Augenblick, in dem sie ihn an diesem letzten Abend verließ und durch die Tür ging – am Rücken des schwarzen Bisampelzes Schnee gehabt hätte.

Seinen Schnee.

Als er an dem Abend nach Hause kam, lieh er sich von Balder, seinem kleinen Bruder, den Schulatlas, um nachzuschauen, wo Indrepollen lag.

Es lag nicht weit entfernt von Camillas Heimatstadt.

Und plötzlich wusste er, dass er reisen würde. Etwas hatte er verloren, aber etwas würde er finden.

Und wo konnte wohl die blaue Blume der Sehnsucht herrlicher und schöner wachsen als gerade im Camilla-Land?

Musste er nicht gerade dort nach dem Wahren und Reinen suchen, musste er nicht gerade dort siegen und triumphieren?

Was hätte es für einen Sinn, nach Afrika zu reisen?

Ins Camilla-Land wollte er fahren.

Er gab dem Jungen den Atlas zurück.

Und er sah nicht, dass er einen Bruder hatte.

Der Käfig

Rex hatte ihm Stärke mitgegeben, Camilla jedoch Verzweiflung.

Er war reif, die Reise anzutreten.

Aber da stand er an diesem zugigen Märztag im Lagerschuppen, das Schiff der Hurtigruten hatte zum zweiten Mal geläutet, und er wusste plötzlich, dass nicht nur Rex und Camilla ihn dazu gebracht hatten, die Entscheidung zu treffen.

Es war außerdem der *Käfig*, aus dem er floh.

Jemand hatte die Tür des Käfigs geöffnet, der junge Adler konnte den Kopf weiter herausstrecken als je zuvor, jetzt schüttelte er prüfend die unbenutzten Flügel, die Aussicht war frei und himmelblau, jetzt ging es nur darum, sich zu ducken und die Klauen zu krümmen, um zu starten. Der junge Adler zitterte bei dem Gedanken, dass er sich im nächsten Moment durch die Öffnung des Käfigs hinaus in die Freiheit werfen konnte, in die Freiheit und das grenzenlose Schweben.

In der Kindheit war er sehr krank gewesen. Er hatte einen Anfall von Kinderlähmung gehabt, wodurch sein rechter Fuß eine Missbildung bekam. Später war der Fuß nach einem operativen Eingriff fast normal geworden: Der Chirurg hatte die Achillessehne künstlich verlängert und hatte damit die verkrampfte Knotenbildung aufgelöst. Trotzdem war es nicht zu vermeiden, dass er beim Gehen leicht hinkte. Und ein junger Mann, der 1,90 groß ist, hinkt nicht nur leicht, wie er denkt, er hinkt in Wirklichkeit ziemlich stark. Später, in der Volksschule und in der Mittelschule, hatte er sehr an Bronchitis gelitten, einige Jahre so sehr, dass er zusammengenommen mehr Tage des Jahres daheim im Bett verbrachte als in der Schule. Als er 14 bis 15 Jahre alt war, hatte die Bronchitis aufgehört und er hatte es später zu einer stabilen Gesundheit gebracht, aber die Krankheit und das eingesperrte Dasein in der Kindheit hatten Spuren bei ihm hinterlassen. Äußerlich war kaum mehr als eine leichte Blässe im Gesicht geblieben und vielleicht ein Ansatz von erkämpfter Geduld. Aber in ihm hatte sich ein Hass gegen geschlossene Räume aufgestaut, gegen geschlossene Fenster und gegen Topfpflanzen auf Fensterbrettern; und eine ebenso große Sehnsucht nach dem Leben draußen, nach Sonnenschein, Sprungschanze und dem Papierdrachen, der hoch oben im Wind schwebt.

Einmal in der Kindheit – sie waren bei Bekannten gewesen – war seine Mutter am Abend mit den scherzhaften Worten aufgebrochen: »Jetzt wollen wir heim und uns schlafen legen, Ask. Nun wollen wir heim in den Käfig.« Das war sicher aus einem Operettentext entlehnt, es war gewiss aus der Sprache der Turteltauben entlehnt, aber dieses Wort machte schlagartig einen gewaltigen und erschreckenden Eindruck auf ihn. Später pflegte er stets an sein Heim, an die Wohnung und die Menschen dort als Käfig zu denken.

Der Käfig.

Sein ganzes Leben lang würde er sich an die Gerüche in diesem Käfig erinnern. Es war der Geruch nach Hustensaft, der süße Duft nach Eisenmixtur und der bittere Duft nach Isländisch Moos, der fette Geruch nach in Terpentinöl getauchten Brustbonbons, der Geruch nach dampfender heißer Milch mit Honig, nach Anispastillen und Apothekerlakritz, der Geruch nach Halstuch und nach Wolldecken, der Geruch nach Bananen und der Geruch nach Lebertran.

Wegen seines eingesperrten Daseins, viele Kindheitsjahre lang, hatte er besser als die meisten anderen Kinder Gelegenheit gehabt, seine Eltern zu beobachten. Er hatte sie klar und illusionslos gesehen. Er kannte sie.

Sie waren die Käfigwärter.

Und der Gedanke, der seinen Geist die letzten Tage vor der Abreise beschäftigt hatte – mehr als der Gedanke an Rex, mehr als der Gedanke an Camilla –, war der faszinierende Gedanke, dass er an dem neuen Ort eine eigene Wohnung haben würde.

Er würde allein wohnen.

Der Käfigwärter und seine Frau

Sollte man all den Worten, die Asks Mutter in den letzten Tagen ihren Verwandten, Bekannten und Freunden gegenüber hatte fallen lassen – und sie war unermüdlich gewesen, am Telefon, im Milchladen, beim Metzger, auf der Straße, auf dem Markt, bei ihrem Arzt, bei der Friseuse und nicht zuletzt beim Nähkränzchen, das sie extra zusammengerufen hatte –, sollte man all ihren Worten und kleinen Ausrufen glauben, einmal betrübt, einmal glückselig, dann war Asks Abreise ein Ereignis, das alle Expeditionsvorbereitungen gänzlich in den Schatten stellte, die Hannibal, Leif Eriksson, Kolumbus, Vasco da Gama, Marco Polo, Livingstone, Stanley, Amundsen, Scott, Nansen und Lindbergh jemals getroffen hatten. Man musste ihr nur zwei Minuten zugehört haben und man hegte keinen Zweifel mehr daran, dass Ask ein Sohn des Parnass war und ein Liebling der Götter, dass er unmenschlichen Strapazen entgegenging, aber dass er – ihr Sohn – am Ende triumphierend zurückkehren würde, mit Lorbeer und Goldkrone, nachdem er dem Polarland dessen unermessliche Schätze und Reichtümer entrissen hatte.

Sie schob ihn herein, mitten in die Schar der Damen des Nähkränzchens, und sie sagte, schluchzend vor Rührung:

»Stellt euch vor! Schulleiter. *Mein Sohn, der Schulleiter!*«

Mein Sohn, Ask.

Mein Sohn.

Seine Mutter hatte eine ungewöhnlich lebhafte Fantasie. Ihr Geist war wie eine nie stillstehende Rotationspresse: Sie nahm Neuigkeiten auf und spuckte Bilder aus, lebendige Bilder, wann auch immer, wo auch immer. Ihr Gedankenflug und ihre Fähigkeit, Bilder zu erzeugen, waren grenzenlos. Aber der Prozess wirkte nur in einer Richtung: der egozentrischen. Ihre Welt war nicht groß, aber sie ließ alle Ereignisse strahlen, ließ sie funkeln und verlieh ihnen neue und unvergleichliche Seiten. Ihr fehlte gänzlich die Fähigkeit, eine Sache oder eine Idee losgelöst vom Persönlichen zu sehen, es war ein hoffnungsloses Unterfangen, mit ihr eine auch nur annähernd sachliche Diskussion zu führen. Sie kannte keine Sachen, sie kannte nur Personen. Wie ein Stinktier bespritzte sie alles und jeden mit dem Sekret ihres eigenen, kleinen Kreises. Es hatte Situationen gegeben, da musste der rationale Ask aus dem Haus laufen und frische Luft schnappen, um die Dinge wahrnehmen zu können, wie sie waren, ohne die unverrückbaren und höchst persönlichen Ansichten der Mutter, die daran klebten.

ASK bei Tisch, mit einer Zeitung:

Das ist ja ein schrecklicher Bericht hier, aus Deutschland. Wie sie die Juden verfolgen.

DIE MUTTER im Lehnstuhl mit Strickzeug:

Das war 1912, ja, genau, da hatte ich das grün gestreifte Crêpe-de-Chine-Kleid an. Herrgott, wie lange ist das her. Ich hatte es übrigens viele Jahre. Ich habe es dann gefärbt und mit einem Mohair-Band verbrämt.

ASK:

Ich habe doch nichts von einem Kleid gesagt?

DIE MUTTER:

Aber der Stoff *war* aus Deutschland. Ich hatte noch einen großen Hut zu dem Kleid, mit einer umwerfenden Krempe und mit künstlichen Kirschen drauf. Ich war ziemlich hübsch, als ich jung war, das darfst du mir glauben. Und du ahnst ja nicht, wie schick ich in dem Kleid aussah. Dein Vater sagte sogar zu mir …

ASK:

Heute stecken sie in Deutschland die Juden in Konzentrationslager. Sie lassen sie dort langsam verhungern! Alte Leute genauso wie junge und sogar Kinder.

DIE MUTTER:

Uff ja, Herrgott, es ist schrecklich mit kleinen Kindern, die sterben.

Hast du das gehört ... das mit dem kleinen Jungen von Kaufmann Björge bei Landstad? Wo wir deine Knickerbocker gekauft haben? Ich hab übrigens 20 % Rabatt gekriegt. ›Reden Sie nur mit meinem Mann, Frau Burlefot, er wird dafür sorgen, dass Sie es etwas billiger bekommen‹, hat Frau Björge gesagt. So geht das, wenn man seine Verbindungen hat und freundlich zu den Leuten ist. Und dann also, mein Gott, der kleine Junge von Frau Björge ... Gerade mal vier Jahre alt, nur ein Jahr jünger als deine Cousinen. Der Kleine geht allein hinaus auf den Balkon, während Frau Björge unten im Keller ist. Sie haben ein prächtiges Haus oben im Skogveien, kennst du es? Du darfst nicht vergessen, Ask, dass du deiner Mutter eine Villa versprochen hast, mit einem Springbrunnen im Garten und mit einer großen spiegelnden Kugel auf einem Sockel! ›Wenn ich gloß bin, kliegst du eine gloße Villa von mil, Mama‹, sagtest du – du warst so süß, Ask, mit dem kleinen Spazierstock, und Lackschuhe hattest du an und du konntest noch nicht richtig sprechen ... Mein Gott, so schnell werdet ihr groß, ich hätte viel lieber, dass ihr immer klein bleiben würdet ...

ASK steht hastig vom Tisch auf und geht in sein Zimmer.

DIE MUTTER blickt ihm erstaunt nach.

So war die Mutter.

Und so war immer die Mutter auch:

ASK marschiert nervös im Zimmer auf und ab, bekleidet mit Hut und Frack; ringt verzweifelt die Hände, wirft immer wieder einen Blick auf die Uhr an der Wand:

Jetzt haben wir nur noch vier Minuten! Keiner wird es merken, wenn du dieses Dings nicht anhast!

DIE MUTTER im Schlafzimmer:

Du wirst doch nicht wollen, dass ich ohne meine Brosche ins Theater gehe?

ASK:

Du kannst dir meinetwegen einen Radioapparat umhängen! *Wenn wir nur pünktlich sind!*

DIE MUTTER mit erstickter Stimme, sie hat den Kopf in der Kommodenschublade:

Stell dir vor, sie muss irgendwas Grässliches trinken.

ASK:

Wer um Gottes willen trinkt hier was?

DIE MUTTER:

Na, die Schauspielerin. Die die Agnes spielt.

ASK:

Musst du solche Geschichten erzählen? Jetzt? Kannst du nicht warten bis nach der Vorstellung?

DIE MUTTER:

Sie wohnt bei Fluges.

ASK:

Wer wohnt bei Fluges?

DIE MUTTER:

Na sie, die Schauspielerin. Das Dienstmädchen hat erzählt, dass jeden Tag frühmorgens zwölf leere Seltersflaschen dastehen ...

ASK:

Mutter!

DIE MUTTER:

... draußen auf dem Flur. Oft waren sie auf bis fünf oder sechs Uhr morgens. Und zwei kleine Kinder hat sie. Einmal hat er sie rausgeworfen, ihr Mann. Wenn es denn ihr Mann ist. Mitten im Winter.

Sie stand drei Stunden draußen auf der Treppe, nur im weit ausgeschnittenen Kleid, und pochte an die Tür und schrie. Aber er ließ sie nicht rein. Stell dir das vor!

ASK:

Jetzt haben wir noch zwei – *zwei* – Minuten!

DIE MUTTER:

Ich weiß noch, als ich zum ersten Mal *Brand* sah. Oder es war *Peer Gynt*. Jedenfalls war ich achtzehn Jahre alt, und mein Bruder Karsten war noch nicht in Amerika. Mein Gott, möchte wissen, wie es ihm geht, acht Jahre haben wir nichts von ihm gehört, da liegt sie ja!

In der Stube:

Sie lag direkt vor meiner Nase! So, jetzt nur noch etwas Puder auf die Nase …

Sie kamen fünf Minuten zu spät ins Theater und mussten im Dunklen stehen, im Seitengang, bis die erste Szene vorbei war. Während sie da standen und während Ask versuchte, die Handlung auf der Bühne zu verfolgen, zeigte sie ihm flüsternd Menschen im Saal, die sie kannte, sie nickte ihnen freundlich zu und winkte. Ask fasste sie vorsichtig an und drehte ihr Gesicht in Richtung Bühne.

Zwischen den Akten wollte er am liebsten auf seinem Platz sitzen bleiben und das, was er gesehen und gehört hatte, nachwirken lassen, aber er musste mit ihr raus. Wie ein Weberschiffchen flitzte sie draußen im Foyer von einem Bekannten zum nächsten und stellte ihnen eifrig Ask vor:

»Ist er nicht ein *Riese* geworden?«

Und im vierten Aufzug, als Agnes' Mitmenschlichkeit und Brands Unmenschlichkeit in der Szene mit dem kleinen Mützchen aufeinanderprallen, dem einzigen Kleinod, das der Frau von ihrem toten Kind geblieben ist und das sie nun ihrem Mann gibt, um sich von allen Götzenbildern zu trennen, als diese Szene vorbei war – eine der ergreifendsten, die es auf den Bühnen der Welt gibt –, als Brand seine Ehefrau verlassen hat, um das kleine Mützchen dem Zigeunerweib und deren Kind zu geben, als Agnes zurückbleibt in der Stube, das Sinnbild einer Frau, der das Leben alles genommen hat, in einem Augenblick, in dem der gesamte Theatersaal gelähmt ist vor Abscheu und Mitgefühl, in dem erwachsene Männer mit der Hand an der Kehle dasitzen, in dem das ganze Theater so still ist, dass man ein Rosenblatt hätte fallen hören – da wendet sich Asks Mutter schniefend ihrem Sohn zu und flüstert ihm ins Ohr:

»Mein Gott, so ein kleines Mützchen, mit Kreuzstichstickerei, hattest du auch, als du klein warst. Aber es wurde eines Nachts von der Wäscheleine gestohlen. Zusammen mit vier Hemden von deinem Vater.«

Alles und jedes auf der ganzen Welt ließ sie durch einen Trichter in sich hineinlaufen. Sie war eine Spinne, ein Saugventil, ein unersättlicher Rachen. Alles stopfte sie in sich hinein: Essen, Geld, Vorteile, Bekanntschaften, Neuigkeiten, wenn das nur ihr und ihrer kleinen Welt von Nutzen war. Ihr Appetit auf das Leben war enorm: Sie hatte ein blutwarmes Zärtlichkeitsbedürfnis wie eine Fledermaus, Augen wie ein Habicht, einen Geruchssinn wie ein Spürhund, Schläue wie ein Fuchs, einen Verteidigungswillen wie eine Wölfin und einen Stolz auf die eigenen Leistungen wie ein Hahn.

In den Augen der meisten anderen Menschen war sie eine dickliche, freundliche, lebhafte, ziemlich propere Frau, die ihren Ehrgeiz daransetzte, »ein schmuckes Heim« zu haben, und die darauf achtete, dass die Kinder »ordentlich angezogen« waren. Sie war munter und gesellig, beliebt bei allen. Aber Ask sah in ihr damals den spießigsten Menschen, dem er je begegnet war, sie war der Inbegriff von Banalität.

Alle ihre Gedanken und Ideen besorgte sie sich von anderen, und immer von denen, die ein bisschen – nicht allzu viel – feiner waren als ihre eigene Familie. Ihr Vater war Schiffsführer auf einem Küstenfrachter gewesen, er hatte an Land als Vertreter angefangen und sich mit den Jahren ein Stück hochgearbeitet. Sie waren elf Kinder gewesen, sie war die vierte in der Reihe und sie hatte eine alles andere als rosige Kindheit gehabt. Vielleicht hatte sie deshalb einen solchen Hunger entwickelt, hinauf und ans Licht zu kommen, sie hatte erzählt, dass sie und ihre Geschwister – im Winter – abwechselnd zur Schule gehen mussten, weil es im Haus nicht genug Stiefel für alle gab.

Die ganze Wohnung, in der sie lebten, war geprägt von ihrem Hunger und von ihren Ideen aus zweiter Hand. Das Buffet war seinerzeit angeschafft worden, weil sie ein ähnliches bei einem Bürochef gesehen hatte, den Esstisch hatte sie bei einem wohlhabenden Handelsreisenden gesehen, der Kronleuchter an der Decke war die billige Nachbildung des historischen Originals und hatte ihr gefallen, als ihr ein Verkäufer erzählte, dass Offiziere diese Art von Deckenbeleuchtung benutzten; das Salontischchen in der guten Stube war aus Mahagoni und stand auf einem riesigen, kugelförmigen Fuß, dem sich zu nähern Asks kleinem Bruder strengstens verboten war. Es gab nicht einen Gegenstand in der Wohnung, nicht eine Gardine, nicht einen Teller, nicht einen Fotorahmen, nicht eine Soßenschüssel, die nicht ihre Geschichte hatte und als Kopie von etwas »Feinem« angeschafft worden war. Deshalb erinnerte die ganze Wohnung an eine Mischung aus einem orientalischen Basar und einem norwegischen Auktionshaus, ständig im Zustand penibler Sauberkeit, aber ohne einheitlichen Geschmack und persönlichen Stil.

Ihre liebste Freizeitbeschäftigung, die sie mit Millionen anderen unruhigen und unzufriedenen Hausfrauen der Welt gemein hatte, bestand darin, alle Möbel und Dekorationsgegenstände zu verrücken und neu anzuordnen. Jeden Tag brauchte sie mindestens eine Stunde für diese eigenartige Tätigkeit: Sie schob die Sessel vom Fenster weg und hinüber auf die andere Seite des Zimmers, verschob die Stehlampen und den Teppich auf dem Boden (der nur aus Linoleum bestand, aber doch ein Teppich war), nahm Bilder von einer Wand und hängte sie an einer anderen auf, strich eigenhändig die Wände und Türen und Leisten und erreichte, dass die Wohnung nach Farbe und Lack stank, sie mühte sich ab mit Sofas und Betten, und einmal transportierte sie allein das riesige Klavier (das ihr ganzer Stolz und ihr persönliches Eigentum war) von einem Zimmer in ein anderes, weil sowohl Ask als auch sein Vater es abgelehnt hatten, ihr bei diesem unsinnigen Vorhaben zu helfen. Nichts konnte sie aufhalten. Und wenn nach einer solchen Anstrengung zufällig Ask hereinkam, fand er sie mitten im Zimmer stehend vor, erschöpft und mit wirrem Haar und feuerrotem Gesicht, die Arme vor der Brust verschränkt, den Kopf etwas schräg gelegt und das eine Auge halb geschlossen, wie ein Maler, der zwei Schritte von der Staffelei zurückgetreten ist, und wenn sie dann Ask bemerkte, rief sie begeistert aus:

»Jetzt ist es viel besser! Findest du nicht?«

Nun kam es gar nicht so selten vor, dass eine Stunde fieberhaften und stöhnenden Umstellens damit endete, dass sie sämtliche Gegenstände an ihre alten Plätze zurückbrachte, was sie selbst nicht im Geringsten störte. Das erzeugte nur einen nachdenklichen Ausdruck in ihrem Gesicht, wie bei einem alten Vorstehhund, der fest überzeugt gewesen war, vor einer Minute ein Rebhuhn aufgespürt zu haben, aber nur einen ausgetretenen Schuh gefunden hatte. Derartige zufällige Täuschungen muss man mit Fassung tragen, Jagd ist nun mal Jagd.

In der Regel mischte sich niemand ein, man ließ sie gewähren. Nur einmal hatte sie die Grenze überschritten. Da hatte sie eigenhändig das Sofa, auf dem der Vater seinen täglichen Mittagsschlaf machte, vom Wohnzimmer in die gute Stube gewuchtet. Da hatte der Vater zu Ask gesagt: »Komm her und fass an«, und gemeinsam hatten sie das Sofa zurück an seinen Platz getragen. In dem Moment kam die Mutter aus der Küche herein. Der Vater war weiß im Gesicht. Es war totenstill im Zimmer. Nie hatte Ask einen so kalten und brennenden Hass in den Augen zweier Menschen gesehen.

Danach, als der Vater mit der Mittagszeitung über dem Gesicht auf dem Sofa lag, ging Ask in die Küche. Die Mutter legte eine vom Abwaschen nasse Hand auf seine, strich sich mit dem anderen Handballen über die rot geränderten Augen und seufzte: »Ach, Ask, in diesem Haus bist du der Einzige, der mich versteht.«

Ask hatte früh die Verzweiflung kennengelernt, die aus der Wahl zwischen dem Schlechten und dem Dummen erwächst, der Wahl zwischen dem Gleichgültigen und dem Abscheulichen, und in seiner Verzweiflung brachte er kein Wort heraus.

Jedes Mal, wenn Ask an seinen Vater dachte, versuchte er unwillkürlich, sich ihn in einer Familiensaga vorzustellen. Er kämpfte gegen diese Neigung, bemühte sich sie zu unterdrücken, denn er konnte sie eigentlich nicht verstehen. Und immer gab es etwas, das nicht passte, da klaffte irgendwo in der Familiensaga ein Loch, als hätte man ein vergilbtes Pergament in den Händen und würde auf ein abgerissenes Stück starren.

Trond Burlefot hieß ein Mann. Geboren war er auf einer kleinen, flachen, grauen, sumpfig-feuchten Insel mit einem Hügel in der Mitte weit westlich in Norwegen. Er wuchs auf mit dem Geruch nach salzigem Meer und Tang in der Nase, mit dem Schreien der Möwen und dem Blöken der Schafe in den Ohren, und die Nordsee hatte ihm einen blauen und weitsichtigen Blick geschenkt. Das Haus, in dem sie wohnten, war alt, ein zusammengezimmertes Blockhaus mit Gras auf dem Dach. Ihr Essen war gekochter Dorsch und Kohlfisch aus dem Fjord, Fladenbrot, Kuchen und Molke. Als Knabe spielte er mit einer Wasseramsel im Bach, mit weißen Muscheln und mit runden Steinen am Strand, und er vergaß nie die matte rote Farbe, die man in alten Schalen von Hummerscheren am Strand sieht. Die größten Freuden, die er hatte, waren, ein Stück harten Trockenfisch zu kauen, schwarze Johannisbeeren von dem Strauch in dem kleinen winddurchpusteten Garten zu essen und Geige zu spielen. Später war er es, der im Schulkeller zum Tanz aufspielte, und er war auch der Dirigent für den kleinen Chor im Bethaus. Es wird auch erzählt, dass er oft früh aufstand und sich in den Schafstall setzte, um Tanzlieder zu üben. Mit wem er sich verstand, dem konnte er in allem, was mit Gesang und Musik zu tun hatte, guten Rat geben. Aber es wird auch erzählt, dass er jeden Tag, wenn der Abend herannahte, verschlossen und ungesellig wurde, und es waren wenige, die ihn zum Sprechen bewegen konnten.

Trond und seine Vorväter hatten auf dieser Insel gelebt, solange man denken konnte und noch viel länger. Einige sind weggezogen von dieser Insel, als Island besiedelt wurde. Aber so weit weg konnten sie der Sippe nicht folgen. Der Älteste, von dem sie gehört hatten, war ein Mann, der Stor-Rasmus hieß. Er lebte im sechzehnten Jahrhundert und beschloss, zum dänischen König nach Kopenhagen zu fahren und sich darüber zu beklagen, wie sich die dänischen Landvögte benahmen. Er wurde in Kopenhagen gehenkt.

Trond war der jüngste Sohn von Torgrim Burlefot, einem Fischer.

Trond hatte zwei Geschwister. Der ältere Bruder hieß Atle Blånegl. Er war Frauenhasser und heiratete nie. Die Schwester von Trond hieß Torva und wurde Pferde-Torva genannt. Deshalb, weil sie groß und mager war und ihr Gesicht aussah wie ein Pferd. Sie wurde mit Kalv Huskar verheiratet, einem Mann aus dem Binnenland. Pferde-Torva bekam mit Kalv zwei Söhne. Der eine hieß Balke Snikkar, der andere Kjetil Einauge. Ein Angelhaken geriet in sein Auge, als er ein kleiner Junge war. Sie bekamen zwar eine Überfahrt mit dem Motorboot, aber es dauerte trotzdem zwölf Stunden bis zum nächsten Ort, und der Junge hatte den Haken im Auge. Im Krankenhaus musste das ganze Auge entfernt werden.

Wenn Atle Blånegl einmal starb, würde das Erbrecht an dem kleinen Hof an Trond übergehen, denn Atle würde keine Kinder bekommen. Aber Trond dachte nicht daran, Bauer und Fischer zu werden, er gab das Recht an dem Hof weiter an Pferde-Torva und ihre zwei Söhne. Er hatte etwas anderes vor.

Zwei Jahre bevor König Haakon der Siebte zum König von Norwegen gekrönt wurde, bereitete sich Trond Burlefot auf die Heimreise vor. Er war in der größten Stadt auf dem Festland als Schüler der Unteroffiziersschule angenommen worden, dort sollte er eine Musikerausbildung erhalten. Als er zur Schule kam, musste der Schneider für Trond eine neue Uniform nähen, weil er so hochgewachsen war.

Er war viel allein in der Zeit. Er stammte aus Sunnmöre, die anderen sprachen einen anderen Dialekt, der nicht leicht zu verstehen war. Ihr Lachen war nicht freundlich. Mehrere Jahre sah er kein Privathaus von innen. Er wohnte in der Schule, in einem großen Saal, und er verdiente zwanzig Kronen im Monat. Er legte das Geld auf die hohe Kante.

Nachdem er drei Jahre in der großen Stadt gewesen war, lernte er eine junge Frau kennen, die Gyda hieß. Sie war die Tochter eines Mannes, der Flose hieß. Dieser Mann war im Binnenland geboren. Er war in der Jugend Hausierer und Viehhändler gewesen, später war er Schiffsführer auf einem Küstenfrachter und da heiratete er eine junge Lehrerin, die Helga hieß und die er geschwängert hatte. Helga war die Tochter eines Eisenschmiedes, sie war mächtig wie ein Berg, und Flose und Helga bekamen elf Kinder. Als Gyda fünfzehn Jahre alt war, gab ihr Vater das Frachtboot auf, ging an Land und wurde Vertreter. Er war ein tüchtiger und großzügiger Mann, Gyda liebte ihren Vater.

Als sich Trond und Gyda begegneten, war Trond Schüler im Brigademusikkorps. Sie hatten sich an einem Sommerabend nach einem Konzert im Park kennengelernt. Gyda hatte schon lange ein Auge auf diesen hochgewachsenen Hornbläser geworfen, er hatte braunes, gelocktes Haar und einen melancholischen Zug um den Mund. In seinen Augen schien eine Frage zu liegen. Sie hatte eine Freundin, die einen der anderen Schüler aus dem Brigademusikkorps kannte, und die richtete es so ein, dass die zwei an jenem Abend zusammenkamen. Nach dem Konzert setzten sich alle vier auf eine Bank im Park. Hinter ihnen stand ein Goldregen in voller Blüte. Einer der frischen Blütenzweige hing hinter Trond und kitzelte ihn ständig im Nacken. Schließlich drehte er sich um und brach den Zweig ab. So saß er und hielt ihn in der Hand.

Gyda nahm ihm den Blütenzweig aus der Hand und sagte:

»Ist der für mich?«

Es war das erste Mal, dass Trond Burlefot mit einer jungen Frau auf einer Bank im Park saß. Er wusste nicht, was er sagen sollte.

Er sagte:

»Ja.«

Hier schließt die Geschichte von dem jungen Trond Burlefot.

Denn an dieser Stelle war in der Lebensgeschichte des Vaters ein dunkler Fleck. Nachdem er sich mit Gyda verlobt hatte und kurz bevor sie heirateten, hatte er die Unteroffiziersschule verlassen und sich bei der Straßenbahn beworben. Ask wollte den Vater nie fragen, glaubte aber, dass es vielleicht mit dem Verhältnis zum alten Flose, Gydas Vater, zusammenhängen könnte, denn zum einen mochte der die Sunnmöringer nicht, und zum anderen betrachtete er alles, was nach Musik roch, mit größtem Misstrauen. In der Freizeit auf einer Gitarre klimpern oder auf einer Okarina blasen, das war etwas, das sowohl seine Frau Helga wie seine Tochter Gyda machten; aber sich zum Berufsmusiker ausbilden, zu einem »Musikanten«, das roch nach Tivoli und Vagabund.

Einmal, Ask war noch ein kleiner Junge, war er mit Großvater Flose durch die Stadt spaziert. Dabei kamen sie an einem alten, seltsamen

Mann in einem Uniformmantel vorbei, der auf dem Bürgersteig stand und Musik machte, er war allein das ganze Orchester. Ask blieb wie verzaubert stehen. Der alte Mann war mit einer Vielzahl von Instrumenten behängt und spielte sie alle gleichzeitig. An einem Brett vor dem Gesicht hatte er eine Mundharmonika befestigt, mit den Händen zog und schob er den Balg eines Schifferklaviers, am Ellbogen war eine Schnur befestigt, die zu einer großen Trommel hinten auf seinem Rücken führte; wenn er mit einem Fuß stampfte, schlugen die Becken klirrend aufeinander und auf dem Kopf hatte er einen Helm mit kleinen Silberglöckchen und wenn er den Kopf schüttelte, bimmelten sie so süß wie ein Engelorchester. Leute standen da und warfen Münzen in eine kleine Schachtel vor dem alten Mann, er sah aus, als sei er Invalide. Aber obwohl Ask am Großvater zerrte und zupfte und obwohl Flose ein warmherziger, gutmütiger, großzügiger Mann war, zog er den Jungen mit sich und sagte mit einem harten Gesicht:

»Solchen geben wir nichts.«

Solchen.

Seit seiner Vermählung mit Gyda war Trond Straßenbahnfahrer. Über zwanzig Jahre war er Wagenführer. Von Woche zu Woche wechselte seine Schicht: Die eine Woche war von sechs Uhr morgens bis drei Uhr nachmittags, die nächste von drei Uhr nachmittags bis Mitternacht. Er war im Laufe der Zeit grau und gebeugt geworden, vorne auf der Plattform war er so groß, dass er sich etwas bücken musste, um die schwarze Bremskurbel zu halten. Sein Gesicht war gealtert, war wehmütig, blass und mit einem schwarzen, buschigen Bart unter der Nase. Er war verschlossen, schweigsam, dunkel und streng. Ask hatte ihn zu Hause selten lächeln gesehen. Wenn er sich über seinen Beruf äußerte, verzog er den Mund, er hasste es, wenn viele Menschen auf der vorderen Plattform standen und ihm in den Rücken drückten. Er hatte einmal einen Zusammenstoß mit einem Lastwagen gehabt und verabscheute seitdem Lastwagenfahrer. Am meisten hasste er Katzen und Weibspersonen.

Er fasste nie ein Musikinstrument an und überließ es seiner Frau, das Klavier zu traktieren, das sie als Geschenk von ihrem Vater bekommen hatte. Ihre Glanznummer war »Valse brillante«, das spielte sie schnell und mit Gusto mit ihren dicken Hausfrauenfingern, die über die Tasten trippelten, aber es gab eine Abmachung, dass sie nie Klavier spielen durfte, wenn er im Haus war. Für Ask sah es so aus, als habe der Vater alle Erinnerungen an seine musikalische Jugend getilgt; der Vater hatte ein altes Kornett in einer Schublade im Schlafzimmer liegen, rührte es aber nie an. Nur einmal hatte Ask im Gesicht des Vaters etwas gesehen, das wie Rührung aussah. Sie hatten beide in der Stube gesessen, im Radio lief Musik, einer spielte auf der Solotrompete das wunderbare Rondo von Haydns Konzert für Trompete und Orchester. Er hatte vorsichtig zum Vater hinübergeschielt, etwas Merkwürdiges lag in der Luft, das er sich nicht erklären konnte. Als der Vater die Faszination bei Ask merkte, wich sein Blick aus, er neigte den Kopf, und Ask sah eine kleine Bewegung am Adamsapfel des Mannes. Er würde diesen Moment nie vergessen und er würde nie das Gesicht des Vaters vergessen, er hatte nie eine derart marmorartige Schönheit im Gesicht eines Mannes gesehen.

Ask wusste noch etwas anderes über den Vater, aber das war etwas, das er nie zu erwähnen wagte, er wagte kaum daran zu denken; eigentlich war es, als könne er nicht recht glauben, dass er es gesehen und gehört hatte. Ask war damals zehn Jahre alt gewesen, und sein Vater hatte, weil er ein tüchtiger Tischler war und weil die Familie einen Zuverdienst brauchte, die Schreinerarbeiten für den Bau eines Wohnhauses in den Hügeln vor der Stadt übernommen. Die Familie wollte nicht selbst in dem Haus wohnen, das Haus sollte gebaut und danach verkauft werden. Der Vater machte den größten Teil der Arbeit selbst, nur für das Allergröbste bekam er Hilfe von einigen Arbeitern am Ort. Gewöhnlich fuhr er jeden Tag mit dem Fahrrad hinauf zu dem Bauplatz und arbeitete einige Stunden an dem Haus, manchmal durfte Ask dabei sein. Eines Tages, der Vater war früh am Morgen aufgebrochen, bekam Ask unerwartet zwei Schulstunden frei und radelte hinterher. Es war still auf der Baustelle, als er hinaufkam. Der Vater war nicht in dem frisch zementierten Keller, war in keinem der Räume, die nach der vor Kurzem angebrachten Holzverkleidung rochen, war nicht oben auf dem Dach, das man eben mit Teerpappe überzogen hatte. Ask wollte nach dem Vater rufen, als er etwas hörte. Er folgte dem Laut hinein in den Wald.

Je näher er kam, umso deutlicher hörte er und umso leiser ging er, als wüsste er, dass er nicht Zeuge sein sollte von dem, was er sehen würde. Er legte sich im Wald auf den Bauch unter einen Traubenkirschenbaum und hielt den Atem an. Auf einer Lichtung stand auf einer Felskuppe ein hochgewachsener Mann im Overall und blies das Kornett. Er stand, den Kopf leicht in den Nacken gelegt, da, das Instrument himmelwärts gekehrt, die Sonne glänzte in dem blanken Messing, und der Mann mit dem schwarzen Bart blies. Es war eine strenge und schmetternde Melodie, vielleicht ein Wecksignal, die Strophe wurde rein, klangvoll und laut gespielt, mit einem seltsam zärtlichen Ton. Der Mann ließ den letzten Ton des Signals verklingen, riss gleichzeitig das Horn mit einer Handbewegung weg vom Mund, die wie ein Gruß aussah. So blieb er einen Augenblick stehen. Dann senkte sich seine Hand und er neigte den Kopf. Danach atmete er tief, rieb das Mundstück mit dem Handballen der linken Hand, schob das Horn unter den Brustlatz des Overalls und machte sich auf den Rückweg. Ask kroch zitternd aus seinem Versteck, kam hinter einen Hügel und begann lautlos zu laufen. Ihm fiel sein Fahrrad ein, das an der Baustelle stand, er warf sich darauf und radelte in rasender Fahrt den Weg hinunter. In einigen Hundert Metern Entfernung hielt er an, legte sich ins Gras und verbarg das Gesicht in den Händen.

Er ging erst zum Bauplatz zurück, als er Hammerschläge hörte. Und er wagte nicht, den Vater anzusehen.

Mit dem Vater war nicht zu spaßen.

Er war der strengste und unerbittlichste Mann, den Ask kannte. Hatte er etwas gesagt, war es beschlossen; er gab niemals nach, weder Bitten noch Tränen rührten ihn. Er war der Inbegriff von Pünktlichkeit, Ordnung, Sturheit, gewöhnlich strahlte er Dunkelheit und Schrecken aus, die die ganze Familie lähmten.

Wenn er an den Tagen, an denen er Frühdienst hatte, zum Essen nach Hause kam, standen Ask, seine Mutter und sein kleiner Bruder Balder am Fenster, die Gesichter an die Scheibe gedrückt, und schauten auf die Straße.

Sobald sie seine große, gebückte, uniformierte Gestalt unten in der Straße sahen, sprangen sie vom Fenster zurück und setzten sich an den Tisch in der Küche. Die Mutter verteilte mit zitternden Händen die Suppe auf die vier Teller, und in dem Moment, in dem der Vater vom Flur eintrat, saßen die drei anderen mäuschenstill, wie Altarkerzen, und erwarteten ihn. Es gab Tage, da war nicht alles, wie es sollte, da hatte Gyda mit dem Essen gebummelt oder die Suppe anbrennen lassen, da waren Ask oder Balder mit anderen Dingen beschäftigt und kamen nicht zu Tisch, bevor der Vater sich gesetzt hatte. Aber das waren Tage des Schreckens, Vaters Gesicht war weiß und furchterregend, da schmeckte das Essen nach trockener Asche und ihre Herzen waren nackt vor Verzweiflung.

Er war eigenwillig, unbeirrbar und voller fixer Ideen. Ziemlich früh kam ein bitteres Schweigen in das Verhältnis zwischen dem Vater und Ask, sie waren so verschieden (oder vielleicht so ähnlich, sollte Ask später einmal denken), dass es nichts gab, über das sie sich einig waren. Die letzten Jahre, in denen Ask das Gymnasium besuchte, hatte es sich an einem Tag so ergeben, dass Ask in der Stadt etwas zu erledigen hatte und der Vater zu dieser Zeit zur Arbeit ging. Nebeneinander marschierten sie die Straße hinunter, er erinnerte sich, dass er beim Gehen auf die massiven, gefütterten Schaftstiefel des Vaters geschielt hatte, die er im Winter zu tragen pflegte; vorne am rechten Stiefel war ein Stück Eisen, eine Art Schutzkappe, die der Vater hergestellt und dort befestigt hatte: Sie war dazu da, die Schuhsohle und die Schuhspitze zu schützen gegen den kleinen Eisenriegel auf dem Boden der Plattform, dem er bei jeder Haltestelle einen Stoß versetzen musste, damit die Bremse einrastete. Sie waren die Straße hinuntergegangen und sie hatten kein Wort miteinander gesprochen. Fünf Minuten waren sie zusammen marschiert, fünf Minuten waren sie nebeneinander gegangen, ein seltsam verzweifeltes Schweigen war in Ask gewachsen, es war größer und größer geworden und es war doppelt unerträglich, weil er ahnte, dass der Vater dasselbe beklemmende Gefühl hatte mit demselben Bedürfnis, das Schweigen zu brechen und ihm entgegenzukommen, das Gefühl war zu einem Schrei geworden, den er in sich hatte; und mit einem Grauen, das er nie vergessen würde, hatte er bei sich gedacht: »Vater und ich haben einander nichts zu sagen.« Dieses Gefühl lähmte ihn gänzlich, er hätte sich beinahe übergeben, und es war ein unbeschreibliches Gefühl von schmerzlicher Erleichterung, als sie die Haltestelle erreichten, wo der Vater einsteigen musste. Ask sagte Lebwohl. Der Vater schaute ihn mit einem kalten, spöttischen, wissenden Blick an und hob den Zeigefinger an den Schirm der Uniformmütze, und Ask dachte schaudernd: Der Mann weint nie.

Der Vater war eigenwillig, unbeirrbar und voller fixer Ideen. Es kam vor, dass er am Abend nach Beendigung seines Dienstes Asks Zimmer betrat. Da stand er dann einen Augenblick in der Tür und warf einen prüfenden Blick in den Raum. Dann könnte er zu dem jungen Mann, der im Bett lag und las, sagen:

»Du solltest deine Kleider nicht achtlos hinwerfen. Die Kleider sollten ordentlich daliegen, damit du weißt, wo jedes einzelne Stück ist. Du solltest dich im Stockdunkeln anziehen können und wissen, wo du die Sachen hast. Es bricht öfter ein Feuer aus, als du glaubst.«

Ask würde den Kopf vom Buch heben und langsam mit mühsam unterdrücktem Zorn sagen:

»Da wäre es besser, wenn jemand die elektrischen Leitungen kontrollierte und alle Zündholzschachteln wegsperrte. Dann könnten unsere Kleider jedenfalls bleiben, wo sie sind.«

Der Vater schaute ihn an, verständnislos, bitter. Dann drehte er sich langsam um, ging hinaus und schloss die Tür mit einem bewussten, festen Druck, der zu erkennen gab, dass er sich stets davon überzeugte, dass die Tür richtig zu war. Er hatte allen im Haus beigebracht, eine Tür auf diese Weise zu schließen, eine Tür musste stets geschlossen sein, und sie sollte mit nur einem Handgriff geschlossen werden. Ask und Balder lernten es, Gyda lernte es nie. Der Vater und die Mutter konnten stundenlang über eine Tür diskutieren, ob sie dieselbe hinter sich ordentlich zugemacht hatte oder ob sie die Tür achtlos zugemacht hatte, sodass sie wieder aufsprang.

Nach einem solchen Besuch des Vaters war Ask nicht mehr imstande, seine Lektüre, in die er vertieft gewesen war, fortzusetzen. Er biss sich in die Lippe, ballte die Fäuste und schlug auf das Kopfkissen. Und die ganze Zeit wusste er, dass der Vater nur hereingekommen war, um zu hören, wie es ihm ging, und um Gute Nacht zu sagen.

Ask fragte sich, was die Mutter einmal in dem Vater gesehen hatte.

Vielleicht war er tatsächlich einmal ein junger, vielversprechender Mann gewesen mit einem ungewohnten Dialekt, einem Blasinstrument, das in der Sonne wie Gold glänzte, und mit einer Uniform; er hatte vielleicht widerspenstige Locken im braunen Haar, ein flüchtiges Lächeln – zärtlich und gefährlich – und eine Zukunft in den graublauen Augen. Sie hatte vielleicht nichts dagegen gehabt, dass er sich bei der Straßenbahn bewarb, aber sie war tief enttäuscht darüber, dass er in all den Jahren nicht zum Kontrolleur aufgestiegen war. Diese Möglichkeit hätte der Vater gehabt, damals, als Ask im Konfirmationsalter war, wenn der Vater sich beworben hätte. Aber der Vater hatte sich nicht beworben. Er schien sich mit seinem Dasein vorne auf der offenen Plattform abgefunden zu haben, obwohl er im Winter stark an einer rheumatischen Verkühlung litt. Ask hatte oft gesehen, wie er dasaß, die Hand auf die rechte Wange und das rechte Auge gelegt, als wollte er diesen Teil des Kopfes wärmen, aber nie hörte er, dass dieser Mann jammerte. Er schien die Vorstellung eines Arbeitsplatzes zu verabscheuen, bei dem er keine ordentliche Tätigkeit ausführte, bei dem er von Tram zu Tram in die Waggons stieg, wie ein Detektiv, um die Fahrscheine der Passagiere zu kontrollieren. Für Asks Mutter war die Ernennung eines der Kollegen des Vaters zum Kontrolleur ein nicht wiedergutzumachender Schlag, der alle ihre offenen und heimlichen Träume zerstörte. (Als Ask älter wurde, sollte ihm der Gedanke kommen, dass der Vater es Gyda vielleicht nicht gegönnt hatte, die Frau eines Kontrolleurs zu werden.) Und von dem Tag an sah sie ihren Mann mit doppelt kritischen Augen, seine Kleidung, seine Redeweise, seine Essgewohnheiten, seinen Umgang, seine miserable Geschäftstüchtigkeit und seinen mangelnden Unternehmergeist.

Vaters Stellung als Wagenführer bei der städtischen Straßenbahn hatte es ihm all die Jahre schwer gemacht, seine Einkünfte zu verbessern, Ask hatte während seiner ganzen Kindheit ein Leben geführt, bei dem jede einzelne Krone, jede einzelne Öre von großer und unfassbarer Bedeutung war. Aber die Stellung des Vaters war sicher, sie war fest, sie garantierte eine Pension im Alter, und in diesen Zeiten der Arbeitslosigkeit waren diese Vorteile so erhaben, so überirdisch, dass niemand jemals daran dachte, dem Vater vorzuschlagen, sich nach einer besser bezahlten Tätigkeit umzusehen. Aber nebenbei, in seiner Freizeit, hatte der Vater verschiedene Arbeiten ausgeführt, in der Regel ohne einen finanziellen Gewinn zu erzielen. Er hatte sich als Schreiner versucht – Ask hatte nie einen tüchtigeren Schreiner gesehen – und als Baumeister, er hatte es geschafft, eine Hütte und ein Haus zu bauen, hatte sie aber in Zeiten fallender Preise verkauft und jedes Mal an Menschen, die schlechte Zahler waren; er hatte es mit einer kleinen Fuchsfarm versucht, die ersten Würfe starben alle, die Farm wurde aufgegeben und Gyda bekam nie ihren Silberfuchspelz. Einmal hatte er einen Import aus dem Ausland begonnen mit so seltsamen Dingen wie Malkästen für Kinder und Wecker: Sein »Hausierer« erwies sich als Betrüger und verschwand mit drei Dutzend Weckern, ließ aber alle Malkästen da; sie hatten jahrelang eine Kiste voller Malkästen im Keller stehen; eines Tages waren sie weg, niemand fragte, was aus ihnen geworden war. Schließlich, eingeschüchtert, hatte er eine kleine Schreinerwerkstatt im Keller eingerichtet, wo er Bücherregale, Hocker und Bettgestelle baute und damit verdiente er wirklich ein bisschen. Jedenfalls so viel, dass die Auslagen für das Material gedeckt waren.

Wenn seine Frau ihm vorwarf, wie er fünfzehn Jahre lang ein klein wenig geschachert, sich ein klein wenig Geld geborgt, ein klein wenig verloren und ein klein wenig betrogen hatte, mit welcher Gesellschaft von Gaunern, Taugenichtsen, Schwindlern, Herumtreibern und Betrügern er sich gemeingemacht hatte – er, der seiner Frau eine Stütze sein sollte und ein Vorbild für seine zwei Söhne –, hörte er sie nur an und paffte dabei langsam und irritierend wortlos seine Stummelpfeife. Dann drehte er sich auf dem Absatz um und ging hinunter in den Keller, um die Arbeit an einem Diwan, für den er eine Bestellung erhoffte, fortzusetzen. Gyda ekelte es vor dem alten, zerschlissenen Overall, den er immer anhatte, sie hasste die alte Uniformjacke, mit der er mindestens seit zehn Jahren im Haus herumlief, und sie trug sich mit den wildesten Plänen, wollte für ihren Mann einen Schlafrock kaufen oder eine Hausjacke, damit er etwas hübsch aussah. Aber es blieb beim Vorsatz, denn alle wussten, dass der Vater, käme man mit so einem Kleidungsstück zu ihm, das Paket wieder zusammenpacken und mit einem kalten und weißen Gesicht dem Geber in die Hand drücken würde.

Doch Ask bemerkte jedes Mal, dass die Kritik der Mutter den Vater traf, er sah, wie Vaters Gesicht hart wurde, und jedes Mal empfand er ein tiefes und seltsames Mitleid mit diesem Mann, der wahrscheinlich einmal vor vielen Jahren mit einem Fischkutter in den Fjord gefahren war und zum ersten Mal die Kirchtürme der Stadt erblickt hatte; der mit den Augen, der Offenheit und dem Glauben des Fischerjungen gekommen war, der sich gewünscht hatte, seine Hand auf das Herz der Stadt zu legen und einen Weckruf für das Morgenrot zu spielen, aber der jetzt kreuzlahm, verbittert, kalt und streng war und dem nur ein Kellerverschlag blieb, um sich jedes Mal dorthin zurückzuziehen, wenn ihm die Vorwürfe der Welt und seiner Frau und seiner Kinder – die er in tiefstem Herzen nicht als unberechtigt abweisen konnte – zu laut wurden.

Vaters kleine Tischlerwerkstatt im Keller war im Übrigen der einzige Raum im Haus, der den persönlichen Stil eines Menschen hatte: Hier hatte die Mutter keinen Zutritt. Ask liebte das Halbdunkel und die Kälte dort unten, den Geruch nach Schimmel, Koksstaub und aufgeschichtetem Fichtenholz, den Geruch nach den verschiedenen Schreinermaterialien: Kiefer, Tanne, Birke, Ulme, Mahagoni und dünne Furnierplatten. Er mochte den Geruch nach frischem Sägemehl, nach Harz, nach den frischen Hobelspänen, die sich in einem Haufen vor der Hobelbank sammelten, den Geruch nach dem dunklen Holzleim, der im Leimtopf köchelte. Ab und zu, als seine Bronchitis besser geworden war, durfte sich Ask dort unten betätigen, aber meistens war die Hobelbank vom Vater besetzt und Gott sei dem gnädig, der Vaters Werkzeuge oder seine angefangenen Arbeiten in Unordnung brachte.

Wenn sich der Vater oben in der Wohnung aufhielt, bewegte er sich wie ein dunkler, turmhoher Fremdkörper. Er hatte seine eingeübten Gewohnheiten, mit präzisen, unveränderlichen Uhrzeiten für das Aufstehen, die Mahlzeiten und das Löschen des Lichts am Abend, und mit festen, verbissenen Meinungen zu allen Kleinigkeiten des Lebens, angefangen mit dem schädlichen Essen von Süßigkeiten bis zu dem unermesslichen Bildungswert, der darin lag, das Konversationslexikon zu studieren.

Was das Naschwerk für Kinder anging, so hatte das immer mit dem alten Flose, dem Schwiegervater, zu tun, der jedes Mal, wenn er ins

Haus kam, Weihnachtsmann spielte. Zwischen den beiden bestand eine versteckte Spannung. Flose hatte einmal offen gesagt, und Ask hörte es, dass nur ein Sunnmöringer seinen Kindern ein Stück Schokolade verweigern könne. Worauf Trond erwiderte, und Ask hörte es, dass er nichts dagegen habe, wenn Flose den Kindern Süßigkeiten gebe, wenn er auch die Zahnarztrechnung für ihn bezahle. Trond tat jedoch jedes Mal so, als würde er nicht sehen, was Ask – und später Balder – naschten, aber sobald Flose das Haus verlassen hatte, sammelte er penibel Lutscher und Zuckerstangen und Karamellbonbons ein und warf alles in den Ofen. Die Ofentür schloss er mit derselben militärischen Präzision und mit demselben kurzen Klick, wie er andere Türen zumachte. Ask fand, es wäre edler und aufrichtiger gewesen, wenn der Vater die Sachen im Beisein des Großvaters in den Ofen geworfen hätte.

Die Auffassung des Vaters zu Bildung und Ausbildung war höchst eigenwillig. Er las selbst nur Zeitungen; für die Illustrierten, die die anderen lasen, hatte er nur Verachtung übrig, und ein belletristisches Buch hatte er nie geöffnet, solange sich Ask erinnern konnte. Nichtsdestotrotz hatte er einen Bücherschrank voller Bücher, aber das war keineswegs sein eigenes Verdienst. Er war vor vielen Jahren bei einer Auktion an eine riesige Kiste geraten, fast ein Klavierkasten, auf die er geboten hatte, weil er meinte, das Holz für seine Tischlerarbeiten brauchen zu können. Der Auktionator glaubte ebenso wie er, die Kiste sei leer, und für 1,25 Kronen erhielt er den Zuschlag. Die Kiste war jedoch zur Hälfte voll Bücher, enthielt drei in Leinen gebundene Gesamtausgaben: die Gesammelten Werke von Ibsen, Björnson und Strindberg, insgesamt 28 schwere Bände, und dazu die Jahrgänge einer Zeitschrift, die *Rundblick* hieß, sowie ein Werk über *Die Zivilisation des weißen Mannes*. Er las darin nie ein Wort. Das einzige Werk, das er sich jemals angeschafft hatte, um darin zu lesen, war eine 14-bändige Ausgabe des Aschehoug Konversationslexikons von 1905. Das hatte er auch bei einer Versteigerung erworben. Er lebte in dem festen Glauben, dass es für ihn, seine Frau und seine zwei Söhne keinen besseren Weg gab zur Zivilisation, zu aller Wissenschaft und Erkenntnis und zu höherer Einsicht, als nur fleißig im Konversationslexikon zu lesen. Jedes Mal, wenn er Ask erwischte, wie er ein Buch von Jules Verne oder Övre Richter Frich oder aus der 10-Öre-

Bibliothek von Martin las, schaute ihn der Vater traurig und mit hängendem Bart an und sagte:

»Du solltest das Konversationslexikon lesen, Junge. Nur dort findest du *Fakten*.«

Die einzige geistige Freizeitbeschäftigung des Vaters bestand darin, die Zeitung zu lesen (eine am Morgen, eine am Nachmittag), Kreuzworträtsel zu lösen und Radio zu hören. Aber nie würde er sich einen Vortrag anhören und nur sehr selten Musik. Dagegen passte er auf wie ein Schießhund, dass weder ihm noch den anderen im Haus eine Nachrichtensendung oder der Wetterbericht entging. Er kam vom Keller nach oben, um diese Sendungen zu hören, er hörte die Nachrichten und den Wetterbericht zweimal täglich (zweimal am Vormittag, wenn er Spätdienst hatte, zweimal am Abend, wenn er Frühdienst hatte), an freien Tagen hörte er den Wetterbericht und die Nachrichten viermal und manchmal wechselte er noch den Sender, hörte im Anschluss an die norwegischen Nachrichten die aus Dänemark und Schweden, um dort auf den neuesten Stand zu kommen. Vielleicht war es der Fischer und Bauer in ihm, dass er sich mit derartiger Besessenheit für das Wetter interessierte, vielleicht auch der Trambahnfahrer, der wissen wollte, was er am nächsten Tag anziehen sollte, aber für Ask war es unerklärlich, was den Mann dazu bewog, täglich zwei Zeitungen zu lesen, voll mit Wetterberichten und Neuigkeiten, um danach alles mindestens zweimal von den Nachrichtensprechern im Radio wiedergekäut zu hören. Der Vater wurde in diesem Punkt allmählich monomanisch: Jeder Laut musste in dem Augenblick verstummen und jede Zunge schweigen, wenn die Stimme aus dem Radio im Raum ertönte und ankündigte: »Hier ist Oslo mit den Abendnachrichten, das Wichtigste der Nachrichtenagentur NTB.« Wie Ask diese Institution verabscheute, die da NTB hieß! Es gab nur eine Einrichtung, die er noch mehr hasste: das Meteorologische Institut: Me-te-o-ro-lo-gisches In-sti-tut. Für den Vater repräsentierten diese beiden Organe die Stimme Gottes.

Er war unsagbar grotesk, herzzerreißend und ungeheuerlich, dieser Auftritt, wenn der Vater am Radio drehte, einen Augenblick mit weißem und gespanntem Gesicht wartete und dann einen gewaltigen Arm hob – auch wenn die anderen mitten in einer Arbeit oder einer Diskussion waren, auch wenn Außenstehende zugegen waren, ja sogar, wenn sie Gäste hatten – und mit lauter, militärischer Stimme rief:

»*Ruhe!*«

Und die ganze Vorstellung bekam einen Anflug des völlig Unergründlichen und unerklärlich Erhabenen dann, wenn der Vater das Radio einschaltete, äußerste Ruhe und Aufmerksamkeit verlangte – und dann selbst das Ganze vergaß, das Zimmer verließ und in einen Nebenraum ging, um Kreuzworträtsel zu lösen! Als hätte er seine Pflicht für die Menschheit getan, als hätte er das Abendmahl ausgeteilt und das Evangelium der Gnade verkündet, als könne er sich nun mit gutem Gewissen zurückziehen, nachdem er mit dem Glockenschlag an einem Knopf gedreht und der Schafherde den Weg gezeigt hatte, den Weg zum Nützlichen und Praktischen, den Weg zu Einsicht und Fortschritt, den Weg zu Wohlstand und Beherrschung der Welt, den Weg zu: Fakten.

Die Sturheit des Vaters, seine Selbstgefälligkeit, war in höchstem Maße irritierend, ebenso wie sein verbissener Glaube an den welterneuernden Wert von Zeitungen, Nachrichten, Wettervorhersagen und Konversationslexika. So behauptete er auch mit prophetischem Feuer, dass das Lösen von Kreuzworträtseln nützlich sei und dass es den menschlichen Horizont erweitere. Er war versessen auf Kreuzworträtselaufgaben, er fand sie in Zeitungen und Magazinen und er brachte die Söhne an den Rand der Verzweiflung, nicht so sehr mit Fragen wie »Pionier der Humanmedizin mit fünf Buchstaben, beginnt mit c und endet mit e«, als mit seinem leidenschaftlichen Vortrag danach, wie es ihm gelungen sei, dass das eine Wort zu dem anderen passte, wie sieben Waagrecht lange überhaupt nicht mit dreizehn Senkrecht vereinbar schien, aber wie ihm dann, in einem Augenblick atemberaubender Inspiration, eingefallen sei, dass »Norwegischer Ortsname mit vier Buchstaben, beginnt mit a und endet mit a« nicht einfach Alta sein musste – es konnte auch – oh, großartig, toll! – es konnte auch *Arna* sein!

Dann saugte er berauscht an seinem Bart, setzte sich auf einen Stuhl vor dem Bücherschrank und zog einen Band des Konversationslexikons heraus, um sich davon zu überzeugen, dass Arna voll und ganz richtig war; triumphierend kam er dann zu den andern und legte mit einer von Stolz geschwellten, geheimnisvollen Miene den aufgeschlagenen Band vor sie hin, mitten auf die Bücher, mit denen sie gerade beschäftigt waren; mit einem langen, erstaunlich schönen Zeigefinger deutete er dann für sie auf das Wort: Arna, um ihnen dann mit langsamer, unschöner Stimme (denn er war nicht in lautem Lesen geübt und er hatte seinen merkwürdigen Einwanderer-Dialekt, den er nie ablegte) vorzulesen. Er las ihnen dann laut vor, wo Arna in Norwegen lag, wie viel Einwohner der Ort hatte, nannte die wichtigsten Wirtschaftszweige und referierte dann vor ihnen langsam und umständlich, welche Parlamentsabgeordneten und Redakteure und Oberlehrer in Arna geboren waren, in Arna gelebt hatten und in Arna gestorben waren.

Die anderen rieben dann jedes Mal ohnmächtig unter dem Tisch ihre Hände, ihre Herzen wurden wie Blei, sie nickten gleichgültig, bis einer von ihnen einen hysterischen Anfall bekam. Da hörte der Vater abrupt mit seinem Vorlesen auf, verlöschte und zog den Zeigefinger zurück. Mit einem weißen und gekränkten Gesicht schlurfte er dann, das Lexikon unter dem Arm, aus dem Zimmer, und sie hatten das tiefste Mitleid mit ihm, denn sie wussten, dass es für ihn eine der wenigen und echten Freuden in einem Leben war, das verbittert, klein und ärmlich geworden war. In solchen Augenblicken spürte der Vater die Last des Mitleids und der Verachtung seiner eigenen Kinder, und er drehte sich in der Tür um, presste die bläulichen, schmalen Lippen zusammen und sagte mit Würde:

»Wenn ihr um euer eigenes Bestes wüsstet, würdet ihr euch nicht mit *diesem* Unsinn abgeben.«

Ging er nach einer solchen Episode durch die Tür hinaus, bemerkten sie manchmal, dass sein Nacken schmal geworden war.

Der Vater konnte zwar lachen – und am liebsten, wenn er irgendwo eingeladen war, bei Fremden –, aber zu Hause war er sparsam mit dem Lachen. Meistens wurde es nur ein Grinsen, bei dem seine gelben, kräftigen Zähne unter dem dunklen Bart sichtbar wurden. Ask konnte sich nicht erinnern, dass der Vater jemals bei einem Zahnarzt gewesen wäre oder dass er ihn jemals beim Zähneputzen gesehen hätte, trotzdem waren seine Zähne kräftig und gesund wie bei einem Pferd: Er hatte seine eigene, große Stecknadel in der Küche hinter der Gardine am Fenster verwahrt, niemand durfte sie berühren, und damit pflegte er nach jeder Mahlzeit sorgfältig und lange zwischen seinen Zähnen zu stochern. Aber die selten vorkommende Munterkeit war fast noch schlimmer als sein dunkler, schwermütiger Ernst. Denn es gab nur bestimmte Dinge, über die der Vater lachte, meist Erinnerungen aus der Vergangenheit oder wenn jemand in der Familie – er selbst ausgenommen – etwas Lächerliches oder Ungeschicktes machte. An so einer Sache konnte er sich jedoch festkrallen, er konnte sie Wochen und Monate hindurch benutzen, er wiederholte und wiederholte die Geschichte mit einem Lachen, das am Ende krank und blödsinnig klang. Und er war zutiefst gekränkt, wenn jemand es wagte, bei seinem Versuch, die Geschichte zum 100. Mal zu erzählen, anzumerken, dass er das schon einmal erzählt habe. Sein Sinn für Humor war von der sarkastischen Sorte, sein größtes komisches Vergnügen bestand darin, das, was andere sagten, zu verdrehen und zu verfälschen. Gyda und Ask gegenüber war das noch erträglich, denn sie konnten zur Not mit einer raschen Antwort Kontra geben, und er saß dann da mit einem Gesichtsausdruck wie ein krankes Pferd; aber ganz schlimm war es, wenn er seine Spottlust an Balder, dem jüngeren Sohn, ausließ. Es ist möglich, dass der Vater anfangs wirklich witzig sein wollte, aber ab einem bestimmten Punkt der Darstellung ging es immer schief. Oft saß Ask da und verdrehte seine Hände vor ohnmächtiger Wut und Scham, wenn der Vater am Mittagstisch den kleinen Jungen mit Wortspielen neckte, bis der Kleine schrie und ihm die Tränen über das rote, brennende Gesicht liefen: »Aber ich *habe* nicht Onke Petter gesagt. Ich *habe* nicht Onke Petter gesagt! Ich habe *Onkel* Petter gesagt! *Onkel* Petter!«

So war Asks Vater.

Ein Mann, der vielleicht einmal hohe Töne gehört und sich ins Weite geträumt hatte, aber der in einem Teufelskreis gefangen war, in dem verlässlichsten und langweiligsten aller Kreise dieser Erde: dem unveränderlichen Rundkurs der Straßenbahnschienen einer Stadt.

Ein Wikinger, der eine Trambahn lenkte!

Oft dachte Ask mitfühlend, dass der Vater ein gequälter und ein verlorener Mensch war und das, weil das Herz des Mannes blutete, dass er so sarkastisch war, so dunkel, so hart; dass er sich einmal an etwas verbrannt hatte, dass er deshalb Angst hatte, die Menschen an sich heranzulassen.

Als habe der Vater entweder zu viel Hingabe und Zuwendung im Leben erfahren, vielleicht von der zudringlichen, hysterischen und ehrgeizigen Sorte, mit der ihn seine Frau einzuwickeln versucht hatte, oder dass er verbittert erkannt hatte, dass es in einer fremden Stadt keine Garantie gab für die Sehnsucht eines jungen Neuankömmlings nach Anerkennung, Verständnis und Selbstentfaltung. Er war zu einem kalten und starrsinnigen Mann geworden.

Nie legte er eine zärtliche Hand auf den Kopf des Sohnes, nie umarmte er ihn und nie hatte Ask gesehen, dass er die Mutter küsste oder wenigstens ihre Hand hielt.

Einmal, als Ask sechzehn und Balder sechs Jahre war, hatte der Vater an einem Sonntag die Söhne mitgenommen zu einem Ausflug in den Wald. Er hatte für Balder eine Weidenflöte geschnitzt, sie ihm aber sofort wieder weggenommen, als der Junge nicht rein darauf spielen konnte. Es war ein anstrengender und qualvoller Ausflug für Ask – es war nie besonders lustig oder erheiternd, mit dem Vater mehrere Stunden zusammen zu sein -, aber als sie auf dem Rückweg wieder den Stadtrand erreichten, wollte es der Zufall, dass sie, während sie auf die Straßenbahn warteten, vor einem Obstladen stehen blieben.

Während die Mutter allen außenstehenden Menschen gegenüber scharf und geschäftsmäßig schroff war, ihren Kindern gegenüber aber freigebig, freundlich und spendabel, war der Vater anderen Menschen gegenüber offen und großzügig, den Kindern gegenüber aber streng, bescheiden und knauserig. Seltsamerweise war es trotzdem das strenge Festhalten an den Prinzipien der Sparsamkeit, was den Söhnen den größten Respekt abnötigte. Als ahnten sie, dass in deren Formalismus und deren spartanischen Art der Lebensführung ein größeres Maß an Ehrenhaftigkeit und Anstand lagen.

Der Obstladen, vor dem sie an jenem Sonntagnachmittag standen, war geöffnet. Sie blieben stehen und schauten durchs Fenster. Nach einer Weile wandte sich der Vater den Söhnen zu und fragte mit leiser, vorsichtiger Stimme:

»Ihr habt vielleicht Lust auf etwas Gutes nach dem Ausflug?«

Die Jungen trauten ihren Ohren nicht, niemals hatte der Vater Süßigkeiten gekauft, Balder nickte mit großen, leuchtenden Augen.

»Wir könnten vielleicht einen Apfel kaufen«, sagte der Vater und schaute sie nachdenklich an. In seiner Stimme lag Andacht. Die Jungs hätten vielleicht an etwas anderes gedacht, das verlockender war als ein Apfel, aber es war unvorstellbar, etwas anderes vorzuschlagen. Der Vater ging in das Geschäft und kam mit einem Apfel in der Hand wieder heraus. Es war nur ein Apfel, der musste also geteilt werden, aber es war ein amerikanischer Apfel, der größte und röteste Apfel, den sie jemals gesehen hatten. Und obwohl sie schon früher amerikanische Äpfel gekostet hatten, wurde dieser Apfel zu etwas so Wunderbarem und Aromatischem, wie sie es nie zuvor gegessen hatten.

Der Vater teilte den Apfel mithilfe seines Taschenmessers geschickt in zwei Hälften. Er benutzte die kleine Klinge, er hatte sie immer geschärft wie eine Rasierklinge. Dann schälte er jede Hälfte, langsam und sorgfältig, und sie standen da und bewunderten seine großen, kräftigen, schönen Hände, die stets jeden Handgriff mit derselben Sicherheit und Präzision ausführten, egal, ob es darum ging, die Schnürsenkel zu binden, eine Tür zu schließen, eine Leiste zu hobeln, einen Braten aufzuschneiden, eine Pfeife zu stopfen, ein Paar Schuhe zu besohlen, eine Wand zu tapezieren, eine Treppe zu mauern oder eine Trambahn abzubremsen. Er entfernte die Schale in hauchdünnen Streifen, die er in den Lichtschacht, bei dem sie standen, fallen ließ. Er hielt ihnen die weißen, duftenden, saftigen Apfelhälften hin und sie lagen auf seiner Hand wie auf weichem Seidenpapier. Diesem Apfel entströmte ein Duft, wie die Äpfel im Paradies duften mussten, und er war so saftig, dass es ihnen über das Kinn tropfte. Der Vater sagte:

»Benutzt das Papier und wischt euch den Mund ab. Und werft es danach in den Lichtschacht.«

In der Straßenbahn setzten sich Ask und Balder auf eine Bank im Waggon. Der Vater blieb auf der hinteren Plattform stehen und plauderte mit seinem Kollegen, dem Schaffner. Er lachte sein seltenes Lachen und zwinkerte den Söhnen zu: Es war klar, dass nicht nur er, sondern auch sie umsonst würden fahren dürfen.

Nachdem der Schaffner an ihnen vorbeigegangen war, ohne den Fahrschein zu verlangen, drehte sich der sechsjährige Balder um zu Ask, als wolle er etwas sagen. Aber er überlegte es sich anders, wandte den Blick ab, schaute in die Luft und sagte leise:

»Vater ist jetzt nett.«

Ask drehte den Kopf und schaute hinaus zu dem großen Mann, der da draußen stand, heute in Windjacke und Mütze und mit einer Stummelpfeife im Mund. Er sah den Vater in ganzer Gestalt da draußen, dunkel, gebeugt, wie in Stein gemeißelt. Und auf einmal musste Ask schlucken, denn der Bruder hatte etwas gesagt, was bisher noch niemand gesagt hatte, und er wusste, dass es die Wahrheit war.

Und es ergriff ihn eine grenzenlose Wehmut, dass dies vielleicht das einzige Mal im Leben des Vaters war, in dem jemand das von ihm sagte.

Und der Vater stand währenddessen draußen auf der Plattform und er hörte es nicht.

Während der Vater ein tiefes Bedürfnis nach Ruhe, Frieden und Stille hatte, war die Mutter erfüllt von einer zitternden, tränenerstickten, extrovertierten Lebensgier. Der Hunger dieser Frau war von einer krankhaften Unzufriedenheit, war fordernd und erschreckend und äußerte sich manchmal auf eine so billige und gemeine Weise, dass ihr Sohn vor Scham errötete.

Sie war versessen auf jede Art von Feier; in der ganzen Stadt gab es kein Nähkränzchen, keine Kindstaufe, keine Hochzeit, keine Konfirmation, keinen Leichenschmaus, kein Familientreffen, kein Weihnachtsfest, das sie nicht aufspürte und zu dem sie sich nicht selbst einlud. Essen und Trinken liebte sie über die Maßen, sie war immer die Letzte, die bei einem Bankett vom Tisch aufstand. Des Öfteren geriet sie in einen grausamen Zwiespalt, weil sie nicht nur allzu gern aß, sondern genauso gern redete. Ask hatte ihr Gesicht immer dann, wenn sie sich gerade den Mund vollgestopft hatte und ihr zugleich jemand eine Frage stellte, dunkelrot werden sehen, er hatte ihre Augen wie Porzellaneier hervorquellen sehen, wobei ihre Hände in fuchtelnder, ertrinkender Ekstase zuckten.

Was sollte sie nun tun? Zuerst antworten und danach kauen? Es würde eine schlechte Antwort werden, sie könnte all die fantastischen Einzelheiten der Geschichte mit dem vielen Essen im Mund nicht erzählen. Zuerst kauen und danach antworten? Aber während sie kaute, würde da nicht das Interesse der anderen an ihr verschwinden, würden sie nicht die Geduld verlieren und hieß das nicht, das fantastische Essen zu ruinieren, indem man es hinunterschluckte, ohne es richtig geschmeckt zu haben?

Das Schauspiel dauerte immer nur zwei Sekunden, war aber jedes Mal eine abgrundtiefe Tragödie, lang wie eine Ewigkeit. Sie fuchtelte, kaute, sie stöhnte, pfiff, wand sich wie ein gefoltertes Tier, es war furchtbar.

Und wenn dann die Gastgeberin die Tafel aufhob und vom Tisch aufstand, bevor Gyda von allem hatte essen können, dann fing ihr Mund an, vor Verzweiflung und Panik zu beben. Die Enttäuschung konnte so gewaltig sein, dass sie, nachdem sie aufgestanden war, von einer inneren, teuflischen Macht zurück zum Tisch gezogen wurde. Blind, besinnungslos stand sie dann allein an der Tafel und trank die Reste in den Gläsern aus, die sie hatte zurücklassen müssen; egal, was es war: Aquavit, Madeira, Bier, Rotwein, Himbeerlimonade. Mit der anderen Hand grabschte sie dann am Tisch nach allem Essbaren, das sie noch nicht hatte probieren können, und stopfte es in den Mund, egal, was es war: ein Keks, eine Tomate, Schokolade, eine Brezel, eine kleine Knackwurst, grüne Erbsen, Mixed Pickles, Heringssalat, eingelegter Kürbis. Danach würde sie sich vom Tisch abwenden mit einem Gesicht, glühend wie von einem hastigen und unerlaubten Orgasmus, und mit dicken Backen wie ein Eichhörnchen, das seinen Wintervorrat gesammelt hat.

»Aber *Mutter*«, würde Ask dann murmeln, weiß vor Scham, und am Ärmel packend würde er sie von der Essenstafel wegziehen.

Sie aber würde kauen und mampfen und würde mit schräg gestelltem Kopf und blinzelnden Augen antworten:

»Es war doch sicher beabsichtigt, dass wir *alles* probieren sollen?«

So war die Mutter.

Es gab keinen Genuss im Leben, auf den sie verzichten konnte, ohne die schlimmsten Qualen auszustehen. Sie klammerte sich an alles: Essen, Möbel, Kinder, sie erdrückte sie und verschlang sie, sie war hysterisch in ihrem leidenschaftlichen Drang, alles, was ihr in den Weg kam, zu küssen, auszusaugen, zu verzehren. Sie machte ihrem Mann die heftigsten Vorwürfe, dass er Dachboden und Keller mit altem Gerümpel vollstopfte, leere Kisten und Baustoffe mit Brandschaden, billig auf Auktionen erstanden, von denen er gedacht hatte, sie einmal verwenden zu können, und die nie verwendet wurden. Aber ihre Sammelwut war wesentlich ausdauernder und hinterhältiger als seine: Sie sammelte Erinnerungen.

Sie hatte stapelweise Fotoalben mit Bildern von den Kindern, von sich selbst, von den Geschwistern, von den Eltern, von allen möglichen und unmöglichen Menschen, die sie in ihrem Leben getroffen hatte und denen sie eine Fotografie abgebettelt hatte; sie hatte Wände mit Fotos, Schubladen mit Seidenbändern und Hauben und Spielen und Flaggen und Schmuck, Schatullen mit Haarlocken und getrockneten Blumen und Muscheln und den Milchzähnen der Kinder. Alles hatte seine spannende Geschichte, all das konnte verschlungen werden. Das war fast besser als Essen, denn es konnte immer wieder verschlungen werden.

Wenn die Mutter Ask um den Hals fallen, ihn umarmen, ihn küssen wollte, wenn sie winselte, wie schnell er wachse und wie er ihr entgleite, wenn sie in sein Zimmer kam und ihn bei seiner Arbeit störte, wenn sie versuchte, ihn festzuhalten, indem sie an seinen Edelmut und sein Mitleid appellierte, wenn sie zum 10 000. Mal erzählte, wie süß und nett und klein er gewesen sei, als er noch auf ihrem Schoß saß und mit ihrem Medaillon spielte – da ergriff Ask manchmal ein Gefühl von heftiger Abscheu, und mit zitternden Händen wollte er sie dann aus dem Zimmer schieben. Nach solchen Szenen stieg in ihm gewöhnlich ein Bild aus der Tierwelt auf, er versuchte, es wegzuschieben, aber es kehrte zu ihm zurück mit verblassender Intensität: Es war ein Bild von Kröten, diese schleimigen Wassertiere, die in der Brunftzeit einen so gewaltigen Trieb haben, dass sie sich nicht nur so fest an ihre Geschlechtspartner klammern, dass sie sich nicht losreißen können, sondern sich kleisterartig an jeden Gegenstand klammern, der ihnen in den Weg kommt: einen Stein, eine Baumwurzel, eine Konservendose. Er versuchte, das

Bild zu verdrängen, denn insgeheim ahnte er, dass er der Mutter unrecht tat, dass sie eine Frau war in einem Haus ohne Liebe, aber trotzdem war es einige Male so, als höre er ein blindes Kratzen von unzähligen kleinen, schleimigen Schwimmfüßen auf der Außenseite seiner Tür, und er kämpfte wie wahnsinnig, um das Bild von der Kröte, die sich nicht abschütteln ließ, loszuwerden.

Auf die eine oder andere Weise drängte sie sich immer anderen auf. Ohne Pause und mit lauter, plappernder Stimme teilte sie den Mitgliedern des Hauses alle ihre Gedanken, Vorhaben und Aufgaben mit, und zwar bis ins kleinste Detail:

»Ich sollte mir eigentlich so einen Küchenhocker zum Draufsitzen besorgen. Aber die kosten über dreißig Kronen. Ja, ja, wenn du reich wirst, dann spendierst du deiner alten Mutter sicher einen Küchenhocker. Nicht wahr, Ask? *Ask!* Hast du gehört, was ich gesagt habe? Nein, hast du natürlich nicht. Du hörst, wenn du hören *willst*, du bist wie dein Vater.«

Oft waren ihr offenherziges Wesen und der ständige Redefluss ein rührender, kindlicher, hungriger Versuch, sich in das Bewusstsein anderer hineinzureden, hineinzuquengeln, hineinzukriechen, aber ihre Handlungsweise hatte oft eine gehörige Prise bewusster Bosheit. Denn es waren nicht nur die erfreulichen Dinge, an denen sie andere teilhaben lassen wollte, sie verweilte besonders bei den Dingen, die ihr Schmerz bereitet hatten, seelischen und körperlichen. Wenn ihr Mann Nachtschicht hatte, hielt sie Ask oft bis spätabends fest und da erzählte sie ihrem Sohn von ihren Sorgen, von den Dienstmädchen, die zu ihrem maßlosen Erstaunen nie länger als zwei Wochen in ihrem Haus bleiben wollten und dann kündigten, von ihren finanziellen Problemen, von ihren Streitereien mit Helga, mit Flose und mit den Geschwistern. Eines Nachts holte sie Ask aus dem Bett, damit er sich ihr Gejammer über den Vater anhörte, der sich bei einem Zank über die Benutzung des Waschkellers auf die Seite des Hauswirtes gestellte hatte; sie heulte und nahm Ask bei der Hand und wiederholte ihren alten Satz, geprägt mehr von einer Hoffnung als einer Überzeugung:

»Du bist der Einzige, Ask, der mich versteht.«

Am schlimmsten war es, wenn sie ihm ihre Wunden und körperlichen Leiden zeigen wollte, auch hier sollte er Anteil nehmen. Sie stellte ihren nackten Fuß auf den Stuhl, zeigte ihm ihre grausamen Hühneraugen und demonstrierte ihm ausführlich die Verwendung einer Einlegesohle. Wenn sie beim Zahnarzt gewesen war, zog sie den Sohn ins Licht und zwang ihn, ihr in den Mund zu schauen. Sie entblößte die geschwollenen Beine und drückte auf ihre Krampfadern, damit er verstehen sollte, wie sie litt. Einmal flüchtete Ask vor ihr, als sie einen Verband an der Hand abwickelte, damit er sich mit eigenen Augen davon überzeugen konnte, wie das Abwaschwasser an ihren Händen zehrte. Auf der Haut hatten sich Risse gebildet, an einer Stelle hatte sie eine Fleischwunde, die bis auf den Knochen ging, sie lief, die fürchterliche Hand ausgestreckt, durchs ganze Haus hinter ihm her und rief dabei:

»Das musst du sehen! Das *musst* du sehen!«

Ask verabscheute es, Blut und offene Wunden sehen zu müssen, er verschanzte sich im Schlafzimmer, da stand er und umklammerte krampfhaft den Türgriff, und die Mutter stand draußen und zog und jammerte, niemand auf der Welt verstehe, was sie erleiden müsse.

Ask war übel vor Angst, mit aller Kraft hielt er die Türklinke fest, er hätte sie getötet, wenn sie hereingekommen wäre, in seiner wahnsinnigen Verzweiflung schrie er durch die Tür:

»Aber ich verstehe dich, Mutter! Ich *verstehe* dich! Ich muss doch nicht den Finger sehen, um zu verstehen, dass du Schmerzen hast! Kannst du nicht Gummihandschuhe benutzen? Viele Leute benutzen Gummihandschuhe! Wenn du mir versprichst, den Verband wieder anzulegen, dann kaufe ich dir ein Paar Gummihandschuhe!«

Die Mutter hatte schon früh begonnen zuzunehmen. Vielleicht hatte sie eine Anlage, dick zu werden. Asks Großvater Flose war groß, dick, sah aus wie ein ergrauter, überfressener Oberst. Großmutter Helga, die Tochter des Eisenschmieds, war breit wie eine Scheunentür und dick wie ein Berg. Sie war der warmherzigste, weichste, gutmütigste und netteste Mensch, den Ask jemals getroffen hatte; einmal, Ask war siebzehn Jahre, lag seine Hand zufällig neben der seiner Großmutter auf dem Tisch; er würde nie vergessen, wie er gestaunt hatte, weil das Handgelenk der alten Frau doppelt so breit war wie seines.

Asks Mutter hatte kranke Beine und vermutlich wurden sie wegen des zunehmenden Körpergewichts immer schlimmer. Aber es kam ihr nie in den Sinn, Gymnastik zu machen oder weniger zu essen. Würden Trond oder einer der Söhne einmal vorsichtig andeuten, dass sie vielleicht nicht so viel Soße und Kartoffeln auf den Teller laden sollte, würde ihr ein sonderbarer, wimmernder Seufzer entschlüpfen und ständig kauend würde sie sagen:

»Aber es ist doch so gut.«

Damit endete jede Diskussion. Gegen dieses Argument hätte man auch mit einem Lehrbuch der Logik nichts ausrichten können.

Die Gedanken des sehr jungen Mannes über das eheliche Zusammenleben

Wenn Ask bei seltenen Gelegenheiten sich die Beziehung seiner Eltern vorzustellen versuchte, fröstelte er vor namenloser Angst.

Diese zwei in die Jahre gekommenen Menschen mussten sich einmal geliebt haben, er hatte jedenfalls die Mutter den Ausdruck verwenden hören, sie seien von Leidenschaft zueinander »entflammt« gewesen, aber irgendwann musste ein kalter Wind die Flamme ausgeblasen haben, irgendwo waren sie stehen geblieben und hatten am Scheideweg über die Richtung gestritten und dann war jeder seinen Weg gegangen. Über dieser Trennung und Entfremdung lag ein dunkler und rätselhafter Schatten, und Ask spürte – von seltsamer Wehmut erfasst –, dass es für diese zwei Menschen keinen Weg zurück zum Goldregen gab, zur rissigen Bank im Park und zum glänzenden Kornett.

Als Ask elf Jahre alt war – ein Jahr nach der Geburt von Balder –, wurden die Ehebetten im Schlafzimmer auseinandergerückt und dazwischen entstand Platz für einen Nachttisch. Als Ask vierzehn war, standen die Ehebetten ganz auseinandergerückt jedes an einer Wand. Als Ask achtzehn war, schlief der Vater alleine im Schlafzimmer zusammen mit Balder, und die Mutter richtete sich jeden Abend ihr Bett auf dem

Diwan in der Wohnstube. Sie litt inzwischen unter Schlaflosigkeit und konnte im Schlafzimmer nicht im Bett lesen, wo der Mann das Licht jede Nacht zur festgesetzten Zeit löschte.

Das Wort und der Begriff »Erotik« existierten nicht im Haus, es war eine unerhörte Vorstellung, eine Geschichte erzählen zu wollen, die auch nur im Ansatz pikant war. Jedes Mal, wenn Ask an intime Handlungen des Vaters und der Mutter dachte, deren sie sich ja zweifellos einmal schuldig gemacht haben mussten in der Zeit, in der sie zwei Söhne bekommen hatten, überwältigte ihn ein Gefühl von Verlegenheit und grenzenloser Scham. Dass diese zwei Menschen, der Vater und die Mutter, einander jemals geliebt haben sollten, schien ihm ebenso wahrscheinlich wie die Vorstellung, es würden ein Sessel und eine Stehlampe miteinander ins Bett gehen.

Es gab Momente, da glaubte er tatsächlich, dass er und Balder – wie die Mutter gerne sagte – auf dem Markt gekauft worden waren.

Einmal im Konfirmationsalter stand Ask draußen in der Küche und schaute zu, wie sein Vater und ein anderer Mann, einer der Kollegen des Vaters, ein Viertel frisch geschlachtetes Rind zerteilten, das sie gemeinsam gekauft hatten. Es kam sie billiger, im Großen zu kaufen. Ein kleiner Teil des Fleisches sollte frisch verwendet werden, aber der größte Teil sollte eingesalzen oder eingemacht werden. Die zwei erwachsenen Männer waren ausgerüstet mit Säge, Beil und Messer. Der Kollege des Vaters, der zweite Trambahnfahrer, war ein untersetzter, kräftiger Mann mit rotem Haar, aufgedunsenem Gesicht und Fäusten, die mit Haaren bewachsen waren. Er legte ein großes Stück Rinderkeule auf den Küchentisch, machte mit dem scharfen Messer einen kleinen Schnitt in die bläulichweiße Außenhaut, drehte sich zu Asks Vater um, der mit einer anderen Zerteilungsoperation beschäftigt war, und fragte:

»Sollen wir hier abschneiden?«

Im gleichen Augenblick, in dem der Mann das gesagt hatte, bemerkte er den Schnitt, den er mit dem Messer gemacht hatte. Er weitete den Schnitt mit Zeige- und Mittelfinger einer Hand. Dann nahm er beide Hände zu Hilfe: Diesmal benutzte er beide Daumen. Entzückt öffnete und schloss er die rote Wunde in der willigen Haut – es sah aus wie ein roter Mund, der lebte und bebte – und die ganze Zeit versuchte er

Tronds Aufmerksamkeit zu wecken. Plötzlich begriff Ask, welches Spiel der Mann da trieb, und er begann zu zittern. Er wusste nicht, dass das so aussah, so roh und rot, er wusste nicht, dass die Finger des Mannes so grob und brutal sein konnten, er wusste nicht, dass Männer schamlos betrachten konnten, wie sich der Mund unter ihren Fingern verzerrte und bewegte.

Nach diesem Augenblick, der Ask wie eine Ewigkeit erschien, wandte sich der Vater dem Kollegen zu; er blickte nachdenklich auf den Schnitt in der Tierhaut und sagte ruhig:

»Ja, das ist gut.«

Dann drehte er sich ebenso ruhig wieder um zum Küchentisch.

Mitten in der Aktion war Ask klar geworden, dass er und der fremde Mann genau gewusst hatten, was der Schnitt in die Tierhaut bedeuten sollte, sie hatten beide beim Anblick dieser Wunde, die sich bewegte und gleitend verschiedene Formen annahm, ihre Assoziationen gehabt.

Aber Asks Vater hatte nicht das obszöne Lächeln des Mannes gesehen, hatte nicht gesehen, dass der Mann eine Kopfbewegung zu dem Schnitt gemacht hatte, hatte überhaupt nichts Besonderes gesehen.

Der Vater hatte nichts kapiert.

Der Vater wusste nichts davon!

Diese Gewissheit von der völligen Geschlechtslosigkeit des Vaters bröckelte jedoch durch einen Fund, den Ask wenig später in der Tiefe von einer der vielen Schubladen des Vaters machte, als er auf der Suche nach einer speziellen Sorte Schreibpapier war. Ask errötete vom Scheitel bis zur Sohle, als er diese Entdeckung machte, und schloss die Schublade ganz schnell. Aber er konnte die Entdeckung nicht vergessen und später befriedigte er seine grausame Neugier, indem er von Zeit zu Zeit in die Schublade spitzte, um zu sehen, ob sich die Anzahl der Gegenstände veränderte. Aber daran änderte sich nichts. Ask vermutete, dass der Vater diese Anschaffung einmal vor langer Zeit getätigt hatte, in einem Anfall verwirrter Kauflust, dass er sie gekauft hatte als eine Art Kuriosität, wie andere Menschen darauf verfallen, sich eine Sammlung von aufgespießten Schmetterlingen zu kaufen oder tibetische Teufelsmasken.

Einmal gab Ask der Versuchung nach und probierte eine von Vaters

Heimlichkeiten bei sich aus. Er machte das in ziemlicher Aufregung und Spannung, war sich darüber im Klaren, dass er jetzt etwas so tödlich Strafbares machte, für das es keine Vergebung gab, weder im Himmel noch auf Erden. Es sollte nur ein Versuch sein, es wurde mehr. Und seine Aufregung verstärkte sich, wurde zu namenloser Angst und Verzweiflung, als ihm hinterher klar wurde, dass die Heimlichkeit auf keine Art mehr in die Schublade des Vaters zurückgelegt werden konnte. Was sollte er tun? Gestehen? Ein neues kaufen und hineinschmuggeln? Würde der Vater nicht sofort merken, dass sich da jemand zu schaffen gemacht hatte? Hatte er nicht die tödlichste und finsterste aller Sünden begangen, hatte er nicht das Schamgefühl seines Vaters verletzt?

Plötzlich fiel die Angst wie durch Zauberhand von ihm ab. Er atmete tief und befreit durch, er war erlöst, es war, als würde er geradewegs in den Himmel wachsen.

Denn der Vater konnte es entdecken, wann immer er wollte: Nie würde der Vater den Verlust mit einem Wort erwähnen!

Diese Erkenntnis kam über Ask wie eine Offenbarung, er torkelte vor innerer Freude und Kraft:

Hier hatte er den Vater in der Hand.

Und zwar völlig in der Hand!

Nie würde ein einziges Wort darüber gesagt werden, Ask konnte sich frei bewegen und triumphierend bei sich wissen, dass er etwas wusste, was der Vater niemals zu erwähnen wagen würde, selbst wenn er es entdeckte!

Von dem Moment an begann Ask zu widersprechen, wenn der Vater besonders streng war, von dem Moment an begann Ask, sich auf Augenhöhe mit dem Vater zu fühlen, von dem Moment an begann Ask, seinen Vater mit einer Art von Mitleid zu betrachten.

Und Asks Mutter? War sie ebenfalls tot?

Anscheinend nicht, denn sie hatte Freude daran, sich herauszuputzen; aber jedes Mal, wenn Ask seine Mutter sah, aufgetakelt und hergerichtet, hatte er das seltsame Gefühl, dass sie das nicht für ihren Mann machte (oder für einen anderen Mann), das geschah für etwas Fremdes und Unwirkliches, für ein Wesen, das nicht existierte, für diesen abscheulichen Begriff, der »Welt« heißt.

Wenn sie sich dann herausstaffiert hatte und fertig war, um auszugehen, rief sie oft nach Ask und gurrend drehte sie sich vor ihm und fragte:

»Ist sie etwa nicht hübsch, deine Mutter?«

In solchen Augenblicken überfiel Ask eine stille Verzweiflung. Eine tiefe Rührung erfasste ihn über diesen Versuch einer alternden Frau, mit der Mode zu gehen, er war tief beeindruckt von ihrem Einfallsreichtum und von ihrem Geschick, das knappe Haushaltsgeld zu strecken, aber er saß gleichzeitig da und empfand eine tiefe, unerträgliche Trauer in seiner Brust über ihr affektiertes Benehmen, ihren Mangel an Geschmack und ihren Mangel an Selbstkritik.

Ist seine Mutter hübsch?

Sie war am Vormittag bei ihrer Friseuse gewesen; ihre Ohren und ihr dicker Nacken sehen etwas gerötet und verbrannt aus, wahrscheinlich Brandflecken vom Dauerwellengerät, das erinnert ihn unangenehm an Ekzeme oder an eine versengte Speckschwarte; das Haar in kleinen Löckchen und kurz geschnitten, sie möge ihm verzeihen, aber er meint, dass sie am Kopf aussieht wie ein frisch geschorener Pudel. Sie hat Seidenstrümpfe an und hochhackige Schuhe und mit den geschwollenen Beinen sieht sie unten aus wie ein körperbehinderter Elefant; unter dem eng sitzenden Musselinkleid ist das Korsett geschnürt und dicke Fettwülste quellen ganz oben am Rücken heraus, sie ist aufgedunsen und atmet schwer, sie erinnert an ein auf den Kopf gestelltes Luftschiff kurz vor dem Start; sie hat Puder im Gesicht und sieht aus, als habe sie blind in einen Mehlsack gegriffen; sie hat ihre ungepflegten Nägel lackiert und trotzdem sind ihre Hände ein Kennzeichen für heißes Abspülwasser und nasse Putzlumpen; ihre Lippen sind mit einer ungleichmäßigen Schicht roter Schminke überzogen. Sie möge ihm verzeihen, aber wenn sie am unerträglichsten ist, sieht sie aus wie die schäbigste Nutte im Hafenviertel.

Seine Mutter.

»Gar nicht so übel, was?«, sagt sie hungrig und sieht ihn an.

»Nicht so übel«, murmelt er mit belegter Stimme.

So war seine Mutter manchmal, so wie vielleicht die meisten Mütter ihren Söhnen erscheinen. Und als Gipfel für ihre unerträgliche Blindheit sagte sie in Gesellschaft mit Rührung und Stolz und Gewissheit in der Stimme dann noch:

»Ich bin die beste Freundin meines Sohnes. Vor mir hat er keine Geheimnisse.«

Wenn die Mütter der Welt wüssten!

Oh, aber sie dürfen ja nicht wissen. Sie gaben uns das Leben, sie gaben uns Geborgenheit, sie gaben uns alles, und jetzt bleibt ihnen nichts mehr als die Hoffnung auf ein kleines, aufmunterndes, lobendes Wort von ihren Söhnen, wenn sie vornehm ausgehen. Das wissen die Söhne, das empfinden alle Söhne der Welt und deshalb haben sie nicht den Mut, ihrer Mutter in die Augen zu schauen, wenn sie gefragt werden. Sie senken den Blick und ihr Sinn ist erfüllt von einer unsäglichen Trauer und sie haben eine Liebe zu dieser Frau und sie murmeln mit breiiger Stimme:

»Gar nicht übel. Gar nicht übel, Mutter.«

Durch einen Zufall fiel Ask eines der vielen Alben der Mutter mit Fotos aus ihrer Jugend in die Hände. Auf den Bildern hatte sie eine Taille wie eine Wespe. Wenn er vom Album aufschaute und die mittelalterliche Frau sah, die durchs Haus lief, dann stellte er fest, dass sie keine Taille mehr hatte. Ihr Torso erinnerte an eine Tonne.

Was diesen Sachverhalt betraf, so fand er ihn gleichermaßen auch bei den gleichaltrigen Freundinnen seiner Mutter. Ihn schauderte und er dachte bei sich: Muss das so sein? Oder könnte es auch anders sein?

Denn auch beim besten Willen konnte er an der Mutter nichts Begehrenswertes entdecken. Und er fand heraus, dass das sinnlich Begehrenswerte bei einer Frau in der Taille liegen muss. Er hatte nur wenige Erfahrungen, aber umso mehr Träume. Und in seinen Träumen bewegten sich die Frauen wie Jollen auf hoher See oder wie aufgehängte Kreiselkompasse.

Seine Mutter ging oft zur Fußpflegerin, sie kam heim mit Tipps und Broschüren, und Ask entwickelte allmählich eine Theorie, warum sich Hausfrauen in der zivilisierten Welt ab einem bestimmten Zeitpunkt von schlanken Gliederpuppen zu massiven Totempfählen verändern. Eine Frau außerhalb der Zivilisation, eine primitive Frau, bewegt sich gewöhnlich über große Entfernungen, sie erhält sich ihre Fähigkeit, zu laufen und zu gehen, während eine zivilisierte Mittelklassefrau die ganze Zeit in ihrer Wohnung höchstens zwei Meter gehen kann, ehe sie von einem Tisch, einem Stuhl, einer Tür gestoppt wird. Eine primitive Frau geht oft barfuß, ihr Fuß tastet sich vorwärts auf dem Untergrund wie eine Hand, sie tritt nicht nur bei jedem Schritt mit der großen Zehe auf, sie kann mit den Zehen greifen; so bewahrt sie die Beweglichkeit des Fußes, die Anpassungsfähigkeit verpflanzt sich nach oben in das Rückgrat und verleiht ihr eine geschmeidige Anmut und eine edle Haltung. Eine zivilisierte Hausfrau tritt bei jedem der tausend Schritte des Tages nicht mit dem großen Zeh auf: Da würde sie springen wie ein Floh, alle Regale umwerfen; sie braucht nie das Körpergewicht nach vorne zu legen, wie es ein Gehender und Laufender tut, sie braucht keine greifenden Zehen, die sich jederzeit nach unten krümmen können, um einen Satz zu machen: zur Flucht, zum Angriff. Sie braucht das nicht. Sie trägt Pantoffeln. Sie geht nicht, sie schlurft. Sie geht mit dem Gewicht nach hinten und überlässt die gesamte Vorwärtsbewegung den Fersen. Von dem Moment an wird sie plattfüßig. Ihre Zehen, die sich krümmen sollten, um zu greifen, rollen sich stattdessen nutzlos nach oben in die Luft und bleiben wie Stalagmiten stehen. Sie geht jetzt nicht mehr auf federnden Fußballen, sie stapft auf dem Fersenbein; die Stöße des Fußbodens pflanzen sich fort ins Rückgrat und bescheren ihr Verdauungsbeschwerden, Unterleibskrankheiten und Kopfschmerzen. Ihre Plattfüße, die sie in den letzten 10 bis 20 Jahren entweder in flachen Pantoffeln oder in hochhackigen, engen und spitz zulaufenden Schuhen versteckt hat, machen sie zu einem treuen Kunden bei den Homöopathen, den Physiotherapeuten und den Orthopädiemeistern; und manchmal, wenn die Füße ihr besonders wehtun, kann man sie dabei ertappen, wie sie, den nackten, geschwollenen Fuß auf einen Stuhl gestellt, sich selbst mit einer Rasierklinge blutig schneidet.

Aber wenn Ask derartige Betrachtungen vortrug – die die Mutter ohnehin selbst in ihren Broschüren hätte lesen können, wenn sie wollte –, überhörte sie seine guten, wohlmeinenden Ratschläge mit ihrem einmaligen Talent, durch eine Tür zu verschwinden und durch eine andere wieder hereinzukommen:

»Tante Berit, also die Schwester deiner Großmutter, sie war so plattfüßig, dass ihr Mann besondere Schuhe für sie anfertigen musste. Und trotzdem war sie nicht einen Tag krank. Nein, was mir fehlt, ist etwas anderes. Es ist etwas Inneres.«

Von Norwegern sagt man, die typischste Eigenschaft bei ihnen sei, dass sie nie zuhörten, was andere zu sagen haben. Wenn das zutreffen sollte, wäre Asks Mutter der norwegischste Mensch, der je gelebt hat. Ask deutete an, dass sie sich vielleicht etwas wohler fühlen würde, wenn sie weniger essen und wenn sie etwas Fußgymnastik machen würde. Sie antwortete:

»Aber *ich* glaube ja, dass es falsch ist, so viel Gemüse zu essen, wie es die Leute tun. Weißt du was, Ask ...«

Sie beugte sich dann vor und dämpfte geheimnisvoll die Stimme, als hätte sie beim letzten internationalen Ärztekongress auf dem Korridor gelauscht:

»... ich glaube, es sind *rohe Karotten, die Krebs verursachen.*«

Triumphierend, mit weit aufgerissenen Augen, würde sie sich ihm noch mehr nähern und mit erregter Komplottstimme flüstern:

»Hast du rohe Karotten gesehen? Na? Hast du die weißen Fasern in dem Karottenfleisch gesehen? Na?«

Verzweifelt würde Ask versuchen, sich daran zu erinnern, worüber sie ursprünglich geredet hatten, aber ihre flüsternde, geheimnisvolle Darstellung riss ihn wie immer mit, er fragte gereizt, was diese Fasern mit Krebs zu tun hätten.

»Was sie mit Krebs zu tun haben? Aber begreifst du denn nicht ...?«

Flüsternd, die Augen rollend, mit einer Zauberhand winkend: »... diese weißen Fasern, die *sind* doch der Krebs!«

Sprachlos blieb er sitzen und schaute ihr ins Gesicht, dann brach er in ein von Krämpfen geschütteltes, hysterisches Lachen aus, und sie schaute ihm erstaunt und gekränkt hinterher, als er aus dem Zimmer rannte.

Vielleicht *wollte* die Mutter gar nicht gesund und lebensfroh werden?

Vielleicht *wollte* sie ja an Kopfweh und Darmträgheit leiden? *Wollte* mit geschwollenen Beinen und rissigen Fingern leben?

War das eine Art Rache an ihrem Ehemann, an der Welt und Gott?

War das etwas, das alle Frauen schon sehr früh *planten*?

Kam die Reaktion und die Vergeltung bereits in dem Augenblick, in dem sie über die Schwelle ihres neuen Heims traten – oder, wie es in den Liebesromanen hieß, getragen wurden? Standen sie dann nicht auf eigenem Boden und stemmten sie nicht instinktiv die Hände hausfrauenartig in die Hüften und ließen die Taille in die Breite gehen? Wussten sie insgeheim bereits in diesem Augenblick, dass die Taille und die wiegenden Hüften nur ein Mittel gewesen waren? Und sobald der Zweck erreicht war, bedurfte es des Mittels nicht mehr?

Oh, ihr Hausfrauen!

Ask schwor sich, dass er niemals heiraten würde.

Niemals sah er auch nur die kleinste Zärtlichkeit zwischen seinem Vater und seiner Mutter. Aber einmal, er war ungefähr sechzehn Jahre alt, erhielt er durch einen Zufall Einblick in eine leidenschaftliche, lodernde Welt.

Es hatte ein großes Familientreffen bei ihnen zu Hause stattgefunden, mit Großeltern, Onkeln, Tanten, Vettern und Cousinen. Als am Abend die Zeit zum Aufbruch kam, sollte Ask im Schlafzimmer der Eltern die Mäntel und Jacken holen, die man auf die Betten gelegt hatte.

Beim Eintreten überraschte er zwei Menschen, die eng umschlungen dastanden. Es waren sein Onkel und dessen Frau, zwei große, gut aussehende Menschen; der Onkel war um die dreißig Jahre, die Tante etwas über fünfundzwanzig. In den wenigen Sekunden, die vergingen, bis Ask sich räusperte und sie sich voneinander lösten, hatte er ein Licht gesehen, das er nie vergessen sollte.

In der Umarmung war der Onkel – sonst ein ordentlicher, ruhiger, sanfter Mann mit dünnem, schwarzem Haar – geprägt von einer heftigen, zärtlichen Kraft. Ask hatte nie etwas so Schönes gesehen wie die Körperhaltung dieses hochgewachsenen Mannes, die Hände, die die Schultern der Frau umfassten, die Schenkel, die die Frau festhielten. Die zwei stützten sich am Fußende des Bettes ab, und während Ask sie beobachtete, besiegte der Mann die Frau. Sie war gehemmt, verschämt, offenbar unwillig gewesen; jetzt flocht er seine Finger fest in ihr Haar, beugte ihren Kopf zurück und küsste sie auf den Mund. Fast brutal wirkte das auf Ask, der Onkel hatte in der Gesellschaft weit mehr als ein Glas getrunken. Es war ein hungriger, kräftiger Kuss, intensiv, verschlingend. Und langsam schmolz die Frau in seiner Umarmung, ihr Körper schmiegte sich an seinen, ihre Schenkel begegneten seinen, sie glitten ineinander. Nun lösten sich ihre Lippen, die Frau drehte das Gesicht und Ask konnte es sehen. Er musste schlucken, denn dieses Gesicht, das noch kurz zuvor Schüchternheit und Zurückhaltung gezeigt hatte, strahlte jetzt in einem überirdischen Glanz aus Glück und stolzer Unterwerfung, und langsam veränderten sich ihre Pupillen, langsam merkte sie, dass in dem Halbdunkel ein anderer Mensch ins Zimmer gekommen war, langsam schob sie eine Hand zwischen sich und die Brust des Mannes und flüsterte ihm ins Ohr: »Wenn wir nach Hause kommen …« Für den Onkel war es ein Spiel gewesen, er hatte erreicht, was er wollte, sein Begehren war gestillt, und lächelnd und mit klaren Augen wandte er sich Ask zu. Nie hatte Ask seine Tante so schön gesehen wie in diesem Augenblick, in dem sie sich besiegen ließ. Und es war das Begehren seines Onkels, seine heißen Muskeln, das Sperma in seinen Lenden und das Klopfen seines Herzens, die dieses Wunder in dem Gesicht der Frau bewirkt hatten!

Und es dämmerte dem jungen Ask, dass sich das Glück des Lebens nicht darin erschöpft, dass der Ehemann eine Stellung mit Pension hat und dass die Frau weiß, wie man eine Fischsuppe kocht.

An einem Skisonntag, Ask ging in die zweite Klasse Gymnasium, hatte er oben am Berg einen seiner Lehrer in der Loipe getroffen. Der Mann war sein Lehrer in Geschichte und Mitglied der Oxford-Gruppe und demzufolge jemand, mit dem Pelle engen Umgang hatte. Der Lehrer machte eine Skiwanderung zusammen mit seiner Frau, und sie blieben stehen und wechselten ein paar Worte mit Ask. Nach einer Weile verabschiedete sich die Frau, sie wolle vorauslaufen. Bevor sich auch der Lehrer von Ask trennte, um seiner Frau zu folgen, drehte er sich und schaute ihr nach, wie sie in eng sitzenden Skihosen und dem grünen Anorak dahinstapfte, und er sagte augenzwinkernd zu Ask:

»Man muss die Frauen immer mitnehmen zum Skilaufen. Dann bleiben sie in Form.«

Diese Ausdrucksweise des Lehrers hatte etwas Vertraut-Privates, etwas Wissendes und Liederliches, das überhaupt nicht zu der gewählten Redeweise passte, die er ansonsten in und außerhalb der Schule pflegte, absolut soigniert und absolut idealistisch. Der Mann wollte sich mit dieser halb sportlichen, halb frivolen Bemerkung offenbar bei Ask, der sonst bei Diskussionen der offene Gegner des Lehrers war, einschmeicheln, als würde er eine weiche Hand auf Asks Schulter legen und ihm ins Ohr flüstern:

»Du und ich, Ask, wir wissen genau, wie wir die Frauen haben wollen!«

Ask wusste es überhaupt nicht.

Und er fand es peinlich, dass er das von einem Lehrer gesagt bekam, der ein Mitglied der Oxford-Gruppe war.

Dennoch wird er sich später im Leben an diese Episode erinnern. Sie hatte ihm trotz allem etwas klargemacht.

Etwas über das Schmuckstück des Mannes.

Und über die Taille der Frau.

Das ganze Jahr, in dem Ask verzweifelt und abgrundtief in Camilla verliebt war, das war ein Jahr der Sehnsucht gewesen, ein Jahr des Träumens. Oft träumte er sich weg von Camilla, er träumte weiter, über Camilla hinaus. Er hatte stolze, zärtliche Traumbilder, wie ihm einmal gemeinsam mit einer Frau ein leidenschaftliches, glänzendes Abenteuer begegnen würde.

Er träumte von der idealen Begegnung.

Vielleicht wären sie verheiratet, vielleicht würden sie in wilder Ehe zusammenleben, vielleicht wären sie nur Freunde, die zusammenwohnten, das wusste er nicht. Aber es spielte sich in einem Haus ab, in einem Zimmer, in ihrem Zimmer, ihrer beider Zimmer. Und das war der Traum:

Sie würde drüben am anderen Ende des Zimmers stehen. Sie würde dastehen und laut etwas aus einem Heft vorlesen, wie viel sie in ihrer gemeinsamen Haushaltsführung für Gemüse ausgegeben hatten, sie würde an einem Tisch stehen und laut und zerstreut vorlesen. Er wäre in ein Buch vertieft, er würde nur einen flüchtigen Blick auf sie werfen und dann den Blick abwenden. Aber in dem kurzen Augenblick würde er etwas eingefangen haben, er würde gesehen haben, wie sie dastand und sich mit der Hüfte an den Tisch lehnte. Deshalb würde er von seinem Stuhl aufstehen und zu ihr gehen, um in das Haushaltsbuch zu schauen. Er würde über sie gebeugt dastehen, dicht bei ihr, er würde die Stelle, auf die sie mit dem Finger deutete, betrachten. Und er würde das unmerkliche, leichte Wiegen ihrer Hüfte spüren. Um sich beim Lesen der Zahlen abzustützen, würde er den Arm um ihre Taille legen und eine sachte, unausgesprochene Botschaft vernehmen. Er würde wie zufällig über ihren Rücken streichen und über ihren Nacken, während sie von dem Grünkohl sprach, der so unverschämt teuer geworden sei, er würde noch näher an sie heranrücken und sie leicht gegen die Tischkante drücken, während er über das mit dem Preis nachdachte, sie würde leise und ein bisschen verständnislos grummeln und dabei ständig das Heft hochhalten und davon sprechen, wie niederträchtig das sei mit dem teuren Gemüse, ihre Hüfte würde sich unmerklich zu ihm schieben. Vertieft in das Problem des Grünkohls, würde er ihr langsam das Kleid abstreifen, langsam würde sie den Oberkörper zurückbeugen und abwechselnd einen Blick auf ihn und auf das Haushaltsbuch werfen. Sie würde sich mit einer Hand auf die Tischplatte stützen und das Heft mit der anderen festhalten, ihre Schenkel würden sich vorschieben zu ihm, und ihr nackter Bauch würde weiß sein wie eine geschälte Mandel. Während er murmelnd alle Gemüsehändler verfluchte, würde er sich wie fremdgesteuert selbst bereit machen. Sie würde ihn mit kleiner Stimme flüsternd fragen, wie sie sich zu dieser Preisentwicklung verhalten sollten, und er würde nicht antworten können, er würde nicht reden können, keiner von den beiden würde reden können, sie würden nicht merken, dass ihr das Heft aus der Hand fiel und mit einem leichten Klatschen auf der Tischplatte landete, sie würden mehrere Minuten lang nicht Grünkohl sagen können!

Danach würde das Zimmer – ihr Zimmer – erfüllt sein von Zärtlichkeit und einer wunderbaren Wärme. Er würde den heißen, zitternden, aufgelösten Frauenkörper in seinen Armen halten, sein Herz würde vibrieren vor Befreiung und Dankbarkeit, er würde sein Gesicht in ihrem Haar vergraben.

Dann würde sie langsam den Blick zu ihm heben, die Hände fest auf seinem Rücken, und sie würde ihn mit einem erhitzten und brennenden und wunderbar schönen Gesicht anschauen, sie würde sich räuspern und sie würde mit klarer Stimme sagen:

»Aber sechzig Öre *sind* einfach für Grünkohl zu viel!«

Dann würde sich ihr Gesichtsausdruck ändern, würde zu einem guten, sorglosen, verborgenen Lachen, und er würde in den Knien einknicken. Tränen inniger Freude würden ihnen wie Perlen in den Augen stehen, sie würden sich küssen und sich krümmen vor Lachen, sie würden so schwach sein nach der eben überstandenen Berechnung und ihre Knie würden dem Körpergewicht nachgeben, sie würden auf den Boden sinken und dort liegen bleiben, heulend vor Lachen und einem zärtlichen, wunderbaren Glück.

Gebet des sehr jungen Mannes

»Lieber Gott, ich erflehe von dir nicht Ehre, nicht Ruhm, nicht Wunder. Ich erflehe von dir eine kleine Flamme, die alle Tage meines Lebens in mir brennt und ihren Schein auf das Antlitz meiner Frau wirft. Lieber Gott, ich wünsche mir keine Allmacht, ich weiß, dass ich nicht für alle Menschen auf der Welt Gutes tun kann. Aber lass mich Gutes tun für die Frau, der ich einmal begegnen werde, gewähre mir, unser gemeinsames Universum mit Licht zu erfüllen. Lieber Gott, segne mich mit Begehren. Denn ich glaube, Begehren ist das Größte und das Beste und das Schönste, was ein Mann haben kann.«

»Lieber Gott, poliere mein Schmuckstück.«

»Danke.«

Das Mutterherz

Nachdem der Beschluss gefasst war, nachdem das Telegramm abgesendet und empfangen war, nachdem Ask unwiderruflich das Angebot angenommen hatte, für einige Monate Schulleiter zu werden, als feststand, dass er wirklich ins Camilla-Land reisen würde – da schien die Stunde der Abreise nie kommen zu wollen. Die Mutter sah alles von der praktischen Seite, sie wurde plötzlich zu einem Kraftwerk an Energie und Organisationsbegeisterung, an Einkaufseifer und Ausrüstungslust.

War sie ihrer eigenen Familie gegenüber ein Meer von Zärtlichkeit, hatte sie anderen Menschen gegenüber einen schlauen und berechnenden Geschäftssinn entwickelt, der Ask manchmal dazu brachte, weiß vor Scham zu werden. Wenn Ask etwas Neues zum Anziehen bekommen sollte – das Haushaltsgeld erlaubte so etwas nicht allzu oft –, bestand sie darauf, mitzukommen. Sie zog ihn dann von Geschäft zu Geschäft, stritt sich mit den Verkäufern, fand Stoff und Schnitt fehlerhaft, stimmte zu und überlegte es sich anders, lächelte und drohte, bettelte und feilschte und ließ den niederträchtigen Verkäufer einfach stehen, gedemütigt, geprügelt und aschgrau im Gesicht. Aber sie hatte den Pullover bekommen, den sie wollte, und zu dem Preis, den zu zahlen sie bereit war.

(»Trage ihn aber nur in der Schule und zieh dir sofort, wenn du heimkommst, wieder den alten an.«)

Sie scheute keine Mühen, ihren Kindern weiterzuhelfen. In all den Jahren nachdem Ask fertig war mit der Volksschule, hatte sie die kommunalen Stellen und Stiftungsvorstände unermüdlich und nachdrücklich bearbeitet, ihm Stipendien und Freiplätze zu verschaffen, sie hatte geredet und geschmeichelt und Nachweise gebracht für Bedürftigkeit und Anstand, und Ask musste vor älteren, schwarz gekleideten Damen und Herrn erscheinen, damit sie ihn »ansehen« konnten.

(»Sei bescheiden, wenn du sie ansprichst. Und vergiss nicht, dich ordentlich zu verbeugen, wenn du kommst, und auch, wenn du gehst. Ich meine, du solltest keinem von ihnen die Hand geben. Außer, wenn sie dir die Hand hinstrecken. Ich werde den Vater fragen, ob er dir seinen Anzug leiht, in dem siehst du so gut aus. Nein, vielleicht ist es am besten, du ziehst deinen eigenen an.«)

Jetzt, kurz vor der großen Abreise, war ihr eingefallen, dass sie einen wichtigen Kontakt hatte. Sie kannte die Frau des Kapitäns auf dem Schiff der Hurtigruten. Sie hatte diese Frau aufgesucht und gefragt, ob sie es nicht erwirken könne, dass Ask gratis mitfahren könne, und die Frau hatte gesagt, sie denke schon, dass es sich einrichten lasse. Als Ask das erfuhr, geriet er außer sich vor Wut und Verbitterung, er schrie, dass ihm sowohl die Hin- wie die Rückfahrt bewilligt worden sei, und er wolle bei seiner Reise nicht bei jemandem in der Gunst stehen, und außerdem hieße das, die Reederei zu betrügen!

Sie hörte ihn mit zunehmendem Erstaunen an.

»Aber begreifst du denn nicht, dass du auf diese Weise die Reisekosten *sparen* kannst! Ja, du verdienst damit siebzig Kronen! Siebzig Kronen! Vielleicht bekommst du sogar eine Kabine erster Klasse. Du musst nur das Essen bezahlen, die Kabine bekommst du gratis.«

Ask heulte voller Wut:

»Ich kann doch nicht verlangen, mir Ausgaben erstatten zu lassen, die ich nicht gehabt habe! Damit würde ich ja den Leiter der Schule betrügen!«

»Du betrügst gar niemanden«, sagte seine Mutter mit Würde. »Es kann ihm egal sein, ob du die Reise selbst bezahlt hast oder nicht. Er hat dir die Reisekosten sowieso zugestanden. Du musst nur, bevor du an Land gehst, den Kapitän bitten, dir pro forma eine Quittung für die Fahrtkosten zu geben.«

»Das mache ich nicht! Pfui Teufel!«

Er fand, das war ungeheuerlich, widerwärtig. Aber langsam begann es um ihren Mund zu zucken, sie wandte den Kopf ab und schaute an die Wand, als hätte sie dort einen persönlichen Heiligen hängen, und sagte:

»Das ist der Dank ... Da bemüht man sich und setzt sich Tag und Nacht ein, damit es uns gut geht und damit es mein Sohn zu etwas bringt in der Welt. Und dann nennt er seine eigene Mutter eine Schmarotzerin und Betrügerin ...«

Ihre Schultern fingen zu beben an, und Ask blieb eine Weile mit geballten Fäusten stehen und sah sie an. Dann drehte er sich auf dem Absatz um und ging erfüllt von tiefer Abscheu weg.

Adler mit Schal

Als sich das kleine Menschengrüppchen langsam zur Ausgangstür schob – die Schiffsglocke hatte bereits zum zweiten Mal geläutet –, hatte sich ein nervöser, schriller Ton ihrer Stimmen bemächtigt. Mit falscher Munterkeit begannen sie plötzlich über alles andere zu reden als über genau das eine, das ihre Gemüter beschäftigte. Wenn sie sich im Gedränge unabsichtlich berührten, sprangen sie erschrocken zurück, als hätten sie sich bei dem Kontakt verbrannt. Ihre Gesichter verzerrten sich, wurden zu faltigen, hastigen, hässlichen Grimassen und sie gestikulierten sinnlos und puppenartig mit den Händen. Keiner achtete auf diese panikartige Vorstellung genauer als Ask, und aufmerksam verfolgte er die Bewegungen seiner Mutter, damit er jederzeit eine andere Person zwischen sich und ihr hatte.

Er wusste, dass er der Welt und ihr eine Umarmung in aller Öffentlichkeit schuldete, aber die wollte er so lange wie möglich hinausschieben, und sie sollte so kurz wie möglich sein. Er hatte überlegt, dass es am besten auf der Gangway geschehen könnte, nachdem er bereits einen Schritt nach oben gemacht hatte. Wenn er so stand, musste er sich bücken, damit sie ihn umarmen konnte; er rechnete damit, dass sie sich in dieser Position nicht lange an ihm festhalten konnte, und außerdem würden ungeduldige Matrosen oben an Deck stehen und darauf warten, die Gangway hinunterzulassen.

Die Mutter war bereits vorher mit Ask an Bord gewesen, als er sein Gepäck verstaute. Die Kabine hatte sich wie erwartet als Einzelkabine erster Klasse erwiesen. Ask war immer noch wütend auf die Mutter, aber insgeheim musste er sowohl sie als auch die Kabine bewundern. Während Ask einen Platz für Koffer und Geigenkasten fand, hatte sie die Kabine inspiziert und sich davon überzeugt, dass alles in Ordnung war. Sie hatte den Mahagonideckel über dem Waschbecken angehoben und die Hähne auf- und zugedreht: einer für warmes, einer für kaltes

Wasser. Sie hatte das Licht überprüft, sie hatte die kugelförmigen, zischenden Ventile kontrolliert, durch die Frischluft in den Raum gelangte, und schließlich hatte sie das Bett untersucht. Sie hatte das Plumeau und das Laken angefasst und deren Qualität geprüft, hatte mit einer Hand die Wolldecke, die am Fußende lag, betastet, sie hatte den Hinweis gelesen, dass es den Passagieren nicht erlaubt sei, die Decke an Deck mitzunehmen. Sie hatte einen Blick auf die viereckigen Pappbecher in dem Chromnickelgestell am Kopfende geworfen, sie war froh, dass nicht sie diese dreitägige Schiffsreise entlang der norwegischen Küste im Monat März mitmachen musste. Schließlich hatte sie Ask aufgetragen, den Steward um eine zusätzliche Decke zu bitten, wenn es nachts kalt werden sollte. Dann war es grässlich eng und still geworden in der Kabine, mehr hatte sie nicht zu sagen. Ask hatte gespürt, dass die Mutterliebe im nächsten Moment als hysterische Flamme auflodern würde, er war zusammen mit ihr eingesperrt in der Kabine, er konnte nicht entfliehen, das hatte sie berechnet! Er duckte sich, stürzte zur Tür, riss sie auf und rief atemlos:

»Wir müssen rasch hinunter zum Kai. Die anderen sind vielleicht schon da!«

Jetzt standen sie in dem rauen Märzwind am Kai vor dem Lagerschuppen. Der Vater war nicht da – er hatte Dienst; Camilla war nicht da – sie hatte ihm den Laufpass gegeben. Es waren nur seine Mutter und sein kleiner Bruder anwesend und eine seiner Tanten sowie Gro und Pelle. Aber diese fünf Personen genügten, dass ihm im Laufe von wenigen Minuten seine ganze Jugend vor Augen stand: das Bündel an Demütigung und der Traum von Ehre und Ansehen.

Jetzt begab er sich auf eine Reise, von der er vage ahnte, dass sie falsch und ohne Zweck war. Er schaute Pelle an: Pelle war es, der die Reise machen sollte. Pelle hätte das Zeug zum kaufmännischen Organisator, während er – Ask – sich mit Sprachen und Musik befassen sollte. Ohne es zu wissen, waren sie beide einer Bestimmung gefolgt, die auf merkwürdige Weise eines der wichtigsten Gesetze des Lebens bestätigte: das Gesetz der Kompensation. Statt den Beruf zu wählen, der ihnen am nächsten lag, hatte jeder von ihnen das Fach des anderen gewählt: das Fach, in dem sie am schwächsten waren. Vielleicht war das auf die heimliche Konkurrenz in der Schule zurückzuführen, vielleicht war es auf einen heimlichen Neid zurückzuführen. Jetzt machte sich Ask auf den Weg nach Nordnorwegen, um eine Handelsschule zu leiten, Pelle machte sich auf den Weg nach Oslo, um sich zum Philologen ausbilden zu lassen.

Machen die Menschen nicht immer etwas anderes, als sie eigentlich machten sollten? Vielleicht liegt darin die Ursache für die ewige, unvermeidliche Tragödie des Menschen. Aber wir können darin auch die Voraussetzung für die Veränderbarkeit des Menschen finden, für sein Streben und Trachten, für seine Entwicklung und seine seltsame Überlegenheit.

Wenn sich Ask in seiner Jugend den Tag vorgestellt hatte, an dem er von zu Hause aufbrechen und sich auf die Reise ins Land der Selbstständigkeit begeben würde, so war der Augenblick des Aufbruchs für ihn immer etwas Stolzes und unendlich Erhabenes gewesen.

Er hatte davon geträumt, in die Ferne zu reisen als Entdecker, als Feldherr – so wie alle jungen Menschen von ihrer Reise hinaus in die Ferne träumen –, sein Gesicht würde entschlossen sein, sein Geist würde großartig, triumphierend, frei sein; es sollte ein von Seelenruhe, Ehre und Würde erfüllter Augenblick sein; selbst die Fahnen, das Musikkorps, der Bürgermeister am Rednerpult und die Hurrarufe würden nicht die tiefe Seelenruhe des Augenblicks stören; er würde an der Reling des Schiffes stehen, umgeben von einer Schar der engeren Freunde mit schönen, klaren Gesichtern. Stolze Freunde, deren Zuneigung nicht weiter ging, als eine Hand auf seine Schulter zu legen: Er hatte von einer Abreise in aller Herrlichkeit geträumt. Deshalb wurde Ask in diesem Moment, in dem er sich am Kai umsah, von einem Gefühl der unfassbaren Enttäuschung und Verzweiflung erfasst: Er betete darum, dass die letzten Abschiedszeremonien rasch überstanden sein mögen.

Was bildeten sich diese fünf Menschen eigentlich ein? Waren sie mit einem zerzausten Blumenstrauß und einer Flasche Chemikerschnaps hergekommen, um Abschied zu *spielen*? Waren sie gekommen, um ihn zu quälen und ihn zum Narren zu halten? Merkten sie nicht, wie erbärmlich und entwürdigend das Ganze war?

Wollten sie etwa so tun, als zöge er hinaus in die Ferne, um einen irritierenden weißen Fleck auf der Weltkarte auszulöschen oder um einem besetzten Land zu Hilfe zu eilen? Wussten sie nicht alle, dass er sich nur auf den Weg machte, um eine Bande von Rotzbengeln an der sechsmonatigen Handelsschule zum Examen zu führen? Na und? Wozu sollte das Ganze gut sein?

Und seine Mutter? Dieses Gesicht eines Klageweibes? Glaubte sie, er müsse hinauf in die Polarnacht, um wehrlos den Kampf mit zähnefletschenden Eisbären aufzunehmen? Müsse nackt zum Nordpol schwimmen? Warum machte sie ein Gesicht, als sei ihr Sohn der heilige Georg und als würde dieser Heilige in drei Tagen allein dem feuerspeienden Drachen gegenüberstehen?

Der Abschied passte in kein Schema. Es war einfach herzzerreißend peinlich, und der junge Mann flüsterte sich selbst verzweifelt zu, dass dies nicht der richtige Aufbruch sei. Es musste später noch einen geben, und dann –!

Aber genauso schnell kam ihm der Gedanke, dass dies eine Art verzerrter Faust-Traum war: nicht nur den Augenblick festhalten, sondern ihn verändern – und ihn *besser* machen! Denn wo stand geschrieben, dass er später im Leben eine Abreise erleben würde, bei der alles und alle ihm die Huldigung erwiesen, die ihm heute nicht zuteilwurde? Wenn es ihm einmal als Fünfzigjährigem vergönnt sein sollte, mit Musik und rotem Teppich am Kai gefeiert zu werden, wäre das der Sieg, den er sich vorgestellt hatte? Nein. Denn jetzt, hier, als Zwanzigjähriger, wollte er der Triumphator sein. Und mit einem schrecklichen, schwindelnden Gefühl stand ihm plötzlich klar vor Augen, dass der Moment nie wieder verändert werden kann, der Augenblick würde nie wiederkommen! Denn kein späterer Augenblick konnte sich jemals – ohne dass er sich selbst betrog – für diesen Augenblick ausgeben!

Und liegt es nicht im verborgenen Lebensmuster der Menschen, in dem rätselhaften Erbe, das wir in uns tragen, dass wir so, wie wir einmal sind, so müssen wir *immer* sein? Welchen Zweck hat es, sich selbst zu-

zuflüstern: »Warte einfach auf das nächste Mal!«? Das nächste Mal wird sicher anders sein, aber können wir selbst anders sein?

Er musste an all die Tests und Examina denken, die er hinter sich gebracht hatte – diese wichtigsten aller Prüfungszeiten im Leben eines jungen Mannes. Der schlimmste Augenblick war nicht gewesen, wenn die Note bereits im Zeugnisheft stand oder mit Kreide auf eine Anschlagtafel geschrieben wurde – nein, der schlimmste Augenblick war dann, wenn die Prüfung vorüber war, wenn man die Kladde und die Schreibutensilien zusammengepackt hatte, wenn man müde und erschöpft auf den Schulflur kam und mit klopfendem Herzen die Klassenkameraden in Grüppchen auf dem Pausenhof stehen sah, die Köpfe zusammengesteckt und eifrig die Antworten vergleichend!

Oh!

Als wir im Klassenzimmer an unserem Pult saßen, war alles richtig gewesen, erstaunlich richtig, klar, wir haben nicht an die Möglichkeit gedacht, dass es anders heißen müsse als ›Galsworthy's novels‹, wir hatten nicht gestutzt über die ›Beliegenheit des Hauses‹ und wir hatten zufrieden und mit gutem Gewissen – 2x – 3 zweimal unterstrichen.

Aber dann stellte sich heraus, dass Kurzgeschichten im Englischen nicht ›novels‹, sondern ›short stories‹ heißen. Es stellte sich heraus, dass es im Deutschen das Wort ›Beliegenheit‹ nicht gibt, es muss heißen: ›die Lage des Hauses‹. Es stellte sich heraus, wenn Zähler und Nenner mit –1 multipliziert werden, dann lautet die richtige Lösung 2x + 3. All das wussten wir, jedes Kind wusste das, es war die größte Selbstverständlichkeit der Weltgeschichte, nur wir, nur wir hatten uns blamiert! Was half es, dass wir die Hand vor den Mund schlugen, als wir auf dem Pausenhof standen und uns mit den anderen verglichen?

War es nicht so, dass man vor Verzweiflung und Scham am liebsten im Erdboden versunken wäre, konnte man sich nicht in eine Blume verwandeln und im Rasen Wurzeln schlagen? Und zu allem Überfluss hatte irgendjemand nach der Prüfung ein Fest vorgeschlagen.

Ein Fest!

Nur im Stillen schworen wir uns, dass wir es ihnen beim nächsten Mal zeigen würden. Aber – wenn Ask ehrlich wäre – hatte er nicht jedes Mal andere Fehler gemacht? Und war es dann nicht so – wenn er ehrlich wäre –, dass er *immer* Fehler machen würde, dass er immer eine Stufe tiefer fallen würde, als er gehofft und geträumt hatte, dass er *nie* den vollkommenen Moment erreichen würde, wenn die Fahnen knatterten und die Trompeten schmetterten und das Volk jubelte?

Sollte ein Sieger in ihm schlummern, er würde sich hier und jetzt zu erkennen geben.

Und weil dieser Abschiedsaugenblick am Kai keines Triumphators würdig war, so wusste er plötzlich, dass der Fehler nicht an seiner kleinen Familie lag, an seinen Freunden, der Fehler lag nicht an seiner Stadt, nicht an seinem Land, lag nicht an der Welt. Der Fehler lag in ihm selbst. Heute war er kein Triumphator. Und er würde nie einer werden.

Eine lähmende Verzweiflung erfüllte ihn. Es war, als sinke er durch die betonierte Decke des Kais, sinke hinunter durch das schmutzige, eiskalte Wasser hinein in den Schlamm des Fjords. Er spürte die eiskalte Schlammhand des Todes auf seinem Gesicht, und für einen Moment hörte sein Herz zu schlagen auf; all seine brennende Sehnsucht und seine leidenschaftliche Hoffnung schienen lächerlich, sinnlos und von bitterer Vergeblichkeit, und er musste mit dem Fuß auf den Beton stampfen, um das Blut zurückzubringen in seine Adern.

War es deshalb, dass er seinen kleinen Bruder anschnauzte? War es deshalb, dass er den Buben ungeduldig und böse wegschubste?

Balder hing am Mantelärmel des Bruders und bettelte, er solle ihm doch, sobald er dort sei, ein Lasso schicken. Balder hatte vom Vater gehört – es stand im Konversationslexikon –, dass sich ab und zu ein Same in die Industrieorte Indrepollens verirrte. Und wo Samen sind, da sind Rentiere. Das war natürlich nicht dasselbe wie die Büffeljagd in der amerikanischen Prärie oder die Löwenjagd in der afrikanischen Steppe, aber für den kleinen Jungen war es trotzdem unfassbar und fast ein Wunder, dass sein großer Bruder an einen Ort reiste, wo Rentiere mit großen Geweihen herumliefen und mit dem Lasso gefangen wurden, wenn sie vor einen Pulk gespannt oder wenn sie geschlachtet werden sollten.

»Hör jetzt auf zu quengeln«, sagte Ask. Er atmete genervt und ärgerlich ein. »Das, was sie haben, sind keine richtigen Lassos. Keine wie bei den Cowboys, mit einer Schlinge, die in der Luft ein großer Ring wird. Was die Samen haben, ist nur eine lange Schnur mit einem dicken Knoten oder einem Holzstück am Ende. Sie werfen die Schnur in die Rentierherde, und dann wickelt sie sich um das Geweih eines Rens.«

Balder verharrte einen Augenblick und schluckte diese enttäuschende Aufklärung hinunter. Denn was ist ein Lasso ohne Schlinge? Aber dann lief er dem Bruder nach und hängte sich erneut an ihm fest:

»Dann schicke mir lieber einen Finnendolch!«

Zermürbt von den gemütsbewegenden Ereignissen, stieß Ask den Bruder weg und sagte hart:

»Jetzt halt deinen Mund. Ich schicke dir, was ich eben kriege.«

Balder rutschte auf dem Schnee aus und fiel auf die Knie. Ask schaute zu ihm und ging dann wütend weiter. Der Junge kam langsam hinterher.

Ask drückte hastig und mit einem schiefen Lächeln den anderen die Hand. Dann machte er wie berechnet einen schnellen Schritt die Gangway hinauf, blieb stehen und wartete auf seine Mutter. In dem Moment begann die Schiffsglocke an Bord zu schlagen, es war das dritte Mal. Die Mutter kam. Aber sie machte seinen Plan zunichte. Mit einer erstaunlichen Kraft und Energie drückte sie sich auf die Gangway; sie schlang die Arme um ihn, um seinen Rücken, dann um seinen Hals. Und er konnte sich nicht aufrecht halten, er wurde vom Gewicht der Frau niedergedrückt, sie presste ihn an sich, wie es nur die Tochter eines Küstenschiffers und die Enkelin eines Eisenschmieds vermochte, er war kurz davor, das Gleichgewicht zu verlieren, er spürte ihren warmen Atem an seiner Wange und ihre heißen Tränen an seinem Hals, er roch den Geruch der Mutter, und das ist der Geruch einer ganzen Welt; er schluckte und kämpfte und begann fast selbst zu heulen, und er ging unter in einer Nacht des Grauens, als sie schluchzte:

»Herrgott noch mal – mein *Junge!*«

Ask zappelte wie ein Ertrinkender. Es gelang ihm, sich aus dem Griff der Mutter zu befreien, er rannte torkelnd die Gangway hinauf. Im selben Moment, in dem er an Deck kam, ertönte der dritte Schlag der Schiffsglocke. Unverzüglich wurde die Gangway hinuntergelassen und auf den Kai gezogen, zwei Matrosen fügten das fehlende Teil der Reling in die Lücke und zurrten es fest. Er war in Sicherheit.

Zitternd machte er einige Schritte auf Deck, ging unter den Aufbau und stellte sich an die Reling. Neben ihm stand eine Frau um die dreißig Jahre; sie war mit einem kleinen Mädchen zusammen, das die Frau auf eine Tonne hob, damit das Mädchen besser sehen konnte. Ask stützte sich auf die Reling, atmete tief ein und schaute hinunter zum Kai.

Der letzte Ausspruch der Mutter hallte immer noch wie die Posaunen des Jüngsten Gerichts in seinen Ohren wider. Ohne es zu wissen, hatte sie in ihrem kurzen Abschiedsstöhnen Ask die drei Dinge aufgebürdet, die er während seiner ganzen Jugend sehnlichst gewünscht hatte loszuwerden, zu eliminieren, zu liquidieren. Sie hatte den *Herrgott* genannt, und Ask – er wäre sonst kein Sozialist – verabscheute den Herrgott. Sie hatte gesagt *Junge*, und das zu einem jungen Individuum von zwanzig Jahren, dessen Männlichkeit voll ausgereift war. Als Gipfel des Ganzen hatte sie zu dieser Infantilisierung die Eigentumsbestimmung *mein* hinzugefügt. Das Ergebnis war, dass sie Ask im Augenblick des Abschieds zum Kleinkind abgestempelt hatte, das nicht nur von seiner Mutter begleitet werden sollte, sondern das auch der Herrgott in seine mächtige Obhut nehmen müsse. Er sah das Bild eines Engels vor sich, eine Illustration des Liedes aus der Sonntagsschule, »Das Kind, das am Strand spielt«, seine Schmach war so abgrundtief, dass er vor Wut mit den Zähnen knirschte.

Jemand hatte den Vogelkäfig geöffnet, der junge Adler – blass und kraftlos nach vielen Jahren des Eingesperrtseins – flog hinaus. Seine Sehnsucht nach Fliegen und dem blauen Himmel war unendlich, unersättlich. Aber im selben Augenblick, in dem er ins Freie sauste, war jemand da, der ihm auf die Flügel schlug, um ihn daran zu erinnern, wo er daheim war und dass er nicht zu sehr an sich selbst glauben dürfe. Ein solcher Schlag auf die Flügel kann für einen jungen Adler schicksalsträchtig sein; er kann so aufgeregt werden und so verbissen energisch, um der ganzen Welt seine Flugtüchtigkeit zu zeigen, dass er direkt gegen einen Dachfirst prallt und sich das Genick bricht oder mit ausgebreiteten Flügeln in eine Stromleitung gerät und verbrennt.

Ask traute sich nicht, den Blick auf seine Mutter zu richten. Er hob eine Hand und winkte moderat Gro, Pelle und seiner Tante zu. Warum waren eigentlich Gro und Pelle gekommen, ihm Adieu zu sagen? Pelle, der nun auch einen Vormittagsjob als Assistent in einer Bibliothek hatte; Gro, die auch einen Bürojob hatte und außerdem verlobt war. Warum waren sie gekommen, um ihm Adieu zu sagen?

Er schaute hinunter zu seinem Bruder, zu Balder, und runzelte die Stirn. Ihm fiel plötzlich ein, wie barsch er gerade erst zum Bruder gewesen war; er hatte ihn geschubst, dass der Bub auf die Knie gefallen war. Blitzartig schoss ihm schmerzlich und bitter durch den Kopf, dass all die ständig präsenten Emotionen, die sich in all diesen Jahren, diesen letzten Tagen, diesen letzten Minuten in ihm aufgestaut hatten, Emotionen waren, die sich eigentlich gegen andere richteten: Gro, Pelle, die Mutter. Unter *deren* Druck hatte er gelitten, *sie* waren es, die er ohrfeigen sollte, wenn er schon meinte, sich physisch befreien zu müssen. Aber hatte er Gro verprügelt? Hatte er Pelle eine verpasst? Hatte er seine Mutter übers Knie gelegt und sie verdroschen? Nein. In seinem maßlosen Edelmut, seiner grenzenlosen Güte hatte er sich an Balder vergriffen und *den* zu Boden geworfen! Erwachsenen gegenüber beherrscht man sich. Stattdessen lässt man seine Wut an Kindern aus. Er hatte seine Wut an einem kleinen Jungen ausgelassen!

Er winkte vorsichtig und zögernd Balder zu; er meinte, etwas Rotes und Geschwollenes im Gesicht des Buben zu sehen, vielleicht hatte er Balder zum Weinen gebracht. Er hatte plötzlich den brennenden, heftigen Wunsch, dem Bruder etwas zuzurufen, aber er wusste nicht, was er sagen sollte, es wäre ihm zu peinlich gewesen, an Bord zu stehen und etwas von einem Finnendolch zu rufen, wenn alle es hörten. Mit Verzweiflung im Herzen winkte er dem Bruder zu, aber der Gruß des Jungen war schlaff und ohne Lächeln.

Das Schiff begann abzulegen, entfernte sich vom Kai, es waren bereits mehrere Meter zwischen der Schiffsseite und der Kaimauer. Er schaute hinunter zu seiner Mutter, sie stand auf Asks Tante gestützt da. Er sah, wie der Wassergraben zwischen ihm und ihr wuchs, mehr und mehr unüberwindlich wurde, ein heimliches, triumphierendes Gefühl wuchs in ihm, es wurde zu einem rhythmischen Gedicht in seiner Brust:

Oh du Hochwohlgeborene,
Oh Mutter sanft und lind!
Jetzt zieh'n wir ins Camilla-Land,
wo keine Mütter sind!
Kein Herr, kein Gott,
kein ach, kein mein,
kein Junge, nirgendwo!
Nun gibt es keinen Jungen mehr,
oh Mutter sanft und lind.
Jetzt zieh'n wir ins Camilla-Land,
wo keine Mütter sind!

Mitten in der Angst und Verzweiflung wurde er von einer wunderbaren Stärke erfüllt, er umklammerte die Reling, um nicht vor einer namenlosen, überwältigenden Freude zu schreien.

Jetzt glaubte er sich erlöst, jetzt glaubte er sich frei; das Schiff hatte sich im Wasser schwerfällig gedreht, das Ruder bekam eine neue Stellung, und zugleich machte die Maschine halbe Fahrt voraus; er füllte die Brust mit der frischesten Luft der Welt: der salzigen Luft des Meeres. Jetzt glaubte er sich erlöst, jetzt glaubte er sich frei; jetzt war das Wasser zwischen Schiff und Kai zu einem gewaltigen Wallgraben geworden, den niemand überwinden konnte, jetzt glaubte er sich frei, er reckte sich, der junge Adler hob kraftvoll die Schwingen zum ersten Schlag, jetzt glaubte er sich erlöst, als ihn die Stimme seiner Mutter durch den Wind erreichte, spitz und gellend, und sich wie die Schlinge eines Lassos erstickend um seinen Hals legte:

»Ask! Du musst den Schal umbinden!«

Der junge Adler duckte sich, war getroffen. Er schielte hinüber zu der Frau, die an der Reling stand und das kleine Mädchen festhielt. Die Frau schaute ihn an und die Frau lächelte. Der junge Adler errötete.

So ließ Ask die Stätte seiner Kindheit hinter sich. Die Menschen, die in diesen zwanzig Jahren so viel für ihn bedeutet hatten, standen als kleines Grüppchen am Kai und winkten ihm hinterher. Aber die Menschen wurden vor seinen Augen kleiner und kleiner, und nach fünf Minuten konnte er sie kaum noch auseinanderhalten.

Die Maschine machte nun volle Fahrt und das Schiff pflügte sich schwer und mächtig durch die grauen Märzwellen. Nach zehn Minuten lag das Städtchen weit entfernt und er konnte es nur als eine lang gestreckte Ansammlung von kleinen, niedrigen Häusern sehen, mit ein paar Kirchturmspitzen, die in die Höhe ragten. Der Ort lag wie in einer Schüssel zwischen sanften Hügeln, und die fernen Berge im Hintergrund waren weiß und unwirklich.

Nach fünfzehn Minuten machte der Fjord eine Biegung, und Ask konnte das Städtchen nicht mehr sehen.

Übers Deck fegte ein eisig kalter Wind, und Ask ging bald hinunter in seine Kabine.

Die Kabine gab ihm ein klopfendes Gefühl von Freiraum, von Luxus. Er blieb einen Augenblick stehen und saugte den neuen Geruch ein und rieb sich die Hände: All das war seins!

Aber einen Augenblick später fiel sein Blick auf den kleinen Koffer, den er auf das Bett gelegt hatte. In diesem Köfferchen lagen alle Lehrbücher. Er wusste nicht ein Wort von dem, was darin stand. In drei Tagen musste er alles wissen. Denn dann würde er vor einer unbekannten Klasse mit 34 Schülern stehen.

Eine namenlose Angst packte ihn, er griff sich an die Gurgel.

Mit zitternden Händen nahm er den Mantel und hängte ihn ordentlich in den glänzenden Mahagonischrank. Mit gerunzelten Augenbrauen betrachtete er den Mantel, den mittelmäßigen Schnitt, die unmöglichen Schultern. Er ging durch den Raum. Beinahe wäre er gegen den Geigenkasten gestoßen. Er hob ihn auf und ging zurück und verstaute ihn in dem Schrank, wo der Mantel hing. Dort würde es ihm besser gehen, falls es zu starkem Seegang käme.

Was war das für ein Einfall, die Geige mitzunehmen! Hatte man jemals von einem Handelsschullehrer gehört, der Geige spielte?

Würde das Vertrauen der Schüler in den neuen Lehrer vergrößert, würde der Respekt für ihn vergrößert, wenn erzählt wurde, dass er mit einem Geigenkasten unter dem Arm an Land gegangen sei?

Die Geige

Seine Geige war nicht die Geige von Ask Grande, es war nicht die Geige von Gunnar aus Lidarende; er hatte sie sich schlicht und redlich von Flose, seinem Großvater, erbettelt. Sie hatte den Großvater vierzig Kronen gekostet, samt Kasten. Trond, der Vater, hatte es überhaupt nicht gern gesehen, dass Ask anfing, Violine zu spielen (und Ask glaubte zu wissen, warum), aber der Vater hatte sich damit abgefunden. Er übersah einfach das Instrument. Nur einmal hatte der Vater wie in Gedanken Asks Geige aus dem Kasten genommen, hatte an einer Saite gezupft und sie gestimmt. Trotzdem hatte Ask sofort gesehen, dass da ein Mann saß, der Geige spielen konnte. Die Geige lag so schön und vertraut in der Hand des Mannes, so selbstverständlich, so offensichtlich stimmig, es war etwas so Natürliches an diesem Anblick, das Ask nie vergessen konnte. Der Vater spielte nie einen Ton, nie wollte er hören, dass der Junge übte; trotzdem hatte Ask ständig das merkwürdige Gefühl, dass irgendwo im Haus ein Mensch war, der besser Geige spielen konnte als er. Wenn er wollte.

Es war allein seine Geige. Trotzdem war in ihr etwas von Ask Grande und von Gunnar aus Lidarende.

Ask Grande

Ask Grande war nicht nur Ask Burlefots Name, er war ein Vetter zweiten Grades väterlicherseits. Ask Grande war Sohn eines wirklichen Musikers, jemand, der bei der Brigademusik das Helikon blies und der im Kino-Orchester Geige spielte, bevor der Tonfilm kam.

Ask Grande war zwei Jahre älter als Ask Burlefot. Möglicherweise war das der Grund, warum ihre Freundschaft in den Jahren der Kindheit nie intim war; sie kamen einander nie wirklich nahe. Trotzdem hatte Ask der Jüngere gemeinsam mit Ask dem Älteren die merkwürdigsten Dinge erlebt. Der Ältere hatte den Jüngeren den Musikpavillon erleben lassen und das ohrenbetäubende Janitscharenorchester: Sie hatten im Pavillon eng an die Holzverkleidung gedrückt gestanden und hingerissen und voll Grauen dem donnernden Klang zugehört. Es war Ask Grande, der ihm die verschiedenen Instrumente gezeigt hatte: Das da ist ein Kornett, was für ein Kornett, ein Es-Kornett, falsch, es ist ein b-Kornett, Menschenskind, wann wirst du dir den Unterschied merken, mit verbundenen Augen musst du den Unterschied hören. Die Trompeten, die Waldhörner, die Tenorhörner, die Baritonhörner, die Posaunen, die Tuben, die Helikons, die Klarinetten, die Flöten, noch besser erkennst du den Unterschied zwischen einer Querflöte und einer Pikkoloflöte, der großen Trommel, der Kesselpauke, dem Triangel und der kleinen Trommel. Sie spielen wie Schweine, alle außer zweien; mein Vater sagt, dass das Musikkorps wie Schweine spielt. Aber dein Vater ...? Doch, er auch; er sagt, das Helikon ist kein Instrument, und außerdem würde er am liebsten nur Geige spielen; aber merke dir die zwei. Welche zwei? Den, der das Tenorhorn spielt, und den an der kleinen Trommel. Im ganzen Land gibt es keine besseren Musiker; das sagt mein Vater. Obwohl er säuft. Wer? Der mit der kleinen Trommel. Wie ein Loch. Als der König in die Stadt kam, mussten sie ihn an der Wand des Pavillons mit dem Gürtel der Uniform festbinden, er konnte nicht auf den Beinen stehen. Aber gib ihm eine kleine Trommel. Er kann am Boden liegen und schlagen. Er schlägt wie ein Hagelgewitter. Da legste die Ohren an. Der mit dem Horn, trinkt er auch? Das Horn? Er bläst das *Tenor*horn, kapiert? Nein, der trinkt nicht. Er hat ein Magengeschwür. Hör ihm zu. Hör die Töne. Der Dirigent vergisst zu dirigieren, wenn der Mann ein Solo hat. Er bläst so schön, dass den Vögeln Tränen in den Augen stehen und sie nicht sehen, wohin sie fliegen. Hör dem Mann mit dem Tenorhorn zu. Dann kannst du später sagen, du hast einen Musiker gehört. Du liebes bisschen. Aber die anderen spielen wie Schweine.

Oft waren die Jungs im Kielwasser des marschierenden Brigademusikkorps durch die Stadt gelaufen; der jüngere Ask blieb so nahe bei der kleinen Trommel wie irgend möglich, um die Stöcke zu sehen, die auf dem Trommelfell wirbelten und knallten, und um einen Blick auf den Mann zu erhaschen, der einmal stockbesoffen mit dem Gürtel der Uniform an eine Wand gehängt worden war, damit ihn der König nicht sehen konnte. Sie gingen und rannten, hinkten und sprangen; sie mussten sich dabei mit anderen Kindern prügeln, um ihre guten Plätze zu behalten. Einige Male wurden sie von einer alten, mageren, geistesgestörten Frau weggeschubst, die auch hinter der Musik herlief. Sie hatte weißes, zerzaustes Haar, einen zahnlosen Mund und lief in alten, schief getretenen Schuhen mit himmelhohen Absätzen. Man erzählte von ihr, dass sie in ihrer Jugend mit einem Musiker verlobt gewesen sei, der aber, eine Woche bevor sie heiraten wollten, starb. Es war eine seltsame, tänzerische Anmut an der alten, ausgezehrten, zerlumpten Frau. Wie ein waidwundes Reh lief sie schwankend über die Bordsteine, der Musik hinterher, und kein Wachtmeister hatte jemals das Herz, sie aufzuhalten.

Einmal durften die beiden Jungs mitkommen in den Pavillon hinein, während das Musikkorps spielte. Sie mussten ganz hinten an der Wand stehen. Als das Korps anfing, hatten Ask von dem Lärm und der Andacht die Haare zu Berge gestanden, es war der größte Augenblick in seinem Leben, er stand im Geräuschfeld zwischen einer Tuba und der großen Trommel, das Universum erbebte, er war ganz sicher, dass er Gott gehört hatte.

Ask Grande war ein Wunderkind. Er gab ein öffentliches Geigenkonzert, als er acht Jahre war. Der andere Ask bewunderte ihn grenzenlos; es gehörte zu seinen schönsten Stunden, wenn er zu Grandes nach Hause kommen und mäuschenstill auf einem Stuhl sitzen und Ask dem Älteren zusehen durfte, wie er übte. Ask Grande musste jeden Tag vier Stunden üben. Vier Stunden jeden Tag. Der Vater des Jungen unterrichtete ihn persönlich und überwachte auch persönlich das Üben. Der Vater saß schwer und dunkel in einem zerschlissenen Lehnstuhl und hörte dem Sohn zu. Ab und zu steckte er sich eine lange Nadel in den Augenwinkel und ließ sie da stecken, er litt an einer Verengung des Tränenkanals. Für den jüngeren Ask war die Nadel das Schrecklichste, was er gesehen hatte. Ansonsten saß der Vater stundenlang reglos in dem Lehnstuhl und hörte dem Sohn zu; mit der einen Hand zeigte er den Takt in den Etüden an, die der Sohn spielte, mit der anderen führte er in regelmäßigen Abständen ein Rotweinglas zum Mund. Nur selten sprang er auf, um dem Sohn einen Griff zu zeigen oder um auf eine Stelle in den Noten zu zeigen. Dann kam es vor, dass Vater und Sohn sich stritten, sie standen sich gegenüber wie dunkle Hähne, Blitze leuchteten in der unordentlichen, staubigen Stube; besonders schlimm war es, wenn der Junge wütend mit dem Bogen gestikulierte und wenn der Vater die lange Nadel aus dem Auge zog, um damit zu fechten. Aber als sie älter wurden, entfernten sich die Jungs voneinander. Zum einen war etwas Düsteres und Unerbittliches im Gesicht des älteren Jungen, das den Jüngeren erschreckte; andererseits ist in Paganinis Capriccio Nr. 22 in F-Dur für Solovioline etwas Kaltes und Unmenschliches, wenn sie in einer Stube in einem gewöhnlichen Haus gespielt wird, der Geiger nur zwei Meter von dir entfernt. Außerdem lag es in der Luft, dass Ask Grande ein außergewöhnlicher Mensch war, eine Begabung, ein Genie, das Normalsterbliche nicht zur Unzeit belästigen sollten.

Als Ask Grande achtzehn Jahre war und seine Geburtsstadt verlassen hatte, als er sich mit einem Stipendium in Paris aufhielt, um dort am Musikkonservatorium Geige zu studieren, nachdem er schon viele Jahre gewusst hatte, was er werden würde, da war Ask Burlefot sechzehn Jahre und ging in die letzte Klasse vor dem Gymnasium und hatte überhaupt keine Ahnung, was er werden wollte.

Aber eines Tages hatte er den Großvater dazu gebracht, ihm eine Geige zu schenken. Und eines Tages nahm er allen Mut zusammen und besuchte Ask Grandes alten, rotweintrinkenden Vater und fragte ihn, was es koste, Geigenstunde zu bekommen.

Ask der Jüngere lernte beim alten Grande fast drei Jahre das Geigenspiel, jede Woche eine Stunde.

Der alte, dicke, traurige Mann machte jedes Mal, wenn er Geige spielte, einen seltsamen, prustenden, schnaubenden Laut mit der großen Nase. Wenn er Ask einen Griff oder eine Handstellung zeigte, beugte er sich über die Geige wie eine Mutter, die ihr krankes Kind drückt; es sauste in seiner Nase wie in einem enormen Muschelhorn, es war, als puste er alles Leid der Welt auf die Saiten, seine Nasenlöcher weiteten sich wie bei einem Hengst und seine Augen waren in ekstatischem Entzücken geschlossen. So lernte Ask, dass die Musik das Geheimnisvollste und Erschreckendste auf der Erde ist.

Eines Tages, als Ask zur Geigenstunde kam, traf er den alten Grande auf dem Flur an. In der einen Hand hielt er die fürchterliche Nadel, in der anderen ein Telegramm, er pustete Ask schluchzend eine Wolke von

Rotweindunst ins Gesicht und die Tränen liefen ihm über die Wangen. Sein Sohn, der Geiger Ask Grande, hatte den ersten Preis im Wettbewerb am Pariser Musikkonservatorium gewonnen. Der Virtuose.

Ask blieb stehen und sah in das faltige, glänzende Gesicht des Mannes. Das war etwas Neues, es schien aber zum Wesen der Musik zu gehören und zu ihrer Welt. Er dachte:

Ein erwachsener Mann steht da und weint.

Gunnar von Lidarende

Und dann war da Gunnar von Lidarende. Er hieß nicht so, er hieß Gunnar Lid, aber sie hatten ihm diesen Heldennamen verpasst, als sie in die Mittelschule gingen. Sie benutzten den Namen nur ab und zu im Geheimen, es hätte ihm nicht gefallen, ihn zu hören.

Gunnar von Lidarende war ein blonder, zurückhaltender, athletischer Junge aus einer Welt, die nicht die ihre war. Er war Sohn eines Konsuls.

Nie hatte Ask einen Jungen wie Gunnar gesehen, so anmutig, so reich begabt, so göttergleich. Er hatte ein wohlgeformtes, ovales Gesicht mit einer leicht bräunlichen Hautfarbe. Den ganzen langen Winter saß er zusammen mit den anderen in der Klasse und sah aus, als käme er gerade von den Osterskiferien. Die Nase war kurz und schön, die Augen tiefblau und sein Haar war ein dichtes, fülliges Goldhaar, das zu einer Seite gescheitelt war und das immer verblüffend tadellos die Schläfen entlanggekämmt war. Ask – der einige Bänke hinter Gunnar saß und der verzweifelt alles getan hatte, um sein unmögliches, gelocktes Haar zu bändigen (er hatte sogar eine kleine Tüte aus Pappe mit Gummizug konstruiert, die er sich im Bett über den Kopf stülpte und mit der er schlief) – konnte nicht aufhören, Gunnars Frisur zu bewundern. Es war mysteriös: Die Haare waren an beiden Schläfen auf eine Weise nach hinten gekämmt, dass die zwei Bahnen am Hinterkopf zusammentrafen; dort bildeten sie einen seidenartigen, stromlinienförmigen Wirbel, das war so schmuck anzusehen, dass Ask schlucken musste.

An Gunnar war nie ein Fleck, weder an seiner Kleidung noch an seiner Seele. Er war ein Wunder.

Gunnar von Lidarende war bei Weitem der Beste in allen praktischen Fächern. Er hatte keinen verkrüppelten Fuß, er war nie außer Atem. Gunnar von Lidarende hatte alles. Er war der am reichsten begabte Mensch, dem Ask jemals begegnet war. Gunnar an der Sprungschanze zuzuschauen war eine Augenweide. Er trug einen weiten dunkelblauen Pullover, blaue Keilhosen mit messerscharfer Bügelfalte und auf dem Kopf eine kleine weiße Mütze, die ein bisschen schräg saß und die er nie verlor. Beim Schweben lag er in der Luft wie ein blauer Albatros, und nie hatte man gesehen, dass er bei der Landung stürzte. Unten am Auslauf nach einem 60-Meter-Sprung machte er einen lässigen Telemarkschwung, warf einen Blick hinauf zur Schanze, um abzuschätzen, wie weit er gesprungen war, und sah fast aus, als langweilte er sich. Aber wenn ihm die Zuschauer bewundernd zuriefen, hob er eine Augenbraue, lächelte und winkte mit einer Hand. Gunnar hatte nie Schnee an der Kleidung. Selbst wenn der letzte Schwung im Auslauf so heftig und scharf ausfiel, dass er in einer Schneewolke verschwand: Wenn sich die Wolke gelegt hatte, trat Gunnar hervor, aufrecht, unberührt. Es war nicht ein Stäubchen Schnee auf dem dunkelblauen Skianzug.

Schon in der zweiten Klasse Mittelschule sprang Gunnar 1,75 hoch. Er nahm nicht wie die anderen einen langen Anlauf, er stand locker und entspannt 4 bis 5 Meter vom Sprungständer entfernt. Er lief nicht die ersten Schritte, er ging sie. Aber dann, genau in dem Augenblick, in dem die anderen merkten, dass sie unmöglich die nötige Geschwindigkeit für den Hochsprung haben würden, erhöhte er auf mysteriöse Weise die Geschwindigkeit, stieß sich geschmeidig und lautlos ab, wie eine blonde Katze schnellte er in die Luft, kam in eine waagrechte Position, scherte blitzschnell mit den Beinen, sobald er sich über der Latte befand, und bevor einer der anderen Jungen gesehen oder begriffen hatte, wie das Wunder geschehen war, lag er mit einem schiefen Lächeln auf der dicken kamelbraunen Matte auf der anderen Seite des Sprungständers und schielte hinauf zur Latte. Einen kurzen Moment blieb er liegen und stützte sich mit dem Kopf in der Hand auf den Ellbogen, als habe er gerade etwas so Einfaches gemacht wie Radio zu hören. Dann sprang er auf, strich sich mit den Fingern durch das Goldhaar – das wieder tadellos saß! – und ging mit einem weichen, gemessenen Gang und einem kleinen Lächeln durch den Turnsaal zurück an seinen Platz.

Gunnar war der am besten gekleidete Junge der Klasse. Ask kannte keinen Jungen mit einer derart eleganten Kleidung, die er dazu noch derart anmutig trug. Gunnars Anzüge waren immer vom Schneider angefertigt; wenn Gunnar von der Bank aufstand, wurde es still in der Klasse, alle schauten auf ihn. Es ging eine unbeschwerte Eleganz von ihm aus, die den anderen Tränen in die Augen trieb.

Denn wenn Männer so jung sind, dass sie eigentlich noch Knaben sind, nimmt die Kleidung für sie eine schwindelerregende Bedeutung an. Schuhe und Strümpfe und Unterwäsche weniger, Hosen und Gürtel und Schlipse ziemlich viel; die Anzugjacke am meisten. Sie werden nie müde, aber oft ziemlich mutlos, wenn sie den Schnitt ihrer Jacke im Spiegel sehen, und sie haben einen Falkenblick, wenn sie die Jacken anderer Knaben betrachten. Und auf welches Detail an der Jacke richtet sich ihre Aufmerksamkeit ganz besonders, welches Detail scheint ihnen so entscheidend für den Körperbau eines Mannes, die Seele eines Mannes, die Welt eines Mannes?

Es sind die Schultern.

In den Schultern der Anzugjacke scheint sich das seltsame Geheimnis des Lebens zu verbergen.

Deshalb müssen die Schultern der Jacke kräftig, männlich und besonders breit sein, und die Linie vom Halsansatz zum äußersten Punkt der Schulter sollte schnurgerade sein.

Sie verschließen die Augen vor den anatomischen Schaubildern, die sie sicher gesehen haben, sie verschließen die Augen beim Anblick ihrer nackten Schultern unter der Dusche in der Turnhalle, bis in den Tod würden sie bestreiten, dass die Schlüsselbeinform des Mannes unregelmäßig ist, wellig aussieht und dass eine Schulter am äußersten Ende rund ist wie ein Apfel. Diese Linie muss schnurgerade sein, sie muss so weit hinausreichen, wie es die moderne Schneiderstrategie überhaupt vermag, und ganz außen muss sie in einem rechten, eindeutigen Winkel abbrechen. Deshalb verstehen junge Männer nicht, warum die Schneider für diese wichtigste aller Ingenieur- und Brückenbauarbeiten etwas so Schwachsinniges wie *Watte* verwenden. Warum hat kein Schneider an Spreizlatten aus Stahl gedacht als Einlage bei den Schultern? Warum hat man diese Aufgabe seit undenklichen Zeiten diesen Männchen überlassen, die mit gekreuzten Beinen auf Tischen sitzen und mit Nadel und Faden nähen, wenn für jeden denkenden Menschen klar ist, dass dafür längst moderne Flugzeugkonstrukteure zuständig sein sollten! Und nachts liegen die Jünglinge wach und denken sich neue Patente aus, um Anzugjacken mit breiten, korrekten, robusten Schultern auszustatten.

Das Interesse für die Schultern wird bei ihnen zur Besessenheit. Und weil der Traum von idealen Schultern so sonnenklar und so blitzend rein gewesen ist, wird umgekehrt die Enttäuschung abgrundtief. Sie stehen im halbdunklen Geschäft für Herrenkonfektion, es riecht muffig nach Staub, nach gelagerten Stoffen und nach dem schlechten Atem des Verkäufers, sie trippeln mit den Füßen und zappeln mit den Händen, ihre Augen sind leblos und ihre Gesichter bleigrau. Denn im selben Augenblick, in dem der ältliche Verkäufer ihnen die Jacke hinhält, damit sie mit den Armen hineinschlüpfen, wissen sie, dass sie verloren sind. Sie spüren es im selben Augenblick, in dem sie die Jacke anhaben, und brauchen keinen Blick in den Spiegel zu werfen. Tot ist die Welt, nie sangen die Engel, und der Wurm frisst sich seinen Gang in den Apfel. Denn sie haben bereits gemerkt, dass die Jacke an den Schultern drückt.

Wenn sie es nun wagen, einen Blick auf sich im Spiegel zu werfen, werden sie erschauern und die Augen in erbleichender, namenloser Verzweiflung schließen. Sie haben im Spiegel einen Albtraum gesehen, ein Monster: Sie haben ihre eigenen schmalen Schultern gesehen, behängt mit einem ungeheuerlichen, unmenschlichen Kleidungsstück, das keineswegs geeignet ist, ihre Schande zu kaschieren, dieselbe sogar noch betont. Das Jackett ist unerträglich hässlich, unerträglich schmal: Die rechte Schulter ist ausgebeult, die linke Schulter hängt schlaff herunter. Das Jackett schnürt über der Brust ein, während es sich an den Hüften wie ein Fächer weitet. Das Kleidungsstück ist für eine Dame gemacht. Aber ebenso plötzlich sieht er ein, dass es zwecklos ist, dem Verkäufer diese Entdeckung mitzuteilen. Man blickt an sich herunter und erkennt die Niederlage. Das Gesicht des Mannes hat etwas Verschlagenes und Verdächtiges; er steht einen Schritt entfernt, man kann seine Brille sehen, das Maßband um den Hals, das Nadelkissen am Ärmel, man sieht sein wissendes, verlogenes Lächeln, man sieht seine bleichen Finger mit den Trauerrändern unter den Nägeln und man weiß, dass der Mann weiß. Der Jüngling wird von einer abgrundtiefen Verbitterung erfüllt, alles Leben fließt aus ihm, er würde sich am liebsten erbrechen. Es wäre nicht nur unmöglich, dem Verkäufer begreiflich zu machen, dass das eine Jacke für eine Dame ist, dass die Jacke völlig missglückt ist, dass man niemals etwas daran ändern kann und dass sie eine Verhöhnung des männlichen Geschlechts ist – man steht da und sieht in dem müden, verschlagenen Gesicht des Verkäufers, dass einem dieses Jackett aufgezwungen werden wird.

»Na, hm, diese breiten Schultern sind nicht mehr modern.« (Was weiß er davon, was modern ist? Seit der Sintflut hatte er sich keinen Schritt von diesem mickrigen Laden entfernt!) »In London geht man nun mehr und mehr zu natürlichen Linien über.« (Was weiß *London* von Linien?) »Man soll nie übertreiben.« (Oh, das war ein Schlag unter die Gürtellinie. Jetzt tut er so, als sei es unser Fehler!) »Ich finde, es sitzt gut. Wir werden die linke Schulter ein wenig bügeln, dann wird sie ganz so, wie sie sein soll. Das Jackett hat nur schief auf dem Bügel gehangen.« (Dies ist einfach ein Damenjackett, das ist alles.) »Ein sehr schönes Kleidungsstück, wenn ich mir ein Urteil erlauben darf. Daran werden Sie viele Jahre Ihre Freude haben.« (Gütiger Gott, wir werden gezwungen sein, mit diesem Stück viele Jahre herumzulaufen! Vielleicht ist es ewig haltbar!)

Und dass die Schlacht verloren ist, zeigt sich deutlich in dem Moment, in dem die Frau neben ihm eingreift und dem bleichen, aufgeschwemmten Verkäufer beipflichtet. Denn im Geschäft ist immer auch eine Frau, wenn ein junger Mann von fünfzehn Jahren beschließt, sich ein neues Jackett zu kaufen.

»Es ist wirklich hübsch.« (Sie denkt wohl daran, wie Jacketts anno 1880 aussahen.) »Du hast so schöne Schultern, wir brauchen nichts extra ausfüttern.« (Wie gerne man das glauben würde, wenn es nicht die eigene Mutter wäre, die das sagt!) »Und fühl mal diesen Stoff!« (Die Jungs in der Klasse werden nicht den Stoff befühlen, sie werden die Schultern sehen.) »Und dann (gedämpfte Stimme) hat er es runtergesetzt auf fünfundsechzig. Da haben wir wirklich Glück, das sage ich dir.« (Ja, unheimliches Glück, wir verstehen nicht, wie es uns gelingen kann, unsere überschwängliche Freude zu verstecken. Halt uns fest, Mutter, dass wir nicht mit einem vergnügten Knall in die Luft gehen und uns in nichts auflösen, mitsamt dem neuen Jackett!)

Hat man verlässliche soziologische Untersuchungen durchgeführt, warum so viele Jünglinge Pullover tragen?

Gunnar von Lidarende gehörte einer anderen Welt an. Seine Jacketts waren perfekt, tadellos. Nie übertrieben oder aufdringlich, nur lässig elegant und vollkommen richtig. Ask betrachtete oft von seinem Platz aus Gunnars Jackenschultern, um das Geheimnis, das in ihnen steckte, zu finden. Er glaubte schließlich entdeckt zu haben, dass Gunnars Schneider nicht nur auf, sondern auch hinter den Schultern mit Watte ausgepolstert hatte. Damit bekamen die Schultern, wenn man die Jacke von der Seite sah, eine schöne runde Form, wie ein Halbkreis im Gegensatz zu den Konfektionsschultern, die am Rücken flach und leer sind und nur die gebeugte, unschöne Haltung des Körpers betonten. Die Schultern von Gunnars geschneiderten Jacketts verhalfen ihm zu einer freien, aufrechten Haltung, es sah aus, als wären, egal ob er saß, stand oder ging, die Schultern leicht zurückgezogen.

Und was Ask mehr als alles andere beschäftigte, wenn er Gunnars perfekt sitzende Anzüge betrachtete, war die Vermutung, dass es ein heimliches Bündnis gab, eine heimliche Übereinkunft zwischen Gunnar und seinem Schneider, die Vermutung, dass der Schneider Gunnar und seine vertrauensvollen Wünsche nicht nur ernst nahm, sondern dass der Schneider selbst mit Hinweisen und Vorschlägen kam, dass der Schneider Gunnars intimer *Freund* war!

Eine Szene erschien vor seinem inneren Auge. Sie spielte in einem großen, lichten Anproberaum mit schönen Möbeln; auf einem kleinen Rauchertischchen stand eine Vase mit frischen Blumen.

Der Schneider *bietet Gunnar eine Zigarette an, schlägt ein Modejournal auf:*

Hier ist etwas für dich, Gunnar, mein Lieber. Diese Fasson wird deine Schultern zu ihrem Recht kommen lassen. Was meinst du?

Gunnar *inhaliert, wirft sich in den Sessel, zieht das Hosenbein hoch und legt den einen Fuß über den anderen, legt den Kopf etwas schräg und mustert die Abbildung:*

Mmmm ... ein bisschen dandyhaft, finde ich. Die Aufschläge sind zu breit nach meinem Geschmack.

Der Schneider:

Stimmt. Ich dachte mir, dass du das sagen würdest. Aber wir schneiden sie einfach etwas ein, so ... *er zeichnet mit einem Bleistift auf die Abbildung in dem Modejournal* ... dann wird es richtig edel. Fast hätte ich es vergessen, ich habe da einen dunkelbraunen, klein gepunkteten Couponstoff, den ich für dich aufgehoben habe. *Er erhebt sich und holt aus einem Regal an der Wand einen Ballen Stoff herunter.* Fühl mal. Strapazierfähiges englisches Tuch. Fühl mal, wie es fällt.

Gunnar *nimmt einen Zipfel des Stoffes zwischen die Finger, reibt abwesend daran, blickt hinaus durch das Fenster, das teilweise von den Blättern eines Efeus verdeckt ist:*

Mmmm ... ich habe diesmal eigentlich an etwas Graublaues gedacht. Braune habe ich schon zwei, weißt du. Zeige mir doch etwas Graublaues.

Von Gunnars Privatleben wusste Ask lediglich, dass sein Vater Konsul war, dass der Vater reich war und dass sie in einer großen Villa in bester Hanglage wohnten. Aber es war ein eigenartiger, vager Duft an Gunnar und seiner verborgenen Welt, ein Duft nach unbeschwerter Geborgenheit und nach Wohlstand, nach Ruhe, Harmonie und Reichtum. Doch dieser Reichtum war nicht in erster Linie materieller Art, er schien in Gunnars Seele zu wohnen, in seinem Gesicht, in seiner Selbstverständlichkeit, in seinem Krawattenknoten, in seinem sanften Lächeln und in seinen langen schönen Fingern, in seinem athletischen Körper, seinen kräftigen Schultern und seinem hübschen blonden Haar, das immer tadellos frisiert war.

Wie ein junger Gott war Gunnar. Zwar war manchmal ein wehmütiger Zug um seine Augen, als sei seine Welt nicht immer so reich und so schön, wie Ask sie sich vorstellte, und es war auch einmal getuschelt worden, dass Gunnars Vater Geld verloren habe. Zwar hatte Gunnar eine unscheinbare Narbe auf der einen Wange, und Ask dachte sich, dass ihn seine Amme einmal auf den Boden hatte fallen lassen, als Gunnar klein war. Aber solche Dinge trugen nur dazu bei, Gunnar noch geheimnisvoller und erhabener zu machen.

Ask sah Gunnar nie zusammen mit Mädchen. Das war äußerst mysteriös. Als habe Gunnar nur ein Lächeln übrig für Mädchen, sie interessierten ihn nicht. Ask war davon überzeugt, dass jedes Mädchen in der Stadt vor Freude ohnmächtig werden würde, wenn Gunnar ihm ein Zeichen gegeben hätte, aber er war nicht interessiert. Es kam vor, dass er draußen auf dem Schulhof oder auf der Treppe ein paar Worte mit einem Mädchen wechselte, aber da hatte er immer eine Hand in der Hosentasche, den Kopf zurückgeworfen und ein ruhiges, freundliches Lächeln auf den Lippen. Er war nicht interessiert. Er würde sicher, wenn Zeit und Gelegenheit da waren, das hübscheste Mädchen der Stadt heiraten, aber das eilte nicht, es würde von selbst kommen. Er war nicht interessiert. Er schien völlig außerhalb des heißen, dampfenden Dschungels des gemeinen, lichtscheuen Begehrens zu sein, in dem Jünglinge leben und träumen, außerhalb der Angst und des schlechten Gewissens, gänzlich außerhalb der getuschelten Gespräche, des Grinsens und Kicherns, der falschen Zweifel und der verlogenen Aufschneiderei.

Es war, als säße Gunnar oben auf dem hohen Schulzaun, fünf Meter über dem Boden in der Sonne, in hoher, klarer Luft, während alle anderen unten standen, unter der Erde, unten im Keller, auf dem feuchten, kalten Betonboden, wo es aus undichten Zisternen tropfte und aus übel riechenden Urinalen spritzte. Sie standen unten unter der Erde und rauchten verbotene Zigaretten und steckten die Köpfe zusammen und flüsterten mit heiseren Kehlen. Gunnar saß hoch oben auf dem Zaun, in der Sonne und in der blauen Luft, und pfiff. Er konnte so schön pfeifen, dass die Menschen auf der Straße stehen blieben und lauschten.

Gunnar bekam nie glänzende Noten, weshalb auch niemand in der Klasse ihn beneidete oder schief anschaute. Der Unterricht schien für ihn nur von begrenztem Interesse zu sein. Der Schulbesuch war zu einem gewissen Grad notwendig, auch wenn es sich um die Ausbildung eines Gentlemans handelte, aber sollte man deshalb in Ekstase ausbrechen, dass $(a+b)^2$ gleich $a^2+2ab+b^2$ war? Es sollte ihm doch gestattet sein, seine Begeisterung ein wenig zu dämpfen? Hm?

Und dann spielte Gunnar Geige, das war vielleicht das Erstaunlichste an ihm.

Denn in einem Land wie Norwegen gibt es genügend Jungen, die Geige spielen, aber nicht, wenn die Jungen Meister im Hochsprung und Skispringen sind und außerdem Sohn eines Konsuls. Und Gunnar spielte ungewöhnlich gut Geige, sozusagen meisterhaft. Er spielte weich, gefühlvoll, selbstsicher, elegant. Wie bei allem, was er machte, spielte er auch Geige mit einem Lächeln. Er war der Leiter des Schulorchesters und spielte die erste Geige. Nachdem das Orchester »Die Liebe der Matrosen« gespielt hatte, stieg er oft aufs Podium und spielte Solostücke, elegant, unbeschwert, fehlerlos. Er stand dort oben und ließ sich Zeit, bis es ruhig war im Saal. Er klemmte die Geige zwischen Kinn und Schulter, so überzeugend und ungekünstelt, als sei er mit der Geige auf die Welt gekommen, sie blieb von selbst in dieser Position, während er den Bogen in der einen Hand hielt und ein in weiches Leder eingeschlagenes, glänzendes Klümpchen Kolophonium in der anderen, mit dem er die Bogenhaare geschmeidig machte. Dann lächelte er schwach und ruhig und stimmte das Instrument. Besonders streng war er mit der obersten Quinte, die zwischen A und E. Er hatte eine kleine Einstellschraube für die E-Saite und war erst zufrieden, als die Quinte glockenrein klang. Dann umfasste er den Geigenhals und nahm das Instrument einen Augenblick weg vom Kinn, er hielt es hoch an sein Ohr und zupfte mit dem Daumen ein letztes Mal an den Saiten, dann kippte er es in Position (er benutzte nie ein Kissen auf der Schulter, nur ein weißes Seidentaschentuch), dann biss er sich leicht in die Unterlippe, schaute lächelnd ins Publikum, hob den Geigenbogen, nickte dem Mädchen am Klavier zu und begann zu spielen.

Er spielte, wenn er aufgefordert wurde, gerne »Csárdás« von Vittorio Monti. Ask, der gerade beim alten Grande zu lernen angefangen hatte, konnte nicht begreifen, wie solche Sprünge von der G-Saite und himmelhoch hinauf zur E-Saite möglich waren, ohne danebenzugreifen, er verstand nicht, dass es menschenmöglich war, sich all die vielen Noten von Montis »Csárdás« zu merken. Aber Gunnar konnte das. Er spielte wie ein junger Paganini. Wie er da oben auf dem Podium in der Turnhalle stand und mit spielerischer Leichtigkeit das schwierige Stück vortrug, lächelte er. Ask saß da wie verzaubert und betrachtete Gunnars Lächeln. Es schien zu sagen:

»Schwungvoll? Hm. Ein bisschen abgedroschen, aber ich finde es ganz witzig. Hier ist gerade eine etwas heikle Stelle, ich schließe kurz die Augen, nur zur Konzentration. Sie ist wie eine Stromschnelle, wenn ihr versteht, was ich meine. Aber hier fließt der Fluss etwas ruhiger – das Zigeunerlager am Strand –, hier kann ich getrost die Augen wieder aufmachen. Macht Spaß, das Fiedeln. Überhaupt nicht schwer. Ungarische Landschaft hier. Hört, hier steigt der Rhythmus an. Manchmal würde ich am liebsten die Jacke ausziehen, hier gegen Ende, und in Hemdsärmeln spielen. Wartet kurz, haltet euch fest, hier geht es bergab, bleibt dran, nur ein wenig noch, dann ist es vorbei ... Puh! Das war's. Danke, vielen Dank euch allen, es war mir ein Vergnügen.«

Er stand da, den Geigenbogen nach dem letzten abschließenden, heftigen Strich hoch in der Luft, das Goldhaar zurückgeworfen, und nahm mit lächelndem Gesicht den donnernden Beifall entgegen.

Es hatte Ask tief beeindruckt, als er nach der Mittelschule erfuhr, dass Gunnar während der ganzen Schulzeit Mitglied im Orchester der Kaufmannsgilde gewesen war, dass er sogar den Posten des Konzertmeisters innehatte. Konzertmeister als Fünfzehnjähriger unter lauter Erwachsenen. Und das gehörte zu Gunnars Privatleben, das hatte er mit keinem Wort den Klassenkameraden gegenüber erwähnt. Es war, als wäre er Mitglied in einem Bridgeklub, so etwas ist nicht der Rede wert.

Konzertmeister!

Aber ansonsten war deutlich, dass Gunnar seine musikalische Begabung ebenso leicht und ungezwungen nahm wie alles andere. Er hatte keinesfalls die Absicht, Konzertgeiger zu werden, ebenso wenig wie er vorhatte, bei der nächsten Olympiade den Weltrekord im Hochsprung zu schaffen.

Mit irgendetwas musste man die Zeit verbringen.

Ganz einfach.

Nach der Mittelschule trennten sich die Wege von Ask und Gunnar. Die letzten Jahre zum Abitur besuchten sie verschiedene Schulen. Selten passierte es, dass sie sich trafen und begrüßten. Nur einmal waren sie vor dem Abitur zusammen auf einem Fest gewesen. Es war das letzte Mal, dass sie sich sahen, und Ask würde es nie vergessen.

Als es Nacht wurde, verließen sie das Fest. Sie waren sechs junge Männer, mit den roten Mützen der Schulabgänger und mit Bambusstöcken, sie waren erhitzt von Bier und Fruchtwein und sangen, und Arm in Arm spazierten sie durch die nächtlich stillen Straßen heimwärts. Ein Stück gingen sie alle sechs nebeneinander, als würde die ganze Straße ihnen gehören. Irgendetwas zog sie zum Marktplatz im Zentrum, vielleicht, weil dort die Polizeiwache war. In der Frühlingsnacht ist für Abiturienten kein Gedanke derart erregend – fast so, wie zu Huren zu gehen –, wie den Erbfeind zu ärgern: die Polizei. Aber der Marktplatz war öde und leer. Voller aufgestauter Aktionslust begannen sie, die große Statue des Königs mitten auf dem Platz zu umrunden und dabei mit den Bambusstöcken auf den Sockel zu schlagen, was einen interessanten Laut erzeugte.

Niemand kam.

Dann stellten sie sich mit dem Rücken zum Sockel und sangen Trinklieder in die Nacht.

Niemand kam.

Sie wollten gerade ihren Marsch fortsetzen, als plötzlich zwei Männer aus der Dunkelheit auftauchten und sich mit heiseren Stimmen an sie wandten. Es waren zwei Arbeitslose zwischen 30 und 40 Jahren, schlecht gekleidet, mit ungesunden Gesichtern, gezeichnet von Armut und Alkohol. Sie waren genauso betrunken wie die sechs, aber auf andere Weise. Ein Dunst von billigem Fusel umgab sie, sie rochen nach Schimmel, ein Hauch von Hass und Bosheit ging von ihnen aus.

Es wurde auf einmal ganz still auf dem großen Marktplatz, weit weg auf der anderen Seite der Stadt hörten sie einen Hund in die Nacht bellen. Die Jünglinge waren in Sekundenschnelle stocknüchtern, sie spürten das Blut in den Fingerspitzen pochen. Der eine der beiden Männer, der größere und kräftigere, torkelte einen Schritt auf die Jungs am Sockel zu und sagte:

»Oberklassepack.«

Der Auftritt kam so plötzlich und war so hässlich, dass es den jungen Burschen die Sprache verschlug. Ein namenloses Gefühl des Grauens und der Angst überfiel sie, ein Gefühl menschlicher Schuld, tiefen Mitleids und einer sinnlosen Wut, sie waren wie erstarrt. Die beiden Männer hatten etwas Rattenhaftes, in ihren Gesichtern stand eine Geschichte von Kellern und Hinterhöfen und Rinnsteinen geschrieben, ihre Augen waren flackernd und lichtscheu, die Hosen schlotterten an mageren Hüften, die jede Lebenskraft verloren hatten, in ihrer Kehle war ein Schnarren, gleich würden sie die Zähne fletschen.

Neben dem unerklärlichen Schuldgefühl und dem heftigen Mitleid, das sein Herz erfasste, wurde in Ask auch ein blutender Zorn wach, dass diese zwei gekommen waren und ihre triumphierende Stimmung zerstört hatten. Es war, als seien die zwei Männer mit dem zwingenden Anspruch gekommen, dass alle leiden und hassen sollten, wie sie es taten. Alles, was nach Glück, Leichtsinn, Jugend und Freiheit schmeckte, das sollte nicht existieren dürfen! Er konnte das Gefühl des Verbrecherischen im Benehmen der zwei Männer nicht artikulieren, er war nicht imstande, spontan eine Formel zu finden, die ihre Trinklieder in der Frühlingsnacht zu einem unantastbaren Menschenrecht erklärte, er konnte sein Gefühl, dass es schändlich war, das Glück mit der Forderung nach Mitleid zu verknüpfen, nicht philosophisch und logisch begründen. Er stand auf der Kippe zu der Einsicht, dass man die Summe des Glücks in der Welt vergrößert, indem man mit dem Glück sympathisiert, dass man aber kaum die Summe des Leidens in der Welt vermindert, indem man mit dem Leiden sympathisiert. Aber er, unfähig zu denken, unfähig zu reden, er war leblos vor Grauen und Abscheu.

»Papabubis«, sagte der andere.

»Reiche Schnösel«, sagte der Erste. Sie kamen beide den jungen Burschen einen Schritt näher.

Ask musste daran denken, was diese Jahre in der Schule für ihn und für die anderen gewesen waren. Sieben Jahre in der Volksschule, drei Jahre in der Mittelschule, drei Jahre im Gymnasium. Das war ein graues Leben gewesen, ein Leben ohne Taschengeld, ein Leben mit ausgetretenen Schuhen, gestopften Strümpfen, geflickten Hosen und Vaters abgelegten Sachen; dreizehn Jahre hatte das Schulessen aus mit Molkenkäse belegtem Graubrot bestanden. Es war ein Leben gewesen mit Schulbüchern und Aufsatzheften, also gewiss kein luxuriöseres Leben, als es ein Lehrling in einer Konservenfabrik führt.

Plötzlich wusste er, was die zwei betrunkenen Männer gereizt hatte. Es war nicht das Klappern der Jungs mit den Bambusstöcken, es war nicht der Gesang der Jungs, es war der Anblick ihrer roten Mützen, die Erkenntnis, dass sich diese Burschen mit ihrer Bildung wichtigmachten.

Zu diesem Zeitpunkt würde Ask, hätte ihn jemand nach seiner politischen Auffassung gefragt, sagen, er sei Sozialist. In seinem tiefsten Innern lag ein Hass gegen Macht und Unterdrückung und eine intensive Fähigkeit, Leiden zu spüren, sowohl bei sich wie bei anderen. Aber in diesem Moment war sein Mitgefühl nicht stark genug, um seine unterdrückte Wut zu dämpfen. Und plötzlich sah er für einen Augenblick sein eigenes Land, Norwegen, das er ansonsten schonungslos kritisierte, in einem neuen und seltsamen Licht. Ein Gefühl von eigenartigem Stolz und Triumph wallte in ihm auf, einen Augenblick standen seine Augen weit offen, und das hätte er zu den zwei Männern sagen können:

»Warum dieser Neid? Wer in diesem Land wurde jemals daran gehindert, zu studieren? Haben wir nicht Kunstsammlungen in der Stadt, haben wir nicht Bibliotheken? Gratis Bibliotheken? Ist das nicht eine bessere Art, seine Zeit zu verbringen, als auf den Kais herumzulungern, bei den Matrosen zu schnorren und auf den Straßen zu betteln? Gibt es nicht immer einen Weg zum Wissen und zur Schönheit? Doch! Vielleicht muss immer geschachert, immer geklaut werden, aber klaut dann nicht Zehnøremünzen, um ein halbes Bier zu kaufen, klaut zehn Øre, um Bücher zu kaufen, klaut zehn Øre, um ins Konzert zu gehen! Wir haben selber geklaut, Brüder, aber wir haben nicht euch beklaut! Dort, woher wir kommen, ist noch mehr! Eine ganze Welt, um daraus zu schöpfen! Schönheit und Wissen ist umsonst für alle, wenn ihr sie nur haben wollt!«

Aber er war stumm, und im Innersten wusste er, dass das nicht die ganze Wahrheit war. Er sah es tief drinnen in den Augen der beiden Männer, das war nicht die ganze Wahrheit. Und er senkte den Blick, denn die Tragödie der Männer schien ihm plötzlich abgrundtief, und er wusste, dass ihnen nichts, nichts, nichts helfen konnte.

»Tolle Kerle, du und ich«, sang der größere der Männer dicht vor dem Gesicht eines der Abiturienten.

»Oh kommet gratis zum Schmalztopf«, sagte der andere. Er trat ebenfalls einen Schritt näher. Er hatte schmale braune Augen.

Der Junge, an den sich der größere der Männer gewandt hatte, hieß Knut Skramstad. Er war ein dunkler, kräftiger, breitschultriger Kerl mit Fäusten wie Schmiedehämmer. Er drehte sein Gesicht weg von der Alkoholfahne aus dem Mund des Mannes vor sich, zündete sich ruhig eine Zigarette an und schnippte das Streichholz auf die Straße. Seine Ruhe war vermutlich erzwungen, aber das machte den Mann plötzlich hysterisch. Dieses abgewandte, gleichgültige Gesicht ließ ihn die Nerven verlieren.

»Verdammt noch mal«, sagte er und fing vor Verbitterung an zu sabbern, »da is keiner von euch, der ...«

Hier klappte sein Kinn nach unten, er hatte offenbar vergessen, was er sagen wollte. Aber dann warf er den Kopf wieder hoch, machte eine Bewegung mit dem einen Fuß, um das Gleichgewicht wiederzufinden, und sagte mit einem schiefen, unmenschlichen Lächeln:

»Nur Saus und Braus, den ganzen Tag und die ganze Nacht. Rote Mütze und Stock und Whisky. Feiner Whisky.«

Er wandte sich plötzlich von Knut ab, vollführte einen kleinen, unsicheren Sprung hin zu den anderen und streckte ihnen seine schmutzige Hand entgegen. Ask sah Blutstriemen auf der Hand, der Mann musste entweder gestürzt sein und sich dabei die Knöchel verletzt haben oder war vielleicht in eine Prügelei verwickelt gewesen:

»Fünfundzwanzig Øre, ihr Herrn! Fünfundzwanzig Øre? Ihr werdet wohl fünfundzwanzig Øre übrig haben? So viel, dass es für Kaffee reicht. Kaffee, ja. Dann haben wir ein bisschen was zum Trinken für unsere Bälger, wenn wir heimkommen?«

Die jungen Kerle starrten ihn an wie ein Schreckgespenst.

»Ha? Glaubste wohl nich? Willste vielleicht mitkommen, meine Alte und die Bälger anschauen? In den Keller? Sie liegen auf dem Boden, auf Mehlsäcken. Feinste Qualität.«

Es war mitten in den Dreißigerjahren, die Depression und die Arbeitslosigkeit waren noch groß, die jungen Burschen fröstelten in der Frühlingsnacht, ihre Lippen waren trocken vor Angst und vor Schuld, ihre Kleidung war heil und sauber und sie schliefen nachts auf dem Diwan.

Der Kleinere der beiden war inzwischen hinüberspaziert zu Knut Skramstad. Mit einem plötzlichen Griff riss er die rote Rosette von Knuts Jackenaufschlag, hielt sie in der Hand und pfiff böse und fauchend:

»Schenk mir 'ne Blume, solang ich lebe.«

Knut trat einen Schritt zurück. In plötzlicher Wut hob er den dünnen Bambusstock und wollte damit im nächsten Moment in das Gesicht vor sich schlagen.

Da geschah etwas.

Jemand trat sanft und ruhig aus dem Kreis der Umstehenden, jemand ging beherrscht und lächelnd dazwischen, jemand erfüllte die graue Nacht mit dem Licht eines braunen, schönen Gesichts und eines goldblonden Haares.

Es war Gunnar von Lidarende.

Er sagte:

»Sei vorsichtig mit der Rosette. Es ist eine Rosette, mit der man zaubern kann.«

Er stand ruhig, entspannt und selbstverständlich da und lächelte leicht.

»Schau her«, sagte er zu dem anderen Mann und löste dabei seine eigene Rosette vom Revers, »nimm du meine.«

Er ließ beide Männer einen Augenblick mit den Rosetten stehen, dann nahm er sie ihnen weg und hielt sie in seinen Händen. Seine Finger waren lang, schlank, braun, die Nägel waren leicht rosig und mandelförmig. Er machte etwas mit den Händen, rieb sie, öffnete sie: keine Rosetten. Dann rieb er die Hände erneut, lächelte ruhig, öffnete sie: Die Rosetten lagen da. Den zwei Männern blieb der Mund offen stehen und sie rieben sich die schmutzigen Gesichter.

Ein Gefühl von unendlichem Frieden senkte sich über die kleine Gruppe auf dem Marktplatz. Es war wieder Harmonie in der Welt, die

Herzen der Jungen wurden von einem Gefühl wunderbarer Dankbarkeit erfüllt.

»Kommt«, sagte Gunnar zu den zwei Männern, »kommt mit mir, dann werde ich euch zeigen, wie ich das mache. Es ist ein netter Trick. Die anderen brauchen nicht zu sehen, wie es geht.«

Die zwei Männer gingen schwerfällig weg von dem Denkmal, sie hatten die anderen vergessen. Gunnar zwinkerte den anderen Jungs unauffällig zu, dann hakte er die beiden Männer unter, jeden unter einen Arm, stützte sie und nahm sie mit. Arm in Arm gingen die drei über die Straße. Die zwei Proleten außen, der Sohn des Konsuls – und das einzig wirkliche Papasöhnchen – in der Mitte. Ask hätte um nichts in der Welt die zwei stinkenden Männer anfassen können. Gunnar aber führte sie ungeniert, als seien sie seine besten Freunde.

Die drei entfernten sich, und die Jungen blieben zitternd und wie gelähmt zurück. Es ging nicht so schnell mit den dreien, sie schwankten immer wieder, mussten stehen bleiben und das Gleichgewicht wiederfinden. Gunnar schob sie sanft und überredend weiter. Die Jungen konnten noch eine Weile Brocken eines betrunkenen Gesprächs hören, angefangen, beendet, angefangen, vergessen. »... nur Ausbeutung ...« (entfernt): »... zeige euch den Trick mit einem Kartenspiel und ...« (entfernt): »... zweihunderttausend Arbeitslose ...«, und dann ein kurzes Aufflackern von Gunnars vertrauensvoller, beruhigender Stimme in der Frühlingsnacht:

»Du sagst es. Es sind die Mittelsmänner, die wegmüssen.«

Und so verschwand der Sohn des Konsuls, der Sohn des Maklers, der Skispringer, der Hochspringer, der Geigenvirtuose und der Gottessohn Gunnar in der Nacht. Er verschwand mit seinen Anzügen und seinen Schultern, mit der Narbe auf der Wange und dem rauen Fleck von der Geige unter der linken Seite des Kinns, er verschwand mit seiner freundlichen Stimme und dem ruhigen, unbeirrbaren Lächeln.

Ask wurde von einer eigentümlichen Wehmut ergriffen, als er den Freund fortgehen sah, er wurde von einem unerklärlichen Gefühl der Trauer erfüllt.

Er konnte nicht sagen, warum, aber als er in dieser Frühlingsnacht neben dem Denkmal stand, wusste er, dass er Gunnar von Lidarende nie mehr wiedersehen würde.

Und er sah den Freund nie mehr.

Ein paar Jahre später, während des Zweiten Weltkrieges, erfuhr er, dass Gunnar bei einem der ersten kleinen Gefechte irgendwo oben im Dovrefjell mitgekämpft hatte. Die Deutschen erschossen ihn dort.

Ask stellte sich vor, wie sie ihn fanden, im Schnee liegend und den Kopf auf einen Stein gestützt. Sicher war der Kopf etwas seitlich gelegen, das Gesicht nach unten zur Brust gesenkt, als würde er etwas nicht verstehen.

Aber als sie ihm das Gewehr aus der Hand brachen und die weiße Kapuze des Anoraks über sein Haar stülpten, um ihn auf den Ackja zu legen, sahen sie vielleicht ein kleines Muster aus getrocknetem Blut außen auf der Brusttasche des weißen Tarnanzuges. In den halb offenen, gebrochenen Augen und um den Mund würde ein Lächeln zu sehen sein, als würde er für irgendetwas um Verzeihung bitten. Als versuchte Gunnar zu sagen:

»Etwas peinlich mit dem Fleck auf der Jacke. Aber es ließ sich nicht ändern. Der andere schoss zuerst. Erstklassiger Schuss im Übrigen.«

Der erste Tag der Selbstständigkeit

Ask saß auf der Koje in seiner Kabine, die Lehrbücher auf dem Bett verstreut. Er beabsichtigte, sich den Lernstoff für die sechsmonatige Handelsschule auf der Reise anzueignen.

Wie oft passiert es, dass Menschen den Vorsatz haben, auf einer Reise oder in den Ferien ein Lernpensum zu erledigen, dass sie nachholen wollen, was sie versäumt haben, oder eine Wissenslücke schließen wollen.

Und wie vielen von uns gelingt es schon, an einem neuen Ort und unter anderen Umständen mit unserem bitteren Vorsatz Ernst zu machen?

Ask konnte sich nicht konzentrieren. Er hörte das dumpfe Klopfen der Maschine, er hörte die Laute von Menschen, die draußen auf dem Korridor gingen, er hörte das Fauchen der Lüftung an der Decke. Ab und zu klatschte eine Welle grün schäumend über das Fenster des Bullauges, ab und zu geriet das große Schiff in eine Schräglage und erzeugte eine kleine, aber neue Sicht auf die Welt. Und dann stieg dem jungen Mann ein schwacher Essensduft in die Nase.

Ask kannte den Kapitän nur flüchtig von früher. Er war der Mann einer entfernten Bekannten seiner Mutter. Aber hier, an Bord, hatte er ihn noch nicht begrüßt.

Unvermittelt spürte er eine besondere Beklommenheit und Scheu bei dem Gedanken an dieses Zusammentreffen, seine Seele war gespalten. Wäre er ein gewöhnlicher Reisender gewesen, hätte er den Kapitän aufsuchen und erwähnen können, was sie verband, hätte mit ihm als Ebenbürtiger reden und ihn wie einen Bekannten fragen können, ob er auf der Brücke stehen und einen Blick aufs Meer werfen dürfe, könnte ihn vielleicht auf einen Drink einladen oder würde vielleicht selbst dazu eingeladen werden. Jetzt, als Gratispassagier, was sollte er jetzt tun? Sollte er den Kapitän aufsuchen? Erwartete der Kapitän das von ihm oder würde er es als ein anmaßendes Benehmen betrachten? Sollte er den Kapitän mit Du oder mit Sie anreden? Würde er es wagen, um die Erlaubnis zu bitten, sich auf dem Schiff umsehen zu dürfen, oder erwartete man von Gratispassagieren, dass sie sich schön brav in ihrer Kabine aufhalten? Sollte er in der dritten Klasse speisen oder in der ersten Klasse, gemeinsam mit dem Kapitän?

Am ersten Abend, als der Gong draußen auf dem Korridor ertönte, biss Ask die Zähne zusammen und ging in den Speisesaal für die erste Klasse. Er zappelte vor Hunger. Den Mittagsgong hatte er zwar gehört, sich aber mit Äpfeln und Keksen begnügt.

Im Speisesaal waren nur wenige Menschen, denn im März ist es noch lange hin bis zur Touristensaison. Er fand einen Platz etwa in der Mitte der langen Tafel und er schluckte schwer und hingerissen, als er sah, was auf der langen schneeweißen Tischdecke angerichtet war. Da standen längliche Platten mit aufgeschnittenem, kaltem Fleisch: blutiges Roastbeef, bleiches Kalbssteak, dünne Scheiben rotbraunes, geräuchertes Rentierfleisch, prickelnde Würste, duftendes mariniertes Rollfleisch, Presskopf, Leberpastete. Da lagen geräucherter Aal und Räucherlachs, pikantes Heringsfilet schwamm in einer Schale zwischen kreideweißen Zwiebelscheiben und nachtschwarzen Pfefferkörnern, es gab leckere Heringshäppchen in Weinsoße, in Dillsoße und in Tomatensoße, da stand Kaviar. Da waren große Austern und kleine Austern, braune und gelbe und weiße; da war italienischer Salat, russischer Salat, Garnelensalat und Heringssalat mit Roten Beten und Eierscheibchen oben drauf, und da war – Gott im Himmel – etwas, das aussah wie Hummersalat; es waren Mixed Pickles und Soßen in hohen braunen Gläsern und auf kleinen Desserttellern standen pyramidenförmig aufgeschichtet gelbe Butterkugeln und schwitzten kühle Tränen. Bei diesem Meer aus einladendem Essen vergaß er alle Sorgen, und es klang wie eine Stimme vom Himmel, als sich ein Kellner über ihn beugte, den Deckel von einer Silberschüssel nahm, aus der es intensiv und aromatisch nach Fleisch duftete, und fragte:

»Darf es etwas Warmes sein?«

Welcher Reichtum, welche Freude! Zwanzig Minuten lang ritt Ask auf einem Freudenschrei, auf einem Gesang, er erstickte vor Glück, er platzte schier vor Kraft, seine Augen wurden feucht von einem wunderbaren, inneren Sturm. Er war zwanzig Jahre alt, dies war seine erste Reise, er war zwanzig und er fuhr hinaus in die Welt, sie zu erobern, er wurde von dem größten und stärksten und prächtigsten Schiff der Hurtigruten übers Meer getragen, er hatte am Tisch des Lebens Platz genommen, er war zwanzig Jahre und saß er hier nicht am herrlichen Tisch des Lebens? Ein Schrei des Glücks rumorte in ihm, er stöhnte schwer und leidend, er hatte das Gefühl, sich erheben und schreien zu müssen, ein Geysir von Glückseligkeit wallte auf in ihm, er öffnete den Mund, und mit brennenden Augen schaute er in die Runde zu den anderen am Tisch.

Es waren drei ältere Männer, die er für Handelsreisende hielt, zwei jüngere Männer, die möglicherweise Wanderprediger waren, eine alte Frau mit einem gehäkelten Schal um die Schultern, und dann die Frau, die er bei der Abreise an Deck gesehen hatte, die mit dem kleinen Mädchen. Eine unerklärliche Herzlichkeit erfüllte ihn, es war, als seien diese Menschen die prächtigsten und edelsten Menschen auf Erden, er wäre am liebsten aufgestanden, sie alle zu umarmen, und in einem Anfall von einer die ganze Welt umfassenden Liebe schob er den Brotkorb über den Tisch hinüber zu der alten Frau mit dem Schal und sie nickte milde zurück. Dann hob er die Hand, um die Frau mit dem kleinen Mädchen zu grüßen, und er bekam ein Lächeln zurück. Die zwei wie Wanderprediger aussehenden jungen Männer hatten ihre Mahlzeit beendet, sie falteten ihre Hände vor der Brust und neigten den Kopf. Bei diesem Anblick schlugen die anderen Passagiere die Augen nieder, aber Ask war es so feierlich und andächtig zumute, dass er dachte, ja, wir sollten danken, danken.

In dem Augenblick erschien eine Hand, die ein Stück beschriebenes Papier neben seinen Teller legte.

Es war die Rechnung. Und mit einem kleinen Pils und 10 Prozent für die Bedienung belief sie sich auf ganze acht Kronen. Ask fuhr zitternd zusammen.

Wie alle jungen hungrigen Männer, die aus der unteren Mittelschicht der fest angestellten Kommunalbediensteten entsprungen sind (in Wirklichkeit ist diese Schicht keineswegs Mittel, sie grenzt bedenklich an die Unterschicht) und die ihr Leben lang im Schatten des Kargen, aber Verlässlichen gelebt haben, hatte Ask einen maßlosen Respekt vor Geld und in besonderem Maße vor seinem eigenen. Er war an der Grenze zur Armut geboren, war in Sparsamkeit aufgewachsen und in Bescheidenheit erzogen worden, und es gab deshalb keinen Menschen, der ihm einen solchen Schreck einjagen konnte wie ein Kellner. Diese Menschen kamen nämlich mit ihrer Geldforderung immer an einem Ort und unter Umständen, wo schon der bloße Gedanke, zu protestieren oder zu feilschen oder zu handeln, völlig ausgeschlossen war. Sobald die Rechnung auf dem Tisch lag, war man gefangen, war verloren. Man konnte nicht wie zu seinem Zahnarzt sagen: »Gestatten Sie mir, dass ich im nächsten Monat eine Rate bezahle«, konnte nicht wie zum Kassenboten sagen: »Kommen Sie nächste Woche wieder«, konnte nicht wie zum Lieferanten von Baumaterial sagen: »Sie müssen schon noch ein paar Tage warten, bis ich alles nachgerechnet habe.« Bei einem Kellner muss das augenblicklich geschehen, auf der Stelle, hier, jetzt. Die Rechnung eines Kellners wird einem an einem öffentlichen Ort präsentiert, und der Definition nach ist ein öffentlicher Ort ein Ort, wo sich die Menschen anders zu benehmen haben, als es vielleicht ihrem Bedürfnis entspricht. Sollte der unerhörte Fall eintreten, dass ein Gast anzudeuten versucht, dass er nicht gewusst habe, er habe nicht gedacht, er habe sich niemals vorstellen können, dass dieses Gericht oder diese Flasche so teuer sei, so genügt es, dass der Kellner kühl eine Augenbraue hebt. In dem Augenblick steigt der böse Geist aus der Flasche und bleibt als grausames Traumgebilde in der Luft hängen: Der Gast blickt hinein in den Abgrund aus Skandal, Erniedrigung, Handschellen und vergittertem Fenster einer Gefängniszelle.

Ask bezahlte.

Er hatte nur sechzig Kronen bei sich, die sollten für die ganze Reise und möglichst noch länger reichen. Er überschlug rasch, dass er, sollte er alle Mahlzeiten in der ersten Klasse einnehmen, riskierte, ohne eine Øre in der Tasche anzukommen. Mit einem schiefen Lächeln musste er an seine Mutter denken: Sie hatte an so vieles gedacht, dieses Lob sollte sie haben, aber genau das war ihren raffinierten Berechnungen entgangen. Da hatte sie sich sauber verspekuliert.

Er beschloss augenblicklich, ab sofort alle seine Mahlzeiten in der dritten Klasse einzunehmen, wo die Preise sicher nur die Hälfte ausmachten. Aber gleich darauf verfiel er in eine tiefe Verzweiflung: Wenn nun der Kapitän seiner unentgeltlichen Mitfahrt in der ersten Klasse nur unter der selbstverständlichen Bedingung zugestimmt hatte, dass er auch in der ersten Klasse speiste und auf diese Weise der Reederei für seine unentgeltliche Beförderung etwas zurückbezahlte!

Ask dachte angestrengt nach und ging dann einen Kompromiss mit sich selbst ein: Er würde in der ersten Klasse essen, aber nur Frühstück und Abendessen. Auf das Mittagessen würde er verzichten, da würde er von Äpfeln und Keksen leben; im Notfall konnte er so tun, als sei er seekrank. Dieser Entschluss machte ihn leicht und froh. Zufrieden und glücklich erhob er sich vom Tisch und ging in den angrenzenden Rauchersalon. Hier blieb er zusammen mit der jungen Frau und dem kleinen Mädchen eine Weile sitzen, aber die Frau brach bald auf: Die Kleine musste ins Bett.

Der Kapitän hatte sich beim Abendessen nicht blicken lassen, und Ask saß lange da und zerbrach Zündhölzer und überlegte dabei, ob er ihn aufsuchen sollte. Während er so saß, kam die Frau zurück. Das Mädchen lag im Bett. Sie fragte ihn, ob er etwas dagegen habe, wenn sie sich zu ihm setze. Sie blätterte in einer Illustrierten und bot Ask Vanillepralinen an.

Später gingen sie eine Runde an Deck. Aber ungemütliche eisige Schneeschauer fegten übers Deck, die zwei wurden unter die Aufbauten geweht und nach ein paar Minuten waren sie durchgefroren und froh, sich wieder in den Treppenaufgang retten zu können. Dort standen sie, durchgepustet, und Ask wollte Gute Nacht wünschen, als sie fragte, ob sie nicht versuchen sollten, noch etwas zu trinken zu bekommen. Ask bezweifelte, ob im Salon noch ausgeschenkt wurde, es war bereits nach elf Uhr.

»Wenn Sie wollen, können wir gerne in meiner Kabine noch ein Gläschen trinken«, sagte die Frau. Ask sah sie an, er war unschlüssig, aber wenn es der Kleinen nichts ausmachte ...

Als sie hinunter in die Kabine kamen, schlief das Mädchen mit dem Daumen im Mund tief und fest in seinem Bett. Die Frau klingelte nach dem Mädchen des Nachtdienstes und bestellte eine halbe Flasche Wein – sie schaute dabei Ask fragend an und er nickte und dachte daran, was das wieder kosten würde –, und während sie auf den Wein warteten, zogen sie ihre Mäntel aus und hängten sie an einen Haken bei der Tür. In der Kabine waren zwei Betten, in dem einen lag das kleine Mädchen und schlief, auf das andere setzte sich die Frau, Ask setzte sich auf den einzigen Stuhl in der Kabine.

Das Mädchen vom Nachtdienst kam mit einer Flasche und zwei Gläsern. Sie rechneten sofort ab, Ask deutete mit schwacher Stimme an, dass er bezahlen wolle, aber das komme nicht infrage, er sei ihr Gast, sie werde bezahlen. Danach atmete Ask leichter und er empfand eine Art Sympathie für die Frau. Er bot ihr eine Zigarette an, und sie prosteten sich zu. Sie sagte:

»Ich habe noch nie einen Mann gesehen, der mit einem so enormen Appetit gegessen hat.«

Sie zwinkerte lustig und scherzhaft mit den Augen, als sie das sagte,

Ask verstand nicht gleich, was sie meinte. Dann begriff er. Er machte eine hilflose Bewegung mit den Armen, war nicht fähig, etwas zu sagen. Sie wurde lustiger und lustiger, als sie ihn anschaute, ihr Lächeln ging in ein leises Lachen über, schließlich hatte sie Tränen in den Augen. Ask wusste nicht, was er mit seinen Händen und seinen Beinen anstellen sollte, er war furchtbar verlegen, aber am Ende musste er sich geschlagen geben. Im Lachen der Frau war gewiss nichts Böses, sie saßen beide mit roten Gesichtern da und glucksten vor unbändiger Fröhlichkeit.

Die Frau war recht hübsch, wenn sie lachte. Da verschwand das Alte und Müde aus ihrem Gesicht (sie dürfte etwas über dreißig Jahre sein) und man vergaß den deutlichen Ansatz eines Doppelkinns, den sie hatte. Wenn sie es hätte lassen können, ihre Hände beim Lachen vor das Gesicht zu halten, hätte man so weit gehen und sagen können, dass sie eine schöne Frau war. Aber ihre Finger waren seltsam deformiert und zwergenhaft und die Nägel waren flach und krumm. Sie wölbten sich um die Fingerkuppen und sahen aus wie Angelhaken.

Aber die Frau war fröhlich; sie war in Asks Stadt wegen einer Hochzeit zu Besuch gewesen und sie erzählte so ausführlich über das Hochzeitsessen, dass Ask erneut den Hunger in sich aufsteigen fühlte.

Sie erzählte von der Köchin, die spätabends nur auf Strümpfen wütend in die Stube gekommen war. Einer der Hochzeitsgäste hatte der Frau die Schuhe geklaut, sie mit steif geschlagener Sahne gefüllt und auf den Küchentisch gestellt. Sie schilderte das Ereignis sprudelnd vor Lachen, und Ask fragte vorsichtig, ob sie die Kleine nicht wecken würden.

»Nein«, sagte die Frau, »sie schläft wie ein Stein. Ich habe ihr das angewöhnt.«

Sie stand auf, winkte Ask und gemeinsam gingen sie hinüber zu dem anderen Bett. Das Gesicht des kleinen Mädchens war rotbackig, frisch und weich, der Daumen war in den Mund gesteckt und der Zeigefinger hielt die kleine Nase fest, der Atem ging ruhig und lautlos.

»Sie heißt Guri«, sagte die Mutter. »Ist sie nicht bezaubernd?« Sie beugte sich über das Kind und ordnete die Decke.

Ask nickte, aber er dachte plötzlich bestürzt: Was ist, wenn das schlafende Kind wach wird? Wie würde sie es aufnehmen, dass ein fremder Mann mit der Mutter zusammen in der Kabine war?

Als hätte die Frau seine Gedanken erraten, legte sie eine Hand auf seinen Arm und sagte:

»Sie wird nie wach.«

Ask stand dicht bei der Frau, er roch den Duft ihres Körpers, und die Frau erhob sich langsam und fügte hinzu:

»Wir könnten egal was machen, ohne dass sie es merken würde.«

Sie gingen vom Bett weg und setzten sich auf ihre alten Plätze. Ask versuchte, einen Schluck aus seinem Glas zu trinken. Als er es abstellte, klirrte es auf der Tischplatte.

Sie sagte ruhig:

»Ist etwas?«

Ask war unfähig, den Kopf zu heben. Er sagte mit tiefer und rauer Stimme:

»Ich – ich fürchte, dass ich ein bisschen seekrank werde.«

Und wirklich: Das große Schiff schaukelte schwach unter ihnen. Es glitt langsam eine Dünung hinauf, langsam und zögernd, dann war es, als verharrte der Steven des Schiffes einige Sekunden in der Luft, wie eine blinde Schnauze, die nach der Richtung schnüffelt, dann sank das Boot weich und schwer wieder herab.

Er schluckte und sagte:

»Ich werde mich jetzt besser schlafen legen.«

Er erhob sich und merkte, dass er am ganzen Körper zitterte. Es schüttelte ihn wie im Fieber. Blind tastete er sich vor zur Tür, griff nach seinem Hut und Mantel und murmelte mit dem Rücken zu ihr seinen Dank für diesen Abend.

Aber sie rief ihn, als er in der Tür stand, und kam zu ihm. Sie hob ein Kleidungsstück vom Boden auf. Sie reichte es ihm mit ein paar Worten, und er errötete, als er es entgegennahm.

Er hatte es derart eilig, aus der Kabine zu kommen, dass er draußen auf dem Korridor hinfiel und sich auf dem braunroten Kokosläufer wieder aufrappeln musste.

Kennst du das tiefe und namenlose Entsetzen, von einer Lust geschüttelt zu werden, die dir unbekannt war?

Er verriegelte seine Kabine von innen, er umfasste in herzklopfender

Erregung und grenzenlosem Abscheu mit beiden Händen den Bauch. Es war, als wären in seinem Körper keine Muskeln und Knochen mehr, er fühlte sich wie eine pulsierende, heiße, weiche Qualle. Mit dem Rest seiner selbst als Mensch war er vor der Frau geflohen, das war so unerhört gewesen, so barbarisch, der Gedanke an das arglos in seinem Bett schlafende kleine Mädchen, sie hätten machen können, was immer sie wollten; wenn die Frau gewollt hätte, sie hätte sich zu ihm drehen und ihn entkleiden und sich an ihm bedienen können, er wäre willenlos gewesen.

Er kämpfte mit einer fürchterlichen, lodernden Brunst. Er wehrte sich dagegen in der Kabine, er betete, er heulte, er stand vom Bett auf und schlug mit den Fäusten auf die Eisenwand unter dem Bullauge, er wollte das nicht, wollte es nicht, wollte es nicht ...

Kennst du die tiefe und namenlose Schmach, gegen sich selbst zu kämpfen und dann zu unterliegen?

Oh Abgrund, oh Mahlstrom. Hat der Mensch denn keinen Willen, kein Selbstbestimmungsrecht, keine Ehre?

Bebend vor Abscheu, lag er in der Nacht. Selbst danach konnte er nicht schlafen. An seinem ersten Tag hatte er in eine dunkle und gefährliche Welt hineingeblickt, die er bislang nicht kannte. Vielleicht hatte die Frau nichts im Sinn gehabt. Vielleicht hatte nur er es so aufgefasst. Wie auch immer, das mochten die Götter wissen. Die Götter mochten es wissen.

Er wälzte sich hin und her, konnte nicht schlafen. Denn sie hatte ein unergründliches Lächeln in den Augen gehabt, ein Anflug von Spott lag darin, als sie hinter ihm her zur Tür kam, als sie ihm ein Kleidungsstück gab, das sie vom Boden aufgehoben hatte, als sie sagte, am Ende seines ersten Selbstständigkeitstages:

»Sie dürfen Ihren Schal nicht vergessen.«

Der Kapitän

Die Frau hatte Ask erzählt, dass sie in einer der ersten kleinen Ortschaften zu Hause war, die die Hurtigruten anlief.

Erst als das Schiff am Vormittag wieder von diesem Hafen ablegte, schob Ask den Riegel zurück und wagte sich aus seiner Kabine. Durch eines der Fenster im Rauchersalon warf er vorsichtig einen Blick zum Land. Als er sah, dass sich das Schiff einige Hundert Meter vom Kai entfernt hatte, ging er hinaus auf Deck und holte tief Atem.

Er traf den Kapitän und schüttelte ihm die Hand. Der Kapitän schien sich zu freuen, Ask zu sehen, aber er war beschäftigt und lud Ask ein, ihn später am Nachmittag in der Kapitänskajüte zu besuchen.

Die wenigen Male, die Ask den Kapitän getroffen hatte, war er in Zivil gewesen und hatte ziemlich gewöhnlich ausgesehen, im dunkelgrauen Anzug und mit einer Krawatte, die nicht ganz richtig sitzen wollte. Aber hier, auf dem Schiff, in der schwarzen Uniform mit den Goldrändern, war er ein anderer Mann. Er wirkte erstaunlich männlich mit den breiten Schultern und dem weiten Brustkorb, seine Hüften waren schmal und elegant und es gehörte schon ein scharfes Auge dazu, die Anzeichen eines beginnenden Bäuchleins zu entdecken.

Ask sagte ein paar lobende Worte über die Kapitänskajüte, in der sie saßen – sie war geschmackvoll eingerichtet –, und der Kapitän stimmte zu. Der einzige Mangel sei die Lage auf dem obersten Deck. Bei starkem Seegang würde das Schlingern hier oben so heftig, dass man meine, im Mastkorb zu logieren. Das Tintenfass sei zwar in dem Schreibpult eingebaut, aber die Schreibmaschine habe schon manches Mal eine Tour zwischen den Wänden absolviert. Ask fragte, wie es sei, in so einer Himmelsburg zu schlafen. Der Kapitän zeigte ihm ein Brett, das man an der Vorderseite des Bettes hochklappen konnte, es verhinderte, dass er auf den Boden rutschte. Aber es half nur, wenn die See von vorne kam. Kam sie von der Seite, musste er eine zusätzliche Decke nebst Kopfkissen zu Hilfe nehmen, um sowohl das Fußende wie das Kopfende auszupolstern. Wenn er dann die Beine unter sich zog, konnte er gut im Bett sitzen und schlafen, selbst bei Orkan.

»Sitzen?«, sagte Ask verwundert.

Ask traute seinen Augen nicht, als der kräftige, stattliche Mann vom Stuhl aus, auf dem er saß, einen eleganten Sprung in die obere Koje machte. Der Sprung war erstaunlich sportlich, er landete wie eine Katze punktgenau wie berechnet. Äußerst zufrieden mit sich, saß der Mann lächelnd im Bett und demonstrierte, wie er sich bei einem Weststurm einrichtete. Der Kapitän ging auf die fünfzig zu, aber niemand hätte ihn auch nur einen Tag älter als vierzig geschätzt.

Danach klingelte er nach dem Steward, und es wurde Selterswasser gebracht. Nachdem der Steward gegangen war, schloss er ein Schubfach im Schreibtisch auf, zwinkerte Ask zu und holte eine Flasche Scotch Whisky heraus. Er hielt Ask die Flasche hin, damit er die Marke bewundern konnte. Ask fiel plötzlich seine eigene Flasche Marke »Scuff« ein, die er noch nicht geöffnet hatte. Er erzählte dem Kapitän von Gros Flasche und dem Kapitän gefiel die Geschichte. Sie vereinbarten, dass Ask die geheimnisvolle Flasche am folgenden Tag in die Kapitänskajüte mitbringen sollte.

Der Kapitän wollte hören, welche Zukunftspläne Ask hatte. Ask wand sich ein wenig, er hatte keine festen Pläne, er mochte den Gedanken an die Zukunft nicht, er hatte das vage Gefühl, dass ihn jemand auf einen Weg gelockt hatte, der nicht der seine war. Trotzdem erzählte er. Der Kapitän runzelte ab und zu die Stirn und verzog den Mund auf eine Weise, die Ask nicht gefiel.

Er zog ein Zigarettenetui aus massivem Silber heraus und bot Ask eine an. Als er ihm den Zigarettenanzünder hinhielt und anknipste, glänze matt ein merkwürdiger chinesischer Ring an seinem kleinen Finger. Seine Hände waren schwer, braun und behaart. Er legte nachdrücklich eine Hand auf den kleinen Mahagonitisch und sagte:

»Wie viele Jahre bist du zur Schule gegangen?«

Ask zählte nach:

»Dreizehn.«

Der Kapitän saugte an seinen Zähnen.

»Und nach dreizehn Jahren Schule bist du jetzt unterwegs zu einem Job für zweihundertvierzig Kronen im Monat.«

Er ließ den Satz im Raum stehen, bevor er fortfuhr:

»Und dabei bist du noch nicht fertig. Du musst noch drei Jahre auf eine Hochschule, bevor du fertig bist. Sechzehn Jahre Schule. Und wie hoch wird dein Verdienst sein als fertiger Lehrer? Denn das wirst du doch einmal werden?«

Ask blieb bei seiner Antwort unbestimmt.

»Wenn du Glück hast, bekommst du 8 000 im Jahr, und das nach fünfzehn Dienstjahren. Schau mich an. Ich habe nur Volksschule – ja und dann die Seefahrtsschule und die Schulung zum Schiffskapitän ... (er wedelte die zwei Schulen weg wie zwei Fliegen) ... und weißt du, wie viel ich hier habe?«

Er machte eine ausladende Bewegung mit der Hand, umfasste mit einer einzigen Handbewegung den ganzen schwimmenden Palast, dessen Lenker er war, aber er nannte keine Zahl, und Ask wollte nicht fragen.

»Nee, mein Lieber, *Schulen* ...!«

Er vollendete den Satz nicht, machte aber eine waagrechte Bewegung mit der Hand, als wollte er ein für alle Mal sämtliche Schulgebäude der Welt niederreißen. Dann wurde sein Blick nachdenklich, er begann sich zu erinnern. Er erzählte von seinen Erlebnissen, von damals, als er als Vierzehnjähriger von zu Hause weglief und zur See ging, von den Schiffen, auf denen er gewesen war, und den Kähnen, die er gefahren hatte, von der Zeit, als er im Osten unterwegs war, von den Kulis, die er mit dem Revolver in der Hand kommandieren musste, von Meutereien, von Orkanen, von Schiffbruch, von einem Vogel, der auf seinem Kopf gesessen hatte, als er in einem Rettungsboot auf dem Ozean dahintrieb, er hatte nicht die Kraft gehabt, eine Hand zu heben, er wartete schon darauf, dass ihm der Vogel das Auge aushacken würde. Nun nahm er einen Schluck aus dem Glas und kam zum Wesentlichen: Er erzählte von Sauftouren, die sich über Wochen hinzogen, von den Mädels, die er gehabt hatte: weiße, gelbe, schwarze, braune; in Japan waren sie so eng, dass ein Skandinavier einen Schuhlöffel brauchte; in Brasilien war eine Mulattin, die war so flink bei du weißt schon, dass sie sich auf einen Tisch setzte und einen Silberdollar von der Tischplatte klaubte. Sogar ein norwegisches Fünfzigørestück hätte sie geschafft, aber das wäre für sie nur Trinkgeld gewesen: Der Preis war ein Dollar.

Aber auch wenn sich bei Ask die Haare sträubten vor Begeisterung und Grauen über das Seemannsgarn, das der Kapitän da spann, konnte er nicht verhindern, dass sich ein Gefühl von leichtem Unmut, schlechtem Gewissen und Ablehnung einschlich. So empfand er es jedes Mal, wenn jemand seine Schulausbildung infrage stellte, seine Vorliebe für

Bücher, Musik und theoretische Studien. Abgesehen von seinem Vater, der einmal mit der Unteroffiziersschule zu tun gehabt hatte (Ask hatte nie erfahren, ob der Vater dort jemals ein Examen gemacht oder die Ausbildung abgebrochen hatte), gab es niemanden in der Familie, der mehr als die Volksschule besucht hatte. Sie betrachteten Gelehrsamkeit und Bücher mit einer Ehrfurcht, die oft stark geprägt war von Neid und Verachtung:

»Jetzt hast du für eine Weile genug Bücher gelesen!«

»Aber ein Paar Schuhe flicken, das haben sie dir nicht beigebracht in der Schule!«

»Frag den Professor! Frag Professor Allwissend!«

Er konnte einfach nicht verstehen, was falsch daran war, dass er das Abitur gemacht hatte, statt sofort nach der Volksschule Zeitungen zu verkaufen. Die Späße des Vaters waren gewöhnlich von der gutmütigen Art, aber es verging kein Tag, ohne dass er Ask fragte, wann er sich vorstellte, eigenes Geld zu verdienen, und es verging kein Mittagessen, ohne dass der Vater Ask mit einem vielsagenden Augenblinzeln anschaute und seinen alten Witz anbrachte:

»Du hast jedenfalls einen *gesegneten Appetit*.«

Sechs Jahre lang hatte Ask mit der Drohung gelebt, dass eines Tages eine metallische Stimme zu ihm sagen würde, jetzt sei es aber genug, jetzt werde von ihm erwartet, praktische Ergebnisse von seinem abenteuerlichen Schulbesuch vorzuweisen.

Deshalb wurde er auch hier, in der Luxuskajüte des Kapitäns, von diesem unerklärlichen Gefühl des Widerstands gegenüber Menschen erfasst, die nicht nur mit ihrem Mangel an Bildung und Wissen prahlten, sondern auch die Lesebegeisterung anderer Menschen in ein unvorteilhaftes Licht zu rücken versuchten. Das fand er peinlich.

Und – so fragte sich Ask – warum sollte es so verdammt viel erstrebenswerter sein, zwanzigtausend im Jahr zu haben (das war der höchste Jahresverdienst, den er sich für einen Menschen vorstellen konnte), eine eigene Luxuskabine, ein großes Schiff der Hurtigruten zu lenken, alle Mahlzeiten in der ersten Klasse einzunehmen, einen Original-Whisky im Schreibtisch zu haben, als ein mittelmäßig bezahlter Lehrer oder Lektor zu sein mit sechs Unterrichtsstunden täglich und daheim stapelweise Aufsatzheften zum Korrigieren? Was Ersterer an Gehalt, Uniform und Ansehen nach außen gewann, würde der Zweite das nicht mehr als ausgleichen durch den inneren Horizont, den er im wunderbaren Reich der Poesie, Literatur, Kultur, Kunst und Geschichte gewann? Ein Lehrer musste jeden Tag den Weg der Pflicht von zu Hause zur Schule gehen und wieder zurück. Aber war es imponierender, immer dieselbe unveränderliche Route an der norwegischen Küste entlangzuschippern? Hatte ein Kapitän genau genommen nicht ebenso viel von einem Zirkuspferd wie ein Lehrer? Und, was das anging, wie ein Straßenbahnfahrer?

Und – wenn die Frage erlaubt war – was war das eigentlich für ein fürstliches Dasein, sich tagelang mit Reedereivertretern und Steuerleuten und Matrosen herumzustreiten, bei Tisch zu sitzen und angetrunkenen Handelsreisenden, singenden Wanderpredigern und der Jugend entwachsenen Frauen höflich zuzulächeln (ihm fielen plötzlich die Finger der Frau ein und er wurde weiß vor Angst) und sich tröstend um Passagiere zu kümmern, die einem von der Seekrankheit grün im Gesicht für ein nettes Wort auf die Uniformjacke kotzten? Was? Was war das für ein Leben, verglichen mit einem Leben in der Welt der Bücher, wo man Einstein und Freud in einer Bibliothek studierte, Zola und Steinbeck in der Straßenbahn las, Egon Friedell und Dostojewski im Bücherregal stehen hatte und mit Romeo und Julia zu Bett ging? Wenn die Frage erlaubt war?

Er fühlte sich zunehmend unwohl und wurde zorniger und zorniger, sowohl auf sich als auch auf den Kapitän. Und es half wenig, dass er im Innersten davon überzeugt war, dass kein Schiffskapitän der Welt, nicht einmal Kolumbus und Magellan, an Shakespeare und Beethoven heranreichte. Auch wenn die beiden Letztgenannten nicht in dem Ruf standen, jemals ein stolzeres Schiff als ein Ruderboot auf einem stillen Ententeich bestiegen zu haben. Ja, auch wenn sie solche Landratten gewesen waren, dass sie andere brauchten, die ruderten. Was hat denn Kolumbus schon entdeckt, verglichen mit dem, was Beethoven entdeckte? Amerika. Ist das ein Grund zu jubeln? Jeder kann Amerika entdecken. Einfach einige Planken zusammennageln, ein Segel hissen, ablegen, die Augen schließen. Es braucht kein Hirn, um Amerika zu entdecken. Allerdings, ein Mann müsste schon geistig minderbemittelt sein, um überhaupt Amerika entdecken zu *können*! Von Geburt an ein Idiot!

Er ließ seinen Blick kurz durch die Kajüte des Kapitäns schweifen und entdeckte keine andere Form von Literatur als eine Ausgabe von *Schiff Ahoi*. Nach dieser Entdeckung rieb er sich befriedigt unter dem Mahagonitisch die Hände, konnte aber seine Gedanken nicht in Worte fassen. Und außerdem hatte ihn wieder das schmerzliche, unsichere Gefühl überfallen, ein Gratispassagier zu sein. Irgendwie schien es im Wesen des Kapitäns zu liegen, jederzeit grinsen zu können:

»Dreizehn Jahre Schule und noch nicht weiter gekommen, als seine Mutter um eine Gratisfahrt bitten zu müssen!«

Aber der Kapitän sagte es nicht. Er sagte und drohte dabei scherzhaft mit einem Finger:

»Kein Wort zu meiner Frau über diese Geschichten mit den Damen!«

Ask machte eine abwehrende, kumpelhafte Bewegung mit der Hand, als wollte er sagen, dass es überflüssig sei, eine so selbstverständliche Sache (was es war) zu erwähnen. Aber der Kapitän hatte angefangen, Ask erstaunter und erstaunter anzuschauen, nicht ohne Grund, denn ein junger, unsicherer Mann kann ein unterhaltsames Schauspiel bieten.

Ask hatte auf das Gefühl der Unsicherheit auf mehrere Weisen reagiert. Bald hatte er düster und zurückgezogen auf dem Stuhl gesessen und versucht, tiefsinnig auszusehen, bald hatte er eine Hand vor den Mund gehalten und es so aussehen lassen, dass er blasiert über die Geschichten des Kapitäns gähnte, bald beugte er sich vor und versuchte, das eine oder andere Wort zu platzieren, aber es wurde jedes Mal unartikuliert und abgehackt, häufig explodierte er in ein hysterisches Quietschen. Wollte er eine Geschichte oder einen Witz zum Besten geben, ging es jedes Mal schief. Er dachte daran, ob er akzentfrei, deutlich und überzeugend sprach; er war endlos damit beschäftigt, in den Gesichtern der anderen zu lesen, um festzustellen, ob sie Anerkennung oder Mitleid oder Gleichgültigkeit zeigten: Das Ergebnis war, dass er den Faden verlor oder die Problematik vergaß, und dann blieb er sitzen und starrte wütend und verloren ins leere Nichts, während die Röte den Nacken hinaufkletterte und der Schweiß auf seiner Oberlippe perlte.

»Im Übrigen«, sagte der Kapitän, sie waren inzwischen beim Whisky Soda Nr. 2 angelangt und Ask hatte kein Mittagessen gehabt, »ist es ihr völlig egal.«

»Wem?«, sagte Ask und blinzelte mit den Augen.

»Meiner Frau«, sagte der Kapitän und prostete ihm zu. »Vor zehn Jahren, als ich von einer langen Reise kam und diesen Kahn hier übernommen habe, da bin ich drei Jahre nicht zu Hause gewesen. Eine lange Zeit, drei Jahre. Das Erste, was sie, meine Olga, mich fragte, war, ob ich ihr untreu gewesen sei. Ich dachte blitzschnell nach und dann sagte ich: ›Warum fragst du?‹, sagte ich, ›du wirst doch kein schlechtes Gewissen haben?‹ Und das war alles. So musst du sie nehmen.«

Er hob sein Glas und schaute Ask an.

»Das will ich dir sagen, Junge, sobald wir den Moralkreis überquert haben, pass auf die Mädels auf. Du hast doch sicher vor, etwas für deinen Schwengel zu tun, stimmt's?«

Ask nickte heftig. Nach eindreiviertel Whisky konnte er offen zugeben, dass er an diese Möglichkeit gedacht hatte.

»Ja, auch du wirst nicht *nur* von Büchern leben, was?«

Ask biss die Zähne zusammen, er musste versuchen, sich zu konzentrieren, es musste doch irgendeine Sache geben, die er zusammenfantasieren konnte. Aber der Kapitän winkte ab und sagte:

»Sie sind so geil, das glaubst du nicht. Du schaffst es kaum, dass sie still liegen. Als hättest du 'ne Otter im Bett.«

Ask lief es wollüstig den Rücken hinunter. Für einen Moment stellte er sich vor, wie sein Eintreffen in dem kleinen Industrieort aussehen könnte: Eine Schar Huren mit wiegenden Hüften würde sich ihm zu Ehren am Kai aufgestellt haben, er würde wie ein General die Front zur Musterung abschreiten, er würde bei jeder, die Gnade fand vor seinen Augen, mit den Fingern schnippen und sein nachfolgender Adjutant würde bei jedem Schnippen ein diskretes kleines Kreuz in eine Liste machen.

»Aber morgen werden wir kurz in einem Ort bleiben; Junge, da habe ich eine sitzen.«

Der Kapitän seufzte glücklich.

»Kultiviert, gute Manieren, sie bleibt ganz still liegen. Eine Dame. Sie ist so sehr eine Dame, dass sie nie ihre Tage hat, wenn ich im Hafen bin.«

Er lachte laut und zeigte in einem großen Grinsen seine abgenutzten Zähne, die an den seltsamsten Stellen mit Goldplomben gefüllt waren.

»Da gehört Kondition dazu, Kapitän zu sein«, sagte er und reckte sich im Stuhl. »Der Sommer ist am schlimmsten. Hast du jemals mit Amerikanerinnen zu tun gehabt?«

Ask wiegte seinen Kopf, als wolle er sagen, es sei nicht ausgeschlossen.

»Hast du?«, sagte der Kapitän streng.

Ask, dessen Erfahrungen ziemlich armselig gewesen waren und beschränkt auf die einheimische Bevölkerung, verwirrte diese direkte Frage. Er getraute sich nicht, mit Ja zu antworten, da konnte er herausgefordert werden, Details zu nennen, und er würde sich verraten.

»Nein«, sagte er. Dann hatte er einen guten Einfall, und er fügte rasch hinzu:

»Nur mit einer Engländerin.«

Das war besser als nichts.

»Bah!«, sagte der Kapitän und warf sich auf dem Stuhl nach hinten, als seien Engländerinnen genauso gut wie Konservendosen.

Aber Ask wollte sich nicht geschlagen geben. Seine englische Fantasie-Freundin hatte viele wertvolle Eigenschaften, er fühlte sich um ihretwillen etwas verärgert und er sagte:

»Na ja ...«

Der Kapitän winkte barsch ab:

»Im letzten Sommer, spätabends, klopfte es hier an der Tür, und herein kam eine Schönheit aus Minnesota, lange Beine, langes Haar, langes Abendkleid. Ich saß da und schrieb. Sie stellte sich hier neben den Schreibtisch und zog doch tatsächlich das Kleid langsam hoch, genau so weit, dass ich sehen konnte, dass sie ein Seidenhöschen trug so groß wie eine Briefmarke. Weißt du, was sie sagte?«

»Nein«, sagte Ask und steckte einen Finger zwischen Hemdkragen und Hals.

»Sie ist mir um den Hals gefallen und hat gesagt: ›*Take me, captain! Take me, captain!*‹«

Der Kapitän schaute Ask fest und forschend an und sagte:

»Was soll man machen in solchen Situationen?«

Ask antwortete nicht.

Der Kapitän seufzte gequält unter der Bürde des schwierigen, unerträglichen Lebens eines Schiffsführers. Dann hob er den Blick zu dem Foto des Direktors der Reederei, das an der Wand hing, und sagte mit einer ausladenden, philanthropischen Geste:

»Ein Kapitän hat schließlich auch gewisse Repräsentationspflichten den Passagieren gegenüber.«

Er erhob sich vom Stuhl, es war spät geworden und er musste auf die Brücke.

»Sie ließ übrigens am nächsten Morgen das hier unter dem Kopfkissen liegen.«

Er zeigte Ask den chinesischen Goldring, den er am kleinen Finger trug. Gemeinsam gingen sie zur Tür hinaus.

Ask ging hinunter in seine Kabine. Er fühlte sich verwirrt, aber auch niedergeschlagen.

Denn da war etwas im Wesen des Kapitäns, das nicht ganz zu den munteren und prahlenden Geschichten passen wollte. Unter der gut sitzenden Uniformjacke, hinter der Heldenfassade, hatte Ask einen Menschen im Verfall gespürt, einen alternden Mann, der versuchte, sich mit Geschichten, die zu Gymnasiasten, Matrosen und Rekruten passten, wichtigzumachen. Der Kapitän konnte zwar immer noch ein Kommando brüllen, dass die Mannschaft zusammenzuckte und Haltung annahm, er konnte sich immerhin noch von Touristinnen verführen lassen, die sich auf einer langen Seereise tödlich langweilten, aber er war – trotz all der Ringe, die er vielleicht unter seinem Kopfkissen fand – ein Mann, der die Blüte des Lebens hinter sich hatte. Betrachtete man den Kapitän näher, waren Schuppen auf seinen Schultern, sein dunkles Haar war, obwohl sorgfältig gekämmt, dünn und spärlich, und nur durch ein energisches Heben der Schultern konnte er verbergen, dass er allmählich einen krummen Rücken bekam. Die Wangen waren schlaff und schwammig, sowohl die Wangen wie die Nase hatten eine ungesunde bläuliche Färbung unter der sonnengebräunten Haut, eine Färbung, verursacht durch beträchtliche Mengen Alkohol viele Jahre hindurch, die seinem Träger ein verlorenes, versoffenes Aussehen verlieh. Seine Beine waren so dünn, dass die Hosen wie Seidenfahnen um ihn schlotterten, wenn er bei Wind an Deck ging; selbst wenn er einen Sprung vom Stuhl aus direkt ins Bett zuwege brachte, war sein Gang schwerfällig und angestrengt, es sah aus, als leide er an beginnenden Plattfüßen.

Wenn er mit seinen dunklen, goldplombierten Zähnen lachte, war es, als würde man ein Wrack sehen: Am Strand von der Dünung umgekippt, würde plötzlich ein Stück gelb gestrichener Reling sichtbar; dann kippte der Schiffskörper wieder zurück und lag erneut mit der schwarzen, wurmstichigen, mit Tang bewachsenen Unterseite kieloben da.

Aber das Schlimmste am Kapitän waren seine Augen gewesen. Sie waren blass, wasserblau mit roten Strichen im Weißen, es war, als sei ihr Licht für immer verloschen. Sie hatten in Ask eine schreckliche Vorahnung von kommendem Unheil und schmachvollem Zusammenbruch geweckt.

Er schaute in den Spiegel und betrachtete sein eigenes Gesicht. Er schlug die Augen nieder, denn auch das erschien ihm als unmögliches Gesicht. So jung, so unfertig, so jünglingshaft. Trotzdem wagte er es, sich selbst in die Augen zu schauen. Er dachte:

»Ich muss immer diese Augen haben. Das, was meine Augen sehen werden, darf nie den Glanz in ihnen vernichten. Ich muss stolze Dinge sehen.«

Er zog seinen Krawattenknoten fest.

»Oder sind wir alle in diesem Land ewige Träumer mit einem so unbändigen Verlangen, dass wir als ein Wrack am Strand enden? In einem Alter von fünfzig Jahren das Einzige, was wir vorweisen können: ein Ring unter dem Kopfkissen, liegen gelassen von einer Nymphomanin als Bezahlung? Werden wir alle im Alter von fünfzig Jahren mit nikotinbraunen Fingern und alkoholblauen Wangen dasitzen und mit leblosen

Augen in die Luft starren und spüren, dass der Wurm an unserer Leber nagt? Wird, wenn wir fünfzig Jahre sind, die Hoffnung tot und die Sehnsucht begraben sein? Wird das Herz nicht mehr schlagen? Werden die Augen nicht mehr sehen? Keinen Weg? Keine Tür? Keine Hand?«

Ihn fröstelte, und er musste sich an die Kehle fassen.

Die Auserwählten

Trotzdem hegte Ask eine tiefe Bewunderung für diesen Mann. An ihm war etwas Natürliches, Großzügiges, und eine freundliche Brutalität, deren Wirkung man sich nicht zu entziehen vermochte. Er hatte in seinen besten Momenten etwas Königliches an sich, die goldenen Kordeln an seiner Uniformmütze schimmerten wie eine Krone.

Und als Ask später am Abend hinauf auf die Kommandobrücke ging – er war eingeladen worden, dorthin zu kommen und sich umzusehen –, offenbarte sich ihm unvermittelt das Wesen des Kapitäns. Der Mann trat einen Schritt vor den Matrosen, der am Ruder stand, beugte sich vor und wischte die Glasscheibe ab, um einen Blick hinaus in die Nacht zu werfen. Ask war unerklärlich, dass ein Mensch irgendetwas erkennen konnte, es war dunkel und es herrschte Schneegestöber. Aber was ihm auffiel – und das mit erstaunlicher Deutlichkeit –, war die eine Hand des Kapitäns, die auf der inneren Reling lag, um sich abzustützen. Sie umfasste die dicke braune Holzleiste mit einem seltsam kraftvollen und verlässlichen Griff.

Der Kapitän warf einen flüchtigen Blick über die Schulter des Matrosen auf den Kompass und sagte:

»Leg sie einen Strich Backbord.«

Der Matrose schob den Kautabak in die andere Backe und sagte:

»Ein Strich Backbord, wird gemacht.«

Dann drehte er am Steuerrad, und der gewaltige, schwimmende Koloss aus Eisen gehorchte. Weich und unmerklich legte sich das Schiff auf die Seite, es war, als würde man in einer Kathedrale sitzen und tief unten im Boden eine Erschütterung spüren. Aber dann richtete sich die

Kathedrale wieder auf, das Schiff hatte seinen neuen Kurs gefunden, nun pflügte es wieder unverdrossen durch die Wellen.

Nachdem der Kapitän wieder nach unten gegangen war, stand Ask noch eine Weile oben auf der Brücke.

Es war fast dunkel. Nur das abgeschirmte Licht über dem gyroskopischen Kompass vor dem Matrosen bildete einen schwachen Lichtkegel. Ab und zu gerieten Kopf und Schulter des Matrosen in den Lichtschein und warfen seltsame Schatten an die Decke. Als stünde ein Zauberer über eine Kristallkugel gebeugt und beschwörte böse Geister.

Land ließ sich nirgendwo erkennen, nirgends ein Licht, nirgends ein Leuchtturm. Und in der Nacht überfiel Ask ein eisiges Gefühl von Einsamkeit und Verlassenheit. Für einen Moment hatte er die Vision von dem Schiff, nicht nur als Symbol für Streben und Sehnsucht des Menschen, sondern auch als Symbol für ein kleines bisschen Sinn und Zweck, das der Mensch in die sinnlose, unverständliche Reise des Lebens zu bringen versucht.

Einmal werden wir alle in den Wellen untergehen, einmal werden wir alle im Glasgrünen versinken. Einmal werden wir alle untergehen, widerstandslos, mit offenen Haaren, einmal werden unsere erblindeten Augen zum letzten Mal versuchen, einen Blick auf den Himmel und die Erde über der Wasseroberfläche zu erhaschen, von dem, was wir hatten und was wir glaubten, nie entbehren zu können.

Aber in diesem Augenblick, so erfüllt von Verlassenheit und Tod, hatte sich Ask plötzlich an das Bild von der Hand des Kapitäns erinnert, wie sie fest und männlich auf der Mahagonireling lag, und ein Gefühl von heftiger Bewunderung und von Triumph stieg in ihm auf.

Denn ist nicht die Art und Weise, wie ein Schiffskapitän stirbt – oder zu sterben imstande ist –, ein paradoxes Wiedererkennen der Siege des Menschen und seiner unverlierbaren Größe mitten im Untergang? Wieso Angst haben vor dem Tod, wenn man ein Schiffskapitän war?

Der Tod ist für alle Menschen, auch für die größten, entwürdigend, abscheulich, schändlich. Der Tod kennt keinen Unterschied, er schlägt den Aufrechtesten die Beine weg. Der Tod gibt dem Nordpolforscher eine Wärmflasche ins Bett und steckt dem General ein Thermometer in den Mund. Der Tod setzt den Skispringer in den Rollstuhl und gibt den

Königen eine Rüstung aus Gips. Wo sind die Größe des Menschen und sein Adel, wenn sein weißer Körper sich voller Qual windet, wenn der alte zahnlose Mund um Barmherzigkeit stöhnt, wenn Astern auf dem Tisch im Krankenzimmer stehen und wenn der Mensch einen Streifen Schleim auf das weiße Kopfkissen röchelt, wenn sein Bett umgeben ist von drei alten weinenden Frauen und einem dunkel gekleideten Laienprediger mit gefalteten Händen? Wo ist die großartige Hand des Menschen, die Faust, die die Welt aus den Angeln heben wollte? Wo sind der Stolz und der Adel, wenn der Unterleib von Prostataqualen in Stücke gerissen wird, wenn die Gicht den Rücken krümmt, wenn der Wurm des Krebses in seinen Hoden nagt, wo ist der Stolz, wenn das Opium seine Kraft verloren hat und der Mensch darum fleht, von seinem Leiden erlöst zu werden, wo ist die aufrechte Kraft eines Menschen, wenn der weiße alte Körper bedeckt ist mit den Narben von den Einstichen Tausender Spritzennadeln? Und wenn uns der Tod nicht auf dem Krankenlager holt, wo ist dann der Stolz in den Gesichtern von denen, die nach der Explosion aus dem Bergwerksstollen gezogen werden? Wo ist der Stolz bei denen, die auf der Straße überfahren wurden, bei denen, die verhungert sind, bei denen, die sich zu Tode geweint haben, die sich zu Tode gesoffen haben? Wo ist der Stolz bei einem, der unter eine Steinlawine geriet, bei einem, der bei lebendigem Leib verbrannte, bei einem, der im Hochgebirge erfror; wo ist der Stolz bei dem jungen Soldaten, dem eine Granate den Bauch aufgerissen hat und der seine Eingeweide mit den Händen hält und mit Flaumbart im Gesicht zitternd seinen Feldwebel fragt: »G-g-glaubst du, es ist schlimm?«

Keiner der Menschen weiß zu sterben. Der Tod wird zu uns kommen wie ein Dieb in der Nacht, und wenn wir ihn sehen, werden unser Stolz und unsere Würde aus uns rieseln wie Sand durch unsere Finger. Wir werden zähneklappernd in die Knie sinken, wir werden kniend um Gnade und eine Frist betteln, wir werden eine bittende, bebende Hand ausstrecken, um den Fuß des Todes zu berühren, aber er wird sie wegstoßen. Weil wir nicht mehr zu einer Tür gehen können, bieten wir an, in uns zu gehen. Weil wir allen Stolz und alle Würde verloren haben, bieten wir sogar an, unseren Feinden zu vergeben. Aber der Tod tritt auf die Hand, die am Boden kratzt. Er gibt uns nur so viel Kraft, ein letztes Gedicht über Goldlack oder Klatschmohn zu schreiben, die auf unser Grab gepflanzt werden sollen. Da ist der Mensch in seinen Gedanken zur Blume geworden, und tiefer kann ein Mensch nicht sinken.

Es ist nur einer Gruppe von Menschen auf Erden gegeben, in Schönheit und Stolz zu sterben. Das ist die überschaubare Gruppe der Schiffskapitäne.

Geschriebene und ungeschriebene Gesetze verleihen ihnen eine einzigartige Stellung und eine einzigartige Erhabenheit. Denn es wurde ihnen vorgeschrieben, wie sie zu sterben haben. Sie kennen ihre Todesart und ihre Todeshaltung, und das schenkt ihnen Sicherheit und Würde.

Ein Leben lang haben sie auf den gewaltsamen Aufprall gegen den Schiffsrumpf gewartet. Die Erschütterung im Schiff versetzt sie nicht in Panik, auch nicht, wenn sich der schwimmende Koloss schräg legt, auch nicht, wenn gemeldet wird, dass der Frachtraum vollgelaufen ist und dass das Wasser jederzeit das Schott zum Maschinenraum sprengen wird. Auf diese Situation hat der Kapitän gewartet, er kennt die Aufgabe, er kennt den Kampf, er kennt dessen Ausgang. Er ordnet an, die Rettungsboote herunterzulassen, er beruhigt die aufgeschreckten Passagiere, er nimmt es mit Fassung, dass die Lautsprecheranlage nicht mehr funktioniert. Es bleiben ihm seine Hände. Er formt sie zu einem Megafon, und im Sturm gibt er den schönsten Befehl, den ein Mann geben kann, der höchste Tribut des Mannes an das Leben und die sanften Kräfte – die Kräfte, die er immer heimlich bewundert hat und ohne die das Leben nicht bestehen kann, aber die anzuerkennen seine unruhige, kämpfende Seele ihm erst jetzt erlaubt –, als er mit dröhnender Stimme ruft:

»Frauen und Kinder zuerst!«

Es ist nur begrenzt Platz in den Rettungsbooten, nicht alle können mitkommen. Nicht alle. Es ist erstaunlich und tief ergreifend, dass an Deck eines sinkenden Schiffes ein total verschlissener Begriff, die Ritterlichkeit, plötzlich Form annimmt und Sinn bekommt. Hier, an Deck eines sinkenden Schiffes, ist die Freistätte der Ritterlichkeit, ist ihre tönende Kirche!

Der Augenblick macht ihn nicht sentimental. Der Kapitän ist standhaft und unerschütterlich, denn er kennt das Gesetz. Sind Wassertropfen auf seinem Gesicht, stammen sie vom Regen und den Sturzseen. Er hilft den schluchzenden Kindern und den zitternden Frauen mit einem Lächeln und mit einer sanften Hand über die Reling; das aber hindert ihn nicht, sich im nächsten Augenblick nach einem Schiffsjungen umzudrehen, der erstarrt vor Schreck dasteht, und er schleudert ihn mit einem so fürchterlichen Schlag an die Deckswand, dass der Junge Zähne ausspuckt und zum Leben erwacht.

Die Stunde gehört dem Kapitän. Er sieht alles, hört alles, weiß alles, kann alles. Und wenn alle in den Rettungsbooten sitzen, wenn die Boote zu Wasser gelassen sind mit all dem Leben, das sie zu tragen vermögen, da wäscht sich der Kapitän die Spucke der See und des Regens vom Gesicht und entert langsam die schrägen Treppen und Leitern hinauf bis zum letzten und stolzesten Aussichtspunkt des Menschen: der Kommandobrücke auf einem sinkenden Schiff.

Das Edle liegt nicht darin, dass der Kapitän der Letzte sein muss: Wer die Rechte hat, muss auch die Verantwortung tragen. Das Edle liegt nicht darin, dass der Kapitän über seinen Kahn bis zum letzten Augenblick wachen muss: Das Schiff hat die Reederei viele Millionen gekostet.

Das Edle liegt darin, dass der Kapitän da oben stehen und Zeugnis ablegen wird, bis der Tod ihn holt. Während alle anderen Menschen dem Tod zusammengekrümmt begegnen, kniend, in liegender Stellung, niedergeschlagen, gebrechlich, zerknirscht, verheult, verwandelt in einen schmählichen Brei aus Tränen, Schleim, Materie, Gehirnmasse und Blut, wird der Kapitän dem Tod aufrecht in seiner vollen Manneskraft begegnen.

Ein Schiffskapitän wird in Habtachtstellung sterben!

Er wird mit der linken Hand den Rand der Reling umfassen und seine Füße wird er in der Laufrinne der Ruderkette verkeilen. So wird er stehen, so wird er stehen, wenn das Wasser steigt. Er wird dastehen und spüren, wie es an seinen Beinen entlang nach oben klettert, über die Knie, die Schenkel, die Leiste, den Bauch. Und wenn ihm das Wasser bis zur Brust reicht, wenn die linke Hand unter dem schwappenden Wasser liegt und nicht mehr zu sehen ist, dann wird er die rechte Hand heben und langsam an den glänzenden Schirm seiner Kapitänsmütze führen. Diese Geste ist die schönste und ergreifendste auf Erden. In ihr konzentriert sich alles, was Menschen gehofft und geglaubt haben, es ist der feierlichste Augenblick des Menschen, es sind diese Haltung und diese Geste, die allein dem Leben Sinn geben. Diese Geste ist das Vorbild, die Flamme, die Klippe. Sie ist so triumphierend und so einzigartig stolz, sie zeugt so ergreifend vom paradoxen und ewigen Sieg des Menschen mitten im Untergang, dass der Tod mit abgewandtem Gesicht die Treppe nach oben klettert, der Tod wagt es nicht, dem Kapitän in die Augen zu schauen!

Der Kapitän weiß, welche Rolle er spielt. Es ist dieses Wissen, das ihm die Kraft und die Ruhe verleiht, es ist dieses Wissen, das ihn mit dem Schatten eines Lächelns um den Mund untergehen lässt. Das Wasser reicht ihm jetzt bis zum Kinn, jetzt zum Mund; die salzige See klatscht über sein Gesicht und er spürt den erstickenden Geschmack wie von Blut; aber er lächelt, weil er steht und weil er stehen bleiben wird. Zwar spannt er in dem Moment, in dem er den fatalen Bruch in dem großen Stahlkoloss spürt, die Kiefermuskeln an, als der Bug sich aufrichtet und das Schiff in der schwindelnden Tiefe verschwindet, wo keine Schiffsplanken tragen, aber das ist, weil er es nicht vorher ausprobiert hat, es ist neu für ihn, es wurde nicht an der Seefahrtsschule gelehrt, wie ein Toter sich benimmt. Aber unten in der Tiefe wird er lächeln, weil die Hoffnung und die Dankbarkeit und der Stolz einer ganzen Welt auf ihn gerichtet sind; und mit der Hand an der Mütze wird er dem letzten Funken des Lebens salutieren, des einzigartigen, unbesiegten Lebens, er wird von unten durch zehn Zoll grünes Wasser grüßen. Er wird in Habtacht untergehen, denn er war die Fahne des Stolzes auf Erden; und über seinem nassen Grab wird noch der Wimpel an der Mastspitze einige hastige, zitternde Sekunden lang grüßend flattern, bevor auch dieser im Meer versinkt.

So stirbt ein Schiffskapitän.

So wollen wir, dass er stirbt.

Das Leben wäre nicht auszuhalten, wenn Schiffskapitäne nicht in Habtacht sterben würden, wenn sie nicht untergehend dem Tod ruhig und souverän ins Skelettgesicht lächeln würden.

Am nächsten Tag kamen sie gegen Mittag zu einer Anlegestelle, um zu laden und zu löschen, und das Schiff blieb mehrere Stunden liegen. Ask wanderte auf dem sogenannten festen Boden unter den Füßen durch den Hafen. Aber nach einem Tag auf See trifft der Fuß den Boden bei jedem Schritt den Bruchteil einer Sekunde früher oder später, als man berechnet hat. Der Untergrund hebt sich, der Untergrund sinkt. Es gibt Menschen, die erst in dem Augenblick seekrank werden, in dem sie den Fuß an Land setzen.

Die Abfahrt war auf ein Uhr festgesetzt. Es wurde ein Uhr. Es wurde zehn nach eins. Als es zehn vor zwei war, wandte sich Ask an einen Matrosen an Bord und fragte, worauf sie warteten.

In dem schwachen, schiefen Lächeln des Mannes lag etwas Gemeines und Verborgenes, als er murmelte:

»Ach, das kann so vieles sein, bei diesem Kahn.«

Bevor Ask weiterfragen konnte, geschah etwas unten am Kai. Sie drehten sich um und sahen ein Taxi in Höchstgeschwindigkeit ankommen, es rutschte einige Meter in dem nassen Schnee, bevor es stehen blieb. Der Fahrer stieg eilig aus und riss die Tür zum Fond auf. Niemand kam heraus. Der Fahrer beugte sich mit dem Oberkörper ins Wageninnere und zerrte mit einiger Mühe ein großes, schwarz gekleidetes Menschenbündel heraus.

Es war der Kapitän.

Er war stockbesoffen.

Er stand einen Augenblick schwankend vor dem Auto, machte einen Schritt, verlor das Gleichgewicht und kippte um. Er lag wie ein großes, schwarzes, krabbelndes Insekt im Schnee, und der Steuermann und ein Matrose liefen die Landungsbrücke hinunter, um ihm aufzuhelfen.

Es war ganz still geworden an Bord und am Kai. Ask konnte das Knarren einer Trosse hören. Die Menschen schlugen die Augen nieder und schluckten, sie waren Zeuge von der tiefen Erniedrigung eines Menschen. Und ihre grausame Neugier gewann erst dann die Oberhand über ihre peinliche Verlegenheit, als oben auf der Landungsbrücke eine wüste Schlägerei zwischen den drei Männern anfing. Ask hob den Blick und sah voller Grauen, wie der Kapitän in hemmungsloser Wut den Matrosen gepackt hatte. Er drückte den Matrosen über die Reling der

Landungsbrücke, er hatte den Mann mit eisernem Griff am Nacken gepackt, das Gesicht des Mannes war dunkelblau und starr vor Entsetzen. Dem Steuermann gelang es, den Kapitän zurückzureißen, einige kamen dazu und sie brachten den Kapitän schließlich an Deck. Ask stand dicht bei der Landungsbrücke, er konnte es nicht vermeiden, ihm in sein verdrecktes Gesicht zu schauen, in seine blutunterlaufenen Augen und die von Erbrochenem und Schnee fleckige Uniformjacke zu bemerken.

Einen Augenblick sah er auch das verzweifelte Gesicht des Steuermannes, er las Panik darin, denn der Kapitän erklärte laut fluchend, dass er nach oben wolle, um dort persönlich das Ruder zu übernehmen. Er könne den Kahn blind steuern, keiner solle behaupten, die norwegische Küste besser zu kennen als er. Und im Gesicht des Steuermannes stand zu lesen: Was ist schlimmer, dass wir den Kapitän das Schiff versenken lassen oder dass wir ihn an Deck niederschlagen und fesseln und riskieren, wegen Meuterei angeklagt zu werden? Und können wir den Kapitän an Deck niederschlagen, wenn all diese Menschen dabei zusehen?

Jetzt waren fünf Mann beim Kapitän, sie bugsierten ihn mit Gewalt durch die Tür nach drinnen und er verschwand in einem brüllenden Gewitter aus Flüchen und Drohungen. Flink wie ein Eichhörnchen kletterte der Erste Steuermann die Treppe hinauf zur Kommandobrücke, eine Sekunde später ertönte ein schriller Pfeifton, zwei Sekunden später klingelte der Maschinentelegraf.

Ask hatte das Gesicht des Kapitäns gesehen, als er an Bord wankte. Sein Herz krampfte sich zusammen, wenn er daran dachte. Denn das war nicht das Gesicht eines Mannes, der sich in begeistertem Übermut und zitternder Kraft bis zur Besinnungslosigkeit betrunken hat, das war ein zutiefst verzweifeltes Gesicht, verkommen, verloren.

Die Welt erwartet alles von einem Schiffskapitän. Nur nicht, dass er an einem Kai stockbesoffen umkippt und wie ein Kind lallt, während hundert erwachsene Menschen es sehen und hören.

Aber im Laufe des Abends verzieh er ihm in seinem Herzen. Es hatte eigentlich so wenig zu sagen, dass der Mann jetzt angekleidet oben in seiner Kabine lag, in einer Pfütze aus Erbrochenem, und den unruhigen, angsterfüllten Schlaf des Trinkers schlief. Es hatte so wenig zu sagen, dass der Mann ein unglücklicher, prahlerischer Esel war, der sein Leben nicht mehr im Griff hatte und keine Tür, nach der er sich sehnen konnte.

Denn er gehörte zum edlen Geschlecht der Götter. Er war einer der Auserwählten, gehörte zu den wenigen, die eines Abends im Meer und im Tod untergehen, stehend in Habtachtstellung, und die stolz und mit erhobener Hand dem Leben einen letzten Gruß von den ewig Unbesiegten erweisen.

Schwierige Ankunft

Als das Schiff am Vormittag des dritten Tages Asks Bestimmungsort erreichte, war Ask schon lange auf gewesen. Er war um sechs Uhr morgens wach geworden und hatte nicht mehr schlafen können.

Einige Stunden war er nun an Deck hin und her gewandert und hatte dabei nach dem Küstenstreifen auf der Steuerbordseite Ausschau gehalten. Er war von einer unerklärlichen, zitternden Nervosität erfüllt, vielleicht vor allem, weil er keine einzige Seite in den mitgebrachten Lehrbüchern gelesen hatte. In seinem Hirn herrschte nichts als blanke Leere. Ab und zu ertappte er sich dabei, den Blick der anderen Passagiere aufzufangen, sie schauten ihn mit Erstaunen, fast mit Schrecken an.

Es war eine seltsam öde Küste, an der sie entlangfuhren. Die braunen, zerklüfteten Berge fielen senkrecht ab ins Meer; hier und dort konnte er eine Spalte oder eine Kluft erkennen, ansonsten waren die Berge wie ein zusammenhängender Festungswall, öde, verlassen, unfruchtbar, undurchdringlich, unüberwindbar, wie eine hohe, endlose chinesische Mauer. Sie hatten ziemliches Glück gehabt mit dem Wetter; jetzt schien die Sonne, dazu wehte eine kalte Brise mit dem Geruch nach Schnee in der Luft. An der Küste brachen sich die Wellen an den braunen Gebirgswänden mit hohen weißen Schaumspritzern, die Wellen klatschten in einem merkwürdig wilden Tanz die steilen Flanken hinauf, manchmal lagen die Wellen still und interesselos da, als schliefen sie, aber dann stießen sie sich plötzlich wieder ab und vollführten einen tückischen und überrumpelnden Sprung in die Luft und schlugen dem Berg ins Gesicht und erschreckten ihn. Aber die Felswand blieb reglos und ungerührt mit dunklem und ernstem Gesicht; zeigte mit keiner Miene, dass sie den Versuch bemerkt hatte, übersah völlig den kleinen, erbärmlichen Spuckestreifen, der nicht höher als bis zu den Knöcheln des Steinriesen gelangt war. Und die Welle brach verdrossen und ohnmächtig, sie brach und fiel und versuchte im Fall auszusehen, als hielte sie das Ganze nur für ein Spiel. Einige kleine Schaumflocken an der Oberfläche der wogenden See zeigten, wo die Welle nun lag und ihre Wunden leckte.

Aber Ask war vom Anblick dieser dunklen, geschlossenen, erstarrten, kahlen Gebirgswand in Angst und Schrecken versetzt worden. Da war kein Leben, kein Baum oder Busch, kein einziger Seevogel an der Bergflanke, und er verstand nicht, wie Menschen an einem solchen Ort wohnen und leben konnten. Einen Moment lang war er völlig davon überzeugt, dass man ihn in eine Falle gelockt hatte, dass das Telegramm aus dem Norden eine hinterhältige Fälschung gewesen war, dass man ihn in diese Einöde aus Eis und nacktem Fels geholt hatte, damit er erbärmlich in der Einsamkeit umkomme. Denn wo in dieser Ödnis sollten denn Menschen wohnen? Und selbst wenn es einzelne Individuen geben sollte, mussten das nicht geistesgestörte Menschen sein, Propheten der Einsamkeit, die in Felshöhlen hausten, von Rentiermoos und rohem Fisch lebten und sich nach der Mahlzeit ihre Finger und das blutige Messer an ihren langen, ranzigen, fettigen Haaren abwischten?

Zitternd vor Angst und in ernster Absicht, war Ask auf dem Weg hinauf zum Kapitän, um sich zu erkundigen, ob es möglich sei, bis zum nördlichen Halt auf dem Schiff zu bleiben und dann wieder mit zurückzufahren. Denn auch wenn er sich nur zu einem dreimonatigen Schuldienst verpflichtet hatte und auch wenn die Eingeborenen in der Einöde vielleicht so etwas wie einen Holzschuppen hatten, gegen den Sturm mit Seilen an den Felsen festgezurrt. Und da hausten sie geschützt vor den Wölfen, während er im Schein einer Tranlampe versuchte, ihnen die Grundprinzipien der doppelten Buchführung beizubringen – so hatte er sich das keineswegs vorgestellt.

In dem Augenblick änderte das Schiff unversehens seinen Kurs. Und als Ask einen Schritt näher an die Reling trat, um zu sehen, was das bedeutete, befiel ihn ein großes Entsetzen. Sofort dachte er an den Kapitän, der Mann hatte sicher einen Eimer Branntwein geleert, er hatte sicher alle auf der Kommandobrücke außer Gefecht gesetzt, sicher stand er jetzt selbst am Ruder, sicher wollte er es ihnen jetzt zeigen. Denn das Schiff hatte seinen Kurs so verändert, dass es jetzt mit voller Fahrt genau auf die Gebirgswand zusteuerte. Es sah aus, als würde das Schiff direkt auf einen hohen, runden Bergrücken gerade vor ihnen zufahren; die Maschine des Schiffes schien eine geheime Absprache mit dem wahnsinnigen Kapitän auf der Brücke zu haben, die Kolbenschläge donnerten, als habe die Maschine eine heimliche Freude daran, das Schiff mit zwanzig Knoten gegen die Felswand prallen zu lassen. Unfähig, sich zu bewegen oder Alarm zu schlagen, blieb Ask mit offenem Mund stehen. Sie waren jetzt nur noch 100 Meter von dem Gebirgsklotz entfernt, Ask blickte sich nach allen Seiten um, wollte sich vergewissern, wo sich die nächsten Schwimmwesten befanden (als könnte eine Schwimmweste als Puffer taugen), der Bug des Schiffes pflügte singend und brausend durch die graugrünen Wellen, es war, als würde sich das ganze Schiff – mitsamt Aufbauten, Kommandobrücke, Masten und Takelage – auf den Aufprall konzentrieren, das Schiff bebte und duckte sich zusammen, im nächsten Augenblick würde es wie ein riesiger, schwimmender Rammbock auf den Granit knallen als gigantischer Versuch, die ganze Westküste Norwegens in Stücke zu schlagen. Ask schloss die Augen.

Als er sie wieder öffnete, muss er dasselbe Gefühl gehabt haben wie der Mann, dessen Fuß sich in einer Eisenbahnschwelle verhakt hat und der das schwarze Gesicht der Lokomotive grinsend und donnernd auf sich zubrausen sieht, der die Augen schließt und der eine Minute später merkt, dass er lebt, weil der Zug auf ein Nebengleis fuhr, an ihm vorbei.

Das Schiff hatte den Gebirgsstock mit einem seitlichen Abstand von nur zehn Metern passiert. Auf eine unerklärliche und mysteriöse Weise hatte das Schiff eine Öffnung in der Mauer gefunden und steuerte nun mit voller Fahrt hinein in einen engen Sund. Die Gezeitenströmung in dem Sund war ziemlich kräftig, es war, als würde man einen reißenden Strom flussaufwärts fahren. Gerade waren sie glücklich einer Kollision mit einer Felswand entgangen, um sich jetzt von einer noch größeren Katastrophe bedroht zu sehen: von dem Mahlstrom in die Tiefe gerissen zu werden!

Die Maschine im Innern des Schiffes merkte offenbar ebenfalls den neuen, plötzlichen Widerstand der heranflutenden Wassermassen. Das Stampfen der Kolben klang jetzt anders: Dies war der Pollen-Sund. Trotzdem schien die Schiffsschraube keine Kraft zu haben. Die Zylinder der Maschine verbündeten sich und stemmten sich dagegen, aber das Schiff hing in den tosenden Wassermassen wie in einem leeren Raum. Die Schiffsschraube arbeitete, fand aber keinen Widerstand. Das Schiff stand still in der Strömung, im nächsten Moment würde es anfangen zurückzugleiten.

Eine leise Angst ergriff die Menschen, die an Deck standen. War mit der Maschine etwas nicht in Ordnung? War ein Kolben hängen geblieben? War ein Zylinder explodiert?

Und wie zur Bestätigung ihrer Ahnungen hörte die Maschine plötzlich auf zu arbeiten!

Die Stille an Bord ist fürchterlich anzuhören, die Menschen sind gelähmt vor Schreck. Was ist mit der Maschine passiert?

Vermutlich dauerte diese Totenstille nur ein paar Sekunden, für die Passagiere fühlt es sich an wie eine Ewigkeit.

Aber dann geschieht etwas unten im Maschinenraum. Sie können nicht wissen, was es ist, sie hören nur, dass die Maschine wieder zum Leben erwacht. Und diesmal ist der Ton der Maschine gröber, eine wütende Musik; nach einigen wenigen Augenblicken laufen die Kolben in einer wahnsinnigen und gefährlichen Geschwindigkeit. Mit einer gewaltigen Energie treibt die Maschine die dicke, stahlblanke Propellerwelle herum und herum, das ganze Schiff hallt wider von dem tiefen, knurrenden, sägenden, triumphierenden Pochen der kräftigen Maschine, das Schiff zittert und bebt, und für einen Moment halten die Menschen den Atem an, seltsam verwundert über die fantastischen Kräfte, die imstande sind, den Kampf gegen die strömenden Wassermassen aufzunehmen.

Mit einer ungeheuren Dankbarkeit spürten die Menschen die groben, dumpfen, effektiven Stampflaute im Schiffsrumpf. Einen hastigen, triumphierenden Moment lang merkten sie, dass die Maschine das Schiff einen winzigen Gedanken schneller vorwärtsschob, als die Flut fähig war, es zurückzuschieben, die Menschen spürten, dass die Schiffsschraube Halt gefunden hatte. Und ist es nicht das Höchste, wonach wir uns sehnen können: das Gefühl, dass wir einen *Halt* gefunden haben? Es war, als sei ein Einvernehmen entstanden zwischen der Maschine tief im Innern des Schiffes und den Menschen oben an Deck; ein wunderbares, hämmerndes, pochendes Einvernehmen trieb die Schiffsschraube zu immer schnellerer Umdrehung, das Schiff wurde mit einem überragenden und entscheidenden Versprechen durch die Wasserlawinen vorwärts geschoben, es war eine Erlösung und die Geburt eines Schiffes!

Und was war das für eine merkwürdige Stille, als sie hineinglitten in den offenen Fjord.

Die Stille nach dem Ringen mit dem Mahlstrom war so intensiv, dass einige der Menschen an Deck meinten, hinter sich im Sund ein wütendes Schnappen zu hören, wie von enttäuschten granitenen Kiefern.

Ask sah, dass der Fjord, in den sie jetzt hineinfuhren, lang war und breit. Auf beiden Seiten kamen die Berge vom Himmel herunter, aber sie fielen nicht direkt ab ins Meer; sie hatten jeweils eine Strandzone, also einen Streifen flaches Land, der Platz bot für eine Besiedelung. Er sah, dass da Menschen wohnten, er sah ordentliche Häuser, Bootsschuppen, Anlegestellen und eine Kirchturmspitze, und er entschied, nicht mit dem Kapitän wegen einer Rückfahrt zu reden.

Es gab drei Siedlungen in Pollen. Ganz draußen im Sund lag Ytrepollen, ein Küstenort; dort sollte das Schiff erst bei der Rückfahrt anlegen. Dann gab es Midtrepollen, das nicht größer war als Ytrepollen, aber doch die Bezeichnung Stadt für sich beanspruchte. Ganz drinnen im Fjord lag Indrepollen, der Industrieort. Den Informationen zufolge, die Asks Vater mithilfe seines Konversationslexikons beschafft hatte, zählte jede dieser Ansiedlungen etwa 2000 Einwohner. Doch seit Erscheinen des Lexikons 1906 waren in den Bergen bei Indrepollen beachtliche Erzvorkommen gefunden worden, die Bevölkerung war auf 4 000 angewachsen, Indrepollen war der Hauptort geworden mit Kino, Touristenhotel und Handelsschule.

Aber Ask wollte nicht sofort nach Indrepollen. Er musste vorher in Midtrepollen Station machen, dem alten kleinen Städtchen, dessen Bewohner sich seit über fünfhundert Jahren vom Fisch ernährt hatten, von Seehundfang, Trankocherei und Handel, die Stadt, die überholt wurde von dem neuen Industrieort, aber immer noch zwei Dinge hatte, die Indrepollen nicht hatte: einen Friedhof und ein Krankenhaus. Und in dem Krankenhaus von Midtrepollen lag der Schulleiter der Handelsschule von Indrepollen.

Ask hatte begriffen, dass eine unausgesprochene, heimliche Konkurrenz zwischen Midtrepollen und Indrepollen bestand. (Ytrepollen lag so weit draußen, dass es dabei keine Rolle spielte.) Ask stellte sich die Beziehung zwischen den zwei konkurrierenden Ortschaften vor wie zwei Arten, zu blöken. Die zwei Blöklaute waren eigentlich gleich, nur am Tonfall hörte man den Unterschied.

»He!«, sagte Midtrepollen jedes Mal mit mürrischer Altmännerstimme, wenn es über den Fjord blickte und den Rauch aus den hohen Fabrikschornsteinen bis hinein zum Fjordende sah, oder wenn der Wind den Lärm von den hohen Lastkränen und von den Zügen, die den Kai entlangdampften, herüberwehte. Es war etwas Irritierendes an diesem Neuankömmling am Fjordende, der sich auf einige Stollen in den Bergen etwas einbildete, als wäre es sein Verdienst! Ein Ort, der weder ein Alter hatte noch eine Tradition, der nur aus einem Haufen von unverschämten Tagelöhnern bestand, deren einziger Beitrag zur nordnorwegischen Kultur sich darauf beschränkte, jedes Wochenende in privaten Motorbooten und in neuen Konfektionsanzügen mit flammenden, glitzernden Krawatten herüberzufahren, um mit Geld und Branntwein die ungefestigte weibliche Bevölkerung von Midtrepollen zu Ausschweifungen und leichtfertigen Tanzveranstaltungen zu verführen! Ein anstößiger Ort, der darüber hinaus beim Ministerium vorstellig geworden war, um eine Stadt zu werden. Ja, wirklich! Mehr wollte Midtrepollen nicht sagen.

»He!«, sagte Indrepollen mit einem jugendlichen Grinsen und mit einer Zigarette im Mundwinkel jedes Mal, wenn es an Midtrepollen dachte auf der anderen Seite des Fjords. Es war etwas Lächerliches an so einer alten Stadt, die seit der Zeit von Pastor Petter Dass nicht vom

Fleck gekommen war. Es gab kein Haus in Midtrepollen, das mehr als zwei Stockwerke hatte. Und dann liefen dort Schafe auf den Straßen herum. Oder besser gesagt in den Gassen. Schafe. Mehr wollte Indrepollen nicht sagen.

Als sich das Schiff nach zwei Stunden Fahrt in dem Fjord Midtrepollen näherte, ging Ask hinauf zum Kapitän und drückte ihm die Hand und bedankte sich für das Mitnehmen. Der Kapitän wirkte freundlich und munter, er forderte Ask auf, sich zu melden, wenn er wieder zurück nach Südnorwegen reisen wolle. Ask hatte es unheimlich gegraust vor dieser Begegnung mit dem Kapitän, er hatte Angst, sein Gesicht würde etwas von dem spiegeln, was er bei dem schrecklichen Auftritt am Vortag gefühlt hatte. Aber der Kapitän schien alle Schickungen des Lebens mit einer unbeirrbaren Fassung zu tragen. Ask stellte jedoch fest, dass die Augen des Kapitäns noch ein bisschen blutunterlaufen waren und dass die Stimme des Mannes vielleicht einen Tick barscher klang, wenn er auf der Kommandobrücke Befehle erteilte. Und Ask wusste, dass keiner an Bord war, der es jemals wagen würde, auch nur mit einem Augenzwinkern ein Lachen anzudeuten.

Das Schiff machte am Kai fest; der gewaltige Schiffsrumpf wurde mit langen, zitternden Stahltrossen vertäut: eine vorne und zwei hinten, die Maschine lief leise und gemächlich. Unten auf den Holzbohlen des Kais stand nur ein halbes Dutzend Menschen, vor allem Frauen. Als dann ein junger, untersetzter, stämmiger Mann über die Reling an Deck sprang, ohne auf das Anlegen der Landungsbrücke zu warten, wusste Ask, dass dies der Hilfslehrer sein musste, der die Schule während der krankheitsbedingten Abwesenheit des Schulleiters verwaltet hatte. Sie stellten sich gegenseitig vor: Es stimmte.

Der Mann war dem Aussehen nach nicht mehr ganz jung, und als er die Mütze lüpfte, wurde eine beginnende Glatze sichtbar, aber er verhielt sich wie ein junger Mann. Er hatte eine breite, gebrochene Nase wie ein verletzter Profiboxer und seine Unterlippe sah aus, als sei er vor Kurzem von einer Wespe gestochen worden. Augen, Nase und Mund lagen zurückgezogen im Gesicht, so als wollten sie sich gutmütig in den runden, weichen Wangen verstecken. Er glich einem verwachsenen, genügsamen, gutmütigen Posaunenengel und Ask sollte später erfahren, dass er sich heimlich mit Bildhauerei und Schnitzerei beschäftigte. In diesem Augenblick hatte er nur den einen Gedanken: Sehen so die Menschen im Camilla-Land aus?

Der Mann schien sich außerordentlich über Asks Kommen zu freuen und war von tiefer Dankbarkeit erfüllt, dass ihm jetzt die Verantwortung für die Aufsicht der Schule abgenommen wurde. Ob das sehr anstrengend gewesen sei? Na ja – das war mal besser, mal schlechter. Ask fröstelte und schloss die Augen.

Zusammen gingen sie an Land, und der Hilfslehrer half Ask beim Tragen der Koffer. Jetzt wollten sie kurz hinauf zum Krankenhaus, damit der Schulleiter Ask begrüßen und ihm die nötigen Instruktionen geben konnte.

Ein Stück vom Kai weg drehte sich Ask um und schaute zurück.

Er fühlte sich plötzlich so heimatlos, ohne das Schiff.

Der kranke Mann Dalaker

Wie alle Häuser in der heruntergekommenen Stadt Midtrepollen war auch das Krankenhaus klein, niedrig, unauffällig. Von außen erinnerte es an eine Mischung aus Stall und Bethaus. Drinnen, in den stillen, engen Korridoren, wo eine kleine Orgel mit geöffnetem Deckel und ein Liederbuch auf einem Notenständer standen, waren die Wände imprägniert mit alten, schwachen, entfernten Gerüchen nach Kaffee, gekochtem Rotkraut, Kohl, Urin, Erbrochenem, Guttapercha, Lakritz, Hoffmannstropfen, Chlor, gebratenem Fisch und Kernseife. In dieser Atmosphäre wirkte es sehr überraschend, als Ask hinter einer Tür eine so moderne Einrichtung wie einen chromglänzenden Röntgenapparat entdeckte.

Der Schulleiter lag in einem Einzelzimmer in einem schwarzen Eisenbett mit runden Messingkugeln auf jedem der vier Bettpfosten. Das Zimmer war eng und spartanisch, nackt und ungemütlich, mit einem Nachttisch mit Marmorplatte am Bett und nur einem Holzstuhl für eventuelle Besucher. Das Fenster war groß und sperrangelweit offen, ohne Gardinen und an mehreren Stellen des Fensterrahmens war die weiße Farbe abgeblättert. An der Wand über dem Bett hing eine billige Reproduktion von einem unbekannten Künstler, die Darstellung von Jesus, der auf dem Wasser geht, und auf dem Regalbrett des Nachtschränkchens lag eine schwarze, abgegriffene Bibel. Ask sperrte die Augen auf, über den Mann im Bett und die Art, wie er dalag, aber für einige Sekunden konnte er den Blick nicht abwenden von dem, was da auf der Marmorplatte des Nachttisches platziert war. Da waren ein halb volles Glas Milch und ein Teller, auf dem eine unberührte Scheibe Brot mit Molkenkäse lag. Die Margarine war dünn aufgestrichen, die grauweiße Struktur des Brotes war sehr sichtbar. Die ärmliche, dünne Käsescheibe lag schief auf der Brotscheibe, sie war ohne Überlegung, ohne Liebe darauf geklatscht worden.

Für gewisse junge Männer gibt es keinen schrecklicheren Anblick auf dieser Welt als so eine Brotscheibe. Ihre Lippen werden trocken wie Sandpapier, ihre Herzen hören zu schlagen auf, sie wünschen sich, niederzusinken und auf die Knie zu fallen und sich zu erbrechen.

Denn das Leben sollte reich und üppig sein und voller Liebe!

Ein Butterbrot muss sorgfältig mit einer dicken Schicht goldgelber Butter bestrichen werden, es muss ordentlich bestrichen werden, die Butter muss am Ende geglättet werden und so abgegrenzt, dass sie nicht über den Rand der Brotkruste hinausgeht. Auf diese goldgelbe, ermunternde und korrekte Unterlage muss dann der Belag platziert werden. Und der Belag muss dick sein. Dick! Für Käse darf niemals der Käsehobel benutzt werden, nur das Messer ist erlaubt. Eine Scheibe Käse muss ein Zoll dick sein und die Käsescheibe sollte vorzugsweise ein bisschen über die Brotkante hinausragen, wie ein flaches, solides Dach. Ist das geschehen, muss man das Werk betrachten und ehrfürchtig meditierend muss man dann entscheiden, ob man oben auf den Käse etwas Petersilie, einen Klecks Tomatenpüree, eine Scheibe süßsaure Mixed Pickles oder ein Radieschen legen wird. Vielleicht beschließt man, den Käse allein das Brot zieren zu lassen, in einsamer Majestät – das immer dann, wenn es sich um Schweizer Käse handelt –, aber der *Gedanke* an eine besondere, abschließende, liebevolle Dekoration muss gedacht worden sein.

Eine Scheibe belegtes Brot muss wie jede Speise strotzen vor sorglosem Überfluss und vor begeisterter Liebe. Die Menschen, die das Essen quälen, die die Butter kratzen und den Käse hobeln, sie zeigen dadurch, dass sie ihren Sinn für das Leben und den Überfluss getötet haben. Sie sind Geizhälse und Wucherer, sie sind Prokuristen und Geldeintreiber, ihr Haar ist dünn und auch ihre Seele, ihr Blick ist eingefallen und ihre Brust, ihre Lenden sind unfruchtbar und auch ihr Schoß; es gibt keine Hoffnung bei denen, die die Butter kratzen, und vergeblich wird man bei Menschen nach Abenteuer suchen, die einen Käsehobel in der Schublade haben.

Jedes Mal, wenn Ask dieser Knauserei begegnete, erfüllten ihn zwei widerstreitende Gefühle: Das eine war Mitleid mit ihrer Armut und ein tiefes Verständnis für den jahrelangen Kampf, um mit dem Haushaltsgeld auszukommen. Doch das zweite Gefühl war eine gewaltige Wut, eine rot glühende Erregung darüber, das wunderbare Leben derart treulos geschändet zu sehen. Und er wusste, sollte er selbst einmal so tief sinken, dass er nur noch eine einzige Krone übrig hätte für sich, seine eventuelle Frau und seine zwölf ausgehungerten Kinder, dann würde er nicht ein großes Stück billigen Käse kaufen und ihn mit einem Käsehobel zerkleinern. Er würde vom besten Käse kaufen, der aufzutreiben war, er würde ihn in Würfel schneiden so groß wie Zündholzschachteln und er würde ihn mit freigebiger, warmer Hand verteilen. Danach würden sie sterben. Aber sie würden mit der Erinnerung sterben, dass das Letzte, was sie aßen, eine gute, dicke Scheibe Käse war. Eine gute, liebevolle und *dicke* Käsescheibe.

Deshalb empfand er das tiefste Mitleid mit dem Schulleiter, der in dem kalten Eisenbett lag und mit bläulicher Milch und einem erbärmlichen Butterbrot belegt mit hauchdünnem Molkenkäse versorgt wurde. Wie sollte ein Mensch geheilt werden, solange er im Bett liegen musste mit Blick auf eine derart lieblose Mahlzeit? Oder war es der hinterhältige Plan vonseiten der Krankenhausleitung, die Patienten daran zu hindern, sich so wohl zu fühlen, dass sie sich im Krankenhaus häuslich einrichteten?

Er empfand eine glühende Lust, in die Krankenhausküche zu gehen und den Angestellten einen donnernden Auftritt zu liefern. Er sah sie plötzlich vor sich: eine kleine Gruppe alter Frauen, mager, anämisch, gottesfürchtig und an Magengeschwüren leidend. Er würde sich vor sie hinstellen wie Moses vor das Goldene Kalb, seine Stimme würde die Aluminiumtöpfe zum Klirren bringen, weiße Kaffeetassen würden von ihren Haken an den Wänden hüpfen und am Boden zerbersten. Mit einer mühsam unterdrückten Verachtung würde er sich das Zittern in den Korkherzen der von Panik erfassten Frauen anhören, würde das Zucken auf ihren wachsgelben Wangen betrachten, würde mit steinernem Gesicht ihren stammelnden Versuch der Rechtfertigung entgegennehmen:

Ach so? Das Budget des Krankenhauses erlaubt kein besseres Essen? Es war also wegen der *knapp bemessenen Mittel*, dass sie die Butter auf das Brot kratzten und den Käse mit dem Hobel schnitten? Ach so? Es war nur aus finanzieller Not, dass die Käsescheibe schief und gedankenlos auf die Schnitte gelegt wurde? Hm?

Aber er war gekommen, ihnen die Augen zu öffnen, er war gekommen, ihnen Bescheid zu sagen, dass es die erste Pflicht der Krankenhausküche sei, das Budget zu *überziehen*. Wenn das nichts half, so hatten sie sich der *Unterschlagung* öffentlicher Mittel schuldig zu machen! Ja, und wenn das nicht genügte, dann sollten sie klauen gehen. Ja, klauen. Sie sollten in die Stadt gehen und Eier und Butter und Käse und Schinken und Würste stehlen, sie sollten in die Ställe gehen und heimlich Kälber und Hühner und Schafe schlachten, wenn nötig, sollten sie persönlich hinauf ins Fjell steigen und Rebhühner und Rentiere schießen!

Schwer beladen würden sie zurückkehren, gebeugt unter der Last der reichen und wunderbaren Nahrung; mit freudigen Herzen und Schweißperlen auf der Stirn würden sie das Essen in der Küche zubereiten und mit einem Lied auf den Lippen würden sie, das üppig beladene Tablett balancierend, in die Krankenzimmer kommen! Der Duft nach Lammbraten mit Petersilie würde die Welt erfüllen, die Kranken würden sich in ihren Betten aufsetzen und vor Sehnsucht und Glück stöhnen; der prächtige Anblick und der verführerische Duft würde ein Hochamt sein, das den Leidenden, den eingegipsten Körpern, wieder Glauben und Hoffnung bescheren würde: Es befindet sich mehr Göttliches in einem knusprig gebratenen Ferkelchen als in einer neu gestimmten Hausorgel; so ein üppig beladenes Tablett wäre ein Wunder, ein Mirakel, und würde alle Pillen, Arzneien, Schienen, Krücken und Rollstühle überflüssig machen. Denn die Liebe wirkt größere Wunder als jede andere Macht auf Erden und die Liebe lässt sich am Servierbrett ablesen, das hereingebracht wird. Und sollte doch noch ein hartnäckiger, unheilbarer Patient im Krankenhaus sein, so würde auch der aufstehen, seinen Stock nehmen und torkelnd vor Glück und Gesundheit gehen, wenn die Krankenschwester zum Abschluss des herrlichen Schlemmermahles auf einen kleinen Teller mit frisch gebackenem, duftendem Gebäck deutete, das zum Kaffee gereicht würde, und mit einem verschwörerischen, perlenden Lachen sagte:

»Diese Teilchen müssen Sie auch noch kosten! Sie sind aus dem besten Mehl Nordnorwegens gemacht. Ich habe es eigenhändig aus der Vorratskammer des Bischofs gestohlen!«

Er war voll und ganz von der enormen Bedeutung des Essens und der Liebe für das menschliche Glück überzeugt. Er war zwanzig Jahre alt und er wusste nicht, wie recht er hatte, und es wäre ein interessanter Gedanke, was auf der Welt geschehen wäre, hätte ihn die Nation zum obersten Verwalter des staatlichen Gesundheitswesens ernannt.

Vieles würde dann in Norwegen anders sein.

Und vieles wäre in seinem eigenen Leben anders gelaufen.

Schulleiter Dalaker, der in dem hässlichen, kalten Eisenbett lag, bot einen ebenso erstaunlichen wie erschreckenden Anblick. Zum Ersten lag er auf dem Rücken, das eine Bein hoch in die Luft gestreckt, aufgehängt an einer seltsamen Konstruktion aus Strippen, Lederriemen, Flaschenzügen und Stahlschienen. (Und jedes Mal, wenn Ask eine Stahlschiene an einem Fuß sah, lief ihm ein Schauder über den Rücken.) Diese Stellung sah aus, als sei sie äußerst unangenehm, aber der Mann war trotzdem gut gelaunt und quicklebendig. Er war ein kräftiger Mann zwischen 35 und 40 Jahren, mit einem ovalen rotwangigen Gesicht, einer krummen Nase mit schmalem Rücken, hoher Stirn, zurückgekämmtem Haar und mit weißen, schimmernden, spitzen Zähnen unter Lippen, die so karmesinrot waren, dass es aussah wie geschminkt. Der Kopf saß auf kräftigen, ausladenden Schultern und aus dem Halsausschnitt des weißen, groben Krankenhaushemdes quoll ein Gewölle von schwarzem, überflüssigem Haar. Seine Hände waren kräftig und sehnig, seine Finger wohlgeformt und lang, fast zu lang: Sie erinnerten an unterseeische rosa Korallengewächse. Der Mann lag im Bett und sprudelte vor Kraft und man könnte ihn für das Prachtexemplar eines Mannes halten, wenn da nicht zwei beinahe abstoßende Eigenheiten an seinem Äußeren gewesen wären. Da war erstens das Kopfhaar des Mannes, das in spärlichen Büscheln wuchs, sodass man hier und dort den kahlen Schädel sah, das erinnerte an eine Wildkatze mit einem gefleckten und löchrigen Fell, zurückzuführen entweder auf eine Krätze oder auf eine Rauferei. Das Zweite war das Kinn des Mannes, das groß und fleischig war, aber etwas Loses und Weiches an sich hatte, was zu seiner ansonsten strotzenden Physik im Widerspruch stand.

Und als der Mann gut gelaunt den Mund aufmachte und Ask begrüßte, wurde Ask auf das Peinlichste berührt. Denn während man von einem imponierenden, kräftigen Mann mit gewölbtem Brustkasten und schwellenden Nackenmuskeln einen tiefen, dröhnenden Bass erwarten würde, kam aus dem Mund des Mannes ein scharfer, abgehackter Strom unzusammenhängender Worte, vorgetragen mit einer merkwürdig dünnen Fistelstimme. Er plauderte und nörgelte wie eine pedantische alte Dame, und Ask wurde auf der Stelle von einem tiefen Unbehagen und einer deutlichen Abneigung erfasst.

Der Kranke suchte in der Nachttischschublade nach einigen Papieren und etwas zum Schreiben, und während er nervös nach dem Blatt kramte, das er haben wollte, redete er unablässig über alle möglichen Dinge. Er fragte, wie es Ask auf der Reise ergangen sei, wartete aber nicht auf Antwort, er erzählte, wie geschickt er vorgegangen sei, um beim Ministerium für Ask die Genehmigung zu bekommen, ohne Übergang schilderte er Probleme seiner Schule, er reichte Ask einen Ordner mit Namen, Alter, Ausbildung und bisherigen Noten sämtlicher Schüler, und in einer gesonderten Rubrik hatte er notiert, in welchem Fach der jeweilige Schüler gefördert werden musste. Er deutete auf den jungen, dicklichen Mann, der mit Ask ins Zimmer gekommen war und lächelnd mit der Mütze in der Hand an der Tür stand, und sagte, dass der Hilfslehrer Ask noch für einige Wochen zur Verfügung stehen würde, falls Fragen auftauchen sollten. Nach diesem Nähmaschinengeratter von Worten hielt er inne und holte Luft. Es entstand eine Pause. Dann sagte er:

»Im Übrigen bin ich überzeugt, Sie wissen, wie Sie den Lehrstoff bis zum Examen bewältigen werden. Nicht wahr?«

Er sah Ask lächelnd und optimistisch an.

Ask schluckte und nickte leicht.

»Da ist noch eine Kleinigkeit, über die ich mit Ihnen sprechen wollte.« Er wühlte in der Schublade und zog den Brief heraus, den Ask nach Nordnorwegen geschrieben hatte und in dem er zugesagt hatte, den Posten zu übernehmen. Ask sah, dass in dem Brief Bleistiftnotizen gemacht worden waren, an einigen Stellen waren Satzteile unterstrichen, am Rand sah man Schlangenlinien.

»Sie schreiben in dem Brief, na, wo war das, ja, hier habe ich es: ›wegen eingetretener Umstände‹. Hm. Da muss noch etwas sein. Ja, hier: ›mit Blick auf die verlangten Auskünfte‹. Da war doch noch ein Beispiel? Ich war mir ganz sicher ... Ja. Hier habe ich es: ›die oben genannten Bedingungen‹.«

Er legte den Brief auf die Bettdecke und schaute Ask mit kleinen, lächelnden blauen Augen an, in denen ein Anflug von Grün war:

»Sie ahnen bestimmt, warum ich diese drei Stellen aus Ihrem Brief genannt habe?«

Ask musste zugeben, dass er sich nicht ganz sicher war.

»Nun, es geht darum, dass Partizipien von Verben, die in der Weise adjektivisch gebraucht werden, wie Sie es gemacht haben, in der norwegischen Korrespondenz möglichst vermieden werden sollten. Derartige Ausdrücke sollten in kurze Relativsätze verwandelt werden, also: ›wegen der Umstände, die eingetreten sind‹ und – äh – ›die Bedingungen, die ich oben genannt habe‹.«

Er lächelte etwas gezwungen mit weißen, spitzen Zähnen wie ein großer rosiger Hase und fügte hinzu:

»Sie merken, wie viel einfacher und natürlicher das klingt? Nicht wahr? Ich weiß nicht, welche Lehrer Sie hatten, aber den neuesten offiziellen Lehrbüchern für Schriftliche Korrespondenz zufolge sollte man schwerfällige Konstruktionen, die an eine Kanzleisprache erinnern, vermeiden.«

Aus irgendeinem Grund, Ask konnte ihn nicht genauer benennen, war er äußerst irritiert über diesen zuckersüßen Tadel. Zum einen erschien ihm nicht einleuchtend, dass eingetretene Umstände, verlangte Auskünfte und oben genannte Bedingungen ein veralteter Sprachgebrauch waren. Wenn man schon eine einfache und natürliche Sprache wollte, dann traf das für diese allgemein bekannten und kurzen Ausdrücke eher zu als für die vorgeschlagenen ellenlangen und zwanghaften Relativsätze. Außerdem wusste er ganz genau, was eine korrekte Schülersprache war. Er hatte sich in seinem Brief den kleinen Luxus erlaubt, als erwachsener Mensch an einen erwachsenen Menschen zu schreiben, von Schulleiter zu Schulleiter, und es war unerträglich und kleinlich von dem Schulleiter, seinen Brief zu korrigieren, als handle es sich um einen Schulaufsatz, noch dazu in Anwesenheit des dicklichen Profi-Boxers von Hilfslehrer. Der Mann stand möglicherweise hinter ihm und grinste?

Plötzlich musste er an Rex denken. Wenn mich Rex in aller Öffentlichkeit kritisiert hätte, dachte er, dann hätte mir das nichts ausgemacht. Ich wäre stolz gewesen. Es wäre eine *Auszeichnung* gewesen, von Rex kritisiert zu werden. Plötzlich sehnte er sich leidenschaftlich nach diesem vierschrötigen, polternden Bärenrektor, der trotz all seiner Eigenheiten immer etwas ungemein Gentlemanhaftes hatte und der den Begriff Takt kannte.

»In allen anderen Fächern sind Sie sicher Experte?«, sagte der Schulleiter und lächelte aufmunternd.

»Na ja, Experte«, sagte Ask und wiegte den Kopf als Versuch, auf das Lächeln des Mannes zu reagieren. Plötzlich sackte er auf seinem Stuhl zusammen, schwer vor Panik, als ihm aufging, dass Schriftliche Korrespondenz das einzige Fach war, in dem er Kenntnisse hatte, und ausgerechnet hier wurde er zurechtgewiesen! In den anderen Fächern war er vollkommen blank! Nicht um alles in der Welt war er in der Lage, jemandem den Unterschied zwischen der amerikanischen und der italienischen Buchführung zu erklären! Wo waren sie eigentlich geblieben, die drei Tage und die drei Nächte auf dem Schiff der Hurtigruten? Er wusste es plötzlich nicht mehr. Als hätte es sie nie gegeben. Er sagte zu sich: Es ist nicht wahr, dass ich hier sitze. Es ist nicht wahr, dass ich hier sitze, auf einem unbequemen Holzstuhl im Krankenhaus von Midtrepollen. Es ist nicht wahr.

Als das Gespräch vorbei war, drückte Ask dem Schulleiter die Hand und bekam für die Leitung der Schule die letzten guten Wünsche mit auf den Weg. Ask hatte nicht fragen wollen, an welchem Gebrechen der Schulleiter litt, und selbst hatte der Mann nur gemurmelt, dass es *etwas mit der Hüfte* sei, etwas, das zwei, drei Monate dauere. Aus irgendeinem Grund fühlte Ask Erleichterung darüber, dass der Schulleiter ans Bett gefesselt war. Er legte keinen Wert auf die Möglichkeit, mit ihm an der Schule zusammenzuarbeiten. Vielleicht hatte es mit der Kombination aus der beinahe femininen Geschwätzigkeit und der maskulinen Kraft des Mannes zu tun. Dieser Mann war imstande, eine ganze Woche lang Tag und Nacht zu nörgeln und zu organisieren und zu kritisieren, ohne Nahrung zu brauchen oder eine Stunde zu schlafen.

Erst in dem Moment, in dem er aufstand, fiel ihm auf, dass der Schulleiter bei offenem Fenster nur mit dem dünnen Krankenhaushemd bekleidet im Bett lag und nur mit einer dünnen Decke über sich. Draußen herrschten Minusgrade, und Ask hatte die ganze Zeit im Wintermantel dagesessen. Hätte er selbst so dagelegen, hätte er sich innerhalb von zwei Minuten eine Lungenentzündung geholt. Ask schauderte erneut über die fantastische, unbändige Kraft des Mannes und er wurde blass bei dem Gedanken, dass es vielleicht einer solchen Konstitution bedurfte, um als Handelsschullehrer in Nordnorwegen zu überleben.

Zusammen mit dem Hilfslehrer ging er hinaus zur Tür und schloss sie nachdenklich hinter sich.

Indrepollen

Als sie den Besuch bei dem Schulleiter erledigt hatten, war das Schiff der Hurtigruten bereits weitergefahren. Sie mussten die örtliche Fähre über den Fjord nach Indrepollen nehmen. Die Fahrt dauerte drei Stunden.

Das Industriestädtchen war ein hässlicher Ort. Obwohl der Ort viele Jahre gehabt hatte, um einen geordneten Zustand herzustellen, hatte er noch viel von einer Goldgräbersiedlung an sich. Überall waren kahle zementierte Flächen zu sehen, halb fertige Häuser, Wellblechplatten, unter dem Schnee lagen Verschalungsbretter, Steine und Haufen von aufgeschütteter Erde. Ungefähr 80 Prozent der Bevölkerung waren direkt oder indirekt bei der »Grubengesellschaft« angestellt, die übrigen 20 Prozent lebten als Kolonialhändler, Pensionswirte, Lehrer und Bettler; es gab zwei Polizeibeamte, zwei Rechtsanwälte und einen Journalisten. Einige Kilometer außerhalb der Stadt lag ein Truppenübungsplatz. Einige Tausend Soldaten hielten sich dort im Sommer auf, und es konnte schon hoch hergehen, wenn die Soldaten Ausgang hatten und hinunter nach Indrepollen kamen.

Die circa 4 000 Einwohner von Indrepollen waren zum größten Teil junge, unverheiratete Arbeiter. Die weibliche Minderheit war gewöhnlich so groß, dass auf eine Frau fünf Männer kamen. Wenn im Sommer die Soldaten von ihren Unterkünften in den Ort einrückten, konnte man mit nur einer Frau auf fünfzehn Männer rechnen.

Der Hilfslehrer, dessen Name Jo war, lächelte, als er diese Informationen gab. Ask dachte an eine Vision, die er einmal gehabt hatte, von einem Trupp am Kai aufgestellter Nutten. Ask lächelte nicht.

Der Kai war unendlich lang, der längste und hässlichste, den er je gesehen hatte. Da und dort standen riesige Lastkräne, Zugwaggons, Stapel von Schienen und Schwellen, in gewaltigen Holzbehältern lagen große Haufen Koks. Alles machte den Eindruck von einer frierenden, grenzenlosen Leere.

Auf dem Weg hinauf durch die Stadt zeigte Jo Ask die wichtigsten Gebäude. Da war die Dampfschiffexpedition, da war die Apotheke, da war die Schule; da war das Verwaltungsgebäude der Grubengesellschaft, dort die Post, dort Folkets Hus mit dem Kino, da ein öffentliches Bad und dort das Sportlerheim.

»Hat die Handelsschule eigene Räume?«, fragte Ask. Er war mächtig gespannt, die eigene Wohnung zu sehen, meinte aber, es sei besser, zuerst nach den Schulräumen zu fragen.

»Nein«, antwortete Jo. »Wir dürfen am Nachmittag zwei Klassenzimmer von der Volksschule benutzen. Wenn wir Privatstunden haben, gehen wir in das Büro in der Wohnung.«

Auf einem öden, platten, verschneiten Grundstück stand ein viereckiges, neu errichtetes Holzhaus, ein gelb gebeiztes Gebäude mit Teerpappe auf dem Dach.

»Hier ist es«, sagte Jo.

Ask hatte sich ein Schloss vorgestellt. Er schluckte. Sie stapften durch den Schnee zu dem Haus. Eine nackte Glühbirne brannte über der Eingangstür.

Im Flur roch es nach frisch verarbeitetem Holz und frischem Zement. Ask erinnerte sich plötzlich an den Sommertag, an dem er zu einem verlassenen Bauplatz gekommen war, und dort hatte er einen Mann im Overall entdeckt, der auf einer sonnenbeschienenen Lichtung im Wald stand. Hatte er das wirklich erlebt? Ask Grande hatte ihm erklärt, dass man, wenn man Horn blasen will, die Lippen in das Mundstück hineinstecken und mit der Zunge spielen muss, genau wie eine Schlange. Du musst die Lippen still halten und versuchen, fukketetu zu sagen.

Auf der untersten Treppenstufe im Flur saß ein kleiner, schwarzhaariger, verwahrloster Junge von fünf oder sechs Jahren. Er sah aus, als hätte er gerade Prügel gekriegt, seine Altmänneraugen waren schief, klein und flackernd, erfüllt von Angst und Bosheit, und er schaute weg, als Ask Hallo sagte.

»Der älteste Sohn des Hauswirts«, sagte Jo, er öffnete die Tür zum Büro mit einem Sicherheitsschlüssel. »Wohnt im Obergeschoss. Wir haben das gesamte Erdgeschoss für uns.«

Es waren drei Zimmer im Erdgeschoss. In dem vordersten, durch das sie hereinkamen, standen fünf oder sechs kleine Tische mit Schreibmaschinen darauf. Die Schule hatte offenbar auch Schüler in Maschinenschreiben. Ask fröstelte, er war ein Tollpatsch mit der Schreibmaschine. Hoffentlich umfasste der Unterricht nicht auch die Anwendung von Rechenmaschinen und Lochkartenmaschinen! Aber welch ein Glück, das nächste Zimmer: das Büro, er sah nur einen großen Schreibtisch, zwei Sessel und ein Bücherregal mit kaufmännischen Lehrbüchern. Hier drinnen war Gott sei Lob und Dank das einzige Furchteinjagende ein Eisenofen in der Ecke und ein Telefonapparat auf dem Schreibtisch. Der hinterste Raum war »Privat«, mit einem Diwan an der einen Wand, einem Schrank an der anderen und einem Waschtisch an der Schmalseite. In einer Ecke war auch hier ein Eisenofen.

»Na?«, sagte Jo.

»Hm«, sagte Ask.

»Seit der Schulleiter krank ist, habe ich den Laden geschmissen, so gut ich eben konnte. Es ist wirklich gut zu wissen, dass jetzt ein Fachmann gekommen ist.«

Ask reckte sich unmerklich. Er war zwanzig Jahre alt, der andere musste um die dreißig sein.

»Aber es wird wohl am besten sein, wie es der Schulleiter gesagt hat, dass ich einige Tage bleibe und Sie in die Abläufe einweise.«

Am liebsten wäre es Ask gewesen, wenn der Hilfslehrer den Laden wie bisher ganz allein geschmissen hätte. Am liebsten hätte Ask diese Welt verlassen, er wünschte sehnlichst, sich wie ein Vogel in die Luft erheben zu können und im Weltenraum zu verschwinden, dorthin, wo es keine Schreibmaschinen und Buchhaltungsjournale gab. Aber so wie die Dinge standen, musste er diesen Mann mit aller Macht festhalten, er war sein einziger Strohhalm auf Erden; vor Dankbarkeit, dass der Mann bleiben und ihm helfen wollte, hätte Ask ihn umarmen können. Er nickte und sagte bedächtig, ja, das könnte vielleicht nicht schaden. Morgen würde er den Schülern gegenüberstehen. Eine Klasse mit 34 Schülern. Barmherziger Gott, worauf hatte er sich da eingelassen.

»Ich kann nun ein anderes Zimmer in der Stadt bekommen«, sagte Jo. »Aber vorher wollte ich Sie fragen, ob Sie vielleicht wollen, dass ich hier wohne. Ich habe schon oft drüben im Schreibmaschinenraum im Schlafsack übernachtet, das wäre für mich völlig in Ordnung. Nur vorläufig.«

Ask überlegte. Es war ein Einbruch in seine Selbstständigkeit, dass der Mann sich in der Wohnung aufhalten und sogar dort schlafen wollte. Aber andererseits: Er würde das Fachwissen in unmittelbarer Nähe haben. Und solange Jo nur dort hinten im ersten Zimmer übernachtete ...

»*All right*«, sagte Ask.

Jo strahlte übers ganze Gesicht und zeigte eine Reihe nicht ganz makelloser Zähne. Er hatte einige deutlich schwarze Zähne mit Karies, der

Mann hätte schon längst zum Zahnarzt gehen müssen. Ask wurde jedes Mal krank vor Empörung und Wut, wenn er jüngere Menschen mit Löchern in den Zähnen sah. Ein unbändiger Drang, solchen Leuten einen Vortrag zu halten, stieg in ihm auf, er wollte sie belehren mit Engels und dem *Kommunistischen Manifest* in der Hand, er wollte ihnen von menschlichem Stolz und menschlicher Würde erzählen. Nur bis zu einem gewissen Grad konnte er sie verstehen, wenn sie sagten, dass sie arbeitslos seien, dass sie kein Geld hätten, zum Zahnarzt zu gehen; aber er wusste, dass sie logen. Oh, dass er immer zitternd und stumm wie ein Fisch dastehen musste, jedes Mal, wenn er ihnen etwas wirklich Richtiges und Großes zu erzählen hatte! Hätte er die Kunst der Rede beherrscht, würde er ihnen erklären, dass es möglich war, beim Zahnarzt Kredit zu bekommen, dass es so etwas gab, das Ratenzahlung hieß, und dass es – im Notfall – ihre verdammte Pflicht war, zu einem Zahnarzt zu gehen, auch wenn sie nie das Geld hätten, es dem Zahnarzt zurückzuzahlen, auch wenn sie sich also wissentlich und mit Absicht der Betrügerei schuldig machten! Ja, war das denn nicht ein kleineres Verbrechen, einen wohlhabenden Zahnarzt um vierzig Kronen zu prellen, als die Selbstachtung und den Stolz zu verlieren? Kannten sie nicht die menschliche Würde? War es nicht ganz ungeheuerlich, jungen Menschen zu begegnen, die keine Entschlossenheit zeigten, sich das zu nehmen, was ihnen gehörte, war es nicht fürchterlich, sie murmeln zu hören, dass sie zuerst eine ordentliche Arbeit finden müssten, war es nicht zum Sterben trostlos, dass es Menschen gab, denen jede Fähigkeit für das edle Verbrechen fehlte, die wimmernd mit den Händen im Schoß dasaßen und ihre Zähne zu einem schwarzen, stinkenden Brei im Mund verfaulen ließen, während sie demütig und verzagt darauf warteten, dass der Staat vielleicht in fünfzig Jahren für alle eine Gratiszahnarztbehandlung einführte?

Oh, das Gebiss!

Aber er war stumm und er beherrschte sich, über Jos Zähne würde man später reden. Außerdem, wenn er sie genauer betrachtete, dann waren sie gar nicht so abschreckend. Sie waren eher ein bisschen komisch.

»Was das Essen betrifft ...«, sagte Jo.

Asks Gedanken bewegten sich augenblicklich in eine andere und erfreulichere Richtung.

»Der Schulleiter pflegte bei einer Familie gleich hier in der Nähe zu essen. Vollpension. Ich esse auch dort, Frühstück, mittags und abends. Sehr gutes Essen haben sie. Nette Familie übrigens. Wir dachten, Sie würden es vielleicht auch so halten.«

Ask runzelte etwas die Stirn; der Gedanke, dass ihn die anderen mit einer bestimmten Familie verkuppelt hatten, bei der er sich zu festgelegten Essenszeiten einfinden musste, behagte ihm nicht. Er sagte:

»Wie viel kostet die Vollpension?«

»Sechzig Kronen im Monat. Für Frühstück, Mittag und Abend. Und das Essen ist sehr gut.«

Ask rechnete blitzschnell: 240 – 60 = 180. Monatliches Netto: 180 Kronen. Das war zwar ein ganz ordentlicher Betrag für einen jungen, ledigen Mann und Miete musste er keine bezahlen, aber trotzdem ... 240 ist ein ansehnlicher und ordentlicher Betrag, konnte fast als Gehalt bezeichnet werden. Aber sobald man unter 200 kommt, wird der Betrag gewöhnlich. Da wird daraus ein Lohn. Und da wird es dir nie einfallen, mit einem Zehner in der Brusttasche deiner Jacke herumzulaufen, achtlos hinter das Ziertaschentuch gesteckt; da hast du deine Zehner gesammelt und gezählt im hinteren Fach deiner Brieftasche in der inneren Brusttasche.

»Ist es möglich, nur Frühstück und Mittag zu essen?«

Ask sah eine Möglichkeit, das Gehalt vielleicht zu retten.

»Nein«, sagte Jo sofort. Und Ask schlug die Augen nieder, er fühlte sich durchschaut. »Sie will nur Leute mit Vollpension haben. Sonst ist es ihr zu viel Aufwand.«

Ask würde sich abfinden müssen. Außerdem hatte er auf einmal großen Hunger.

»Es ist eine große Familie. Der Alte ist Hausmeister in der Schule und hat nur noch ein paar Jahre, bis er in Rente geht. Kochen tut seine Frau und es ist ein leckeres Essen. Sie haben sechzehn Töchter.«

Ask nickte und dachte an die zweihundert. Dann erwachte er plötzlich:

»*Was?*«

Jo nickte und grinste.

»*Sechzehn* Töchter?«

Jo nickte.

»W-w-wohnen die zu Hause, alle sechzehn?«

»Abgesehen von einer, die verheiratet ist.«

Jo schaute auf die Uhr und fügte hinzu:

»Sie essen abends um sieben und jetzt ist es fünf nach. Soll ich anrufen und sagen, dass wir kommen?«

Jo rief an und sagte, dass sie kämen.

Ask hörte nur den einen Teil des Telefongesprächs, er lautete so:

»Hier ist Jo.«

»Hm.«

»Hm!«

Jo drehte sich mit dem Hörer vor dem Mund halb zu Ask um und schaute ihn lächelnd an, dann drehte er sich zurück und setzte das Gespräch fort. Barmherziger Gott, was hatte er gemeint, als er »Hm« sagte?

Jetzt steht eine von den sechzehn in dem anderen Haus am Telefon, die anderen fünfzehn stehen aufgereiht hinter ihr, sie stehen alle da und kichern und gackern, sie fragen Jo aus, wie der neue Schulleiter aussieht und was er für ein Typ ist.

Und was antwortet Jo? Er antwortet:

»Hm.«

»Neiiiin …«

»Hm.«

»Hehe.«

»Kommen in drei Minuten.«

»Hm.«

»Was?«

»Oooooh! Hahaha! Ooooooooh!«

Jo legt auf und wendet sich Ask zu, knallrot vor Lachen.

»Das war Signe«, sagt er gleichsam als Erklärung.

»Hm«, sagt Ask.

Sie gehen beide durch den Schreibmaschinenraum, diesmal ist es Ask, der den Sicherheitsschlüssel hat und die Tür abschließt.

Draußen auf der Straße merkt er, dass es kalt ist, und er knöpft den Mantel fest zu.

An was die jungen Männer denken

Die Sache wird gewöhnlich – jedenfalls in der sogenannten schönen Literatur, in populären Songs, Kantaten, Traktaten und in autorisierten Büchern der Gemeinschaftskunde – so dargestellt, dass ein junger Mann seine Zeit damit verbringen soll, an die Ausbildung zu denken, an Sport, an das Vaterland und seine eigene Zukunft. Ja, oft kann man lesen, dass er das nicht nur tun sollte, sondern dass er es tatsächlich tut.

Eine solche Darstellung und eine solche Behauptung sind eine glatte Lüge. Und es hilft nicht im Geringsten, dass die Behauptung untermauert wird mit den hohlsten, den verlogensten und den grauenhaftesten Verszeilen, die jemals von einem nordischen Skalden geschrieben wurden; die Verszeilen, die jeden Jüngling vor Angst und Abscheu zittern lassen und die da lauten:

EINE JUGEND, DIE STARK UND GESUND IST
GEREICHT DEM GANZEN VOLK ZUR EHRE

Denn sieh mal: Die Jünglinge denken weder an ihre eigene Ehre noch an die des Volkes, sie denken ausschließlich an Mädchen.

Auf mein Wort. Sie denken unablässig an Mädchen, sobald sie dreizehn Jahre alt sind; und wenn wir sagen unablässig, meinen wir unablässig. Denn die wenigen kümmerlichen, uninteressanten Stunden, in denen die Gedanken widerwillig auf Schularbeiten, Arbeit und Sport gelenkt werden, rechnen wir nicht. Und sollten sich einige Jünglinge zeitweise etwas eingehender mit diesen abseits liegenden Dingen befassen, dann ist das entweder deshalb, weil sie dazu gezwungen werden, oder weil sie eine Hoffnung nähren, dass sie durch Arbeit, Ausbildung und Sport auf eine effektivere und durchschlagendere Weise dorthin gelangen, worum ihre Gedanken die ganze Zeit kreisen, ständig, unaufhörlich, pausenlos.

Mädchen.

Die Gedanken sind unruhig, fließend, die Gedanken sausen die ganze Skala von Begehren zu Anbetung, von Brunst zu Poesie auf und ab. Aber immer und ständig und unablässig denken die Jünglinge an Mädchen. Es kann zwar manchmal den Anschein haben, dass sie sich tatsächlich in das Studium eines Lehrbuchs für Englisch oder Mechanik oder Morsetelegrafieren oder Elektrotechnik vertiefen, es kann so aussehen, als würden sie tatsächlich mit ihren Gedanken dabei sein, wenn sie sich mit einem Mähdrescher, einem Gewehr oder einem Akkordeon beschäftigen, es kann der Eindruck entstehen, als seien sie tatsächlich fasziniert von dem Radioapparat oder dem Automotor oder der Fahrradnabe, die sie auseinandergenommen haben, es kann manchmal so aussehen, als liefen sie tatsächlich einen Hürdenlauf oder kickten Fußball allein um der Kraft oder der Gesundheit willen. Aber nur Sonntagsschullehrer, Mütter, Pfadfindergruppenleiter, Präsidenten im Jugendverein und Mitarbeiter für das Jugendprogramm im Rundfunk glauben das, was sie sehen, oder tun so, als glaubten sie es, oder aber sie sehen nur, was sie glauben.

Die jungen Männer denken nur an Mädchen. Und am meisten denken die jungen Männer an Mädchen, die am vehementesten bestreiten, dass sie an Mädchen dächten. Die Jünglinge, die behaupten, dass sie überhaupt nicht an Mädchen denken, sind von dem Denken an Mädchen besessen.

Was Ask betrifft, so hatte es in seiner Zeit an der Mittelschule und in seiner Gymnasialzeit Personen gegeben, die ihn hatten sagen hören, ihm seien Mädchen egal. Er hatte sein mangelndes Interesse nicht in einem ganzen Satz formuliert, er hatte nur den Kopf schräg gelegt, die Augenbrauen einen Millimeter gehoben und gesagt:

»Pfhhh.«

Dieser Laut ist im ganzen Land bekannt, er wird wo auch immer unmittelbar verstanden. Weil mindestens drei Viertel seiner Freunde (und sämtlicher Jünglinge im Land) bei passenden Gelegenheiten den seltsamen Laut ausstießen, besteht kein Zweifel, dass Ask Burlefot, der Schulleiter, zu der Mehrzahl des Volkes gehörte. Aber die Fortsetzung unserer Geschichte wird ein gewisses weitergehendes Interesse haben, weil diese Mehrheit – damit auch Ask – gerade wegen dieser Leugnung des Weiblichen und wegen der daraus resultierenden Spaltung in der Seele zu himmelblauen, unrealistischen Anschauungen und zu schrecklichen, tragischen Notlagen bestimmt sein wird.

Die Jünglinge können mit kleinen, geschlossenen Vulkanen verglichen werden. Manchmal schleicht der Gott der Unterwelt zu ihnen, kratzt sie mit einem Schürhaken und fragt verführerisch: »Wollen wir nicht einen kleinen Ausbruch wagen?« Die kleinen Vulkane schaudern vor Entzücken über den Vorschlag, und es juckt sie dann, aber es ist unerhört und gefährlich. Gesund kann es auch nicht sein. Sie sagen: »Pfhhh.« Aber der Gott der Unterwelt kommt wieder mit seinem Lächeln und seinem Schürhaken. »Nur einen ganz kleinen Ausbruch?« Sie antworten: »Pfhhh.« Alle ihre Gedanken scheinen beschäftigt mit einer besseren und nationalökonomisch vorteilhafteren Verwertung der Bodenschätze dieser Erde. Der Himmel und die blaue Luft sind für sie ohne Interesse: »Pfhhh.« Doch bei all diesen Pfhhhs haben sie winzige Mengen Sauerstoff aufgenommen – selbst in kleinen Vulkanen sind Spalten –, und es kommt ein Tag, an dem der Gott zum letzten Mal kitzelt, sie ihm Pfhhh antworten wollen, aber anstelle des Zischlautes kommt eine Explosion, die ihren Deckel in einer Wolke aus Feuer und Dampf gen Himmel schleudert und die ihr kochend heißes Inneres als glühende, mordende, unaufhaltsame Lava fließen lässt.

Oh Mädchen, oh Pfhhh, oh Explosion.

Und es wurde Abend, erster Tag

Sechzehn Töchter.

Er hatte eine Vision, während er mit Jo die Straße hinunterging. Die sechzehn Töchter waren Statuen, sie saßen in einem Spiegelsaal, in einer lang gestreckten Halle mit Echo unter dem hohen Gewölbe, die Wände von endlosen Spiegeln bedeckt. Sie saßen aufgereiht da, die sechzehn Töchter, und wenn er in die Spiegel blickte, vermehrten sie sich auf eine nicht aufzuhaltende Weise. Sie formierten sich tief in den Spiegeln, zuerst in arithmetischer Progression: 16, 32, 64, 128, 256 … Als sie von der Hauptstraße abbogen und auf das Haus zugingen, sah er in den Spiegeln, dass er sich geirrt hatte; die Statuen formierten sich in geometrischer Progression, sie saßen auf Stühlen die Wand entlang und schauten ihn mit funkelnden Diamantenaugen an: 16, 4 096, 65.536, 1 048 576 ...

Als ihnen die Eingangstür geöffnet wurde, kam eine Frau heraus. Es war eine große, muskulöse, ältere Frau um die sechzig, und das Einzige, was sie mit den Statuen im Traum gemeinsam hatte, war ein steinkalter Blick. Ask wurde weiß vor Schreck, er hatte vergessen, nach dem Alter der Töchter zu fragen, vielleicht waren sie alle zwischen fünfzig und siebzig Jahre alt? Dahingehend wurde er sofort beruhigt, dies war die Mutter der Töchter, Frau Zebedeussen persönlich.

Sie war groß, knochig und hager, sie erinnerte Ask an einen Heuwagen, wie ihn die Bauern für die Ernte haben. Es war etwas unbeschreiblich Festes, Unerbittliches an ihrem Wesen, und Ask packte auf der Stelle eine tödliche Angst vor ihr, ein Entsetzen, das er die ganze Zeit, die er ihr Pensionsgast war, beibehielt. Sie stemmte ihre gewaltigen roten Hausfrauenhände in die Hüften und musterte Ask mit grausamem Blick, während er und Jo im Flur ihre Mäntel auszogen. Dann lächelte sie ihnen zu, entblößte eine doppelte Reihe gelber Kunstzähne und forderte sie auf, gründlich die Schuhe zu säubern, bevor sie das Esszimmer betraten. Sie schob für ihre Gäste die Tür zum Esszimmer auf, und Ask wich das Blut aus den Adern, als er das warme, siedende, schwatzende Brausen weiblicher Stimmen vernahm, das ihm aus dem Raum entgegenschlug, vermischt mit dem Geruch nach gebratenen Fischklößchen. Er stand wie gelähmt mit offenem Mund da. Er wollte gerne deutlich machen, dass Jo zuerst hineingehen soll, Jo war vertraut mit dem Ort, aber Jo stellte sich hinter Ask und war abscheulich höflich, er war nicht zu überreden. Schließlich entschied Frau Zebedeussen die Angelegenheit: Sie schob Ask zur Tür und gab ihm mit ihren riesigen Knochenhänden einen Schlag auf den Rücken.

Alles hätte noch gut gehen können, und während des Fluges zur Tür reckte sich Ask ganz im Sinne einer Statue. Aber die Tür ging nach innen auf, ins Zimmer, und im Flug blieb Ask mit dem Jackenärmel an der Türklinke hängen. Er hing fest, zeigte sich in einer verdrehten, unmenschlichen und äußerst unmännlichen Position. Und als wäre das nicht schon genug, prallte im nächsten Augenblick Jo von hinten auf ihn; Jo hatte ebenfalls aus Frau Zebedeussens Handauflegung großen Nutzen gezogen und schoss wie ein Fußball nach dem Abschlag durch den Tormann nach vorne.

Lange begriff keiner der beiden Männer, was sie gestoppt hatte. Sie standen als Bündel ineinander verschlungen im Türrahmen und starrten sich einfältig und wütend an, bis sie von einem dröhnenden Gelächter des langen Tisches begrüßt wurden und es errötend und murrend schafften, die ineinander verknoteten Krawatten und Arme voneinander zu lösen.

Ask warf einen erzürnten Blick zurück zur Tür und massierte den linken Unterarm. Dann schluckte er und drehte sich mit blinden Augen zum Tisch.

Es ertönte ein Scharren von tausend Füßen und Stuhlbeinen, als sich alle Töchter zugleich von ihren Plätzen erhoben und ihn willkommen hießen. Aus irgendeinem Grund stellte er sich vor, dass er die Runde um den Tisch gehen sollte, um jeder der Töchter einzeln die Hand zu geben. An der vorderen Seite des Tisches funktionierte das noch, auf der Rückseite war es beträchtlich schwieriger, weil der Tisch dicht an der Wand stand. Die Passage war so eng, dass er sich über den Tisch beugen musste, um die Hände in der anderen Reihe zu erreichen.

Ask konnte sich später nicht mehr erinnern, wie er diese fürchterliche Zeremonie lebend überstanden hatte. Er erlebte ein Wirrwarr aus lächelnden Gesichtern und zurückhaltenden Gesichtern, Mädchengesichtern, Frauengesichtern, trockenen Händen und feuchten Händen, Händen mit Druck und Händen ohne Druck, er erinnerte sich an Kichern und Bellen, Stöhnen und Lachen, er erinnerte sich an blaue Augen und braune Augen, er erinnerte sich an weiße Zähne und Gebisse mit Goldplomben, er erinnerte sich, dass er die Hand über eine blonde Frisur ausstreckte, um eine entfernte Hand zu erreichen. Mitten in der Parade kam ihm voller Wut der Gedanke, dass er diese Begrüßungszeremonie natürlich auf eine genial überlegene Art hätte lösen können. Aber da war es zu spät, da musste er weitermachen. Er hätte sich einfach freundlich vor allen verbeugen und mit dem lauten, ansteckenden Humor des Weltmannes sagen sollen:

»Meine Damen. Ich bin eben angekommen. Und hungrig. Ich habe nur eine rechte Hand, aber ihr habt viele, viele. Mein Name ist Ask Burlefot und ich begrüße euch auf das Herzlichste, schlage aber vor, dass wir das Händeschütteln bis nach dem Essen verschieben. Wir haben dann Gelegenheit, den Händedruck umso länger zu genießen, meine Damen.«

Dann würden sie seufzen vor Entzücken und finden, dass er ein Mann sondergleichen sei, so etwas zu sagen, und ihre Gesichter würden ganz heiß werden von diesem Hauch der großen weiten Welt.

Stattdessen bahnte Ask sich den Weg wie eine wandernde Windmühle, die Töchter mussten sich strecken und stießen aneinander, eine Dose Ölsardinen wurde vom Tisch gefegt und landete auf dem Fußboden. Zehnmal sagte Ask »Freut mich«; dann hatte er seinen Witz völlig aufgebraucht und den noch Verbleibenden gegenüber fiel ihm nichts anderes ein, als stumm zu nicken und die Hand auf eine Weise zu drücken, die, wie er hoffte, ausdrucksvoll war. Er fand es schrecklich peinlich. Und es war alles andere als ein Triumphator, der schließlich auf einen Stuhl ganz am Ende der Tafel halb sank und halb geschoben wurde.

Nass vom Schweiß der Angst, griff er nach der Serviette oberhalb des Tellers und versuchte, sie irgendwo zu befestigen: an der Weste, am Hosenbund oder an den Hosenträgern. Für einen kurzen Moment überlegte er, sie in den Kragen am Hals zu stecken, verwarf den Gedanken aber sofort: Das würde wie ein Lätzchen bei kleinen Kindern aussehen. Schließlich legte er die Serviette lose über die Knie, wohl wissend, dass sie früher oder später auf den Boden fallen würde und er sich hinknien und unter dem Tisch danach suchen müsste.

Jemand fragte ihn, ob er Tee haben wolle, und er nickte erschöpft, obwohl er Tee zum Abendessen verabscheute. Wie die meisten Norweger betrachtete er Tee als ein widerliches, dünnes, schales, urinfarbiges Getränk, das zum Abendessen serviert wurde, entweder, weil es billiger war als Kaffee, oder, weil es für vornehm gehalten wurde. Und obwohl es möglich ist, Tee vormittags zu trinken – und da kann er sogar gut schmecken, wenn er frisch aufgegossen gebracht und mit einer Zitrone serviert wird –, doch jeder Tee hat die merkwürdige Eigenschaft, Geschmack und Geruch und Reiz zu verlieren, wenn er abends serviert wird. Besonders abscheulich wird er, wenn man ihn in großen Familien und Pensionaten als ein Gebräu serviert, wenn er in einem Kessel gekocht wird, bis er ein mahagonibraunes, bitteres Extrakt ist. Wenn dieses Gebräu in der Tasse mit heißem Wasser aus einer anderen Kanne gemischt wird, sieht es aus wie ein trübes, laues Moorwasser und es schmeckt auch genauso.

Nachdem Ask sich mit Zucker versorgt hatte, war es eine schwache, stammelnde, vogelartige Stimme irgendwo in seiner Nähe, die fragte:

»Verzeihung, sind Sie mit der Hurtigruten gekommen?«

Ask drehte sich, um den Ausgangspunkt der Stimme zu sehen, und ein Gefühl unermesslicher Verwunderung erfüllte ihn.

Am Tischende saß ein kleiner, alter Mann. Er war so kleinwüchsig, dass sein Kopf nur knapp über die Tischplatte reichte. Er war ein winziges Kerlchen, fast wie der siebte Vater im Märchen, und so dürr und zerbrechlich, dass er beinahe in dem großen, lockeren dunkelgrauen Pullover, den er trug, verschwand. Bart und Haare waren weiß, und er saß da und zwinkerte mit kleinen, graublauen, freundlichen Augen. Aber das, was dieses kleine, dürre Männlein über alle Maßen auszeichnete, war eine Nase von einer Art und Größe und Qualität, wie es Ask noch nie bei einem lebenden Menschen gesehen hatte.

Es war keine gewöhnliche Nase, es war eine Knolle. Aus verschiedenen Gründen konnte man sie mit einer schön geformten, normalen Kartoffel vergleichen; ihre Haut war mit Poren übersät wie die Augen auf einer Kartoffel. Aber was die Farbe dieses Wunderwerks betraf, musste man die Nase eher mit einer bejahrten Erdbeere vergleichen, einer, die bereits eine zusätzliche Färbung ins Rauchschwarze und Violette angenommen hat. Der Mann saß da und schaute Ask mit zwinkernden, lächelnden Augen an, als amüsiere er sich insgeheim darüber, dass Ask ihn in dem weiblichen Gewimmel übersehen hatte, und als ob er genau wüsste, wovon Ask seine Augen nicht lassen konnte.

Er hatte gedacht, dass er sich dem Mann vorstellen und auf seine Frage antworten sollte, aber ehe er das eine oder andere tun konnte, durchschnitt Frau Zebedeussens Stimme wie ein Schwert vom anderen Ende des Tisches den Raum:

»Störe Herrn Burlefot nicht! Lass ihn in Ruhe essen!«

Das löste ein allgemeines Kichern bei den sechzehn Töchtern aus, die es anscheinend gewohnt waren, dass der Vater (das musste er sein) immer neugierig war, aber dass seine bessere und deutlich stärkere Hälfte ihm immer das Wort abschnitt. Der alte Herr Zebedeussen faltete brav seine dünnen, mageren, sommersprossigen Finger, lächelte mild, als sei er es gewohnt, nie weiter als bis zur ersten Frage zu kommen, und kaute weiter auf einer Scheibe Brot, die er vom Teller nahm. Ask bemerkte, dass die Brotrinde abgeschnitten und neben den Teller gelegt worden war.

Nach dem Essen standen alle auf, nachdem Frau Zebedeussen Mahlzeit gesagt hatte, und da sah Ask, dass der alte Vater auf einem Kissen gesessen hatte. Stehend wirkte er noch eingeschrumpfter als sitzend und kurzfristig verschwand er völlig für Ask zwischen all den wehenden Röcken der Damen. Ask dachte sich, dass die Töchter vielleicht ein Pfeifsignal hatten, das sie für den Vater benutzten, wie bei einem Hund, wenn sie seine Anwesenheit wünschten und wollten, dass er aus seinem Schlupfwinkel hervorkäme.

Ask wurde aufgefordert, mit Jo in den Salon zu kommen, und einige der Töchter schlossen sich an. Nachdem er es kurz überschlagen hatte, kam er zu dem Ergebnis, dass die sechzehn in allen Altersstufen waren, von um die vierzehn Jahre bis zu dem Alter, in dem sie mehrere Jahre neununddreißig bleiben, und ein paar von den Töchtern waren mittleren Alters, die er während des Essens zweimal verstohlen gemustert hatte. Die zwei im Salon gehörten zu den Älteren, waren korrekt und selbstsicher und konversierten mit Ask etwas zwanghaft über seine Reise. Sie schienen Büroangestellte oder Sekretärinnen zu sein, und Ask stellte fest, dass keine von ihnen einen Ring hatte. Sie zündeten sich Zigaretten an.

Während sie so standen, kam eine der jüngeren Töchter, eine Sechzehnjährige, hereingestürmt. Sie blieb mit den Armen auf dem Rücken stehen, tippelte und schaute Ask mit großen, pfiffigen Augen an. Schließlich konnte sie sich nicht länger beherrschen:

»Ist es wahr, dass Sie erst fünfundzwanzig Jahre alt sind?«

Ask reckte sich und schluckte. Alle schauten ihn lächelnd an, als bäten sie um Entschuldigung für diese junge neugierige Krähe von einer Schwester. Ask wurde von einem Gefühl der Dankbarkeit, der Andacht und des Stolzes erfüllt.

»Aber das ist schon *sehr* jung für einen Schulleiter!«

Asks Gefühl des Triumphes verwandelte sich sofort in ein Gefühl tödlicher Angst. Wenn sie meinten, fünfundzwanzig sei zu jung für einen Schulleiter, dann würden sie ihn vermutlich für völlig unfähig halten, wenn sie erfuhren, dass er erst zwanzig Jahre alt war? Er wagte es kaum, einen Blick auf Jo zu werfen, aber der schien Asks Bewerbungsschreiben nicht gelesen zu haben und wusste nichts von seinem Geburtsdatum.

Plötzlich sagte eine dünne Stimme unten an seiner Hüfte:

»Ich rauche Pfeife.«

Als Ask nach unten blickte, entdeckte er Väterchen Zebedeussen, der mit einer kleinen Stummelpfeife im Mund paffte und mit sanftem Tadel auf die Zigarette in Asks Hand schaute.

»Aber Papa«, sagte die älteste Tochter, nahm den Vater bei der Hand und setzte ihn in den Lehnstuhl. Dort blieb er mit überkreuzten Beinen sitzen, rutschte aber bald darauf wie ein alter Zirkuszwerg von seinem Sitz, kam zurück zu den anderen, schaute Ask streng an und sagte:

»Zigaretten sind ungesund.«

Ask schaute hinunter auf das Gesicht des Mannes, er schluckte, biss sich auf die Lippe und musste sich zur Wand drehen, mit dem Gesicht zu einem Buchregal. Da stand er einige Sekunden steif und ernst und betrachtete flehend den Buchrücken von Roald Amundsens *Der Nordpol*. Seine Kopfhaare spreizten sich vor frierender Panik, als er das Konterfei des verblichenen Polarforschers erblickte, und ihm fiel ein, dass dieser Autor einen der abenteuerlichsten Zinken gehabt hat, der jemals einen Norweger auszeichnete.

Als Jo und er später am Abend zurück in die Bürowohnung gingen, konnte er sich nicht länger beherrschen. Er musste ihm den Witz erzählen, den Urwitz, den Weltwitz; alle anderen Witze auf der Welt sind davon abgeleitet und beinhalten ihn; insofern könnte sich die Menschheit mit diesem einen Witz begnügen:

Die Mutter sitzt mit ihrem kleinen Sohn Hans in der Straßenbahn. Die Mutter ist stolz auf Klein Hänschen. Sie hat ihm eingeschärft, wenn sie irgendwie seltsame Menschen auf der Straße sehen, dann soll Hans nie auf sie zeigen oder laut seine Verwunderung äußern, denn Menschen mit Missbildungen fühlen sich leicht verletzt. Das hat Hans verstanden.

Aber hier in der Straßenbahn ist die Mama trotzdem voller Angst, denn sie und Klein Hänschen sitzen direkt gegenüber von einem Mann mit der Urnase schlechthin. Noch nie hat die Mutter eine solche Nase gesehen und sie befürchtet das Schlimmste. Aber von Klein Hänschen kommt kein Ton, er sitzt artig da und starrt auf den Boden. Die Mutter will trotzdem kein Risiko eingehen: An der Haltestelle nimmt sie Klein Hänschen fest an der Hand und zieht ihn rasch zur Ausgangstür. Aber da bleibt Klein Hänschen einen Moment stehen, dreht sich an der Tür um, blickt zurück, und voller Stolz über sein gutes Benehmen ruft er gellend in die Straßenbahn hinein:

»Aber wenn wir nach Hause kommen, Mama, *dann* werden wir doch sicher über *diese Nase* reden!«

Jo sprang in eine Schneewehe und bohrte den Kopf in den Schnee, um die Stadt nicht zu wecken.

Als sie zurück ins Büro kamen, bürstete Ask den Schnee von Jo und sie standen lange zusammen im Schreibmaschinenraum und wischten sich die Tränen aus den Augen. An diesem Abend begann ihre Freundschaft.

Sie saßen noch eine Weile da und redeten über die Stundenpläne, die Lehrbücher, den Lehrplan und die Schüler. Es stellte sich heraus, dass der Unterricht am Nachmittag stattfand, von 4 Uhr bis ½ 9 Uhr im Gebäude der Volksschule. Außerdem gab es an zwei Abenden in der Woche einen Extrakurs für ganzjährige Schüler, von 9 Uhr bis ½ 11 Uhr.

Außerdem hatte der Schulleiter einige Privatschüler gehabt, die das private Abitur in Englisch und Deutsch machen wollten. Der Schulleiter hatte nicht nur den Wunsch geäußert, dass Ask auch diese Schüler übernehmen möge, sondern hatte zudem erwähnt, dass einer von diesen Gymnasiasten außerdem gerne Privatstunden in Französisch haben würde. Er selbst sei nicht gut genug in Französisch, um dem Jungen helfen zu können, aber Ask könnte das vielleicht? Ask hatte das bisher nie versucht, aber es könnte interessant sein, es auszuprobieren. Es würde genug zu tun geben, doch die Sprachen würden immerhin ein Lichtblick sein.

Gemeinsam mit Jo ging er einige der Posten für Buchführung durch, welche die Klasse am nächsten Tag lösen sollte. Ihm brach der kalte Schweiß aus, als er merkte, dass er unfähig war, auch nur eine einzige Aufgabe selbst zu lösen. Doch er löste das Problem auf geniale Weise, indem er Jo examinierte, der sich als Experte in allen Fächern erwies.

Jo war Schüler der Handelsschule von Indrepollen gewesen und hatte vor einigen Jahren das Examen als einer der Besten bestanden. Er war dreißig Jahre alt und hatte sein ganzes Leben hier oben verbracht. Der Vater arbeitete als Sprengmeister weit hinten im Tal, wo die Familie eine kleine Landwirtschaft hatte und wo Jo eigentlich wohnte. Aber er hatte es nie geschafft, dort heimisch zu werden. Er hatte alle möglichen Jobs in seinem Leben ausprobiert, hatte es aber nie zu etwas gebracht, obwohl er vielseitig begabt war. Er hatte etwas von einem ungebundenen Bohemien, was auch an seiner Kleidung sichtbar wurde. Er trug einen riesigen, zottligen Islandpullover und Kniebundhosen und an den Beinen saß ein Paar schwarzer, glänzender, hoher Reitstiefel aus weichem Leder. Sie saßen an seinen Beinen wie angegossen, und in der ganzen Zeit, in der Ask mit Jo zusammen sein sollte, sah er ihn nie die Stiefel ausziehen, auch wenn er sie manchmal mit Zeitungspapier, auf das er spuckte, sauber machte. Ask verdächtigte ihn, auch in den Stiefeln zu schlafen.

Als sie alle Posten der Buchführungsaufgaben durchgegangen waren, sagte Jo:

»Wir verwenden das italienische System, also mit Tagebuch und Kassenbuch.«

»Hm«, sagte Ask.

Dann holte sich Jo seinen Schlafsack, wünschte Gute Nacht und schloss hinter sich die Tür zum Schreibmaschinenraum.

Worauf Ask, panisch vor Angst wegen des kommenden Tages, auf die Suche ging, um ein Lehrbuch über Buchführung zu finden. Er hatte schon einmal von dem italienischen System gehört, es aber nie selbst verwendet, und hatte keine Ahnung, was es damit auf sich hatte.

Ask richtete sich sein Bett auf dem Diwan im Schlafzimmer und nahm das Lehrbuch mit ins Bett. Dort saß er aufrecht von 11 Uhr bis 1 Uhr mit Buch, Bleistift und Papier, und dann konnte er das italienische System.

Erschöpft, aber mit nach allen Seiten vor Begeisterung abstehenden Haaren, legte er das Buch beiseite. Plötzlich erschien es ihm ein völlig unerträglicher Gedanke zu sein, nicht sofort vor der Klasse stehen und seine glänzenden, strahlenden Einsichten in die grundlegenden und so ungeheuer einfachen Prinzipien des italienischen Systems vorführen zu können.

Seine Erregung und die aufregende Erwartung, was der morgige Tag bringen würde, veranlassten ihn, aufzustehen und in Pantoffeln durch das Zimmer zu wandern.

Er warf einen sehnsüchtigen Blick auf den Geigenkasten, den er in einer Ecke des Schlafzimmers abgestellt hatte. Aber man spielt in einem fremden Haus um ein Uhr nachts nicht Geige.

Der Schulleiter

Dies ist mein Leib,
in Pantoffeln und Schlafanzug.
Der Fußboden ist kalt und die Wände ohne Bilder,
und grässlich ist der sechseckige, gesprungene Lampenschirm
aus gelbbraunem Zellophan
auf der vernickelten Nachttischlampe,
die jetzt meine sein wird.
Das Licht dringt durch die Löcher im Schirm,
blendet meine Augen

und beleuchtet nicht die Buchseite.
Der Schirm taugt nichts und ist hässlich
und der Fabrikant des Schirmes hat Hilfe nötig.
Fabrikanten haben den Drang, zu fabrizieren.
Aber welcher Drang trieb diesen Schulleiter,
ihn zu kaufen?
Ein einfacher Lampenschirm, selbst gemacht aus Zeitungspapier,
wäre besser, sauberer und schöner.
Das Licht würde dorthin fallen, wohin es sollte.
Wer veranlasste den Mann zu dem Glauben,
dass ein Elektrogeschäft
mehr Schönheit anzubieten hat
als die, welche ein Mensch eigenhändig zu schaffen vermag?

Aber diese Stunde ward uns nicht geschenkt,
Damit wir uns in grässlichen Lampenschirmen verlieren sollten.
Über uns scheint ein anderes Licht!
Dies ist unser Leib.
Dies ist unsere Nacht.
Heute Nacht wurden wir selbstständig.
Dieses kleine Zimmer –
vier Meter im Quadrat –
ist unser privates Königreich!
Hierher kommt niemand,
außer die Putzfrau.
Und natürlich die Frauen, die wir selbst einladen werden,
zu kommen und auf dem Diwan zu sitzen.
Oder, vielleicht, zu liegen.
Alleine werden wir mit ihnen sein.
Ganz alleine.
Völlig alleine.
Das ist eine große Sache
für einen jungen Mann,
eine Wohnung für sich zu haben.
Mit Schild an der Haustür und eigenem Briefkasten

und Sicherheitsschloss.
Und einem Schlüssel.
Das ist eine sehr große Sache.
Wenn wir daran denken,
ist das ein so enormes Gefühl,
dass wir zur Hose müssen,
die über dem Stuhl hängt,
und den Schlüssel in die Hand nehmen und spüren müssen,
wie kalt er ist.
Wir sind für uns,
zum ersten Mal im Leben.
Wir haben eine private Wohnung.
Wir haben eine *Privatwohnung!*
Und sind schwindlig vor Glück,
wir müssen uns an dem eisernen Koksofen festhalten.
Denn wir haben nicht nur eine Privatwohnung:
Wir haben außerdem ein *Büro!*
Wir wecken niemanden, wenn wir die Tür leise aufschieben
und unser Büro betreten.
Da ist der Schreibtisch.
Da ist der drehbare Schreibtischstuhl.
Auf dem kann man sitzen und herumwirbeln.
Rundherum, wenn man allein ist
und das Bedürfnis dazu hat.
Nur halb zur Seite, wenn Leute zugegen sind,
und man streckt sich nach einer Karteikarte.
Und das größte aller Wunder:
Das Telefon!
Wir müssen den Hörer von der Gabel heben,
und es klingt süß,
aber heute Nacht erschrecken wir sehr
und legen wieder auf,
denn das Fräulein vom Amt könnte glauben, wir wollten etwas,
und sie würde es nicht verstehen.
Kaum wissen wir selbst, was wir wollen,

aber die Brust schwillt in der Nacht vor dem Telefon!
Denn wir durften spüren,
wie gut der geriffelte Hörer in der Hand lag,
und im Licht aus der Tür zum Privatzimmer
bewundern wir die kleine Kurbel an der Seite des Apparats
und vorne den roten norwegischen Löwen
mit dem vergoldeten Beil.
Hier,
am Tisch,
werden wir sitzen, wenn es klingelt.
Langsam und bestimmt werden wir den Hörer
mit der linken Hand abnehmen,
während wir mit der rechten französische Aufsätze korrigieren,
unbeirrbar.
»Schulleiter Burlefot, guten Tag.«
Kann dann nicht so ein junger Mann,
an seinem eigenen Schreibtisch,
vor seinem eigenen Telefon,
in seinem eigenen Büro,
in die Nacht tanzen?
»Freie Plätze im Halbjahreskurs im Herbst?«
»Hmm ... Sie fragen für Ihren Sohn?«
»Hmm ...«
»Habe gestern von meinem Sekretär erfahren,
dass der Kurs ausgebucht ist.«
»Tut mir leid.«
»Hmm ...«
»Natürlich, wenn einer der Angemeldeten ausfällt.«
»Möchten Sie vielleicht in einer Woche noch einmal anrufen?«
»Keine Ursache.«
»Auf Wiederhören.«
Nichts Schöneres auf der Welt,
als in das eigene Telefon zu hmmnen,
als im eigenen Büro Pfeife zu rauchen.
Schulleiter Burlefot.

Das hat einen magischen Klang.
Die Vorstellung: Hier müssen Männer mit Hut den Hut abnehmen,
wenn sie hereinkommen!

Wir haben uns satt gesessen in der Nacht.
Trunken vor Müdigkeit schlurfen wir zurück,
streicheln das Telefon,
die Tischplatte,
die Schreibunterlage aus grünem Löschpapier,
die Schreibmaschine,
den Tintenlöscher,
das Buchregal an der Wand,
den einen Besucherstuhl –
und wir stehen wieder in unserem privaten Königreich:
dem Schlafzimmer.
Wir schleudern die Pantoffel weg
und springen ins Bett
mit einem göttlichen Schwung,
als hätten wir Flügel
auf dem Rücken und hinten an unseren Fersen
wie Merkur,
der Gott der Kaufleute.
Wir landen mit einem Klatschen
auf einem Lehrbuch für Buchführung,
und dann wird es still im Haus.
Wir tasten nach dem Knopf der Nachttischlampe
unter dem grässlichen Schirm,
und es wird dunkel.
Die Welt gehört uns.
Heute Nacht wurden wir selbstständig.
Dies ist unser Gemach,
unsere Burg.
Draußen im hinteren Zimmer
liegt Jo auf dem Boden,
wie ein Wachhund,

und bewacht den Zugang zum Schloss.
Dieses war die erste Nacht.
Morgen ist der erste Tag.

Der Schulleiter schläft.

Eine Begegnung

An einem Samstagabend etwa drei Wochen nach Asks Ankunft in Indrepollen gingen er und Jo ins Folkets Hus und saßen anderthalb Stunden auf langen braunen Bänken ohne Rückenlehne und sahen sich einen reißerischen Western mit Ken Maynard an. (Jo war ihm unentbehrlich geworden, er hoffte, ihn als Hilfslehrer bis zum Examen behalten zu können. In aller Stille hatte er Jo die Klassen in Buchführung und kaufmännischem Rechnen überlassen, während er Verwaltung, Wirtschaftslehre und Schriftverkehr unterrichtete.) Nach dem Kino gingen sie ins Haus des Sports. Dort wurde zum Tanz aufgespielt.

Man hatte die Turnhalle in ein Tanzlokal verwandelt. Bock, Pferd und Barren waren in eine Ecke geschoben und abgedeckt worden, aber die hohen Sprossenwände konnten nicht lügen. In einer Ecke des Saales war die Tanzkapelle: Ein Mann spielte Akkordeon und ein zweiter Mann spielte Klarinette. Die Musik war schrill und laut.

An den Wänden hatte man Stühle und Tische aufgestellt. Auf den Tischen lagen Papierdecken, die ursprünglich weiß gewesen sein mussten, aber bereits fleckig waren von Kaffee, roter Brause, Zigarettenasche und Gebäckkrümeln. Einige der Papierdecken hatten sich auf den Tischen verschoben und lagen schief; da konnte man die rauen, braun gestrichenen, rissigen Tischplatten darunter sehen und man konnte auch sehen, dass sie auf Böcke gelegt worden waren. Es waren viele Menschen im Saal, die Stimmung war aufgeheizt, die meisten tanzten, aber einige saßen an den Tischen. Ab und zu sah man einen, der sein halb volles Glas rote Brause unter den Tisch hielt und mit starrem und unschuldigem Blick in die Luft schaute; wenn das Glas wieder zum Vorschein kam, war es voll und die Brause hatte eine dunklere Färbung bekommen.

Am hinteren Ende des Saales war ein Vorsprung, der eine Art Galerie bildete. Unter diesem Vorbau waren auch Tische, und dort bekamen Ask und Jo einen Platz. Sie saßen eine Weile und rauchten Zigaretten. Jo nickte vielen im Saal zu und später tanzte jeder mit einem Mädchen. Nach dem Tanz gingen sie alleine zurück an ihren Tisch.

Ask war insgeheim gespannt gewesen, bei dieser Tanzveranstaltung ein bestimmtes Mädchen zu treffen. Er kannte sie nicht, hatte sie nur ein paarmal auf der Straße gesehen. Das Städtchen war nicht groß und Vergnügungsmöglichkeiten nicht so zahlreich, dass es durchaus vorstellbar war, sie beim Tanz im Vereinsheim zu treffen.

Das Mädchen war jung und zart. Sie hatte einen selten sanften Charme und das Gesicht – oval und blass – wurde noch kleiner, weil es von dunklen, hängenden Korkenzieherlocken eingerahmt war. Sie anzusehen, das war gewesen wie Poesie. Bei einem der letzten Male, als sie sich auf der Straße begegnet waren, hatte er gemeint, den Schatten eines Lächelns in der Luft zu spüren. Sie war in ein Haus gegangen nicht weit von da, wo er selbst wohnte. Vorsichtig hatte er versucht, Jo auszufragen. Jo wusste, wen er meinte, kannte sie aber nicht. Er glaubte, sie sei eine Verwandte der Familie, in deren Haus sie wohnte.

Später hatte sich Jo näher erkundigt und konnte immerhin mitteilen, dass der Name des Mädchens Nanna war. Der Name war sanft und anmutig, und in den Nächten, wenn er alleine war, konnte Ask ihren Namen in den Mund nehmen und ihn behutsam und träumend auf der Zunge spüren. In Gedanken berührte er ihre kleine, blasse Wange und strich ihr zärtlich über das Haar. Die dunklen Locken teilten sich und offenbarten ein Ohr, das klein und weiß war.

Er konnte sie in dem Tanzlokal nirgends entdecken. Das fand er eigentlich in Ordnung, sie hätte nicht hierher gepasst. Nanna, das Mädchen mit dem Lotusgesicht, müsste in einem winzig kleinen Schloss wohnen, in einem Garten mit kleinen silbernen Springbrunnen und mit Rosenhecken. Er stellte sie sich vor wie die wunderschöne Prinzessin im Märchen von dem Püppchen im Gras.

Ask und Jo gingen hinaus aus dem Tanzlokal auf den Gang, um Luft zu schnappen. Einer der Schüler von der Handelsschule entdeckte sie, kam übermütig auf sie zu und schlug Ask auf die Schulter. Er wollte sie auf einen Schnaps einladen. Ask fragte, was das für einer sei. Der Schüler kniff die Augen zusammen. Mit dem zunehmenden Minderwertigkeitsgefühl und dem Misstrauen des Angetrunkenen fragte er, ob das, was für ihn gut genug sei, nicht auch für einen Schulleiter gut genug sei. Mit dem trostlosen Gefühl des Nüchternen, erfüllt von unsäglicher Pein und Scham, versuchte Ask darüber hinwegzugehen. Er nahm die Flasche, die ihm in die Hand gedrückt wurde, und setzte sie vorsichtig an, die Augen des Schülers passten auf, dass er auch schluckte. Es schmeckte fürchterlich.

Jo hatte auch etwas genippt und wischte sich mit dem Handrücken über den Mund.

»Tolles Gesöff«, sagte er und nahm noch einen Schluck, »zweimal destilliert.«

Dann verschwand Jo, er wollte mit einem Mädchen tanzen, das er kannte. Ask ging zurück zu dem Tisch unter der Galerie, dort war es etwas dunkler. Er saß da und schaute den Tanzenden zu und ein Gefühl von Einsamkeit, Überdruss und Verbitterung überfiel ihn. Er wusste nicht, was er sich von diesem Abend erwartet hatte, er wusste nur, dass es das nicht war. Ein Mann an einem Tisch weiter weg fiel zu Boden, er war mit dem Stuhl rückwärts umgekippt. Im Fallen riss er den Tisch mit Flaschen und Gläsern mit. Das Geräusch von splitterndem Glas ist fürchterlich, und Ask konnte nicht in das dröhnende Lachen einstimmen, das folgte. Er drehte sich auf seinem Sitzplatz und schickte sich an zu gehen.

Da saß am Nachbartisch nur einen halben Meter von ihm entfernt eine junge Frau. Ask hatte sie schon früher gesehen, da hatte sie an einem Tisch ganz hinten an der Rückwand gesessen, umgeben von einer Schar Männer, von denen einige Uniform trugen. Sie waren sehr lautstark gewesen. Ask warf einen kurzen Blick auf den Tisch im Hintergrund, die Männer saßen immer noch dort. Merkten sie etwas? Aber sie schienen Ask nicht zu sehen, und er konnte nicht in ihren Gesichtern lesen.

Er schaute zu der jungen Frau, schlug aber die Augen nieder, denn er verabscheute sie auf einmal abgrundtief. Er stand langsam vom Stuhl auf.

Sie sagte:

»Wollen Sie einer Dame kein Feuer geben?«

Als er sie jetzt ansah, bemerkte er, dass sie mit einer nicht brennenden Zigarette im Mundwinkel dasaß. Sie saß ruhig auf ihrem Stuhl und schaute ihn lächelnd an. Tief drinnen in ihren blanken, großen gelbgrünen Augen war ein pfiffiges Blinzeln von unbändiger Lustigkeit.

Er zuckte zusammen beim Klang ihrer Stimme. Sie war tief, heiser, irgendwie geprägt von einer inneren Stärke und Vitalität. Er dachte: Sechs gestandene Männer, und die haben kein Zündholz für sie. Ohne ein Lächeln und mit einer tiefen Verärgerung, die er sich nicht erklären konnte, wühlte er in seinen Hosentaschen. Das erste Streichholz knisterte und verlöschte. Er musste noch eines entzünden. Sie saß mit einem dunklen, unerträglichen Lächeln da und betrachtete seine Hände.

Sie hatte eine breite Nase und lebhafte Nasenflügel und einen großen, rot glänzenden Mund mit weißen, etwas unregelmäßigen Zähnen, die sie gerne zeigte. Ihr Haar war kräftig, glatt und füllig und es war schwarz wie flüssiger Teer. Während sie Ask und seinen Versuch, das Streichholz zu entzünden, betrachtete, hatte sie den Mund halb offen und befeuchtete mit der Zunge die roten, glänzenden Lippen.

Als er ihr das Streichholz hinhielt, hob sie das Gesicht leicht nach oben. Ask schaute zur Seite. Er merkte, dass sich ihre Hand einen Augenblick um seine legte, als wolle sie die Streichholzflamme vor einem Luftzug schützen. Er wollte nicht zu ihr hinunterschauen, er verspürte ein tiefes Unbehagen. Er merkte, wie sie den Rauch gierig bis auf den Grund ihrer Lungen einsog.

»Danke«, sagte sie. Wieder erschrak er, als er ihre Stimme hörte. Diesmal war darin ein Unterton, als hätte sie sagen wollen: »Braver Junge.«

»Bitte«, sagte Ask. Er legte das abgebrannte Streichholz auf die weiße Untertasse, die als Aschenbecher diente, und machte eine leichte Verbeugung zu ihr. Ihm fiel auf, dass ihr Gesicht bleich war, vermutlich wegen des Puders, aber dass ihr Hals und ihr Schlüsselbein und die

Hände dunkel, braun waren, eine fast aschefarbene Haut. Er fand sie vulgär. Er drehte sich auf dem Absatz um und ging.

Als er fast am Ausgang war, hörte er weit hinter sich ein Gelächter, das anschwoll. Er hörte an dem Laut, dass es eine Schar Männer war, die lachte. Aber er war sich fast sicher, dass er in dem kleinen Chor auch das heisere, übermütige, selbstsichere Lachen der jungen, schwarzhaarigen Frau gehört hatte.

Er drehte sich nicht um.

Draußen auf dem Gang traf er Jo.

Sie hatten beide genug von den Freuden des Festes und gemeinsam gingen sie nach Hause.

Die Rede eines alten Mannes

»Von hier haben wir eine ganz herrliche Aussicht. Dort ist das Licht von Ihrem Haus, da ist das Licht von meinem. Sie haben nichts dagegen, eine Weile hier auf dem Schneepflug zu sitzen? Ausgezeichnet. Allerdings muss ich zugeben, dass ich diesen kleinen Abendspaziergang nicht vorgeschlagen habe, nur um Ihnen die Aussicht zu zeigen. Ich sah, Sie waren sehr verwundert heute Abend in der Schule, als ich Sie fragte ... Sie waren *sehr* verwundert, junger Mann. Sie haben mich bisher noch nie mehr als fünfzehn Sekunden zusammenhängend reden gehört. Ihr Gesicht verrät Sie. Sie müssen auf Ihr Gesicht achten. Man kann darin lesen wie in einem offenen Buch. Wenn Sie nicht achtgeben auf Ihr Gesicht ... Sie sollten von mir lernen. Sitzen Sie gut? Sie entschuldigen doch, dass ein alter Mann mit einem Flachmann in der Innentasche herumläuft? Sie nehmen vielleicht selbst ein Schlückchen, die Verschlusskappe voll? Ich habe noch nie die menschliche Verwunderung so deutlich gesehen wie in Ihrem Gesicht. Hätten Sie sich gedacht, dass der alte Zebedeussen mit einem Flachmann in der Tasche herumläuft? Doch, genau das tut er. Der alte Zebedeussen trinkt immer wieder, regelmäßig, ein Gläschen zum Frühstück, drei am Vormittag, zwei am Nachmittag, drei bis fünf Gläschen am Abend und eines in der Nacht. So trinke ich seit über dreißig Jahren. Ich und die Flasche im

Schrank sind eins. Meine Frau und meine Töchter wissen davon. Das hätten Sie auch nicht gedacht? Das ist die Art Großzügigkeit von ihrer Seite, die ich gekauft habe. Sie schließen die Augen, wenn ich ein Gläschen nehme. Im Gegenzug ... Nun, Sie nehmen ein Schlückchen? Es ist guter norwegischer Whiskey. Englische Originalware kann ich mir leider nicht leisten. Sie können sich das denken. Sie nehmen einen Schluck? Das gefällt mir. Und erlauben Sie mir außerdem, Sie zu beglückwünschen, dass Sie zur Pfeife übergegangen sind. Um auf die Frage zu antworten, die Sie glauben ganz für sich zu haben, die jedoch in Ihren Augen lodert: Ja. Doch nur an der *Farbe* meiner Nase ist die Flasche schuld. Die *Form* hatte sie schon, als ich jung war. Sie haben vielleicht beobachtet, dass ich sie einigen meiner Töchter vererbt habe?

Junger Mann, glauben Sie bloß nicht, dass ich an einem unglücklichen Hang zu Vertraulichkeiten leide. Nein. Aber Sie sind jung, sehr jung. Sie sind jung, gut aussehend, mit einem höflichen Benehmen – Sie können mit dem Fuß scharren und in den Schnee starren, so viel Sie wollen –, ich sagte, mit einem höflichen Benehmen, Sie haben bereits eine gute Stellung, alles deutet darauf hin, dass es Ihnen wohlergehen wird im Leben, sofern Sie nur ...

Die Luft ist ein wenig kalt, Sie entschuldigen, dass ich noch einen Tropfen zu mir nehme. Ich habe gesehen, wie meine Töchter Sie musterten, und ich habe meine Töchter reden hören, nachdem Sie aus dem Haus waren. Sie wollen gerne wissen, was meine Töchter von Ihnen halten? Junger Mann, Sie können um jede beliebige meiner sechzehn Töchter freien – abgesehen von ihr, die verheiratet ist –, und Sie würden sofort ein Ja bekommen. Und Sie können egal welche in Ihre Bude einladen – auch die, die verheiratet ist –, und sie würden alles geschehen lassen. Die Damen würden sogar selbst dazu beitragen, dass alles geschieht. Wenn Ihr Unterkiefer auf diese Weise nach unten klappt, sehen Sie erstaunlich einfältig aus. Sie sollten auf Ihren Unterkiefer achten.

Nun, Sie brauchen nicht zu glauben, dass ich betrunken bin, dass ich Unsinn rede. Ich habe mir lediglich erlaubt, den Anflug eines Lächelns in Ihrem Gesicht zu beobachten, wenn die eine oder andere meiner Töchter Ihnen bei Tisch bereitwillig die Kartoffeln reichte. Ihr Lächeln war selbstzufrieden, junger Mann, Sie haben eine Schwäche für weibliche Aufmerksamkeit. Deshalb ist es meine Pflicht, Ihnen die Augen zu öffnen, worauf Sie sich möglicherweise einlassen.

Lassen Sie mich deshalb ein paar Worte über meine Frau sagen. Sie werden sich gewiss Gedanken gemacht haben, wie zwei so verschiedene Menschen wie sie und ich in einer Ehe gelandet sind, und vielleicht noch mehr, warum wir sechzehn Töchter in die Welt gesetzt haben.

Junger Mann, ich wurde in meiner Jugend vergewaltigt. Passen Sie auf Ihr Gesicht auf. Es klingt unwahrscheinlich, aber Sie müssen den enormen Unterschied bedenken, was die Körperkräfte angeht. Wir machten einen Ausflug in den Wald, zusammen mit anderen jungen Menschen, es war überdies ein Sonntag. Sie und ich waren auf einmal allein. Sie nahm mich auf ihren Schoß und streichelte mich wie einen Hundewelpen. Dann öffnete sie meine Kleider, legte sich zurück, hielt mich unten mit ihrer kräftigen Hand fest und ließ mich erst los, als ich sie gesegnet hatte. Danach hob sie mich hoch, wischte mich mit dem großen Tischtuch, das ausgebreitet im Gras lag, ab, knöpfte mich zu und sagte, dass wir jetzt verlobt seien. Ich wagte keine Widerrede. Sie hätte mir das Genick brechen können, ebenso leicht wie man eine Bachstelze tötet, und hätte meine Leiche danach im Heidekraut versteckt und mit Fichtennadeln bedeckt.

Ich weiß nicht einmal mit Sicherheit, ob meine älteste Tochter von mir ist. Ich habe meine Zweifel. Umso mehr, weil ich mit Bestimmtheit *weiß*, dass ich nicht der Vater von Tochter Nummer neun bin. Das war, als meine Frau völlig hysterisch wurde, weil sie nur Töchter gebar, und in Panik verführte sie einen anderen Mann. Aber es wurde auch da eine Tochter!

Ich kenne den Mann. Er lebt hier in der Stadt. Können Sie verstehen, wie das zuging? Er ist groß, kräftig, gut gebaut. Sie muss ihn bis zur Besinnungslosigkeit abgefüllt haben.

Meine Frau ist das, was andere Menschen einen prachtvollen Menschen nennen. Barsch, deutlich, streng, aber sie hat doch sechzehn Töchter in die Welt gesetzt? Sie hat doch auch bei allen für eine Erziehung und eine Ausbildung gesorgt, sie hat ein schönes Haus und einen Mann, der auf sich achtet? Ich lese, dass in Deutschland außergewöhnliche Mütter, die viele Kinder geboren haben, vom Staat eine Prämie bekommen. Sogar hier in Norwegen kann es ihr passieren, dass sie vom König den Verdienstorden bekommt. In dem Fall würde ich kein Wort sagen. Ich habe die Flasche bekommen. Dafür kann sie den Orden haben.

Die Frau, Herr Schulleiter? Ich habe einmal ein Buch gelesen über Spinnen, wo das Weibchen nach dem Akt das Männchen verspeist. Als ob das Männchen mit der Befruchtung seine Pflicht erfüllt hat, es wird nicht mehr gebraucht, es kann verspeist werden. Wenn ich mich recht besinne, beginnt das Weibchen bereits während des Aktes, das Männchen zu verspeisen, sie ist in dem Moment fertig mit ihm, sobald er seine Schuldigkeit getan hat. Der Philosophie zufolge, die ich mir in einem langen Leben zu eigen gemacht habe, besteht kein Unterschied zwischen einer Frau und einem Spinnenweibchen, außer zeitlich gesehen. Ein Spinnenweibchen lebt nur kurze Zeit, eine Saison. Deshalb kann sie das Männchen auf der Stelle aufbrauchen. Eine Frau lebt so manche Jahre, deshalb kann sie sich damit begnügen, das Männchen über einen längeren Zeitraum zu verspeisen. Wäre da nicht das lange Leben bei Menschen, meine Frau hätte mich auf der Stelle verspeist, damals im Wald vor über vierzig Jahren. Sie hätte mich vertilgt wie eine Katze eine Bachstelze.

Jetzt lese ich in Ihrem Gesicht, dass Sie Mitleid mit mir haben. Nur hilft mir das wenig. Meine Frau ist sechsundsechzig und ich bin dreiundsechzig. Bis sie zweiundfünfzig war, konnte sie Kinder bekommen. Jetzt kann sie das nicht mehr. Aber all das andere kann sie noch immer. Sie kann es nicht nur, sie besteht darauf. Ich kann in Ihrem Gesicht sehen, dass es Dinge gibt bei sechsundsechzigjährigen Frauen, von denen junge Männer keine Ahnung haben.

Doch meine Frau hat immer gewollt. Sie ist es, die gewollt hat. Egal wann, morgens, mitten am Tag, am Abend, in der Nacht. In den letzten Jahren habe ich es auf mein Alter geschoben, auf mein Herz und meinen Blutdruck – und es ist wirklich wahr: Ein Mann kann während eines solchen Vorgangs jederzeit vor Anstrengung sterben, von einem Blutpfropfen und an geplatztem Herzen. Ich habe mir ein ärztliches Attest besorgt, das respektiert sie. Sie wagt es nur noch selten. Aber es kommt trotzdem vor, dass die Natur über die Stränge schlägt, und dann muss ich ihr gefügig sein. Da weiß sie nicht, was sie tut. Sie bittet, fleht, sie hat sogar eine Flasche echten Jamaika-Rum in ihrem Nachttisch, mit dem sie mich lockt. Und nutzt das nichts, dann droht sie mir mit dem Kopfkissen. Sie muss alles still und flüsternd machen, denn in den umliegenden Zimmern im oberen Stockwerk liegen alle unsere Töchter. Sie hält das Kopfkissen hoch in die Luft über meinen Kopf, und ich weiß, dass sie mich ersticken würde. Da muss ich ran, mit allem, was ich noch vermag. Und das ist alles andere als ein Vergnügen, Herr Schulleiter, nach über vierzig Jahren Ehe.

Da ist noch ein kleiner Schluck, wenn Sie mögen? Dann trinke ich selbst. Ich glaube, dass meine Frau sich insgeheim einbildet, Alkohol stärke den Mann.

Eine Frau, Herr Schulleiter, lassen Sie sich nie von einer Frau überrumpeln. Wenn Sie nicht jeden Moment vorbereitet und gerüstet sind, werden Sie so enden wie ich. Sie wird Sie auspressen bis auf den letzten Tropfen, wird Sie von einem lebenden Menschen in eine hohle Nuss verwandeln, sie wird Ihnen jedes bisschen Selbstachtung nehmen und Sie zu einem Gewürm machen, niedriger als die Erde, auf der sie geht.

Trotzdem, es gibt eine Form der Entschädigung. Wissen Sie, wie ich mich gerächt habe? Ich habe ihr nur Töchter geschenkt. Jedes Mal, wenn sie schwanger wurde, habe ich zu Gott gebetet, es möge eine Tochter werden. Und Gott hat mich erhört. Haben Sie den argwöhnischen Zug von abgrundtiefem Erstaunen bemerkt, den sie manchmal im Gesicht hat? Diesen Zug erkenne ich, nicht mit boshafter Freude, aber mit einem Gefühl der Genugtuung. Denn sie kann nicht verstehen, warum sie nur Töchter bekommen hat. Keine Frau versteht Gott.

Und dann versteht sie nicht, warum nicht mehr als eine von ihren sechzehn Töchtern geheiratet hat. Aber ich verstehe es. In diesem Punkt muss ich zugeben, dass nicht nur die Finger Unseres Herrn im Spiel sind, sondern auch meine eigenen. Sie sind der zweihundertdreiunddreißigste Mann, mit dem ich diesen Abendspaziergang hier in Indrepollen mache.

Die Tochter, die geheiratet hat? Nun, sie war zu Besuch in einer anderen Stadt. Ich kann meine Töchter nicht verfolgen. Sie zwang den Mann durch Vortäuschung einer Schwangerschaft zur Ehe. Sie haben keine Kinder, obwohl sie seit sechs Jahren verheiratet sind. Ich habe zu Gott gebetet, dass alle meine Töchter kinderlos sterben mögen. Es muss eine Gerechtigkeit geben, auch für die Spinnen.

Sie sehen aus, als würden Sie frieren? Dann stehen wir auf und gehen zurück. Es ist außerdem bereits zehn vor neun. Nach neun Uhr serviert meine Frau kein Abendessen mehr, das hat sie Ihnen sicher deutlich gesagt. Aber ansonsten kümmert sie sich sehr gut um Ihr Wohlergehen, nicht wahr? Es wird Ihnen vermutlich nicht klar sein, wie gerne sie es sehen würde, dass Sie ein Teil der Familie würden.

Danke für das nette Gespräch.«

Vom Kopf bis Fuß auf Liebe eingestellt

Einige Zeit später wagte es Ask, Jo nach dem Mädchen Nanna zu fragen, er hatte sie lange nicht mehr gesehen. Jo meinte, dass sie höchstwahrscheinlich für eine Weile heim zu ihren Eltern gefahren sei. Sie war oben in den Bergen zu Hause.

Ask hatte seine Nachfrage wie nebenbei formuliert, er war überzeugt, keinerlei Interesse verraten zu haben. Aus irgendeinem Grund wollte er Nanna als sein tiefes Geheimnis bewahren.

Deshalb musste er sich sehr anstrengen, keine Reaktion zu zeigen, als Jo ein paar Tage später erzählte, dass zwei junge Damen in der Stadt gerne zu Besuch in die Wohnung des Schulleiters kommen würden. Jo sagte, dass Ask einer der Damen schon einmal begegnet sei. Sie sei es auch, die ein Treffen vorgeschlagen habe.

Ask blickte starr zu Boden, er spürte ein Rauschen in den Ohren. Nanna, das Mädchen mit dem schüchternen Lotusgesicht, sollte sich aus eigenem Antrieb zu einer Tanzparty beim Schulleiter eingeladen haben?

Eine erregte Zärtlichkeit stieg in ihm auf. Dann war sie also zurückgekommen aus den Bergen. Dort oben in der Einsamkeit war sie herumgelaufen und hatte an ihn gedacht, so wie er einsam durch die Straßen der Stadt gelaufen war und an sie gedacht hatte. Und jetzt meinte sie, dass sie sich treffen müssten, und deshalb hatte sie das einzig Richtige getan, sie hatte ein Treffen vorgeschlagen. Dass so ein kleines Lotusmädchen eine solche Courage hatte! Seine Bewunderung für das Mädchen war kolossal, oh, sie sollte es niemals bereuen, den ersten Schritt gemacht zu haben, er würde sie preisen bis an das Ende ihrer Tage, barmherziger Gott, Nanna ...

»Du hast sie auf der Tanzveranstaltung im Haus des Sports kennengelernt«, sagte Jo.

»*Was?*«, kreischte Ask.

»Sie sagte, du hättest dich ihrer erbarmt mit einem Streichholz«, sagte Jo, erstaunt über Asks Ausbruch. »Aber vielleicht erinnerst du dich nicht mehr. Obwohl sie sagt, sie glaube schon, du würdest dich daran erinnern.«

Ask ging aus dem Schreibmaschinenraum in das Schlafzimmer, um mit seinen vielen Gefühlen für sich zu sein. Er spürte eine merkwürdige Musik im Körper, ungefähr wie wenn man auf einem Sägeblatt spielte. Er betrachtete den Diwan. Er war jetzt fast einen Monat in Indrepollen allein. Er dachte an Nanna, aber konnte sich ihr Gesicht nicht richtig vorstellen. Sie hatte die Stadt auf unbestimmte Zeit verlassen. Kam sie jemals zurück?

Er sah das Gesicht der anderen Frau vor sich, er sah ihren braunen Hals und ihr Lächeln. Er holte tief Luft und ging zurück zu Jo.

»Wann soll das sein?«, fragte er.

»Freitagabend«, sagte Jo.

»Hm«, sagte Ask.

Im selben Moment begannen seine Hände zu zittern. Und aus einem merkwürdigen Grund fiel ihm plötzlich sein kleiner Bruder Balder ein, er sah das Gesicht des Jungen vor sich und mit einem Gefühl von heftigem, dumpfem Neid dachte er: Er hat es leicht, *er* ist erst zehn Jahre alt.

In diesem Augenblick hatte er an Balder gedacht.

Freitagabend.

Die Damen sollten um neun Uhr kommen.

Als die Uhr halb zehn zeigte, musste Ask hinaus in den Flur zur Toilette, aus purer Nervosität. Während er da stand, hörte er, dass die Damen kamen. Sie benahmen sich höchst merkwürdig, sie kicherten, sie tuschelten, man hörte ein Gepolter, als würden sie im Flur einen Ringkampf austragen, dann lachten sie plötzlich lauthals, es schallte durch das ganze Haus und Ask schickte einen Gedanken an den Vermieter im oberen Stockwerk. Er schickte auch einen Gedanken an den Schulleiter im Krankenhaus. Aber dann hörte er sie an die Tür klopfen, er hörte, wie Jo öffnete, es wurde leiser und er atmete etwas leichter. Worauf hatte er sich da eingelassen? Was waren das für Menschen, die Jo ins Haus gebracht hatte?

So wie Jo erzählt hatte, hieß die eine Gunnhild, das war die Frau von der Tanzveranstaltung. Sie war Bedienung in einem Café im Ort, im Sommer arbeitete sie in der Kantine des Truppenübungsplatzes oben im Tal. Ask hatte ihr Lachen draußen im Flur gehört, es klang wirklich wie ein Wecksignal in der Kaserne. Die andere, Tora hieß sie, hatte Ask noch nie gesehen, und Jo hatte gewisse Schwierigkeiten, ihren Beruf zu erklären. Sie wohnte anscheinend noch bei den Eltern, nahm aber hin und wieder kleine Jobs als Haushaltshilfe, Nähmädchen und »anderes« an. Er hatte verstanden, dass die beiden Damen um die fünfundzwanzig Jahre alt waren. Aber was er nicht verstehen konnte, war, dass Menschen in dem Alter noch bei den Eltern wohnten. Ohne dass sie krank oder behindert waren oder etwas verbrochen hatten, weshalb andere Menschen sie nicht anstellen wollten.

Er kam in den Schreibmaschinenraum, begrüßte sie übertrieben gelassen und korrekt und hieß sie willkommen. Die Damen waren dabei, ihre Mäntel auszuziehen, sie nickten und drückten ihm artig die Hand, hatten aber gleich darauf dicke Backen vor unterdrücktem Lachen. Sie schienen in ausgelassener Stimmung zu sein und entschuldigten ihr Zuspätkommen damit, dass sie in einer kleinen Gesellschaft im Touristenhotel gewesen seien.

»Eine kleine *geschlossene* Gesellschaft«, sagte die, die Tora hieß. Dies löste bei beiden eine Serie von Lachsalven aus, was aber bei Ask nur Verärgerung auslöste, wie man sie empfindet, wenn man außerhalb steht. Offenbar war etwas an dieser kleinen geschlossenen Gesellschaft, bei der sie waren, ungeheuer witzig und amüsant gewesen. Aber weil er nichts wusste und weil ihm die anderen auch nichts erzählten, konnte er nicht lachen. Ja, er fand ihr Gelächter ungezogen, unhöflich. Wenn man sich in Gesellschaft befindet, lacht man nicht über etwas, das nur ein Teil der Anwesenden versteht. Es liegt in der Idee einer Gesellschaft, dass *alle* sich über das, was geschieht, amüsieren. Mit unterdrücktem Ärger sagte er sich, dass man nicht ein Hochschulprofessor für Philosophie sein musste, um das zu begreifen.

Sein Ärger hing möglicherweise mit seinem Erschrecken über diese Tora zusammen. Gunnhild war stämmig und muskulös, aber ihre Züge waren offen und frei, und sie hatte etwas von der Lebendigkeit eines Tieres an sich. Wenn sie lachte und prustete, erinnerte sie Ask an eine Stute.

Die andere dagegen, Tora, war eine der abstoßendsten Frauengestalten, die Ask je gesehen hatte. Sie war eine kleine, abgemagerte, beinahe bucklige Frau mit dünnen, krummen Beinen. Ihre Nase war klein und erbsenförmig, die Oberlippe war faltig von der Anstrengung, das gelbe Gebiss zu verdecken, während die Unterlippe schlapp und lose war. Ihre Augen waren klein, schräg, träge und rot gerändert. Ihr Lachen war bellend und schwachsinnig, ihre Sprache boshaft und verdorben, und jedes Mal, wenn sie grinste, offenbarte sie etwas Primitives und Obszönes in ihrem Wesen, das Ask anwiderte. Sie war eine Nutte, auch wenn er noch keine gesehen hatte. Er machte einen Bogen um sie. Er konnte nicht fassen, dass die andere, diese Gunnhild, sich ein derart abscheuliches Wesen als Begleiterin und Saufkumpanin ausgesucht hatte.

Er wusste wenig über Frauen, er wusste wenig über die Methoden der Frauen. Erst später sollte ihm klar werden, dass im Gegensatz zu einem Mann, der sich einen Freund nach den inneren Werten des Freundes auswählt, eine Frau sich eine Freundin nach ihren äußeren Mängeln auswählt. Während ein Mann sich einen Freund sucht, um mit einer schönen Seele in Kontakt zu kommen, sucht sich eine Frau ihre Freundin aus, um neben einem unschönen Körper eine umso attraktivere Figur zu machen.

Das wusste er nicht. Er wusste nur, dass er noch nie eine so hässliche Frau wie diese Tora gesehen hatte. Er war krank vor Abscheu, er wusste nicht, wo er sich im Raum platzieren sollte. Die Damen hatten in je einem der Lehnstühle im Büro Platz genommen, und Jo kümmerte sich um die Bewirtung. Asks Flasche mit »Scuff« kam hier endlich zum Einsatz (er hatte den Inhalt probiert und ihn für trinkbar erklärt). Mit einem speziellen, bittersüßen Gefühl sah er, dass Tora trank, und er dachte: Das sollte Gro sehen.

Jo setzte das Grammofon in Gang. Es diente normalerweise dazu, deutsche und englische Sprachlernplatten anhören zu können, aber für diesen Anlass hatte Jo Tanzplatten organisiert. Dann ging Jo weg und setzte sich dort, wo Tora saß, auf die Armlehne. Ask traute seinen Augen nicht, als Jo den Arm um ihre Schultern legte. Er lachte und blödelte mit ihr!

Jo nickte Ask unauffällig zu, bedeutete ihm, zum anderen Stuhl zu gehen, wo Gunnhild lächelnd und mit einem Glas in der Hand saß und das eine Seidenstrumpfbein über das andere gelegt hatte. Aber Ask folgte der Aufforderung nicht. Sollte etwas geschehen, dann sollte ihm erlaubt sein, selbst zu bestimmen: sowohl den Ort wie die Art und Weise und den Zeitpunkt.

Er legte selbst die nächste Platte auf, und Jo und Tora erhoben sich und tanzten. *»I lift up my finger, and I say: Tweet, tweet …«* Ask hielt diesen Anblick nicht aus und er machte sich draußen im Schreibmaschinenraum zu schaffen. Er kam erst wieder herein, als die Platte fertig gespielt war. Danach wurde nicht mehr getanzt, auch wenn Gunnhild weiterhin Platten auflegte.

Gegen halb zwei Uhr erhob sich Tora. Sie wolle gehen, sie müsse am nächsten Morgen früh aufstehen. Ask murmelte etwas und er dachte: Muss die andere auch gehen?

Gunnhild streckte auf ihrem Stuhl eine Hand aus und legte sie auf den Arm der Freundin.

»Kannst du nicht noch ein bisschen bleiben?«

Tora schüttelte den Kopf. Ask sah plötzlich, wie dünn ihr Haar war, wie bei einer alten Frau.

»Es ist doch noch etwas früh, um aufzubrechen?«, sagte Gunnhild. Ask stand hinter ihr, er sah ihre kräftigen, runden Schultern unter dem braunen Pullover.

Tora schüttelte den Kopf. Sie nahm die Zigarette aus dem Mund, aber die hing fest, und die schlappe Unterlippe wurde für einen Augenblick nach unten gezogen. Sie sagte mit einem seltsamen Lächeln:

»Aber du brauchst nicht zu gehen.«

»Wenn du gehst, gehe ich auch«, sagte Gunnhild, sie streckte die Hand aus nach dem Glas auf dem Tisch.

»Du glaubst wohl, ich traue mich nicht, alleine nach Hause zu gehen?«, sagte Tora und entblößte mit einem abscheulichen Grinsen ihre unechten Zähne. Die anderen lachten, als sei dies eine außergewöhnliche Witzigkeit, die Spitze der raffiniertesten Ironie der Welt, und wie Ask es einschätzte, konnte das durchaus der Fall sein.

»Ich werde dich nach Hause begleiten«, sagte Jo.

Es entstand eine kleine Pause. Plötzlich wusste es Ask. Er vermochte es nicht in den Augen der anderen zu sehen, aber er wusste es trotzdem. Er hörte eine leise, singende Musik in der Welt, als spielte jemand auf einem Sägeblatt, sehr, sehr hoch.

Tora und Jo hatten bereits die Mäntel angezogen. Gunnhild erhob sich langsam aus dem Lehnstuhl und sagte:

»Es ist am besten, ich gehe auch.«

Dann blieb sie in der Tür zum Schreibmaschinenraum stehen, lange genug, dass Ask das Stichwort geben konnte. Er räusperte sich und gab es.

»Sie brauchen nicht zu gehen, wenn Ihre Freundin es tut.«

Sie schaute ihn rasch mit ihren gelbgrünen Augen an und spitzte den Mund. Dann hob sie lächelnd die Schultern und sagte ein wenig müde:

»Ein Weilchen kann ich ja noch bleiben.«

Ask schaute zu Jo und Tora. Sie schauten nicht zu ihm. Er brachte sie hinaus. Tora sagte Adieu und ging in den Flur, Jo zog Ask einen Augenblick beiseite und flüsterte:

»Leg einfach meinen Schlafsack hierher. Ich bin eine Stunde weg.«

Ask nickte, schlug aber die Augen nieder vor diesem wohlwollenden, heiteren Lächeln im dicken Gesicht des Freundes. Als Ask die Tür hinter ihnen geschlossen hatte und im Schreibmaschinenraum stand, wurde es schrecklich still. Er konnte den Puls in seiner Halsschlagader spüren.

Als er hereinkam, hatte die Frau eine neue Tanzplatte aufgelegt: »Ich bin von Kopf bis Fuß auf Liebe eingestellt«. Sie summte den Text mit und ihre Aussprache war verblüffend gut, als sei sie eine Deutsche oder deutscher Abstammung oder habe lange in Deutschland gelebt. Sie setzte sich in den einen Lehnstuhl, Ask in den anderen.

Zwischen ihnen war ein kleiner Tisch, auf dem die Gläser standen, ein kleiner, weiß gestrichener, in Heimarbeit gezimmerter Holztisch, in Glanzlack, sodass man das Sperrholz unter dem Lack deutlich erkennen konnte. Die vier Tischbeine ragten einige Zoll über die Tischplatte hinaus, und er fragte sich plötzlich, warum sie nicht oben abgeschnitten worden waren. Es war ein unschöner Tisch, glich eher der Anfängerarbeit eines Schülers im Werkunterricht an der Volksschule.

Er betrachtete die Sessel, in denen sie saßen, schwer, klobig, der Überzug mit einem Muster aus großen blassroten Rosen. Er betrachtete den Aschenbecher auf dem Tisch, eine Porzellanschale mit einer Porzellanpfeife in der Mitte. Was hatte eine Porzellanpfeife in einem Aschenbecher zu suchen? Das war offenbar zur Verschönerung, ein Ziergegenstand, aber was wollte man mit einem Ziergegenstand in der Mitte eines Aschenbechers? Machte es das nicht doppelt kompliziert, den Aschenbecher sauber zu halten?

Er dachte plötzlich an den Schulleiter, den kranken Mann im Hospital, der diese Schule gegründet hatte. Eine Schule etablieren, einen Schreibmaschinenraum, einen Stenografieunterricht für 30–40 Schüler organisieren, als geschäftstüchtiger Pionier für den Ort und guter Bankchef für sich selbst, der über eine eigene Schule mit Büro und Privatwohnung verfügte – dazu war der Mann fähig. Aber war derselbe Mann, der eine solche Energie und ein solches Organisationstalent hatte, nicht in der Lage, für seine Wohnung auch nur eine Kleinigkeit, ein einziges Einrichtungsstück zu kaufen, das Geschmack, Verstand und Schönheit verriet?

Er war nach zwei Gläsern »Scuff« mit Orangenlimonade leicht beschwipst. Er saß da und wurde von einer Zärtlichkeit für diesen Mann ergriffen, für diesen kranken Mann. Der Mann war wie ein kleiner Junge, der sein ganzes Leben vor Schaufenstern gestanden und sich Dinge gewünscht hatte, einen Augenblick dachte Ask an seine Mutter, ihr Stolz auf sinnlose Einrichtungsgegenstände hatte etwas Rührendes gehabt ... Er atmete tief ein. Nicht lange, und er würde hier selbst Ordnung machen, im Büro, im Schlafzimmer. Als Erstes würde er die grässliche Leselampe rauswerfen ...

Halt, stopp! Er würde ja hier nicht wohnen! Er würde nicht hierbleiben! Dies war nur eine kurzfristige Zwischenstation auf der Reise des Lebens, er saß ja lediglich im Warteraum des Bahnhofs und wartete auf den nächsten Zug. Oh, eine bessere Welt, ein schöneres Haus, ein Haus möblieren, eine Wohnung mit einfacher, klarer Schönheit! Eine Wohnung, erfüllt von Musik, mit dem Duft nach Blumen, mit klaren Farben, mit Ruhe, mit Stille, mit Kraft, Haydn ...

»Männer umschwirr'n mich wie Motten um das Licht,
und wenn sie verbrennen, ja dafür kann ich nicht.«

Die Platte stoppte, aber sie hatte weitergesungen. Er erwachte aus seinen Gedanken. Sie schauten sich an, lächelten und prosteten sich zu. Dann legte sie eine neue Platte auf, einen Tango, und sie sagte:

»Wir haben noch nicht miteinander getanzt, oder?«

Er sagte:

»Nein.«

Er stand langsam vom Stuhl auf. Auf einmal hatte er das Gefühl, etwas zu tun, was er schon einmal erlebt hatte. Dieser Moment war ihm bekannt, er hatte alles schon einmal gesehen, er war in diesen Räumen gewesen, in genau diesem Raum, mit dieser Frau, diesem Schreibtisch, es war, als wüsste er sowohl den Anfang wie die Fortsetzung. Er schüttelte den Kopf, um die Bilder loszuwerden, es war, als sei dieses Traumbild seitlich von ihm aufgetaucht, über der linken Schulter, sein Gesicht war starr und lauschend, als er sagte:

»Vielleicht sollten wir?«

Sie lächelte ihn an, ein großes Lächeln ganz für ihn, ihr Lächeln war so unfassbar groß; wenn er in ihre Pupillen schaute, war es, als blickte er in einen grünen Gebirgsbach, wo tief auf dem Grund etwas Goldenes glänzte, vielleicht waren es Steine, vielleicht gleitende Forellen, kleine Wasserpflanzen ... Sie drückte die Zigarette in dem Aschenbecher mit der Porzellanpfeife aus und kam zu ihm. Er legte die rechte Hand um ihre Taille. Sie war schwer, weich, geschmeidig, sie hatte einen Lackgürtel um den Bauch über dem Pullover, das irritierte ihn. Sie redeten nicht, während sie tanzten, aber sie summte. Das irritierte ihn. Ihr schwarzes Haar duftete nach Wacholder, und sie tanzte mit der Wange an seiner Brust und sie wandte den Kopf in dieselbe Richtung wie er. Das irritierte ihn.

Nach dem Tanz setzte sie sich. Ask schenkte ihnen beiden nach, und sie sagte nicht Nein. Ask setzte sich auch. Er dachte: Ich muss es wohl können. Er dachte intensiv nach: Ich kann viele Dinge. Mal sehen, was ich kann. Ich bin eigentlich ziemlich geschickt. Machen wir eine Übersicht: Ich kann ... Nun, ich kann die Schuhe binden. Ich kann eine Krawatte binden. Ich kann einen Ofen anheizen. Ich kann Kaffee kochen und Eier braten. Einmal kochte ich Knackwürste. Auf der Geige kann ich Stücke von Bach, Boccherini und Mozart spielen. Ich kann einen perfekten Geschäftsbrief auf Deutsch schreiben. Heute, in der Unterrichtsstunde Schriftverkehr, konnte ich den Schülern auch erklären, wie man in Buchführung ein Kommissionsgeschäft einträgt. Barmherziger Gott, ich habe das hingekriegt. Ich kann mich rasieren. Ich esse mit der Gabel. Ich lese englische Bücher in der Originalsprache. Einmal habe ich eine Ratte mit Pfeil und Bogen erschossen. Ich muss dies hier auch können.

Er zündete sich eine neue Zigarette an und verlor das Streichholz auf dem Fußboden. Er schielte hinüber zu ihrem Stuhl. Es wäre eine dumme Stellung, wenn er sich auf die Armlehne setzte und die Hand auf die Rücklehne legte. Da müsste er sich zu ihr hinunterbeugen oder sie zu sich heraufziehen; das barg viele Möglichkeiten eines Fehlschlages. Wenig effektiv würde es auch sein, wenn er sie auf seinen Lehnstuhl einlüde und sie auf den Schoß nähme. Die Armlehnen wären hinderlich, sie müsste die Beine hochwerfen und seitlich ausstrecken, um bequem zu sitzen; sie war groß und schwer, es würde nicht angenehm sein, ihr Körpergewicht direkt auf der Leiste zu haben. Außerdem würde sie nicht bereit sein, mit den Beinen in der Luft auf seinem Schoß zu sitzen. Nicht, ehe etwas anderes zwischen ihnen passiert war.

Alles musste ganz richtig ablaufen, nach dem Muster des Anstands, alle Regeln für Takt und guten Ton sollten befolgt werden. Schritt für Schritt. Und nie zwei Schritte auf einmal.

Er saß völlig ruhig da und durchdachte alles. Er wusste nicht, was ihn mehr erstaunte: seine eigene Ruhe oder seine plötzliche Einsicht. Er wusste plötzlich alles von dieser Frau. Sie hatte sich in allen Punkten abgesichert, sie war die geborene Juristin, die geborene Spielerin:

Nicht sie war es, die am ersten Abend Kontakt aufgenommen hatte. Es war Ask, der einer Dame gegenüber, die mit einer Zigarette ohne Feuer dasaß, so unaufmerksam war, dass er sie förmlich gezwungen hatte, ihn anzusprechen. Richtig?

Es war nicht sie, die angerufen und ein Treffen vorgeschlagen hatte. Jo war der Initiator. Ganz zufällig hatte sie Jo gegenüber erwähnt, dass es interessant wäre, den neuen Schulleiter kennenzulernen. Es ist doch immer interessant, neue Menschen kennenzulernen. In einem so kleinen Ort. Richtig?

Jo hatte die Einladung überbracht. Sie und eine Freundin würden kommen. Sie würden zwei Paare sein. Richtig?

Bedauerlicherweise musste die Freundin viel zu früh gehen. Und Jo musste sie nach Hause begleiten. Sie selbst war nur dageblieben, weil der Schulleiter sie genötigt hatte, zu bleiben. Er schien etwas mit ihr bereden zu wollen. Und es ist doch völlig in Ordnung, wenn zwei erwachsene Menschen zu abendlicher Stunde zusammensitzen und in aller Unverbindlichkeit miteinander plaudern. Richtig?

Folglich: Man ist eine Dame. *Ich bin von Kopf bis Fuß auf Liebe eingestellt.* Aber, bitte schön, eine Dame. Ich habe unglaubliche Dinge unter meinem Pullover und meinem Rock, diese Dinge gehören mir. Ich kann diese Dinge mit dem jungen Schulleiter mit dem sanften Blick und dem irritierend ruhigen Wesen teilen, ich beabsichtige eigentlich nicht, von hier wegzugehen, bevor er in mir gelebt und seinen Blick und sein Wesen aufgegeben hat, aber dazu muss er sich nicht zu mir herübersetzen und an meiner Kleidung herumfingern. Ich bin eine Dame, und da muss er sich nicht benehmen wie ein Hafenarbeiter oder ein Fischer. *Verstehste?*

Ask verstand voll und ganz. Er warf durch die halb offene Tür einen

Blick ins Schlafzimmer. Das ging nicht. Nicht bei einer Dame. Ein Schritt nach dem anderen.

Mithilfe geometrischer Berechnungen fand er heraus, dass die beste Eröffnungsposition – die, in der sie sich miteinander bekannt machen und den Weg für das Folgende ebnen sollten – im Stehen erfolgen sollte. Dabei würde ihm auch seine Körpergröße von Vorteil sein. Natürlich nicht, während sie tanzten, nur Matrosen und Betrunkene küssen auf der Tanzfläche. Aber es könnte passen, wenn sie am Schreibtisch standen. Wenn sie dastanden und nach der Platte für den nächsten Tanz suchten.

Er nahm einen großen Schluck »Scuff«, prostete ihr zu und sagte mit einer Stimme, deren Festigkeit ihn maßlos überraschte:

»Wollen wir noch eine Platte auflegen?«

Sie sagte:

»Hm.«

Er stand jetzt am Schreibtisch und sagte:

»Welche wollen Sie?«

Sie stand jetzt auch am Schreibtisch und blätterte in dem Stoß. Seine Hände berührten die ihren. Ihre Brüste waren unter dem Pullover wie Sprengkörper, es war, als würden sie explodieren wie Minen, sobald man die kleinen, vorspringenden Zünder anfasste. Sie machte eine halbe Drehung auf dem Absatz und dabei streiften beide Minen seinen Jackenärmel. Ihn schwindelte und er schloss die Augen. Doch anstelle eines Geruchs nach Pulverdampf roch er den Wacholderduft ihres Haares, und aus ihrem Halsausschnitt stieg ein schwacher Duft nach Fisch. Das hing vielleicht mit dem Restaurant zusammen, wo sie arbeitete. Ihre Nägel waren rot lackiert, aber sie hätte sich mehr Zeit dafür nehmen können: Am Mittelfinger war der Lack angeblättert. Ihre Hände waren braun mit einem kleinen Stich Rosa, wie vom Abspülen oder Fußbodenschrubben; ihre Finger waren groß, kräftig, gekrümmt, ihre Hand war so groß wie seine. Er hörte sie sagen:

»Einen Walzer?«

Sie wählte, zu seiner Beruhigung, eine Konzertplatte mit »An der schönen blauen Donau«, und er begann mit dem Tintenlöscher den

Takt zu den einleitenden, gefälligen Strophen auf die Schreibtischplatte zu klopfen.

»Schön?«, sagte er.

»Hm«, sagte sie.

Sie stand mit dem Rücken zum Schreibtisch. Er nahm ihre Hand und sie machte einen Schritt vorwärts, weil sie dachte, er wolle tanzen, und er küsste sie.

Sie war ruhig bei dem Kuss, wie eine Dame, und ihre Zähne stießen aneinander. Dann küsste er sie etwas intensiver und etwas unruhiger, er war überwältigt von so viel Weiblichkeit auf einmal, und sie antwortete vorsichtig. Als er sie zum dritten Mal küsste, waren ihre Zähne nicht im Weg und sie fand seine Zunge.

Sie entfernten sich einen Schritt voneinander und sie schaute ihn etwas erstaunt und ein wenig strafend an, als hätte sie das von einem Schulleiter nicht erwartet. Ihre Schminke hatte sich um die Lippen und auf das Kinn verteilt, sie sah aus wie eine Explosion in einer Himbeermarmeladenfabrik. Aber sie lächelte mit den großen, gelbgrünen Augen, als er ihr sein Taschentuch gab.

»Lass sehen«, sagte er, »da ist noch etwas.« Dann spuckte er auf das Taschentuch und säuberte sie sorgfältig und danach küsste er sie gründlich.

Nun betastete er ihren Körper, und weil er sich die ganze Zeit benahm wie bei einer Dame, ließ sie es geschehen. Ihre Schüchternheit zeigte sie, indem sie ganz nahe an ihn herantrat und ihn um den Hals fasste, während er ihre Schultern streichelte, ihre Seiten und ihre Hüften.

Er spürte ihr Gewicht und ihre Fülle. Er löste ihren Griff um den Hals und machte einen Schritt hin zu einem der Lehnstühle. Mit dem Arm um ihren Körper blieb er einen Augenblick stehen und betrachtete starr den Stuhl, sie sollte verstehen, dass er sich intensive Gedanken über den Sessel machte, sieh mal, jetzt betrachte ich den Sessel, danach drehte er sich um zum Schlafzimmer und sagte:

»Wir sitzen besser da drinnen.«

»Ja«, sagte sie sanft, »diese Sessel sind nicht besonders gut.«

Dann lächelten sie sich an, denn alle Sitzgelegenheiten im Büro waren nun geprüft, gewogen und zu leicht befunden worden, die Kontrolle war korrekt und minutiös erfolgt.

Drinnen im Schlafzimmer setzten sie sich auf den Diwan. Sie hielten sich an der Hand. Sie küssten sich einmal. Kurz. Noch war nicht alles in Ordnung. Ask erhob sich mit einer Entschuldigung wegen des stechenden Lichts an der Decke und löschte es. Jetzt leuchtete nur die kleine Nachttischlampe mit dem grässlichen, braungelben, gesprungenen Zellophanschirm.

Ask setzte sich wieder neben sie. Sie hatte eine Zigarette angezündet, er holte einen Aschenbecher und stellte ihn auf einen Stuhl vor dem Diwan. Dann rieb er sich die Hände, und das nicht unbedingt aus Übermut.

Er umfasste sie und steckte die Nase in ihr teerschwarzes Haar. Sie drückte die Zigarette aus, langsam und sorgfältig, und wandte sich ihm zu. Er schob sie langsam nach hinten und unten, die Wolle ihres Pullovers verbrannte ihm die Handflächen. Sie blieb mit dem Kopf an der Wand rücklings liegen. Er erhob sich, um sie so zu drehen, dass sie in Längsrichtung auf dem Diwan lag. Aber da richtete sie sich ganz auf. Ein kalter Hauch der Überraschung und Enttäuschung durchfuhr ihn. Aber das ging vorbei, als er sah, was der Anlass war. Sie zog den Reißverschluss ihrer Schneeschuhe aus hellgrauem Gummi nach unten. Sie hatte die Dinger den ganzen Abend angehabt, denn sie war ja nur auf einen kurzen Besuch vorbeigekommen, nicht wahr? Jetzt war das ein wenig anders, weil der Schulleiter ihr etwas in liegender Stellung mitzuteilen hatte. Und eine Dame geht nicht mit Stiefeln ins Bett.

Er blieb liegen und stützte sich auf den Ellbogen, während er sie betrachtete. Als sie fertig war und die Schneeschuhe abgestellt hatte – es waren sogenannte Galoschen –, setzte sie sich aufrecht auf die Kante des Diwans. Er legte den Arm um ihre Taille und zog sie zu sich. Sie saß fest. Er verstand das. Deshalb zog er fester und mit etwas mehr Kraft. Sie sank hin zu ihm und sie blieben dicht nebeneinander liegen und der Kontakt mit ihren weichen, schwellenden Formen erfüllte ihn mit einer lodernden Süße.

In Gedanken ging er alle Punkte der Tagesordnung für schickliches Verhalten durch, um zu überprüfen, ob er etwas übersprungen hatte.

Er konnte nichts finden. Er ließ die Hand langsam über ihre ausladenden Hüften gleiten bis zu ihren Knien, wo der Rocksaum war. Er ließ die Hand dort einen Augenblick ruhen, dann führte er sie hinein unter den Rock und schob ihn langsam nach oben. Er vernahm das schwache, elektrische Knistern zwischen seiner Handfläche und ihrem Seidenstrumpf, und ihr Schenkel war groß und fest und warm.

Als er halbwegs oben war, drehte sie den Kopf zu seinem Ohr und sagte mit einem leisen, heiseren und etwas koketten Lachen:

»So ein Schulleiter kann sicher alles Mögliche leiten!«

Er fand ihre Bemerkung formell nicht ganz korrekt. Für ihn stand fest, dass eine Dame nicht gerade jetzt etwas sagen würde, und sollte sie doch etwas sagen, sollte sie es nicht so sagen. Deshalb lächelte er nur schwach und beschloss, ihre Bemerkung zu überhören.

Dann setzte er sein langsames, gleitendes Manövrieren der Hand nach oben fort, aber er kam an eine Stelle, da musste er stoppen, weil ihr Rock zu eng war. Deshalb steckte er beide Hände unter sie, und sie hob die Hüftpartie ein wenig und wand sich, während er den Rock ein Stück nach oben schob. Dabei sagte sie entschuldigend:

»Ich liege etwas unbequem ...«

Das war nun wieder eine völlig damengemäße Bemerkung. Und die korrekte Stimmung zwischen ihnen war wiederhergestellt.

Jetzt drehte sie den Kopf etwas weg von ihm, wofür er dankbar war. Er legte die Finger auf den Saum ihrer Unterhose aus dünnem Trikot und langsam schob er einen Finger unter den Gummizug.

Sein Herz klopfte nicht. Es dröhnte wie eine Kirchenglocke. Der Geruch nach Frau stieg auf, und ihm wurde schwindlig. Er legte sich ganz neben sie, und mit tiefem, zitterndem Respekt befühlte er ihre Heimlichkeit mit seinen Fingerspitzen, das war wie ein Pfirsich, und als seine Hand schwer wurde und suchend, öffnete sie leicht ihren Schoß und ließ seinen Finger hineingleiten.

In dem Augenblick verlor er das Bewusstsein.

Er wusste nicht, wie lange er bewusstlos gewesen war, zwei Sekunden oder zwei Minuten. Aber die Welt war ganz dunkel geworden, ihm war übel, als er erwachte, es flimmerte vor seinen Augen. Er lag da, überwältigt und zitternd. Die wenigen und äußerst hastigen Male, da er in vergleichbaren Situationen gewesen war, hatte sich alles unter heftigem und hitzigem Widerstand vonseiten des Mädchens abgespielt. Das hier war völlig einzigartig in der Weltgeschichte. Und er vermochte nicht so recht daran zu glauben, dass es ganz damengemäß war.

Sie drehte sich mit geschlossenen Augen zu ihm und flüsterte an seinem Hals:

»Ich kann sicher nicht widerstehen ...«

Nun denn, wenn die Dinge so lagen bei ihr. Gut, dann konnte er sie besser verstehen. Sie beharrte also darauf, dass er der Eroberer war und sie die Eroberte, gut, irgendetwas Anstößiges fand er dabei nicht und sie kamen ganz zusammen und er machte sich bereit und ihr Höschen war so locker, dass er es nicht ausziehen musste ...

Da erhob sie sich plötzlich, und Ask schaute sie erschrocken an. Hatte er etwas gemacht, das nicht korrekt war? War er zu grob gewesen?

»Ich muss mal kurz raus«, sagte sie.

»Raus?«

»Ja ...« Sie runzelte die breite Nase. »Wo ist es, wohin man geht?«

Ask saß da mit offenem Mund. Plötzlich begriff er. Er fand zwar, dass der Zeitpunkt günstiger und damengemäßer hätte gewählt sein können, aber er räusperte sich und versuchte zu erklären, war aber nur imstande, zu deuten. Sie verschwand durch die Tür zum Büro, er hörte sie durch den Schreibmaschinenraum gehen und hinaus in den Flur.

Verwirrt und zitternd blieb er sitzen und wartete. Das Haus war ganz still. Es war still wie ein Grab. Oben beim Vermieter hörte er ein kleines Kind wimmern, aber dann beruhigte sich das Kind und es wurde wieder still.

Er saß in der Nacht und betete. Jetzt war es zum ersten Mal ernst. Er saß in der Nacht und betete um Stärke, er betete zu den vergessenen nordischen Göttern, er betete zu den Göttern, deren vornehmstes Symbol ein Hammer gewesen war, mit seinem flammenden Gebet stampfte er den goldenen Eber aus der Erde, Freyrs Eber, der fliegende Himmelseber, Gyldenbuste.

Er war zwanzig Jahre alt und er hatte eine Todesangst.

Ask beschwört Gyldenbuste

»Niemals habe ich es bisher gewagt, mich auf den Rücken von Gyldenbuste zu setzen. Nicht im Ernst. Oft hat er neben mir gestanden, während ich mit einem Buch in der Hand dasaß, und ich habe ihm die struppigen goldenen Borsten auf dem Rücken gekrault. Er hat mich angeblickt und leise geatmet, wartend, die kleinen Goldflügel auf der Rückseite der kurzen, stämmigen Beine haben sich zärtlich bewegt wie Silberhaar im Wind. Aber ich habe meine Bedenken gehabt.

Man muss Rücksicht nehmen, habe ich dann zu ihm gesagt. Er hat die feuchte, glatte Schnauze gehoben und hat wie ein Schurke im Theater mit goldenem Schnurrbart ausgesehen.

Ich wurde auf Erden geboren, sage ich. An meinen Füßen ist schwerer Mutterboden. Da schnaubt er.

Dein Rücken ist ziemlich rund, ich könnte runterfallen. Da werden seine Nasenlöcher groß und feucht vor Verachtung und er zwinkert kurz mit den roten Augen.

Ich habe Angst vor großen Höhen, sage ich. Da brummt er leise und macht etwas Hässliches auf die Erde.

Oh, aber ich mag Gyldenbuste!

Es sind die langen, gefletschten Eckzähne, der enorme, massive Schädel mit dem wachen Gehirn, die flache, schnüffelnde, empfindliche Schnauze, sein unersättlicher Appetit, sein bedenkenloser Flug. Das imponiert mir. Seine lichten Borsten aus Goldhaar, die fingerdicke Speckschwarte, besetzt mit kleinen Muscheln aus Silber, seine zerfransten Ohren, sein nicht verdecktes Geschlecht, vielleicht hätte mich das abgeschreckt, wenn es ein gewöhnlicher Eber gewesen wäre. Aber Gyldenbuste ist ein göttlicher Eber, ein Himmelseber!

Er ist dort unterwegs, wo ich selbst gerne mit mir im Einklang wäre.

Gyldenbuste hat auf dem Olymp Trüffel schnabuliert, er ist mit Apoll und Herakles um die Wette geflogen, er ist durch den Styx geschwommen und hat Charons Höllenhund zu Tode erschreckt, hat Thor in das Wams gebissen und Loki mit der rechten Vorderpfote ins Gesicht getreten!

Du bist mein Bruder, Gyldenbuste, mein großer Bruder, den ich nie hatte. Du bist die Freude des Herzens, die Auferstehung des Fleisches und der ewige Flug.

Eber aus Gold, gib mir deine Stärke! Ich bin nicht einsam und stark wie du, bin nicht erhaben über das Gesetz der Schwere und der Achtsamkeit wie du. Deine feuchte Schnittfläche einer Nase ist halb nach oben gewandt, du bist fähig, den versengten Geruch von der Nabe des Großen Wagens zu riechen, ich bin fähig, den Rauch aus den Öfen der Krematorien zu riechen. Du vernichtest deine Gegner mit dem Fletschen deiner Reißzähne, ich wurde mit der Neigung versehen, meine Gegner zu verstehen. Wenn es auf Erden hagelt, sind es deine überflüssigen Samenperlen, die aus den Wolken regnen. Doch was ist ein junger Mann von zwanzig Jahren? Gib mir von deiner Stärke, oh Gyldenbuste. Du bist alt wie die Zeit und das Land. Ich bin zwanzig Jahre alt.

Ich habe so lange gewartet!

Allzeit sah ich das Leben als einen Ritt auf dem Rücken von Gyldenbuste. Meine Knie an deine Flanken gedrückt, würde ich durch den Tau des Morgenrots sausen, durch das stille Sternenglitzern der Nacht, durch das Meer des Himmels, wir würden hinaufjagen auf die Berge des Donners und auf dem Nordlicht tanzen, wir würden hinunterblicken auf das Meer und die winzig kleinen Schiffe, hinunter auf die Wüste und die winzig kleinen Palmen, Gyldenbuste würde brummen und seine Tellerohren vor Vergnügen verdrehen, ich würde weinen und rufen und singen, singen dem weichenden blauen Firmament entgegen und hinaus in den Raum, der keine Schwere kennt ...

Ich würde mich mit der einen Hand festhalten, hineingebohrt in die hellen, struppigen Goldborsten des Ebers, die Hand geballt in dem goldenen Zottelpelz. Mit der anderen würde ich winken, würde unseren Ritt preisen, würde über die duftenden Spitzen der dunklen Tannen streifen, über die Flugfedern der Albatrosse, über das Haar der Engel. Lachend würden wir auf den Bergstürzen stehen, lachend würden wir auf der Wolke des Vulkans schwimmen, lachend würden wir den Rücken an dem Blitzstrahl reiben, lachend würden wir den Himmel und Jahve grüßen.

Meine Knochen wären erfüllt von Musik und Ozon!

Gyldenbuste, dies ist das erste Mal, und wie macht man das, wie macht man es richtig?

Eber aus Gold, bringe mich auf den rechten Weg und gib mir von deiner Stärke! Ist die Temperatur –273 draußen im All, bewegt sie sich nun hin zum absoluten Nullpunkt? Kein Licht? Dann komm mit den kreischenden Teufeln der Nacht und den Ängsten des weichenden Raums, komm, aber komm selbst, komm heran, ganz dicht, denn jetzt packe ich dein goldenes Zottelhaar und schwinge mich auf deinen Rücken!

Gyldenbuste, jetzt geht es um alles oder nichts!«

Waffengang

Er hörte ihre Schritte. In einem Augenblick plötzlicher Angst dachte er: Sie kann es sich an der Tür anders überlegen. Sie kann umkehren und nach Hause gehen. Das ist alles schon vorgekommen.

Aber dann fiel sein Blick auf ihre Galoschen, die am Boden standen, und er dachte: Ohne die kann sie nicht gehen.

Sie kam ruhig und unbefangen herein. Sie wandte sich zur Tür, und Ask hörte, dass sie den Schlüssel umdrehte. Da fing es in seiner Magengegend an zu kribbeln, als hätte er einen Ameisenhaufen verschluckt.

Sie ging zur Waschschüssel, die auf der Kommode stand, und wusch sich die Hände. Sie schaute sich im Spiegel an, dann trat sie etwas zur Seite, dass sie auch ihn sehen konnte.

Er dachte: Was hat sie draußen im Flur gemacht?

Er stand auf und ging zu ihr. Er musterte ihren Pullover und ihre Schultern und er dachte: Warum tut sie das? Was sieht sie in mir? Eine Feder am Hut, einen Ring im Ohr? Sammeln auch Frauen ihre Eroberungen?

Er hatte sie erreicht, stand hinter ihr bei der Kommode und griff unbeholfen nach ihren Schultern. Sie drehte sich zu ihm, und als er sie küsste, fiel sie schwer in seine Arme. Er führte sie zum Diwan. Er dachte:

Warum tue ich das? Das ist nicht Liebe, ist nicht einmal besondere

Sympathie. Wir wollen nicht gut zueinander sein, wir wollen uns nur haben. Wir werden uns jetzt umarmen, aber eigentlich sollten wir ein Duell mit Dolch und Degen ausfechten. Ich hasste das eingebildete, raffinierte, freche Gesicht seit dem Augenblick, da sie mich um ein Zündholz bat. Sie hasste mein blasses Gesicht seit dem Augenblick, da ich an ihrem Tisch vorbeigehen wollte, ohne sie zu beachten. Jetzt kommt die Rache, jetzt kommt der Kampf, der Ort für diesen Waffengang ist mein Diwan. Jetzt werden wir Genugtuung fordern. Sie von mir. Ich von ihr. Ausgezeichnet. Aber warum?

Er legte sie auf den Diwan, und sie leistete keinen Widerstand. Jetzt hatte sie nichts mehr unter dem Rock an und sie wimmerte, denn seine Finger waren hektisch und grob.

Er bebte und zitterte, dies war der schwierigste Teil, konnte sie ihm nicht ein bisschen helfen, barmherziger Gott, war sie auch wie eine Meerjungfrau gebaut, gab es denn da keine Öffnung in einer erwachsenen Frau ...?

Der eiserne Ritter

Sie lag mit geschlossenen Augen da, sie öffnete sich und im selben Augenblick, als er panisch einen gewaltsamen Vorstoß machte, glitt er ohne die geringste Schwierigkeit hinein in sie.

Er wurde von dem wärmsten und größten Glücksgefühl erfüllt, das er je verspürt hatte, er merkte, dass sie wimmerte, und er musste sich beherrschen, nicht zu heulen.

Er hatte die Pforte gefunden.

Kurz darauf stieg er herunter von ihr, um ein Kondom zu holen. Er lächelte ein bissiges Lächeln, als ihm einfiel, dass es das letzte war, das er in der Schublade des Vaters gefunden hatte. Er hatte es wahrscheinlich seit den Immatrikulationsfeiern in Oslo. Er ging zurück zu ihr und in seinem Hunger begann er, sie auszuziehen. Sie setzte sich auf und sagte:

»Aber dann müssen ...«

Er merkte, dass sie nach dem richtigen Wort suchte. Sie wollten korrekt sein, aber vielleicht etwas zu korrekt; *du* wäre der Situation angemessen, aber vielleicht riskierte sie dann, ihre Würde als Dame zu verlieren. Der Mann im Bett hatte Abitur. Sie löste das Problem zu ihrer beider Zufriedenheit:

»Aber dann müssen wir uns beide ausziehen.«

Das verstand er vollkommen. Er half ihr zuerst, und sprachlos vor Bewunderung betrachtete er ihren formidablen Körper. Dann streifte er hastig seine eigene Kleidung ab und achtete darauf, dass sie seine langen Unterhosen nicht sah. Als er sich zu ihr umdrehte, hielt er die Hände vor seinen Unterleib, denn er fand, dass er in dieser Verfassung einen unmenschlichen und ungeheuerlichen Anblick bot. Er sprang ins Bett, ganz nahe zu ihr, und er spürte ihren nackten Körper an seinem. Beim Kontakt mit ihrer nackten Haut lief ihm ein Schauder über den Rücken. Mein Gott, dachte er, hier liegen wir nackt. Splitternackt. Nur zögernd wagte er es, ihre Haut zu berühren, er ließ die Handfläche langsam über ihre Haut streichen, über ihren Körper, der fest und stark war, und dann diese weiche, kühle Haut, sie stöhnte leise und drehte sich und wandte ihm die Brust zu, er sah zwei schwarze Haare dicht bei der Brustwarze und er musste verwundert lächeln, er hatte nicht gewusst, dass Frauen Haare auf der Brust hatten, unglaublich, er beugte sich hinunter und umschloss die Brustwarze mit dem Mund. Er wurde von einem namenlosen Hunger gepackt und er dachte: Das mache ich nicht aus Höflichkeit, das sind keine Blumen für die Schönheit ihres Busens. Ich küsse ihre Brust nicht, ich sauge daran. Als wäre ich ein kleines Kind. Saugen alle Männer an den Brüsten ihrer Frauen? Sind alle Männer Kinder? Kinder? Und sind alle Frauen Mütter? Er ließ mit den Lippen von ihr ab und griff nach ihr, um sie auf den Rücken zu legen.

Sie wehrte sich ein wenig und sagte mit leiser Stimme:

»Mach es doch ab.«

Sie hatte eine Kopfbewegung hin zu seinem Kondom gemacht. Er runzelte einen Moment die Stirn, gehorchte aber dann. Ich kann es später überziehen, dachte er, ich muss nur darauf achten, aufzupassen. Und es durchrieselte ihn, dass sie, die Frau, das gewollt hatte. Er wusste auch, warum sie es gewollt hatte. Er empfand eine plötzliche Bewunderung für sie.

Er kam wieder zu ihr, und sie stöhnte vor wollüstiger Erwartung. Doch das weckte in ihm eine neue und tiefe Angst. Er hatte noch nie ein so hungriges Gesicht gesehen, dieses Gesicht sah aus, als verlange es die ganze Welt. Und jetzt gab es keinen Weg zurück, jetzt musste er zeigen, was er für ein Mann war. Bekleidet kann ein Mann etwas vorspielen, die Kleidung deutet von Anfang an darauf hin, dass das nicht so lange dauern wird: zehn Minuten, zwanzig Minuten, eine halbe Stunde, vielleicht drei Viertelstunden. Aber nackt kann man nicht spielen; wenn sich zwei Menschen nackt ausziehen und ins Bett gehen, tun sie das nicht, um Zeitung zu lesen oder Kreuzworträtsel zu lösen. Sie meinen es ernst.

Und wenn es für einen jungen Mann ernst gemeint ist und der nackte Ernst geschieht zum ersten Mal, wird er sich schmerzlich seiner Unerfahrenheit bewusst. Er hat keine Ahnung, was er zu leisten imstande ist, aber er ist davon überzeugt, dass die Frau, die jetzt in höchstem Maße entflammt ist, verlangt, dass er sowohl Athlet wie Marathonläufer ist. Er ist selbst so heiß vor Begehren, dass nicht viel fehlt und er bei der ersten Berührung zur Befriedigung gelangen wird. Aber er weiß nicht, wie er sich danach benehmen wird. Ihm ist bekannt, dass Körper und Geschlecht des Mannes danach erschlaffen, er weiß auch, dass sich das Ganze nach einer gewissen Zeit wieder in Bewegung setzt, nur dass der Zeitraum für die Wiederaufladung nicht mathematisch bestimmbar ist. Aus der Fachliteratur und aus eigenen, spärlichen Erfahrungen weiß der junge Mann, dass sich diese Wiederaufladung manchmal nicht bewerkstelligen lässt. Und das ist keine Katastrophe, wenn man die Kleidung anbehalten hat; zwei Menschen können das unbekannte Intervall dazu verwenden, miteinander zu reden, Domino zu spielen, einen Spaziergang zu machen oder zu essen.

Liegt man jedoch nackt in einem Bett, ist man verkauft! Da ist man nur auf das Geschlechtliche eingestellt, glaubt der junge Mann. Der junge, unerfahrene Mann stellt sich weiterhin vor, dass die Frau nach der ersten Befriedigung ungeduldig daliegt und sich windet und dabei ständig gähnt und bereits auf die Armbanduhr schielt: »Bereits fünf Minuten vorbei! Und immer noch wie eine aufgeweichte Scheibe Knäckebrot! Und wer spricht hier vom starken Geschlecht?«

Ask wurde von einer tödlichen Angst erfasst. Alle Sirenen der Welt würden ihn verhöhnen. Aber es durfte nicht geschehen, dass diese Frau über ihn frohlockte. Alle Frauen der Welt, aber nicht diese!

Und als er erneut in sie eindrang, hatte er einen Entschluss gefasst. Jetzt kam ein Ritter aus Eisen, gemacht aus der Verzweiflung der Unsicherheit, aber sie sollte nichts von dem Weichtier unter der Rüstung ahnen. Er würde sich zurückhalten, das würde er, solange es ihm passte. Solange es ihm passte, dass es ihr passte.

Er trieb sie und spornte sie an, sie sank stöhnend unter seinem Ritt zusammen, sie kratzte ihn mit den Nägeln und schließlich wurde sie von einem krampfhaften Zucken erfasst. Davon hatte er schon gehört, aber nicht vermutet, dass es so sein könnte. Bei der Anstrengung, sich zurückzuhalten, hätte er beinahe einen hysterischen Lachanfall bekommen. Um sich zu beherrschen, vergrub er das Gesicht im Kopfkissen. Ihre Bewegungen wurden schließlich so heftig, dass er kippte und gegen die Wand fiel. Dort blieb er liegen und schnappte nach Luft und er dachte verwundert: Ich habe mich zurückgehalten.

Nach einer Weile war er wieder da, mit einem Lied des Triumphes im Körper, er war immer noch der eiserne Ritter! Sie wimmerte ein wenig, als er zu ihr kam, gab aber nach kurzer Überredung nach. Sie hatten jetzt den Rhythmus gefunden und sie waren nackt. Die Bettdecke lag auf dem Fußboden, und er dachte: Splitterfasernackt.

Das Gefühl des Triumphes wurde so stark in ihm, dass er übermütig wurde. Er würde es ihr zeigen! Wie aber zeigte man es einer Frau?

Er stoppte, zog sich heraus und stieg aus dem Bett.

»Komm«, sagte er.

Sie kam wieder zu sich, sah ihn verwundert an und folgte ihm gehorsam wie eine Schlafwandlerin.

Was würde am meisten imponieren? Er erinnerte sich an einen der Klassenkameraden aus dem Gymnasium, einen blassen, fetten Burschen mit nikotingelben Fingern, der den anderen Vorträge gehalten hatte über die tollsten Stellungen, er hatte das aus französischen Büchern und hatte angeblich die Anwendbarkeit selbst überprüft. Schubkarre? Hatte er nicht davon gesprochen, Schubkarren zu fahren? Dabei musste wohl die Frau auf Händen über den Fußboden gehen, während der Mann ihre Schenkel hielt und folgte? Mysteriös. Aber es musste ausprobiert werden.

Sie versuchten es. Er bestimmt, ernst, zielbewusst. Sie lächelnd, müde, verlegen, aber er konnte in ihrem Gesicht sehen, er solle sich nicht einbilden, dass sie nicht alles wagte, was er wagte.

Es klappte überhaupt nicht. Sie war schwer wie ein Berg, außerdem war er viel größer als sie, das Ganze war ein völliger Misserfolg. Zornig und erschöpft dachte er an den Klassenkameraden: Hatte er nicht schon damals gewusst, dass der Kerl ein Großmaul war?

Ask überlegte fieberhaft. Er konnte sie jetzt nicht sofort wieder ins Bett verfrachten. Er sagte:

»Kannst du eine Brücke machen?«

Er merkte es in dem Moment, in dem er es sagte, er hatte Du gesagt. Er merkte, dass sie es auch gemerkt hatte. Aber es war ein neuer Ton zwischen ihnen entstanden, wie unter Freunden. Dies hier war im Grunde reine Gymnastik. Da konnte man getrost Du sagen.

»Hm«, sagte sie ganz ruhig und schaute ihm mit einem sportlichen Ausdruck ins Gesicht. Sie fuhr fort:

»Aber du musst mich am Rücken stützen, wenn ich mich zurückbeuge.«

Er hielt sie unterm Kreuz und sie stand in der Brücke und Ask konnte sich nicht sattsehen an ihr. Ihr Körper war kompakt und fest, der Bauch war gespannt und weiß. Ihre gut entwickelten Brüste ragten steil nach oben. Er hätte sich nie vorstellen können, dass ein Frauenkörper so schön sein konnte, er küsste in ihren Bauchnabel und spürte den Geschmack von Salz auf der Zungenspitze. Er kniete sich vor sie hin und öffnete ihre Schenkel mit zitternden Fingern, hielt aber überrascht inne und fixierte etwas auf der Innenseite, was er vorher nicht gesehen hatte. Als fühlte sie seinen Blick, sackte sie zusammen und legte sich halb zur Seite. Sie streckte eine Hand aus, und er zog sie nach oben. Er umarmte sie und sie sagte lächelnd:

»Ich habe wohl nicht so viel Erfahrung wie du.«

Ask räusperte sich. Das Experiment war also doch erfolgreich gewesen. Er strich über ihren nackten Körper und hielt sie etwas von sich weg, um sie anzusehen. Er war etwa 1,90 groß: schmal, aufgeschossen, dürr. Sie war nur rund 1,70 groß, aber füllig, sehr kräftig, wohlproportioniert. Während er sie streichelte, spürte er, dass ihre Hände den Besuch erwiderten. Er schluckte. Sie schaute auf zu ihm und sagte weich:

»Komm.«

Sie zog ihn mit sich, jetzt hatten sie einen Ausflug auf See gemacht, jetzt war es richtig, auf festes Land zurückzukehren. Er war tüchtig gewesen, ungemein tüchtig, aber jetzt musste es genug sein. Sie kroch hinein unter ihn und versank in einem wollüstigen Wimmern. Lange schwammen sie auf der Dünung ihrer Umarmung, dann geriet sie in Ekstase, wieder musste er sich festklammern, wieder musste er das krampfhafte Lachen, das in ihm aufstieg, beherrschen. Er schaute hinunter auf ihr Gesicht und erschrak, wie rücksichtslos und hässlich es war.

Danach rauchten sie eine Zigarette; sie war äußerst verwundert, hatte er noch keinen Orgasmus gehabt?

Nein, antwortete er; er wollte warten.

Sie hatte noch nie von einer solchen Kraft gehört, er war ein Phänomen, wenn er eine solche Ausdauer hatte. Er fiel deutlich zusammen unter ihrem Lob, wenn sie gewusst hätte, was dahintersteckte. Aber, dachte er, vielleicht war er wirklich voller Kraft. Er hatte keine Erfahrung, dann mussten es die Götter wissen: Vielleicht *war* er tatsächlich ein Phänomen. Und warum eigentlich nicht, warum sollte er kein Phänomen sein? Er reckte sich unmerklich und holte Luft. Nicht ganz überzeugt, aber es konnte ebenso gut das eine wie das andere zutreffen. Er war gesund und frisch und fühlte sich in bester Form, er konnte sich durchaus vorstellen, ein Phänomen zu sein.

Aber war das nicht schmerzhaft, sich so zurückzuhalten? Ask hatte keine Zeit gehabt, darüber nachzudenken, ob es vielleicht schmerzhaft war. Doch nachdem sie es erwähnt hatte, konnte er sicher nicht mehr lange so weitermachen. Er stützte sich auf den Ellbogen, er wollte das holen, was er weggelegt hatte, eine schwere Süße erfüllte ihn bei dem Gedanken an den unmittelbar bevorstehenden Orgasmus. Sie lag schwer und träumend auf dem Rücken, er betrachtete ihren nackten Körper, sie lag da, als gebe es nichts mehr, was sie sich noch wünschte, es war, als könne er nun kommen und sich seine Belohnung holen.

Als er sich aufsetzte, legte sie die Hand auf seinen Unterarm und sagte ruhig, matt:

»Das ist nicht nötig.«

Ask blieb sitzen, starr vor Erstaunen. War es nicht nötig? Dann wollte sie also, dass er sich im letzten Augenblick herauszog und außerhalb ihres Körpers befriedigte?

»Nein«, sagte sie.

Ihre Stimme war ruhig und matt und sie drehte den Kopf auf dem Kissen und schloss die Augen. Sie lag da, die Arme seitlich an den Körper gelegt, und atmete leise und ihre Handflächen zeigten nach oben.

Jetzt wurde Ask unruhig. Das war ungewöhnlich, er kaute auf seiner Lippe vor Erregung. Plötzlich meinte er zu verstehen:

»Hast du etwas gemacht mit dir, als du – äh – draußen im Flur warst?«

Er erinnerte sich, dass sie die Handtasche mitgenommen hatte, er wusste, dass Frauen sich unfruchtbar machen konnten.

»Nein«, sagte sie und wandte ihm das Gesicht zu. Sie schaute ihn an und sagte ruhig:

»Was sollte das sein?«

Nein, darauf konnte er nicht antworten. Er lag auf den Ellbogen gestützt da, mit gerunzelten Augenbrauen, und versuchte zu begreifen. Er blickte auf ihren Hals, er fand, dass es nicht anging, ihr ins Gesicht zu schauen, wenn sie über das sprachen, er sah eine Ader unter der braunen Haut pochen.

Sie legte die Hand auf seine nackte Schulter und ließ sie dort liegen. Er zitterte. Es verging eine Weile und dann sagte sie:

»Es passiert nichts.«

Er warf einen kurzen Blick auf ihr Gesicht, konnte darin aber nichts lesen. Er schaute weg. Sie sagte, sehr leise:

»Es ist bisher nie etwas passiert.«

Ein seltsames Frösteln kroch sein Rückgrat hinunter, warm und kalt, gut und grausam. Es war etwas Sicheres und Vertrauenswürdiges in dem Tonfall, es war, als würde sie alle ihre früheren Liebhaber als Zeugen nehmen, dass nichts passiert war. Sie standen plötzlich vor ihm, der Reihe nach aufmarschiert. Sie hatten keine Gesichter, aber alle hatten eine Hand, die sie zu einem kameradschaftlichen Schwur hoben.

Er schüttelte den Kopf und ließ es auf das Kissen neben ihrem fallen. Es entstand eine Pause. Sie seufzte. Dann sagte sie:

»Ich bin wohl einfach so.«

»Wie, so?«, sagte er unglücklich.

»Dass nichts passiert«, sagte sie.

Er blieb liegen. Mehr kann ich jetzt nicht fragen, dachte er. Vor sich sah er das Bild ihres Schenkels und er dachte: Wenn es etwas mit einer Frauenkrankheit ist, dann kann ich nicht fragen. Nach so etwas fragt man nicht.

Es verging eine kleine Weile. Dann suchte sie nach seiner Hand. Er öffnete die Augen und seufzte tief. Dass sie es so schwierig machen konnte. Sie nahm die Hand und legte sie auf ihre Brust. Er sah seine Hand da liegen, er spürte ihre weiche, duftende Rundung in der Handfläche und er schluckte.

Sie umfasste seinen Nacken und zog seinen Kopf zu sich herunter. Er legte den Mund an ihre Brust und sie näherte sich seinem Körper. Er spürte ihren nackten Körper an seinem und einen Augenblick berührte sie sein Geschlecht.

Wieder drang er in sie ein, aber langsam und zögernd, noch war keine Einigkeit und kein Verstehen eingetreten. Er hatte den Kopf zur Seite gedreht, und sie lag nur da und registrierte, wie er sich benahm. Aber sie kam zurück, sie wand sich unter ihm und langsam wurden ihre Bewegungen heftiger und leidenschaftlicher. Die ganze Zeit hielten sie einander fest und sie beobachteten sich gegenseitig.

Sie hielten erschöpft einen Augenblick inne, erneut seufzte sie. Ihr Gesicht war heiß und errötet und sie sagte leise:

»Es ist schon ziemlich spät.«

Die Art, wie sie es sagte, so ruhig, so konstatierend, als gelte es, von einer Kaffeetafel aufzubrechen, als sei das hier nicht wichtiger als ein Kaffeekränzchen, erregte ihn ungeheuer. Zugleich bekam er ein schlechtes Gewissen: Es war nach drei Uhr nachts.

Sie schaute ihn mit einem umnebelten Blick an, den er nicht deuten konnte, und während sie ihn ansah, begann sich erneut ihr Körper unter ihm zu bewegen. Voll bebenden Begehrens sank er in sie und ihre Lippen waren offen und gelöst. Er spürte, wohin das führte, und wurde von einer ungeheuren Angst gepackt. Ich muss mich losreißen, dachte er, dies darf nicht geschehen. Es ist noch Zeit, das Kondom zu holen. Aber wenn sie es so treibt, ohne Rücksicht, dann muss sie etwas wissen, was ich nicht weiß. Sie muss ihre Gründe haben. Der Ritt wurde wilder; ich springe ab, dachte er.

Aber die Frau hielt ihn fest. Es war, als würde sie sich zu einem letzten und entscheidenden Einsatz anspornen. Sie umklammerte ihn, ließ ihn nicht los, sie nahm seinen Kopf zwischen ihre Hände, zog ihn zu sich herunter; wenn sie sich streckte, konnte sie seinen Mund erreichen, sie fand seine Zunge und begann mit ihrer Zungenspitze an seiner zu spielen, er fing kurz ihren Blick auf und es war, als würde man hinunter in einen rauschenden gelbgrünen Wasserfall schauen. Er wusste, dass er in etwas Tiefes, Fürchterliches, Bezwingendes, Unwiderstehliches geschaut hatte, er hatte das Gefühl, ein Bild der Natur gesehen zu haben, wie das Meer, den Himmel, wie Gott, er konnte es nicht fassen, vor dem Mysterium musste er die Augen schließen und das war der längste Augenblick in seinem Leben gewesen. Ihr Körper bewegte sich in einer saugenden Dünung unter ihm und er war so tief in ihrem Körper, er war so tief in ihrem Geschlecht, einen fürchterlichen Augenblick lang lauschten sie gegenseitig ihrem hechelnden Atem und sie flüsterte ihm ins Ohr:

»Ja!«

Sie spürt seine Zunge in ihrem Mund und sie fühlt, dass sie ihn hat, ihr Stöhnen wird lauter und geht über in Schluchzen, er sieht ihre halb geöffneten Augen, nur das Weiße ist sichtbar, aber noch hat er ein Quäntchen Widerstand. Da zieht sie in der Ekstase beide Beine ganz nach oben, mit den Fußsohlen bis zu den Ohren, er blickt auf die raue Haut unter ihren Fersen, es ist, als hinge sie unter ihm, sie umklammert ihn und drückt mit einer Hand auf sein Kreuz, er versinkt in ihr, kann nicht hochkommen, will nicht hochkommen. Er explodierte in ihr mit einem Schrei, es war, als zerrisse in ihm ein Schlauch voll warmem süßem Wein, die Dunkelheit vor seinen Augen wurde von Myriaden winzig kleiner, funkelnder, singender Sterne erleuchtet. In einem grausamen, mit Schmerz vermischten, angstvollen Entzücken kapitulierte er. Denn jetzt kamen nicht nur die Schmerzen nach dem langen Warten, jetzt kam auch schlagartig die sinnlose Angst davor, was er getan hatte, die Angst setzte sich zwischen seine Schulterblätter wie ein hackender Rabe, trotzdem konnte er nicht aufhören. Diese Vereinigung, egal welche Folgen sie haben würde, war das Größte und Gewaltigste und Erregendste auf Gottes weiter Erde, er lag mit vor Angst klappernden Zähnen da und wusste, dass er am Jüngsten Tag – wenn er gefragt würde, ob er es wieder tun würde, wenn er wieder leben dürfte –, dann würde er Ja antworten.

In der tiefsten Ekstase empfing sie ihn, biss in seinen Hals und stöhnte zärtlich:

»Reidar!«

Augenblicklich durchfuhr ihn ein Gefühl tiefer Traurigkeit. Nicht so sehr, weil sie in diesem Moment den falschen Namen gesagt hatte, das konnte er verstehen, sie hatte ja seinen, Asks Namen, kein einziges Mal gesagt, deshalb nahm sie in der Ekstase den Namen, der ihr am nächsten stand. Was ihn traurig machte, war das momentane Gefühl, dass dieser Männername ein Teil der Unzufriedenheit in ihrem Leben war, ihn liebte sie vielleicht, konnte ihn aber nicht kriegen und hatte sich deshalb mit Ask eingelassen, um der Genugtuung oder der Rache willen. Sie war nun wieder sie selbst, wach, als könne er in ihrem starken, stolzen Gesicht lesen: »Traurig? Ich? Abgewiesen? Ich? Niemand hat mich jemals traurig oder abgewiesen gesehen, niemand wird mich jemals so sehen. Ich habe doch den jungen Schulleiter erobert, oder nicht?« Und es würde gelbgrün funkeln in ihren Augen.

Aber dann zeigte ihr großer, duftender Körper etwas Geheimnisvolles und Wehmütiges, eine Art Tragödie, die er nur ahnen konnte. Es erfüllte ihn mit schmerzlicher Verwunderung, dass diese starke, tierartige Frau – so rank, so durchtrieben, so stark, so furchtlos, diese Göttin der Brunft und der unersättlichen Lust –, dass auch sie ihre dunkle Krypta, auch sie ihre Seele hatte. Und weit entfernt, Eifersucht zu verspüren und sie an den Haaren zu ziehen und zu schütteln, weit entfernt davon, ihr zuzurufen, sie könne so viele Liebhaber haben, wie es ihr gefiele, doch er wolle ihr dringend raten, sie nicht mitzunehmen auf seinen Diwan – weit entfernt von alldem: Er empfand eine Zärtlichkeit für sie und er wurde stumm.

Bis zu diesem Moment hatte er in ihr nur einen Gegner gesehen, sie hätte ebenso gut ein Tier oder eine Maschine sein können, die er überwältigen musste, die er zu Boden werfen musste, um ein Mann zu werden. Er hatte sie heftig und zutiefst gehasst, mit schmalen Augen, und seine Küsse waren verkappte Bisse gewesen.

Jetzt strich er ihr übers Haar, fast ehrfürchtig strich er vorsichtig mit einem Finger über die Haut ihrer Schulter. Er blies einen kühlen Luftzug auf ihre Stirn, die warm und feucht war unter der schwarzen Haarpracht, sie lächelte ihn mit ruhigem, weichem Gesicht zufrieden an, sie akzeptierte den sanften Gruß, der in seinem Pusten lag, und er küsste ihre Nasenspitze.

Sie stand auf und schlüpfte rasch in die kleine Hose. Sie war eine Erscheinung nur in der Hose, eine Spartanerin, nein, sie war Medusa. Ihn schauderte ein wenig. Und ständig musste er daran denken, was er gerade gemacht hatte, er hatte das Gefühl, seine ganze Welt, seine ganze Zukunft auf eine einzige Karte gesetzt zu haben, eine unbesehene Karte, auf ihre fragwürdige Auskunft hin: »Ich bin sicher so.« Sicher. Was bedeutet dieses kleine Wort: »Sicher«? Es ist das unsicherste aller Wörter. Er empfand es, als könnte er sich selbst umbringen.

Er sah sie an, während sie sich ankleidete: Nun war sie anders, nun ahnte er etwas Billiges und Falsches an ihr, er sah es an der Art, wie sie die Kleidung anzog, das bemüht Damengemäße, wie sie die Strümpfe mit einem koketten und schiefen Lächeln an den Strapsen befestigte, wie sie sich puderte, wie sie sich schminkte, das war aufgesetzt und nachgemacht, jetzt spielte sie Dame und es war die erbärmlichste Schauspielerei, die er je gesehen hatte.

Trotzdem ...

Als sie sich beide angezogen hatten, setzten sie sich auf das Bett und rauchten eine Zigarette. Er fing an, sie zu berühren, er zitterte noch, aber sie zog sich zurück.

»Nicht jetzt«, sagte sie.

»Wann?«, sagte er.

»Morgen?«, fragte sie.

»Wann morgen?«, fragte er.

»Zur selben Zeit?«, fragte sie.

»Hm«, sagte er.

Und auf einmal durchrieselte ihn eine grausame und prickelnde und unwiderstehliche Wollust: Es war nicht das einzige Mal gewesen. Es würden in Zukunft noch viele Male folgen, sie wollte das ebenso sehr wie er, unglaublich, dass es solche Frauen gab! Öfter, wann auch immer, vielleicht jede Nacht! Vielleicht würde es *jede Nacht* so sein! Ihm schwindelte, er stand auf und taumelte, er griff nach Gyldenbustes zottigem Pelz, um sich abzustützen, er musste etwas tun, er musste bitten, ein Geschenk geben! Er blickte sich mit brennenden und suchenden Augen im Zimmer um, da waren nur leere Wände und in den Schubläden waren nur seine Strümpfe und Hemden und auf der Ablage über der Kommode nur seine Zahnbürste und das Rasierzeug, es war plötzlich das ärmlichste Zimmer, das er kannte, und es war überdies gar nicht seines und Geld konnte er ihr nicht anbieten, er dachte an Rosen, rote Rosen, er wollte das Zimmer bis oben mit roten, duftenden Rosen füllen, und er gräbt und sucht in den Hosentaschen und bietet ihr ein Bonbon mit Kiefernnadelgeschmack an, das sie ablehnt.

Als sie in der Nacht, ermattet von der Liebe, die Tür zum Büro öffneten, bot sich ihnen ein Anblick, bei dem Ask überrascht und erschrocken an der Schwelle stehen blieb.

Im Drehstuhl am Schreibtisch saß Jo und schlief. Die Beine mit den weichen, schwarzen, eng sitzenden Reitstiefeln hatte er auf die Tischplatte gelegt, sein Kopf hing hintenüber in der Luft, der Mund stand idiotisch offen und jedes Mal, wenn er schnarchte, bebte seine dicke, hängende Unterlippe. Er erwachte, als sie hereinkamen, sah aus wie ein schlafender Cowboy auf seinem Pferd, der sich plötzlich aufrichtet und nach den Zügeln greift.

Ask wäre vor Verlegenheit am liebsten im Erdboden versunken. Nicht so sehr seinetwegen als wegen der Frau. Man konnte vieles im Leben erklären, aber dass ein Mann und eine Frau zusammen um vier Uhr nachts aus einem Schlafzimmer kommen! Jo, der, ausgesperrt, nicht zu seinem Schlafsack konnte, hatte er schon lange hier gesessen? Hatte er gehört, was sie machten? Hatte er gehört, was sie sagten? Barmherziger Gott! Er spürte eine dunkelrote, blutwarme Welle in sich aufsteigen, er errötete wie ein Leuchtturm.

Aber wieder verblüffte ihn die Frau. Sie hob die Hand zum Gruß und sagte:

»Morgen!«

Ihre Stimme klang so humorvoll, natürlich, kameradschaftlich, das offenbarte eine solche Übereinstimmung zwischen ihr und Jo, dass Ask sprachlos dastand. Zutiefst ahnte er, dass diese zwei Menschen eine solche tierähnliche Unkompliziertheit besaßen, was intime Beziehungen betraf, wie er sie nie hatte und niemals erreichen würde. Was sich zwischen ihm und der Frau ereignet hatte, war für ihn ein Wunder, das größte Mirakel. Für Jo und die Frau war es eine ganz natürliche Sache, wie Butter auf dem Brot, wie eine Skitour. Ein Mann und eine Frau kommen aus einem Schlafzimmer, sie hatten Spaß gehabt. Na und? War das unnatürlich, seinen Spaß zu haben? Ein Spaß ist ein Spaß. Ask schauderte, er war entsetzt über sie, aber zugleich tief imponiert.

Jo erwiderte:

»Morgen!«

Jo und die Frau schauten sich an, ihre Wangen bliesen sich auf, ein plötzliches Zwinkern kam in die Augen, schließlich brachen sie beide in ein heiseres und gutmütiges Gelächter aus, hier hatten der Schulleiter und sie es bis vier Uhr morgens getrieben und Jo war im Bürosessel eingeschlafen, das war amüsant, sie wieherten vor Lachen, sie lachten wie Holzfäller. Aber Ask stand blass da und wusste nicht, wohin mit seinen Händen, er ging schnell hinaus in den Schreibmaschinenraum und holte den Mantel der Frau.

Sie gingen durch das nächtlich stille Städtchen. Es war dunkel und kalt, und der Schnee lag noch in den Straßen, aber es war etwas Sprödes, Erfrischendes in der Nachtluft, das Ask mitteilte, dass der Frühling auch an diesem Ort einmal kommen würde. Sie gingen Arm in Arm, das war ein merkwürdiges Gefühl, er spürte ihre Brust auf seinem Handgelenk. Er sah die dunklen, niedrigen Häuser, an denen sie vorbeigingen, er dachte an die, die da drinnen schliefen, sie wussten nicht, wie die zwei Menschen, die vorbeigingen, in der Nacht vereint gewesen waren. Er kam sich vor wie ein Verbrecher, es war ein spannendes und erregendes Gefühl. Irgendwo bellte ein Hund, und Ask erschrak.

Sie wohnte in einem kleinen, niedrigen, unschönen Haus mit einem Zaun außen herum. Sie hatte erzählt, dass sie mit einem älteren Bruder zusammenlebte, der verheiratet war. Sie standen eine Weile am Zaun und atmeten leise. Dann legte er die Arme um sie, beugte sich zu ihr und gab ihr einen sanften Gutenachtkuss. Er wusste nicht, was er sagen sollte. Es war jetzt so anders, sie zu umarmen, sie wirkte fremd in dem dicken Wollmantel. Sie trat eng an ihn heran, und er roch ihr Haar und ihren Hals. Sie schmiegte den Körper sanft an ihn, und er spürte ihren festen Busen unter dem rauen Wollstoff. In ihm stieg etwas, er musste ihren Mantel öffnen und ihren Körper fühlen. Sie kam noch näher, und er legte die Hand schwer und leidenschaftlich auf ihre Brust. Er rutschte im Schnee auf dem Gehweg, und sie zog ihn an den Zaun. Eine unbändige Lust stieg in ihm auf, die Nacht war dunkel und still, seine Lust übertrug sich auf sie, als sich ihre Münder trafen, bebten ihre Lippen vor Lust und sie flüsterte:

»Wir sind verrückt.«

»Ja«, stammelte er, und sie half ihm, als er ihren Rock nach oben schob. Er drückte sie an den Gartenzaun und es knackte und sie bat:

»Pass auf, der Zaun ist alt.«

Da zog er sie auf den Gehweg und sie standen ganz frei da und hielten sich aneinander fest, sie drohten zu stürzen, sie zerrten stöhnend, er fand sie, ihre Körper waren bereits fest zusammen, sie waren blind vor Lust, als sie flüsterte:

»Aber du darfst dich nicht zurückhalten, ja?«

Er versuchte etwas zu erwidern, aber seine Stimme wollte nicht gehorchen; einen hastigen Augenblick dachte er, dass zweimal nicht schlimmer ist als einmal. Und ebenso hastig dachte er: Wenn das unser beider Untergang ist, dann soll es der vollständige Untergang sein. Jetzt verharrten ihre Körper in einem klopfenden, hämmernden Genießen, er spürte, wie ihre Hand beschwörend über seine Leiste strich, und das Ganze war fast ebenso schnell vollbracht, wie es begonnen hatte. Sie brachen zusammen und mussten einander stützen, sie standen aneinandergelehnt wie eine Leiter an einem Haus, und sein ganzer Körper zitterte wie im Fieber. Seine Kiefer zitterten, seine Hände zitterten, seine Schultern zitterten, er zitterte, als sie sich schließlich losriss und zum Zaun ging, er zitterte, als er stehen blieb und ihr nachschaute, sie verschwand um die Ecke des kleinen Hauses und er konnte sie nicht mehr sehen.

Er ging zurück durch die nächtlich stillen Straßen und in seinem Herzen war ein grenzenloses Staunen und als er versuchte, sich eine Zigarette anzuzünden, zitterte er so, dass ihm der Inhalt der Streichholzschachtel in den Schnee fiel und er musste sich hinknien und suchen. Er merkte ihren Geruch nach Frau, der an seinen Händen klebte, er war überwältigt vor Glück und leckte zwei glitzernde Schneeflocken von dem rauen Holz eines Laternenpfahls. Denn was hatte sie gesagt, danach, kurz bevor sie hineinlief? »Du bist unglaublich!« Das hatte sie doch gesagt? Und kann einem jungen Mann nach seiner ersten und ernsthaften Liebesnacht mehr Lob und Anerkennung erwiesen werden? Gibt es etwas auf der Welt, das ein solches Zeugnis aufwiegt? Gibt es etwas auf der Welt, mit dem der junge Mann es tauschen möchte? Ein Abitur mit Auszeichnung? Ein Gewinn in der Klassenlotterie? Ein Stellenangebot? Friede mit Gott? Ein Name als Komponist? Was ist all dies für einen jungen Mann gegen die Gewissheit, dass er ein Mann gewesen ist? Es war *sie*, die weggelaufen war, nicht er! Ja, er zittert, denn jetzt spürt er, wäre es nach ihm gegangen, er hätte weitermachen können bis zum Jüngsten Tag! Ohne Pause!

Er war zwanzig Jahre alt und in der Nacht ging er feuerrot durch die verlassenen Straßen, er meinte, mit allen glänzenden Orden der Welt behängt zu sein, er war nicht zu sehen unter all den blitzenden Orden, nein, er ging wie ein einziger Orden, er ging in den Straßen wie eine ungeheure Ordensplakette, es blitzte, wo er auftauchte, durch die nächtlich stillen Straßen Indrepollens schritt ein mannshohes Victoria-Kreuz, der spazierende Orden war so riesig, dass er mitten auf der Fahrbahn gehen musste, da war nicht genug Platz auf dem Gehweg!

Jo lag im Schlafsack auf seiner Matratze im Schreibmaschinenraum und schnarchte, als Ask heimkam. Er schlich sich leise durch die Zimmer.

Er legte sich hin und blieb mit den Händen unter dem Nacken liegen. Wieder stieg die Angst in ihm auf, so heftig, dass er sich auf die Seite drehen und zusammenkrümmen musste. Die Angst wurde so schlimm, dass er sich beinahe übergeben hätte, er verspürte ein fürchterliches Bedürfnis, zurückzugehen zu ihr, bei ihr zu klingeln und ihr zu sagen, dass ... ja, wenn sie *gleich* etwas machte, dann war es vielleicht noch nicht zu spät, sie musste in Gottes Namen etwas tun, er sei gerne bereit, zur Apotheke zu rennen und mitten in der Nacht an die Tür zu pochen, aber er wusste nicht, was er sagen sollte, er wusste nicht, was er tun sollte. Er schloss die Augen.

Das Letzte, an das er sich erinnerte, bevor er einschlief, war, dass sein Bett nicht in einem ordentlichen Zustand war, als er heimkam. Decke und Kissen lagen als Haufen mitten auf dem Diwan, das Laken fand er zerknüllt am Fußende, er hatte das Bett machen müssen, bevor er sich schlafen legte.

Sie hätte schon den Diwan in Ordnung bringen können, bevor sie ging.

Eine Dame räumt stets hinter sich auf.

Das rote Meer

Am nächsten Tag und an den folgenden Tagen war Ask zerstreut bei seiner Lehrertätigkeit. Er vermied einen Teil der schweren Bürde, die darin liegt, 34 erwachsenen Schülern in die Augen zu schauen, indem er ihnen Aufgaben für korrekten Schriftverkehr gab. Da mussten sie ihren Blick auf das Pult heften.

All seine Sinne befanden sich in Aufruhr. Er hatte etwas Großartiges erlebt, etwas unfassbar Großartiges, trotzdem war es nicht, wie es sein sollte. Jedes Mal, wenn er an die Umarmung der Frau dachte, musste er hastig das Katheder verlassen und hinten im Klassenzimmer auf und ab gehen, wo die Schüler sein Gesicht nicht sehen konnten, ohne sich umzudrehen. Und jedes Mal dachte er an das Unvernünftige, was sie gemacht hatten. Dass viele Tage vergehen mussten bis zur Gewissheit, ob etwas schiefgegangen war. Da bekam er weiche Knie vor Angst und musste sich an der Wand abstützen.

Alle Menschen verwenden das Wort Liebe, aber was es bedeutet, da besteht keine Einigkeit. Er wusste es auch nicht. Er wusste nur, dass das, was er mit dieser Frau erlebt hatte und was er für sie empfand, keine Liebe war. Er dachte: Wenn es Liebe wäre, hätte man das Bedürfnis, sie vorzuzeigen, sie zu Freunden und Bekannten zu bringen: Seht mein Glück, seht, was ich gefunden habe. Derartiges war mit dieser Frau undenkbar, ihn fröstelte bei dem Gedanken. Ohne darüber im Klaren zu sein, wusste er, dass sie zu einer anderen Welt gehörte, die nicht die seine war, sie passte zu keiner der Vorstellungen und Ideale, die er sich gebildet hatte, sie gehörte nicht seiner Bewusstseinssphäre an. Sie besaß nicht das Geringste von dem, was seiner Meinung nach eine Frau haben sollte: keinen Geist, keine Seele, keine Anmut, keine Zärtlichkeit, keine Güte, keine Verlegenheit, keine staunende Sehnsucht. Sie besaß nur eines; aber ihr Reichtum daran war dafür so beschaffen, dass er sich jedes Mal, wenn er daran dachte, an die Kehle fassen musste. Sie war ebenso sinnlos und gewaltig wie eine Lawine, wie eine Feuersbrunst, wie ein Blitzschlag, und er wusste nicht, was er mit ihr machen sollte. Er hatte das nicht vorausgesehen, nie hatte er darüber gelesen oder davon gehört, dass die Welt so eingerichtet sein konnte.

Eine Woche nach der ersten Nacht kam in einer der Pausen ein Schüler zu ihm, sie redeten über die Aufstellung der Beträge in einem Bankbrief, wenn es um das Diskontieren eines Wechsels ging. Als der Schüler ging, drehte er sich noch einmal um, kam zurück und sagte mit leiser, freundlicher Stimme zu Ask:

»Achten Sie darauf, die Rollos in der Nacht ganz runterzuziehen.«

Einige Tage nach diesem Zwischenfall in der Schule saß er bei Zebedeussens zu Hause beim Abendessen. Er aß mit gesenktem Blick. Wagte nicht, Vater Zebedeussen anzusehen, wagte nicht, die Töchter anzusehen, und wagte nicht, Frau Zebedeussen am anderen Ende des Tisches anzusehen. War es nicht möglich, einen anderen Ort zur Beköstigung zu finden? Aber wenn er das tat, würde das wohl als sehr unhöflich aufgefasst werden?

Eine der älteren Schwestern fragte, ob Ask vielleicht nach dem Essen noch bleiben wolle, sie brauchten einen vierten Mann für eine Partie Bridge. Ask warf hastig einen Blick auf Vater Zebedeussen. Da war es die Jüngste, die Vierzehnjährige, die sich plötzlich meldete: Ihre Stimme war lebhaft, klar und deutlich, unüberhörbar deutlich:

»Ach, versucht es nicht. Herr Burlefot hat sicher am Abend etwas anderes vor!«

Sie sagte es mit einem strahlenden, verschmitzten Blick, voller kindlicher Spottlust, und er dachte bestürzt, dass sie es sogar hier wussten. Sogar die Vierzehnjährige wusste es. Die ganze Stadt wusste, was in seiner Bude passierte!

Er saß da und wagte es nicht, irgendjemanden anzuschauen, obwohl er weder Verdammung noch Eifersucht im Raum spürte. Er saß nur da und wusste, dass die anderen ihn anschauten, alle sechzehn Töchter und die Mutter saßen da und schauten ihn an. Er wurde langsam rot, er fühlte, dass sie es sahen, er wurde noch röter, er wurde blutrot, er fühlte es an den Wangen und im Nacken, er saß da und sah, wie sich der dunkelrote Brand auf der Haut bis über seine Handgelenke ausbreitete. Er wusste, dass sie dasaßen und sein Schämen und seine Schuld betrachteten, er wusste nicht, welche Art von Schuld es war, aber eine Schuld war es, das wusste er, sie konnten es sehen, er saß da wie die personifizierte Morgenröte.

In seinem Gehirn verfluchte er die Vierzehnjährige, und sein Zorn und sein Gefühl von Schuld waren umso größer, weil er sich an diesem Abend tatsächlich wieder mit Gunnhild verabredet hatte und beim Gedanken an dieses erneute Treffen keinen Bissen hinunterbrachte.

Er murmelte eine vage Entschuldigung, er habe leider eine dringende Arbeit. Etwas Besseres hätte er wahrscheinlich nicht sagen können.

»Hört, hört!«, kreischte die Vierzehnjährige frohlockend und triumphierend. »Er nennt das *Arbeit*!«

Ask konnte sich später nicht mehr erinnern, wie er den noch verbliebenen Teil der Mahlzeit überstanden hatte. Und von da an hatte er eine scheußliche Angst vor den Mahlzeiten bei Zebedeussens und ihren sechzehn Töchtern. Sie wurden für ihn zum Albtraum, er stand manchmal minutenlang starr vor Angst auf der Türschwelle, bevor er den Mut fand, zu klingeln und hineinzugehen. Er marschierte steif und aufrecht zur Essenstafel, setzte sich und grüßte die Damen mit einem, wie er meinte, abschreckenden Mephisto-Blick; er biss die Zähne fürchterlich zusammen und sagte diamantenhart zu sich: »Heute werde ich es ihnen zeigen!«, und jedes Mal glaubte er, es wie ein Mann zu schaffen, und jedes Mal nach einigen Minuten Kauen und Warten ließ der junge vierzehnjährige Teufel seine silberhelle Engelsstimme erklingen und sagte ruhig und sanft und sehr deutlich:

»*Na*, Herr Schulleiter?«

Sie brauchte nicht mehr zu sagen, und mit ihrem sicheren, grausamen Instinkt sagte sie auch nicht mehr. Denn sämtliche Frauen am Tisch wussten, was sie mit dieser Frage meinte, und jedenfalls glaubte er zu wissen, was die anderen zu wissen glaubten, und nie wagte er es, dem Blick von Mutter Zebedeussen zu begegnen, denn er hatte das Gefühl, in ihrem Haus auf der Grundlage völlig unhaltbarer und falscher Voraussetzungen zu sitzen, und er neigte den Kopf vor Scham und Schuld. Und jetzt kam es, jedes Mal kam es, es war, als drückte man einen Knopf, er spürte Tränen in die Augen steigen, vor sechzehn Töchtern und einer schrecklichen Mutter saß er mit den Tränen der Niederlage in den Augen da und das Mädchen von vierzehn Jahren kassierte das sichere Ergebnis ihrer Bemerkung, indem sie fröhlich über den Tisch rief, dass sie noch nie einen Menschen gesehen habe, der so rot werden könne wie Herr Burlefot!

Er versank in einem Meer von Rot.

Und der Nächte Zahl wurde sieben, und der Nächte Zahl wurde acht und die Gewissheit und die ruhige Wahrhaftigkeit der Frau brachten ihn jedes Mal dazu, nachzugeben. Trotzdem hatte er jedes Mal das Gefühl, als paarten sie sich unter dem Galgen.

Einmal fragte er sie, ob sie zufällig wisse, was aus dem Kondom geworden sei, das er in der ersten Nacht hatte, das aber dann nicht benutzt worden war. Nachdem er sie heimgebracht hatte und zurück ins

Schlafzimmer gekommen war, hatte er sich erinnert und danach gesucht, ohne es zu finden. Und es irritierte ihn, dass er nicht wusste, wohin es gekommen war.

»Ich habe es in den Ofen geworfen«, sagte sie.

Ihm fiel sofort die alte, nette Putzfrau ein, die dreimal in der Woche in der Wohnung sauber machte. Sie heizte auch den Ofen ein. Und da leerte sie sicher auch den Aschekasten.

Er sagte, dass sie die Sache ihm hätte überlassen sollen. Er hätte es nicht in den Ofen geworfen. Er fand es ekelhaft zu denken, die Putzfrau hätte es gefunden. Und außerdem, es wegwerfen ...

Sie sagte:

»Macht das denn etwas?«

Danach erwähnte er die Sache nicht mehr. Aber im Stillen dachte er, dass es nicht schaden würde, wenn man ein bisschen vorsichtiger und achtsamer wäre. Und wieder packte ihn die Angst mit einem heftigen Druck zwischen den Schulterblättern, seine Welt war dunkel und böse geworden, er musste etwas tun und er trank den letzten Rest vom »Scuff« mit ihr und sie lachte ihn an mit ihrer rauen, sorglosen Stimme, als er anfing, sie auszuziehen, und er bestieg sie voller Angst und heftigem Begehren und sie waren wie Panther miteinander und danach blieb er mit dem Gesicht zur Wand liegen und bedeckte seine Augen mit dem Unterarm.

Und es wurde die neunte Nacht, und sie setzten sich auf den Diwan und sie entzog sich, als er nach ihr griff.

»Warum?«, sagte er. Er hatte sie nie angefasst, ohne dass sie sofort nachgab, nie hatte er darauf warten müssen, dass ihre Lust erwachte. Sie war auf der Stelle präsent, kaum dass er sie berührte.

Sie schaute mit gelben, seltsamen Augen und mit einem merkwürdigen Lächeln um den Mund zu ihm auf. Sie sagte langsam:

»Jetzt kannst du raten!«

Er wurde sofort weiß wie ein Laken. Sie sah es, stand auf und machte einen Schritt ins Zimmer und sagte mit einem Blinzeln:

»Jetzt hat er Angst, unser Kleener.«

Er versuchte zu schlucken, er schaute sie starr und zornig an, er konnte die Augen nicht von ihren Lippen abwenden.

Da kam sie zu ihm, blieb neben ihm stehen und strich ihm leicht über das Ohrläppchen.

»Keene Angst brauchste haben«, sagte sie wieder auf Deutsch in dem Dialekt einer großen deutschen Stadt. Er wusste nicht, welche Stadt es war, er war nie in Deutschland gewesen.

Dann ging ihm ein Licht auf. Eine Dankbarkeit ohnegleichen durchströmte ihn, überflutete ihn und drückte ihn hinunter, er hatte das Gefühl, als würde der Fußboden unter ihm einbrechen, als verliere er sich in einem milden, wunderbaren Schweben und es war Musik im Wasser. Wie ein Ertrinkender griff er nach ihrer Hand und küsste sie.

Er versuchte sich zu beherrschen, so zu tun, als habe er natürlich nichts anderes erwartet, aber das gelang ihm nicht ganz. Sie folgte ihm mit den Augen, als er wie ein angeschossener Bär durchs Zimmer tappte. Bald pfiff er leise, bald sang er seltsame Melodien, er blieb vor der Kommode stehen, ihm fiel auf, dass er noch nie eine so schöne Waschschüssel gesehen hatte, er steckte den Finger ins Wasser und fuhr damit im Kreis herum, erzeugte einen kleinen Mahlstrom nur für sich, dann drehte er sich wieder um zu ihr, kratzte sich heftig an der Brust und küsste sie aufs Haar.

»Wie alt bist du?«, fragte sie plötzlich.

Das verwirrte ihn. Dann sagte er: »Jetzt kannst du raten!«

Sie spitzte den Mund und sagte:

»Irgendwas zwischen dreiundzwanzig und siebenundzwanzig.«

Er schüttelte den Kopf. Jetzt war es nicht mehr so bedrohlich. Jetzt gab es plötzlich vieles, was er tun konnte.

»Älter?«

Er schüttelte den Kopf.

»Jünger?«

Er nickte.

»Jünger als dreiundzwanzig?«

Er nickte. Sie schaute ihn von der Seite an.

»Zweiundzwanzig?«

Er schüttelte den Kopf. Die Flügel ihrer breiten Nase vibrierten.

»Einundzwanzig?«

Er schüttelte den Kopf.

»Zwanzig?!«

Ihre Augen waren groß.

Er nickte.

Sie war überwältigt. Trotzdem war ein Zwinkern in ihren Augen und es war, als leckte sie sich die Lippen, als sie sagte:

»Da bist du ja noch ein Grünschnabel!«

Er schaute sie an, reckte sich unauffällig. Und er war ihr nicht böse. Er sagte:

»Ich habe immerhin Haare unter den Armen.«

Ein Prosit der Gemütlichkeit

Selbst sagte sie, dass sie fünfundzwanzig sei, aber sie hatte nicht den klaren Blick, als sie es sagte; er begriff, sie war sechsundzwanzig. Wieder überkam ihn ein Gefühl, das er nicht erklären konnte, ein Gefühl von Zärtlichkeit und Wehmut. Sechsundzwanzig Jahre, das erschien ihm ein enormes Alter, nach sechsundzwanzig Jahren hat man die Welt erobert, hat alle Bücher der Welt gelesen, alle Konzerte der Welt gehört, alle Examen der Welt bestanden und hat alle Stellungen der Welt angeboten bekommen und eine davon hat man gewählt. Sie saß in einem Alter von sechsundzwanzig Jahren neben ihm und war Kellnerin. Nicht besonders vornehm dazu. Und nie hatte er gehört, dass sie Interesse geäußert hätte, sich um eine Ausbildung zu bemühen, zur Schule zu gehen, ein Buch zu lesen. Sie zuckte die Schultern, es sei gut so, wie sie es habe. Aber jetzt hatte sie einen Zipfel der Decke ihres Menschseins gelüpft, er hatte einen kurzen Luftzug wahrgenommen, eine Befürchtung, dass ihre Mich-kann-keiner-Rüstung nicht so stabil und heil war, eine Befürchtung, dass ihr der Das-ist-mir-schnurzpiepe-Wahlspruch nicht mehr viele Jahre Halt geben würde. Einen kurzen Augenblick hatte er in den Linien ihres Kinns etwas Verwirktes und Verlorenes erkannt, er spürte einen unerklärlichen Drang, seine Hand auf ihre zu legen, aber er ahnte, dass es unpassend sein würde. Er hatte ihr Gesicht noch nie voller Verachtung gesehen, ahnte aber, wie es aussehen würde. Er wusste, dass ihre Augen zu Schlitzen werden würden wie bei einer Katze, dass ihre Nasenflügel weiß werden würden und dass sie den Raum verlassen und die Tür zuknallen würde, dass das ganze Haus erwachen würde.

Er saß da und überlegte. Und ohne das Geschlechtliche zwischen ihnen hatten sie sich nichts zu sagen, und ihn erfasste eine leise Panik, neben diesem Menschen zu sitzen, der nicht nur nichts über Buchführung, Korrespondenz, Musik, Philosophie, Sozialismus, Bücher und den Krieg der Italiener in Äthiopien wusste, sondern auch gar kein Interesse daran hatte; sie schien den Begriff Zukunft nicht zu verstehen, sie kaute Kaugummi und lebte in der Gegenwart. Eine tiefe Beklemmung beschlich ihn und ihm entschlüpfte der Vorschlag:

»Wollen wir ausgehen?«

Sie setzte sich auf und strahlte wie eine Sonne. Der Gedanke, in eine Kneipe zu gehen, wirkte auf sie wie das Hornsignal auf ein Militärpferd, sie nannte das Gildevangen Hotel. Das war der einzige Ort in der Stadt, der eine Schankkonzession hatte, eigentlich war es überhaupt das einzige Hotel. Die Schankkonzession war zwar eingeschränkt, galt nur für Besucher und Touristen – es hatte Skandale gegeben mit den Ortsansässigen –, aber er würde sicher als Besucher akzeptiert, sagte sie, wenn er nur sagte, wer er war.

Mit einem Mal hatte sie eine nervöse Unruhe gepackt. Er verstand ihre Rastlosigkeit nicht. Er selbst verabscheute Cafés und Restaurants, es sei denn, zum Zwecke des Essens. Er verstand die Menschen nicht, die sich an solchen Orten amüsieren konnten, er wurde dort nur unsagbar bedrückt und mutlos. Das hatte möglicherweise mit seiner Angst vor Kellnern zu tun. Aber jetzt konnte er schlecht einen Rückzieher machen.

Er war ein wenig verlegen, als sie das Hotel betraten, irgendwie hatte er das Bedürfnis, den Mantelkragen hochzuklappen. Sie aber schien alle zu kennen, die sie traf, in der Eingangshalle und im Saal, sie war schon hier gewesen.

Das Hotel war in einem romantischen Touristenstil gebaut. Es stammte aus der Zeit vor der Jahrhundertwende, bevor man in den Bergen Erzlagerstätten entdeckt hatte, als die hauptsächlichen Attraktionen des Ortes Lachsfischerei, Bärenjagd und Moltebeerenpflücken gewesen waren. Auch die Innenwände des Gebäudes bestanden aus Holz wie bei einem Blockhaus, es gab Trennwände und Nischen, an jedem Tisch waren kurze Bänke zum Sitzen und die Rückenlehnen waren mit geschnitzten Drachenköpfen verziert. Sie ging vor ihm, bahnte den Weg, sie wirkte wie elektrisiert, als habe die dicke Luft aus Bier und Wein und Tabak sie aufgeladen; ein Mann stand halb von seiner Bank auf, spähte über den Drachenkopf und streckte die Hand nach ihr aus, setzte sich aber wieder mit einem seltsamen Ausdruck in den Augen, als er sah, dass sie in Begleitung eines anderen war.

Sie zeigte ein strahlendes Lächeln, nickte nach rechts und nach links, beugte sich vor über den Tisch und legte ihre Brust über Asks Hand und winkte einem Pärchen zu, das weit hinten in einer Ecke saß. Dann setzte sie sich auf die Bank und sagte:

»Was wollen wir haben?«

»Tja«, sagte Ask.

Vor ihnen auf dem Tisch lag eine Weinkarte. Er schlug sie mit Kennermiene auf, verzweifelte aber beim Anblick der ellenlangen Reihe von verschiedenen Marken. Er räusperte sich und sagte:

»Möchtest du etwas essen?«

Der Kellner kam gerade vorbei. Sie legte die Hand auf den Jackenärmel des Kellners, stoppte ihn und sagte:

»Hast du gehört? Er fragte, ob ich etwas essen will!«

Sie prustete vor Lachen, Menschenköpfe erschienen überall hinter den Drachenköpfen und die Schultern des Kellners bebten in kleinen, beherrschten, höflichen Zuckungen. Ask hatte offensichtlich etwas ungemein Komisches gesagt. Er biss sich auf die Lippe. Und es war ihm nicht entgangen, dass sie mit dem Kellner per Du war.

»Wir nehmen einen Club Port«, sagte sie.

Ask nickte. Er war sich nicht sicher, was das war. Seine Weinkenntnisse beschränkten sich auf norwegischen Wermut und den selbst gemachten Stachelbeerwein, den sein Vater abgefüllt in Flaschen daheim im Keller hatte und von dem sich Ask und seine Klassenkameraden zur Abiturzeit heimlich bedient hatten.

»Halbe oder ganze Flasche?«, sagte der Kellner ruhig, er wedelte mit einer weißen Serviette über das Tischtuch.

Sie spitzte den Mund:

»Eine halbe.«

Dann schaute sie Ask an und fuhr fort:

»Aber es ist günstiger, eine ganze zu kaufen.«

Zwar verfügte Ask über eine gewisse kaufmännische Bildung, er war überdies Leiter einer Handelsschule, trotzdem war sein Gehirn unfähig, die Gewinn-und-Verlust-Rechnung der Frau zu verstehen. Abgesehen davon hatte er einen Blick in die Weinkarte geworfen und festgestellt, dass seine pekuniären Möglichkeiten eine ganze Flasche erlaubten. (Er hatte seinen ersten Monatslohn bekommen.) Er nickte deshalb großzügig und zustimmend dem Kellner zu, und sie belohnte ihn mit einem freundlichen Händedruck.

Sie blieben eine Weile in ihrer Nische sitzen und dann waren beide etwas beschwipst. Sie war schlaff und weich geworden, saß schwer an ihn gelehnt und wollte den Kopf bei ihm anlehnen. Er richtete sich auf, er mochte das nicht. Sie jammerte leise, als er ihren Kopf wegschob; er wusste nicht, an wen sie ihn gerade erinnerte, aber es war jemand. Einmal tanzten sie auch auf der Tanzfläche, drei müde Männer sorgten für die Musik. Doch Ask wollte nicht öfter als einmal tanzen; er hatte immer das Gefühl, die Leute könnten sehen, dass er hinkte.

»Du könntest schon ein bisschen netter sein«, sagte sie, als sie sich wieder setzten, sie schenkte ihnen nach.

In dem Moment kam ein Mann an ihrem Tisch vorbei. Gunnhild packte ihn am Jackenärmel, und er blieb stehen. Es war ein schmieriger, bleicher, schwammiger Mann mit einem kleinen schwarzen Bärtchen unter der Nase. Ask hätte ihn für einen schlecht bezahlten Büroangestellten mittleren Alters gehalten, wäre da nicht ein eigener, seltsamer, brutaler, spöttischer Zug im Gesicht des Mannes gewesen. Gunnhild stellte den Mann als ihren Vetter vor und der Mann musterte Ask mit eisblauen, gehässigen Augen. Aus dem Gespräch ging hervor, dass der Mann zusammen mit einigen anderen in einem Nebenzimmer saß und Poker spielte.

»Du solltest dich mal an dem neuen Schulleiter versuchen«, sagte Gunnhild.

Einen Moment lang erlosch das Gehässige in den Augen des Mannes und wurde von einem taxierenden Interesse ersetzt.

»Spielen Sie Poker?«, sagte der Mann mit metallischer Stimme.

Ask versuchte sich zu erinnern. Doch, wenn er genau nachdachte, dann waren fünf Asse das Höchste, also vier Asse und ein Joker. Es gab One Pair, Two Pair und Full House. Aber den Unterschied zwischen Street und Flush hatte er sich nie merken können. Wenn er nun genauer darüber nachdachte, hieß es vielleicht gar nicht Street, sondern Straight.

Ask wiegte den Kopf, er konnte so manches.

»Sie können ja mal ein Spiel mitmachen«, sagte der Mann, »falls Sie Lust haben.« Er sprach ohne besonderes Interesse.

»Vielleicht traust du dich nicht«, sagte Gunnhild.

Sie standen vom Tisch auf und gingen hinaus auf den Gang. Der Mann ging vor ihnen. Er war klein, gebeugt und lief mit den Fersen nach innen. Für Ask gab es nichts Hässlicheres auf der Welt, als mit den Fersen nach innen zu laufen. Gunnhild flüsterte ihm auf dem Gang zu, dass ihr Vetter tatsächlich ein Büroangestellter bei der Dampfschifffahrtsexpedition sei, dass er aber damit prahlte, das Vierfache seines Monatslohnes beim Pokern zu verdienen. Was sie anging, so glaubte sie nicht, dass er ein so harter Pokerspieler sei, sie meinte, er bluffe nur.

Ask befeuchtete seine Lippen und sagte:

»Ich werde nicht lange bleiben.«

»Nein«, sagte sie und schob ihn ruhig durch eine Tür, »nur ein Weilchen. Vielleicht hast du ja Glück.«

Zwei Männer und eine Frau saßen an einem Tisch und boten Ask einen kühlen Gruß. Alle schienen sie Gunnhild zu kennen, aber die beiden Frauen nahmen voneinander entfernt Platz und die wenigen Worte, die sie wechselten, waren übertrieben höflich und distanziert.

Das Spiel begann still und harmlos. Der Einsatz war eine Krone und in keinem Pot waren mehr als sechs bis acht Kronen, bevor er verschwand. Einmal gewann Ask einen Pot mit zehn Kronen, er sah, dass Gunnhild ihm zuzwinkerte, aber er erwiderte ihr Zwinkern nicht. Die vier Männer spielten, die Frauen schauten zu. In einer Spielpause gingen die zwei Frauen und einer der Männer hinaus auf den Gang. Ask wusste nichts von den zwei Männern, mit denen er sitzen blieb, und wie jedes Mal, wenn er mit unbekannten Menschen in einem Raum allein war, erfasste ihn Panik. Er empfand einen unerträglichen Druck, er musste etwas sagen, musste eine Konversation in Gang bringen. Für drei Menschen in einem Zimmer musste es möglich sein, irgendeine Regung zu zeigen – auch wenn es nur ein lautes Räuspern war, etwas Verbindendes, dass sie zumindest derselben Tierart auf der Erde angehörten. Die zwei Männer sagten nichts, sie saßen nur mit unbeweglichen Gesichtern da und drehten Zigaretten aus Tabaksdosen, die sie danach in die Gesäßtasche der Hosen steckten, und schließlich hielt es Ask nicht mehr aus, er musste etwas sagen und weil ihm einfiel, dass der eine Mann ihm als Gunnhilds Vetter vorgestellt worden war, räusperte er sich und sagte mit einem schiefen Lächeln:

»Das ist eine ...«

Er wollte sagen süße, aber er meinte nicht süß.

»Das ist eine nette Nichte, die Sie haben.«

Der Mann blickte auf zu ihm und sagte schroff und ablehnend:

»Von meiner Familie will ich nichts wissen.«

Der Mann schnitt Asks vorsichtige Einleitung so blitzschnell, so schonungslos ab, dass Ask meinte, mit einer Seite seines Körpers eine Hochspannungsleitung berührt und sich versengt zu haben. Aber was ihn am tiefsten beeindruckt hatte, war der eiskalte Hass in der Stimme. Dieser Mann wollte nicht nur vermeiden, daran erinnert zu werden, eine Familie zu haben, er hatte mit der Familie gebrochen, sie existierte nicht für ihn. Keine Mutter, kein Vater, kein Bruder. Und schon gar keine Nichte.

Es hing ein schrecklicher Schatten der Grausamkeit über dem Mann, er war ein Geächteter, ein Verbannter. Aber – das musste ja nicht ausschließlich an dem Mann liegen. Was war das für eine Familie, die einen solchen Hass in ihm erzeugt hatte? Was für ein Mensch war dieser Mann, und was für ein Mensch war Gunnhild?

Er bot dem Mann eine Zigarette an, aber der Mann lehnte ab. Er rauche nur Zigaretten, die er selbst drehe. Die seien stärker.

Die anderen kamen wieder von draußen herein. Gunnhilds Wangen glühten, ihre Augen glänzten, Ask verdächtigte sie sofort, etwas Starkes getrunken zu haben. Die Flasche Wein hatte ihr wohl nicht genügt? Hatte sie mit ihm zusammengesessen und nur gespielt, anständig zu sein? Musste sie hinterher in einer Ecke einen Schnaps kippen? Hatten sie vielleicht über ihn gelacht, weil er ihr nur Portwein spendiert hatte? Der Schulleiter trinkt nur Wein, hehe, haha.

Das Spiel begann. Der Mann neben Ask kassierte einen Pot mit etwas über zwanzig Kronen. Ask fiel auf, dass der Mann die Karten nicht zeigte. Er steckte sie in den Stapel, und niemand erfuhr, mit welchem Spiel er gewonnen hatte. Fünf von Asks Kronen lagen in dem Pot.

Das nächste Spiel zog sich hin. Alle passten, danach wurde mit zwei Buben eröffnet. Jeder setzte eine Krone ein. Es ging weiter, ohne dass jemand eröffnete, es ging bis zur Ass-Eröffnung und von da hinunter zur Dame-Eröffnung. Da waren über dreißig Kronen im Pot, und Ask meinte eine kleine Veränderung in der Stimmung am Tisch zu bemerken.

Als Ask seine neuen Karten aufnahm, beugte sich Gunnhild vor, um zu sehen, was er hatte. Aber er versteckte die Karten in seiner Handfläche. Er hatte nichts Besonderes, ein Paar Damen und einen Buben. Aber es war ein »Zug« in den Karten: Er hatte einen König, zwei Damen und einen Buben und er wollte den Versuch wagen, eine Reihe zu bekommen, egal, wie eine solche Reihe auch heißen mochte. Er warf einen Zweier weg und eine der Damen und verlangte zwei Karten.

Er besah sich seine Karten, langsam, eine nach der anderen. Er hatte Kreuzass, Pikkönig, Pikdame, Pikbube und einen Pikzehner. Einen schwindelnden Augenblick lang durchfuhr es ihn, dass das ein Spitzenblatt sein musste. Doch er dämpfte sofort seine Erregung, es war klar, dass das Kreuzass störte. Aber wie sehr störte es? Trotzdem war er davon überzeugt, dass er ein starkes Blatt auf der Hand hatte.

Er hatte verfolgt, was die anderen gekauft hatten. Einer der Männer kaufte vier Karten, der andere drei, Gunnhilds Vetter eine.

Der Vetter erhöhte um zwei Kronen, sein Nebenmann legte ebenfalls zwei Kronen rein, der dritte Mann passte. (Das war der, der drei

Karten gekauft hatte.) Ask erinnerte sich an frühere Pokerspiele, er legte vier Kronen rein.

»Zwei mit und um zwei erhöhen?«, sagte der Vetter.

»Hm«, sagte Ask, im Stillen dankbar, dass ihm der andere die richtigen Fachausdrücke beigebracht hatte.

Der Vetter ging zuerst mit zwei Kronen mit und erhöhte dann um fünf Kronen. Er schaute Ask nicht an, nur den anderen Mann. Der schüttelte den Kopf und passte. Nun schaute der Vetter Ask an, und es wurde ganz still. Ask dachte ein Weilchen nach, dann legte er zehn Kronen in den Pot.

»Fünf mit und um fünf erhöhen.«

Er blickte starr auf die Tischplatte. Die Pause, die kam, schien unendlich lang. Der andere legte ein Fünfkronenstück rein, und Ask dachte, jetzt will er sehen, aber der Mann kramte seitlich in der Jackentasche und zog einige Scheine heraus. Er hielt sie in der Handfläche wie Spielkarten und blätterte ein paar auf den Tisch. Zwei Zehner.

Ask merkte, dass es ernst wurde. Er rechnete schnell. Er hatte bereits über zwanzig Kronen drin und es lagen fünfzig Kronen im Pot, er war sich also darüber im Klaren, dass er in jedem Fall weitere zwanzig Kronen setzen musste, um das Ergebnis zu sehen. Er musste die Brieftasche herauskramen und er wand sich, es schien ihm kindisch, er hätte wie der andere einige lose Scheine aus der Jackentasche ziehen wollen.

»Ich möchte sehen«, sagte er und legte zwei Scheine auf den Tisch. Er hatte in der Brieftasche das kleine Fach für Briefmarken gesehen und er dachte, ich habe zwei Wochen nicht nach Hause geschrieben.

In dem Augenblick hatte er an Balder gedacht.

»Nicht erhöhen?«, sagte der Mann ruhig. Er hatte die Hände vor sich auf dem Tisch gefaltet. Sie waren weiß, breit, kräftig; die flachen Fingerspitzen von Zeigefinger und Mittelfinger der linken Hand waren gelb vom Nikotin. Der Mann ist Linkshänder, dachte Ask.

Ask grübelte. Er versuchte zu erraten, was der andere hatte. Er hatte eine Karte gekauft, war es nicht so? Das konnte viel bedeuten, aber es brauchte auch überhaupt nichts zu bedeuten.

»*All right*«, sagte Ask. Er legte noch fünf Kronen dazu.

Der Mann betrachtete den Fünfkronenschein. Dann rieb er sich die Nase und legte selbst einen Fünfer rein. Dann griff er in die Brusttasche, und da lag ein neuer Schein. Ask traute seinen Augen nicht.

Er sagte:

»Um *fünfzig* erhöhen?«

Der Mann nickte mit halb geschlossenen Augen. Ask schluckte. Er spürte den brennenden Drang, sich auf dem Stuhl umzudrehen, mit jemandem in Kontakt zu kommen, zu versuchen, einen Rat in einem anderen Gesicht zu lesen, aber er machte es nicht. Der Mann könnte ein Superblatt haben. Aber er könnte auch bluffen. Pokern hieß bluffen. Wer das bessere Pokerface hatte, wer nicht ängstlich war, der gewann.

Plötzlich fasste Ask einen Entschluss. Er holte die Brieftasche heraus, fand fünf neue Zehnkronenscheine und legte sie auf den Tisch. Er hatte keine Lust, nachzurechnen, wie viel er jetzt gesetzt hatte, und es war, als gleite etwas unter ihm weg, als er die Hand auf den Scheinen zurückzog. Jetzt lagen sie da. Der Einsatz war gemacht.

»Nicht erhöhen?«, sagte der Mann ruhig.

»Nein«, flüsterte Ask.

»Sehen?«, sagte der andere.

»Hm«, sagte Ask. Der Mann schaute ihn mit einem leichten Lächeln an, Ask brachte auch ein Lächeln zustande.

Plötzlich wusste er, dass er nicht hätte lächeln sollen. Das Bewusstsein, dass er die Mundwinkel unmerklich zur Seite gezogen hatte, dass er die feste Skulptur des Gesichts verändert hatte, verursachte ein Gefühl der Ohnmacht. Jetzt habe ich verloren, dachte er.

Und während er dasaß und auf die Hand des anderen starrte, die Hand, welche die fünf Karten hielt, wusste er plötzlich – mit einer erschreckenden, eiskalten Intensität –, dass er ein Verlierer war. Nicht nur dieses Mal. Sondern immer. Er war ein Verlierer. Undeutliche Bilder durchströmten ihn: der Vater, die Mutter, Gro, er sah den Aushang mit den Noten der schriftlichen Abiturfächer, er erinnerte sich an den Wettlauf mit Pelle auf der Straße, Camillas Stimme, als er sie auf eine Party zu zweit in seiner Bude eingeladen hatte, das Nasenbluten und die Tränen nach Prügeleien in der Volksschule, das Goldkettchen einer Fee, das er zwölf Stunden in seiner Hosentasche gewärmt hatte, er saß da und spürte Gunnhild neben sich – er wusste plötzlich, dass er immer, sein Leben lang, dasitzen und in die Augen eines Gegenspielers auf der anderen Seite des Tisches starren würde. Er konnte sich einbilden, das beste Blatt in der Hand zu halten, er konnte nach einem ausgeklügelten Plan und mit kluger Berechnung gespielt haben, er konnte gesehen, gerochen, gehört und all seine verborgenen Sinne eingesetzt haben, um dem Widersacher seine Stärke zu entlocken, er konnte alle Löcher im Zaun verschlossen und ihn umzingelt haben, er konnte die Fäuste ballen, die Augen schließen, er konnte in seiner äußersten Not zu Gott beten – aber immer würde auf der anderen Seite des Tisches der Mann mit der besseren Poker-Hand sitzen. Immer und zu jeder Zeit würde ein Mann auf der anderen Seite des Tisches sein! Immer ein Mann mit einem besseren Blatt in der Hand! Immer ein Paar wissende, wartende Augen auf der anderen Seites des Tisches!

Immer.

Diese fürchterliche, grausame Gewissheit schoss innerhalb einer Sekunde in ihm hoch und er war gelähmt vor Entsetzen. Er war unfähig, die Karten hochzuhalten, er musste die Hände auf die Tischplatte senken und sie dort liegen lassen. Und er dachte: »Aber wenn ich weiß, dass es so ist, warum lächle ich dann?«

Die Hand des Vetters mit den schwarzen Fingerkuppen blätterte zuerst zwei Karten hin. Es waren zwei Neuner. Er schaute Ask an. Dann blätterte er zwei weitere Karten hin. Es waren zwei Asse. Er schaute Ask an und fragte mit müder, ruhiger Stimme:

»Genug?«

Ask machte einen verzweifelten Versuch, wieder nach oben zu schwimmen, weg von den langen, sachte sich wiegenden Wasserpflanzen auf dem Grund, hinauf zur Oberfläche und zu Licht und Luft, und während er sich mit berstenden Lungen durch das Wasser nach oben schaufelte, dachte er: »Warum mache ich mir diese Mühe, hinaufzuschwimmen?« Denn ein neues und schreckliches Bild erschien vor seinen Augen. In dem Boot da oben, das er über sich sah und zu dem er schwamm, saß einer und wartete auf ihn. Zwei Augen. Und in dem Augenblick, in dem er auftauchte und Luft holte, in dem er eine Hand ausstreckte, wenn er die Finger um das Dollbord legte, würde ihm einer mit einem Knüppel auf die Knöchel hauen.

Ask schaute auf seine Finger und schluckte. Er wusste, dass zwei Paar nicht genügten, ihn zu schlagen. Und selbst wenn der andere einen Dreier und ein Paar hatte, also Full House, konnte er nicht verstehen, dass das besser sein sollte als die schöne Reihe, die er hatte. Ein Hauch des Triumphes durchfuhr ihn, aber da war trotzdem etwas, das ihm sagte, es sei zu früh, den Sieg einzukassieren. Es waren die zwei Augen.

Der Vetter deckte die letzte Karte auf.

Es war ein Ass.

Ask schloss die Augen, ihn schwindelte einen Moment, er glaubte, er hätte gewonnen. Blind deckte er seine Karten auf und er merkte, dass die Umstehenden sich vorbeugten, um besser zu sehen. Einer sagte:

»Straight.«

Ein anderer sagte:

»Top Straight.«

Aber dann hörte er Gunnhilds Stimme. Sie sagte:

»Ja, ja.«

Da öffnete er die Augen und er sah die Finger des anderen ungerührt und nachlässig nach dem Bündel an Scheinen und blinkenden Kronenstücken greifen. Er hatte verloren. Und um alles in der Welt wollte er nicht die brennende Frage äußern, die ihm ganz vorne auf der Zunge lag: ob es wirklich so war, dass Full House eine höhere Poker-Hand war als ein Top Straight. Eine Sache ist es zu verlieren. Eine andere ist es, seine Unwissenheit bloßzustellen.

Ein tiefer Seufzer ging durch den Raum, alle atmeten aus. Der Vetter hatte sich erhoben, nachdem er gleichgültig alles Geld in die Jackentasche gestopft hatte. Er drehte sich um, rollte mit der Zunge die dünne selbst gedrehte Zigarette in den anderen Mundwinkel und sagte ruhig:

»Revanche?«

Ask schüttelte den Kopf und blickte auf die Tischplatte. Er begriff, dass er etwa hundert Kronen verloren hatte, das war die Hälfte seines Monatslohnes, das war, was ein Anzug kostete. Er hatte lange über einen Anzug nachgedacht.

Gunnhild sagte:

»Du kannst dir wenn nötig sicher was leihen.«

Der Vetter sagte ruhig:

»Für mich ist es okay, wenn Sie auf Kredit spielen.«

Ask wurde übel vor Scham und Wut. Nicht so sehr, weil der Mann einen solchen Vorschlag gemacht hatte. Er war sicher ein professioneller Pokerspieler und dies war ein Teil des Spieles. Aber wie kam Gunnhild dazu, einen solchen Vorschlag zu machen? Sie hatte es laut gesagt, alle hatten es gehört, deshalb hatte sie es extra schwierig für ihn gemacht, abzulehnen.

Denn war das nicht eine zutiefst unanständige Art, mit Geld umzugehen? Eine Sache war es, mit Fünføremünzen Siebzehn und Vier zu spielen, wie er das im Gymnasium gemacht hatte, eine Sache war es, mit einer Krone als Einsatz zu pokern, nachdem man erwachsen geworden war und in seinem Job zweihundertvierzig Kronen im Monat verdiente und weder Frau noch Kinder hatte. Aber eine ganz andere Sache war es in dem Moment geworden, in dem die erste Fünfkronenmünze eingesetzt wurde. Ask hatte da bereits gemerkt, dass sie abrutschten ins Unanständige. Sich auf ein Spiel einzulassen, bei dem der eine innerhalb von fünf Minuten hundert Kronen an den anderen verspielte, war eine Beschäftigung für Desperados, für Menschen, die es keinen Deut scherte, ob ihr Leben und ihre finanzielle Lage Schiffbruch erlitten und ob sie am nächsten Tag zur Fürsorge gehen oder bei Bekannten eine Zigarette oder Geld für eine Portion Fleischsuppe schnorren mussten. Er wusste, dass in ihm der Bauer und Kleinbürger sprach, er wusste, dass er in diesem Augenblick der Sohn des kommunalen Trambahnfahrers war, aber gleichwohl wusste er mit einem untrüglichen Gefühl, dass er, als er ablehnte, das Recht des Stolzes hatte, das Recht der Unabhängigkeit. Plötzlich erkannte er das Schäbige im Charakter des Spieles, das Entwürdigende, das Erbärmliche, das Verantwortungslose, und er wusste – mit eiserner Gewissheit –, dass er das letzte Mal in seinem Leben um Geld gespielt hatte. Er konnte kein gültiges Prinzip für seinen Entschluss formulieren, denn darin steckte wohl genauso viel Angst wie Mut und es schien ihm allerdings ein Entschluss mit negativem Vorzeichen zu sein, aber trotzdem erfüllte ihn der Entschluss mit einem Gefühl grenzenlosen Triumphes. Er wusste nicht, was aus seinem Leben werden würde, er wusste nicht, welche Taten er zu vollbringen hatte. Aber andere Menschen sollten nicht kommen und ihn im Spiel um seinen rechtmäßig erworbenen Arbeitslohn bringen und er würde nie beim Spiel andere Menschen ruinieren. Sein Leben sollte so sein, dass man darin ein *Muster* erkennen konnte; es sollte ein Zusammenhang sein zwischen dem Arbeitseinsatz, den er leistete, und dem Ertrag, den er bekam, es sollte eine Übereinstimmung sein zwischen den Verrücktheiten, die er anstellte, und der Strafe, die er bekam, es sollte eine Entsprechung sein zwischen der Liebe, die er schenkte, und der Gegenliebe, die ihm zuteilwurde; und sollte er sich einmal einen Namen machen, dann sollte er dessen würdig sein! Er würde nicht mit losen Fünfzigerscheinen in der Tasche herumlaufen und meinen, das sei eine männliche Tat! Er wollte nicht mit Hass im Blick und Verantwortungslosigkeit in der Seele herumlaufen, mit schwarzen Fingerkuppen und schiefen Absätzen, er wollte niemandem zu der Meinung Anlass geben, dass die Krone der Menschheit ein versoffener Desperado sei! Der Mann sollte das Geld haben. Glückwunsch. Der Vetter konnte sich im Spiegel betrachten und sehen, ob er größer geworden war.

Und Gunnhild? Ohne mit der Wimper zu zucken, hatte sie ihn aufgefordert, weitere hundert Kronen zu setzen! Es gab zwei Dinge im Leben, die in ihm tiefstes Unbehagen auslösten: sein pekuniäres Selbstbestimmungsrecht zu verlieren, indem man blind Geld verstreute, und sein persönliches Selbstbestimmungsrecht zu verlieren, indem man blind Samenzellen verstreute. Er würde es ihr zeigen. Gleich morgen würde er Kondome kaufen. Sie konnte ihn als Bübchen und als Angsthasen bezeichnen, so viel sie wollte. Er würde es ihr zeigen, und sollte er einen Sattler beauftragen, einen Keuschheitsgürtel für sie zu fertigen.

Er war weiß im Gesicht wegen des Verlierens und aus Verzweiflung und Wut und aus einem unartikulierten Stolz heraus, als sie wieder in den Tanzsaal kamen. Die Flasche mit dem Portwein und ihre beiden Gläser standen immer noch auf dem Tisch. Es war noch ein wenig übrig, und sie prosteten sich zu. Bald darauf, nachdem sie sich gesetzt hatten, kam der Kellner an ihren Tisch und sagte mit leiser Stimme, dass es nur noch wenige Minuten bis elf Uhr seien. Ask begriff nicht, aber

Gunnhild klärte ihn auf, dass nach elf Uhr kein Alkohol mehr ausgeschenkt werde.

»Nein danke«, sagte Ask.

Er war hungrig, aber er wusste, dass er nicht mehr genug Geld hatte, um sich Essen zu bestellen. Es reichte gerade für die Flasche Wein. Wenn wir bloß gehen könnten, dachte er.

Er blickte sich um. Es war nun eine andere Stimmung im Lokal. Was man noch vor einer Stunde als angeregt hätte bezeichnen können, war übergegangen in betrunken. Er hörte es an den Stimmen, er roch es in der Luft, er sah es an den Grimassen und Gesten der Menschen. Ihn fröstelte. Die Gesichter der Menschen waren so hässlich geworden, so nackt, so roh. Waren alle Gäste »Auswärtige«, weil man ihnen derartig viel zu trinken servierte?

An einem Nachbartisch saßen zwei Männer mittleren Alters. Sie trugen beide billige, braun melierte Anzüge, konnten durchaus Arbeiter in der Erzgrubengesellschaft sein. Vielleicht kamen sie von unten aus dem Tal und vielleicht wurden sie deshalb als »Auswärtige« angesehen? Sie waren sehr betrunken und hatten ein Stadium erreicht, bei dem der Körper nicht mehr imstande war, aufrecht auf dem Stuhl zu sitzen, sondern nach vorne kippte, sich aufrichtete, kippte, aufrichtete. Ask beobachtete sie mit Verzweiflung und betete leise darum, der Kellner möge kommen und abkassieren. Der Kellner kam. Aber statt abzukassieren, stellte er zwei neue Flaschen Wein auf ihren Tisch! Die Flaschen waren überdies schon entkorkt, fertig, um eingeschenkt zu werden! Einer der Gäste war inzwischen zusammengesackt, lag mit dem Kopf auf der Tischplatte, der eine Arm hing nach unten auf den Fußboden. Während der Kellner von dem anderen Gast das Geld entgegennahm, öffnete der auf den Tisch gekippte Mann den Mund, rülpste und erbrach eine braune Soße auf die Tischdecke. Ask erstarrte vor Abscheu. Aber mehr noch erschütterte ihn, dass der Kellner dastand und darauf beharrte, dass die Bestellung abgerechnet wurde. Der Kellner sah den Zustand der Männer, er sah die Schnapsleiche und den Skandal, aber nahm er die Flaschen wieder mit? Weigerte er sich, die Bestellung auszuführen? Nein! Er schaute hastig auf seine Armbanduhr, steckte das Geld in eine kleine Brieftasche und ließ die beiden vollen, dunklen, entkorkten Flaschen stehen, ja, er stand ruhig da und schaute zu, wie Gast Nummer zwei schwankend sowohl sein Glas wie das des stockbesoffenen Kameraden auffüllte!

Nachdem der Kellner gegangen war, kam der Verwalter des Hotels und ging durch den Saal. Es war ein großer, älterer, fahler Mann mit dünnen, schwarzen, zerzausten Haaren und hervorquellenden Fischaugen, er ging schwerfällig und schief, als leide er an einer inneren Krankheit. Der Mann sah den Tisch mit den zwei betrunkenen Männern, er sah die Pfütze auf der Decke, er sah die zwei vollen Flaschen, er hielt einen winzigen Augenblick an, er ließ den Blick um sich schweifen, einen Moment sahen sich der Mann und Ask in die Augen, dann glitt der blasse Blick des Mannes zur Seite, glitt nach unten und der Mann setzte seinen langsamen, schwerfälligen Gang durch den Saal fort. Ask war wie vom Donner gerührt; er hatte natürlich davon gehört, dass der Ausschank von Wein dem Hotel die erforderlichen Einnahmen brachte, aber wie konnte man zulassen, dass die Einnahmen eines Betriebs schwerer wogen als die Rücksicht auf Menschlichkeit und Anstand?

Der Kellner kam später und half dem kranken Gast hinaus auf den Gang und er kam zurück und wechselte die Tischdecke. Aber immer noch waren kleine Pfützen Wein und Erbrochenes auf dem Boden und immer noch saß der zurückgebliebene Gast auf seinem Platz und kippte ein Glas nach dem anderen, als gelte es, einen Wettlauf zwischen dem Leben und der Zeit zu gewinnen, und als würde das Leben enden, wenn die Uhr zwölf Uhr zeigte.

Ask drehte sich um und sah Gunnhild an. Sie saß mürrisch da und drückte eine Zigarette im Aschenbecher aus; sie zuckte die Schultern.

»Wir gehen«, sagte Ask. Er winkte dem Kellner.

In dem Moment erschien ein Mann in Leutnantsuniform, der langsam und etwas unsicher durch den Saal ging. Er hatte ein rötliches, wettergegerbtes Gesicht. Als er vor dem Tisch angekommen war, wo sie saßen, sah er Gunnhild und blieb stehen. Er lächelte ein wenig und hob eine Augenbraue, dann machte er einen Schritt nach vorne und fasste Gunnhild am Oberarm. Er hielt sie so eine Weile fest, aber ohne Gewalt. Er sagte:

»Hab gehört, du bist hier.«

Er hatte einen seltsamen Ring am Mittelfinger, aus massivem Silber mit einem eingelegten grünen Stein. Seine Hand glitt von Gunnhilds Arm hinauf auf ihre Schulter. Ask schluckte. Er konnte an der Hand des Mannes erkennen, dass sie schon früher auf Gunnhilds Schulter gelegen hatte.

Sie nahm seine Hand und schob sie weg und sagte:

»Na, na.«

Die Hand des Leutnants kehrte zurück.

»Wir sitzen im oberen Saal und trinken Whisky. Aber uns fehlen Mädels.«

Ask sah die Hand des Mannes, er sah, wie der Daumen von ihrer Schulter zum Schlüsselbein tastete. Ask stand auf, krank vor Verzweiflung und dumpfer Eifersucht, schwankend vor Angst und Verbitterung. Er fühlte sich tief gedemütigt, er dachte: Jetzt bin ich gezwungen, ihm ins Gesicht zu schlagen.

Bevor Ask richtig auf die Beine gekommen war, griff Gunnhild nach der Hand des Mannes und sagte bestimmt:

»Du siehst doch, dass ich mit jemandem zusammen bin.«

Der Leutnant drehte langsam den Kopf zu diesem »Jemand«, diesem Fremdkörper, den er jetzt zum ersten Mal bemerkte, und er musterte Ask mit braunen, offenen, blanken Augen. Lange stand er da und betrachtete Ask. Ask versuchte, die Kraft des Mannes einzuschätzen. Der Leutnant war kleiner als Ask, aber während Ask ein verwachsener Stängel von zwanzig Jahren war, war der Leutnant ein kräftiger Mann um die fünfunddreißig, mit muskulösen Schultern und massivem Nacken. Das breite, braune, glänzende Koppel um den Leib ließ ihn zusätzlich stark erscheinen, und Ask dachte wütend und verzweifelt: Ich muss ihm einen Kinnhaken verpassen. Und ich muss mit dem ersten Schlag treffen.

Die Augen des Mannes ließen ein gewisses ruhiges, wohlwollendes Interesse erkennen. Sein Blick maß Ask von oben nach unten, dann von unten nach oben und machte schließlich halt bei Asks Gesicht.

»Sieh mal einer an«, sagte er.

Dann schaute er Gunnhild vielsagend an, salutierte, drehte sich um und ging. Aber nur ein paar Schritte, dann kam er zurück, musterte Ask erneut und wiederholte mit einem kleinen, wohlwollenden Lächeln:

»Sieh mal einer an.«

Damit drehte er sich um und ging.

Und kann man einem Mann nachlaufen? Kann man einem Mann nachlaufen und ihm in den Nacken schlagen?

Er schaute wütend hinunter zu ihr, als sie eine Hand auf seinen Arm legte. Was ging ihn das eigentlich an, warum sollte er sich ihretwegen prügeln? Sie konnte sich selbst um ihre Angelegenheiten kümmern, das konnte sie. Im Übrigen war es das letzte Mal, dass er mit ihr ausging, auf ihren illustren Bekanntenkreis legte er in Zukunft keinen Wert mehr.

Nein, er wollte *nicht* länger sitzen bleiben. Seine Begeisterung für diesen Ort hielt sich in Grenzen. Er wolle *nicht* sitzen bleiben, bis geschlossen werde. Wenn sie wolle, dass er sie nach Hause begleite, dann müsse sie sofort kommen, denn jetzt gehe *er*.

Er sagte nicht viel auf dem Weg durch die Straßen. Als sie bei ihrem Haus angelangten, küsste er sie nicht. Als er Gute Nacht sagte, schmiegte sie den Kopf an ihn und sagte:

»Dumm, dass ich heute Abend unpässlich war. Nicht wahr?«

Ask sagte Ja. Und meinte es. Selbst wenn er keineswegs vergessen hatte, welchen Himmel des Glücks und der Erleichterung sie ihm am frühen Abend geschenkt hatte, indem sie ihm den Zustand mitteilte, der ihnen jetzt die Stimmung verdarb.

Sie fügte nachdenklich hinzu:

»Irgendwie ist das kein guter Abend, wenn er so aufhört.«

Ihn erfasste ein abgrundtiefes Erstaunen, sie das sagen zu hören. Er hätte so etwas sagen können. Alle männlichen Gymnasiasten hätten es gesagt. Alle Männer könnten es sagen. Wenn es genau das war, das sie sich an einem solchen Abend gewünscht hatten. Aber konnte eine Frau das sagen? Dachte sie immer wie ein Seemann, der drei Monate ununterbrochen auf See gewesen war?

Und plötzlich wurde er schwermütig. Plötzlich sah er sein Verhältnis zu ihr klar und deutlich. Er wollte es abbrechen, hier, jetzt sofort. Und ebenso plötzlich gab er ihr unbedingt recht: Das war kein geglückter

Abend. Sie mussten das baldmöglichst nachholen, wenn sie wieder in Form war. Sie versprach, ihn in seinem Büro anzurufen, und so trennten sie sich.

In Gedanken versunken ging er durch die Straße zurück, bald bebend vor Scham, bald zitternd vom schlechten Gewissen, bald erschüttert vor Eifersucht. Nach der ersten Straßenecke blieb er plötzlich stehen. Er stand eine Weile in der stillen Nacht. Dann kehrte er um und ging langsam und still zur Ecke. Er hielt den Atem an, als er die dunkle Straße, die zu ihrem Haus führte, beobachtete. Er konnte den weißen Lattenzaun um das Haus erkennen und er schluckte.

Er wartete fünf Minuten, er wusste nicht ganz genau, worauf er wartete.

Dann zwinkerte er mit den Augen. Er meinte einen Schatten gesehen zu haben, der sich von der Dunkelheit beim Haus unterschied. Der Schatten trat auf die Straße und machte sich auf den Weg zur Straßenecke.

Ask zog sich zurück. Er sah ein Gässchen zwischen zwei Häusern und ging hinein. Er stand völlig im Dunkeln. Sein Herz pochte, er wusste nicht genau, was er sehen würde, er wusste nicht, was er sehen wollte. Er hatte sein Gesicht an die Hauswand gedrückt, jetzt kamen die Schritte näher, er begann zu frieren.

Als die Schritte direkt vor dem Gässchen waren, wandte er sein Gesicht zur Straße. Er sah sie auf zehn Schritt Abstand, für einen Moment war ihr Gesicht vom Schein der Straßenlaterne schwach beleuchtet. Es war ein lächelndes Gesicht, aber was Ask erschreckte, war der wolfsartige Ausdruck von Wachsamkeit, Entschlossenheit und unersättlichem Hunger.

Sie ging dieselbe Straße zurück, die sie gekommen waren, als er sie nach Hause begleitet hatte.

In Richtung Hotel.

Ask folgte ihr nicht.

Die Apotheke

Er hielt sich Gunnhild einige Tage vom Leib. Es wurden sechs Tage, es wurden sieben, es wurden acht. Sie rief ihn an und fragte, was er in aller Welt so Dringendes zu tun habe.

Er wollte Schluss machen. Doch an den Abenden, wenn er allein in der Wohnung war, überfiel ihn die Erinnerung an ihren bereitwilligen Körper und es zerriss ihn vor Begehren.

Die Angst, er könne an sie gefesselt werden, hatte sich tief in ihn eingebrannt. Und ihre Beteuerungen, dass ihr bisher nichts passiert sei, erschienen ihm als die fragwürdigste Garantie der Welt, ein Dokument aus Luft.

An einem Tag biss er die Zähne zusammen und schlug mit der Faust auf den Schreibtisch. Sie hatte sich geweigert, die allgemein üblichste Art der Verhütung zu benutzen. Na gut. Dann mussten andere Methoden gefunden werden. Er hatte von Zäpfchen gehört, die eine Empfängnis verhinderten.

Die Apotheke lag in einem niedrigen, eingeschossigen Holzgebäude, im selben Haus wie die Poststelle.

Von der Straße führte eine breite Treppe aus abgenutzten, rohen Holzbrettern hinauf zum Eingang. Die Treppe hatte nur zwei Stufen.

Als Ask die Treppe sah, überfiel ihn eine unerklärliche Scheu und Angst. Er blieb auf der Straße stehen und blickte sich verstohlen um. Hatte jemand bemerkt, wohin er seine Schritte lenkte? Wenn ihn jetzt jemand sah, würden sie dann nicht sofort wissen, warum er zur Apotheke wollte?

Die Angst schlug um in Zorn. Er dachte wütend daran, dass in dem kleinen Städtchen nichts geheim blieb, er dachte an den Klatsch, den er bereits erlebt hatte; er wusste, dass das Fräulein vom Amt alle Telefongespräche mithören konnte, und er war überzeugt davon, dass sie das machte; er hatte überdies den Verdacht, dass die Briefe, die er bekam, in der Poststelle über heißem Wasserdampf geöffnet worden waren.

Er warf einen Blick zu den Fenstern der Poststelle. Und plötzlich überkam ihn eine tiefe, wehmütige Sehnsucht nach einer so einfachen, harmlosen und alltäglichen Verrichtung wie hineinzugehen, sich an den

Schalter zu stellen und bei dem Postfräulein fünf Briefmarken zu zwanzig Øre zu verlangen.

Er konnte es sich selbst nicht erklären, aber er hatte das Gefühl, dass er hier vor einer sehr wichtigen Entscheidung in seinem Leben stand. Er hatte das Gefühl, dass der Schlüssel zum Haus seines Lebens sich in der Art und Weise verbarg, wie er diese Aufgabe löste.

Er war nicht fähig, mit seinem Verstand zu begreifen, woher seine Scheu kam, er wusste nicht, was daran Schlechtes oder Strafbares sein sollte, in eine Apotheke zu gehen und zu fragen, ob sie samenabtötende Mittel hätten. Er wusste nur, dass ihn eine schreckliche Unsicherheit und Lähmung erfasst hatte, ungefähr wie beim mündlichen Examen oder wenn man aufgefordert wird, vor Publikum Geige zu spielen, oder wenn in einer Gesellschaft plötzlich jemand aufsteht und sagt, man solle eine Rede halten. Da kneift man vor Angst die Pobacken zusammen, man spürt akute Magenschmerzen, Arme und Hände werden zitternd und leblos, die Mundhöhle fühlt sich trocken an wie Pappe und die Zunge kann nicht bewegt werden.

Er stampfte auf den Bürgersteig, um den Blutkreislauf wieder anzuregen, und ging langsam auf die Apotheke zu.

Aber als er unmittelbar vor der Treppe angelangt war, verließ ihn der Mut. Wie eine Schute ohne Steuerruder trieb er die Straße hinunter. Obwohl das eine Niederlage gewesen war, holte er vor Erleichterung tief Luft.

Langsam ging er weiter die Straße hinunter. Nach einer Weile beschleunigte er das Tempo, als glaubte er durch die Erhöhung des Muskeleinsatzes die moralische Stärke zu erhöhen. Als er zur ersten Querstraße kam, blieb er stehen. Hier muss ich umkehren, dachte er.

Er kehrte um und ging zurück.

Plötzlich kam ihm eine seltsame Idee. Ich könnte zuerst um den Häuserblock gehen, dachte er, hinter der Apotheke vorbei.

Er benötigte nur fünf Minuten, um zum Ausgangspunkt zurückzukommen, obwohl er vor einigen Schaufenstern stehen geblieben war und hineingeschaut hatte. Wieder erzeugte der Anblick der Apothekentür eine lähmende Angst in ihm, er konnte sich nicht bewegen. Er sah das Innere der Apotheke vor sich, er sah die ältliche Angestellte im weißen, frisch gebügelten Kittel, er sah das Gesicht der Frau und er blieb stehen und schluckte.

Dann durchzuckte ihn ein Gedanke: Vielleicht gab es einen männlichen Apotheker, mit dem er reden konnte? Der Gedanke erfüllte ihn mit einer bescheidenen Hoffnung. Er ging langsam zur Treppe und setzte prüfend das Bein auf die erste Stufe. Sie knarrte unter ihm und bog sich etwas durch und er dachte plötzlich brennend:

»Diese Stufe müsste ausgewechselt werden. Ich würde diese Arbeit gerne übernehmen. Hier. Jetzt. Sofort. Gibt es keinen, der mir diese Arbeit überträgt? Keinen, der sagt: ›Das ist eine Arbeit für dich‹? Gib mir, ja, gib mir ein langes Brett, 1½ Zoll stark! Gib mir, ja, gib mir ein Brett, eine Säge, einen Hammer, eine Handvoll 2½-Zoll-Nägel, und ich werde den Mantel ablegen und die Sache im Handumdrehen erledigen. Ich bin geschickt in so was. Ich kann einen Nagel so sauber einschlagen, dass man auf dem Holz keinen Abdruck des Hammerkopfes sieht. Nichts in dieser Welt ist so schön, wie auf einer Holztreppe zu sitzen und große Nägel einzuschlagen. Oh Gott, mein Herr und Schöpfer, es riecht so herrlich nach frischem Fichtenholz. Und der Nagel versinkt so schön im Holz, wenn man schlägt, bei jedem Schlag spürt man, dass man etwas tut. Und außerdem singt der Nagel, er singt! Ein Nagel, der im Fichtenholz singt, das ist die herrlichste Harfe der Welt! Gibt es keinen, der mich dazu bringt, den Schulweg zu verlassen, keinen, der mich dazu bringt, den Gunnhildweg zu verlassen, keinen, der in gebieterischem Ton zu mir sagt, dass Zimmermann zu sein einzigartig ist? Oder war es nur dem Einen vergönnt, ein Zimmermann zu sein und Frieden zu finden? Oh, gebt mir eine Treppe und einen Hammer und eine Handvoll Nägel, lasst mich Frieden finden in einem Nagel, der singt!«

Mit einer vor Nervosität zitternden Hand öffnete er die Tür zur Apotheke. Sofort stieg ihm der Apothekengeruch in die Nase und eine heftige Panik lähmte ihn. Wegen des antiseptischen Geruchs hatte er das Gefühl von einer bevorstehenden Operation, er spürte es in der Achillessehne, er musste die Augen schließen.

Bis jetzt hatte er geglaubt, dass er es mit ein bisschen Selbstüberwindung schaffen würde, sein Vorhaben auszuführen. Jetzt überfiel ihn ein schrecklicher Zweifel.

Da war die lange gläserne Theke mit der großen silbernen Kasse. Da war für wartende Kunden das braune Ledersofa in der hintersten Ecke. Da war die schneeweiße, kugelrunde Lampenkuppel an der Decke. Da war die lange Wand hinter der Verkaufstheke mit Regalen aus dunklem Mahagoni, da waren die großen, voluminösen Flaschen aus braunem Glas und mit Glaskorken: UNGV.AROMATIC, EXTR: CHINES. FLUID, LYSOFORM, SOL.FORMALDEHYD, Etiketten aus Papier, auf die Flaschen geklebt: AQ.SATURN, ÄTHER. AQ.SEDATIVA, ACID. PHOSPHOR. Da war die Reihe mahagonibrauner Schubladen am unteren Teil der Schrankwand; da waren die kleinen, ovalen weißen Emailleschildchen mit den schwarzen Buchstaben, die auf die Schubläden geschraubt waren: MENTHOLATIUM, PILUL.VARII, MIRADIUM, HÜHNERAUGENPFLASTER, FRUCHTSALZ, oh, da waren KATHETER, MILCHPULVER, SAUGFLASCHEN, oh, da waren ANKER PAIN EXPELLER, HAARENTFERNER, FERRIN und MILCHPUMPEN, barmherziger Gott, da waren FRUCT.ANISI und NABELBINDEN.

Und da waren die zwei Damen in weißen Kitteln hinter der Ladentheke, und er wusste, dass die eine erröten und die andere erblassen würde, wenn er mit seinem Anliegen herausrückte. Da war die Trennwand am hinteren Ende der Theke, wo er eine kleine Waage mit Messingschalen und einen Behälter mit winzig kleinen Messinggewichten sah. Er hörte auch den Laut einer Schreibmaschine und er wusste, dass dort die männliche Kraft der Apotheke saß, und er wusste, dass der Mann eine Brille hatte und kleine, müde, gefühllose Augen.

Aber vor allem waren Kunden in der Apotheke. Der Raum war voller Menschen, zwei Kinder, ein alter Mann mit Ledermütze und tränenden Augen; der Rest der Kundenschar waren Frauen. Mittelalterliche und ältere Frauen. Sie drehten sich alle um, als Ask hereinkam, und schauten ihn mit lüsternen, neugierigen und strengen Augen an. Sie verfolgten ihn mit ihren Blicken wie Vögel und sie flüsterten miteinander.

Er war völlig benommen vor Angst, seine Kiefer waren unkontrollierbar und zuckten krampfartig. Schneeweiß im Gesicht blieb er stehen, versuchte aus dem Fenster zu schauen, aber die Scheiben waren beschlagen von der warmen, abgestandenen Apothekenluft, er sah eine tote Fliege, die auf der Fensterbank auf dem Rücken lag, er drehte sich zur Ladentheke und wieder weg, er steckte die Hände in die Manteltaschen und ballte sie, denn er wusste, dass ihn alle anschauten.

»Der Schulleiter«, flüsterten sich die Frauen mit halb geöffneten, bewegungslosen Lippen zu, »der neue Schulleiter. Er ist bereits in der ganzen Stadt bekannt für seine Hurerei. Jetzt will er Hurenpillen kaufen! Das ist es, was er den Schülern beibringt! Wir sollten Unterschriften sammeln, das sollten wir tun, und einen Bericht an das Ministerium schicken! Er ist kein Lehrer für die Jugend, er ist ein Hurenbock! Schaut ihn an! Schaut, wie er zittert vor sündiger Lust! Oh, er muss bestraft werden, ausgewiesen! Es sollte verboten sein, ihm solches Zeug zu verkaufen!«

Als Ask schließlich an der Reihe war, musste er sich mit letzter Kraft zur Theke schleppen. Völlig entmutigt stand er da und starrte auf die gläserne Theke, sah die ausgestellten Rollen Wundpflaster, die kleinen Fläschchen mit Hoffmannstropfen, die Zahnbürsten und die Packungen mit Spalt-Tabletten. Unauffällig hatte er versucht, sich hinüberzuschieben zu der jungen, hübschen Apothekerin, in der Hoffnung, sie würde ihn verstehen, würde ihm nicht ins Gesicht spucken, sie war jung, ja, wenn er ihr ins Gesicht sah, spürte er, dass sie einen Geliebten hatte, ja, sie würde ihn verstehen, er würde es sanft und freundlich sagen und er würde sie nicht in Verlegenheit bringen, nein, nein. Aber ein anderer Kunde hatte sie in Beschlag genommen, und jetzt stand er der alten Angestellten mit der bissigen Stimme gegenüber, ihre Gesichtshaut war faltig und gelb und sie hatte hässliche braune Haare auf dem Kinn, fast wie ein Bart, und noch nie hatte sie ein Mann berührt und es war ausgeschlossen, dass sie verstehen würde, was Ask wollte, ja, sein Anliegen würde in ihre faltigen Wangen eine Röte der Scham und der Verdammnis jagen und sie würde mit dünnen, vor Entrüstung zuckenden Lippen antworten:

»Nein, *so etwas* führen wir nicht!«, und sie würde Ask das Gefühl geben, die größte Taktlosigkeit der Welt begangen zu haben, er hätte sie geschändet, denn sie war eine anständige Frau, er hätte eine Sünde begangen, für die es keine Vergebung gab.

Er stand an der Theke, vor allen Leuten stand er an der Theke; er spürte die aufgebrachten Blicke der Frauen im Nacken, eine Hausfrau mit Einkaufstasche stand dicht neben ihm und blickte ihn wissend an, ein leichter Geruch von eingesalzenem Rotbarsch stieg aus ihrer Tasche, und die alte Apothekerin sagte mit müder und ungeduldiger Stimme:

»Sie wünschen?«

Er umklammerte die Holzleiste an der gläsernen Theke. Wenn ich mich vorbeuge und ihr zuflüstere, werden alle wissen, was ich flüstere. Und wenn ich versuche, mit normaler Stimme zu sprechen, da kann es passieren, dass ich nur noch schreie: »Ein Hektogramm Zäpfchen!«, und dann habe ich alles vermasselt, dann ist es aus.

»Sie wünschen?«

Die alte Apothekerin hatte zum zweiten Mal gefragt. War der Mann krank?

Ask wachte auf und blickte sich um. Panisch glitt sein Blick die Regale hinauf und zu den Schubladen hinunter, blieb auf der Theke an der Schale für das Wechselgeld hängen, er sah verzweifelt auf die Waren unter der Glasplatte, er schluckte, seine Zunge war dick wie Brot, er schwankte und konnte nicht reden, er machte eine Bewegung mit der Hand, die Apothekerin griff zu einer kleinen, runden, flachen Packung aus Aluminium: »Das hier?«, und zu seiner grenzenlosen Überraschung hörte er sich sagen: »Ja«, und die Frau schlug das Gewünschte in ein Stück weißes Seidenpapier ein und sagte: »Macht eins zwanzig.«

Er bezahlte und ging. An der Tür hörte er eine der Frauen hinter ihm sagen:

»Gewöhnlicher Tran ist viel billiger.«

Er hatte ein so starkes Gefühl der Erleichterung, dass er sich beinahe übergeben hätte. Aber draußen auf der Treppe blieb er einen Augenblick stehen, denn er hatte das Schnauben eines großen Tieres neben sich gespürt, ein Schnauben der tiefsten Verachtung, und Ask wusste, dass Gyldenbuste recht hatte. Ask hatte versagt, er hatte gewaltig versagt und das Versagen konnte unüberschaubare Folgen haben.

Der große Eber setzte sich auf die Hinterbeine und schaute ihn an.

»Tranpastillen«, sagte Gyldenbuste. »Eine Packung voller kleiner, roter, kugelrunder Tranpastillen.«

Ask konnte nichts zu seiner Verteidigung vorbringen. Er ging mit hängendem Kopf und schwachen, zitternden Knien die Straße hinunter.

»Trotzdem«, flüsterte Ask bei sich, »sie hätten es uns nicht ganz so schwer machen müssen.«

Näheres über den Nachtstern

Eines Tages kam mit der Post ein Brief. Absender war das Krankenhaus in Midtrepollen. Der Schulleiter bat Ask, am nächsten Sonntag die Fähre zu nehmen und ihn zu besuchen, es gebe verschiedene Dinge, die er gern mit Ask besprechen wolle.

Auf mysteriöse Weise hatte es Ask geschafft, den ersten Monat in der Klasse zu überstehen. Jo war ihm eine unentbehrliche Hilfe gewesen, er hatte Ask freiwillig eine Menge Stunden abgenommen. Soweit Ask es beurteilen konnte, war der Wissensstand der Schüler nicht völlig hoffnungslos schlecht. Viele waren schwach, und eine Schülerin – ein älteres, verwirrtes Fräulein um die fünfzig Jahre – war vermutlich eine Durchfallkandidatin, aber er glaubte, die meisten würden die Prüfung schaffen. Trotzdem überfiel ihn eine nagende Angst, als er den Brief las. Er wusste, dass es in dem anstehenden Gespräch ernst werden würde. Er würde Rede und Antwort stehen müssen.

Mit gemischten Gefühlen betrat er das kleine Krankenzimmer. Der Schulleiter lag da wie beim letzten Mal, frisch und rotwangig, fast sonnengebräunt, und das eine Bein hochgezogen zur Decke. Er fing leise und freundlich an, mit Ask zu reden, und diesmal lag ein Apfel auf dem Nachttisch, keine ärmliche Scheibe Brot mit Molkenkäse. Langsam verflüchtigten sich Asks Befürchtungen und er atmete auf. Etwa eine halbe Stunde redeten sie über die Schüler. Ask äußerte seine Einschätzung, und der Schulleiter nickte. Dann gingen sie dazu über, die einzelnen Fächer abzuhandeln, der Schulleiter hatte sämtliche Lehrbücher und Ask musste zeigen, wie weit die Klasse gekommen war. Dann entstand eine kleine Pause, und der Schulleiter kramte in der Nachttischschublade und fand schließlich einen Brief. Ask hatte spontan das Bild einer älteren Dame vor sich, die in der Trambahn sitzt und in ihrer Handtasche nach dem Portemonnaie sucht. Wieder war Ask ungeheuer erstaunt über die feminine Seite im Wesen dieses Mannes. Ansonsten war er stark wie ein Ochse und er hatte Ask stolz erzählt, dass er als Sohn eines Fischers geboren wurde und in seiner Jugend mehrmals bei den alljährlichen Fischzügen auf den Lofoten mitgemacht hatte und dass er erst mit fünfundzwanzig Jahren als Externer das Abitur abgelegt hatte.

»Ich habe einen Brief über Sie bekommen«, sagte er und lächelte.

Ask erstarrte vor Angst.

»Er ist wirklich nicht sehr schmeichelhaft«, sagte der Schulleiter.

Ask nickte. Jetzt kam es. Seltsam, dass es nicht früher gekommen war. Jetzt war er fertig.

»Aber man sollte dem nicht zu viel Gewicht beimessen«, fuhr der Schulleiter fort. »Geschrieben hat den Brief die Mutter einer Schülerin. Manche Eltern bilden sich die verrücktesten Dinge ein, sie glauben, alles zu wissen über Schule und Unterricht. Aber ich möchte Ihnen jetzt doch den Brief vorlesen.«

Ask klammerte sich mit den Händen an den Sitz des Holzstuhles.

»Ich werde nur einen Absatz vorlesen. Wo ist es denn, wo ist es denn ... Ja, hier haben wir es: ›Der neue Schulleiter scheint überhaupt nicht Bescheid zu wissen. Meine Tochter ist völlig verzweifelt, sie ist sich sicher, dass sie die Prüfung niemals schaffen wird. Das einzige Fach, von dem er‹ – also Sie – ›einigermaßen Ahnung hat, ist Handelskorrespondenz. Hier fordert er dafür die Schüler über jedes Maß, und meine Tochter ertrinkt in Schreibaufgaben. Und niemals ist es gut genug, was sie abliefert. Ihre Hefte sind voller hässlicher roter Striche, und sie ist völlig verzweifelt. Es ist nur noch etwas über einen Monat bis zur Prüfung, und alle Schüler sagen, dass sie keine Ahnung haben, wie es ihnen in den anderen Fächern gehen wird. Manchmal unterrichtet der Hilfslehrer‹ – also Jo – ›in den anderen Fächern, aber er ist ja kein Experte, und alle sind sehr unzufrieden mit dem neuen Schulleiter, so wie er die Dinge schleifen lässt.‹«

Der Schulleiter hielt inne und blickte Ask an. Ask wagte nicht zu antworten. Obwohl die Kritik dieser Mutter nicht ganz zutreffend war, so traf sie durchaus zu. Er begriff nicht, wie die Eltern der Schüler so lange gewartet hatten, zu schreiben.

»Nun wollen wir so einen Brief nicht allzu ernst nehmen«, sagte der Schulleiter, und Ask blieb der Mund offen stehen über den freundlichen Klang in der Stimme des Mannes. »Ich vermute, dass Sie die Schüler kräftig drangenommen haben im kaufmännischen Schriftverkehr, weil Sie merkten, dass sie da am schwächsten waren. Richtig?«

Ask schluckte und nickte.

»Ich bin vollkommen Ihrer Meinung.«

Ask öffnete die Augen.

»Zum einen hatte ich vielleicht etwas zu wenig Wert auf Korrespondenz gelegt. Ich will Ihnen sagen: Korrespondenz ist nicht mein liebstes Fach. Zum Zweiten ist es ja ohne Zweifel in diesem Fach am schwierigsten, eine gute Note zu bekommen.«

Der Mann sah Ask lächelnd und anerkennend an und fuhr fort:

»Ich werde dieser aufgebrachten Mutter selbst einen Brief schreiben und sie beruhigen. Ich möchte natürlich keine Namen nennen, aber ihre Tochter gehört nun mal nicht zu den besonders Intelligenten und dafür können wir nichts. Aber trotzdem könnte ja die Gefahr bestehen, dass Sie beim Unterrichten ein wenig vom Vorgegebenen abschweifen, das passiert den Besten. Deshalb habe ich diesen Brief erwähnt, damit Sie den Lehrstoff nach Ihrer Rückkehr noch mal überdenken.«

Ask errötete vor unsäglicher Erleichterung. Letztendlich *war* es ja vielleicht sein sensibler pädagogischer Instinkt, der ihn sofort erkennen ließ, wie schwach die Schüler in Korrespondenz waren? Ganz ausgeschlossen war das nicht.

Doch was Ask vollkommen überwältigt hatte, das war, dass der Schulleiter auf *seiner* Seite stand! Zwar konnte der Mann – intern – Ask einen Rüffel verpassen, aber den Schülern und Eltern gegenüber – nach außen – ergriff er Asks Partei!

Es war das erste Mal, dass Ask ein echtes Arbeitsverhältnis mit einem anderen Menschen hatte. Und das neue Gefühl von Solidarität, das Gefühl, dass es einen anderen Menschen gab, der bereit war, ihm in einer schwierigen Situation zu helfen, ihn zu verteidigen – auch wenn Ask Fehler gemacht haben sollte –, dieses Gefühl erfüllte ihn mit einer dankbaren und innigen Freude, wie er sie noch nie empfunden hatte. Er war so bewegt, dass er aufstehen und ein paar Schritte im Krankenzimmer auf und ab gehen musste.

»Da ist übrigens noch etwas«, sagte der Schulleiter nach einer Weile. Er hatte die Hände auf dem Bauch gefaltet und spielte mit den Fingern.

Ask schauderte sofort vor namenloser Angst. Er wusste nicht, wo und unter welchen Umständen er diesen Satz schon mal gehört hatte. Aber kaum hörte er diese nicht beendete Einleitung, wusste er, dass darin ein Hinterhalt lauerte, die Ankündigung eines kommenden Unheils, im besten Fall ein Tadel. »Da ist übrigens noch etwas ...« Es ist immer eine Kontroverse, die auf diese unbestimmte Weise eingeleitet wird, und der Auftakt ist doppelt grausam, doppelt widerwärtig, weil so getan wird, als handle es sich um einen kurzen Einwurf, etwas Unwichtiges, das einem ganz zufällig in den Sinn kam und das man deshalb nebenbei erwähnt, während man in Wirklichkeit die Angelegenheit lange und gründlich überlegt hat, ja, über das, was kommt, hat man sich Tage, Wochen, Monate Gedanken gemacht! Aber es ist schwierig, es zu sagen, es ist peinlich, es ist ein Unheil, deshalb will man sich auf Schleichwegen der Angelegenheit und der Person nähern. Oh, könnte es der Mann nicht einfach ausspucken!

»Da ist übrigens noch etwas«, sagte der Schulleiter und zupfte am Saum seiner dünnen Decke und ähnelte plötzlich einer Pensionswirtin, die einen ihrer Pensionsgäste auf der Treppe aufhält, stehen bleibt und an ihrer Kittelschürze nestelt.

»Mir ist – äh – mir ist zu Ohren gekommen, dass Sie mit einer gewissen Dame auf der anderen Seite des Fjordes Umgang pflegen.«

Ask spürte, wie in ihm ein Gefühl der Beklemmung und der Wut aufstieg. Was ging den Schulleiter diese Sache an? Und wer war es, der die Nachricht bereitwillig über den Fjord gebracht hatte? Blieb an einem Ort wie Indrepollen nichts verborgen? Hatte der Hauswirt geplaudert? War auch die Farbe von Asks Schlafanzug ein öffentliches Geheimnis?

»Eine nicht ganz unbekannte Schönheit, allgemein bekannt unter dem Namen ›Der Nachtstern‹.«

Ask konnte nicht atmen. Er saß steif da, leer, tot. Er hatte noch nie diesen Namen für die Frau gehört, aber er wusste sofort, warum sie ihn trug. Ungeheuerlich war nicht, dass er, Ask, es wusste. Das irrwitzig Unmenschliche, das Empörende war, dass es der Schulleiter wusste, dass die Stadt es wusste!

»Sie dürfen mich jetzt nicht missverstehen«, sagte der Schulleiter mild, und seine blauen Augen ruhten auf Asks Gesicht, »es ist nicht meine Absicht, mich in Ihre privaten Angelegenheiten einzumischen. Aber weil Sie neu sind hier oben im Norden und weil Sie sehr jung sind, halte ich es für richtig, Ihnen ein paar Details zu erzählen, damit Sie wissen, auf welchem Pfad Sie sich bewegen.«

Er machte eine kleine Pause, und Ask fing an zu zittern wie bei Frost. Am liebsten hätte er sich die Ohren zugehalten, er wusste schon, dass das, was kam, die Welt für ihn unerträglich schmerzhaft und grausam machen würde. Doch gleichzeitig empfand er eine bittere, blutige Neugier, mehr über die Frau Gunnhild zu erfahren, die Frau, der er näher gewesen war als jeder anderen Frau auf der Welt und von der er nur ein sehr unvollständiges Bild hatte.

»Sie gilt als der Vamp des Ortes«, sagte der Schulleiter, »und sie ist jedenfalls selbst davon überzeugt, das zu sein. Ihr Ruf ist sehr anrüchig, um es milde auszudrücken. Wenn je eine Frau eine Vergangenheit hatte, ist sie es.«

Ask wagte nicht, die Augen zu heben, er kramte in den Taschen nach einer Zigarette, dachte aber, dass es wohl nicht anging, in einem Krankenzimmer zu rauchen. Ihm standen jetzt Schweißperlen auf der Oberlippe. Jetzt verrate ich Gunnhild, dachte er verzweifelt. Sie hat es nicht verdient, dass ich mir das anhöre. Noch kann ich ihn stoppen. Ich kann aufstehen und ihm den Apfel in den Mund stopfen.

»Sie hat schon angefangen, als sie erst fünfzehn Jahre alt war, mit dem Vizedirektor der Grubengesellschaft. Später waren es andere, es ging ständig abwärts. Als sie neunzehn war, wurde sie in einer Sommernacht halb nackt und sternhagelvoll vom Exerzierplatz oben im Tal hinunter in den Ort gebracht. Auf einer Lafette. Gezogen von acht Soldaten.«

Ask hatte das Gefühl, als würde er innerlich bluten.

»Danach schickten ihre Brüder sie nach Deutschland zu Verwandten. Sie war zwei Jahre in Deutschland. Ich glaube, in Hamburg. Jetzt läuft alles unauffälliger ab. Ihre Liebhaber sind Soldaten, Handelsreisende, Besucher und Leute auf den Schiffen. Einer ihrer Freunde ist Kapitän auf einem Schiff der Hurtigruten, aber er weiß sie offenbar zu nehmen. Von den Ortsansässigen wagt es kaum einer, sich mit ihr einzulassen. Ein Anwalt hätte wegen ihr beinahe Selbstmord begangen, sie drohte, seiner Frau einen Brief zu schreiben, und es gehen schlimme Gerüchte um, dass es ihr gelungen sein soll, einen ansehnlichen Betrag von ihm zu erpressen. Sie ist alles andere als ungefährlich. Wenn ich Sie wäre, würde ich mich sehr in Acht nehmen. Hat sie irgendwelche Gaunereien bei Ihnen versucht?«

Ask hatte wie gelähmt dagesessen, er schüttelte schwach den Kopf. Fast im gleichen Moment hätte er sich vor Scham und Wut die Zunge abbeißen können. Jetzt hatte er sich verraten.

»Nun, ob Sie weiterhin mit ihr Umgang pflegen wollen, privat oder öffentlich, das bleibt Ihre Sache. Obwohl ich schon sagen muss, dass Sie das Renommee der Schule nicht gerade heben. Aber Sie sollten in jedem Fall auf der Hut sein und ihr nicht so viel wie den kleinen Finger geben. Sollten Sie in irgendwelche Schwierigkeiten kommen, scheuen Sie sich nicht, mir Bescheid zu sagen.«

Er schaute Ask mit sanften, mitfühlenden blauen Augen an und klopfte ihm leicht aufs Knie.

»Sie sollten nicht vergessen, dass Sie jung sind und die Zukunft vor sich haben. Ich glaube nicht, dass ich völlig falschliege, wenn ich unterstelle, dass Sie jede beliebige junge, ordentliche Dame in der Stadt als Freundin gewinnen könnten. Ein Fingerschnipsen würde genügen. Und ich glaube, Sie sind es sowohl sich selbst wie Ihrer Zukunft schuldig, sich schnellstmöglich auf andere Jagdgründe zu begeben.«

Ask brachte kein Wort heraus. Inmitten der Abscheu, der Erniedrigung, der Wut und des bodenlosen Schmerzes empfand er dem Mann im Bett gegenüber auch etwas wie vage Dankbarkeit.

Und niemand kann sagen, welche Auswirkungen dieses Gespräch im Krankenhaus hätte haben können, wenn der Schulleiter nicht am Ende Ask noch einmal aufs Knie geklopft und mit weicher, sanfter Stimme gesagt hätte:

»Denken Sie auch ein wenig an Ihre Eltern. Es wäre nicht angenehm für sie zu erfahren, dass ihr Sohn mit einem zweifelhaften Individuum Umgang pflegt. Und wie Sie sicher verstehen, habe ich Ihnen all das einzig und allein zu Ihrem eigenen Besten gesagt.«

Er stand auf der Fähre heimwärts und er hörte den letzten Satz in seinen Ohren klingen: »Ich sage das einzig und allein *zu Ihrem eigenen Besten.«*

Gibt es in der großen weiten Welt einen Satz, der verlogener, heuchlerischer und widerwärtiger ist?

Ist das nicht buchstäblich, als hörte man einen Gefängnispfarrer reden?

Oder die eigene Mutter?

Er stand auf der Fähre heimwärts, er stand da und schwitzte Blut und Wasser vor Angst und Verzweiflung.

Denn wieder war er mit der Frau zusammen gewesen, wieder hatte er nachgegeben, wieder hatte sie über seine Bedenken gelacht, wieder hatte sie ihm in den Hals gebissen, wieder hatte er sie mit seinem Samen gefüllt. Und diesmal waren es drei lange Wochen, bis er Gewissheit haben würde, ob seine Schute für immer und ewig auf dem Riff havariert war oder ob ihn auch diesmal eine wunderbare Welle freispülen und retten würde.

Und jetzt hatte es der Schulleiter so unendlich schmerzhaft gemacht, so unendlich grausam.

Der Nachtstern.

Sie hatte ein großes Muttermal auf der Innenseite des linken Oberschenkels, ein großes, schwarzes, auffälliges Muttermal, ein Muttermal mit einer merkwürdig regelmäßigen Form. »Es sieht aus wie ein Stern«, hatte er einmal zu ihr gesagt, und da hatte sie ihre Hand darübergelegt und war verlegen gewesen.

Der Nachtstern.

Die ganze Stadt kannte den Stern, den Nachtstern.

Eine Klasse, die wartet

Sein Engagement in der Schule war vermutlich nicht schlechter als beim Durchschnitt der norwegischen Handelsschullehrer. Aber das Gespräch mit dem Schulleiter hatte ihm einen kräftigen Schubs gegeben – vor allem das, was der Schulleiter *nicht* gesagt hatte – und Ask beschloss, Maßnahmen zu ergreifen. Er brauchte einige Tage, um sich methodisch und gründlich in die anderen Fächer einzuarbeiten, und er schwor sich, in Zukunft darauf zu achten, den Schülern wenigstens eine Unterrichtsstunde im Lehrstoff voraus zu sein.

Die neue Erkenntnis führte zu einem neuen Gefühl der Sicherheit in der Klasse. Vorher hatte er das fröstelnde Empfinden eines Korkens, der auf einem Meer unberechenbarer Schülergedanken trieb und der von plötzlichen, schwierigen Fragen in alle Richtungen geworfen werden konnte. Jetzt war er es, der die Strömung bestimmte. Früher war er häufig verzagt hinten in der Klasse auf und ab gewandert oder hatte gesagt, die Meinungen zu diesem Problem seien geteilt und er wolle bis morgen Spezialliteratur heranziehen (diese Spezialliteratur war immer Jo); oder er rief einen Schüler an die Tafel und ließ den Schüler den schwierigsten Teil rechnen und überließ die Begutachtung der Klasse. »Na? Was meint ihr zu dieser Antwort?« Jetzt fühlte er sich für jede Stunde vorbereitet, er strahlte vor guter Laune und Arbeitslust, er flatterte in die Klasse und landete wie ein begeisterter Storch auf der Plattform, rieb sich vergnügt die Hände, leckte sich entzückt die Lippen und sagte zur Klasse:

»Heute, Freunde« – ein stilles Summen begrüßt die Anrede ›Freunde‹, oh, das ist doch auch ein so nettes Wort für eine ›Klasse!‹ – »heute werden wir uns etwas Neues und Interessantes vornehmen.« (So muss man es formulieren: »etwas Neues und Interessantes«, das weckt die Spannung.) »Es geht um das, was in der Kontokorrentsprache die rote Zinszahl genannt wird. Das ist genauso interessant oder genauso trostlos wie beim Bridge, wenn man verliert. Spielen Sie Bridge, Fräulein Jonassen? Nicht? Das ist schade. Aber lassen Sie die Finger davon bis *nach der Prüfung*!« (Unterdrücktes Lachen. Nichts ist befriedigender für einen jungen Lehrer als so ein unterdrücktes Lachen der Klasse. Er hat ihre Aufmerksamkeit. Ihre Aufmerksamkeit! Und er hat ihr Wohlwollen. Ihr Wohlwollen!) »Bis zur Prüfung werden wir uns nämlich nur noch mit der roten Zinszahl beschäftigen. Das ist genauso interessant wie *Der rote Pimpernell.*« (Ein genialer Ausdruck. Warum nennen die Verfasser von Lehrbüchern über das kaufmännische Rechnen ihre Bücher nicht *Der rote Pimpernell?*) »Heraus mit den Kladden und schreibt das Beispiel ab, das ich jetzt an die Tafel schreibe. Es dürfte kaum eine Prüfungsaufgabe geben, in der nicht rote Zinszahlen eine Rolle spielen. Schreibt deshalb LERNSTOFF oben auf die Seite und unterstreicht zweimal. Das bedeutet, ihr müsst es büffeln.« (Das bringt sie in Schwung. In der Klasse ist Ruhe, eine wunderbare, absolute Ruhe. Eine Klasse, die wartet. Eine Klasse, die auf mich wartet. Und ich werde sie nicht enttäuschen.)

Ein Stück Kreide zwischen den Fingern.

Eine Klasse, die wartet.

Gibt es etwas Großartigeres?

Du musst dein Herz erziehen!

Eine Rechenaufgabe mit roten Zinszahlen konnte er nun lösen. Nicht lösen konnte er das Problem mit Gunnhild.

Da steckte er fest.

Er konnte eine Klasse mit 34 Schülern erziehen, aber sein eigenes Herz konnte er nicht erziehen. Manchmal hatte er eine plötzliche Vision. Er wusste, dass Sehnsucht und Begehren nicht dasselbe waren, er wusste, dass beides in einem Menschen nicht immer harmonierte, aber er war so erzogen, dass beides harmonieren sollte. Ein Mann hatte keine richtige Beziehung zu einer Frau, wenn er sie nicht zugleich begehrte und anbetete. Aber in kurzen, visionären Momenten meinte er zu verstehen, dass es richtig sein konnte, einen Menschen nur zu begehren. (Und genauso richtig, einen Menschen nur anzubeten.) Die Ganzheit war es nicht. Aber vielleicht war die Ganzheit nie erreichbar? Und da musste ein Mann doch ... da musste ein Mann doch imstande sein ... da musste es doch die Pflicht eines Mannes sein ... Er suchte verzweifelt, meinte die Lösung eines verwirrenden Problems gesehen zu haben, aber die Erscheinung verschwand.

Auf eigenartige Weise wusste er, dass die Gemeinsamkeit, die er und Gunnhild im Bett hatten, richtig war. Da war keine Sünde. Was sie da machten, war perfekt; in ihrer Nacktheit waren sie ein Anblick, den alle Götter mit Entzücken betrachten mussten. Sollte eine derartige orgiastische Ekstase als sündig gelten, läge der Fehler nicht in der Ekstase, der Fehler musste dann in der Betrachtungsweise liegen. Trotzdem litt er fürchterlich unter dem mangelnden Gefühl der Ganzheit. Er empfand es als einen persönlichen Fehler, dass er sie nicht auch mit seiner Seele liebte. Das konnte nicht ihr Fehler sein, es musste seiner sein.

Er war zwanzig Jahre alt.

Ein junger Mann ist ausschließlich von dem Gedanken besessen, wie er eine Frau erringt und sie behält. Nicht einen Augenblick kommt ihm in den Sinn, dass es manchmal die vornehmste Aufgabe eines Mannes sein kann, eine Frau loszuwerden. Der junge Mann hat noch nicht gelernt, die Stimmen des Begehrens und des Herzens zu unterscheiden, sie fallen sich gegenseitig ins Wort. Seine Sinne gehen voran und ziehen das Herz mit dorthin, wo es nichts zu suchen hat, und überlassen es ihm, dort klarzukommen. Der junge Mann hat ein weiches Herz und es ist möglich, dass Gott ihn damit segnen wollte. Aber weil er es versäumt hat, sein Herz zu erziehen, weil er kein festes Herz hat, ist es eher möglich, dass der Teufel ihn deshalb holen wird: Und das ist die höhere Wahrscheinlichkeit.

Ihre Zusammenkünfte hätten von einer jubelnden Befriedigung geprägt sein können, aber an ihrem Beisammensein war nicht mehr Poesie als bei einem Verkehrsunfall, wenn ein Lastwagen gegen einen Traktor knallt.

Doch in vieler Hinsicht war er fasziniert von ihr: ihre Figur, ihr weicher, üppiger Körper, ihre warme, trockene Haut, ihre vollkommene Hingabe beim Akt und die gewaltsamen Zuckungen ihres Körpers. Er bewunderte sie, wie ein Jockey ein Pferd bewundert.

Insgeheim bewunderte er auch ihren Lebenshunger, ihre Furchtlosigkeit und ihr Aufbegehren gegen die Moralvorstellungen der Gesellschaft. Sie erinnerte ihn dann manchmal an ein Tier aus der Gattung der Katzen, das sich vielleicht daran gewöhnt, mit Menschen im Haus zu leben und sich zu benehmen, keine Vasen umzustürzen und Gardinen zu zerreißen. Ein Tier, das aber nie völlig gezähmt werden kann, das seine grausame Selbstständigkeit behalten wird und in dessen schmalen geschlitzten Augen man immer den Stolz und die Unbeugsamkeit lesen kann. Seinen Stolz kann man niemals brechen, man kann das Tier nur erschießen. Wenn die Kugeln treffen.

Ihr Anspruch, genussvoll zu leben, kannte kein Maß. Einen Whiskey Soda mixte sie braun und stark und hoch, sie fasste das Glas mit flacher, breiter Hand, hob es, legte den Kopf leicht in den Nacken, zog die Mundwinkel auseinander und öffnete den Mund zu einem breiten Viereck und goss hinein: Das sah aus, als würde man Wasser in einen Waschzuber schütten. Wenn sie sich in Asks Wohnung eine Scheibe Brot abschnitt, war sie dick wie eine Bibel. Den Belag häufte sie darauf und mischte dabei planlos Wurst, Käse, Leberpastete (aber sie verabscheute Fisch, sie ertrug nicht einmal den Anblick einer unschuldigen Sardine), und oben drauf setzte sie einen Klecks Marmelade. Sie hielt diesen schwankenden Eifelturm aus Essen mit den Händen ein paar Sekunden vors Gesicht und ihre Lippen bewegten sich, als würde sie beten, dann zielte sie, schloss die Augen und biss hinein. Beim Kauen waren ihre Backen prall wie Ballons, und sie rollte die Augen. Wenn sie rauchte, machte sie immer zwei einleitende Züge an der Zigarette, bevor der entscheidende, tiefe Sog kam. Sie hatte ihre eigene Technik beim Inhalieren, die ihr drei Züge in einem ermöglichten. Ask bekam einen Nikotinschock, als er einmal versuchte, es nachzumachen. Ebenso blind, ebenso unersättlich war sie im Bett, wo sie auch ein Schema hatte, nach dem sie vorging. Sie erinnerte ihn an einen alten Stammgast in einem Restaurant, der bis ins Detail weiß, wo er sitzen wird, wie das Essen zubereitet sein soll, der sorgfältig Messer, Gabel und Löffel anordnet, der sich die Serviette in die Weste steckt, den Kneifer richtet, das Hosenbein hochzieht, sich aufrecht hinsetzt, die Hände reibt und endlich mit einem zufriedenen, wollüstigen Grunzen die beladene Gabel zum Mund führt.

Sie war unmäßig. Ask hatte nicht gewusst, dass Frauen so sein konnten.

Er empfand eine gewisse Bewunderung für sie, ab und zu einen Anflug von heimlicher Blutsbrüderschaft. Er wusste auch, was Hunger war, was Eigensinn war, was Oppositionsgeist war. Aber sie war nicht die, nach der er sich im tiefsten Inneren sehnte, sie gab ihm kein Gefühl des Friedens, sie erfüllte ihn mit einem erschütternden Gefühl der Unsicherheit.

Er selbst hatte keinen Lebensballast. Er hatte zu Hause nicht gelernt, die Krawatte zu binden oder die Nase zu schnäuzen, er wusste nicht, wie man Danke sagt und Bitte, er wusste nicht, ob man eine Suppe isst, indem man den Löffel zum Mund oder den Mund zum Löffel führt, er hatte gehört, dass man auf der Straße links von einer Dame geht, aber er wusste nicht, wie man es anstellt, wenn man im Kino in eine Sitzreihe geht, seine Beschäftigung mit Musik und Literatur war äußerst willkürlich gewesen, die Lücken in seiner kulturellen Bildung waren enorm, seine technischen, wirtschaftlichen, philosophischen und politischen Kenntnisse waren gleich null, er fühlte sich wie ein Kind und ein Clown, er war so wenig von sich überzeugt, dass er beim geringsten Anlass errötete, er war so unbeholfen in Versammlungen und bei Diskussionen, dass er danach die halbe Nacht schlaflos und zähneknirschend zu verbringen pflegte bei dem Gedanken an all die treffenden, glänzenden Repliken, die er hätte sagen können, aber nicht gesagt hatte, die er jedoch beim nächsten Mal sagen würde, aber die er dann doch niemals sagen konnte, weil die Situation da eine andere war.

Und dieses Riesenweib, das er sich auf den Schoß gesetzt hatte, half ihm überhaupt nicht. Sie vergrößerte nur noch seine Qual und Unsicherheit, vor allem dadurch, dass sie das war, was sie war: der Nachtstern. Er hätte die Freundschaft mit der Tochter eines landesweit bekannten Wissenschaftlers oder Komponisten oder Schauspielers oder Dichters gebraucht, eine, deren Status auch ihm einen Status hätte geben können. Stattdessen hatte er eine intime Beziehung mit einer Frau, deren Ruf so beschaffen war, dass er sich nie mit ihr in der Öffentlichkeit zu zeigen wagte, und die nie in ein anständiges Haus eingeladen werden würde. Voller Grauen sah er plötzlich die Situation vor sich, dass er »mit Damenbegleitung« zu einer Gesellschaft eingeladen wäre und dass die Gastgeberin die Tür zuschlug, als sie entdeckte, in wessen Begleitung er war. Äußerst betrübt musste er feststellen, dass dies eine Beziehung war, für die er keine Bezeichnung wusste, er konnte keinem Menschen auf der Welt von ihr erzählen, er musste sie nach Einbruch der Dunkelheit in seine Wohnung einladen und sie vor Tagesanbruch nach Hause bringen. Seine Beziehung zu ihr war schleichend, horchend und verstohlen blickend, war würdelos.

Sie hatte kein Taktgefühl, keine Bildung. Ihre Kleidung war derb und schrill, ihre bevorzugte Farbkombination schien grelles Purpurrot und metallisches Grasgrün zu sein, ihr Eintreten in sein Zimmer war jedes Mal, wie wenn ein Sägeblatt auf einen Nagel trifft. Was Kleidung anging, verfügte sie weder über Instinkt noch Geschmack. Alles, was sie besaß, hatte sie angeschafft, weil es »schick« war, oder es war etwas, das sie bei einer anderen Frau gesehen hatte und das sie unbedingt auch haben musste. Ihre Sprache war hart und unschön, ihr Lachen brutal und heiser und wenn sie etwas erzählte, dann verwendete sie ungeniert die in Männerkreisen üblichen zotigen Ausdrücke. Einmal war sie in Asks Abwesenheit in seinem Büro gewesen und hatte eine Nachricht in einem Kuvert hinterlassen. Ask hatte große Augen gemacht, als er ihre unglaubliche Orthografie sah. Der Lehrer steckte schon so tief in ihm, dass er ihren kleinen Aufsatz korrigierte. Aber er beging später den unverzeihlichen Fehler, ihr das Blatt in korrigiertem Zustand zu zeigen. Sie wurde stockwütend, er brauche sich nicht einzubilden, dass sie eine seiner Schülerinnen sei. Er könne seine Rechtschreibung für sich behalten.

Der Nachtstern.

Manchmal lag er auf den Ellbogen gestützt da und betrachtete sie. Er schaute sie in stiller, scheuer Bewunderung an und er war voller Angst und Unsicherheit. Sie sagte verlegen und gereizt:

»Was glotzt du so?«

Langsam, Stück für Stück, hatte er versucht, sich ein Bild von ihr zu machen. (Aber es gab viele Dinge, nach denen zu fragen er keine Lust hatte!) Ihre Eltern waren gestorben, der Vater war Lotse gewesen. Ask hatte es so verstanden, dass der Vater einige Tropfen russisches Blut in den Adern hatte. Sie war die Jüngste von dreizehn Geschwistern, die anderen zwölf waren alle Söhne. Die Söhne hatten sich inzwischen im Land verteilt, ein paar waren nach Amerika gegangen, einer war in Deutschland. Nur zwei der Söhne waren daheim geblieben in Indrepollen, wo sie in der Grubengesellschaft arbeiteten. Nach dem, was Jo erzählt hatte, waren alle Söhne Riesenkerle mit Bärenkräften. Jo hatte sie einmal beim Bau einer Schienentrasse gesehen. Die Lore, auf der die Gleisteile transportiert wurden, war kaputtgegangen, und in seiner Ungeduld hatte Gunnhilds Bruder eine Eisenbahnschiene mit bloßen Händen gepackt und passgenau ins Gleisbett gelegt! Gunnhild war für die Brüder eine Art Goldpüppchen gewesen, sie durfte machen, was sie gerne wollte.

Sie hatte Volksschule und das Jahr in Deutschland. Sie erzählte nie, was sie dort gemacht hatte. Aber von ihrem vierzehnten bis zu ihrem sechsundzwanzigsten Lebensjahr hatte sie eindeutig kein Buch aufgeschlagen. Das war ein Sprung von zwölf Jahren, zwölf unbekannte Jahre. Wenn Ask sie ab und zu vorsichtig nach ihren Zukunftsplänen fragte, zuckte sie nur die Schultern. Wenn sie keinen roten Lack auf den Nägeln, keine Seidenstrümpfe an den Beinen, kein Soir de Paris hinter den Ohren oder eine Packung Zigaretten in der Tasche hatte, fand sich dann nicht immer ein Mann, der ihr das schenken und die Hand aufs Knie legen wollte? Warum um Gottes willen sollte sie in eine Bibliothek gehen?

Tief in ihr war etwas Hungriges, Genusssüchtiges, Gieriges, Selbstbezogenes, Misstrauisches, Missgünstiges. Sie hatte es ungeheuer leicht, Unterstützung zu bekommen, sie ertrug keine Vorwürfe, nicht den Hauch einer Kritik, dann überzogen sich ihre Augen mit einem Film der Kränkung und des Bösen. Sie begegnete der Welt mit einem rücksichtslosen Anspruch, jeder sollte sie respektieren, den Hut vor ihr ziehen, zu Diensten stehen. Jedes Mal, wenn sie zu ihm kam, roch er süßlichen Alkohol aus ihrem Mund.

Eines Vormittags rief sie an, während er zwei Privatschüler im Büro unterrichtete. Als er ihre Stimme im Telefon hörte, warf er einen hastigen Blick auf die zwei Schüler: Sie saßen auf der anderen Seite des Schreibtisches. Er wusste, dass sie wussten, mit wem er sprach, ihre Stimme klang so schrill und laut durch das Telefon, dass man sie draußen auf der Straße hören konnte. Er lehnte sich verzweifelt und errötend auf seinem Drehstuhl zurück, um möglichst weit weg zu kommen.

Er sagte, sie solle später noch einmal anrufen, er halte gerade Unterricht. Den könne er doch einen Augenblick unterbrechen, da würde die Welt nicht untergehen? Er schaute wütend die Schüler an und sagte, dass die Welt untergehen würde. Er brauchte einige Zeit, bis er den Faden wiederfand und den Unterricht fortsetzen konnte.

Am Abend stauchte sie ihn zusammen. Man könne sie also einfach abservieren, sie solle später anrufen? Ha? Wegen ihr habe er aufgelegt und lieber fröhlich mit den zwei Idioten geplappert? Ha? Glaubte er vielleicht, sie sei eine Putzfrau oder eine Nutte, die er bestellen könne, wann es ihm passte? Ha?

Ihm wurde übel vor Abscheu.

Wenn sie manchmal mit einer Alkoholfahne zu ihm kam, musste er sich übergeben. Er vermutete, dass sie vom Alkohol abhängig war, und das erschütterte ihn. Er hatte oft den Verdacht, dass sie von einer Männergesellschaft zu ihm kam. Denn Frauen treffen sich eigentlich nicht nach der Arbeit und trinken Hochprozentiges? Aber dann fiel ihm ihre Freundin Tora ein und ihn schauderte und er war unsicher. Gunnhild hatte die Freundin später nie mehr mitgebracht – Ask hatte zu deutlich seinen Ekel zu erkennen gegeben –, aber sie erzählte oft Geschichten von der Freundin. Es gab offenbar jede Menge Handelsreisende, die Tora einluden, mit ihnen auszugehen, die ihr etwas spendierten und die später mit ihr ins Bett gingen. Ask bekam die Affären haarklein erzählt und in einem Anfall grauenvoller Angst stellte er sich vor, wie diese zwei Freundinnen vielleicht zusammenhockten und ihre Erfahrungen austauschten! *Vielleicht erzählte Gunnhild der anderen ihre Erlebnisse mit Ask!*

Ihre aufdringliche Egozentrik, ihr unersättlicher Drang, sich in der nie endenden Beachtung durch andere zu sonnen, ging Ask manchmal gewaltig auf die Nerven. Sie konnte vor ihm sitzen, ihre Fingernägel lackieren und Ask die Hand hinstrecken, als gelte es, das achte Weltwunder zu betrachten. Sie konnte vor dem Spiegel stehen und sich mit ihrer letzten Eroberung drapieren, einem flatternden Seidenschal in grellen Farben, und Ask musste ihn bewundern, als handle es sich um die vornehmste Kreation des Jahrhunderts. Ständig summte sie vor sich hin, falsch, ständig legte sie ihm Dinge vor die Nase, ständig verlangte sie seine ungeteilte Aufmerksamkeit. Gewöhnlich hatte Ask viele Korrekturarbeiten und außerdem hatte er neue Kapitel in den Lehrbüchern, die er für den nächsten Tag vorbereiten musste, aber mit ihr in der Wohnung kam er nie zu etwas. Außer dem einen.

Darin war er dafür ziemlich tüchtig geworden. Öfter als er war sie es, die wimmerte und darum bat, aufzuhören. Das verschaffte ihm eine Art bittere Genugtuung, dass er ihr auf ihrem Spezialgebiet ebenbürtig war.

Des Öfteren hatte sie gefragt, ob auf der Violine, die in der Ecke stand, jemals gespielt werde. Doch, das geschehe durchaus. Ob er gut spielen könne? Nun ja. Was er denn spiele? Na, so kleine Stücke, Romanzen. Das sei dann nicht so eine Musik, die sie im Radio spielten, mit Orchester? Nein, das nicht. Puh, das sei für sie das Schlimmste, da schalte sie sofort aus. Ob er einen Tango oder so etwas auf der Geige spielen könne? Er könne keinen Tango. Aber einen Foxtrott? Nein, Solo-Foxtrott auf der Geige, das glaube er nicht. Aber Walzer? Wenn er begleitet werde, vielleicht. Was *könne* er denn spielen? Er schluckte, nahm die Geige aus dem Kasten, stimmte sie, schluckte erneut, setzte wegen des Hauswirts den Dämpfer auf und spielte eine Gavotte von Rameau.

Sie holte Puderdose und Lippenstift hervor, während er spielte, und schminkte sich. Danach erzählte sie von einem Kaffeehausmusiker, den sie im vorigen Jahr kennengelernt hatte – er hatte im Hotel von Indrepollen gespielt, jetzt war er nach Südnorwegen gefahren, er spielte übrigens in einem Café »Splendid« in der Stadt, aus der Ask kam –, er hatte Saxofon gespielt. Sie fand, Saxofon sei das tollste Instrument auf Erden. Ask legte die Geige wieder in den Kasten, er hatte gerade den Bogen auf der Innenseite des Deckels festgemacht, als ihm plötzlich einfiel zu fragen:

»Wie heißt er?«

»Wer?«

Er drehte ihr den Rücken zu, als er sagte:

»Na, der Saxofonist?«

Er schluckte, während er auf ihre Antwort wartete.

»Reidar Sørensen. Kennst du ihn?«

Er sagte langsam:

»Der Name kommt mir irgendwie bekannt vor.«

Nach einer Weile wagte er es, ihr ins Gesicht zu schauen. War da etwas zu sehen? Hatte sie überhaupt gemerkt, welchen Namen sie in der ersten Nacht in sein Ohr gestöhnt hatte? Er konnte in ihrem Gesicht nichts entdecken.

Er spielte nie mehr für sie. Und er erwähnte mit keinem Wort, dass er einen Umschlag mit Notenblättern und kleine Notenhefte mit seinen eigenen kleinen, seltenen, heimlichen Kompositionen hatte. Er wollte sie nicht fragen hören, was der Witz daran war, sich nachts hinzusetzen und Noten zu schreiben, denn er würde ihr die Antwort schuldig bleiben.

Trotzdem mochte er sie. Er war ihr treu, er dachte nie den Gedanken, zu anderen Frauen zu gehen. Er empfand eine Art Zärtlichkeit für sie, nach den Mitteilungen des Schulleiters und seinen eigenen Gedanken über sie hatte er irgendwie das Bedürfnis, sie zu verteidigen. Er meinte, dass sie ihm mit ihrem Körper etwas wunderbar Schönes und Wertvolles schenkte, wie sollte er da nicht freundlich über sie denken, wie sollte er ihr da nicht zutiefst dankbar sein? Mehr und mehr band er sich an sie, langsam und unmerklich wurde er abhängig von ihr.

Er fühlte sich in dieser Zeit merkwürdig einsam und gestrandet, unfassbar einsam. Es gab nicht einen Menschen an diesem kalten, gottverlassenen Ort, mit dem er in Kontakt kam, einen, der das Weiche und Sehnende in seiner Seele verstanden hätte. Es kam ihm vor, als hätte er keinen einzigen Freund. Er wurde tagtäglich zutiefst erschüttert, wenn er merkte, wie hart und gefühllos die Menschen waren, wie oberflächlich ihr Bewusstsein, wie banal ihre Gedanken. Sie hatten, so meinte er, keine anderen Interessen als Geld verdienen, schnelles Geld, leichtes Geld, Akkord in der Grubengesellschaft, Poker an den Wochenenden. Und wofür gaben sie dieses Geld aus? Für hässliche Fabrikmöbel, protzige Radioapparate, fantasieloses und wenig nahrhaftes Essen und vor allem für Alkohol. Woher der Ort all den Alkohol bezog, war ihm ein Rätsel, schließlich musste man sich die Mühe machen, an das nächste Vinmonopol zu schreiben, um dann die Flaschen mit der Post zu bekommen, das dauerte drei Tage, oft eine Woche. Alkohol war gewissermaßen der Nerv in ihrem Leben. Ask erinnerte sich an einen Lebensmittelhändler, der ihm stolz eine Hand zeigte mit einer tiefen Einkerbung im Fleisch bei den vorletzten Gliedern von Zeigefinger und Mittelfinger. Der Mann war einmal betrunken eingeschlafen und hatte einen solchen Rausch gehabt, dass er nicht gemerkt hatte, wie sich die Zigarette durch sein lebendes Fleisch brannte. Er hielt seinen Kunden gerne diese Hand hin, als eine Art Zertifikat für gute Ware.

Die Atmosphäre, die Ask in diesem Industrieort begegnete, war die traurigste und trostloseste, in der er jemals gelebt hatte; kein erhebender Gedanke, keine Verszeile, nicht ein Ton, nicht eine Blume. Er lebte wie in einer Wüste, damit beschäftigt, 34 erwachsene Menschen in dem bewährtesten und kleinlichsten und gedankenlosesten Wissensgebiet der Welt zu unterrichten, den Fächern der sechsmonatigen Handelsschule; und wenn er abends von der Schule nach Hause ging, eine schwere Mappe unter dem Arm, waren die Häuser hässlich, die Wände nicht gestrichen, die Fenster ohne Gardinen. Es waren keine Straßen im üblichen Sinne, nur geschotterte, verdreckte Wege, die niemand fegte. Er dachte: Ist dies mein Land?

Und wenn er spätnachts Gunnhild heim zu ihrem Haus begleitete, trafen sie oft Männer, die betrunken an ihnen vorbeitorkelten. In den Freitagnächten und den Samstagnächten lagen Gestalten auf der Straße, halb im Straßengraben; es waren stockbesoffene Arbeiter, die steif und reglos dalagen, ohne Mantel, aber in neuen Konfektionsanzügen, der Kopf und ein Arm konnten oben auf der Straße liegen, während der Körper im Graben lag, sie lagen da mit offenem Mund, den Nacken unnatürlich verbogen, die Kleidung zerrissen und verschmutzt von Schnee und Lehm und Erbrochenem, und Gunnhild lachte laut, aber Ask konnte nicht begreifen, dass der Anblick eines stockbesoffenen Mannes in einem Straßengraben Vergnügen bereiten konnte. Ihm blutete das Herz, er konnte nicht sprechen, er hatte ein schreckliches Mitleid mit diesen Schnapsleichen, für die das Wochenende keinen anderen Sinn hatte als den Griff nach der Flasche. Als er das zum ersten Mal sah, rief er nach seiner Heimkehr die Polizeiwache an und sagte Bescheid, der Gedanke an die Männer ohne Mantel, bewusstlos im Straßengraben, ließ ihn nicht schlafen. Aber die nächtliche Stimme im Telefon seufzte genervt und verdrossen, sie hätten nicht genug Leute auf der Wache, sich um alle die zu kümmern, die im Straßengraben liegen blieben. Aber Ask konnte diese Männer nicht vergessen, der Anblick verfolgte ihn, gehörte zu dem Bild von der Welt, in der er lebte. Doch er hatte seine Gründe, sich nicht unnötig mit anderen Menschen zu befassen, die sich zugrunde richteten.

Wer war er, dass er anderen Menschen ihre Zuflucht zur Flasche vorwarf, er, der selbst nicht die Kraft und Entschlossenheit aufbrachte, sich von einer Nutte loszureißen?

Die Welt war grausam und böse, und er selbst war ein Narr. Das Beste wäre, mit ihr Schluss zu machen, unverzüglich, und dann wegzukommen von diesem Ort, sobald die Abschlussprüfung vorbei und sein Teil des Vertrags erfüllt wären.

Unverzüglich.

Er saß alleine da und schlug wütend mit der Hand auf den Tisch. Er würde Schluss machen. Dann klingelte das Telefon und er hörte ihre träge, sinnliche Stimme, er fühlte ihre üppige, willige Weiblichkeit, er dachte an ihre Hände und ihre Finger, die in letzter Zeit angefangen hatten, sich tastend über seinen Körper zu bewegen, fast so, wie er selbst sie befühlte, und eine Flamme unbändiger Lust loderte in ihm auf und er war grässlich einsam und es ist gut für einen einsamen jungen Mann, den Kopf in der Nacht in zwei weichen Frauenbrüsten zu verstecken, und er fragte, ob sie nicht zu ihm kommen wolle.

Und sie kam und sie blieb bei ihm und er vergrub sich in ihr und sank in ihr bis auf den Grund und danach war er genauso tief verzweifelt und er ging nackt ins Büro und setzte sich auf den Drehstuhl und wusste mit einer schrecklichen, unerklärlichen Gewissheit, dass er seine Würde geopfert und seine Seele verkauft hatte.

Sie blieb im Bett liegen und redete durch die Tür mit ihm:

»Eine der Töchter von Zebedeussen wird vermutlich heiraten.«

»Aha.«

»Hör jetzt zu, was ich sage. Immer bist du so zerstreut.«

»Ja.«

»Eine der Töchter von Zebedeussen wird heiraten.«

»Woher hast du das?«

»*Das hat mich ein Vogel gesagt.*«

»Mir.«

»Was?«

»Mir.«

»Was mir?«

»*Das hat mir ein Vogel gesagt.*«

»Ja?«

»Du sagtest *mich*.«

»Ja?«

»Ja.«

»Willst du mir jetzt auch Deutsch beibringen?«

»Keineswegs. Deine Aussprache ist erstaunlich gut, du redest ohne Akzent, nur dass es *mir* heißt.«

»Mich oder mir. Glaub bloß nicht, dass die Deutschen das so eng sehen.«

»Nein. Das kommt im Übrigen auf die Deutschen an.«

»Ach so, du glaubst vielleicht, dass an den Deutschen, mit denen ich Umgang hatte, etwas falsch war?«

»Darüber habe ich nichts gesagt. Ich habe nur festgestellt, dass es korrektes und unkorrektes Deutsch gibt, ebenso wie es korrektes und unkorrektes Norwegisch gibt.«

»Aha.«

»Ja. *Mir*.«

»*Mir, mir, mir*. Warum kann es nicht *mich* heißen?«

»Weil es ein Dativobjekt ist.«

»Aber es ist viel einfacher mit *mich*. Alle, mit denen ich da unten geredet habe, sagten *mich*.«

»Nun denn. Dann sagen wir *mich*. Ausgezeichnet.«

Er sitzt da und betrachtet seinen nackten Unterarm auf der grünen Löschpapierunterlage.

Er merkt, dass er sich ausgeschlossen hat. Und darin kann eine Art bitterer Stolz liegen. Aber er hat sich zusammen mit einer ausgeschlossen, mit der er nicht ausgeschlossen sein möchte.

Er war ausgeschlossen, aber ohne Stolz, und er wusste nicht, ob es einen Weg zurück gab.

In der nächsten Zeit geschah es ab und zu, dass er sich über die Augen wischte bei dem Versuch, ein anderes Frauengesicht wiederzusehen. Es war ein kleines, blasses, ovales, entzückendes Gesicht, dessen Wangen er gerne behutsam mit den Fingern berührt hätte, ein Gesicht, unschuldig wie eine Blume. Aber der Nebel, der aus seiner Qual und seiner Begierde aufstieg, war dick und undurchdringlich. Er tastete mit der Hand vor seinem Gesicht, sah aber nie das Gesicht, das er suchte.

Ask war seinem Vermieter nur einmal begegnet, gleich bei der Ankunft. Da hatten Jo und er den Vermieter auf dem Gang getroffen, sie waren stehen geblieben und Jo hatte die Vorstellung übernommen. Der Mann war Arbeiter in der Grubengesellschaft, vom Betrieb hatte er einen Kredit bekommen, um dieses Haus zu bauen, der Mann war vormittags, wenn Ask zu Hause war, in der Arbeit, der Mann kam nachmittags nach Hause, wenn Ask in der Schule war.

Der Vermieter hatte etwas seltsam Unangenehmes, aus dem Ask nicht schlau wurde. Der Mann war klein und untersetzt, hatte kleine schwarze Augen, ein kleines, zerfurchtes, verbissenes Gesicht und dunkles Haar. Er wirkte misstrauisch und verschlagen, hatte etwas Unstetes und versteckt Feindliches. Die Frau des Mannes und die Kinder – sie hatten vier – wirkten ebenso geprägt von Mutlosigkeit, Armut, argwöhnischer Angst und Hass. Ask war vom Schulleiter im Krankenhaus vor dem ältesten Sohn des Vermieters gewarnt worden, dem sechs- oder siebenjährigen Jungen, der an dem Abend, als Ask in Indrepollen ankam, auf der untersten Treppenstufe saß. Er würde stehlen, hatte der Schulleiter gesagt. Das hatte bei Ask ein gewisses Mitgefühl geweckt. Er hatte versucht, mit dem kleinen Jungen zu sprechen, aber der Junge schien nicht reden zu wollen. Vielleicht konnte er nicht sprechen, dachte Ask. Einmal hatte er ihm eine Tüte Bonbons geschenkt; der Junge hatte die Tüte genommen, aber dabei Ask mit einem Blick voller Misstrauen und Furcht angeschaut. Der Junge nahm die Tüte mit einem Ruck und rannte zur Tür hinaus wie ein Tier. Ask meinte ein Knurren vernommen zu haben, als der Junge hinauslief, wie bei einer Katze, die einen Vogel im Maul hat. Oft hörte man von oben Kindergeschrei und die Schreie waren voller Schmerz, und Ask dachte sich das Seine.

Jo hatte für den ersten Monat das Bezahlen der Miete übernommen. Im zweiten Monat hatte Ask das selbst zu erledigen. An einem Sonntagnachmittag ging er mit dem Heft für die Mietzahlungen und dem Geld in der Hand die Treppe hinauf und klopfte an der Tür. Alles da oben am Treppenabsatz war so unbeschreiblich ärmlich, der Geruch, die Matte vor der Tür, die abgetragenen Kleidungsstücke an Nägeln in der Ecke. Nach außen hin ist alles tadellos, dachte er, die Arbeiter bei der Grubengesellschaft können sich leisten, ein Haus zu bauen, das in der Sonne glänzt, aber was haben sie für die Einrichtung? Er hörte von drinnen eine Stimme, er meinte, jemand sagte, komm rein, er öffnete die Tür und trat ein. Ein Kind weinte.

Ein unbeschreiblicher Gestank von Schmutz und Armut strömte ihm entgegen, er hätte beinahe das Geld fallen lassen. Und dann entdeckte er das Zimmer und die Menschen. Ihm bot sich eine Szene, die sich ihm für den Rest seines Lebens unauslöschlich einprägte, ein Anblick so erfüllt von Abscheu, Grauen und Entsetzen, dass er einige Sekunden leichenblass und wie gelähmt dastand und nicht mehr als ein Flüstern hervorbrachte.

Das Zimmer war fast kahl, nur ein paar Hocker und einen Tisch gab es. An der hinteren Wand saßen in einer Ecke zusammengedrängt drei Kinder auf dem Boden. Sie saßen da wie junge Äffchen, ihre Gesichter zuckten, sie waren panisch vor Angst, sie hatten Todesangst. In der anderen Ecke auf einem Lager aus alten Säcken lag die Frau des Vermieters, sie hob das Gesicht ein wenig und drehte sich, als Ask hereinkam; ihr kleines, verhutzeltes Gesicht war starr, stumpf, gefühllos. Ask konnte nicht sagen, ob sie krank oder betrunken war oder ob sie schlicht jede Fähigkeit zu Mitgefühl verloren hatte.

Denn mitten im Zimmer stand der Vermieter und verprügelte das Kleinste. Das war kein Kind, dem er die Hose heruntergezogen hatte, es war ein Säugling ohne Windel, auf den er eindrosch, der Po des Babys leuchtete rot. Ask sah einen Moment das verzerrte, starre Gesicht des Kleinen, es war der schlimmste Anblick, den er je gesehen hatte. Der Vater hatte ihn mit dem Bauch auf den Tisch gelegt und er schlug mit seinem Hosengürtel.

Der Vater hielt einen Augenblick inne, nachdem Ask hereingekommen war. Argwöhnisch ließ er den Arm sinken, als hätte er ein schlechtes Gewissen, dann zeigte er ein schiefes Grinsen und sagte gleichsam erklärend:

»Dieser Bursche braucht 'ne Abreibung. Er macht so'n Geschrei.«

Das war die erstaunlichste Erklärung, die Ask in seinem Leben gehört hatte. Er zog sich zurück, hinaus auf den Flur, wo er angeekelt und zitternd stehen blieb.

Der Vermieter kam heraus, und Ask fragte sich verzweifelt, wo er den kleinen Kerl hingetan hatte: Hatte er ihn der Mutter gegeben oder hatte er ihn auf dem Tisch liegen gelassen? Konnte er hinunterfallen? Der Vermieter nahm das Geld und unterschrieb, Ask sah seine Hand und seine Unterschrift und er wusste plötzlich, dass der Mann kein menschliches Wesen war. Eine solche Hand gehörte nicht zu einem Menschen, eine solche Schrift war nicht die eines Menschen. Es war die Hand einer Ratte und die Schrift einer Ratte.

Ask sagte, ohne den Mann anzuschauen:

»Sie sollten nicht so streng sein mit einem kleinen Kind.«

Der Mann zog die Drillichhose etwas hoch und sagte:

»Wer seinen Sohn liebt, züchtigt ihn früh.«

Ask wankte, er fühlte das heiße Bedürfnis, dieses Untier die Treppe hinunterzuwerfen, ihm das Genick zu brechen; er sagte:

»Es ist etwas störend im Haus, wenn man so viel Lärm hört.«

Der Mann sagte:

»Da is so viel, was Lärm in so'n Haus bringt.«

Ask blickte hastig hinunter auf den Mann und er sah etwas Spöttisches, Gemeines in den kleinen braunen Augen des Mannes. Sie sahen sich einen Augenblick an, dann wandte Ask den Blick ab und ging wankend die Treppe hinunter.

Er kam in seine Wohnung, er ging ins Schlafzimmer, er fiel auf den Diwan, kippte vornüber und begrub das Gesicht im Kissen. In tiefster Angst betete er:

»Gott, ich bitte, dass du den Mann da oben stoppst. Denn wenn ich wieder Kinderschreie höre, gehe ich die Treppe hinauf, trete die Tür ein und ermorde den Mann. Ich erschlage ihn mit einem Hocker. Lieber Gott, du kannst mich nicht daran hindern, die Treppe hinaufzugehen, wenn wieder Kinderschreie zu hören sind. Aber du kannst verhindern, dass noch mehr Tränen fließen. Lieber Gott, ich bin nass am ganzen Körper vor Mordgedanken. Ich werde zum Mörder, und die Kinder werden vaterlos, wenn die Schreie wiederkommen. Lieber Gott, sag du das zu ihm, was ich nicht sagen konnte. Sag zu ihm da oben, dass es genug ist. Sag, lieber Gott, dass es genug ist.«

Und lange, lange, lange lag er da, die Finger in den Ohren. Auf diese Weise kam er Gott entgegen.

Und Gott schien ihn erhört zu haben. Es kamen an diesem Tag keine Schreie mehr.

Jo

Und da war Jo.

Jo, der kleine Holzfiguren schnitzte. Ask hatte eine bekommen, es war ein Geißbock, der auf den Hinterbeinen stand und an einem Baum fraß, die Vorderbeine an den Stamm gestützt.

Jo war in ein anderes Zimmer in der Stadt gezogen, er verstand wohl, dass Ask lieber alleine in der Wohnung sein wollte.

Jo hatte viele prächtige Eigenschaften, er war Ask ein guter Freund und Helfer, obwohl zwischen ihnen nie eine besondere Vertraulichkeit entstand. Er war ein heller Kopf und sehr wissbegierig, doch ihm fehlte jede Ausdauer und jeder Ehrgeiz. Insofern war er ein Pendant zu Gunnhild, Ask verstand, warum sie so gut befreundet waren, vielleicht hielt er Jo deshalb etwas auf Distanz. Beide, Jo wie Gunnhild, lebten von der Hand in den Mund; und wenn sie auch nicht immer die Lilien auf dem Felde ansahen oder sich von den Vögeln unter dem Himmel inspirieren ließen, so hatten sie doch einen heimlichen Widerwillen gegen alles, was nach ernster, verantwortungsvoller Arbeit schmeckte. Kaum hatten sie ein paar Groschen verdient, gaben sie das Geld aus, munter, fröhlich und gedankenlos. Jo hatte an einem Tag seinen Lohn bekommen und kam mit vier neuen Manschettenhemden und einem mit Sahneschnittchen gefüllten Karton heim. Die Hemden warf er weg, als sie schmutzig waren, und die übrig gebliebenen Kuchenstücke musste Ask nach einer Woche in den Abfall tun, sie waren vertrocknet und zusammengefallen und die Sahne schmeckte sauer. Ask hörte ihn nie darüber reden, Geld auf ein Konto einzuzahlen oder sich eine Lebensversicherung zu kaufen. Ihm fielen einmal fast die Augen aus dem Kopf, als er sah, wie Jo etwas angeheitert nach zwei Whiskey Soda einen Zehnkronenschein nahm, ihn in Brand steckte und sich damit eine Zigarette anzündete.

»Der ist früher oder später sowieso weg«, sagte Jo.

Ask fiel nichts ein, um Jos Argument zu widerlegen.

Dabei war er absolut anderer Meinung! Und wie sehr durchschaute er die kleine Schau, die Jo abzog!

Ask war ausgestattet mit dem brennenden Drang, in seinem Leben Ordnung und Harmonie herzustellen. Und diese Ordnung sollte gesunde Finanzen zur Grundlage haben. Der kleinliche, gemeine, erbärmliche, hilflose Versuch seiner Eltern, das Budget der Familie zu beschönigen, hatte in ihm eine tiefe Panik hinterlassen vor Milchrechnungen, Lebensmittelrechnungen, Schuldforderungen, Pfändungsandrohungen, fälligen Wechseln, Bürgschaften, Vergleichsangeboten und Konkursen. Er hatte einen Traum: den Traum, eine Rechnung, wenn sie kam, unverzüglich zu begleichen. Ohne die mindeste heimliche Angst und ohne Erschrecken würde er das Kuvert öffnen, gelassen und natürlich, als sei es der Brief eines engen Freundes, er würde einen Blick auf den Rechnungsbetrag werfen und sehen, dass er korrekt war, und dann – ruhig und natürlich, als sei es die einfachste Sache der Welt – würde er die Schublade des Schreibtisches öffnen, Scheckheft und Füllfederhalter herausnehmen, den Scheck ausschreiben und in ein Kuvert stecken. Das Dienstmädchen würde dann für ihn den Brief zur Post bringen.

Wenn er von solchen ruhigen, natürlichen Erledigungen von Geldgeschäften träumte, stellte er sich immer vor, dass er in einem großzügigen, geschmackvoll eingerichteten Zimmer in der ersten Etage eines großen Hauses saß, einer Villa, die vornehm unauffällig in einem Garten mit hohen, alten Bäumen stand. Die Fenster in dem Zimmer hinaus zum Garten waren hoch und nischenartig, und eine milde Brise bewegte unmerklich die leichten weißen Gardinen. Sich selbst sah er als einen ruhigen, gesetzten, klugen Mann in reifem Alter, mit hoher, gefurchter, nachdenklicher Stirn und mit dunklem, fülligem, leicht ergrautem Haar, mit Hornbrille und mit einem dunklen, eleganten, lässig sitzenden Anzug. Das Zimmer würde eine dunkle, maskuline Atmosphäre haben, alle Wände würden vom Boden bis zur Decke mit Bücherregalen bedeckt sein, wo er alle seine Bücher und seine Musikmanuskripte aufbewahrte; nicht weit von der Fensterfront würde der große, schwarz schimmernde Flügel stehen, während der Schreibtisch seinen Platz am anderen Ende des Zimmers hatte; in einer Ecke des Zimmers bei der Tür stand der bis zur Decke reichende Kachelofen aus schimmernden weißen und blauen Delfter Fayencen. Seine Frau und die zwei Kinder würden sich an einem anderen Ort im Haus aufhalten, vielleicht im Kinderzimmer in der zweiten Etage oder draußen im Garten, er konnte sie nicht hören. Er würde lauschen, wie er so saß und die Kappe des Füllers zuschraubte, denn diese kleine Aufgabe hatte ihn trotzdem für einen Augenblick in seinen Gedanken an das Konzert für Violine und Orchester gestört, an dem er die letzten drei Monate gearbeitet hatte, aber er konnte keinen Laut hören in dem großen stillen Haus. Nachdenklich würde er vom Schreibtisch aufstehen und zum Fenster gehen, an der dicken Glockenschnur ziehen, er würde warten, dass das Stubenmädchen mit dem weißen Häubchen da gewesen war und den Brief geholt hatte und genauso geräuschlos, wie sie kam, wieder verschwunden war. Dann würde er nachdenklich die Hornbrille zurechtrücken und langsam und in Gedanken versunken über das Eisbärenfell am Boden schreiten und sich wieder an den Flügel setzen.

Er wusste, dass dies ein Tagtraum war. Aber ebenso sehr wusste er, dass es einem Mann zur Ehre gereichte, seine Haushaltung in Ordnung zu haben, und dass dies die wesentliche Voraussetzung war für einen edlen, stolzen und unabhängigen Menschen. Es war nicht genug, dass er starke Hände und ein schönes Gesicht hatte, es war nicht genug, dass er eine Stummelpfeife rauchte, gestopft mit duftendem englischem Tabak, es war nicht genug, dass seine Haut und seine Kleidung nach Mann rochen. Sollte der Sohn des Mannes auch nur den Schatten einer Besorgtheit oder Ratlosigkeit im Gesicht des Vaters entdecken, wenn der Kassenbote in den Flur tritt, ist der Mann fertig als Mann, ungeachtet der Hände, des Gesichts, des teuren Tabaks, der kurzen Pfeife, des Körpergeruchs und all dem anderen.

Nein, ein Mann muss eine Haushaltung haben, um ein Mann zu sein. Er muss so gut und großzügig situiert sein, dass er seinem Sohn ruhig und aufmerksam zuhört, wenn dieser sagt, dass er für den Winter einen neuen Anzug brauche, der alte sei zu klein geworden. »Na«, wird der Mann sagen, und er wird mit dem Mundstück der Pfeife leicht an die Zähne klopfen und er wird den Mund ein wenig verziehen, dass der Schatten eines winzigen Lächelns sichtbar wird, »na, da muss wohl etwas geschehen?«

So wird es gesagt, und im Kopf überschlägt er bedächtig seine Finanzen. Denn was wäre das für ein Mann, der sofort aufspringen und leichtsinnig wie ein Frauenzimmer rufen würde: »Natürlich! Zwei, wenn du willst!« Oder, o Graus, wenn er seine Brieftasche hinstreckte und sagte: »Bitte, bediene dich!« Oder, noch schlimmer, wenn er ein Bündel Geldscheine nähme und sie im Zimmer verstreute wie Konfetti! So ein Benehmen, davon war er überzeugt, gab es nur bei Falschspielern, Spekulanten, Verschwendern und dilettantischen Künstlern. Holberg starb als wohlhabender Baron, Ibsen legte sein Geld sorgfältig in sicheren Staatsobligationen an.

Jo war dreißig Jahre, Junggeselle, besaß keinen roten Heller, und trotzdem schätzte Ask ihn sehr.

Ja, sogar nachdem ihm Jo die tiefste Verletzung beigebracht hatte, die einen jungen Mann von zwanzig Jahren treffen kann, die tiefste Verletzung, die jeden richtigen Mann treffen kann.

Denn Jo konnte es nicht wissen.

Jo war eine Frohnatur.

Jo wollte keinem Menschen etwas Böses.

An einem Abend wollten sie eine kleine Party zu viert feiern, Ask, Gunnhild, Jo und sein Mädchen. Ask kannte das Mädchen nicht, er hatte sich nur vergewissert, dass es nicht Tora war.

Gunnhild kam an dem Abend bereits um halb neun. Der Gedanke, in Gemeinschaft zu feiern, versetzte Gunnhild in gute Laune, und sie hatte Jo lange nicht mehr gesehen. Jo sollte mit seiner Damenbegleitung um neun Uhr kommen.

Es wurde zehn Uhr und es wurde elf Uhr und kein Jo kam. Da meinte Gunnhild, dass das Maß jetzt voll sei, und setzte sich schwer auf Asks Schoß. Sie könnten nicht noch mehr Zeit nutzlos verstreichen lassen. Eine halbe Stunde später, als sie längst drinnen im Schlafzimmer im Bett lagen, hörten sie, dass die Eingangstür aufging und zwei Menschen hereinkamen. Ask wollte aufstehen und sich anziehen, es waren schließlich Gäste, die da kamen, aber Gunnhild war sicher, dass Jo und seine Freundin für sich sein wollten. Das Beste sei, sie nicht zu stören. Ask fand es angebracht, dieser Überlegung zu folgen, und sie blieben bis ein Uhr im Bett.

Aber da wollte Ask nicht mehr: Er hatte am nächsten Tag um acht Uhr früh Privatschüler. Es war ihm schon einige Male passiert, dass er es nur knapp geschafft hatte, aus dem Bett zu kommen und im Büro zur Stelle zu sein, bevor die zwei Schüler kamen. Das war ein scheußliches Gefühl gewesen, den zwei künftigen Abiturienten gegenüberzusitzen, müde und unausgeschlafen, nicht rasiert und ohne Frühstück, mit kleinen Augen nach der anstrengenden Nacht und mit klopfendem Herzen von der Hast, in die Kleider zu kommen, um wenigstens nicht im Pyjama zu erscheinen. Er wollte nicht, dass sich Derartiges wiederholte, nein, diesmal hatten ihre sanften zärtlichen Finger keinen Erfolg, Schluss und basta, ein Mann braucht sieben Stunden Schlaf.

Sie zogen sich an, machten sich fertig und gingen leise durch das Büro. Ask räusperte sich laut. Sie klopften an die Tür zum Schreibmaschinenraum und hörten Jo antworten: »Kommt rein.« Zwar meinte Ask eine weibliche Stimme zu hören, die schwach protestierte, aber Gunnhild hatte die Tür bereits geöffnet.

Hinter der Reihe mit den Schreibmaschinentischen, in der Ecke, in der Jos Schlafsack lag, standen zwei Menschen. Jo war vollständig angezogen, stand da im Pullover und mit dem Rücken zu ihnen. Er war damit beschäftigt, einem Mädchen, das vor ihm stand, das Kleid zu reichen. Ihr war es gerade noch gelungen, eine braune Unterhose und ein weißes, ärmelloses Hemdchen anzuziehen. Das Mädchen machte einen sehr jungen, verlegenen und fast mitleiderregenden Eindruck, da stand sie geduckt da, verzweifelt bemüht, sich das Kleid überzustreifen. Sie war zierlich gebaut, ungewöhnlich schlank und sehr gut proportioniert. Ask konnte ihren Körper unter der Unterwäsche erahnen, die Beine waren anmutig und lang, den einen nackten Fuß hatte sie verschämt über den anderen gelegt, ihre Hüften waren schmal und mädchenartig, ihre kleinen Brüste unter dem weißen Hemdchen hatten eine schöne Form, wie die Schale eines Champagnerglases, und ihre nackten Schultern wirkten zerbrechlich wie bei einem Kind. Sie hatte langes, dunkles Haar, das sich geteilt hatte und zu beiden Seiten des Kopfes herunterhing und ihr Gesicht verbarg. Ask wusste nicht, warum, aber er musste kurz schlucken, als er das kleine Grübchen in ihrem schmalen weißen Mädchennacken sah.

Jetzt hatte sie das Kleid an und wandte sich den Eintretenden zu. In ihrem Gesicht war ein schamhafter, fast leidender Zug, ihre Pupillen waren groß und unnatürlich dunkel und es dauerte eine Sekunde, dann erkannte Ask sie wieder.

Es war Nanna.

Jetzt war sie also zurückgekehrt.

Aber nicht zu ihm.

Er brachte kein Wort heraus. Aber für Gunnhild schien die Situation ganz alltäglich zu sein. Sie machte eine weite Armbewegung und begrüßte das Paar mit gedämpftem Lachen, so als sei sie die Mama aller jungen Mädchen und ihre gute, verständnisvolle Freundin, sie murmelte etwas, dass man sich an einem anderen Abend näher kennenlernen würde, und zog den erstarrten Ask mit sich zur Tür hinaus.

Ask brauchte lange für den Rückweg.

Als er heimkam, war das Mädchen gegangen, Jo hatte sie heimgebracht. Aber Jo saß im Bürostuhl und schnitzte an einem Holzklotz herum, auf dem ganzen Schreibtisch lagen Holzsplitter verstreut. Jo setzte an zu einer Erklärung, warum er so spät gekommen war. Die Frau, mit der er eigentlich verbredet gewesen war, sei im letzten Augenblick abgesprungen. Er habe es mit ein paar anderen versucht, aber es sei wie verhext gewesen, alle hätten schon etwas vorgehabt, und ziemlich übler Laune sei er schließlich allein in Richtung seiner Wohnung getappt.

Aber da habe er dieses Mädchen auf der Straße getroffen, sie war im Kino gewesen, sei übrigens erst am Vortag aus dem Tal zurückgekehrt, wo sie den vergangenen Monat verbracht habe. Zuerst habe sie Bedenken gehabt, so spätabends zu einer Party zu gehen, war dann aber doch mitgegangen, als sie hörte, dass es bei dem Schulleiter sein sollte.

Ask war durchs Büro gegangen, hinein ins Schlafzimmer. Er wünschte sich verzweifelt und brennend, Jo würde endlich aufhören zu reden, Jo würde gehen, würde verschwinden ... Er war auf dem Diwan zusammengesackt, das Gesicht in den Händen vergraben, trotzdem brachte er es nicht fertig, die Tür zum Büro zu schließen. Er hörte Jos Stimme:

»Ich kannte die Kleine ja kaum. Eigentlich hast du mich vor längerer Zeit auf sie aufmerksam gemacht, sonst wär sie mir gar nicht aufgefallen.«

Er pusselte weiter mit seinem Messer herum.

»Ich gab ihr einen Whiskey, als wir kamen. Nein, den mochte sie nicht. Dann holte ich den Schlafsack und sagte, dann vergnügen wir uns eben auf andere Weise. Ich glaube, das Mädchen ist dumm.«

Ask versuchte, sich eine Zigarette anzuzünden.

»Als ich ihr an die Wäsche ging, fragte sie, warum ich das mache. Warum ich so was mache! Und als ich sie auszog, fragte sie, was ich mit ihr machen wolle. Was ich mit ihr machen würde!«

Er wieherte leise, fast missmutig.

»Und als ich zur Sache kommen wollte, wurde sie richtig widerspenstig. Ich musste ihr erklären, dass der Schulleiter persönlich drinnen im Schlafzimmer genau dasselbe macht. Da hat sie sich ergeben. Aber ich glaube, das Mädchen ist dumm.«

Er seufzte tief und leidend und sagte:

»Das war echt eine Plage.«

Es entstand eine Pause. Dann hörte er, dass Jo sich schwerfällig vom Stuhl erhob und in den Schreibmaschinenraum ging. Dort entstand ebenfalls eine Pause. Dann erklang der überraschte Ausruf:

»Jetzt hol mich doch der Teufel ...«

Er hörte Jo durch die Wohnung zurückkommen. Ask hob die Augen und sah, dass Jo in der Tür stand. In der einen Hand hielt er den Schlafsack, mit der anderen kratzte er sich im Nacken; er schaute mit einem dümmlichen Gesichtsausdruck auf den Schlafsack und sagte:

»Dann ist es vielleicht kein Wunder.«

Ask hörte sich sagen:

»Was ist vielleicht kein Wunder?«

Jo hob die Augenbrauen und blies die dicke Oberlippe voll Luft. Er sagte:

»Die Kleine war Jungfrau.«

Danach ging Jo nach Hause.

Dafür war Ask dankbar.

Eine Vision vom hohen E

Die Tage vergingen.

Die Nächte vergingen.

Der helle Nordlandsommer kündigte sein Kommen an. Ask hatte gehört, dass man mitten im Sommer, wenn man den Berg ein Stück hinaufging, eine freie Sicht zum Meer haben würde. Da würde man sie mit eigenen Augen sehen können: die glühende Sonne, die nie im Meer versank, sondern den ganzen Tag rot am Himmelsgewölbe hing: die Sonne ohne Scham.

Aber ihm graute vor dem Licht des Sommers. Als würde die schamlose Sonne ihr Licht auf seine eigene Schande werfen, als würde sein schwarzes, verschmutztes Herz vor aller Welt nackt dastehen. Und vor ihm.

Zu Hause in der Wohnung zog er die Rollos herunter und schloss die Tür.

Er wünschte sich sehnlichst und inständig, dass die Zeit bis zur Abschlussprüfung schnell vergehen möge. Dann würde er in seine Heimatstadt zurückkehren und von dort einen neuen und ehrbareren Kurs abstecken. Er fühlte sich, als sei er Teilnehmer eines Motorbootrennens gewesen und beim Start sei ihm bei seinem Boot das Steuerruder gebrochen und er habe sich im dunklen Zwielicht unter den zementierten Kai verirrt und nun stoße das Boot steuerlos gegen die Pfeiler, während alle andern das Wettrennen über den freien, offenen blauen Fjord austrugen.

Er hätte nicht herkommen sollen, er hätte nicht Lehrer werden sollen, er hätte sich nicht an Nachtstern binden sollen. Er musste alles von vorne anfangen. Baden. Rein werden. Stark werden.

Eines Nachts schrieb er ein Lied: »Das Lied vom nächsten Rennen«. Er hatte sich viele Tage damit beschäftigt, hatte den Rhythmus getrommelt, jetzt war es so weit. Ihn erfasste ein starkes Zittern, barfuß und wie schlafwandelnd, ging er ins Büro und tastete nach etwas zum Schreiben, er wusste nicht, was er zuerst aufschreiben sollte, die Melodie oder den Text. Er begann, die Melodie zu schreiben, aber da drohte ihm der Text zu entgleiten, er schrieb abwechselnd Töne und Wörter, es wurde ein wildes Durcheinander, aber zum Glück konnte er es entziffern:

Das Lied vom nächsten Rennen

Wir steuerten in die falsche Richtung ...
STOẞ ZURÜCK, POTZ BLITZ, STOẞ ZURÜCK!
Sieh, am Boot ist das Ruder zertrümmert!
DREH BEI, POTZ BLITZ, DREH BEI!
Ist die Pinne gebrochen? Ist der Schaden groß?
ZURRE SIE FEST, POTZ BLITZ, ZURRE SIE FEST!
Und warte nur auf das nächste Rennen!
JA DOCH, POTZ BLITZ, JA DOCH!

Er bezwang die unbändige Lust, die Geige hervorzuholen und das Lied auf der Stelle zu spielen, aber es war spät in der Nacht. Und im Übrigen klang das Lied verheißungsvoller in seiner Brust, war bereits gesetzt für Solo, Chor und großes Orchester und er selbst war der Dirigent. Oh, er hob die Hand und hielt die ganze Welt durch eine Fermate auf dem hohen E im 14. Takt, bevor er wieder über das D das Brausen hinunter zum A gleiten ließ. Er fand, es war eine ergreifende Strophe, der Sprung hinauf zum E war erfüllt von seiner Sehnsucht und seiner Hoffnung, es war ein volltönendes, geniales Intervall. Dass seine Melodie genau an dieser

Stelle eine verdächtige Ähnlichkeit mit einem Hauptthema in der 3. Sinfonie von Brahms hatte, wusste er nicht. In diesem Augenblick war er von einer gewaltigen Leidenschaft berauscht, er hatte einen Ausdruck gefunden; und glücklich sind die Menschen, die ihre Trauer zu artikulieren wissen.

Spät ging er zu Bett, und als er einschlief, meinte er selbst an der Ruderpinne zu sitzen. Sie war repariert, war mit einer starken Schnur aus Manila umwunden, sie war eigentlich stabiler und solider als vor der Katastrophe! Seine Kameraden im Boot waren junge, starke Männer mit heißen, edlen Gesichtern, ihre nackten, braunen, kräftigen Nacken ragten heraus aus den Halsbündchen ihrer quer gestreiften Matrosenhemden. Ihre Arme waren braun, glänzend und nackt bis zu den Schultern; seine Mannschaftskameraden schauten ihn mit gutmütigen, freundlichen Augen an, einen kurzen Moment schauten sie sich gegenseitig an, sie spürten die unverbrüchliche Kameradschaft und die wunderbare Gemeinschaft, die Gewissheit um den Sieg glühte still in ihrem Blick und er brauchte in dem Augenblick nur mit dem Kopf zu nicken und das Startsignal zu geben.

Draußen lag der blaue Fjord.

Sie sausten los, getragen von einem hohen blauen E.

Am nächsten Morgen wagte Ask nicht, sich das Machwerk anzusehen. Vereinzelte Wortfetzen und Tonreihen bewegten sich in ihm und jedes Mal, wenn sie einen Nerv trafen und tönten, klang es billig, unfertig, falsch. Er wusste im Grunde, dass er nichts Brauchbares zustande gebracht hatte. Eine törichte Erregung hatte ihn dazu gebracht, einen wertlosen Mischmasch zusammenzukritzeln. Er hatte das Gefühl, die schändlichste aller Handlungen begangen zu haben: Er hatte sich an dem weißen, jungfräulichen Papier schuldig gemacht, an den fünf reinen, offenen Linien auf dem Notenblatt. Er hatte seine eigenen Vögel auf die Stromleitungen Gottes gesetzt. Und der Geruch nach versengten Papageien ist grässlich.

Trotzdem vernichtete er das Lied vom nächsten Rennen nicht. Es lag eine Grundstimmung darin, die echt war, etwas von ihm selbst.

Aber er versteckte es ganz unten im Reisekoffer und zeigte es nie jemandem.

Und natürlich auch nicht Gunnhild.

Wir mogeln uns zur Abschlussprüfung

Vierzehn Tage vor der Abschlussprüfung kam Jo mit einem dicken Paket unterm Arm ins Büro, er kam direkt vom Postamt. Als Jo die Verschnürung aufschnitt und das Paket öffnete und sechs dicke, große Umschläge herauszog, jedes mit einem Lacksiegel versehen und mit der Aufschrift: Prüfungskommission in Oslo, da wusste Ask, dass alles verloren war. Plötzlich überkam ihn eine massive Angst, plötzlich sah er alles ganz klar: Der Unterricht, den er den Schülern in diesen 2 bis 3 Monaten erteilt hatte, war völlig wertlos gewesen. Die Schüler wussten nichts, sie konnten nichts, keiner von ihnen war in der Lage, Debit und Kredit zu unterscheiden oder einen Wechsel von einer Postanweisung, sie hatten keine Ahnung von einer Zweifelhaften Forderung und hatten nie etwas gehört von Abschreibung des Warenbestandes, sie waren unfähig, gerade Linien auf einem Bogen Papier zu ziehen, ohne die abenteuerlichsten Tintenkleckse zu machen, und wenn sie als Antwort auf eine Warenkalkulation von Tafelmessern aus England einen Preis pro Messer von 12 000 Kronen errechnen würden, sie würden sich keine Sekunde über die Höhe des Preises wundern, sondern begeistert die Antwort eintragen und triumphierend zweimal unterstreichen. Nicht einer der 34 Schüler würde die Prüfung bestehen.

Und warum? Weil sie den größten Taugenichts der Weltgeschichte als Lehrer gehabt hatten. Das würde nun schwarz auf weiß herauskommen. Es würde sogar in die Zeitungen kommen, er würde abgebildet werden, er sah die reißerischen Schlagzeilen auf der ersten Seite vor sich:

NORWEGENS LEHRER-NIETE

Kein einziger Schüler bestand die Prüfung!

Und als Untertitel, in fast ebenso fetten Buchstaben, würde stehen:

WER TRÄGT DIE VERANTWORTUNG DAFÜR, DASS EIN SOLCHER SKANDAL IN UNSEREN SCHULEN VORKOMMEN KANN? DAS MINISTERIUM MUSS EINGREIFEN UND DIE ANFORDERUNGEN BEI KÜNFTIGEN EINSTELLUNGEN BETRÄCHTLICH ERHÖHEN. DIE ÖRTLICHE BEVÖLKERUNG IST IN GROSSEM AUFRUHR UND DER SOGENANNTE »LEHRER« MUSSTE ZUFLUCHT BEI DER POLIZEI SUCHEN.

Jo musste leise geahnt haben, was in Ask vorging, denn er klopfte ihm auf die Schulter, nachdem er die Kuverts in eine Schublade gelegt hatte. Dann verschloss er die Schublade und gab Ask den Schlüssel: Die Schule war verantwortlich dafür, dass die Prüfungsaufgaben sicher und unzugänglich aufbewahrt wurden. Erst am Tag der Prüfung durfte das Siegel erbrochen werden, und das im Beisein von zwei Mitgliedern der örtlichen Prüfungsaufsicht, ernannt vom Ministerium. Als Ask das hörte, verließ ihn alle Kraft. Er hatte das alles klar gesehen, er wusste, was kommen würde, er hatte es im Grunde von Anfang an gewusst.

Am Abend bat Jo um den Schlüssel zu dem Schubfach. Er wolle Ask etwas zeigen.

Er zog den obersten Umschlag mit der Aufschrift »Buchführung I, Buchungsaufgaben« heraus. Mit einem schalkhaften Ausdruck im Gesicht drehte er den Umschlag auf dem Tisch um, sodass die Rückseite mit dem Furcht einflößenden Lacksiegel nach oben zeigte.

»Siehst du etwas?«, sagte Jo.

Ask sah nichts Auffälliges.

Ruhig schob Jo einen dicken, nicht ganz sauberen Finger unter die Klappe auf der Rückseite des Kuverts. Ask konnte seine Augen nicht losreißen von Jos Finger, es fiel ihm allerhand dazu ein. Aber dann nahmen seine Gedanken eine andere Richtung. Jo zeigte ihm, dass das Kuvert nicht richtig zugeklebt worden war, es war von der Spitze des Kuverts bis zum Lacksiegel offen. Vielleicht hatte derjenige, der das Kuvert zugeklebt hatte, keine Lust gehabt, mehr zu belecken als die äußerste Spitze der Klappe. Der gummierte Rand vom Lacksiegel nach oben glänzte unberührt, war nie mit irgendeiner Art von Feuchtigkeit in Kontakt gekommen.

Ask blieb verwundert stehen und betrachtete das Kuvert. Es hatte etwas Seltsames und Komisches, dass die hohe Prüfungskommission das Kuvert zwar vorschriftsmäßig versiegelt und gelackt hatte, es aber zugleich so offen ließ, dass jeder die rückseitige Klappe anheben und einen Blick auf den Text darunter werfen konnte.

Es war zwar nicht viel Text, den sie erkennen konnten, nur ein dreieckiger Ausschnitt auf der rechten Seite des hektografierten Bogens, der oben lag. Wenn sie jedoch die Klappe vorsichtig anhoben, den Umschlag dabei leicht bogen und gleichzeitig den Umschlag unter die Schreibtischlampe hielten, gelang es ihnen, etwa zwei Drittel der Aufgabe auf der ersten Seite zu lesen.

»Vorsichtig«, sagte Ask; es sah aus, als würde das Lacksiegel gleich aufbrechen, so sehr knickte Jo den Umschlag, um hineinsehen zu können.

»Da geht's um Konto für den Verlust von Außenständen«, sagte Jo unbeeindruckt. Dann vertiefte er sich erneut in das Spicken und rief plötzlich:

»Oje, und es kommt ›Kauf einer Hofstelle‹!«

Sie schauten sich mit großen Augen an.

»Ein dicker Hofkauf mit der Buchung von sechs verschiedenen Aufwendungen. Na, da müssen wir sofort loslegen und den Hofkauf wiederholen.«

Weder Jo noch Ask waren sich in diesem Moment bewusst, dass sie etwas Unerlaubtes machten. Sie waren nur ziemlich aufgeregt wegen dieses Hofkaufs, der selten Aufgabe bei einer Halbjahresprüfung war, eigentlich nur bei ganzjährigen Kursen vorkam, und beide wussten in diesem Augenblick die nackte Wahrheit: Sie hatten mit den Schülern nie eine einzige Buchung weder zum Hofkauf noch zum Hofverkauf durchgenommen!

Jo setzte sich in einen der Sessel, der eine Stiefel baumelte über der Armlehne. Er kratzte sich an einem seiner Segelohren.

»Du weißt«, sagte er grübelnd und schlau, »es wäre möglich, auch auf die zweite Seite einen Blick zu werfen.«

»Wie willst du den Bogen rauskriegen?«, fragte Ask.

Jo stand diensteifrig auf.

»Schau her. Wir ziehen ein wenig an dem Blatt, rollen es dabei vorsichtig eng zusammen zu einer dünnen Wurst und holen es unter der Klappe heraus.«

»Wie willst du es dann zurück in das Kuvert kriegen?«

»Genauso, nur umgekehrt. Das hat jedes Mal geklappt.«

»Du hast das schon *früher* gemacht!?«

Ein stilles Grinsen glitt über das runde Mondgesicht von Jo, er war verlegen und zugleich stolz.

»Du willst sagen, dass der Schulleiter ...?«

Als Jo den Gesichtsausdruck von Ask sah, brach er in Gelächter aus.

»Wenn sie die Kuverts auf diese Weise schicken, können sie doch nicht verlangen, dass wir uns nicht einen ganz kleinen Einblick verschaffen, oder?«

Das ist eindeutig Betrug, dachte Ask, Betrug übelster Art. Aber andererseits: Die Prüfungskommission *hatte* es ihnen sozusagen auf dem Präsentierteller serviert ...

Jo war bereits zur Tat übergegangen. Mit geübten Fingern rollte er langsam die zwei ersten, aneinandergehefteten Blätter zusammen. Langsam ging das voran und Schritt für Schritt, Jo wollte nicht riskieren, das Kuvert zu beschädigen. Ungeheuer langsam ging es voran; es ging so unerträglich langsam, dass Ask meinte, Jo habe eine Ewigkeitsrolle erwischt. Vielleicht hatte die Prüfungskommission alle Aufgaben zusammengeheftet und sie hingen fest, damit auf diese Weise jeder Sünder entlarvt werden konnte, der sich daran zu schaffen gemacht hatte! Der kalte Schweiß trat ihm auf die Stirn, er musste die Augen schließen und sich am Schreibtisch festhalten, er sah eine neue Schlagzeile auf der ersten Seite der Zeitung: »PRÜFUNGSSCHWINDEL!«, und er bebte vor Angst.

»Das war's«, sagte Jo mit ruhiger Stimme. In der Hand hielt er eine schöne Papierrolle, die er geschickt unter der offenen Stelle des Kuverts herausgezogen hatte. Er reichte Ask die dünne Rolle.

Ask ließ die Rolle auf den Schreibtisch fallen, als hätte er sich daran verbrannt. Um Zeit zu gewinnen, ging er verstört hinaus in den Schreibmaschinenraum. Benommen stand er da und sah sich um, er sah die Schreibmaschinen, er sah die Tische, er sah die Wände, er sah die Fenster. Mit einem tiefen und plötzlichen Erschrecken entdeckte er, dass die Rollos nicht heruntergezogen waren. Zwar zeigte diese Seite des Hauses auf ein trostloses, unbebautes Grundstück, aber konnten deshalb nicht trotzdem Menschen dort sein? Hastig zog er die Rollos herunter und er dachte panisch: Hatten sie daran gedacht, die Rollos im Büro zu schließen? Oder hatten sie ihr Verbrechen auf offener Bühne begangen? Er schluckte und trat einen Schritt zurück.

Da klopfte es an der Tür.

Der Polizeidirektor, dachte Ask und wurde leichenblass im Gesicht.

Die Tür ging auf.

Es war Gunnhild.

Er begrüßte sie mit einem erschreckten Stöhnen. Aber ebenso plötzlich, wie die Angst gekommen war, ebenso plötzlich verwandelte sie sich in eine massive, unerklärliche Wut. War elf Uhr abends eine Zeit, um hier aufzutauchen, noch dazu unangemeldet? Sie hatte zwar angeklopft, aber sie hatte nicht auf Antwort gewartet und war eingetreten. War es schon so weit, dass sie einfach hineinspazierte in seine Wohnung? Direkt ins Büro der Handelsschule? *Wohnte* sie hier?

In ihm kochte es. Aber dann fiel ihm Jo ein, der mit dem fatalen Blatt Papier in der Hand im Büro saß. Er machte einen Satz und blieb zwischen ihr und der Tür zum Büro stehen. Er sagte scharfsinnig:

»Äh – bist du es?«

Sie erwiderte:

»Hattest du wen anderes erwartet?«

Es war etwas Höhnisches, Aufgeblasenes an ihr, es war ein gefährliches Leuchten in ihren Augen. Plötzlich sah er es, plötzlich roch er es.

Gunnhild war ziemlich betrunken.

Und mehr noch: Ihr Zustand war so, dass er aufgeladen war mit Groll, dumpfer Verbitterung und einer heimtückischen Streitlust, die sich gegen einen bekannten oder unbekannten Feind richtete. Jemand sollte für etwas leiden. Jemand sollte für etwas büßen. Und dieser Zustand ist umso schlimmer, als der Anwesende selten einen ersichtlichen Grund für die Demütigung erkennt; das Gekränkte und Aggressive des Betrunkenen ist unerklärlich und schrecklich, der Betrunkene ist ein Dämon. Das ist, als wäre man in einem Zimmer mit einem Kugelblitz; niemand weiß, wie dieses schreckliche tödliche Ding hereinkam, niemand weiß, wie man es fassen kann, niemand weiß, wen das Ding im nächsten Moment treffen wird. Konfrontiert mit einem Betrunkenen oder einem Kugelblitz, zittern wir vor unbändiger Angst; wir kennen nicht die Gesetze für deren Verhalten, deshalb sind wir wehrlos.

»Dem Herrn passt es vielleicht nicht?«, sagte sie schwer und schaute ihn mit zwei Augen an, von denen das eine etwas kleiner war als das andere. Ask zuckte zurück vor ihren Worten und vor der betäubenden Gin-Fahne.

Als sie keine Antwort erhielt, fuhr sie fort:

»Hat der Herr vielleicht Besuch?«

Ein gelber Blick voll Misstrauen traf Ask. Sie versuchte, ins Büro hineinzuschauen, aber Ask verstellte ihr mit einem Schritt die Aussicht. Das merkte sie blitzschnell. Mit der Haltung und der Muskelstärke einer Operndiva schubste sie ihn beiseite und schritt zur Tür, um zu untersuchen, mit welchem Flittchen, mit welchem Flittchen mit Abitur er sie gerade betrog. Ask kam mit einem langen, verzweifelten Sprung hinter ihr her, aber es gelang ihm nicht, ihr den Weg zu versperren. Sie hatte die Tür bereits geöffnet. Jo stand wie versteinert am Schreibtisch und sah sie an. Ask warf einen Blick über ihre Schulter. Gott sei Lob und Dank, die weiße Papierrolle war vom Tisch verschwunden.

»Ich bin kein Gespenst«, sagte sie zu Jo. Er sah nicht so aus, als würde er glauben, was sie sagte. Er räusperte sich und grinste dümmlich.

»He«, sagte er.

Sie stand einen Augenblick da und musterte ihn, dann ging sie mit steifen, übertrieben festen Schritten wie eine Säule aus Alkohol durch den Raum und öffnete die Tür zum Schlafzimmer. Sie ging nicht ganz hinein, hielt sich nur am Türstock fest und spähte hinein. Dann drehte sie sich um, machte zwei schnelle kleine Schritte statt dem einen, den sie hätte machen sollen, und Ask spürte ein verzweifeltes Schluchzen in der Kehle, als er diesen kleinen Fehltritt sah. Es ist schlimm, einen betrunkenen Mann zu sehen, aber es gibt nichts so herzzerreißend Abscheuliches wie eine in betrunkenem Zustand torkelnde Frau.

Sie schritt vornehm durch den Raum, setzte sich umständlich in einen Sessel und zog die Handschuhe aus.

»Wie nett, unter Freunden zu sein«, sagte sie.

Der Stuhl, in dem sie saß, stand direkt beim Schreibtisch. Und während Ask in stummer Verzweiflung dasteht und sie ansieht, legt sie die Handschuhe auf dem Schreibtisch ab, legt sie auf einen dicken braunen Umschlag, der da liegt. Jo hat Zeit gehabt, die zwei Blatt Papier verschwinden zu lassen, aber den Umschlag hat er liegen gelassen!

Keiner der Männer kann die Augen abwenden von den Handschuhen, die auf dem Umschlag liegen.

»Hei, was seid ihr denn so geheimnischvoll?«, sagt sie und glotzt sie an. Die beiden zucken zusammen.

Sie glotzt auf die Handschuhe, an denen die Männer so interessiert sind. Sie ist nun extrem misstrauisch, und auch ein blindes Huhn hätte es den beiden Männern ansehen können, dass sie wegen irgendetwas ein schlechtes Gewissen haben.

»Sinn die Handschuhe vielleicht nich fein genug, dass sie auf dem Schreibtisch vom Herrn Schulleiter liegen dürfen? Ist der nicht sonst für alles Mögliche zu gebrauchen?«

Sie schaut Ask mit gelben Augen an und erinnert ihn daran, was sie eines Nachts machten, als ihnen das Bett als Unterlage nicht mehr genügte, und Ask senkt erzürnt den Blick.

Sie hebt die Handschuhe hoch, wiegt sie in der Hand und klopft damit leicht auf die Unterlage. Dann geschieht es – und Ask hat das merkwürdige Gefühl, dass es geschehen *muss* –, sie bemerkt den dicken

Umschlag mit dem auffälligen Lacksiegel. Und das ist interessant: Ein Siegel deutet auf einen wertvollen Inhalt hin, auf wichtige Dokumente, vielleicht diplomatische Geheimnisse; sie nimmt den Umschlag in die Hand, wiegt ihn, betrachtet ihn, liest, was darauf geschrieben ist.

»Leg sofort den Umschlag hin!«

Ask hat plötzlich geschrien voller Angst und Wut. Sie kann seinen Körper befühlen, wenn sie alleine sind, aber sie hat die Finger von den amtlichen Dokumenten zu lassen. Und außerdem hat er eine Heidenangst, was dieser Frau einfallen könnte, in dem Moment traut er ihr alles zu, sie könnte den Umschlag aufessen, könnte ihn anzünden, zerschneiden, mit Tinte übergießen oder ihn unter ihre Kleidung stecken, in ihre Unterhose, dass er gezwungen wäre, sich mit ihr zu prügeln, um ihn zurückzubekommen! Vielleicht müsste er heulend hinter ihr her durch die Stadt rennen, vielleicht müsste er die Polizei (die Polizei!) um Hilfe bitten, damit er das Kuvert wiederbekäme!

Sie antwortete auf Asks panischen Ausbruch mit einem Blick voller Hohn und flammender Kränkung. Er glaube also, er könne sie zurechtweisen? Bildete er sich ein, sie sei seine Schülerin? Aufreizend bedächtig wechselte sie den Umschlag von einer Hand in die andere Hand und wieder zurück, aufreizend lässig saß sie da und buchstabierte die Aufschrift, quälend langsam legte sie den Umschlag auf seinen Platz zurück. Sie legte den Umschlag mit der Rückseite und dem prangenden Siegel nach oben ab, mit dem Mittelfinger der rechten Hand strich sie vorsichtig und sorgsam über die Klappe des Kuverts, als wolle sie die Ausbeulungen und Falten, die das Papier aufwies, glatt streichen.

Ask prustete, er musste seine Aggression unterdrücken:

»Verstehst du, das – äh – das sind die Prüfungsaufgaben vom Ministerium. Im versiegelten Umschlag.«

Gunnhild schlug die Beine übereinander, die Seidenstrümpfe raschelten. Es entstand eine kleine Pause. Gunnhild sagte:

»Der Umschlag steht so weit offen, dass man sich nur bedienen braucht.«

Diesmal entstand eine schreckliche Pause. Ask wagte es nicht, Jo anzusehen, er sagte mit belegter Stimme:

»Da besteht kaum eine Gefahr. Von den Schülern hat keiner Zugang zu dem Kuvert.«

Damit schnappte er sich den Umschlag und legte ihn auf Jos Seite des Schreibtisches in die Schublade und schloss sie ab. Während er mit dem Schlüssel in der Hand gebückt dastand, begegnete er Jos Blick. Einen Augenblick signalisierten sie sich ihre Verzweiflung.

Kurz darauf stand Jo vom Stuhl auf und murmelte eine Entschuldigung, er müsse nach Hause in seine Wohnung.

Als Jo gegangen war, wurde es still.

Nach einer Weile ging Ask zu ihr, stellte sich neben ihren Sessel.

»Dann gehen wir jetzt«, sagte er.

Sie blieb sitzen; sie hatte sich eine Zigarette angezündet und blies den Zigarettenrauch durch die Nase.

Er stellte sich vor sie, streckte ihr eine Hand hin und sagte mit steinerner Miene:

»Komm.«

Sie sagte:

»Ich kann schon noch allein aufstehn.«

Er musste sich eingestehen: Es war nicht nur, um sie aus dem Stuhl hochzuziehen, weshalb er ihr die Hand hingestreckt hatte, es war auch, um einer Betrunkenen zu helfen. Sie merkte alles. Sie merkte jede Beleidigung, noch bevor sie ausgesprochen worden war. Ihn fröstelte.

»Natürlich«, würgte er heraus.

Sie atmete schwer und sie sagte:

»Ich mag nicht, wenn ich betrogen werde.«

Er biss sich in den Fingerknöchel. Dann setzte er sich in den anderen Sessel.

»Du denkst, du bist jetzt einfach fertig mit mir«, sagte sie.

Zutiefst erschrocken warf er ihr einen kurzen Blick zu; es war, als besitze sie eine erschreckende, heimliche Fähigkeit, seine Gedanken zu lesen.

Er schluckte und sagte:

»Wieso das?«

Sie sagte:

»Denkst du, ich weiß das nicht?«

Er machte eine abwehrende Bewegung mit der Hand, aber sie schaute ihn starr und böse an, plötzlich sah er wieder das Katzentier in ihr.

»Ich bin für dich eine Nutte gewesen«, sagte sie. »Eine Gratisnutte. Hat doch keine Øre gekostet. Total gratis. Nur telefonieren und sie kommt. Billigste Hure der Welt.«

Seine Lippen fingen vor Angst und Abscheu zu zittern an. Was sie da sagte, war nicht richtig, es waren Ausgeburten der Fantasie im kranken Gehirn eines Menschen. Doch gleichwohl war ein Quäntchen Wahrheit in dem, was sie sagte, was ihn verstörte und verwirrte und weshalb er eine Art Mitverantwortung für diesen unglücklichen, gequälten Menschen spürte. Er *hatte* sich nur im Dunkel der Nacht mit ihr getroffen, damit niemand von ihrem Verhältnis erfahren sollte; er *hatte* ihr nicht die Aufmerksamkeit und die Rücksicht erwiesen, wie es jeder Mann in den Romanen seiner Geliebten schuldig ist; er hätte sie ins Kino einladen *können*, er hätte sie mitnehmen *können* zu Partys mit anderen Menschen; er hätte ihr Seidenstrümpfe schenken *können*, und sogar in diesem gottverlassenen Nest musste es einen Blumenladen geben, der eine Bestellung von zwei Nelken oder vier Pfingstrosen für sie hätte ausführen *können*. Er konnte sich nicht erklären, warum, aber er ahnte eine verborgene Berechtigung für ihren schändlichen Auftritt. Selbst die Frau, die die Achtung der Welt verloren hat, die am Rande der Gesellschaft der Anständigen lebt, die im Stockfinstern lebt, wird so viel weibliche und bürgerliche Selbstachtung behalten, dass sie sich eines Tages fragen wird, was der Mann mit ihr im Sinn hat. Ask wusste nicht, wie ihr früheres Leben verlaufen war (obwohl er einen Großteil ahnte), er wusste nur plötzlich, dass er nie die Absicht gehabt hatte, sie bewusst zu verletzen oder sie zu missbrauchen, er hielt den Gedanken nicht aus, dass er seinen Platz in der Reihe der Männer bekommen sollte, die sie betrunken gemacht, genommen und danach weggeworfen hatten. Er begreift im Bruchteil einer Sekunde die ganze tiefe, unmenschliche Tragödie dieser Frau, er will einem leidenden Menschen nicht ins Gesicht schlagen, nein, er will sie nicht anspucken und sie als Fußabstreifer benutzen, er weicht ihrem Angriff aus und in seinem jungen Herzen – das ohne Erziehung ist – schleicht sich ein kurzer Anflug von Mitgefühl ein, ja beinahe von Zärtlichkeit, und in tödlicher Verzweiflung beugt er sich vor zu ihr und legte seine Hand auf ihre Hand und sagt mit leichenblassem Gesicht:

»Nein!«

Er ist nicht imstande, ihre fürchterliche Anklage zu ertragen, er zittert und stammelt:

»Nein! Das darfst du nicht sagen!«

»Eine Nutte«, wiederholt sie.

»Nein!«, sagt er und legt verzweifelt die Hand auf ihre Schulter.

Jetzt beginnt auch sie zu stammeln, ist verwirrt über seine innere Erschütterung, und plötzlich steigen ihr Tränen in die Augen. So hat er sie noch nie gesehen, es ist hässlich, die Tränen hinterlassen Furchen im Puder auf ihrem Gesicht, er kann plötzlich das Leiden sehen und darunter das Alter, diese Frau hat bereits genug erlebt, um seine Mutter sein zu können, er hält das nicht aus, er drückt ihre Hand und sucht wie verrückt nach einem Taschentuch, und als er es ihr reicht, ergreift sie seine Hände und hält ihn fest und langsam zieht sie ihn zu sich.

So bleiben sie in der Umarmung sitzen, schnaufend, zwei Menschen, die der Hunger und die Entwurzelung auf seltsame Weise zusammengebracht haben, es ist, als würden sie verzweifelt einander suchen, um Zuflucht und Trost zu finden, und er streicht ihr übers Haar und sie umklammert ihn und flüstert ein paar Worte:

»Du weißt doch ...«,

und das ist das Höchste in Richtung einer Liebeserklärung, zu dem sie sich jemals ihm gegenüber verstiegen hat, und es bewegt und schmerzt ihn, dass diese bärenstarke Frau das Bedürfnis nach einem Zeichen der Liebe hat, er streichelt sie, sie nimmt seinen Kopf und zieht ihn herunter zu sich, sie reibt ihre tränenfeuchten Wangen an seinen, ihre Alkohol ausdünstenden Lippen suchen nach seinen, in ihm schluchzt eine Sehnsucht, etwas wiedergutzumachen, zu trösten, aufzurichten, er drückt sie an sich, streichelt sie, streichelt, und alles ist dunkel und hoffnungslos und sie tastet nach ihm und einen Augenblick wankt er und droht in der feuchten, warmen Umarmung zu versinken, sie sind allein und ihr Mund sucht verzweifelt nach seinem, aber sein Ekel ist zu groß, er steht schwankend auf, sie umklammert ihn und hängt an seiner Jacke, er zieht sie mit sich und schleppt sie einen Schritt ins Zimmer hinein, dann verliert sie den Halt und fällt zu Boden, sie bleibt liegen wie ein Bündel und ihr Körper bebt in einem stillen Schluchzen, er steht über ihr, voller Entsetzen, und blickt hinunter auf sie, ihr Mantel und ihr Kleid sind etwas hochgerutscht, eine Frau im Mantel, die auf dem Boden liegt, im Fieberwahn, betrunken, unglücklich, wehrlos, jeder kann mit ihr machen, was er will, und jeder hat gewollt und alle haben es gemacht, sie schluchzt leise, leise, sie ist wie ein weiches, regloses Kaninchen, das auf der Schlachtbank liegt und auf das Beil wartet, sie schluchzt und tastet nach seinem Knöchel, aber er will das nicht, will das nicht, will das nicht ...

Das edle Verbrechen

Die Prüfung kam.

Nur zwei der sechs Umschläge waren offen, die anderen vier waren ganz zugeklebt gewesen. Aber wer etwas hat, will mehr: Ihre anfängliche Begeisterung, den Inhalt der zwei Umschläge zu kennen, verwandelte sich in Verzweiflung, nicht auch den Inhalt der anderen vier zu kennen.

Ihr Betrug bescherte ihnen wenig Freude.

Jeder Mensch kennt von seinen eigenen Prüfungen die kleinen Versuche geplanten Betrügens. Hatte man jemals Gelegenheit, die in winziger Schrift auf ein Stück Seidenpapier gekritzelten Formeln zu benutzen, den kleinen Zettel im Hosenbund oder im Ärmel der Jacke oder in der Pausenbrotdose? Vielleicht. Aber dann benutzte man eine Formel, an die man sich ohnehin auch ohne Spickzettel erinnert hätte. Und was dazu kommt: Der Teil der Rechenaufgabe, den man dank des Spickzettels richtig bearbeitete, würde trotzdem nicht das aufwiegen, was man in den anderen Rechenaufgaben wegen der Aufregung und der Angst verlor. Bis zum heutigen Tag kennt die Weltgeschichte nicht ein einziges Beispiel dafür, dass es sich wirklich gelohnt hätte, zu spicken. Ja, selbst wenn der Prüfling während des Examens beschließt, sich nicht des Spickzettels zu bedienen, wird ihn dennoch das Wissen um den verdammten Spickzettel verwirren, er wird sich nicht auf die Aufgabe konzentrieren können, er sitzt nur da und denkt daran, wie er den Spickzettel aufessen könnte, ohne dass die Aufsicht etwas merkt: Es gibt Leute, die wegen eines Spickzettels, den sie bei sich hatten und den sie nicht ansehen wollten, durch die Prüfung gefallen sind.

Etwas Ähnliches passierte Ask und Jo.

Die zwei Umschläge, aus denen es ihnen geglückt war, Aufgabenblätter zu ziehen, enthielten Aufgaben in Buchführung I und Büroarbeit. Demzufolge paukten sie das mit den Schülern, bis sie Experten waren in der Buchung eines Hofkaufes und in der Aufstellung der Maklergebühren. – »Das ist Lernstoff, ihr könnt fast *sicher* damit rechnen, dass das in der Prüfung drankommt!« – Aber in ihrem aufgeregten Zustand vergaßen sie, sich um andere, selbstverständliche Dinge zu kümmern. Sie rechneten Hofkauf und Maklergebühren mit den Schülern, bis diese blau im Gesicht waren, übersahen dabei aber völlig die elementarsten Regeln der Wiederholung vor einer Prüfung.

Als die Prüfung überstanden war, mussten die Arbeiten korrigiert werden. Die Regelung sah vor, dass alle Arbeiten in allen Fächern von den Fachlehrern korrigiert wurden, die ihre Notenvorschläge machen sollten; danach wurden die Arbeiten an einen Zweitkorrektor geschickt, den das Ministerium für jeden Verwaltungsbezirk ernannt hatte.

Jo half Ask beim Korrigieren. Sie waren bleich vor Spannung. Zuerst korrigierten sie mit Bleistift, vorsichtig, zögernd; sie hatten Angst, die rote Tinte zu benutzen. Ein Strich mit roter Tinte konnte nicht getilgt werden, ein roter Strich bedeutete, einen Schüler zu markieren, ein roter Strich bedeutete, die Aufmerksamkeit des Zweitkorrektors zu wecken, ein roter Stich ließ sich nicht ungeschehen machen. Und außerdem waren sie sich nicht immer hundertprozentig sicher, was ein Fehler war und was nicht.

In Buchführung I hatten fast alle Schüler die Buchung eines Hofkaufes geschafft. Aber was half das, wenn viele Schüler solche Versager waren, dass sie einen gewöhnlichen Warenkauf auf Kredit nicht richtig buchen konnten oder die Barzahlung einer Telefonrechnung? Ask und Jo schauten sich genervt an, ohne ein Wort zu sagen. Da hatten sie sich für diese Schüler zu Tode geschuftet und wie hatten ihnen die Schüler das vergolten? Den Schülern fehlte der *Sinn für Dankbarkeit*, das war es.

Als sie alle Arbeiten in sämtlichen Fächern durchhatten und Ask die Aufstellung mit den vorläufigen Notenvorschlägen anschaute, traute er seinen Augen nicht. Die Ergebnisse waren im Durchschnitt ganz gut, sie lagen um 2,25. Von den 34 Schülern würden 32 bestehen, einer musste wahrscheinlich in einem Fach im Herbst die Prüfung wiederholen, während ein Prüfling offensichtlich ein Durchfallkandidat war.

Als Jo die Ergebnisse sah, verzog er den Mund und sagte:

»So gute Ergebnisse hat die Schule noch nie gehabt.«

Ask konnte es nicht fassen. Jo fügte nach einer Pause hinzu:

»Du hast deine Sache gut gemacht in der Zeit, in der du hier gewesen bist.«

Ask schaute ihn erstaunt an, denn es bestand kein Zweifel, dass Jo es ernst meinte. Er schien nicht zu beachten, dass sie gemeinsam in den Unterlagen der Prüfungskommission gespickt hatten, und vielleicht spielte das auch für die Ergebnisse keine Rolle, doch Ask fühlte sich zutiefst beschämt. Er hatte das Gefühl, für etwas gelobt zu werden, für das ihm keine Anerkennung zustand. Ihm stieg die Schamesröte ins Gesicht.

An dem Tag bevor er die korrigierten Arbeiten zum Zweitkorrektor schickte, rief er die Durchfallkandidatin an, eine ältere Frau, die ein kleines Geschäft führte, und bat sie, zu ihm ins Büro zu kommen. Bei der Prüfung der Handelsschule fällt man durch, wenn die Note in einem Fach schlechter ist als 4,00; in Kaufmännisch Rechnen und in Buchführung durfte man nicht schlechter als 3,25 sein. Auch mit bestem Willen hatte Ask ihre Leistung in Buchführung und in Kaufmännisch Rechnen nicht besser bewerten können als mit 5,25. Wenn irgendjemand die Bezeichnung Durchfallkandidat verdient hatte, dann war es diese Frau. Aber bevor er ihre Arbeit wegschickte, wollte er auf ihre unzureichende Leistung hinweisen und hören, ob sie ihre Prüfung vielleicht annullieren wolle. Dann würden sowohl sie wie die Schule ihr Gesicht wahren, es machte sich ungleich besser, wenn ein Prüfling »das Examen vorzeitig abgebrochen« hatte, als wenn »ein Schüler durchgefallen« war. Ask wusste nicht genau, ob so etwas möglich war, vielleicht musste er sich mit dem Schulleiter darüber beraten, aber er wollte unbedingt hören, was die Frau selbst dazu meinte. Außerdem tat sie ihm leid, denn sie hatte in diesen wenigen Monaten geschuftet wie ein Pferd.

Sie war unverheiratet und um die fünfzig Jahre alt, eine bescheidene, stille Frau mit grauen Haaren, blassem, faltigem Gesicht und blauen, blutleeren, immer bebenden Lippen. In der Klasse hatte sie immer Gelächter hervorgerufen, wenn ihr eine Frage gestellt wurde. Dann zitterte sie am ganzen Körper von der Anstrengung, etwas aufzufassen und zu verstehen, sie fingerte wie verrückt an dem dünnen Kettchen der goldenen Uhr, die in der Tasche ihrer Spitzenbluse steckte, sie schluchzte und konnte nicht reden. Anfangs hatte das noch komisch gewirkt, auch für Ask; aber später hatte er die ungeheure Angst gespürt, die in ihr war, das Gefühl der Unzulänglichkeit in dieser Klasse mit aufgeweckten, schlagfertigen, grausamen Menschen. Nach einigen Privatstunden sah er ein, dass es hoffnungslos war, mit ihr zu arbeiten, er hatte sie aufgegeben, ließ sie still auf ihrem Platz sitzen, er hörte sie nicht mehr und stellte ihr nie mehr eine Frage. Er fand das so am besten.

Jetzt saß sie zerknirscht auf dem Besucherstuhl im Büro. Sie hatten lange miteinander geredet. Ask schaute traurig auf ihre zerbrechlichen Hände, durch die Haut schienen kleine blaue Adern, die Hände zitterten, sie suchte in ihrer Handtasche nach einem Taschentuch.

Ask saß da und biss sich auf die Unterlippe, das war nicht erfreulich. Nein, es war alles andere als erfreulich. Denn nach dem langen Gespräch war sie nicht mehr der Prüfling Nr. 14 auf der Liste, sie war für ihn zu einem Menschen geworden. Zusammen mit einem Bruder, der Invalide war, hatte sie viele Jahre ein kleines Geschäft für Miederwaren und Trikotagen geführt: Nähsachen, Spitzen, Strickgarn, Häkelutensilien. Das Geschäft hatte ihnen mehr Kummer als Einnahmen beschert, aber sie hatten es geschafft, den Kopf noch über Wasser zu halten. Den Gewerbeschein hatte ihnen seinerzeit ein Verwandter zur Verfügung gestellt, aber jetzt wollte dieser Verwandte ein eigenes Geschäft eröffnen, deshalb wollte er den Gewerbeschein zurückhaben. Um sich einen eigenen Gewerbeschein zu besorgen, hatte sie den Kurs in der Handelsschule absolviert. Wenn sie jetzt, ohne bestandene Prüfung, keinen Gewerbeschein bekam, müsste sie vermutlich ihr Geschäft aufgeben?

Während seiner eigenen Zeit am Gymnasium und auch als Lehrer hier an der Handelsschule war Ask nur Schülern begegnet, die den Unterricht in kaufmännischen Fächern als eine Art Spielerei betrachteten. Zwar oft eine nicht ganz leichte Spielerei, aber eben eine Spielerei. Den Lernstoff hatten sie sich alle mit einer unbestimmten und formellen Auffassung vom Wert der Prüfungsergebnisse angeeignet. Es war »vorteilhaft«, den Handelsschulabschluss zu haben, das »machte sich gut« und »niemand bekommt eine Anstellung im Büro ohne Handelsschule«, aber jetzt saß zum ersten Mal ein Mensch vor ihm, der diese Prüfung wirklich dringend benötigte. Und ausgerechnet diese Frau war von allen Menschen die offensichtlichste, eindeutigste und hoffnungsloseste Durchfallkandidatin der Weltgeschichte!

Die Frau war, was die theoretische Intelligenz betraf, völlig ahnungslos, sie war die unbegabteste Schülerin, die Ask je erlebt hatte. Niemals würde sie in der Lage sein, die Buchhaltung für ein Geschäft zu machen oder eine Warenkalkulation durchzuführen. Nach 6 Monaten Handelsschule hatte diese Frau in der Prüfung Kaufmännisches Rechnen nicht gewusst, wofür das Zeichen £ stand. Aber etwas musste sich während dieses langen Schulbesuches in ihre alte Mädchenseele eingebrannt haben, sie hatte vielleicht sogar einen Anflug von Glück in ihrem Spatzenhirn empfunden, als sie in der Prüfung meinte, die Bedeutung dieses sonderbaren Zeichens verstanden zu haben, als sie bei einer Berechnung von Anthrazitkohle aus England mit zierlicher Handschrift den Einkauf in Liegetagen berechnet hatte. 1 £ = 1 Liegetag! Sie hatte immerhin aus Bescheidenheit ein kleines Fragezeichen hinter das Ergebnis gesetzt. Hinter all ihren Ergebnissen standen kleine Fragezeichen.

Trotzdem ahnte Ask, ohne sich das erklären zu können, dass diese Frau ein wertvollerer Mensch war, als es ihre abenteuerlichen, kryptischen Ergebnisse zum Ausdruck brachten. Er konnte sie plötzlich vor sich sehen, wie sie in dem kleinen, düsteren Geschäft hinter dem Ladentisch stand. Er sah, wie sie einem Kunden die angefangene Kreuzstichstickerei auf einem Kissenbezug erklärte, er konnte sehen, wie sie mit Zwirnsrollen, Häkelgarn und glänzenden, weichen Nähseiden hantierte, er konnte sehen, wie sie weiße Perlmuttknöpfe mit einem kleinen Ruck aus dem Pappdeckel zog, auf dem sie befestigt waren, und sie zwischen den Fingern rieb, er konnte sehen, wie sie eine kleine Mütze auf dem Kopf eines Kindes anprobierte und einen Stoffhandschuh an der Hand einer Frau, er konnte sehen, wie sie einen Brief mit Stecknadeln öffnete und mit einer Elle Baumwollstoff ausmaß – sie wusste darüber Bescheid, sie verstand etwas davon; es gab eine heimliche, unerklärliche Gemeinsamkeit zwischen ihr und den kleinen, einfachen Dingen in dem winzigen Ladengeschäft, es war, als ruhten die Dinge vertraut in den Händen dieser Frau: Zwischen den Dingen und den Händen bestand eine tiefe Übereinstimmung.

Seine Gedanken bewegten sich weiter, er dachte an ihre Buchführung. Welche Art von Abrechnungen ist eigentlich in so einem kleinen Lädchen erforderlich? Wenn sie dazu nicht selbst in der Lage war, die kleine Jahresbilanz zu erstellen, konnte ihr doch der Bruder helfen? (Vielleicht waren ihre Jahreseinnahmen so gering, dass sich das Finanzamt überhaupt nicht für sie interessierte.) Und was die Kalkulationen anging: War nicht der Verkaufspreis von Zwirnsrollen und Nähseide in der Regel ohnehin festgelegt? Musste sie Kalkulation überhaupt beherrschen? Wenn sie nicht weiterwusste, erbarmte sich ihrer dann nicht ein Handelsreisender und half ihr mit der Berechnung? Und sollte sie einmal doch gezwungen sein, die Berechnung selbst vorzunehmen, dann war Ask davon überzeugt, dass die Angelegenheit umgehend zur Zufriedenheit der Beteiligten gelöst werden würde. Der Kunde würde sagen: »Aber die Wollstrümpfe können nicht 38 Kronen das Paar kosten, Fräulein Sandberg. Sie müssen sich verrechnet haben.« Worauf das alte Fräulein erschrocken ihre Unterlagen heraussuchen würde und einträchtig würden die Ladeninhaberin und der Kunde ihre Köpfe grübelnd über die Papiere auf der kleinen Verkaufstheke beugen, sie würden ihre Hirne aufs Äußerste anstrengen, und wenn sie schließlich die Köpfe höben, würden beide lächeln, glücklich und zufrieden, und der Preis würde mit einen Bleistiftstummel vor aller Welt berichtigt auf 3,80 Kronen.

Wenn diese Frau die Genehmigung bekam, ihr kleines Geschäft zu betreiben, wäre sie dann eine Bedrohung der bürgerlichen Ordnung und der Nationalökonomie des Landes? Wenn sie die Genehmigung bekam, würde da nicht die Öffentliche Hand einen Anspruch auf Armenfürsorge sparen?

Er stand vom Drehstuhl auf und biss sich auf die Lippe. Er begab sich kurz hinaus in den Schreibmaschinenraum. Er betrachtete die Eingangstür. Dann ging er langsam zurück. Er ließ die Tür zwischen dem Büro und dem Schreibmaschinenraum offen stehen, dann hörte er sofort, wenn jemand zur Eingangstür hereinkam.

Er setzte sich in den anderen Besucherstuhl und räusperte sich. Er sagte leise:

»Es verhält sich also so, dass Sie gerne diesen Gewerbeschein haben würden?«

»Oh ja«, sagte sie und schaute auf zu ihm. Sie hatte etwas Neues in seinem Tonfall bemerkt. »Glauben Sie, dass es doch noch eine Möglichkeit gibt?«

Einen Augenblick ärgerte er sich. Sie glaubt wohl, ich bin der liebe Gott, dachte er. Sie glaubt wohl, ich kann ihr eine bestandene Prüfung schenken. Sie ist so dumm und kapiert überhaupt nichts.

»Es ist möglich«, sagte er.

Weiter kam er nicht, ihn packte plötzlich eine unerklärliche Angst. Ich kann hier aufhören, ich brauche nicht weiter zu gehen. Solange ich nicht mehr gesagt habe, ist nichts passiert. Der heutige Tag wird wie alle anderen Tage sein.

»Ich kann Ihnen möglicherweise helfen«, sagte er leise und bedächtig.

»Gott segne Sie, wenn Sie das könnten«, sagte sie. Ask zog sich etwas zurück, er hatte das Gefühl, als wolle sie ihm ihre Hände entgegenstrecken.

»Aber da ist eine Bedingung«, sagte er.

»Natürlich«, sagte sie.

»Absolute Bedingung ist, dass das, was ich Ihnen jetzt sage, strikt zwischen Ihnen und mir bleibt.«

Sie drückte aufgeregt die Hände auf ihre magere Brust, und ein schwacher Duft nach Mottenpulver und Lavendel strömte ihm entgegen.

»Ich sagte: nur zwischen Ihnen und mir. Jetzt und in alle Ewigkeit. Haben Sie das verstanden?«

Sie schluckte und nickte.

»Wenn Sie auch nur einer Menschenseele davon erzählen – auch wenn es Ihr eigener Bruder ist –, wird die Polizei Wind davon bekommen, was wir machen. Und dann werden Sie ins Gefängnis gesteckt. Haben Sie das verstanden?«

Sie wurde blass. Ask wurde noch blasser. Wenn sie ins Gefängnis kommen sollte, würde ihm das auch blühen. Vielleicht landeten sie in der gleichen Zelle. Aber das sagte er nicht. Er schluckte.

»Hören Sie gut zu. Haben Sie noch den Federhalter, den Sie bei der Prüfung benutzt haben?«

Sie runzelte die Stirn und dachte nach. Dann nickte sie.

»Ich meine nicht den Federhalter, ich meine die Schreibfeder.«

Sie dachte wieder nach und nickte.

»Und Sie benutzten bei der Prüfung Ihr eigenes Tintenfass? Haben Sie das auch?«

Sie glaubte es, ja doch, es stehe im Geschäft, in einem Fach unter dem Ladentisch.

»Gut. Dann müssen Sie heute Abend hierherkommen – sagen wir –, 21 Uhr, pünktlich um 21 Uhr hier im Büro. Und Sie müssen die Schreibfeder und das Tintenfass mitbringen, das Sie bei der Prüfung benutzten. Ist das klar?«

Sie nickte. Plötzlich überfiel ihn eine neue Angst. Wenn sie nun nichts von alldem verstanden hatte?

»Sie begreifen also, wie ich Ihnen zu helfen gedenke?«

Sie nickte, er würde ihr dabei helfen, die Antworten zu berichtigen. Er faltete erleichtert die Hände.

»Noch mal, kein Wort zu niemandem. Versprochen?«

»Ja«, sagte sie mit zuckenden Lippen. Sie riss sich zusammen und sagte:

»Ja, danke.«

Nachdem er sie zum Ausgang gebracht und verabschiedet hatte, ging er lange mit den Händen auf dem Rücken im Zimmer auf und ab. Von Zeit zu Zeit klatschte er hinter dem Rücken in die Hände.

Wenn es so etwas gibt wie eine Volksseele, dann besitzen wir in Norwegen eine einfache Formel für die Seele des ganzen Volkes. Diese Formel lautet:

»Auf Ehre und Gewissen.«

Nicht alle Norweger leben strikt nach dieser Formel, aber sogar bei den liederlichsten unter ihnen klingt diese moralische Norm wie ein ferner, schwacher Ton in ihren Seelen. Unter Norwegern ist Ehrlichkeit ohne Zweifel die höchste Tugend.

Und man muss es eindeutig eine Tugend nennen, dass man gewöhnlich dem Wort eines Norwegers vertrauen kann, dass ein Versprechen in Norwegen ein Versprechen ist, dass man in diesem Land das Wort Bestechung nicht kennt und dass sogar das Trinkgeld für einen Kellner etwas Unanständiges hat. Man muss es eine Tugend nennen, dass das Land keine Zöllner hat, die den Touristen heimlich Tipps ins Ohr flüstern, dass seine Polizeibeamten nicht gemeinsame Sache machen mit Gangstern und dass seine Politiker – während sie ihre Ämter innehaben – nicht in übertriebenem Maße oder auf anstößige Weise ihre Schäfchen ins Trockene bringen. Man kann es eine Tugend nennen, dass ein norwegisches Gesicht weiß wird vor Wut, wenn jemand einen unehrlichen Handel vorschlägt, wenn ein Vater einem Lehrer gegenüber andeutet, dass die Noten des Sohnes sich gewiss »aufhübschen lassen«, oder wenn ein Angeklagter vor Gericht dem Richter einen »Vorschlag« macht. Es lässt sich als Tugend bezeichnen, dass sie unerbittlich sein können, dass sie nicht darum feilschen, was richtig und falsch ist, wir wollen so weit gehen und erkennen, dass dort, wo ehrliche Norweger marschieren, Gottes Tugendpfad ist.

Es gibt allerdings Augenblicke, wenn man sich Norweger ansieht: ihre Gesichter, ihr Wesen, ihre Städte – Augenblicke, die ahnen lassen, dass sie für all diese Ehrlichkeit und Wahrheitsliebe bezahlt haben, und vielleicht teuer bezahlt haben. In solchen Augenblicken entdeckt man ein gewisses merkwürdiges, lautliches Zusammenspiel zwischen dem Wort rechtschaffen und dem Wort Schaft. Beide Wörter drücken etwas Aufrechtes und Unbeugsames aus.

Gibt es in Norwegen Spieltrieb, schelmisches Wesen, Anmut, Grazie, Lachen? Doch, ja. Aber keine dieser Eigenschaften vermag, was Würde und Ansehen betrifft, der Ehrlichkeit das Wasser zu reichen.

Viele Norweger lachen, haben aber dann das Gefühl, etwas zu machen, das ein bisschen leichtsinnig ist, so unterdrücken sie es am liebsten: Dieser Laut erinnert manchmal an den metallischen Kehllaut beim brasilianischen Kuckuck oder an das Wiehern eines hungrigen Fjordpferdes. Nach einem derartigen unbeherrschten Ausbruch erfasst sie ein schlechtes Gewissen, und das Gesicht einiger Norweger erinnert erneut an einen Sandsteinbruch. Charme ist kein Schulfach in Norwegen, und die Kunst gesellschaftlicher Konversation wird als gefährlich und frivol angesehen. Wo zwei oder mehr Norweger versammelt sind, reden sie ständig durcheinander, und erzählt einer zufällig etwas Lustiges, lacht nur der Erzähler selbst. Keiner der anderen hört zu, und bislang hat kein Norweger jemals im Mindesten eine geistige Ausbeute durch das Zusammensein mit anderen gehabt. Er ist genau derselbe – nämlich er selbst –, wenn er geht, wie als er kam, und es ist ihm auch nicht gelungen, einen der anderen zu beeinflussen, denn wenn man rechtschaffen sein will, muss man vor allem auf sich selbst achten. Der Rede anderer sein Ohr zu leihen wäre äußerst riskant.

Ein Norweger weiß, was moralische Festigkeit und Ehrlichkeit sind. Seine Vorstellungen von Kunst, von Schönheit, von Poesie sind dagegen nicht so vollkommen entwickelt.

Und es gibt Momente, in denen man sich fragt: Sollte da ein geheimer Widerspruch bestehen zwischen Kunst und Ehrlichkeit? Sollte es so sein, dass schelmisches Wesen und Poesie nur in einem gesellschaftlichen Klima gedeihen können, in dem die Menschen sich mit demselben Eifer massiver Ausschweifungen schuldig machen? Muss eine Gesellschaft notwendigerweise sieden vor List, Täuschung, Betrug, Verführung und Brudermord, um eine echte Kulturgesellschaft zu sein?

Die alten Griechen, die der westlichen Welt mehr als vier Fünftel all ihrer Erkenntnisse an Wissenschaft, Bildhauerei, Dichtung und Schönheit geschenkt haben, bestanden – gemessen an der norwegischen Redlichkeit – nur aus Wüstlingen, Betrügern, Banditen und Meuchelmördern, die für ein gutes Wort den besten Freund anlogen und dessen Tochter beschliefen. Sie genierten sich nicht, Bestechungen anzunehmen, und führten Erpressungen durch, einer ihrer beliebtesten Götter war hoffnungsloser Alkoholiker, sie hielten sich speziell ausgebildete Freudenmädchen, die nicht nur die Kunst der Liebe meisterhaft verstanden, sondern auch die Lyra spielten und Verse deklamierten. Als wäre das nicht genug, waren sie auch homosexuell.

Und wenn wir die Kulturgesellschaft aus früheren Zeiten betrachten, die uns am vertrautesten ist, nämlich das Island der Wikinger, welche Menschen unter den ausgewanderten Norwegern finden wir dort? Nirgends in der Nordischen Geschichte gibt es eine derartige Zurschaustellung von Unmoral und schurkischem Verhalten wie auf Island: Sie klauten sich gegenseitig Schafe, Pferde und Frauen, die Gerichte wurden zum Ehebruch genutzt, zum Versetzen von Grenzsteinen und zum Meuchelmord; sie tratschten, logen, setzten Gerüchte in die Welt und betrieben Zauberei, sie schrieben Schmähgedichte und setzten ihre Ehre darein, ihre Nächsten zu verleumden, sie spionierten unter Betten und hinter Klos, Wortklauberei und juristische Winkelzüge gehörten zu ihren Lieblingsbeschäftigungen, sie stachen mit dem Schwert und hieben mit der Axt, es dampfte vor Blutrache und Familienfehden und vor Brandstiftung, es war eine Gesellschaft notorischer Banditen.

Und trotzdem, trotzdem: Diese Gesellschaft hat die Hochblüte der Literatur des Nordens hervorgebracht. Diese Nation von Trunkenbolden, Messerstechern, Pyromanen, Wrackplünderern, Brandstiftern, Meineidigen und Brudermördern – sie schuf die isländischen Familiensagas!

Was soll ein ehrlicher Norweger glauben?

Besteht eine Möglichkeit, Sinn für Kunst und Redlichkeit zu kombinieren? Oder wird eine Gesellschaft, die auf Ehrlichkeit und Rechtschaffenheit fußt, den zwei innersten Komponenten der Kultur, Anmut und Licht, stets abweisend gegenüberstehen?

Für einen Norweger des 20. Jahrhunderts ist Treue in der Freundschaft wichtiger als Kunst; er glaubt, es sei für die Gesellschaft wichtiger, dass ein Bürgermeister seinen kommunalen Haushalt in Ordnung hat, als dass sich der Ort mit öffentlichen Bepflanzungen und Statuen schmückt; er glaubt, dass das Glück zwischen zwei Ehepartnern, die sich die Wahrheit sagen, größer ist als zwischen zweien, die sich heimlich und mit Sinn für Kunst betrügen.

Der Schulleiter Ask Burlefot war sehr norwegisch. Der Begriff Ehrlichkeit war für ihn eine lebendige und flammende Realität. Und sein Grauen und Erschrecken über den Betrug, den zu begehen er im Begriffe stand, war umso größer, weil er ein öffentliches Amt bekleidete. Er war selbst der Inbegriff von Ehrbarkeit und Unbestechlichkeit in Norwegen, er war *Lehrer*.

Glauben wir der einschlägigen Literatur, würde ein Mann anderer Nationalität – zum Beispiel ein Italiener oder ein Franzose – diesen Schwindel voller Freude ausgeführt haben, weil es ihn amüsierte, weil es seine Tauglichkeit zum Lebenskünstler zeigte und er sich dem offiziellen Ministerium gegenüber als klüger erweisen konnte. Dass er betrügt, bekümmert ihn nicht. Sein Problem war vielmehr, ob ihm die Täuschung auf elegante oder auf unbeholfene Weise gelang. Aber ein Norweger hat nicht das Zeug zum unbeschwerten Gauner. Jedes Mal, wenn sich ein Norweger unmoralisch verhält, muss er sich vorher eine moralische Begründung ausgedacht haben.

Ask brauchte deshalb den ganzen Nachmittag, während er auf die alte Dame wartete, um die Angelegenheit aus sämtlichen Blickwinkeln moralisch zu beleuchten. Wie er es auch drehte und wendete, erschien die Sache als absolut unmoralisch. Das Einzige, warum er trotzdem an seinem Vorsatz festhielt, war sein tiefes Mitgefühl mit den Schwachen und seine Verachtung für alle Unterdrücker. In der Kindheit, als die Krankheit ihn jahrelang zu Hause einsperrte, hatte er seine Fantasie und seine Sehnsucht nur mit Büchern befriedigen können. Seine vier Bibeln hießen *Onkel Toms Hütte*, *Oliver Twist*, *Der Graf von Monte Christo* und *Robin Hood*, und er war mit der diffusen, düsteren Gewissheit hinaus ins Leben getreten, dass es trotz der edlen Forderung von »Ehre und Gewissen« etwas Erhabeneres gab. Das war das edle Verbrechen.

Als die alte Dame am Abend gekommen war, verschloss Ask die Tür und vergewisserte sich, dass alle Rollos heruntergelassen waren. Er setzte sie an den Schreibtisch, drückte ihr ihre eigene Schreibfeder in die

Hand, achtete darauf, dass sie die Feder in ihre eigene Tinte tauchte – es sollte das perfekte Verbrechen sein –, deutete leichenblass auf das Buchungsjournal, das auf dem Tisch lag, und flüsterte:

»Diese Zahl durchstreichen und dafür d-d-dorthin schreiben.«

Sie strich gehorsam und ohne zu verstehen das Kassakonto durch und übertrug den Betrag in das Warenkonto, sie strich beim Spesenkonto durch und übertrug ins Risikokonto, sie korrigierte vom Wechselkonto zum Akzeptkonto und vom Agiokonto zum Zinskonto, sie arbeitete mit Händen, die vor Nervosität und innigem Zutrauen zitterten, und nach zwei Stunden waren sie fertig. Da meinte Ask, das müsse genügen. Jetzt entsprachen ihre Antworten sowohl in Buchführung wie im Kaufmännischen Rechnen etwa der Note 2,75 und eine weitere Verbesserung ihrer Arbeit wäre riskant gewesen.

Zwar sahen ihre Blätter jetzt aus wie ein schwachsinniges Kreuzworträtsel, zwar brauchte es einen ziemlich guten Experten in Buchführung, um durch das Zahlenlabyrinth zu finden, und überdies hatte sie in der Aufregung das Tintenfass umgekippt und einen Großteil des Buchungsjournals hellblau gefärbt – aber Ask wusste, dass sie bestand. All die unmöglichen, sinnlosen, katastrophalen Fehler waren ausgemerzt und korrigiert, sie hatte eine zufriedenstellende Arbeit abgeliefert.

Er stand glücklich im Schein der Lampe; die Haare auf seinem Kopf hatten sich vor heimlichem Stolz aufgestellt. »Ich habe über einen Moloch gesiegt«, dachte er und schluckte, »ich habe das Ministerium betrogen! Denn nach den Regeln des norwegischen Staates sollte diese Frau durch die Prüfung fallen, sie sollte keinen Gewerbeschein erhalten. Ich mache diese staatliche Regelung zunichte, ich fange überhaupt keine Diskussion mit dem Staat an; ich *bestimme* ganz einfach, dass die Gesetze des Staates unsinnig sind, dass sie ohne Vernunft und Liebe sind, dass sie auf einem beschränkten Formalismus beruhen. Ich *dekretiere* hiermit, dass diese Frau ihr Geschäft weiterführen darf. Ich bin der edle, der souveräne Mensch. Ich sage: ›Es werde Geschäft.‹ Und es wird Geschäft.«

Als sie ging, war sie sehr gerührt. Ask war beinahe ebenso gerührt.

Ask sah ihren schmalen, alten Rücken, als sie durch die Tür hinausging, und er schluckte. Er fühlte sich korrupt und verdorben, er war ein

Mann ohne Haltung und Ehre, er hatte die Gesellschaft, die Schule und Gunnhild beschummelt, er war ein Missetäter und ein Halunke, ein Abschaum, die Teufel hatten einen Kreidestrich um ihn gezogen und tanzten jetzt wie heulende Derwische um ihre sichere Beute, er hatte bereits das Judasmal auf seiner Stirn und wusste, dass er für alle Ewigkeit verloren war. Es war diese ältliche, verwirrte Frau, die seinen Weg kreuzte und ihm die Möglichkeit gab, wenigstens eine gute, uneigennützige Tat zu vollbringen. Er war für ewig verloren und dem Totenreich verfallen. Aber in seinem Untergang hatte er es immerhin durch ein edles Verbrechen so geregelt, dass die ältliche Inhaberin eines Kurzwarenlädchens leben und bestehen würde.

Am nächsten Tag schickte Ask sämtliche Arbeiten als Paket per Einschreiben an den Zweitkorrektor.

Es gehört vielleicht zu der Geschichte, dass die Frau, als endlich die Resultate des Zweitkorrektors vorlagen, tatsächlich in Buchführung und Kaufmännischem Rechnen bestanden hatte.

Dafür hatte sie der Zweitkorrektor in kaufmännischer Korrespondenz und Handelsrecht durchfallen lassen! Im Protokoll der Schule musste Ask in der Spalte für Fräulein Sandberg schreiben: »Nicht bestanden.«

Es kam nie so weit, dass er sie aufsuchte, er brachte nie in Erfahrung, wie es ihr ging, und jedes Mal, wenn er später im Leben an sie dachte, bemühte er sich schnell, an etwas anderes zu denken.

Auf eine seltsame Weise sollte die ältliche Dame für Ask eine unvergessliche Episode in seiner Biografie sein, sie wurde ein Symbol für ihn, genau wie der Pokerspieler auf der anderen Seite des Tisches.

Sollte er für immer ein Verlierer sein?

Ungeachtet seines Einsatzes an Energie, Vorbereitung, Überlegung und Hilfsbereitschaft?

Nächste Runde!

Eine Woche nach der Prüfung, als die Formalitäten erledigt waren, der

Bericht geschrieben war, als die vorgeschlagenen Noten der Schüler in Ordnung und Benehmen abgegeben waren, als Ask reisefertig war – da kam erneut ein Brief von dem kranken Schulleiter.

Er sei jetzt nicht mehr so krank, er rechne damit, bis Anfang August als geheilt entlassen zu werden. Und jetzt hatte der Schulleiter einen Vorschlag zu machen, zu dem er Ask bitten wolle, Stellung zu nehmen.

Sollte sich Ask nämlich vorstellen können, noch ein Jahr dranzuhängen, dann würde sich der Schulleiter umgehend mit dem Ministerium in Verbindung setzen für die Genehmigung, eine weitere Handelsschule aufzumachen, eine Handelsschule Nr. 2, und dort solle Ask als Schulleiter vorstehen. Er, Dalaker, wollte die Handelsschule von Indrepollen leiten, während Ask Schulleiter einer Handelsschule in Ytrepollen sein sollte, der kleinen Ortschaft ganz draußen an der Küste. Es gebe viele Menschen in Ytrepollen, die nicht die Mittel hätten, an einem anderen Ort eine Handelsschule zu besuchen, die aber sofort einen Kurs belegen würden, wenn die Handelsschule an ihren Heimatort käme. Ja, es seien Leute aus Ytrepollen zu ihm ins Krankenhaus gekommen und hätten ihn dringend gebeten, dort eine Filiale aufzumachen, zumal er eine qualifizierte zweite Kraft zur Verfügung habe.

Nun sei das Ministerium nicht bereit gewesen, eine Filiale oder Unterabteilung einer Handelsschule einzurichten, und schon gar nicht im selben Verwaltungsbezirk. Ask verstand das so, dass das Ministerium damit Rücksicht nahm auf alle bereits bestehenden festen Handelsschulen. Eine Art von ambulanter Handelsschule zu betreiben sollte niemandem erlaubt sein: Das wäre so, als käme man mit einem Zirkuszelt oder einem Missionszelt und graste die Weide ab. Deshalb musste, jedenfalls dem Namen nach, eine ganz neue Schule unter einem ganz neuen Namen eingerichtet werden. Die geplante Schule in Ytrepollen würde nur für einen Kurs laufen und alles sammeln, was in dem kleinen Ort an Schülern war, aber das ging ja das Ministerium nichts an.

Falls sich Ask vorstellen könne, sechs Monate in Ytrepollen zu unterrichten, von September bis Anfang März, würde er Ask ein Honorar von 260 Kronen pro Monat anbieten, plus freier Kost und Logis. Es sei auch möglich, dass er es so einrichten könne, dass Ask nicht alle sechs Fächer übernehmen müsse, er würde vielleicht für ein Fach einen Aushilfslehrer beschaffen. Er erwarte von Ask eine umgehende Rückmeldung.

Ask legte den Brief des Schulleiters zur Seite und wanderte im Zimmer auf und ab. So gesehen war man offensichtlich doch nicht so unfähig und schlecht angesehen. Der Schulleiter hatte ihn sogar zu den guten Prüfungsergebnissen beglückwünscht. Hm. Man durfte, wenn man wollte, weitermachen. Ihm wurde überdies die Stelle eines Schulleiters einer ganz neuen Schule offeriert. Hm. Ask Burlefots Handelsschule. Hm. Er verzichtete diesmal auf die Zigaretten, er zündete sich die Stummelpfeife an, und während er durchs Zimmer wanderte und Rauchwolken ausstieß, legte er die Hände auf den Rücken wie ein Rektor. Hm.

Er hatte vorgehabt, im Herbst an der Universität sein Studium aufzunehmen. Aber er wusste inzwischen einiges über das Studentendasein, er hatte das winzige Dienstmädchenzimmer zum Hof vor Augen, das für drei Jahre seine Behausung sein würde, er wusste von der Geldknappheit, die ihm bevorstand, mit Bankkredit und größter Sparsamkeit, er wäre persönlich und finanziell ohne Selbstständigkeit, es erwartete ihn ganz sicher keine Junggesellenwohnung mit eigenem Büro und eigener Privatwohnung. Er wusste, dass er früher oder später durch die karge Studienzeit musste, aber musste das absolut jetzt sofort sein, schon ab Herbst? Nach diesen drei Monaten würde er mit etwa 200 Kronen in seine Heimatstadt zurückkehren. Was waren 200 Kronen, um damit ein Studium zu beginnen?

Dieses Angebot enthielt nicht nur das Versprechen einer neuen Stellung, dazu kam eine neue Umgebung, neue Verhältnisse. Bot sich ihm insofern nicht die Möglichkeit, ein neues Leben anzufangen? War das nicht die *nächste Runde*?

Er setzte sich hin und schrieb an den Schulleiter. Während er schrieb, begann er zu rechnen. Das Schulgeld pro Schüler betrug im Monat in der Regel 40 Kronen. 30 Schüler à 40 Kronen, das würde der neuen Schule monatlich einen Betrag von 1 200 Kronen einbringen, hinzu kamen vermutlich einige geringere Einnahmen durch den Verkauf von Lehrbüchern für die Schüler. Von diesem Betrag würden 260 Kronen an Ask gehen, 100 Kronen für seine Verpflegung und Unterkunft, dazu vielleicht 100 Kronen für den eventuellen Aushilfslehrer. (Die

Kommune würde wahrscheinlich Unterrichtsräume in der Volksschule gratis zur Verfügung stellen.) Mit anderen Worten: Der Schulleiter würde jeden Monat 740 Kronen netto kassieren, eine Schülerzahl von 30 vorausgesetzt. Würden es in Ytrepollen z. B. 34 Schüler, wie es in Indrepollen der Fall gewesen war, würde der Schulleiter pro Monat 900 Kronen netto bekommen. Ask, der sowohl Lehrer wie Schulleiter an der neuen Anstalt sein würde, bekäme nur 260 Kronen.

Er runzelte die Stirn. Er hatte schon früher gemerkt, dass der Schulleiter ein sparsam veranlagter Mann war, er war direkt geizig. Ask hatte einmal in einer Briefsendung an den Schulleiter die Kopie eines Schreibens mitgeschickt; die Kopie war auf einem der normalen Briefbögen geschrieben worden statt auf gewöhnlichem Durchschlagpapier. Der Schulleiter hatte in seinem Antwortbrief ausdrücklich darauf hingewiesen, und er hatte Ask gebeten, in Zukunft diese Art von Verschwendung zu unterlassen. Ask konnte sich nicht daran erinnern, ob es damals einen besonderen Grund gegeben hatte, einen Briefbogen anstelle eines Durchschlagpapieres in die Maschine zu ziehen, er erinnerte sich nur daran, dass er das starke Bedürfnis verspürt hatte, umgehend die Fähre über den Fjord zu nehmen und den Schulleiter in seine rote Nase zu kneifen. Was war das für ein Mensch, sich wegen eines einzigen Bogens Briefpapier aufzuregen! Er sah plötzlich den Fischkutter vor sich, auf dem der Schulleiter in den Jahren, in denen er sich an der Jagd auf den Lofotfisch beteiligte, an Bord war. Ask war davon überzeugt, dass es der einzige Kutter weit und breit war, dem nie Möwen nachflogen!

Er schrieb, dass ihm dieses Angebot im Hinblick auf seine Studienpläne ziemlich ungelegen komme, er würde ein Jahr verlieren, nähme er die Stelle in Ytrepollen an. Viel Arbeit würde es außerdem bedeuten. Sollte der Schulleiter jedoch bereit sein, das Honorar so hoch anzusetzen, dass für Ask die Möglichkeit bestünde, sich etwas Geld für sein künftiges Studium auf die hohe Kante zu legen, dann würde er über die Angelegenheit nachdenken. Ask schlug deshalb ein Honorar von 300 Kronen vor, bei kostenloser Verpflegung und Unterkunft.

(Verlange ich 325,-, dachte Ask, wird es sich der Schulleiter noch mal überlegen, ob er nicht einen billigeren Aushilfslehrer finden könnte. Aber in dieser Situation bin ich 300 Kronen wert. Ich bin kein Anfänger mehr, ich bin gut eingearbeitet in die schulischen Verhältnisse, er wird mir 300 Kronen bezahlen. Eigentlich ist das ganz lustig, dachte er, ich fange an, das Spielchen zu lernen. Vielleicht werde ich allmählich erwachsen!)

Zwei Tage später hatte Ask die Antwort. Es war ein weinerlicher Brief, den der Schulleiter geschrieben hatte, Ask möge bedenken, was der Schulleiter alles für ihn getan habe, zwei Seiten lang ging es um die Unkosten und die Unannehmlichkeiten, die der Schulleiter mit der neuen Schule zu tragen habe, aber auf der dritten Seite gab er nach. Ask sollte 280 Kronen im Monat bekommen, plus 100 Kronen für Verpflegung und Unterkunft. Außerdem habe er Ask bereits eine zusätzliche Lehrkraft für Wirtschaftslehre besorgt, einen Rechtsanwalt aus Ytrepollen.

Ask zündete sich wieder die Pfeife an, nachdem er den Brief gelesen hatte.

Etwas später dachte er: Ich hätte 325 verlangen sollen.

Das Büro

Ask fuhr im Sommer nicht nach Hause.

Durch eine der Töchter im Hause Zebedeussen hatte er erfahren, dass eine Vertretung im Büro der Grubengesellschaft gesucht wurde. Auf diese Weise würde er auch in den Sommermonaten Geld verdienen – er konnte sich nicht vorstellen, dass er in den toten Sommermonaten bei sich zu Hause Arbeit finden würde –, und er würde die Reisekosten für Hin- und Rückfahrt sparen. Er ging davon aus, dass er in dieser Zeit die Wohnung des Schulleiters weiterhin gratis haben konnte.

Er bewarb sich um die Stelle und bekam sie. Die Bezahlung war zwar bescheiden: 160 Kronen – und Ask hatte das merkwürdige Gefühl, entthront zu werden –, aber der Schulleiter bewilligte ihm eine Sommerpauschale von 50 Kronen im Monat, um die Korrespondenz der Schule zu übernehmen, Anrufe entgegenzunehmen und sich um die Anmeldungen für den Kurs im Herbst zu kümmern. Auf diese Weise hatte Ask

210 Kronen im Monat, davon gingen allerdings 70 Kronen im Monat ab für die Verpflegung bei Frau Zebedeussen.

Der Nordlandsommer hatte sein Kommen angekündigt. Aber Ask sah nicht so viel von der Natur, er hatte insgeheim Angst vor dem Neuen, Keimenden, Explosiven, das er überall spürte. Im tiefsten Innern wünschte er die Augen zu schließen und diese Sommermonate wegzuträumen. Das Einzige, was er ersehnte, war der September. Da würde er etwas Neues anfangen, weg von Indrepollen. Nächste Runde. Er hätte keine Erinnerung an diesen Sommer, hätte ihn nicht der alte Zebedeussen eines Abends mit hinaus vor die Haustür genommen und ihm gezeigt, wie der Efeu wächst. Vater Zebedeussen hatte am Abend zuvor mit dem Bleistift eine Markierung an der Hauswand gemacht, jetzt stand er mit dem Lineal da und maß: Der Efeu war an einem Tag 16 cm nach oben gewachsen.

Vater Zebedeussen hatte nie die lange Rede erwähnt, »das Gespräch«, das er an jenem denkwürdigen Abend mit Ask gehabt hatte. Er hatte vermutlich gemerkt, dass Ask gegen die 16 Töchter immun war. Manchmal glaubte Ask, er habe das Ganze geträumt. Aber jedes Mal, wenn er Frau Zebedeussen allein gegenüberstand, bebte er vor Angst und er wusste, dass es kein Traum gewesen war.

Der Aushilfsjob im Büro bestand darin, Rechnungen zu schreiben für das Erz, das ausgeliefert wurde. Er musste zunächst auf einer kleinen Rechenmaschine die Beträge ausrechnen, dann mussten die Rechnungen auf der Schreibmaschine getippt werden. Abgesehen davon, dass die Rechenoperationen verschieden sein konnten, bot diese Arbeit keinerlei Abwechslung. In den drei Monaten, die er dort arbeitete, gab es niemanden, der mit ihm über seine Arbeit sprach, niemand kritisierte ihn, niemand lobte ihn. Ein Stapel Lieferscheine lag auf seinem Pult, wenn er morgens kam, und im Laufe des Tages wurden weitere hereingelegt. Ask wechselte nie ein Wort mit einem seiner Vorgesetzten und nur selten hatte er zu den beiden, die im selben Büro arbeiteten, ein paar Worte gesagt: eine Dame mittleren Alters mit Lippenspalte und ein blonder, kraftloser Jüngling. Ask hatte keine Ahnung, welche Art von Warenlieferungen er berechnete. Er hatte sich in den ersten Tagen danach erkundigt, aber es gab nicht viel Erhellendes von den anderen und allmählich verschwand jedes Interesse. Er wusste, dass es um Erz ging, aber er wusste nicht, ob es sich um Kupfer oder Eisen oder Zink oder Silber handelte: Auf den Lieferscheinen waren die Posten nur als chemische Formeln aufgeführt, ab und zu in unterschiedlicher Zusammensetzung. Er hatte keinen blassen Schimmer, wofür das Erz verwendet wurde, ob zu friedlichen Zwecken oder für Rüstung, ob für Traktoren oder für Panzer, ob Hitler oder die Westmächte es bekamen. Er verfiel in eine Art Dämmerzustand, drehte halb automatisch die Kurbel an der kleinen Rechenmaschine, drückte auf eine Taste, um das Resultatwerk einzustellen, und schob träge an einem Zeiger, um das Ergebnis abzulesen. Es passierte, dass er einnickte, dann richtete er sich hastig mit einem verlegenen Schnarchen auf.

Mit seinen Gedanken war er meistens woanders. Und wenn er an dieses Büro dachte und an diese Arbeit, da kam es ihm manchmal so vor, als breiteten sich um diese drei Tische und diese drei Büroangestellten Ringe aus, wie Ringe im Wasser. Dann wurde ihm mit plötzlichem Erschrecken klar, dass es in seinem Land Tausende gab, Zehntausende, ja, vielleicht Hunderttausende, die jeden Tag, das ganze Jahr, ihr ganzes Leben lang dasaßen und an einer solchen Rechenmaschine die Kurbel drehten, die dasaßen und der immer gleichen sinnlosen, klingelnden, schnarrenden Melodie lauschten; Menschen, die nicht wussten, was sie machten, Menschen, denen es schnurzegal war, ob sie Badehosen oder Stacheldraht, Arzneimittel oder Giftstoffe, Gemüse oder Granaten fakturierten, Menschen, deren Aufgaben so beschaffen waren, dass die Menschen ebenso gut von Maschinen ersetzt werden konnten. Und wenn es in seinem Land hunderttausend waren, wie viele waren das in der ganzen Welt? Millionen! Millionen Menschen saßen 7 bis 8 Stunden jeden Tag da, jeden Tag, ohne ihre Seele zu benutzen, ihr Denken, ihre Neugier!

Dieses Schreckensszenario konnte er weder sich und noch weniger anderen erklären. Was hätte er denn zu den Millionen von Kontoristen der Welt sagen sollen? Was hatte er zu bieten, das wertvoller war, edler war, angesehener war als eine Anstellung in einem Büro? War das nicht ein Ort der Sicherheit und der Geborgenheit? Gab es etwa nicht Doppelfenster, Heizkörper unter dem Fenster, elektrisches Licht an der Decke und ein sauberes Wasserklosett auf dem Gang? Saß der Kontorist etwa nicht an einem blank polierten Tisch, war er etwa nicht Herr über eine Schreibmaschine und eine Rechenmaschine, hatte er etwa nicht Tintenfass und Schreibfeder, rollte er etwa nicht mit dem Tintenlöscher aus schwarzem Bakelit über seine noch feuchte Unterschrift? Hatte er etwa nicht eine halbe Stunde Mittagspause, bekam gratis Tee zum mitgebrachten Stullenpaket? Mussten ihm etwa nicht die Tomatenscheiben, die feucht-rot und saftig unter dem Butterbrotpapier leuchteten, das beruhigende Gefühl eines anständigen und versöhnlichen Wohlbefindens geben? Er war doch sauber gekleidet? Trug er etwa nicht einen weißen Bürokittel, da konnte man ihn doch für einen Arzt oder Architekten halten?

Und außerdem, was hatte Ask denn zu sagen, er, dessen Laufbahn direkt auf das Büro ausgerichtet war! Nicht nur durch seine Tätigkeit als Lehrer an der Handelsschule, aber er hatte schließlich ernsthaft erwogen, den Rat von Rex zu befolgen, sich um einen Platz an der neuen Kaufmännischen Hochschule zu bewerben! Auch wenn er später im Leben als Referent, Korrespondent oder Büroleiter enden könnte, wäre er dann nicht lediglich eine Art besserer Kontorist, ein Superkontorist? Welcher wesentliche Unterschied bestand denn zwischen dem *Diktieren* eines schwachsinnigen Briefes und dem *Tippen* eines schwachsinnigen Briefes? Gab es einen wesentlichen Unterschied zwischen dem Büroleiter und einer Sekretärin, stand der Büroleiter dem Gesang, der Hoffnung oder dem Apfel der Erkenntnis näher?

In solchen Momenten schloss Ask verzweifelt die Augen. Er wusste nicht, ob es richtig war von ihm, sich für ein weiteres Jahr zu binden. Er hörte das Klingeln der drei Rechenmaschinen und ihn fröstelte.

Er verabscheute das Büro. Er verabscheute die Büroangestellten. Er verabscheute die ganze Grubengesellschaft. Drei Monate war er Leiter einer Schule gewesen, umgeben von einer Gruppe Menschen, war er eine Person von Bedeutung gewesen. Die Augen der Menschen hatten an seinen Lippen gehangen, er hatte über Menschen geherrscht, das Wohl und Wehe der Menschen oblag ihm, er war ein Mann der Vergebung, ein Mann der Strafe gewesen. Er hatte Verantwortung und Macht empfunden, er hatte gehört, wie man seinen Namen respektvoll, ja, ehrfürchtig aussprach. Überdies hatte er sich auf eine beinahe öffentliche Beziehung mit einer Frau eingelassen, deren Name einen fast kriminellen Beigeschmack hatte. Er hatte unerhörte Dinge durchlebt und erlebt. Er war laut jubelnd auf dem Rücken des göttlichen Ebers Gyldenbuste durch den Weltraum geritten und er war heruntergefallen und in der Unterwelt gelandet; er hatte die Engel getroffen und hatte die Knochen voller Ozon und Musik, aber er hatte auch in der dunklen, tiefen Gletscherspalte festgesteckt, während kochende Eiterströme auf sein Gesicht heruntertropften und die Riesen zähnefletschend und voll Schadenfreude um ihn herumstanden. Ihm kam es so vor, als hätte er in diesen drei Frühlingsmonaten mehr Abenteuer erlebt als Peer Gynt bei seinem Ritt auf dem Ziegenbock, Faust bei seiner Abrechnung mit Mephisto und Don Quijote beim Kampf gegen die Windmühlen. Was war das alles, verglichen mit der Fälschung von Prüfungsergebnissen und dem Nasführen des Königlich Norwegischen Ministeriums? War das etwa keine Heldentat, ebenbürtig dem Bankraub von Gjest Bårdsen? In einem Alter von zwanzig Jahren war er eigentlich ein höchst vielseitiger Bursche, ein Teufelskerl war er, und als er dann Menschen in dieser seltsamen Grubengesellschaft begegnete, als er sich ihnen vorstellte – vielleicht ein bisschen unbeholfen, aber das ist ihm nur einmal passiert, und obwohl Sommerferien waren, bestand das offizielle Recht auf den Titel, – als er sich leicht an einem Tisch verbeugte und sagte:

»Schulleiter Ask Burlefot«,

welche Reaktion erlebte er da? Wie reagierten diese Funktionäre der Grubengesellschaft auf die Begegnung mit diesem seltenen Individuum? Sprangen sie von ihren Pulten auf und standen in Habtacht vor ihm, zitternd und mit brennenden Augen? Rannten sie zu ihren Kollegen, um ihnen die ungeheure Neuigkeit mitzuteilen, bestürmten sie ihn mit der Bitte um ein Autogramm, trampelten sie sich gegenseitig nieder, um zu ihm zu gelangen und seine Kleidung zu befühlen?

Nein.

Sie hoben ihre Köpfe, schauten ihn mit einem müden, uninteressierten, leblosen Blick ganz starr an und sagten:

»Hä?«

Gab es irgendeinen Menschen, der ein solches Desinteresse verstand?

Was musste ein Mensch tun, damit ihm die Aufmerksamkeit und Höflichkeit entgegengebracht wurde, die ihm zweifellos zustand? Den Nordpol noch einmal entdecken? Einen lebenden Eisbären mitten in der Stadt erschießen? Auf Stelzen von Hammerfest nach Oslo wandern und sich auf diesem Marsch ausschließlich von Rentiermoos ernähren?

Sie waren nicht wach; das war ihr Fehler.

Bürohengste.

In der frischen Luft des Waldes

Ask sah Gunnhild kaum in dieser Zeit. Sie hatte wieder als Marketenderin auf dem Truppenübungsplatz oben im Tal angefangen. Ask hatte sie einmal gefragt, was für eine Arbeit sie mache. Sie verkaufe verschiedene Dinge an die Soldaten, sagte sie. Ask wollte wissen, was für Dinge das seien. Limonade, sagte sie gleichgültig, Limonade, Kuchen, Gebäck, Schokolade, Zigaretten.

Sie fragte ihn einmal, ob er heraufkommen und sie besuchen wolle, sehen wolle, wie sie dort lebte. Er könnte an einem Samstag kommen und am Sonntagabend wieder fahren. Sie könnten am Sonntag einen Waldspaziergang machen. Er könne bei ihr übernachten, sie habe ein eigenes Zimmer in einer der Baracken.

Er stellte sich vor, wie er neben ihr über den ausgedehnten, mit Heidekraut bedeckten Truppenübungsplatz schlenderte, vorbei an Gewehren, Sätteln, Zelten, Pistolen, alles in militärischer Ordnung aufgereiht, daneben die Fahrzeuge und Lafetten. Zwei Millionen Soldaten würden das vorbeigehende Paar anglotzen und die Soldaten würden grinsen. Die zwei Millionen Soldaten hätten alle kräftige, grobe, sonnenverbrannte, rot glänzende Gesichter, ihre Uniformjacken würden am Hals offen stehen und ihre Adamsäpfel zeigen und die porige Haut ihrer Brust, die Zähne der Soldaten würden perlweiß sein und sie würden mit Strohhalmen im Mund am Wegrand sitzen und das Paar mit blauen Augen anschauen, wenn es vorbeiging, sie würden den Strohhalm auf den

Weg spucken und miteinander tuscheln. Zwei Millionen Soldaten würden ihnen hinterherstarren.

Ask sagte Nein.

Aber von Zeit zu Zeit hatte sie einen freien Tag und da kam sie herunter in die Stadt. Da ließ Ask sie in seine Wohnung, er schloss die Tür ab und ließ die Rollos herunter. Aber sogar um zwei Uhr nachts war es trotz der Rollos hell wie am Tag.

In dieser Zeit hatte er den Eindruck, als würde sie weicher werden. Es blitzte nicht mehr so oft in ihren Augen, sie war nicht mehr so spöttisch und streitlustig wie früher. Ask hatte ihr erzählt, dass er noch ein Jahr hierbleiben werde, in Ytrepollen.

»Da kann ich dich besuchen«, sagte sie.

»Ja«, sagte Ask zurückhaltend.

Aber tief in ihren Herzen wussten sie etwas anderes.

Ask ertappte sie manchmal, wie sie dastand und sich im Schlafzimmer umsah. Sie strich dann mit dem Finger über den Rand der Waschschüssel oder sie nahm seinen Rasierpinsel und hielt ihn in der Hand. Einmal machte sie sein Bett.

Eines Nachts, sie wollten gerade einschlafen, kroch sie dicht an ihn heran und sagte leise:

»Ich habe mich nie so gut gefühlt wie mit dir.«

Er sah ihr in die Augen, als sie das sagte. Die Augen waren weich. Es war still im Zimmer. Er schluckte.

Sie legte eine Wange auf seine Brust und roch an ihm, als sei sie etwas verlegen, und dann schnüffelte sie über seinen nackten Körper wie ein Hund, sie schleckte ihn und sog den Geruch seiner Haut ein, sie kniff ihn und rüttelte ihn und drückte ihn und sagte mit lachendem Gesicht:

»Du hast einen tollen Körper!«

Dankbar dachte er: Es ist also der Körper.

»Du auch«, sagte er und knuffte sie.

Er dachte: Da sage ich die Wahrheit.

Und gleich darauf dachte er: Was soll ich ihr zum Abschied schenken?

Und noch später dachte er: Dann bliebe es trotz allem nur eine Affäre.

Und noch später, im Halbschlaf, dachte er: Sie ist eigentlich besser als ihr Ruf. Sie ist eigentlich großartig. Werde ich jemals wieder eine solche Frau finden? War sie nicht stets furchtlos und leidenschaftlich? Reif, gut, bereit?

Woran liegt es dann, dass ich mir nicht vorstellen kann, die Beziehung fortzusetzen, sie mitzunehmen, wenn ich weggehe? Was ist es, das sie nicht hat und das sie mir nicht wird geben können? Woran hindert sie mich, es zu erreichen? Was ist das für ein Dämon, der in mir wohnt?

Wenn ich weggehe, dachte er, wem werde ich sie da hinterlassen? Einem weiteren Handelsreisenden, der sie über Nacht haben will?

Ein vages Gefühl von Verantwortung erfasste ihn und er dachte: Eine Klärung des Ganzen mit einem Geschenk, das würde heißen, ihr ins Gesicht zu spucken. Sie hatte ihm zwar ins Gesicht gespuckt, aber war das nicht etwas anderes? War es nicht das Recht jeder Frau, einem schwachen Mann ins Gesicht zu spucken?

Er wälzte sich im Bett, drehte sich zu ihr und legte die Hand behutsam auf ihre nackte Schulter. Wenn er sich nur erklären könnte ...

Sie schlief. Aber im Schlaf drehte sie sich um. Sie rutschte zu ihm und die eine Hand strich über seinen Körper und seinen Bauch und ihre Finger suchten sein Geschlecht. Sogar im Schlaf, denkt er. Und er bleibt ruhig liegen und betrachtet ihre Hand und was die mit ihm macht, es ist so merkwürdig, weil sie schläft, er liegt da und beobachtet ihre Hand, die sich schwach im Schlaf bewegt, eine starke Frauenhand, ihm scheint plötzlich, als sei das das Schönste, was er je in seinem Leben gesehen hat, er hatte geglaubt, dass Frauenhände dazu da seien, Kinder und Blumen zu halten, aber dies ist das Vollkommenste auf der Welt, das Schönste auf der Welt; und während er die Hand ansieht, wird sie ruhig und entspannt, sie öffnet sich etwas und fällt zur Seite, aber ohne ihn loszulassen.

Und er weiß, dass er so nicht wird schlafen können. Und er weiß auch, dass sie, wenn er ihre Hand nimmt und zur Seite legt, leise im Schlaf murren wird, weil er ihr etwas weggenommen hat.

So eine Frauenhand ist Gottes größtes Wunder auf Erden.

Aber, dachte er, als er ihren warmen, schlaftrunkenen Körper zu sich gedreht hatte, ein bisschen anstrengend.

Für den Rest des Sommers trafen sie sich kaum noch. Er konnte sie oben in der Kaserne telefonisch nicht erreichen und aus irgendeinem Grund hatte er keine Lust, ihr zu schreiben. Er dachte an schriftliche Dokumente, hatte sie nicht einmal einen Rechtsanwalt in die Falle gelockt? Ein Brief ist im Nu bedeutungsvoller als ein Telefonanruf. Man kann so viel in einen Brief hineindeuten.

Ende Juli hatte er sie drei Wochen nicht gesehen. Er war wütend auf sich selbst, weil er zurückgefallen war in das, was allgemein als »heimliches Jugendlaster« bekannt ist. Ich glaubte, dachte er, dass das vergeht. Wenn man erwachsen wird. Er dachte: Entweder werde ich nie erwachsen, oder es ist etwas, das man macht, bis man stirbt. Aber seine Selbstverachtung war abgrundtief.

Eines Abends hielt er es zu Hause nicht mehr aus, er musste raus. Er wanderte durch die Straßen und er landete im Kino im Folkets Hus. Ein eigenartiger Hunger überkam ihn, als er durch die Glastür des Kinos die angeschlagenen Plakate sah. Das Kino ist die Rettung, zwei Stunden lang werden wir vor uns selbst gerettet, gesegnet sei das Kino. Was sollten wir machen mit unserer Brunft und unserer Einsamkeit, wenn wir das Kino nicht hätten? Der Name des Kinos sei gepriesen, ohne dich wären wir verloren.

Nach der Vorstellung stand er müde und enttäuscht von der harten Bank auf und blinzelte mit den Augen in das stechende Licht, das jetzt eingeschaltet wurde. Die Luft im Saal war schwer und warm und abgestanden, er versuchte, sich zwischen den Menschen nach vorne zu drängen, hinaus in die frische Luft. Plötzlich erblickte er in der Schlange weiter vorne Gunnhild. Er sah von ihr nur den Rücken und den Hinterkopf, aber sie war leicht an ihrer schwarzen, üppigen Haarpracht zu erkennen. Sie hatte eine gelb gestreifte Bluse an und einen weiten Rock mit großen roten Blumen als Muster. Die Bluse war ohne Kragen, das

Halsbündchen nur locker von einem Band gehalten und ließ ihre nackte Schulter sehen. Ihre Haut war tiefbraun von der Sonne. Er hatte sie noch nie so gesehen, mit schwingenden Hüften, so frech, so strotzend, so dunkel, so schamlos, so begehrenswert.

Er beschleunigte seinen Schritt, der Hunger bohrte im Körper. Da hörte er plötzlich ihr heiseres, lautes Lachen und er sah, wie sie den Kopf zur Seite drehte.

Sie war nicht allein.

Sie war mit einem jungen, großen Mann in glänzender Fähnrichsuniform zusammen. Er blieb stehen, stand verwirrt mitten in der Menschenmasse, die sich teilte und weiter an ihm vorbeiströmte.

Natürlich hatte sie das Recht, hatte alles Recht der Welt, ins Kino zu gehen mit wem sie wollte, die Hand zu halten von wem sie wollte und für wen auch immer mit dem Po zu wackeln, und auch ins Bett zu gehen, mit wem sie wollte.

Aber er fühlte sich plötzlich so grenzenlos verlassen. Nun ging sie. Und wen hatte er? Nicht einen Bekannten, nicht einen Freund. Jo war für den ganzen Sommer heimgefahren ... Sie zu sehen hatte ihn tief berührt, es schmerzte das Herz und der Unterleib, und dann ihre Schultern, man musste nur das Bändchen am Hals aufziehen, ein plötzliches Besitzgefühl überkam ihn: Das waren doch *seine* Brüste?

Er konnte sie nicht auf diese Weise gehen lassen, das durfte nicht das letzte Mal sein, dass er sie sah. Barmherziger Gott, sie konnte ihn nicht auf diese Weise verlassen, nicht auf diese Weise ... Er war krank vor Scham, als er dem Paar langsam folgte. Er dachte verzweifelt: Was macht ein erwachsener Mann in einer solchen Situation? Ein *erwachsener* Mann? Da benimmt man sich wohl stark und gleichmütig? Da würde man wohl nicht am liebsten heulen wie ein kleines Kind, wenn die Frau einen verlässt? Wenn man erwachsen ist, lässt man sie wohl einfach gehen? Und wünscht gute Reise?

Sie kamen hinaus auf die Straße, und wieder musste Ask in dem neuen Licht mit den Augen blinzeln. Hier draußen war Sonnenschein in der Luft. Es war elf Uhr nachts. Er folgte den beiden langsam, und ein anderes, unbekanntes Tier nagte in seinen Eingeweiden. Er sah sie über die Straße gehen und bei einem Auto stehen bleiben. Es sah aus, als würden sie miteinander beraten. Der Fähnrich bückte sich und steckte den Schlüssel in die Fahrertür. Dann öffnete er die Tür und stieg ein.

Ask wusste nicht, was ihn trieb. Er ging mit hastigen Schritten über die Straße, kam neben Gunnhild zu stehen und sagte:

»Morgen.«

Später hoffte er inständig, es hätte so geklungen:

»Morgen?«

Sie sah ihn überrascht an, zuerst mit einem Lächeln, aber dann verdunkelten sich ihre Augen zu einem starren Trotz und er hatte das Gefühl, dass sie ihn betrachtete wie ein Insekt.

Er schluckte und er dachte verwundert: Wer hat ihr beigebracht, alles als Angriff zu deuten, wer ließ die Stacheln in ihr wachsen?

Er versuchte, leicht und unbeschwert zu reden, aber seine Zunge war dick, als er sagte:

»Rufst du in den nächsten Tagen an?«

Dann ging er langsam weiter. Er hatte sie mit dem Kopf nicken sehen. Und er hatte auch den erstaunten Kopf des Fähnrichs gesehen, der an der Autotür sichtbar wurde. Es war ein junges, bartloses Gesicht mit blauen Augen, die Nase war klein, fast eine Stupsnase.

Ask stellte fest, dass der Mann dumm ausgesehen hatte. Das verschaffte ihm eine gewisse bittere Genugtuung.

Einen Augenblick später sah er das Ganze umgekehrt: Was, wenn sie sich wenigstens einen *intelligenten* Typen ausgesucht hätte!

Auf dem Heimweg hielt er verzweifelt Ausschau nach anderen Mädchen. Er würde ihr zeigen, dass er erwachsen war.

Aber das waren alle Trullas. Alle Mädchen, die er sah, hatten schlaffe Gesichter, tote Augen, unbeholfene Körper und dünne Beine; was könnte er an denen finden? Wie könnten sie ihn dazu bringen, zu vergessen?

Es gab nur eine. Den Nachtstern.

Und sie würde in dieser Nacht einem anderen gehören.

Eine Woche später rief sie ihn an. Ihre Stimme klang weich. Ob sie nicht das nächste Wochenende zusammen verbringen wollten?

Er dachte zornig: Man brauchte sich nur die Visage des Fähnrichs anzuschauen, um zu wissen, dass er nichts taugte. Jetzt wollte sie also mit einer Prise Schulleiter nachwürzen. Er war sehr abweisend am Telefon. Er habe viel zu tun. Vormittags der Job bei der Grubengesellschaft. Abends Büroarbeit für die Schule. Prospekte verschicken.

Sie habe von einem Verwandten ein Sommerhäuschen mieten können. Alles sei perfekt: Bettwäsche, Küchenausstattung, Holzofen, aber natürlich nur Petroleumlicht. Sie müssten mit dem Auto hinauffahren. Eine Dreiviertelstunde Fahrt. Sie kenne einen Taxifahrer, der sie für zehn Kronen hinaufbringen würde und für zehn Kronen wieder hinunter. Sie würde sich um das Essen kümmern – ob er Koteletts möge? –, aber er müsse die Getränke beschaffen.

Wie viele Leute würden es sein?

Nur sie zwei allein natürlich!

Er redete hin und her, wollte alles genau wissen. Schließlich gab er auf. Hatte sie nicht auch den Alkoven erwähnt? Sie beide mutterseelenallein in einer Hütte im Wald.

Und er hatte seit einem Monat seinen Kopf nicht mehr zwischen den Brüsten einer Frau vergraben.

Spät an einem Samstagnachmittag saßen sie im Taxi auf dem Weg durchs Tal nach oben. Sie bogen in eine Seitenstraße ab, fuhren auf einem schmalen Waldweg. Heidekraut, kleine Farne, Blaubeersträucher, öde Moorflecken. Hier und dort einige verirrte, verrenkte Kiefern, ab und zu eine Gruppe Fichten. Die Stämme der Fichten waren dunkel, fast schwarz, und bedeckt mit Moos und Bartflechte. Es war bewölkt, ein leichter Nieselregen lag in der Luft. Es war warm, still, feucht, die Luft fühlte sich klebrig an auf der Haut, fast wie in einem Treibhaus. Ask dachte: Es wird Mücken geben in der Nacht.

Sie ärgerte sich auf dem Weg hinauf ein wenig über ihn, sie fand, er könnte ruhig ein wenig fröhlicher sein. Aber Ask missfiel, dass sie hier im Auto mit lauter und vergnügter Stimme Geschichten vom Militärlager erzählte, ihm missfiel, dass sie mit lauter Stimme Erklärungen über den Fähnrich abgab (sie sagte, dass der Fähnrich ihr Vetter sei, aber das glaubte ihr Ask nicht recht), ihm missfiel total, dass sie ihn hier an der Hand hielt, denn der Fahrer, der vorne saß, beobachtete sie in dem kleinen Rückspiegel. Heute Abend weiß es die ganze Stadt, dachte er. Wenn der Fahrer zurück in die Stadt kommt, wird er hupend kundtun: »Der junge Schulleiter und das Nachtsternchen fürs Wochenende auf der Hütte, oho, oho, oho!«, das wirkte wie eine Buschtrommel oder wie die Leuchtfeuer auf den Berggipfeln, die gesamte Bevölkerung würde innerhalb von zwei Minuten die Neuigkeit wissen und man würde sich die Hände reiben und mit den Augen rollen und die gesammelte tausendköpfige Welt würde den Kopf schütteln und das wollüstige Signal des Taxifahrers wiederholen:

»Oho, oho, oho!«

Er versuchte, sie zu beschwichtigen, aber sie mochte keine Ermahnungen, egal in welcher Form, und die Stimmung war nicht die beste, als sie ankamen.

Als der Fahrer das Taxi wendete und die Rückfahrt antrat, grüßte er mit der Hand. Plötzlich wusste Ask, dass dieser Mann Gunnhild nicht zum ersten Mal hergefahren hatte.

Es war eine kleine Hütte mit nur einem Raum und der Küche. Die Kissen, die auf der Holzbank in der Stube lagen, waren dünn und schlaff, die Bezüge an einigen Stellen ausgefranst. Auf der Armlehne des Korbstuhles hatten sich die Weidenruten gelöst und die Spitzen standen hoch (es riecht bitter nach Weide, und wenn man darauf beißt, schmeckt es bittersüß, es erinnert an die Stube der Großmutter und an Topfpflanzen auf hohen Ständern); auf dem Tisch stand eine benutzte Kaffeetasse und auf dem Fensterbrett lagen tote Fliegen, und es riecht so seltsam in einem Sommerhäuschen, das nicht deines ist, vielleicht ist es deshalb das Erste, was du machst: Du öffnest das Fenster. Du lässt frische Luft herein.

Aber die Luft des Waldes ist nicht so frisch, wie man es gerne hätte. Der Geruch nach Heidekraut und Ameisen und dichtem sattgrünem Nadelwald hat etwas Merkwürdiges, das Gefühl der Stille, der Abgeschiedenheit und der lauschenden Einsamkeit lässt in einem Menschen Gedanken entstehen, ein Spaziergang im Wald ist, als sei man versteckt vor dem Auge Gottes. Der Geruch des vor Blicken schützenden Waldes ist süß und erregend, der Wald lockt und der Wald umklammert, das

Herz kann plötzlich in deiner Brust zu klopfen anfangen, das Blut pocht in den Adern, du lauschst in den stillen Wald und der Wald lauscht seinerseits. Was sonst unvorstellbar ist, wird in einem Wald vorstellbar, in der sogenannten frischen Luft des Waldes, im grünen, stillen, feuchten Dunkel verliert der Mensch leicht den Kontakt mit dem Menschlichen und wird wieder Tier, ja, niedriger als das Tier, weil er sich rächt. Im Wald bekommt er grünes Blut in die Adern, der Wald vergewaltigt ihn mit seinem Duft und seiner schützenden Stille, hier kann der Mensch sein Unwesen treiben, in der frischen Luft des Waldes entstehen die niedrigsten aller menschlichen Gedanken. Im Wald werden Tiere misshandelt und kleine Kinder geschändet, und selbst wenn der Mensch allein, ganz allein im Wald ist, kann ihn der Geruch der Baumsäfte und der Tannennadeln und der weißen Blüten des Siebensterns wehrlos machen sich selbst gegenüber. Die schützende, schirmende Stille des Waldes kann selbst einen einsamen Menschen zur Tat befähigen, und du wirst es nie vergessen, wenn du jemals unerwartet einem solchen Menschen im Wald begegnet bist. Etwas Böseres kannst du dir nicht vorstellen, du wirst es nie vergessen und du bereust es bitter, dass du still durch den Wald gingst. Man sollte nie still durch den Wald gehen, man sollte immer mit einem Stock auf eine Blechbüchse schlagen und sein Kommen ankündigen.

Sie standen in der Küche und packten den Rucksack aus: Kartoffeln, Brot, Dosen mit Hering, Rettiche, Whiskey, Koteletts, ein Glas Marmelade. Sie nahm eine Butterdose und reckte sich zum obersten Regalbrett des Küchenschranks.

Er drückte sie gegen die Anrichte, aber der Reißverschluss des Anoraks verhakte sich und er riss ihn auf.

»Macht nichts, der ist schon alt«, flüsterte sie.

Sie hatte Stiefel an und lange enge Hosen und schließlich hatte sie nur noch ein kleines rosafarbenes Höschen an und auch das musste weg und sie stand splitternackt vor ihm und bibberte auf einem fremden Küchenfußboden um sieben Uhr abends, und er packt ihre großen Brüste und drückt sie nach hinten auf die Anrichte, dass ihr Haar die toten Fliegen vom Fensterbrett fegt, aber als sei das noch nicht genug Herrschaft über sie, nimmt er sie und legt sie nackt auf den Küchenboden, er stürzt sich in sie wie ein Gladiator, jetzt soll sie gezüchtigt werden, sie nimmt ihn, wie er sie nimmt, und er zahlt es ihr heim für den ganzen Monat, für ihre Untreue, für ihr ungehöriges Benehmen, für alle ihre Fähnriche und alle ihre Vettern, und viel, viel später richtet er sich zitternd auf und zieht sie hoch und entfernt ein abgebranntes Zündholz, das sich in die Haut ihres Rückens gedrückt hat.

Als sie am Sonntag erwachten, hatte Ask kleine Augen und einen Kater. Sie dagegen war munter wie eine Lerche, obwohl sie am Abend die Hälfte des Whiskeys ganz allein getrunken hatte. Das letzte Viertel hatte sie direkt aus der Flasche getrunken. Für Ask war es ein fürchterlicher Abend gewesen.

Um sechs Uhr ertönte unten an der Straße die Autohupe, und da waren sie abfahrbereit. Als sie ins Auto stiegen, duckte sich Ask, er wollte nicht, dass der Fahrer den blauen Fleck auf der Schläfe sah von einem Schlag, den ihm Gunnhild am Vorabend mit einem Holzscheit verpasst hatte.

Auf dem Rückweg waren sie schweigsam.

»Wir setzen dich zuerst ab«, sagte sie.

Und als der Wagen vor Asks Haus anhielt, als er sich umdrehte und Tschüss sagte, als er das Auto mit ihr weiterfahren sah, da wusste er, dass diesmal das letzte Mal gewesen war.

Nach diesem Abend, nach dieser Nacht und diesem Vormittag mit ihr fühlte er sich wie ein von den Wellen an den Strand gespültes Stück Treibholz. Er stand vor der Tür zu seiner Wohnung und suchte nach dem Schlüssel. Er hatte das Gefühl, schwer im Sand eines Strandes zu liegen, und war wie tot.

Trotzdem hätte er doch gerne gewusst, wohin das Taxi sie jetzt brachte. Nach Hause? Hinauf zur Militärkaserne? Oder würde sie sich noch mit anderen treffen?

Er atmete tief ein und ging in seine Gemächer.

Er schaffte es nicht mehr, sich auszuziehen, sondern schlief direkt auf dem Diwan ein. Er schlief dreizehn Stunden ohne Pause und kam am nächsten Morgen zu spät zur Arbeit.

Die schräge Welt

An dem Tag Mitte August, an dem der Schulleiter vom Krankenhaus heimkommen sollte, war auch Asks letzter Tag im Büro der Grubengesellschaft. Es gab Verschiedenes zu erledigen, er musste sich von den Kollegen und Vorgesetzten verabschieden und erst um fünf Uhr am Nachmittag kam er in die Wohnung.

Als er die Tür zum Büro öffnete, saß dort der Schulleiter. Dalaker erhob sich mühsam vom Stuhl. Er hatte eine stabile Krücke, auf die er sich stützte, das eine Bein schien steif zu sein.

Ask hatte nicht erwartet, ihn vorzufinden, er hatte nicht daran gedacht, dass der Schulleiter einen eigenen Schlüssel besaß. Ihm fiel zu seinem großen Ärger ein, dass er am Morgen, bevor er ins Büro ging, nicht die Zeit gehabt hatte, das Bett zu machen. Und nun war der Schulleiter durch alle Zimmer gegangen und hatte sich umgesehen, hier geguckt, dort geglotzt, hier geschnüffelt und dort gerochen, vielleicht hatte er in Asks privaten Dingen gewühlt, hatte seine Koffer geöffnet!

»Ich dachte, Sie hätten um vier Uhr Arbeitsschluss«, sagte der Schulleiter süßsauer, nachdem er Ask die Hand gedrückt hatte. Es klang wie ein Vorwurf. Wieder stieg eine tiefe Verärgerung in Ask auf, er konnte nichts dafür, aber Dalaker erinnerte ihn jetzt tatsächlich an eine Pensionswirtin.

»Ja«, sagte Ask. »Normalerweise. Aber heute war der letzte Tag. Ich dachte, wir würden uns um sieben Uhr bei Zebedeussens zum Abendessen treffen?«

Darauf erwiderte der Schulleiter nichts. Er humpelte langsam um den Schreibtisch, ließ sich in den Drehstuhl fallen, streckte das Bein aus und stellte die Krücke weg. Er legte die Hände auf den Tisch, die langen Finger strichen liebevoll über die Schreibunterlage, den Tintenlöscher, den metallenen Ablagekorb für die eingehende Post, den Füllfederhalter. Er hatte über sechs Monate nicht auf diesem Platz gesessen, jetzt saß er da. Jetzt saß er da und es war sein Platz. Ask schluckte. Der Schulleiter bedeutete ihm mit der Geste eines Chefs, sich auf einen der Besucherstühle zu setzen.

Dann begann er mit beißender Stimme, Ask auszufragen. Für Ask wirkte das wie ein Verhör. Er wollte wissen, wie der Sommer verlaufen sei, ob viele Anmeldungen für den Kurs im Herbst eingegangen seien, ob noch Prospekte übrig seien, wie viel Bargeld Ask noch in der Kasse habe, ob es unbezahlte Rechnungen gebe, ob die Putzfrau bezahlt sei, wie hoch die Stromrechnung sei. In Ask regte sich eine zunehmende Wut auf den Mann.

Ask hatte noch nicht gegessen und der Hunger nagte in ihm. Er war müde und erschöpft und meinte, dass sie mit diesen Dingen bis zum nächsten Tag warten könnten. Aber das war nicht der Hauptgrund für seine Erregung. Es war das jammernde, penible, weibische Wesen des Mannes. Er war ein greinender Pedant, mürrisch und humorlos, und Ask fragte sich: Sitzt er nur da, um mich zu demütigen?

Unterschwellig ahnte er, dass der Mann viel nachzuholen hatte. Für einen so energischen, unruhigen, kraftstrotzenden Menschen konnten diese Monate im Krankenhaus kein Spaß gewesen sein, sie mussten ihn Ausdauer, Geduld, Geld und vor allem Zeit gekostet haben. Sechs Monate sind 180 Tage, 4 320 Stunden, und die zugebracht in einem Bett, auf dem Rücken liegend, an die Decke starrend, und ein Flaschenzug ...

Ask antwortete, so gut er konnte. Ob der Vermieter die Miete erhalten habe? Ja, der Vermieter habe die Miete erhalten. Und wo das Quittungsbuch für die bezahlte Miete sei? Es liege in der obersten Schublade rechts. Gut. Bevor er es vergesse: Bei einer der Schreibmaschinen im anderen Raum fehle die Abdeckung, es sei ihm aufgefallen, als er hereinkam. Die Kontrolle und Instandhaltung der Schreibmaschinen sei ein großer Kostenfaktor. Er bat Ask, rüberzugehen und die Hülle auf die Maschine zu stülpen. Ask stand langsam auf, er spürte es im Unterleib. Er ging rüber in den Schreibmaschinenraum, nahm die Hülle aus Öltuch und stülpte sie über die Maschine und er dachte: Hier hatte Schulleiter Dalaker gestanden und die Hülle betrachtet; er hätte sie selbst überstülpen können, aber er ließ sie liegen.

Den Rest des Nachmittags fühlte sich Ask äußerst beklommen; er sehnte sich danach, dass es sieben Uhr wurde, damit sie zum Abendessen gehen konnten. Etwas im Wesen dieses Schulleiters konnte er sich nicht erklären, es ärgerte ihn nicht nur, es widerte ihn an. Da war das hellrote, fast apoplektische Gesicht, sein unnatürlich großes, fleischiges Kinn, sein kleiner, spitzer, faltiger Mund. Da war die abgehackte, verbissene Redeweise und seine merkwürdige Sprache, einmal stotterte er in einer steifen Kanzleisprache, dann verfiel er in den örtlichen Dialekt oder er verwendete einen aufgesetzten Hauptstadtjargon. Da war sein gekünsteltes Benehmen und seine Angeberei, da war die Angewohnheit, immer wieder betonen zu müssen, dass er Ask die Anerkennung des Ministeriums als Schulleiter verschafft hatte. Asks Gefühl der Abneigung wuchs mehr und mehr, weil der Mann unbedingt wollte, dass Ask ihm dankbar war.

Ask torkelte fast vor Freude, als es sieben Uhr wurde, er wäre am liebsten losgerannt, hätte er nicht auf der Straße mit Rücksicht auf den Schulleiter in eine langsame Gangart verfallen müssen. Zum ersten Mal seit vielen Monaten war es nicht Ask, der am Esstisch bei Zebedeussens angestarrt wurde. Zum ersten Mal seit vielen Monaten war da nicht ein Teufel von vierzehn Jahren, der laut fragte: »Na, Herr Schulleiter?«, zum ersten Mal errötete Ask nicht bei Tisch und zum ersten Mal in all diesen Monaten hörte er wieder die Stimme von Vater Zebedeussen. Mit einer kleinen, bescheidenen Frage wollte er vom Schulleiter Dalaker wissen, wie man sich fühle, wieder in vertrauten Gefilden zu sein, aber Vater Zebedeussen bekam nie eine Antwort.

Dalaker würde bis zu Asks Abreise nach Ytrepollen bei Zebedeussens wohnen. Ask durfte wie bisher allein in der Privatwohnung bleiben. Dafür war Ask sehr dankbar. Er entdeckte plötzlich einen anständigen und menschlichen Zug an Dalaker, er freute sich richtiggehend, wurde so aufgekratzt, dass er ein geselliges Talent sowohl am Tisch wie nachher in der guten Stube entwickelte. Gleichzeitig musste er an Dalaker denken, der bei Zebedeussens wohnen musste, mit sechzehn Töchtern unter einem Dach, er dachte: Der Mann ist echt mutig. Aber vielleicht hat auch er mit Vater Zebedeussen den Abendspaziergang gemacht.

Erst gegen zehn Uhr brachen sie auf. Der Schulleiter hatte Lust, »eine kleine Runde zu hinken«, wollte Ask zur Wohnung begleiten. Er ging mit Ask hinein, und sie unterhielten sich ein wenig, diesmal in bedeutend besserer Stimmung. Ask dachte: Vielleicht brauche ich doch nicht zum Brieföffner zu greifen. Nach einer Weile fragte Ask, ob er ihm etwas zu trinken anbieten dürfe. Er habe eine Flasche Wermut im Schrank.

Der Schulleiter sagte nicht Nein, und sie prosteten sich im Büro zu. Sie schwiegen ein wenig, dann sagte der Schulleiter, und Ask meinte eine Andeutung von Vertraulichkeit in der Stimme zu vernehmen:

»Es war doch gar nicht so schlecht, hier zu wohnen, was?«

Er machte eine ausladende Bewegung mit der Hand, als zeigte er auf Selbstständigkeit, Intimität, Unabhängigkeit und allerhand kleine, süße Dinge, die in einem privaten Schlafzimmer passieren können. Ask missfiel die Andeutung, umso mehr, als er ahnte, dass als Nächstes die verblümte Frage nach seiner Beziehung zu Gunnhild kommen würde.

Er stand auf, gähnte und sagte, es sei für ihn Zeit, sich schlafen zu legen. Es sei ein langer Tag gewesen und es wäre gut, am nächsten Morgen zeitig mit der Arbeit zu beginnen.

Der Schulleiter nickte etwas abwesend und sagte:

»Das finde ich völlig in Ordnung.«

Er hob das Glas, leerte es und sagte:

»Ich habe da einige Papiere, die ich gerne durchsehen möchte. Du hast doch nichts dagegen? Es dauert nicht lange.«

Ask hatte nichts einzuwenden, obwohl ihm der Gedanke missfiel, der Schulleiter könnte auch an den folgenden Abenden Büroarbeiten erledigen wollen. Eine Privatwohnung ist nicht mehr privat, wenn man sie abends nicht für sich hat. Und da meldete sich die merkwürdige Verärgerung wieder. Konnte sich der Mann nicht bald entscheiden, ob er Ask mit »Sie« oder mit »du« ansprechen wollte? Es zeugte von einer gewissen Unsicherheit des Schulleiters; einmal war der Mann von oben herab, dann wieder von unterwürfiger Vertraulichkeit; du, Sie, du, Ask war völlig verwirrt. Ja, ja, seufzte er und zog sich aus, gut, dass es nur noch vierzehn Tage sind.

Ask lag eine Weile im Bett und las. Eine Weile raschelte Papier im Büro, dann wurde es still. Dann hörte er, wie sich der Schulleiter schwerfällig erhob und mit der Krücke durchs Zimmer humpelte. Er klopfte an die Tür, die einen Spalt offen stand, und steckte den Kopf herein. Ask wandte ihm das Gesicht zu und wusste nicht recht, was er sagen sollte.

Der Schulleiter kam langsam herein und blieb stehen und schaute Ask an.

»Ganz gemütlich hier drinnen, was?«, sagte er.

Doch. Ask konnte es nicht leugnen. Er hatte einige Drucke an der Wand hängen, ein Wandteppich war da, auf dem Nachttisch stand Jos Ziegenbock, der sich nach dem Laub oben am Baum streckte.

Der Schulleiter setzte sich auf den Stuhl vor dem Bett. Mit einem lang ausgestreckten Zeigefinger deutete er auf die Leselampe und sagte:

»Die ist hübsch, finde ich. Hat zwölf Kronen gekostet, aber ich dachte, wenn man sich schon eine Wohnung einrichtet, ist nur das Beste gut genug.«

Ask warf einen Blick auf die scheußliche Leselampe mit dem Zelluloidschirm und sagte nichts.

»Was liest du da?«, sagte der Schulleiter und beugte sich über Asks Buch.

Ask beschäftigte sich schon seit über einem Jahr mit Huxleys *Brave New World*. Er las das englische Original und beim ersten Versuch war er über ein paar Seiten nicht hinausgekommen. Aber dann hatte er sich zusammengerissen und dreißig Seiten auf einmal gelesen und von da an ging es. Er hatte das Buch mehrmals gelesen, hatte es weggelegt und wieder hervorgeholt, diese eigentümliche und erschreckende Geschichte von einem künftigen Tausendjährigen Reich hatte ihn gefesselt, das Buch ging ihm nicht aus dem Kopf. Vieles darin verstand er nicht und manchmal lag er lange wach und grübelte über ein paar Zeilen nach. Und dann schrieb dieser Huxley so verdammt gut, er gestaltete seine Sätze und Aussagen so raffiniert, man konnte einen ganzen Tag lang über einen Satz glucksen, ein anderer Satz war dann so voller neuer Gedanken, dass man mit großen Augen an die Decke schaute und stundenlang nicht schlafen konnte. Und dann all diese seltsamen Wörter! Viele davon standen nicht einmal in Asks Englischwörterbuch. *»Flivver«*. Ob das wohl eine Art von Volks-Helikopter war, wie ihn die Menschen in tausend Jahren haben würden, um zu fliegen?

»Machst du Notizen in dem Buch?«, sagte der Schulleiter.

Er hatte Ask das Buch aus der Hand genommen und warf einen Blick hinein. Wieder ärgerte sich Ask. Das war schließlich kein Schulbuch? Es war vielleicht nicht anständig, sich am Rand Notizen zu machen, ein Buch sah vielleicht hässlich aus mit Eselsohren. Aber trotzdem hatte er das vage Gefühl, dass Huxley, würde er das Buch in diesem Zustand sehen, mit Ausrufezeichen, Unterstreichungen, Fragezeichen, ab und zu einem »Ja« oder einem »Nein«, der Autor würde ein solches Buch einem anderen Buch, das in Übereinstimmung mit den Schulmeisteridealen des Herrn Dalaker gelesen wurde, vorziehen.

Ask beobachtete den Gesichtsausdruck des Mannes. Es ist stets eine eigene, ungeheure Spannung zu sehen, wie andere Menschen das aufnehmen, von dem man begeistert ist. Das Buch war an der Stelle aufgeschlagen, wo der oberste Weltaufsichtsrat, Mustafa Mannesmann, in seinem Büro sitzt und mit dem Mann spricht, den er in der Wildnis gefunden hat. Der Wilde, der Mann, der noch nie Kontakt hatte mit der Zivilisation der neuen Zeit, der Mann, der so altmodisch denkt wie die Leute im 20. Jahrhundert. Ask konnte viele der Abschnitte fast auswendig. Er überlegte, ob der Schulleiter jetzt diese Stelle vor Augen hatte:

»Wie offenbart sich Gott heute?« fragte der Wilde.

»Durch Abwesenheit. Als wäre er gar nicht da.«

»Das ist eure Schuld.«

»Nennen Sie es die Schuld der Zivilisation. Gott ist unvereinbar mit Maschinen, medizinischer Wissenschaft und allgemeinem Glücklichsein. Man muß wählen. Unsere Zivilisation hat Maschinen, Medizin und Glücklichsein gewählt. Darum muß ich diese religiösen Bücher in einen Stahlschrank sperren. Sie sind Schmutz und Schund. Die Leute wären empört, wenn –«

Der Wilde unterbrach ihn. »Aber ist es nicht natürlich, zu fühlen, daß es einen Gott gibt?«

»Ebensogut können Sie fragen, ob es natürlich sei, die Hosen mit einem Zippverschluß zu schließen«, sagte der Weltaufsichtsrat beißend. »Sie erinnern mich an einen andern dieser alten Knaben. Er hieß Bradley. Philosophieren, sagte er, heiße eine schlechte Begründung dafür finden, woran man instinktiv glaubt. Als ob der Mensch irgend etwas instinktiv glaubte! Man glaubt an etwas, weil man zum Glauben daran genormt wurde. Schlechte Gründe dafür zu finden, woran man aus andern

schlechten Gründen glaubt, das ist Philosophie. Die Menschen glauben an Gott, weil sie zum Glauben an Gott genormt wurden.«

So würden im Jahr 2500 die obersten Staatenlenker und Politiker denken. Oder im Jahr 3 000. Oder vielleicht schon 1999? Ask hatte ausgerechnet, dass er, wenn er sehr alt werden würde, das Jahr 2000 erleben könnte. Das erschien ihm eine ganz besondere, unheimliche, spannende Jahreszahl zu sein. Das Jahr 2000. Auf welcher Seite las nun der Schulleiter?

»Und trotzdem«, beharrte der Wilde, »ist es natürlich, an Gott zu glauben, wenn man allein ist – ganz allein, in der Nacht, und an den Tod denkt ...«

»Die Menschen sind heute nie allein«, entgegnete Mustafa Mannesmann. »Wir lehren sie den Haß gegen Einsamkeit und richten ihr ganzes Leben so ein, daß Einsamkeit für sie nahezu unmöglich ist.« (...)

»Aber muß es nicht einen waltenden Gott geben, der straft und belohnt?«

»Muß es?« entgegnete der Aufsichtsrat. (...) »Wo wäre der zerbrochene, traurige Edmund aus Shakespeares König Lear heute? In einem pneumatischen Fauteuil, den Arm um die Taille eines Mädels, ein Stück Sexualhormonkaugummi lutschend und einen Fühlfilm genießend. Die Götter sind gerecht. Ohne Zweifel! Aber ihr Gesetzbuch ist letztlich von den Organisatoren der menschlichen Gesellschaft diktiert. Die Vorsehung läßt sich von den Menschen soufflieren.«

War Huxley nicht ein fantastischer Autor?

»Und wie steht es mit der Selbstverleugnung? Wenn ihr einen Gott hättet, hättet ihr Grund zur Selbstverleugnung.«

»Industrielle Zivilisation ist nur ohne Selbstverleugnung möglich. Selbsterfüllung bis an die äußersten Grenzen, die Volksgesundheit und Volkswirtschaft gezogen sind. Sonst stehen die Räder still.«

»Ihr hättet Grund zur Keuschheit!« fuhr der Wilde fort und errötete ein wenig bei diesem Wort.

»Keuschheit heißt Leidenschaft. Keuschheit heißt Neurasthenie. Und Leidenschaft und Neurasthenie bedeuten Unbeständigkeit. Unbeständigkeit aber bedeutet

das Ende der Zivilisation. Keine dauerhafte Zivilisation ohne eine Menge angenehmer Lüste.«

Ask versuchte, im Gesicht des Schulleiters zu lesen. Fand er das interessant? War der Mann interessiert an Politik, Philosophie?

»Gott ist der Grund alles Edlen und Erhabenen und Heldischen. Wenn ihr einen Gott hättet ...«

»Mein lieber, junger Freund«, sagte Mustafa Mannesmann, »die Zivilisation hat nicht den geringsten Bedarf an Edelmut oder Heldentum. Derlei Dinge sind Merkmale politischer Untüchtigkeit.«

Hatte man so etwas schon einmal gehört! Gesagt von einem Politiker im Jahre 2500. Oder vielleicht schon 1999? Sollte die Zeit der Leidenschaften bereits 1999 vorüber sein?

»Heute gibt es keine Kriege mehr. Übergroße Liebe zwischen zwei Menschen verhindern wir mit möglichster Sorgfalt. Gewissenskonflikte gibt es auch nicht: man wird so genormt, daß man nichts andres tun kann, als was man tun soll. Und was man tun soll, ist, im ganzen genommen, so angenehm und gewährt den natürlichen Trieben so viel Spielraum, daß es auch keine Versuchungen mehr gibt. Sollte sich durch einen unglücklichen Zufall wirklich einmal etwas Unangenehmes ereignen, dann gibt es Soma, um sich von der Wirklichkeit zu beurlauben. Immer ist Soma zur Hand. Zorn zu besänftigen, einen mit seinen Feinden zu versöhnen, Geduld und Langmut zu verleihen. Früher konnte das alles nur durch große Willensanstrengung und nach jahrelanger harter Charaktererziehung erreicht werden. Heute schluckt man zwei, drei Halbgrammtabletten, und damit gut! Jeder kann heutzutage tugendhaft sein. Man kann mindestens sein halbes Ethos in einem Fläschchen bei sich tragen. Christentum ohne Tränen – das ist Soma.«

So abschreckend das klang, hatte es doch auch etwas Reizvolles: Tugend und Vergessen in einem kleinen Fläschchen? Einen Kater bekam man jedenfalls nicht mehr.

Was wohl der Schulleiter zu dieser Zukunftsgesellschaft meinte, in der Menschenkinder in Reagenzgläsern geboren wurden, ohne Mutter oder Vater zu kennen, und wo die Menschen in schönen, geruchlosen Kliniken starben, ohne Ängste oder Schmerzen? Kein Flaschenzug an der Decke! Keine erbärmliche Scheibe Brot mit Molkenkäse!

Selbst an die Gefahr, dass es auf die Dauer langweilig sein könnte, in einem solchen Schlaraffenland der Wissenschaft zu leben, hatten sie gedacht.

»Wir haben für alle den TLE-Behandlungszwang eingeführt.«

»TLE?«

»Tolle-Leidenschaft-Ersatz. Regelmäßig jeden Monat. Der ganze Organismus wird mit Adrenalin durchflutet. Es ist ein hundertprozentiges physiologisches Äquivalent für Angst und Wut. Erzielt genau die gleichen tonischen Wirkungen, wie Desdemona zu erwürgen oder von Othello erwürgt zu werden, ohne die Unannehmlichkeiten.«

»Aber ich liebe die Unannehmlichkeiten.«

»Wir nicht!« versetzte der Aufsichtsrat. »Uns sind die Bequemlichkeiten lieber.«

»Ich brauche keine Bequemlichkeiten. Ich will Gott, ich will Poesie, ich will wirkliche Gefahren und Freiheit und Tugend. Ich will Sünde.«

»Kurzum«, sagte Mustafa Mannesmann, »Sie fordern das Recht auf Unglück.«

»Gut denn«, erwiderte der Wilde trotzig, »ich fordere das Recht auf Unglück.«

»Ganz zu schweigen von dem Recht auf Alter, Häßlichkeit und Impotenz, dem Recht auf Syphilis und Krebs, dem Recht auf Hunger und Läuse, dem Recht auf ständige Furcht vor dem Morgen, dem Recht auf unsägliche Schmerzen jeder Art?«

Langes Schweigen.

»Alle diese Rechte fordere ich«, stieß der Wilde endlich hervor.

Mustafa Mannesmann zuckte die Achseln und sagte: »Wohl bekomm's!«[1]

Mit gespannter Neugier versuchte Ask, im Gesicht des Schulleiters zu lesen. Huxley erwies sich hier doch ohne Zweifel als jemand, der das ganze 20. Jahrhundert mit der Degenspitze an der Kehle kitzelte?

Hatte Huxley hier den Leser nicht klar in die Ecke gedrängt, hatte

---

1. Aldous Huxley, Schöne neue Welt, Ü: H.E. Herlitschka, Frankfurt 1978, S.170–174

sich Huxley nicht ohne Zweifel als der unverschämteste, faszinierendste Autor erwiesen, der je gelebt hatte? Hatte man einmal einen Blick in *Schöne neue Welt* geworfen, musste man dann nicht das ganze Leben lang die Werte der Zivilisation von Grund auf bezweifeln? Musste man dann nicht Stellung beziehen? War es nach der Lektüre dieses Buches nicht Pflicht, sich in der Welt neu zu orientieren, darüber nachzudenken, welcher Staat und welches politische System sich so entwickeln konnten, dass daraus dieses fürchterliche, sterile Schlaraffenland entstand? Stalins Russland? Hitlers Deutschland? Mussolinis Italien? Roosevelts Amerika? Und was war mit Asks Vorstellung einer künftigen sozialistischen Gesellschaft?

Ask sehnte sich heftig nach einem Wort, einer Bewegung, etwas, das ihm sagte, dass er nicht allein war mit all diesen überwältigenden Gedanken. Nur ein kleines Räuspern des Schulleiters, und er würde sich im Bett aufsetzen, er würde sich aufsetzen und begeistert aufschluchzen, endlich ein Mensch, mit dem eine geistige Übereinstimmung bestand.

»Ja, ja«, seufzte der Schulleiter und gab Ask das Buch zurück. »Als ich jung war, da hatte ich auch Zeit, um im Bett Romane zu lesen.«

Eine bittere Enttäuschung traf Ask.

Vielleicht las der Mann keine englischen Texte, trotz des Abiturs, mit dem er immer prahlte? Aber wenn er kein Englisch verstand, warum hatte er dann über eine Minute mit dem Buch in der Hand dagesessen? Hatte er nur so getan, als würde er lesen? Hatte er Ask zum Narren gehalten?

Und dann hatte er Huxleys Buch einen Roman genannt. Damit meinte er wahrscheinlich französische Boudoir-Geschichten!

Und dann hatte er durchblicken lassen, dass es nicht von Klugheit zeugte, im Bett zu lesen. War es etwa besser, mit geradem Rücken auf einem Holzstuhl zu sitzen, wie an der Schulbank in der Volksschule? War das weniger verwerflich?

Und dann hatte er etwas mit jung sein erwähnt. Ask war äußerst empört. War Huxleys Buch ein Märchenbuch für Kinder? War diese Art der Lektüre etwas, über das sich ein erwachsener Mann erhaben fühlen sollte? Ask war wütend. Es regte ihn unheimlich auf: Wenn man jung sein musste, um sich brennend für Sein oder Nichtsein der eigenen Welt zu interessieren – warum hatte denn der Schulleiter nichts getan, um sich jung zu halten? Dieser leuchtend rote, aufgeblasene Papagei von einem Mann sollte es für seine verdammte Pflicht ansehen, sich immer jung zu halten! Er sollte abends nicht nur daran denken, wie er neue Schüler einfangen und wie er den Überschuss auf seinem Gewinn- und Verlustkonto vermehren konnte, er sollte auch Romane lesen, bei denen es dem menschlichen Denken schwindlig wurde! Im Bett! Denn wenn er sich nur um sein Gewinn- und Verlustkonto kümmerte, dann war es keine Schande, *jung* zu sein, dann war es beschämend, *alt* zu sein! So alt, dass man es aufgegeben hatte, sich mit *wesentlichen* Dingen zu befassen! Demnach bildete sich der Schulleiter ein, das Wohl und Wehe seiner Handelsschule sei wichtiger als die Zukunft der ganzen Menschheit? Barmherziger Gott, dass ein erwachsener Mensch so borniert sein konnte, so engstirnig, so erbärmlich selbstzufrieden und selbstgefällig? Ein Zwerg des Denkens war er, ein Wucherer im Geiste, eine Krämerseele! Und dieser Mann war Asks Vorgesetzter, war sein Chef!

Der Schulleiter sagte verträumt:

»Ich bin auch einmal jung gewesen. Das ist ein herrliches Gefühl, für sich wohnen, tun können, was man will ...«

Wieder machte er eine unbestimmte Handbewegung ins Zimmer, und erneut empfand Ask einen heftigen Widerwillen. Das Wesen des Mannes war auf einmal weich, war vertraulich.

»Ich habe bei der Lofotfischerei Geld auf die Seite gelegt.« (Daran zweifelte Ask nicht.) »Ich habe mit dem Geld das Abitur gemacht. Und danach hatte ich noch etwas übrig. Mit diesem Geld fuhr ich ins Ausland. Nach Berlin. Dort wohnte ich auch einige Monate allein. Du kannst mir glauben ... In Berlin war alles möglich. Unter den Linden. Kurfürstendamm. Die Bierstuben. Die Straßen am Abend. Ich vergesse das nie, das kannst du mir glauben. Die kleinen Lokale, wo man anklopfen musste, mit einem bestimmten Signal. Und sie waren so nett zu mir.«

Er schaute etwas verloren in die Luft. Seine Stimme wurde zu einem leisen Flüstern:

»Ich erinnere mich so gut an sie. Sie waren so nett. Hübsche Mädchen. Aber die Knaben waren noch hübscher.«

Er hatte das steife Bein am Bett entlang ausgestreckt und er hatte die Hand auf die Bettdecke gelegt.

»Hier bei uns sehen wir keine so hübschen Burschen. Ich vergesse nie den kleinen Toni. Seine Augen waren braun, dunkelbraun. Und seine Haut – samtzart ...«

Als Ask zu sich kam, saß er mit leichenblassem Gesicht und bebenden Lippen eng an die Wand gedrückt im Bett. Er hatte geschluchzt vor Entsetzen, als der Mann ihm seine Hand aufs Knie gelegt hatte, er hatte laut geschrien und sich mit einem Satz nach hinten geworfen. Was hatte er geschrien?

»Nein!«

Jetzt saß er zitternd vor Angst, vor purem Entsetzen da, allmächtiger Gott, war der Mann so einer?!

Als habe er sich verbrannt, stand der Schulleiter vom Stuhl auf. Er stützte sich schwer auf die Krücke und schaute Ask mit verwunderten, fast gütigen Augen an.

Aber Ask wusste Bescheid.

Und plötzlich schoss die Erinnerung hoch von Situationen in seinem Leben, in denen man in dieser Weise ein Interesse an ihm gezeigt hatte. Und jedes Mal hatte es ihn fuchsteufelswild gemacht, so sehr, dass er kurz davor war, die Besinnung zu verlieren. Damals in dem öffentlichen Saunabad – er musste etwa zwölf Jahre alt gewesen sein –, als ihm der Mann vom Bad zur Dusche folgte, von der Dusche zum Bad, als der Mann dann in der Nachbarkabine stand und mit Kleingeld klimperte und obendrein den Fuß unter der Trennwand durchgeschoben und ihm mit den Zehen zugewinkt hatte. Da hatte Ask einen seiner Skistiefel an der Schuhspitze fest in beide Hände genommen und mit dem Absatz zugeschlagen. Er erinnerte sich an den gellenden Schrei aus der Nachbarkabine, er erinnerte sich an den Auflauf danach, er hatte sich gewiss entschuldigt, dass er dem Mann unabsichtlich auf die Zehen getreten war, aber was hatten die Zehen des Mannes in seiner Umkleidekabine zu suchen?

Und er erinnerte sich an einen Abend in einem Jugendlager in den

Bergen, es war in den Sommerferien und er ging in die Oberstufe. Er hatte sich für ein Rodungsprogramm gemeldet und tagsüber gruben sie mit Hacke und Spaten Wurzelstöcke aus und hatten das Gefühl, etwas Bedeutendes für ihr Land zu tun. Abends saßen sie um das Feuer und sangen von der Gitarre begleitete Lieder. Er erinnerte sich an das große Militärzelt, die Schlafsäcke, das Stroh, die Mücken, den plötzlichen eiskalten Luftzug, der in der Nacht von den Berggipfeln kam, er erinnerte sich an den Jungen mit den breiten Hüften und den Reithosen, er erinnerte sich an die Hand, die in dieser Nacht mit seinem Haar spielte, die Hand, die sich ausstreckte und hinein in den Schlafsack tastete, es war ihm gelungen, die Hand zu packen, er erinnerte sich, wie es sich angefühlt hatte, in lebendes Menschenfleisch zu beißen, bis auf den Knochen, er erinnerte sich an den Schrei und die schlaftrunkenen Gesichter, die aus dem Stroh auftauchten, er erinnerte sich ...

Es waren nur diese zwei Erlebnisse, die er gehabt hatte. Aber jetzt kauerte er hier zusammengekrümmt an der Wand, spürte auf seinem Knie immer noch die Hand des Schulleiters, die für einen Moment unter der Decke gelegen hatte, und immer noch klang ihm sein eigener panischer Schrei in den Ohren. Da wusste er plötzlich voller Angst, dass er dazu bestimmt war, solche Menschen anzuziehen, er würde ihnen nie entkommen, er hatte etwas an sich – vielleicht die Augen, vielleicht seine Locken –, das ihn zu einem immerwährenden Honigtopf für diese Fliegen machte, er sah sie plötzlich, wie sie ihn belagerten, ihn umringten, er war verloren, für ewig verloren ...

Ask zitterte von einer Panik erfüllt, die tief ist und dunkel und ohne Namen. Trotz der Krücke war der Schulleiter ein muskulöser Mann, stark wie ein Stier, aber wenn er es noch mal versuchen sollte ... dann würde die grässliche Leselampe endlich ihr vollkommenes Ende erfahren, und im Büro hatte er sowohl einen Brieföffner wie eine Schere ...

Plötzlich fielen Abscheu und Panik von ihm ab, er blieb benommen im Bett sitzen und spürte nur, wie das Herz in ihm pochte. Jetzt bereute er bitter, dass er seine Abneigung zu erkennen gegeben hatte. Warum lernte er nie, sich zu beherrschen? Die Dinge zu nehmen wie ein Weltmann? Denn nun war alles unerträglich peinlich geworden, die Atmosphäre im Schlafzimmer war geprägt von Scham und Verlegenheit, jetzt war die Beziehung zum Schulleiter wohl für immer zerstört. Und der Mann war schließlich noch sein Arbeitgeber.

Dunkel ahnte er eine verborgene Tragödie hinter dem unerhörten Versuch der Annäherung. Der Mann war unsicher und gespalten, vielleicht war er auch krank? Und dies war seit sechs Monaten der erste Abend des Mannes zusammen mit einem gesunden Menschen! Vielleicht gab es keine einzige Frau auf der Welt, die ihn haben wollte, vielleicht fühlten sich alle von ihm abgestoßen, vielleicht war deshalb ... Ask wünschte sich inständig, dass sein Schrei nicht geschrien worden wäre, inständig hoffte er, dass sein Gesicht seine Abscheu nicht allzu sehr gespiegelt hatte. Denn auch der Schulleiter war ein Mensch. Sollte er jemanden finden, der in dieser Weise mit ihm zusammen sein wollte, dann war Ask keiner, der deshalb die Nase gerümpft hätte. Der Mann sollte nur um Gottes willen nicht versuchen, sich ihm, Ask, noch einmal zu nähern. Er konnte nichts dafür, aber er war knapp davor, sich zu erbrechen. Wenn der Schulleiter nur gehen würde, damit sie das Ganze hinter sich hätten.

Der Schulleiter zwinkerte mild mit den Augen und sagte mit einem unmerklichen Lächeln: »Fühlen Sie sich nicht wohl?«

Er kann es, dachte Ask fast erleichtert. Und mit einem Gehirn, das erstaunlich klar war, wie Glas, merkte sich Ask alles. Dass der Mann Sie sagte. Dass er die Ursache für den Schrei Ask zuschob. Dass er damit Ask die Möglichkeit gab, die Anklage zurückzuziehen. Dass er die Möglichkeit eröffnete, Ask könne sich geirrt haben: Er hatte ja nichts Bestimmtes beabsichtigt, hatte nur geistesabwesend die Hand auf die Bettdecke gelegt, und ist daran etwas Schlimmes oder Strafbares? Konnte Ask – Hand aufs Herz – schwören, dass er, der Schulleiter Dalaker, eine unanständige Annäherung versucht hatte?

Plötzlich schien es Ask, als blickte er hinein in eine tiefe, menschliche Tragödie. Er musste schlucken. Denn plötzlich dämmerte es ihm, wie unendlich vorsichtig ein Homosexueller vorgehen muss, was für ein unmenschliches Leben er führen muss, in Angst und ständiger Anspannung, weil er nie wissen kann, wie der andere reagieren wird, ob er schreien oder zuschlagen oder die Polizei rufen wird ... und das bedeutet Bestrafung, Verlust der bürgerlichen Ehrenrechte, Verbannung. Ask dachte an sein eigenes Leben, er war auch einsam gewesen, einsam und verlassen. Jedes Mal, wenn er die Hand nach einer Frau ausgestreckt hatte, nach der er sich sehnte, hatte er eine Abfuhr bekommen, das Leben erschien ihm wie eine endlose Serie von Abfuhren. Trotzdem, dachte er, begehen wir keine unanständige Handlung, wenn wir uns einer Frau nähern, wir kassieren eine Ohrfeige, aber nicht, weil wir gegen den Anstand verstoßen haben. Und plötzlich schoss ihm ein Gedanke durch den Kopf: Wir können umgekehrt eine Frau beleidigen, wenn wir sie *nicht* erobern wollen! Es ist eine Schande, eine Frau *nicht* haben zu wollen! Die Ohrfeige einer Frau ist weniger schlimm, als ihr nicht die Hand aufs Knie zu legen! Er dachte plötzlich an das Mädchen, in das er sich im Gymnasium verliebt hatte, das Mädchen, dessen Goldkettchen er zwölf Stunden in seiner Hosentasche aufbewahrt hatte. Er hatte keine Anstalten gemacht, sie ernsthaft zu berühren. Genau, nicht sie hatte ihn gekränkt, indem sie in dieser Nacht mit zwei seiner Klassenkameraden ins Bett ging. Er war es, der sie gekränkt hatte, weil er sie nur einmal geküsst hatte, sanft und voller Poesie, und sie dann gehen ließ.

Er schluckte. Er hatte an Camilla gedacht.

Das Los des Mannes mit der Krücke war im Grunde wahrscheinlich schlimmer als seines. Er saß im Bett mit dem starken Bedürfnis, die Angelegenheit ungeschehen zu machen, sich mit dem Mann wieder zu vertragen, die Angst und das schlechte Gewissen zu beenden, und er sagte:

»Ja. Eine Zerrung in der Achillessehne. Passiert mir manchmal. Ist sicherlich noch geblieben von der Kinderlähmung, die ich in der Jugend hatte.«

Die beiden schauten sich an. Es war ganz still im Zimmer. Jetzt kommt es darauf an, dachte Ask. Herrgott noch mal.

Der Schulleiter kniff den Mund zusammen, umfasste die Krücke mit der Hand und sagte mitfühlend:

»Au, au. Aber das vergeht wohl mit dem Alter.«

Ihre Blicke waren immer noch aufeinander gerichtet.

»Ja«, sagte Ask. »Das dürfte sich auswachsen.«

Die drückende Atmosphäre löste sich. Sie atmeten beide tief ein und auf ihren Gesichtern zeigte sich ein Lächeln.

»Ja, ja«, sagte der Schulleiter, »ich will Sie nicht länger stören. Ich habe Sie lange genug aufgehalten. Jetzt sollen Sie Ihre Ruhe haben.«

Ask fragte vom Bett aus, ob er mit nach unten gehen und ihn hinausbringen solle, aber das schlug er ab. Er könne den Weg allein finden.

Die Krücke schlug auf den Boden, als er sich umwandte. An der Tür zum Büro drehte er sich um, blickte Ask an (war da nicht ein dankbarer Zug im Gesicht?), lächelte und sagte:

»Dann sehen wir uns morgen? Zum Frühstück?«

Das klang, als hätte er gesagt: »Jetzt dürfen wir wohl auf eine für alle Beteiligten angenehme Zusammenarbeit hoffen?«, und Ask hatte keine Schwierigkeiten, sich auf den Ellbogen zu stützen und zu erwidern:

»Das machen wir.«

Er blieb liegen und horchte auf die Schritte des Mannes durch das Büro und hinaus durch den Schreibmaschinenraum: ein Fuß, eine Krücke, ein Fuß, eine Krücke ... Und er dachte: Da geht ein schiefer Mensch.

Und als er sich schließlich schlafen legte, durchzuckte ihn noch ein Gedanke: Es *könnte* ja doch sein, dass ich mich geirrt habe?

Aber dann sah er wieder das Gesicht des Mannes vor sich, sein großes, weiches Kinn, seine langen Finger. Er wusste nicht, warum. Er wusste es einfach.

Und mit einem schiefen Lächeln dachte er noch: Dieser Mann geht kein Risiko ein, wenn er mit dem Ehepaar Zebedeussen und den sechzehn Töchtern unter einem Dach schläft.

Erschöpft von dem Schreck und der Aufregung und einem unerklärlichen schlechten Gewissen, lag er lange wach. Er versuchte vergeblich einzuschlafen und er dachte, dass es manchmal gar nicht schlecht wäre, wenn die Menschen eine Soma-Tablette hätten oder zwei.

Danke und lebe wohl

Es war jetzt schon Anfang September. Die Beziehung zwischen Ask und dem Schulleiter war in jeder Hinsicht korrekt. Sie waren bereits einmal mit der Fähre zur Landspitze hinaus nach Ytrepollen gefahren, um sich die Örtlichkeiten anzuschauen, den Aushilfslehrer zu treffen und alles vorzubereiten. Der Kurs war überbelegt. Vorausgesetzt, keiner meldete sich ab, erwartete Ask eine Klasse von 36 Schülern.

Eine Woche bevor er endgültig abreisen sollte, rief eines Tages, während er zusammen mit dem Schulleiter im Büro saß, Gunnhild an. Sie wolle unbedingt mit ihm reden, bevor er abreise. Ob es heute Abend passe?

Ask errötete. Das verdammte Telefon war so laut, dass der Schulleiter sicher jedes Wort verstand. Ask überlegte, dann sagte er Ja. Sie könne um neun Uhr kommen.

Als Ask aufgelegt hatte, entstand eine kleine Pause. Dann sagte der Schulleiter wie nebenbei:

»Ich dachte, das wäre beendet?«

Ask verzog etwas den Mund, zündete sich eine Zigarette an und sagte:

»Es gibt etwas, das heißt danke und lebe wohl.«

Der Schulleiter hob die Augenbrauen, sagte aber nichts.

Ein Gefühl des Unbehagens hatte Ask erfasst. Zuerst war es der Telefonanruf, während der Schulleiter zugegen war. Und obwohl er etwas gespannt war, sie wiederzutreffen – sie waren seit dem Sommer nicht mehr zusammen gewesen –, graute ihm insgeheim davor. Er wusste nicht, wie er das Lebewohl sagen sollte. Zur Mittagszeit ging er in den Ort und kaufte eine große Schachtel Konfekt. Dadurch verbesserte sich aber seine Stimmung auch nicht.

Sie waren bis nachts um zwei Uhr zusammen. Es schien, als hätten beide die ganze Zeit vermieden, etwas auszusprechen, was sie bedrückte, es war, als versteckten sie etwas.

Als er vom Bett aufstand und sich anziehen wollte, sagte sie:

»Komm.«

Sie strich mit der Hand leicht über die Bettdecke.

»Ich muss dir etwas sagen.«

Er schaute sie an. Ihn erfasste eine große Unruhe. Jetzt kam es. Jetzt war die Abrechnung fällig. Plötzlich erinnerte sie ihn an seine Mutter.

»Es ist zwei Uhr früh«, sagte er und schaute auf die Uhr.

»Komm«, wiederholte sie und streckte die Hand nach ihm aus. Er setzte sich neben sie auf die Bettkante.

Er schluckte. Dann sagte er vorsichtig:

»Also?«

Sie zog die Bettdecke hoch, als wolle sie ihre Brust verdecken. Sie nahm wieder seine Hand.

»Komm«, sagte sie leiser.

Zögernd rückte er etwas näher. Langsam schob sie sich im Bett zurück und zog ihn mit sich.

»Was ist denn?«, flüsterte er.

Sie legte die Decke über ihn. Erneut lagen ihre Körper beieinander, nackt und warm. Sie zitterten beide, aber diesmal nicht vor Begierde.

Dann barst etwas in ihr. Sie griff nach ihm, drückte ihn an sich, bohrte sich in ihn, schob sich unter ihn, und plötzlich fing ihr Körper an zu beben, als hustete sie. Er begriff zuerst nicht, was das war, er drückte sie ein wenig weg von sich. Da war ihr Gesicht nass.

»Aber …?«, sagte er. Das Herz hämmerte in ihm. Er blieb eine Weile liegen, dann wollte er behutsam ihren Kopf zu sich drehen, aber sie nahm seine Hände und drehte den Kopf zur Seite, zog ihn zu sich, wollte sozusagen, dass er sie bedeckte, dass er sie versteckte. Er war plötzlich voller Angst, er hatte sie nie so erlebt und eine widerwillige Zärtlichkeit überkam ihn.

»Was ist los?«, flüsterte er.

Sie wollte nicht antworten. Sie biss sich auf die Lippe und ihr großer, schwerer Körper bebte.

»Was ist los?«, flüsterte er.

Sie schluckte, wollte etwas sagen, gab es auf, schluckte wieder und umklammerte seinen Hals. Sie stammelte:

»Ich habe eine solche Angst!«

Das hatte er auch, aber das konnte er nicht sagen. Er strich ihr mit zitternder Hand über den Kopf und flüsterte:

»Vor was?«

War jetzt nicht der Abschied verdorben? War dieses Benehmen einer

Medusa würdig? Er dachte: Es gibt nichts Schrecklicheres als den Abschied von einer Frau. Frauen sind nicht für Abschiede geschaffen.

»Ich habe eine solche Angst«, wiederholte sie. Und wirklich: Ihre Zähne klapperten leise in ihrem Mund.

»Sag es doch«, bat er verzweifelt.

Sie nahm seine Hand und legte sie auf ihre warme, nasse Wange.

»Ich weiß nicht, wie es mit mir weitergehen soll«, flüsterte sie und wandte ihr Gesicht ab.

»Es geht immer alles weiter«, sagte er. Etwas anderes fiel ihm nicht ein.

»Nein«, flüsterte sie, immer noch mit abgewandtem Gesicht. Jetzt war es, als wollte sie zu erkennen geben, wie wenig Hilfe und Verständnis sie von ihm erwartete. Jetzt hörte sie auch auf zu weinen.

Etwas rührte sich in Ask. Ein Gedanke, eine Vermutung. Es traf ihn im Nacken, wie eine Dusche von Regentropfen von einem regennassen Baum. Er musste an das letzte Mal denken, als sie zusammen gewesen waren, nie waren sie so zusammen gewesen, es war an jenem Sonntagvormittag, als sie draußen in dem regenschweren Wald waren, die Luft war warm und feucht und klebrig gewesen, wie in einem Treibhaus, sie hatten sich in einem nassen Blaubeerfeld geliebt, die Zweige der Büsche stachen in nackte Haut, eine Regendusche von dem Baum über ihnen war auf sie herunter gegangen, ihm in den Nacken, aber sie waren heiß und verschwitzt gewesen, denn die Luft war wie in einem Treibhaus, die Luft war geschwängert an diesem Tag ...

Seine Stimme war heiser und klang fremd, als er sagte:

»Ist es schiefgegangen?«

Es war, als hörte er das Echo seiner Stimme draußen im Weltraum. Ihr Gesicht lag abgewandt auf dem Kopfkissen, als hörte sie nicht, was er sagte. Er wiederholte:

»Ist es schiefgegangen bei dir?«

Er hielt den Atem an, und es war Nacht und er war draußen im Weltraum und der Weltraum war leer und kalt. Er war alleine auf einem fremden Planeten, einem ausgestorbenen Planeten, er war nackt und allein auf einem ausgestorbenen Planeten. Es war ein Ton im Weltraum, als striche jemand mit einem Bogen über ein Sägeblatt, und ein eiskalter Wind peitschte über das tote Gestein aus verwitterter Lava.

Langsam drehte sie den Kopf zu ihm. Aber sie schaute ihn nicht an. Sie schaute an die Decke. Als habe sie abgeschlossen, sowohl mit den Tränen wie mit ihm. Sie sagte:

»Ich war gestern beim Arzt. Er hatte das Ergebnis einer Urinprobe bekommen, die er vorige Woche ans Labor geschickt hatte.«

Sie wartete einen Augenblick, sie zwinkerte mit den Augen zur Decke, dann sagte sie ruhig:

»Ich bin im zweiten Monat.«

Er war barfuß über ein sonnenwarmes Moor gelaufen. Jetzt sackte er ein und spürte das eiskalte Grundwasser um den Fuß. Es packte ihn eine so heftige Angst, dass er Blutgeschmack im Mund hatte.

Und in dieser namenlosen Angst hörte er irgendwo im Weltall den göttlichen Eber grunzen.

Es klang, als ob er bellte.

Es ist komisch mit der Familie

Der September verging mit Regen und der Oktober begann mit Sturm. In Ytrepollen ging er allein durch die Straßen, wie blind.

Jeden Nachmittag um vier Uhr, wenn Ask die Treppen in dem alten Gebäude der Volksschule hinaufstieg und ins Klassenzimmer kam, dampfte er förmlich. Immer hatte er schwer zu tragen, eine Mappe mit Schulbüchern in der einen Hand, einen Stoß korrigierter Hefte und Journale in der anderen. Manchmal trug er zusätzlich einen Rucksack mit neuen Lehrbüchern; sie waren aus Oslo gekommen und sollten an die Schüler verkauft werden.

Die Wärme drohte ihn oft zu ersticken. Bücher durch die langen Straßen zu tragen ist Schwerarbeit, und das winddichte Ölzeug war wie ein Panzer auf dem Körper. Im Klassenzimmer war es gewöhnlich viel zu warm: Der große, runde, rostige Eisenofen in der Ecke an der Tür pflegte zu glühen, wenn er kam. Die Fenster aufzumachen war riskant, da fegten Wind und Regen herein und die Journale auf den Schulbänken wirbelten durch den Raum. Und den neuen Schülern gegenüber war er sehr nervös. Er hatte am Abschluss eines Handelsschulkurses mitgewirkt, er hatte die Schüler auf die Prüfung vorbereitet, nachdem andere vor ihm die Grundlagen gelegt hatten, und er hatte Jo an seiner Seite gehabt. Hier war alles neu: Hier musste er selbst die Grundlagen schaffen, musste Weg und Richtung vorgeben, und er wusste, dass die ersten Wochen entscheidend waren. Begreifen die Schüler den Stoff relativ schnell, werden sie schnell damit vertraut, dann ist der Zug in Bewegung und rollt durch das eigene Gewicht. Deshalb war er nervlich äußerst angespannt und wenn er das Ölzeug an den Haken gehängt hatte und am Katheder stand, um mit dem Unterricht zu beginnen, musste er sich immer erst mit dem Taschentuch den Schweiß von der Stirn wischen.

Wenn ich nur für fünf Minuten verschwinden und mich duschen könnte, dachte er sehnsüchtig. Der nervöse Schweiß, der ihn früher schon gequält hatte, war wieder da. Jedes Mal, wenn er nach Hause kam, wusch er sich sorgfältig und rieb sich die Achselhöhlen mit Vaseline ein. Aber manchmal kam es vor, dass er nach der Schule nicht direkt heim in seine Pension ging, dann spürte er, wie die Ameisensäure seine Haut zerbiss. Dann musste er die Arme vom Körper abspreizen und so versuchen, die Achselhöhlen etwas zu lüften.

Eines Abends bekam Ask in seiner Bleibe Besuch von einem Mann. Durch einen der Schüler hatte Ask den Mann zu sich bestellt. Er hatte ihn vorher noch nicht gesehen.

Vereinbart war, dass der Mann um neun Uhr kommen sollte. Er kam um halb neun, Ask hatte gerade Jacke und Wetterschutz abgelegt und wollte Wasser in die Waschschüssel auf der Kommode füllen.

Da klopfte es stürmisch und klappernd an der Tür, als stünde jemand draußen und klopfte mit einem Löffel dagegen. Bevor Ask antworten konnte, ging die Tür auf und ein sich wie im Tanz wiegender Mann zwischen 25 und 30 Jahren trat ein. Er trat nicht ein, er schritt herein, wie eine Mischung aus Mannequin und Conférencier, er sah sich selbst offensichtlich als ein unwiderstehliches Individuum. Er trug einen schwarzen, weichen, eng am Körper anliegenden Wintermantel und auf dem Kopf saß schief und keck ein schwarzer Filzhut. Er hatte einen geschmeidigen, athletischen Körper, und Ask erfuhr im späteren Gespräch, dass der Mann Erfolge im Skilaufen, im Ringen und im Gesellschaftstanz vorzuweisen hatte. Aber der Mann machte von Anfang an keine sehr gute Figur: Der Rücken war zu krumm und der Po stand kokett ab, die Schultern waren wattiert und ragten so weit nach außen, dass sie an den Enden abknickten und traurig nach unten hingen. Der Mantel war so eng zugeknöpft, dass der Mann aussah wie eine Wespe, und ständig strich er eitel über seine schmalen Hüften. In regelmäßigen Abständen rückte er mit der rechten Hand an dem Hut, dass die schräge Position zum rechten Ohr stimmte, und mit der Linken strich er das Haar nach hinten glatt, damit es hübsch über das linke Ohr fiel. Das Haar des Mannes war hellbraun, ein glänzendes Kastanienbraun, deutlich pomadisiert, und es wuchs seine Wangen hinunter wie ein Backenbart. Für Ask gab es nichts Schlimmeres als junge Männer, die sich solche Backenbärte wachsen ließen wie der Dichter Henrik Wergeland. In der Schulzeit hatten sie diese Art von Backenbart »Koteletten« genannt, vielleicht wegen der Form dieser Haarzierde.

Der Mann beschrieb zwei Kreise durchs Zimmer, als wollte er sich vor Ask zur Schau stellen. Dann stoppte er plötzlich vor Ask, vollführte einen erstaunlich federleichten, gegrätschten Sprung, verbeugte sich vor Ask und rief ihm entzückt ins Gesicht:

»Hähä!«

Ask hatte nie etwas Ähnliches gesehen und setzte sich schließlich auf einen Stuhl. Da blieb er sprachlos einige Sekunden sitzen. Er senkte den Blick ein wenig und stockte an den Beinen des Mannes. Die Aufschläge an den Hosen waren verschlissen, die braunen Halbschuhe mit den modischen Applikationen aus weißem Fell auf dem Oberleder waren vielleicht im Sommer brauchbar, aber in Schneematsch und bei Winternässe völlig ungeeignet. Außerdem waren sie sehr ausgetreten. Als der Mann das Körpergewicht von dem einen Bein auf das andere verlagerte, rannen Eiswasser und Schmutz durch ein klaffendes Loch zwischen Oberleder und Sohle und bildeten eine Pfütze auf dem Fußboden.

Ein Herr aus der Stadt, dachte Ask.

Und plötzlich wusste er, dass der Mann nicht nur ein Narr war und ein Kleinstadtsnob, der Mann war auch ein Taugenichts, ein arbeitsscheues Individuum. Denn jeder Mann, egal wie arm, heruntergekommen und zerlumpt er auch ist, jeder Mann, der die Arbeit als Bedingung für Ehre und Menschlichkeit ansieht – selbst wenn er genötigt ist, in der Schlange der Arbeitslosen zu stehen oder von Tür zu Tür zu gehen –, jeder Mann kann oben zerlumpt und abgerissen aussehen, er kann unrasiert sein und ungewaschen und krank, aber er hält seine Schuhe in Ordnung! Mit einfachsten Mitteln flickt und repariert er seine Schuhe! Die Schuhe sind das Fundament, die Schuhe sind es, die ihm eine aufrechte Haltung ermöglichen, die Schuhe können ihn vorwärtsbringen. Die Ehre eines Mannes vom Stamm der Bantu liegt in seinem Federschmuck und seinem scharf geschliffenen Speer begründet, ein Europäer hat seine Menschenwürde verloren, wenn er zerrissene Schuhe trägt. Und ein Nordeuropäer, der im Oktober in löchrigen Schuhen mit klaffenden Sohlen herumläuft – kann ein Mensch noch tiefer sinken? Solange es möglich ist, sich ein Paar Holzschuhe zu klauen und sie mit Stroh zu füttern?

Ask erhob sich und schloss die Tür, die der Neuankömmling offen gelassen hatte. Dann bat er ihn, abzulegen und sich zu setzen. Dabei spürte er ständig den Schmerz in den Achselhöhlen, nun konnte er sich erst dann waschen, wenn der Besucher wieder gegangen war.

Ohne Mantel sah der Gast weit weniger elegant aus. Er trug einen rotbraunen Anzug, der einmal apart gewesen sein musste, als er im Fenster des Konfektionsgeschäftes ausgestellt war, der aber jetzt zerknittert und schäbig war. Die Krawatte des Mannes war gelb und mit einem eleganten Knoten versehen, nicht größer als ein Zuckerstück, aber Ask bemerkte, dass der Hemdkragen am Rand oben ausgefranst war und keineswegs sauber. Wenn sich der Mann weiter entkleiden würde, dachte er, würde das nur schlimmer werden. Ask konnte nicht sagen, warum, aber er wusste plötzlich, dass die Unterwäsche des Mannes abgenutzt war und dass die Strümpfe nur aus Löchern bestanden. Ja, vielleicht gab es im Schuh gar keinen Strumpf mehr, vielleicht war das, was aus dem Schuh herausschaute, nur Betrug, ein Pulswärmer, und die Fußsohle war völlig nackt!

»Ich nehme mir eine«, sagte der Mann und beugte sich zu Asks Schreibtisch, einem altmodischen Sekretär mit ausklappbarem Brett, auf dem ein Kistchen mit Zigaretten stand.

»Bedienen Sie sich«, sagte Ask.

Der Mann grinste, er wusste doch, dass Ask ihm nichts abschlagen würde. Niemand konnte einem Charmeur wie ihm irgendetwas abschlagen, er saß da und rauchte und summte mit schmachtendem Tenor, niemand konnte Nein sagen, wenn er lächelte, und schon gar nicht die Frauen! Er erzählte Ask von seinen Großtaten als Ringer, als Skispringer und als Gesellschaftstänzer – in der Tanzschule, die im Vorjahr von Fräulein Albrechtsen eröffnet worden war. Sie kam aus Südnorwegen und hatte ein Diplom aus London. Er hatte beim Abschlussfest den ersten Preis errungen – ob Ask nicht auch in die Tanzschule kommen wolle? Man habe gerade erst begonnen und eigentlich sei der Kurs ausgebucht, aber mit seiner Empfehlung würde Fräulein Albrechtsen Ask sicher offenherzig aufnehmen. In den Kurs natürlich. Ask möge das nicht falsch verstehen, Fräulein Albrechtsen sei eine Dame, sie sei über vierzig und habe graue Haare und ein etwas schiefes Gesicht und sie zittere wie eine Taube in den Armen eines Mannes und besonders in seinen. Sie sei eine Dame. Aus der Hauptstadt. Und außerdem singe er. In allen Vorstellungen des örtlichen Sportvereins sei er immer der Hauptsänger, dort singe er sämtliche Liebeslieder, ob er Ask etwas vorsingen solle? Ein Unterhaltungskünstler aus Oslo sei einmal auf seiner Tournee hier gewesen und da habe der Mann aus Oslo ihn singen hören und da habe er gesagt, wenn er nach Oslo komme, müsse er sich bei ihm melden. Vielleicht wolle Ask ihn »Ein kleiner goldener Ring« singen hören, eine seiner besten Nummern?

Ask hatte aus gutem Grund nichts über den Anlass gesagt, warum er den Mann um ein Treffen gebeten hatte. Vielleicht war es sein eigener Fehler, dass sich der Mann so aufführte, wie er es tat. Vielleicht dachte er, weil Ask auch aus dem kulturell anspruchsvolleren Süden kam, dass Ask gute Beziehungen zur Welt der Revue in der Hauptstadt hatte.

»Ich habe Ihnen einen Gruß zu überbringen«, sagte Ask. Er sprach trocken und hart und musste die Worte herauspressen. Er unterbrach sich, zündete sich die Pfeife an und fuhr fort: »Von einer Dame aus Indrepollen, sie heißt Gunnhild. Sie sind Ihr Vetter, nicht wahr?«

Der Mann schaute ihn verärgert an, er war offensichtlich in einer anderen Welt gewesen, ein tausendköpfiges Publikum hatte sich im Saal erhoben und seine Darbietungen auf der Bühne mit einem orkanartigen Beifall belohnt.

»Ja«, sagte er, »das stimmt.« Dann erschien ein Grinsen auf seinem weichen, rotwangigen Gesicht und er sagte:

»Sie und ich, wir haben einmal hier auf der Bühne getanzt, bei einer Hawaiinummer. Hat sie Ihnen davon erzählt? Nicht? Vielleicht weiß sie es nicht mehr. Ich weiß selbst nicht mehr viel von diesem Abend. Weil nach der Vorstellung, in der Umkleidegarderobe, das is es hoch hergegangen, da haben wir richtig einen draufgemacht. Am Sonntag bin ich inner Dusche aufgewacht, im Sportheim also, ohne Hose. Und die Hose haben wir nich mehr gefunden. Ich musste in 'ne Wolldecke eingewickelt nach Haus gehn. Gibt immer 'n Fest, wenn Gunnhild bei is. Das is 'n Mädel, sag ich euch.«

»Ja«, sagte Ask.

Er biss auf das Mundstück der Pfeife.

»Allerdings«, sagte er langsam und merkte mit Verwunderung, dass er diese etwas feierliche Einleitung gewählt hatte, »allerdings ist ihr momentan nicht feierlich zumute.«

»Hat also 'nen Kater«, sagte der Mann.

Ask schluckte.

»Nein. Sie ist in gewisse Schwierigkeiten geraten.«

»Oh!«

»Ja. Ihr ist – ein Missgeschick passiert.«

»Was mit der Polizei?«

Ask schloss die Augen. Er hätte am liebsten geschrien. Stattdessen dämpfte er die Stimme und sagte langsam:

»Sie ist in Umstände gekommen.«

»Hä?«

Dem Mann fiel der Unterkiefer herunter, und ein leerer Blick aus seinen wasserblauen, hervorquellenden Augen traf Ask. Dann kam wieder

Leben in die Augen und er schaute Ask an. Er musterte ihn mit neuer, wacher Aufmerksamkeit.

»Ja«, sagte Ask. Er wusste, wenn er diese Sache nicht schnellstmöglich hinter sich brachte, würde es nie mehr klappen.

»Sie hat mich gebeten, Ihnen einen Gruß auszurichten. Denn es ist ja so, dass Sie vor zwei Jahren im hiesigen Krankenhaus eine Abtreibung für Ihre – äh – eine Freundin, mit der Sie zusammen waren, organisiert haben.«

Der Mann schaute Ask an. Dann stand er auf und ging mit federnden, leichten Schritten im Zimmer auf und ab. Er blieb bei dem großen Eisenbett, in dem Ask schlief, stehen und trommelte mit den Fingern auf eine der Messingkugeln am Fußende. Er tat so, als sei er überrascht und erschrocken, aber Ask durchschaute ihn: Eigentlich war er angenehm überrascht, ja, stolz darauf, dass jemand von seinem Einsatz auch auf diesem Gebiet erfahren hatte.

»Ach«, sagte er leichthin, »Sie meinen diese Sigrid.«

Ask meinte gar nichts, er hatte die Geschichte nur von Gunnhild und er sagte:

»Welcher Arzt hat Ihnen geholfen?«

Der Mann kam zurück und setzte sich wieder, ließ ein Bein über die Stuhllehne baumeln. Er spitzte den Mund, schielte listig zu Ask hinüber und sagte:

»Das wüssten Sie wohl gern, was?«

»Gunnhild würde es gerne wissen.«

»Warum wollte sie, dass Sie das rauskriegen?«

»Das hat sich so ergeben.«

»Hm.«

Der Mann kniff sich in seine weiche, dicke Nase, überlegte und sagte:

»Es war der Oberarzt. Dr. Semb. Er sorgte für ‘ne Bescheinigung, dass sie krank ist. Aber was dann weiter war, keine Ahnung. Sie, die Sigrid, hat mit ihm geredet.«

Ask dachte einen Augenblick darüber nach. Er hatte davon gehört, dass man krankgeschrieben sein musste. Aber Gunnhild? Er hatte in seinem ganzen Leben keinen Menschen erlebt, der so wenig krank war wie Gunnhild.

»Wo treffe ich diesen Oberarzt Dr. Semb?«

»Den?«, sagte der Mann und wippte mit dem Fuß. »Der is nich mehr hier. Is abgereist in südliche Richtung. Gestern is er weg.«

Ask blieb schweigend sitzen. Nach einer Weile fragte er:

»Gibt es einen neuen Oberarzt? Kennen Sie den neuen Oberarzt?«

»Kenn ich nicht. Aber Sie können ihn ja besuchen.«

»Wo treffe ich ihn?«

»Oberärzte findste meistens im Krankenhaus.«

Erneut spürte Ask den verschlagenen Blick des Mannes, er hatte wohl zu viel Aufregung in der Stimme gehabt. Ask hätte sich die Zunge abbeißen können wegen der letzten, dämlichen Frage.

»Gut«, sagte Ask und stand auf, »das war alles.«

Der Mann blieb sitzen. Ein unzufriedener, gekränkter Ausdruck lag auf seinem Gesicht.

»Darf ich Ihnen jetzt etwas vorsingen? ›Ein kleiner goldener Ring‹?«

»Ein andermal«, sagte Ask.

Die Ameisensäure brannte in seinen Achselhöhlen, er wusste, dass die Haut jetzt wund und entzündet war, er wollte nur den Mann endlich loswerden. Er ging zur Tür und nahm den Mantel des Mannes vom Haken. Als er den Mantel am Kragen hochhob, entströmte ihm ein strenger Geruch nach Schweiß und Schimmel.

Der Mann war widerwillig aufgestanden. Er drehte ihm den Rücken zu, als ihm Ask in den Mantel half. Ask wandte den Blick ab, um nicht den schwammigen Nacken des Mannes und seinen schmutzigen Hemdkragen sehen zu müssen. Der Mann griff selbst nach dem Filzhut und dem langen weißen Seidenschal und drehte noch eine Runde im Zimmer, um deutlich zu zeigen, dass es nicht mit seiner Würde in Einklang stand, mit Leuten so kurze Gespräche zu führen. Er sah sich gierig im Zimmer um, ging zum Schreibtisch und nahm sich eine neue Zigarette. Die steckte er hinters Ohr. Dann schaute er Ask prüfend an und griff noch einmal zu. Er steckte die Zigarette diesmal in die Jackentasche unter dem Mantel. Nach dieser Aktion kam er etwas versöhnt zurück zur Tür.

»Ja, ja«, sagte der Mann, »hoffen wir das Beste.«

Ask nickte und wartete darauf, dass er gehen würde. Aber dem Mann war offenbar eingefallen, dass er Ask noch nicht alle seiner Künste gezeigt hatte. Erneut vollführte er den seltsamen gegrätschten Sprung, blökte wie ein Schaf – und auf einmal ließ er die künstlichen Zähne seines Oberkiefers mit einem Knall herausschnellen. Mit einem Plopp ragte das ganze Gebiss aus seinem Mund, und Ask glaubte, es würde zu Boden fallen. Aber der Mann beförderte es mit der Zunge zurück und ließ es hinaus- und hineinspringen. Das Gebiss war gelblich und war sicher seit seiner Anschaffung nicht mehr gesäubert worden, in den Zwischenräumen zwischen den Zähnen schimmerte es grünlich und er klappte es mit dem gleichen professionellen Stolz aus und ein, wie ein Schlagzeuger seine Sticks benutzt oder ein Jongleur seine Keulen kreisen lässt.

Er stoppte mit einem zufriedenen Schmatzen und schaute Ask an:

»So was haben Sie noch nicht gesehn!«

»Nein«, sagte Ask und log nicht. Er legte die Hand auf die Türklinke, und die Stimme des Mannes klang plötzlich anders:

»Ich hoffe, dass Gunnhild nicht ins Unglück kommt.«

»Nein«, sagte Ask.

»Das wär schlimm.«

»Ja.«

»Das is so komisch mit der Familie, wissen Sie.«

»Ja.«

Nachdem Ask die Tür hinter dem Mann geschlossen hatte, musste er sich, leichenblass im Gesicht, an der Wand abstützen.

So komisch mit der Familie.

Wie viele Verwandte hatte sie eigentlich? Jetzt hatte er einen Onkel und einen Cousin kennengelernt und in die Klasse ging eine von ihren Cousinen, er hatte von ihren zwölf Brüdern gehört und zwei davon gesehen. Sie musste in der ganzen Welt Verwandtschaft haben, im In- und Ausland, ihre Familie musste so zahlreich sein wie die Sandkörner am Strand und die Wassertropfen im Meer. Er sah sie plötzlich vor sich, einen ganzen Volksstamm: alte Männer mit langen Bärten, erwachsene Riesen, die mit dem kleinen Finger Eisenbahnschienen lupften, Amazonenweiber, die Dutzende von Kindern zur Welt brachten, er sah ein Meer von Jungen mit schmutzigen Nägeln und Mädchen mit ungekämmten Haaren, sie riefen mit heiseren Stimmen und sangen von einem kleinen goldenen Ring, sie überschwemmten die Erde und füllten jede Vertiefung, ihre Gesichter waren hungrig und hellwach und ohne Mitgefühl, ihre Nasen waren breit und ihre Augen schräg und sie lächelten ihn an wie Wölfe.

Sogar in der Fremdenlegion in der Sahara (und warum sollte er nicht an die Fremdenlegion denken?) würde der diensthabende Offizier sein braunes, schweißglänzendes Gesicht von den Papieren heben, ihm auf die Schulter klopfen und sich als Verwandter von Gunnhild vorstellen.

Die Frau vom Meer

Der Tag nach dieser Begebenheit war ein Samstag, und als Ask im Krankenhaus anrief, wurde ihm gesagt, dass der Oberarzt erst am kommenden Dienstag wieder zu sprechen sei. Ask seufzte erleichtert. Aber dann fiel ihm ein, dass die Zeit langsam knapp wurde.

Am Sonntag kam sie selbst mit der Fähre. Ask holte sie am Vormittag am Fähranleger ab, und gemeinsam gingen sie hinauf zu seiner Pension. Zu seiner großen Erleichterung war sie ganz friedlich. Er hatte eine peinliche Szene befürchtet, mit Tränen, Schluchzen und einer Alkoholfahne, aber sie war stocknüchtern. Ihre Wangen hatten eine gesunde Röte, sie leuchteten wie Äpfel, und es schien Ask, als habe sie ein wenig zugenommen.

Sie saßen lange in seiner Wohnung mit angeschlossenem Büro und redeten ruhig miteinander und rauchten unzählige Zigaretten. Eine Lösung fanden sie nicht, und nun sollte Ask am Dienstag mit dem Oberarzt reden und dann würde er schreiben. Bevor er von Indrepollen aufgebrochen war, hatte sie einmal gesagt, sie würde die Sache selbst in die Hand nehmen. Einige der Mädchen, die sie kannten, darunter Olga, erledigten das mit Stricknadeln und etwas, das Herrenkatheter hieß. Zwar war es vorgekommen, dass sie ziemlich krank wurden und danach ins Hospital mussten, aber auf diese Weise wurde ihnen die Schande erspart. Ask hatte eine Todesangst bekommen, als er das hörte, so etwas dürfe sie nicht machen, sie müsse ihm das versprechen. Er war überzeugt, dass sie eine andere Methode finden würden. Einige Zeit später kam ihm dann ein merkwürdiger Gedanke. Jetzt habe ich mich festgelegt, dachte er, jetzt muss ich die Sache regeln.

Sie redeten bis vier Uhr am Nachmittag, dann hatte sie Hunger. Ask schlug vor, mit der Hausangestellten zu reden, dann könnten sie sich belegte Brote und Kaffee bringen lassen. Aber sie bestand darauf, essen zu gehen, sie wollte ins Restaurant und er müsse mitkommen.

Es gab nur ein Lokal in dem kleinen Ort, und sie bekamen einen Tisch. Als Menü gab es Fleischbällchen mit Weißkohl. Er saß da und schaute ihr beim Essen zu. Er fand es schrecklich, wenn Leute die Preiselbeermarmelade mit der Fleischsoße verrührten. Dann war die Soße nicht mehr braun, sondern schmutzig rosa.

Sie traf mehrere Bekannte in dem Lokal. Sie grüßte freundlich und gesittet und höflich. Sie mache nur einen kurzen Besuch, sie sei nur herübergekommen, um ihren guten Freund zu besuchen, den Schulleiter Burlefot. Ask bemerkte diese kleine Zurschaustellung, sie zeigte eine Art von neuer Würde, barmherziger Gott, da saß sie und erinnerte ihn tatsächlich an eine biedere Hausfrau! Ihm wurde klar, dass sie sich bewusst eine neue Rolle zugelegt hatte, dass sie etwas vorbereitete. Aber er wusste nicht, was.

Dann gingen sie zurück in die Pension. Sie zogen sich ohne Eile aus und legten sich in sein großes Bett. Er war gehemmt, wagte sie weder anzuschauen noch zu berühren.

Er hatte jedes Mal, wenn er zufällig ihre Haut berührte, das Gefühl, er würde sich verbrennen. Er meinte zu spüren, dass sie sich verändert hatte, größer geworden war, und er meinte an ihr einen schwachen Milchgeruch wahrzunehmen. Sie drehte sich zu ihm und langsam erwachte sein Geschlecht zum Leben. Aber als er in sie glitt, spürte er auch da eine Veränderung, sie war härter geworden, da drückte etwas, er hielt sie fest und biss die Zähne zusammen, um nicht zu heulen. Das widerliche Eisenbett knarzte unter ihnen, und alles war ewige Nacht und ewige Schmach. Jetzt ist das Leben zu Ende, dachte er eine flüchtige

Sekunde lang, denn jetzt werde ich auch noch impotent, ich sollte also nur bis zu meinem 21. Jahr leben.

Dann stieg er eilig aus dem Bett und zog sich an. Es war inzwischen sechs Uhr. Erst um neun ging ihre Fähre zurück. Was auch immer geschehen sollte, dachte er, von jetzt ab wird zwischen uns alles schriftlich geregelt.

Er wollte es nicht riskieren, mit ihr in die Siebenuhrvorstellung im Kino zu gehen. Es war nicht sicher, ob sie es danach rechtzeitig zur Fähre schaffen würden, und der Gedanke, sie würde bei ihm übernachten, erfüllte ihn mit einem namenlosen Entsetzen.

Die zwei nun folgenden Stunden lief er im Zimmer auf und ab, während sie im Bett saß und redete. »Hm«, sagte er. Ab und zu variierte er und sagte »Hm?«, um dann sein Herumlaufen fortzusetzen.

Es waren die längsten Stunden seines Lebens, und als die Uhr acht zeigte, bat er sie, aufzustehen und sich anzuziehen.

»Wir haben doch noch eine Stunde«, sagte sie und machte einen Schmollmund.

»Komm«, sagte er.

Er sah es in ihren Augen glitzern, aber sie stieg aus dem Bett und griff zu ihren Sachen. Stück für Stück kleidete sie sich langsam an. Er sah, wie sie die Seidenstrümpfe über die Oberschenkel zog, er sah, wie sie das obere Ende zusammenrollte, bevor sie es an den Strapsen befestigte, er sah, wie sie eine winzige Sekunde lang mit den Fingern über die weiche Haut an der Innenseite der Schenkel strich, er sah sie innehalten, er wusste, dass sie wusste, dass ihm in früheren Zeiten dieses Zuschauen nicht gestattet worden wäre, aber nichts geschah und langsam ließ sie den Unterrock fallen, als bedecke man nach einem Manöver die Kanone mit einer Persenning.

Sie wanderten durch die Straßen des Städtchens. Es war dunkel, und der Wind heulte. Die nackten Birnen der Straßenlampen über ihnen schwankten im Winde.

»Du wirst einigen Seegang haben auf der Rückfahrt«, sagte er.

»Ich war schon früher in einer Winternacht unterwegs«, sagte sie.

Als sie hinunter zur Fähre kamen, hatten sie noch einige Minuten. Sie gingen nach achtern an der Schiffsseite entlang und blieben auf der

Mole stehen, ganz vorne an der Kante. Sie hörten den Wind oben in der Takelage heulen, standen hier aber im Windschatten. Die Schiffsschraube drehte sich langsam im Wasser unter ihnen, aus einem Bullauge leuchtete es gelb, ein warmer, abgestandener Geruch nach gebratenem Fisch und verbrannter Kohle schlug ihnen entgegen. Sie schauten hinunter in das schwarze Wasser, es war schwarz wie die Nacht – schwarz wie die Nacht und kalt wie der Tod. Er schluckte.

Sie schaute ihn an und sagte:

»Wenn du mich damit in Schande bringst, weiß ich, was ich mache.«

Er fing vor Schreck an mit den Zähnen zu klappern. Doch, das war nicht ausgeschlossen, ihr war alles zuzutrauen, auch das. Er packte sie am Arm und zog sie vom Rand der Mole zurück.

Doch zugleich stieg in ihm eine dumpfe und gefährliche Wut auf. Das also war ihr Abschiedsgruß! Er sollte wissen, wenn er die Sache nicht regelte wie ein Mann und wie ein Herr, dann würde sie ihn nicht verklagen, aber sie würde etwas Schlimmeres tun, sie würde ihn heimsuchen! Sie würde ihn nach dem Tod in alle Ewigkeit heimsuchen wie die Frau vom Meer, die Frau mit den wogenden Haaren, den leeren Augenhöhlen und dem schon stark verwesten Körper!

Als die Fähre abgelegt hatte und er die Anlegestelle hinunterwankte, zitterte er vor Angst und Wut. Und er drehte sich nicht um, winkte nicht, sondern schlug die Hände vors Gesicht.

Der Oberarzt

»Tatsächlich?«, sagte der Oberarzt. Er drehte sich bedächtig auf seinem Bürostuhl und musterte Ask durch die spiegelnden Gläser seiner Goldrandbrille.

»Es ist durchaus möglich, dass dieses Krankenhaus früher Schwangerschaftsabbrüche durchgeführt hat. Wir haben, auch nachdem ich hier angefangen habe, derartige Operationen vorgenommen. Aber alle diese Fälle waren voll verantwortliche und legale Eingriffe. Unsere Krankenberichte würden das jederzeit beweisen.«

Er drehte sich langsam zurück zum Tisch und fing an, in einigen

Krankenakten, die da lagen, zu blättern. Ask begann zu zittern: Bedeutete das für diesen Mann nicht mehr? Bedeutete der schroffe Rücken, dass der Mann das Gespräch als beendet ansah?

Aber da drehte sich der Oberarzt wieder zurück.

»Sie sagten, dass Ihre Verlobte völlig gesund sei?«

Ask fingerte an der Krempe seines Hutes, den er auf dem Schoß hielt. Er sagte schwach:

»Sie ist nicht meine Verlobte.«

»Nicht?«, sagte der Oberarzt. Es blitzte in seinen Brillengläsern, und Ask fröstelte. Der Mann strich sich mit einer Hand durch das dünne gelbe Haar auf dem länglichen Kopf und sagte:

»Können Sie die Kleine nicht einfach heiraten?«

Ask war unfähig, seinen auf den Hut gerichteten Blick zu heben, war unfähig, einen Laut über die Lippen zu bringen.

»Nun gut«, sagte der Oberarzt, »dann sehe ich nicht, was ich für Sie tun kann.«

Ask blieb sitzen und betrachtete seine Hand, die auf der Armlehne des Besucherstuhls lag. Er spürte plötzlich mit schneidender Intensität, dass er noch nie etwas so Hilfloses und Elendes gesehen hatte wie seine Hand. Vielleicht kam es daher, dass der Jackenärmel ein paar Zentimeter aus dem Mantelärmel herausschaute, er hatte den Mantel schon einige Jahre, er war wohl zu klein geworden, vielleicht war er eingelaufen, er hatte noch nie etwas so Kümmerliches und Ärmliches gesehen und die Hand selbst ... es war keine Kraft in der Hand, keine Schönheit, es war die bedauernswerteste Hand überhaupt. Eine hoffnungslose Verzweiflung setzte sich in seiner Kehle fest, die Hand auf der Stuhllehne hatte ihm etwas mitgeteilt, hatte ihm etwas über ihn selbst mitgeteilt. Sein ganzes Wesen, seine ganze Zukunft, sein ganzes Leben war in dieser ärmlichen Hand abgebildet, eine Hand, die so schwach war, dass sie nicht einmal zum Beten taugte. Er schloss die Augen und spürte, wie er sank und sank, deshalb umklammerte er die Stuhllehne und sagte etwas mit lauter, abgehackter Stimme. In dem Augenblick, in dem er es sagte, wusste er, dass er es nicht hätte sagen sollen.

Der Oberarzt stand abrupt vom Stuhl auf. Dasselbe machte Ask. Er sah die Augen des Oberarztes durch die Brillengläser und jetzt erkannte

Ask das Gesicht wieder. Es war das Pokergesicht auf der anderen Seite des Tisches. Der Oberarzt war fast genauso groß wie Ask, seine Stimme hatte einen gereizten metallischen Klang:

»*Sie* wollen doch die Verantwortung nicht übernehmen, was sich die Kleine antun wird. Sie meinen also, *ich* soll die Verantwortung übernehmen. Nein danke. Jeder, der mit einem derartigen Anliegen hierherkommt, verfällt auf diese Drohung.«

Ask war völlig aufgelöst vor Verzweiflung. Im tiefsten Innern wusste er, dass er versucht hatte, auf den Arzt abzuwälzen, was Gunnhild auf ihn abgewälzt hatte. Er fühlte sich wie der übelste Schuft der Welt, er fühlte das Judasmal auf der Stirn brennen, er suchte nach Worten, um den Arzt um Verzeihung zu bitten, er hatte es weiß Gott nicht so gemeint, es war ihm in seiner Panik und Verzweiflung herausgerutscht, aber er spürte, dass der Oberarzt seine Stirn betrachtete, und er wusste, was der Mann sah, er wusste, dass alles verloren war, er hatte seine Hand auf der Stuhllehne gesehen und er hatte das Gesicht auf der anderen Seite des Tisches gesehen, alles war verloren und es war fast eine Erleichterung, als der Oberarzt die Tür öffnete, mit steifem und kaltem Gesicht nickte und hinaus in den Warteraum sagte:

»Der Nächste bitte.«

Der reiche Mann

Es gibt Zeiten im Leben eines jungen Mannes, da wünscht er sich, reich zu sein.

Er müsste nicht unbedingt selbst ein Krösus sein, er würde sich durchaus damit begnügen, einen sehr reichen Vater zu haben oder einen sehr reichen Onkel, aber er müsste Geld im Rücken haben, starkes Geld, großes Geld, dickes Geld. Er müsste so viel Reichtum ausstrahlen, dass alle Menschen, wenn sie ihn auf der Straße vorbeigehen sehen, die Köpfe zusammenstecken und tuscheln würden: »Da geht er, der mit dem vielen Geld.«

Gewöhnlich träumen junge Männer nicht so sehr von Geld, und wenn sie es tun, dann nicht von dem vielen Geld. Geld für ein neues

Hemd, Geld, um ein Mädchen an einem Abend auszuführen, Geld fürs Kino, Geld für einen Anzug, Geld für eine Skitour an Ostern, Geld für eine Gitarre und natürlich: der unmögliche Traum vom Geld für ein Motorrad. Weiter träumt kein Jugendlicher in Sachen Geld.

Aber es gibt offensichtlich Zeiten im Leben eines jungen Mannes, da wünscht er sich, reich zu sein. Schwerreich. Stinkreich. Superreich.

Denn dann, so meint er, würden viele Probleme kleiner werden oder ganz verschwinden. Viel Geld ist mit Sicherheit, Solidität und Bedeutung verbunden, mit Geld werden leicht und kaum merkbar Grenzen überschritten. Die Welt wird eins. Das Ausland erscheint nicht mehr als Gegensatz zum Inland, Landesgrenzen existieren nur in der Theorie, mit Geld verwischt sich sogar die Grenze zwischen dem Ehrbaren und dem Gewissenlosen.

Der Reiche ist stets ehrbar. Geld kommt nicht zum Ehrbaren, die Ehrbarkeit kommt zum Reichen.

Stellen wir uns zum Beispiel vor, jemand käme auf den Gedanken, eine bestimmte Person aufzusuchen und dieser Person für eine Gefälligkeit eine Summe Geldes anzubieten. Nehmen wir weiterhin an, dass die Summe Geldes, die man anbietet, tausend Kronen beträgt. Wenn man nicht reich ist, dann ist das ein unanständiges und ehrloses Unternehmen, einfach wegen der Höhe des Geldbetrags. Für tausend Kronen müsste man, um sie beiseitelegen zu können, ein ganzes Jahr arbeiten. Dazu kommt, dass man das Geld nicht hat. Nun könnte man zu der Person sagen: »Ich kann es mir leihen!« Aber das macht die Sache nicht besser, im Gegenteil, schlimmer. Zum einen hat man keine Ahnung, wer um alle Welt einem tausend Kronen leihen würde. Zum andern ist diese Bemerkung dazu angetan, die Person zurückschrecken zu lassen. »Wenn ich es mir leihe!« ist ein krächzender Ausruf: eine Mischung aus Schluchzer und Drohung, aus Bestechung und Unfähigkeit, es ist der hässlichste und erbärmlichste Ausruf der Welt. Vor Armut zuckt jeder zurück, keiner kann es mit seinem Gewissen vereinbaren, Armut zu akzeptieren. Keiner kann guten Gewissens tausend Kronen akzeptieren, wenn der Geber sich den Betrag borgen muss.

Ganz anders würde die Sache aussehen, wenn man reich wäre. Wirklich reich. Schwerreich.

Man würde in seiner privaten Limousine bei der Person vorfahren. Man würde aussteigen und die Treppe hinauf und in das Sprechzimmer gehen, wo man erwartet wird. Man würde den Spazierstock in die Ecke stellen und sich den Stuhl anbieten lassen, den die Person heranrückt, man würde sich setzen und seine Hirschlederhandschuhe ausziehen. Da wäre die Situation eine ganz andere. Man würde sein goldenes Etui zücken und eine Abdulla anbieten und man würde sich umsehen und über Belanglosigkeiten plaudern. Ob man alles in Ordnung finde? Ob das Institut so modern ausgestattet sei, wie es wünschenswert wäre? Nicht ganz? Nein, natürlich, der Staat könne wohl nicht alles finanzieren. Da gebe es schon Geräte, moderne Geräte, Neuanschaffungen, die wünschenswert wären. Ach so, ein Röntgenapparat. Ja, man hört viel über das Röntgen. Wie viel müsste man für die Anschaffung von so einem Röntgenapparat veranschlagen? Zehntausend? Na, zehntausend sind doch nicht die Welt. Wenn man nur mit den Richtigen Kontakt aufnehme, dann fänden sich gewiss wohlmeinende und einflussreiche Menschen, die einen Scheck über zehntausend ausschreiben könnten. Sicher. Ganz sicher.

Nun, eigentlich sei man wegen einer anderen Angelegenheit gekommen. Nichts Ernstes. Aber für einen Menschenkenner und Psychologen, der die Person doch ist, sei es kein Geheimnis, dass sich Menschen manchmal eines kleinen Fehltritts schuldig machen, auch Seitensprung genannt. Ach ja, wir sind alle nur Menschen. Man wisse, dass es sich bei der Person, die man vor sich habe, um einen verständnisvollen Menschen handle. Nein, eine völlig unbedeutende Affäre von der Art, wie man sie in Illustrierten gerne lese, mehr nicht. Trotzdem ein wenig unangenehm. Eine kleine Weibergeschichte. Natürlich nichts, worüber man sich aufregen müsste, keineswegs, aber es sei eben störend. Wenn man auf eine alte und vornehme Familie Rücksicht nehmen müsse, wenn man den Namen hat, den man hat, wenn man der Eigentümer eines Betriebes ist, bei dem die halbe Stadt ihr Auskommen findet, wenn man für diese tausend Menschen nicht nur in wirtschaftlicher Hinsicht das Oberhaupt ist, sondern – ja in der Tat – auch ihr moralisches Oberhaupt, wenn man überdies als Ehrenmitglied in der Handelskammer sitzt und also – um es so auszudrücken – das Gesicht der Stadt ist, dann sei es nur recht und billig, dass man daran interessiert sei, jeden noch so geringfügigen Anlass für ein Aufsehen zu vermeiden. Der eigene Skandal wäre der Skandal der Stadt. Ganz richtig, klopfen Sie auf Holz. Vor diesem Hintergrund wolle man erfahren, ob sich die Person vorstellen könne, diese kleine Angelegenheit zu regeln, damit sie aus der Welt geschafft sei.

Nein, leider, das ist es ja: Der Gesundheitszustand der Dame ist nicht der beste. Sie erkältet sich leicht, leidet oft an starken Kopfschmerzen, ist nervös. Wie die Person andeutet, es würde ein Risiko bedeuten, sie einer zu großen Belastung auszusetzen, wie es ... Es ist erfrischend, bei einem Chirurgen von Rang auf ein so menschliches Verständnis zu treffen. Viel zu oft hört man, dass Spezialisten nur Fachidioten sind, ha, ha. Ach ja, man habe sich Gedanken gemacht wegen dieses Röntgenapparates und man sei zu dem Schluss gekommen, weil der Staat nun mal nicht alle Aufgaben schultern könne, so sei es schlicht und einfach Bürgerpflicht, sich helfend erkenntlich zu zeigen. Es ist unerhört, dass ein Institut in der eigenen Stadt ohne den notwendigen Röntgenapparat auskommen muss. Waren es zehntausend? Nun, man habe allerdings keine zehntausend bar in der Tasche, aber es sei vielleicht erlaubt, einen Scheck auszuschreiben als Beitrag für ein Funktionieren des Instituts? Wir schreiben auf einen Scheck fünftausend und dann schreiben wir noch einen über fünftausend Kronen aus, wenn diese bewusste Sache geregelt ist. Ja? Der Scheck ist für die Person persönlich ausgeschrieben, nicht für die Institution, er könne dann mit dem Geld schalten und walten, wie es ihm beliebe, und den Apparat anschaffen, wann immer es angebracht sei. Nein, natürlich keine Quittung, nicht bei einer derartigen Schenkung. Aber dann ist die Person vielleicht so liebenswürdig, selbst der Dame Bescheid zu geben, wann es passe, dass sie zu der – äh – Untersuchung komme? Ausgezeichnet. Leben Sie wohl, leben Sie wohl, nein, man weiß, wie knapp die Zeit der Person sei, man wolle keinen Augenblick länger stören. Danke, danke, man finde den Weg selbst. Danke, danke.

So etwa.

Reich.

Zwar muss man der Möglichkeit ins Auge sehen, dass es Personen gibt, die sich auch einer reichen Person gegenüber ablehnend verhalten. (Auch wenn sie nie direkt unhöflich werden.) Aber wenn man reich ist, nimmt man die Ablehnung nicht schwer. Weil man reich ist, ist man souverän, man zieht nur die Augenbrauen ein wenig in die Höhe über diesen Unverstand der Welt, zuckt leicht die Schultern und sagt: »Na gut. Sie wollen nicht. Dann eben nicht. Da wird mir wohl nichts anderes übrig bleiben, als mich an einen anderen zu wenden.«

Denn die geheime und wunderbare Macht des Reichtums liegt genau darin, dass man, wenn man nicht den einen findet, eben einen anderen findet. Eine andere Möglichkeit, eine andere Tür, eine andere Person. Ach, mit Geld kann nie Liebe gekauft werden, Geld kann nie einen Menschen kaufen, aber Geld kann eine Person kaufen. Und wenn sich keine Person am Ort selbst findet, dann gibt es Personen an anderen Orten im Land. Und findet sich keine im Land, dann finden sich Personen in Schweden, in Dänemark, in Deutschland, in Frankreich. Aber wenn es einem zu beschwerlich ist, so weit zu fahren, um diese bedeutungslose und doch unangenehme Affäre zu regeln – man ist ein viel beschäftigter Mann und hat keine Zeit zu vergeuden –, dann macht man es auf andere Weise. Man redet ganz einfach mit seiner weiblichen Bekanntschaft. Man redet ruhig und vernünftig mit ihr, denn: Nur die wenigsten Menschen weigern sich, Vernunft anzunehmen, wenn man mit einem Scheckheft und einem dicken Füllfederhalter vor ihnen sitzt. Es gibt etwas, das heißt Reisen in fremde Länder, es gibt etwas, das heißt Portugal und Schweiz und Riviera und Italien, ja, sogar Tahiti; natürlich nicht jetzt auf der Stelle, aber danach. Und in der Zwischenzeit hat man einen hübschen Ort in Frankreich, wo junge Damen aus den besten Familien die Hälfte des Jahres verbringen, wo sie Golf spielen und Wanderungen in den großen Kastanienwäldern machen und wo man auch danach eine verlässliche und erstklassige Adoption organisieren kann, zum Besten für alle Beteiligten. In Norwegen, hat man gehört, lässt sich eine solche Angelegenheit für zehntausend Kronen ein für alle Mal finanzieren. Gegebenenfalls ist man gegen eine schriftliche Erklärung bereit, die Summe auf zwanzigtausend zu erhöhen. Bezahlt wird, sobald die Sache in Frankreich geklappt hat. Reisekosten und Aufenthalt in Frankreich, alle Ausgaben und alle für die Reise notwendigen

Unkosten werden vergütet, plus zwanzigtausend. Ist das angemessen? Nicht? Man wusste doch, dass sie ein vernünftiges kleines Mädchen ist, das sein Bestes im Auge hat. Nanana, sie muss doch nicht weinen, neinneinnein, hier ist das Taschentuch, so, ja, zeig uns mal dein Gesicht, ja, so soll man lächeln, wenn man keine Angst mehr haben muss, wenn im Gegenteil das Abenteuer winkt ... Da gibt es Palmen an der Riviera, du kleiner Spatz. Dann unterschreiben wir hier, ja, hier, und dann schreibt Papa einen Scheck als erste Anzahlung aus und dann soll sie etwas Süßes bekommen, in der Praline mit dem blauen Papier ist Ananas und dann gibt es nichts mehr, worüber man traurig sein müsste ...

Es gibt Zeiten im Leben eines jungen Mannes, da wünscht er sich, reich zu sein. So reich, dass die Wirkung seines Reichtums die Probleme wie Wachs schmelzen lässt. Aber weil er nicht reich ist, kann in solchen Zeiten ein ungeheures Bedürfnis in ihm erwachen, schnell reich zu werden. Denn ihm sitzt der dunkle Bruder Zeit im Nacken, Bruder Zeit verfolgt ihn, der dunkle Bruder Zeit verfolgt ihn, wo er geht und steht.

Und der junge Mann weiß nicht, was er tun soll, denn es gibt keine Diamanten in den Bergen, und den Esel, der Goldstücke scheißt, gibt es nur im Märchen, und um eine Bank auszurauben, ist er nicht geschickt genug und außerdem glaubt er, schon genügend Verbrechen begangen zu haben, und deshalb kauft sich der junge Mann ein Los bei der staatlichen Lotterie.

Es gibt junge Männer, die haben sich für ihren ganzen Monatslohn Lose gekauft und obendrein fast einen Monat auf das Ergebnis der Ziehung gewartet. Dann schließen sie sich eines Tages in ihr Zimmer ein und setzen sich mit klopfendem Herzen hin, um die Zahlen zu vergleichen, und sie haben einen Film vor den Augen und können nichts sehen und der Lottoschein zittert in ihrer Hand, und nachdem fünfzehn Minuten vergangen sind und sie die Liste gelesen und noch einmal kontrolliert haben, sind sie Gewinner von zehn Kronen, falls ihre Zahl nicht nur für ein halbes Los galt.

Deshalb passiert es gar nicht selten, dass junge Männer, die nicht reich waren, als alles auf der Welt davon abhing, reich zu sein, anfangen, den

Reichtum zu hassen. Ohne sich dessen bewusst zu sein, erweitern sie ihren Hass auf alle reichen Menschen. Einige werden dann Sozialisten und sie entwickeln einen glühenden und immerwährenden Hass auf den Reichtum und die reichen Menschen. Sie glauben, dass alle reichen Menschen diese arglistigen Dinge tun, die zu tun sie einst eine heimliche, bittere Lust hatten.

Reichtum wird für sie zu einer Erinnerung an eine Niederlage. Die Niederlage wiederum lässt sich in eine Art von Sieg verwandeln, wenn man den Reichtum abschafft. Könnte man nur so weit kommen, dass *alle* Menschen *arm* wären! Dass *kein* Mensch mithilfe von Geld den Vorteil erzielen könnte, für den man selber einmal tausend Kronen ausgegeben hätte, wenn man sie sich denn *geliehen* hätte!

Aber solange es auf der Welt auch nur einen Menschen mit Geld und Einfluss gibt, ist die Welt abscheulich und ungerecht. Denn dann kann man entwischen, kann sich *davonstehlen*! Mithilfe von *Geld*!

Dieses weiß gekleidete, Tennis spielende Gesocks!

Der Mann, der grinste

Die Zeit verging.

Sie machten, was sie konnten, jeder auf seine Art.

Aber was konnten sie?

Jeden Abend kam Ask mit solchen Stößen von Rechenheften und Journalen von der Schule nach Hause, dass ihm manchmal ein paar Schüler tragen helfen mussten. (Die Klasse war auf 37 Schüler angewachsen, Asks Honorar war weiterhin dasselbe.)

Vormittags kamen Schüler, die das Schulgeld bezahlen wollten, die um Stundung des Schulgeldes baten, die seinen Rat über die Arbeit in Buchführung einholten, die gerne in Kaufmännischem Rechnen Privatunterricht haben wollten und die sich erkundigten, ob er ihnen behilflich sein könne, nach der Prüfung eine Anstellung zu ergattern. Er verkaufte Schulbücher auf eigene Rechnung, er kassierte Schulgeld und bezahlte kleine Rechnungen und führte Buch darüber. Er schrieb Berichte an den Schulleiter über das Wohl und Wehe der Schule, er korrigierte turmhohe Stöße von schriftlichen Aufgaben und nachts bereitete er im Bett die Lektionen für den nächsten Tag vor. Er musste vorbereitet sein. Keiner der Schüler in der Klasse studierte die Lektionen so intensiv wie der Lehrer.

Er war ganz allein. Er hatte keinen Menschen, mit dem er sich hätte austauschen können. Sollte er seiner Mutter schreiben? Bei dem Gedanken wurde er bleich vor Angst.

Die Zeit verging. Gunnhild hatte von einem Arzt in einer Stadt weiter südlich gehört. Sie schrieb dorthin. Absage.

Die Zeit verging.

Die Klasse war groß und bunt gewürfelt. Auch wenn Ask inzwischen so schulerfahren war, dass er beherrschte, was in den Lehrbüchern stand, die Klasse beherrschte er nicht. Nur wenige Schüler waren im normalen Schulalter von fünfzehn bis zwanzig Jahren. Der größte Teil war älter: Büroangestellte, Verkäufer, Fischer, Kaufleute, Handwerker, zwei männliche Schüler waren arbeitslos. Sie saßen in der Klasse und trugen unter der Jacke einen Schal um den Hals (wahrscheinlich, weil sie weder Hemd noch Schlips besaßen), an den Füßen hatten sie mit Bindfaden zugebundene Galoschen. (Für arbeitslose Männer, die keine Schuhe haben, sondern nur mit Galoschen herumlaufen, gibt es Hoffnung.) Der Älteste in der Klasse war über sechzig Jahre. Er war Bootsbauer und sah von hinten aus wie ein Eisbär. Sein Gesicht war zugewuchert mit einem weißen, dichten, struppigen Bart. Der Bartwuchs war so kompakt, dass man die tief liegenden blauschwarzen Augen nur sah, wenn der Mann zwinkerte. Der Mund war völlig in der weißen Pracht versteckt, und nur, wenn er redete oder wenn er ein Stück Kautabak in den Mund schob, konnte man sehen, dass unter der Nase ein kleines, dunkles, schmutzig braunes Loch war.

Alle Schüler waren erwachsene Menschen in dem Sinne, als ihr Schulgeld ihr Erspartes war oder dass sie sich für den Besuch dieser Handelsschule Geld geliehen hatten. Sie lernten sehr fleißig, büffelten wie verrückt, verlangten aber auch von der Schule den vollen Gegenwert. Sein Problem war hier nicht, dass die Schüler in der Klasse lärmten und versuchten, sich um die Schularbeiten zu drücken. Im Gegenteil: Ihre sachliche Einstellung, ihre praktische Erfahrung, ihre erstaunliche Reife ließen den jungen Schulleiter manches Mal verstummen und verzweifeln. Sie saßen jeden Nachmittag mit ruhigen, entschlossenen, ernsten Gesichtern vor ihm, sie sahen mit Augen zu ihm auf, die vor Hunger nach Gelehrsamkeit glänzten. Die meisten von ihnen waren wie Kinder, vertrauensvoll, offen, wissbegierig, in dieser Klasse riefen sich die Schüler gegenseitig zur Ordnung, damit der Unterricht rasch und effektiv vorangehe, ohne irgendwelche Spielchen.

Ein stämmiger Mann um die vierzig, einer der drei Angestellten bei der örtlichen Bank, hatte sich ganz vorne in die erste Bank in der Mittelreihe gesetzt. Er hatte einen dunklen, korrekten, gut sitzenden Anzug, eine goldene Krawattennadel, eine kleine Glatze und einen kleinen Bauch, er war kurz gesagt ein Mann, den Asks Mutter als einen *schönen* Mann bezeichnet hätte. Er hatte eine ungewöhnliche saubere Handschrift, eine tiefe, wohlklingende Stimme, und er beherrschte die Klasse. Wenn er sich nach hinten umdrehte und die andern fixierte und »Ruhe!« sagte, dann legte sich eine ehrfürchtige Stille über die Klasse und es wurde still wie in einer Kapelle. Wenn gelegentlich eine Diskussion über ein Problem mit dem Lehrstoff entstand, das Ask nicht lösen konnte, räusperte sich der Mann mit der sonoren Stimme und sagte: »Ruhe!« Das nehme man sich später vor, in der Pause, im Übrigen schade es nicht, wenn das Problem nicht gelöst werde, hier gelte es, mit dem Stoff voranzukommen. Ask war dem Mann zutiefst dankbar, umso mehr, als der Mann keine gefährliche Intelligenz besaß und Ask nie andere Fragen stellte als solche, die er auf der Stelle beantworten konnte. Der Mann schaute wahrscheinlich auf zu Ask, sah in ihm eine junge, glänzend begabte Lehrkraft, einen künftigen Doktor der Philosophie oder Professor für Wirtschaftswissenschaft, und er empfand es als große Ehre, diesen jungen Lehrer unter seine schützenden Flügel nehmen zu dürfen. Das Verhältnis zwischen Ask und diesem Bankangestellten mittleren Alters war so gut und so sehr von gegenseitigem Respekt geprägt, dass sie sich in der Stunde jedes Mal voreinander verbeugten, wenn Ask etwas fragte oder der Mann antwortete. Sie fielen einander nie ins Wort, wie es Norweger zu tun pflegen; wenn der eine redete, hielt der andere den Kopf schräg und lauschte und nickte freundlich und zustimmend; wenn der andere redete, lauschte der erste freundlich und zustimmend.

Es gab andere Gesichter in der Klasse, die in Ask Angst hervorriefen.

Insbesondere war es das Gesicht von einem der beiden Arbeitslosen, einem mageren, dunklen jungen Burschen von etwa fünfundzwanzig Jahren, mit dünnem, strähnigem, nicht geschnittenem Haar, mit dunklen, braunen Augen und mit einem Mund, der immer zu einem schiefen, höhnischen, wissenden Grinsen verzogen war. Dieses Grinsen sollte Ask während des ganzen Aufenthalts in Ytrepollen verfolgen. Er konnte perfekt vorbereitet, gut gelaunt und einsatzbereit ankommen, er konnte die Bücher aus der Tasche ziehen und sie mit Schwung auf das Katheder klatschen, er konnte die Lungen mit Luft füllen, um die ersten Unterrichtsakkorde gewaltig anzuschlagen. Aber dann blieben ihm seine Worte im Hals stecken, er spürte, wie sich ihm die Kehle zuschnürte und wie die Zunge trocken wurde wie Asche, eine lähmende Angst überkam ihn, er begann zu stottern, seine Finger tappten wie blinde Spinnen auf dem Katheder herum, denn er hatte unten in der Klasse das unverschämte, wissende Grinsen gesehen.

Der junge Mann mit dem ewigen Grinsen war intelligent, er lernte auf eine schnelle und fast überhebliche Art, seine Hausaufgaben waren fast immer richtig, nur ab und zu durch kleine Ungenauigkeiten, eine hastige Handschrift oder Tinten- und Fettflecken verunziert. Seine spielerische Leichtigkeit und Schnelligkeit, womit er den Lernstoff absorbierte, hatte etwas Unverschämtes. Wenn Ask der Klasse eine Aufgabe gestellt hatte und meinte, jedenfalls für fünfzehn Minuten seine Ruhe zu haben, dann war der Mann bereits nach fünf Minuten fertig. Dann saß er mit verschränkten Armen da oder hatte ein Knie an den Pultdeckel hochgezogen. Er saß da und schaute Ask an. Und er grinste.

Und zugleich hatte der Mann etwas Entwaffnendes. Jedes Mal, wenn ihn Ask auf kleine Fehler hinwies, die er gemacht hatte, auf Flecken und Ungenauigkeiten, wodurch sich die Note um eine halbe oder eine viertel Note verschlechterte, grinste er nur und zuckte die Schultern. Warum sich an pedantischer Kritik aufhängen? Waren die Aufgaben denn nicht richtig gelöst? Eine glatte 1 in einem Fach zu bekommen, das konnte jeder kleine Büroangestellte. Dagegen ist eine 1,25 ein Beweis, dass man das Fach im Tiefschlaf beherrschte. Ask rang nach Worten, weil er in gewissem Sinn mit dem Mann einig war, weil er insgeheim sympathisierte mit der Ungeduld des Mannes und seinem Drang vorwärtszukommen: Sollen doch andere die Hecke schneiden, die ich gepflanzt habe! Und wenn Ask dem Mann ein Schreibheft mit einem besonders großen Fettfleck zeigte, bemerkte der Mann ruhig, dass sie zu Hause sieben Geschwister seien und dass sie nur ein Zimmer hätten. Da verstummte Ask, weil die Stimme des Mannes so trocken und abgestumpft war, weil das Grinsen des Mannes so schief und so böse war, als wüsste er, dass Ask ein zu weiches Herz hatte, um die Sache weiterzuverfolgen. Der Hals des Mannes war dünn und mager und ragte aus einem karierten Wollschal heraus und der Atem des Mannes war abstoßend und unangenehm.

Ask hatte Mitleid mit dem Mann, er wünschte ihm, dass er die Chance bekäme, sein Umfeld zu verlassen, einen Arbeitsplatz zu finden, sich Schuhe leisten zu können, dass er Geld für einen Besuch im Frisiersalon hätte und Verkäufer in einem Konsum oder Sekretär bei der Gewerkschaft sein könnte – der Mann würde egal in welchem Arbeitsplatz Wunder vollbringen können, ihn umgab ein dynamitartiger Dunst aus ungenutzter Energie und Einfallsreichtum, vielleicht war er deshalb arbeitslos, vielleicht wagte niemand, ihn anzustellen – aber das Grinsen des Mannes schien Ask jedes Mal zu entlarven, als würde er sagen:

»Billige Sentimentalität. Verwende deine edlen Gedanken für Blumen und Musik. Du glaubst wohl, ich wüsste nicht, wie viel so ein Mitleid wert ist?«

Das Grinsen verfolgte Ask, er wurde nie frei davon:

»Du glaubst wohl, ich hätte es nicht gesehen, dass dir die Kreide an der Tafel zerbrach? Du hast der Klasse eingeimpft, dass wir die Kreide immer an der Spitze halten sollen, selbst nimmst du sie in der Mitte und zerbrichst sie. Ein bisschen nervös vielleicht? Ist kein angenehmes Gefühl, wenn die Nägel über die Tafel kratzen? Oder?«

Das Grinsen, das ständige, vernichtende Grinsen:

»Ach so? Du dachtest, du hast jetzt etwas Tolles gesagt? Geistreich und witzig, so willst du doch am liebsten sein, oder?«

Dieses entlarvende, demütigende Grinsen, besonders, wenn es sich um Asks Unterricht in der Klasse drehte:

»Das war die umständlichste Erklärung, die ich in meinem Leben gehört habe. Erwartest du, dass das jemand verstehen soll? Unklare Gedanken führen zu einer unklaren Ausdrucksweise.«

Ask wand sich, schwitzte, versuchte vor dem Grinsen davonzulaufen, aber das Grinsen kreiste ihn ein wie der Lichtkegel eines Suchscheinwerfers.

»Du warst unfähig zu erklären, wie die Versicherung für die Versendung einer Warenlieferung berechnet wird? Etwas schwierig, was? Man muss ganz einfach 10 Prozent des angenommenen Gewinns ausrechnen, Einkaufspreis plus Unkosten plus Versicherung, bevor man den Versicherungswert und damit die Versicherung berechnen kann. Man muss also die Versicherungssumme kennen, bevor man sie ausrechnen kann. Haha. Das ungelöste Problem des 20. Jahrhunderts. In Wirklichkeit ist das nicht so schwierig, dass es nicht jeder beliebige Mensch mit normalem Verstand meistern könnte. Ein bisschen Mathematik, eine einfache Gleichung mit einer Unbekannten, mehr braucht es nicht. Und das zu erklären bist du nicht in der Lage. Aber den Titel als Schulleiter einer Handelsschule, den hast du!«

Am schlimmsten war es, wenn Ask in der Klasse zufällig Wörter oder Begriffe benutzte, die im Bruchteil einer Sekunde seine tiefe persönliche Tragödie in Gedanken wach werden ließen. Das konnten so harmlose Wörter wie »Reklamation«, »Zurückweisung einer Forderung« oder »gütliche Einigung« sein, aber für Ask hatten die Wörter eine eigene Bedeutung. Er schloss die Augen, wenn er »Pfändung« hörte und »wie es gute Geschäftsmoral verlangt« und »Vertrag«, alles erinnerte ihn an Gunnhild und das drängende Problem. Einmal wurde er bleich, als er das Wort »Gütergemeinschaft« aussprechen musste, und als er dann seine Augen wieder öffnete, blickte er direkt in das mitleidlose, unverschämte, wissende Grinsen des Mannes!

»Du Oberklassenfatzke«, schien das Grinsen des Mannes zu sagen – und Ask wand sich vor Schmerzen, denn das war das Schlimmste, was der Mann zu ihm sagen konnte, »du brauchst nicht glauben, ich wüsste nicht, an was du denkst! Sie ist dir nicht gut genug, was? Tochter eines Bankdirektors, das wäre dein Ziel, was?«

In Gedanken konnte Ask wüten und heulen über diesen Mann und dieses Grinsen:

»Nein! Das ist es nicht! Es ist etwas ganz anderes!«

Und das Grinsen des Mannes würde kalt und unbeeindruckt wiederkehren:

»Nicht? Wenn es das nicht ist, könnten wir dann freundlicherweise erfahren, wie dieses andere – und vermutlich edlere – aussieht?«

Eine wahnsinnige Angst packte Ask jedes Mal, wenn er das Grinsen des Mannes sah. Ihm schien, als wüsste dieser Mann alles über ihn, alle seine tiefsten Gedanken und geheimsten Wünsche. Und wenn er sich dann in dem schiefen Grinsen des Mannes selbst sah, war alles verzerrt, lächerlich, beschmutzt. Das Grinsen verfolgte ihn bis in den Schlaf.

Denn nachts lag er schlaflos im Bett und versuchte verzweifelt, Lösungen zu finden. Wenn alles blockiert war, welche Lösungen gab es dann noch?

Aufs Neue sah er sich als junger Adler, wie er vom Regen in die Traufe kam, wie er aus dem einen Käfig flüchtete, um gleich in den nächsten hineinzuflattern. Und was war das nun für ein Käfig? Hier war er ein Versuchstier, mit dem ein sadistisches, schattenhaftes Wesen Experimente anstellte! Er roch im Käfig den Duft nach vergiftetem Köder und er wollte nicht fressen, aber sie zwangen ihn dazu. Er wurde angewiesen, zur anderen Wand des Käfigs zu fliegen, aber da steckte man rot glühende Spieße durch die Gitterstäbe, er sah die nicht verriegelte Tür mit dem Fressnapf dahinter, aber er wollte die Tür nicht aufstoßen, denn dann würde er einen elektrischen Schlag bekommen und sie erhöhten von Tag zu Tag die Voltzahl der Stromschläge.

In ohnmächtiger Angst drückte er sich in eine Ecke des Käfigs (oder war das ein junger Mann, der an die Wand gedrückt im Bett lag, mit der Decke über dem Kopf?), und tausend Stimmen flüsterten ihm zu:

»Nun? Du willst nicht?«

Das Flüstern kam von einem hohen Zimmer mit glatten Wänden und das Echo dröhnte wie Donnerhall, und Ask zog sich immer weiter an die Wand zurück und zähneklappernd vor Angst meinte er manchmal, drei Möglichkeiten zu sehen.

Er dachte:

»Ich kann ein Clown werden. Ich kann Wasser durch die Ohren spritzen, ich kann es mit einem unwiderstehlichen Lachen probieren, ich kann seiltanzen und hinter dem Rücken Geige spielen. Ich kann ein Clown werden, nicht nur äußerlich, auch inwendig. Könnte man den inneren Druck nicht loswerden, wenn man sich in einen ewigen Spaßvogel verwandelt? Ich muss ja nicht werden wie Gunnhilds Vetter, das Kotelett, ich könnte ein Harlekin werden, ein tüchtiger Zirkusclown, ein musikalischer Zauberkünstler? Wenn ich mir für immer das ewige Lächeln aufkleben und es nie wieder ablegen würde, wenn ich ein *echter* Clown würde, hätte dann für mich nicht alles in der Welt die gleiche Leichtigkeit? Spielt es dann noch eine Rolle, wen ich heirate, mit wem ich Kinder habe, spielt es dann noch eine Rolle, ob die Kinder sterben oder ob sie leben? Wird dann nicht alles ein Anlass für ewige Komik? Wenn ich zu einem ewigen Harold Lloyd mit Hornbrille auf der Nase werden würde, hätte ich mich dann nicht gerettet? Kann mir dann noch jemand etwas antun? Werde ich dann nicht sogar glühende Spieße und elektrische Türen mit einem Lächeln akzeptieren? Wenn man ein richtiger Clown ist, kann man dann überhaupt anders als lächeln?«

Ein andermal dachte er:

»Ich könnte geisteskrank werden. Nicht nur geisteskrank spielen, sonders es wirklich *werden*. Dann würde ich nicht mehr wissen wollen, was um mich herum geschieht. Ich würde dieser Welt nicht mehr angehören. Die Welt mit Gunnhild, dem Nachtstern, ist eine Welt, meine wäre eine ganz andere. Davon getrennt, außerhalb. Sie würden mich dann als unbrauchbar aus dem Käfig holen, mit einem Geisteskranken macht man keine Experimente. Die Reaktionen eines Geisteskranken zählen nicht. Sie würden mich herausnehmen und in einen Käfig mit gepolsterten Wänden setzen. Es muss herrlich sein in einer solchen Zelle. Still. Ruhig. Geborgen. Keine Vergangenheit, um sich zu erinnern. Keine Zukunft, um sich davor zu fürchten. Alles ist weggewischt. Die Tafel ist blank und schwarz. Was für ein herrlicher Gedanke: keine Seele haben.«

Wieder ein anderes Mal, wenn er das Gefühl hatte, keine Luft mehr zu bekommen, wenn er im Dunkel zusammengekrümmt vor Angst die Arme um den Unterleib geschlungen dalag, als wollte er die Eingeweide daran hindern, auszutreten, kam ihm der Gedanke:

»Ich könnte sterben. Ich habe von Menschen gehört, die gestorben sind, weil sie beschlossen haben, zu sterben. Man könnte sterben, die Willenskraft musste nur stark genug sein. Sterben heißt versinken. Tot sein heißt, nichts zu spüren. Tot, das ist die totale Gefühllosigkeit. Sie könnten weiter mit ihren glühenden Spießen stechen. Aber was sie stechen, das bin nicht ich. Lustiger Gedanke: Das bin nicht ich. Denn ich bin tot. Sie können stechen. Aber das bin nicht ich.«

Drei Möglichkeiten. Flucht, Vergessen, Nicht-Leben.

Drei unmögliche Möglichkeiten.

Frühmorgens war es am schlimmsten.

Er war beim Einschlafen nie zu irgendeiner Klarheit gekommen, er hatte zum Knoten verkrampft geschlafen. Trotzdem war es frühmorgens noch schlimmer.

Das Klingeln des Weckers war wie eine glitzernde, tönende Steinlawine über seinem dunklen Haus. Mit der Lawine kam die unvermittelte, lähmende Angst. Er fiel und er wollte fallen. Er wurde unter der Lawine begraben und er wollte in der Dunkelheit sein. Er grub sich tiefer und tiefer hinein, die Angst vor dem Licht füllte seinen Magen wie geschmolzenes, tropfendes Blei. Der winzige Bruchteil einer Sekunde, die verging, bis er das Bewusstsein wiederfand, erschien ihm jedes Mal wie eine Ewigkeit. Er wusste, dass oberhalb der Dunkelheit etwas furchtbar Entsetzliches auf ihn wartete, es wartete darauf, dass er die Augen aufschlug. In der Sekunde wusste er nicht, was da oben auf ihn wartete. Er wusste nur, dass es darum ging, so lange und intensiv wie möglich die Dunkelheit festzuhalten, denn erwachen bedeutete sich erinnern.

Das entsetzlichste Grauen auf der Welt ist: erwachen und sich erinnern.

Er war allein auf der Welt. Hatte Todesangst. Schlotterte voller Angst vor der Vergangenheit, der er nicht entfliehen konnte. Schlotterte voller Angst vor der Zukunft, die er bereits zerstört hatte. Egal, was er machte, die Zukunft war hin, lag in Scherben. Ihn erwartete ein entwürdigendes Leben, mit bitterer Reue und klirrenden Eisenketten.

Er pflegte keine gesellschaftlichen Kontakte. In der Pension blieb er in seinem Zimmer für sich. Nur ab und zu, vormittags, bevor der eine oder andere Schüler kam, um über das Schulgeld oder den Lernstoff mit ihm zu reden, schlich er hinunter ins Erdgeschoss der Pension.

Dort stand in einem der Räume ein altes Klavier.

Das Weihnachtsfest steht bevor

Als die Weihnachtsferien kamen, als die Zwischenprüfung für 37 Schüler in 5 Fächern abgeschlossen war, als 185 Arbeiten korrigiert, benotet und wieder in die Schule gebracht worden waren, als der letzte Unterrichtstag vorbei war, ging er heim in seine Unterkunft, verschloss die Tür, wusch sich und legte sich ins Bett. Er schlief achtundzwanzig Stunden am Stück.

Er war abends um elf Uhr eingeschlafen und er wachte um drei Uhr nachts wieder auf – in der nächsten Nacht. Er war völlig verwirrt und ohne Zeitgefühl, aber fühlte sich leichter, war wach. Er hatte einen unbändigen Hunger, aber er war nie in der Küche der Pension gewesen, ihm missfiel der Gedanke, sich mitten in der Nacht durch den dunklen, unbekannten, knarrenden Gang zu tasten. Er blieb im Bett sitzen und rauchte eine Weile Zigaretten, später stand er auf, zog den Wintermantel über den Pyjama und setzte sich an den Sekretär. Er schrieb einen Brief an Gunnhild. Danach zerriss er ihn. Dann ging er wieder ins Bett, lag drei Stunden wach und still da und wartete, dass es sieben Uhr würde.

Sein Hunger war inzwischen unerträglich geworden, trotzdem ekelte es ihn beim Gedanken an die Pensionskost. Er zog sich bibbernd an, ging auf die Straße und vertilgte im Café des Städtchens ein Riesenfrühstück. Mit zweimal Spiegeleiern und Speck kostete ihn das Frühstück vier Kronen und er bekam wegen dieser Verschwendung sofort ein schlechtes Gewissen. Hätte er in der Pension gegessen, hätte ihn das Frühstück nichts gekostet, das bezahlte die Schule. Er hatte das Gefühl, ein Vermögen verschleudert zu haben. Der Speck war überdies sehr salzig gewesen, aber er hatte ihn gegessen.

Danach traf er draußen auf der Straße zwei Schüler aus seiner Klasse. Sie blieben stehen und plauderten eine Weile miteinander. Die zwei Schüler begannen sich anzustupsen, als hätten sie vor, etwas zu sagen, wüssten aber nicht recht, wie sie es sagen sollten. Schließlich rückte der eine zögernd damit heraus: Was Ask an Weihnachten vorhabe? Nein, er habe noch nichts vor. Ob er heim nach Südnorwegen fahren wolle? Nein, nein. (Heim? Jetzt?) Vielleicht wolle er hinüber nach Indrepollen und dort Weihnachten feiern? Nein, nein. (Barmherziger Gott. Unerträgliche Vorstellung. Um den Weihnachtsbaum herummarschieren und dabei den Schulleiter und Frau Zebedeussen an der Hand halten. Oder mit dem Nachtstern »Wiegela, wiegela Weihnacht, Engel haben das Kind gebracht« singen. Wussten sie etwas, weil sie fragten? Nein, nein. Er würde Weihnachten in dem stillen Städtchen Ytrepollen verbringen. Ob er am Weihnachtsabend eingeladen sei? Nein. Aber wenn es niemanden gebe, mit dem er lieber zusammen sei, könnte er sich dann nicht vorstellen, mit ihnen den Weihnachtsabend zu feiern? Der eine der beiden war Junggeselle und wohnte allein in einer großen Wohnung und er wollte ein paar Freunde zu sich einladen, um Weihnachten zu feiern. Die zwei Schüler wurden jetzt ganz eifrig, wollten über dieses Fest reden, sie hätten einen Weihnachtsbaum und Räucherschinken und Bier und Schnaps, jeder sollte etwas mitbringen, die Männer Getränke und die Mädels etwas zu essen, und wenn der Schulleiter Lust habe ...

Ein prickelndes Gefühl machte sich in Ask breit. Es war ein Gefühl von etwas halb Vergessenem, etwas, das es vielleicht in einer anderen Welt gegeben hatte, aber vielleicht hatte er das auch nie richtig erlebt. Es hatte etwas mit Jugend und jungen Leuten zu tun, etwas mit Unbeschwertheit und Feierabend, etwas mit Lächeln und lautem Lachen, etwas mit Pärchen auf dem Sofa und auf dem Fußboden, mit Grammofon und Gläserklirren und Zigarettenqualm, mit Gesang und roten Wangen und lärmender Fröhlichkeit, etwas mit einem Fenster, dessen Riegel man mit einer Hand öffnet, während die andere die Schulter eines Mädchens umfasst: »Na, jetzt brauchen wir aber etwas frische Luft!« Es war die Erinnerung an ein glühendes Gesicht und an den Luftzug vom Fenster, der nur die Knie kühlte, es war, als würde etwas in ihm aufwallen, als er von diesem Fest am Weihnachtsabend hörte, etwas, das fast ein Jahr im Dämmerzustand gelegen hatte. Er war fast ein Jahr in einem anstrengenden Erwachsenendasein eingebunden gewesen, und hier standen sie und luden ihn ein zu einem ausgelassenen Fest unter Jugendlichen! Mit klopfendem Herzen drückte er den Schülern die Hand: Ja, das sei vielleicht keine dumme Idee, eigentlich gar keine dumme Idee, wenn er überlegte, eigentlich eine sehr gute Idee. Er wolle sich vielmals bedanken für die Einladung, er werde gerne kommen.

Als er sich umdrehte und wegging, drückte es plötzlich in seiner Magengrube. Es war nur ein Druck, aber es machte ihn nachdenklich. Denn das kam von keinem Husten, von keinem Kälteschauer. Er dachte einen seltsamen Gedanken: Ich bin momentan ziemlich weit unten. Zwei Schüler laden mich zu einer Party am Weihnachtsabend ein und ich schluchze vor Dankbarkeit. Ein norwegischer Leiter einer Handelsschule, angestellt vom Königlich Norwegischen Kirchen- und Unterrichtsministerium, heult auf offener Straße vor Rührung.

Nachdem er sich von den Schülern verabschiedet hatte, fiel ihm siedend heiß ein, dass er vergessen hatte, Weihnachtsgrüße nach Hause zu schicken. Und jetzt war es vermutlich zu spät, es waren nur noch zwei Tage bis zum Weihnachtsabend und die Post mit der Hurtigruten brauchte drei Tage. Das war traurig genug wegen des Vaters und der Mutter, aber richtig herzlos fühlte er sich wegen seines kleinen Bruders, der kein Geschenk zu Weihnachten bekommen würde. Er sah plötzlich das Elternhaus vor sich, den Weihnachtsbaum, den Pappkarton mit dem Christbaumschmuck, er roch den Duft nach frisch gescheuertem Fußboden und Tannennadeln und ein plötzliches Gefühl von nicht wiedergutzumachender Schmach erfasste ihn. So weit treibe ich es mit meiner Selbstgefälligkeit, dachte er, so ungeheuer wichtig nehme ich mich selbst. Auf einmal konnte er Balder vor sich sehen, konnte ihn fühlen, er musste sich auf die Lippe beißen. Worauf hat der kleine Bengel den ganzen Herbst gewartet? Worüber hat er unablässig mit der Mutter und den Freunden gesprochen? Über nichts anderes als über Ask, den großen Bruder, der weggefahren war, in den Norden zum Abenteuer und zum Polarlicht, zu den Eisbären und den Gletschern und den Samen und den Rentieren, und ist es nicht ein Gruß von seinem großen Bruder, den er in all den Monaten erhofft und auf den er sich gefreut hat? Sicher hat er jeden Abend, nachdem das Licht gelöscht worden war, unter der Bettdecke versteckt an Ask gedacht, den großen Bruder, hat sich unter der Bettdecke zusammengerollt voll heimlicher Vorfreude und Erwartung und hat geflüstert: »Lieber Gott, sag Ask, dass er an das Weihnachtsgeschenk für mich denken soll.«

Mit schmerzhafter Intensität tauchte die Erinnerung an den Bruder auf, er erinnerte sich an Balders zutrauliches Gesicht, sein fröhliches Lachen, sein blasses Gesicht, wenn der Vater streng mit ihm war, an den Versuch des Buben, bei dem zehn Jahre älteren Bruder Zuflucht zu suchen.

»Ask, darf ich ein bisschen bei dir im Zimmer bleiben?« (Wenn du still bist.) »Ich werde still sein wie eine Maus, will nur das Buch vom gelben Wolf lesen.« (Aber kein Wort, ich lerne.) »Ask, wie wird ugh ausgesprochen?« (Fängst du schon wieder an?) »Ich sage einfach ugg.« (Ich bin nicht ganz sicher, aber ich glaube, man spricht es agg aus.) »Agg? Das klingt komisch.« (Schluss jetzt, ich will dich hier nicht mehr haben.) »Ach, bitte, bitte, nur noch ein kleines bisschen. Au, kneif mich nicht so fest in die Schulter! Ask, nur noch ein kleines bisschen, nur noch eine Minute! Du kannst selbst auf deine Armbanduhr schauen ...« (Raus jetzt, hab ich gesagt.)

Er hatte früher nie so an den Bruder gedacht. Jetzt konnte er plötzlich sehen, wie Balder vor der Tür des großen Bruders stand, hinausgeschickt, der Junge stand da und lauschte mit einem Ohr an der Tür, dann seufzte er und zog einen Flunsch und ging ins Esszimmer, wo der Vater auf dem Sofa lag und seinen Mittagschlaf machte und da durfte kein Laut zu hören sein. Hatte er sich jemals um den kleinen Bruder gekümmert? Hatte er jemals mit der Hand seine Haare gekrault? War er jemals mit dem Jungen wandern gegangen und hatte ihm einen Augenblick zugehört, hatte seinem aufgeregten, stammelnden, begeisterten Geplapper wirklich zugehört? In diesem Augenblick ging ihm auf, dass Balder der einzige Freund war, den er jemals gehabt hatte, der einzige, der ihm willig und vertrauensvoll eine Hand gereicht hatte, der einzige Mensch auf der Welt, der ihn liebte und der stolz darauf sein wollte, seine Freundschaft zu besitzen, ein kleiner Mensch von elf Jahren, Balder.

Vielleicht würde Ask bald sterben, vielleicht war er mit dem Leben fertig, vielleicht führte der Weg jetzt ins Gefängnis, vielleicht gelang ihm die Flucht, aber dann nur, um den Rest des Lebens als Flüchtling in trostloser Einsamkeit zu verbringen. In Berghöhlen würde er wohnen, in Berghöhlen, er wusste es nicht. Er wusste nur, dass er auf der Stelle Balder ein Weihnachtsgeschenk schicken musste! Mochten alle Menschen von ihm denken, dass er ein Judas sei und ein Grabschänder, ein Falschspieler und ein Verräter, denn all das war er – doch Balder konnte er nicht so behandeln. Zu *Balder* musste er die Hand ausstrecken und versuchen, etwas zu sagen, bevor es zu spät war! Er lief los durch die Straßen des Städtchens, barmherziger Gott, gab es in der ganzen Stadt nicht so etwas wie einen Spielzeugladen? Was sollte er kaufen, hatte der Bruder nicht einmal etwas erwähnt, wenn Jungen schreiben, dann nur über Dinge, die sie gerne haben wollen, über nichts anderes als das, was du ihnen kaufen sollst, was um Himmels willen hatte Balder unbedingt haben wollen, war es ein Cowboykostüm, nein, es musste etwas aus dem Nordland sein, Stiefel, eine Samenjacke, Balder in einer Samenjacke, ein Hirschhornmesser …

Plötzlich fiel es ihm ein. Und er hatte Speichel in den Mundwinkeln, als er in dem kombinierten Laden für Elektrogeräte und Spielwaren stand und fragte, ob sie Lassos führten. Ja, genau, Lassos. Welche Art von Lasso? So ein Lasso, mit dem die Samen ihre Rentiere fangen. Was das für ein Lasso sei? Das wisse er doch nicht! Wissen Sie das denn nicht? Unbegreiflich. Meinten sie etwa, dass die Samen hinter ihren Rentieren herlaufen und sie mit der Hand fangen? Dass die Rentiere stillhalten? Also so ein Lasso – na, so eines, das die Samen in die Rentierherde werfen … Er konnte das in dem kleinen Geschäft schlecht demonstrieren. So was haben sie nicht? Kein einziges Lasso? Aber dann könnten sie ihm vielleicht einen anderen Laden in der Stadt nennen? Würden *irgendwo* Lassos verkauft? Musste er mit einem Samen sprechen? Dagegen hätte er nichts. Wo treffe man einen Samen? Kamen eventuell im Frühjahr ein paar Samen in die Stadt?

Er kaufte ein Finnenmesser mit einem Griff aus Horn und mit Scheide. Es ärgerte ihn, dass die Schnitzereien am Griff schlecht und stümperhaft ausgeführt waren, aber er konnte nichts Besseres auftreiben. Da stand ein rotes Feuerwehrauto mit Leiter auf der Ladentheke, aber dafür war Balder zu groß. Nachdem er mit dem Päckchen auf der Post gewesen war, ging er zum Telegrafenamt und schickte ein Telegramm. Danach fühlte er sich etwas besser. Trotzdem konnte er das Lasso nicht vergessen. Denn es ging sicher nicht darum, dass sich Balder ein Lasso gewünscht hatte, weil er es benutzen wollte. Es sollte vermutlich zusammengerollt an einem Haken an der Wand über seinem Bett im Schlafzimmer der Eltern hängen. Der Junge stellte sich vermutlich vor, abends im Bett vor dem Einschlafen hinaufzuschauen, vielleicht würde er sich im Dunkeln auf das Bett knien, in dem lächerlich kurzen Pyjama aus blau gestreiftem Flanell, er würde mit den Fingern nach dem aufgerollten dünnen Seil tasten und er würde es andächtig durch die Finger gleiten lassen, als sei es ein Rosenkranz.

Ich werde ein ganzes Bündel Schnüre kaufen, dachte Ask, und dann kann er sich selbst ein Lasso basteln. Das kann doch nichts anderes sein als eine Schnur mit einem Gewicht am Ende? Sodass sich die Schnur, wenn man sie in die Luft wirft, um das Geweih des Rentieres wickelt? Aber welche Art von Gewicht benutzen sie? Es darf nicht zu schwer sein, denn da kann man es nicht weit genug werfen, und wenn man nicht trifft, kann man vielleicht das Tier töten. Und zu leicht darf das Gewicht auch nicht sein, da kommt die Schnur nicht weit genug. Er dachte: Es muss eine besondere Kunst sein, ein Rentier zu fangen. Denn man sitzt nicht auf einem Pferd und reitet dem Tier hinterher, um die Schlinge über seinen Hals fallen zu lassen. Man steht auf der Erde, pirscht sich unbemerkt an die Herde heran, und dann muss das Lasso plötzlich hervorschnellen, wie ein Blitz, wie ein Schuss. Und verfehlst du dein Ziel, dann ist die ganze Herde auf wilder Flucht. Verdammt, das muss wirklich eine besondere Kunst sein.

Und er dachte: Da unten in Südnorwegen ist gewiss niemand, der merkt, dass es kein original Samen-Lasso ist?

An jenem Tag hatte er an Balder gedacht.

Die Heilige Nacht

Weihnachtsabend.

Er war von widerstreitenden Gefühlen erfüllt, als er in einem alten Haus die Treppe hinaufstieg in den ersten Stock, hinauf zur Studentenbude des Schülers. Er begrüßte alle, die da waren, per Handschlag, drei junge Männer und drei junge, nicht besonders hübsche Mädchen. Alle sechs hatten sie laute Stimmen und die glänzenden Augen, die an Weihnachten alle Skandinavier kennzeichnen, die nicht Mitglied bei einem Prohibitionsverein sind. In dem engen Flur musste er sofort, noch bevor er abgelegt hatte, ein großes Glas Aquavit kippen, das ihm von einer der Damen in die Hand gedrückt wurde. Dann kam eine andere Dame und band ihm eine Schürze um den Bauch und schob ihn in die Küche. Hier war der Schweinebraten bereits im Ofen, und es duftete einladend. Ask wurde abgeordnet, den Topf mit dem Sauerkraut umzurühren.

Das ist sicher ganz lustig, dachte er, ich habe bisher noch kein Sauerkraut gekocht. Aber er konnte den richtigen Ton nicht finden. Das, worüber die anderen redeten, klang hohl und unverständlich. »Sachtane bærgele«, sagte einer der jungen Männer, er hatte sich an der glühenden Ofenplatte verbrannt. Ask hatte den Ausdruck schon einmal gehört, das war vermutlich Finnisch oder Samisch und bedeutete etwas wie verdammter Mist, aber es löste bei den anderen ein anhaltendes, hysterisches Gelächter aus. Für die anderen war dieser Ausdruck offenbar wahnsinnig komisch, er begriff, dass es eine Anspielung war auf etwas ihnen Gemeines, vielleicht lag das Komische in der Art, wie es der Mann aussprach, vielleicht hatte er es falsch ausgesprochen. Was wusste er? Er lächelte höflich und grölte mit, verstand aber von dem Witz genauso viel wie ein Europäer, der Zuschauer eines amerikanischen Footballspiels ist, bei dem die Spieler, den Ball wie eine Aktentasche unter den Arm geklemmt, herumrennen und die Mannschaft einen Punkt bekommt, die sich mitten auf dem Spielfeld eng zusammengedrängt auf den Ball stürzt, sodass niemand sehen kann, was passiert.

Manchmal hatte er das Gefühl, als habe er einen unsichtbaren Kreis um sich, sie können wohl nicht vergessen, dass es der Schulleiter ist, den sie zu Besuch haben, dachte er. Ich kann es wohl auch nicht, dachte er und kippte noch einen Schnaps. Dann hörte er sie wieder draußen in dem engen Flur und im Esszimmer tuscheln und kichern. Das missfiel ihm.

Da kam ein weiterer Gast steppend und sich verrenkend und summend durch die Küchentür herein. Er hatte eine Weihnachtsmannmaske vor dem Gesicht und sang in schmachtendem Tenor »Ein kleiner goldener Ring«. Da wurde Ask ganz bleich, aber er biss die Zähne zusammen. Er war nicht der Gastgeber, es war ihnen freigestellt einzuladen, wen sie wollten. Er nahm noch einen Schnaps. Das Kotelett brauchte ja nicht so fürchterlich zu sein, wie er glaubte. Vielleicht hatte der Mann seine menschlichen Seiten. Dabei war das Kotelett dicht an ihn herangetreten und hatte ihm leise ins Ohr geflüstert: »Gibt's was Neues in der Familienangelegenheit? He?«

Bald darauf setzten sie sich im Esszimmer zu Tisch, und Ask wurde mehr und mehr betrunken.

Der Rausch sickerte nicht in ihn ein, er schien von unten zu kommen, vom Fußboden her stieg er in ihm hoch und er wuchs förmlich, redete laut und rechthaberisch und lebhaft und exaltiert. Eine aufwallende Kraft hatte ihn ergriffen, eine schwimmende Freude, er meinte, dass die Menschen an diesem Tisch, in allen Ehren, die prächtigsten Menschen auf Erden wären. Einen Augenblick musste er innehalten und glückselig über diesen begnadeten Reim lachen, zur Sicherheit wiederholte er ihn laut, denn jetzt hatte er sich erhoben vom Tisch und hielt eine Rede, er wollte dieses gastfreundliche Haus preisen, diese edlen Menschen, diese schönen Frauen, er beugte sich zu seiner Tischdame hinunter und küsste sie auf die Wange und der Applaus brandete ihm entgegen (einer rief: »Bravo! Eindeutig *riscontro*!«. Brausendes Gelächter, aber er korrigierte blitzschnell und geistreich: »Nein, *recambio*!«, und sie starben bald vor Lachen), er ist unendlich stark, unendlich groß, unendlich makellos. Warum hat ihm bisher noch niemand die segensreiche Wirkung des Alkohols offenbart, warum hat die Welt ihm diese Lust und diese hochfliegende Kraft *vorenthalten*, sie haben ihm das

Wissen vom Alkohol vorenthalten, wie niederträchtig, aber jetzt weiß er triumphierend: Der Alkohol ist die vierte Möglichkeit, und was für eine Möglichkeit, jetzt sind alle Probleme weg und vorbei, oh Alkohol! Er wird einmal eine Sinfonie zu Ehren des Alkohols komponieren. Warum einmal, warum nicht hier sofort, wenn sie nur die Teller etwas wegschieben, Beethoven schrieb seine Noten auf seine Manschetten, warum kann er dann nicht die Tischdecke nehmen, er würde es allen zeigen, er würde es denen zeigen, die gesagt hatten, dass auf dem Grund des Bechers die Sorge liege, auf dem Grund des Bechers liegt nichts, denn der Becher ist leer! Fülle ihn! Ihm ist, als trete er in die leere Luft und zwei andere müssen ihn wieder aufrichten, das ist das Lustigste, was er je in seinem Leben mitgemacht hat, diese prächtigen Menschen, an die er sich anlehnen kann, herrliche Menschen, dass er das nicht früher entdeckt hat, da haben sie in der Klasse gesessen, die Nase in den Journalen vergraben, er hat sie für Blutegel und Kriechtiere gehalten, die seine Kraft stahlen und seinen Geist aussaugten und die hinter seinem Rücken tuschelten, oh, diese prächtigen Menschen, diese wunderbaren Menschen, er wollte sie seine Freunde nennen, seine Freunde sind sie, er ruft: *Freunde!* Und plötzlich ist es, als habe dieser Ruf auch die Teufel hervorgelockt, sie sind über ihm wie schwarze Fledermäuse mit spitzen, gekrümmten Klauen, sie pfeifen in sein Ohr über die Heilige Nacht und die heilige Familie, die heilige Familie, wo keine Familie ist, da ist auch kein Gott, keine Familie? Keine Familie? Die heilige Familie ist Vater, Mutter und Kind. Vater, Mutter und Kind, und es ist bekannt, dass der Vater geht und sie reiten lässt, er führt den Esel, führt den Esel, kein Vater, der nicht ein Nachtlager findet, der nicht einen Stall findet; kein Vater, der nicht in der Nacht dabei ist, kein Vater, wenn er nicht dabei ist, kein Vater, wenn er nicht das neugeborene Wunder vom Stallboden aufhebt und in eine Krippe legt, kein Vater, der nicht wenigstens eine Krippe organisieren kann; oh, ihr Teufel, ihr Fledermäuse, weg mit euch! Hier ist er unter Freunden, guten Freunden, *Freunden!* Maria war Jungfrau, kennt jemand eine Jungfrau? Maria war Jungfrau, sie sagte es jedenfalls selbst, und Josef glaubte es, der Glaube ist es, auf den es ankommt. Dann sitzt Josef wohl zur Rechten Gottes? Er, der den Esel führte und zu Fuß ging, er, der tappte und wanderte und nach dem Weg fragte, der bat und bettelte, der einen Schankwirt bekniete, in einem Stall übernachten zu dürfen, er war immer dabei, still und sanftmütig, er, der seine Kraft hergab und seinen Namen, er, der nicht zur Unzeit Fragen nach der Vaterschaft stellte – er sitzt nun wohl zur Rechten Gottes? Ha! So muss man fragen! Das verscheucht die Teufel! Jetzt stieben sie davon, wie Rußflocken im Wind, sie bleiben an der Dachleiste hängen, und halten nicht still, er kann es in ihren Fledermausaugen lesen, dass er ihnen einen Schrecken eingejagt hat! Sitzt Josef nun zur Rechten Gottes? Sitzt er da, frage ich. Von wegen, das tut er nicht. Josef bleibt blass und anonym, eine undeutliche Persönlichkeit, ein vergessener Mann. Wenn er auftaucht, erscheint er als etwas Mitleiderregendes, er ist die immerwährende Quelle für gemeinen Spott unter Menschen, der ständige Witz sowohl bei Katholiken wie bei Protestanten, und das zu Recht. Der ganze Weltraum summt, wenn Josef erwähnt wird, er ist der Hofnarr Unseres Herrn, da hat es einen Josef in der Weltgeschichte gegeben und damit genug. Er wischt sich mit der Hand übers nasse Gesicht und spürt, dass die Unterlippe feucht ist und lose, die Unterlippe stülpt sich um unter seiner Hand und so etwas Komisches kennt er nicht, denn er hat kein Gefühl in der Unterlippe, oh, himmlischer Alkohol, er will mit Josef anstoßen, keiner hier, der Josef heißt? Gut, Freunde, dann stoßen wir auf Josef an und auf uns und auf alle Teufel der Welt. »Freunde!«, diese herrlichen Menschen, die ihn stützen und sich bemühen, dass er am Tisch stehen bleibt, er schwillt an vor Kraft und Dankbarkeit, wie kann er sich diesen großartigen Menschen erkenntlich zeigen? Er wedelt mit den Armen und legt dann die Hand auf die Reste des Schweinebratens und hebt ihn hoch wie ein Geschenk, wie eine Trophäe. »Freunde!« Jemand kommt und nimmt ihm den Braten weg und wischt ihn ab, wie freundlich und gut diese Menschen sind, aber er gibt nicht auf, bis er die Geschichte zu Ende erzählt hat, was der Erzengel Gabriel zur Jungfrau Maria sagte, als er mit der Botschaft kam. Er sagte: »Du hast dich jetzt gut benommen, Maria«, sagte er, aber er bringt nicht den rechten Schwung in die Erzählung und nicht alle lachen, er lacht selber nicht richtig, aber dann hebt er das Glas und sagt: »Sachtane bærgele!«, und dann lachen alle …

Danach stürmten ein paar hinaus auf die nächtlich stille Straße. Der Schnee lag hoch und weiß auf der Straße, es waren 20 Grad minus und fast kein Wind, am Himmel trieben dunkle violette Wolken. Sie liefen durch die Straße, rutschten und stürzten, Ask aß Schnee von seinen Händen, sie sprangen wie Hirsche einen steilen Hang hinauf und rutschten johlend hinunter. Ask spürte plötzlich, wie die Kälte wie eine Dusche aus spitzen Nadeln in den Körper drang, und er dachte: Ich hätte nicht ohne Mantel rausgehen sollen, aber er war so verschwitzt und heiß und dies war so herrlich kalt, er öffnete das Hemd für alle 20 Minusgrade, er galoppierte vor den anderen her wie eine dunkle Giraffe, er rutschte und fiel und wälzte sich im Schnee, er sang und lallte, er sah einen Laternenmast und begann hinaufzuklettern, unvergleichlich, so einen Mast an seine Brust zu drücken, er kam bis hinauf zur Querstange, erreichte aber die Glühbirne nicht. Er hing an dem Mast in der stillen Nacht, in der Heiligen Nacht, und über ihm hing seine Seele wie ein Habicht mit geschlossenen Flügeln und sah herunter zu ihm, seine Seele hatte ihn verlassen, sie hing da oben und sah herunter zu ihm, ihr Blick war kühl und uninteressiert, und es war gut, seine Seele woanders zu wissen, er rieb die Wange an dem hölzernen Mast und schaute über die niedrigen Hausdächer und die kleine Mittelalterstadt, die in violettes, dunkles Licht getaucht war, und er dachte: »Hier hängt der Schulleiter am Laternenmast«, und das war ein so unsagbar komischer Gedanke, dass er herunterfiel und in einer Schneewehe landete und als er sich aufrichtete, merkte er, dass er das Glas seiner Armbanduhr zerbrochen hatte, es war damals Mode, die Uhr an der Innenseite des Handgelenks zu tragen, er musste das Glas zerdrückt haben, als er den Masten umklammerte, und das Glas der Armbanduhr war so unglaublich dünn. Es war ein merkwürdiges Gefühl, wie er da stand mit der winzig kleinen Leiche am Handgelenk, als habe er ein Mausejunges zerquetscht, und er hätte fast geheult, aber da fanden sie einen Tretschlitten und drei saßen vorne auf und einer stand hinten und sie fuhren den Hang hinunter, aber der Schnee war meterdick und locker und sie blieben unten stecken und machten einen Salto mortale durch die Luft und Ask traf eine Schlittenkufe oder ein Schuh am Hinterkopf, oh, Heilige Nacht, aber jetzt waren sie fast nüchtern, doch wo ist das Haus? Sie können plötzlich das Haus nicht mehr finden und jetzt wollen sie hinein, in die Wärme, sie bleiben still stehen in der Nacht und horchen, vielleicht können sie das Haus hören, sie hören ihren Puls pochen wie einen Eisenbahnzug, dann singen sie, hiiie-r kom-mmen diee klei-nen Zwerr-ge, der Alkohol drückt hinter den Ohren, es ist so komisch, dass das Haus nicht stillstehen kann, ein Haus, das tanzt, die ganze Straße tanzt, und Ask fängt an zu kichern, er kann es plötzlich nicht aushalten, es ist zu komisch, er drückt die Knie aneinander und deutet auf das Haus, er ist so peinlich berührt wegen des Hauses, so etwas macht man doch nicht, er kichert hysterisch und sie ziehen ihn mit und sie steigen eine Treppe hinauf und es ist so lustig in dem engen Treppenaufgang, es ist so angenehm, die Stöße an den Schultern zu spüren, wenn er den Körper von einer Wand zur anderen wirft. Wenn er richtig Schwung nimmt und gegen die Wand bumst, spürt er, wie das ganze Haus wackelt, unglaublich, ein ganzes Haus zum Wanken bringen nur mit den Schultern ...

Stille.

Jetzt ist er in einem fremden Zimmer, es sieht aus wie ein Schlafzimmer. Ein Bett. Warum liegt er in einem Bett? Und warum ist dieses Mädchen da? Er kennt sie, sie war seine Tischdame. Hat sie ihn hierhergebracht oder er sie? Sie liegt da und schaut ihn an. Sie sind beide angezogen. Er weiß genau, dass er sie nicht angerührt hat. Aber dann muss er sie wohl jetzt anfassen? Warum sitzt sie da und schaut ihn an?

Ihr kurz geschnittenes, schwarzes, strubbliges Haar roch nach Moos und Schweiß. Sie war klein, kurzbeinig, plump, kräftig, sie hatte Grübchen in den Fingern und ihre Wangen waren wie rote Äpfel. Als er sie berührte, waren ihre Arme und ihre Schenkel wie steinharte Schinken, sie war stark wie ein Ochse und geschmeidig wie ein Aal, klein und mollig und fest, alles umschloss ihren Körper, als sei es festgenagelt, es war nicht möglich, auch nur einen Finger durch ihre Bluse oder unter ihren Rock zu kriegen, ihre gespannten, festen Fußballformen waren absolut dicht, er konnte auf keine Weise rankommen. Sie drehte und wand sich wie eine Otter, das Bett japste und jammerte unter ihnen, sie war ungemein stark und unfassbar listig: Jeden Kniff, den er probierte, jeden überraschenden Griff, den er ansetzte, hatte sie im Voraus erraten, sie war wie ein tänzelnder, raffinierter Boxer, bald parierte sie den Angriff mit der Hüfte, bald mit dem Oberarm, bald duckte sie sich, bald entschlüpfte sie seiner Umklammerung, die ganze Zeit schützte sie mit erstaunlicher Behändigkeit ihre weicheren Körperteile. Falls sie solche hatte. Er fing an, daran zu zweifeln.

Nachdem sie es eine Stunde so getrieben hatten, brach er ab und atmete durch. Jetzt könnte sie gehen, dachte er, wenn sie nicht weitermachen will. Dann sagen wir: unentschieden. Doch sie blieb liegen. Er atmete aus und fragte:

»Wie heißt du?«

»Quatsch nicht«, sagte sie.

Erneut zwang er sie unter sich, erneut begann der nächtliche Kampf mit dem fremden Mädchen auf dem fremden Bett in dem fremden Schlafzimmer. Er kam nicht ran an sie, war an allen Stellen auf ihr, aber sie war flinker, stärker. Einmal kam er mit der Hand zu ihrem Bauch und musste sich beherrschen, um nicht loszulachen, als er ihre seitlichen Fettpolster fühlte. Es gelang ihm, einen Finger auf ihren Nabel zu legen, der stand heraus wie eine Kaffeebohne, und er hielt sie fest und kitzelte sie, aber dann befreite sie sich und der Kampf ging weiter. Das ist völlig verrückt, dachte er. Ich sollte eigentlich wütend sein, bin es aber nicht. Er hatte keine Lust auf sie, es war nur ein seltsamer, stummer Kampf, er dachte: Das wäre ja noch schöner ... Etwas peinlich, dass ich sie nicht schaffe. Ihr Körper roch ranzig und herausfordernd, ihre Kleidung war lange Zeit nicht mehr in der Wäsche gewesen, das war ein bisschen unangenehm, und was in Gottes Namen sollte er mit diesem Mädchen, aber es wäre ja noch schöner ... Nach fast einer weiteren Stunde hatte er sie plötzlich im Griff. Mit einer Hand hielt er beide Hände fest, mit der anderen Hand kam er bis hinein zu ihrer Unterhose, der Hosengummi riss und sie kniff zusammen, aber alles war so rasch gegangen, dass er plötzlich bei ihr drin war. Er hielt sie fest, sie konnte sich nicht rühren und langsam bewegte er den Finger. Sie war ganz trocken, und das war nicht witzig und er fühlte, dass er ihr wehtat, trotzdem bewegte er den Finger, er wollte sie ärgern. Sie drehte und wand sich mit aller Kraft auf dem Bett, aber er hielt sie fest.

»Nimm den Finger raus«, fauchte sie.

»Stimmt was nicht damit?«, sagte Ask. Der Schweiß lief ihm herunter.

»Du brauchst nicht glauben, dass du *hier* etwas erreichst«, stöhnte sie voller Wut. Ein stechender Blick aus ihren kleinen braunen Augen traf ihn.

Ask schluckte. *Hier* nicht. Dann wusste sie von dem anderen, es war also inzwischen ein offenes Geheimnis. Und ihn hielt sie demnach für einen Kuckuck, der jedes Mal, wenn er etwas fand, was einem Nest glich, Eier hineinlegte. So ist das also, dachte er bitter. Ins Schlafzimmer, dachte er weiter, ist sie offenbar nur gekommen, um mir das zu sagen? War es von Anfang an das, was sie vorhatte, mir zu sagen? Dann wollte sie mich nur zum Narren halten?

Er saß aufrecht und schaute hinunter auf sie. Er hielt sie fest im Griff, bewegte aber nicht den Finger. Sie hat es gesagt, dachte er. Und plötzlich ist er der Sache überdrüssig, ihn widert alles an, nach dem über zweistündigen Kampf zieht er die Hand heraus und lässt sie los, und sie springt ihn sofort an wie eine Katze und zerkratzt ihm das Gesicht.

Er sieht nichts mehr und stößt mit dem Knie zu, trifft ihre Brust mit einem dumpfen Stoß und sie schnappt nach Luft und sackt zu Boden. Dann ist jemand an der Tür, Licht fällt durch einen Spalt zu ihnen herein und sie liegt auf dem Boden und er sitzt auf dem Bett und das Blut läuft übers Gesicht und in der Hand hält er einen abgerissenen Straps.

Später dachte er, dass er ihr den Straps hätte zurückgeben können. Aber dann dachte er: Da kratzt sie mich nur noch mal. Er steckte ihn in die Tasche.

Er war nüchtern, als er früh am ersten Weihnachtstag alleine durch stille, verschneite Straßen heimwärts wanderte.

Abends erwachte er mit hohem Fieber. Das entwickelte sich zu einer ernsthaften Grippe und er musste über eine Woche das Bett hüten. Die Schule begann im neuen Jahr erst zwei Tage nach dem festgelegten Termin.

Als er zum ersten Mal nach den Weihnachtsferien am Katheder

stand und den Schülern ein gutes neues Jahr wünschte, wagte er nicht, ihnen in die Augen zu schauen.

Er wusste, dass da unten in der Klasse einer saß, dessen nackter, magerer Hals aus einem Halstuch ragte und der ihn mit einem wissenden, aggressiven Grinsen anschaute.

Der Arbeitslose mit dem unverschämten Grinsen.

Das Lied von der Freiheit

Mitte Januar kam Gunnhild wieder zu Besuch. Dieses Mal hatte sie nicht gesagt, an welchem Tag sie kommen würde, und tauchte deshalb an einem Vormittag überraschend in seinem Zimmer in der Pension auf, wo er gerade mit einem Schüler sprach.

Der Schüler beeilte sich mit seinem Anliegen, trotzdem kam es Ask wie eine Ewigkeit vor, bis der Mann die Tür hinter sich zumachte. Und als sie nun allein waren, wagte er kaum, Gunnhild anzusehen. Er musste eine Menge Arbeiten bis zum Nachmittag fertig korrigieren, deshalb fragte er Gunnhild nach einer Weile, ob es in Ordnung sei, dass sie in die Stadt gehe oder ihre Verwandten besuche. Sie könnten sich dann am Abend wieder treffen, wenn er mit der Schule fertig sei. Er würde um neun Uhr wieder in der Wohnung sein.

»Aber dann muss ich bei dir übernachten«, sagte Gunnhild und zupfte an ihren Handschuhen.

»Nein«, sagte Ask.

»Wenn ich schon so selten hier bin ...«, sagte sie.

»Nein«, sagte Ask.

Sie warf ihm einen kurzen Blick zu, seufzte und sagte:

»Dann muss ich mit meinen Verwandten reden.«

»Ja«, sagte Ask. »Oder du reservierst ein Zimmer im Hotel.«

Den ganzen Nachmittag in der Schule war er gedrückter Stimmung. Jetzt hatte der Schüler sicher der ganzen Klasse erzählt, dass der Nachtstern beim Schulleiter zu Besuch gekommen sei, er habe mit eigenen Augen gesehen, wie sie das Büro des Schulleiters betreten habe. Ask hatte das Gefühl, als sei das Grinsen des Arbeitslosen unten in der Klasse besonders wissend, besonders unverschämt.

Und dann war da der Gedanke an Gunnhild und ihre Verwandten. Worüber redete sie mit den Verwandten?

Als er abends heimkam, steckte er den Schlüssel in die Tür. Der Schlüssel ließ sich nicht im Schloss drehen. Er kämpfte eine Weile. Dann durchzuckte ihn eine böse Ahnung. Er drückte die Klinke nach unten: Die Tür war offen.

Im Zimmer saß Gunnhild mit übergeschlagenen Beinen auf einem Stuhl. Sie schaute ihm lächelnd entgegen, als er eintrat. In ihrem Lächeln lag etwas Vertrauliches, eine Mischung aus Schmollen und Besitzenwollen, er wusste es nicht, aber kalte Wut stieg in ihm auf.

»Wie bist *du* hereingekommen?«

»Die Hausmeisterin der Pension hat mir aufgeschlossen.«

Mit eisigem Schweigen hängte er seinen Mantel auf. Er wusste, wie das zugegangen war, wollte aber nicht daran denken, für wen sie sich der Frau gegenüber ausgegeben hatte. Eine Hausmeisterin schließt nicht jedem Beliebigen die Tür auf, nicht für jeden, der zufällig anklopft. Denn dies war keine Wohnung, es war das Büro der Schule. Es ärgerte ihn über die Maßen, den Oberkörper frei machen zu müssen, während sie im Zimmer war, aber er musste sich wie gewohnt täglich nach dem Unterricht waschen. Danach fragte er, ob sie zu Abend essen wolle.

Sie sagte Ja. Ja bitte, verbesserte sie dann.

Er sagte kein Wort, während das Dienstmädchen mit dem Tablett und den Tellern und dem Tee im Zimmer war, er sagte kein Wort, während sie die Schnitten mit Kalbfleisch und Käse aßen, kein Wort, während sie den lauwarmen, geschmacklosen Tee tranken. Dann trug er das Tablett mit den Resten hinaus, kam zurück und schloss die Tür.

Sie zog sich die Schuhe aus und legte sich auf sein Bett. Er biss sich auf die Lippe. Sie holte Zigaretten und Streichhölzer heraus, zündete sich eine Zigarette an, blickte sich nach einem Aschenbecher um. Da stand nichts auf dem Nachttisch, sie zog die kleine Schublade im Nachttisch heraus, dort fand sie ihn. Sie legte sich hin, mit einer Hand unter dem Nacken, und schaute zur Decke. Er ging vor ihr im Zimmer auf und ab.

Sie sagte ganz ruhig:

»Mir gefällt das nicht.«

Er blieb stehen.

»Was gefällt dir nicht?«

Sie streckte den Finger aus zum Nachttisch:

»Das in der Schublade.«

Es war ein seltsames Lächeln in ihrem Gesicht, halb humorvoll, halb strafend. Er hatte keine Ahnung, was in der Schublade sein sollte. Er beugte sich über sie und zog die Schublade heraus. Da lag ein Buch, eine Schachtel Zigaretten. Ja, und dann ein abgerissener Damenstrumpfhalter.

Er kniff kurz die Augen zusammen: Das war die Trophäe aus der Heiligen Nacht. Er schloss langsam die Schublade, war wütend. Fing sie jetzt auch noch an, in seinen Schränken zu wühlen? Und dann gefiel ihr nicht, dass er andere Frauen hatte. Das würde sie sich verbitten!

Einen Augenblick erwog er, ihr zu erzählen, wie das mit dem Strumpfhalter zugegangen war. Doch dann ließ er es sein. Das wäre sicher nicht klug. Und außerdem ist es immer peinlich für einen Mann, an die Kämpfe zu denken, die er im Bett verlor.

Er ging einmal langsam im Kreis. Dann stoppte er und sagte mit belegter Stimme:

»Hör zu, es gibt da ein paar Dinge, die ich dir sagen möchte. Äh – besser jetzt gleich als später.«

Er blieb einen Augenblick stehen. Denn das, was er sagen wollte, würde allzu hart klingen, allzu unbarmherzig, einfach unmenschlich, wenn er es hier im Stehen sagte, wenn drei Meter Luft zwischen ihnen waren. Er ging langsam zu ihr, setzte sich auf die Bettkante. Sie rückte etwas zur Seite und machte Platz.

»Ask«, sagte sie und legte ihm eine Hand auf den Arm, »ich habe auch ein wenig nachgedacht.«

Er schluckte.

»Du weißt, nachdem es nun mal so ist, da …«

Sie hielt inne und zwinkerte mit den Augen. Dann fuhr sie fort:

»Du weißt, in dem Haus wohnt nur dieser eine Bruder von mir. Er ist verheiratet, hat aber keine Kinder. Nur er und seine Frau und ich wohnen in dem Haus. Ich habe mit ihnen geredet. Sie haben überlegt, sich eine andere Wohnung zu suchen. Sie haben nichts dagegen, das Haus aufzugeben für – uns. Wenn du willst ...«

Er machte eine Bewegung, und sie griff nach seinem Arm.

»Wir könnten uns das schön machen, Ask. Wir könnten streichen und tapezieren. Und wenn du hier fertig bist, bekommst du sicher eine Stelle bei der Grubengesellschaft. Ich habe mit denen vom Büro gesprochen, und sie meinten, du wärst sehr tüchtig gewesen ...«

Er saß steif da, er konnte nicht atmen, er konnte nicht sprechen. Dann musste er seine ganze Kraft zusammennehmen, er würgte eine Mischung aus Schluchzen und morbid-verkrampftem Lachen heraus. Er griff sich an die Kehle. Er dachte: Sie ist Hausbesitzerin. Hausbesitzerin. Sie!

Dann packte ihn die Panik und er fing an zu reden. Er hatte eine fürchterliche Angst. Bis jetzt hatte er das ganze Problem in Watte gepackt, in einen dicken Nebel, so hatte er leben können. Aber jetzt musste er den Nebel zerreißen, musste Wörter und Ausdrücke finden, musste die Dinge beim Namen nennen. Das war wie Runenwerfen. Wenn eine Sache gesagt ist, wenn der Gedanke in Worten ausgedrückt ist, dann lässt sich die Sache nicht mehr wegwischen.

»Hör zu«, sagte er. In seiner Angst legte er die Hand auf ihre, aber er merkte, dass sie das falsch verstand, und zog die Hand zurück.

»Hör zu, wir wollen gewisse Dinge klären.« (Das klang gut; er wurde etwas ruhiger.) »Ich möchte hiermit ein für alle Mal sagen –« (das klang auch gut, etwas hart vielleicht, aber jetzt war es gesagt), »dass ab jetzt keine Rede mehr von einem engeren Zusammenleben zwischen uns sein kann.« (›Eng‹ klang gut, besser als ›intim‹.)

Er war kurz davor, zusammenzubrechen, entsetzt über sich selbst nach dieser kleinen Rede. Aber er fuhr fort:

»Wir haben viel gemeinsam gehabt, du und ich, aber – äh – jetzt ist da nichts mehr.«

Er wand sich:

»Jetzt ist Schluss.«

Sie machte eine Bewegung auf ihn zu, er wagte sie nicht anzusehen und fuhr hastig fort:

»Es hätte vielleicht noch eine Weile auf die gewohnte Weise weitergehen können, aber jetzt nicht mehr, nach dieser Sache.«

Sie hatte aufgehört zu atmen. Er bekam eine Todesangst, jetzt wird sie hysterisch, dachte er. Er biss die Zähne zusammen und zitterte:

»Ich weiß nichts über die Zukunft. Ich weiß nichts, was mich betrifft. Deshalb kann ich auch nichts wissen, was dich betrifft. Aber ich werde allen meinen Verpflichtungen dir gegenüber nachkommen.« (Um Gottes willen, dachte er, was rede ich denn da?) »Soweit meine Umstände es erlauben, soweit ich es mir gegenüber verantworten kann. Wenn es so weit ist, werde ich es tun.« (Das beinhaltet alles Mögliche, es müsste sie einigermaßen beruhigen und selbst gewinne ich Zeit, um nachzudenken.) »Aber wenn du willst, dass ich mich anständig benehme und meinen Teil der Verantwortung übernehme, dann habe ich eine Bedingung.«

Seine Lippen begannen zu beben, es erschien ihm so hart und so unmenschlich, da lag eine schwangere Frau neben ihm, eine Frau, die ein Kind bekommen würde, er sah mit benebeltem Blick direkt ins Zimmer, seine Stimme war neu und seltsam, als er sprach, aber er meinte, was er sagte:

»Du wirst in Zukunft keinen Anspruch auf mich haben. Keinen Anspruch auf meine Person, auf meine Seele, auf meine Freiheit. Ich weiß nicht, ob ich mit dir die Ehe eingehen werde oder nicht.«

Er blickte wütend ins Zimmer, um sich stark zu machen, diese bürgerliche Handlung hatte er bis jetzt nicht in Worte gefasst. Jetzt war es gesagt. Eine ungeheure Erleichterung überkam ihn.

»Aber egal wie die künftige Beziehung zwischen uns aussehen wird, sie wird dir niemals ein Recht auf *mich* geben. Sie wird dir nicht das Recht geben, jemanden zu bitten, dir die Tür zu meiner Wohnung aufzuschließen, sie wird dir nicht das Recht geben, meine Schubladen zu öffnen. Sie wird dir nicht das Recht geben, mir vorzuwerfen, dass ich mit anderen Frauen zusammen bin.« (Das Letzte klang gut; sie würde glauben, dass er ein Teufelsbraten war, ausgezeichnet; sie würde dann glauben, eine von tausend zu sein. Sie würde nur einen Teil von ihm haben, nur ein Tausendstel. Ja.) »Wenn so etwas in Zukunft vorkommen sollte …«

Er beendete den Satz nicht, wurde aber blass vor Angst bei dem Gedanken, an den er gedacht hatte.

Er blickte starr hinauf zur Gipsrosette an der Decke und sagte:

»Ist das klar?«

Sie tastete nach seiner Hand und näherte sich mit ihrem Körper:

»Ich wollte dich doch nur überraschen.«

Er sagte:

»Ab jetzt möchte ich den Weihnachtsmann gerne selbst bestellen.«

Dann wurde es still.

Kurz danach drehte sie sich weg von ihm, lag mit dem Gesicht zur Wand. Er schaute vorsichtig zu ihr, ihre Wange war feucht. Er legte ihr zögernd eine Hand auf die Schulter, aber sie schüttelte sie ab. Er betrachtete ihren Körper und er schluckte.

Er saß da und horchte auf ihren Atem, er saß da und schaute ins Zimmer. Es war ganz still. Er hatte ein seltsames Traumbild vor sich, er sah etwas, er sah es erschreckend klar.

Um elf Uhr begleitete er sie zu ihren Verwandten. Sie würde dort übernachten, zeitig am nächsten Morgen würde sie die Fähre hinüber nach Indrepollen nehmen.

Sie gingen durch die Straßen. Er hielt sie am Arm, aber er sagte kein Wort. Es gab nichts zu sagen.

Als sie an dem Haus anlangten, blickte sie hinauf zu den Fenstern, es war Licht dahinter. Sie fragte:

»Möchtest du mit reinkommen und Guten Tag sagen?«

Er schaute auf den Schnee.

»Sie bieten uns sicher einen Whiskey an.«

Er sagte ablehnend:

»Ich muss morgen früh aufstehen.«

Sie hätte es nicht verstehen können. Nicht richtig verstehen können. Nicht richtig.

Nein, nein, es war wohl vielleicht auch nicht so leicht zu verstehen.

Als er in seinem Bett lag, als er alleine war, als es Nacht war, da erschien ihm plötzlich wieder das seltsame Traumbild.

Als sie auf dem Bett gelegen hatte, als er neben ihr gesessen hatte, da wurde es ihm klar. Er hatte gedacht: Ich muss mein Verhalten begründen können. Wenn nicht jetzt, dann später einmal. Ich muss begründen und rechtfertigen, dass ich ihren Traum von einem kleinen Häuschen mit frischen Tapeten an den Wänden zerstöre. Der Zaun sollte ebenfalls repariert werden. Ich muss mich rechtfertigen, dass ich mich um keine Stelle bei der Grubengesellschaft bewerben will, ich muss mich rechtfertigen, dass ich nicht den Rest meines Lebens als Kontorist bei der Grubengesellschaft in Indrepollen verbringen möchte. Aber ich muss wissen, warum ich das nicht will. Ich muss wissen, warum.

Und eine schwindelnde Sekunde lang hatte er gedacht:

»Wenn ich wüsste, warum, dann könnte ich eine Sinfonie komponieren.«

Jetzt lag er allein im dunklen Zimmer und die Vision überkam ihn wieder, größer als vorher. Das Merkwürdige war, dass er die Sinfonie nicht nur hörte, er sah sie.

»Ja«, sagte er. »Die Töne würden länglich sein, senkrecht und glänzend wie ein fallender Wasserstrahl. Oder wie die Eisenstäbe eines Käfigs. Ja, wie die Eisenstäbe vor dem Fenster einer Zelle. Ich glaube, das könnte ich hinkriegen. Ich würde es hinkriegen, die glänzenden Eisenstäbe zu singen. Ich würde es auch schaffen, das Viereck aus Sonnenlicht, das durch die Gefängnisluke auf den Boden der Zelle fällt, zu singen. Doch das Lied wird von außen gesehen. Ich stehe draußen und sehe die Zelle, aus der mir die Flucht gelungen ist. Es fehlt etwas in der Sinfonie. Es genügt nicht, die Eisenstangen und das helle Viereck auf dem Fußboden zu schildern. Es genügt nicht, wenn ich dann schildere, wie ich ausgebrochen bin. Ich muss noch mehr erzählen. Ich muss erzählen, warum. Was ist die Qualität des Neuen? Warum ist es besser draußen als drinnen? Warum muss ich draußen sein? Was ist das *Unverzichtbare* daran, außerhalb des Gefängnisses zu sein?«

Er krümmte sich vor Angst und Ohnmacht, denn es ging nicht

darum, ob er in der Lage war, diese Sinfonie zu schreiben. Er *musste* es tun.

Er dachte: Schaffe ich es nicht, die Sinfonie zu schreiben, dann habe ich keine Rechtfertigung. Dann bin ich eine Niete, ein elender Wicht, einer von denen, die, vom Amt registriert, monatlich die Alimente zahlen. Dann bin ich einer, der feig war, einer, der versagt hat, einer, der immer die kleinen Schilder sehen wird: Laufburschen bitte Hintereingang benutzen. Einer, der nie den Mut hat, den Leuten in die Augen zu schauen.

Er zitterte. Und er dachte: Wenn ich es so hinkriege, dass ich für die ganze Welt das Lied von der Freiheit komponiere, wenn es so ein Lied wird, dass die Menschen, sobald sie es hören, das Haupt entblößen, wenn es so ein Lied wird, dass die Menschen, wenn sie es hören, in tiefster Andacht und voller Überzeugung sagen werden: »Ja!«. Wenn ich die Welt dazu bringen kann, »Ja!« zu sagen – dann habe ich gewonnen. Dann hatte ich recht.

Sein Kinn zitterte vor Angst.

Er meinte, ein Lächeln im Dunkel zu erkennen, zuerst war es der Arbeitslose der Klasse und mit seinem wissenden Grinsen, aber dann wurden es mehr, die lächelten, es wurden viele Köpfe, er sah die ernsten Gesichter, barmherziger Gott, sie waren todernst, er sah das Gesicht von Haydn, das Gesicht von Brahms, Chopin sah er im Profil, es war, als sei es Chopin etwas peinlich, aber Beethoven schaute Ask direkt an, Mozart schaute Ask an, ihre Gesichter waren dunkel und fordernd und todernst, weiß dieser junge Einfaltspinsel, was er da zusammenfantasiert? Er kann sich gerne eine Pappnase aufsetzen, doch dann soll er so freundlich sein und sie mit seiner Maskerade nicht weiter behelligen. Ask faltet die Hände vor Scham und Resignation, er betet ein verzweifeltes Gebet in der Nacht und es ist, als würden sich die Köpfe zurückziehen, als würden sie sich beraten, denn nach einer Weile kommen sie zurück, sie blicken auf ihn hinunter, Beethoven beißt sich ärgerlich in die Oberlippe und zeigt seine kräftigen Zähne im Unterkiefer, es läuft ein verdrossenes Murmeln durch den Weltraum und die Gesichter sagen:

»Nun gut. Aber nur dann.«

Ask setzt sich mit einem Ruck auf im Bett, in höchster Not ruft er in die Nacht:

»Nur *wann?*«

Es wird still. Dann kommt die Antwort:

»Nur wenn es eine gute Sinfonie wird.«

Er hält den Atem an. Und die Gesichter fügen leise und ernst im Chor hinzu:

»Und wir beurteilen, ob sie gut ist. Du musst sie *uns* vorlegen.«

Und der junge Mann sinkt wieder ins Bett, er vergräbt das Gesicht in den Händen und er weiß, dass er verloren ist.

Die Puppe im Gras

Eingefädelt hatte es der Bruder von Siv. Jedes Mal, wenn Ask in seinem späteren Leben an Sivs Bruder dachte, biss er sich grübelnd auf die Lippe. Handelte der Junge aus eigenem Antrieb und nach eigener Eingebung oder war er – wie jedes Mal – nur der Laufbursche?

Aber was bringt es, darüber nachzugrübeln? Wenn wir einige Fäden mehr im Gewebe unseres Lebens aufspüren – starren wir dann nicht immer noch an eine Wand?

Hilft uns die Tatsache, etwas zu verstehen, die Tür zu finden?

Öffnet Weisheit die TÜR?

DIE Tür?

Er hatte in der Lokalzeitung gelesen, dass in der Turnhalle Jahrmarkt war mit allen möglichen Belustigungen. Das dauerte gewöhnlich eine Woche lang mit abschließender Theateraufführung und Tanz, jedes Jahr im Januar. Die Schüler hatten davon geschwärmt, er solle einen Abend hingehen.

Am Sonntagabend ging er hin.

Die Veranstalter hatten viel Energie und Fantasie in die Theateraufführung gesteckt und die Laienschauspieler hatten eine echte Freude an ihrer Darbietung. Ask wollte gerade den Ort verlassen, da erschien das Kotelett auf der Bühne und sang »Ein kleiner goldener Ring«. Offensichtlich wurden sowohl der Sänger wie die Zuhörer bei diesem Lied von einer seltsamen Psychose ergriffen, das Publikum sprang auf vor Begeisterung und hörte nicht auf zu klatschen, er musste es da capo singen. Und er weigerte sich nicht. Später musste Ask fast widerwillig das Kotelett bei einer anderen Nummer bewundern, bei der er als Schwarzer verkleidet steppte. Er hatte eine merkwürdige Technik, die eisenbeschlagenen Schuhsohlen schlugen wie Trommelstöcke auf den Bühnenboden, doch das Kotelett konnte seine Tanzschritte nicht variieren. Wäre der Auftritt kurz geblieben, es wäre eine hervorragende Präsentation akrobatischer Fähigkeiten gewesen. Aber der Auftritt zog sich hin, der Pianist spielte das Musikstück immer wieder, schließlich wurde es fast peinlich. Ask dachte: Er hat diese Tanznummer nicht ausgebaut, er hätte mit seinem Tanz eine Geschichte erzählen sollen. Ein Mann wie das Kotelett mit seinem geschmeidigen Köper hätte allein mit seinen Fußknöcheln eine Geschichte erzählen können. Er hat ein ganzes Evangelium in seinen Knöcheln. Und er weiß es nicht.

Er drehte sich auf der Bank um, verblüfft über diesen Gedanken. Er begegnete dem Blick einer Frau, die in derselben Reihe etwas weiter weg saß, und er dachte: Denkt sie dasselbe?

Dann wurde der Saal für den Tanz hergerichtet. Ask fühlte sich fehl am Platz, er wäre am liebsten nach Hause gegangen. Aber vielleicht sollte er bleiben und einen Tanz tanzen? Er hatte nicht getanzt seit ... Da fiel sein Auge im Gedränge auf das Tigermädchen aus der Weihnachtsnacht. Er drehte sich um, wollte weg.

In dem Moment kam der Bruder von Siv zu ihm. Ask wusste nicht, dass er Sivs Bruder war. Er wusste auch nicht, dass es jemanden gab, der Siv hieß. Ein kurioser Gedanke: In diesem Augenblick wurde Siv erschaffen. Wäre der Bruder von Siv nicht zu ihm gekommen und hätte gefragt, ob Ask an ihren Tisch kommen wolle, dann hätte es keine Siv gegeben.

Der junge, blonde, fünfundzwanzigjährige Mann war Schüler von Ask. Das Einzige, was Ask über ihn wusste, war, dass er im Büro des größten Handelsunternehmens der Stadt tätig war, wo er es sicher bis zum Juniorchef bringen würde. Er war ein lächelnder, angenehmer, junger Mann, er hatte vorher in einer Stadt im Süden das Abitur abgelegt.

Weil sich die Gelegenheit bot, passte es jetzt gut, die Handelsschule zu machen. Seine Einladung an Ask war höflich und herzlich, man würde sich freuen, wenn Ask zu ihnen kommen und sich ihrer Gruppe anschließen wolle.

Ask kam zu dem Tisch, er wurde herumgereicht und gab jedem die Hand. Zwei der Damen erhoben sich halb von ihrem Stuhl, als sie ihm die Hand drückten, die dritte blieb sitzen.

Ihm wurde so seltsam zumute. Sie ist eine Dame, dachte er, sie bleibt sitzen, wenn ein Mann sie begrüßt. Er dachte: Das hat sie nicht hier gelernt.

Es war ein merkwürdiger Augenblick. Denn er hatte sie wiedererkannt. Nicht sofort, aber eine Sekunde später. Er hatte sie vorher nur auf der Straße gesehen. Jetzt trug sie ein Abendkleid. Er hatte sich auf der Straße nach ihr umgedreht und einmal war er stehen geblieben und hatte in das Schaufenster eines Schuhgeschäfts gestarrt – sie hatte etwas Besonderes an sich. Auf der Straße trug sie einen dunkelbraunen Wollmantel mit einer zuckerhutförmigen Kopfbedeckung aus demselben Stoff, und es war ein breites Stoffband unter dem Hut, um ihn zu fixieren, die Bänder waren mit einer Schleife zugebunden. Unter diesem Hut hatte er ein blasses Gesicht mit großen, blauen Augen gesehen, das Gesicht war eingerahmt von goldblondem Haar, Flachshaar. Ihr Gesichtsausdruck war ihm etwas müde erschienen, mit einem Anflug von Traurigkeit. Sie war sehr klein und zierlich, ging aber anmutig und bestimmt wie eine Tänzerin. Sie hatte hohe rote Wildlederstiefel an den Beinen gehabt. Er hatte sich umdrehen müssen, um ihr auf der Straße hinterherzuschauen, sie wirkte so fremdartig in diesem Städtchen, wie ein Schmetterling, ein etwas unglücklicher Schmetterling in einer Schneewehe.

Und jetzt stand er da und sah ihr ruhiges, etwas wehmütiges Lächeln und spürte ihre Hand in seiner. Ihre Hand war klein, warm, weich; sie antwortete kräftig auf seinen Händedruck, und als sie aus seiner Hand glitt, war es, als zögerte sie eine winzige Sekunde, als ob die Fingerspitzen die Innenseite seiner Hand befühlen wollten, als ob die kleine Hand fragte: »Was ist das für eine Hand? Eine gute Hand? Gib mir deine Hand und ich werde dir sagen, wer du bist.« Eine winzige Sekunde lang begrüßten sich die beiden Handflächen und ihre kleine Hand war trocken und warm.

Er setzte sich und war sehr unglücklich. Er hatte in dem einen Auge ein Gerstenkorn bekommen.

Er schielte schnell zu ihr hinüber, er war überzeugt, dass sie keine Bedeutung in den Händedruck gelegt hatte, dass nur er es so empfand. Sie hatte sich abgewandt, saß lächelnd da und unterhielt sich mit einem anderen. Sie beugte sich vor über die Tischplatte und stützte dabei den Kopf in die Hände, er sah ihre auf der Tischplatte liegenden Brüste. Er konnte ihr Gesicht sehen: Die Augen standen etwas zu weit auseinander, als dass man sie schön nennen könnte, aber das Gesicht war ansonsten erstaunlich makellos, fast unpersönlich. Die Nase war gerade und perfekt geformt, er hatte vermutlich noch nie eine derart *richtige* Nase gesehen, und wenn sie lächelte, hatte sie einen Zug um den Mund, mit kleinen Falten, wie von einer vergangenen Trauer. Es traf ihn ins Herz, als er ihr Lächeln sah.

Ein Paar neben ihnen stand auf, um zu tanzen. Er verspürte ein nervöses, unangenehmes Zittern, denn jetzt war niemand mehr zwischen ihm und ihr, nur leerer Raum. Ich kann hier außen nicht sitzen bleiben und sie an der Wand. Jetzt muss ich mich zu ihr hinübersetzen, dachte er verzweifelt, sonst wäre es unhöflich.

Als er kam, schaute sie mit ihren großen blauen, glänzenden Augen zu ihm auf. Er wusste nicht, was er sagen sollte, er räusperte sich, holte eine Packung Zigaretten heraus und steckte sich eine Zigarette in den Mund. Im nächsten Augenblick wurde er blass vor Wut auf sich, er hatte das Gefühl, etwas getan zu haben, was nicht wiedergutzumachen war, natürlich hätte er zuerst ihr eine Zigarette anbieten sollen. Er nahm die Packung, wollte eine Zigarette herausklopfen, sie fiel auf den Tisch, wäre beinahe in einem Bierglas gelandet.

Sie wollte gerne rauchen. Als er ein Streichholz für sie anzündete, legte sie ihre Hand über seine und zog an der Zigarette. Wieder spürte er ihre kleinen, warmen, trockenen Finger, es war, als würden sie sanft über seine Haut streichen, als redeten sie in einer eigenen Sprache. Er war sehr erleichtert, als sie ihm endlich die Hand zurückgab. Einen Augenblick hatte er das Gefühl gehabt, als würde er seine Hand verlieren, als sei es nicht mehr seine.

Er begann ein Gespräch über Zigarettenmarken. Er verglich türkischen Tabak mit Virginia, selbst bevorzuge er Blend. Er hielt plötzlich inne, ihm fiel mit Schrecken ein, dass Zigarettenmarken ein wahrscheinlich ebenso idiotisches und schwachsinniges Gesprächsthema darstellten wie das Wetter. Er rutschte verzweifelt auf seinem Stuhl hin und her, ein peinliches Stöhnen entfuhr ihm und er hätte beinahe gesagt: »Dieses Jahr ist viel Schnee gefallen in Ytrepollen.«

Da sagte sie plötzlich mit weicher, sanfter Stimme:

»Tanzen Sie, Herr Schulleiter?«

Er schaute sie voller Dankbarkeit an. Endlich etwas, um darüber zu reden, ein Anfang ... Doch, er tanze. Nicht sehr viel, er habe nicht die Zeit gehabt, die Entwicklung zu verfolgen, aber ... Er begann nun eine Weile, ihr von den verschiedenen Gesellschaftstänzen zu erzählen. Dann errötete er plötzlich. Er hätte sich ohrfeigen können wegen seiner Begriffsstutzigkeit. Gab es auf Gottes weiter Erde einen größeren Dummkopf?

»Www... wollen Sie tanzen?«, sagte er.

»Gerne«, sagte sie und lächelte. Es war, als lächle sie einem kleinen Jungen zu, der zum ersten Mal von sich aus – ohne dazu aufgefordert zu werden – die Mütze abnimmt, wenn er ein Haus betritt.

»Ich habe lange hier gesessen«, sagte sie und drückte die Zigarette im Aschenbecher aus, »aber keiner hat mich aufgefordert. Ich gehöre vermutlich langsam zu den Oldies.«

Sie lächelte ihn an.

Er antwortete:

»Pah.«

Das nahm sie zur Kenntnis als die elegante und geistvolle Parade eines Weltmannes. Denn es ist das Zeichen höchster Kultur, einem Angriff einer nicht mehr ganz jungen Dame zu begegnen. Es ist das edelste und gefährlichste Gesellschaftsspiel der Welt, es ist mehr als ein Spiel, da steckt ein Dolch in der Rose. Die Frau soll jünger gemacht werden, als sie ist, darf aber nicht zu jung gemacht werden. Einige reagieren hier mit einer leichten Verbeugung, einige mit einer Handbewegung, andere vollziehen die Parade auf eine ausgesprochen originelle Weise, sie sagen:

»Pah.«

Trotzdem überlegte er: Warum sagte sie das mit den Oldies? Sie ist doch die anmutigste Frau, die ich je gesehen habe? In der ganzen Stadt gibt es doch keine, die sich mit ihr messen kann? Vielleicht fehlt den anderen Männern einfach der Mut, sie aufzufordern? Er wurde blass, er hätte sich doch auch nicht getraut, wenn sie ihm nicht einen kleinen Schubs gegeben hätte.

Sie war so schön, dass er Angst hatte.

Als sie auf der Tanzfläche standen, als er sich ihr zuwandte, erlebte er eine große Überraschung. Er wusste, dass sie klein war, aber nicht, dass sie *so* klein war. Sie reichte ihm gerade bis zur Brust. Er wusste nicht, wie er sie halten sollte, er wurde fürchterlich verlegen, es war unmöglich, den Arm um ihre Taille zu legen, ohne dass er dabei in die Knie ging, und man tanzte nicht auf Knien. Er legte die Hand flach auf ihren Rücken, zwischen ihre Schulterblätter. Er dachte: Das ist unanständig.

Sie schmiegte sich an ihn, legte den Kopf zurück und schaute zu ihm hinauf.

»Oje«, sagte sie und lächelte.

Er hätte es nicht besser ausdrücken können.

Sie war so voller Hingabe und weiblicher Einfühlung, dass er total verwirrt wurde. Er spürte ihren Rücken unter dem Kleid, die Muskeln waren zart und lebendig, ihr Rücken lebte unter seiner Handfläche und er wusste plötzlich, dass diese Frau die perfekte Figur hatte. Er wusste sogar, wie ihre Haut war.

Er hatte noch nie etwas so Anschmiegsames im Arm gehabt wie diese kleine Frau. Sie ist beinahe aufdringlich, dachte er. Es ist in Ordnung, wenn Frauen sich beim Tanzen mit der Hüfte an einen herandrücken, nichts ist schlimmer als eine Frau, die sich einem während des Tanzes entzieht. Aber muss sie unbedingt mein Bein auf diese Weise umklammern, so anziehend kann mein Knie nicht sein, sie soll aufhören, auf diese Weise an meinem Bein auf und ab zu klettern.

Jetzt spürte er auch ihre Brüste. Er hatte sie vorher gesehen: Sie waren schwer, sie würde jünger aussehen mit einem strafferen Büstenhalter. Aber jetzt spürte er sie an seinem Bauch, fast unten bei der Leiste. Er bekam einen fürchterlichen Schreck, es war ihm schon einmal passiert, dass er beim Tanz mit einem aufreizenden Mädchen erregt worden war, merkbar erregt, das durfte jetzt nicht geschehen, barmherziger Gott.

Die Schwierigkeiten des Tanzes halfen ihm. Es war, als würde ein verwachsenes Elchkalb mit einem kleinen Häslein tanzen, und das Häslein hatte sich auf dem einen Vorderlauf des Kalbes einen Platz gesucht. Sie stolperten und hinkten und versuchten, dem Tangorhythmus zu folgen, sie verknoteten die Beine und versuchten, den Knoten wieder zu lösen, er trampelte ihr auf die Zehen, und das fühlte sich so an, als trample er auf ein Nest mit Taubeneiern. Unglücklich und leidend blickte er zu ihr hinunter und sie lächelte durch Tränen des Schmerzes zu ihm hinauf, sie stolperten und taumelten und hüpften, er hatte noch nie etwas so Fürchterliches erlebt, der Schweiß rann ihm in die Augen, er stieß ein Geheul der Erleichterung aus, als die Musik aufhörte.

Sie entknoteten sich und blieben einen Moment an der Wand stehen, um Luft zu holen. Sie schaute hinauf zu ihm, sie maß ihn mit den Augen, ein herzliches Lächeln breitete sich auf ihrem Gesicht aus und sie sagte:

»Der Herrgott dachte sicher nicht an den Tango, als er uns beide erschuf!«

»Nein«, sagte Ask.

Er schaute auf das Gesicht der Frau, da war ein so warmherziges, wunderschönes Lächeln, er wurde von Fröhlichkeit und Dankbarkeit erfüllt. Und jetzt begann sie plötzlich zu lachen, ihr kleines Gesicht barst vor Lachen, er wurde von ihrer Fröhlichkeit angesteckt, sie bekamen einen so heftigen Lachanfall, dass sie beinahe erstickten. Sie konnten sich nicht beherrschen, ihre Körper bogen sich, sie hielt sich den Bauch und heulte, er schlug mit den Händen gegen die Sprossenwand, er konnte nicht aufhören, das war zu komisch, die Tränen liefen und für einen kurzen Moment hielten sie inne und holten tief Atem und es schien vorbei zu sein, aber dann schaute sie wieder auf zu ihm, die Tränen perlten aus ihren Augen, sie biss sich auf die Lippe, er hatte nie ein komischeres Gesicht gesehen, sie standen einander zugewandt und schrien vor Lachen.

Sie kamen zurück zu ihrem Tisch, waren völlig erschöpft. Die anderen schauten sie ein wenig vorwurfsvoll an – was war denn so schrecklich witzig –, aber sie behielten das Geheimnis für sich. Ask merkte nach einer Weile, dass er mit ihrer Hand in seiner dasaß. Die war so weich und klein, ihre Finger lachten in seiner Hand. Er spürte, dass sie zwei Ringe an einem Finger hatte. Er warf unauffällig einen Blick darauf. Der eine Ring war mit einem kleinen Edelstein besetzt, der andere war ein Goldring, ein kleiner goldener Ring. Er wurde plötzlich sehr traurig.

Sie trennten sich an dem Abend vor der Turnhalle, sie müsse mit ihrem Bruder zusammen nach Hause. Ob sie sich nicht an einem anderen Abend sehen könnten? Ask wurde verlegen, er wollte sie sehr gerne wiedersehen, er dachte: Mit dieser Frau könnte ich befreundet sein. Dieser Gedanke wirkte seltsam stark und wehmütig auf ihn; ich war noch nie mit einer Frau befreundet, mit ihr könnte ich befreundet sein, sie und ich, wir haben zusammen gelacht. Wo in diesem kleinen Städtchen konnten sich zwei Menschen verabreden? Es gab ein Restaurant und ein Café, aber beide waren ziemlich trostlos. Tja, und dann seine Wohnung, aber das konnte er unmöglich vorschlagen, und außerdem war sein Zimmer nicht weniger trostlos. Er bekam plötzlich eine ungeheure Angst, sie zu verlieren. Ob sie ein Telefon habe? Nein. Er hätte heulen können. Dann fragte er, ob sie mit ihm am nächsten Abend ins Kino gehen wolle? Er meinte: Ob es okay sei, zusammen ins Kino zu gehen, aber sie könne vielleicht nicht? Doch, sie konnte, sie würde gerne mit ihm ins Kino gehen. Ob er wisse, was lief? Nein. Na, das spiele ja auch keine so große Rolle, nicht wahr? Nein.

Er blieb stehen, als sie ging. Kurz darauf kamen andere Menschen aus dem Lokal. Er wurde etwas verlegen, als er merkte, dass er mit offenem Mund dastand.

Er ging heimwärts und dachte: Sie hat keine Absichten.

Einige Tage später fragte er vorsichtig einen der Pensionsgäste aus. Der Mann war sich nicht ganz sicher, ob die Dame mit dem Flachshaar Witwe war oder ob sie geschieden war, aber soweit er wusste, war sie nicht verheiratet. Sie habe einige Jahre im Ausland verbracht, nun sei sie offenbar zu Besuch im Elternhaus.

Nach dem Abend im Kino hatte Ask zu spüren gemeint, dass er ihr nicht ganz gleichgültig war. Aber er wusste nicht, wie er sie wiedersehen sollte, ein neues Treffen hatten sie nicht vereinbart. Er dachte, er könnte ihr schreiben, aber dann wusste er nicht, was er schreiben sollte.

Eines Tages bekam er von einem der Bewohner der Pension eine Einladung für eine kleine Abendgesellschaft zu Hause bei einem Rechtsanwalt. Siv, ihr Bruder und dessen Verlobte waren ebenfalls eingeladen.

Es hätte eine nette Gesellschaft sein können, wäre da nicht einer der Gäste gewesen, ein Handelsvertreter, der ziemlich betrunken war und ein ziemlicher Kraftprotz. Der Mann wollte ständig gegen alle anwesenden Männer Armdrücken, er stemmte Stühle, die er an der Rückenlehne nahm, hoch in die Luft und forderte die anderen auf, es ihm gleichzutun, er legte sich mit dem Gesicht nach unten auf den Boden und machte achtzig Liegestütze und er zählte dabei laut mit, er knackte Walnüsse mit den Fingern, machte auf dem Tisch einen Handstand und er bedauerte es sehr, dass es im Haus keinen Nagel gab. Den hätte er ansonsten mit den Zähnen durchgebissen. Sie glaubten ihm wohl nicht, dass er fähig sei, einen Eisennagel entzweizubeißen? Der Mann war äußerst aufdringlich, er hatte es besonders auf Ask abgesehen: »Nun wollen wir sehen, welche Kräfte in dem jungen Mann stecken!« Aber der junge Mann Ask war verlegen und irritiert und er hatte keine übertriebene Vorstellung von seinen Körperkräften. Als Junge hatte Ask einmal versucht, einen Kupferdraht zu zerbeißen, und jedes Mal, wenn er daran dachte, schüttelte es ihn: Es ist ein grauenvolles Gefühl, wenn sich knirschend kleine Zahnsplitter von den Schneidezähnen lösen. Ask wünschte sich nur eines: in der Nähe von Siv zu sitzen, friedlich neben Siv zu sitzen, aber der Mann ließ ihn nicht in Ruhe. Ask schaute den athletischen Vertreter wütend an und er dachte plötzlich: Das Benehmen dieses Mannes ist unheilbar *norwegisch*. Jetzt fehlt nur noch, dass er die Hemdsärmel aufkrempelt und allen zeigt, wie es ist, wenn man sich eine Stricknadel in den Bizeps bohren kann, sodass sie auf der anderen

Seite herauskommt. Wenn sich Franzosen treffen – so glaubte Ask, der viele Bücher gelesen hatte –, dann diskutieren sie, das Gespräch wird bei ihnen zu einem spirituellen Fest, zu einem Feuerwerk des Geistes. Was machen Norweger? Zerbeißen Nägel!

Der Mann war unerträglich, er tyrannisierte und terrorisierte die ganze Gesellschaft. Und eigentlich veranstaltete der Mann dieses maskuline Gehabe doch nur, damit Siv sehen sollte, wie unglaublich stark er war? Ask schäumte vor Wut und er stieß einen Seufzer der Erleichterung aus, als sie endlich aufbrachen.

Es war ihm nicht möglich gewesen, mehr als ein paar Worte mit Siv zu wechseln. Er hatte sie vorsichtig gefragt, ob es nicht eine Gelegenheit gebe, sich eventuell nachher noch zu sehen, er murmelte etwas undeutlich. Nein, das glaube sie nicht, nicht dieses Mal, sie wohne mit ihrer Mutter und ihrem Bruder zusammen (ihr Vater sei gestorben), aber die Mutter sei alt und etwas »schwierig«, sie würde es nicht mögen, wenn so spät nachts noch Gäste kämen. Vielleicht später einmal. Sie hatte seine Hand leicht gedrückt, als sie das sagte. Er wusste nicht, was er davon halten sollte. Er wusste so gut wie nichts über sie, über ihre frühere Ehe, über ihr Vorleben, nein, er wusste nichts. Trotzdem hatte er ihre Hand gehalten, eigentlich war es ihre Hand, die sich leise in seine geschoben hatte.

Draußen herrschte Schneegestöber, fast ein Sturm. Man konnte nur mit Mühe atmen. Sie stemmten sich gegen den Wind und kämpften sich voran. Manchmal versuchten sie, sich etwas zuzurufen, aber der Sturm nahm die Wörter und trug sie davon. Der Sturm wartete, bis das Wort auf der Zunge lag, dann stahl er es blitzschnell, mit voller Kraft, nie sollte das Wort zurückkehren, keiner hatte es gehört und nie sollte es zurückkehren. Die Kälte und der Sturm bissen in die Wangen, manchmal wurde das Unwetter so schlimm, dass sie sich umdrehten und ein Stück rückwärtsgingen. Siv trat in eine Schneewehe, kippte um, und Ask musste sie herausziehen wie ein kleines Robbenjunges. Er bürstete sie ab und er brauchte dazu vermutlich etwas länger als unbedingt notwendig. Etwas später stieß er mit dem Kopf gegen einen Laternenmasten, er ging vorgebeugt und konnte nichts sehen, aber er hatte eine Pelzmütze auf, die den Stoß abmilderte. Trotzdem war er etwas benommen im Kopf, als sie schließlich vor Sivs Haus anlangten. Sie retteten sich in den Windfang, es war so merkwürdig, wieder menschliche Stimmen zu hören. Nach einer Weile gingen die drei hinein, Siv, ihr Bruder und die Verlobte des Bruders. Die Verlobte des Bruders war ein junges, schweigsames, scheues Mädchen, sie hatte den ganzen Abend kaum etwas gesagt, jetzt schien sie munterer zu werden. Ask dachte: Sie wird hier über Nacht bleiben.

Er sagte Gute Nacht und ging wieder hinaus in das Schneegestöber.

Als er sie verlassen hatte, als er heimwärts ging zu seiner öden, hässlichen Bleibe, erfasste ihn eine schmerzliche Sehnsucht. Diese Frau war so warmherzig, so sanft, ihre Hand war so klein und so fest – als er ihr in den Pelzmantel half, hatte er den Duft ihres Haares und ihres Parfüms gerochen, ihr Lächeln war dankbar und gütig gewesen, fast beschützend; jetzt, bei Sturm und dichtem Schneegestöber, fühlte er sich schrecklich alleine. Wenn ich jetzt hinfalle und hier liegen bleibe, dachte er, dann ist es aus. Erst morgen früh werden sie mich finden. Dann wird es ihr leidtun. Er wusste nicht, was er Siv vorzuwerfen hätte, aber es war gewissermaßen ein befriedigender Gedanke, dass es ihr leidtun würde, wenn man ihn erfroren in einer Schneewehe fände.

Er bog bei der nächsten Straßenecke ab, aber hier kam es ihm vor, als habe man alle Mächte der Hölle losgelassen. Der Sturm war so heftig, dass er zurückgeworfen wurde, der Sturm hatte hier eine hohe Wechte aufgetürmt, die er überwinden musste. Ihm fiel nichts anderes ein, als sich auf den Bauch zu legen und zu kriechen. Er stieß die Schuhspitzen in den Schnee und zog sich mit den Händen vorwärts, langsam robbte er hinauf auf die Wechte, er war völlig blind und dachte: Wenn heute Nacht Leute auf dem Meer sind, das ist dort ein Orkan. Er wollte die linke Hand heben, um weiter vorne Halt zu finden, aber sie ließ sich nicht bewegen. Auf seiner Hand lag etwas, etwas Lebendiges. Er drehte den Kopf und versuchte, im Schneegestöber etwas zu erkennen.

Es war eine Menschenhand, die auf seiner Hand lag.

Er erblickte neben sich im Schnee eine zusammengekauerte Gestalt, er glaubte, das sei das Seegespenst, er schrie vor Schreck und taumelte die Wechte hinunter. Der andere taumelte mit ihm.

Hinter der Hauswand war es etwas windstiller. Da sah Ask, dass es Sivs Bruder war. Der junge Mann rief ihm etwas zu, Ask verstand kein Wort. Da trat der junge Mann dicht an ihn heran und schrie ihm ins Ohr, ob Ask vielleicht Lust habe, doch noch umzukehren auf ein Glas Wein, die Mutter verbringe das Wochenende bei Bekannten, habe eine Nachricht hinterlassen, sie hätten das Haus für sich. Ob Siv auch wolle, dass er komme? Ja. Siv wollte das sehr gerne. Sie standen da und schrien einander ins Gesicht. Was? Wollte Ask nun mitkommen? Was? Was? Ja, dann sollten sie nicht hier stehen bleiben. Was? Sie würden erfrieren, wenn sie hier stehen blieben!

Jetzt traf sie der Wind von hinten, es war, als würden sie vorwärts getragen. In ihm klingelte etwas, wie eine Leuchtboje, der Wind nahm ihn mit wie ein Stück Pappkarton, er fühlte sich so leicht, er setzte sich auf den Wind und ließ zu, dass er mit ihm davonstob, er fühlte sich wunderbar leicht, aber hatte er nicht auch ein bisschen Angst?

Sie mussten bis zur Tür des Windfangs durch den hohen Schnee waten. Drinnen bürsteten sie sich den Schnee mit einem Besen, der in der Ecke stand, von Stiefeln und Hosen. Sie mussten sich zu zweit gegen die Außentür stemmen, um sie hinter sich schließen zu können, so heftig drückte der Sturm.

Als sie die innere Tür öffneten, stand sie im Flur und musterte ihn mit lächelnden Augen.

»Wie nett, dass du kommen wolltest«, sagt sie und reibt sich fröhlich die Hände. Aber er kann nicht sprechen. Er hat die Mütze abgesetzt, der Bruder ist bereits die Treppe hinauf ins obere Stockwerk gegangen, sie sind alleine im unteren Flur, er steht da und schaut sie an und er schluckt, sie spüren, dass ihre Gesichter nackt sind, sie schlagen die Augen nieder, sie greift nach seiner Hand und führt ihn die Treppe hinauf.

Er kann nicht klar denken. Aber trotzdem filtert er einen unter den tausend verwirrenden Gedanken heraus, er denkt: Ich mag den Geruch in diesem Haus.

Er sieht die Garderobe oben wie im Nebel, sie hilft ihm, den Mantel auszuziehen, und bevor sie einen Bügel holt, kriecht sie hinein. Sie verschwindet völlig in dem Mantel, steht da wie ein vermummter Pinguin und wedelt mit den riesigen, leeren Ärmeln, sie guckt heraus aus dem

Mantel und zwinkert ihm schelmisch zu, sie fangen wieder hysterisch an zu lachen, sie legt beschwichtigend einen Finger auf die Lippen, sagt, es wohnten noch andere Leute im Haus, und sie lässt den Mantel zu Boden fallen und hält sich den Bauch, sie bekommt vom Lachen immer Bauchweh. Er hebt den Mantel auf und hängt ihn an den Haken und klopft ihr auf den Rücken. Das ist ein seltsames Gefühl für ihn. Auf etwas so Kleines wie sie kann man nicht klopfen, es wird eine Art Tätscheln.

Sie schiebt ihn in ein Zimmer. Da sitzt der Bruder mit seiner Verlobten auf dem Schoß, sie sitzen eng umschlungen, nicken Ask beim Hereinkommen nur kurz zu.

»Beachte die beiden nicht«, sagt Siv. »Sie wohnt in Midtrepollen. Sie haben sich drei Wochen nicht gesehen.«

Ask ist völlig benommen, der wütende Schneesturm draußen und dann dieses behagliche, stille Zimmer mit gedämpftem Licht und Wärme im Kamin, das ist für ihn zu viel auf einmal. Drinnen. Siv. Die beiden jungen, sorglosen, ungenierten Menschen, die in einem Sessel sitzen und sich küssen. Er sitzt auf einem Sofa, vor ihm ist ein kleiner Tisch, es wird etwas auf den Tisch gestellt. Siv fragt, ob er ein Glas Wein möchte, er ist erschöpft und kann nur nicken. Sie schenkt ihm aus einer Karaffe ein, trippelt auf und ab und schaut ihn an, als er von dem Glas nippt, sie sieht, dass es ihm nicht schlecht schmeckt. Glücklich legt sie ihre Hand auf seine und er rührt seine nicht, lässt die Hand still liegen, ganz still. Sie bemüht sich, seine Hand zu bedecken, und spreizt dabei die Finger so weit wie möglich und er weiß nicht, warum er seine Hand still liegen lässt, ihm scheint das richtig so, vielleicht, weil die zwei anderen im Zimmer sind ...

Plötzlich fragt sie:

»Du möchtest vielleicht etwas essen?«

Daran hat Ask nicht gedacht. Aber jetzt, da sie es erwähnt, ist er durchaus hungrig. Wenn er genauer darüber nachdenkt, ist er durchaus sehr hungrig. Die Wärme hat ihn aufgetaut, er ist glücklich und matt und unbefangen, er muss beschämt zugeben, dass sein Hunger gar nicht so klein ist. Sie fragt, was er gerne möchte, und er fragt, was sie hat, und sie sagt, dass er mitkommen könne in die Küche.

Eine Küche ist ein heiliger Ort. Die Küche ist von allen Zimmern das menschlichste. Menschen können sich ohne Schlafzimmer behelfen, aber was sind Menschen ohne eine Küche? Er ist völlig ergriffen von dieser kleinen, blank gescheuerten, niedlichen Küche, es ist, als befinde er sich in einem Märchenschloss oder einer Puppenstube. In einem Regal stehen eine Kaffeemühle und eine Reihe von bauchigen Bierkrügen aus blauem Porzellan, an den Wänden hängen Kochtöpfe und Puddingformen aus glänzendem, geputztem Kupfer, am Fenster sind kleine Gardinen aus weißem Stoff mit eingewebten kleinen Vierecken, er kann sich nicht erinnern, jemals in einer so ordentlichen Küche gewesen zu sein. Er schluckt, und als sie ihm eine große, kalte, gekochte Ochsenzunge auf den Tisch legt und einen Topf Mayonnaise danebenstellt und fragt, ob er das mag, da hat er den Gebrauch der Sprache völlig verloren.

Sie schneidet für ihn Brot auf, holt Butter, Weihnachtspresskopf und aufgeschnittenen Kalbsrollbraten, es duftet jedes Mal herrlich, wenn sie die Tür zur Speisekammer öffnet, nach Kaffee, Ingwer, Kardamom, Rum und nach allen möglichen kleinen, freundlichen Heimlichkeiten. Während er isst – er wagt es nicht, sie anzuschauen –, hört er das zischende Geräusch einer Bierflasche, die geöffnet wird, er sieht, wie ein hohes Glas mit goldener, schäumender, perlender Flüssigkeit vor ihn hingestellt wird, er ist stumm vor Glück, aber er ertappt sich blitzartig bei dem Gedanken: Diese Frau hat schon früher Männer bedient.

Nach einer Weile fragte sie:

»Wo tust du das alles hin?«

Er schaute sie an und war erstaunt über den fragenden Ausdruck in ihrem Gesicht. Dann begriff er. Er wird ganz verlegen, er hört auf zu kauen, hustet, ein großes Stück Schweizerkäse gerät in den falschen Hals, sie reicht ihm das Glas mit dem Bier und rettet sein Leben.

Dann kann er nicht mehr essen. Sie räumt ab, bringt die Reste in die Speisekammer zurück. Es wird still in der Küche, und er merkt, dass es ein bisschen kühl ist. Sie kommt zu ihm, er legt die Hand um ihre Schulter, er dreht sie zu sich und sie schmiegt sich an ihn, als wolle sie in ihn hineinkriechen, und sie ist so klein, so verschwindend klein, er neigt den Kopf zu ihrem Haar und will ihr Gesicht anheben, aber sie weicht aus, beugt den Kopf sachte zur Seite und sagt leise: »Nicht hier.«

Er errötet wegen seiner Taktlosigkeit. Er wünschte, er könnte sie um Verzeihung bitten, er bleibt stehen und starrt ärgerlich den Schneebesen an, der an der Wand hängt. Er ist ein hoffnungsloser Tollpatsch, er zerstört alles, er hat noch nie einen Schmetterling anfassen können, ohne ihn zu verletzen. Aber dann kommt ihre Hand und schmiegt sich in seine, er wird von ungeheurer Dankbarkeit erfüllt, sie ist ihm nicht böse, sagt die Hand, es ist nur, dass es nicht richtig wäre, nicht schon hier in der Küche der Mutter. Komm, sagt die kleine Hand, komm, dann gehen wir, wenn du jetzt satt bist, komm, es ist kalt hier in der Küche ...

Sie löst sich von ihm, aber als sie von ihm weggeht, streicht ihre Hand rasch über seinen Rücken. Ihn schauert.

Im Wohnzimmer ist niemand, die zwei anderen sind verschwunden. Aber man hört Geräusche aus einem der Nebenzimmer, unterdrücktes Lachen, Quietschen, Klatschen, Singen. Sivs Bruder kommt im Pyjama herein, er sieht Ask und Siv auf dem Sofa sitzen, er bleibt stehen und er sagt:

»Wir schlafen in Mamas Schlafzimmer. Damit du Bescheid weißt.«

»Macht nicht zu viel Unordnung«, sagt Siv mütterlich lächelnd.

»Wir können morgen aufräumen. Heute Nacht wollen wir ein richtiges Ehebett haben.«

Bruder und Schwester schauen sich an, ein schelmisches Grinsen breitet sich auf ihren Gesichtern aus. Ask weiß nicht, wohin er schauen soll.

»Dann gute Nacht«, sagt Sivs Bruder. Er schlurft zur Tür, bleibt dort stehen, kratzt sich am Kopf, schaut Ask an und sagt: »Äh ... ja, gute Nacht.« Danach verschwindet der junge Mann im Schlafzimmer. Einen kurzen Moment ist es still, dann dringen wieder Laute zu ihnen. Eine weibliche Stimme schreit: »Au!«, jemand lacht, dann lachen zwei. Kurz darauf hört man deutlich, dass im Schlafzimmer eine Kissenschlacht begonnen hat.

Ask beißt sich auf die Lippe und versucht zu lächeln, wagt es aber nicht, Siv anzusehen. Als ahne sie, was in ihm vorgeht, erhebt sie sich sanft von seiner Seite und geht hinüber zum Klavier.

Barmherziger Gott, sie setzt sich hin und will spielen! Ask hat eine fürchterliche Panik vor Menschen, die gesellig sein wollen, indem sie Klavier spielen, er ist sehr kritisch, wenn es um Musik geht. Wenn sie nun falsch spielt, denkt er verzweifelt, wenn sie sich nun stümperhaft durch einen Foxtrott quält und klar im Diskant spielt, aber mit selbst gemachtem Bass! Das Schlimmste, was er sich vorstellen kann: Menschen, die das Klavier ohne Ehrfurcht behandeln, und gerade jetzt war es doch so herzlich, so richtig, warum muss sie das machen, er muss versuchen, sie aufzuhalten, muss ihr das ausreden, er steht auf und geht zu ihr, aber sie hat bereits einige Akkorde angeschlagen und es durchfährt ihn wie eine überirdische Erleichterung: Sie ist ja musikalisch, sie spielt ja ganz bezaubernd!

Sie spielte einen Walzer aus der Operette »Gold und Silber«. Ask blieb stehen und sah sie an, er war voller Entzücken. Sie war so klein, ihre Beine reichten gerade bis zu den Pedalen. Und ihre Hände: Er verstand nicht, wie sie die Griffe schaffen konnte. Aber die Finger waren von verblüffender Geschmeidigkeit, mühelos spreizte sie die Finger, ihre grazilen, kleinen Hände huschten über die Tasten, auf mysteriöse Weise erwischten ihre Finger alle Töne. Bei allen Griffen über eine Oktave musste sie einen kleinen Sprung machen, das gab der Musik einen eigenen Charakter. Sie patzte einige Male, und er konnte hören, dass sie keine große Pianistin war, aber ihre Musikalität war tief und echt. Er stand da und betrachtete ihre winzigen, geschmeidigen Handgelenke, ihr Körper bewegte sich sachte. Es war merkwürdig und anrührend zu sehen, wie sich dieser kleine Mensch in die Bass-Akkorde legte, als würde sie den Anfang von jedem Takt in der Luft abbrechen und ihm Flügel geben. Er merkte zu seiner Freude, wie sie den besonderen Rhythmus des Wiener Walzers beherrschte. Beim Wiener Walzer kommt nicht der erste Nachschlag genau auf die zweite Viertelnote, er kommt etwas vorher, er schmuggelt sich unmittelbar nach dem Anschlag in den Takt, als würde der erste Nachschlag in jedem Takt listig auf der Lauer liegen, um dem Anschlag in dem Moment ein Bein zu stellen, in dem der Anschlag einsetzt. Diese Musik hat eine besonders leichte, spröde Anmut an sich, als dürfe der Fuß nicht den Boden berühren, bevor er sich erneut schnell heben muss, es ist ein Tanz auf perlendem Champagner, es ist die hellste und leichteste und eingängigste Musik der Welt.

Aber wie er dastand und ergriffen zuhörte, sah er auch im Licht der Klavierlampe die Schatten und Linien in ihrem Gesicht. Er empfand jetzt das Wehmütige in ihrem Klavierspiel, als spielte sie von etwas, das gewesen war. Er sah den leicht sorgenvollen Zug um ihren Mund. Etwas war verloren, etwas würde nie wiederkehren. Er schluckte und legte ihr behutsam eine Hand auf die Schulter. Sie ließ den Bass sein und legte die linke Hand auf seine, während sie mit der rechten Hand einige Takte weiterspielte. Dann hörte sie auf.

So stand er lange da, die Hand auf ihrer Schulter. Ihre Hand lag warm und ruhig auf seiner. Er dachte: Jetzt geschieht es. Zwischen ihr und mir. Jetzt geschieht es. Sie braucht nicht aufzustehen. Es ist bereits geschehen. Siv.

Er zog die Hand langsam weg von ihrer Schulter und ging ein paar Schritte ins Zimmer hinein. Dort blieb er stehen. Er merkte, dass sie sich vom Klavierhocker erhob, dass sie zu ihm kam, sie strich ihm leicht über den Rücken. Dann ging sie hinüber zum Sofa, ordnete die Kissen, räumte den Tisch auf, nahm einen Aschenbecher und leerte den Inhalt in den Kamin. Er fing an zu zittern. Sobald alles in diesem Zimmer ist, wie es sein soll, wenn alles aufgeräumt ist, was passiert dann?

Er hörte ihre leichten Schritte und fühlte das Unabwendbare, als er sah, dass sie an der Tür stand.

Sie streckte die Hand zu ihm aus und sagte leise:

»Komm.«

Langsam ging er zu ihr. Er nahm ihre Hand. Er blickte hinunter auf ihr nacktes Gesicht und ihm war, als versinke er in einem leuchtenden Meer. Er musste an ein Wort denken, das er gehört hatte: Sympathie. Er dachte: Nie standen sich zwei Menschen so nahe, mit Gesichtern so voller Sympathie. Er dachte: Ich habe dich schon immer gekannt. Siv.

Als sie durch die Tür gingen, ertönte hinter ihnen eine metallische Stimme:

»Ko ko, ko ko!«

Erstarrt vor Angst blickte er sich um. Sie deutete lächelnd auf eine Kuckucksuhr an der Wand. Er versuchte ebenfalls zu lächeln, aber es gelang nicht ganz. Er fand, es habe so seltsam geklungen, wie eine Art Ermahnung, wie eine Warnung, er konnte es sich nicht erklären.

Es war stockdunkel in ihrem Zimmer. Sie tastete nach einem Schalter und knipste eine Lampe auf einem Tisch an, der gleich beim Eingang stand. Es war ein sehr feminin eingerichtetes Zimmer mit etwas zu vielen Möbeln, er hatte das Gefühl, dass er bei jedem Schritt, den er machte, etwas umwerfen könnte. Sie schloss die Tür hinter ihm. Dann ging sie zu ihrem Schlafsofa und rückte ein paar Kissen zurecht. Er sah ihr zu, bewegte sich nicht. Sie kam zurück zu ihm. Behutsam legte er die Hände um ihre Schultern und wieder spürte er, wie sie sich an ihn schmiegte, als wolle sie hinein in ihn. Er strich ihr langsam übers Haar, er nahm ihren Kopf und blickte hinunter auf ihr Gesicht, er bückte sich zu ihr, aber sie lachte:

»Nein, nicht im Stehen!«

Er setzte sich beschämt auf das Sofa. Es war weich, er sank tief ein.

Dann wurde es furchtbar still im Zimmer. Er spürte das Pochen seines Herzens und ihre Hand lag warm und trocken und klein in seiner und er drehte sich zu ihr, ein schwacher, milder Parfümgeruch ist in ihrem Haar und er hört sie atmen. Er räuspert sich, er versucht etwas zu sagen, ihre Hand drückt seine, sie wartet und lauscht, er versucht es erneut, so vieles möchte er ihr sagen, ihr erzählen, aber er bringt kein Wort über die Lippen. Sie knetet seine Hand und sagt leise:

»Du brauchst nichts zu sagen.«

Nein, vielleicht ist es so am besten, er weiß nicht, was er sagen soll. Er hätte sicher von dem anderen erzählt, all dem anderen, aber das konnte warten. Ihm war voller Verwunderung die Ruhe in ihrer Stimme aufgefallen. Er dachte: Sind Frauen immer ruhig, gefasst, darauf vorbereitet, was geschehen wird? Passiert es nie, dass die Stimme einer Frau bricht? Wie kann sie hier, jetzt, einen ganzen Satz herausbringen, ohne zu stammeln?

Er legte die Hand auf ihre Wange und drehte ihren Kopf zu sich. Im Halbdunkel schauten sie einander in die Augen und eine lange Sekunde war es, als würden ihre Gesichter miteinander reden.

»Bist du unglücklich?«, fragte sein Gesicht.

»Ein bisschen«, antwortete ihres. »Bist du unglücklich?«

»Oh ja«, antwortete seines.

Dann fragte sein Gesicht wieder:

»Werden wir jetzt glücklich?«

»Vielleicht«, sagte ihres. »Ich würde es mir wünschen.«

»Ich auch«, sagte seines.

»Wir wollen gut zueinander sein«, sagte ihres.

»Ja«, sagte seines. »Wir wollen gut zueinander sein.«

Er beugt sich im Sitzen zu ihr und er findet ihren Mund. Er küsst sie und er fühlt in derselben Sekunde, dass dies keine junge Frau ist. Er ist seltsam bewegt angesichts dieser Entdeckung, wird von einem Gefühl der Andacht erfüllt. Er legt sie behutsam auf das Bett und achtet darauf, dass ihr Kleid nicht verknittert. Ihr Körper ist so unfassbar klein und grazil, sie könnte eine fünfzehnjährige Balletttänzerin sein, aber er weiß jetzt, dass sie eine Frau mittleren Alters ist. Er ist voller Verwunderung und da ist noch ein anderes Gefühl, für das er kein Wort weiß, so jung und doch so alt. Er streicht ihr über die Wange, eine Sekunde lang überkommt ihn heftig der Drang, es dabei zu belassen, ihre Wange ist so sanft, er denkt: Siv, sei mir nicht böse, ich würde am liebsten nur hier sitzen und deine Wange streicheln. Ihre Hände legen sich auf seine, dann schiebt sie eine Hand in seinen Ärmel und er spürt, wie ihre kleine Handfläche seinen nackten Unterarm hinaufgleitet, jetzt kann er auch den Duft ihres warmen Körpers riechen, sie ist so winzig und doch eine erwachsene Frau. Er fühlt sich riesengroß und doch so jung, es ist merkwürdig, dieses Zusammensein, fast grotesk. Er hat das Gefühl, dass etwas nicht stimmt, weiß aber nicht, was. Ihr Körper ist weich, daunenweich, sie legt die Hand auf seine Schulter und er blickt hinunter auf ihr blasses, wartendes Gesicht, er beginnt zu zittern und sie fragt ruhig:

»Möchtest du, dass ich das Licht lösche?«, und er kann nicht antworten, aber er nickt dankbar und jetzt ist es dunkel.

Sie ist so klein und so sanft und er kann sie nicht finden, einen Augenblick befürchtet er, sie könnte völlig in den Kissen des Sofas verschwinden, das ist wie ein Traum, das ist wie in dem Märchen von der Puppe im Gras, als würde die Puppe im Gras in seiner Armbeuge liegen. Aber die Puppe ist eine reife Frau, sie hilft ihm und leitet ihn, trotzdem ist er voller Andacht, meint, er könnte sie zerbrechen, etwas so Kleines, eine Puppe, und er ist unendlich überrascht, als er merkt, dass er sie doch nicht zerbricht.

Siv.

Waren wir glücklich, Siv?

A bad woman

Die Zeit verging so schnell, seit er Siv getroffen hatte. Die Schwermut war von ihm abgefallen, er hatte angefangen zu lächeln, er hatte ein Gefühl, als würden die Stunden dahinhüpfen wie kleine Murmeln auf einem sonnenwarmen Bürgersteig. Er hatte angefangen, mit den Fingern auf den Deckel des Katheders zu trommeln, und er ertappte sich manchmal dabei, in der Klasse zu summen. Seine Abende und seine Nächte waren jetzt voller Süße und Güte, ein kleiner silberner Springbrunnen plätscherte in ihm. Eine kleine, lebhafte Frau wartete auf ihn, ihre Hand würde in seiner liegen und er würde spüren, wie die kleinen Finger suchend und genießend über die Innenseite seiner Hand tasteten. Zum ersten Mal in all diesen Monaten reagierte er auf das wissende, unverschämte Grinsen in der Klasse, indem er ruhig die Augenbrauen hob und den Mund spitzte. Er grinste zurück.

Und gleichzeitig riss der Nebel auf, der ihn eingehüllt hatte. Er sah auf einmal das Leben um sich herum, er sah, wo er war.

Seine Nacht war allerdings ziemlich konkret und deutlich gewesen. Nur eine kurze Zeit am Vormittag war die Sonne da, schon um ein Uhr musste das elektrische Licht eingeschaltet werden, um zwei Uhr war es stockfinster. Um die Weihnachtszeit hatte der Tag aus 22 Stunden Nacht und zwei Stunden Halbtag bestanden. Aber seine eigene Nacht war noch finsterer als das gewesen: Er hatte die Welt um sich etwa so gesehen, wie ein Patient im Wartezimmer eines Zahnarztes den Druck eines Ölgemäldes an der Wand betrachtet. Hätte ihn jemand gebeten, den kleinen Ort Ytrepollen zu beschreiben, er wäre unfähig gewesen, einen einzigen Sinneseindruck wiederzugeben.

Jetzt erblickte das Städtchen für ihn das Licht der Welt.

Er sah die Stadt: Er sah die niedrigen, weiß und braun gestrichenen

Häuser; er konnte ahnen, dass unter den großen Schneemassen auf den Dächern einige der Häuser ein Torfdach hatten; er sah die abgeblätterte Farbe der Fensterrahmen, er sah Blumentöpfe hinter den Gardinen. Er sah die Kinder mit den roten Zipfelmützen, er sah die Frauen mit den Kopftüchern und die Fischer mit den schwarzen Ledermützen mit Ohrenklappen; er sah die Pferde und Schlitten und Tretschlitten und die Skier, er sah den Himmel und die Berge und den grünweißen Fjord, er sah die funkelnden Kristalle im Schnee auf den Straßen, er sah beim Gehen nach unten und entdeckte seine eigenen Füße. Sieh mal an, dachte er gerührt, das also sind meine Füße. Und sie gehen! Eines Nachts sah er das Polarlicht am Himmel.

Und er hörte das Städtchen. Er hörte die hohen, schrillen, singenden Stimmen, sie erinnerten ihn an Seevögel, er hörte ihr Murmeln und ihr Lachen. Er fand einen epischen Zug in den lauten Stimmen, sie waren geborene Erzähler, sie liebten es, ihre eigenen Stimmen zu hören, sie liebten es, eine Geschichte auszumalen, um der guten Geschichte willen wichen sie unbesorgt ab von der trockenen Wirklichkeit zugunsten der saftigen Fabel, sie flunkerten mit Lust und Freude und schnäuzten sich begeistert in die Finger: Ob er etwa nicht *glauben* könne, was sie sagten? Er hörte das dumpfe Klapp-Klapp der Pferdehufe auf dem Schnee und das Zischen der Kufen der Tretschlitten, er hörte die Männer, wie sie mit den Seestiefeln schwer auf die Treppen stampften, um den Schnee abzutreten, bevor sie ins Haus gingen. Ein Hund saß im Schnee und bellte, Möwen kreischten in der Luft, der Wind sang in den Telegrafendrähten, weit entfernt öffnete eine Tranfabrik das Ventil und stieß zischenden, kochenden Dampf aus; im Hafen tuckerten Motorboote, eine Schiffsglocke schlug. Es gab zwei Autos in der Stadt. Er hörte sie beide.

Und jetzt roch er die Stadt. Jetzt gab es nicht mehr nur den Geruch nach Kreide und feuchtem Tafellappen, nicht nur den Geruch nach Tinte und Koks und dem mit Kernseife gewischten Fußboden in der Klasse, den Geruch nach Schweiß, warmen Menschenkörpern und ungewaschenen Haaren. Jetzt gab es auch den Geruch nach Schnee, den Geruch nach salziger Luft, den frischen Geruch nach salziger Luft; es gab den Geruch nach eben gefallenen Pferdeäpfeln im Schnee auf den

Straßen, da war der flüchtige Geruch nach Ölzeug, wenn ein Fischer dicht an einem vorbeiging, der entfernte Geruch nach ausgekochtem Walspeck, den die Fabriken ins Meer und auf den Strand warfen; es gab den Geruch von Petroleumlampen und Primus-Kochern, aus den kleinen Häusern strömte ein warmer Duft, ein menschlicher Duft nach Kaffee, gekochtem Heilbutt, gebratenem Dorsch, Möhreneintopf, Schnitttabak, er nahm den muffigen Geruch von ungelüfteten Schlafzimmern, Bettwäsche und Nachttöpfen wahr, in der Luft lag der Rauch von verbranntem Torf, von Holz und Koks. Einmal war ihm durch ein Fenster der Duft nach frisch gebratenen, warmen Kartoffelpuffern in die Nase gestiegen. Gibt es auf der Welt einen Duft, der so betörend, einladend und herzergreifend ist wie der Duft von warmen, frisch gebratenen Kartoffelpuffern?

Wenn sie zu ihm in seine Wohnung kam, kam sie immer spätabends. Es ertönte ein schwaches Klopfen an der Tür, als würde ein Vogel an die Scheibe picken. Mit einem Satz war er an der Tür und ließ sie herein. Sie war schneebedeckt und unkenntlich vermummt, nur ihre Augen blitzten munter und verschwörerisch unter dem Hut. Aber als er sie anfasste und laut stöhnte wegen des qualvollen Wartens, legte sie den Finger auf seinen Mund, schloss leise die Tür hinter sich und drehte den Schlüssel um.

»Ich dachte, wir hätten zehn gesagt!«, rief er außer sich. »Und weißt du, wie spät es ist? Elf! Elf Uhr! Weißt du, dass ich schon eine ganze Stunde hier sitze und warte?« Er war den Tränen nahe vor Zorn und Hunger. »Eine Stunde, das sind sechzig Minuten! Dreitausendsechshundert Sekunden! Ich habe dagesessen und jede einzelne gezählt!«

»Pst«, sagte sie. »Ich musste warten, bis es spät genug ist, verstehst du. Ich will nicht, dass jemand sieht, dass ich zu dir heraufkomme.«

Er schluckte. Natürlich hatte sie recht. Aber der Ärger wird ja nicht geringer, weil der andere recht hat.

Sie nahm umständlich den Hut ab und schüttelte ihr langes Flachshaar. Er nahm den Hut und seine Hände zitterten, er wusste nicht, was er anfangen sollte mit dieser Überkleidung von ihr, warum ging das nicht schneller, das Ablegen, sie sollten einführen, dass sie im Badeanzug kam: Es schien wie eine Ewigkeit, wie sie da stand und am Gürtel ihres Mantels nestelte, er musste sie ständig berühren und natürlich ging es deshalb noch langsamer und was hatte sie da, was gab sie ihm? Einen Korb? Einen Einkaufskorb? Sollte er hier stehen und ihren Korb halten?

Sie nahm ihm den Korb ab und stellte ihn auf den Tisch. Sie zwinkerte ihm zu und sagte:

»Du weißt es wahrscheinlich nicht.«

»Was weiß ich nicht?«

»Die ganze Stadt weiß von mir, dass ich eine schlechte Frau bin. A *bad woman.*«

Er hob sie hoch und klemmte sie sich wie ein Schweinchen unter den Arm. Er ließ sie auf das Bett plumpsen und dann kniete er sich hin. Er küsste ihr Kleid, die Hüfte, den Bauch, er kletterte mit dem Mund hinauf zu ihrer Brust, zu den Schultern, dem Hals, er leckte ihr Ohr. Sie versuchte sich aufzusetzen, sie wand sich und wimmerte:

»Warte doch«, bat sie, »warte ein bisschen ...«

Er hielt inne. Er setzte sich neben sie. Er hielt eine ihrer Brüste in seiner zur Schale geformten Hand und bewegte leicht den Daumen.

»Du wolltest mir etwas sagen?«, sagte er erbarmungslos.

Sie krümmte sich zusammen und sagte:

»Nicht, solange du das machst.«

Es entstand eine kleine Pause. Dann fiel ihm etwas ein. Eigentlich wollte er das nicht fragen, aber sie hatte etwas gesagt.

»Bist du ein gefallenes Mädchen?«, sagte er.

»Ja«, sagte sie fröhlich.

Er musste lächeln, sie setzte sich und klatschte in die Hände.

»Ich habe einen üblen Ruf in dieser Stadt. Aber da ist meine Mutter, an die ich denken muss. Ich möchte es ihr nicht schwerer machen, als es ohnehin schon ist.«

Er sah plötzlich die Mutter vor sich. Er hatte sie einmal kurz begrüßt. Sie war alt, streng, korrekt, mit silberweißem Haar und fast schwarzen Augen. Sivs Vater war Major gewesen. Er war vor vielen Jahren gestorben.

»Vielleicht weißt du es«, sagte sie und schaute ihn fragend an. Er schaute ebenso fragend zurück. »Ich war zweimal verheiratet und bin geschieden.«

Er saß da mit ihrer Hand in seiner. Plötzlich fühlte sich ihre Hand fremd an. Er sagte:

»Zweimal?«

Sie sprach still und ruhig.

»Ich war zuerst in Indien verheiratet«, sagte sie. »Na ja, zuerst hatte ich eine Art Verlobung mit einem anderen hier in Norwegen, aber das ...«

»In Indien?«

»Hm. Mit einem Inder.«

»Mit einem Inder?«

»Hm. Er war Beamter der Regierung in Delhi. Später wohnten wir in Bombay. Ich habe acht Jahre in Indien gelebt.«

Er musste aufstehen, stand im Zimmer.

»Ich habe ein Kind aus meiner ersten Ehe«, sagte sie.

Er schluckte.

»Eine Tochter. Sie ist jetzt dreizehn Jahre.«

Er schaute sie an. Das war unfassbar. Sie. Eine Tochter. Von dreizehn Jahren. Er räusperte sich:

»Wo ...?«

»In Indien.«

Ein Schatten glitt über ihr Gesicht, als sie das sagte. Er wollte nicht fragen, warum sie nicht ... Er getraute sich nicht zu fragen. Das war alles so unerhört, er fühlte sich so seltsam, so klein, verletzt. Und auf einmal fiel ihm der einzige Inder ein, den er jemals in seinem Leben gesehen hatte, das war damals in Oslo gewesen, als er sich immatrikulierte. Der Inder hatte einen Turban auf dem Kopf gehabt, sein Gesicht war dunkelbraun gewesen und hatte fettig geglänzt. Asks Zwerchfell zog sich zusammen. Warum hatte sie ihm das erzählt?

Sie hatte dieselbe ruhige Stimme, als sie fortfuhr. Sie sagte:

»Ich habe vor vier Jahren noch mal geheiratet. Einen Engländer. Offizier. Kapitän.«

Er setzte sich in den Sessel. Versank tiefer und tiefer darin.

»Wir lernten uns in London kennen. Ich kannte seine Mutter aus einem Klub. Sie war begeistert von mir, sie fand, ich ähnle einer Porzellanpuppe, und dann war ich so ›nordisch‹! Sie sagte: ›*You simply* must *meet my Robert, when he comes*‹, und sie hatte mir Fotos von ihm gezeigt, es ist recht witzig, wie das ablief, und dann war ein Ball, als er auf Besuch war, und ich hatte ein Kleid aus so einem blauen Organdy an, du weißt schon« – Ask wusste es nicht –, »als wir einander vorgestellt wurden, schubste sie mich vor zu Robert und sagte: ›*Isn't she a genuine* angel?‹ Na, du weißt, wie ältere englische Damen reden« – Ask wusste es nicht –, »und er muss wohl mit der Mutter einer Meinung gewesen sein, er war übrigens in allem einer Meinung mit seiner Mutter, und am nächsten Tag schickte er mir Blumen, Rosen. Und am Tag darauf hielt er um meine Hand an. Ja, so war das.«

Sie hielt inne und schaute lächelnd auf. Er wartete, erhob sich schließlich und steckte die Hände in die Hosentaschen, dann legte er sie auf den Rücken, dann steckte er sie wieder in die Hosentaschen.

Er hielt es nicht aus. Mit zaghafter Stimme musste er fragen:

»Hattet ihr ...?«

»Ja«, sagte sie und schlug die Augen nieder. »Ein kleines Mädchen. Aber sie starb, als sie vier Monate alt war.«

Sie saß da und betrachtete ihre Hände, studierte ihre Fingerknöchel. Ask wandte den Kopf zur Tür und betrachtete wie verhext die Türklinke. So muss ich stehen bleiben bis in alle Ewigkeit, dachte er, und auf die Türklinke starren.

Er hörte sie seufzen und sagen:

»Das Leben hat so vieles zu bieten.«

Er schielte panisch zu ihr hinüber und wandte den Blick hastig wieder ab. Aber er hatte gesehen, dass sie ihn mit einem leichten Lächeln in den Augen ansah, als hätte sie das alles hinter sich, so ist das Leben. Langsam ging er zu ihr. Ein Gefühl tiefer Dankbarkeit stieg in ihm auf: Sie hatte gelächelt.

»Jetzt reden wir nicht mehr über diese Dinge«, sagte sie. »Komm und setz dich her.«

Zögernd setzte er sich neben sie. Sie rückte etwas zur Seite, berührte ihn aber nicht. Als ahnte sie, was in ihm vorging.

Da kam ihre kleine Hand und legte sich auf seine.

»Ich wollte nur, dass du das weißt«, sagte sie. »Die Leute erzählen so viel Unsinn über mich. Aber irgendetwas muss ein Städtchen mit fünfzehnhundert Seelen wohl zu reden haben.«

Sie zwinkerte fröhlich mit den Augen.

Er räusperte sich mehrmals und sagte langsam:

»Aber warum heißen sie dich eine *bad woman*?«

Er war empört und verletzt und traurig über das, was sie ihm erzählt hatte, doch er konnte nicht im Mindesten etwas Lasterhaftes an ihrem Leben erkennen. Es war nur eine tiefe, menschliche Tragödie. Eine kleine Frau …

»Jetzt …«, sagte sie und blickte hinüber zu ihm.

Dieses ›jetzt‹ erschreckte ihn zutiefst, darin steckte noch mehr. Barmherziger Gott, sie hatte noch *mehr* mitgemacht!

»Du weißt«, sagte sie, »im Laufe eines Lebens …«

Sie schaute nachdenklich in die Luft. Dann lächelte sie plötzlich und ihre Stimme wurde lebhaft:

»Ich habe hier in der Stadt schon für einen Skandal gesorgt, da war ich erst siebzehn.«

Er schloss die Augen. Siebzehn Jahre.

»Ich bin mit einem Mann von zu Hause fortgelaufen. Einem Schauspieler. Einem Varietékünstler.«

Er faltete die Hände auf seinem Bauch.

»Mein Vater, der alte Major, war der strengste und humorloseste Mensch, den du dir vorstellen kannst. Ich war die totale Unschuld vom Lande, bis zu meinem siebzehnten Lebensjahr. Einmal bekam ich zum Geburtstag ein Necessaire für die Maniküre, nicht einmal das durfte ich benutzen, was sagst du dazu? Nun ja, der alte Herr nahm unsere Verfolgung auf. Er holte uns ein, in einer Stadt weiter südlich. Solche Prügel habe ich nie wieder bekommen. Stell dir vor, er bearbeitete meinen Rücken mit dem Zimmerschlüssel des Hotels. Diese Schlüssel mit den schweren Anhängern aus Messing. Du liebe Zeit. Und dem Schauspieler schlug er zwei Zähne aus.«

Ask war sprachlos. Er konnte nicht atmen. Was waren das für Menschen, was waren das für Mädchen, die in diesem nördlichen Landesteil lebten?

»Oh, er kam heim mit mir im Schlepptau. Der ganze Ort stand Spalier und glotzte, als er mich am Seil durch die Straßen zog.«

Sie rieb sich die Hände, als sei das eine ungeheuer lustige Erinnerung.

»Aber das muss ich dem alten Herrn zugutehalten, er hat damals für mich eine medizinisch einwandfreie Abtreibung organisiert. Aber davon wissen die wenigsten. Dass ich abgehauen war, genügte ihnen.«

Sie schaute ihn an.

»Habe ich dich jetzt erschreckt?«

Er schüttelte den Kopf, merkte aber, dass alles Blut aus seinem Gesicht gewichen war.

Sie sagte:

»Dachte einfach, das müsste ich dir erzählen. Das Gröbste. Aber jetzt finde ich, du solltest nachsehen, was ich in dem Korb habe.«

Er blieb sitzen wie tot. Siebzehn Jahre. Schauspieler. Varietékünstler. Nur gut, dass der Vater ihm zwei Zähne ausgeschlagen hat. Barmherziger Gott. Medizinisch einwandfreie Abtreibung. Möchte wissen, wer der Schauspieler war? Welcher Schauspieler in Norwegen hat zwei vordere künstliche Schneidezähne? Siebzehn Jahre. Medizinisch einwandfreie Abtreibung. Wenn man Major ist, hat man seine Verbindungen. Siv. Sollte er ihr davon erzählen? Aber jetzt ist es ohnehin zu spät. Die andere ist bereits im fünften Monat. Vielleicht erst im vierten. Aber egal. Zu spät. Verloren. Auch den Kopf in deinen Schoß zu legen und zu heulen, Siv, würde niemandem helfen. Und außerdem, dein Schoß ... sagtest du nicht, dass du das Gröbste erzählt hast? Das Gröbste? Jetzt könnte ich Gott brauchen. Aber Gott kann wahrscheinlich mich nicht brauchen.

»Möchtest du nicht nachsehen?«

Er sah sie mit verständnislosen Augen an.

»Im Korb?«, sagte sie.

»Hä?«, sagte er.

»Hol ihn her, dann packe ich aus«, sagte sie.

Er schwankte durchs Zimmer und kam mit dem Korb zurück. Vielleicht treffe ich eines Tages den Schauspieler. Siebzehn Jahre. Wie alt war ich, als sie siebzehn war? Sie ist mindestens fünfunddreißig. Vielleicht war ich erst ein Jahr alt, als sie und der Schauspieler ... Vielleicht wurde ich mit Grießbrei gefüttert und sagte ›da da da‹. Ein Bübchen von einem Jahr. Ich hatte keine Chance. Der Schauspieler ist der größte Schurke, den es gibt. Ein Jahr alte Buben werden außer Gefecht gesetzt. Wenn ich der Major gewesen wäre ... Vielleicht hatte der Nachttisch im Hotelzimmer eine Marmorplatte. Wenn man einen Schauspieler mit einer Marmorplatte erschlüge, würde dann die Platte zerbrechen?

Sie nahm das Papier weg, das auf dem Korb lag, und holte eine Halbliterflasche heraus. Sie hielt ihm die Flasche hin, es war eine Flasche Weißwein.

»Na?«, sagte sie. Er lächelte sie unsicher an. Herrgott, jetzt hatte sie ihm auch noch etwas mitgebracht.

Sie grub im Korb und drückte ihm ein kleines Paket in die Hand. Als er das Butterbrotpapier öffnete, sah er ein halbes Hähnchen.

Mit Weinflasche und Brathähnchen im Schoß saß er da, verlegen und ratlos. Es würgte ihn, die hässlichsten Gedanken hatte er gerade gehabt, oh ja, auch über sie, wenn sie das wüsste, barmherziger Gott, was hatte er gedacht, und dabei hatte er völlig übersehen, wer das alles durchgestanden hatte, dieses hilflose Persönchen, sie musste alles mitgemacht haben, was es an Gemeinheiten auf der Welt gab, jetzt saß sie hier, geschmäht, kinderlos, konnte aber trotzdem lächeln, hatte trotzdem eine warme, kleine Hand, eine Hand für ihn, eine Hand für den Judas, und dann hatte sie ihm doch tatsächlich etwas mitgebracht, sie war herzensgut wie eine Schwester, war wie ein Engel, das sollte sie nicht machen, er verdiente es nicht, verdammt noch mal, er musste schnell vom Bett aufstehen und ihr den Rücken zukehren, zum Teufel mit Menschen, die so nett sind, aber er sollte jedenfalls Danke sagen, was ist er für ein Wurm, nun konnte er sich nicht einmal bedanken, sie hatte das hergerichtet, hatte sich Gedanken gemacht, was er wohl gerne mochte, sie musste den Wein beim staatlichen Vinmonopol bestellt haben, musste die Sendung bei der Post abgeholt haben, sie hatte das Hähnchen selbst gebraten ...

»Keinen Appetit?«, hörte er sie fragen.

Er stand immer noch mit dem Rücken zu ihr. Er schüttelte den Kopf.

»Aber *ich* habe doch jetzt wenigstens ein Glas Wein verdient«, sagte sie. Als er sich beschämt umdrehte, sah er, dass sie mit den Augen zwinkerte. »Ich fühle mich wie Florence Nightingale, Florence Nightingale trank gerne Wein.«

Er schluckte und sah sie an. Herrgott, was für eine Frau, dachte er. Ein Gefühl der Zärtlichkeit stieg in ihm auf. Jetzt werde ich freundlich sein, dachte er. Sie hat bisher so viel Böses erlebt, mit welchem Recht darf ich ihr auch nur einen einzigen Abend vermiesen ...

Als er sie nach Hause begleitete, sagte sie bestürzt:

»Wir haben ja den ganzen Abend verplaudert!«

Er musste lächeln.

»Aber du kommst übermorgen«, sagte er.

»Ja«, sagte sie, »aber dann musst du aufpassen und mir den Mund zuhalten! Ich bin eine schreckliche Plaudertasche.«

Er kam zurück in seine Wohnung, zog sich aus und zitterte immer noch von den tausend verschiedenen Gefühlen.

Als er das Licht löschen wollte, sah er das Hähnchen auf dem Schreibtisch liegen.

Er wollte es nicht. Er hatte nie die Menschen verstanden, die bei einem Begräbnis essen und trinken konnten. Leichenschmaus war für ihn eines der schrecklichsten Wörter.

Später, als er sich das Fett des Hähnchens von den Fingern leckte, dachte er: Ich hätte es essen sollen, als sie hier war. Deshalb hat sie es ja mitgebracht, um zu sehen, wie ich es verspeise.

Einmal im Monat

Siv.

Sie war so herzlich, so natürlich. Wenn er mit ihr zusammen war, gab es für ihn keine Probleme mehr.

Sie achtete künftig immer darauf, dass sie nicht den Abend verplauderten. Sie mochte die Stühle in seinem Zimmer nicht, sie ging direkt aufs Bett. Dort kickte sie die Schuhe weg und zog die Beine unter sich. Er konnte den Blick nicht von ihren Beinen abwenden, sie hatte die schönsten Füße, die er je gesehen hatte. Sie hatte einen hohen Rist und wenn sie in Strümpfen durchs Zimmer ging, setzte sie die Ballen etwas seitlich auf, wie eine Tänzerin, bei jedem Schritt berührte sie den Boden zuerst mit der großen Zehe.

Dann hatte sie etwas vergessen. Sie hüpfte aus dem Bett und ging zur Tür und löschte das Licht an der Decke. Dann schwebte sie elfenleicht zurück und wieder aufs Bett. Sie zog sich sorgsam aus, alle ihre Wäsche unter dem Kleid bildete nur ein winziges Häufchen, nicht größer als ein Dessertteller, das kleine Bündel legte sie in die kleine Ablage des Nachttisches. Er verstand nicht, dass sie damit im Winter nicht fror, mit einer so dünnen und zarten Unterwäsche.

»Weißt du«, sagte sie eines Abends vom Bett her, »weißt du, dass mein letzter Mann, der Engländer, mich im Schlafzimmer nicht öfter besuchte als einmal im Monat?«

Er zuckte zusammen, stand mitten im Zimmer und war damit beschäftigt, sich auszuziehen. Aber er musste sie anschauen.

»So ein steifer englischer Offizier, mit kleinem Bärtchen. Er schwor auf Rohkost.«

Sie blickte nachdenklich vor sich hin.

»Er glaubte wahrscheinlich, dass es schädlich für die Gesundheit ist. Weißt du, was er zu sagen pflegte?«

Nein, Ask hatte dazu überhaupt keine Vermutung.

»›One shouldn't exaggerate!‹«

Jetzt schaute sie Ask direkt an.

»Einmal im Monat! Kann man mit so einem verheiratet sein?! Was?«

Sie schaute ihn an und zwinkerte mit den Augen. Ihr Gesicht war so komisch, so ungeheuer aufgekratzt, dass Ask mitgerissen wurde.

Er sagte mit belegter Stimme:

»Na, das war vielleicht etwas wenig ...«

»Einmal im Monat«, wiederholte sie und jetzt kam ein Lachanfall, sie faltete die Hände auf der Bettdecke, um sich den Bauch zu halten, sie setzte sich im Bett auf, um Luft zu bekommen, und zog die Decke bis ans Kinn, jetzt fing er ebenfalls an, er musste sich auf den Stuhl stützen, die Hose rutschte ihm runter, er stand nackt da, sie schauten sich an und jetzt war es nicht mehr auszuhalten, die Tränen liefen aus den Augen, sie vergrub sich in der Bettdecke, kam dann wieder mit dem Kopf heraus: »Einmal im Monat!« Ask fiel um, er versteckte den Kopf in den Händen, sein Körper bebte und zuckte, nicht zu bremsendes Gelächter, sie heulten in die Nacht hinaus.

Er erhob sich matt, aufgelöst, erhitzt. Was für eine Frau! Er kam zu ihr und setzte sich einen Moment auf die Bettkante. Er spürte ihre kleine Hand auf seinem nackten Oberschenkel. Ihm kam ein Gedanke. Er fragte:

»Wie heißt du jetzt? Du benützt deinen Mädchennamen, aber du hast sicher den Familiennamen deines Mannes?«

Sie zwinkerte und sagte:

»Burkley. Mrs Burkley.«

Er stand auf, ließ den Namen auf der Zunge zergehen. Er war bester Laune. Das musste gefeiert werden.

Er drehte eine Runde durchs Zimmer, blieb am Fußende des Bettes stehen. Er überlegte kurz, das sollte ein Sketch werden. Und der sollte gut sein. Er klopfte mit dem Fingerknöchel an die Messingkugel auf einem der Bettpfosten, räusperte sich und sagte:

»Mrs Burkley, I presume? May I come in for a moment?«

Wunderbare Frau, sie spielte mit. Sie steckte den Kopf unter der Bettdecke hervor, ihr weißblondes Haar hing fast bis zum Fußboden, sie zwinkerte mit den Augen, blickte sich um und sagte:

»Oh, is that you, Mr Burlefot. You certainly may. Come right in. It will be a pleasure to see you.«

Nun wurde es schwierig. Sie sprach ja Englisch fließend und akzentfrei. Er kramte in seinem Gedächtnis und ihm war das Glück hold. Es klang, jedenfalls für ihn, völlig korrekt, als er sich vor ihr verbeugte und sagte:

»The pleasure is all mine, madam.«

Nackt und mit aristokratischer Würde stieg er zu ihr ins Bett.

Eines Nachmittags stand Ask am Katheder und blickte über die Klasse. Er hatte ihnen gerade aufgegeben, Rechnungsformulare mit einer Linierung zu versehen.

Stille senkte sich über die Klasse. Er sah die über die Pulte gebeugten Rücken. Rücken voller Fleiß.

Er stand da und dachte an Siv.

Dort unter ihm saßen 37 Menschen und schrieben Rechnungen für 100 imaginäre Portionen Klippfisch, die auf Kommission verkauft werden sollten. Sie arbeiteten alle ernsthaft und zielstrebig.

Als stünde ihr Leben auf dem Spiel, als handelte es sich da unter dem Löschblatt um das wirkliche Leben.

Er dachte an Siv, er dachte an die Liebe und plötzlich hörte er sich mit lauter und schriller Stimme in dem totenstillen Klassenzimmer sagen:

»Ha!«

37 verwunderte Gesichter schnellten hoch. 74 gespannte Augen betrachteten ihn.

Die Schüler warfen sich Blicke zu. Dann legte Sivs Bruder den Zeigefinger an die Schläfe und ließ den Finger bedeutungsvoll einen kleinen Kreis beschreiben. Alle sahen ihn an, alle grinsten, dann schauten sie vorsichtig zu Ask, um zu sehen, wie er das aufnähme.

Ask räusperte sich, er war total erschrocken über seinen Ausruf, aber insgeheim auch glücklich, er rieb sich die Backe. Dann grinste auch er.

Er dachte verwundert: Nicht einmal Sivs Bruder weiß etwas. Nicht einmal er weiß, warum ich *Ha!* gerufen habe. Und er betrachtete mit besonderer Sympathie den blonden Kopf von Sivs Bruder. Sie hatten seit der Nacht, als sie nebeneinander in der Schneewehe im Orkan gelegen hatten, kaum ein privates Wort miteinander gesprochen, aber nie hatte der junge Mann jemals Ask zu verstehen gegeben, dass er ahnte, dass zwischen seiner Schwester und Ask ein Verhältnis bestand. Er hat mir nicht einmal zugezwinkert, dachte Ask. Und in der Klasse nimmt er sich keine Freiheiten heraus. Die Bewegung mit dem Zeigefinger würde er auch gemacht haben, wenn ich Siv nie kennengelernt hätte.

Aber, dachte er weiter, hätte ich Siv nicht kennengelernt, würde der Schulleiter nicht am Katheder stehen und aus heiterem Himmel laut *Ha!* rufen.

Die Ruhe und der Fleiß hatten sich wieder über die Klasse gesenkt, zum Nutzen von 100 Portionen Klippfisch.

Aber Ask hatte für einen Augenblick eine Vision gehabt.

Das würde er nie vergessen.

Sankt Merkur

Das Jahr, als Ask Schulleiter an einer Handelsschule war, zuerst in Indrepollen, dann in Ytrepollen, war ein Jahr, das von einem schwachen, aber merkbaren wirtschaftlichen Aufschwung im Land geprägt war.

Möglicherweise lief es deshalb so, wie es lief.

Denn mit dem wirtschaftlichen Aufschwung erhöhte sich auch die Anzahl der Handelsschulen.

Und für die neuen Handelsschulen wurden neue Lehrer benötigt.

Die Schreckensjahre gleich nach 1930 lagen ein Stück weit zurück, ein neuer Ton lag in der Luft, obwohl immer noch jeden Monat allein in den Reihen der gewerkschaftlich Organisierten von 90 000 Arbeitslosen die Rede war.

Die Löhne waren nicht berauschend. Der monatliche Durchschnittslohn für einen Matrosen auf See betrug in diesem Jahr 160 Kronen, für einen Zahlmeister 270. Ein Bauarbeiter bekam ein monatliches Salär von 310 Kronen (solange es Arbeit für ihn gab), ein Maurer 370. Ask hatte 280, aber zusätzlich freie Kost und Logis.

Die Angst vor Arbeitslosigkeit und Armut steckte den Menschen immer noch in den Knochen. Es galt, einen Arbeitsplatz zu ergattern, und hatte man glücklich einen gefunden, ihn nicht zu verlieren. Immer noch fühlte sich niemand sicher. Selbst den Festangestellten beim Staat und der Kommune zitterte jedes Mal die Hand, wenn sie die Morgenzeitung aufschlugen. Mit rastlosen Augen überflogen sie die erste Seite, es beeindruckte sie wenig, dass Trotzki von Norwegen aus in Mexiko angekommen war und dass Sir Hubert Wilkins eine Fahrt mit dem U-Boot unter dem Eis zum Nordpol plante. Es störte sie kaum, dass die Deutschen wütend waren auf die Holländer, weil bei der Hochzeit von Prinzessin Juliane und Prinz Bernhard in Den Haag Hakenkreuze und das »Horst-Wessel-Lied« verboten wurden, und sie dachten nur wenig, als sie von den schlimmen Auseinandersetzungen bei Madrid lasen:

Málaga war schon eingenommen und wurde von den Marokkanern geplündert. Sie überlasen Lawrence Tibbett, der während einer Probe in der Metropolitan Opera den Baritonsänger Joseph Sterzini mit einem Messer erstach, das man für einen Scherzartikel gehalten hatte, das sich aber als echt erwies. Sie überlasen die vier Männer von Arendal, die von einem Elchbullen angegriffen wurden, es beeindruckte sie nicht besonders, dass einer der Männer im Schnee überrannt wurde und sich krampfhaft an dem Nasenloch des Elchs festhielt.

Sie mussten weiter. Und erst wenn sie die Zeitung auf allen Seiten durchforstet und sich davon überzeugt hatten, dass dieses eine Wort, *Stellenabbau*, nicht vorkam, dieser fürchterlichste aller Begriffe, konnten sie befreit aufseufzen, den ersten Schluck Morgenkaffee wirken lassen und zu den Nachrichten zurückkehren. Erst dann lasen sie von der Frau, die ihren Mann getötet hatte, indem sie sich auf ihn setzte, und von der kleinen neunjährigen Mary Olsen aus Oslo, die nie gefunden wurde, von dem Schweißer in Akershus, der bei 27 Kühen den Schwanz gekappt hatte, und von dem eben geborenen Erbprinzen Norwegens, der, wie die Regierung nun beschlossen hatte, Harald heißen sollte.

Die Apathie und Hoffnungslosigkeit der 1930er-Jahre wichen einem leisen, vorsichtigen, zögernden Optimismus. Der Welthandel begann sich zu erholen, Handel, Industrie und Schifffahrt erwachten zu neuem Leben, die Räder begannen zu surren, man hörte Gerüchte von einem, der einen Arbeitsplatz bekommen hatte. Keiner wagte es zu glauben. Wenn jemand behauptete, es ginge wieder aufwärts, war sofort einer da, der dreimal auf Holz klopfte. Aber die Menschen hoben vorsichtig die Köpfe, mit Hunger und Misstrauen im Blick. Eine ganze Nation stand vorgebeugt, auf dem Sprung, um sich eine Arbeit zu sichern und zuzugreifen.

Während sie in dieser Position verharrten, lernten sie für die Prüfung an der Handelsschule.

Eine neue Zeit kündigte sich an. Die Nation wurde von der 6-Monats-Hysterie erfasst. Kein Unternehmer wollte neue Leute anstellen, ohne dass sie in der Lage waren, ein Gewinn- und Verlustkonto abzuschließen, keiner, der Arbeit suchte, stellte sich mit gutem Gewissen vor, ohne ein Prüfungszeugnis zu haben, das seine Fähigkeit in der Diskont-Berechnung nachwies. Selbst ein Industriearbeiter, der eine Maschine versorgen oder eine Drehbank bedienen konnte, fühlte sich nicht sicher, solange er nicht die Kunst beherrschte, einen Scheck auszufüllen und zu indossieren.

Und die, die Arbeit suchten, waren hungrig, sie hatten lange gewartet, jetzt musste angepackt werden. Sie packten an.

Sie begannen, für die Prüfung an der Handelsschule zu lernen.

Man hat gesagt, dass die Arbeitslosigkeit die Universität des Arbeiters ist. In diesem Paradox versteckt sich ein Fünkchen Wahrheit.

Denn nur, wenn Industriearbeiter arbeitslos sind oder streiken, haben sie Zeit, Kraft und Überschuss, um in die Bibliothek zu gehen und ein Buch zu lesen oder hinaus aus der Stadt, um zu entdecken, dass es etwas gibt, das Wald heißt.

Und wenn die Wahrheit ausgesprochen werden soll über die Jahre von 1930 bis 1935 – wenn man all das Elend, den Hunger und die Kälte erkannt hat, all den Groll und all den Hass, all die Verzweiflung, die Krankheit und die aufreibende Hoffnungslosigkeit, die diese Jahre der Armut, der Arbeitslosigkeit und des Konkurses mit sich gebracht haben –, dann soll man nicht vergessen, dass sich genau in diesen Jahren ein bedeutender Teil der norwegischen Arbeiterklasse den Weg zur Kultur gebahnt hat. Nicht zu der äußerlichen, mit eigenem Haus und eigenem Auto, sondern zu der innerlichen, der mit eigenem Geist und eigener Seele. Die meisten begnügten sich damit, Zuschauer und Zuhörer zu sein (aber das ist die Basis für jede Kultur), sie entdeckten Bücher und Zeitschriften, sie hörten Vorträge und Gratiskonzerte; sie gingen in Museen und fanden Schätze, von denen sie nie geträumt hatten, ein neuer und wunderbarer Himmel wölbte sich über ihren Köpfen. Aber einige gingen weiter, sie mussten selbst aktiv sein, kaum eine Zeit in der Geschichte der Arbeiterklasse war kulturell so lebendig wie diese Jahre, die dunkle, drückende Zeit selbst wurde als Schrei der Hoffnung in die Dichtung, in Romane, in die Malerei und die Skulptur, in die Musik und in das Theater gepresst.

Proletarier-Kunst?

Ja?

Hatte jemand Gutsbesitzer-Kunst erwartet?

Doch in den Jahren, die kamen, lichteten sich die Reihen derjenigen, die sich an der Universität der Arbeiter einen Platz gesucht hatten. Ein neuer Ton, eine neue Unruhe hatte sich breitgemacht.

Jetzt drehte es sich nicht mehr um die Poesie, nicht mehr um das revolutionäre Drama und die sozialistische Malerei, es drehte sich nicht darum, nachts zu erwachen und sich den Traum wieder bewusst zu machen; jetzt musste man die Dinge bei Tageslicht betrachten, jetzt musste man die Dinge betrachten, wie sie waren, und das Geld als das sehen, was es war; es galt, wach und aufgeweckt zu sein und nicht zurückzubleiben wie ein übrig gebliebener Revoluzzer mit ungekämmten Haaren und schäbiger Kleidung, jetzt galt es, aktiv und effektiv zu werden, es ging darum, den Finger ins Tintenfass zu stecken und zu spüren, wo man war.

Wo man war?

Das wusste niemand.

Aber wo man sein sollte, das wussten alle.

In einem Kontor.

Der 6-Monats-Wahnsinn hatte Norwegen erfasst. Wer das nicht glaubt, kann einen Blick in die offizielle Statistik werfen über die Ausbildungen, für die die Jugend sich bewarb und die sie absolvierte.

In diesem Jahr – Asks Jahr – schlossen 90 junge Menschen die Forstfachschule ab, in den Gartenbauschulen waren es 125, in den Kunsthandwerksschulen 147. Die landwirtschaftlichen Fachschulen verteilten an 257 Schüler das Abschlusszeugnis, in den Landwirtschaftsschulen waren es 1159, in den technischen Tages- und Abendschulen 1968. Die Anzahl von Menschen, die in diesem Jahr das Abitur machten, belief sich auf 1897.

Wenn es also im Waldland Norwegen 90 Schüler waren, die die Forstfachschule abschlossen, wie viele Menschen waren es dann, die sich einen Nachweis erwarben, die sechsmonatige Handelsschule bestanden zu haben?

Die Kleinigkeit von 7 034 Menschen.

Im Land gab es jetzt 7 Kaufmännische Gymnasien, 13 kommunale Handelsschulen und 59 private Handelsschulen. Von den 59 privaten Handelsschulen lag eine in Indrepollen (fest) und eine in Ytrepollen (zeitweise).

Diese 79 kaufmännischen Anstalten waren zu den Akademien der neuen Zeit geworden.

In einem Schnappen nach effektiven Kenntnissen und schnellem Verdienst fegten die Menschen sämtliche neun Musen über Bord und schickten Apollon über die Planke.

Geblieben ist als Einziger Merkur, der Gott des Handels und Gewerbes.

Mit administrativer Kompetenz steuerte Merkur das nationale Schiff direkt hinein in das große Kontor, aus dem es nie mehr zurückkehren sollte.

Merkur hatte ein spezielles Zwinkern in den Augen, göttlich und optimistisch, und er hatte einen Hut aus Gold. Der zauberhafte Glanz von diesem goldenen Hut war so intensiv, dass kein einziges Mal Einwände kamen – nicht einmal von der Theologischen Fakultät –, dass der Gott splitternackt unterwegs war.

Niemand kannte die symbolische Bedeutung der zwei Schlangen, die sich am Stab des Gottes nach oben ringeln, doch alle konnten sehen, dass sowohl die Schlangen wie der Stab aus edlem, schimmerndem Metall bestanden. Die Flügel an seinem Hut und an den Fersen seiner Sandalen waren klein und leicht, auch sie aus Gold, ein heftiger Luftzug umgab Merkur, seine Flügel flatterten im Wind, er war wie ein gesegneter Cherub des Herrn. Und alle begaben sich in die Gewalt der Legende. Alle warfen sich auf Adelers *Fragen zum Handelsrecht*, Sverre Nielsens *Bilanz und Saldo*, Trygve Hauges *Lehrbuch für kaufmännisches Rechnen* und Frieslids *Aufgaben für das Arbeiten im Büro* mit einer ekstatischen Gier, als handelte es sich um *Tausendundeine Nacht*, um Mozarts Sinfonien, die 98 dorischen Säulen des Parthenon-Tempels in Athen und Michelangelos Deckengemälde.

Jetzt dachte keiner mehr an Sokrates, keiner wünschte sich, den Fliesenschmuck der königlichen Moschee von Isfahan zu sehen, vergessen waren Dante, Goethe und Shakespeare; wer hatte noch Zeit, sich mit Darwin, Newton, Marx und Freud zu beschäftigen? Wer waren Ravel und Strawinsky?

Jetzt fieberten die Sinne nach der offenen Tür des Kontors, fieberten danach, sich dort für immer auf einem Bürosessel niederzulassen, mit der Hand über eine kühle, glatte Seite im Hauptbuch zu streichen, den betörenden Geruch nach Tinte und Kopierstift und Stempelkissen und Papierleim einzuatmen, das verheißungsvolle Klappern von Schreibmaschinen und Frankiermaschinen zu hören, es wurde der stolze Traum der Menschen und ihre berauschende Hoffnung, fest und unverrückbar mit den Knien unter einem Schreibpult sitzen zu können und den immerwährenden, Herzklopfen verursachenden Blick auf die zwei größten Wunder des Paradieses zu genießen: den Tischkalender und den Papierkorb.

Und Ask?

Dies waren die Stunden, dies waren die Tage, dies waren die Wochen, dies waren die heiligen 6 Monate.

Dies war die Allgemeinbildung des norwegischen Volkes, seine Akademie, sein Parnass.

Ask öffnete dem Volk die Tür. In welche Welt?

In diese:

Was kosten 3 Kartoffelhacken und 2 einfache Hacken, 5 Kisten »Naturkorn«-Seife und 5 Schachteln gemahlener Zimt, 20 Büchsen braune Schuhcreme? Was kosten 3,20 m englischer Anzugstoff und 10 skr Prager Farinzucker, was ist der Preis für 12 Stück Sauermilchkäse aus dem Sogndal? Was ist der Preis für 2 Dutzend Damenunterhemden und einem ½ Dutzend Matrosenkragen, für 1 Winterhut (Originalmodell), 1 Dutzend Mokkalöffel aus Emaille im Etui und 10 Fässer Oxan-Öl? Berechnen Sie die Kosten für 18 skr gerösteten Kaffee, 10 Körbe Spitzkohl und 300 Büchsen Freia-Backpulver, finden Sie den Preis heraus für 40 ksr Ceylon-Tee, 1000 Stück Weingläser Victoria und 500 t leicht bleichbare trockene Sulfit-Zellulose franko Bordeaux. Was ist ein Notadressat? Was kosten 300 Eimer à 10 kg erstklassiger, frisch gepflückter Moltebeeren (heißt das nicht Multebeeren, alle in der Klasse sagen Multebeeren, weitermachen), 600 ksr spanische Orangen, 100 Bündel Trockenfisch, 4 Gros Druckknöpfe und 2 Kartons Zwirn? Ich muss leider die Bestellung von mir annullieren. Sie haben mir mit der Art Ihres Vorgehens Unannehmlichkeiten bereitet, die ich mir hätte ersparen können. Den Differenzbetrag von 68,18 Kronen bitte ich Sie als Gutschrift auf das Konto von mir zu überweisen (die Bestellung von mir, das Konto von mir, können wir nicht schreiben meine Bestellung, mein Konto, alle Menschen sagen doch meine Bestellung und mein Konto, Ruhe, schreibt es so; die Art Ihres Vorgehens, Ihre Vorgehensweise, die mich in Unannehmlichkeiten gebracht hat, die ich mir hätte ersparen können, Ruhe). Buchen: Am 31. Januar werden die Löhne ausgezahlt, 200 Kronen abzüglich 6 Kr. Krankenkasse. Am gleichen Tag ist Konzertmeister Jens Flint hier in Konkurs gegangen. Der Geldverlust, den Sie mir dadurch verursacht haben, dass mein Verkauf an Kunden fehlschlug, für diesen werde ich gleichwohl keine Entschädigung erhalten und ich werde auch keine beanspruchen. Umgekehrt ist mir sehr daran gelegen, verlässliche Lieferanten zu haben. (Seid jetzt endlich ruhig. Es ist mir sehr daran gelegen, dass der Verlust, den Sie mir dadurch zugefügt haben, dass ich auf den Verkauf an meine Kunden verzichten musste, das ist nicht zu ändern. Ruhe. Weitermachen.)

Kalkuliert den Verkauf nach Gewicht: 3 Dutzend polierte italienische Hanfseile à 48 Faden, 3 Ringe Japan-Sehnen à 40 yards, 8 Grammofonplatten und 4 skr Tafelsalz. Was ist der Preis für 4 Büchsen Pfeffernüsse, 1 goldene Uhr, 1 Fass Petroleum und 20 Fässer Weintrauben Extra Selected. (Für diesen Verlust ist es nicht schwierig, Entschädigung zu bekommen.) Was kosten 60 Fässchen Sirup und ein Ballen Indian Twill, 20 Serviertabletts und 30 Aschenbecher (Aschenbecher, das ist doch das gleiche wie Ascher, spielt keine Rolle, was das ist, schreibt), 1500 Tonnen gesalzener Frühjahrsdorsch und 10 skr Rangoon-Reis, 100 Fässer Weinessig und 300 Ballen Heu? Was ist eine unmündige Person und kann eine solche Verträge abschließen? (Wir haben jetzt einundzwanzig erledigt.) Welche Auswirkung hat Irrtum beim Abschluss eines Vertrages? Was kosten 200 ksr Preiselbeeren und ein Sack roter Sago, 20 Fässer Lebertran und 30 Fässer Waltran, 20 ksr Birnen und 3 ksr Pfirsiche (in der Dose)? Was bedeutet Unterschrift mit geführter Hand, und wie lange sind die Verjährungsfristen nach dem Gesetz vom 27. Juli 1896? Was versteht man unter Schuldforderung? (Ehevertrag, siehe Gesetz vom 20. Mai 1927.) Was ist ein beglaubigter Scheck? (Das ist üblicher Prüfungsstoff.) Aspekte zur Bilanz: Inventar wird mit 10 Prozent vom verbuchten Wert abgeschrieben; ausländischer Annahmevermerk pro 13/2 ltr/H.Apfelbaum, Berlin, RM 1118,- à 89,20 (aber in Berlin gibt es doch keine Juden, die mit Norwegen Geschäfte machen dürfen, die sitzen alle in Konzentrationslagern, es geht weiter); Kambio-Konto soll einen Kursverlust von kr. 20,- zeigen (warum soll es das, das ist doch komisch, dass es das soll, seid still, schreibt weiter). Die seltsamen Firmennamen in den ersten Aufgaben: Hansine Solstad, Petrine Olsen, Gunnar Hanevold, Harald Finkelhagen, A/S Funtus, Trangvik Kooperative Handelslag. Aber jetzt nicht mehr, jetzt sind es Arne Stray, A/S Bye & Co, Kåre Petersen, Johannes Brun, A/S Progress; der Erfindungsgeist hat nicht aufgehört, das Spiel hat aufgehört, jetzt wird es ernst, nur zwei Monate bis zur Prüfung, A/S Progress; macht weiter; findet den Preis für Schweineschlachtung und Rosinen heraus, berechnet Gitterzäune und Margarine, kalkuliert Kinderstrümpfe und gepressten Langfisch, fakturiert Zauberleim in Tuben und Erbsen im Karton, berechnet den Preis von Personenwaagen und sauren Drops, den Preis von Schreibtischen und Weizenmehl, den Preis von Bindfaden und von Orgeln, den Preis von Essigessenz und Knorrs Kinderbrei, den Preis von Kernseife und Wollteppichen, den Preis von Staatsobligationen, den Preis eines Ruderbootes.

Der Preis.

Der Preis.

Der Preis.

Halten wir jemals inne und fragen nach dem Wert?

Die Mitglieder von Prüfungskommissionen, die Lehrbuchautoren und die Handelsschullehrer betonen, sooft sich die Gelegenheit bietet, dass die Schulbuchaufgaben, die sie sich ausgedacht haben, dem wirklichen Leben entnommen sind. Sie würden nicht pfuschen oder etwas erfinden, sie hätten persönlich keine Mühen gescheut und sich mit Firmen und Betrieben in Verbindung gesetzt, um Einblick in die wirkliche Geschäftswelt zu erhalten. Auf diese Weise, so sagen sie, vermittelten die Prüfungsaufgaben – und damit die gesamte Ausbildung an der Handelsschule – den Schülern ein wahres Bild vom Leben und eine Einführung in und ein Verständnis von dem wahren Norwegen. Mit anderen Worten: Die norwegischen Handelsschulen befassen sich ausschließlich mit dem wirklichen Leben.

So unschuldig sind die Stimmen, wenn das ausgesprochen wird, so klar die Augen, so glatt die Stirnen, dass wir argwöhnisch werden. Das erinnert uns verdächtig an eine gewisse Sorte von Geschichten in gewissen Sorten von Illustrierten, die stets den Untertitel haben: »Eine Geschichte aus dem wirklichen Leben«.

Denn wenn die Ausbildung an norwegischen Handelsschulen sich mit dem wirklichen Leben decken sollte, wie kommt es dann, dass sie uns nie begeistert?

Der böse Argwohn, der uns schon von Anfang an beschlich, nimmt zu, wächst an zu einem ungeheuren Argwohn, wir ahnen, dass in aller Stille und mit dem Segen der gesamten Gesellschaft ein schändlicher Betrug passiert. Wir beginnen zu glauben, dass diese 6 Monate Handelsschule nicht das Geringste mit dem wirklichen Leben zu tun haben, nicht das Geringste wiedergeben; dass der ganze Unterricht kalt, steril und leblos ist, dass er zu nichts ausbildet oder befähigt, dass er vielmehr die Schüler abschleift auf Schreibtischhöhe und ihre Seelen austrocknet wie Löschpapier.

Wir beginnen zu glauben, dass der Zuwachs an Handelsschulen in Norwegen das Schlimmste ist, was der Nation seit dem Schwarzen Tod zugestoßen ist, ja, dass die Beulenpest im Vergleich eine wahre Gottesgabe war. Die Pest tötete die Menschen und legte sie ins Grab; die Handelsschulen balsamieren lebende Menschen und setzen sie ins Kontor.

Denn was ist das Leben?

Ist es nicht immer und ständig eine Beziehung zu etwas, das verborgen ist, das sich unter der Oberfläche befindet, das dahinter liegt?

Hier ist ein Beispiel für das ›wirkliche Leben‹, wie es die Autoren von Lehrbüchern an norwegischen Handelsschulen sehen.

»Das Ausheben eines Entwässerungsgrabens, 16 m lang, 1 ½ m breit und 1 1/3 m tief kostet 125,- Kronen. Wie lang ist ein Graben, 1 m breit und 2 m tief, den wir für 315,- Kronen ausheben können?«

Ist jemand da, der das im Kopf rechnet? Nein, das geht wohl nicht, ihr könnt Bleistift und Papier nehmen. Aber seht euch die Aufgabe etwas genauer an, ehe ihr anfangt. Euch fällt nichts auf? Nicht, dass ... Na gut, dann rechnet es aus.

Ihr habt vier Minuten gebraucht. Ich muss gestehen, ich bin etwas enttäuscht. Über euch. Wenn ihr in eurer obersten Etage etwas scharfsinniger gewesen wärt, hättet ihr sofort gesehen, wie viel 1 ½ m x 1 1/3 m ist. Wie viel ist 1 ½ x 1 1/3? 2. Genau, 2. Und die Zahl sagt euch nichts? Na, da haben wir einen, bei dem es anfängt zu dämmern. Ja? Ja, genau. Es ist exakt dieselbe Kubikmasse, Verzeihung, dieselbe Schnittfläche im ersten Graben wie im zweiten. Also: Wir hätten die Aufgabe im Kopf rechnen können. Jedenfalls fast.

Nun, ihr müsst die *Fantasie* etwas mehr benutzen.

Die Fantasie.

Doch würde man die Fantasie benutzen, würde man weit draußen im Moor landen. Man würde vermutlich riskieren, seine Gedanken mit dem Leben zu beschäftigen.

Ein Moor ist schon viel.

Ein Moor mit einem Mann ist viel mehr.

Und ein Moor mit einem Mann mit einem Spaten!

Das ist ein Abenteuer. Ein Evangelium.

Hast du gespürt, wie gut und fest ein Spatenschaft in der Hand liegt? Da gibt es das Verbindungsstück, wo der Holzschaft in den Metallbeschlag für das Stahlblatt des Spatens hineingesteckt ist, und dort befindet sich eine Schraube mit rundem Kopf. Hat deine Handfläche diese

Schraube und diesen Beschlag gefühlt? Erinnerst du dich an den Druck des Spatenblattes mittig unter der Fußsohle, unter dem Rist, wenn du das Körpergewicht daraufgelegt und gedrückt hast? Diesen Druck spürst du besonders, wenn du in Gummistiefeln arbeitest, Gummistiefel sind weich, auch die Sohle. Erinnerst du dich an das Geräusch deiner Gummistiefel, die in dem braunen Matsch platschen und versinken und kleben und die schmatzen, wenn du sie hochziehst? Erinnerst du dich an den Geruch nach fauligem Moor und rieselndem Wasser, den Geruch nach Schweiß, den Geruch nach Sonne? Erinnerst du dich an den Duft nach warmem Heidekraut und ist dir noch der Laut der Stille im Gedächtnis? Erinnerst du dich an das Wollgras und die Blüten der Moltebeeren? Erinnerst du dich, dass ein Spaten in ein saftiges Stück Torf sticht wie in Butter? Erinnerst du dich an die Grabenwände zu beiden Seiten von dir, braun, glatt, glänzend, es tropfen Tränen herunter. Vielleicht hast du in deiner Arbeitspause an einem kleinen Feuer gesessen und Speck gebraten zu Brot und Kaffee? Barmherziger Gott, lass uns die Fantasie benutzen!

Oh Handelsschule!

Einen Mühlstein sollten wir dir um den Hals binden, in das tiefste Weltmeer sollten wir dich versenken, und sei überzeugt: Wir würden die Kosten für die Anstrengung nicht berechnen. Gratis und franko würden wir dich über die Reling kippen und in dem Meeresloch, in das du plumpst und in dem du verschwindest, da würden wir dir ohne Angabe unseres Kredits alle deine roten Zinszahlen hinterherstreuen.

Ask hatte im Laufe dieser sechs Monate beim Umgang mit dem Lehrstoff nur ein einziges fachliches Erlebnis, das ihn aufweckte, das ihm ein Bild, einen Ton, einen Duft vermittelte.

Einmal.

Das war in einem Musterbrief im Lehrbuch für Handelskorrespondenz:

»Die bestellten 50 Fässer Røros-Butter habe ich erhalten. Ich bin mit der Ware zufrieden mit Ausnahme der Butter in sechs Fässern (Nr. 22, 23,

24, 36, 38 und 41). In diesen Fässern ist die Butter geschichtet. Die Ware sieht so unschön aus, dass ich sie nicht zum vollen Preis verkaufen kann noch will.«

Er taumelte vor Vergnügen und Begeisterung. Zum ersten Mal konnte er sich die Ware konkret vorstellen!

Er sah den Kaufmann in dem kühlen Kellerverschlag, der Mann stand mit dem Beil in der Hand da. Die gebogenen Holzstäbe in den Butterfässern waren herausgeschlagen, jetzt lag die glitzernde, glänzende Buttermasse in herrlich nackter Majestät auf dem Tisch im Keller! Und wie sah die Butter aus? War hier nicht der Stil des Briefes knapp und straff und treffend, genau wie in einer isländischen Saga? Was stand nämlich in dem Brief?

»In diesen Fässern ist die Butter geschichtet.«

Was für ein Anblick für einen Maler oder Bildhauer! Die Butter war geschichtet! Die gelbe, glitzernde Masse war im Farbton nicht einheitlich, sie war marmoriert! Konnte man dabei etwa nicht an eines der schönsten Bauwerke der ganzen Welt denken, den Taj Mahal, dieses schlossähnliche Mausoleum an dem stillen See im Park von Agra, das der Großmogul in Gedenken an seine Lieblingsfrau hatte errichten lassen? Und hat man etwa nicht das ganze Schloss Taj Mahal aus einem weißen Marmor edelster Sorte erbaut, aus weißem, blau geädertem Marmor?

Und diese marmorierte Butter, dieser Anblick für Götter, wie verhielt sich der Käufer dazu? Er wollte sie nicht haben. Er reklamierte!

Und der Verkäufer? Er räumte die *Unregelmäßigkeit* in der Butter ein, der Schrecken des Büros kam über ihn, er erklärte sich einverstanden, dass die geschichtete Butter eine *minderwertige* Butter war!

Asks größter Wunsch war es, einmal an einem Konservatorium studieren zu können. Aber weder er noch seine Eltern kannten jemanden, der jemals an einem Konservatorium studiert hatte. Abgesehen von Ask Grande, aber der zählte nicht, er war ein Wunderkind, er spielte schon mit elf Jahren in öffentlichen Konzerten das »Scherzo Tarantelle« von Wieniawski.

Seine ganze Welt einschließlich seiner selbst würde angesichts eines Menschen, der Musiker und Komponist werden wollte, vor Schreck tot umfallen. War das ein Studium für jemanden, der sich selbst ernst nahm? War ein Mensch, der sich anschickte, an einem Konservatorium zu studieren, überhaupt vertrauenswürdig? War das ein verantwortungsvoller Mensch? Würde eine solche Ausbildung einen festen Arbeitsplatz verheißen? Konnte man mit einem Examen in Harmonielehre, Instrumentation und Kontrapunktik eine Anstellung in einem Büro erhalten?

Zuerst muss man beweisen, dass man tüchtig ist, zuerst muss man sich als ein Mann mit Festanstellung in einem Kontor die Achtung der Gesellschaft erwerben, dann kann man vielleicht in der Freizeit ein bisschen mit Musik dilettieren.

So tief war sein Respekt vor dem Kontor, dass er es auch so empfand. Wie alle Norweger fühlte er sich dem Büro verpflichtet. Dieser Verpflichtung hatte er zu genügen, sofern er seine Selbstachtung nicht verlieren wollte.

Und um ihm die Sache leichter zu machen, klopfte ihm in der Nacht Mutter Norwegen sanft und weise auf die Schulter und flüsterte ihm die Losung des Landes und das Stichwort der Nation ins Ohr:

»Eine Handelsschulausbildung kommt immer gut an, weißt du.«

Der Heilige Olav ist tot.

Norwegen hat seinen Sankt Merkur.

Aber noch hat er seine Hymne nicht bekommen. Er wird sie gewiss einmal bekommen, der heilige Merkur; eine »Kontate« für Fabrikflöte, Telefonglocke, Fakturiermaschine und den großen Chor der Büroangestellten.

Einmal werden wir sterben.

Hörst du: Einmal werden wir sterben. Und dann sind alle Preise null; hörst du: null.

Dann werden wir uns recken, hörst du, dann werden wir uns nach dem Matrosenkragen recken, der in einer Rechnung verschwand, und wir werden uns verzweifelt wünschen, dass wir ihn einem kleinen Jungen um den Hals gelegt hätten. Wenn wir sterben, wo finden wir dann eine einzige spanische Apfelsine in den 600 Kisten? Das Zaungitter, das so kühl und fest unter unseren Fingern ist, wenn wir uns danach recken? Wenn wir sterben, haben wir dann ein Grundstück für solche Zaungitter? Wenn wir sterben, wo ist dann das Dach für die 25 Rollen sandiger Teerpappe, wo sind das Dach und der Wind und die Sonne? Wenn wir sterben, können wir dann die Hand zu einem Sack mit roter Sagogrütze ausstrecken und spüren, wie sie uns durch die Finger rieselt? Wer kann sich im Tod an 3 Kisten Pfirsichen (in der Dose) laben? Und die 300 Ballen Heu? Bist du jemals an den bis zur Decke gestapelten Heuballen in einer niedrigen Scheune vorbeigegangen, erinnerst du dich an das Sonnenlicht von der kleinen Luke ganz oben, erinnerst du dich, wie lebensgefährlich glatt die runden Fußbodenbalken unter deinen Füßen waren, erinnerst du dich an das Kätzchen, das im Heu spielte, erinnerst du dich an die Stille in einer Scheune, erinnerst du dich an den süßen Duft des Heus? Vielleicht erinnerst du dich im Tod daran. Aber bist du imstande, im Tod einen Fuß auf den Küchenschemel zu stellen, im Tod mit einer Schuhbürste in der einen Hand dazustehen und mit der anderen eine Büchse brauner, duftender Schuhcreme zu öffnen? Im Tod, hörst du, im Tod wirst du dich nach dem Duft in dem kleinen Gemischtwarenladen recken, dem Geruch nach gemahlenem Zimt, Sirup und Petroleum, dem Duft nach Sauermilchkäse, Backpulver, sauren Drops, Kernseife, Menthol-Dragees und frisch geröstetem Kaffee. Du wirst dich nach einem Winterhut recken, Originalmodell, den du einer Frau verehren könntest; du wirst nach Kinderstrümpfen tappen, barmherziger Gott, nach den winzigen Kinderstrümpfen.

Aber im Tod ist es zu spät. Da verschwinden die Preise, und in einer flüchtigen, bitteren Sekunde siehst du die Werte, aber dann ist es zu spät. Dein Gesicht wird bedeckt sein von den Tränen der Trauer und der Täuschung, weil du für den Preis lebtest, für alle Dinge wolltest du den Preis haben und jetzt sind alle Preise gleich null. Hörst du? Null. Und du wirst sterben, allein, in einem endlosen Einkaufsladen mit leeren Regalen, wo nur noch die Preisschilder geblieben sind, und dein ewiges Leben wird nicht zu retten sein, weil du mit einer Seele voller Nullen ankommst.

Hörst du?

Nullen.

Eines Abends, Ask saß gerade in seiner Wohnung und korrigierte Schularbeiten, ertönte ein heftiges und ungeduldiges Klopfen an der Tür. Ask erbleichte und öffnete mit zitternden Händen.

Es war das Kotelett, Gunnhilds Vetter. Der Mann war furchtbar erregt und nervös, sein Mund stand offen, seine Lippen bebten. Er drehte sich um sich selbst und rang die Hände in tiefer Verzweiflung, schließlich sank er stöhnend auf einen Stuhl und verbarg sein Gesicht in den Händen.

Ask war wie gelähmt vor Schreck.

»Können Sie mir helfen«, schluchzte der Mann, »etwas Entsetzliches ist geschehen. Es ist wegen ...« Seine Stimme brach.

»Um Gottes willen«, stammelte Ask.

»Es ist wegen ...«, sagte der Mann und biss sich in die Hand, »es ist wegen meiner Mutter.«

Barmherziger Gott, dachte Ask, warum kommt er wegen der Mutter zu mir? Aber die Seelenqual des Mannes machte einen tiefen Eindruck auf ihn, er wusste nicht, was er machen sollte, ihm kamen beinahe die Tränen.

Der Mann rieb sich die Stirn und die Augen, er war weiß im Gesicht.

»Sie wurde heute Nachmittag krank, musste sich fürchterlich erbrechen, aber der Doktor konnte erst am späten Abend kommen. Ich habe nicht genau verstanden, was er sagte, aber es war etwas mit Vergiftung. Dann bekamen wir ein Rezept, aber zurzeit ist mein Vater nicht da, er ist Heizer auf der Fähre und wir hatten kein Geld im Haus, nur zwei Kronen waren da, das ist alles, und nun bin ich zu allen gelaufen, die ich kenne, aber es ist wie verhext, und ohne zu bezahlen geben sie mir in der Apotheke die Arznei nicht, und dann habe ich gesehen, dass hier oben Licht brennt, und da dachte ich, dass hier vielleicht die Rettung wäre ...«

Er hielt inne, schluchzte und sagte:

»Sie bekommen morgen das Geld zurück, morgen um neun Uhr werde ich hier sein!«

In tiefstem Schmerz schlug er die Hand auf die Armlehne und er biss sich auf die Lippe.

»Herrgott, es ist vielleicht lebensgefährlich ... Sie hätten ihr Gesicht sehen sollen ...«

Ask war äußerst aufgebracht. Tief in ihm wehrte sich etwas, warum kam der Kerl damit zu *ihm*? Er musste doch andere haben, zu denen er gehen konnte? Aber es war wohl ein extremer Notfall ... Er sah die ausgefransten Manschetten des Mannes, seine ausgetretenen Schuhe, er sah plötzlich die alte Frau vor sich, vielleicht schwebte sie in Lebensgefahr und sie standen hier und redeten ...

»Wie viel b-b-brauchen Sie?«, presste er heraus.

»Vielleicht zwanzig«, sagte der Mann, »mehr kann das Mittel doch nicht kosten?«

Ask stutzte einen Augenblick, zwanzig Kronen waren viel Geld ...

»Es kann schon sein, dass es weniger kostet, aber wenn ich jetzt mit zu wenig ankomme? Da würde ich ja riskieren, dass sie ... dass sie ...«

Krank vor Angst wankte Ask hinüber zu seiner Jacke, die über dem Stuhl am Schreibtisch hing, und zog die Brieftasche heraus.

»Seien Sie gesegnet«, hörte er hinter sich. Er roch eine leichte Schnapsfahne, die von dem Mann ausging, und er dachte: »*Das* können sie sich dann doch leisten.«

Der Mann nahm Ask den Geldschein aus der Hand, schluckte und sagte:

»Morgen um neun Uhr! Damit retten Sie das Leben eines Menschen!«

Er ging rasch zur Tür, drehte sich um und sagte gerührt:

»Das werde ich Ihnen nie vergessen!«

Dann schluckte er noch mal, lüpfte dankbar den Hut und verschwand polternd die Treppen hinunter, als liefe er um sein Leben.

Ask blieb sprachlos und zitternd zurück. Er ärgerte sich über sein weiches Herz und darüber, dass das Kotelett in einer Sache zu ihm gekommen war, die sehr nach einer Familienangelegenheit aussah, aber schließlich konnte er eine alte Frau nicht einfach sich selbst überlassen und riskieren, dass sie starb?

Die alte Frau ging ihm nicht aus dem Kopf. Er sah sie vor sich, wie sie dalag und gegen die Vergiftung ankämpfte, er sah das Kotelett durch die Stadt hetzen, es war ein Wettlauf mit dem Tod und er bereute es, dass er den Mann nicht gebeten hatte, anzurufen oder auf andere Weise Bescheid zu geben.

Er schlief in dieser Nacht spät ein und sein letzter Gedanke galt der alten Frau. Zwei Kronen im Haus und todkrank. Hoffentlich war das Kotelett rechtzeitig gekommen.

Am nächsten Vormittag gegen zwölf Uhr kam ein Schüler zu Ask, um das Schulgeld zu bezahlen. Es war der Schüler, der Ask zu der Party am Weihnachtsabend eingeladen hatte. Als das Geschäft abgeschlossen war, fragte Ask, ob der junge Mann zufällig etwas gehört habe, wie es um die alte Mutter vom Kotelett stehe.

»Mutter?«, sagte der Schüler. Er hob die Augenbrauen und schaute Ask an. Es entstand eine Pause, und Ask schluckte.

Der Schüler sagte:

»Er hat keine Mutter.«

Ask strich sich mit der Hand über den Mund.

Der Schüler sagte:

»Sie ist vor fünf Jahren gestorben.«

Er saß da und musterte Ask eine Weile. Dann rieb er sich das Kinn und sagte mit einem angestrengten Lächeln:

»Diese Mutter ist ein stadtbekannter Witz. Er benutzt die Geschichte von der todkranken Mutter bei allen, die hier neu sind. Er prahlt damit, dass er schon eine Menge Zehner mit dieser Leiche zusammengeschnorrt hat. Einmal ergaunerte er sich bei einem Mann sogar fünfzehn Kronen.«

Der Schüler stand auf und knöpfte den Mantel zu. An der Tür drehte er sich um, schaute an die Decke und sagte:

»Wie viel wollte er diesmal schnorren?«

Ask setzte mit der Antwort dreimal an. Dann kam es, kaum hörbar:

»Zwanzig.«

Der Schüler räusperte sich, schaute Ask an und sagte:

»Ich werde nicht fragen, ob er sie wirklich bekommen hat.«

Ask erhob sich, schluckte und sagte leise:

»Danke.«

Er hatte zwanzig Kronen bezahlt für eine Theatervorstellung, die nicht länger als drei Minuten gedauert hatte.

Erst viel später in seinem Leben, als er zu dem Ereignis Abstand gewonnen und eine Reihe professioneller Theateraufführungen gesehen hatte, dachte er, dass der Auftritt das Geld wert gewesen war.

Weiße Rosen

Siv.

Sie waren oft zusammen. Sie war so viel für ihn geworden, Schwester, Geliebte, aber vor allem Freundin. Ihre Hand war so klein und warm, glitt immer so leicht in seine, schlüpfte ohne Schwierigkeit unter seine Manschetten; ihre Hand liebte er am meisten.

Manchmal wagte sie sich hinauf in sein Zimmer, sonst – wenn ihre Mutter nicht da war – trafen sie sich bei ihr. Nur selten kamen sie bei Bekannten zusammen und, praktisch veranlagt, wie sie war, sorgte sie immer dafür, dass sie einen Winkel oder einen kleinen Raum für sich hatten.

Insgeheim schienen sie allerdings beide zu ahnen, dass jeder den andern nur auf Zeit hatte. Ask hatte es nicht über sich gebracht, von Gunnhild zu erzählen, aber er hatte von seinen Plänen für die nächste Zukunft erzählt. Siv ihrerseits hatte durchscheinen lassen, dass sie, sobald der Sommer käme, nach Schweden wollte, sie hatte dort Bekannte. Sie war nicht reich, der Unterhalt, den sie von ihrem letzten Mann erhielt, war bescheiden, er hatte auch seine Mutter, für die er sorgen musste, aber Sivs Mutter hatte ein bisschen Geld und eine Pension von dem Major. Siv hatte jedenfalls so viel Geld, dass sie im Sommer nach Schweden fahren konnte. Ask dachte: Das ist eine schöne Sache, genügend Geld zu haben, um im Sommer nach Schweden fahren zu können.

Manchmal war es still zwischen ihnen. Sie dachten an die Zukunft. Und da wussten sie nicht, was sie sagen sollten. Sie hörten ein kleines

Ticken von der großen Weltenuhr und sie schluckten und sie tasteten jeder nach der Hand des anderen. Es ist gut, eine Hand zu halten.

Anfangs war für ihn der Altersunterschied zwischen ihnen nicht mehr als ein gewisses komisches Gefühl, ein Gefühl der Verwunderung, auch ein Gefühl des Stolzes.

Doch der Gedanke an die Zukunft wuchs in Ask, wurde stärker und stärker. In die Beziehung zu Siv schlich sich manchmal ein Gefühl von schlechtem Gewissen. Er wusste nicht, ob er sie hinterging. War dies für sie nur eine Affäre? Oder dachte sie insgeheim, es sei mehr? Gab es etwas, was sie von ihm erwartete?

Wehrte er sich gegen diese Vorstellung? Baute er in seinen Gedanken einen Schutzwall dagegen auf? War das der Grund, dass er an den Altersunterschied dachte?

Oh ja, der war wirklich merkbar. Er hatte es am Körper gespürt, an ihrem Körper, sie hatte zwei Kinder geboren, auch so eine Elfengestalt kann die Spuren von zwei Schwangerschaften nicht verbergen. Es begann eines Abends spät in Asks Wohnung. Sie sagte vom Bett her:

»Ich glaube, ich ziehe den BH nicht aus.«

Eine Sekunde verstrich. Dann erwiderte Ask:

»Nein. Vielleicht besser so.«

Später lächelten sie sich an, aber der erste kleine Schatten war über ihre Herzen gehuscht.

Es gab auch Momente, in denen er beklommen einen Vorwand fand, ihr nur die Schuhe auszuziehen.

Dann jammerte sie. Und wenn sie flehte, fügte er sich. Aber er war in diesen Fällen nie wirklich glücklich.

Ein leichtes Gefühl von Mitleid vermischt mit Grauen setzte sich fest in ihm. Allmählich wurde das Grauen stärker als das Mitleid.

Sie war so klein, zart, grazil. Sie trug hübsche Kleider, oft faltenreiche, abstehende Röcke, sie war eine Puppe, eine Lilie auf dem Feld. Nur ihr blasses, ovales Gesicht hatte zuweilen einen müden, abgespannten, betrübten Ausdruck. Aber wenn sie nicht mehr die Lilie des Tages war, wenn sie bettwarm und nackt zusammen mit ihm in der Dunkelheit lag, dann war sie eine andere, der strenge Duft ihrer Weiblichkeit erschreckte ihn, lähmte ihn. Er war ihr tief ergeben, er wand sich bei dem Gedanken, er könnte sie verletzen, deshalb wusste er immer öfter ein wenig Alkohol zu schätzen, wenn sie zusammenkamen. Merkte sie das? Ahnte sie, wie es in ihm aussah? Sie sorgte immer dafür, dass Trinkbares vorhanden war. Nicht viel, aber immer. Er fing an das zu mögen. Alkohol betäubt, bei vielen unterstützt er die wichtigste seelische Verteidigungswaffe: die schlechte Erinnerung.

Zum zweiten Mal erlebte Ask die Frau. Und er war aufs Neue erstaunt, zuweilen erschrocken. Dass eine robuste Marketenderin wie Gunnhild hungrig gewesen war auf das Geschlechtliche, das war weder unverständlich noch empörend. (Wie sind Gunnhilds Nächte jetzt? Ist sie immer allein? Mögen Frauen, wenn sie in anderen Umständen sind, noch mit Männern zusammen sein? Gibt es Männer, die mit Frauen in diesem Zustand zusammen sein wollen? Geht sie an den Abenden aus und trinkt? Im Hotel mit den Drachenköpfen? Wo die Männer sitzen und über sie grinsen? Oder sich an ihr vergreifen? Sie mitnehmen in ihre Zimmer? Sie betrunken machen? Ihr den anschwellenden Bauch tätscheln? Gunnhild. Jetzt trinken auch wir, Gunnhild. Man fühlt sich leichter mit einem Glas in der Hand.)

Aber Siv! Dieses zierliche Wesen von nur einem Meter fünfzig auf Strümpfen ... Er konnte es nicht fassen. Am liebsten hätte er sie den ganzen Abend so gehabt, wie sie kam: mit glänzenden, munteren, großen Augen, frisch wie eine Blume, grazil wie ein Reh, sanft und ruhig, süß und warm. Ihre Kleider waren von einer Art, die er »niedlich« nannte, mit kleinen Knöpfen, Schleifen, Zierbändern. Diese kleinen Zutaten wählte sie oft in Blau, Marineblau, Kornblumenblau, das war apart und passte gut zu ihrem blassen Gesicht und dem langen Flachshaar. Sie war ein Anblick für Götter. Hätte sie einen Zauberstab in der Hand gehabt, man hätte sie tatsächlich für eine Fee halten können. Weil sie keinen Stab hatte, sah sie eher aus wie eine nette, junge Hausfrau, eine fast zu junge Hausfrau, besonders, wenn sie an seinem Sekretär stand und dort sorgsam Blumen in eine Vase stellte.

Sogar Blumen brachte sie ihm.

So hätte sie bleiben sollen, doch es kam ein Moment am Abend, da war das Licht gelöscht und sie waren alleine, da hatte der kleine Rausch seine Wirkung entfaltet. Da konnte er im Halbdunkel sehen, dass ihr Gesicht nicht länger von der Welt der Lilien war, da fühlte er, dass ihre Hände nicht länger mit zarten Blumenstängeln hantierten. Einige Male versuchte er, sich zurückzuhalten, einen Aufschub zu bekommen, aber ihre warmen, kleinen, weichen Hände lebten auf seinem ganzen Körper, spielten und tappten, da stieg ein süßes Entzücken auf in ihm, ein gefährliches Entzücken, seine Hände wurden grob zu ihr, unglaublich grob, sie liebte seine Hände, egal, ob sie zärtlich oder grob waren.

Manchmal sagte er mit einem Lächeln und einem Stöhnen:

»Du bist keine Frau, du bist ein brennender Scheiterhaufen.«

Aber da jammerte sie und flehte, während sie ihn streichelte:

»Nein«, sagte sie, »sag so was nicht.«

Zuweilen musste er sich spätnachts mit sanfter Gewalt aus ihrer Umarmung befreien, sie klammerte sich an ihn, wollte ihn zurückhaben. In solchen Augenblicken hatte er das Gefühl, als würde er untergehen, wenn er sich jetzt nicht in Sicherheit brachte.

Er stand dann nüchtern und panisch im Zimmer und beobachtete ihre Finger, die suchend über seinen leeren Platz im Bett liefen, sie waren wie die Beine einer Spinne. Dieser blinde, rohe, unstillbare Hunger bei ihr war ihm unbegreiflich.

Sie konnte den nächsten Tag geruhsam gestalten, Einkäufe machen, im Haus aufräumen, ein bisschen der Mutter vorlesen, Klavier spielen. Er musste früh raus, er hatte einen Stapel noch nicht korrigierter Journale drüben auf dem Sekretär liegen, am Nachmittag fünf lange Stunden in der Schule, er war todmüde und außerdem zornig, da lief etwas schief in der Welt, wenn ein Mann alle 24 Stunden des Tages im Bett verbringen sollte. Er war zwar selbst hungrig wie ein Wolf, aber hat man je von einem Wolf gehört, der nie genug bekam? Warum bekam sie nie genug? Sie könnte, davon war er überzeugt, eine Woche ohne Pause durchhalten, Tag und Nacht. Je mehr sie es miteinander trieben, umso hungriger wurde sie! Hielt sie ihn für eine Maschine? Denn er würde Gift darauf nehmen, dass er seine Sache mindestens ebenso gut machte wie jemand, den sie früher gehabt hatte – das hatte sie im Übrigen selbst zu ihm gesagt.

Doch es kam vor, dass er nachdenklich wurde, wenn er sich daran erinnerte, was sie von ihrem letzten Mann, dem Rohkost-Offizier, erzählt hatte, der sie nur einmal im Monat in ihrem Boudoir besuchte. Ask war die ganze Zeit davon ausgegangen, dass der englische Kapitän ein Waschlappen gewesen sein musste. Plötzlich konnte er sich ein wenig in den Mann hineinversetzen. Empfand sogar eine gewisse Sympathie für ihn.

Wenn ich mit ihr verheiratet wäre, dachte er, dann hätten wir wahrscheinlich im Schlafzimmer ein Doppelbett. Das würde bedeuten, dass wir jede Nacht aktiv sein würden. Jede Nacht ohne Ausnahme. Ich würde zu nichts anderem mehr kommen. Nach drei Monaten Ehe würde sie mich im Rollstuhl fahren müssen.

So unglaublich war ihr Hunger, so unglaublich ihre Sinnlichkeit, so unglaublich ihre Erfahrung. So zärtlich, so unwiderstehlich: »Das tut so gut, ja, so!«, so anschmiegsam, so sanft: »Oh Ask, mach weiter so!« Er befand sich in einer wunderlichen Halbwelt, Ellbogen und Knie vermengten sich, ein Unterwasserballett und ein Unterwasserkarneval, eine dunkle Halbwelt, die schwamm und schwankte und knirschte, er wusste nicht, wo oben und unten war, und in einem solchen Moment erwachte er einmal zu einem Gefühl totaler Klarheit, Süße und Qual, er war in ihrem Mund. Und er wehrte sie ab, er warnte sie, er war kurz davor, aber sie zog sich nicht zurück, sie wimmerte, er drückte mit der Hand gegen ihren Kopf und schob sie weg, aber sie kam wieder, sie flehte ihn an, er möge sie lassen, ihre Zunge spielte und sie atmete schwer, sie robbte näher heran und ihre Finger packten genussvoll zu, einen fürchterlichen Augenblick lang war er wie gelähmt, zerrissen zwischen wahnsinniger Lust und unerträglichem Schrecken, sein Herz hörte auf zu schlagen, er war wehrlos gegen ihren hungrigen Mund und er hielt ihren Kopf fest und es geschah und er schrie und es war, als würde jemand kochend heißes Öl seinen Rücken hinunterrinnen lassen.

Danach konnte er sich eine Weile vor Erregung nicht rühren, er war wie betäubt. Mit Mühe zog er sich von ihr weg und stand auf, seine Muskeln waren schwer wie Blei, das Herz hämmerte in seiner Brust, dass er dachte, seine Rippen würden zertrümmert, er wagte nicht, sie anzufassen, er bebte erfüllt von Grauen und einer fremden, gewaltigen

Verbrecherreue, sein Inneres war in heftigstem Aufruhr, aber die ganze Zeit pochte und brannte etwas und erinnerte ihn an die unerträgliche Süße, die er empfunden hatte, aber wie konnten Menschen so etwas tun, er hatte ihr Gesicht gesehen, sie hatte den Kopf nicht abgewandt, sie hatte ...

Er stand im Zimmer, er musste sich auf einen Stuhl stützen, um nicht umzukippen, er tastete nach etwas zum Anziehen ...

Langsam, langsam ging es vorüber, vorsichtig wagte er einen Blick hinüber zu ihr. Zu seiner grenzenlosen Überraschung merkte er, dass sie unter der Bettdecke lag, richtig glücklich, und ihn mit ihren Kinderaugen anlächelte. Sie faltete ihre Hände unter dem Nacken und lächelte freundlich und gutmütig. Er wusste nicht, was er erwartet hatte, das jedenfalls nicht. Sie streckte die Hand aus zum Nachttisch, richtete sich etwas auf, zündete sich eine Zigarette an und sank zufrieden zurück ins Bett.

»Geht es uns nicht gut?«, seufzte sie in tiefstem Wohlbefinden.

Er war sprachlos. Er zitterte immer noch wie im Fieber. Was war sie nur für eine Frau?

»Kannst du mir den Aschenbecher geben?«, sagte sie.

Er biss die Zähne zusammen und ging zögernd los. Mit ausgestrecktem Arm stellte er vorsichtig den Aschenbecher auf den Nachttisch, er hatte Angst, ihr zu nahe zu kommen. Und dann empfand er es so bedrückend abscheulich, dass er, dass sie, dass sie etwas getan hatten, das nicht wiedergutzumachen war, jetzt war da ein Bruch für immer, geschändet, nie mehr würde es werden wie vorher ...

Sie rauchte eine Weile, dann sagte sie sanft:

»Habe ich dich gebissen?«

Er zuckte zusammen. Dann schüttelte er den Kopf. Er konnte nicht sprechen. Und verstand auch nicht, wie sie sprechen konnte.

Sie fragte leicht neugierig:

»Hast du das noch nie gemacht?«

Er wandte sich ab und schüttelte den Kopf. Dann tauchte ein Gedanke auf in ihm und er wandte sich ihr wieder zu:

»Hast du?« Sie schaute ihn lächelnd an, sie legte den Kopf zurück und blies eine kleine Rauchwolke an die Decke. Er war so erschüttert, dass er sich wünschte, tot sein zu können.

»Komm«, sagte sie und schlug mit ihrer kleinen Hand auf die Bettdecke.

Er schüttelte den Kopf.

»Komm«, sagte sie, »ich tu dir nichts.«

Zögernd ging er hinüber zu ihr. Frierend und unglücklich setzte er sich ganz außen auf die Bettkante, die Hände zwischen die Knie gepresst. Er merkte, dass sie ihn ansah. Sie lächelte und sah ihn an.

Nach einer Weile sagte sie:

»Die meisten Männer haben irgendwelche Fantasien.«

»Hm«, sagte er, er starrte auf seine Knie.

»Die meisten Männer sind Romantiker«, sagte sie.

Er wurde wieder etwas munterer und zwinkerte mit den Augen. Er räusperte sich und sagte hilflos:

»Ist das denn schlimm?«

»Nein«, sagte sie geduldig, sanft. »Überhaupt nicht. Nur dass ...«, sie suchte nach Worten, »nur dass es euch schwerfällt, über eure Fantasien zu reden ...«

»Über was reden?«

»Über das – äh – das Reine und Klare, nach dem ihr euch sehnt.«

Er konnte es auch nicht sagen. Er wusste nur, dass er hier saß und sich wünschte, sehnlichst wünschte, aufzustehen und ins Freie zu gehen, sich nackt im Schnee zu wälzen, kopfüber in den Fjord zu springen, sich tiefgekühlt zu reinigen ...

»Ask«, sagte sie leise, ihre Hand hob sich, aber als er eine Bewegung machte, als wolle er fliehen, ließ sie die Hand sinken. »Ask, zwischen Mann und Frau gibt es nichts Hässliches oder Unreines. Alles ist gleich rein. Und gleich richtig.«

Ihn schauderte.

»Wenn wir mit jemandem zusammen sind, den wir gernhaben«, fügte sie nachdenklich hinzu. Wieder näherte sich ihre Hand. Und diesmal floh er nicht.

Er runzelte die Stirn. In dem, was sie sagte, lag etwas Wahres. Aber trotzdem.

»Es ist unnatürlich«, sagte er. Sofort biss er sich wütend auf die Lippe, das war eine vage Formulierung, die alles bedeuten konnte von unchristlich bis unhygienisch. »Es ist gegen die Ordnung der Natur«, ergänzte er. Als würde das die Sache besser machen.

»Selbstverständlich«, sagte sie und lächelte.

Er schluckte resigniert, wütend:

»Das ist – so tierisch!«

Sie antwortete mit einem gutmütigen, perlenden Lachen:

»Nein, sage nichts Hässliches über die unschuldigen Tiere! Die Armen kennen nur eine Art.«

Sie gluckste vor Freude, dann wurde ihre Stimme wieder weich:

»Wir machen doch so viele andere Dinge, die ›gegen die Ordnung der Natur‹ sind? Daran findest du auch nichts Falsches.«

Sie hatte sich jetzt im Bett aufgesetzt und ihren Büstenhalter zurechtgerückt. Er beruhigte sich allmählich, das Blut brauste nicht mehr so wild, die geballten Fäuste öffneten sich langsam …

»Es ist nur so unglaublich«, sagte er leise. Dann stockte er und errötete. »Dass du – dass du es tun konntest …«

Sie seufzte leicht, fast glücklich. Dann sagte sie:

»Das ist nicht unangenehm, falls du das meinst.«

Er wollte aufspringen.

»Es erinnert mich an Rosen«, sagte sie.

Sie wartete kurz und fügte hinzu:

»Weiße Rosen.«

Er musste einfach aufstehen und durchs Zimmer gehen. Er brachte lange kein Wort heraus.

Schließlich blieb er stehen. Mit abgewandtem Gesicht und mit einer belegten Stimme wagte er eine Frage:

»Glaubst du – meinst du –, dass es für alle Frauen so ist?«

Sie war völlig ernst, als sie sagte:

»Alle.«

Er drehte sich um und schaute sie mit großen Augen an. Da wich ihr Blick aus und sie sagte mit leiser Stimme:

»Alle. Wenn sie deutlich spüren, dass es ihnen gut geht mit einem Mann.«

Er wurde weicher. Doch zugleich dachte er: Damit sagt sie viel. Er musste schlucken. Etwas in ihm wollte zu ihr, doch etwas anderes hielt ihn zurück. Und immer noch hatte er Angst, ihr zu nahe zu kommen.

Er machte sie ein bisschen unglücklich und ein bisschen nervös, das sah er ihr an, als er kurz darauf zum Aufbruch mahnte. Er konnte nichts dafür, er hatte es eilig, sie nach Hause zu begleiten, er wollte allein sein mit sich, wollte am offenen Fenster liegen, er musste nachdenken können über das, was geschehen war.

Als sie zu ihrer Haustür kamen, begnügte er sich damit, sie auf die Wange zu küssen. Es war ein leichter, hastiger Kuss.

»Ask«, sagte sie vorsichtig und legte ihm eine Hand auf den Arm, »du bist doch nicht …?«

»Nein«, sagte er. »Nur müde. Ruf mich in ein paar Tagen an. Ja?«

»Morgen?«, sagte sie.

»In ein paar Tagen«, sagte er.

So trennten sie sich.

Auf dem Heimweg wurde ihm klar, dass unter all seinen Gefühlen auch eines war, das hieß: Stolz.

So sehr mochte sie ihn.

Trotzdem ließ er fünf Tage vergehen, bis sie sich wieder trafen.

Als sie an seine Tür klopfte und er ihr aufmachte, blickte sie scheu auf zu ihm, als versuchte sie, in seinem Gesicht zu lesen.

Als er ihre Augen sah, flüsterte er in seinem Innern ein Wort; er flüsterte: »Freundin.«

Er suchte nach ihrer Hand und er fand sie. Da wagte er sie noch nicht richtig anzuschauen, aber seine Hand zitterte.

Bilanz

Seit jener Episode, die sich im Herbst in der Wohnung in Indrepollen abgespielt hatte, damals, als Ask und der Schulleiter (sein Name war Dalaker) in ein Buch von Huxley vertieft gewesen waren, hatte Ask mehr Nachsicht geübt, wenn er an den Schulleiter dachte, als vorher.

Aber inzwischen hatte der alte Ärger wieder überhandgenommen. In jedem Brief, den Ask bekam, gab es gouvernantenartige Pedanterien, kleinliche Genauigkeit und kleine Sticheleien. Am schlimmsten war es, wenn Schulleiter Dalaker einmal ausnahmsweise das Telefon benutzte und wenn Ask die wehleidige, lästige Stimme direkt ins Ohr traf. Als hörte man eine große, kränkliche weibliche Maus.

Dazu kam Asks Eindruck, dass er in gewisser Weise nicht nur ausgenutzt wurde, sondern regelrecht ausgebeutet. Anfangs war die Rede von 30 Schülern gewesen, jetzt hatte er 37 Schüler am Hals. Der Arbeitsdruck war so massiv geworden, dass er manchmal nicht weiterwusste. Die Stapel noch nicht korrigierter Arbeiten türmten sich auf seinem Sekretär, und je mehr er korrigierte, umso höher wurden die Türme. Neben dem Schulunterricht hatte er den Verkauf der Schulbücher, den Rechenschaftsbericht der Schule und das Einkassieren des Schulgeldes zu erledigen. Er hatte versucht, an seiner Tür die Bürozeit festzulegen: »Der Schulleiter ist zwischen 10 Uhr und 12 Uhr anzutreffen«, aber die Schüler nahmen das nicht ernst. Außerdem blieb jeder Schüler gerne eine halbe Stunde sitzen, wenn er schon mal gekommen war. Ask gelang es nicht, sie wegzuschicken, sie hatten so viele Fragen, sie hatten so viel zu reden. Es kam vor, dass am Vormittag ein halbes Dutzend Menschen in seiner Wohnung saßen – er musste sie ja hereinlassen, sie konnten nicht draußen auf der Treppe stehen bleiben und warten, zwei saßen auf Stühlen, zwei saßen auf dem Bett, zwei standen, ein mitgebrachter Elchhund bellte enttäuscht, weil er nicht auf Asks Pantoffeln herumkauen durfte.

Die Abrechnungen kosteten ihn eine Menge Nerven. Er hatte von Dalaker keine Richtlinien bekommen und machte deshalb viele missglückte und zeitraubende Versuche, eine klare Übersicht über die abzurechnenden Beträge zustande zu bringen. In seinen Zetteln, den Rechnungsbelegen und den Quittungen hatte er keine systematische Ordnung, er sammelte sie in Kuverts und versuchte jedes Mal, wenn er eine Abrechnung wegschickte, so gut er konnte, einen Überblick zu behalten. Bis jetzt war alles gut gegangen, aber von Dalaker war er gerügt worden, weil er sein Honorar nicht einbehalten und regelmäßig für jeden Monat abgezogen hatte. Ask hielt das für richtig: Auf diese

Weise blieb das Honorar unangetastet und sammelte sich an und ein Guthaben bei der Schule schien ihm ebenso nützlich wie eines auf der Bank. Aber hinter dieser Überlegung steckte ein Gefühl, ein Gefühl der Angst. Er hatte einfach nicht den Mut, ein Konto einzurichten, denn dann würde er schwarz auf weiß sehen, was sein Guthaben war. Wie gering sein Guthaben war. Diesen Betrag sehen, sein Kapital, schwarz auf weiß, das hieße nichts anderes, als seine gesamte Zukunft in Form weniger, klarer und deutlicher Zahlen offenbart zu sehen. Denn von allen Gefühlen war kein Gedanke insgeheim so stark und erschreckend wie der Gedanke, dass er in diesem Leben von nun an nicht mehr nur an sich selbst zu denken hatte. Egal, wie die Angelegenheit gelöst oder nicht gelöst wurde, wusste er jetzt, dass er anderen gegenüber Verantwortung hatte, finanzielle Verantwortung. Manchmal tauchte der Ausdruck »familiäre Verantwortung« in ihm auf und da wurde er leichenblass.

Wenn er es schnell überschlug, bildete er sich manchmal ein, er habe ein Guthaben von über tausend Kronen, ein andermal durchfuhr es ihn eiskalt, dass es sicher nicht mehr als ein paar Hundert waren. Hatte er vor Weihnachten nicht einen Anzug gekauft? Die Weihnachtsgeschenke? Ein paar Grüße an Gunnhild? Die zwanzig Kronen für das Kotelett? Und hatte er im neuen Jahr nicht mehrmals in der Poststelle Pakete vom staatlichen Weinmonopol abgeholt, Pakete, deren Inhalt Siv und er konsumierten? Und er rauchte doch? Wie viel kostete ihn der Zigarettenverbrauch? Neue Saiten für die Geige hatte er auch gekauft. Nein, er hatte nicht den Mut, es nachzuprüfen.

Aber jetzt wurde von ihm ein abschließender Überblick der Einnahmen und Ausgaben verlangt und eines Abends entfernte Ask den Stapel nicht korrigierter Arbeiten vom Sekretär. Jetzt musste er allen Ernstes die Bilanz aufstellen.

Nach einer Stunde gab er auf. Da waren so viele Belege zu summieren, dass ihn das die halbe Nacht gekostet hätte.

Am nächsten Tag hatte er sich eine Rechenmaschine besorgt, er hatte sie sich bei einem Agenten ausgeliehen. Um ein Uhr nachts saß er da und starrte auf einige Zahlen. Die eine Zahl zeigte ihm das Guthaben aus seinen Honoraren für den Unterricht: kr. 832,-. Das war die Zukunft.

Das heißt: Das hätte die Zukunft sein können. Denn es gab noch eine zweite Zahl, eine Zahl, die die Differenz anzeigte zwischen dem, was er für die Schule einkassiert hatte, und dem, was er an Abrechnungen an Dalaker nach Indrepollen geschickt hatte. Demnach war er kr. 1211,50 schuldig. Mit anderen Worten: In der Kasse war ein Fehlbetrag von kr. 1211,50.

Weiß vor Panik stand er vom Sekretär auf. Er sagte zu sich:

»Immer mit der Ruhe.«

Er drehte eine Runde durchs Zimmer und sagte:

»Immer mit der Ruhe.«

Er drehte noch eine Runde und seine Knie drohten unter ihm einzuknicken. Er sagte:

»Immer mit der Ruhe.«

Die wildesten Gedanken schossen ihm durch den Kopf. Er hatte sich verrechnet, er würde den Fehler finden, wenn er noch einmal nachrechnete.

Er gab einfache Quittungen aus, wenn die Schüler kamen und das Schulgeld bezahlten. Es war vorgekommen, dass er auch am Abend in der Schule das Schulgeld entgegengenommen hatte, obwohl er ausdrücklich darauf hingewiesen hatte, dass die Schüler zum Zahlen am Vormittag ins Büro kommen sollten. Vielleicht hatte er die Liste verschlampt, vielleicht hatte er einige Schüler abgehakt, die nicht bezahlt hatten, vielleicht hatten nicht alle für den Januar bezahlt? Ihm schwirrte der Kopf. Wie sollte er das mit dem Schulgeld jetzt nachprüfen? Jeden Schüler in der Klasse fragen? Wunderbare Idee! Wunderbares Beispiel von einem, der ihr Lehrmeister für Buchführung sein sollte!

Er trug ab und zu ziemlich viel Geld mit sich herum, besonders am Anfang des Monats, bevor er die Postanweisung nach Indrepollen aufgegeben hatte. Hatte er Geld verloren? War es vorgekommen, dass er während seiner Abwesenheit Geld im Zimmer liegen hatte? Die Einzigen, die hier gewesen waren, das waren Gunnhild und Siv, und es war eine abscheuliche Vorstellung, denken zu müssen: Werde ich jetzt genötigt sein, in Gedanken alle Situationen durchzugehen, um herauszufinden ...? Nein. Das Dienstmädchen vielleicht?

Erneut stürzte er sich auf die Abrechnung. Er fing an verzweifelt und krampfhaft zu lachen, als ihm für einen Augenblick aufging, dass das hier keine Theorie war, das war keine gewöhnliche Schulaufgabe in Buchführung, wo alle Beträge vorgegeben sind und es nur darum geht, sie ordentlich aufzuführen. Gütiger Gott, das war blutiger Ernst, mit Belegen, korrekten Belegen, das war eine Bilanz für die Schule, eine Schulbilanz stand nicht im Lehrplan, er saß da und wusste: Das *kann* ich nicht ... Beim ersten Nachrechnen ergab sich ein Fehlbetrag von 1311,50 Kronen, und die Haare standen ihm zu Berge. Eine Stunde später, als er zum zweiten und zum dritten Mal nachgerechnet hatte, reduzierte sich der Fehlbetrag auf 1111,50 Kronen.

Trotzdem war das Ergebnis niederschmetternd, dieser Rechnungsabschluss brachte ihn an den Rand der Verzweiflung:
Guthaben bei der Schule (aufgespartes Honorar): 832,-
Ausstehender Betrag: 1111,50
Netto-Guthaben bei der Schule: -279,50
Er blieb wie verhext sitzen und betrachtete das Minus vor seinem Guthaben. Es bedeutete nicht nur, dass Ask bei der Schule nicht eine Øre guthatte. Es bedeutete, dass Ask der Schule 279,50 *Kronen schuldete!* Und diese Summe musste er sich natürlich bei den künftigen Honorarabrechnungen abziehen lassen!

Er überlegte einen Augenblick: Könnten Siv und ich in einem Monat Alkoholika für 1111,50 konsumiert haben?

Er war jetzt so müde geworden, dass es vor seinen Augen flimmerte, er war unfähig, die Zahlen zu sehen, er musste sich notgedrungen schlafen legen.

Einmal schnellte er im Halbschlaf hoch. Alle Menschen, die mit doppelter Buchführung zu tun hatten, somit auch junge Handelsschullehrer, entwickeln einen detektivischen Instinkt für das Aufspüren eines Fehlers. Ihr Gehirn hat gelernt, Zahlen einander gegenüberzustellen, sie haben einen bestimmten Riecher für Schlupflöcher, Sackgassen und falsche Alibis, sie sind besonders geschickt, sich Ziffern zu merken und den Steckbrief der Zahl zu speichern. Ein Fehler verrät sich manchmal selbst, es kommt vor, dass eine Zahl von sich aus etwas preisgibt: diese Rechnung stimmt nicht wegen 36,36 Kronen. Hm, 36,36? Hatte man diese Zahl nicht irgendwo gesehen? Diese Zahl kommt einem bekannt vor. Wo hatte man 36,36 schon mal gesehen? Was es nicht bei einem Warenkonto? Man schlägt nach bei Warenkonto. Ganz richtig, da findet man den Sünder. Oder genauer gesagt: den halben Sünder. Das Warenkonto wurde mit 36,36 Kronen kreditiert, aber auf dem Kontokorrentkonto wurde nicht dieselbe Summe als Lastschrift gebucht, sondern noch mal dazugezählt. Mit demselben Betrag im Debet und im Kredit stimmt die Rechnung. Keine erschreckende Differenz von kr. 36,36. Das war's. Reine Routine.

Im Halbschlaf meinte er sich für einen Augenblick an etwas Bestimmtes in Verbindung mit der Schreckenszahl 1111,50 zu erinnern. Aber dann verschwamm es wieder, es kam sicher daher, dass er diese Zahl so lange angestarrt hatte. Kurz darauf wachte er erneut auf: Ihm schien ganz klar zu sein, dass ihn mit den 832 Kronen ein Geheimnis verband.

Endlich schlief er ein. Er versank im bitteren Meer der Verzweiflung. Jetzt war er in jeder Hinsicht pleite. Jetzt hatte er nicht nur die moralische Reputation verloren, sondern auch die finanzielle.

Am nächsten Tag ging er elend und übermüdet zur Post. Mit zaghafter Stimme fragte er die Dame am Schalter, ob sie ihm behilflich sein und nachsehen könnte, wie viele Postanweisungen und Geldbriefe er im Laufe des Herbstes und Winters an Dalaker in Indrepollen geschickt hatte? (Er hatte von der Beamtin nur einfache Quittungen erhalten, vielleicht hatte er eine verloren.) Die Frau am Schalter meinte, sie könne ihm schon helfen. Wenn es ihm nichts ausmache, am nächsten Tag nachzufragen. Ob es nicht auch schon heute möglich wäre? Leider, das bedeute einige Mühe, alle Listen durchzugehen, sie müsse zeitlich weit zurückgehen ...

Er wankte durch die Straßen wieder in seine Pension, den Hut tief in die Stirn gezogen.

Lange saß er an seinem Sekretär und blätterte in den Papieren. Jetzt lagen alle Belege zum ersten Mal säuberlich gestapelt und fachgerecht mit Heftklammern versehen da. Aber welche Freude hat man an einer perfekten Buchführungsarbeit, wenn die perfekte Arbeit zeigt, dass man pleite ist?

Kann ein zum Tode Verurteilter, der mit dem Strick um den Hals auf dem Schafott steht, gerührt vor Freude feststellen, dass seine frisch gewienerten Stiefel in der Sonne blinken?

Er legte sich mit dem Oberkörper auf die Schreibplatte des Sekretärs und legte den Kopf auf die Arme. So verharrte er lange. Einen Augenblick dachte er an Balder.

In dem Augenblick hatte er an Balder gedacht.

Dann dachte er niedergeschlagen: Ich kann in der Bank anrufen.

Unter den Belegen war ein Saldo-Auszug der Bank. Ask hatte auf diesem Konto kleinere Beträge stehen, um im Laufe des Monats geringfügige Ausgaben zu bezahlen. Der Kontoauszug zeigte, dass die Schule 200 Kronen zur Verfügung hatte. Der Kontoauszug war für den letzten des vorangegangenen Monats ausgestellt, aber Ask konnte sich nicht entsinnen, nach diesem Datum auf das Konto etwas eingezahlt oder abgehoben zu haben.

Missmutig erhob er sich und legte die Hand auf das Telefon, der Apparat hing neben dem Sekretär an der Wand. Er hatte noch nie gehört, dass eine Bank einen Fehler machte, es war ziemlich töricht von ihm anzurufen, er würde sich nur blamieren vor dem Bankdirektor, der eine weitere amüsante Geschichte in der Stadt zum Besten geben konnte.

Aus purer Nervosität musste er sich eine Zigarette anzünden. Mit zitternden Händen hob er den Hörer ab und wählte. Das Fräulein vom Amt wiederholte die Nummer, er hörte das Klicken, als sie ihn verband, er hörte eine andere Stimme, diesmal in der Bank, er sagte, wer er war, er bat darum, den Bankdirektor persönlich zu sprechen.

Er wartete. Er schwitzte.

»Sie wünschen?«, sagte eine tiefe, kräftige Männerstimme.

»Hm«, sagte Ask.

»Verzeihung?«, sagte die Stimme.

Da schrie Ask. Er stieß ein fürchterliches Geheul aus, ein wahnwitziges Geheul. Er hatte die Zigarette zwischen den Fingern gedreht, jetzt hatte er vor Aufregung die Zigarette mit dem falschen Ende zuerst in den Mund gesteckt.

Als wäre eine rot glühende Rakete zwischen seinen Lippen explodiert, das brannte und zischte, Ask keuchte und spuckte, Tränen standen ihm in den Augen, die Innenseiten seiner Lippen waren versengt, es hatten sich bereits zwei schmerzhafte Brandblasen gebildet, und er stand da und kaute feuchte Asche. Er hatte einen furchtbaren Schreck bekommen, das Herz hämmerte in seiner Brust. Er hatte in dem Augenblick, als der Bankdirektor mit ihm sprach, die glühende Zigarette in den Mund gesteckt, er hatte das Gefühl, als träfe ihn der Zorn des Bankdirektors, ja, als hätte der Bankdirektor einen Revolver auf seinen Mund abgefeuert.

»Verzeihung?«, sagte die dunkle Stimme. »Was war das?«

Sich danach zu erkundigen hatte der Mann allen Grund. Ask hatte nicht nur direkt ins Telefon gebrüllt wie einer, der gerade lebendig zerstückelt wird, er hatte auch den Hörer losgelassen, der gegen die Wand knallte und an der Leitung baumelte. Der Bankdirektor musste annehmen, dass er mit einem Schlachthaus verbunden war oder mit einer Schiffswerft oder mit beidem zugleich.

Ask brauchte einige Zeit, bis er dem Bankdirektor erläutert hatte, dass er gerne Rücksprache nehmen wolle über den letzten Kontoauszug, der letzte vom vorigen Monat mit dem aktuellen Kontostand. Er leckte sich über die verletzten Lippen, jetzt spürte er, dass er auch auf der Zungenspitze eine Brandblase hatte.

»Sofort?«, fragte die dunkle Stimme. »Hier am Telefon?«

»Ja, am liebsten«, antwortete Ask, »es ist wegen meiner Bi-bilanz …«

»Bleiben Sie am Apparat …«, sagte die Stimme und verschwand.

Missmutig betrachtete Ask die feuchte, qualmende, missgebildete Zigarette, die er in der Hand hielt. Er musste sich ausstrecken, um den Aschenbecher auf dem Sekretär zu erreichen. Wenn ich nur nicht die Telefonleitung aus der Wand reiße, dachte er. Plötzlich zuckte er zusammen und nahm wieder die Zuhörposition ein, er hatte die Stimme gehört.

Kurz darauf sagte die Stimme:

»Wollen Sie, dass wir Ihnen den aktuellen Kontoauszug zuschicken?«

Ask schluckte und sagte mit belegter, kaum hörbarer Stimme:

»Nein danke. Danke. Das hat mir sehr geholfen.«

Er war so schwach, dass er kaum den Arm heben und den Hörer auflegen konnte. Danach wankte er zum Sekretär und sank erschöpft auf den Stuhl.

Der Bankdirektor hatte aus seiner Kontoführung vorgelesen. Der aktuelle Kontostand zugunsten der Schule bezifferte sich nicht mehr auf kr. 200,-. Da standen kr. 1943,50.

Unter anderem hatten sechs der Schüler seiner Klasse nach persönlicher Rücksprache mit Dalaker in diesem Monat das Schulgeld für den ganzen Kurs einbezahlt. Ihm fiel das jetzt ein, er hatte es auf der Liste für entrichtetes Schulgeld abgehakt, hatte aber das Geld im Bargeldbestand gesucht. Und nun war es auf der Bank!

Er fing zu schluchzen an. Die Panik und die Anspannung der letzten Tage waren zu groß gewesen.

Er musste hinüber zum Bett und sich hinlegen, mit dem Gesicht nach unten.

Jetzt stimmte alles.

Mitten in der matten, wunderbaren Erleichterung arbeitete sein Detektivgehirn von selbst.

Denn klingelte es nicht bei der Zahl 1943,50?

Zählt man 1111,50 (Fehlbetrag) und 832,- (Guthaben) zusammen, welchen Betrag haben wir dann?

Jetzt gab es keinen Fehlbetrag mehr.

Jetzt stimmte es.

Jetzt betrug sein Guthaben kr. 832,-. Jetzt hatte er ein Kapital über kr. 832,-. Jetzt hatte er eine Zukunft, die 832 Kronen wert war.

Später fand er heraus, dass das doch nicht der Fall war.

Er hatte, als er bei der Bank anrief, die 200 Kronen vergessen, die auf dem Schulkonto waren!

Der Betrag, den ihm der Bankdirektor zum Geschenk machte, belief sich demnach nicht auf kr. 1943,50. Es waren nur kr. 1753,50.

Mit anderen Worten: Sein Guthaben bei der Schule war nicht 832 Kronen. Es waren nur 632.

An irgendeiner Stelle waren 200 Kronen abhandengekommen. Er wusste nicht, wo. Und er fand sie nie.

Trotzdem musste er zugeben, dass 200 Kronen ein angemessener Preis für die Vermeidung einer Pleite waren.

Andererseits: Für eine fast viermonatige Arbeit waren 632 Kronen kein Anlass, um damit zu prahlen. Nicht für einen Mann, der in allernächster Zukunft familiäre Verpflichtungen haben würde. Und der außerdem vorgehabt hatte, eine höhere Ausbildung zu beginnen.

Einige Tage nach diesem Ereignis erhielt Ask einen Brief von zu Hause. Vom Vater. Er fragte Ask, ob er nicht bald Geld nach Hause schicken wolle. Er verdiene ja zurzeit gut und es sei nicht mehr als recht und billig, die daheim ein bisschen zu unterstützen. Als eine Art Abzahlung für das, was der Vater für ihn ausgelegt habe, als er in die Mittelschule und aufs Gymnasium ging.

Ask erstarrte vor Panik. Barmherziger Gott, kamen jetzt auch von dort Forderungen an ihn! Er wusste nicht, wie er gedacht hatte, aber die 632 Kronen waren ein Kapital gewesen, eine Art Leibrente, jedenfalls 10 Monate kr. 63,20 für ein Kind. Nein, so konnte man nicht rechnen. Gab man dem Kind alles und dem Vater nichts, würde dieser verhungern: Damit wäre dem Kind nicht gedient. Also kr. 31,60 pro Monat für das Kind und kr. 31,60 pro Monat für den Vater, 10 Monate lang. Und jetzt wollten die eigenen *Eltern* auch noch Geld! Vielleicht hatten seine Onkel und Tanten von Asks märchenhaftem Erfolg gehört, vielleicht verlangten sie auch ein Stück des Bratens? Er dachte: Das werden 10 Kronen im Monat. 10 Kronen im Monat, 10 Monate lang. Er fing hysterisch zu lachen an.

Aber genauso schnell schlugen seine Gefühle um und ihn erfasste eine jähe Wut, er fand, das war der schäbigste Brief, den er in seinem Leben erhalten hatte. Der Vater hatte also über seine Ausgaben für die Ausbildung des Sohnes *Buch geführt*!

Er würde es ihm zeigen!

Er war so wütend, dass er auf der Stelle zur Post ging und eine Postanweisung über 300 Kronen nach Hause schickte.

Danach war er erschöpft und mutlos, seine finanzielle Situation kam ihm so düster und seine Zukunft so zerfleddert vor, dass er genauso gut, wenn er schon mal auf der Post war, eine Postanweisung für das staatliche Weinmonopol ausschrieb für eine Flasche norwegischen Whiskey und eine Flasche norwegischen Wermut.

Das spielte jetzt auch keine Rolle mehr.

Er stand da und dachte den merkwürdigen Gedanken:

»Wenig will weniger haben.«

Die Alltagsdinge

»Lieber Ask!

Ich war heute zur Kontrolle im Krankenhaus und der Doktor hat gesagt, dass der Fötus ganz richtig liegt, er hat gemeint, das wird eine einfache Geburt. Aber ich hab so eine Angst, dass vielleicht was schiefgeht. Am schlimmsten ist es in der Nacht. Wenn du wenigstens hier wärst, dann wär ich schon viel weniger ängstlich. Er fängt schon an zu boxen. Aber ich soll dich von meinen Brüdern grüßen und sagen, dass sie es nicht anständig finden, wie du mich behandelst, jetzt im fünften Monat und alle können es mir ansehen. Ich schäme mich, wegzugehen, wenn es hell ist. Sie sagen, dass du dich sofort öffentlich mit mir verloben musst, du musst sofort schreiben, wenn nicht, dann nehmen sie sich frei und kommen mit der nächsten Fähre. Und wollen mit dir reden. Der Doktor sagt, dass ich jeden Tag meine Brüste mit einer kleinen Bürste bürsten soll, aber die sind so empfindlich. Ich muss in diesem Monat im Restaurant aufhören, und da weiß ich nicht, wo ich Geld hernehmen soll, aber zum Glück hast du ja eine gute Stellung. Es ist nicht nett von dir, dass du nicht schreibst. Der letzte Brief ist einen Monat her, aber ich kenne wen, der dich bei der Tanzparty in der Turnhalle gesehen hat, dafür hast du also Zeit. Kommst du nicht bald mal her? Ich vermisse dich so. Weißt du, dass wir schon zwei Monate nicht zusammen waren? Ich soll dich von Jo grüßen. Er hat wieder als Hilfslehrer angefangen. Ihm gefällt's gut in der Schule, aber er findet's komisch, dass er auch nix von dir gehört hat.

Liebe Grüße
Gunnhild.

P.S. Meine Freundin war am Samstag bei mir zu Besuch, die Tora. Sie hat ein paar Klamotten mitgebracht, die sie gestrickt hat. Richtige Angorawolle. Rosa und sehr hübsch. Mit Quaste. Schön, dass es doch noch *irgendjemand* gibt, der an mich denkt.«

»Ja doch«

Am Abend desselben Tages, an dem er den Brief von Gunnhild erhalten hatte, war er mit Siv zusammen. Er war sehr schweigsam, lief im Zimmer auf und ab. Der Brief von Gunnhild steckte in seiner Jackentasche, er steckte dort und brannte ihm bis auf die Haut. Einmal schielte er hinunter zu der Innentasche und er meinte tatsächlich, dass es verbrannt roch. Sie erzählte von einer Skitour, die sie am Vormittag mit einer Freundin gemacht hatte. Aber ihre Schilderung war nicht so lustig und amüsant wie sonst immer. Er dachte: Haben wir beide das Gefühl, dass es an der Zeit ist, um ... miteinander zu reden?

Keiner von beiden hatte heute Lust, etwas zu trinken.

Sie sagte:

»Ich möchte dich gerne etwas fragen, Ask.«

Ihre Stimme war weich und ruhig. Er wusste nicht, was es war, aber da war etwas Neues in ihrem Wesen.

»Hm«, sagte er und betrachtete seine Fingernägel.

Es entstand eine kleine Pause, dann sagte sie:

»Ist es wahr, was erzählt wird, dass – dass du mit einer Frau aus Indrepollen ein Kind bekommen wirst?«

Er dachte: Was für eine seltsame Form Fingernägel haben. Wozu sind die Halbmonde am Nagelbett gut? Er dachte: Einer der Mitschüler am Gymnasium hatte Nägel ohne Halbmond. Er hat meine Hände einmal gesehen und dann zeigte er mir seine. Er sagte, dass er mich um meine Hände und meine Halbmonde beneide. Es war unangenehm, dass er das sagte. Er machte sich dabei so klein, denn er machte mich damit nicht größer. Meine Finger sind ganz gewöhnliche Finger. Aber er hat es gesagt. Er beneidete mich um meine Nägel. Gibt es jetzt jemanden, der mich um etwas beneidet?

»Hm«, sagte er, er wollte sie nicht ansehen.

Sie sagte eine Weile nichts. Sie saß still auf dem Bett, ohne sich zu rühren. Warum fragt sie nicht weiter, dachte er.

»Wirst du sie heiraten?«, fragte Siv.

»Na ja«, sagte er. Das konnte alles Mögliche bedeuten und eigentlich wusste er nichts. Plötzlich musste er an Eisenbahnschienen denken. An Männer, die Eisenbahnschienen mit bloßen Händen davontrugen. Er drehte sich um und schaute sie an, ihre Augen waren groß und glänzten.

»Ich glaube schon«, sagte er.

Sie senkte den Blick und sagte:

»Ist das endgültig?«

»Nein«, sagte er und zog es in die Länge. »Aber es wird wohl darauf hinauslaufen.« Er blickte zur Seite und fügte hinzu: »Es ist wahrscheinlich das Anständigste. Ein Kind sollte einen Namen haben.«

Sie sagte:

»Es ist nicht nur das Kind, das deinen Namen bekommt, wenn du heiratest.« Er biss sich in den Finger, versuchte aber, gleichgültig zu erscheinen.

»Hm«, sagte er.

Dann war es eine Weile still. Er sah zu ihr hinüber, sie hatte sich vorgebeugt und stützte die Ellenbogen auf die Knie. Er konnte ihre Augen nicht sehen. Plötzlich überkam ihn ein schmerzliches Gefühl von schlechtem Gewissen, vielleicht saß sie da und glaubte ... Er schluckte und sagte:

»Siv, ich habe dich nicht ...«

Ihn packte eine grenzenlose Verzweiflung, er wusste nicht, wie er es sagen sollte, er sagte:

»Ich habe dich nicht betrogen, ich war nie in sie verliebt, aber als du und ich zusammenkamen, da war es noch nicht sicher, ich meinte, es sei nichts, was ich dir erzählen müsste, ich wollte dich nicht damit behelligen, das war nur blöde, das Ganze ...«

Sie blickte ruhig auf zu ihm, sagte mit einem kleinen Lächeln:

»Ich weiß, Ask.«

Sie streckte die Hand nach ihm aus, aber aus irgendeinem Grund ging er nicht zu ihr und nahm die Hand in seine. Das hier war gewissermaßen ein geschäftliches Gespräch. Er war ihr von Herzen dankbar für das, was sie gesagt hatte, aber er wusste, dass sie noch mehr Fragen hatte.

Sie grübelte eine Weile, dann sagte sie, ohne ihn anzusehen:

»Und du bist dir sicher, dass es dein Kind ist?«

Er schlug die Augen nieder. Er mochte nicht, dass sie das sagte. Nein, sie hätte es nicht sagen sollen.

»Hm«, sagte er.

Auch wenn er in Gedanken misstrauisch gewesen war, so hatte sie keine Veranlassung, es zu sein! Sie hätte das nicht sagen sollen. Er spürte eine kleine Abneigung ihr gegenüber.

Plötzlich kam ihm ein Gedanke. Mit aufflackerndem Interesse fragte er:

»Hast du etwas gehört?«

Sie erhob sich und stand im Zimmer. Es sah aus, als wollte sie zu Ask gehen, aber sie überlegte es sich anders und setzte sich wieder.

»Ask«, sagte sie. Sie saß da und schaute ihre Hände an, die sie im Schoß gefaltet hatte.

»Hm«, sagte er.

»Ask«, sagte sie und neigte den Kopf, sie sprach leise und fast tonlos.

»Hm«, sagte er.

Sie hob den Kopf und blickte ihn an. Sie sagte:

»Es ist nur so, dass ich auch schwanger bin.«

Er begriff sofort, was sie sagte, aber er empfand nichts dabei. Ihm fiel nur ein, dass es nicht einfach sein musste für eine Frau, so etwas laut und bei Licht zu sagen. Obwohl sie Angst hatte, sagte sie es mutig. So etwas muss im Dunkeln gesagt werden, wenn man zusammen ist, es muss leise geflüstert werden, ein Mund muss an einen Hals gelegt sein.

Er dachte verwundert: Ich bin kaum überrascht. Als berichtete sie mir etwas, das in der Zeitung gestanden hatte. Als ginge es mich nichts an. Es wirft mich nicht um. Ich stehe hier, fest und sicher, ich stütze mich auf den Sekretär, aber ich könnte jederzeit die Hand wegnehmen und allein stehen. Bewegt sich da nicht mehr in mir? Ist die See leer, spricht sie jetzt zu einem trockengelegten Meeresgrund? Bin ich zu einem Zyniker geworden? Muss ich mich beherrschen, um ein Gähnen zu unterdrücken?

Ja, denn es ist ein bisschen komisch – oder nicht? –, dass Kinder so dicht hintereinander dahergepurzelt kommen? Im Abstand von vier oder fünf Monaten? Und jedes von einer anderen Mutter? Das ist wie in *Tausendundeiner Nacht*. Natürlich, so hängt das zusammen. Ich bin Prinz Jasmin, da drüben sitzt meine Lieblingsfrau … meine Lieblingssklavin, Prinzessin Mandel. Sie hat mir gerade eine rührende Neuigkeit erzählt. Mein Vater, der alte Sultan, wird sehr glücklich sein. Aber gleichwohl: Ich habe ihn bisher nur mit 632 Enkeln versorgt, die Erbfolge muss verantwortungsbewusst sichergestellt werden. Wenn niemand im Palast etwas dagegen hat, glaube ich, dass ich auf der Stelle eine weitere ›Sicherstellung‹ vornehme. Ich ziehe gleich meine Pluderhose aus Satin an, steige die Treppen hinunter, klopfe mit meinem perlenbesetzten Krummsäbel an die Tür des Hausmädchens der Pension und sie wird mir ihre Tür öffnen und ich werde die Erde füllen …

Dann holte er tief Luft. Er begann am ganzen Körper zu zittern. Er ging langsam auf sie zu.

»Siv«, sagte er leise.

Er stand vor ihr. Er tastete mit der Hand über ihre Wange und legte sie auf ihre Schulter. Sie nahm seine Hand und zog ihn hinunter zu sich.

»Siv«, sagte er.

So blieben sie eine Weile sitzen.

Dann blickte sie zu ihm auf und lächelte fast entschuldigend.

»Ich bin wahrscheinlich völlig unmöglich«, sagte sie. »Ich werde schwanger, wenn ich einem Mann nur die Hand schüttle.«

Aber Ask hatte gesehen, dass ihre Augen glänzten. Er zog sie an sich und vergrub sein Gesicht in ihrem Haar. Er küsste ihr Haar.

Später, sehr viel später, fragte er, wie es dazu kommen konnte, sie hatte doch stets ihre Vorkehrungen getroffen?

Sie senkte den Kopf und sagte schwach:

»Nicht beim ersten Mal.«

Sie stieg so klar und herrlich auf vor seinem inneren Auge, die zärtliche Nacht, die Nacht, in der zwei Menschen gut zueinander waren. Es war ein Augenblick gekommen, in dem er ihr hastig eine Frage zugeflüstert hatte, er erinnerte sich noch an ihre kurze Antwort, sie hatte den Kopf leicht schräg gelegt, als sie antwortete, es kam so weich, beruhigend, etwas nonchalant, etwas ungeduldig, sie hatte hastig die zwei kleinen Wörter geflüstert, sie hatte geantwortet: »Ja doch«, in der Nacht und in der Umarmung hatte sie »Ja doch« geflüstert. Sie hatte es übrigens als ein Wort ausgesprochen. Sie hatte gesagt: »Jadoch.« Er dachte: Sie hätte »Nein« flüstern können.

Er saß da und wusste, dass es ihr Fehler war.

Aber ihm fiel noch etwas anderes ein, etwas, das es ebenso zu seinem Fehler machte. Denn als sie unter ihm »Jadoch« gesagt hatte, da hätte er sie ja nicht beim Wort nehmen müssen? Wissen Frauen eigentlich, was sie sagen?

Denn in der kleinen, hämmernden, schicksalhaften Sekunde, die verging, bevor er die Umarmung vollbrachte, hatte er einen Gedanken gedacht, der gar nicht gut war, es war ein hässlicher Gedanke gewesen. In der Sekunde hatte er sich an einen Tennisschläger erinnert, den er, bevor sie das Licht löschte, an der Wand über dem Bett hatte hängen sehen; in dem Augenblick hatte er gespürt, dass er und Gunnhild dem Geschlecht der Armen und Unmündigen angehörten, während sie – Siv – zur Welt der Reichen gehörte. Er hatte gedacht: Wer es sich leisten kann, Tennis zu spielen, kann sich auch leisten, »Ja doch« zu sagen.

Er war gut gewesen zu Siv, vorher, nachher, immer. Aber es war die tiefe Erfüllung der ersten Umarmung, in den flüchtigen Sekunden vor der Erfüllung, da hatte er sich an ihr vergangen. In jener Sekunde war er boshaft gewesen wie ein Teufel. Und letzten Endes zählt nicht, was vorher, nachher und immer geschehen war. Was zählt, ist die eine, boshafte Sekunde. Er war nicht gut zu ihr gewesen. Er hatte sie benutzt. Wie einen Fußabstreifer für einen rachsüchtigen Sozialisten.

Er schloss die Augen und starrte ins Dunkel der Verdammnis.

Noch später, viel später, holte sie tief Luft, seufzte und sagte still:

»Ja, ja. Da bleibt auch diesmal nur die Abtreibung.«

Er biss die Zähne zusammen. Aber er hatte nichts zu sagen. Er musste an Geld denken, sein Kapital konnte ja noch mal aufgeteilt werden, jetzt 5 Kronen im Monat für jeden. Aber er hatte kein gutes Gefühl. Er wusste: Ich hätte gerne ein Kind mit Siv gehabt.

Mit einer Art von trägem Interesse fragte er:

»Kannst du eine Abtreibung arrangieren?«

Sie hob die Schultern ein winziges Stück, wandte das Gesicht ab und sagte müde, fast nonchalant:

»Jadoch.«

Es kommt vor, dass man einen Tisch nimmt ...

Einige Wochen vor der Prüfung kam Schulleiter Dalaker zu Besuch. Er wolle kommen, hatte er geschrieben, um zu sehen, ob alles in Ordnung sei.

Sie aßen gemeinsam in der Pension zu Mittag, danach ging er mit Ask zur Schule.

Dort übernahm er in der ersten Stunde den Unterricht. Sie hatten Buchführung, er wollte mit der Klasse die Buchung einer Wechselverlängerung durchgehen. »Damit das sitzt, jetzt vor der Prüfung.« Ask war darauf nicht vorbereitet gewesen. Aber als Dalaker am Katheder stand, seinen Blick über die Klasse wandern ließ und dann zu Ask hinübergrinste, als er sagte, dass Lehrer Burlefot es sicher nicht als Eindringen in sein Revier auffasse, da konnte Ask nicht anders, als mit einer leichten Verbeugung schief und verbindlich zurückzulächeln. Aber in seinem Herzen war er sowohl verblüfft wie empört. Ihm erschien das Verhalten des Mannes unfein und aufdringlich. Als wollte er der Klasse zeigen, wie man *eigentlich* unterrichtet, während Ask zum Vergleich in der Ecke neben der Tafel stehen sollte. Der Mann hatte mit der Krücke in der Hand Ask das Katheder vor der Nase weggeschnappt. Außerdem hatte er im Beisein der Klasse Ask als *Lehrer* Burlefot bezeichnet. Was beabsichtigte der Mann damit? Wollte er ihn vorführen? Ask stand in der Ecke neben der Tafel und fühlte sich wie eine Schautafel des menschlichen Körpers.

Er musste plötzlich an Rex denken, seinen alten Prinzipal. Er erinnerte sich mit Verwunderung an das polternde Wesen des Mannes, seine Stentorstimme, sein mörderischer Schlag auf den Rücken, sein faszinierendes Selbstbewusstsein und seine ebenso starke Schüchternheit. In diesen Momenten fiel ihm ein, dass Rektor Rex nie, kein einziges Mal, im Klassenzimmer war, während Ask unterrichtete, er hatte nie den Unterricht kontrollieren wollen. Er hatte Takt, der Alte. Und Ask durchrieselte eine Sehnsucht danach, zurückzukehren und wieder mit einem anständigen Polterer beisammen zu sein.

Falls der Polterer mit ihm beisammen sein wollte. Wer will schon mit einem Judas beisammen sein?

Er schluckte. Zu seiner Verwunderung merkte er, dass Dalaker kein guter Lehrer war. Er war nicht konzentriert. Er fing einen Satz an, ging wieder zurück, fing mit einem neuen Satz an und redete mit den Schülern in einer säuerlich-süßen, winselnd einschmeichelnden Manier. Die Klasse war offensichtlich sehr verwirrt. Er spürte einige bedeutungsvolle Blicke von den Schülern. Einmal erlaubte er sich, unauffällig zurückzuzwinkern. Es war der Bruder von Siv.

Nach einer Weile spürte Ask eine starke, nervöse Unruhe in der Klasse. Er war selbst mindestens genauso beunruhigt. Dalaker benutzte bei seinen Ausführungen die Ausdrücke »Wechselkonto gibt« und »Kontokorrentkonto empfängt«. Ask hatte durch den ganzen Kurs eine andere Erklärungsweise benutzt, er hatte den Schülern beigebracht, mit einer Bilanz als Grundlage zu buchen, sie waren es gewohnt, zu entscheiden, welche Auswirkung eine Buchung hatte in Bezug auf Vermögenswerte, Verbindlichkeiten und das reine Vermögen.

Die eine Vorgehensweise war sicher genauso gut wie die andere. Bedenklich war nur, so kurz vor der Prüfung die Vorgehensweise zu wechseln. Das war, als würde ein Regisseur seiner Gruppe von Amateurschauspielern am Tag vor der Generalprobe sagen, wir ändern jetzt die Auftritte: Wenn wir bisher nach rechts abgegangen sind, gehen wir jetzt nach links ab und umgekehrt. Die kleine Theatergruppe würde von Hysterie heimgesucht werden, eine panische Angst würde sich unter ihnen breitmachen, wenn man ihnen die geprobten Abläufe wegnähme.

Dalaker hatte ein junges, dickes, nervöses Mädchen an die Tafel geholt. Er deutete über ihren Kopf, er stach mit einem Stück Kreide auf die Tafel und schaute sie die ganze Zeit spitz und beleidigt an, sein Gesicht verfärbte sich langsam, ging von hellrot über zu blutrot, er kreischte: »Nein, nein, nein, ich sagte Wechselkonto empfängt, *empfängt*!« Das Mädchen wandte sich mit flehendem Blick an Ask, er sah, dass sie kurz vor einem Zusammenbruch war, er räusperte sich und erklärte Dalaker, wie die Klasse gelernt hatte, Buchungen durchzuführen.

Dalaker hielt inne, schaute Ask überrascht und verärgert an und stützte sich auf die Krücke. Er vollführte nachdenklich einige Sprünge auf dem Podium, er handhabte die Krücke mit großer Geschicklichkeit, er konnte sich blitzschnell auf der Stelle umdrehen. Er kam zurück, räusperte sich und ließ das Mädchen so weitermachen, wie sie es gewohnt war. Sie zeichnete einige T-Konten an die Tafel und löste die Aufgabe fehlerfrei. Dalaker schickte das Mädchen zurück an seinen Platz. Ein sachtes Stöhnen der Erleichterung ging durch die Klasse. Wieder traf Ask der Blick von Sivs Bruder. Ask schlug die Augen nieder.

Dalaker machte weiter mit einer neuen Buchungsaufgabe, Kauf einer Hofstelle, aber er brach auf halbem Wege ab. Kauf einer Hofstelle, das schienen sie zu können. Ja, dachte Ask, *Kauf einer Hofstelle*, das können sie.

Gegen Ende der Stunde sah es so aus, als würde Ask besser verstehen, was Dalaker mit seinem Auftritt bezweckte. Da flocht er in sein mündliches Abfragen unauffällig einige Bemerkungen über seine Handelsschule ein. Auch wenn die Schüler dieses Mal, fast wie durch göttliche Fügung (er warf einen Blick hinüber zu Ask) einen Kurs für Wirtschaftslehre in ihrer Stadt bekommen hätten, dann sei das eine einmalige Sache gewesen. Deshalb wäre es gut, wenn sie ihren Freunden und Bekannten gegenüber darauf hinwiesen, dass Dalakers Handelsschule, welche die ganze Zeit hinter diesem Kurs gestanden habe und eigentlich federführend für diesen Kurs sei, im Herbst wieder an gewohnter Stelle in Indrepollen zu finden sei. Er sei nun wieder völlig gesund, und nach dieser außerplanmäßigen Lehrtätigkeit (wieder schaute er hinüber zu Ask) werde der Unterricht ab Herbst in der altvertrauten Umgebung abgehalten. Die Schule werde ihrem Ruf als führende Einrichtung in diesem nördlichen Landesteil gerecht werden. Wie die Schüler aus eigener Erfahrung wüssten, sagte er, bemühe sich die Schule, den hohen Standard zu halten, und die Lehrkräfte könnten sich ohne Weiteres mit den Handelsschullehrern in den südlichen Landesteilen messen. Ask senkte peinlich berührt den Kopf, sowohl in eigenem Namen, weil er ein schlechter Lehrer war, aber auch im Namen von Dalaker, weil der noch schlechter war. Er fand die Vorstellung unfassbar geschmacklos. Der Mann stand da oben und lobte sich selbst. Er stand da und verkaufte sich selbst!

Nach der ersten Stunde verschwand Dalaker, er wollte noch dem Oberlehrer einen Höflichkeitsbesuch abstatten. Er wollte dem Oberlehrer und der Schulleitung dafür danken, dass man wohlwollend und kostenfrei Unterrichtsräume zur Verfügung gestellt habe für diesen Kurs, der in der kleinen Stadt eine außerordentlich große kulturelle und soziale Mission erfüllt habe. Bevor er ging, richtete er eine kleine Ansprache an die Schüler. Er habe leider keine Zeit, nach der Prüfung wieder nach Ytrepollen zu kommen und an der Abschlussfeier teilzunehmen. Er bedauere, dass die Schule wegen der außerordentlichen Unkosten für diesen Kurs keine Möglichkeit habe, eine Abschlussfeier für die Schüler zu arrangieren (mit dem Satz sparte er 200 Kronen, dachte Ask) – aber wenn sie für sich eine Feier ausrichten wollten, sei das sehr begrüßenswert, es sei eine Erinnerung für das ganze Leben und er wünsche ihnen allen Glück und Erfolg für die Zukunft und hoffe, dass sie Dalakers Handelsschule in Erinnerung behalten werden.

Ask war in höchstem Maße verärgert und empört. Jetzt, am Ende dieses Kurses, nachdem der Mann keinen Finger krumm gemacht hatte, um Ask zu helfen – *da* kam er, erntete die Lorbeeren und ging.

Pfui Teufel.

Er würde sich am Abend wieder mit Dalaker treffen. Sie wollten sich in Dalakers Zimmer in dem kleinen Hotel am Hafen treffen, nach dem Abendessen. Bloß gut, dass er keine Andeutung gemacht hatte, bei mir zu übernachten, dachte Ask und es schüttelte ihn. Es hätte Dalaker durchaus ähnlich gesehen, und sei es, um die fünf Kronen für das Hotelzimmer zu sparen.

Sie saßen zusammen und redeten den ganzen Abend. Dalaker redete. Er war glänzender Laune. Er hatte eine Flasche norwegischen Brandy mitgebracht und die Hotelangestellte brachte zwei Flaschen Selters und Gläser herauf. Lange betrachtete Dalaker die Zehnøremünze und die Fünføremünze in seiner Hand, schließlich gab er dem Mädchen mit einem ernsten, andächtigen Nicken die Fünføremünze. Er schaute ihr forschend ins Gesicht, um festzustellen, ob sie wirklich Dankbarkeit empfand. Ask dachte: Muss man so sein, damit sich eine Handelsschule lohnt?

Der Kurs schien gut gewesen zu sein, Dalaker hatte nichts Nachteiliges in der Stadt gehört.

»Ich schaffe es immer, dass alles gut läuft«, sagte er und prostete Ask begeistert zu.

Wenn es so aussieht, dass alles gut gegangen ist, dachte Ask, verdiene ich denn absolut kein Lob? Merkt er eigentlich, dass er mich deprimiert? Denkt er daran, dass er meine Leistung durchaus ein klein wenig anerkennen könnte? Oder verhält es sich so, dass man bar jeden Verständnisses für die Gefühle anderer sein muss, um eine Handelsschule mit Erfolg leiten zu können? Denn er sitzt da und glaubt selbst, was er sagt. Er spielt das nicht. Er *glaubt* das. Es gibt nicht den geringsten Riss in der rosa glucksenden Selbstherrlichkeit dieses Mannes!

Dalaker hatte sich erhoben, er hinkte hüpfend ein paar Runden durchs Zimmer. Dann kam er zurück und setzte sich. Er schenkte vorsichtig beiden ein, schmatzte und erzählte Ask, dass Old Brandy der beste norwegische Kognak sei, den es gab. Ask zwinkerte überrascht, sagte aber nichts. Er dachte: Auch das glaubt er. Er glaubt es felsenfest. Dann zog Dalaker den Stuhl näher zu Ask heran und räusperte sich.

»Äh«, sagte er und dämpfte die Stimme, »mit dieser Gunnhild läuft aber jetzt nichts mehr?«

Er warf Ask einen kurzen Blick zu, es lag eine Art von nähkränzchenhafter Wissbegier in seinem Gesichtsausdruck.

»Nein«, sagte Ask. Er wand sich vor Unbehagen, musste das auch noch kommen ...

»Sie läuft nämlich herum und erzählt Krethi und Plethi, dass du ihr ein Kind gemacht hast. Ist das wahr?«

Seine kleinen blauen Augen blinzelten eifrig in dem rötlichen Gesicht.

Trauer und ein tiefer Widerwille hatten Ask erfasst.

»Das trifft wohl zu«, seufzte Ask und schaute weg. Er meinte dem Mann antworten zu müssen.

»Hm«, sagte Dalaker, er war so eifrig, dass sein Mund sich bewegte wie bei einem Kaninchen. »Sie kann dir nichts nachweisen. Da sind so viele, die bei ihr waren, dass niemand ihr glauben würde. Streite es einfach ab. Du hast ihr doch nichts Schriftliches gegeben?«

»Glaube nicht«, murmelte Ask. Er konnte kaum atmen. Das mit etwas Schriftlichem, daran hatte er nicht gedacht, er hatte Gunnhild ja viele Briefe geschrieben, aber das ging Dalaker nichts an, er sollte endlich sein dreckiges Maul halten ...

»Nein, denn wenn du das getan hast«, sagte Dalaker und wedelte mit einem langen rosigen Zeigefinger, »dann bist du gelackmeiert. Sie kann so was. Sie brachte einen Anwalt so weit, dass er beinahe Selbstmord beging.«

Etwas Warmes und unerträglich Schmerzliches durchrieselte Ask. In seinem Innern flehte er: Hör zu, lass mich in Frieden damit, auf die Weise wird alles nur noch schmutziger ... hör zu, in jedem Menschen gibt es ›*etwas*‹, auch in Gunnhild gibt es ›*etwas*‹, mehr, als viele ahnen. Ich weiß, wir hatten Stunden, Stunden glänzend wie Gold ... Ja, das ist jetzt zerstört, zerstört für immer. Aber sie gab mir *etwas*, etwas, von dem niemand weiß – sie hatte *etwas*. Kann sein, dass alles zutrifft, was du über sie sagst, und alles ist zerstört, aber zu mir war sie anständig und ehrlich, war unglaublich großzügig, barmherziger Gott, sie überlegte nie, ob sie 10 oder 5 Øre Trinkgeld geben sollte!

Und jetzt ist alles nur schäbig. Schäbig und gemein.

»Streit es einfach ab. Vielleicht wirst du zu einer kleinen Unterhaltszahlung verpflichtet, wenn du nicht von einer Blutprobe befreit wirst, aber lass dich bloß nicht zu mehr verleiten. Streite einfach alles ab. He, mein Bruder, der hat zwei so Bälger! Beide Male schwor er, dass er nicht der Vater sei, und das eine Mal ist er tatsächlich davongekommen! Nun muss das Mädchen die Sache allein ausbaden! Wofür haben wir im Übrigen die Fürsorge?«

Ask drehte sich und sah das selbstzufrieden grinsende Gesicht des Schulleiters. Er dachte an die Frau, die mit der Schande leben musste, er dachte an das Kind, das ohne Vater und ohne Unterstützung leben musste, er erinnerte sich an Kinder ohne Vater, die er als Junge getroffen hatte, ihm fielen plötzlich ihre Gesichter ein. Er erinnerte sich auch mit brennender Intensität an sein heftiges Gefühl wehrloser Verzweiflung, all die Nächte, wenn sein Vater Dienst hatte und die Trambahn fuhr, da war es vorgekommen, dass sich seine Mutter ans Klavier setzte und ein trauriges Lied von einem Vater sang, der zur See gegangen und nie mehr heimgekommen war. Er war ein kleiner Junge und hatte bitterlich geweint, er hatte sich auf die Mutter gestürzt und sie angefleht: »Mama! Sing nicht dieses Lied!« Aber sie hatte seine unsagbare Angst nicht verstanden, sie hatte erneut angefangen, erneut hatte er sich auf sie gestürzt, hatte versucht, ihre Finger von den Klaviertasten zu zerren, aber sie war stärker gewesen als er. Er konnte es nicht erklären, aber das Lied hatte ihn wahnsinnig gemacht vor Angst und Traurigkeit, ein Vater, der weggefahren war und nie zurückkehrte, er lag auf dem Boden und schluchzte mit den Fingern in den Ohren: »Sing das Lied nicht mehr, Mama!«

Er schluckte. Er blickte auf die Glasplatte des Tisches, an dem sie saßen, die Platte lag auf einem Korbgestell. Von der Tischplatte schaute er hinüber zu dem breit lächelnden Gesicht des Schulleiters. Der Mann saß da und lachte leise in sich hinein, dachte daran, dass er einer durchtriebenen und schlauen Familie angehörte, er und der Bruder wussten, wie man die Dinge anpackte. Wieder schaute er auf den Tisch, es war ein leichter Tisch, mit Gläsern und Flaschen darauf ...

Er dachte insgeheim und deutlich: Es kommt vor, dass ein Mann einen Tisch nimmt und einem anderen Mann ins Antlitz schleudert. Ich habe das gelesen. Aber bei welcher Gelegenheit? War es eine Gelegenheit wie diese?

Dalaker erhob sich und ging ein paar Schritte ins Zimmer hinein. Er war jetzt nicht mehr ganz sicher auf den Beinen. Dann blieb er neben Ask stehen, lehnte sich auf die Krücke und rieb sich die Hände:

»Das eine sag ich dir, es geschieht ihr recht, dem verdammten Luder. Wenn es in ganz Indrepollen eine gibt, der ich es gönne, dass sie eins auf den Deckel kriegt, dann sie. Ein Balg, das wird ihr wohl endlich einen Dämpfer aufsetzen!«

Er hielt inne und schaute Ask bedeutungsvoll an:

»Weißt du, was sie mit mir gemacht hat? Sie hat ...«

Er stotterte vor Aufregung.

»Sie hat mir einen *Spitznamen* gegeben! Sie ... sie ...«

Er schnappte nach Luft. Dann schloss er die Augen, erschauerte und öffnete sie wieder.

»Es war bei einer Weihnachtsfeier vor vier oder fünf Jahren. In der Sporthalle von Indrepollen. Als Schulleiter hatte man mich gebeten, den Kindern etwas vorzulesen, ein Gedicht, ein Märchen. Ich bin ein guter Vorleser. Sie half bedienen und sie hatte sicher so einiges intus, denn weißt du, was sie sagte? Sie stand in der Tür mit einer Schürze um den Bauch – die wird ihr heute zu klein sein, denke ich, haha ...«

Er rieb sich die Hände. Aber dann überzog erneut die Verbitterung sein Gesicht:

»Sie stand in der Tür, und ich war gerade zum Weihnachtsbaum gegangen, ich klatschte in die Hände, bat um Aufmerksamkeit. Als sie entdeckte, dass ich dastand und klatschte, sagte sie mit lauter und dröhnender Stimme, dass alle es hörten ...«

Er faltete die Hände voller Schmerz, dann dämpfte er die Stimme zu einem sakramentalen Flüstern:

»Weißt du, was sie sagte? Sie sagte: ›Na, sieh mal einer an, da ist ja Tante Dalaker!‹«

Sein Blick glitt an Ask vorbei und er flüsterte vor sich hin:

»Tante Dalaker!«

Er schluckte und schaute Ask voller Zorn an:

»Und seitdem klebt der Name an mir.«

Als Ask spätabends heim in seine Wohnung kam, setzte er sich mit einem eigentümlichen Ausdruck im Gesicht an den Schreibtisch. Er schrieb schnell, mit gerunzelter Stirn, ohne nach links und rechts zu schauen, als gelte es, alle störenden Gedanken zu vermeiden.

Er schrieb an Gunnhild. Er schrieb, dass er sie heiraten wolle. Zwar müsse es eine Pro-forma-Ehe sein mit umgehender Scheidung gleich nach der Vermählung, aber eine Ehe würde es sein, mit goldenem Ring und allem, was dazugehöre. (Er dachte: Ich werde den Ring sicher nie tragen, aber für sie bedeutet der Ring alles.)

Als er mit dem fertig geschriebenen Briefbogen dasaß und ihn durchlas, empfand er das erste Mal seit sechs Monaten eine gewaltige und reinigende Freude. Er hatte endlich den festen Knoten aus zischelnden und sich windenden Schlangen durchschnitten. Und er hatte es mit einem einzigen gezielten Schwertschlag getan!

Als er den Bogen zusammenfaltete und in ein Kuvert steckte, hatte er ein fast munteres Zwinkern in den Augen.

Schau an, das hatte sie getan!

Er klebte das Kuvert zu, legte es auf den Tisch und gab ihm einen freundschaftlichen Klaps.

Schau an, das hatte sie getan! Sie hatte den Schulleiter in aller Öffentlichkeit Tante Dalaker genannt!

Er hatte nun zwar keine enge Beziehung mehr mit ihr; was vorbei war, das war vorbei, aber für *den* Ausspruch hatte egal wer eine kleine Aufmunterungsprämie verdient!

»Hören Sie mal zu, guter Mann, Sie nuscheln. Sie nennen sich Oberarzt und stehen da und nuscheln. Sie müssen lernen, deutlich zu sprechen. Jede undeutliche Aussprache führt zu Zeitverschwendung. Sie begreifen, was ich sage? Darf ich Sie bitten, der Ordnung halber zu wiederholen? Ich muss mich davon überzeugen, dass Sie meine Worte korrekt verstanden haben. Also? Der genaue Wortlaut meiner Anweisung, wenn ich bitten darf. Richtig. Operativer Eingriff bei zwei Frauen. Wie viele? Zwei. Erwachsene Frauen sind auf diesem Gebiet immer noch Kinder, sie glauben an Magie, sogenannte sichere Tage im Monat, sie holen sich Rat in Gebetsbüchern, Schwarzbüchern und bei alten Frauen. Dem muss ein Riegel vorgeschoben werden. Ich lege die Verantwortung in Ihre Hände. Sie wollten etwas sagen? Nicht? Ausgezeichnet. Dann verlasse ich mich auf Sie. Aber denken Sie daran, Sie müssen sich dieses Nuscheln abgewöhnen. Da muss etwas nicht stimmen mit Ihrem Gaumen, vielleicht haben Sie Polypen, Sie dürfen nicht so nuscheln, guter Mann ...«

Erleuchtet von einem schrägen, triumphierenden Blitz, spürte er eine Welle, die ihn frisch und glasklar überspülte. Die Sonne glitzerte wie eine Kristallkugel. Das Ganze war so einfach, so durchsichtig klar, so selbstverständlich. Wenn der Mann nur etwas deutlicher sprechen würde ...

Aber dann brach die Welle, sie stieß gegen eine Unterwasserklippe, im Wasser waren Sand und Schmutz, ein Tintenfisch färbte alles schwarz, er war in der Tiefe, er grub sich tiefer und tiefer in den Meeresboden, er ließ den Wecker klingeln und stellte ihn nicht ab, er kämpfte in der Tiefe in wahnsinniger Angst, er *wollte* nicht aufwachen, er wusste, dass ihn etwas Fürchterliches erwartete.

Er stieg am nächsten Morgen aus dem Bett.

Er sah den Brief auf dem Sekretär.

Krank vor Angst und Verzweiflung ging er auf nackten Sohlen zum Sekretär. Mit zitternden Händen griff er nach dem Brief. Er stand da und wog ihn einen Augenblick in seinen Händen.

Dann zerriss er ihn langsam.

Die Prüfung

Eines Tages lag ein großes Paket auf Asks Sekretär. Er war selbst auf der Post gewesen und hatte es abgeholt.

Er legte das Paket in eine Schublade.

Früh genug, es fünf Tage vor der Prüfung hervorzuholen, dachte er.

Dann schnitt er den Bindfaden durch. Sechs dicke, solide Kuverts enthielt das Paket. Jedes der Kuverts hatte ein staatliches Lacksiegel auf der Rückseite.

Nein, sagte er.

Diesmal nicht.

Es soll das einzige Mal in meinem Leben bleiben.

Er legte die Kuverts wieder in die Schublade, schloss ab und steckte den Schlüssel in die Tasche.

Doch später dachte er: Ob die Prüfungskommission wohl immer noch derart schlecht versiegelte Kuverts verschickt?

In dem Fall war es seine Pflicht, das zu überprüfen. Eventuell zu monieren.

Fünf der Kuverts waren vorschriftsmäßig zugeklebt. Selbst wenn man gewollt hätte, hätte man nicht die geringste Chance gehabt, auch nur ein Zündholz hineinzustecken.

Aber ein Kuvert hatte einen ziemlich großen Spalt auf der Rückseite. Es war das Kuvert, in dem die Aufgaben für Buchführung II, abschließende Aufgaben, steckten. Er seufzte erleichtert: Das können meine Schüler.

Er legte das Kuvert zurück zu den anderen, schloss ab und ging in die Schule.

Am Abend holte er die Kuverts wieder hervor, saß da und betrachtete das Kuvert mit dem Spalt. Dann versuchte er, einen Finger unter die Klappe zu bohren. Der Spalt war so breit, dass er ohne Weiteres an jeder Seite zwei Finger hineinstecken konnte. Man müsste sehr behutsam vorgehen, sagte er zu sich, aber es würde möglich sein. Wenn man nur die erste Seite erwischte und sorgfältig aufrollte, dass die Rolle so dünn wurde wie eine Stricknadel.

Eine Viertelstunde später hielt er die dünne Rolle in seinen zitternden Händen.

Er rollte das Blatt vorsichtig auf. Da sah er, dass er nicht nur eine Aufgabe erwischt hatte.

Es waren zwei.

Bei dieser Entdeckung wurde er fast wahnsinnig vor Schreck. Beim Zusammenrollen hatte er gemerkt, dass er die Aufgabe unmöglich wieder zurück in den Umschlag würde schummeln können. Dazu war der Spalt zu eng. Trotzdem hatte er das Wagnis unternommen: Gewöhnlich befand sich in jedem Kuvert der Prüfungskommission ein Aufgabenblatt zusätzlich.

Aber –

Befanden sich *zwei* zusätzliche Aufgabenblätter im Kuvert?

Denn falls das nicht so war, würde am Prüfungstag, wenn der Prüfungsleiter das Siegel erbrach und die Aufgaben austeilte, ein Schüler ohne Aufgabe dasitzen! Das wäre der Skandal des Jahrhunderts, alle Umstände würden einer genauen Kontrolle unterzogen, alle Augen würden sich fragend und anklagend auf Ask richten, das Kuvert und das Siegel würden von der Spurensicherung der Kriminalpolizei untersucht werden, sie würden seine Fingerabdrücke nehmen, die Sache würde zum Fachmann für forensische Chemie nach Oslo geschickt werden …

Er zog das Taschentuch heraus und begann, auf dem Kuvert herumzureiben. Aber das war vermutlich nicht ganz sauber gewesen, ein Fleck war auf das Kuvert gekommen, und da riss er – ach du liebes bisschen – einen winzigen Riss in den gummierten Rand …

Als der Prüfungstag für Buchführung II anbrach, hatte Ask die ganze Nacht nicht geschlafen. Steif und leichenblass im Gesicht stand er vorne am Tisch des großen Gymnastiksaales. Er hörte den Widerhall in dem großen Saal, 37 wartende Schüler scharrten mit den Stühlen, auf denen sie saßen, er hörte sie gedämpft und nervös flüstern, wie durch einen Nebel sah er, wie sich einige unter dem Tisch die Hände rieben, wegen der Kälte und der Prüfungsangst.

Es waren drei Schulinspektoren im Saal. Einer von ihnen, der Prüfungsleiter, hatte einen Kontrollgang durch den Raum gemacht, um sich davon zu überzeugen, dass sich keine unerlaubten Papiere bei den Schreibpulten befanden. Jetzt kam er langsam zurück und ging auf Ask zu.

Ja, dachte Ask.

Wie ein Echo auf seine Gedanken hörte er den Mann sagen:

»Ja.«

Er zog eine silberne Uhr aus der Westentasche.

»Zwei nach. Wir fangen jetzt an.«

Ask war nicht imstande, dem Mann das Kuvert mit den Aufgaben zu geben. Er konnte nur auf den Tisch deuten, wo das Kuvert lag. Ask hatte es mit dem Lacksiegel nach unten hingelegt. Der Prüfungsleiter war ein älterer, geschäftiger Mann in einem dunklen, abgewetzten Anzug, aber sein Anzug war sauber und seine Haltung aufrecht, das war sein Tag, er war sich seiner Wichtigkeit und Verantwortung bewusst. Seitlich am Hals hatte der Mann einen großen roten Auswuchs, der von der Wange bis unter den Hemdkragen reichte, es war nicht akut, es war eine chronische Geschwulst der Haut. Ask konnte die Augen nicht abwenden von dem Auswuchs und er dachte verwundert: Der Mann hat das inkorporiert, es geniert ihn nicht, er spürt es nicht. Ja, er würde es vermutlich vermissen, wenn man es entfernte. Er dachte den seltsamen Gedanken:

Es gibt so vieles, mit dem sich Menschen abfinden.

Der Prüfungsleiter griff nach dem Kuvert auf dem Tisch und hielt es in der Hand. Er legte es wieder hin. Er holte ein Brillenetui aus der Innentasche, zog die Brille heraus, klappte das Etui zu und steckte es wieder in die Tasche. Er setzte die Brille mit einer kurzen schwenkenden Bewegung, die von einem Ohr zum anderen ging, auf die Nase, zwinkerte und griff erneut nach dem Kuvert auf dem Tisch. Er drehte es langsam um und musterte das Lacksiegel. Er reichte das Kuvert weiter an die zweite Aufsicht, die es ebenso prüfend betrachtete und dem Prüfungsleiter zurückgab.

Der Prüfungsleiter räusperte sich und sagte leise zu Ask:

»Ich sehe nichts Verdächtiges. Sehen Sie etwas?«

In seinem unerschütterlichen Glauben an die Unbestechlichkeit und Rechtschaffenheit aller norwegischen Ministerien und Postbediensteten und Leiter von Handelsschulen lachte er leise und zufrieden in sich hinein. Dies war der Beamtenhumor des Mannes.

Ask dachte: Wenn ich den Mund aufmache und antworte, werde ich Ja sagen. Er fragt *mich*, ob *ich* etwas Verdächtiges an dem Kuvert sehe.

Ask schüttelte den Kopf. Plötzlich kicherte er. Sein Kichern klang für ihn so laut, als würde eine Lokomotive Dampf ablassen, und er dachte: Jetzt zerstöre ich alles. Aber als er den Prüfungsleiter ansah, begegnete er nur einem großen Lächeln. Als würde sich der Mann für einen zustimmenden Applaus bedanken.

Der Mann holte ein Taschenmesser aus der Westentasche und schlitzte das Kuvert auf. Mit geübten Händen teilte er den Inhalt auf in drei Stapel. Den einen Stapel bekam die weibliche Aufsicht, den zweiten bekam die Hilfskraft und den dritten und dicksten Stapel nahm der Prüfungsleiter selbst. Ask sah, wie die drei zwischen den Tischreihen verschwanden. Auf jedes Pult legten sie ein Aufgabenblatt. Einige der Schüler griffen sofort mit zitternden Händen danach und versuchten, den Inhalt mit einem Blick zu erfassen, andere, einige wenige, ließen das Blatt auf dem Pult liegen und blickten dabei scheinbar unbesorgt und uninteressiert an die Decke.

Schließlich kamen die zwei männlichen Aufsichten nach durchgeführter Verteilung aus dem Saal zurück. Ask wagte nicht, sie anzusehen.

Inzwischen war ihm am ganzen Körper kalter Schweiß ausgebrochen, er spürte sein Herz hämmern. Er machte einen Schritt näher zum Tisch und stützte sich mit einer Hand auf. Damit ich nicht umkippe, dachte er. Wenn der Ruf kommt.

Er kam.

Ein Schüler ganz hinten im Saal winkte eifrig mit der Hand, und der Prüfungsleiter ging mit festem und würdigem Schritt nach hinten, um festzustellen, was es gab.

Der Prüfungsleiter kam wieder zurück, jetzt marschierte er etwas schneller und ein wenig erregt, er ging direkt zum Tisch und blickte sich um.

Er sagte mit gedämpfter Stimme:

»Da ist ein Schüler, der keine Prüfungsaufgaben bekommen hat.«

Er schaute die Hilfskraft an, hob das leere Kuvert hoch und schaute dann Ask fragend an. Beide Männer standen da und schauten Ask an.

Unversehens kam Ask eine fürchterliche Situation aus seiner Kindheit in den Sinn. Er war damals 9 oder 10 Jahre alt. Zusammen mit einem anderen Jungen hatte er sich eine Packung Zigaretten gekauft. Am Nachmittag machten sie eine lange Wanderung, im Wald rauchten sie jeder drei Zigaretten. Als sie wieder in die Stadt kamen, kauften sie in einem Laden Kampferbonbons, damit man den Geruch nach Zigaretten nicht merken sollte. Als Ask nach Hause kam, wusch er sich am Waschbecken in der Küche gründlich die Hände. Seine Mutter war höchst überrascht, zu sehen, dass Ask sich unaufgefordert die Hände wusch. Er sagte, er sei im Wald ausgerutscht und habe sich mit einem Kuhfladen beschmutzt. Bei der Mutter war es nicht schwer, sie zu beschwindeln. Nicht bei der Mutter.

Drei Tage später, an einem Nachmittag, Ask saß am Esstisch und rechnete Mathematikaufgaben, kam der Vater aus dem Keller nach oben. Die Mutter häkelte Spitzen an eine Tischdecke. Ask hörte, wie der Vater sagte: »Weiß jemand, wem die gehören?« Ask drehte sich auf dem Stuhl um und drehte sich blitzschnell zurück. Er beugte sich tief über das Rechenbuch. Die Mutter fragte: »Was ist das?« Der Vater sagte: »Eine Packung Khedive. Mit vier Zigaretten darin. Ich hab sie hinter dem Wasserrohr im Waschkeller gefunden.« Die Mutter sagte mit einem Lachen in der Stimme: »Nein, meine sind es nicht.« Es entstand eine Pause, so lange wie die Ewigkeit. Dann hörte er den Vater sagen: »Hast du 'ne Ahnung, Ask?« Ask konnte sich nicht rühren, er lag mit der Wange auf der glatten, kühlen Seite des Rechenheftes, er dachte: Jetzt kommt es, er wird mich totschlagen. Am besten bleibe ich ganz steif, wenn er schlägt, am besten bewege ich mich einfach nicht, dann tut es vielleicht nicht so weh. Er saß mit dem Rücken zum Vater, er schüttelte den Kopf, aber er wusste, dass die Bewegung unecht war, das hatte ihn sicher verraten, der Vater musste es an seinem Nacken gesehen haben. Da sagte der Vater: »Die gehören bestimmt dem Dienstmädchen im zweiten Stock. Ich habe sie einmal rauchen sehen. Pfui.« In der Stimme des Vaters lag ein Abgrund des Verdammens von Frauen, die rauchten, aber mehr noch von Zigaretten. Er ertrug keinen Zigarettengeruch, das war eine fixe Idee bei ihm.

Da brach in Ask etwas zusammen. Er dachte verzweifelt: Jetzt darf ich nicht zu heulen anfangen. »Ja, ja«, sagte der Vater. »Ich lege sie jedenfalls nicht mehr zurück. Wenn sie ihre Glimmstängel sucht, muss sie eben fragen.«

Erst nach einer Viertelstunde war Ask imstande, vom Tisch aufzustehen. Er ging hinaus auf den Flur, öffnete die Tür und torkelte hinaus auf die Straße. Dort begann er zu rennen. Er rannte wie ein Wahnsinniger vorbei an vielen Häuserblocks, bis er eine Koppelweide erreichte. Er legte sich an einen Abhang unter einen Vogelbeerbaum. Dort blieb er fast eine Stunde liegen.

Damals hatte er gedacht: Mich rettete nur, dass ich Vater den Rücken zukehrte.

Aber jetzt war es anders. Die beiden Männer standen da und schauten ihm ins Gesicht. Er dachte: Wenn ich es jetzt bloß hinkriege, ein unbewegtes Gesicht zu machen.

Er zuckte zusammen, als ihn plötzlich jemand am Ärmel zupfte. Er drehte sich um, kalkweiß. Es war die weibliche Aufsichtsperson.

»Hier ist noch eines übrig«, flüsterte sie und legte ein Aufgabenblatt auf den Tisch.

Der Prüfungsleiter griff danach und ging zu dem wartenden Schüler. Er kam zurück und trat ganz nahe an Ask heran. Er begann mit gedämpfter Stimme auf Ask einzureden, ließ aber gleichzeitig den Blick wie einen Suchscheinwerfer durch den Saal schweifen. Der Mann verstand sein Geschäft: Er konnte ohne Weiteres mit einem anderen leise ein paar Worte wechseln, aber sein Blick würde ständig auf die Schüler gerichtet sein. Man wusste ja nie, was *denen* alles einfiel.

»Das ist schon komisch«, flüsterte er, »dass sie die Aufgaben genau abgezählt geschickt haben. Und wenn nun zum Beispiel in einer der Aufgaben ein Druckfehler sein sollte? Dann säßen wir schön in der Patsche!«

Er dämpfte seine Stimme noch mehr, denn jetzt waren die Schüler in voller Konzentration und es war mucksmäuschenstill im Saal.

»Wir sollten darauf aufmerksam machen. Ich weiß nicht, was diesmal in sie gefahren ist. Denn in der Regel sind doch immer ein paar Prüfungsaufgaben zu viel in den Kuverts?«

Er warf Ask kurz einen Blick zu, aber ebenso blitzschnell schaute er zurück auf die Schüler. Plötzlich musste Ask an seinen Vater denken. Der Vater hatte auch eine eigene Technik mit dem Schauen, wenn neben ihm auf der vorderen Plattform ein Bekannter stand und mit ihm redete, während er die Trambahn in voller Geschwindigkeit steuerte. Er konnte zu dem anderen hinüberschielen, aber fast ohne dabei den Kopf zu drehen, und selbst in dem kleinen Moment, in dem sein Blick sich vom Verkehr abwandte, um in das Gesicht der Person zu sehen, behielt er trotzdem die Straße im Auge. Das geschah blitzschnell, er war nicht länger abwesend, als hätte er mit den Augen gezwinkert. Was er im Blick hatte, war trotzdem die Straße, nur die Straße.

Der Mann sagte, ohne Ask anzusehen:

»Man sollte das tatsächlich der Prüfungskommission melden.«

Ask schluckte.

Der Mann schielte blitzschnell zu ihm hinüber und fügte flüsternd hinzu:

»Ich meine, das sollten *Sie* machen.«

Und mit einem Mal überkam Ask das Gefühl eines matten, wunderbaren, triumphierenden Glücks. Er schluckte, sein Gaumen war trocken wie Asche, er schluckte, leckte seine Lippen. Er legte seine Hand auf den Arm des Mannes und sagte mit leiser, belegter Stimme:

»Ja, das ist sicher das Beste. Ich werde mich persönlich um die Sache kümmern.«

Und alles hätte anders sein können

Die Prüfung war vorbei.

Im Havne-Hotel fand die Abschlussfeier statt. Obwohl alle Räume in der ersten Etage für die Feier zur Verfügung standen, war es furchtbar eng. Fast alle Schüler waren erschienen, mit Dame oder mit Kavalier.

Alle hatten sie sich mit Alkoholischem versorgt und alle waren in guter Stimmung. Denn der Schulleiter hatte angedeutet, dass, soweit er es überblicken könne, keiner der 37 Schüler durchgefallen war.

Aber wie das Tier, wenn es satt ist, in den Fressnapf trampelt, so verschwindet bei einem Menschen nach einer überstandenen schwierigen Situation das Gefühl für Dankbarkeit und macht einem Gefühl der Verdrossenheit Platz: Man hätte es besser machen können.

Unter der Decke einer animierten Fröhlichkeit sind die Schüler deshalb leicht gereizt. Sie murren, während sie Knackwürste mit Kartoffelsalat verschlingen (›Wie kann man nur vergessen, den Übertragungsvermerk in der Bilanz zu erwähnen!‹), sie trommeln gereizt mit den Füßen auf den Boden, während sie Obstsalat kauen (›Und ich habe die Gemeindeabgabe auf das Spesenkonto gebucht!‹), sie kochen vor Verbitterung, während sie Brandy und rote Brause trinken. (›Er meint, ich soll vom 19. 6. bis zum 31. 7. mit 42 Tagen rechnen. Dabei sind es nur 41! Er meint, dieser Tag wird mir besser in Erinnerung bleiben als mein Geburtstag!‹)

Es werden Lieder gesungen von hektografierten grünen Zetteln, die unter den Tellern liegen, und es werden Reden gehalten.

Es wird still in den Räumen, als der distinguierte Bankangestellte mit der sonoren Stimme sich erhebt und an sein Glas klopft. Er dankt den Lehrern für diesen Kurs. Zuerst dankt er dem Rechtsanwalt, der Rechtskunde unterrichtet hat (Ask war mit diesem Mann während des ganzen Kurses kaum in Berührung gekommen, er hat mit ihm nur zwischen Tür und Angel ein paar Worte gewechselt; wenn der eine kam, ging der andere), dann dankt er dem Schulleiter. Er lobt seinen Unterricht und seine Führung. Er scheue sich nicht, es zu sagen, und er sei überzeugt, die Klasse hinter sich zu haben, wenn er es sage, dass dieser Kurs ein Gewinn gewesen sei, ja, ein wirkliches Erlebnis, und, hm, ja, ein großes Erlebnis und als ein kleines Zeichen der Dankbarkeit der Schüler ...

Eine tiefe Verzweiflung erfasst Ask. Er wirft einen Blick hinüber zu Siv, seiner Tischdame. Er hat sie trotz großer Bedenken zu dieser Abschlussfeier eingeladen, jetzt sehen alle, dass sie etwas miteinander haben, es wäre wahrscheinlich besser gewesen, es nicht zu tun, aber es ist sein letzter Abend in Ytrepollen, er kann nicht auf eine Feier gehen und sie allein zu Hause sitzen lassen, nicht am letzten Abend ...

Jetzt muss er selbst aufstehen und eine Rede halten, aber es ist nicht deshalb, warum er so grässlich verzweifelt ist, er schielt hinüber zu Siv und sie weiß, wie er sich fühlt, da schiebt sie leise ihre Hand in seine.

»Liebe Schüler ... ich möchte euch gerne sagen ... ich habe noch nie so eine Klasse gehabt ... (es ist wahr, sie haben gearbeitet und gelernt wie die Wilden) ... ich fürchte, dass ich euch nicht so viel gegeben habe, wie ihr mir gegeben habt ... (warum musste ich das sagen, das hätte eher Dalaker sagen können, ich hätte ihnen lieber erzählen sollen, wie oft ich draußen auf den Gang stand und vor Angst und Widerwillen zitterte; was sie mir gegeben haben, war lediglich Mutlosigkeit, das ist die Wahrheit, aber trotzdem bin ich traurig, denn ich ahne, insgeheim und unerklärlicherweise, dass alles anders hätte sein können) ... wer weiß, es muss jetzt nicht das letzte Mal gewesen sein, dass wir uns gesehen haben ... (oh ja, seid so nett und vergesst, dass ich das gesagt habe, schreibt mir nie, besucht mich nie, heute soll um Gottes willen Schluss sein, nie mehr möchte ich ein Gesicht aus dieser Klasse oder dieser Stadt wiedersehen, niemals mehr, das würde mich nur unerträglich grausam an meine Unzulänglichkeit, Erniedrigung und Verlegenheit erinnern, wenn ich jetzt wegfahre, dann um zu vergessen, besucht mich bitte nie!) ... zutiefst gerührt danke ich euch für dieses Geschenk ... (eine Brieftasche aus rotbraunem Leder mit einem auf der Vorderseite aufgeprägten Eisbären, warum müssen sie mir so ein Geschenk machen, es wäre richtiger, wäre einfacher gewesen, wenn sie mich aus der Stadt gejagt und mit Steinen beworfen hätten. Sie wissen nicht, wer ich bin, sie meinen, ich hätte so ein Geschenk verdient!) ... äh, wenn ihr jetzt noch dafür sorgen würdet, dass diese Brieftasche immer gefüllt ist, dann würden alle eine 1,0 als Hauptnote bekommen! ... (wie schmerzlich schön, ihr leises Lachen zu hören, wie schmerzlich schön, mit einem kleinen Spaß aufwarten zu können, vielleicht sollten wir uns mehr auf die kleinen Späße konzentrieren, ein kleiner musikalischer Scherz, warum komponiere ich nicht eine ›Eisbären-Polka‹ und eine ›Brieftaschen-Mazurka‹) ... Prost, meine lieben Schüler ... (hätte ›liebe Schüler‹ nicht auch genügt?) ... Prosit ... und möge euch alle Glück und Erfolg begleiten ... (barmherziger Gott, das war original Dalaker, eine Rede mit einem Glückwunsch zu beenden, verlogener und billiger und einfallsloser geht es wohl nicht).«

Später an diesem Abend geschahen zwei Dinge, die ihn schlagartig nüchtern werden ließen und ihn auf schmerzhafte Weise überraschten.

Einige der Schüler stupsten einen verlegenen Kameraden nach vorne, sie wollten ihn dazu bewegen, ein Gedicht vorzulesen, er konnte so gut vortragen. Der Junge weigerte sich lange, er floh einmal sogar hinaus auf den Gang, aber sie erwischten ihn und holten ihn wieder herein. Der Schulleiter müsse unbedingt hören, wie gut er vortragen könne. Schließlich gab der Junge nach, der Bankangestellte mit der sonoren Stimme klatschte in die Hände und bat um Silentium. Ask schluckte, er erwartete zwar nicht gerade, »Ein kleiner goldener Ring« zu hören, aber vielleicht »Drei kleine Worte«, und er schaute auf den Boden.

Der Junge zierte sich, schaute unglücklich an die Decke und sagte mit einer Mischung aus Aufregung und Verzweiflung:

»Ja – ich werde ›Nr. 13‹ von Rudolf Nielsen vortragen.«

Ask zuckte zusammen. Das war ein Gedicht, das er kannte und tief in seinem Herzen bewahrte. Scheu und ängstlich blickte er sich um: Wie würde so ein Gedicht in einer ausgelassenen, feiernden Gesellschaft ankommen, einer Versammlung von animierten Büroangestellten, Krämern, Fischern und Vertretern? Revolutionäre Lyrik auf der bürgerlichen Abschlussfeier einer königlich norwegischen Handelsschule?

Er neigte den Kopf und wartete auf den Erdrutsch. Oje, oje, dachte er und musste schmunzeln, das werden sie in der Zeitung schreiben! Dalaker wird einen apoplektischen Wutanfall bekommen!

Aber nichts geschah. Als Ask erstaunt den Kopf hob, stellte er fest, dass alle aufmerksam dabei waren. Der Junge war ein guter Vorleser, er las mit einer beherrschten Leidenschaft, die alle packte, alle hörten zu: Es war mucksmäuschenstill. Danach brandete stürmischer Applaus auf.

Und Ask war sprachlos und verwirrt. Er hatte das Gefühl, etwas würde ihm entgleiten, ein Boot, eine Eisscholle, er versuchte die Hand auszustrecken, aber er konnte es nicht erreichen, jetzt war es zu spät. Er dachte: Es waren Sozialisten in der Klasse. Und ich wusste es nicht.

Eine wehmütige Schwere überwältigte ihn, alles hätte anders sein können. Dieses Jahr hätte eine Initiation sein können, eine Bruderschaft, ein Symposion – wenn sie nicht künstlich eine Gegnerschaft aufgebaut hätten: er oben auf dem Katheder, sie unten in der Klasse; er, um sie zu kontrollieren, sie, um ihn hereinzulegen. Wenn er nicht so unsicher gewesen und deshalb so streng geworden wäre; wenn sein Wunsch nach gegenseitigem Verständnis nicht so absolut gewesen wäre und er sich deshalb isoliert hätte; wenn er sich nicht so verlegen und ärmlich vorgekommen wäre, wenn er nicht das Judasmal auf der Stirne gehabt hätte, wenn nicht Kälte und Hass sein Herz beherrscht hätten.

Dann hätte es Sympathie und Freundschaft gegeben.

Aber er hatte es nicht gemerkt.

Danach begann in den Nebenräumen der Tanz. Sie hatten dafür eine Klavierspielerin engagiert.

Durch den dichten Tabaksqualm konnte er Siv in einem der Räume sehen. Sie saß zusammen mit ihrem Bruder und dessen Verlobter an einem Tisch. Sie saß auf einem tiefen, mit Leder bezogenen Lehnstuhl, aber nicht zurückgelehnt, sie saß vorne auf der Stuhlkante. Sie saß da und spielte mit einem Glas in der Hand. Sie saß vorgebeugt, etwas gekrümmt, fast schwerfällig. Etwas an ihrer Haltung war so, dass er schluckte. Während er dastand und sie betrachtete, schaute sie auf und lächelte ihm zu. Er lächelte zurück. Aber er dachte, jetzt lächeln wir ein Party-Lächeln.

Er stand an einer Tür und schaute den Tanzenden zu. Der alte bärtige Bootsbauer stand bei ihm. Während sie da standen, kam der Arbeitslose mit dem Grinsen vorbei, er trug an diesem Abend ein Hemd mit steifem Kragen und Krawatte. Sie machten einen Schritt zur Seite und machten ihm Platz. Er ging durch die Tür und weiter hinaus auf den Korridor. Dabei stocherte er mit einem Zündholz in den Zähnen. Er war schnell und hochmütig an Ask vorbeigegangen, er hatte Ask einen braunen Blick und ein schiefes Na-wie-geht's-Lächeln zugeworfen, jetzt stand er draußen auf dem Korridor bei einer Gruppe von Mitschülern. Ask dachte plötzlich: Er tanzt nicht, deshalb läuft er so frech herum und stochert in seinen Zähnen.

»Komischer Kerl«, blaffte der alte Bootsbauer und paffte seine Zigarre. Hoffentlich fängt sein Bart nicht Feuer, dachte Ask.

»Wer?«, sagte Ask.

»Er da«, sagte der Bootsbauer mit einer Kopfbewegung hin zu dem Arbeitslosen. »Helles Köpfchen, cleverer Bursche, aber nicht sonderlich gesellig ...«

Er paffte wieder, und kleine Rauchwölkchen stiegen aus dem kleinen, dunklen Loch in der Mitte der weißen Bartfülle empor.

»Und dann hat er natürlich Pech mit seinem Aussehen. Hatte einen wirklich schlimmen Unfall. Musste operiert werden vor ein paar Jahren. Hat sich 'nen Angelhaken in die Fresse gebohrt. In die Oberlippe.«

Als alle aufbrachen, achtete Ask draußen auf dem Korridor darauf, in die Nähe des Arbeitslosen zu kommen. Er wusste nicht, wie er mit dem Mann ins Reine kommen sollte. Der Mann war während des ganzen Schuljahres abstoßend gewesen. Das schiefe, verächtliche, wissende Grinsen hatte jede Schulstunde für ihn zur Qual werden lassen, es hatte ihn bis in die Träume verfolgt, er hatte zum Herrgott gebetet, ob er den Mann nicht durch ein Wunder aus der Klasse entfernen könne, dass er krank würde, zum Militär müsse, einen Dachziegel auf den Kopf bekäme, ins Meer fallen würde, es musste doch eine gnädige Macht auf Erden geben, die imstande war, derart infame, hasserfüllte, bissige Gesichter auszurotten ...

Und nun hatte der Mann mit seinem Grinsen gar nichts beabsichtigt. Er konnte nichts dafür, dass er auf diese Art grinste! Er war so! Er war verdammt zu diesem ewigen, unveränderbaren, hässlichen Grinsen.

Ask hatte seinen Mantel angezogen, er schob sich unauffällig hin zu dem Arbeitslosen, er hatte nicht die geringste Ahnung, was er sagen sollte. Plötzlich sagte er leise:

»Ist gut gegangen mit Ihrer Prüfung!«

Der Arbeitslose drehte sich um und verzog den Mund.

»Aha«, sagte er, »schön zu hören.«

»Ja«, sagte Ask.

Mehr fiel ihm nicht ein. Nach seiner Noteneinschätzung stand der Arbeitslose in allen Fächern auf 1,25, abgesehen von geschäftlichem Schriftverkehr, wo Ask ihm eine 1,5 gegeben hatte.

Und im Innersten war Ask beeindruckt von dieser Reihe, fünfmal 1,25. Er wusste nicht, warum, aber er dachte: Es zeugt von mehr Persönlichkeit, fünfmal 1,25 zu haben als fünfmal 1,0.

Im Korridor standen sie nebeneinander. Nach sechs gemeinsamen Monaten hatten sie sich nichts mehr zu sagen.

Schließlich nahm Ask die Hand des Mannes und drückte sie freundlich. Da sagte der Mann plötzlich, und sein ranziger Atem schlug Ask ins Gesicht:

»Man kann über dich ja alles Mögliche sagen, Burlefot, aber dumm biste nich.«

Da wurde Ask ungeheuer froh, er drückte dem Arbeitslosen noch mal herzlich die Hand und sagte:

»Danke, ebenfalls!«

Dann lachten sie beide laut und metallisch. Er war, als wäre ein Damm gebrochen.

Nach sechs Monaten ständigen Zweikampfes waren sie in der Lage, einzugestehen, dass der andere auch nicht ganz blöde war.

Sie gingen hinaus aus dem Hotel, und ein Abschnitt in ihrem Leben war vorbei. Er dachte: Merkwürdig, dass es zu Ende ist, wahrscheinlich wünsche ich mir jetzt, dass wir noch mal sechs Monate bekommen könnten?

Draußen schneite es heftig. Er stapfte mit Siv am Arm durch den Schnee, sie war so niedrig und klein und es war schwierig, mit ihr zusammen zu gehen, es wäre leichter gewesen, wenn er sie auf den Rücken genommen hätte. Er spürte ihre Brust schwer auf seiner Hand liegen und ihm fiel ein, dass er schon einmal die Brust einer Frau schwer auf seinem Handgelenk gespürt hatte. Jetzt war auch sie mindestens im dritten Monat, vielleicht noch weiter, aber in zwei Tagen würde sie südwärts fahren und in ein großes Krankenhaus gehen, sie kannte dort den Oberarzt, sie hatte ihm geschrieben und alles war in Ordnung, sie hatte die Reise so lange aufgeschoben, damit sie und Ask noch ein bisschen Zeit miteinander hatten, bevor auch er Richtung Süden aufbrach. Sie hatten darüber gesprochen, dass Ask es auf seiner Heimreise einrichten wollte, bei ihr in der Klinik vorbeizukommen.

Er ging durch das Schneegestöber und dachte: Wird ihre Brust danach leichter?

Und dann dachte er: Dies ist unsere letzte Nacht.

Und als sie die Pension, wo er wohnte, erreicht hatten, dachte er: Wenn die Welt bloß so eingerichtet wäre, dass sie stattdessen einem Mann das Herz herausschneiden könnten.

»Gehen wir rauf zu dir?«, sagt sie auf der nächtlich verlassenen, windigen Straße. Sie stapfen mühsam durch den tiefen Schnee und sie sind erhitzt und außer Atem, als sie zur Eingangstür kommen, und sie halten die Luft an, als er aufschließt, denn jetzt ist es irgendwie sehr wichtig geworden, dass niemand misstrauisch wird, sie steigen vorsichtig die Treppe hinauf und ihre Schuhe sind schwer und glatt von dem Schnee. Im Zimmer glüht ein elektrischer Ofen im Dunkeln, es ist still im Haus, kein Laut, und es gibt so vieles, was sie sich zu sagen haben, die ganze Welt sollte gesagt werden, deshalb können sie nichts sagen, sie sitzen im Mantel auf dem Bett und halten sich an den Händen, Siv, Siv.

Die Nacht. Die Nacht und Siv.

So möchte ich bei dir liegen, Siv, mit dem Mund an deinem Haar, ich möchte den Geruch deines Haares in Erinnerung behalten, Siv. Denn jetzt bist auch du schwanger, Siv, ich habe es jetzt gespürt. Du brauchst nichts zu sagen, Siv, es ist am besten, wir sagen nichts mehr. Am besten bleiben wir so liegen, eng aneinandergeschmiegt. So sollten wir schlafen. Denn es ist die letzte Nacht. Aber wir können nicht schlafen, Siv, du darfst nicht hier schlafen. In zwei Tagen wirst du abreisen, zu der Klinik, ich fahre morgen nach Indrepollen. Ich werde dort eine Woche bleiben und alles regeln. Mit Dalaker. Und mit einer anderen. Du weißt, was das bedeutet? Siv? Gut. Dann reden wir nicht mehr darüber. Es gibt sehr viel, worüber Menschen nicht reden. Siv? Ich dachte, du schläfst. Es gibt vermutlich sehr viel, über das du nicht gesprochen hast! Es muss sehr viel sein, worüber Menschen nicht sprechen. Und wenn du dir überlegst, wie viele Menschen es gibt auf der Welt. Die Summe des Ungesagten auf der Welt, wie groß ist sie, Siv? Was dachtest du dir dabei, als du mir das kleine Papiermesser aus Indien geschenkt hast, aus geschnitztem Knochen? Wer hat es dir geschenkt? Warum hast du es mir geschenkt? Ich werde nicht fragen. Ich liege nur hier und glaube plötzlich, dass der Mensch all das Ungesagte ist. Da wäre ich fast eingenickt, so merkwürdig der Gedanke auch war. Hör zu, Siv, um ein Haar wäre ich eingeschlafen. Und du liegst da und schläfst tatsächlich. Siv, schläfst du? Du darfst nicht schlafen, jetzt ist es fünf Uhr und das Dienstmädchen steht um sechs auf, Leute kommen ab sechs Uhr ins Haus, Siv, ja ich würde auch viel darum geben, wenn wir diese letzte Nacht zusammen sein könnten, aber wir dürfen nicht alles aufs Spiel setzen, Siv, wir dürfen nicht leichtsinnig sein, verstehst du, ich möchte dein Haar ein letztes Mal riechen, nein, ich hebe dich hoch, weil ich dich so liebe, Siv, ich möchte, dass wir beide eine winzig kleine Chance haben, aber dann müssen wir aufstehen, Siv, sei jetzt vernünftig und zieh dich an, schau, hier sind die Strümpfe und das ist sicher ein Unterrock, nicht größer als für mich ein Taschentuch, du wirst dich eines Tages schlimm erkälten, Siv, nein, ich reiße dich nicht weg von meinem Hals, ich löse nur deine Arme, nein, ich werfe dich nicht raus, ich begleite dich nach Hause. Siv, mach es nicht noch schlimmer, als es ist, kleine schwangere Frau, Herrgott, ich begleite dich ja nach Hause, nein, das sind keine Tränen, ich bin nur erhitzt, richtig heiß, lass mich deine Hand halten, deine kleine, kleine Hand, jetzt begleite ich dich nach Hause, nach Hause ...

Ein Kopfsprung aus 30 Metern Höhe

Als die Fähre am nächsten Abend in Indrepollen anlegte, war Ask an Bord. Er spähte über die Reling hinunter auf den öden Betonkai. Da war niemand, um ihn abzuholen.

Als er durch das kleine Industriestädtchen ging, hinauf zu Dalakers Büro und Wohnung, hatte er den Hut tief in die Stirn gezogen. Er dachte: Was wird aus meinen Wanderungen durch diese Straßen, wenn ich Indrepollen verlasse?

Dalaker war im Büro und hieß ihn willkommen. Für Asks Aufenthalt war alles geregelt (er hatte erklärt, eine Woche bleiben zu wollen), Dalaker würde in dieser Zeit wieder ein Zimmer bei Familie Zebedeussen beziehen, Ask sollte die Wohnung für sich haben. Dalaker strahlte etwas Freundliches und Zuvorkommendes aus. Ask kam der Gedanke, dass der Mann erleichtert war, weil er jetzt die Heimreise antrat. Er dachte: Vielleicht hat der Mann befürchtet, ich würde auf eigene Faust eine Handelsschule eröffnen und er bekäme einen Konkurrenten? Der Gedanke amüsierte ihn, half irgendwie, über vieles hinwegzusehen.

Ask fragte:

»Hat jemand für mich angerufen?«

Dalaker sagte:

»Nein.«

In dem Moment klingelte das Telefon. Dalaker hob ab.

»Ist für dich«, sagte er und hielt ihm den Hörer hin.

Dalaker und er arbeiteten den ganzen nächsten Vormittag an den abschließenden Formalitäten des Kurses. Rechnungen mussten geschrieben werden, Ask musste die Prüfungsformulare unterschreiben, dann brauchten sie nur noch ausgefüllt zu werden, wenn die Endnoten vom Zweitkorrektor kamen.

Hier sitze ich und mache reinen Tisch, dachte Ask.

Als es sieben Uhr abends war, stand er vor Gunnhilds Haus. Er ging einige Schritte die Straße entlang, er betrachtete den Zaun. Ja, dachte er, der müsste unbedingt repariert werden. Schon seit Jahren.

Er mühte sich ab mit der Gartentür, kriegte sie nicht auf. Sie hing schief in den Angeln und der Riegel ließ sich kaum öffnen. Als er endlich reinkam und das Türchen wieder ordentlich schließen wollte, erwies sich das als unmöglich. Er trat mit dem Fuß dagegen. Da löste sich das obere Scharnier, das Holz war morsch, das Türchen fiel um. Vergeblich versuchte er, es wieder aufzustellen. Ein schreckliches Gefühl der Ohnmacht erfasste ihn. Er konnte es nicht erklären, aber es war etwas mit dieser Gartentür, eine Tür ist ein Symbol, durch eine Tür treten Menschen ein, und jetzt hing das Ding abgerissen und schief da, es würde schon umkippen, wenn ein Hund vorbeikäme und daran schnüffelte ...

Er stieg die Außentreppe zu dem kleinen Haus hinauf, trat in den Windfang, sah dort den Overall eines Mannes an einem Nagel hängen, auf dem Boden standen Gummistiefel und Skistiefel, der Boden war aus Zement, an der Tür war kein Klingelknopf. Er zog einen Fäustling aus und klopfte. Es war nichts zu hören. Er schloss die Augen und klopfte fester.

Er wartete einige Sekunden.

Dann hörte er von drinnen Schritte. Ziemlich schwere Schritte, wie ihm schien.

Die Tür wurde geöffnet. Es war Gunnhild. Vielleicht überlebe ich das alles, dachte er, wenn ich mich darauf konzentriere, nur ihr Gesicht anzusehen.

Er hatte sie drei Monate nicht gesehen. Ihr Lächeln war ungeduldig, fast gekränkt, als sie ihn in den kleinen Flur zog:

»Du kommst spät, ich habe eine Viertelstunde auf dich gewartet.«

Er dachte: Sie hat bereits ein Frauengesicht bekommen, ich bin der Ehemann, der abends zu spät heimkommt. Ihm entfuhr ein hysterisches Kichern, er konnte es aber schnell unterdrücken.

Da stand ein Schirmständer in der Ecke des Eingangs, aus schwarz lackiertem Eisen. Er wusste nicht, warum, aber der Anblick des Schirmständers erschütterte ihn dermaßen, dass er einen Moment wie gelähmt war, sie musste ihn über den Gang und in ein Zimmer schieben. In der Diele hatte es so abgestanden und trostlos gerochen, und dazu der Schirmständer.

Blind ließ er sich in die Stube führen, er blieb stehen, wieder war da der seltsame Arme-Leute-Geruch. Hier, dachte er, hier ist sie aufgewachsen, hier ist sie ein kleines Mädchen gewesen, hier hat sie gespielt. Er öffnete die Augen und blickte sich um, die Wände waren kahl.

Da stand ein Paar von einem Sofa auf. Ask trat zu ihnen und gab ihnen die Hand.

Der Mann war riesig wie ein dunkler Berg, mit schwarzem Haar und schwarzen, zusammengewachsenen Augenbrauen. Er hatte Gunnhilds breite Nase, nur etwas flacher. Ask dachte: Sie hat noch elf Brüder von dem Kaliber. Die Frau des Bruders war klein, dünn, mit rundem Rücken, es war ein Anflug von Grau in ihrem Haar. Sie hatten keine Kinder, das wusste er.

Ask sank auf einen Stuhl und er wusste nicht, was er sagen sollte. Er drehte sich zum Fenster und betrachtete eine Weihnachtsbegonie, die da stand, er schluckte. Er dachte: Welche Gefühle regen sich in einem Bruder, wenn er dem Mann, der mit seiner Schwester herumgemacht hat, die Hand gibt? Mit der kleinen Schwester? Mit der Goldpuppe?

Er bemerkte, dass Gläser und Flaschen auf den Tisch vor ihm gestellt wurden, er spürte den Geruch nach Whiskey, er trank, sie sagten zum Wohl. Er dachte, auf wessen Wohl trinken wir?

Dann fiel ihm ein: Ist es gut für eine werdende Mutter, Whiskey zu trinken? Er drehte sich und warf rasch einen Blick auf Gunnhild. Sie ging schwerfällig und langsam durchs Zimmer, sie hatte einige Kissen zurechtgerückt, sie sah ihn an und lächelte, ihr Lächeln war wohlwollend, aber aufmerksam, er sah die Goldkörner, die in der Tiefe des Sees in ihren Augen schwammen, er sah ihr rundes, gesundes Gesicht, er sah ihre nackten, braunen, kräftigen Unterarme unter den halblangen Ärmeln des Kleides, sie strahlte eine wunderbare Stärke aus, sie stolzierte herum, als sei sie die Sonne. Dann entdeckte er ihren Körper unter dem dunklen Schwangerschaftskleid. Sie trat hinter ihn, und als sie seinen Stuhl passierte, streifte sie mit der Hand seine Schulter. Er glaubte, sie wolle ihm eine Liebkosung geben, eine besitzergreifende Liebkosung, er hustete vor Schreck ins Glas und bekam Whiskeyspritzer in die Augen.

Sie ging wieder zurück. Sie ging leicht zurückgebeugt und sie trug Pantoffel. Sie hatte einen ungeheuren Umfang, wie ein Haus. Verzweifelt warf er einen Blick auf seinen mageren Körper, er blickte wieder hinüber zu dem wandelnden Koloss und er war nicht imstande, den Zusammenhang zu erkennen. Die Haare standen ihm zu Berge, seine Lippen begannen zu bibbern.

Er flüsterte bei sich: Es darf dir nicht schwindlig werden. Du darfst nicht ohnmächtig werden. Koste es, was es wolle: Du darfst nicht umkippen und auf dem Boden liegen bleiben. Denn in dem Moment hat sie dich.

Fällst du, dann bist du verkauft. Da würde sie sich auf dich setzen. Und du wirst dich nie wieder aufrappeln können.

Dir darf nicht schwindlig werden.

Aus Angst, ohnmächtig zu werden und umzufallen, machte er keine Bewegung auf seinem Stuhl. Er saß über drei Stunden, ohne sich zu rühren. Danach konnte er sich an kein Wort mehr erinnern, das er gesagt hatte oder das die anderen gesagt hatten. Er hatte sicher davon gesprochen, dass der Amtmann von der üblicherweise vorgesehenen Frist für das Aufgebot eine Ausnahmebewilligung genehmigen konnte, wenn es eilte, das hatte er von dem Hilfslehrer für Wirtschaftsrecht in Ytrepollen, dem Anwalt, gehört. So etwas ließ sich in zwei, drei Tagen abwickeln. Er hatte sicher gesagt, dass er gleich an den Amtmann schreiben wolle? Und hatten ihm nicht sowohl Gunnhild wie der Riesen-Bruder beruhigend auf die Schulter geklopft, als er gemurmelt hatte, dass es nur eine Pro-forma-Ehe werden könne? Hatten sie nicht gesagt, selbstverständlich? Oder war das nur etwas, was er zu hören meinte? Vielleicht hatten sie überhaupt nichts gesagt? Vielleicht hatten sie alle vier nur stocksteif dagesessen, die ganzen drei Stunden lang?

Nein, im Übrigen erinnerte er sich, dass Gunnhild später an dem Abend mit einem Tablett belegter Brote hereingekommen war. Oh ja, er erinnerte sich an den Anblick der Butterbrote. Als er die Schnittchen sah, überlief ihn ein Frösteln, ein hilfloses Mitleid mit ihr und mit dem Kind, das kommen sollte. Die Schnittchen sahen irgendwie provisorisch und dilettantisch aus. Obwohl sie Bedienung in einem Café war. Sie hätte dort doch etwas lernen können, ein bisschen was lernen, ein ganz kleines bisschen ... Plötzlich wurde das Zimmer für ihn zur Gefängniszelle, kalt, kahl, hässlich, seine Bewohner wussten nichts von Zärtlichkeit und Anmut, sie hatten es nie gewusst und würden es nie lernen, und hier sollte jemand aufwachsen, in diesem Haus, in diesem Zimmer, jemand sollte aufwachsen und nie Feinheit spüren, nie Rücksicht, nie die Sehnsucht nach Schönheit; hier würde niemand Blumen liebevoll in eine Vase stellen, hier würde nie jemand auf dem Klavier spielen, hier würde man sich für immer und ewig begnügen mit dem Radioapparat in der Ecke ... Und eine grausame Eisenhand griff an seine Kehle, als er den unvermeidlichen, bitteren, schmerzhaften Gedanken dachte: Ich hätte in diesem Haus etwas ausrichten, etwas bewirken können, ich hätte etwas in dieses Haus bringen können, ich hätte es zu einem Ort machen können, an dem ein kleines Kind aufwachsen kann. Wenn ich stark genug wäre. Wenn ich Riesenkräfte hätte.

Als er sich verabschiedete, folgte sie ihm hinaus in die kleine Diele. Als sie ihm in den Mantel half, sagte sie mit leiser Stimme:

»Du weißt, du könntest hier übernachten. Wenn du willst ...«

Er drehte sich um und schaute hinunter auf ihr Gesicht. Es war gesund, frisch, wie ein Apfel. Ihre Lippen waren rot, es war Schüchternheit in ihren gelbgrünen Augen. Es rührte ihn, sie so schüchtern zu sehen, er schaute auf ihre üppigen Brüste, einen Augenblick regte sich etwas in ihm, etwas in ihm sagte: »Das wäre aber jetzt komisch.« Ihm war, als hätte er diesen Satz schon einmal gehört, und im nächsten Moment, direkt vor ihrem lächelnden Blick, wurde er rot. Er schüttelte den Kopf und schaute zu Boden, sein Blick traf den Schirmständer.

Sie hielt seine Hand einen Augenblick, als er ging, er spürte an ihrem Händedruck, dass sie verletzt und gekränkt war, sie hatte sich angeboten und er hatte sie abgewiesen. Und plötzlich wusste er: Schlimmer kann ein Mann eine Frau nicht verletzen.

Aber es war zugleich Friede und Resignation in ihrem Händedruck. Sie versuchte nicht, ihn zurückzuholen, es lag keine Androhung von Vergeltung in ihrer Hand. Sie ließ ihn nicht merken, dass sie seine Hand besaß.

Als er draußen im Windfang stand und die kühle Nachtluft spürte, dachte er: trotzdem nicht.

»Herr Amtmann,
hiermit erlaube ich mir ...«

Er saß in Dalakers Wohnung, in Dalakers Büro, an Dalakers Schreibtisch, vor einer von Dalakers Schreibmaschinen. Er hatte sie aus dem Schreibmaschinenraum herübergeholt.

Es war Nacht und ganz still im Haus.

Er warf einen Blick durch die offene Schlafzimmertür, er sah das gemachte Bett. Er schluckte.

Er schaute auf den Schreibtisch, an dem er saß. Er biss sich auf die Lippe. Er dachte: Hier hat es angefangen. Hier standen wir an jenem Abend und sie hatte eben eine Platte aufgelegt, es war »An der schönen blauen Donau«. Sie trug einen Pullover.

Er strich durch und schrieb:

»Herr Amtmann,
aufgrund von nicht vorhersehbaren Umständen sehe ich mich genötigt ...«

Plötzlich schien die Luft um ihn herum erfüllt zu sein von einem singenden Ton, als streiche man mit einem Bogen auf einem Sägeblatt, und ihn überkam ein heftiger Schwindel. Er hatte das Gefühl, auf einem hohen Turm zu stehen, es war eine Art Sprungturm. Unter ihm standen Tausende Menschen und neben ihm stand einer, seine Farben waren

Schwarz und Gold, schwarzer Hut und ein Anzug aus Goldpailletten, nein, es glänzte in den Augen, wie Goldkörner, die im Wasser schwimmen, als hielte man eine Flasche Goldwasser gegen das Licht ...

Erst in dem Moment, als er das Wort »Ehe« aufs Papier schrieb, erst in dem Moment, als er das Wort »Ehe« verknüpfte mit dem Wort »Trauung«, war ihm klar geworden, was er da für einen Brief zu schreiben beabsichtigte.

Der singende Ton der Säge, der himmelhohe Turm, die Augen. Tanzende Goldsterne in einem unbekannten Weltenraum. In denen konnte er alles lesen. Die Augen klopften ihm auf die Schulter: Es wird schon gut gehen, wir werden uns schon einigen, lass uns das hier nun erst mal hinter uns bringen, hier bitte unterschreiben, dann wird alles gut werden, alles wird gut, alles wird gut. Trauung, singt das Wort, alles wird gut, na, na, alles wird gut werden. Aber Trauung, das Wort klingt, Trauung ist Trauung, ich vertraue mich dir an, das ist mehr als ein Blatt Papier unterschreiben, ich vertraue mich an ...

Es gibt kaltblütige Artisten, die das furchteinflößende Kunststück ausführen, von einem 30 Meter hohen Turm kopfüber in ein Wasserbecken unten auf der Erde zu springen. Der Durchmesser des Beckens beträgt knappe 3 Meter und die Wassertiefe 1,5 Meter.

Es sind Profis. Sie haben ein jahrelanges Training. Und sie haben volles Vertrauen zu ihren Helfern. Sie rechnen fest damit, dass in dem Augenblick, in dem sie im Handstand auf der obersten Plattform stehen, in dem Augenblick, in dem sie alle Muskeln und alle Nerven auf den Fall konzentrieren, in dem Augenblick, in dem sie das kleine Becken tief, tief unten anpeilen, in dem Augenblick wird ihnen kein Haltetau des hohen stählernen Turms reißen und ihnen alles verderben, in dem Augenblick wird ihnen niemand das Flutlicht löschen, dass sie ins Stockdunkle stürzen würden. Sie dürfen damit rechnen, dass ihnen nach einem perfekten Absprung niemand das Bassin weggeschoben, niemand das Wasser abgelassen hat. Sie riskieren nicht, sich das Kreuz zu brechen, sie sind Profis. Sie wissen, was die Hände ihrer Helfer wert sind, es sind Freundeshände.

Aber wenn man als Amateur von einem solchen Turm springen

muss, wenn man das nie vorher gemacht hat, wenn man sich selbst nicht kennt und wenn man überhaupt nicht weiß, was dem Kompagnon einfällt, was dann? Worauf vertraut man dann?

Steht man dann nicht oben in 30 Metern Höhe und weiß, dass man sich seinem gebrochenen Rücken ausgeliefert hat?

Wer kann in zwei gelbgrünen Augen lesen?

Er hatte in dieser Nacht eine Art Traum. Er nickte am Schreibtisch ein, erwachte frierend und ging ins Schlafzimmer. Dort verkroch er sich unter der Decke, wo er lange wie vom Fieber geschüttelt lag, bis er endlich einschlief.

Es war ein merkwürdiger Traum im Halbschlaf. Über den König von England, er hatte es neulich in einer Zeitung gelesen: Der König wollte auf den Thron verzichten, wenn man ihm nicht erlaube, eine Bürgerliche zu heiraten, die Amerikanerin Mrs Simpson. Alle Briten kratzten sich am Kopf. Einerseits ging so etwas einfach nicht, andererseits musste ja der König heiraten dürfen, wen er mag. Das ganze britische Imperium kratzte sich am Kopf, die ganze Welt legte die Arbeit nieder, um über dieses vertrackte Problem die Köpfe zusammenzustecken, die englische Regierung fand keinen Schlaf mehr.

Hätte jemand Ask nach seiner Meinung gefragt, er hätte die Partei des Königs ergriffen. Er war ein Radikaler. Ein Radikaler wird definiert als ein Mensch, der erstens die Ansicht vertritt, dass es keine Könige geben sollte, und zweitens, dass ein König das Recht hat, zu heiraten, wen er will.

Und er hatte nichts gegen geschiedene Frauen. Eine geschiedene Frau ist ungewöhnlich, sie ist nicht wie die Masse, für einen Radikalen ist eine geschiedene Frau ein Mensch, der in ihm sowohl Mitgefühl wie Bewunderung weckt.

Aber dann hatte Ask eines Tages etwas Neues gelesen, eine Überlegung, die in einem Leitartikel einer großen Londoner Zeitung geäußert worden war. Der Redakteur hatte den Finger auf einen sehr entscheidenden Punkt gelegt. Er hatte den früheren Mann der Frau, Mr Simpson, ins Spiel gebracht. Die Zeitung hatte darauf hingewiesen, dass die Frau, die Englands Königin werden sollte, nicht vorher einen

Ehemann gehabt haben dürfe. Es dürfe nicht geschehen, dass es irgendwo auf der Welt einen Mann gab, der von der englischen Königin als seiner ehemaligen Frau sprach!

Im Halbschlaf tauchte diese Sichtweise in ihm auf. Er sah Mr Simpson vor sich, einen älteren Amerikaner mit Hornbrille, der Mann saß an der Bar eines Nachtklubs, umgeben von einer Schar Neugieriger, er kippte einen doppelten Whiskey, schob die dicke Zigarre in den Mundwinkel und sagte:

»Die Königin von England? Lieber Himmel, mit der war ich mal drei Jahre verheiratet. Über der Decke und unter der Decke. Aber viel war nich los mit der. Nee, Alter, Königin von England? Der König von England konnte sie geschenkt haben, das sage ich dir.«

Mitten in der Nacht wurde er wach und setzte sich mit einem Ruck auf. Er war in einem Nachtlokal gewesen, einem riesigen Nachtlokal, Regale voller Flaschen und Spiegel, Spiegel, Spiegel. In der Bar waren tausend Männer, sie hatten alle ein Glas in der Hand und redeten vertraulich und leise lachend miteinander, es waren Handelsreisende, Kaffeehaus-Musiker, Büroangestellte, Anwälte, Schiffskapitäne, aber vor allem waren es Offiziere mit silbernen Sternen an den Uniformkragen, mit Schärpen um den Bauch und mit polierten Reitstiefeln an den Beinen, ihre Stiefel glänzten. Sie hatten alle klare, starke, muntere Gesichter, es waren Männer, trinkfeste Männer, erwachsene Männer, erwachsen genug, sich rechtzeitig aus einer Affäre zu ziehen, es waren gutmütige Gesichter, aber starke Gesichter, sie wussten, wann sie Stopp sagen mussten, auch wenn dazu ein bisschen Brutalität nötig war. Sie wussten alle, dass unangebracht empfundenes Mitleid oft auf lange Sicht zur Grausamkeit wird. Sie hoben alle ihre Gläser, ihre Hände waren stark, sie prosteten sich zu und zwinkerten gutmütig, tausend Männer lächelten und zwinkerten schlau, das verlässliche Einverständnis unter tausend Männern:

»Sie, die Frau vom Ask Burlefot? Echt heiße Braut. Nicht zu verachten! Musste dem Hotel drei gebrochene Füße vom Bett ersetzen. Zerbrachen wie Zündhölzer, Alter. Wurde von dem Seismografen in Bergen registriert. Wie Erdbeben Stärke 4. Aber wir haben rechtzeitig Stopp gesagt. Mussten ihr gehörig Bescheid stoßen. Prost. Doch dieser Burlefot ist aufs Ganze gegangen. Hat vergessen, 'nen Riegel vorzuschieben, der Kleine. Was meint ihr, gründen wir einen Verein? Einen Veteranenklub? ›Landesverband für die Pflege gemeinsamer Erinnerungen‹? Kommt, dann legen wir zusammen für ein Telegramm an das Brautpaar, das sind nur ein paar Øre für jeden.

BRAUTPAAR BURLEFOT,

LVFPGE, JAHRESVERSAMMLUNG/SENDET SEINE HERZLICHSTEN GLÜCKWÜNSCHE/STOPP/IN DEN KOMMENDEN JAHREN WERDEN SÄMTLICHE MITGLIEDER IMMER AN EUCH DENKEN, TAG UND NACHT.

LVFPGE, ARBEITSAUSSCHUSS

Und dann spendieren wir ein Glückwunschtelegramm? Einstimmig angenommen!«

Dreierlei blieb ihm vom nächsten Tag in Erinnerung.

Am Vormittag standen Dalaker und Ask im Schreibmaschinenraum. Dalaker runzelte plötzlich die Stirn, als höre er etwas. Plötzlich riss er die Tür zum Flur auf, draußen stand der älteste Sohn des Vermieters, der kleine Junge mit dem verschlagenen Blick. »Ich will nicht, dass du hier herumschnüffelst«, sagte Dalaker, »sieh zu, dass du verschwindest.« Dalaker drehte sich zu Ask um und sagte mit scharfer, erzürnter Stimme: »Diesem kleinen Burschen ist nicht zu trauen. Er klaut, was er in die Finger kriegt. Hat er was mitgehen lassen in deiner Zeit hier?« Ask dachte: Das sagt er, während der Junge zuhört. Dalaker ging hinaus auf den Flur und gab dem Jungen einen Schubs: »Ab mit dir, und zwar sofort!« Ask dachte: Er sollte den Jungen nicht so behandeln, er sollte wissen, wie der Junge lebt, er sollte wissen, was für ein Ungeheuer sein Vater ist …

Doch er sagte nichts.

Später am Vormittag kam Jo vorbei. Er war in Begleitung eines vierzehnjährigen Knaben mit blondem, gekräuseltem Haar und dicken roten Lippen. Dalaker stellte den Vierzehnjährigen als Laufburschen vor und strich dem Jungen dabei lächelnd übers Haar. »Er ist ein tüchtiger Junge«, sagte er, teils zu dem Jungen, teils zu Ask, »wir zwei sind gute Freunde. Ich werde es einrichten, dass er später einen Freiplatz in meiner Handelsschule bekommt.« Er klopfte dem Jungen freudig und liebevoll auf die Schulter. Ask dachte: Der Junge sieht nicht besonders intelligent aus, ich sollte ihn vielleicht warnen.

Doch er sagte nichts.

Als es Mittag wurde, wollte Dalaker eine kleine Besorgung in der Stadt machen. Jo, der Vierzehnjährige und Ask blieben in der Wohnung. Plötzlich sagte Jo etwas über Dalaker zu dem Jungen, er sagte es locker und grinsend, er sagte, dass Dalaker gerne Knaben tätschelte. Ask dachte verwundert: Jo weiß es auch. Der Vierzehnjährige hob sein flaumbärtiges Gesicht und schaute Jo an, und sein Gesicht sah nicht mehr einfältig aus. Er machte das eine Auge zu und sagte, das wisse er durchaus. »Wenn er es versucht, dann werde ich dafür Zeugen haben«, sagte der Junge. Nach einer kleinen Pause fügte er ruhig hinzu: »Ich rechne damit, dass er mich gut bezahlt, damit ich den Mund halte.« Ask betrachtete den Vierzehnjährigen: Der Junge hatte es sich in einem der Besucherstühle bequem gemacht, er hatte den einen Fuß über die Armlehne gelegt, er saß da und rieb sich zufrieden den Oberschenkel. Plötzlich erfasste Ask eine tiefe Abneigung gegen diesen wissenden, berechnenden Jungen. Er dachte, ich sollte vielleicht Dalaker warnen.

Doch er sagte nichts.

Es wurde sieben Uhr abends, und Ask zog den Mantel an und setzte den Hut auf.

»Du gehst aus?«, sagte Dalaker. Er schaute auf von den Papieren am Schreibtisch.

»Hm«, sagte Ask. »Ein kleiner Spaziergang.«

Er ging ins Schlafzimmer und kam mit dem kleinen Handkoffer zurück.

Dalaker schaute ihn an.

»Bleibst du lange weg?«

»Na ja«, sagte Ask, »kann schon ein Weilchen dauern.«

»Ja«, sagte Dalaker, »ich bin vielleicht nicht mehr da, wenn du zurückkommst.«

Ask durchquerte den Schreibmaschinenraum. An der Tür blieb er einen Augenblick stehen. Er hörte, dass Dalaker drinnen im Büro aufstand und dass er humpelnd hinterherkam. Er hatte etwas in der Hand.

»Das lag noch auf dem Bücherregal«, sagte er. »Bevor du es vergisst.«

Ask sah, es war Huxleys *Schöne neue Welt*.

Die zwei Männer schauten sich nicht an.

Ask steckte das Buch in die Manteltasche.

Dann öffnete er eilig die Tür und ging hinaus.

Es gab keinen Schleichweg, den er hätte nehmen können, es gab keine kleinen Gässchen. (Wenn man nicht alle 8 bis 10 Straßen von Indrepollen als Gassen bezeichnen will.) Er hätte natürlich versuchen können, einen großen Bogen zu machen, aber dann hätte er über ein Freigelände und über Koppelweiden gehen und durch tiefen Schnee stapfen müssen. Außerdem war die Nacht pechschwarz, und er hatte nicht allzu viel Zeit. Ein Umweg erschien ihm riskanter als die spärlich beleuchteten Straßen. Er könnte stürzen und sich das Bein brechen. Oder er würde in eine Eisspalte rutschen. Dort würde er dann hilflos liegen bleiben.

Es sah aus, als würde alles gut gehen. In den Straßen hielt er sich im Dunkeln, bewegte sich dicht an den Hauswänden entlang, ging schnell, achtete aber darauf, nicht zu rennen. Bei der letzten Kreuzung stoppte er eine Sekunde, bevor er die Straße überquerte, und blickte sich um. Er war niemandem begegnet, den er kannte. Plötzlich fiel ihm ein, was er in einem Detektivroman gelesen hatte und was ihn, weil es ihm einleuchtete, sehr beeindruckt hatte: Wenn du fliehen musst, dann drehe nicht den Kopf, um zu sehen, ob du verfolgt wirst. Ein Mann, der sich umdreht, fällt auf. Er setzte seinen Marsch mit klopfendem Herzen fort. Er hatte plötzlich ein eiskaltes Gefühl im Nacken. Aber er dachte: Man kann sich auch verraten, wenn man den Mantelkragen hochklappt.

Schließlich hatte er nur noch einen offenen Platz von etwa vierzig Metern Durchmesser vor sich. Hier waren Menschen, er sah sie im Licht der in der Luft schaukelnden, nackten Glühbirnen. Er versuchte festzustellen, ob er jemanden kannte, aber der Abstand war zu groß. Wenn ich schnell über den Platz gehe, dachte er. Aber ich darf auch nicht zu schnell gehen, dachte er.

Er begann den Platz zu überqueren. Hier unten am Hafen war es bitterkalt, der Wind drohte ihm den Hut vom Kopf zu blasen.

Er kam an und packte wie ein Ertrinkender das Geländer. Die Beine drohten unter ihm wegzuknicken, die Spannung war zu groß gewesen. Und noch war die Aufgabe nicht erledigt.

Er zog sich nach oben und machte zwei mächtige Sätze die Gangway hinauf. Da rutschte er auf einer schneebedeckten Stufe aus und ging in die Knie. Barmherziger Gott, dachte er, bloß hier nicht liegen bleiben. Nachdem er sich aufgerappelt und den Sprung von der Gangway aufs Deck geschafft hatte, schälte sich aus einer der Türen ein dunkler Schatten und kam auf ihn zu. Er trat einen Schritt zurück und japste vor Angst.

Aber es war eine Frau, die er nicht kannte.

Er hörte die Schiffsglocke zum dritten Mal bimmeln. Doch er stand nicht auf. Er hörte an Deck den fernen Laut einer gellenden Pfeife und er spürte das Knirschen im Rumpf, als die Schiffsschraube sich ins Wasser bohrte. Doch er stand nicht auf. Er merkte, wie sich das Schiff schräg legte, als das Ruder einschlug, später verspürte er einen leichten Seegang und wusste, dass sie jetzt mit voller Kraft voraus auf dem Fjord waren. Doch er stand nicht auf.

Er blieb fast eine Stunde lang sitzen, ohne sich zu rühren. Er saß nur da und starrte auf den gefliesten Boden und auf seine Stiefel.

Ein Satz kam ihm immer wieder in den Sinn:

»Es ist vollbracht.«

Aber dennoch wusste er, dass es nicht vollbracht war. Es bedeutete kein Ende. Vielleicht würde die Sache vollstreckt sein, vielleicht würde das Rad die volle Umdrehung gemacht haben, wenn sie da gewesen wäre, wenn sie ihn bei der Flucht erwischt hätte, wenn sie ihm ins Gesicht gespuckt oder ihn blutig gekratzt hätte.

Der Abend, als ich sie zum ersten Mal traf, dachte er, als sie mit einer nicht angezündeten Zigarette im Mundwinkel am Nachbartisch saß, als sie fragte, ob ich eine Frau ohne Feuer sitzen lassen würde, da wäre ich am liebsten aufgestanden und hätte ihr auf den Mund geschlagen. Ich tat es nicht. Später wäre ich oftmals am liebsten aufgestanden und hätte ihr auf den Mund geschlagen. Ich tat es nicht.

Aber meine Schwachheit hat noch nicht die endgültige Prägung erhalten. Ich würde mich besser, ehrlicher fühlen, hätte ich jetzt dagestanden und mir ihre Spucke abgewischt, ehrlicher, wenn mir das Blut in diesem Moment übers Gesicht gelaufen wäre, am ehrlichsten, wenn sie mir die Augen ausgekratzt und mich für immer geblendet hätte.

Dann wäre ich im Dunkeln.

Dann wäre es vollbracht gewesen.

Als er aufstand, war er völlig steif. Er stand ein Weilchen einfach nur da, bis das Blut wieder in die Adern lief. Das Schiff schwankte, er stieß gegen die eine Wand des Verschlags.

Er bückte sich und nahm den Koffer, den er ganz in der Ecke abgestellt hatte, neben dem Klo.

Er sah das Waschbecken an der Wand, er sah den kleinen Metallbehälter oben in der Ecke mit einem kleinen Stück einer dunkelrosafarbenen, käseartigen Luftreinigungssubstanz, er nahm den Geruch nach Schiffsklo wahr und er wusste, daran würde er sich erinnern.

Er bewegte sich vorsichtig, als er hinaus auf den Gang kam. Es war nicht völlig ausgeschlossen, dass sie Verdacht geschöpft hatte und selbst an Bord gegangen war.

In dem Fall, dachte er, findet sie mich in meiner Kabine.

Als er zum Billettschalter kam, hatte sich die Schlange aufgelöst. Nur der Decksoffizier saß drinnen, das Licht einer Leselampe schien auf die Hände des Mannes, er überprüfte die Passagierliste.

Ask löste ein Billett bis ganz nach Hause. Mit dem Billett konnte er bei Bedarf jederzeit die Fahrt unterbrechen.

»Erste oder dritte?«, fragte der Mann im Halbdunkel.

»Dritte«, sagte Ask.

Ask hatte eine Koje in einer Zweierkabine bekommen. Es waren wenig Leute auf dem Schiff. Er war allein in der Kabine.

Er legte sich voll bekleidet in die Koje.

Es wurde zwölf Uhr.

Da wusste er plötzlich, dass sie nicht an Bord war.

Freunde auf Leben und Tod

Mitten in der Nacht, um zwei Uhr, erwachte er und schaute auf die Uhr. Das Schiff stand still. Er wusste, sie waren in Midtrepollen. Oben in dem kleinen Städtchen gab es ein Krankenhaus. Einmal hatte er dort an einem Krankenbett gesessen, er hatte stolze, starke Gedanken gedacht über ein Glas Milch und ein Stück Brot, belegt mit einer kümmerlichen Scheibe Molkenkäse. Er hatte über die verschwenderische Fülle und das Verlangen der Welt gedichtet, während er das Tablett auf dem Nachttisch neben dem Krankenbett des Mannes betrachtete.

Meine Geschichte macht jetzt sicher die Runde, dachte er.

Er nickte wieder ein, war aber wach, als sie Ytrepollen anliefen. Es war sieben Uhr morgens. Um acht Uhr sollte das Schiff weiterfahren. Er hatte genug Zeit, hinauf in die Pension zu gehen und seine Koffer und die Geige zu holen.

Er fand einen Mann, der seine Koffer auf einem Schlitten transportierte. Er sagte Adieu zur Pensionswirtin und zum Dienstmädchen. Er gab ihr fünf Kronen, bevor er ging. Und das war gut so. Er dachte: An ihre Tür klopft kein Prinz Jasmin mit seinem perlenbesetzten Krummsäbel.

Als er zum Schiff kam, traf er vor der Dampfschiffexpedition Sivs Bruder. Ein stilles Lächeln war im Gesicht des jungen Mannes, Ask wurde schrecklich verlegen. Nach einer Weile wagte er es, zu fragen, ob Siv abgereist sei.

»Gestern ist sie fort«, sagte der junge Mann.

Dann wurde es still. Ask wusste nicht, was er sagen sollte. Er wusste es von früher und spürte es in diesem Augenblick ganz stark, dass dieser junge Mann nichts gegen ihn hatte. Der Bruder drehte sich und sah Ask an. Er schüttelte den Kopf, halb vorwurfsvoll, halb freundlich, und sagte:

»Die Jugend heutzutage!«

Ask musste auch lächeln.

Dann drückten sie sich die Hand und der Bruder bat Ask, Siv zu grüßen, wenn er sie treffe.

So trennten sie sich.

Und Ask wusste, dass er diesen jungen Mann nie mehr wiedersehen würde.

Er stand an Deck, als das Schiff am Kai von Ytrepollen ablegte. Er schaute hinüber zu dem kleinen Ort, der langsam verschwand, und ertappte sich dabei, dass er heftig Atem holte. Er wusste nicht, ob sein Atemholen schwer war oder leicht.

Mit tiefer Dankbarkeit dachte er an das Lächeln im Gesicht des jungen Mannes. Als hätte Sivs Bruder sagen wollen:

»Nun, man sollte sich vielleicht ein wenig vorsehen, bevor man hingeht und sich vermehrt. Aber passiert ist passiert. So etwas ist früher geschehen, so etwas wird immer wieder geschehen. Aber es wird sich schon regeln. Es ist nicht das erste Mal, dass Siv in die Bredouille geraten ist. Auch wenn es ein bisschen schiefgegangen ist, so hattet ihr doch eine Zeit lang viel Freude zusammen? Und ist es nicht immer erfreulich, wenn sich Menschen begegnen? Sollten wir uns nicht ein Lächeln leisten können?«

Ask dachte: Der junge Mann hätte mein Schwager werden können. Er und ich hätten sicher nicht vieles gemeinsam, aber wir wären gut miteinander ausgekommen. Und ist das nicht das Wichtigste im Leben: dass man gut miteinander auskommt?

Ein Gefühl von eigenartiger Wehmut erfasste ihn.

Er hatte sich immer um das Fröhliche im Leben bemüht, das Leichte, das Helle, das Muntere. Seine innigste Sehnsucht war die Sehnsucht nach Wärme gewesen, nach Sonne, Freundschaft, nach dem unbeschwerten, freien Leben.

Aber jetzt stand er hier und wusste, dass er das Dunkle besser kannte als das Helle, die Sorge besser als die Freude, seine Akkorde waren für alle Zeiten auf Moll gestimmt, er war ein Flüchtling, er war verurteilt zu einem Leben ruhelosen Wanderns in lichtscheuer Einsamkeit.

Einmal hatte er sich wie alle jungen Männer nach der goldenen Stadt gesehnt. Er konnte sie immer noch sehen. Aber hinter der Märchenstadt, die in der Nacht von glitzernden Reklamen erleuchtet war, hinter den verzauberten Lichtern aus tropfendem Grün und zischendem Rot, hinter der Stadt seiner Sehnsucht konnte er jetzt etwas anderes sehen.

Er sah die Wüste.

Und er schluckte.

Als das Schiff der Hurtigruten später am Vormittag in den engen Pollensund hineinglitt, war es still und klar.

Er hielt den Atem an, als sie an den steilen Bergflanken vorbeifuhren. Wie war die Strömung heute?

Er lauschte.

Aber von der mächtigen Maschine im Innern des Schiffes war kein Mucks zu hören.

Nun ja, es war auch nicht dasselbe Schiff.

Er stand mittschiffs an der Reling. Er blickte nach achtern und sah den Pollenfjord verschwinden.

Eine Minute später waren sie auf dem offenen Meer, und das Schiff glitt auf einer leichten Dünung dahin.

Die Bergwand hinter ihnen hatte sich geschlossen.

Und Ask konnte einfach nicht mehr den Spalt entdecken, durch den sie gekommen waren.

Einen Augenblick dachte er: Das ist nicht passiert.

Es war mitten in der Nacht, als sie zu der Stadt kamen, wo sich Siv aufhielt. Er schwankte mit seinen Koffern an Land und stieg in einem kleinen Hotel in der Nähe des Hafens ab. Er schlief bis zehn Uhr vormittags und erschrak fürchterlich, als er sah, wie spät es war. Aber dann dachte er: Im Krankenhaus ist vielleicht nicht vor elf Uhr Besuchszeit, vielleicht nicht vor zwölf.

Er schnitt sich, als er sich rasierte.

Das Krankenhaus lag auf einer Anhöhe außerhalb der Stadt, er war erhitzt, als er oben ankam. Er stand in dem engen Korridor und redete halblaut mit der Krankenschwester, die hinter einer Luke saß. Er nannte den Grund seines Kommens und wen er besuchen wolle. Als er Sivs Namen aussprach, brach ihm am ganzen Körper der Schweiß aus.

Die Krankenschwester sagte:

»Sie liegt in Zimmer 22. Im ersten Stock.«

Er fragte:

»Kann ich hinaufgehen?«

Sie antwortete:

»Natürlich. Aber Sie dürfen nicht zu lange bleiben.«

Er schluckte. Bevor er die Treppen hinaufstieg, musste er anhalten und ein Taschentuch hervorholen, um sich das Gesicht abzuwischen.

Zimmer Nummer 22.

In dem Moment, als er die Tür öffnete und hineinging, fiel ihm das Schild ein, das er an der Eingangstür des Krankenhauses gesehen hatte. Dort hatte auch der Name der Stadt gestanden.

Er befand sich in Camillas Stadt.

Aber er hatte keine Zeit, länger über diese erstaunliche Entdeckung nachzudenken.

Es war kein Zimmer, das er betrat. Er hatte sich vorgestellt, Siv alleine vorzufinden, in einem Bett, in einem kleinen Zimmer mit halb nach unten gerollten Gardinen.

Der Raum, den er betrat, war ein großer, heller Saal. Es standen zwölf Krankenbetten in dem Raum. In jedem Bett lag eine Frau.

Sein Kommen erregte Aufmerksamkeit. Er hatte, als er eintrat, Gemurmel und leise Gespräche gehört, jetzt war es mucksmäuschenstill. Die Frauen hoben die Köpfe von den Kissen und musterten ihn, begehrlich, neugierig, missbilligend. Gehörte dieser Neuankömmling nicht zum brutalen Geschlecht, dem feigen Geschlecht, war es nicht so einer, für den sie sich abgearbeitet, sich zugrunde gerichtet hatten und ihre Jugend und ihre Gesundheit geopfert hatten? Würden Frauen wegen Frauenbeschwerden, Schwangerschaft, Unterleibssenkung, Gebärmutterkrebs und Ausschabungen in die Klinik kommen, wenn es nicht wegen der Männer wäre, die sie benutzt und missbraucht haben, wenn es nicht wegen der Männer wäre, die ihre tierischen Triebe an ihnen befriedigt haben? Hier konnte er sie sehen, wie Exponate lagen sie da in ihren groben Klinikhemden, zugrunde gerichtet, geschändet, misshandelt, gefoltert – hier sah er das Ergebnis. Er täuschte sich, wenn er glaubte, sie würden ihn nicht durchschauen mit seinem kleinen, ärmlichen Blumenstrauß, den er in der Hand hielt! Er täuschte sich, wenn er glaubte, ein Mann könne sich mit einer Handvoll Tulpen freikaufen!

Ask blieb gelähmt vor Angst stehen. Er verlor seinen Hut, und als er sich bückte, um ihn aufzuheben, merkte er, dass er blind geworden war. Er tastete mit hilflosen Fingern über den Boden und betete: »Siv ...«

Als er sich aufrichtete, hörte er einen kleinen Laut im Raum. Er wusste nicht, ob sie gepfiffen oder gerufen hatte, er blickte sich flehend um, er sah alte Frauen, dicke Frauen, magere Frauen und ihre Augen waren so voller Hunger und Hass, dass ihm schwindlig wurde, aber dann war da eine Bewegung drüben in einem Bett, eine kleine Hand, die winkte, und er sah sie. Sie lag im hintersten Bett, in der Ecke, sie war verschwindend klein in dem riesigen Bett, aber er erkannte sie an dem Goldhaar. Er ging langsam und schwankend über den glatten Linoleumboden, elf Frauen stützten sich schwerfällig auf die Ellbogen und verfolgten ihn mit ihren Blicken, es war der schlimmste Spießrutenlauf, er kam wie durch ein Wunder zu dem Bett und versuchte in ihrem Gesicht zu lesen, er war panisch vor Schreck, war sie sehr krank, barmherziger Gott, hatten sie schon ...?

Mit einem Ruck setzt sich die winzig kleine Frau im Bett auf, mit angezogenen Beinen unter der Decke, mit dem Gesicht voll schüchterner Freude und fröhlicher Verschmitztheit sitzt sie da und umschlingt ihre Knie. Sie sieht ihn an und streckt eine Hand nach ihm aus. Dann überlegt sie es sich anders und sagt leise zu ihm: »Du kannst den Wandschirm vor das Bett stellen.«

Er gehorcht schlafwandlerisch, und plötzlich sind sie allein, abgesondert von den anderen, hinter einem dunkeln Wandschirm sind sie allein.

Sie sagt eifrig und geschäftig: »Gib mir doch bitte mal den Morgenmantel.« Er meint, sie sei todkrank und handle nur im Koma, er hat das Gefühl, als erfüllte er den letzten Wunsch einer Sterbenden, mit zitternden Händen nimmt er ihren Kimono von dem Kleiderbügel an der Wand und gibt ihn ihr, er ist außer sich vor Mitleid und Angst. Sie kniet jetzt im Bett, dann macht sie einen Hopser auf der federnden Matratze und landet mit beiden Beinen auf dem Boden, er glaubt, das ist das Ende, und schließt seine Augen. Er hört sie sagen: »Hast du in deinem Leben schon mal so etwas Hässliches gesehen?« Und als er die Augen wieder öffnet, steht sie lächelnd vor ihm und schüttelt das weiße Klinikhemd, es ist so groß, dass sie die Ärmel mehrmals umkrempeln musste, sie zieht daran, es schlottert um sie wie eine Zeltplane, und er schluckt, denn er hat noch nie in seinem Leben etwas so Anmutiges und so Schönes gesehen, und jetzt ist sie todkrank und redet im Fieber, sie zieht das zu lange Hemd hinauf zu den Knien und zappelt mit den Zehen, sie schlüpft mit den Füßen in die Slipper aus schwarzem Lackleder, die sie unter dem Bett findet, sie setzt sich und schaut ihn entzückt an und dann klopft sie aufmunternd neben sich auf die Decke. Er sinkt auf das Bett, sie schiebt ihre Hand in seine und sie ist trocken und warm und lebendig und sie legt den Kopf an seinen Wintermantel, sie fasst nach seinem Oberarm und drückt ihn und sie blickt ihn an und flüstert: »So schön, dich wiederzusehen.« Jetzt beginnt es ihm zu dämmern, er legt den Arm um ihre Schulter, seine Kehle ist wie zugeschnürt, als er leise sagt:

»Bist du –?« Er spricht es nicht aus: »Haben sie –?«

Sie schüttelt den Kopf und lächelt.

»Ich wurde heute Morgen untersucht. Aber der Oberarzt möchte mich noch mal sehen, morgen, bevor er sich sicher ist.«

Ein kleiner Schatten huscht über ihr Gesicht und sie fügt still hinzu: »Ich bin vermutlich schon etwas weit.«

Er muss plötzlich das Gesicht in den Händen verstecken, ihn überkommt eine solch ungeheure Erleichterung, sie ist nicht todkrank, noch haben sie nichts mit ihr gemacht, sie ist seit dem letzten Mal nicht im Mindesten verändert ... Aber, denkt er, das ist nur ein vorübergehender Aufschub ...

Sie zupft an seinem Jackenärmel und deutet auf den Blumenstrauß:

»Ist der für mich?«

Er wird furchtbar verlegen wegen seiner Unaufmerksamkeit, er versucht, den Bindfaden aufzureißen, hat aber Angst, die Blumenstiele zu brechen, sie nimmt ihm den Strauß ab, holt ihn aus dem Papier und betrachtet begeistert die roten Tulpen. Sie ist so schön, wie sie da sitzt und ihr Gesicht in die kühlen Blumen steckt, sie sitzt in dem schwarzen Kimono mit golden eingewebtem Muster, sicher Drachen, vermutlich ein chinesischer Kimono, er wagt nicht, ihn genau anzusehen, sie ist so schön, so klein und so herzlich, er denkt daran, dass er um drei Uhr am Nachmittag weiterreisen wird, da wird er sie hier zurücklassen, das ist die letzte Stunde, die sie gemeinsam haben …

Er sitzt da, erhitzt und aufgelöst, mit dem Gesicht in ihrem Haar.

Nach einer Weile nimmt sie seine rechte Hand und betrachtet sie.

»Nun?«, sagt sie schwach und blickt zu ihm auf.

»Was?«, sagt er.

»Ich muss wohl gratulieren? Auch wenn du keinen Ring trägst?«

Er schluckt. Das bedrückt ihn am meisten. Er hat das Gefühl, ein ganzes Leben zu benötigen, um das zu erklären.

Er schüttelt den Kopf und sagt heiser:

»Ich habe mich anders entschieden. Im letzten Augenblick.«

Er spürt ihre kleine, weiche Hand in seiner.

»Ich bin abgehauen«, sagt er.

Ein Weilchen später – sie sitzen immer noch nebeneinander auf der Kante ihres Bettes – sagt er, und er blickt starr zu Boden:

»Ich kann es nicht richtig erklären. Ich bin frei. Aber trotzdem bin ich nicht frei. Ich habe zwar Gunnhild verlassen, aber dich heiraten kann ich trotzdem nicht.«

Er ist krank vor Verzweiflung, aber er muss es ihr sagen:

»Ich weiß nicht, ob du das verstehen kannst. Aber so ist es.«

Sie seufzt leise. Dann streichelt sie still seine Hand und flüstert:

»Ich glaube, ich verstehe es. Und ich hatte es nicht erwartet.«

Da ist er sich nicht so sicher.

Schlagartig sah er seine Beziehung zu Gunnhild vor sich. Auf merkwürdige Weise meinte er sich rechtfertigen zu können, sich selbst gegenüber, seiner inneren Stimme gegenüber, dass er zu Gunnhild Nein gesagt hatte. Er würde die Vaterschaft auf sich nehmen, er würde nach Kräften für das Kind sorgen (einen Moment dachte er heroisch: Das Kind kann zu mir kommen, ich werde mich darum kümmern und es aufziehen), er würde alles, was noch folgte, auf sich nehmen, aber an Gunnhild konnte er sich nicht binden. Hätte er sich an Gunnhild gebunden, wäre das ein Betrug und ein Verbrechen gewesen, schlimmer als alles andere auf dieser Welt. So hatte er es empfunden. Jetzt wusste er, dass es so war.

Es war wegen Gunnhild, weil sie so war, wie sie eben war. Sie und er hatten nichts gemeinsam, nichts, nichts.

Aber eines sollte ihm Gunnhild nicht vorwerfen können: dass er sie wegen einer Frau aus besserer Familie hatte sitzen lassen. Dass er eine arme Frau um einer reichen willen hatte sitzen lassen.

Nicht wegen Gunnhilds Familie und ihrem Mangel an irdischen Gütern war er zum Flüchtling geworden, nicht, weil sie keine Millionärstochter war, hatte er sich in einem Schiff der Hurtigruten verkrochen und sich auf dem Klo eingeschlossen.

Es war wegen Gunnhild.

Er stand vom Bett auf, als eine Krankenschwester mit einer Vase kam, um die Blumen hineinzustellen.

Dann setzte er sich wieder. Eine stille Verzweiflung packte ihn, er musste kurz auf seine Armbanduhr schauen.

Sie sahen sich an. Und plötzlich hatten beide den gleichen, leidenschaftlichen Gedanken. Denn sie ist ja überhaupt nicht krank, es ist unerhört, dass sie hier in diesem Bett liegen muss, sie wird den Oberarzt fragen, ob sie aufstehen und weggehen darf, und Ask war nicht gezwungen, um drei Uhr weiterzufahren, er konnte ja die Weiterreise auf den nächsten Tag verschieben und sie würde nicht vor dem morgigen Tag eine weitere Untersuchung haben und er hat ein Zimmer im Hotel oder etwa nicht, doch, das hat er, und ihrer beider Augen sind ängstlich, ängstlich wie die Augen eines Verbrechers, sie sitzen dicht nebeneinander auf ihrem Bett und sie zittern ein wenig, möge ihnen der gütige Gott diese letzte Nacht gewähren, dann sollte alles kommen, wie es wollte, nur diese letzte Nacht, und er streichelt ihre Wange und seine Hand liebkost ihren schmalen Nacken, schlüpft unter ihr Haar.

Sie aßen im Restaurant des Hotels zu Abend. Sie aßen Rentiersteak mit winzigem Rosenkohl und sie tranken Wein. Um zehn Uhr verlangte Ask die Rechnung. Sie holte ihre Handtasche, sie wollte bezahlen. Er protestierte, aber sie legte ihre Hand auf seine.

»Dann bezahlst du das Zimmer.«

Er wusste nicht, warum, aber er empfand eine solche Freude und Dankbarkeit; was sie machte, war richtig und selbstverständlich. Sie waren schon früher in allem zu zweit gewesen, warum sollte es jetzt anders sein?

Zwei.

Irgendwann, im Dunkel der Nacht, als sie, ihre nackten Körper eng aneinandergeschmiegt, still dalagen, fiel ihm ein, dass er sie fragen wollte, woher es kam, dass der Oberarzt der Klinik mit dem Eingriff einverstanden war. Kannte sie ihn? Aber genauso plötzlich sagte er sich: Jetzt will ich nicht mehr fragen. Mit einer plötzlichen Angst wiederholte er für sich: Jetzt will ich nicht mehr wissen.

Er hatte den Arm unter ihrem Nacken, sie schmiegte sich an ihn. Er streichelte sie still mit der freien Hand, er ließ die Handfläche über ihre weiche, warme Haut gleiten, mit der Innenseite der Hand liebkoste er ihre Schulter, ihren Arm, ihre Hand, er strich langsam über die Hüften, den Oberschenkel, er hob ihren einen Fuß und küsste sachte das Bein, sie hatte die schönsten Beine, die Muskeln waren so weich und die Haut war glatt wie Seide und er dachte verwundert: Bei dieser Frau ist die Haut alles ...

Sie hielt seine Hand und legte sie auf ihre Wange. Ihre Stimme war leise, sie flüsterte in sein Ohr. Es war ganz still in der Nacht, ihre Botschaft war das Wichtigste, was ein Mensch geben konnte. Seine Hand lag auf ihrer heißen Wange, sie drehte die Hand ein wenig, damit sie ihre Lippen auf die Handfläche drücken konnte, und in der Nacht hielt er den Atem an:

»Ask, ich muss dir etwas sagen. Ich weiß nicht, wie das morgen ausgeht. Ich weiß nicht, ob ich dich jemals wiedersehen werde. Aber Ask, um eines möchte ich dich bitten. Auch wenn vor allem ich daran schuld bin, auch wenn ich dir wehgetan habe, möchte ich dich bitten – ich hoffe, wir können Freunde sein.«

Sie legte den Mund an seinen Hals, und er hielt die Luft an:

»Ich habe dir nie wehtun wollen, Ask. Es gibt so viele, die schlecht von mir denken. Aber du sollst das nicht tun. Denke an mich als deine Freundin, willst du?«

Er konnte nicht reden. Er schluckte und nickte. Sie drückte den Kopf an seinen Hals.

»Immer?«

Er nickte.

»Du und ich?«

Er nickte.

»Freunde?«

Sie tastete nach seiner Hand, und er hörte sie an seinem Hals atmen, ruhig und befreit:

»Oh Ask.«

Dann bricht etwas in ihm. Hier liegt sie und bittet ihn, ihr Freund zu sein, für immer und ewig, als sei sie es, die ihm etwas angetan habe, er strengt sich an, etwas zu sagen, aber seine Kehle ist wie zugeschnürt, er löst eine Hand und streicht ihr übers Haar, ihre Wange liegt so warm an seiner Brust, seine Hand ist machtlos und er ist ohne Stimme, er weiß nicht, wohin er den Kopf drehen soll, er schaut an die Decke, er tastet nach ihrer Hand, er liegt in der Nacht und schaut an die Decke, er liegt still und reglos mit ihrer Hand in seiner und seine Kehle ist wie zugeschnürt.

Jetzt kann er es nicht verbergen. Will es auch nicht verbergen. Er wünscht sich brennend, dass das Salz der Tränen, das er in seinen Mundwinkeln schmeckt, sie retten könnte, beide retten könnte, ihre Welt retten könnte.

Der junge Skandinavier, Landsmann von Erik Blodøks und Harald Hårdråde, Landsmann eines Wikingers, der – bevor er zusammenbrach – den tödlichen Spieß aus seinen Eingeweiden zog und ihn mit den ruhigen Worten betrachtete: »Sie verwenden jetzt breite Lanzen«, Landsmann von Leif Erikson und ein direkter Nachkomme von Stor-Rasmus, dem Mann, der sich nach Kopenhagen begab, um die dänischen Landvögte anzuklagen und sich widerspruchslos am Galgen aufhängen ließ auf dem Kongens Nytorv, der junge Skandinavier, der so stolze und unbändige Träume geträumt hatte, für den die Schwäche der Männer das Abscheulichste auf der Welt war, der sich eine Hand gewünscht hatte, die Thors Hammer ergreifen konnte, und Knie, die sich am Bauch von Gyldenbuste festklammern konnten, dieser junge Skandinavier, Ask, liegt jetzt in der Nacht und dreht das Gesicht zur Decke und weint still.

Er weint lautlos und die Tränen rinnen warm über seine Wangen und er kann sie nicht stoppen.

Wieder das Schiff

Wieder das Schiff.

Im Norden ist immer ein Schiff.

Auch wenn die Welt untergeht, wird da ein Schiff sein. Es ist das Schiff der Riesen, Naglfare. Wenn die Welt untergeht, legt Naglfare ab.

Im Norden war das Schiff das Erste. Im Norden ist das Schiff das Letzte.

Als Ask am nächsten Tag an Bord der Hurtigruten ging, hatte er fast das Gefühl, festen Boden unter den Füßen zu spüren.

Er stand auf dem Schiff und sah die Stadt am Fjordende verschwinden. Lange konnte er das Krankenhaus sehen, es lag hoch oben auf einer Anhöhe.

Etwas später dachte er: in dieser Stadt ist Camilla aufgewachsen.

Diesmal war es dasselbe Schiff, das ihn vor einem Jahr in den Norden, ins Camilla-Land gebracht hatte. Es war ein spezielles Gefühl für ihn, den Kapitän mit den blauen, alkoholisierten Augen wiederzusehen.

Auf seiner Heimreise hatte er nur 370 Kronen in der Brieftasche. Nach zwölf Monaten: 370 Kronen. Er hatte sein eigenes Leben zerstört, er hatte das Glück von zwei Frauen verspielt, eine Frau war vielleicht seinetwegen ins Wasser gegangen, eine andere lag seinetwegen auf dem Operationstisch, er war ein Übeltäter, der es niemals wagte, weder Gott noch den Menschen ins Auge zu sehen, das niederste Kriechtier auf Erden: ein Mann mit einer Vergangenheit, aber ohne eine Zukunft, er reiste heim zu seinen Eltern, um ihrem Blick zu begegnen, seine einzige Hoffnung war eine Höhle, wo er sich verstecken und verrotten konnte, bis der dunkle Bruder Tod kommen und ihn finden würde.

Wie auch immer.

Auf eines aber war er stolz.

Diesmal reiste er nicht als Gratispassagier!

Er hatte sein Billett der dritten Klasse selbst bezahlt; er war der ganzen Welt ein Schuldner, aber auf diesem Schiff schuldete er niemandem etwas.

Am Abend traf er in einem der Gänge den Kapitän.

»Du kannst mit deinen Siebensachen umziehen in die erste Klasse«, sagte der Kapitän. »Bestell der Bordstewardess einen Gruß und sag ihr, dass du Kabine Nr. 11 bekommen sollst.«

Ask protestierte höflich, aber bestimmt. Er hatte seine Kabine in der dritten Klasse, und das war völlig in Ordnung.

Der Kapitän fertigte ihn ab, Ask hätte das Billett nicht bezahlen sollen, ohne vorher mit ihm zu sprechen. Aber das sei jetzt einerlei: In der ersten Klasse seien kaum Passagiere, die Kabinen stünden leer, er solle einfach sofort umziehen und keine Einwände machen, der Decksoffizier wisse schon Bescheid, alles sei in Ordnung, dann würden sie sich heute Abend zum Dinner sehen und einen Drink nehmen.

Nun sah die Sache irgendwie anders aus. Er würde sich doch keinen Zacken aus der Krone brechen, wenn er von der dritten in die erste Klasse umzog, nachdem er ja für die Reise bezahlt hatte?

Der Kapitän war verhindert an diesem Abend, es wurde nichts aus dem Gespräch, es wurde nichts aus dem Drink. Dafür war Ask dankbar. Er hätte sich in Gesellschaft des Kapitäns nicht wohlgefühlt, der Mann erinnerte ihn an alles, was geschehen war. Und wenn er die behaarten Hände des Kapitäns sah, meldete sich ein komisches Gefühl in seinem Unterleib. Er war nicht sicher, aber er dachte, dass diese Hände auf Gunnhilds nacktem Körper gelegen haben könnten. Er war froh, dass er den Kapitän nicht traf.

Spätabends ging er hinaus an Deck. Es war stockdunkel, und ein starker Wind blies. Getrieben von einer inneren Kraft, ging Ask nach vorne, er öffnete das Schott zum Vordeck und kletterte auf die Back. Ganz vorne blieb er hinter dem Schanzkleid stehen. Hier war der Seegang heftig, es war wie ein Ritt zwischen Himmel und Hölle, der gewaltige Schiffsrumpf hob und senkte sich unter ihm. Er hielt sich mit einer Hand an einer Trosse fest, mit der anderen umklammerte er die eiserne Kante des Schanzkleides. So stand er auf einer Rolle Hanfseil und spähte nach vorne in die Nacht. Er konnte nichts erkennen, nicht einen Leuchtturm, nicht ein Licht an Land, nicht ein Schiff auf See, alles war pechschwarz. Der Wind drohte ihn umzuwerfen, Schaumspritzer von den dunklen Wellen schlugen über die Reling und ihm ins Gesicht, trotzdem blieb er stehen.

Denn er spürte, wie die eiserne Brust des Schiffes die Wogen in einem mächtigen Vorwärtsjagen zerteilte; das Schiff ist die edelste und höchste Konstruktion des Menschen: Ein Kurs wird gehalten, ein Ziel soll erreicht werden, das Schiff ist der Ausdruck dafür, dass es einen Sinn im Dasein gibt, das Schiff ist das höchste Symbol für Unternehmungsgeist, Willen und Entschlossenheit des Menschen.

Ein Schiff fährt dahin, auch in der dunkelsten Nacht, auch wenn alle Sterne erloschen sind. Seine Brust hält den Druck der Ozeane aus, seine Stirn kann hinunter in das dunkle Wellental stürzen und kommt immer wieder nach oben.

Ein Mensch kann von einem Schiff lernen.

War er deshalb hier?

Am nächsten Tag, als sie im Hafen lagen, sagte man ihm, dass beim Decksoffizier ein Telegramm für ihn liege.

Er ging zum Billettschalter und bekam es ausgehändigt. Er drehte und wendete es, es gibt auf der Welt nichts Schrecklicheres als ein Telegramm. Aber da fiel ihm ein: Es gibt nur einen Menschen auf der Welt, der weiß, dass ich an Bord dieses Schiffes bin. Trotzdem musste er an Land gehen. In einem Lagerschuppen am Kai öffnete er das Telegramm.

Danach musste er den Kai entlangwandern, bis ganz hinaus zur Spitze. Dort nahm er das Telegramm wieder zur Hand und las:

»War schon zu spät. Sie riskierten keinen Eingriff. Fahre erst mal nach Hause. Brief folgt. Liebe Grüße, Siv.«

Er war völlig benommen, er hatte so sicher damit gerechnet, dass die Angelegenheit erledigt war. Er hatte sich an den Gedanken an diese Tat gewöhnt, an dieses Verbrechen, und jetzt wurde ihm diese Bürde genommen, nur um durch eine andere ersetzt zu werden. Wie sollte jetzt die Zukunft für sie beide aussehen?

Aber langsam fiel das Böse von ihm ab.

Die Möwen kreischten in der Luft um ihn, ein Motorkutter tuckerte in den Hafen, die Wellen spritzten an die steinerne Kaimauer.

Und es war, als könne er im Telegramm Sivs Gesicht erkennen, es war, als könne er ihre Stimme hören:

»Ask, ich habe die Angst in deinem Gesicht gesehen. Und glaub mir: Ich weiß, was du fühlst. Aber trotzdem, das braucht nicht so schlimm zu werden. Ich werde mich nie in dein Leben drängen, ich werde nie Forderungen stellen. Und ich bin mir sicher, dass sich der Sturm in deiner Brust einmal legen wird, und dann wirst du kommen und uns Guten Tag sagen. Du wirst uns gewiss ab und zu besuchen kommen? Und uns Guten Tag sagen? Du hast doch vor so einem kleinen Wurm keine Angst? Eigentlich bin ich ja froh, dass sie es nicht wegmachen konnten. Du sagtest zu mir, dass du meinst, ich sei schön, weißt du noch? Nun, ich weiß nicht, wem das Kind ähnlich sehen wird, aber auch wenn es mehr wie du aussieht, es wird kein Wechselbalg, es wird dein und mein Kind, Ask, deines und meines. Und die Kinder der Liebe werden immer die schönsten.«

Er drehte um und ging mit einem wachsenden Gefühl von Freude und Entschlossenheit über den Kai zurück. Natürlich! Natürlich! Er fühlte sich unendlich frei, sie hatten sich nicht am Ewigen und Unendlichen versündigt, die Sache war nicht hoffnungslos, sie würden es nehmen, wie es kam! Nie geht ein Mensch mit leichterem Schritt als dann, wenn er seine Bürde auf sich nimmt. Jetzt waren seine Knochen voller Ozon und Musik, jetzt ritt er auf einem goldenen Eber durch die Luft, hoch oben über den Dächern der Gebäude am Kai, er stieß dem Eber mit den Stiefelabsätzen in die Flanken, erblickte er nicht für einen Moment über dem Schiffsrumpf Bifröst, die schwankende Himmelsstraße?

Als er die Gangway hinaufkam und den Fuß auf das Deck setzte, stand da der Kapitän.

»Habe gerade den Wetterbericht gehört«, sagte er. »Wir bekommen schönes Wetter.«

Ask sah den Mann an mit Augen, die vom Ritt durch die Luft groß und brennend waren. Er grüßte den Kapitän mit einer ausladenden Handbewegung und sagte mit klarer Stimme:

»Oh du herrliche Welt!«

Der Kapitän drehte sich zu ihm um und rieb sich nachdenklich mit einem behaarten Finger die blaurote Nase. Da konnte man sehen, was aus Leuten wurde, wenn sie das Abitur gemacht hatten.

Viel zu viele in diesem Land machten das Abitur.

Er war nicht zum Jubeln aufgelegt am nächsten Tag. Als das Schiff der Hurtigruten am Nachmittag vom Meer in einen großen Fjord einbog, den Ask kannte, als er dann Leuchtturm und Landzunge und Ortschaften und Häuser sah, die ihm aus der Kindheit vertraut waren, als er wusste, dass das Schiff jetzt die Stadt seiner Kindheit anlief und dass er seine Eltern und seinen Bruder in knapp zwei Stunden wiedersehen würde, da wurde der junge Mann von hysterischer Panik erfasst.

Denn wie sah seine Heimkehr aus?

Wie ein betrunkener Bauer auf dem Rücken des Pferdes; alles versoffen und verspielt, den Hof, die Güter, die Zukunft. Nur in jeder Satteltasche ein kleines, lebendiges Bündel. Das hatte er vorzuweisen: zwei kleine Bündel, empfangen in Unzucht und geboren zur Verdammnis.

Alle in der Heimatstadt würden auf den Beinen sein, wenn das Schiff am Kai anlegte. Sie würden aufgereiht am Straßenrand stehen wie am 17. Mai, dem Nationalfeiertag, wenn er im Sattel schwankend an ihnen vorbeiritt, die Menschenmassen würden ihn mit ohrenbetäubendem Jubel begrüßen, mit Lachen und Pfeifen, sie würden rufen, deuten, brüllen, die Blechtrompete blasen und singen. Sie würden ihn mit Tüten voll Weizengrieß und Packungen mit Knorrs Kinderbrei bewerfen, Rasseln und Spielzeug würden durch die Luft fliegen, schwankend würde er sich mit einer Hand am Sattelknauf festhalten und mit der anderen versuchen ihnen zuzuwinken, würde sich so bedanken für all die Willkommenstrophäen, er würde Camillas Gesicht in der Menge sehen, ihr Lächeln war wissend: Sie hatte immer gewusst, dass er einer war, der sich bis auf die Knochen blamieren würde, jetzt konnten es alle sehen, und er hatte sich einmal eingebildet, er würde *sie* bekommen, und plötzlich würden Gro und Pelle aus der Menschenmasse heraustreten und wie Zeremonienmeister mit Fahnen in der Hand vor ihm gehen, sie würden den Gaul an der Trense packen und ihn zum Marktplatz führen. Dort, am Fuße des Tordenskiold-Denkmals, würde Rex stehen und ihn erwarten, mit Verlegenheit im Blick und Donner in den buschigen Augenbrauen. Das Denkmal hätte man für den großen Anlass umgestaltet zu einer riesigen Milchflasche, mit einem gelben Gummisauger. Mit einem kräftigen Schlag seiner Bärenpranke würde Rex ihn vom Pferd holen, er würde ihn zum Ritter der Großen Nuckelflasche schlagen, vor den Augen aller Leute würde man ihm den Sankt-Windel-Orden von der Ersten Kommodenschublade überreichen.

Ja.

In wildester Angst begann er auf dem Deck herumzulaufen. Schließlich ging er ganz nach hinten zum Heck, lehnte sich an die Reling und schaute starr hinunter auf die schäumenden Wirbel.

Der Feind

Der Feind war die Scham.

Die Scham des Mannes.

Er hatte den Feind unzählige Male in der Kindheit und Jugend gesehen, er wusste, wie er aussah, er war auf sein Kommen gefasst.

Er hatte Jungen gesehen, die Prügel einsteckten auf dem Schulhof, er hatte die Scham in den Gesichtern und im hinkenden Rückzug der Jungen gesehen. Er hatte gesehen, wie ein Junge am Pult neben ihm beim Spicken erwischt wurde, er erinnerte sich an das Gesicht des Jungen und an seine Augen. Er erinnerte sich an die Volksschule, an den größten und kräftigsten Jungen: Zwei Lehrer kamen und holten ihn während einer Schulstunde aus dem Klassenzimmer, zehn Minuten später kam der Junge allein zurück, Blut lief von seinen Fingerknöcheln, sie hatten das Lineal benutzt; er erinnerte sich an das Gesicht des Jungen, geschwollen vom Weinen. Er hatte erwachsene Männer gesehen, denen man den Arm auf den Rücken gedreht hatte, er hatte mit angesehen, wie sie von zwei Polizisten abgeführt wurden, er erinnerte sich an die Beine der Männer, die über den Bürgersteig schleiften, und er erinnerte sich an ihre Gesichter. Und noch tiefer als der Anblick physischer Erniedrigung hatte sich ihm eingeprägt, wenn er für einen kurzen Moment die innere Demütigung des Mannes spürte. Er hatte Scham in den Gesichtern von Lehrern gesehen, wenn sie bei einem Wort den Kopf einzogen, und am unerträglichsten von allem: Er hatte die Scham im Gesicht seines Vaters gesehen, wenn der alte Flose ein verletzendes Wort sagte; er hatte die Scham im Gesicht seines Vaters gesehen, wenn ein dunkel gekleideter Mann draußen in der Diele stand und das Inventar pfänden wollte.

Ja, er war Zeuge gewesen für die Erniedrigung und Scham des Mannes. Er hatte die Niederlage des Mannes gesehen und seine Feigheit, seine Hilflosigkeit, seine lächelnde Ohnmacht. Von allem in der Welt war dieser der abscheulichste: der Anblick eines verhöhnten Mannes, der in seiner Ohnmacht ein entschuldigendes Lächeln lächelt. Oft hatte er diese Bilder so grausam und deutlich vor sich gesehen, oft waren sie in der Nacht brennend heiß in seiner Erinnerung aufgetaucht, dass er sich vor ohnmächtiger Verzweiflung die Finger blutig biss. Gibt es etwas Schrecklicheres auf der Welt als einen Mann, der das Gesicht verliert, der die Ehre verliert?

Und wie alle jungen Männer hatte er die Zähne zusammengebissen, er hatte seine Fäuste geballt und einen heiligen Eid geschworen, dass er sich lieber zu einem Stück Blut und Fleisch zusammenschlagen lasse, bevor ihm Ähnliches widerfahre. Er hatte sich geschworen, wenn der Feind jemals zu ihm kommen sollte, dann würde er bereit sein, ihm zu begegnen. Er wusste, wer der Feind war, er wusste, wie der Feind kommen würde, er wusste, wie er sich zur Wehr setzen würde.

Jetzt war der Feind gekommen.

Aber nicht auf die von ihm erwartete Weise, nicht aus der Richtung, in die er die ganze Zeit gestarrt hatte, nicht in der Gestalt, die er sich vorgestellt hatte. Es hatte nicht einmal einen Kampf gegeben, er hatte nicht einmal Gelegenheit gehabt, sich zu wehren! Der Feind hatte nicht im Hinterhalt gelegen, war nicht von hinten gekommen, nein, es war schlimmer: Der Feind war still und leise *von unten* zu ihm gekommen, als hätte sich unter ihm eine Falltür geöffnet oder als sei er nichts ahnend in den Treibsand des Feindes geraten!

Überlistet!

Er hatte den Feind nicht erkannt, bevor er selbst am Boden lag, bevor alles zu spät war.

Aber jetzt wusste er es.

Jetzt wusste er, dass der Feind ihn tödlich getroffen hatte, dass ihm der Feind eine Kränkung zugefügt hatte, eine Demütigung und eine Niederlage, größer und fürchterlicher und unwiderruflicher, als es je ein Mann erfahren hatte.

Der heimgekehrte Sohn

Es war der fürchterlichste Augenblick in seinem Leben, der Augenblick, als er in die Diele trat und die Hand seiner Mutter, die seines Vaters und dann die von Balder drückte.

Einen einzigen heimlichen Triumph hatte er doch. Die Eltern wussten von seiner Affäre mit Gunnhild; in seiner Ratlosigkeit und Einsamkeit hatte er ihnen vor einigen Monaten geschrieben und das Ganze erzählt.

Aber sie wussten nichts von Siv.

Er hatte eine tiefe Trauer in den Gesichtern der Eltern gelesen. Und er empfand eine heftige Verzweiflung darüber, dass dies nicht nur seine Sache war, in irgendeiner Weise würde die Scham auch sie betreffen. Er hatte den alten Ausspruch von den Sünden der Väter gehört, die auch die Kinder bis ins dritte und ins vierte Glied heimsuchten. Jetzt dachte er den seltsamen Gedanken: Doch warum müssen die Sünden des Sohnes die Eltern heimsuchen?

Er hatte eine irrsinnige Angst bei dem Gedanken, mit seinen Eltern allein in einem Raum zu sein. Er irrte den ganzen Abend ruhelos durchs

Haus, von Zimmer zu Zimmer. Er hatte ihnen erzählt, dass er nicht geheiratet hatte, das war alles.

Spätabends war es dann so weit. Es musste kommen. Der Vater sagte »Pst« beim Wetterbericht und den Nachrichten um zehn Uhr, danach schaltete er aus. Es wurde ganz still im Zimmer, Balder war längst ins Bett gegangen. Hatte er für Balder etwas mitgebracht? Jedenfalls kein Samenlasso. Das wurde nie gekauft, und er war nie dazu gekommen, eines selbst zu machen.

(Balder machte sich später im Frühling selbst ein Lasso aus einer Wäscheleine.)

Die Mutter brach das Schweigen. Sie begann:

»Ask, willst du nicht ... du weißt, du hast ja nichts von ihr erzählt, was für ein Mädchen sie ist ...«

Ask wurde bleich. Mit einer enormen Kraftanstrengung nahm er sich zusammen. Er sagte langsam, deutlich und ruhig:

»Passiert ist passiert. Daran ist nichts zu ändern. Ich möchte dazu nichts sagen, ich möchte nicht darüber diskutieren. Wenn ich kann, möchte ich vergessen, was geschehen ist. Ihr könnt mir dabei helfen, indem ihr es nie erwähnt.«

Er schaute zu Boden und schluckte. Es hatte sich etwas in seiner Kehle festgesetzt.

Er hörte die Mutter fragen:

»Gibt es keine Möglichkeit, dass du und sie ... Ich meine, es wäre doch am besten, wenn ...«

Er legte die Hand flach auf den Esstisch, an dem sie saßen. Alles drehte sich vor seinen Augen. Er nahm seine Kathederhaltung ein und sagte steif:

»Was jetzt kommt, wird ausschließlich juristischer und geschäftsmäßiger Art sein.«

Er schloss die Augen vor Verzweiflung über seine eigenen Worte und fügte entschieden hinzu:

»Und sollte euch jemand fragen, dann wisst ihr nichts.«

Die Mutter räusperte sich.

»Ask«, sagte sie vorsichtig, »Ask, es ...«

Er hob den Kopf und blickte sie an.

Sie verstummte.

Als der Vater an diesem Abend ging, um sich schlafen zu legen, blieb er in der Tür stehen und schaute Ask an.

»Ja, ja«, seufzte er.

Ask schaute den Vater an.

Der Vater drehte sich halb weg von ihm:

»Dass *dir* so etwas passieren musste«, sagte er.

Der Vater stand da, mit gebeugtem Rücken, und er hatte einen Zug im Gesicht, bei dem Ask plötzlich fröstelte vor Entsetzen. Barmherziger Gott, dachte er, wenn er jetzt bloß nicht zu heulen anfängt. Alles auf dieser Welt ertrage ich, nur nicht den Anblick meines eigenen Vaters, der weint.

Dann, als der Vater gegangen war, ergriff ihn eine seltsame und schmerzliche Wehmut. Der Vater hatte ihn nie gelobt, hatte ihn nie angespornt, nie hatte der Vater gezeigt, dass er an etwas interessiert war, womit sich Ask beschäftigte.

Jetzt wusste er, dass der Vater im tiefsten Innern Hoffnungen gehabt hatte, er hatte sich etwas vom Sohn erwartet.

Und jetzt hatte sich alles als vergeblich erwiesen.

Er traute sich in den ersten Tagen nicht vor die Tür. Die Vorstellung, Bekannte zu treffen, jemanden von den alten Freunden, erfüllte ihn mit panischer Angst.

Er hatte das Dienstmädchenzimmer für sich bekommen. Dort verschanzte er sich. Nur Balder durfte ab und zu hereinkommen, aber nie sehr lange. Er sah, dass das Gesicht des Buben traurig wurde, wenn er ihn rausschickte, aber sein Herz war verbittert und böse.

An einem Abend wagte er sich ins Kino. An einem anderen Abend ging er zu einem Sinfonieorchester, Beethovens »Eroica«-Sinfonie stand auf dem Programm. Als er zum Kartenschalter kam, änderte er seine Absicht und trat aus der Warteschlange. Nein, dachte er verzweifelt und beschämt, nicht die »Eroica«-Sinfonie.

Er zuckte nur die Schultern, wenn die Eltern ihn fragten, was er jetzt zu tun gedenke. Er verbarrikadierte sich im Zimmer, er hatte sich ein paar Bücher aus der Bibliothek geholt, bald blätterte er in einem Lehrbuch zur Wirtschaftswissenschaft, bald in *Haustafeln* von Arnulf Øverland. Bald blätterte er in Noten und Partituren, die er sich in der Bibliothek ausgeliehen hatte, bald zählte er sein Geld oder las schaudernd *Plädoyer eines Irren* von Strindberg. Ja, flüsterte er begeistert, ja.

Er konnte seine Unruhe nicht bezähmen. Er musste eine Kluft verschließen, eine Kluft, die tief ins Innere der Erde reichte.

Wenn der Vater Dienst hatte, saß er manchmal am Klavier in der Stube. Oder er holte in seinem Zimmer die Geige hervor. Er ärgerte sich über seine fehlende Technik, das Andante ging gut, aber die Geschmeidigkeit des rechten Handgelenks reichte nicht aus für das Allegro. Und dann hatte ihn ein solcher Jammer erfasst, eine Müdigkeit hatte sich zwischen den Schulterblättern festgesetzt, der Schmerz wurde oft unerträglich, und er konnte den Bogen nicht länger als eine Viertelstunde halten. Zwar konnte er die Musik in sich singen, aber das genügte nicht, er wollte sie mit den eigenen Ohren hören, er kämpfte und wütete, spielte Etüden, Etüden, Etüden, machte keine Fortschritte, wusste so gut, dass er niemals Berufsmusiker werden würde, übte und wütete, gab auf und wütete, übte und flehte, wusste, dass es ihn mindestens zehn Jahre kosten würde, ein anständiges Niveau zu erreichen. Zehn Jahre.

Nachts, wenn es still war, lag er da und machte im Kopf Musik, manchmal stand das Thema so klar und singend vor ihm, dass er aufstehen musste, Notenpapier holte und es hastig aufschrieb. Und jeden Morgen, wenn er es bei Tageslicht sah und wenn er es einmal sogar durchspielte, jeden Morgen wusste er, dass es nichts taugte.

Nach zehn Tagen erwachte er morgens und gab sich geschlagen. Es gibt kein Spezialgebiet, in dem ein Mensch dazu imstande ist, in zehn Tagen zum Meister zu werden. Man kann nicht einfach eine Fensterscheibe im Haus der Meisterschaft einschlagen und von innen den Riegel öffnen. Die Meisterschaft ist kein Fenster in einem fertiggestellten Haus. Die Meisterschaft ist ein ödes Grundstück, auf dem kein Haus steht.

Es dauert lange, ein Haus zu bauen. Besonders, wenn man es alleine baut. Manchmal werden Häuser überhaupt nicht fertig.

An dem Morgen stand er auf und rasierte sich.

Er hatte einen Entschluss gefasst. Er wollte seinen alten Freund Rex aufsuchen, um zu hören, ob es für ihn eine Möglichkeit gab, als Lehrer für Wirtschaftslehre eingestellt zu werden. Die Chancen waren gering, jetzt vor den Sommerferien, aber der Versuch musste gemacht werden. Und man tauchte nicht mit drei Tage alten Bartstoppeln am Kinn im Büro von Rex auf. Man kam nicht wie ein Penner zu Rex.

Beim Hinausgehen fand er einen an ihn adressierten Brief auf der Kommode in der Diele. Er sah sofort, der war von Gunnhild. Jetzt kam es.

Er dachte: Ich kann das Kuvert jetzt nicht öffnen. Ich werde den Brief lesen, wenn ich mit Rex gesprochen habe.

Draußen wäre er beinahe die Treppe hinuntergefallen, seine Knie waren wie aus Gelee.

Auf dem Feld der Ehre

1. Szene: *11.30 Uhr am Vormittag, ein Tag im April.*
Die Szene spielt im Lehrerzimmer einer höheren Schule.

Die Tür zum Lehrerzimmer fliegt plötzlich mit einem Knall auf, als hätte sie jemand eingetreten. Ein junger, sehr großer, magerer, verstörter Mann saust in den Raum, seine Augen sind vor Verzweiflung geweitet, er umklammert krampfhaft die Krempe seines verbeulten Filzhutes, um ihn nicht zu verlieren. Der Mann, der ihn durch die Tür gestoßen hat, folgt nach, schließt die Tür. Der zuletzt Angekommene ist ein Mann mittleren Alters, untersetzt, massiv wie ein Granitblock, sein Gesicht ist streng und verschlossen. Er versetzt dem jungen Mann, den er gerade kopfüber durch die Tür befördert hat, noch einen Schlag. Der Schlag ist kräftig wie der Schlag eines alten Bären; der junge Mann prallt an die Kante des großen Tisches mitten im Raum. Dort sitzt die gesamte Lehrerschaft und nimmt in der großen Pause ihr Lunch ein. Zehn Zeitungen fallen knisternd nach unten, zehn Münder hören auf zu kauen, zwanzig Augen blicken betrübt auf den Tee, der in den Tassen überschwappt, dann richten sich die zwanzig Augen auf den Rektor und den jungen Mann. Handelt es sich um eine Bestrafung?

Vieles deutet darauf hin. Der Rektor hat sich mitten im Raum breitbeinig aufgestellt. Es ist für alle offensichtlich, dass er entweder eine Rede halten oder etwas demonstrieren will oder beides. Ab und zu unterbricht er seinen Vortrag, um dem verzweifelten jungen Mann einen Rempler zu geben.

REX:

»Ich erlaube mir, die Mittagspause für einen Moment zu unterbrechen. Ich *erlaube* mir das. Ich bitte meine verehrten Kollegen, dieses Wesen, das hier steht, freundlichst in Augenschein zu nehmen. Betrachtet man ihn genauer, zeigt er eine gewisse Ähnlichkeit mit einem gewissen mittelmäßig begabten (*Rempler*) Hilfslehrer, den wir vor einem Jahr hier an der Schule hatten. Der Kerl hieß Ask Burlefot. Du musst grüßen, Junge. Verbeug dich! (*Rempler*) Richtig, er ist es auch. (*Rempler*) Er ist eben heimgekehrt nach einem Jahr Dienst in der Provinz. Und beinahe das Erste, was er macht, ist, mich aufzusuchen. Er fragte mich, ob hier eventuell für ihn eine Stelle als Hilfslehrer frei sei.

Meine Damen und Herrn. Ich habe seine impertinente (*Rempler*) Frage nicht in meinem Büro beantwortet. Ich habe ihn mit ins Lehrerzimmer genommen, um diese Angelegenheit öffentlich zu entscheiden und um euch anderen zu zeigen, wie sich ein Anstaltsleiter verhält, wenn er von Leuten (*Rempler*), die eine Anstellung suchen, überfallen wird. Die Einsicht in die Personalverwaltung, die meine Kollegen auf diese Weise erlangen, wird sich, wie ich hoffe, auf die Schüler übertragen zum Nutzen des norwegischen Erwerbslebens.

Nun gut. Wir haben ein wenig verfolgt, Junge, was du in diesem letzten Jahr getrieben hast. (*Rempler*) Ja, du kannst gerne Augen machen, als würdest du Gespenster sehen. Wir wissen, was du als Schulleiter und Lehrer einer eigenen Handelsschule ergaunert hast, wir verfügen über gewisse Informationen über die niederschmetternden Verdienste, die du dir erworben hast. (*Rempler*) Ich gehe davon aus, dass dir die Ergebnisse der Prüfung an der Handelsschule in Ytrepollen bekannt sind? Nicht? In einem solchen Moment sollst du nicht dastehen und in deinen Hut hineinsprechen, Junge, wir können kein Wort verstehen, das du murmelst. Rede frei heraus, Junge! (*Rempel, rempel*) Kennst du die Notenliste nicht? Hm. Na, das ist vielleicht verständlich, du bist ja weggefahren, hast deine Schüler im Stich gelassen, bevor die endgültige

Zensur feststand. Ja, meine Damen und Herrn. Schaut euch jetzt diesen *Flegel* genau an (*Rempler*), der schwankend vor uns steht, dieses Wesen, das sich in unerhörter Naivität und krankhaftem Dünkel an unserer Schule um eine Anstellung beworben hat. Wissen Sie, meine Damen und Herrn, welches Resultat er für seine 37 Schüler erreichte? Nein. Aber ich weiß es.

Zunächst will ich euch fragen: Wisst ihr den Durchschnitt der Gesamtnote für das Handelsschulexamen bei uns? Wisst ihr, wo er letztes Mal lag? Richtig. Er lag bei 2,2. Im *Durchschnitt*.

Gut. Wisst ihr, was die Schüler an Ask Burlefots Handelsschule erreichten? Im *Durchschnitt*?

1,7.

Ich wiederhole: *eins Komma sieben*.

Alle Schüler bestanden die Prüfung. Von den 37 Schülern bekamen elf – *elf* – als Gesamtnote eine Eins, ausgezeichnet.

Sein Ergebnis ist in diesem Jahr das landesweit beste! Von sämtlichen norwegischen Handelsschulen steht seine Schule als die beste da!

Und, meine Damen und Herrn, nach so einem Ergebnis, was geschieht? Der Bursche kommt hierher und fragt, *ob wir eine Stelle für ihn haben!*

Darauf will ich jetzt antworten und ich wende mich jetzt direkt an dich, Junge. Es ist uns ein *Vergnügen* (*heftiger Schlag*), dich bei uns aufs Neue willkommen zu heißen. Wir wussten, dass wir uns auf dich verlassen konnten, Junge. (*Rempler*) Wir sind *stolz* (*Schlag*) auf dich, Junge. Auf unsere Empfehlung bist du abgereist und du hast dem Ansehen unserer Schule *Glanz* verliehen. (*Rempler, Schlag*) Du wirst am morgigen Tag hier anfangen. Ich werde einen Stundenplan für dich ausarbeiten. Und noch eines, solltest du ab Herbst noch ein weiteres Jahr an der Schule bleiben wollen, ehe du auf dieser Kaufmännischen Hochschule anfängst, dann ist auch diese Anstellung gebongt. Hast du verstanden? (*Rempler*) Du hast dich als *Ehrenmann* erwiesen, Junge. (*Schlag, Rempler, Schlag*) Meine Damen und Herrn, dies ist der frühere Hilfslehrer Burlefot. Darf ich euch jetzt vorstellen: *Lehrer* Burlefot. Begrüße deine *Kollegen*, Junge. Verbeug dich! (*Schlag, Schlag*)«

2. Szene: 12.30 Uhr, *am selben Vormittag.*

Die Szene spielt auf einer Bank in einem öffentlichen Park. Der junge Ehrenmann, dem wir in der 1. Szene begegneten, sitzt allein auf der Bank. In dieser Szene tritt er auf zusammen mit einem Brief, den er in Händen hält:

»... eigentlich habe ich es immer schon gewusst, was du für ein Feigling bist, sieht man ja in deinen Augen ...

Ich hätt mir um ein Haar das Leben genommen, als ich hörte, dass du abgehauen bist, denn jetzt sitz ich allein da mit der Schande. Ich bin auch raus und wollt mich auf die Schienen für die Loren legen, aber oben im Tunnel hab ich's mir anders überlegt. Das ist so ein Flegel wie du nicht wert. Hast du wohl gehofft, denk ich, aber du sollst kriegen, was du verdienst.

Ich hab gestern eine Annonce in die Zeitung gesetzt, dass du es nur weißt, von der Verlobung. Das ist das Mindeste, was mir zusteht. Wenn du meinst, du könntest an die Zeitung schreiben, dass die Annonce nicht kommt, dann gibt's so einiges, was ich von dir weiß. Aber dazu bist du eh zu feig.

Du hast mir die ganze Zeit nicht eine Øre gegeben, jetzt willst du dich wahrscheinlich auch drücken. Aber meine Brüder haben mit einem Anwalt gesprochen, der sagt, dass ich auch Geld kriegen muss, wenn's Kind noch im Bauch is. Ich hab den Doktor bezahlt und ich muss zum Zahnarzt wegen meiner Zähne. Viel Ausstattung brauch ich auch, ich hab nicht mal 'ne Wiege. Mindestens 300 Kronen musst du schicken. Wenn du nicht auf der Stelle schreibst und das Geld schickst, zeig ich dich an. Ich geb 'ne Suchmeldung im Radio auf, dass die im ganzen Land nach dir suchen.«

Er hatte zu Hause etwas Geld abgegeben, der Vater hatte gesagt, dass er jetzt erwachsen genug sei und seinen Lebensunterhalt selbst zahlen solle. Er zählt das Geld in der Brieftasche. 190 Kronen.

Er steht langsam von der Bank auf und geht schwankend den Parkweg entlang. Da fällt ihm plötzlich ein, dass es dieser Park war, in den er vor über einem Jahr Camilla hatte locken wollen.

Sie ist jetzt in Oslo, diese Camilla, hat er gehört. Sie besucht die Hauswirtschaftsschule.

Er überlegt. 190 Kronen. Ihm wurden von Rex 200 Kronen im Monat zugesagt. Aber kann man schon am ersten Tag um einen Vorschuss bitten? Kann man das?

Selbst wenn man als Ehrenmann ein gewisses Ansehen genießt?

Telefon und Telegraf

Es war Telefon ins Haus gekommen in dem Jahr, in dem Ask weg war. Die Mutter hatte all die Jahre gequengelt, und schließlich hatte der Vater zugestimmt. Sie kann für eine Sache zwanzig Jahre brauchen, dachte Ask, aber am Ende bekommt sie, was sie will. Im tiefsten Innern konnte er nicht anders, als die Mutter bewundern.

Männergesellschaft?

Es hat auf Erden nie eine Männergesellschaft gegeben. Jede Diskussion über eine Verwandlung der Männergesellschaft in eine Frauengesellschaft kann als unsinnig abgelehnt werden.

An einem Tag Anfang Mai saß Ask in seinem Zimmer und las. Nur er und die Mutter waren zu Hause. Das Telefon klingelte draußen in der Diele. Er hörte, dass die Mutter abhob.

Sie sagte:

»Ja bitte?«

Sie sagte:

»Ja, das ist hier.«

»So? Ja, das kann ich schon entgegennehmen. Ich bin seine Mutter.«

Ein fürchterlicher Verdacht überfiel Ask. Er öffnete die Tür zum Flur, schaute sie an und sagte scharf:

»Ist das für mich?«

Sie nickte, ihr Blick war weit weg, sie drückte den Telefonhörer fest an ihr Ohr.

Er stand bleich und bebend neben ihr, er sagte:

»Was ist es? Ein Telegramm?«

Sie bedeutete ihm geistesabwesend, still zu sein.

Er riss ihr den Hörer aus der Hand und hielt ihn an seine Brust. In seinem Blick war Mord. Telegramme, die für ihn waren, hörte sie einfach ab. Barmherziger Gott, es könnte ja sein ...

»Aber Ask«, sagte sie aufgebracht und wich einen Schritt zurück.

Sein Herz hämmerte, er konnte kaum reden, er fauchte:

»Und wenn es privat ist?«

»Du wirst doch wohl vor deiner eigenen Mutter keine Geheimnisse haben«, sagte sie verständnislos und gekränkt. Sie war rot im Gesicht von der unbefriedigten Neugier.

Ihn traf fast der Schlag vor Erregung. Was bildete sie sich eigentlich ein? Glaubte sie, dass sie das Recht hatte, alles aus seinem Leben zu erfahren? Alles? War diese Frau von Sinnen? Die Situation kam ihm empörend grotesk vor, er glaubte seiner eigenen Wahrnehmung nicht mehr, das Verhalten der Mutter war so schändlich, ohne Vergleich in der Weltgeschichte, nur allmählich wurde er auf einen schwachen, aufdringlich summenden Ton im Telefonhörer aufmerksam, wie bei einer Fliege.

Er drehte der Mutter den Rücken zu und hob den Hörer.

»Ja? Ja, das bin ich. Wollten Sie es vorlesen? Seit wann ist es üblich, dass Telegramme am Telefon vorgelesen werden? Werden Telegramme nicht mehr vom Postboten gebracht? Nicht, wenn der Empfänger im Telefonbuch aufgeführt ist? Höchst ungewöhnlich. Um Zeit zu sparen, sagen Sie? Hm. Gut, lesen Sie vor.«

Er biss die Zähne zusammen. Für die Geburt war es doch noch zu früh? Barmherziger Gott, wenn seine Mutter nur einen Rest von Anstand zeigen und in die Stube gehen und die Tür hinter sich schließen würde! Er warf ihr blitzschnell einen Blick zu, sie stand neugierig vorgebeugt in der Tür, um die Art der Nachricht von seinem Gesicht abzulesen. Er drehte sich von ihr weg, seine Zähne fingen zu klappern an.

»Ja? Ja. Ja. Nein, Sie brauchen mir das Telegramm nicht zuzusenden.«

Er legte den Hörer auf die Gabel und rang nach Luft. Es war eine weitere Forderung von hundert Kronen. In der kommenden Woche wollte sie sich in die Klinik begeben.

Er drehte sich langsam zur Mutter um. Er sah ihr ins Gesicht und sagte steif mit belegter Stimme:

»Mutter.«

Er musste schlucken, dann fuhr er fort:

»Mutter, ich bin gezwungen, dir zu sagen, dass du nie, nie mehr etwas Ähnliches machen wirst. Meine privaten Angelegenheiten sind meine privaten Angelegenheiten. Du verstehst vielleicht nicht, wie ungeheuerlich das war, was du getan hast, indem du ein Telegramm, das für mich bestimmt war, angenommen hast. Ich bin gezwungen, dir zu sagen, dass dann, wenn du – wenn du etwas Ähnliches in Zukunft noch einmal machst, dass es dann aus ist zwischen uns. Dann ziehe ich für immer weg, verlasse dieses Haus. Ich werde euch nie mehr sehen. Dann – dann kannst du sterben, und du kannst …«

Alles verschwamm vor seinen Augen, er schluchzte:

»… du kannst in deinem Grab verrotten.«

Ein paar Tage später rief er selbst das Telegrafenamt an. Er verfügte, dass für ihn bestimmte Telegramme nicht via Telefon zu ihm nach Hause kommen dürfen. Alle Telegramme sollten auf herkömmliche Weise zugestellt werden.

Auch wenn das Telegramm dadurch vielleicht etwas verspätet komme, falls es zu einer solchen Zeit des Tages eintreffe, zu der kein Telegrammbote verfügbar sei?

Auch wenn das Telegramm dadurch *sehr* verspätet komme.

Er stellte es sich als das Schrecklichste von allem in dieser schrecklichen Welt vor, dass seine Mutter diejenige wäre, die die Nachricht als Erste bekäme, dass sie sich mit der Nachricht als Schlüssel sein Vertrauen erschleichen konnte, ihn in das Familienleben einbinden konnte, dass sie eines Tages zu ihm kommen würde, aufgebläht von Nachricht und Rührung, dass sie mit glänzenden Augen und bebenden Lippen vor Ask stehen würde:

»Ask, Ask, mein Junge, oh Ask, jetzt ist es also so weit, oh Ask, stell dir vor, mein Junge, jetzt bist du …«

Beim Klang des letzten Wortes, das nicht ausgesprochen wurde, hörte sein Herz zu schlagen auf, er wurde von panischer Angst gelähmt, er fasste sich an die Kehle, er musste auf den Boden stampfen, um die Zirkulation des Blutes in Schwung zu bringen.

Alles.

Nur das nicht.

An einem der letzten Tage im Mai, einem Vormittag, an dem er zeitig nach Hause kam, lag auf der Kommode in der Diele ein Telegramm. Er hob es vorsichtig hoch, wog es in der Hand, untersuchte, ob die Versiegelung beschädigt war. Er steckte es in die Tasche. Es wog so schwer, dass er nur mühsam gehen konnte.

Jetzt auf das Gesicht achten, dachte er und ging in die Küche.

»Es ist ein Telegramm für dich gekommen«, sagte sie. Sie schaute ihn nicht an, aber ihr ganzer Körper war ein einziges Horchen.

»Hm«, sagte er. »Ich hätte gerne ein zweites Frühstück, wenn du etwas hast?«

Sie räumte den Küchentisch ab und legte ein Gedeck auf.

»War es etwas ... äh ... etwas ...?« Sie stand mit der Kaffeekanne in der Hand da und schenkte ihm ein.

»Wasch für ein etwasch?«, sagte er mit vollem Mund.

»Du weißt genau, was ich meine ...«

Sie stand eine Weile, dann zuckte es um ihren Mund:

»Oh Ask, dass du so zu mir sein kannst. Du weißt doch, dass ich nur dein Bestes will. Und dann lässt du deine Mutter nicht an deinen Sorgen teilhaben ...«

Er sagte:

»Der marinierte Hering ist ausgezeichnet. Genau richtig süß, genau richtig sauer. Keiner macht die Marinade so gut wie du.«

Bald darauf stand er auf, wischte sich den Mund ab und bedankte sich für das Essen.

»Ich mache einen kleinen Ausflug mit dem Fahrrad«, sagte er.

»Bleibst du lange fort?«, fragte sie.

»Nein«, sagte er. »Ich komme sicher zum Essen nach Hause.«

Er riss sich zusammen, bis er draußen im Flur war. Dort begann er zu zittern.

Weit weg und tief drinnen.

Beim Radeln dachte er: Um es zu öffnen, muss ich weit weg und tief drinnen sein.

Nach einer Stunde auf dem Fahrrad war er weit draußen auf dem Land. Die Schotterstraße schlängelte sich durch einen Wald. Auf jeder Seite der Straße ragten dunkle, schwere, im Wind flüsternde Fichten auf. Hier, dachte er.

Endlich blieb er stehen und stieg ab. Er trug das Fahrrad über den Straßengraben und ein Stück ins Unterholz. Dort legte er es ab. Dann ging er tiefer in den Wald hinein. Ein kleiner Vogel flatterte unter seinem Fuß aus dem Unterholz auf, er zuckte zusammen. Es war hell und warm im Wald, es duftete nach Blaubeersträuchern und Farn und Birke, aber er tappte weiter, er wollte unter die hohen Fichten, wo es dunkel war.

Er wusste nicht, wie lange er zwischen den Fichten gelaufen war, der Wald war dicht und fast undurchdringlich, die Zweige schlugen ihm bei jedem Schritt ins Gesicht. Plötzlich stand er auf einer kleinen Lichtung. Moos war unter seinen Füßen. In Gottes Namen, dachte er. Er griff nach dem Telegramm in der Tasche und zog es heraus. Da erstarb alles Leben um ihn, es wurde still, die Fichten standen um ihn und betrachteten ihn ohne ein Flüstern, er war in einer toten Welt.

In dem Augenblick, in dem ihn eine schlotternde Angst packte, in dem Augenblick überkam ihn ein unerklärlicher Aberglaube. Plötzlich war er ganz und gar davon überzeugt, dass die Nachricht im Telegramm davon abhing, *wo er stand*, wenn er es öffnete. Wenn er zu diesem Baum da ging, würde dann im Telegramm ein Todesfall angezeigt? Wenn er hinüber zu dem dünnen Vogelbeerstrauch ging, würden dann Zwillinge in dem Telegramm sein? Wenn er sich zu dem Wacholder stellte, würde es dann ein Junge sein? Wenn er hineinging in das Farnkraut dort, würde es dann ein Mädchen sein?

Als er auf die Knie sank, spürte er durch die Hose die Feuchtigkeit des Mooses auf der Haut.

Er war außer sich vor Angst. Alles war entschieden, alles war vorherbestimmt; das ganze Mysterium des Lebens lag verborgen in dem ungeöffneten Telegramm. Er hielt Leben und Tod in seiner Hand. Alles war entschieden. Eine ihm unbekannte Macht wusste den Inhalt, nur er wusste ihn nicht. Ihn überkam ein unbändiges Verlangen, mit dieser höheren Macht in Verbindung zu treten, diese Macht zu beeinflussen. Zwar war alles entschieden – das Ergebnis hielt er in seiner Hand –, aber war eine höhere Macht nicht imstande, den Beschluss zu verändern, ihn zu modifizieren? Waren die höheren Mächte nicht imstande, eine neue Verfügung zu treffen?

Plötzlich sah er die Bedeutung dieses Telegramms. Er erkannte, dass hier erneut ein Zweikampf zwischen ihm und Gunnhild auszufechten war, der wichtigste, der entscheidende. Wer von beiden würde siegen?

Mit geballten Fäusten und knirschenden Kiefern fing er zu beten an. Es war kein Gebet, es war ein inständiges Flehen. Mit der wilden Kraft der Verzweiflung begann er, die alten, heidnischen Götter zu beschwören. Er schluchzte, denn er wusste, dass es für diese Gedanken keine Vergebung gab, jetzt beging er die schlimmste Tat, zu der ein Mensch fähig ist.

Ein Nebel lag vor seinen Augen, aber er konnte trotzdem schon etwas zwischen den Baumstämmen erkennen. Langsam kamen sie näher, leise klirrten ihre Kettenhemden, matt blinkten ihre Helme und Speerspitzen, ihre Hände waren rot von dampfendem Pferdeblut.

Sie standen im Halbdunkel unter den schweigenden Bäumen, sie stellten sich im Halbkreis auf, er sah den Ausdruck in den grimmigen, bärtigen, verwitterten Gesichtern, ein Ausdruck der Verachtung und der Verwunderung. Hatten sie richtig gehört? Kniete da einer im Moos und beschwor sie zur Heldentat? In diesem Jahrhundert der Schwächlinge? In diesem Land, wo es Brauch und Sitte geworden war, seinen Feinden zu vergeben? In diesem jämmerlichen Land hatte man seit siebenhundert Jahren keinen Schandpfahl mehr errichtet, ein Geschlecht aus Klageweibern und bartlosen Jünglingen war herangewachsen, die winselten, wenn sie sich in den Finger schnitten, die beim Anblick von Blut ohnmächtig umfielen. Diese Menschen hatten vergessen zu hassen und zu rächen und zu töten, sie hatten Angst vor dem Glauben an die eigene Stärke und Macht, vor *mátt ok megin*!

Die Götter, die Asen und die Einherier gluckten verächtlich, der

Wald schüttelte sich still. Ihr Lachen war tief und dunkel, der Berg lag in dem Lachen. Thor griff mit einer Faust an den Hammer im Gürtel, sein Körper zitterte, doch Loki hielt die Hand vor seine kohlschwarzen Lippen und unterdrückte ein Gähnen. Alle lachten außer Loki. Ach, da war noch einer, der nicht lachte. Es war Freyr. Er schaute Ask mit wehmütigem Ausdruck in den Augen an, es war, als wollte er ihm etwas sagen.

Ask streckte ihnen seine geballte Faust entgegen, er beschwor sie, er schluchzte:

»Nein! Ich brauche mehr als einen Schandpfahl! Denn wie wir alle wissen, wirkt Schande nur im Verborgenen und erst nach einiger Zeit. Ich brauche die Macht, die auf der Stelle tötet. Götter, gebt mir einen *Fluch!*«

Sie schauten ihn jetzt mit anderen Augen an, fast aufmerksam.

»Ich weiß, dass ich mich jetzt für alle Ewigkeit den Riesen, Zwergen und Jenseitigen verschreibe. Ich gebe euch meine Seele, um meine Freiheit zu retten. Von nun an bin ich für immer an die Erde gekettet und werde nie den Himmel sehen. Ich verzichte für immer auf Milde und Gnade, mein Weg geht zur Hölle. Ich verkaufe die Harfe des Himmels und kaufe mir die Geige des Erdgeistes. Ich verlasse die Menschen und bekomme das Bürgerrecht in Utgard, dem Reich der Riesen. Ich bitte um einen *Fluch*. Hört ihr, ihr Götter, einen Fluch! Seht, es rinnen Tropfen von meiner Stirn auf die Nachricht in meiner Hand. Verwandelt diese Nachricht, verwandelt diese Tropfen! Verwandelt sie in siedenden Eiter, der tödlich ist. Ich bitte um einen *Fluch*! Hier! Jetzt!«

Es war still. Alle lauschten. Langsam hob Odin den Kopf und blickte ihn mit seinem einen Auge an; Odin sagte:

»Zurück gehst du dann. Zurück zu uns.«

Ask machte einen Schritt auf sie zu, er rief:

»Einen Fluch!«

Freyr sagte leise:

»Viel verliert der, der die Fähigkeit zur Liebe weggibt.«

Ask zitterte wie im Fieber, er schlug beide Hände vors Gesicht und schrie:

»Einen Fluch!«

Loki lachte mit offenem Mund, seine Zähne waren spitz, ein Leichengeruch entströmte seinem großen Rachen. Alle die anderen außer Freyr streckten Ask die Arme entgegen, als begrüßten sie ihn mit offenen und drohenden Händen, und da war noch ein Hund, der aus weiter Ferne bellte, das musste Garm sein, der Höllenhund.

Eine entsetzliche Stille folgte.

Erneut spürte Ask die kalte Nässe an seinen Knien, und zwischen den Bäumen war niemand mehr zu sehen.

Jetzt war es geschehen.

Er hörte Fliegen, die surrten, und Vögel, die sangen, auf der Erde liefen Ameisen, die Sonne schien durch die Bäume, alles hätte sein können wie ein gewöhnlicher Tag in einem gewöhnlichen Wald. Wäre da nicht ein leichter Brandgeruch gewesen. Von dem Boden unter ihm? Von seinen Händen? Von der Nachricht, die er krampfhaft in seiner Hand hielt?

Plötzlich wurde ihm bewusst, was er mit seinem Flehen erbeten hatte. Er blickte auf das zerknüllte Telegramm, er konnte etwas Neues sehen, eine Kraft hatte sich unter der Versiegelung auf der Rückseite eingenistet, er konnte sie erkennen. Er hatte inständig etwas erfleht, und hier war die Antwort. Jetzt konnte er durch das Papier blicken, er brauchte das Telegramm nicht zu öffnen, um dessen Wortlaut zu wissen, er begann zu zittern vor panischer Angst. Er musste sich mit einer Hand abstützen, um hochzukommen, seine Knie wollten ihn nicht tragen. Er blickte sich verzweifelt zwischen den Stämmen der Fichten um, ihm dämmerte, dass er, wenn er das Telegramm jetzt öffnete, freie Bahn haben müsste, um davonzulaufen. Wenn er hierbliebe, würde er im Moos versinken und nie wieder hochkommen. Er bricht das Siegel, er schiebt die Finger darunter, um die beiden Klappen auseinanderzufalten, es gibt keinen Handgriff auf der Welt, der so schwer ist wie dieser: Ein Telegramm aufzuschlitzen ist schwerer, als die ganze Erde hochzuheben. Er streicht das Papier auf dem Hosenbein glatt, aber er liest nicht, seine Hände zittern, aber jetzt sieht er es, jetzt sieht er es.

Er hatte doch verzweifelt um einen Fluch gebeten, oder etwa nicht?

Warum schluchzt er dann?

»Gunnhild, Mädchen, gestern. Stopp. Alles gut mit der Mutter, aber

Kind Feuermal auf rechter Wange. Stopp. Kann hoffentlich weggemacht werden. Stopp. Brief folgt. Gruß Eirik.«

Er verliert das Telegramm beim Laufen, dreht um, als sei er daran festgebunden, er findet es wieder auf einem Blaubeerbusch, er rennt um sein Leben.

Er findet das Fahrrad, er hat keine Zeit, die Hosenklammern zu befestigen, er wirft sich auf das Vehikel, tritt, tritt, er steht auf den Pedalen, um schneller zu fahren, aber da ist Splitt in der Kurve, das Vorderrad schlingert und er stürzt mit dem Fahrrad, er rutscht über den Straßenbelag, und das ist ein Gefühl, als würde einem die Haut abgezogen. Als er sich hinkend aufrichtet, sieht er, dass der Unterarm und der Handballen aufgeschürft sind, dunkle Sandkörner vom Straßenbelag haben sich ins Fleisch gebohrt, es tropft dunkelrot unter der zerfetzten Haut, die ganze linke Körperseite brennt wie Feuer und der Fahrradlenker ist schief, er muss das Vorderrad zwischen die Knie klemmen und den Lenker gerade biegen, stöhnend steigt er wieder auf und fährt weiter, irgendwo knirscht und klappert das Fahrrad und er weiß, dass etwas entzwei ist, etwas ist entzwei, aber wenn er nur schnell genug fährt, kann er es trotzdem schaffen, einfach weiterfahren, vielleicht muss er jetzt sein Leben lang fahren, fahren wie ein Verrückter, ohne Pause, fahren, fahren, ein kleines Mädchen, ein kleines Mädchen, er hatte dem Neugeborenen den Tod gewünscht und der Fluch hatte gewirkt, jetzt hat er Hel, die Göttin der Unterwelt, im Nacken, richtig, Hel ist hinter ihm her und jeder weiß, wie Hel aussieht: Das halbe Gesicht hat normale Hautfarbe, die andere Hälfte ist blauschwarz. Er dreht den Körper im Fahren und wirft einen Blick zurück, dann rast er wie verrückt weiter, denn Hel ist hinter ihm her, aus dem Weg, aus dem Weg, freie Bahn für den stolzen und den starken Menschen, hier kommt der Mensch, der Mensch in voller Fahrt, in rasender Fahrt, in wahnsinniger Fahrt, die Lungen arbeiten wie Dampfmaschinen und die Hände umgreifen wie eiserne Klammern die geriffelten Gummigriffe des Lenkers, nur jetzt keinen Platten oder stürzen, Splitt, Kies, Straße, Steine im Weg, Bäume, Kies, ein Auto, Kinder auf der Straße, der Grünstreifen am Straßenrand verschwindet unter ihm und hinter ihm wie ein fliegendes Band, Häuser, Hühner, Splitt, Kies, Bäume, Bäume, ein graubrauner Kiesstreifen vor ihm, Bäume, Bäume, Kiessplitt, der Schimmer eines glatten Sees hinter den Bäumen, Kies, eine endlose Straße, eine Kurve, jetzt geht es aufwärts, aufwärts, nicht langsamer werden, in den Pedalen stehen, nicht langsamer werden, jetzt muss er sein Leben lang fahren, Kies, Splitt, Bäume.

Oben auf einer Brücke fährt er direkt in eine kleine Gruppe Menschen, er bremst so scharf, dass er stürzt. Eine Frau packt den Lenker seines Fahrrades, und ihr Gesicht ist weiß. Sie brüllt ihm ins Gesicht, und er versteht nichts, denn sie ist nicht die Göttin der Unterwelt, ihr halbes Gesicht ist nicht blauschwarz. Er merkt, dass die Frau hysterisch ist, sie schüttelt sein Rad wie eine Katze eine Ratte schüttelt, sie schreit, ihr Gesicht ist leichenblass und was schreit sie eigentlich? Jesus? Steht die Frau da und schreit Jesus? Und dann deutet sie wie von Sinnen und ruft etwas von erwachsenen Männern, erwachsene Männer, die sich krampfhaft an ihr Leben klammern, während da unten im Wasser ... da unten im Wasser ... Ihr Blick ist voller Mord, sie deutet auf zwei beleibte Männer mittleren Alters, die in Hemd und Weste, die Jacke über dem Arm und mit dem Proviantkorb in der Hand, auf der Brücke stehen, die Gesichter der Männer sind voller Scham und sie vollführen kleine, ratlose Hüpfer an dem Brückengeländer, sie schreien und versuchen etwas zu sagen, die Frau zieht Ask hinter sich her an das Geländer und schlägt ihm mit der flachen Hand ins Gesicht, da unten liegt ein gekentertes Kajak, es ist ihre Schwester, mit ihrem Kind ...

Er hält sich die Backe, die sie schlug, er versteht nicht, meint sie, dass er sein Leben riskieren soll? Er, ein Leben? Er umfasst die schmale eiserne Leiste des Geländers und zwängt die Schuhspitzen in die Rauten des Eisengitters, dann stößt er die Schuhe weg, es sind sicher zehn Meter da hinunter, dies ist der sichere Tod, na denn prost, wenn er aufrecht oben auf dem Geländer steht und spürt, wie sich der bestrumpfte Fuß um die schmale eiserne Leiste krümmt, dann sind es zwölf Meter bis hinunter und er ist nie aus einer größeren Höhe als fünf Metern gesprungen, er schwankt und wäre beinahe nach hinten gekippt, zurück auf die Brücke, er klammert sich an den Pfosten, schließt die Augen, öffnet sie, der Wind hat die Wasserfläche da unten gekräuselt, die kleinen Wellen blitzen silbern und irritierend. Hel ist hinter ihm her, die Göttin der Unterwelt, ich nehme mir diese Welle da als Ziel, er hält den keuchenden Atem einen Moment an und macht sich sprungbereit, schräg schießt er auf die Wasserfläche zu, jetzt ist unten oben und oben unten, es fühlt sich an, als lasse er seine Eingeweide in der Luft hängen, ich hätte mich nicht so kräftig abstoßen sollen, da bin ich vornübergekippt, er trifft das Wasser mit der Stirn, er wird von dem Aufprall fast ohnmächtig, ich habe mir das Kreuz gebrochen, er überschlägt sich im Wasser, sinkt sehr tief hinunter, das Wasser ist schwarz wie die Nacht und er sieht nichts, vielleicht bewege ich mich jetzt hinunter zum Grund statt hinauf zum Licht, er hat keine Luft in der Lunge, das Wasser schmeckt moorig, vielleicht ist es ein Waldsee, er sinkt mit wogenden Haaren und er hatte vergessen, die Armbanduhr abzunehmen, bevor er sprang, es ist gut, in grundlosen Schlamm zu sinken, das ist das einzig Richtige, was er jemals gemacht hat, er fuchtelt und trampelt und schaufelt und schluckt eine Menge Wasser, als er nach oben schwimmt, süßes, ekliges Wasser dringt in den Mund und in die Lungen, jetzt schwappt es blau an seine Augen, er versucht, sich an der Wasseroberfläche zu orientieren, aber er hat die Sonne in den Augen, da war doch etwas, was er machen sollte, als er sprang? Jetzt sieht er es, er schwimmt los, es schmerzt grässlich, es ist schwierig, mit gebrochenem Rückgrat zu schwimmen, jetzt sind Arme da, die ins Wasser platschen und schlagen, er wird vom Schaum geblendet, er sieht Frauenhaar, das wie Tang im Wasser liegt, ein Gesicht mit vor Angst aufgerissenen Augen, ein Mund, der gurgelt, er fühlt unter seiner Hand am Boden des Kajaks die Segeltuchpersenning, sie ist kalt und glatt und etwas rau, eingelassen mit Leinöl, sie hat sich verdreht, der Kinderarm ist fest und glatt, aber jemand packt seinen Hals und drückt zu, er muss den Kinderarm loslassen und die Arme wegstoßen, um nicht erwürgt zu werden, er schreit und denkt dabei noch: Da habe ich einer Frau ins Gesicht geschlagen, zum ersten Mal in meinem Leben, das Wasser klatscht ihm ins Gesicht und es gurgelt in seiner Kehle, er drückt den Arm der Frau auf das Kajak, er taucht, greift, erwischt eine Badehose, schiebt die Hand zwischen den elastischen Stoff und die Haut, er hält ganz fest, er darf nicht loslassen, er arbeitet sich hoch zum Licht, schluchzt, weint, schnappt nach Luft, spritzt, sabbert, diese Menschen wären beinahe ertrunken! Still, bleib ganz ruhig, halte dich am Süllrand fest, so, nicht loslassen, ganz ruhig, bleib nur ruhig hängen, ruhig, verdammt noch mal, ein erwachsener Mensch muss doch Norwegisch verstehen! Einfach ruhig hängen bleiben, so, auf keinen Fall den Griff lockern, nicht wackeln, ganz still treiben lassen, Kleiner, du musst dich auch am Süllrand festhalten, hier, auf der anderen Seite, so ist es gut, kluger Junge, ganz ruhig treiben lassen, ja, so, kleine Schubse im Wasser, kleine Schubse, das Kajak mit der Außenbordlast gleitet langsam vorwärts, kleine Schubse, kleine, vorsichtige Schubse, es geht fast nicht vorwärts, wenn man nur mit den Füßen schwimmt, da stehen Leute am Ufer draußen, kleine Schubse, kleine Schubse, lasst vor allem nicht los, bleibt einfach hängen, er wagt es nicht, mit dem Schwimmen aufzuhören, um zu fühlen, ob er schon Boden unter den Füßen hat, das würde ihn vielleicht wieder bremsen, kleine Schubse, kleine vorsichtige Schubse, wenn sie nur nicht hysterisch werden, wenn sie Land sehen, wenn die Menschen dort bloß aufhören könnten mit dem Winken, meinen sie, das würde helfen? Kleine Schubse, kleine Schubse, das spitz zulaufende hintere Ende des Kajaks rutscht ihm aus der Hand und er bleibt zurück, er geht unter, jetzt ist er fertig, er kommt mit den Haaren über den Augen wieder hoch und kann nichts sehen, er erreicht das Kajak und gibt ihm einen letzten Schubs, dann geht er unter und er stellt fest, dass er steht, er hat Grund unter sich und danach liegt er am Ufer und kann sich nicht rühren, seine Glieder sind wie Blei, er liegt mit dem Gesicht auf einem nassen, bemoosten Stein, er erbricht sich, versucht es zu verhindern, aber der Körper hält es nicht, das süße Moorwasser ergießt sich aus ihm, er liegt am Ufer wie eine Qualle. Er denkt: Kajak fahren mit einem kleinen Kind auf dem Schoß, das macht sie kein zweites Mal, das war ihr eine Lehre.

Am Tag darauf war er in der Schule. Er lief mit krummem Rücken herum wie ein alter Mann mit einem Muskelkrampf, den er sich zugezogen hatte, und auf der linken Hand hatte er ein Pflaster, aber sonst war ihm nichts Besonderes anzumerken. Er stand auf dem Podium vor der langen schwarzen Tafel. In der Tasche hatte er die Armbanduhr. Die ist vermutlich schon verrostet, dachte er.

Dreißig junge, sechzehnjährige Mädchengesichter starrten hinauf zu ihm. Eine in der Klasse hatte gefragt, was ein Wechselreiter sei. Ein Kamm fährt durch einen Haarschopf, ein Mund kaut Kaugummi, ein Goldarmband wird am Arm rauf und runter geschoben, ein Bleistift wird in einem Bleistiftspitzer gedreht.

»Ein Wechselreiter? Nun, ihr wisst, wie es in früheren Zeiten passieren konnte, als die Leute ritten, um von einem Ort zum andern zu kommen, dass ein Reiter sein Pferd zuschanden ritt und an der nächsten Poststation ein neues benötigte. Ein Wechselreiter ist eine Person, die die Wechsel zuschanden reitet. Aber sie kommt nie ans Ziel. Der Wechselreiter kommt nie so weit, dass er die letzte Rate seiner Schuld begleicht. Er bekommt jeweils für ein paar Monate einen neuen Wechsel, bezahlt aber jedes Mal den fälligen Wechsel, indem er einen neuen unterschreibt. Und wenn er nicht etwas bar bezahlt, wird der Betrag des neuen Wechsels jedes Mal höher werden, mit Zinsen und Unkosten. Er kann so den Kopf einige Zeit über Wasser halten, ein Jahr, zwei Jahre, fünf Jahre, bis es nicht mehr geht. Dann geht er unter.«

Zu Hause wohnen

Dieser Frühling und dieser Sommer waren die schlimmste Zeit in Asks Leben.

Ich muss versuchen durchzuhalten, dachte Ask, im Herbst verschwinde ich.

Es war, als sei der Himmel über ihm grau, es war, als lebte er unter einer bleiernen Glocke.

Sie rieben sich aneinander im täglichen Zusammenleben.

»Ständig liest du nur«, seufzte seine Mutter.

»Fällt dir nichts Besseres ein, als auf der Geige herumzukratzen«, sagte sein Vater.

Ask blieb ihnen die Antwort schuldig.

Das Schlimmste war das Gefühl, Kind zu sein, kontrolliertes Kind.

»Du kommst nie vor zwei Uhr nachts nach Hause«, sagte der Vater, »du treibst dich rum.«

Ask konnte dazu nichts sagen.

Sein einziger, bitterer Trost war, dass er ein eigenes Zimmer hatte.

In dem Jahr, in dem Ask nach einem einjährigen Schuldienst in der Provinz in das Haus seiner Väter zurückkehrte, gab es im Land – einer offiziellen Statistik zufolge – 170 000 zu Hause wohnende Kinder.

Der frühere Schulleiter, Kindsvater, bald zweifacher Kindsvater, der 21 Jahre alte, mündige Ask Burlefot wurde einer davon.

Gibt es auf der ganzen Welt eine abscheulichere gesellschaftliche Stellung, gibt es einen abscheulicheren Ausdruck als zu Hause wohnen?

Unerträglich muss es für ein junges Mädchen sein, daheim wohnen zu müssen, kein eigenes Bett, keinen eigenen Schrank, keine eigene Schublade zu haben, kein Recht auf ein eigenes Leben. Sie putzt die Böden der Familienmitglieder, muss aber jedes Mal, wenn sie ausgeht, um den Haustürschlüssel bitten. Sie muss im Dunkeln mit klopfendem Herzen draußen auf der Treppe stehen und flüstern: »Nein, du kannst nicht mit reinkommen, nicht hier, bitte, sie könnten uns sehen.« Denn jeden Tag, den sie in dieser beschränkten Abhängigkeit lebt, muss sie das Gefühl haben, als schneide sie eine Scheibe ab vom herrlich duftenden Brot des Lebens und werfe sie ins Wasser, von Tag zu Tag wird das Brot kleiner und härter, und eines Tages wird sie mit einem verschimmelten Knust in der Hand dastehen.

Unerträglich muss das sein. Aber irgendwie werden wir den Verdacht nicht los, dass es vielleicht für einen erwachsenen jungen Mann ein noch schlimmeres Gefühl ist. Nicht so, dass junge Männer gefühlvoller wären als junge Frauen, nicht so, dass die Summe des maskulinen Leidens größer wäre als die des femininen, aber ganz einfach, weil die Gemüter eines jungen Mannes und einer jungen Frau verschieden sind. Sie sind verschieden erzogen worden, die Ideale, die sie aufgesaugt haben, sind verschieden, die Blume der Sehnsucht wächst in unterschiedlicher Erde.

Obwohl es für das junge Mädchen wie den jungen Mann unerträglich und empörend erscheint, dass sie fünf, zehn, fünfzehn Jahre wie Kinder behandelt werden, ausgewachsen und selbst zeugungs- und gebärfähig – wie viele Eltern mit einer Tochter von dreizehn und einem

Sohn von vierzehn Jahren denken überhaupt daran, dass diese Individuen, die sie als Kinder ansehen, selbst jederzeit Kinder bekommen können, ebenso leicht, wie das Mädchen seine Haare kämmt oder der Junge seine Zähne putzt? –, obwohl es für das Mädchen wie den Jungen unerträglich und irritierend ist, so besteht hier ein Unterschied. Das Mädchen weiß, dass es, auch wenn es sich eine Selbstständigkeit erwirbt, dann nur, um diese Selbstständigkeit wieder aufzugeben und erneut eine Zu-Hause-Wohnende zu werden: als Hausfrau, als Mutter. Sie wird erneut zur Dienerin, in einem Haus, zwischen Wänden, als zu-Hause-wohnend wird sie ihre Bestimmung finden. Richtig oder falsch, es ist diese ferne Zukunft, die sie unbewusst in sich trägt, über das Zu-Hause-Sein sprechen ihre Mutter und ihre Freundinnen, sie liest davon in Büchern, sie sieht es im Kino. Sie kann sich gegen den Gedanken an eine solche Zukunft auflehnen, aber wenn sie nicht ausnahmsweise als Rebellin zur Welt gekommen ist, dann kann dieser Gedanke für sie eine Stütze sein, eine Hilfe, die den Weg vorgibt. Für ihre Zukunft kann das Zu-Hause-Sein sogar zur Vorschule ihres Lebens werden. Sie kann das Daheimwohnen als eine Art Lehrzeit und Vorbereitung auf etwas empfinden.

Nicht so bei einem jungen, zu Hause wohnenden Mann. Ein junger, zu Hause wohnender Mann ist anormal, ein Monstrum der Natur. Er sitzt mit 21 Jahren schon auf dem Altenteil.

So wird er von den anderen wahrgenommen. So fühlt er sich selbst.

Denn in der Gesellschaft, in der wir leben, ist es für alle Zeiten festgelegt, dass ein Mann seine Männlichkeit gerade dann beweist, wenn er nicht daheim wohnt. Ein Mann wird nicht scheel angesehen und ausgelacht, wenn er beim Abwaschen hilft, Wäsche aufhängt, Buletten brät, Kartoffeln schält, Kindern auf den Topf hilft oder eine Flasche Bier öffnet. Das gehört sogar zu dem Bild eines Mannes: Er, das wird vorausgesetzt, ist hilfsbereit und bringt sich ein, wenn es nötig ist. Aber – sagen die ungeschriebenen Regeln – das darf nicht zu weit gehen. Alle jungen Männer kennen diese Regeln ganz genau, sie wissen mit teuflischer Klarheit, dass das nicht übertrieben werden darf. Es ist bereits ein bisschen bedenklich, wenn ein Mann auf Knien den Boden schrubbt (seine Frau ist krank, na ja, na ja, aber trotzdem). Es erscheint ziemlich komisch, wenn ein Mann seine Putztätigkeit nach draußen verlegt, wenn er auch die Außentreppe einbezieht. Das Interesse der Mitmenschen an ihm steigert sich zu einem tiefen Mitleid, wenn er auf der Straße gesehen wird, Milchflaschen tragend, und ein grausames Lachen wird über dem Kopf des Mannes hereinbrechen, von dem man weiß, dass er daheim ist und den Haushalt erledigt, während die Frau in der Arbeit ist. Junge Männer ziehen ohne zu mucken in den Krieg, aber keine Macht der Welt bringt sie dazu, in den Milchladen zu gehen und eine Flasche Milch zu holen. Nur das, was die Welt verachtet, verlangt wahren Mut. Aber das wissen die jungen Männer nicht, sie sind ausschließlich mit dem Gedanken an die Männlichkeit beschäftigt. Für sie ist schon der Begriff des Daheimwohnens unvereinbar mit der Auffassung des Männlichen. Ein Mann, der ein Mann sein will, ist nicht daheim. Ein Mann, der ein Mann sein will, ist draußen.

Ein zu Hause wohnender junger Mann ist eine Missgeburt des Lebens, der Natur und der Gesellschaft. In ihm wohnt die zarte Hoffnung und die zitternde Sehnsucht, aber auch die bebende Lust zu einer gewaltsamen Veränderung.

Tagsüber sitzt er zu Hause und starrt die Wände des Daheimwohnens an, in der Nacht träumt er von Rammböcken.

Und für einen jungen Revolutionär ist das Geräusch von splitterndem Holz und klirrendem Glas kein unangenehmes Geräusch.

Er hatte ein schlechtes Gewissen, wenn er ausnahmsweise einmal mit Freunden ausging. Erwarteten seine Eltern doch jetzt von ihm, dass er Abbitte leiste für seine Ausschweifungen und für sein zügelloses Leben, erwarteten sie doch jetzt, dass er jede Minute für Nützliches und Praktisches verwende, erwarteten sie doch, dass er jetzt ernst und erwachsen werden solle. Sein schlechtes Gewissen wurde die wenigen Male, die er ausging, um Frauen zu treffen oder zu versuchen, Frauen zu treffen, regelrecht zur Hysterie.

Warum sagen wir versuchen?

Weil Norwegen kein Kulturland ist. Ebenso wenig wie Dänemark, Schweden, Deutschland, England oder die USA. Das Kennzeichen eines

Kulturlandes ist, dass es Bordelle hat. Griechenland, Italien, Frankreich haben Bordelle.

[Anmerkung: Die französische Nation ging nach dem Krieg einer protestantischen Frau im Stadtrat namens Marie Bernard auf den Leim. Frankreich schloss seine Bordelle. Drei Jahre später wurde die Dame als Steuerhinterzieherin und Betrügerin entlarvt, aber da war es schon zu spät. Frankreichs Kultur war ein Todesstoß versetzt worden und das Land hat sich nicht mehr davon erholt.]

Die Existenz von solchen Etablissements ist unschön, billig und dürftig. Aber es hat einen Vorteil: Ein einsamer Mann wird seinen Druck los. Danach kann er an andere Dinge denken.

Nicht so im westlichen sogenannten Kulturkreis, und schon gar nicht in Skandinavien. Dort muss ein einsamer, brünstiger Mann sich wie ein streunender Hund verhalten, er muss in die zwielichtigen Stadtteile gehen, er muss den Hut in die Stirn ziehen und in die dunklen Gassen gehen, er wird gezwungen, sich wie ein schmutziges Kriechtier zu benehmen, er versucht es in kleinen, schäbigen Kneipen, er belauert heimlich hässliche Frauen von neun Uhr abends bis zwölf Uhr nachts (er wagt sich nicht an Frauen heran, die gut aussehen, sie könnten anständig sein, sie könnten Krach schlagen), er verfolgt Frauen durch dunkle Hinterhöfe und verhandelt mit ihnen in Toreinfahrten, in denen es nach Katzenpisse riecht, er kommt nicht weiter, versucht eine neue, aber sie hat kein Zimmer, doch wenn sie fünf Kronen bekommt, wird sie rasch eines besorgen und sie läuft weg und kommt nicht wieder.

Man kann diesen skandinavischen Mangel an Bordellen unter dem Aspekt der Reinlichkeit, des Anstandes und der Menschenwürde sehen. Aber das hat einen Fehler: Ein einsamer Mann wird seinen Druck nicht los. Deshalb kann er nie an andere Dinge denken.

Nimmt man all die Entfernungen zusammen, die einsame, brünstige Männer in der westlichen Kulturwelt zu Fuß durch Hinterhöfe und düstere Gassen zurückgelegt haben, um eine willige Frau zu finden, nimmt man all ihren Erfindungsgeist und ihre Ausdauer zusammen, all die Zeit, die sie auf Barhockern und an Straßenecken verbrachten, ganz zu schweigen von all den erfolglosen Ausgaben, die sie gehabt haben, zählt man all ihre Demütigung und unerträgliche Selbstverachtung dazu – wenn man all das zu einer geballten Energie vereinen würde, so würde es eine derart enorme Kraft ergeben, dass man damit das versunkene Atlantis heben und der Welt einen neuen Kontinent schenken könnte.

Es kam vor, dass Ask eine Frau lobend erwähnte, eine Frau in einer Kinozeitschrift, eine Schauspielerin oder ein Mädchen in ihrem engeren Familienkreis: Sofort entstand eine unangenehme, peinliche Stille im Zimmer.

Einmal sagte der Vater ganz offen und streng:

»Ich gehe davon aus, Junge, dass du damit fertig bist.«

Damit fertig?

Wird man damit jemals fertig?

Selbst ein Sünder und ein zu Hause Wohnender, wird er jemals damit fertig?

Der Gedanke, in der Öffentlichkeit mit einem Mädchen gesehen zu werden, war undenkbar, der Gedanke, ein Mädchen nach Hause einzuladen, ungeheuerlich. Das Haus seiner Väter erbebte vor Schlüpfrigkeitsangst, er sah jedes Mal Mordlust in den Augen der Eltern, wenn er den Namen einer Frau aussprach, auch wenn er nur aus der Literatur war.

Eines Nachts kam er nach Hause, krank vor Scham, zitternd vor Angst, er verlor unten an der Treppe den Hausschlüssel und musste sich hinknien, um im Dunkeln danach zu tasten. Er zog die Schuhe aus, als er hineinging, trug sie in der Hand. Er hatte getrunken. Würde jemand wach werden und ihn ansprechen, müsste er mit zusammengepressten Lippen und abgewandtem Gesicht antworten, man roch es, und es war nicht nur der Alkohol, da war noch der ranzige Geruch nach feuchter Vulva an seinen Fingern, der durch jeden Türspalt und jedes Schlüsselloch drang und zum Vater, zur Mutter und zu Balder gelangen würde, sie würden von dem Geruch wach werden und sich im Bett aufsetzen. Wenn er sich nur im warmen Wasser und mit schäumender Seife waschen könnte, aber dann ist da das Geräusch von rinnendem Wasser, nichts gellt so laut durch ein schlafendes Haus wie das Geräusch eines Wasserhahns, der aufgedreht wird, und dann würde vielleicht seine

Mutter herauskommen, im Nachthemd und mit vergrämten Gesicht: »Du bist doch nicht krank, oder? Wäschst du dir die Hände? Hast du dich verletzt? Zeig mal. Warte, ich hole dir ein sauberes Handtuch, nein, nimm nicht das, es ist von Balder, warte ...« Sie würde neben ihm stehen, sie würde ihn nicht allein lassen, sie würde neben dem Judas stehen, sie würde dem Judas das saubere Handtuch reichen, und jeden Moment konnte sie den Geruch merken ...

Eines Tages sagte er:

»Ich miete mir ein Zimmer.«

Sie waren außer sich:

»Bist du verrückt? Willst du unnötig Geld für ein Zimmer ausgeben? Du meinst wohl, du kannst dir das leisten? Du meinst vielleicht, dass du noch nicht genug Verpflichtungen hast?«

Er hörte sie an, weiß im Gesicht.

»Ist es dir hier nicht gut genug? Fehlt dir etwas? Du hast doch ein eigenes Zimmer! Hindert dich jemand daran, deine Freunde mitzubringen?«

Aber sie erwähnten nicht die Freundinnen. Er erwähnte sie auch nicht.

»Wir sind dir vielleicht nicht mehr gut genug. Nicht fein genug. Du willst vielleicht deinen eigenen Vater und deine eigene Mutter nicht mehr kennen. Das wird es wohl sein.«

Er blieb zu Hause wohnen.

Der Zu-Hause-Wohnende.

Kvase

Doch: Er war nicht ganz alleine.

Er fand einen Freund.

Wären seine Gedanken nicht so boshaft und sein Herz nicht so verbittert gewesen, wäre das Bündel an Schmach nicht so drückend und das Judasmal auf seiner Stirn nicht so brennend gewesen, hätte man in

Wirklichkeit diese Zeit zusammen mit Kvase als die reichste und wunderbarste Epoche in seinem Leben bezeichnen können.

Denn Kvase war der prachtvollste Mensch, den er jemals getroffen hatte. Kvase war ein Abenteuer und ein Versprechen. Ihre Freundschaft wurde stark und schön, gemeinsam hätten sie eine neue Welt errichten können.

Wo sind die Freunde, die prachtvollen, die edlen? Die Freunde mit der glatten Stirn, den klaren Augen und den starken Händen? Wo sind die Freunde? Wann wird das Herz Rast und die müde Seele Ruhe finden? Wo sind die Freunde, die prachtvollen, die Glück schenken und Frieden? Oh Freunde, erinnert euch: Einmal war die Welt still und sinnerfüllt, einmal – zusammen mit Freunden – waren wir ohne Furcht und ohne Begehren, einmal war die Welt erfüllt von Geist und wir waren Freunde. Ein so stolzes Wort: Freunde. Ein so warmherziges Wort. Freunde. Nichts auf der Welt wie das: Freunde.

Einmütigkeit, edle Freunde, Einmütigkeit. Das eigentliche Zuhause des Mannes ist es, unter Freunden zu sein. Was war das Äußere? Eine Flasche Bier, die geöffnet wird, eine Stummelpfeife, die geputzt wird. Zwei Korbstühle in einer Studentenbude, ein Tisch. Und trotzdem: Das Herz wird darüber einen Regenbogen schlagen. Nie war die Welt so reich, nie war der Geist so sehr erfüllt von edlem Glück. Unfassbar, Freunde, unfassbar ist die Freundschaft. Das müde Herz, zerrissen von Verlangen und Schmach, wird auf die Freundschaft zwischen Männern zurückblicken als das Schönste auf Erden.

Wo sind die Freunde, die prachtvollen, die edlen?

Wo sind die Freunde jetzt?

Ausgerechnet auf einer Houseparty sollten sie sich begegnen. Zu Hause bei einem Universitätsdozenten, der Mitglied der Oxford-Bewegung war.

Es war Pelle, der Ask überredet hatte, mitzukommen. Pelle war zurückgekehrt nach Oslo, er hatte das Sommersemester frühzeitig abgeschlossen, er war in glänzender Verfassung, er war in der Studentenverbindung Oslo auf einen prominenten Posten gewählt worden, hatte viele wertvolle Bekanntschaften gemacht, hatte ein gutes Examen in den Zulassungsfächern Latein und Philosophie abgelegt, war befreundet mit dem Sohn eines Millionärs. Bis zum Sommer sollte er diesen jungen Mann gegen fürstliche Bezahlung privat unterrichten, danach wollte er zusammen mit einem Oxford-Team nach England zu einer Rundreise. Pelle war in jeder Hinsicht aufstrebend, sehr aufstrebend, sein Erfolg schien jetzt und für alle Zeit garantiert. Kein Wunder, dass er in glänzender Verfassung war. An dem Tag, als sie sich auf der Straße trafen, rupfte er Ask begeistert die Krawatte aus der Weste und rief: »Du machst mit!«

Ask hatte sich zunächst geweigert. Er dachte an einige öffentliche Versammlungen der Oxford-Bewegung, die er als Gymnasiast besucht hatte, sie weckten keine angenehmen Erinnerungen. Mit Grauen fiel ihm ein, wie die Teilnehmer lächelnd Geständnisse ablegten über ihre lächerlichen Sünden, ihr eingeübter Eröffnungssatz, wenn sie aufstanden, um eine Rede zu halten: *»When I first met the Oxford group …«* (wie es weiterging, hatte er vergessen), mit qualvoller Abscheu fiel ihm ihr aufdringliches Bedürfnis ein, einem ihre Sünden mitzuteilen, und ihr noch stärkerer Drang, ihn dazu zu bringen, ihnen seine Sünden mitzuteilen.

Aber Pelle gab nicht nach: Ask hätte keine Ahnung, wie schneidig diese Menschen waren, er würde dort Dozenten und Lehrer und Studenten und Gymnasiasten treffen, sie würden im Übrigen über Helge Krogs letztes Theaterstück *Aufbruch* diskutieren, das in Buchform erschienen war, sie würden es sicher verreißen, es würde ein sehr interessanter Abend werden.

Ask kam mit.

Zu Hause bei dem Dozenten gab es Tee und Schnittchen. Teils wegen des Tees, teils wegen der Atmosphäre erfassten Ask augenblicklich eine tiefe Mutlosigkeit und ein schlechtes Gewissen, eine solche Veranstaltung besucht zu haben. Er hatte hier nichts zu suchen, sie waren seine Gegner, nichts auf dieser Welt ist fürchterlicher, als bei Menschen zu sitzen und sie mühsam zuvorkommend anzulächeln, die dir jederzeit mit lauter Stimme die Frage stellen können, ob du an Gott glaubst.

Ein Dozent, Kollege des Gastgebers, erhob sich. Er sollte die Diskussion leiten. Er lächelte in den Freundeskreis, bezog dabei Ask mit ein und begann mit einer Wiedergabe des Theaterstücks *Aufbruch*. Er sprach brillant, freundlich, geistreich. Nach zwanzig Minuten hatte er das Stück reduziert auf die pessimistische, negative Botschaft eines kranken, bissigen Autors an eine kleine Clique missgünstiger, unfähiger Marxisten. Dann setzte er sich, und eine selbstzufriedene, sanfte Stimmung breitete sich unter den Anwesenden aus.

Ein Mann rückte seinen Stuhl näher zu Ask. Er war um die dreißig Jahre alt, kräftig, untersetzt, korrekt. Er wirkte ein bisschen füllig, hatte aber die rotbraune, gesunde Gesichtsfarbe, wie man sie bei Sportlern und Wanderern sieht. Er hatte keine besondere Position, gehörte aber zu den Führenden in der Oxford-Bewegung, er war mit dem Oxford-Team in Amerika, England und Norwegen unterwegs gewesen. Ask erkannte den Mann wieder, sein Name war Robert Seberg. Er hatte einmal bei einer Oxford-Versammlung versucht, Ask zu bekehren, als Ask ins Gymnasium ging. Der Mann legte freundlich seine Hand auf Asks Knie:

»Na, Ask, wo hast du dich die ganze Zeit herumgetrieben? Ich habe tatsächlich kein Wort von dir gehört. Ist das deinen alten Freunden gegenüber nicht ein bisschen unfreundlich?«

Ask wand sich und konnte die Hand abschütteln. Die Wärme der fleischigen Hand des Mannes hatte sich durch das Hosenbein ausgebreitet, er hatte sich äußerst unwohl gefühlt. Die Hand eines Mannes muss auf das Knie einer Frau gelegt werden. Wenn die Hand eines Mannes auf das Knie eines Mannes gelegt wird, empfindet man eine eigentümliche Verlegenheit.

Aber an der quälenden Verbitterung, die er fühlte, war nicht nur die Hand schuld. Schuld war der lächelnde, leise Versuch, sich einzuschleichen, ihn hinterrücks zu vereinnahmen. Er versuchte von Anfang an, Ask ein schlechtes Gewissen zu vermitteln, und er erreichte sein Ziel. Ask wusste nicht, dass sie Freunde waren: Sie hatten sich damals vor drei Jahren sogar mit lauten Vorwürfen voneinander getrennt. Robert hatte verbittert gerufen, Ask solle zur Hölle fahren, und Ask hatte ebenso erregt gerufen, er hoffe, dass Robert auf der Stelle zum Himmel auffahre und ihn in Ruhe ließe. Trotzdem empfand er jetzt ein gewaltig schlechtes Gewissen; vielleicht war es nicht nett, solche Gefühle für einen anderen Menschen in sich zu tragen. Vielleicht hatte er ja tatsächlich diesem Robert versprochen, ihm zu schreiben. Und in dem Fall war es nicht nett, dass er ihm kein Wort geschrieben hatte.

Trotzdem wusste er, dass das Vorgehen des Mannes schändlich war, schändlich, schändlich.

Robert fügte hinzu:

»Ich habe oft an dich gedacht, das darfst du mir glauben. Es ist kaum ein Tag vergangen, an dem ich nicht an dich gedacht habe. Du bist einer von denen, an die ich glaube, Ask. Ich habe immer auf dich gehofft, weißt du.«

Ask wurde aschgrau vor Verzweiflung. Dieser Robert wirkte derart freundlich und überzeugend, die Augen, mit denen er Ask anschaute, glänzten vor Nächstenliebe und Gläubigkeit, als sei Ask der junge Mann, auf den die ganze Welt wartete, der neue Retter, der neue Erlöser. Trotzdem wusste Ask, dass der Mann mit ihm spielte. Seine Worte hatten etwas klebrig Priesterhaftes und Weibisches, waren heuchlerisch und zudringlich, sie hätten direkt aus einem amerikanischen Lehrbuch für Verkaufspsychologie stammen können, sie hätten direkt aus dem Buch *How to win friends and influence people* sein können. Er wusste es. Er wusste, dass das erste Gebot für einen Verkäufer und einen Laienprediger ist, den Gesprächspartner davon zu überzeugen, dass dieser bedeutend ist, dass er genau der ist, auf den sie gewartet hätten. Sie entfachen das Selbstwertgefühl des Mannes, sie geben ihm eine Injektion mit neuer Menschenwürde: »Du bist einer von denen, an die ich glaube, Ask. Es ist kaum ein Tag vergangen, an dem ich nicht an dich gedacht habe.«

Ask saß da und dachte, dass der Mann genauso wenig an ihn gedacht hatte wie er an ihn: Das heißt null. Aber wie sollte er das beweisen? Und – oh Schreck – wie sollte er es sagen?

Zum Glück begann jetzt eine informelle Diskussion nach der Einführung. Ask hörte zu und kaute dabei heftig auf einem Zündholz herum. Er hätte gerne etwas gesagt; ihre lächelnde Art, das Theaterstück eines großen Autors zu liquidieren, hatte etwas Niederträchtiges, und schlimmer noch war, dass sie es mit schmierig anbiedernden Worten machten. Aber er schwieg. Welchen Sinn hatte es, mit solchen Menschen zu diskutieren? Er atmete voller Qual und bereute es zutiefst, dass er hergekommen war, er wünschte, er könnte den Raum verlassen und hinauskommen an die frische Luft.

Da stand ein junger, großer, knochiger, schwarzhaariger Student auf. Er hatte ein breites braunes Gesicht, ungefähr wie ein Bluthund. Ask wurde plötzlich mutlos. Er hatte diesen jungen, hässlichen, seltsamen Zigeuner einige Male bei Veranstaltungen des Studentenwerks erlebt, er hatte zu bestimmten politischen Fragen sehr vernünftige Ansichten gehabt. Ask hatte ihn fast für einen Sozialisten gehalten. Und jetzt begegnete er ihm hier in einem solchen Zirkel und der Kerl meldete sich überdies noch zu Wort. Ein Sozialist, der zum Anhänger der Oxford-Bewegung geworden war! Ask hätte sich am liebsten unter dem Tisch verkrochen.

Der junge, schwarzhaarige Zigeuner stand einen Augenblick da und kaute auf seinen wulstigen roten Lippen. Er klopfte nervös die Asche von der Zigarette, die er in der Hand hielt, und begann zu reden. Während seiner gesamten Rede tippte er weiterhin mit dem Zeigefinger auf die Zigarette, obwohl kein bisschen überflüssige Asche dran war.

Er schloss die Augen vor Aufregung und wischte sich über die Stirn. Als er die kleine Versammlung wieder anschaute, öffnete und schloss er den Mund, als hätte er keine Luft mehr in der Lunge. Aber dann kam es!

»Es sieht so aus, als hättet ihr ein Wort, das euch mehr bedeutet als selbst die vier Kardinaltugenden. Es ist das Wort ›positiv‹. Ihr wollt, dass Helge Krog positiv sein soll, ihr wollt, dass alle Menschen positiv sein sollen. Weiß der liebe Himmel, was ihr damit meint, es ist für alle Zeit völlig unmöglich, sich eine Welt vorzustellen, die nur positiv ist. Das ist ein Unding. Ein physisches, chemisches Unding. Das Negative ist ebenso nötig, ebenso nützlich wie das Positive. Das ist elementares Mittelschulwissen.

Aber dieses Wort, das ihr bei jedem Satz in den Mund nehmt, das benutzt ihr, um zu sagen, dass wir in menschlichen Beziehungen und in der Kunst etwas *geben* müssen. Alles, was wir sagen oder tun, muss im *Geist der Liebe* getan werden. Kurz gesagt: Wir müssen *positiv* sein. In Wirklichkeit ist dieses schöne Evangelium nur ein verkapptes Projekt, die Dinge so sein zu lassen, wie sie sind. Ihr stempelt den Marxismus als negativ ab, weil er die Welt verändern will. Ihr fordert alle Menschen auf, positiv zu sein, auf dass es zu keiner Veränderung komme. In Wirklichkeit benehmt ihr euch wie eine alte Oma, die sich nicht vorstellen kann, dass ihre Azalee auf der Fensterbank verstellt werden soll. Solange der Blumentopf da steht, wo er immer stand, ist die Welt gut, ist die Welt verlässlich. Solange ein Arbeiter ein Arbeiter und ein Unternehmer ein Unternehmer ist, ist die Welt gut, ist die Welt verlässlich. Wir durchschauen das. Wir werden nicht das Evangelium vom Positiv-Sein schlucken. Im Gegenteil, beim Wort ›positiv‹ werden wir jedes Mal Christenblut wittern. Zusammen mit dem Öl aus Texas.«

Er schniefte und warf einen höhnischen Blick auf die Versammlung. Ask senkte den Kopf und schaute zu Boden, er spürte, dass seine Ohren brennend rot geworden waren. Das war das Unverschämteste, was ich je in meinem Leben gehört habe, dachte er, begeistert und zugleich peinlich berührt.

»Wenn ihr euch nur an das Christentum halten würdet«, fuhr der Zigeuner mit dem hässlichen Gesicht fort, »dann ginge es ja noch. Aber ihr wollt absolut das *fröhliche* Christentum predigen!

Ihr seid positiv und ihr seid fröhlich. So ganzheitliche Persönlichkeiten, so fröhliche Menschen. Unbeirrbar fröhlich. Lächle und die Welt lächelt zurück. Zum Kotzen!«

Die dunkle Stimme des Mannes klang halb erstickt.

»Oh, ihr seid so widerlich! So widerlich!«

Er ballte die Faust.

Jetzt merkte er, dass seine Zigarette nicht mehr brannte. Er legte sie in einen Aschenbecher auf dem Tisch und blieb stehen und rang die Hände.

»Und *sein* Gewissen hat den großen und unverlierbaren Vorteil, dass es nicht nach innen dringt, es verdreckt nicht das Innere, es kommt nicht an und setzt sich auf unseren Schoß! *Er* soll auf gar keinen Fall wissen, ob wir in unserer Jugend onanierten oder ob wir in unserer Kindheit Äpfel klauten! Wir haben alle onaniert und wir haben alle Äpfel geklaut. Wir haben keinen Erlösungsbedarf. Wir brauchen nicht wegen irgendetwas erlöst zu werden. Um unsere Erlösung wollen wir uns selbst kümmern dürfen! Es gibt wichtigere Dinge hier auf der Welt, als an die

Erlösung seiner Seele zu denken. Ein anständiger Mensch kümmert sich einen Dreck um die Erlösung seiner Seele!«

Er legte sein Gesicht in grässliche Falten, er glich einem dunkelhäutigen Bluthund, er sagte:

»Schaut euch die Gesichter der Menschen an, die etwas bedeutet haben auf der Welt. Schaut euch die Abbildungen von ihnen an, die Büsten, betrachtet die Fotos der Totenmasken ihrer Gesichter. Waren das *fröhliche* Menschen?«

Er riss die Augen auf, als schaue er hinein in eine wundersame Welt.

»Sieht das Gesicht von Beethoven so aus, als hätte er nichts anderes im Sinn gehabt, als Witze zu reißen?«

Sein Adamsapfel bewegte sich heftig auf und ab.

»Benutzte Dante sein Leben, um mit Murmeln zu spielen? War Milton unablässig damit beschäftigt, Purzelbäume ins Heu zu machen? Hüpfte Kierkegaard ständig auf dem Trottoir Himmel und Hölle? War Mozart dafür bekannt, mit dem Stöckchen den Reifen zu treiben?«

Eine Art Gurgeln drang jetzt aus seiner Kehle, es klang, als würde er jeden Moment zu schluchzen anfangen:

»War Michelangelo Venedigmeister im Krocket? War Marx Europameister im Gesellschaftstanz?«

Seine Stimme sank zu einem Flüstern:

»Nutzte Ibsen sein Leben, um Karussell zu fahren?«

Es entstand eine Pause, er holte pfeifend Luft. Dann biss er sich auf die Lippe und sagte:

»Ihr müsst mir verzeihen, aber jetzt muss einmal Schluss sein mit dem Positiven und dem Fröhlichen. Der Besuch hier heute Abend hat mich nicht im Mindesten positiv, nicht im Mindesten fröhlich gestimmt. Tut mir leid, aber ich bin immun für das fröhliche Christentum. Ich werde auch nie mehr einer Einladung zu diesem illustren Zirkel folgen. Das reicht mir für immer und ewig. Ihr könnt still bei eurem Tee und den Schnittchen sitzen …«

Er schluckte und warf der Gastgeberin einen entschuldigenden Blick zu:

»… die im Übrigen ganz vorzüglich waren und eines edleren Anlasses würdig …«

Er fuhr fort:

»Ihr sollt still sitzen bleiben mit den schönen Gedanken, mit dem lebendigen und risikofreien Gewissen und mit dem Anblick eurer fröhlichen, vertrauensvollen und selbstzufriedenen Gesichter. Das ist das Krankhafteste, was ich je erlebt habe. Ich für meinen Teil habe mit meiner Zeit anderes vor, als dazusitzen und mir so ein moralinsaures Zeug anzuhören ...«

Er öffnete und schloss den Mund, er suchte nach einem absolut vernichtenden Wort und er bebte vor Erbitterung:

»... so ein Fotzengelabere!«

Er schlug mit seiner breiten, knochigen Hand auf die Armlehne des Nachbarstuhls und ging mit eckigen Bewegungen und schwerem Schritt durchs Zimmer. Er ging etwas o-beinig und mit nach innen gewandten Fußspitzen, wie ein Tier, wie ein Bär. Er öffnete die Tür zum Flur und warf sich den Mantel über. Es klang wie ein Kanonenschuss, als er die Eingangstür hinter sich schloss.

Drinnen in der Wohnung war es ganz still geworden, die Versammlung saß da wie in ein schwarzes Loch gefallen, die Augen zu Boden gerichtet.

Ask stand mit einem Ruck auf, seine Knie zitterten. Er musste raus, jetzt, auf der Stelle, er musste diesen Zigeuner einholen. Das war für ihn die tollste Rede, die er in seinem Leben gehört hatte. Das war gewesen wie der Regenschauer nach einem Gewitter.

Er versuchte, sich in Richtung Ausgang zu bewegen, stieg mit entschuldigendem Lächeln über ausgestreckte Menschenbeine, über Stühle und Hocker. Es ist immer noch ganz still im Zimmer, fünfzehn Menschen sitzen wie gelähmt mit kalkweißen Gesichtern um den Tisch.

Nur einer ist Herr der Situation. Nur einer weiß mit gewinnender Eleganz, einen massiven Angriff in einen harmlosen Scherz zu verwandeln.

Alle sind vor Scham und Zorn zusammengesackt, alle haben das Gefühl, dass ihr Heiligstes aufs Gröbste verletzt wurde.

Nur einer steht aufrecht da, räuspert sich amüsiert beim Gedanken an die nächste lustige Einlage, schnippt mit den Fingern und sagt:

»Hört, hört! Die Sozialisten haben keine Ehrfurcht vor den herrlichen Gaben Gottes!«

Es war Pelle.

Und seine Replik war eines Diplomaten würdig. Alle holten tief Luft vor Erleichterung, alle schauten lächelnd und entzückt Pelle an, eine schelmische Röte färbte die Wangen der Frau des Dozenten.

Ja, denn so konnte man es auch sehen!

Den im Herzen Reinen ist nichts unrein.

Oh, er war makellos, dieser Pelle! Was hätten sie in dieser Situation gemacht, wenn sie Pelle nicht gehabt hätten? Sie wären dagehockt und hätten sich den ganzen Abend zu Tode gegrämt, sie hätten das letzte, abscheuliche, vulgäre Abschiedswort des Mannes nicht vergessen können. Aber jetzt? Jetzt war es nur amüsant, man konnte darüber lachen, sie würden sich daran bis an ihr seliges Ende mit Dankbarkeit erinnern!

Ask nutzte diese Stimmung allgemeiner Erleichterung, war mit einem Satz im Flur, winkte der Gastgeberin zum Abschied zu und verschwand wie der Blitz die Treppe hinunter.

Aber draußen die Straße war öd und leer.

Er lief durch einige Viertel. Doch der schwarze Zigeuner war verschwunden.

Der nächste Tag war ein Samstag, da fand eine Veranstaltung in der Studentenvereinigung statt. Ask erinnerte sich später nicht mehr an den Vortrag, nicht mehr an die Diskussion, nicht mehr an das künstlerische Programm.

Er wusste nur noch, dass er Kvase kennenglernt hatte.

Er hatte den ganzen Abend nach ihm Ausschau gehalten, einmal meinte er ihn in dem voll besetzten Saal erblickt zu haben, aber dann verschwand er. Nach dem Vortrag stießen sie draußen auf einem der Gänge direkt aufeinander.

»Hallo!«, sagte Kvase. Aber als er sah, wer es war, flüsterte er:

»Oh, verdammt.«

Er schickte sich an, zu gehen, als ihn Ask aufhielt und ihm zu seiner donnernden Rede am Vorabend gratulierte.

Erneut musterte Kvase ihn, diesmal kritisch: Warum gratulierte ihm

Ask? War das nun eine neue Methode der Oxford-Bewegung? Sollte alles verharmlost werden? Wollte Oxford einem reuigen Sünder von ganzem Herzen verzeihen?

Ask konnte nichts dafür: Ein Gefühl unbezwinglicher Fröhlichkeit stieg in ihm auf, stand doch der andere da und hielt ihn für einen der Oxford-Bewegung! Er musste sich mehrmals räuspern, bevor er das Missverständnis aufklären konnte.

Danach tranken sie ein Bier zusammen und aßen Knackwürste mit Senf. Einmal sagte Kvase:

»Eigentlich ist mir das von gestern ein bisschen peinlich. Obwohl ich jedes Wort ganz ernst meinte. Aber das ist ja auch keine Lösung, so wütend zu werden, dass man unverschämt wird. Unverschämtheiten sind keine Argumente.«

Um ein Uhr war die Veranstaltung zu Ende. Da fragte Kvase, ob Ask mitkommen wolle zu ihm in seine Bude, er habe noch einen Rest Gin und ein paar Flaschen Tonic.

Sie saßen in den wackligen Korbstühlen in Kvases Studentenzimmer und redeten miteinander bis sechs Uhr morgens.

Kvase war so alt wie Ask, frisch eingeschriebener Student an der Hochschule, künftiger Brücken-Ingenieur. Er kam vom Land, Sohn eines Staudammwärters, er hatte fünf jüngere Geschwister. Von zu Hause bekam er nur zwanzig Kronen im Monat, ansonsten brachte er sich durch mit Nachhilfestunden für Schüler und mit kleinen Beiträgen für die Arbeiterpresse, meistens Gedichte. Aber von der Armut, in der er lebte, ließ er sich nicht unterkriegen. Im Gegenteil, er betrachtete sie als wunderbare Herausforderung! Das Leben war herrlich und reich, er ernährte sich von Knäckebrot und Ziegenkäse und Dickmilch und ab und zu gab es ein Essen in der Suppenküche. Er war in die große Stadt gekommen, wo ihm alle Bibliotheken offenstanden, wo ihm die Literatur der ganzen Welt in Hülle und Fülle zur Verfügung stand! Er arbeitete mit begeisterten Kameraden im Zeichensaal, die Professoren waren die besten der Welt, und konnte er sich nicht jeden Samstagabend einen Vortrag über Politik oder Literatur oder Kultur im Studentenwerk anhören? War die Welt nicht reich? Wunderbar? Gehörte er nicht zu den Sozialisten, stand der Welt nicht eine herrliche Zukunft bevor, wenn sie nur den Philistern und Kapitalisten und Priestern und Krämern und Duckmäusern den Garaus machten, würde er nicht einmal Brücken über Täler und Schluchten bauen, tragende Brücken mit atemberaubenden Fachwerkbögen, saß er nicht jetzt schon da und lachte über Flüsse und grinste über Berge, rieb er sich nicht die Hände bei dem Gedanken an die wehrlose, einsame Landschaft? Nahmen die Zeitungen nicht seine Gedichte, fast alle seine Gedichte, und bezahlten sogar bis zu fünfzehn Kronen pro Gedicht? War er nicht ein Glückspilz, auch wenn er werktags noch immer den Konfirmationsanzug trug, hatte er nicht schon viele Mädchen in seiner Bude gehabt und hatten sie ihn nicht aufs Schönste verwöhnt, oh ja, war die Welt nicht ein Füllhorn und hatte er jetzt nicht auch noch einen wunderbaren Freund gefunden? Da saßen sie doch, Ask und er, und tranken Gin und Selters und waren sich in fast allen großen Fragen der Welt einig. Hassten sie doch beide Unrecht und Armut, stand doch auf ihrer Fahne die Hoffnung und der Stolz, wollten sie doch beide als gute Sozialisten mitwirken, die Welt ein gutes Stück, ein *gutes* Stück zu verbessern, wollten sie doch die Welt gerecht und schön machen, sie erfüllen mit Poesie und Musik, mit Träumen und Heldentaten, mit tragenden Gedanken und tragenden Brücken, mit goldenem Wein und mit knusprig gebratenen Schweinchen!

Oder etwa nicht?

Kvase hieß er.

Er war ein schwarzhaariger Zigeuner, unheimlich groß und knochig, eckig wie ein Küchentisch, mit Armen und Beinen flatternd wie eine alte Windmühle. Er war stark wie ein Bär und hatte ein knotiges Gesicht wie eine Eichenwurzel, konnte aber empfindsam sein wie eine Krankenschwester. Alles an ihm war offen: die Augen, die breiten Nasenlöcher, sogar zwischen den Vorderzähnen hatte er eine entzückende, großzügige Lücke. Er war leidenschaftlich, wollend, fragend, sehnend, dürstend, dozierend; er war spontan und beinahe naiv, er wäre sogar kindlich gewesen, wenn ihn nicht Klugheit und Belesenheit geprägt hätten, sein Geist war klar wie das Meer, es gab kein Falsch in der Seele des Mannes.

Eigentlich war er hässlich anzusehen. Besonders, wenn er in Gedanken versunken dasaß, wenn er aufmerksam zuhörte und mit einem langen, gekrümmten Zeigefinger die Zigarettenasche abklopfte. Dann hatte er Falten auf der Stirn und sein Gesicht war braun und schwer wie bei einem alten, müden Bluthund. Die Nase war wie aus mehreren Etagen aufgebaut, die Ohren sahen aus, als hätte die Hebamme zu fest angepackt, als sie ihn ans Licht der Welt zog, die Lippen waren dick und sinnlich und stülpten sich wie feuchte Schnecken um den Mund, der Schädel war merkwürdig uneben, als hätte jemand versucht, ihn gleich nach der Geburt mit Hammer und Schraubstock zu bearbeiten. Wenn er so dasaß und nachdachte und jede zweite Sekunde die Zigarettenasche mit dem Zeigefinger abklopfte, sah er aus wie ein finsterer argwöhnischer Dämon, wie ein lauernder Dschingis Khan. Aber wenn er dann nach einer solchen Grübelei wieder den Kopf hob, dann lächelte er. Er hatte weiße Zähne. Es war, als würde in einem stockdunklen Raum ein Licht entzündet. Sein Lächeln wirkte wie ein Lichtschock. Und wenn er lächelte – er lächelte oft –, dann war er der, der er war: ein charmanter, begeisterter, schwarzhaariger Zigeuner, dem kaum jemand etwas abschlagen konnte.

Es gab einzelne physische Züge an ihm, die Ask bei keinem Mann so schön gesehen hatte. Kvases Haar war schwarz, dicht, fest, ein bisschen gelockt, jede einzelne Haarsträhne hatte gleichsam ihre eigene Individualität. Seine braune Haut glänzte wie dünne, edle Seide. Und dann Kvases Hände. Die Hände waren groß und knochig; der Zeigefinger der rechten Hand war steif und schief, den hatte er sich in jungen Jahren einmal gebrochen, als er auf der Sprungschanze stürzte; der Nagel des Daumens an der linken Hand war in zwei Hälften gespalten mit einer milchweißen Verdickung in der Mitte: Er hatte als Junge einmal Holz gehackt und mit der Axt quer durch den Finger gehauen. Er war mit seinen Händen unbeholfen, er war ein schlechter Schreiner, er hatte Schwierigkeiten, einen Knopf anzunähen, er spielte erbärmlich schlecht auf der Mandoline, die er – vor allem als Dekoration – an der Wand hängen hatte, aber trotzdem waren diese riesigen, behaarten Greifwerkzeuge von einer Zartheit und einem Adel, eine Welt der Schönheit lag in ihnen. Es kam Musik in die Luft, jedes Mal, wenn er die Finger bewegte, wenn er sich den Oberschenkel kratzte, nach einem Glas griff, eine

Pfeife stopfte oder in einem Buch blätterte. Letzteres tat er ebenso behutsam wie ehrfürchtig, als würde ein Liebhaber die Augenlider seiner Angebeteten mit den Fingerspitzen streicheln. Immer war ein schwaches, nervöses Zittern in seinen Fingern, ein winziges Beben wie bei den Flanken eines Vollbluthengstes. Wenn er schrieb oder zeichnete, lag seine linke Hand auf der rechten, die zwei Hände folgten einander, als würde die linke Hand der rechten helfen, nicht aus der Zeile zu geraten. Seine Handschrift war schwerfällig, kantig, umständlich, so als würde er mit einem Füller Runen ritzen.

Alles an ihm kennzeichnete den Proletarier – er stammte von Bauern, Fischern, Holzflößern, Schafhirten und Köhlern ab –, aber dieser Proletarier war voller Enthusiasmus, war veredelt aus dem Verschmelzungsprozess hervorgegangen, er war wie pures Gold. Er war mit einem Seelenadel geboren, er war die Morgenröte einer neuen Zeit, der Junge vom Land mit dem offenen Geist, der Zigeuner mit dem unverdorbenen Gehirn, ein lachender Bär, bereit, ganze Arsenale an Wissen über höhere Mathematik zu verschlingen und sich durch Bibliotheken mit Mechanik und Technik zu fressen. Die Konstitution seines Gehirns war so, dass er ohne Schwierigkeit Bohrs Atomtheorie und Einsteins Relativitätstheorie verdaute, die Konstitution seines Magens war so, dass er, ohne mit der Wimper zu zucken, acht Fleischklopse mit den dazugehörigen Kartoffeln und dem Erbsenpüree verschlingen konnte und trotzdem einen verlegenen und hungrigen Blick über die Tafel schweifen ließ, ob da noch etwas übrig war.

Er war ein Aristokrat des Geistes und ein Aristokrat der Hände. Er war nicht nur Aristokrat bis in die Fingerspitzen, er war gerade in den Fingerspitzen Aristokrat. Seine Nägel waren stets erstaunlich gepflegt. Ask sah nie, dass er sie jemals mit dem Messer, der Schere oder der Nagelfeile bearbeitete, trotzdem waren sie immer gleichmäßig abgerundet, immer glänzend sauber. Diese vornehmen Nägel wirkten so überraschend, weil sie ganz vorne an zwei Händen saßen, die aus der Eiszeit zu stammen schienen: Handrücken und Finger waren von dichten Büscheln kohlschwarzer Haare bedeckt. Er war ein Zigeuner mit den Fingern eines Professors, seine Hände zeugten von Feingefühl, Nachsicht, Forscherdrang und Kultur. Ask konnte die Augen nicht abwenden von

Kvases Händen, sie verzauberten ihn, sie waren ein Gedicht und eine Verkündigung.

In der ersten Nacht, die sie zusammen verbrachten, bestand anfangs vielleicht noch ein bisschen Zurückhaltung. Aber die Scheu löste sich rasch auf, sie entfalteten sich wie Blumen, und als Ask um sechs Uhr in der Früh aufbrach von Kvases Domizil, hatten sie die Grundlage für eine wunderbare Freundschaft gelegt. Sie waren so begeistert über diese neue Freundschaft, dass sie in der Stunde des Aufbruchs nach der Art junger Norweger stehen blieben und sich gegenseitig auf die Schulter schlugen und dabei Schimpfworte ins Gesicht schrien.

Jemand hat gesagt, das Herz sei ein einsamer Jäger.

Aber die ewige, tiefe Tragödie des Menschen liegt nicht nur in der Einsamkeit und der einsamen Jagd. Die Tragödie wird ergänzt durch den Umstand, dass der Jäger nicht nur einsam, sondern darüber hinaus auch noch stumm ist. Das Herz ist ein stotternder Jäger. Das einsame Herz hat keine Zunge.

Während dieser nächtlichen Stunden in Kvases Studentenbude hatten sie über alles zwischen Himmel und Erde gesprochen, von Hitler bis zum Abtreibungsgesetz (bei Letzterem hatte Ask den Blick starr zu Boden gerichtet), von Engels bis zur Wohnungsbaupolitik, vom Kollektivhaus bis Thomas Wolfe, von Franco bis zur Inneren Mission, von Gershwins »Rhapsody in Blue« bis zur technischen Zeichnung, von Handelsschulen bis zum schottischen Whisky, und schließlich hatten sie – wie alle Männer – über Frauen geredet.

Aber jetzt war der Morgen gekommen, sie wollten sich verabschieden.

Was sollten sie sagen?

Die Sprache hat ein Arsenal an Wörtern, die alle Nuancen von Liebe, Zärtlichkeit, Hingabe und Freundschaft auszudrücken imstande sind. Offensichtlich haben wir einen Überfluss an Wörtern, man braucht nur zu wählen und auszusuchen.

Trotzdem findet das Herz nie das richtige Wort.

Ist das so, weil die Wörter verbraucht und zerschlissen sind, fettig und ausgefranst?

Und fehlen immer Worte für unsere liebsten und echtesten Gefühle, jeder Mensch muss selbst die richtige Sprache finden, deshalb stammeln wir in der Jugend, deshalb schwitzen wir an den Händen, deshalb haben wir einen Kloß im Hals. Vielleicht liegen uns die alten, bewährten Wörter auf der Zunge, aber wir können sie nicht aussprechen, uns wird bei dem Gedanken übel, unser Körper verkrampft sich vor Protest und Ohnmacht, das einsame Herz hat keine Zunge.

Ein junger Mann kann nicht zu seinem Mädchen sagen: »Ich liebe dich.« Das sagte ein junger Mann vielleicht 1890, obwohl wir daran zweifeln. In unseren Tagen kommen die drei Wörter höchstens in den Mund eines jungen Mannes, wenn der junge Mann sich in dem Feuilleton der Regenbogenpresse präsentiert. Hätte sich ein junger Mann aus Asks Generation so ausgedrückt, wäre das ausschließlich ironisch gemeint. Hätte sein Mädchen ihn gebeten, allen Ernstes zu sagen: »Ich liebe dich«, hätte er allen Grund, sie als eine Nutte anzusehen oder als ein seelenloses Individuum oder beides.

Ein junger Mann könnte zu dem Mädchen sagen: »Ich hab dich gern.« Das könnte er sagen. Aber nicht, wenn er sie gernhat.

Ebenso wie in »Ich liebe dich« als unangenehme Nebenbedeutung etwas Sentimentales und Heuchlerisches steckt oder etwas Pflichtbetontes und Altbackenes (›Du sollst deinen Vater und deine Mutter lieben, du sollst deine Feinde lieben, denk daran, denk daran‹), ebenso erinnert »Ich hab dich gern« an eine merkwürdige Art der täglichen guten Tat, jeden Tag dreimal die Zähne putzen, und ein gesunder Geist in einem gesunden Körper.

Dann könnte der junge Mann sagen: »Ich bewundere dich.« Aber das ist schon ein ganzes Kompliment, es gehören Kultur und Lebensart dazu, lobende Bemerkungen zu machen, man muss bei aller Bewunderung eine gewisse ruhige, kühle Distanz bewahren. Dazu kommt, dass man eine Person für so vieles bewundern kann, besonders für Begabungen und Leistungen, und das ist es vermutlich gerade nicht, was der junge Mann zu sagen gedenkt.

Der letzte Ausweg ist, zu sagen: »Ich mag dich.« Diese Lösung ist einfach und schlau und wird oft benutzt. Sie hat nur einen Haken: Man sagt damit gerade nicht, was man sagen wollte.

Somit erweisen sich die Wörter als Schiffe in Schräglage, Schiffe, auf denen sich die Fracht verschoben hat und die jeden Augenblick kentern können. Es ist am besten, sie nicht anzurühren.

Es ist am besten, nichts zu sagen.

Jeder Mann kennt die Verzweiflung, die er beim ersten Kuss empfunden hat, wenn die Augen des Mädchens in seine schauen und erfüllt zu sein scheinen von einer prüfenden Frage. Ihre Augen sind voller Spannung und Angst: Was bezweckt er, wie sind seine Gefühle? Eine Antwort, und sie würde beruhigt sein. Eine Antwort, und sie würde sich völlig hingeben.

Aber der junge Mann hat keine Worte.

Das Herz ist ein stammelnder Jäger.

Und Ask und Kvase, zwischen denen der Anfang einer Freundschaft keimt, sie standen an der Tür und sollten sich Gute Nacht sagen, sie standen da mit dem Gefühl, einen der seltensten Funde gemacht zu haben – einen Freund? Was sagten sie zueinander?

Sagten sie:

»Ich bin froh darüber, dich als Freund gewonnen zu haben«?

Nein. Das würde sie an die Kinderzeitschrift des Tierschutzvereins erinnern und an die kleine Drossel mit dem gebrochenen Flügel.

Sagten sie:

»Du bist ein prima Kerl«?

Das würde sie an die Sportseiten der Zeitungen erinnern und an den Turnlehrer in der Volksschule.

Sagten sie:

»Ich mag dich«?

Nein. Sie hatten einander nichts zu verkaufen. Und sie gehörten nicht zur Oxford-Bewegung. Und sie waren nicht schwul.

Das, was zwischen ihnen aufgeblüht war, das war neu, verblüffend, überwältigend. Keiner von ihnen hatte gedacht, dass es einen Menschen geben könnte wie den anderen, die Entdeckung hatte sie tief bewegt, das war etwas, worüber sie nachdenken mussten. Aber ihre Gesichter waren gerötet von Gin, Enthusiasmus und Leidenschaft, auf die eine oder andere Weise mussten sie ihre Gefühle zum Ausdruck bringen.

Ein Außenstehender würde meinen, es handle sich um eine Schlägerei mit Austausch von deftigen Schimpfworten. Sie boxten gegen das Schlüsselbein, schubsten einander, stiegen sich auf die Zehen und schrien Worte in die Nacht.

Dies war ihre Art, sich ihre Freundschaft mitzuteilen:

»Verdammter Hurenbock!«

»Alter Schlappschwanz!«

»Schlagerkomponist!«

»Schreiberling!«

»Du bist ein sozialistischer Handelsschulgründer!«

»Du bist ein sozialistischer Brückenbauer!«

»Haha!«

»Hoho!«

»Syndikalist!«

»Verdammter Staatssozialist!«

»Gute Nacht, du Suffkopp!«

»Alle Mann ab ins Bett!«

»Schlappschwanz!«

»Hurenbock!«

Als Ask hinaus auf die Straße trat, dämmerte der Tag. Er atmete tief ein und versuchte unsicher, über den Kiesweg im Garten zur Gartenpforte zu gehen. Kvase öffnete im selben Moment beide Fenster, um das vollgequalmte Zimmer zu lüften. Er entdeckte Ask, der auf halbem Wege war, und rief ihn zurück. Er stand mit fuchtelnden Armen und einem überirdischen Grinsen im braunen Zigeunergesicht am Fenster. Er winkte Ask heftig zu, drohte beinahe aus dem Fenster zu fallen und musste sich am Fensterrahmen festhalten. Ask trat ein paar Schritte zurück. Kvase winkte mit dem gekrümmten Zeigefinger, und als Ask fast bis zum Fenster gekommen war, lehnte er sich schwankend hinaus, mit einem Ausdruck im Gesicht, als würde er Ask die Botschaft des Jahrhunderts überbringen, und er flüsterte:

»Schlappschwanz!«

Und sie brachen in ein lautloses, unwiderstehliches Lachen aus. Ask ging auf dem Kiesweg in die Knie, Kvase lag mit dem Bauch auf dem Fensterbrett, sie waren jung und die Welt gehörte ihnen, das Leben war unerträglich wunderbar, sie waren 21 Jahre alt und würden nie sterben, sie bogen sich in lautlosem Lachen und ihre Schultern zuckten vor herrlicher Fröhlichkeit.

Als Ask die Gartenpforte erreicht hatte, drehte er sich um. Er sah, dass Kvase erneut mit dem Mund das Wort formte, und erneut schütteten sie sich aus vor Lachen, Ask musste sich am Zaun festhalten. Als Ask draußen auf der Straße war, sah es so aus, als wäre Kvase völlig verrückt geworden vor ausgelassener Freude: Bald schlang er die Arme um den Fensterrahmen, als wollte er daran hochklettern, bald streckte er die Beine aus dem Fenster und winkte damit. Schließlich zappelte er mit den Armen wie ein verrückter Hampelmann. Ask erfasste derselbe wilde Übermut, er musste auch sein Glücksgefühl beweisen, er kletterte auf einen Laternenpfahl und blieb dort mit einer Hand hängen, mit der anderen lüpfte er den Hut und grüßte ehrerbietig zuerst Kvase, danach imaginäre Passanten. Dann rutschte er hinunter und begann in majestätischer Einsamkeit auf dem Bürgersteig Tango zu tanzen.

Zwischendurch unterbrachen sie ihr Spiel und warfen sich rasche Blicke zu, was sie dabei sagten, führte jedes Mal dazu, dass sie sich bogen vor Lachen. Manchmal explodierten sie auch mitten in ihrer eigenen Zirkusnummer, das überschäumende Glücksgefühl war ihnen zu intensiv, so seltsame Narrenpossen hatten sie nie vorher versucht.

Kvase kam ans Fenster und winkte mit seinem Pyjama. Und sie brachen zusammen. Ask zog den Mantel aus, drehte ihn um und zog ihn mit dem Futter nach außen an. Sie brachen zusammen. Kvase kam ans Fenster und winkte mit einem Brotkanten in der einen Hand, in der anderen hielt er die Mandoline. Ask, draußen auf der Straße, zog die Schuhe aus, steckte die Hände hinein und tanzte einen ägyptischen Tanz.

Als Ask zu der Straßenecke kam, wo er abbiegen musste, warf er einen letzten Blick zurück. Da hatte Kvase eine lange Stange aus dem Fenster geschoben und ganz vorne an dieser Stange hing ein riesiger, roter, glockenförmiger Gegenstand. Kvase winkte mit der Stehlampe erneut zum Abschied.

Es war der merkwürdigste Morgen, den Ask je erlebt hatte. Das Echo seiner gellenden Rufe schallte durch die nächtlich stillen Straßen, die Morgensonne kletterte mit rosa Greifarmen hinunter zu den Hausdächern und ein Geschmack nach neuem Tag war auf seinen Lippen.

Kvases Welt war eine reiche Welt.

Ask konnte nicht aufhören zu staunen darüber, wie alles, was Kvase erlebt hatte, alles, was er sich vornahm, geheimnisvoll, poetisch, enthusiastisch und reich war.

Kvase erzählten von seinen Lehrern auf dem Gymnasium. Sie waren für ihn eine ungeheure Bereicherung gewesen. Einige von ihnen hatten ihn privat zu sich nach Hause eingeladen, sie hatten ihm Bücher geliehen, die über den Lehrstoff hinausgingen, sie hatten ihm Bücher zum Geschenk gemacht. Ask hatte nie von so etwas gehört. Ein Dozent, der einem Schüler ein Buch schenkt.

Kvase hatte im gleichen Sommer, in dem er das Abitur ablegte, eine Stippvisite nach Oslo gemacht. Während Ask seinen Kurzbesuch in Oslo nur als schrecklich und deprimierend in Erinnerung hatte und nie das grausame Lachen der Kinder vergessen konnte, war es für Kvase eine magische goldene Stadt gewesen. In einem sozialistischen Studentenbund war er Erling Falk und Arnulf Øverland begegnet, er hatte Arnulf Øverland sogar die Hand gegeben, mmh, er hatte Helge Krog auf der Straße gesehen und an einem Tag im Teaterkafé war der Dichter Herman Wildenvey hereingekommen und hatte sich an den Nebentisch gesetzt! Kvase hatte ein paar von seinen Gedichten dabeigehabt und er war damit hinüber zu Wildenvey gegangen und es wird vielleicht niemand glauben, aber Wildenvey wollte sie gerne lesen! Mmh, Oslo, das ist *die* Stadt. An einem Abend hatten ihn ferne Verwandte zu einer Party eingeladen, sie waren gut betucht und wohnten draußen in Smestad. Alle waren herrlich besoffen gewesen, und da war auch ein Mädchen, mmh, er und sie waren spät in der Nacht in den Garten gelaufen und waren auf einen Apfelbaum geklettert und sie hätten sich beinahe totgelacht und um ein Haar wären sie hinuntergeplumpst und sie sagte zu ihm, dass ihr gleich der Kragen platzen werde, wenn er nicht sofort aufhöre, sie in die Brüste zu kneifen, aber wie hätte er damit aufhören können, sie waren schön und rund wie Krocketkugeln, da sollte ihr ruhig der Kragen platzen, und dann kämpften sie miteinander und lachten sich beinahe tot und dann plumpsten sie ins Gras und sie war überhaupt nicht böse, sie küsste ihn und ihr Atem ging so seltsam und sie nahm seine Hände und legte sie auf ihre Brüste, aber dann riss sie sich los und rannte hinein zu den anderen, verstehe einer die Mädchen, er kam nach und es passierte nichts mehr, denn sie fuhr zusammen mit ihrem Vater und der Mutter nach Hause und am nächsten Tag fuhr auch Kvase heim, aber du meine Güte, wie zärtlich und gut sie zu ihm gewesen war, mmh, die Mädchen in Oslo sind die nettesten, die du dir vorstellen kannst, er müsse verdammt noch mal wieder nach Oslo, er könne sie nicht vergessen, die im Apfelbaum in Smestad, mmh.

Es war schade, dass Ask nicht im mathematisch- naturwissenschaftlichen Zweig war, dass er nicht auch auf die Hochschule ging, denn die Hochschule, mmh ... da war vor ein paar Wochen ein deutscher Professor als Gastdozent an der Hochschule, Flüchtling, Jude, Mathematiker, scharfsinnig wie der Teufel, hielt eine Vorlesung über Integrale, was die alles wissen, diese Leute! Er, der Deutsche, kritzelte Formeln an die Tafel, so leicht, wie man eine Tube Zahnpasta ausdrückt, die Jungs saßen da und heulten beinahe, so schnell ging es, aber das Witzige war, dass ihr eigener Professor anfing, mit dem Deutschen zu streiten, oh, das war ein Anblick. Der deutsche Professor wurde so eifrig, dass sein Spitzbart wippte wie eine Elster auf dem Lattenzaun, der norwegische Professor hopste und fuchtelte mit einem Stück Kreide, sie erregten sich beide aufs Äußerste, standen da und kritzelten jeder mit seinem Stück Kreide an die Tafel, während alle Jungs dasaßen und zuhörten. Sie waren wütend, und alle dachten, die Tafel würde zerbrechen, zwei Professoren, die einander die Haare ausrissen, mmh, sie stritten sich um die Formel einer verdammten Parabel, was diese Leute konnten! Der Deutsche war ein weltbekannter Mathematiker, aber ihr eigener Professor war ebenfalls ein erstklassiger Mathematiker, hart wie ein Diamant, alle sagten, wenn er an der Hochschule etwas weniger Lehrverpflichtungen hätte, könnte er aufsehenerregende wissenschaftliche Arbeiten liefern, das war prachtvoll, prachtvoll, wie sie da an der Tafel standen und sich an den Haaren rissen und stritten, auf Deutsch stritten, mmh ...

»Das hier ist meine vierte Wohnung. Die erste war unten in der Havnegata. Ein kleines Zimmerchen mit schrägen Wänden in der dritten Etage. An einer Schrägwand war ein winziges Fenster mit eiserner Einfassung, und dann war da eine Eisenstange, um das Fenster aufschieben oder schließen zu können. Wenn ich mich auf die Zehenspitzen stellte, reichte ich mit der Nase gerade über den Fensterrand. Dann konnte ich unter mir eine Reihe brauner Dachziegel sehen und unten am Kai die Fischkutter. Ich bezahlte zwanzig Kronen für das Zimmer und verpflegte mich selbst, hatte eine große Proviantkiste von zu Hause mit Knäckebrot und Butter und Käse, du wirst es vielleicht nicht glauben, aber den ersten Monat brauchte ich für Essen nur zwölf Kronen. Ich durfte einiges in der Küche der Vermieterin aufwärmen, sie war sehr freundlich, Eier braten und Blutpudding und so was, mmh, sie bot mir Kost und Logis für fünfzig Kronen im Monat an, aber das konnte ich mir nicht leisten. Dann kam ein Elektriker und bot ihr sechzig, und da musste ich ausziehen.

Während ich in der Havnegata wohnte, war da so eine Seemannshure, die des Öfteren zu mir heraufkam. Ich hatte ja kein Geld, aber sie konnte etwas Kaffee und zu essen kriegen und dann hatte ich Nadel und Faden und sie konnte ihre Kleidung flicken und ihre Strümpfe stopfen, ich gab ihr sogar einen gewebten Kopfkissenbezug, den ich von daheim hatte, meine Mutter hatte ihn geschickt, damit ich das Zimmer schön machen sollte, du weißt, wie Mütter sind, die Hure verkaufte den Bezug wahrscheinlich und kaufte sich dafür Schnaps. Sie kam meistens im Morgengrauen müde und erschöpft an, manchmal legte sie sich auf den Fußboden oder ich ließ sie zu mir ins Bett, du meine Güte, das muss anstrengend sein als Hure, eine ganze Schiffsbesatzung über sich ergehen zu lassen, sie war müde wie ein Hund, aber trotzdem bekam ich alles, was ich wollte, »das ist auch schon egal«, sagte sie, sie war fabelhaft, »mach dir nichts draus, dass ich schlafe«, sagte sie, lieber Himmel, sie war so nett, wie der Tag lang ist, aber es kam vor, dass sie weinte, und einmal kotzte sie in mein Bett und die Vermieterin meinte, dass das ein Ende haben müsse. Möchte wissen, was aus ihr geworden ist. Geschlechtskrankheiten? Nein, davor habe ich keine Angst. Ich kenne einen Arzt, er ist Sozialist, verflucht feiner Kerl, ich werde ihn dir im Studentenwerk vorstellen, er verlangt nichts, wenn du kein Geld hast, ich bekam eine Salbe von ihm, in der Tube, da ist eine kleine Spitze an der Tube und dann drückst du hinterher nur einen kleinen Tropfen darauf und kannst dann keine Geschlechtskrankheit kriegen, feine Sache, was …?

Hast du diese Kohlezeichnungen von Käthe Kollwitz gesehen? Sie ist aus Berlin, aus dem Ostteil. Habe diese Mappe von diesem Arzt bekommen. Schau dir hier diesen alten Arbeiter an. Prachtvoll, was? Und das hier, die Mutter mit den zwei Kindern, meine Güte, ist das nicht meisterhaft? Da schaudert es dich auch, oder? Nein, Käthe Kollwitz ist sicher tot. Oder sie sitzt in einem Konzentrationslager. Hitler hat per Dekret festgestellt, dass es im heutigen Deutschland kein Elend gibt. Das ist eine einfache und geniale Art, gesellschaftliche Probleme zu lösen, was? Einfach per Dekret feststellen, dass es etwas nicht gibt! Stell dir vor, unser Gesundheitsminister Nygårdsvold würde das für Norwegen machen! Einfach per Dekret erklären, dass es keine Tuberkulose gibt!

Einige der Jungs an der Hochschule essen in der Suppenküche. Du bekommst so viel, wie du in dich hineinstopfen kannst. Hast du dort mal gegessen? Nicht? Gestern gab es Fleischsuppe. Magst du Fleischsuppe? Mmh. Was liebst du am meisten? Ha, ha, ich meine, was Essen betrifft. Gebratene Ente. Gebratene Ente? Meine Güte, das hab ich noch nie gegessen. Du auch nicht? Oh, das ist herrlich, warte, ich muss erst zu Ende lachen … Nein, bei mir ist es gebratene Forelle in Sahnesoße. Ich habe daheim einen Kumpel, verdammt feiner Kerl, einundzwanzig Jahre alt, hat schon eine eigene Fahrradwerkstatt, unheimlich tüchtig, sein Mädchen wird demnächst Mutter werden und sie wollen im Sommer heiraten, gar nicht übel, mit einundzwanzig Jahren heiraten und Familienvater werden, was? Nee, ist es gar nicht, er hat auch schon vor, ein Haus zu bauen, der packt die Sachen an, das sag ich dir. Er und ich sind im Sommer immer angeln gegangen, oben im Gebirge, wir kennen kleine Bergbäche mit Forellen so dick wie … mmh, ich habe ein Gedicht darüber geschrieben, soll ich es dir vorlesen? Wir haben Zelt und Schlafsack und Angelruten dabei und eine Flasche mit saurer Sahne und kleine Tütchen mit Salz und Pfeffer und dazu einen Eimer, um Moltebeeren zu pflücken, mmh. Weißt du, einmal habe ich mich im Schlafsack vor das Zelt gelegt, es war so warm, und dann bin ich mitten in der Nacht wach geworden und da stand neben mir ein Tier und schnupperte an meinem Gesicht. Weißt du, was das für ein Tier war? Ein Wolf. Du meine Güte, das ist was, Alter, im Schlafsack liegen, und ein Wolf leckt dir übers Gesicht! Nur dein Gesicht ist an der Luft, du hast um den Hals zugebunden, deine Arme sind unten im Schlafsack, hermetisch versiegelt, du kannst die Arme nicht benutzen, wenn es um Leben und Tod geht. Der Wolf fängt ungestört an, dein Gesicht aufzuessen, bevor du einen Piep sagen kannst. Ich warf mich herum und einen Augenblick dachte ich, jetzt beißt er mich in den Hintern, und das war ein beschissenes Gefühl, das kann ich dir versichern, aber dann habe ich geschrien, habe geschrien wie ein Jochgeier, und das hat ihn erschreckt. Als ich aufschaute, war er weg. Und das war es. Seitdem binde ich nie mehr den Schlafsack oben am Hals zu. Nicht mal, wenn ich im Haus schlafe. Die Forelle, du, mmh, wir haben den Fisch bei den flachen Steinen unten am Wasser ausgenommen, haben sie gesäubert und gespült und dann haben wie sie in einer Pfanne über dem Feuer gebraten. Zuerst etwas Butter in die Pfanne. Hast du schon mal so eine frische Forelle gesehen, wie sie sich in der Pfanne krümmt? Hast du? Mmh, mir läuft das Wasser im Mund zusammen. Als sie fertig gebraten war, haben wir Sahne darauf gekippt und sie schmoren lassen. Kartoffeln haben wir selten, aber wir haben Knäckebrot und Kaffee. Frisch gefangene Forelle, gebraten in Sahne, mmh, mmh. Bei Gott, ein Genuss.

Bist du beschnitten? Nicht? Ich schon. Ich hatte eine zu enge Vorhaut, das war nicht die wahre Freude, war nur halb so schön, wenn du verstehst, was ich meine ... Wie das ist, beschnitten zu werden? Nein, nein, sie schneiden nicht ganz herum, sie knipsen mit einer Schere ab. Du kannst dich ruhig gruseln, das habe ich auch getan. Ich bin zu dem einen Arzt gegangen, du weißt schon, verdammt guter Mann. Nein, es hat überhaupt nicht wehgetan. Nicht die Behandlung selbst. Bekam zuerst eine Spritze zur Betäubung, und da hab ich echt ein bisschen Angst bekommen, Alter, denn da ist alles zusammengeschrumpft, es blieb nur eine dürre Zwetschge. Ich dachte, er hat mich auf Lebenszeit zum Zwerg gemacht, aber das war zum Glück nur, solange die Betäubung wirkte ... Dann zog er die Vorhaut nach vorne zu einer Spitze und schnitt mit einer Schere. Ich glaube fast, dass es eine gewöhnliche Papierschere war. Er schnitt mindestens zwei Zentimeter schräg ab, als würde man einen Kerzendocht kürzen. Und wenn er nun zu viel weggeschnitten hat? Kannst du begreifen, dass ich Panik hatte? Aber es ging gut, abgesehen davon, dass ich blutete wie ein Schwein. Und dann bekam ich einen Verband. Du meinst, schön verpackt? Es war ein Gefühl, als hätte ich einen Laib Brot in der Hose. Aber dann ging es los.

Was losgegangen ist? Es ging in der Nacht los. Ich bin mitten in der Nacht mit teuflischen Schmerzen wach geworden und am schlimmsten war, dass ich eine Erektion hatte. Deshalb die schlimmen Schmerzen. Und ich kriegte ihn nicht klein, den Ständer. Ich musste aus dem Bett, ich heulte, ich versuchte es mit kaltem Wasser, aber nichts half, ich hatte noch nie im Leben eine solche Prachtlatte, ich dachte, ich muss sterben. Ganz ehrlich, ich dachte, das ist das Ende. Und was für ein Ende! Verstorben nach der Beschneidung! Was? Aber das war nur zwei, drei Nächte so, dann ging es besser. Aber ich musste fast eine Woche mit dem Verband herumlaufen. Und du kannst dir vorstellen, wie das war, jedes Mal, wenn ich aufs Klo musste. Aber jetzt ist es gut. Prima. Viel besser als vorher. Prima. Stark. Wenn du auch gerne beschnitten werden willst, ich kann mit diesem Arzt reden. Das ist echt gut, verstehst du, danach wird das alles kräftiger und du bist weniger anfällig für Geschlechtskrankheiten.

Ist das nicht seltsam mit den Frauen, so geil, wie man manchmal werden kann? Ich meine so richtig wahnsinnig geil? Ich traf eines Abends ein Mädchen, ganz zufällig auf der Straße, und ich fragte sie, ob sie mitkommen wolle zu mir. Ich erinnere mich nicht, dass es eine große Sache gewesen wäre, beim ersten Mal, sie war klein und schmächtig, ein bisschen verhungert. Aber beim zweiten Mal ... Nun ja, da waren wir nicht allein, wir holten einige der andern Jungs im Haus herein, in der Wohnung im ersten Stock wohnen vier Studenten, und die hatten auch Besuch von Mädchen. Wir setzten das Grammofon in Gang, und es wurde irre lustig. Ich saß hier auf dem Diwan, zusammen mit einigen von den anderen, sie – das Mädchen – saß da drüben auf dem Stuhl, wo du sitzt. Und plötzlich trafen sich unsere Blicke. Das war so intensiv, und das war bei ihr genauso, ich konnte es an ihren Augen sehen, es war fast, als sei das erste Mal nur eine Kostprobe gewesen, wir standen gleichzeitig auf und liefen hinaus, wir liefen Hand in Hand und dann war nirgends ein leeres Zimmer und wir standen im Flur und sie biss mir in die Hand und dann schlüpften wir in die Küche der Vermieterin und es war stockdunkel und wir mussten mäuschenstill sein und die verdammte Küchenbank knarrte ... kannst du verstehen, dass man so geil sein kann, das ist doch unheimlich, oder? Wäre mir das mit der Küche nicht eingefallen, hätten wir uns draußen mitten auf den Flur hinlegen müssen, zwischen all den Zimmern, wir *mussten* es tun, das ist das Schreckliche, es überkam uns wie ein Schuss ... Ob ich mich vorgesehen habe? Nein, solche wie sie kennen die Kunst, mit ihnen geht es niemals schief. Du brauchst nicht so erschrocken zu schauen. Solche Frauen verstehen es, aufzupassen. Du musst nicht ständig die Vorsichtsmaßnahmen erwähnen. Wäre es schiefgegangen, hätte ich den Arzt in der Hinterhand gehabt. Es ging gut und das war's. Nein, ich hab sie seitdem nicht mehr gesehen, sie war nichts für öfter und ich werde nie vergessen, wie wir dasaßen und uns anblickten, quer durchs Zimmer, und zu zittern anfingen. Es überkam uns im gleichen Moment. Und es gab nur eins, rauslaufen. Gleichzeitig. Ist das nicht komisch? Ha?«

Er schnalzte mit den sinnlichen, dicken Lippen, er zwinkerte mit den braunen Augen, kratzte sich am Oberschenkel mit den behaarten Fingern und zappelte mit den Füßen in der Luft herum.

Er war ein Phänomen.

Einmal unterbrach Ask seinen enthusiastischen, aufgeregten Redefluss. Er hatte einen fremden Laut im Zimmer gehört.

»Was war das?«, sagte er.

»Was denn?«, sagte Kvase.

»Weiß nicht«, sagte Ask, »es klang wie ein scharfer Schuss.«

»Ach das«, sagte Kvase. »Das bin nur ich, wenn ich schnippe.«

»Nein«, sagte Ask, er hatte ständig Kvases Hände beobachtet.

»Nicht mit den Fingern«, sagte Kvase. »Ich schnippe mit den Zehen.«

»Red keinen Quatsch«, sagte Ask.

»Das ist kein Quatsch«, sagte Kvase. Er stellte die Füße auf den Boden und demonstrierte. Es kam ein Knall aus dem Schuh.

»Ma-mach das noch mal«, sagte Ask, die Haare sträubten sich auf seinem Kopf.

Es knallte ein weiteres Mal im Schuh.

Und noch einmal.

Kvase musste zwanzigmal schnippen, bevor Ask zufrieden war.

Und er konnte es immer noch nicht glauben.

Ein Mann, der mit den Zehen schnippt.

Kvase war ein Phänomen, eine Offenbarung.

Ask erlebte ihn auch, wenn er ernsthaft für sein Studienfach arbeitete, da spürte er den Forscher und den Wissenschaftler in ihm. Wenn er beispielsweise Kvase besuchte und er stand an seinem Reißbrett und zeichnete. Auf dem Reißbrett war ein kariertes Blatt befestigt oder ein weißes Zeichenblatt, daneben lagen das Reißzeug, Logarithmentafeln, die Handreißschiene, Radierschablonen, Kurvenlineale, Radiergummi, eine Rasierklinge, da standen kleine Tintenfässer mit Tusche. Kvase stand mit einem Bleistift zwischen den Lippen und einem Zirkel in der Hand über das Reißbrett gebeugt, er lächelte Ask kurz zu, ohne sich stören zu lassen. Er machte weiter, bis er mit der Aufgabe fertig war, er umkreiste das Brett wie ein Bär, der sich noch nicht endgültig entschieden hat, wie er einen Hütehund angreifen soll. Er kniff die Lippen zusammen, sah ausgesprochen hässlich aus, erinnerte an einen schielenden Dschingis Khan, summte grässlich falsch, konzentrierte sich auf den Sprung, sah aus, als wolle er den kleinen Zirkel in seiner Hand zerdrücken, hielt ihn aber achtsam und vorsichtig, als handle es sich um eine zarte Blume, drehte ihn aufmerksam zwischen den Fingern, um einen Kreis zu zeichnen, zog den Zirkel blitzschnell aus dem Papier, blieb stehen und bewunderte das Ergebnis, mmh, zog Striche mit Tusche, blätterte in einer Tabelle, schrieb mit langsamer und deutlicher Schrift auf ein Stück Papier und benutzte zwei Hände, um den Bleistift zu führen, beugte sich erneut über das Brett, nahm Maß, zog eine Linie, und fertig.

Stöhnend und prustend richtete er sich auf, ging einige Schritte zurück, wie wenn ein Maler von der Staffelei zurücktritt, um den kritischen Abstand zu bekommen, seufzte entzückt über seine Arbeit, ging in einem Bogen um den Tisch und legte eine zärtliche, segnende Hand auf das Reißbrett, er war wie eine Mutter, die mit einer Hand über den Rand der Wiege streicht, in seinem Blick waren Sonne und Kraft und ein wunderbarer Triumph, er schaute Ask an, öffnete und schloss den Mund in ekstatischer Befriedigung, konnte auf einmal nicht sprechen, konnte dem Freund nur zuwinken, und dann musste Ask hin zum Tisch und bekam die Zusammenhänge erklärt. Ask verstand nicht die Bohne von Projektionszeichnungen, die gute Abiturnote in Mathematik war und blieb ein gediegenes Missverständnis. Er wusste immerhin, dass es darum ging, eine Röntgenzeichnung von Gegenständen im Raum zu machen, begriff aber nicht den raffinierten Zweck des Ganzen. Wie auch immer, auch wenn das feine Netz aus geraden und gekrümmten Tuschestrichen auf Kvases Zeichenpapier für ihn keinen Sinn ergab – es erinnerte ihn eher an kubistische Zeichnungen –, stand er glücklich da und hörte sich Kvases begeisterten Vortrag an. Und waren das nicht hübsche Instrumente, die er hatte? Das Holz dieses Lineals! Und die Bleistifte, echte Koh-i-Noor. Kvase wagte nicht, daran zu denken, was ihn das gekostet hatte. Und das Reißzeug: acht verschiedene Zirkel. Da hatte er ein Riesenglück gehabt. Mein Gott, wie viele nette Menschen es auf der Welt gibt! Die Vermieterin hatte eine alte Schwägerin und deren Sohn war Architekt, aber schon tot. Sie hatte alle seine Sachen aufgehoben, die Vermieterin musste der alten Dame von ihm erzählt haben, denn er wurde eines Tages zu ihr nach Hause eingeladen. Sie hatte ihm das Reißzeug des Sohnes gezeigt und ihn gefragt, ob er es brauchen könne, sie wolle nichts dafür haben, ihrem verstorbenen Sohn wäre es nicht recht gewesen, dass sie es verkaufte, aber Kvase könne es haben, sie sei davon überzeugt, dass er achtsam damit umgehen werde … war die Welt nicht voller freundlicher Menschen, ein neues Reißzeug hätte ihn über hundert Kronen gekostet …

Er hatte sich fest vorgenommen, die alte Dame, wenn sie dann noch am Leben war, zur Einweihung seiner ersten Brücke mitzunehmen. Ask müsse natürlich auch kommen, er müsse eine Flasche Champagner besorgen, dürfe sie aber nicht am Brückenpfeiler zerschmettern. Einen derartig albernen Umgang mit Trinkwaren könne man den asozialen Reedern überlassen.

Asks Begeisterung für Kvase nahm immer mehr zu. Täglich sehnte er sich danach, ihn zu treffen und mit ihm etwas zu unternehmen, seine Kraft aufzusaugen, seinen Mut, seine Offenheit, seine faszinierende Frechheit, seine Klarheit, seinen vibrierenden Eifer und seinen kompletten Mangel an falscher Bescheidenheit.

Kvase las seine Gedichte bei jeder Gelegenheit vor, egal für wen. Er hatte ein Verlangen nach Anerkennung, doch ebenso sehr das Verlangen, dieser wunderbaren Welt etwas davon wiederzugeben, was sie ihm gegeben hatte. Er zweifelte nie. Es fiel ihm nie ein, sich zu fragen, ob seine Gedichte künftige Weltliteratur waren, er schrieb einfach, er las einfach. Er las eigene Gedichte über Weihnachten, über ein neues Jahr, über Guernica, über den Arbeiter, den Studenten, das Feuer am Strand, über die gelbe Moltebeere, die den Kopf aus ihrem grünen Blattkragen steckte, er las eigene Gedichte über die Revolution, über die Einsamkeit im Gebirge, den Duft einer gebratenen Forelle und den Mund eines Mädchens. Es gab nur wenige Gedichte, mit denen er nicht einverstanden war, die würde er korrigieren; aber von den anderen war er in höchstem Maße entzückt, er sagte, sie seien verdammt gut. Ask dachte: Ein Mann sagt über seine eigene Leistung, dass sie verdammt gut ist. Seine Bewunderung für Kvase war unermesslich. Und alle, die bei den Gedichtrezitationen zuhörten, nickten und sagten, das sei großartig, was es auch war, denn keiner hatte die Zeit zu einer kritischen Analyse, wenn Kvase las, sprühte er vor Hingabe und Einfühlung, er las mit bebender, dunkler Stimme, aber offenem Mund und offenen Nasenlöchern. Wie Kvase im Leben war, so war er in seinen Gedichten, es war ein Erlebnis, dazusitzen und ihm zuzuhören. War Kvase fertig mit den eigenen Gedichten, fuhr er fort, die von anderen vorzutragen. Er las Arnulf Øverland, Rudolf Nilsen, Nordahl Grieg, er konnte vier Stunden am Stück Gedichte vorlesen und er hatte einen Brief von Herman Wildenvey mit Reißzwecken an die Wand geheftet, auf dem Kvase einige Sätze rot unterstrichen hatte: »... einige sehr bemerkenswerte Aspekte in dem, was Sie schreiben ... sehr lebendig und unverfälscht natürlich ... es kann für niemanden von Nachteil sein, wenn Sie fortfahren ...«

Kvase deutete oft mit dem behaarten krummen Finger an die Wand und sagte »mmh«.

Kvase hatte nie Bedenken, sich in eine Diskussion zu stürzen, hatte nie Bedenken, mit Menschen zu reden oder neue Bekanntschaften zu knüpfen. Jeder, den er traf, war ein Abenteuer, wo immer er ging, rollte die Morgensonne hinter ihm her. Er war ein miserabler Tänzer, er tanzte wie ein tapsiger Bär, trotzdem hatte er keine Bedenken – sogar in der Studentenvereinigung –, eine Tanzpartnerin aufzufordern. Und Kvase verbeugte sich genau vor der jungen Frau, die er auserkoren hatte. Das imponierte Ask über die Maßen. Vielen geht es ja so, dass sie, wenn sie vor der Auserkorenen stehen, Angst vor ihrer Courage bekommen und sich vor dem Mädchen daneben verbeugen.

Kvase wurde der beste Freund, den Ask je gehabt hatte. Und ein Tag, an dem er Kvase nicht sah, war ein grauer Tag.

In den Sommerferien trafen sie sich einmal um die Mittagszeit in der Stadt. Ask bot Kvase eine Zigarette an und Kvase inhalierte mit einem genussvollen Stöhnen. Es war an dem Tag seine erste Zigarette, er war chronisch pleite, er musste mindestens drei Tage warten, bis das Geld von zu Hause kam, jetzt wollte er zurück in seine Studentenbude und sein Mittagessen einnehmen, das aus Knäckebrot und Karotten bestand.

»Willst du nicht zum Essen mitkommen zu mir nach Hause?«, fragte Ask, es war ihm spontan eingefallen.

Bis jetzt hatte er nie daran gedacht, Kvase zu sich nach Hause einzuladen. Die Atmosphäre dort schien ihm vollkommen unvereinbar mit der strahlenden Freiheit, die er zusammen mit Kvase gefunden hatte, für ihn war es undenkbar, dass sie sich woanders als in Kvases Zimmer trafen. Aber wenn der beste Freund mit Augen vor einem steht, die lodern vor Hunger ...

»Ich habe keine Ahnung, was es gibt«, sagte Ask. »Gebratenes Seelachsfilet oder so was in der Art. Aber wenn du dich beherrschst und nicht mehr als zwei Portionen isst, dann reicht es sicher.«

Kvase lief bei dem Gedanken an das Mittagessen das Wasser im Mund zusammen und er leckte seine dicken Lippen und konnte fast nicht sprechen. Aber nein, das gehe sicher nicht, es sei nicht in Ordnung, unangemeldet zu kommen, und wenn Asks Mutter nun gerade genug für die Familie gekocht hätte …

Ask ging in eine Telefonzelle und rief zu Hause an. Es war in Ordnung. Danach wurde er sehr nachdenklich und er deutete Kvase gegenüber an, wie die Stimmung in seinem Elternhaus sei und dass Kvase nicht erwarten solle, die ungezwungenste und glücklichste Familie der Welt vorzufinden, aber Kvase hörte nicht zu, was er sagte. Kvase dachte nur ans Essen.

Als sie gemeinsam auf der Plattform der Straßenbahn standen, fiel Ask plötzlich ein, dass sich Kvase vielleicht schon lange gewünscht hatte, zu ihm nach Hause zu kommen. Vielleicht hatten sich ja ihre Wünsche überschnitten. Für Ask war Kvases Zimmer der Inbegriff alles Edlen und Guten, aber für einen, der in einer fremden Stadt zur Untermiete wohnt, war es vielleicht verlockend, in einen ordentlichen Haushalt zu kommen, mit Atmosphäre und mit regelmäßigen Mahlzeiten, nicht zuletzt, wenn alles zu seinem besten Freund gehört. Ask drehte sich weg von Kvase, als er daran dachte. Er wollte nicht, dass Kvase sah, wie er errötete.

Das Mittagessen wurde ein Erfolg. Es gab frisch gebeizte Forellen mit Karotten und Kartoffeln. Kvase sah aus, als würde er beten, als er den gedeckten Tisch sah. Der Vater und die Mutter mochten Kvase sofort – wer mochte ihn nicht? Er aß langsam und andächtig, konversierte aufmerksam mit ihnen, hörte sich interessiert die Schilderung ihrer Krankheiten an, gab Asks Mutter sogar einen guten Rat gegen Hühneraugen, eine Salbe, die er selbst einmal mit großem Erfolg angewendet hatte. Er eroberte im Sturm Mutters Herz, er reichte ihr höflich den Korb mit dem Brot und nahm selbst den Krug mit Saft und Wasser, als sie ihm einschenken wollte.

Wenn das so weitergeht, wie es angefangen hat, dachte Ask, endet es damit, dass sie Kvase den kleinen Zeh zeigt, den sie sich hat operieren lassen. Sie hatte ihn in ihr Herz geschlossen.

Balder konnte nicht still sitzen. Kvase hatte eben von einer Nacht hoch oben im Gebirge erzählt, in der er sich zum Schlafen in seinem Schlafsack auf die Erde gelegt hatte. Er erwachte plötzlich um fünf Uhr früh davon, dass jemand neben ihm stand und ihm ins Gesicht blies. Es war ein Wolf.

»Dieser Wolf …«, sagte Balder.

»Still«, sagte der Vater. »Unterbrich nicht, wenn Erwachsene reden.«

»War der *richtig* wild?«, fragte Balder.

»Still«, sagte der Vater.

»Vielleicht wollte er nur spielen!«, sagte Balder.

»Still! Und iss anständig auf. Lass nicht die Butter auf dem Teller liegen.«

Nach dem Essen tranken sie Kaffee. Die Mutter hatte einen Kuchen gebacken, der Vater war im Keller gewesen und hatte eine Flasche selbst gemachten Wein geholt, er erlaubte sogar, dass sich Ask und Kvase eine Zigarette anzündeten. So etwas war Ask noch nie passiert, dass der Vater ihm erlaubt hätte, eine Zigarette zu rauchen. Sogar jetzt, nachdem Ask 21 Jahre alt war und einen Arbeitsplatz hatte, kam es nicht infrage, dass der Vater es merkte oder sah, wie er Zigaretten rauchte. All die Jahre hatte er heimlich geraucht, er war total abhängig von Nikotin. Seit seinem vierzehnten Lebensjahr brauchte er das Nikotin, seine ganze Jugend war bestimmt von der Panik, dass sein Vater es entdecken könnte, denn der Vater hatte eine pathologische Abneigung gegen Zigaretten. Ask wusste nicht, ob der Vater allergisch gegen den Zigarettenrauch war oder ob es die Angst vor der Geldverschwendung war oder ob Zigaretten für den Vater Ausdruck von Leichtsinn und Sünde waren. Der Vater schnitt jede Diskussion ab, sein Gesicht zeigte jedes Mal, wenn Zigaretten erwähnt wurden, alttestamentarische Strenge, er wurde schon beim schwächsten Geruch nach Zigarettenrauch weiß um die Nasenflügel.

Und jetzt saßen er und Kvase da und rauchten Zigaretten, ohne dass der Vater ein Wort sagte. Ask war sprachlos.

Als Kvase ging, blieb Ask mit ihm in der Diele stehen.

»Eine verdammt nette Familie hast du da«, sagte Kvase mit leiser Stimme, seine Augen glühten vor Herzlichkeit.

Wieder war Ask sprachlos.

Nachdem der Freund gegangen war, ging Ask zurück in die Wohnstube.

Er stand da und musterte die Familienmitglieder der Reihe nach.

Kvase hatte gesagt, dies sei eine verdammt nette Familie. Ask fragte sich, wer hier verrückt war, er oder Kvase.

Der Vater sagte:

»Puh, dieser Zigarettenqualm. Raus damit. Mach sofort das Fenster auf.«

Ask fühlte sich wunderbar erleichtert. Er dachte: Sogar Kvase kann sich irren.

Die Sommerferien standen vor der Tür, Kvase würde nach Hause fahren. Er kehrte zwar im Herbst zurück, aber dann verließ Ask seinerseits die Stadt, um an der kaufmännischen Hochschule anzufangen. Was würde dann aus ihrer Freundschaft werden?

Ihre Freundschaft war großartig gewesen. Doch nie konnte Ask so glücklich sein, wie er gerne sein wollte. Er konnte sich nicht überwinden, Kvase von seinen früheren Erlebnissen zu erzählen, er hatte nicht den Mut, sich als Ritter der Großen Nuckelflasche zu offenbaren, er war nicht in der Lage, seine eigenen, peinlichen Niederlagen mit Kvases enthusiastischen, himmelstürmenden Triumphen zu vermischen. Doch er litt unter dem Verschweigen, er hatte das Gefühl eines Betrugs an ihrer Freundschaft; dass Kvase sein Freund war, beruhte auf falschen Voraussetzungen. Er musste seine Schande für sich behalten. Für immer. So wie der Körper eine Verletzung oder eine Krankheit überwinden kann durch ein Verkapseln im Gewebe, so hoffte er jetzt, sein Leben fortsetzen zu können, wenn er einfach seine Schmach mit einer Schicht aus versteinerndem Kalk überzog. Wenn er nie darüber redete, weder sich noch anderen gegenüber, würde sie sich verkapseln. Er würde sie immer aushalten müssen, doch solange er die Kalkschicht nicht zerbrach, würde er jedenfalls verhindern, dass sie sich ausbreitete.

Eines Tages sagte Kvase zu ihm:

»Weißt du, was einer der Jungs aus der Schule erzählte? Halt dich fest. Er erzählte, dass du mit einer Frau aus, wie hieß der Ort, ich habe es vergessen, irgendetwas mit Pollen, verlobt seist. Quatsch, sagte ich, Ask und verlobt! Ich kenne in der ganzen Stadt keinen so abgebrühten Junggesellen wie Ask, sagte ich. Und sollte es Ask jemals einfallen zu heiraten, würde er nie daran denken, sich vorher zu verloben, sagte ich. Eine Verlobung ist ein Relikt aus der Feudalzeit, sagte ich. Hast du schon einmal einen solchen Unsinn gehört? Was?«

»Nein«, sagte Ask.

Einen Moment durchfuhr ihn siedend heiß der Gedanke, dass er es jetzt sagen könnte. Er zitterte vor Angst, jetzt war die Gelegenheit da. Aber er brachte es nicht über sich.

Vor Kvase, dem Zigeuner, dem lachenden Sieger, konnte er nicht zugeben, dass ihm der Feind bereits eine Niederlage fürs Leben beigebracht hatte. Vor Kvase musste er, krank im Herzen, so tun, als gehörte er ebenfalls zu den Auserwählten der Götter, die 21 Jahre alt sind und nie sterben werden.

Splendid

Ab und zu gingen Ask und der dunkle Kvase aus, um sich Frauen zu besorgen.

Dann saßen sie abends zusammen in einem Restaurant und tranken aus hohen Gläsern Pils. Aber es kam der Moment an dem Abend, da wurden sie etwas abwesend, sie hörten nur mit halbem Ohr zu, was der andere sagte, und schließlich schnippte Ask mit den Fingern oder Kvase mit den Zehen und einer von ihnen sagte: »Und jetzt muss ein Weib her.«

Sie bezahlten, standen vom Tisch auf und gingen.

Kvase hatte in dieser Zeit ein dichterisches Problem. Er fand einfach keine poetische, dichterische Bezeichnung für einen bestimmten Körperteil der Frau, von dem er rubensartig fasziniert war. Er drückte es so aus:

»Du kannst jeden beliebigen Teil einer Frau in Worte fassen, solange sie auf dem Rücken liegt. Auch nackt. In der Lyrik kannst du über die Augen einer Frau reden, ihre Ohren, ihre Brüste, ihre Knie. Alles ist gleichermaßen hübsch. Eine Schöpfung Gottes. Du kannst sogar ihren nackten Bauch beschreiben, ihren Nabel und die reizende Fülle kurzer Haare auf ihrem Venusberg. All das ist gleichermaßen poetisch. Jeder kann darüber schreiben. Und alle lesen es, ohne es in den falschen Hals zu kriegen.«

Ask war sich da nicht so sicher.

»Ja, natürlich. Ich spreche nicht über diese vermaledeiten Christen. Die haben das Leben völlig missverstanden. Für die wäre es eine Todsünde, auch nur *die Augen* von Luise Rainer zu sehen.«

Diese deutsch-jüdische Schauspielerin hatten sie kürzlich in einigen amerikanischen Filmen gesehen. Sie hatten sie in Pearl S. Bucks *Die gute Erde* gesehen, zusammen mit Paul Muni, aber von hinreißender Schönheit erschien sie ihnen in einem Film über eine Schlägerei zwischen Taxifahrern in New York. In ihren Augen war sie die wunderbarste Frau, die sie je gesehen hatten, sie waren heftig in sie verliebt, sie hatten ernsthaft überlegt, ob sie ihr nicht gemeinsam einen Brief schreiben sollten. Es lag eine unbeschreibliche Schönheit in den großen, lebendigen, schmachtenden Augen dieser Frau, das Bild von ihren Augen ging ihnen nicht aus dem Kopf.

»Aber drehe sie mal auf den Bauch«, sagte Kvase.

»Luise Rainer?«

»Nein, die Frau. Die Frau, die du beschreiben willst. Poetisch. Lege sie auf den Bauch, nackt, mit dem Hintern nach oben, und sag mir, ob du den Hintern einer Frau poetisch beschreiben kannst!«

Ask lächelte. Kvase sah es:

»Ja, genau!«

Sie wurden beide sehr ernst. Kvase erläuterte das Problem:

»Die Sache ist die, dass es keine brauchbare Bezeichnung für die zwei Hälften gibt, aus denen jeder Frauenhintern besteht.

Im Englischen heißen sie *buttocks*. ›Er streichelte ihre *buttocks*.‹ Was man sagen kann, ohne dass es komisch klingt. Aber von Pobacken zu sprechen oder von Gesäßhälften, das ist einfach lächerlich! Ich habe hin und her überlegt, ich habe alle möglichen Wörter ausprobiert, aber es ist schier hoffnungslos. Nimmst du Arsch, ist es teils komisch, teils ein bisschen abstoßend. Arsch ist ja auch ein Schimpfwort. Doch benutzt du Arschbacken, ist es nur noch komisch.«

Sein Gesicht verfinsterte sich. Plötzlich brach es aus ihm heraus:

»Es ist doch zum Verzweifeln, dass man etwas, das zum Schönsten an einem weiblichen Körper gehört, nicht in einem Gedicht besingen kann! Du musst bei Gott *Maler* sein, um eine nackte Frau, die auf dem Bauch liegt, poetisch preisen zu können! In Worten ist das unmöglich. Du brauchst Pinsel und Palette!«

Ask sagte vorsichtig:

»Wergeland sagte über seine Stella, dass ihre Hüften wie Engelsflügel seien ...«

Das hätte er nicht einwenden sollen.

»Wergeland?«, heulte Kvase. »Erstens darf daran gezweifelt werden, dass Wergeland jemals Gelegenheit gehabt hat, einen nackten Frauenkörper mit derselben glücklichen Aufmerksamkeit zu bewundern, mit der er Rosen und Levkojen bewunderte. Zum Zweiten trugen Frauen zu Wergelands Zeit Reifröcke oder Krinolinen, sonst hätte er das Bild mit den Engelsflügeln nicht erfinden können. Seine Stella ist bekleidet und hat *Fischbeinstäbchen unter dem Rock*! Zum Dritten beschrieb Wergeland gerade nicht Stellas Arsch, er beschrieb ihre *Hüften*! Und das ist etwas ganz anderes!«

Ask erschrak und wurde traurig. Er zermarterte sein Gehirn, um dem Freund helfen zu können: Hinterteil, Allerwertester, Po ...

Kvase raufte sich die Haare:

»Hinterteil! Du kannst vom Hinterteil eines Elefanten reden, aber nicht bei einer Frau!«

Er schnappte nach Luft:

»Allerwertester! Das ist ja reine Sonntagsschule! ›Bist du auf deinen Allerwertesten gefallen, mein Kleiner?‹ Furchtbar!«

Und jetzt verzog er das hässliche Bluthundsgesicht zu einer entsetzlichen Grimasse:

»Und Po! Ich spreche nicht vom Popo eines Säuglings, auf den ich Puder streue! Ich spreche von der Stelle am Körper einer erwachsenen Frau, die am höchsten ist, wenn sie nackt auf dem Bauch liegt!«

Es wurde lange still.

Dann sagte Ask:

»Du könntest vielleicht das nehmen, was du eben sagtest ...«

»Was denn?«

»Du sagtest: ›Die Stelle am Körper einer erwachsenen Frau, die ...‹

»Du meine Güte. Ich hatte vor, ein Gedicht zu schreiben und nicht die Topografie einer Landschaft.«

Unglücklich saß Ask da und starrte vor sich hin. Ihm war aufgegangen, dass die Probleme eines Dichters vielfältig waren. Er wusste nicht, wie er dem Freund helfen konnte. Schließlich räusperte er sich vorsichtig:

»Und wenn ...«

»Und wenn was?« Kvase atmete schwer.

»Und wenn du – an Wildenvey schreibst?«

Kvase hob seinen Kopf, blickte Ask streng und ernst an:

»Leck mich am A ...«

Er hielt inne. Für einen Moment hatte er eine Möglichkeit für ein brauchbares Wort geahnt. Aber natürlich musste auch das verworfen werden.

Danach saßen sie beide resigniert da und starrten in das poetische Nichts.

Ask hielt sich gewöhnlich fern von allen Frauen. Nur einmal während dieses Frühjahrs zu Hause fand er ein Mädchen so anziehend, dass sie ihm nicht aus dem Kopf ging. Sie war seine Schülerin in einer der Mädchenklassen. Sie war sehr groß und schlank, mit langem braunem Haar, das sich über die Schultern ergoss, mit einem Gesicht, das jedes Mal, wenn sie Ask ansah, ein unergründliches Lächeln zeigte, und mit einer dunklen, erfahrenen Stimme. Ask konnte den Blick nicht abwenden, wenn sie durch das Klassenzimmer ging. Ihr Kleid saß so eng wie die Haut bei einer Schlange, sie ging nicht, nein, sie schlängelte sich vorwärts.

Er richtete es so ein, dass das Mädchen zu einer Party in Kvases Bude eingeladen wurde. Ask trank den ganzen Abend maßlos. Sie tanzten zusammen, und Ask war wie betäubt vor Erregung, als er spürte, wie schlank ihre Taille war. Sie war fast so groß wie er, und Ask trank noch mehr. Um Mitternacht zog er sie aus dem Zimmer und in einen Nebenraum, sank mit ihr auf ein Sofa, beide überkam ein so heftiges Verlangen, plötzlich wusste er, dass das Mädchen ihn die ganze Zeit so angesehen hatte wie er sie, ihre Münder fanden sich, sie bissen sich die Lippen blutig, ihre Hände grapschten in eine explosive, schreiende Leistengegend, mit einem Stöhnen legte er sie auf den Rücken und riss an ihrer Unterwäsche. Im selben Moment begannen das Sofa und das Mädchen unter ihm heftig zu schwanken, das ganze Zimmer drehte sich, das Universum wurde würgend grün und ohne jede Vorwarnung erbrach er sich. Eine ganze Schiffsladung aus Gin und Tonic spritzte direkt an die Tapete, nur knapp verfehlte er das Gesicht des Mädchens. Er versank im Dunkel der Schande, sturzbetrunken, kaputt, leblos. Später legte sie ihm fürsorglich feuchte Umschläge auf die Stirn, aber das machte die Schande nicht geringer und lebendig wurde er auch nicht. Wenn Ask sturzbetrunken war, dann war er sturzbetrunken.

Eine Woche danach rief er sie an. Sie gingen aus, in ein Restaurant. Aber es gab keinen Ort, wohin er sie danach hätte mitnehmen können. Sie spazierten heimwärts, ihr Weg führte am Schulgebäude vorbei. Ihm war eingefallen, dass im Erdgeschoss auf der Rückseite ein Raum war, den die Putzfrauen benutzten und wo der Hausmeister Fundsachen und Werkzeug aufbewahrte. Natürlich war die Schule so spätabends abgeschlossen, aber vielleicht ließ sich das Fenster dieses Abstellraumes von außen öffnen?

Er musste schlucken, als er entdeckte, dass das Fenster offen war. Er zwängte sich zuerst nach innen, dann half er dem Mädchen, über das Fensterbrett zu klettern. Sie musste ihr Kleid etwas hochschieben, als sie hereinschlüpfte. Ask hatte das Gefühl, sich an ihren Seidenstrümpfen zu verbrennen.

In der Kammer gab es keine Stühle, nur ein großer Tisch stand in der Mitte. An den Wänden lehnten Schrubber und Besen und Rechen, in einer Ecke war ein kleinerer Tisch mit einer elektrischen Kochplatte darauf. Ask schloss das Fenster, und sie setzten sich auf den Tisch. Plötzlich wusste er, dass es einfach nicht ging. Ein fürchterliches Gefühl von Verzagtheit überkam ihn.

Er waren keine Gardinen an den Fenstern, und es war eine helle Frühsommernacht. Wenn jemand draußen vorbeiging, würde er direkt hereinschauen können.

Ask und das Mädchen saßen in Mänteln auf dem Tisch. Die Wände der Kammer waren kalt und nackt, das offene Fenster hinaus zum Hof hinter der Schule wurde unheimlich groß, es war wie ein großes Auge, das sie beobachtete.

Er wusste nicht, was er sagen sollte. Er begehrte sie heftig, doch saß stocksteif und fröstelnd da. Er schielte kurz hinüber zu ihrem Gesicht, konnte aber ihren Ausdruck nicht deuten. Er räusperte sich und versuchte eine Unterhaltung, aber der Laut seiner Stimme in dem nächtlich stillen Schulgebäude rief Todesangst bei ihm hervor. Er dämpfte die Stimme und flüsterte. Zu seiner grenzenlosen Verwunderung hörte er, wie er mit ihr über den Schulunterricht redete.

Und ein grässlicher Verdacht stieg in ihm auf. Sie, das Mädchen, hatte ihm damals in Kvases Zimmer nur etwas vorgespielt, dass er bei ihrer Umarmung Zustimmung spürte, dass er sich das nur eingebildet hatte. Das Ganze war nur ein Traum gewesen, eine Wahnvorstellung. Er war nun überzeugt davon, dass sie mit ganz anderen Vorstellungen hier saß. Er sah es an ihrer gerunzelten Stirne, an den langen Beinen, mit denen sie in die Luft kickte. Würde er jetzt eine Hand auf ihr Knie legen, sie würde sofort schreien und ihn kratzen und ein Schwein nennen, er glaube wohl, sie wisse nicht alles über ihn? Wusste er nicht, dass es für einen Lehrer strafbar war, eine Schülerin zu verführen? Er hatte plötzlich die furchtbare Gewissheit, dass das hier ein abgekartetes Spiel war, dass sie im Gebäude einen Helfer und einen Vertrauten hatte, jetzt würden sie ihn erwischen! Er brauchte sie nur anzuhauchen, und draußen auf dem Gang würde die elektrische Alarmglocke schrillen, der Hausmeister würde kommen, Rex würde kommen und ihm mit seiner Bärenpranke auf die Schulter schlagen, Rex!

Sie blieben eine halbe Stunde auf dem Tisch sitzen. Er rührte sie nicht an. Als Ask das Fenster wieder öffnete und ihr hinaushalf auf den nächtlich stillen Hof, hatte er einen scheußlichen Geschmack im Mund, wie saure Asche.

Aber er machte noch einen Versuch. Nach einer weiteren Woche rief er sie an und fragte, ob sie mit ihm einen Abend ausgehen wolle.

»Wohin denn?«, fragte ihre tiefe, ruhige Stimme.

»Aus eben ...«, sagte Ask hilflos.

»Nein«, sagte sie.

Es entstand eine kleine Pause, dann fügte sie hinzu:

»Du brauchst mich nicht mehr anzurufen.«

Er schluckte.

»Nie mehr?«

»Nein.«

Er stand in der Telefonzelle und biss sich auf die Lippe, er wusste nicht, was er sagen sollte, es war, als würde ihm der Boden unter den Füßen weggezogen. Er sagte mit schwacher Stimme:

»Willst du nicht sagen, warum?«

Nach einer kleinen Pause antwortete sie:

»Das, denke ich, weißt du sicher selbst.«

Dann wurde es still. Die Schülerin von siebzehn Jahren hatte vor dem Lehrer von einundzwanzig Jahren aufgelegt.

Dieses Erlebnis erfüllte ihn mit einer namenlosen Angst. Er zweifelte nicht daran, dass das Mädchen in ihm den Verbrecher gesehen und gespürt hatte, ihre unklare Abschiedsformel sollte ihm noch viele Jahre im Ohr bleiben. *»Das, denke ich, weißt du sicher selbst.«* Er hatte eine erwachsene Frau von siebenunddreißig Jahren erobert und eine von sechsundzwanzig Jahren, aber von nun an hatte er für immer eine Scheu vor jungen Mädchen von siebzehn Jahren. In den Gesichtern der richtig jungen Mädchen las er immer etwas Spöttisches, Gemeines, Grausames.

Er hatte das Gefühl, sie würden direkt durch ihn hindurchschauen.

Sie wussten Bescheid.

Und diese Hilflosigkeit jungen Mädchen gegenüber vermischte sich mit einem Gefühl von Verwundbarkeit und Wehmut. Auf geheimnisvolle Weise fühlte er, dass er fertig war mit dem Leben, dass er es gelebt hatte.

Er wusste, dass der Körper eines jungen Mädchens wie ein Apfel duftete.

Doch der Apfel war nicht für ihn.

Eines Abends Anfang Juni waren sie ausgegangen, um sich Frauen zu besorgen. Sie waren in kleinen Gässchen gewesen und in Hinterhöfen, sie hatten keine gefunden.

Spätabends, sie waren nun beide etwas fußlahm, sagte Kvase:

»Wir gehen ins Splendid.«

»Pfui Teufel«, sagte Ask. Er war nie dort gewesen, er kannte das Etablissement nur vom Hörensagen, es war eine Kaschemme, aber etwas war mit diesem Lokal, eine vage Erinnerung …

»Wir gehen trotzdem hin«, sagte Kvase. »Wenn ich jetzt kein Weib bekomme, beiße ich mir in die linke Hand.«

Sie waren nicht sehr betrunken. Sie waren noch klar im Kopf. Als sie an den boxerartigen Türstehern vorbei waren und in die Garderobe kamen, sagte Kvase:

»Pfui Teufel.«

»Hab ich doch gesagt«, sagte Ask.

Trotzdem zogen sie ihre Jacken aus und gingen hinein.

Sie bekamen einen Tisch an der Längswand. Sie blickten sich unauffällig um. Einige Paare tanzten. Andere saßen an den Tischen. Ask hatte noch nie so hässliche Frauen gesehen. Einige von ihnen hatten triefende Augen.

Sie bestellten Wermut und tranken schnell.

Erst nach drei Gläsern drehte er sich vorsichtig um zu dem kleinen Orchester. Akkordeon, Schlagzeug und Saxofon. Er hatte es die ganze Zeit gewusst.

Später wurden sie betrunken. Ask war kurz draußen auf der Toilette. Als er zurückkam, hatte die Musik eine kleine Pause eingelegt. Er ging schwankend über die Tanzfläche und blieb vor dem Podium stehen. Er hatte in der Tür gestanden und den Mann angestarrt. Er wusste nicht, warum er stehen geblieben war. Er hatte das Gefühl, als habe man ihn im Unterleib operiert, als fließe warmes Blut in ihm, trotzdem musste er mit dem Mann reden. Er dachte verschwommen: Das ist eine Prüfung. Er dachte: Das habe ich noch nie versucht. Er hätte sich beinahe übergeben.

Alle drei Musiker waren sommerlich gekleidet, dunkle Hosen, gelbe Hemden. Die Hemden hatten sie am Hals offen, es war heiß im Lokal, ein Dunst aus Schweiß, Bier, billigem Parfüm und Erbrochenem zog durch den Raum, der Tabaksqualm war so dicht, dass man die hintere Wand des Raumes nicht sehen konnte. Die Paare sahen aus, als kämen sie aus dem Londoner Nebel. Auf dem Boden neben ihren Stühlen hatten die Musiker ihre Bierkrüge stehen, zu denen sie sich regelmäßig hinunterbeugten, um zu trinken.

Der Mann wischte sich gerade den Bierschaum vom Mund, als Ask ihn ansprach. Er hörte sich sagen:

»Hallo.«

Der Mann blickte zu ihm auf und lächelte.

»Hallo«, sagte er etwas erstaunt.

Ask hatte nicht den Mut, dem Mann in die Augen zu schauen. Er hielt den Blick starr auf die Nase des Mannes gerichtet. Der Mann war ziemlich jung, um die 28 Jahre, gut aussehend, dunkle Haut, fast wie ein Italiener, mit schwarzem, gewelltem Haar, braunen Augen und weißen Zähnen. Er war schlank, begann aber füllig zu werden, der Ansatz eines Bauches zeigte sich oberhalb des Gürtels. Seine fleischigen Hände und Unterarme waren mit schwarzen Haaren bewachsen.

Ask schluckte, biss die Zähne zusammen, schwankte ein wenig. Er hatte das Gefühl, als würde ihm schwarz vor Augen, als er sagte:

»Äh – heißen Sie Reidar Sørensen?«

»Ja?« Der Mann schaute Ask lächelnd und etwas müde an.

Ask dachte: Seltsam, dass ich mich an den Namen erinnere, es ist über ein Jahr her, dass ich ihn hörte.

Ask betrachtete die dicke, gebogene Nase des Mannes. Kleine Schweißperlen standen auf der braunen Haut. Ask sagte:

»Sie waren doch im vergangenen Jahr in Indrepollen?«

»Ja«, sagte der Mann. »Elendes Kaff. Hab es drei Monate ausgehalten. Spielte im dortigen Hotel. War da von Dezember bis Februar letzten Jahres. Da fahr ich nie mehr hin.«

»Ja«, sagte Ask.

Er dachte: Ich könnte jetzt gehen, könnte es dabei bewenden lassen.

Er sagte:

»Ich habe einen Gruß auszurichten.«

»Aha?«, sagte der Mann ohne sonderliches Interesse. Er schüttelte das Saxofon, das an einem Lederriemen hing, stellte es zwischen die Knie und fing an, die Blattschrauben des Mundstückes zu lösen. »Von wem denn?«

»Sie heißt Gunnhild«, sagte Ask. Plötzlich bekam er weiche Knie, er war wie Gelee, er spürte ein leises, fiebriges Zittern im Körper, seine Zähne klapperten leicht. Jetzt war es gesagt.

»Na, so was!«, sagte der Mann. »Na, so was!«

Er zog das Blatt aus dem Mundstück, leckte es ab, legte es an seinen Platz und schraubte zu.

»Gunnhild, ja«, seufzte er, und ein genüssliches Lächeln zeigte sich auf seinem glatten Gesicht. »Prima Weibsbild war das.«

Dann schien ihm etwas weniger Angenehmes einzufallen, ein Schatten glitt über sein Gesicht, aber dann lächelte er wieder.

»Sie wär wahrscheinlich gern mit, als ich weg bin«, sagte er. »Sie hat mir danach ein paar Briefe geschrieben, hierher, wollte wissen, ob ich ihr nicht eine Arbeit besorgen könnte. War nicht so einfach, sie loszuwerden.«

Er hob sein Instrument hoch und spielte ein paar Töne. Seine Backen wurden dick, als er blies. Schlechter Musiker, dachte Ask. Drittklassig. Der Mann hielt inne, schaute zu Ask auf und sagte:

»Kannten Sie die Frau?«

»Nur ein bisschen«, sagte Ask. Er musste einen kleinen Ausfallschritt machen, um das Gleichgewicht wiederherzustellen.

»Ich habe gehört«, sagte Ask.

»Was?«, sagte der Mann.

»Ich habe gehört, dass sie ein Kind bekommen hat.«

Der Mann legte das Saxofon weg und saß mit halb offenem Mund da.

»Unglaublich«, sagt er. »Mit wem denn?«

»Keine Ahnung«, sagte Ask. In dem Moment hörte sein Körper auf, wie im Fieber zu zittern.

»Ja, ja«, sagte der Mann und nahm einen Schluck aus dem Krug. Dann wischte er sich den Schaum vom Mund und sagte mit einem gutmütigen Lächeln: »Das muss jedenfalls nach *meiner* Zeit passiert sein.«

»Ja doch«, sagte Ask. Er stand da und blickte auf das schwarze, gewellte pomadenglänzende Haar. Er spürte wieder, wie das Zittern kam. Er dachte: Du bist davongekommen. Er dachte: Du und ich haben den Samen in derselben Scheide gemischt, aber du bist davongekommen.

Deinen Namen hat sie in der ersten Nacht gestöhnt, du warst es, den sie wollte, aber du bist davongekommen.

Jetzt waren die zwei anderen Musiker fertig, der Saxofonist nickte Ask zu.

»Ja, adieu dann«, sagte Ask.

»Adieu«, sagte der Mann und blätterte bereits in den abgegriffenen Noten vor sich auf dem Notenständer.

Kvase saß düster und betrunken am Tisch, als Ask torkelnd zurückkam.

»Gibt nicht viel Auswahl hier«, sagte Kvase und kippte ein halbes Glas Wermut.

Ask sackte auf den Stuhl. Er legte die Hände vor sich auf das Tischtuch. Er nahm ein abgebranntes Streichholz und begann auf dem Tuch zu kritzeln. Er dachte: Hier sitze ich und ritze Aschestriche in ein Tischtuch. Er sagte:

»Weißt du.«

»Was soll ich wissen?«, sagte Kvase, seine Augen waren schwer.

»Weißt du«, sagte Ask, »welches Musikinstrument das armseligste auf Erden ist?«

Es war schwer, diesen Satz zu sagen, er war inzwischen stockbesoffen.

Kvase saß da und schaute auf die Tanzfläche.

»Ob du es weißt, frage ich!«

Ask hatte mit der Faust auf den Tisch geschlagen, dass die Gläser tanzten. Er dachte: Jetzt sitze ich da und schlage auf den Tisch. Er dachte: Und gleichzeitig sitze ich da und denke, dass ich auf den Tisch schlage. Die eine Gehirnhälfte schlägt, die andere denkt. Schon seltsam, besoffen zu sein. Und außerdem blutet es im Bauch. Warm.

Kvase sah ihn an. Dann sagte er:

»Du bist stockbesoffen.«

»Du könntest mal antworten.«

»Na gut«, sagte Kvase und kratzte sich am Kopf. »Ziehharmonika vielleicht.«

»Ich sagte Muschikinstrument«, sagte Ask. »Ziehharmonika ist kein Musikinstrument. Das Ding hat vorgegebene Bässe. Du kannst fertige

Dur-Dreiklänge haben, Moll-Dreiklänge, Septakkorde und verminderte Septakkorde, du brauchst nur auf einen Knopf zu drücken. Lange Zeit haben Musikanten-Organisationen Akkordeonisten nicht als Mitglieder aufgenommen.«

Kvase schüttelte hilflos den Kopf, er hatte wenig Ahnung von Musik.

»Und wenn es ein Akkordeon mit Knöpfen ist, kannst du dir vieles leichter machen beim Discantus«, sagte Ask. »Arpeggio gratis.« Nun war er ein wenig wach geworden und saß aufrecht da, es hilft, wenn man einen Vortrag hält.

»Kapier gar nichts«, sagte Kvase und prüfte, wie viel noch in der Flasche war. Es war nicht viel.

»Zum Teufel«, sagte Ask. »Willst du sagen, dass ein Leierkasten, an dem du stehst und an einer Kurbel drehst, ein Musikinstrument ist? Nein. Wenn die Töne mechanisch erzeugt werden, dann ist von einem Musikinstrument keine Rede. Würdest du etwa ein Grammofon als Musikinstrument bezeichnen?«

»Ja«, sagte Kvase entzückt.

»Nein!«, sagte Ask.

»Nein«, sagte Kvase etwas vorsichtiger.

»Was«, fragte Ask beharrlich, »was ist das armseligste *Instrument*, das du kennst?«

»Ja«, sagte Kvase. Er schluckte. Das war schwierig. »Flügelhorn!«, sagte er plötzlich. »Das kenne ich verflucht noch mal vom Militär.«

»Barmherziger Gott«, sagte Ask (er war nie beim Militär, man hatte ihn freigestellt, wegen der Bronchitis und wegen des Fußes), »ein Flügelhorn ist ein göttliches Instrument. Es ist einfach, das ist so, du kannst darauf nur natürliche Noten spielen, aber es ist ein göttliches Instrument. Verglichen mit ...«

»Verglichen mit was?«, sagte Kvase.

»Mit dem Saxofon«, sagte Ask.

Sie hörten der Musik zu. Ask schüttelte es wie im Fieber.

»Ein Schaxofon«, sagte er, »ist eine Blechbüchse mit Löchern. Das beliebteste Instrument heutzutage ist eine Blechbüchse mit Löchern. Hör mal.«

Sie hörten zu.

»Ja«, sagte Kvase, »klingt abscheulich.«

»Du bist mein Freund«, sagte Ask.

Nach einer von Dankbarkeit erfüllten Zeitspanne sagte er:

»Es gab einen Mann namens Sax, ich glaub, ein Franzose, der vor fast hundert Jahren das Schaxofon erfunden hat. Komischer Gedanke, was?«

»Was ist so komisch?«, sagte Kvase.

»Dass er sich einfach hinstellte und es aus Blech zurechthämmerte und nicht wusste, was er tat. Nicht wusste, wie sich dieses Schaxofon entwickeln würde.«

Ask hatte trockene Lippen, er trank; dann beugte er sich zu Kvase und sagte:

»Deshalb ist es so beliebt geworden.«

»Weshalb?«, sagte Kvase.

»Weil es schreit. Das Schaxofon schreit lauter.«

»Lauter als wer?«, sagte Kvase.

»Lauter als die Menschen«, sagte Ask.

Nach einer Weile war Sperrstunde, die Lichter fingen an zu flackern. Sie erhoben sich schwankend.

»Wir können ein Taxi nehmen hinauf zu deiner Wohnung«, sagte Ask. »Die zwei dort nehmen wir mit.« Er machte eine Kopfbewegung hin zu zwei weiblichen Wesen, die zwei Tische weiter saßen.

»Pfui Teufel«, sagte Kvase. »Die sind so hässlich, ich glaube nicht, dass ich da überhaupt kann.«

»Papperlapapp«, sagte Ask. »Du nimmst die große Dicke, dann nehme ich die Kleine.«

»Die sieht aus wie der Nöck«, sagte Kvase.

»Hm«, sagte Ask, »verachte nicht den Nöck. Mich erinnert sie an eine, die ich kannte. Sie hieß Tora.«

Er war weiß im Gesicht.

»Wenn sie mitkommen wollen«, sagte Kvase, er ging tapsig wie ein Bär und torkelnd zu ihnen.

Sie wollten.

Als sie aus dem Auto stiegen und durch das Gartentor gingen, waren die zwei Frauen vor ihnen. Sie waren beide etwa Mitte vierzig.

Ask und Kvase folgten ihnen. Der Kies knirschte unter ihren Füßen.

Ein Windstoß der nächtlichen Brise erfasste die Kleidung der Frauen, drückte den groben Mantelstoff an ihre aufgeschwemmten Körper, ließ einen Seidenschal flattern. Die Kleinere, die Ask haben sollte, traf der Wind am Hinterkopf. Sie ging barhäuptig. Der Windstoß teilte ihr schütteres, fettiges Haupthaar, und es bildete sich ein schmutzig grauer Wirbel, für einen Moment sah Ask in der grauen, verlebten Nacht ihren alten, schmutzigen Schädel.

Er blieb kurz stehen, bevor er schwankend weiterging.

Er war benebelt von Alkohol und Suff, von der Begegnung mit der bitteren Schmach der Jugend und von dumpfer Geilheit, er fühlte nicht wirklich, was er sah, er wusste nicht wirklich, worauf er und Kvase sich jetzt einließen.

Aber später im Leben sollte ihm von diesem lebendig bunten Frühjahr zusammen mit Kvase genau dieses Bild mit schneidender Intensität in Erinnerung bleiben. Der Anblick des Kiesweges in der Nacht, die zwei hässlichen Frauen, die vorausgingen, die zwei jungen Burschen, die torkelnd folgten, das wurde für ihn ein wehmütiges, trauriges Bild dessen, was aus seinem Leben geworden war. Es wurde ein Bild von der unfruchtbaren Begierde, dem hoffnungslosen Verlangen, von dem schönen und vielversprechenden Leben, das für immer beschmutzt und zerstört war. Die stolze Sehnsucht des Herzens verwandelt in ein hinkendes, torkelndes Dahinstolpern hinter zwei alten, stinkenden Huren mit abgetretenen Schuhen. Die Zeit war leer, er hörte nur den sinnlosen, unverständlichen Laut des Kieses, der unter ihren Füßen knirschte.

Wenn die Menschen auf dem Sterbebett einen kurzen Augenblick aus dem Dunkel ihres Bewusstseins hervorkramen können, wenn sie sich an einen lebendigen Augenblick aus der langen Zeit im dunklen und mystischen Wald des Lebens erinnern können, dann ist es vielleicht die Erinnerung an einen Augenblick wie diesen. Obwohl bar jeden vernünftigen Sinnes, kann sie für eine Sekunde im Bewusstsein des Sterbenden aufflammen als ein Resümee des Lebens, als ein Symbol für das

Schicksal des Menschen und seine herumirrende Wanderung auf dieser Erde.

Und später würde er es auch wissen, bitter und schmerzhaft, dass es genau in dieser Stunde war, während des nächtlichen Marsches über den Kies, als er vage begriffen hatte, dass er hier für immer von seiner Jugend Abschied nahm.

Die Jugend ist etwas, das nur junge Menschen haben und das nur alte Menschen zu schätzen wissen.

In diesem Augenblick verschwand seine Jugend, löste sich in Rauch auf. Er wusste in diesem Moment, dass er unendlich viele Möglichkeiten gehabt und sie vergeudet hatte, er hatte einen Schatz gehabt und ihn nicht zu nutzen gewusst, er hatte die Kraft gehabt, Wunder zu vollbringen, und hatte sie zwischen seinen Händen verwelken lassen.

Gibt es einen lebendigen Mann, der freiwillig seine Jugend noch einmal leben möchte, wenn er sie durch einen Zauber zurückbekommen könnte? Nein. Dazu war sie zu schlimm, zu bitter, zu bedrückend. Das Einzige, was wir uns in der Jugend wünschten, war, stark zu sein, kundig, erfahren, erwachsen, damit wir uns nicht mehr planlos und vergeblich mit unseren Schultern gegen die Mauern der Welt werfen, damit wir nicht wie ein leckes Boot mitten auf dem Meer treiben und von den schäumenden Wellen zerschmettert werden. Stark wollten wir werden, erwachsen wollten wir werden, *dann* hätten unsere Zweifel und unsere Qualen ein Ende gehabt, *dann* hätten wir die eine Hand und die eine Tür gefunden, *dann* hätten wir das Reich der Schönheit und des Stolzes erobert und sicher gewusst, dass wir angekommen waren.

Aber so lief das nicht. Und einmal wird jeder Mann auf dieser Erde erkennen, dass er in der Jugend alles hätte machen können, es aber nicht machte, dass die Jugend etwas ist, was nur junge Menschen haben und nur alte Menschen zu schätzen wissen. In der Jugend hätten wir all das wunderbare Leben haben können, das abenteuerliche Leben, all den unwahrscheinlichen Reichtum und das Glück der Erde, wir wissen alle, dass wir nur um Haaresbreite davon getrennt waren, das Leben wäre für immer das unsere gewesen, wenn wir nur den Mut gehabt und den letzten Schritt getan hätten, die Hand ausgestreckt und das erlösende Wort gesagt hätten. So empfanden wir es auch in der Jugend, nur eine Furcht hat uns zurückgehalten, eine unbestimmte Ahnung, dass wir nicht den kleinsten Teil des Lebens für immer und ewig behalten und besitzen können, ja, legten wir die Hand auf das Leben, es uns entgleiten, sich in Rauch auflösen würde.

Was wir damals ahnten, das wissen wir jetzt. Wir hatten alles zwischen Himmel und Erde, waren aber nicht imstande, es zu nutzen. Und die Jugend wird nie mehr wiederkommen.

In dieser Nacht verschwand seine Jugend. Er sah, wie durch die Brise auf dem Haupthaar der Hure ein Wirbel entstand und einen schmutzigen Schädel bloßlegte. Er wusste, dass er alles gehabt hatte und dass er alles vergeudet hatte.

Seine Jugend würde nie mehr wiederkommen.

Die größere der beiden Huren blieb an der Treppe zum Haus stehen und drehte sich um. Sie lächelte und entblößte ein Gebiss, in dem ein Schneidezahn zur Hälfte abgebrochen war. Sie sagte mit heiserer, rauer Stimme:

»Ist es hier, wo die Herren wohnen?«

Und er hörte Kvase antworten:

»Ja. Hier wohnen die Herren.«

In der Wohnung setzten sich die Frauen jede auf einen Korbstuhl, ohne abzulegen.

Kvase wühlte im Schrank nach etwas Trinkbarem. Ask blieb schwankend stehen, im Dämmerlicht erblickte er kurz das Bein einer Frau, ihre Stümpfe schlugen Falten.

Als Kvase mit Flaschen und Gläsern kam, hielt Ask ihn auf. Seine Zähne klapperten, er hielt dem Freund eine zitternde Hand entgegen, in der Hand hielt er eine Fünfkronenmünze.

»Was ist?«, fragte Kvase.

Ask versuchte etwas zu sagen, Kvase beugte sich ganz nahe zu ihm.

»Was ist?«, fragte er noch mal.

»G-g-gib ihnen das«, sagte Ask, bleich im Gesicht, »für ein Taxi.«

Als die Frauen laut fluchend und schimpfend endlich gegangen waren, riss Kvase die Fenster auf und lüftete.

Ask sackte zu Boden wie eine Rolle Tauwerk. Kvase musste ihn hinüber zum Diwan ziehen. Asks Körper zuckte, als würde er vor Erleichterung heulen.

Gleichwohl hatte er, auf Kvases Diwan liegend und den Kopf unter den Armen versteckt, das Gefühl einer Niederlage.

Er hatte sich beschmutzen wollen. Er hatte so tief sinken wollen wie seine Gedanken über Gunnhild, den Saxofonisten und Tora. Er hatte unbedingt den tiefsten Grund erreichen wollen.

Und jetzt lag er hier und wusste, dass ihm das niemals gelingen würde.

Der lange Sommer

Mitte Juni kam Siv.

Sie war auf der Durchreise, hatte nur ein paar Stunden, musste fast direkt umsteigen vom Schiff der Hurtigruten zum Zug nach Oslo. Sie hatte einen Platz in einer Pension in Südnorwegen bekommen, einer Pension für werdende Mütter. Es sei ein guter und freundlicher Ort, hatte sie gehört, man hatte ihr das wärmstens empfohlen, es war einer der wenigen Orte dieser Art im Land. Und es wurden keine Fragen gestellt, die meisten der Pensionsgäste befanden sich in einer ähnlichen Lage. Wenn nötig, wurde auch dafür gesorgt, für das Kind Adoptiveltern zu finden. Aber das war ja nun in diesem Fall nicht nötig, oder?

Sie saßen an einem Tisch im Bahnhofsrestaurant, sie schaute ihm glücklich und lächelnd ins Gesicht. Er wurde plötzlich so verwirrt und so stolz: Nein, in diesem Fall brauchten sie nicht nach Adoptiveltern zu suchen ...

Später erinnerte er sich nicht mehr genau an diese Begegnung, nur an ihr sanftes, lächelndes Gesicht. Sie hatte sehr optimistisch gewirkt, alles würde schon gut gehen. Sie hatte ihre kleine Hand in seine gelegt, so als wäre er es, der in ein paar Monaten eine Geburt durchstehen müsste.

Doch wenn er nachdachte, dann war sie schon ein bisschen dick gewesen. Aber nicht sehr.

Es wäre überhaupt nicht störend gewesen, hätte er Kvase dabeigehabt und ihm Siv vorgestellt.

Sie drei gemeinsam. Auch wenn es nur für eine halbe Stunde gewesen wäre. Einen Augenblick hatte er eine fast schmerzliche Sehnsucht verspürt, bei der Vorstellung, Siv und Kvase würden nebeneinandersitzen und sich anlächeln.

Aber das würde noch einige Jahre dauern, bis er Siv seinen Freunden präsentieren könnte:

»Du musst meine Freundin Siv kennenlernen, meine beste Freundin, sie ist zu Besuch. Sie und ich, wir haben ein Kind zusammen.«

Das musste warten, bis er Geld und eine Stellung hatte, bis er so stark und so selbstsicher geworden war, dass niemand lachte, wenn er das sagte, niemand die Augen niederschlug, niemand sich überrascht und peinlich berührt fühlte. Bis er so stark und selbstsicher geworden war, dass es niemand *wagen* würde, sein prinzipielles Recht infrage zu stellen, eine Freundin zu haben und ein Kind mit ihr. Der König kann ein uneheliches Kind mit einer Geliebten haben. Und es gibt nicht einen Menschen im ganzen Land, der es jemals wagen, ja nicht einmal daran *denken* würde, sich zum Richter aufzuwerfen, weder über den König noch über die Geliebte oder das Kind. Die Geliebte und ihr Kind sind unantastbar, ja, weil es sich hier um das Verhalten eines Königs dreht, steht seine Geliebte gewissermaßen höher als die Königin! Beleidigt jemand seine Königin, wird er dafür sorgen, dass der Sünder vom königlichen Henker hingerichtet wird. Beleidigt jemand seine Geliebte, wird er eigenhändig den Kopf des Sünders zerschmettern. Das weiß jeder Mensch im ganzen Land. Deshalb wird jeder die Geliebte des Königs und ihr Kind mit tiefstem Respekt behandeln und in seinem Herzen wird jeder wissen, dass sein Verhalten richtig war. Ask stellte sich vor, mit 30 Jahren König zu sein.

Siv wäre dann zwischen 45 und 50 Jahren alt.

Es könnte vielleicht trotzdem ein wenig schwierig werden, die Bürger daran zu hindern, dass ihnen ein Lächeln um die Mundwinkel huscht.

Später wusste er nicht mehr, wie er durch diesen Sommer gekommen war.

Kvase fuhr Anfang Juli nach Hause, er sollte nicht vor Ende August zurückkommen.

Als die Schule beendet war, begann Ask, sich eine Arbeit zu suchen. Gunnhild hatte geschrieben, sie plane, nach Finnland zu fahren, sie habe dort Bekannte, sie habe die Möglichkeit, dort eine Anstellung in einem Hotel zu bekommen, sie wolle das Kind mitnehmen, er müsse ihr 200 Kronen Reisegeld schicken.

Ask hatte einen Moment lang gedacht, er könnte den Vater um Hilfe bitten, wenigstens um einen Kredit. Aber er verwarf den Gedanken. Er hatte das Gefühl, um alles Mögliche auf der Welt bitten zu können außer eines: den Vater bitten, seinem Sohn zu helfen, die Alimente für das Kind zu zahlen.

In der Bank, wo er vor zwei Jahren gearbeitet hatte, wurde in diesem Sommer keine Aushilfskraft benötigt. Die Bezahlung wäre auch nur 100 Kronen im Monat gewesen.

Er bewarb sich auf eine Zeitungsannonce hin bei einer Handelsvertretung. Er bekam Antwort und wurde zu einem Vorstellungsgespräch gebeten. Der Mann, der die Vertretung leitete, war ein spitznasiger, quirliger, eifriger Mann um die fünfzig Jahre, er residierte in einem kleinen, dunklen, verdreckten Raum, vollgestellt mit Kisten, Regalen und Schränken. Während er mit Ask redete, hampelte er ständig auf einem uralten Modell eines runden Bürohockers herum, den man hoch- und tiefstellen konnte wie eine Klavierbank. Der Schreibtisch, an dem er saß, war mit einer aufrollbaren Tür versehen. Als er aufschloss und die Rolltür öffnete, um Asks Bewerbung zu suchen, quoll eine ganze Wagenladung an ungeordneten Rechnungen, Briefen, Mahnungen und Notizen heraus. Es war überflüssig, Ask darüber aufzuklären, dass die Vertretung mit Gewürzen handelte. Schon auf der engen Wendeltreppe hinauf zur oberen Etage hatte Ask einen intensiven Geruch nach Pfeffer, Zimt, Kardamom, Muskat, Hirschhornsalz, Curry und Nelken wahrgenommen. Hier drinnen, in dem schmutzigen Büro und Lager des Mannes, war der Geruch so stark, dass er das Gefühl hatte, in einer Gewürzdose zu sitzen.

Der Mann bot 125 Kronen im Monat, betonte aber ausdrücklich, dass er eine jüngere Kraft benötige, die sich völlig für sein Geschäft zu opfern bereit sei und dort ihre Zukunft suche.

Als Ask später wieder ins Freie kam, hustete er.

Nach vierzehn Tagen des Suchens bekam er eine Arbeit im Büro eines Grossisten, der mit Eisenwaren und Baumaterialien handelte. Den ganzen Juli saß er in sommerlicher Hitze da und berechnete den Preis von T-Trägern, V-Eisen, Eisendraht, Estrichgitter, Zement und Nägeln für Einzelhändler im ganzen Land. Hier saß er von morgens 8 Uhr bis 5 Uhr nachmittag mit einer Stunde Mittag. Er bekam 35 Kronen die Woche. Nach drei Wochen hatte er nur noch eine Woche zu arbeiten und stellte fest, dass ihm von seinem Verdienst nichts übrig geblieben war. Etwas hatte er Gunnhild geschickt, etwas hatte er zu Hause abgegeben. Und im Herbst sollte er als Student an der Kaufmännischen Hochschule anfangen. Er hatte bei Rex angefragt, ob der nicht zusammen mit dem Vater eine Bürgschaft übernehmen könnte, damit Ask ein Stipendium von 2000 Kronen bekäme. Die Angelegenheit schien in Ordnung zu gehen. Trotzdem wurde Ask jedes Mal, wenn er an die 2000 Kronen dachte, schier ohnmächtig. Eine Sache war es, sich das Geld zu leihen, etwas ganz anderes war es, wie er das Geld würde zurückzahlen können. Er wusste, dass er jede Stunde der drei Jahre, die er in der fremden Stadt verbringen würde, von dem Gedanken beherrscht wäre, dass er sich das Geld geliehen hatte und dass er es zurückzahlen musste; er wusste, dass er in seiner Zeit als Student nicht mit der Straßenbahn fahren oder sich eine Briefmarke kaufen würde, ohne zu denken: Jetzt erhöhen sich meine Schulden.

Die letzte Woche, die er in der Eisenwarenbranche verbrachte, begann er, Briefmarken zu klauen. Viele konnte er nicht stibitzen, das wäre aufgefallen. Er nahm sich jeden Tag für ungefähr vier Kronen Briefmarken. Als er aufhörte, hatte er sich ein heimliches Kapital von 25 Kronen ergaunert. Wohlgemerkt: in Briefmarken. Als er auf die Post ging, um sie in Bargeld umzutauschen, sagte die Schalterbeamtin, dass sie die Anordnung bekommen habe, keine Briefmarken einzuwechseln.

Er merkte ihren verwunderten Blick, konnte aber nichts dagegen tun: Er stand am Schalter mit einem Kuvert voller Marken in der Hand und war in ein hysterisches Lachen ausgebrochen.

Danach dachte er: Dann habe ich jedenfalls für die nächsten Jahre Briefmarken für meine persönliche Korrespondenz. Ich kann für den Rest meines Lebens gratis Briefe schreiben. Ich kann jedenfalls mit Briefen um mich werfen.

Es wurde ein Sommer des Wartens. Ein unerträgliches Warten. Er wusste nicht, auf was.

Im Juli hatte er eine Arbeit, die ihn den ganzen Vormittag und Nachmittag beanspruchte. Am Abend war er zu müde, um etwas zu unternehmen.

Im August hatte er keine Arbeit.

Da wartete er nur.

Er lag zu Hause in seinem Zimmer auf dem Bett. Er lag ausgestreckt auf dem Rücken, die Hände unter dem Nacken gefaltet, und schaute an die Decke. Für seine Familie, wenn zufällig einer von ihnen zu ihm hereinkam, sah es so aus, als leide er an einer unheilbaren Schlaffheit. Der Vater hatte angefangen, ihn einen Faulpelz zu nennen, einen Ausdruck, den er offensichtlich ebenso originell wie witzig fand. Nachdem sich das Wort nun mal bei ihm festgesetzt hatte, war es nicht mehr auszurotten. Er benutzte es bei allen Mahlzeiten, die sie gemeinsam einnahmen, der Vater pflegte die Tür zu Asks Zimmer zu öffnen, die anderen zu rufen und ins Zimmer zu deuten: »Kommt her und seht euch den Faulpelz an.«

Insofern war es kein Wunder, wenn er auf sie desinteressiert, müde, gleichgültig und leblos wirkte. Er konnte stundenlang in dieser Stellung verharren und mit halb geöffneten Augen hinauf an die Decke schauen, kein Muskel regte sich, er zwinkerte nicht mit den Augen, niemand sah oder hörte, dass er atmete.

Aber in Wirklichkeit hatte er noch nie ein derart intensives Arbeitspensum bewältigt. Sein Körper war untätig, aber in seinem Geist tummelten sich Gedanken, Ideen, Bilder, Melodien, Themen und Strukturen, in ihm brodelte und gärte es, ein unterirdisches Kraftwerk lud sich auf. Er sammelte, er rüstete sich, er baute, kontrollierte, verwarf, baute erneut, eines Tages würde sich Lazarus erheben, eines Tages würde er auf einen Knopf drücken, eines Tages würden Licht und Töne aus ihm fließen, eines Tages würde das Lied in der Luft sein.

Er lag zutiefst apathisch auf dem Rücken, als hätten ihn alle Lebensgeister verlassen, er lag stundenlang ohne Unterbrechung und machte scheinbar nichts anderes, als an die Decke zu starren. Aber nach einer solchen Ruhephase stand der Faulpelz mit Wildheit im Blick auf, er taumelte vor Erschöpfung und vor verbrannter Kalorien und ging in die Küche seiner Mutter und aß wie ein Holzfäller.

Rex (zum letzten Mal)

»Ich sehe es dir an, mein Junge, du steckst in den Reisevorbereitungen. Heute haben wir den 26. August. Wann fängt diese Kaufmännische Hochschule an? 2. September. Also wie die Universität. Gut, und jetzt hör zu. Ich habe nämlich beschlossen, dass du erst Anfang Oktober deine Reise antrittst. Lass dich ruhig auf den Stuhl fallen, da sitzt du sicher. Die Sache ist folgende: Einer unserer Lehrer hat sich vor ein paar Wochen den Fuß gebrochen. Er war auf einer Bergtour. Moral: Nimm in den Ferien immer die Eisenbahn. Aber alle Moral der Welt hilft unserer Schule nicht das Geringste. Der Mann wird in einem Monat nicht gesund. Also springst du ein. Unterbrich mich nicht. Ich habe daran gedacht. Ich werde persönlich den Rektor deiner Hochschule anrufen, ihm die Sachlage erklären und seine Genehmigung erwirken, dass du erst Anfang Oktober kommst. Im Übrigen versäumst du im ersten Monat nichts. Da beschäftigen sie sich nur mit elementarer Buchführung und kaufmännischem Rechnen und Bilanzanalyse. Das ist dir schon so vertraut, dass *du* ans Katheder gehen und für die andern die Vorlesung halten könntest. Also, du übernimmst diesen Monat. Ich weiß, dass du es tust. Du wirst den alten Rex nicht im Stich lassen, wenn er ausnahmsweise in der Klemme steckt. Natürlich erhältst du eine fürstliche Entlohnung für diesen Monat, ich gebe dir fast das Honorar des Lehrers, du bekommst 225 Kronen pro Monat, also 250,- ab jetzt bis zum 1. Oktober. Du fängst morgen an. Du übernimmst die Klasse 1c in Englisch, Deutsch, norwegischem Briefverkehr und Buchführung. Kannst du etwa nicht Deutsch? Kannst du etwa nicht Englisch? Hör zu, Junge, du bist besser in Deutsch und Englisch als jeder im Lehrerzimmer. Und außerdem: Du musst den Schülern nur immer eine Lektion voraus sein. Das ist das Geheimnis jeden Unterrichts. Aber sag um Gottes willen nicht, dass ich das gesagt habe. Man kann das, was man will. Bitte sehr, hier ist dein Hut. Grüße deine Eltern. Bis morgen um 8.30 Uhr. Pünktlich.«

Mitte September bekam er einen Brief von Siv. Als er den Umschlag aufschlitzte und den Brief herausnahm, runzelte er die Augenbrauen, das Herz begann in ihm zu hämmern. Denn der Brief war komischerweise mit Bleistift geschrieben, war mit zitternder Hand hingeschmiert worden, es war ihm fast unmöglich, ihn zu entziffern. »Ich liege im Bett und schreibe an dich«, stand da offenbar.

Aber als er ihre seltsame Krakelei endlich dechiffriert hatte, musste er aufstehen. Er errötete.

Er war Vater geworden.

Sie habe zu früh entbunden, schrieb sie, zwei, vielleicht drei Wochen vor der Zeit. Aber alles war gut gegangen. Es sei ein Mädchen, schrieb sie, das hübscheste kleine Mädchen der Welt, er könne sich nicht vorstellen, wie niedlich sie sei. Sie wollte das Mädchen Liv nennen; wenn er etwas dagegen habe, müsse er ihr möglichst rasch schreiben. Sobald sie die Kleine gesehen hatte, war ihr jeder Gedanke, sie zur Adoption freizugeben, absurd erschienen. Keine zehntausend Pferde wären imstande, sie von dem kleinen Mädchen zu trennen. Sie wollte noch gut eine Woche in der Pension bleiben, dann würde sie unverzüglich mit dem Kind nach Nordnorwegen zurückkehren. Sie habe schon vor einiger Zeit mit ihrer Mutter darüber gesprochen und die Mutter hatte sehr verständnisvoll reagiert. Sie nannte den Tag, an dem sie auf der Durchreise sein würde, und wenn er dann so nett wäre, ein Hotelzimmer für sie zu reservieren? Ein Doppelzimmer müsse es sein, denn diesmal kämen sie zu zweit.

Er stand mitten im Zimmer und starrte vor sich hin.

»Ho!«, sagte er plötzlich und blickte sich verlegen um.

Dann vollführte er ein paar komische Knickse, er legte das Gesicht in merkwürdige Falten, dann ging er zwei Schritte hinüber zu dem großen Eisenofen in der Ecke, er schnippte mit einem Finger an die Eisenverzierung ganz oben, er konnte sich nicht erinnern, sie schon einmal gesehen zu haben, er pfiff, er bohrte in der Nase, pfiff erneut, schließlich ging er hinüber zu dem kleinen Spiegel an der Wand und betrachtete sein Gesicht.

»Ho!«, sagte er.

Dann strich er mit den Händen den Körper hinunter, ließ die Hände über die Leistengegend gleiten, die langen Oberschenkel hinunter und zu den knochigen Knien, und richtete sich dann ungläubig auf. Das war doch wirklich nicht zu fassen? Aber wenn es im Brief stand, dann musste es wohl wahr sein?

Für einen Augenblick irrten seine Gedanken zu seinem anderen Kind. Gunnhild hatte das Kind Astrid getauft. Er hatte in dem Namen einen unbewussten Hinweis auf seinen eigenen Namen gesehen, das hatte ihm nicht gefallen. Gunnhild hatte gesagt, dass das Kind vollkommen in Ordnung sei, abgesehen von dem hässlichen Fleck auf der Wange. Der Arzt hatte ihr geraten, mit der Entfernung zu warten, bis das Kind ein bisschen älter geworden sei. Aber es blieb bei diesem hastigen Gedanken, er wollte nicht, dass Gunnhild sich dazwischendrängte und das neue Wunder störte: Siv hatte ein Mädchen bekommen.

Er fing in all seiner Aufregung plötzlich zu summen an, eine Wärme stieg in ihm auf, er wurde ganz matt von einem seltsamen Glück, dann war doch nicht alles, was er im Leben gemacht hatte, völlig sinnlos gewesen, Siv war rührend in ihrem Glück, sie hatte ihm dafür gedankt, dass er ihr dieses Kind geschenkt habe, ihm gedankt, er ließ sich auf das Bett fallen. Einen Moment später sprang er auf, er konnte nicht drinnen bleiben, nein, er musste raus, er hatte etwas gehört von dem telefonischen Verschicken von Blumen ... und in zehn Tagen kamen sie auf Durchreise. Sie. Sie! Alle beide! Ein kleines Mädchen, was kauft man für so ein kleines Mädchen ... ein Sprungseil, nein, nein, einen Ball mit Netz, nein, nein, vielleicht lieber etwas zu essen, Schokolade, Konfekt ... so winzig kleine Mädchen, durften sie etwas Konfekt essen, vielleicht ein bisschen daran lutschen ...

Er rannte in den Flur, riss sich aber augenblicklich zusammen, niemand durfte ihm etwas anmerken. Er legte würdig den Regenmantel über den Arm, setzte würdig den Hut auf seinen Kopf, sagte würdig seiner Mutter Bescheid, dass er einen kleinen Spaziergang in die Stadt unternehme. Dann ging er die Treppe hinunter und hinaus auf die Straße. Für einen Moment hätte er beinahe ein paar Tanzschritte gemacht, aber er beherrschte sich. Die Mutter hätte ihn durchs Küchenfenster sehen können. Und außerdem hielt er es selbst für wichtig, sich ein bisschen würdig zu benehmen. Wenn man Vater geworden ist, Vater zum zweiten Mal, ist es an der Zeit, all die Jungenstreiche abzulegen.

Er fuhr mit der Straßenbahn in die Stadt und erledigte das mit den Blumen. Er ging später an einem Spielzeugwarenladen vorbei und betrachtete begeistert eine elektrische Eisenbahn, die im Schaufenster aufgebaut war. Aber die war wohl eher etwas für Jungs. Er seufzte ein bisschen und ging weiter. Es wäre wahrscheinlich noch lustiger mit einem Sohn. Egal, eine Tochter war völlig in Ordnung. Liv. Er ließ den Namen auf der Zunge zergehen. Liv. War das nicht der Name der Frau, die sowohl Ragnarök wie auch den Weltenbrand überlebte? Liv? Doch, das war sie, die Tochter der Sonne, die Tochter von Alvehjulet, die sich nach dem Untergang der Welt vom Morgentau ernährt und die Stamm-Mutter eines neuen Geschlechts auf der Welt wurde!

Die Jungfrau wird
wenn die Mächte untergehen –
auf den Wegen ihrer weisen Mutter reiten.

Ja, auf den Wegen der Sonne! Nun, sie wird die neuen Geschlechter nicht ganz allein heranziehen, diese Liv, sie wird das zusammen mit einem Mann namens Livtrase tun.

Er mochte den Namen Livtrase nicht, die Person auch nicht, er war jetzt bereits ein Gegner des Zukünftigen seiner Tochter.

Mit einem komischen Gefühl im Körper stieg er die Treppe hinauf zum Hotel. Es war das erste Mal, dass er seinen Fuß in ein Hotel seiner

Heimatstadt setzte. Er war ein bisschen verlegen: Sollte er das Zimmer auf ihren oder auf seinen Namen reservieren?

Der Portier missfiel ihm sogleich.

Es war etwas Verschlagenes in den Augen des Mannes, etwas Schmutziges, Verlogenes und Niederträchtiges in dem glatt rasierten Gesicht, etwas Falsches und Schäbiges hinter seinem zuvorkommenden, höflichen, ungebildeten Wesen. Ask wusste plötzlich, dass es diese Art Milieu und diese Art Mensch war, die Gunnhild liebte. Er blieb stehen und sah den Mann an, und mit halbem Ohr hörte er dessen glattes, uninteressantes Gerede. Es hätte ihn nicht im Geringsten verwundert, wenn dieser Mann und Gunnhild einmal zusammen gewesen wären, war sie nicht als junges Mädchen hier auf Durchreise gewesen, nach Deutschland und zurück? Er sah plötzlich die ganze Szene vor sich: Gunnhild, jung, kräftig, unbefangen, gleichgültig, was ihren Ruf anging, hungrig nach Abenteuer und Beutefang: Wenn sich jemand einbildete, ihr Manieren beibringen zu müssen, dem würde sie es zeigen, sie hatte schwarzes Haar und weiße Zähne, sie strotzte vor Weiblichkeit und hatte es faustdick hinter den Ohren. Er sah sie an der Rezeption stehen, hier, und den Reisekoffer und anderes schwenken, während sie mit bebenden Nasenflügeln den schlauen, öligen Worten des Portiers lauschte: Na, sie sei vielleicht alleine? Ein Einzelzimmer also? Keine Bekannten in der Stadt? Wie schade, er würde sich erlauben, ihr persönlich das Zimmer zu zeigen, ob ihr das hier entspreche? Wenn nicht, müsse sie nur Bescheid sagen, sie möge sich vertrauensvoll an ihn wenden, ob sie noch etwas wünsche, vielleicht dürfe er sich erlauben, sie für den späteren Abend auf einen Drink einzuladen, sie sei doch eindeutig keine Spielverderberin, ob sie schon die Geschichte gehört habe von … hahaha, und er ist tüchtig, er wirkt interessant und ist imponierend, ein Stich Grau an den Schläfen, haha, die erfahrene Hand fühlt, haha, Hand fühlt mehr, braves Mädchen, bleib nur ruhig liegen, haha …

Sie waren alle noch einmal davongekommen.

»Wann, haben Sie gesagt?«

Ask kam zu sich und schaute in das kühle, ruhige Gesicht des Portiers mit den wasserblauen Augen. Er kramte in der Tasche nach dem Brief.

Er hatte ihn nicht mehr.

Er musste ihn zu Hause liegen gelassen haben. Im Zimmer. Wo hatte er ihn hingelegt? Auf den Schreibtisch? Auf das Bett?

Und er hatte die Tür nicht abgeschlossen!

Er sagte dem Portier, dass er sich erlaube, später anzurufen. Er rannte die Treppe hinunter ins Foyer und sprang in eine Straßenbahn.

Im Fahrerstand saß sein Vater.

Sie grüßten einander kurz und geschäftsmäßig. Der Blick des Vaters wanderte wie üblich in die zwei Spiegel, zuerst nach oben, um die Situation im Innern des Triebwagens zu prüfen, dann hinaus zum Seitenspiegel an der Außenseite des Wagens, um das Ein- und Aussteigen zu verfolgen, zur Seite, nach oben, alles wird von diesem Blick routinemäßig erfasst. Ask steht hinter ihm und denkt einen komischen Gedanken: Etwas gibt es, das dieser Blick nicht sieht, der Wagenführer sieht nicht ein kleines, neugeborenes Mädchen, das Liv heißt.

Der Kontrolleur kam und klopfte mit seinem Ehering an die Scheibe der Tür. Ask begrüßte ihn, es war einer der wenigen Kollegen, mit dem der Vater Umgang pflegte, er kannte ihn gut. Ask bezahlte seine 20 Øre und erhielt das Billett. Als er sich wieder umdrehte, machte der Vater eine Kopfbewegung und schaute ihn mit einem verärgerten Gesichtsausdruck an. Es war nur ein kurzer Blick des Vaters, und Ask stellte überrascht fest, dass der Vater nach hinten geschielt hatte, während die Straßenbahn in voller Fahrt war! Er dachte bissig: Nur das Gefühl, Geld verschwendet zu haben, kann einen Mann aus Sunnmøre dazu bringen, seine Pflichten zu vernachlässigen!

Er war wütend auf den Vater wegen dieses Fahrgeldes. Der Vater beharrte immer darauf, dass Ask dem Fahrscheinkontrolleur zunicken und umsonst fahren sollte, er war schließlich der Sohn eines Wagenführers. Ask konnte diese kleinen Unkorrektheiten des Vaters nicht ausstehen, seine kleinen Unredlichkeiten, von der Steuererklärung bis zum Fahrscheingeld, er fand das erbärmlich und schändlich.

Plötzlich musste er schlucken und er errötete über seine Gedanken. Mit welchem Recht stand er hier und richtete über den Vater? Der einzige Unterschied zwischen Vater und Sohn bestand darin, dass der Vater kleine Unregelmäßigkeiten beging, der Sohn sich aber an die großen hielt. Ein Judas erhebt sich nicht über einen Zöllner.

Als er nach Hause kam, streifte er im Flur hastig den Mantel ab und ging in sein Zimmer. Der Brief lag auf dem Bett. Lag er noch so, wie er ihn hingelegt hatte? Eine schreckliche, nagende Unruhe ergriff ihn, das mit Siv durfte die Familie um keinen Preis erfahren. Es würde sie umbringen, diese Kindergeschichte Nummer zwei. Und es würde ihn umbringen, wenn die Mutter Siv und das neue Kind als eine neue Vertrautheitswaffe gegen ihn benutzen konnte.

Er war panisch vor Angst.

Den ganzen Tag folgte er der Mutter mit diskreten, wachsamen Augen, um zu sehen, ob sie Anzeichen eines verstärkten Gluckenverhaltens zeigte. Sogar die beste Schauspielerin der Welt würde sich verraten, wenn sie die Botschaft erhalten hätte, dass sie erneut Großmutter geworden war. Großmutter!

Er konnte nichts erkennen, was seinen Verdacht bestärkte.

Und langsam ließ ihn der fürchterliche Verdacht los.

Auf dem Feld der Ehre (Fortsetzung)

Brief von Siv, abgeschickt aus der Pension in Südnorwegen an einem der letzten Tage im August:

»Mein Lieber,

ich schreibe, um Dir zu sagen, dass ich ein paar Tage später komme, bestelle also bitte das Hotelzimmer ab und reserviere mir eines für den 4. Oktober. Kannst Du so lange warten, bevor Du abreist, dass wir uns noch sehen können? Ask, ich habe die Sache noch einmal gründlich überlegt. Letztes Mal schrieb ich, dass ich entschlossen sei, Liv zu behalten, koste es, was es wolle. Ich habe zwar eine Tochter in Indien, aber es ist ungewiss, ob ich sie jemals wiedersehen werde. Deshalb war Liv sozusagen meine letzte Chance. Aber es ist etwas eingetreten, das mich veranlasst hat, die Sache aus einer anderen Perspektive zu sehen. Es ist nicht fair, weder ihr noch Dir noch mir gegenüber, dass ich sie behalte. Wir haben keine Möglichkeit, dass daraus etwas Ordentliches und Richtiges wird, es wird nur Sorge und Leid für uns alle bringen. Deshalb habe ich zum hiesigen Oberarzt gesagt, dass ich sie zur Adoption freigeben will. Nachdem ich sie gesehen und im Arm gehalten habe, weiß ich nicht, wie ich es schaffen soll, sie wegzugeben, aber es bleibt mir nichts anderes übrig. Das Leben hat mich gelehrt, Enttäuschungen einzustecken, aber das hier wird der größte Kummer sein, der mir widerfahren ist. Sie ist so winzig, winzig klein und so schön und friedlich, sie hat schon angefangen zu lächeln. Das mit der Adoption geht in Ordnung, Du musst nur die Erklärung unterschreiben, die ich Dir schicke. Wie Du siehst, werden wir nicht erfahren, wer ihre Eltern werden, und wir dürfen sie nie sehen, aber ich weiß, dass sie in die besten Hände kommt. Sie wird es viel besser haben, als wenn ich sie nach Hause mitgenommen hätte. Glaub mir, Ask, es ist so am besten für alle. Das verstehst Du sicher auch, wenn Du nachdenkst. Ich möchte Dich bitten, mir 300 Kronen zu schicken, das ist die Gebühr der Adoptionsstelle. Ich könnte es selbst bezahlen, weißt Du, aber der Aufenthalt hier und die Reise und alles zusammen hat mich eine Stange Geld gekostet, ich habe mir Geld von Mutter leihen müssen. Außerdem finde ich es richtig, dass Du diesen Betrag bezahlst. Es ist schließlich Dein Kind ebenso wie meines. Schicke das Geld bitte möglichst rasch, zusammen mit dem Formular. Ich komme am 4. abends mit dem Zug. Ich fahre nach Hause am 5. mit der Hurtigruten. Hoffe sehr, dass Du so lange in der Stadt bleibst und ich Dich sehen kann. Danach weiß ich nicht, wie es weitergeht. Liv ist so schön, Ask, ich wünschte, Du könntest sie sehen, bevor wir sie für immer weggeben. Das Leben erscheint so sinnlos, ich verstehe nicht, warum wir auf diese Weise gestraft werden. Aber, Lieber, Du musst mir helfen, an diesem Entschluss festzuhalten. Ich habe eine schwere Zeit gehabt, es ist so schmerzhaft gewesen, aber jetzt habe ich die Entscheidung getroffen. Und es ist jetzt leichter, merke ich. Du darfst nicht versuchen, mich umzustimmen, das halte ich nicht aus. Ask, hilf mir, stark zu sein.

Ich sehne mich so sehr nach Dir, mein Lieber. Schau, ob Du nicht noch bis zum 4. Oktober bleiben kannst.«

Jetzt geht es darum, nicht zu denken. Nur an das Praktische. Jetzt müssen wir klar und nüchtern denken. Ich habe 240 Kronen auf der Bank, plus Briefmarken für 25 Kronen. Das deckt gerade mal die Reisekosten, den ersten Monat in einer fremden Stadt, die Jahresgebühr und die Immatrikulationsgebühr an der Hochschule sowie die Lehrbücher. Vater kann mir monatlich 50 Kronen geben, dazu habe ich ihn mühsam überredet, außerdem bekomme ich die 2000 Kronen als Schuldscheindarlehen; aber die müssen 3 Jahre reichen. Also habe ich null. Null. Ich bin eine Null. Ich habe kein Geld, um ein Kind zu behalten, ich habe kein Geld, um ein Kind wegzugeben.

Ich besitze einige Bücher. Die kann ich verkaufen. Dann besitze ich die Geige. Die kann ich nicht verkaufen. Würde ich sie verkaufen, hätte ich nichts mehr. Aber ich habe ein Fahrrad. Mit der Zeit bin ich fertig. Es ist Schluss mit Fahrradfahren, ab jetzt kann ich auch zu Fuß gehen. Es ist gerecht, dass ich ab jetzt zu Fuß gehe. Balder hätte es zwar gerne gehabt, aber er wird sicher später eines bekommen. Wie viel kann ich für das Fahrrad bekommen? Es hat 125 gekostet, als es gekauft wurde, da ging ich ins Gymnasium, das war vor fünf Jahren. Ob ich wenigstens 80 dafür kriegen kann? Vielleicht 90? Aber egal, ich brauche mindestens noch 200 Kronen. Denn Siv soll das Geld bekommen. Morgen werde ich zur Bank gehen und mich erkundigen. Aber was soll ich sagen, wofür ich das Geld benötige?

Wenn ich klar und nüchtern denke, wird sich vielleicht eine Lösung finden.

Am nächsten Tag, als er aus dem Haus gehen wollte, um mit dem Fahrradhändler zu sprechen, lag auf der Kommode in der Diele ein Brief für ihn. Es war ein merkwürdiges, längliches Kuvert. Er machte es auf. Er musste den Brief zweimal lesen, bevor er begriff, was da stand:

»Sehr geehrter Herr Ask Burlefot!

Zwar hat die Lokalpresse keinen Artikel darüber gebracht, aber wir wurden von einigen Augenzeugen von Ihrer mutigen Tat am 27. Mai dieses Jahres in Kenntnis gesetzt, als Sie Frau Hanna Askvold und ihre dreijährige Tochter Berit Askvold vor dem Ertrinken im Hellevatn retteten. Aus diesen Berichten geht hervor – was auch Frau Askvold bestätigt hat –, dass die Rettung unter sehr schwierigen Umständen erfolgte, dass es um Sekunden ging und dass Sie mit einer ungewöhnlichen Schnelligkeit und Entschlusskraft handelten. Dass Sie, ohne zu zögern, von einer 10 m hohen Brücke sprangen, um den zwei Ertrinkenden zu Hilfe zu kommen, zeugt von einem außerordentlichen Mut.

Wie Ihnen vielleicht bekannt ist, hat unsere Organisation die Aufgabe, jede Rettungsaktion, die unter besonders gefährlichen Umständen durchgeführt wurde, in Erfahrung zu bringen, zu honorieren und öffentlich bekannt zu machen. Aus diesem Anlass können wir Ihnen mitteilen, dass unser Vorstand beschlossen hat, Ihnen unsere Auszeichnung für eine tapfere Rettungsaktion zu verleihen. Die Medaille wird Ihnen mit gesonderter Post zugeschickt.

Die tiefste Befriedigung darüber, einmal eine Mutter und ihr kleines Kind vor dem Ertrinken gerettet zu haben, werden Sie zweifellos in Ihrem Herzen tragen. Eine größere Belohnung kann Ihnen von niemandem gezollt werden. Trotzdem haben wir beschlossen, Sie für Ihre Heldentat mit einer Geldprämie zu belohnen. Der Betrag von 300 Kronen ist als Scheck beigelegt, und wir bitten Sie höflich um eine Empfangsbestätigung.

Nehmen Sie unseren herzlichsten Dank für Ihr selbstloses Handeln und Ihren Mut entgegen. Möge Ihr weiterer Lebensweg von Erfolg und Glück begleitet sein.

Hochachtungsvoll

Carnegie-Fonds für mutige Taten
Zweigstelle Norwegen«

Und am nächsten Tag ist die Meldung in der Presse, in allen Zeitungen erscheint die Kurzmitteilung, es ist die Mutter, die sich nicht beherrschen kann und ihm um den Hals fällt: »Aber Ask! Darüber hast du kein Wort gesagt! Du hast damals nur gesagt, dass du mit dem Fahrrad gestürzt und ins Wasser gefallen bist! Dass du so sein kannst! Kein Wort, nicht einmal zu deiner eigenen Mutter! Nein und nein und nein. Ich muss sofort Tante Sara anrufen!« Und ständig Anrufe, Nachbarn kommen und lächeln, Pelle ruft an, er ist gerade aus England zurückgekehrt, und, barmherziger Gott, Gro ruft an, sie ist jetzt verheiratet, zu Besuch in der Stadt mit ihrem Mann, Ask müsse unbedingt an einem Abend zu ihnen nach Hause kommen. Sogar eine kleine Abordnung von Asks ehemaligen Schülern, die es in der Zeitung gelesen haben, taucht eines Nachmittags als scheues Häufchen auf und überreicht einen Blumenstrauß. Einen Blumenstrauß!

Und im Hintergrund steht Balder, außer sich vor Glück und Aufregung, er verhält sich unauffällig, drückt sich an eine Wand, verbirgt sich im Halbdunkel einer Ecke, Ask erblickt ab und zu eine Andeutung des Jungen, er sieht seine weißen Zähne glänzen, der Junge hat ein starres, ewiges, albernes Lächeln im Gesicht, er hüpft von einem Bein auf das andere, er kratzt sich glückselig mit der Hand an der Innenseite des Oberschenkels, er folgt Ask wie ein Schatten, wie ein zahmes Reh; bleibt Ask stehen, bleibt auch Balder stehen, geht Ask, geht er, dreht sich Ask um und sieht ihn an, dreht er das Gesicht weg. Wenn Ask ihn etwas fragt, öffnet er den Mund und kann nur einen leisen, unverständlichen Laut von sich geben: »Äähh«, und er lebt in einer Welt des herrlichsten Glücks, denn er ist der Bruder eines Helden, der große Bruder hat eine Verdienstmedaille bekommen, Balder hat sie selbst gesehen, Balder durfte sie in die Hand nehmen, ja, Ask hat gesagt, wenn er abreist, dann kann Balder sie haben! Er, Balder, kann sie *haben*! Er versammelt nachmittags vor dem Haus gruppenweise Kameraden um sich, er hat sich zum Lakaien, Kammerdiener und verschworenen Kampfgefährten des Helden ernannt: »Soll ich den Brief für dich zum Briefkasten bringen, Ask?« Er versucht, die geheimsten Wünsche des Helden zu erraten: »Möchtest du, dass ich in den Garten laufe und Johannisbeeren pflücke, Ask?« Er wacht wie ein Drache über den Helden, dem Helden soll es an nichts fehlen, nichts Böses soll dem Helden widerfahren: »Mutter, Ask findet seine braunen Schuhe nicht! Mutter! Mut-ter! Hör doch mal. Ask findet seine braunen Schuhe nicht! Er braucht sie dringend, sofort! Mut-ter!«

Das Gesicht des Jungen leuchtet wie die Sonne, er lebt vom Glanz der Gnade, sein geheimer und größter Wunsch ist es, dass der Held eines Tages seine Schuhe an ihm abwischt. »Ach«, würde er sagen, »wo möchtest du dich denn abwischen, Ask? Hier an meinen Strümpfen? Nein, hier ist es besser, mach die Schuhe an meinem Hosenbein sauber! Das ist gut, sag ich dir, dass du deine Schuhe an mir abwischen willst. Wische so viel, wie du willst!«

Hatte er damals an Balder gedacht?

Er wusste es nicht.

Denn es ist schwierig, auf dem Feld der Ehre zu wandeln.

Es ist für gewisse junge Männer ungeheuer schwierig, sich in der Öffentlichkeit zu bewegen und zu wissen, dass sie eine Frau und ein kleines Mädchen vor dem Ertrinken gerettet haben.

»Geliebte Siv, sag nichts mehr«

Der vierte Oktober kam.

Als er aufbrach, um Siv im Hotel zu treffen, hämmerte sein Herz vor Angst und vor Grauen.

Was sollte er zu ihr sagen? Was sollten sie miteinander reden? Wäre es nicht besser gewesen, sich nicht zu treffen? Jetzt war doch ohnehin alles zu Ende?

Er wusste ihre Zimmernummer, er ging beim Portier an der Rezeption vorbei, er nahm den Aufzug in die vierte Etage. Er blieb eine ganze Weile vor der Tür zu ihrem Zimmer stehen, er betrachtete die Zahl an der Türe, er sah die Musterung im Eichenfurnier der Tür, er betrachtete die Türklinke aus mattem Aluminium, er lauschte und alles war still, er hörte nur das Blut im Hals klopfen, kein Laut drang aus ihrem Zimmer, er lauschte und alles war still. Er befeuchtete seine trockenen Lippen mit der Zunge und schluckte.

Beim ersten Klopfversuch berührte der Knöchel kaum die Tür. Beim zweiten Mal klopfte er so fest, dass es im Korridor widerhallte, er schlug außerdem zweimal rasch hintereinander. Er erschrak sehr, jetzt glaubt sie, ich bin forsch, dass ich versuche, den Forschen zu spielen. Aber ich bin nicht forsch. Ich bin so wenig forsch, dass ich mich bedanken würde, wenn der Tod käme und mich auf der Stelle holte.

Er hörte von drinnen eine ferne, leise Stimme. Hatte sie nicht gesagt, herein?

Er ging einfach davon aus, richtig gehört zu haben. Er schloss die Augen und drückte die Türklinke nach unten.

Aber da war eine zweite und neue Tür hinter der, die er geöffnet hatte. Sein Mut verließ ihn völlig, jetzt musste er das Ganze noch mal wiederholen. Er klopfte an die innere Tür, und jetzt hörte er ihre Stimme deutlicher. Er begann heftig zu zittern, er versuchte, die äußere Tür hinter sich zu schließen, bevor er die innere öffnete, aber es war nicht genug Platz für ihn zwischen den zwei Türen, er war nun fürchterlich verwirrt und verunsichert, es war eine unerträgliche Art und Weise, bei ihr einzutreten, er musste die innere Tür öffnen und ihr nur kurz zunicken, um ihr dann den Rücken zuzuwenden und die äußere Tür zu schließen, dann musste er wieder mit dem Rücken zu ihr die innere Tür hinter sich schließen und *dann* erst ...

Es war dunkel im Zimmer, er konnte fast nichts sehen. Sie hatte das Licht an der Decke gelöscht und eine Nachttischlampe angeknipst. Er hatte ein Einzelzimmer für sie reserviert, aber da drinnen stand ein Doppelbett, Herrgott, ein Doppelbett ...

Sie stand etwas entfernt an einer Kommode, sie war gerade damit beschäftigt, eine Schublade einzuräumen. Sie stand da im Halbdunkel und lächelte ihn an, aber mit merkwürdiger Wehmut fiel ihm auf, dass sie bedrückt wirkte, dass sie ein bisschen zusammengesunken war, dass sie irgendwie müde aussah. Sie hatte ein weiches, dunkles Wollkleid an; sie war schlank wie vorher, aber irgendwie reifer, er dachte: Man sieht es ihr nicht an.

Er nahm den Hut ab und hielt ihn in der Hand, als er zu ihr ging. Er war fürchterlich genervt von dem Hut und von dem kleinen Blumensträußchen, das er in der anderen Hand hielt, ihm fiel nichts anderes ein, als beides auf das Bett zu legen. Sie wandte ihm ihr Gesicht zu, schaute auf zu ihm und er sah, dass sie in der Zwischenzeit gealtert war. Aber er las Liebe und Sehnsucht in ihren Zügen, er beugte den Kopf und drückte sein Gesicht in ihr Haar. So blieben sie lange stehen.

»Willst du nicht ablegen?«, sagte sie und lächelte ihn vorsichtig an.

Er lächelte vorsichtig zurück.

»Doch, natürlich.«

Nachdem die ersten Worte gesagt waren, konnten beide wieder freier atmen.

Später gingen sie in den Speisesaal des Hotels. Dort saßen sie eine

Weile und aßen und hörten der Musik zu. Einmal blickte er kurz auf die Uhr, sie sagte:

»Musst du bald nach Hause?«

Er wusste nicht, warum, aber er errötete schwach.

»Nein«, sagte er. Aber er fügte hinzu, dass er am nächsten Tag viel zu erledigen habe, er müsse zeitig aufstehen, er habe eine letzte Unterredung mit der Bank wegen seines Stipendiums.

Sie saßen eine Weile da, dann legte sie ihre Hand auf seine:

»Komm, wir gehen hinauf zu mir.«

Sie fügte hinzu:

»Nur für ein Weilchen.«

Oben in ihrem Zimmer blieb Ask in dem Sessel sitzen. Ein merkwürdiges Gefühl der Ohnmacht hatte ihn erfasst, er biss sich auf die Lippe, er wusste nicht, worüber er mit ihr reden sollte. Wollten sie sich in diesem Leben noch mal treffen? Sollten sie das tun? Gab es irgendetwas, mit dem er ihr nützlich sein konnte? Seine Gedanken? Was waren seine Gedanken wert? Hatte sie nicht selbst schon Sorgen genug und sollte nun noch mit seinen Gedanken behelligt werden? War es nicht im Grunde für beide das Beste, wenn sie das Ganze sofort beendeten, hier, jetzt?

Er zitterte vor Verzweiflung und Unruhe, als sie zu ihm kam. Sie setzte sich auf die Armlehne des Sessels, er legte den Arm um ihre Taille, ihn erfasste dabei ein merkwürdig schmerzliches Gefühl, die Konturen ihres Körpers unter seiner Handfläche zu spüren, die vertraute Zärtlichkeit, die vertraute Wärme, alles wie früher, und doch so unendlich fern, so unfassbar anders. Alles war wie in einem Traum. Doch er wusste nicht, ob ihr früheres Zusammensein ein Traum gewesen war oder das, was jetzt war.

Sie rutschte auf seinen Schoß, sie war erfüllt von einer hilflosen, dem Weinen nahen Leidenschaft. Er spürte ihr Gesicht an seinem Hals, er blieb sitzen und strich ihr übers Haar. Er spürte ihren Körper und ihre kleinen Hände, ein Anflug des alten Verlangens erfasste ihn und sie antwortete. Aber alles in ihm war wie verknotet, alles erinnerte an das Vergangene, eine für beide brennende, unerträgliche Niederlage, verloren war die stolze Freundschaft, verloren war das triumphierende

Lächeln, verloren die heimliche Freude über eine wunderschöne Beziehung, verloren war die romantische, spannende Verbindung zwischen einer kleinen, geschiedenen, hübschen Frau und einem jungen, hoch aufgeschossenen, gefühlvollen Studenten, verloren, verloren. Jetzt hatten sie sich in einer Höhle getroffen, im Grab, in einer Katakombe, ihre Gesichter waren geprägt von Trauer und von Dunkelheit, von Hunger und von Schmerz, das Grab schien verschlossen zu sein, das Atmen fiel so schwer, kein Licht, wenn er den Fuß bewegte, stieß er in verrottete Menschenknochen auf dem Boden, Fledermäuse kamen aus dem Dunkel und schlugen in sein Gesicht ...

Trotzdem hatten seine Hände begonnen, sie zu liebkosen, vorsichtig, etwas abwesend, und plötzlich spürte er, dass sie sich leidenschaftlich und wild an ihn presste. Er dachte erschrocken: Aber das geht doch nicht? Aber sie konnte sich doch ihm gegenüber nicht so benehmen, wenn sie es nicht ernst meinte? Er wurde von einem seltsamen Gefühl der Scham und des Erschreckens erfasst, aber auch von einer starken Begierde, er war heiser, als er fragte, ob sie wolle, ob sie könne ...

»Ja, ja«, flüsterte sie.

Sie schlang die Arme um seinen Hals: Es würde in keiner Weise schädlich für sie sein, wenn er das meine. Sie könnten gut zusammen sein wie früher, sie wünsche sich, dass sie es tun. Beide wurden von der alten Erregung gepackt, doch er fühlte sich dabei gehemmt und den Tränen nahe. Als er sie hochhob und vorsichtig hinüber zum Bett trug, hatte er das undeutliche Gefühl, etwas Unanständiges zu tun, als habe er sich mit Gewalt Zugang in einen Krankenhaussaal verschafft und würde sich nun an einer todkranken, wehrlosen Frau befriedigen. Trotzdem spürte er, dass sie genau das wollte, ja, dass er ihr inmitten der Verzweiflung auf diese Weise einen Augenblick des Glücks bescheren würde, eine Gewissheit, dass er sie liebte, dass er sie immer noch begehrte ... Aber dann wurde es peinlich, sie wollte, dass sie sich auszogen. Er konnte sich unter keinen Umständen vorstellen, mit ihrem nackten Körper in den Armen im Bett zu liegen, es wäre wahnsinnig peinlich, er stellte die brennende Nachttischlampe auf den Boden, damit das Licht sie nicht genierte, er öffnete mit zitternden Fingern einen Knopf ihrer Bluse und sie flüsterte, das sei gut so, aber er dürfe sie nicht zu fest küssen, da würde er Milch in den Mund bekommen, und nun konnte er eine Weile nicht weitermachen, aber schließlich konnte er, weil er wollte. Er war beinahe gelähmt, registrierte aber trotzdem mit allen Sinnen das Neue an ihr, das Veränderte, alles war neu, und er zitterte wie im Fieber, weil er sich bemühte, ganz vorsichtig zu sein. Sie stöhnte laut, als er behutsam in sie eindrang, er bekam einen wahnsinnigen Schrecken und dachte, er habe sie für immer und ewig zerstört, aber sie zog ihn wieder zu sich hinunter: Sie habe nicht gejammert, weil es schmerzhaft gewesen sei, sondern weil es so wunderbar sei, und erneut erfasste ihn ein unglaubliches Erstaunen über das ewig Unbesiegbare der Frau, die ewig unsterbliche Kraft, den ewig unverwüstlichen Lebensmut, diesen unersättlichen Lebenshunger, diesen Strom von ewigem Leben, von blindem Leben, von Schmerz und von Lust, aber immer Leben, Leben. Er begriff mit einer grenzenlosen Verwunderung, dass sie ihm, sollte er sie in diesem Moment erneut schwängern, dafür danken würde, mit blinden Augen würde sie ihn dafür segnen, sie war die ewige Trägerin des Lebens, ihre Erfüllung war es, die Bürde auf sich zu nehmen, die ewige Bürde, ihr Stöhnen war wie das Seufzen der Erde, wenn sich der Speer des Regens in sie bohrt …

Und er? Wie war nun ein Mann? Wenn die Frau die Kraft des Lebens war, geschaffen, um zu tragen, war dann der Mann die Kraft des Todes, geschaffen, um zu zerstören? Während sie ewig blieb, war er ewig auf der Flucht? Alles Wertvolle, das Frauen auf Erden geschaffen haben, entsprang das ihrem blinden Drang, zu tragen? Alles Wertvolle, das Männer auf Erden geschaffen haben, entsprang das der ewigen Angst des Mannes, angekettet zu werden?

Er machte sich vorsichtig von ihr los und stand auf. Als er wieder zu ihr kam, spürten sie beide den Kontakt mit einem Fremdkörper, eine Membran aus seidendünnem, synthetischem Stoff trennte sie voneinander, etwas Kühles und Geschäftsmäßiges entstand einen Augenblick zwischen ihnen, ein Weinen stieg in ihre Herzen, als sie erkannten, dass sie es nun begriffen hatten: Was sie taten, gehörte nur dem Jetzt an, die Zukunft war abgeschnitten. Trotzdem lächelten sie sich flüchtig an, ein blasses, ironisches, wehmütiges Lächeln: Sie hatten es nie zuvor verwendet, jetzt verwendeten sie es.

Dann versanken sie in einer verzweifelten Umarmung, er versuchte sie schonend zu halten, denn er konnte sich nicht von dem Gedanken frei machen, dass ihr das hier schaden, sie zum Invaliden machen würde, er war so schonend, dass er kaum wagte, sich zu bewegen, aber sie hielt ihn umklammert, sie war so heiß, so heiß, das Bett war so weich, so tief, sie umarmte ihn mit kriechenden, bittenden Händen, verwirrt dachte er, dass sie ihn nicht so fest drücken sollte, die Milch in ihrer Brust würde ihr Kleid durchnässen, sie sollte ihn nicht so an sich pressen. Er wurde plötzlich aufgeregter in ihr, nicht aus Lust, sondern aus Angst, er würde sicher nichts zustande bringen, barmherziger Gott, er schaffte es sicher nicht, er schaffte es sicher nicht, Mann zu sein. Alle Gedanken, alle Vorstellungen, die auf ihn einstürzten, lähmten ihn und machten ihn schwach. Er schloss die Augen und biss die Zähne zusammen, er wollte die Gedanken verscheuchen, aber es gelang ihm nicht. Mit dem Mund in ihrem warmen, duftenden Haar begann er zu beten: »Lieber Gott, hilf mir bei dieser Sache, hilf mir, einen Orgasmus zu bekommen, ich bitte nicht für mich, ich bitte für sie, sie könnte glauben, dass ich es ihretwegen nicht zustande bringe, weil sie nicht mehr so begehrenswert ist wie früher, sie würde es als eine schwere Demütigung empfinden, eine Kränkung, es wäre die tiefste Verzweiflung, aber sie darf das nicht glauben, lieber Gott, es gibt keine Frau auf der Welt, die ich so liebe wie Siv, lass es nicht zu, lieber Gott, gewähre ihr das, es ist so wichtig für uns zwei, es bedeutet die ganze Welt, lieber Gott, mach, dass ich ihr dieses Letzte schenke, es ist das letzte Mal ...« Sie bewegte sich unter ihm, sie änderte ihren Rhythmus, sie flüsterte ihm etwas zu, und in einer tiefen, tiefen, wunderbaren Dankbarkeit kam er.

Als es zwölf Uhr war, setzten sie sich auf. Er krümmte sich, er dachte einen so bitteren Gedanken: Jetzt bist du stark gewesen. Sie saßen auf der Bettkante, vorgebeugt, Hand in Hand, sie saßen da und starrten vor sich hin. Er konnte nicht atmen, er wusste, dass sie nun, wenn er gegangen war, allein sein würde in diesem Zimmer, in seiner Stadt, und trotzdem nicht zusammen mit ihm. Allein würde sie sein in diesem Zimmer, mit den Erinnerungen, mit den Gedanken, mit all dem Ungesagten. Eine arme, zerrissene Frau, allein in der Nacht. Er wusste, wie ihre Nacht werden würde. Er wusste, wie alle ihre Nächte werden würden.

»Es ist erst fünf nach zwölf. Du kannst doch noch ein bisschen bleiben?« Leise sagt sie es. Leise.

»Bitte, ein bisschen noch.«

Er spürt ihre Hand in seiner.

»Ach, Ask ...«

Er wagt es nicht, den Kopf zu ihr zu drehen.

»Sie war so schön, das kannst du mir glauben ...«

Er schluckt.

»Wenn du sie nur hättest sehen können, bevor ich sie weggegeben habe, das wäre besser gewesen.«

»Siv.«

»Ich hatte ein paar Kleinigkeiten für sie genäht, durfte sie aber nicht mitgeben. Das wäre sicher gegen die Vorschriften gewesen. Ich weiß nicht, was ich damit machen soll. Ich habe sie da drüben im Koffer.«

»Siv.«

»Sie hatte große blaue Augen. Sie hatte die gleichen Lachfältchen um die Augen wie du. Sie lag da, schaute mich an und lachte.«

»Siv, nicht, Siv ...«

»Jetzt habe ich nur die Erinnerungen, weißt du.«

»Siv, geliebte Siv, sag nichts mehr.«

»Musst du jetzt gehen?«

»Ja.«

Er steht auf und geht unsicher durchs Zimmer, er findet seinen Regenmantel und den Hut. Er dreht sich um, und sie kommt zu ihm. Er bückt sich tief hinunter zu ihr, er hält sie nicht richtig fest, weil er Hut und Mantel in den Händen hat, ihre Münder treffen sich und der Kuss ist salzig und warm, es ist der Kuss des Verlustes und der Hoffnungslosigkeit, und behutsam richtet er sich auf. Er geht zur Tür und öffnet sie, sie geht schlafwandlerisch zu dem Bett, das nicht benutzt wurde, das Bett, das zu viel ist. Als er nach der Klinke der äußeren Tür tastet, sieht er, wie sie auf das Bett kippt, als sei alles Leben aus ihr gewichen. Er macht eine verzweifelte, hilflose Bewegung, weiß aber, dass alles vergeblich ist, das Licht auf dem Korridor fällt ins Zimmer, einen Moment scheint es auf eine kleine Frau, die leblos auf dem Bett liegt, nur ihre Schultern zittern schwach. Eine kleine, weiche Hand tastet an der Bettdecke entlang, findet aber nichts, der Anblick der kleinen, leeren Hand war das Letzte, was er sah. Er ging hinaus, schloss zuerst die innere Tür hinter sich, dann die äußere Tür.

Als er hinunter ins Foyer kam, konnte er nichts sehen.

Der Portier musste ihn am Arm nehmen und zur Ausgangstür führen.

Ein Händedruck

Am Abend vor seiner Abreise war er oben in Kvases Wohnung. Sie waren nach den Ferien seltener zusammen gewesen, auch wenn sich an ihrer Freundschaft nichts geändert hatte. Doch Kvase hatte ein Verhältnis mit einem Mädchen angefangen, das Ask überhaupt nicht mochte. Sie war hübsch, süß, lebhaft, Tochter eines Glasermeisters in der Stadt, und sie schien Kvase über die Maßen anzuhimmeln. Ask hatte gesehen, wie sie mit einem glückseligen Gesichtsausdruck an Kvases Hals hing. Doch irgendetwas war an diesem Mädchen, Ask konnte es sich auch nicht genau erklären, am nächsten kam er der Sache, wenn er sagte, das Mädchen wirke bürgerlich. Kvase war völlig vernarrt in sie; wann immer sich Gelegenheit bot, herzten sie sich und schmusten wie Turteltauben, aber Ask sah tiefer. Er hatte jedes Mal, wenn er in Kvases Wohnung kam, in den Augen des Mädchens einen Anflug von Hass erahnt. Sie schaute Ask an wie einen, der ihr Kvase abspenstig machen wollte. Ask hatte das vage Gefühl, dass dieses Mädchen allmählich ihr Netz um Kvase spann, sie saß da und korrigierte unauffällig und zuckersüß seine Gewohnheiten und seine Manieren, sie band ihm die Krawatte und brachte ihm Bridge bei, sie nahm ihn mit zu kleinen Gesellschaften und legte Wert darauf, dass Kvase jeden Tag mit ihr in die Konditorei ging. Kvase folgte ihr in allem mit einem entzückten, blöden Lächeln, der Junge war verliebt, der Junge war verliebt in eine Gans. Ask hätte Kvase so gern beglückwünscht zu diesem Mädchen, wenn sie nicht dumm wie eine Gans gewesen wäre. In einer Vision hatte er plötzlich Kvases weiteres Schicksal gesehen: Kvase würde sich mit dem Mädchen verloben, Kvase würde das Mädchen ehelichen (sie würde es sogar fertigbringen, dass er sich einen Smoking anzog und in der Kirche heiratete, Kvase in der Kirche, umgeben von kleinen Brautjungfern und Mendelssohns Hochzeitsmarsch und die Mutter des Mädchens, die die Tränen nicht zurückhalten konnte: »Ach Kvase, sei gut zu ihr, sie ist meine Einzige, Kvase, sie ist mein kleines Mädchen, Gott segne euch beide ...«). Dieses Mädchen würde Kvase in ein Einfamilienhaus setzen, sie würde ihm Monogramme in die Laken sticken, sie würde unter ihn kriechen und ihn zum Vater von drei Kindern machen, sie würde ihm einen Garten schenken und das Interesse in ihm wecken, wie ein Mann Rosen zu pflegen und Hecken zu schneiden. Sie würde ihm eine Hausjacke schenken und ihm beibringen, wie man Cocktails mixt und einen Braten tranchiert, sie würde ihm zu verstehen geben, dass ein Mann sich für die Kachelfarbe im Bad zu interessieren und diese Frage ausführlich mit seiner Frau zu erörtern habe, unmerklich und langsam würde sie ihn umschlingen und fesseln. Ohne dass Ask ein einziges warnendes Wort hätte sagen können – denn wer durfte jemals darauf hoffen, einen verliebten jungen Mann beeinflussen zu können –, würde sie Kvase küssen, streicheln, locken und ihn in den Viehstall der bürgerlichen Welt bugsieren. Ask konnte keine sichere Prognose abgeben, er konnte seine unbestimmten Gedanken und sein vages Misstrauen nicht in Worte fassen, trotzdem wusste er, wusste, wusste, dass dieses Mädchen, wenn es sein Ränkespiel mit Kvase treiben durfte, diesen lachenden Zigeuner, diesen leidenschaftlichen Sozialisten, diesen gottbegnadeten Himmelsstürmer, innerhalb von drei Jahren in einen Hausbesitzer und Hausherrn in Schlafrock und Pantoffeln verwandeln würde.

Jedes Mal, wenn er in einer flüchtigen Vision Kvases kommendes Schicksal vorausahnte, hätte er am liebsten vor Schmerz geschrien. Aber sein Mund war verschlossen, er brachte kein Wort heraus.

Kvase war allein, als Ask bei ihm eintrat. Ask atmete vor Erleichterung tief auf. Kvase saß an seinem Arbeitstisch und zeichnete, sein dunkles Bluthundsgesicht war konzentriert und auf wundersame Weise schön. Nie ist das Gesicht eines Mannes so anziehend, als wenn er konzentriert mit der Lösung einer Aufgabe beschäftigt ist, nie ist das Gesicht eines Mannes so anziehend, als wenn er sich mitten in einem Schöpfungsprozess befindet. Du kannst diese wunderbare Schönheit und Ruhe im Gesicht eines Grobschmieds spüren, der ein Hufeisen prüfend betrachtet, bei einem Tischler, der nachdenklich mit einem Zollstock in der Hand an der Hobelbank steht, bei einem Bauern, der am Abend auf der Tennenauffahrt sitzt und an einem Strohhalm kaut, während er an das Silo denkt, das er bauen will, du kannst es im Gesicht eines Ingenieurs erkennen, eines Dichters, eines Philosophen. So wie das Gesicht einer Frau am schönsten ist, wenn sie daliegt und ihr Kind stillt und von Frieden erfüllt spürt, dass sie gibt. So ist das Gesicht eines Mannes am schönsten, wenn sein Geist schöpferisch mit einer Aufgabe befasst ist. Diese Schönheit lässt sich nur in flüchtigen Momenten erfassen, aber dann wird man sehen, dass in der Seele eines Mannes kein Verlangen ist, kein Hass, kein Zorn, keine Mordlust. In diesem Moment ist er nicht böse, in diesem Moment hat er nichts Unterwürfiges, in diesem Moment ist er nicht Kain, in diesem Moment blickt der Mann in ein Reich von wunderbarer Schönheit, in diesem Moment verwirklicht sich der Mann selbst, in diesem Moment ist er groß, ein verschwenderisch Gebender, die Nebel weichen zur Seite vor seinem Blick und du, der du den Mann in diesem flüchtigen Moment betrachten durftest, du wirst schlucken und deine Kehle wird wie zugeschnürt sein, denn du hast erkannt, was der Mann sah. Du folgtest dem Blick des Mannes und du hast gesehen, was er sah.

Kvase saß mit dem Zirkel in der Hand da, er schickte sich an, das Zeichengerät auf den weißen Bogen Papier zu setzen. Er drehte langsam den Kopf, als der Freund hereinkam, einige Sekunden sah er Ask stumm an mit Augen, die nicht in dieser Welt waren. Dann zwinkerte er plötzlich, sein argwöhnisches Dschingis-Khan-Gesicht löste sich auf in ein warmes Lächeln, er schob den Stuhl zurück und trat mit freudig glänzenden Augen auf den Freund zu.

Ask wollte nicht lange bei Kvase bleiben, zu Hause saßen der Vater und die Mutter und warteten auf ihn, er wusste, dass sie warteten, um den letzten Abend zusammen mit ihm zu verbringen. Er war gekommen, um Lebewohl zu sagen.

»Zum Glück«, sagte Kvase, »sind es nur drei Monate bis Weihnachten, und dann kommst du in den Weihnachtsferien nach Hause.«

»Ja«, sagte Ask.

Es wurde kurz still zwischen ihnen.

Nach einer Weile schaute Ask auf die Uhr und erhob sich vom Stuhl.

»Dann mach's mal gut«, sagte Kvase.

»Du auch«, sagte Ask.

»Wirst mir fehlen«, sagte Kvase.

»Du mir auch«, sagte Ask.

Sie gaben sich die Hand. Sie verzogen etwas verlegen das Gesicht. Es war der erste Händedruck zwischen ihnen. Sie waren beide junge Norweger.

Als Ask die Tür öffnete und hinausging, drehte er sich für einen Moment um und schaute zu Kvase. Kvase stand mitten im Zimmer und schaute zu ihm. Er sah das schwere, dunkle, hässliche, wunderbare Gesicht des Freundes, und für einen Augenblick hörte sein Herz auf zu schlagen. Ein grausames Gefühl von Verlust und Untergang erfasste ihn, er spürte ein wildes Verlangen nach einer Handbewegung zum Freund, ihm ein Wort sagen, ihm sagen, was ihre Freundschaft für ihn bedeutet hatte, dass die Zeit mit ihm die reichste und glücklichste Zeit seines Lebens gewesen war.

Denn jetzt wusste er plötzlich, dass er den Freund zum letzten Mal sah. Mit brennenden Augen versuchte er sich diesen letzten Anblick des Freundes einzuprägen, sein wunderbares Bluthundsgesicht, seinen knochigen Körper und seine behaarten Hände, er wollte sich die Erinnerung an diesen Freund für ewig im Herzen bewahren.

Als er die Tür hinter sich schloss, war sein Herz erfüllt von unsäglicher Wehmut.

Er sollte Kvase nie mehr wiedersehen.

Die uns das Leben schenkten

Als Ask an diesem Abend heimkam, war es beinahe zehn Uhr. Seine Mutter hatte ein besonders gutes Abendessen hergerichtet, und jetzt hatten sie über eine halbe Stunde auf Ask gewartet. Am Tisch herrschte eine gereizte Stimmung.

Nach dem Essen ging Balder sehr widerwillig zu Bett. Ask musste versprechen, ihm sofort, wenn er in die neue Stadt komme, Bilder und Postkarten zu schicken.

Hatte er in dieser Stunde an Balder gedacht?

Hatte er die Hand um den Nacken des Jungen gelegt und ihm seine Zuneigung gezeigt?

Hatte er sich richtig von Balder verabschiedet?

Hatte er?

Nun waren nur noch die Mutter, der Vater und Ask anwesend. Sie saßen ein Weilchen, dann standen sie auf; die Mutter packte ein Paar zusätzliche Socken für ihn ein. Ask holte sie wieder aus dem Koffer, er hatte genug davon. Sie setzten sich wieder und saßen ein Weilchen, dann standen sie auf. Die Mutter packte einen zusätzlichen Schal ein, Ask holte ihn wieder heraus, wo er hinwollte, war ein mildes Klima. Dann setzten sie sich wieder.

Sie saßen stumm da und schauten zu Boden. Ask trommelte mit den Fingern auf die Tischplatte, der Vater paffte seine gurgelnde Stummelpfeife, die Mutter atmete schwer.

Sie wussten nichts zu sagen, keiner von ihnen.

»Pass gut auf dich auf, Ask, dass du dich nicht erkältest«, sagte die Mutter.

»Hmm«, sagte Ask. Er war bleich im Gesicht, schmachtete nach einer Zigarette, aber jetzt war es wohl nicht angebracht, in sein Zimmer zu gehen und die Tür zu schließen.

»Und pass gut auf das Geld auf«, sagte der Vater.

»Hmm«, sagte Ask.

Dann saßen sie ein Weilchen, dann standen sie auf, die Mutter blickte zu Ask und seufzte leidend. Sie gingen ein paar Schritte im Zimmer herum. Dann setzten sie sich wieder.

Er dachte: Daran werde ich mich erinnern. Vater, Mutter, ich. Wir hätten uns so viel zu sagen, das ist vielleicht der letzte Abend in meinem Leben in dieser Stube, in diesem Haus, keiner von uns kann es sicher sagen, aber sie wissen es so gut wie ich. Ich gehe und kehre niemals zurück. Was bindet dann unsere Zungen, was schnürt uns den Hals zu, was lähmt unsere Herzen? Wonach wir lechzen, ist ganz nah, ein Wort, ein Flüstern, eine Handbewegung. Wir sind um Haaresbreite davon entfernt, um Sekunden, wir könnten es in dem Augenblick wahrnehmen, in dem wir erkennen würden, was es war, wir sitzen hier, wartend und horchend, wir strecken uns nach dem Unbegreiflichen, wir warten und horchen, wer wird das erlösende Wort aussprechen? Wer wird die Mauer aus Eis in unseren Herzen zerschlagen?

Ist niemand imstande, sie zu zerschlagen?

Wird nie die heiße Quelle sprudeln, wird nie die Blume des Herzens aufgehen, wird nie die Hand die Tür finden? Oder gibt es keine Tür?

Eine unerträgliche Schwermut und Trauer erfasste ihn: Dies war der letzte Abend. Und er wusste kein Wort, das er ihnen geben konnte.

Die Wahrheit: Er hatte ihnen eine Menge vorzuwerfen, sie hatten ihm abscheuliche und hässliche Dinge angetan, er hatte sie aus vollem Herzen gehasst. Aber gleichwohl: Hatte ihn seine Mutter nicht aufgezogen, ihm Nahrung und Wärme gegeben, hatte sie nicht das kranke Kind mit aufopfernder Liebe gepflegt? War ihm nicht in ihrem Schoß das Leben geschenkt worden? Hatte sie nicht um seinetwillen gekämpft, gelogen, betrogen und intrigiert, war sie nicht immer dazwischengegangen und hatte ihn verteidigt? Mit dem Duft ihrer Pfannkuchen, ihrer Fischsuppen und ihrer selbst gemachten Leberpastete, mit dem Duft ihres im Ofen gebackenen Brotes in seiner Nase – war das kein Reichtum, um hinaus ins Leben zu gehen?

Und der Vater, schuldete Ask ihm nicht genauso viel? War da nicht ein Funken von unbestechlicher Selbstüberzeugung in dem Vater, eine nüchterne Beharrlichkeit, eine unverbrüchliche Festigkeit der Prinzipien, eine tiefe Ehrbarkeit? Hatte ihm der Vater nicht einen Apfel geschenkt und eine Weidenflöte geschnitzt? Mit dem Geruch von Vaters Tabak, von seinem Leimtopf und seinem Haufen frischer Hobelspäne, mit dem Geruch von Vaters Rasierseife in seiner Nase – war das kein Reichtum, um hinaus ins Leben zu gehen?

Und hatte da nicht einmal ein Mann im Overall auf einer abgelegenen Lichtung im Wald gestanden und auf einem Horn geblasen, hinauf zum Himmel gerichtet?

Hatte er nicht als kleiner Junge auf den Knien der Mutter Hoppe, hoppe Reiter gespielt? Hatte er nicht als kleiner Junge vorne auf der

Stange von Vaters Fahrrad gesessen und mit leuchtenden Augen eingesogen, »wie schnell es ging«? Hatte nicht einmal der Mund der Mutter friedfertig an seinem Hals gelegen? Hatte nicht einmal der Vater friedfertig den Geruch des Knabenkopfes vor sich aufgesaugt? Riecht der Körper von so einem kleinen Jungen, von seinem kleinen Kopf nicht ein bisschen süß-säuerlich? Mussten nicht einmal beide Eltern Liebe gefühlt haben? Friedfertig?

Doch wann hatte die Schlange in ihren Herzen zu nagen angefangen, wann begann der Geier, in ihre Eingeweide zu hacken, wann wurde die Unstimmigkeit geboren, wann begann der Kuss zu brennen und die Zärtlichkeit zu ätzen? Wann war der Geruch der Körper nicht mehr gut, wann waren die Stimmen nicht mehr freundlich, wann hatten sich die Herzen voneinander abgewandt? Wann war das?

Und jetzt?

Konnte niemand eine Brücke bauen zu dem, was gewesen war? Was einmal gewesen sein musste?

Keine Hand?

Keine Liebe?

Dann sind wohl diese starren, nackten, horchenden Gesichter ein Bild dessen, was unwiderruflich verloren ist?

Keine Liebe?

Dann ist alles verloren.

Der Vater erhob sich schließlich und ging langsam durchs Zimmer. An der Tür zum Schlafzimmer drehte er sich um und sagte:

»Bleib bloß nicht dieser Faulpelz, der du hier immer warst!«

Es war der Anflug eines Lächelns um den Mund des Vaters, als er das sagte, der Bart hob sich einen Millimeter. Aber Ask schoss plötzlich der Gedanke von der grenzenlosen Erbärmlichkeit des Menschen durch den Kopf. Hier stand der Vater und wollte ihm etwas sagen, vielleicht war es das letzte Mal, dass er seinem Sohn etwas persönlich sagen konnte, aber in seiner Erbärmlichkeit und Ohnmacht griff er zu einer selbst ausgedachten, abgedroschenen Ausdrucksweise der Rüge, einer Ausdrucksweise, von der er wusste, dass sie den Sohn immer ärgerte und in schlechte Stimmung versetzte. Der Vater hatte vielleicht etwas anderes sagen wollen, vielleicht war es nicht seine Absicht, das zu sagen, aber in einer Art bissiger Witzigkeit und in einer unverbesserlichen Selbstgerechtigkeit sagte er es trotzdem. Ask wurde sich verzweifelt klar darüber, wie schwer es in der neuen Stadt werden würde, mit wie wenig Geld er würde auskommen müssen, er zitterte jedes Mal vor Angst, wenn er an das Schuldscheindarlehen dachte, das er unterschrieben hatte. Der Vater hätte ihn überhaupt nicht daran zu erinnern brauchen, dass er sich anstrengen musste. Und in den Vorwürfen des Vaters lag verdeckt all das andere, das Bittere, das Unausgesprochene, eine Andeutung auf Asks sexuelle Verirrungen, seine unanständigen Ausschweifungen, die Schande, die er über die Familie gebracht hatte. Obwohl Ask spürte, dass der Vater etwas anderes hatte sagen wollen, wurde er weiß im Gesicht. In der Stunde des Abschieds hatte der Vater den Sohn auf seine Weise indirekt einen Taugenichts und Wüstling genannt.

»Hmm«, antwortete Ask.

Der Vater verschwand im Schlafzimmer. Nach einer Weile tauchte er noch einmal im Türspalt auf und sagte mit leiser Stimme, um Balder nicht zu wecken:

»Und dann solltest du nicht wieder die halbe Nacht lesen, wie du es immer machst. Du musst nämlich morgen früh raus.«

Aha. Auch das hätte er nicht zu sagen brauchen. Man *weiß*, dass man nur ein Säugling von 22 Jahren ist, man *weiß*, dass es schlecht ist, Bücher zu lesen, die keine Fakten enthalten, man *weiß*, dass die Nacht zum Schlafen da ist und der Tag zum Arbeiten, man *weiß*, dass man ein Rotzbengel von 22 Jahren ist, der weder auf die Zeit noch auf seine Gesundheit zu achten in der Lage ist. Auch das hätte er nicht zu sagen brauchen.

»Hmm«, sagte Ask.

Es wurde still und drückend im Zimmer, nachdem der Vater ins Schlafzimmer gegangen war und die Tür hinter sich zugemacht hatte.

»Ja, ja, Ask«, seufzte die Mutter.

Ask sog die Luft ein und schluckte. Jetzt kam vermutlich das Schlimmste. Aber als die Mutter zu reden anfing, war das nur, um ihn daran zu erinnern, dass er einige Verwandte in der neuen Stadt hatte, er müsse sie unbedingt besuchen. Sie würden sich gewiss freuen, ihn zu sehen, und wenn er nicht hinginge, wären sie gewiss beleidigt. Sie seien überdies ziemlich wohlhabend, sie hielt es für möglich, dass Ask bei ihnen zum Essen eingeladen werden würde, wenigstens einmal die Woche. Das wäre doch gut für ihn.

Er dachte: Ein Teil meines neuen Lebens wird gerade daraus bestehen, mit Menschen Umgang zu pflegen, die mir sympathisch sind. Sollte mir diese Familie sympathisch sein: in Ordnung. Wenn sie mir nicht sympathisch sind, dann gehe ich nicht hin. Es ist besser für einen Mann, zu hungern, als bei Menschen zu speisen, die ihm unsympathisch sind. Ich bin 22 Jahre lang höflich gewesen zu Mitgliedern meiner Familie. Und plötzlich wusste er es: Ich bin ab jetzt fertig mit meiner Familie. Fertig. Für immer. Von nun an bin ich ein Mann ohne Familie und Verwandtschaft. Darin liegt die Freiheit. Ich werde der Familie nicht einmal einen Besuch abstatten.

»Hmm«, sagte er.

Die Mutter stand auf und ging schwerfällig ein paar Schritte durchs Zimmer. Dann setzte sie sich wieder und knetete die dicken Finger.

»Hör zu, Ask«, sagte sie endlich, »da ist etwas, das ich dich fragen wollte. Da ist etwas, worüber ich lange nachgedacht habe. Glaubst du nicht – glaubst du nicht, dass eine Möglichkeit bestünde, dass ...?«

»Eine Möglichkeit wofür?«

Sie biss sich auf die Lippe und fuhr fort:

»... dass es etwas werden könnte zwischen dir und Gunnhild? Ich meine, könntet ihr nicht eine Lösung finden, damit ...?«

Er schaute sie mit offenem Mund an. Dann schloss er ihn mit einem Klacken. Er sagte langsam:

»Es ist nicht alles so, wie du es begreifst, Mutter. Was du da sagst, kommt niemals infrage. Niemals.«

Sie schaute ihm lange ins Gesicht, dann seufzte sie.

»Nein, nein«, sagte sie »es ist nur so komisch. Ich denke auch an die Kleine, weißt du. An Klein Astrid.«

Er saß eine Weile stumm da. Dann sagte er mühsam:

»Soweit *ich* weiß, habe ich dir nie erzählt, wie das Kind heißt.«

Er schaute sie an und sagte:

»Hat sie etwa an dich geschrieben?«

Die Mutter nickte.

»Ich habe einige Briefe bekommen. Und ich habe ihr zurückgeschrieben. Sie hat es nicht leicht, Ask. Sie hat mich gebeten, ihr mit Kinderkleidern und Ähnlichem zu helfen. Krank und elend ist sie auch.«

Er stand auf. Sie legte die Hand auf seinen Arm.

»Geh jetzt nicht weg, Ask, Frauen verstehen einander, weißt du. Ich verstehe sie besser, als du das tust.«

Ask schluckte, er war außer sich vor Wut, dass er nicht wusste, wohin mit sich. Gunnhild hatte also seiner Mutter geschrieben, war ihm in den Rücken gefallen, hatte sich durch die Hintertür in ein Haus geschlichen, in dem sie nichts zu suchen hatte! Was hatte sie in den Briefen geschrieben? Sie hatte sich vermutlich selbst mit Engelsflügeln ausgestattet, seine Mutter hatte vermutlich beim Lesen geschluchzt, oh ja, er zweifelte keinen Augenblick daran, dass die Frauen einander *verstanden*! Er sagte düster:

»Ich kann dir nicht verbieten, weiterhin an sie zu schreiben, wenn das deine Absicht sein sollte. Aber sei so freundlich und halte mich da raus. Ich will ein für alle Mal nichts damit zu tun haben.«

Er dachte: Das Kind ist es, damit hat mich Gunnhild in der Hand. Sie weiß, dass ich sie vor die Tür setzen würde, aber sie weiß, wenn sie mit dem Kind kommt, werde ich sie nicht vor die Tür setzen. Nun habe ich zwar gelernt, hart zu sein einer Frau gegenüber. Aber sie ahnt, dass ich nach wie vor nicht zu einer Frau und dem Kind hart sein kann. Ich muss mein Leben so einrichten, dass sie mich nie zusammen mit dem Kind erwischt. Er dachte an das Kind und er wand sich, als er sagte:

»Was die Kindersachen angeht ...«

Er schluckte, das Wort war zu schwer auszusprechen.

»Wenn sie nicht genug davon hat, dann vor allem deshalb, weil sie ihre Hände zu überhaupt nichts Nützlichem verwenden kann. Sie ist nicht einmal fähig, Strümpfe zu stopfen. So etwas interessiert sie einfach nicht.« Er war völlig verzweifelt, als er das ausgesprochen hatte. Seine Mutter hatte vermutlich *einige* Illusionen über diese Frau.

»Ihr mangelt es an nichts«, stammelte er, »sie hat zwei Brüder, sie hat eine kinderlose Schwägerin, es kann doch bei Gott kein Problem sein, etwas zu ...«

Er geriet plötzlich derart in Zorn, er hatte keine genaue Vorstellung, was ein kleines Kind benötigte, aber das Ganze kam ihm derart idiotisch und hinterhältig vor, er schlug mit der Faust auf den Tisch und sagte:

»Es kann doch jeder eine Nähmaschine nehmen und für so ein kleines Kind zehn Windeln und zehn Hemden und zehn Hosen zusammennähen! Das kann man doch an einem Abend schaffen! Ich würde das auch hinkriegen! Zum Kuckuck, ich würde deine Maschine nehmen und es selber machen!«

Er warf als Geste der Verzweiflung die Arme in die Luft und ließ sie dann sinken. Plötzlich war ihm klar, wie alles zusammenhing. Jetzt wusste er, was hinter all dem Gerede um Babysachen steckte. Gunnhild verwendete natürlich eine Windel nur einmal. Sie dachte nicht daran, sie zu waschen und noch einmal zu verwenden. Wenn die Kleine die Windel vollgemacht hatte, nahm sie dieselbe mit spitzen Fingern, öffnete das Fenster und warf sie raus. So lief das. Barmherziger Gott. Sie musste einen Verbrauch an Windeln haben, der dem Verbrauch von Klopapier in einem gewöhnlichen Haushalt gleichkam!

Er fuhr fort:

»Und was ihre Schwäche und Kränklichkeit betrifft ... Sie ist genauso elend und kränklich, wie es Goliath war. Wenn sie dir so einen Unsinn schreibt, dann nur in der Absicht ...«

Er hielt inne. Er konnte nichts mehr sagen.

»Du meinst also«, sagte die Mutter und schaute ihn traurig an, »du willst also, dass ich zu ihr hartherzig sein soll?«

Ask wand sich. Dann sagte er düster:

»Nenne es, wie du willst.«

Die Mutter sagte:

»Und die Kleine, willst du, dass ich auch zu ihr hartherzig sein soll? Das Kind ist doch unschuldig, Ask?«

Er versteckte das Gesicht in den Händen.

»Herrgott, Mutter«, sagte er.

Es wurde eine Weile still.

Dann sagte die Mutter:

»Ich möchte ja nur dein Bestes, Ask.«

Ask wusste nicht, warum, aber in ihm starb etwas, als sie das sagte. Wie konnte sie sich einbilden, besser als er selbst zu wissen, was für ihn das Beste war? War das nicht der blödeste Satz der Welt?

»Es ist jedenfalls gut, dass du mit dem anderen keine Umstände hast.«

Er blieb sitzen. Das Zimmer fing an zu schwanken. Hatte er richtig gehört? Ein schleichender, lähmender Verdacht stieg ihn ihm auf, er wagte die Mutter nicht anzusehen. Er versuchte den Ahnungslosen zu spielen, als er mit abgewandtem Gesicht sagte:

»Was meinst du?«

»Ich meine das, was ich sage«, sagte die Mutter schnell. »Und du weißt ganz genau, wovon ich rede.«

Er warf ihr einen vorsichtigen Blick zu. Sie hatte sich auf dem Stuhl aufgerichtet, hatte eine Art von Verteidigungsposition eingenommen und ihre Augen blitzten. Er wagte nicht, den Mund aufzumachen, er musste es ihr überlassen, zu reden.

»Ich weiß, dass du mit einer zweiten etwas gehabt hast, einer anderen. Du hast einmal geschrieben, dass du eine charmante geschiedene Frau getroffen hast. Ich hatte so meine Befürchtungen, das darfst du mir glauben. Ich kenne diese Art von Frauen. Dann, an einem Tag im Sommer, du warst nicht da, fand ich einen Brief von ihr an dich. Der lag offen in deinem Zimmer.«

Ask umklammerte mit den Händen die Stuhllehne.

»Da war es nicht mehr schwer zu verstehen, was los war. Deshalb habe ich ihr geschrieben.«

»*Was* hast du?«

Ask war aufgestanden, und er zitterte am ganzen Körper.

»Ja, das habe ich gemacht. Als deine Mutter habe ich es gemacht. Jede Mutter hätte das getan. Ich schrieb ihr und schilderte die Zusammenhänge, all das mit Gunnhild. Und ich betonte, dass ich hoffte, sie hätte Anstand genug, sich von dem Kind zu trennen und einem jungen Mann wie dir nicht noch mehr Verpflichtungen aufzubürden. Sie sollte sich schämen, junge Burschen zu verführen. Na, das Letzte habe ich nicht geschrieben, aber ich konnte sie überreden, das Kind wegzugeben. Sie schrieb mir und versprach es.«

Ask stand leichenblass und mit offenem Mund da.

Sie sah seine Erregung und sie sagte schnell:

»Eines Tages wirst du mir dankbar sein für das, was ich getan habe, Ask. Als Mutter konnte ich nicht einfach die Hände in den Schoß legen und zusehen, dass so eine unehrenhafte Frau daherkommt und das Leben meines Jungen zerstört. Keine Mutter der Welt würde das tun.«

Seine Zähne klapperten, er sagte mit großer Mühe:

»Unehrenhaft? Meinst du denn, dass Gunnhild ehrenhaft ist?«

»Ja«, sagte sie. »Das mit Gunnhild, das war jedenfalls nicht unanständig. Sie war jedenfalls nicht geschieden, als du mit ihr zusammenkamst.«

»Barmherziger Gott«, sagte er.

Die Mutter saß stramm und aufrecht und überlegen auf dem Stuhl, sie strotzte vor Anstand und Selbstgerechtigkeit, sie saß da wie ein Gemälde aus der Weltgeschichte: die ewige Verdammnis der geschiedenen Frau durch die verheiratete Matrone. Er hatte sie nie so gesehen, so abstoßend, so hasserfüllt, so böse. Eine wahnsinnige Mordlust überkam ihn, er dachte: Womit brüstet sie sich eigentlich? Denkt sie, ich hielte sie für einen besseren Menschen als Siv? Er ging langsam auf sie zu, das Blut hämmerte in seinen Schläfen ...

Da hörte man schlurfende Schritte im Schlafzimmer. Der Vater kam an die Tür und schaute sie mit kleinen, zornigen Augen an:

»Geht jetzt endlich ins Bett. Irgendwann muss doch in diesem Haus einmal Nachtruhe sein!«

Die Mutter stand auf. Sie und Ask blieben stehen und starrten einander ins Gesicht. Asks Lippen zitterten, er bebte am ganzen Körper, er wusste, dass ihn der Vater daran gehindert hatte, etwas Furchtbares zu tun. Wenn der Vater nicht an die Tür gekommen wäre, hätte Ask der Mutter eine Maulschelle verpasst. Mitten auf ihren harten, spitzen, selbstgerechten Matronenmund.

Später, viel später, als er allein war in seinem Zimmer, als er in der Dunkelheit auf dem Rücken lag und an die Decke starrte, da wusste er insgeheim, dass die Mutter aus ihrer Sicht nichts falsch gemacht hatte, sie hatte nach bester Überzeugung gehandelt.

Aber welche Rücksicht können wir auf die Gesinnung nehmen, was interessiert uns, ob etwas aus guter oder schlechter Absicht geschah? Müssen wir uns nicht immer an das halten, was am Ende dabei herauskommt? Er dachte plötzlich, die Menschen sollten keine Überzeugungen haben. Alles Elend der Welt rührt von dem einen Umstand, dass die Menschen Überzeugungen haben.

Und er zitterte in der Nacht.

Er lag im Bett und dachte an das kleine Kind. Das kleine Kind, das verlorene Kind, das Kind, das er nie sehen sollte, das Kind, das Siv nie mehr sehen sollte. Er hatte sein Kind verkauft. Ein Geschäft ist ein Geschäft, egal ob man 30 Silberlinge bekommt oder 300 Kronen per Postanweisung schickt. Jetzt tappte ein kleines Kind auf nackten Füßchen über einen fremden Fußboden. Er hörte das Tappen der kleinen, nackten Füße auf dem Boden. Er hörte es jetzt, er wird es in allen Nächten hören.

Ein kleines, neugeborenes Kind, verkauft, verloren, ein Kind ohne Mutter, ein Kind ohne Vater. Das Kind tappt durchs dunkle Zimmer und tastet mit seiner kleinen Hand, es streckt die Hand aus, und da wird niemand sein, der die Hand in seine nimmt.

Keine Hand für ein kleines Kind?

Keine Hand?

Er wälzte sich auf die Seite, er biss ins Kopfkissen und er konnte keinen Schlaf finden.

Schließlich hatte er den Kampf mit sich ausgefochten. Und es überkam ihn das Bedürfnis, sich mit der Mutter zu versöhnen, etwas zu ihr zu sagen. Jetzt. Mitten in der Nacht.

Dies war die letzte Nacht, er konnte nicht so von ihr scheiden.

Er suchte unter dem Bett nach den Pantoffeln und stand auf.

Er ging leise hinaus in den Flur und hinein in die Küche. Er blieb an der Tür zum Esszimmer stehen. Die Mutter pflegte da drinnen zu schlafen, auf dem Diwan, es war schon einige Jahre her, dass sie im Doppelbett im Schlafzimmer geschlafen hatte.

Er blieb ein Weilchen stehen und lauschte. Es brannte eine einsame Birne in der Küche über dem Elektroherd. Er bibberte im Pyjama, es war etwas kühl. Behutsam drückte er die Klinke nach unten. Er blieb stehen und hielt den Atem an. Drinnen im Zimmer war es still, er hörte keinen Laut.

Er öffnete die Tür ganz und ging hinein. Er konnte sie auf dem Diwan undeutlich erkennen, drüben in der Ecke des Raumes, doch nachdem er sich an das Halbdunkel gewöhnt hatte, sah er sie ganz deutlich. Behutsam trat er näher, schließlich stand er neben dem Diwan. Sie lag mit dem Gesicht zur Wand, ihr dicker Körper wölbte sich unter dem weißen Federbett, der linke Fuß war unter dem Federbett herausgerutscht und ragte nackt ins Freie. Sie atmete angestrengt mit einem schwachen Schnarchen, und er nahm den Geruch nach warmer, schlafender Frau wahr. Er blieb eine Weile stehen und schaute hinunter zu ihr, er sah ihren Kopf auf dem Kissen, er schluckte. Eine seltsame Traurigkeit erfasste ihn, er machte eine kleine Bewegung mit der Hand, um ihre Schulter zu berühren, er formte die Lippen zu dem allerersten Wort, dem Wort, das die herbeiruft, die uns das Leben gab. Aber in dem Moment wurde sein Blick auf etwas gelenkt, er ließ die Hand fallen, das Wort erstarrte auf seinen Lippen, er war unfähig, sich zu bewegen. Wie festgenagelt blieb er stehen und betrachtete den nackten Fuß, der unter dem Federbett herausragte, er konnte ihn jetzt im Licht von der Küchentür her deutlich sehen. Er greift sich unwillkürlich an die Kehle, denn der dicke, deformierte Fuß hat keinen kleinen Zeh, da ist nur noch der Stumpf des Zehengliedes übrig. Das ist der operierte Fuß, mit dem sie ihn seit seiner Heimkehr verfolgt hat, der Fuß, den sie ihm unbedingt zeigen wollte, damit er ihre Leiden verstehen sollte, der Fuß, den anzuschauen er sich geweigert hat, jetzt sieht er ihn, jetzt konnte sie ihn zeigen. Er dreht sich um und geht lautlos durchs Zimmer zurück zur Tür, er schließt sie leise hinter sich und er weckt sie nicht.

Früh am nächsten Morgen reiste er ab.

Wieder fuhr er hinaus aus dem Fjord, an Bord eines großen Postschiffes.

Er stand an Deck und blickte zurück. Sein Herz versuchte etwas zu sagen.

Er wusste nicht, was die Stadt ihm gegeben hatte. Trotzdem war ein Dank in seinem Herzen, ein Dank an die Freunde. Danke, Rex, sagte sein Herz. Danke, Gro. Danke, Pelle. Und danke, danke, Kvase.

Er schluckte, als sein Herz noch flüsterte: Danke, Vater, danke, Mutter.

Das Schiff beschrieb einen Bogen, und die Stadt hinter ihm verschwand.

Er schloss seine Augen.

Er sah plötzlich ein Stück Silberpapier von einer Tafel Schokolade. Dieses Silberpapier war in dem Augenblick, als er die Gangway betrat, um mit seinen Koffern an Bord zu gehen, an seinen Fuß geweht worden. Wie ein Blatt im Wind war das Silberpapier an seiner Schuhspitze hängen geblieben, dann flog es weiter am Kai entlang und verschwand.

Jetzt war jede Erinnerung an die Stadt weg, keine Erinnerung an seine Jugend blieb. Das Einzige, was blieb, war der Anblick dieses verwehten, herrenlosen, weggeworfenen Silberpapiers.

Es erschien nun vor seinem inneren Auge als Symbol seines Abschieds und seines Aufbruchs, als ein Symbol für das Leben. Da war ein schwacher, knisternder, metallischer Laut in dem Silberpapier gewesen und es hatte geglänzt wie ein Spiegel, aber das bedeutete nichts, niemand kümmerte sich darum, jemand hatte es weggeworfen und der Wind nahm es mit.

Er dachte: Das Silberpapier war meine Jugend.

Er machte sich auf den Weg, und es vergingen zwölf Jahre, bis er zurückkommen würde. Damals, als er den Fjord hinter sich ließ, da hatte er an Gro gedacht, an Pelle, an Rex, an Kvase, er hatte an seinen Vater und seine Mutter gedacht.

Aber hatte er an Balder gedacht?

Hatte er?

DRITTER TEIL

... and the fire and the rose are one.

T. S. Eliot

Als sich der Zug der Stadt näherte, begann er zu frösteln. Er stand im Gang, der Morgen war grau und kalt, seine Augen waren nach der Nacht klein und schmal. Er lutschte ein Halsbonbon, um den ranzigen Geschmack im Mund zu vertreiben, die Wasserkaraffe in dem Gestell an der Wand schwankte, die Nacht hatte auf die Wasseroberfläche einen dünnen Belag aus Ruß und Staub gelegt. Draußen war Winter, es lag Schnee auf den Feldern, nur hier und dort hatte es auf einer Felskuppe oder um die Wurzel einer Birke getaut. Die Bauernhöfe, die vorbeiflogen, wirkten irgendwie trostlos, so grau und geduckt, mit Mist und schmutzigem Schnee auf dem Hofplatz, es waren ausgestorbene Höfe. Kein Hahn krähte, keine Hühner liefen herum, keine Katze saß auf den Stufen zur Haustür und leckte sich die Pfoten. Die Gebäude waren tot, es war halb acht Uhr am Morgen und es war im Monat April, dem Monat, in dem sich die Tannen unter dem Schnee ducken, der Rauch nach unten geht statt nach oben und die Luft widerhallt vom Klang einer Glocke, bald nahe, bald unendlich fern.

Er zitterte, als die Bauernhöfe verschwanden und sie in die Vororte kamen. Hier waren Straßen und Häuser, an die er sich erinnerte, sie sausten ihm entgegen, schlugen ihm ins Gesicht.

Er schloss die Augen, als der Zug die Geschwindigkeit verringerte. Der Zug rollte in den Bahnhof und hielt mit einem Ruck und einem Seufzer. Er schaute zum Abteilfenster hinaus, ob wohl jemand gekommen war, ihn abzuholen? Er öffnete mit zitternden Händen das Fenster und spähte hinaus und war erleichtert, als er sah, dass der graue Bahnsteig fast menschenleer war und kein Bekannter dort stand.

Er stand eine Viertelstunde auf der Straße in der Warteschlange für die Taxen. Er sah die Boote mit den braunen Segeln, er sah die Landungsbrücke, er sah die Lagerhäuser mit den Kränen auf der anderen Seite des Flusses, nichts schien sich verändert zu haben, und trotzdem war es nicht das Gleiche wie vor zwölf Jahren. Warum wirkten die Häuser so klein, so niedrig, so alt, so schäbig? Waren sie geschrumpft? Oder hatten sich während dieser zwölf Jahre seine Augen verändert?

Er ließ seine Koffer stehen und trat aus der Schlange. Er ging über die runden Pflastersteine bis an den Rand des Kais und schaute hinunter in den Fluss. Graugrün und undurchsichtig floss er dahin, eine hauchdünne Eisschicht lag an diesem kalten Aprilmorgen auf dem Wasser, trotzdem erkannte er ihn wieder. Auch der Geruch war unverändert. Er kannte den Fluss, er war mit dem Fluss aufgewachsen. Er erinnerte sich an die Ruderpartien auf dem Fluss, er hatte auf einer Brücke gestanden und geangelt und hatte einen schleimigen Aal am Haken gehabt und er musste den Kopf des Aals mit dem Stiefel zertreten, damit er zu zappeln aufhörte. Er hatte einen Fußball in den Fluss gekickt und war mehrere Kilometer hinterhergelaufen, weinend und mit einer Angel aus Bambus in der Hand, aber der Ball verschwand. Er hatte bei Ebbe unter den Steinen nach Asseln gesucht, er erinnerte sich an den schleimigen Belag auf den Steinen, den Gestank des lehmigen Flussufers bei Niedrigwasser, die brodelnden Blasen, die aus dem Lehmboden blubberten, der Geruch nach Verwesung. Einmal war er im Fluss gewatet und hatte ein Katzenjunges in der Strömung liegen sehen. Es sah aus, als schliefe es im Wasser, der Körper war zusammengerollt. Aber ein Stück Bindfaden war um den Hals des Kätzchens gewickelt, das andere Ende des Bindfadens war an einem Stein befestigt.

Zweimal hatte er vom Wasser des Flusses getrunken, das waren die beiden Male, bei denen er fast ertrunken wäre. Beim ersten Mal war es eine Eisscholle, die unter ihm zerbrach. Das zweite Mal war es Sommer, da balancierte er auf einer Reihe hoher Holzpfosten, die man in den Grund des Flusses gerammt hatte, und dann stolperte er. Beide Male hätte er tot sein können.

Ein seltsames Gefühl, dass man hätte tot sein können.

Dann war er an der Reihe. Es war ein altes Taxi, ein Vorkriegsmodell, die Federn auf dem Rücksitz quietschten, als Ask sich setzte, der Lederbezug auf dem Vordersitz war zerrissen, sodass ein Stück der Polsterung herausquoll. Diese Autofahrt würde sieben bis acht Minuten dauern. Wenn die vorbei waren, würde Ask zu Hause sein. In sieben bis acht Minuten würde er zu Hause sein. Zum ersten Mal seit zwölf langen Jahren. Zu Hause sein. Daheim.

Er versuchte, sich eine Zigarette anzuzünden, aber seine Hände zitterten so, dass er es aufgab.

Der Wagen hielt. Er war da.

Er gab dem Fahrer das Portemonnaie und sagte mit belegter Stimme:

»Seien Sie so freundlich, nehmen Sie sich, was Sie kriegen.«

Er hatte Angst, die Geldstücke wild zu verstreuen. Er drehte den Kopf, schaute durch das Autofenster. Da stand das Haus. Das Haus der Kindheit.

»Lasso um Frau Luna«

Die Fenster standen offen, die Nachtluft, die zu den beiden drang, duftete nach frisch ausgeschlagenen Birken, vermengt mit einem entfernten Duft nach Pappeln.

Unten auf der Straße ging jemand und schrappte mit einem dünnen Bambusstock an den Zaunlatten entlang. Der ältere Bruder konnte es hören, obwohl er in der Stube saß und im Radio Tanzmusik hörte.

»Komm und schau«, rief der kleine Bruder aus der Küche, »da sind Abiturienten! Ganz viele Abiturienten. Die machen sicher einen Umzug!«

Er drehte das Radio etwas leiser. Jetzt konnte er sie deutlich hören, er konnte keine einzelnen Wörter verstehen, doch der Rhythmus war vertraut, wie vor zwei Jahren, als er selber dabei gewesen war:

Wirre Wirre ompapa

Janktsekiang
Flaschen im Arm
Wirre,
Wirre,
WUTT!

Er blieb sitzen, auch als der Kleine hereinkam und ihn in die Küche zerren wollte.

»Nein, lass mich in Frieden«, sagte er.

Der Junge blinzelte mit den Augen, die schon ganz starr blickten, weil er noch so spät auf war, und er fragte:

»Hast du deine Abiturientenmütze noch?«

»Nein, ich glaube nicht.«

»Weißt du, was du damit gemacht hast?«

»Nein, keine Ahnung.«

»Hast du sie weggeworfen?«

»Weiß ich nicht mehr.«

»Ich habe gehört, dass es bei den Abiturienten Brauch ist, gemeinsam die Mützen und die Stöcke zu verbrennen, wenn das Abitur vorbei ist. Hast du deine Mütze verbrannt?«

»Nein.«

»Aber wo ist sie dann geblieben?«

»Weiß ich nicht. Vielleicht liegt sie irgendwo in einem Koffer.«

»In welchem denn?«

»Mein Gott, woher soll ich das wissen?«

Pause.

»Ich gehe gleich rauf auf den Boden und suche.«

»Nun mach mal keinen Unsinn. Es ist bald elf Uhr. Du darfst nicht länger als bis elf Uhr aufbleiben, hat Mutter gesagt. Du kannst die Mütze morgen suchen.«

Pause. Der Junge war schon wieder in der Küche, um nach den Abiturienten Ausschau zu halten. Er steckte den Kopf durch die Küchentür und sagte:

»Komm doch, Ask, gehen wir ein bisschen raus.«

»Du musst ins Bett, es ist Zeit.«

»Hey, da draußen ist es noch ganz hell. Warum hast du heute die schwarze Studentenmütze nicht aufgesetzt?«

»Das hast du mich schon fünfzigmal gefragt.«

»Also warum?«

»Weil es unbequem ist, damit herumzulaufen, weil die Seidenquaste nie ganz richtig oben auf der Schulter liegen bleibt.«

»Warum hast du dir die Studentenmütze gekauft, wenn du sie nicht aufsetzt?«

»Weil ich sie eben gekauft habe. Und jetzt ab ins Bett.«

»Du hättest sie gar nicht zu kaufen brauchen, oder?«

»Nein, es wäre egal gewesen.«

»Wie viel hat die Mütze gekostet? War sie teuer?«

»Zwanzig Kronen, glaube ich. Nein, wahrscheinlich nur achtzehn fünfzig.«

»Und dann setzt du sie nicht auf. Du hättest zwanzig Kronen sparen können. Zwanzig Kronen. Stell dir das vor.«

»Manchmal denke ich daran.«

»Darf ich mal versuchen, deine Studentenmütze aufzusetzen?«

»Du sollst jetzt ins Bett gehen.«

»Wo ist sie denn? Sag es mir!«

»Ich glaube, sie liegt in einer der Kommodenschubladen im Schlafzimmer. In der mittleren.«

In Windeseile war er weg und wieder da. Ein blonder Knabenkopf versteckt unter einer viel zu großen Studentenmütze, der schwarze Schirm liegt auf seiner Nase.

»Sieh mal!«

»Ich sehe. Du siehst aus wie Ole Lukkøye mit dem Regenschirm.«

»Komm, gehen wir ein bisschen raus auf die Straße. Dann kann ich ein Student sein. Und du kannst ein gewöhnlicher Mann sein.«

»Du musst ins Bett.«

»Nur kurz, Ask. Sei kein Spielverderber. Nur kurz runter auf die Straße.«

Eine Bubenhand in der Hand eines jungen Mannes zieht und zerrt.

Unten auf der Straße fährt ein Taxi an ihnen vorbei, der Wagen hat zwei kleine norwegische Fähnchen an der Stoßstange befestigt. Das

Auto ist proppenvoll mit jungen Menschen, sie hängen aus den offenen Seitenfenstern heraus, einige fuchteln mit Stöcken herum. Sie singen und blasen auf Papiertrompeten.

Es wurde ganz still, nachdem das Auto vorbeigefahren war.

Es war jetzt etwas kühl geworden und ein Hauch Feuchtigkeit lag in der Luft. Er klappte den Jackenkragen hoch, als wollte er sich vor der Frühlingsnacht schützen. Denn der Frühling ist das Schrecklichste auf Erden, die Düfte der Frühlingsnacht nach Pappel und Birke bringen einen jungen Mann dazu, die Hände vors Gesicht zu schlagen. Warum? Der Frühling erfüllt die Welt mit einem unbändigen, allumfassenden Anspruch und lässt den jungen Mann dabei verbittert ahnen, dass dieser Anspruch nicht zu befriedigen ist. Deshalb gehen die jungen Männer in der Frühlingsnacht mit den Händen vor dem Gesicht, deshalb klappen sie die Jackenkragen hoch, deshalb wollen sie sich am liebsten verbergen und mit ihrem zerrissenen Herz allein sein.

Aus einem der Häuser in einem Garten hörte er Tanzmusik, die Fenster standen offen. Er blieb am Zaun stehen und schaute hinein. Er sah sie tanzen in einem großen Saal, einige hatten merkwürdige Papierhüte auf dem Kopf. Eine junge Frau kam mit einer riesigen Tuba dicht ans Fenster – vielleicht war einer der Gäste Mitglied eines Musikkorps und vielleicht hatte derjenige das Instrument zu dem abendlichen Tanzvergnügen mitgebracht. Sie versuchte, dem Instrument einen Ton zu entlocken, schaffte einige tiefe, heisere Laute in die Nacht zu blasen, dann kam ein Mann ans Fenster und wollte ihr das Instrument wegnehmen. Sie balgten sich einen Moment um die Tuba, schließlich erbeutete der Mann das Instrument oder er bekam es freiwillig, er blies eine kleine Serie von Tönen, dann legte er das Instrument beiseite und küsste das Mädchen am Fenster. Ask schluckte und schlug die Augen nieder.

Balder war weg gewesen, weit unten in der Straße, jetzt kam er mit einer Eistüte in der Hand zurück. Er hatte sich außerdem eine Papiertrompete gekauft, einen Luftrüssel.

»Ich habe noch zwei Kronen und fünfzig Øre übrig«, sagte er stolz und leckte am Eis mit einer Zunge so lang wie bei einem Hund. »Das ist heute mein zwölftes Eis. Wie viele hast du gegessen?«

Ask wusste nicht, ob er überhaupt ein Eis gegessen hatte.

»Du bist schon komisch«, sagte Balder und leckte sich die Lippen ab. »Das ist doch gar kein richtiger 17. Mai ohne Eis.«

Er betrachtete nachdenklich das Eis, das keine konvexe Spitze mehr hatte, sondern konkav und eingefallen im Eistütchen saß:

»Ich habe sechs Kronen und siebzig Øre für heute zusammengespart. Wie viel hast du gespart?«

Ask erinnerte sich, dass er den Jungen in den letzten Tagen mit einem Lappen und einer Flasche Blue Star gesehen hatte, wie er jede einzelne Fünf-Øre-Münze aus seiner Sparbüchse polierte, bis alle kupferrot glänzten. Für den Nationalfeiertag musste die Flagge bereit sein, ebenso wie die lange, dreigeteilte Schleife in Rot, Weiß und Blau, aber am wichtigsten von allem war, dass der ersparte Geldschatz für den Feiertag glitzerte und blinkte. Jede einzelne Fünf-Øre-Münze sollte einen festlich strahlenden Glanz haben und wurde voller Andacht aus der Geldbörse geholt und beim Eismann auf die Theke gelegt.

»Weiß ich nicht. Wahrscheinlich hab ich gar nichts gespart.«

»Ich, also ich hab zwei Kronen von Mutter und eine von dir gekriegt. Den Rest hab ich seit Weihnachten gespart.«

Seine Gedanken gingen zur Mutter. Was hatte sie heute Nachmittag gesagt, als er übers Waschbecken gebeugt vor dem Spiegel stand und sich rasierte? Was hatte sie noch mal gesagt, als sie am Küchentisch stand und ein Kleid bügelte?

»Wir werden heute Abend bei Frau Bye nur Erwachsene sein, und ich finde es nicht angebracht, Balder mitzunehmen. Sonst hätte ich ihn natürlich mitgenommen.«

Na ja, er gönnt es seiner Mutter von Herzen, einmal auszugehen und in Gesellschaft zu sein. So eine Gelegenheit ergibt sich nur selten. Der Vater hat wie üblich Dienst bis ein Uhr nachts.

Aber dann hatte sie noch etwas gesagt, und das hatte ihn in eine böse Zwickmühle gebracht.

»Und weil du heute Abend nichts vorhast, kannst du doch zu Hause bleiben und auf Balder aufpassen?«

Das hatte sie gesagt.

»Und weil du heute Abend nichts vorhast …«

Er spürt plötzlich die nächtliche Kälte unter das Manschettenhemd kriechen, hinein in den Körper, ein dunkles und bitteres Bedürfnis steigt in ihm auf, ein Bedürfnis danach, allein zu sein mit seinem hoffnungslosen Leben, aber der Bruder steht neben ihm und tippelt und drückt seine Hand.

»Warum muss ins Eis Salz rein, wenn wir es selbst machen wollen?«, fragt Balder.

»Hör jetzt endlich auf, mich ständig mit deinen Fragen zu löchern«, sagt der junge Mann.

Ein Kindermädchen ist er. Ja, Kindermädchen, so nennt man das. Ein Abend wie dieser, an dem sich die Menschen des ganzen Landes voll Freude und in herzlicher Gemeinschaft treffen, zu Tanzvergnügen und Straßenfesten und häuslichen Gelagen und Tanz auf der Brücke, der Tag aller Tage des Jahres, ein Tag, der vor Feststimmung vibriert und lodert und an dem der Abend erfüllt ist von verführerischer Freude, dieser Abend, an dem die ausgestreckte Hand eine Hand und die Seele eine Seele findet, dieser Abend, an dem das norwegische Volk mit lauter Stimme singt und lacht, dieser Abend, an dem ausnahmsweise die Zeit aus den Angeln gehoben wird und an dem die Sorgen mit allgemeiner Zustimmung abgeschafft sind, an einem Abend wie diesem muss er Kindermädchen sein, an einem Abend wie diesem kann er nicht allein in einer leeren Straße stehen und sich verstecken.

Balder bläst in seinen Luftrüssel, dass er Ask direkt ins Gesicht fährt. Es ist immer etwas Verblüffendes an dieser Tröte, dieser zusammengedrückte, gegliederte, zusammengerollte Schlauch aus dünnem, luftdichtem Seidenpapier. Doch manchmal, wenn man in der entsprechenden Laune ist, kann man die Konstruktion irritierend finden, ja, obszön. Im zusammengerollten Ruhezustand ist das Ding so klein, dass es in ein Zigarettenetui passt. Aber wenn du es an den Mund setzt und mit voller Kraft bläst, dann springt es in die Luft, überraschend und schnell wie die Zunge eines Chamäleons und wird 70 cm lang. Nimmst du es vom Mund weg, rollt es ebenso schnell zusammen und schrumpft zu einem Nichts.

»Hör auf«, sagt der junge Mann.

»Sie haben im Radio gesagt, dass im Kinderumzug über zehntausend Kinder waren«, sagt Balder. Das letzte Stück der spröden Eiswaffel knirscht zwischen den Zähnen, und er leckt sich die Finger ab.

Eine solche Zahl wirkt irgendwie erleichternd. 10 000 Kinder. Wenn die Zahl so groß ist, existiert kein Problem mehr. Er denkt, dass es ihm lieber wäre, 10 000 Kinder zu haben, das würde einfacher sein. Aber er muss ständig an nur zwei Kinder denken. Das ist der Grund, warum er sich am Abend des 17. Mai in einer menschenleeren Straße verkriecht, das ist der Grund, warum er am Vormittag eine lange Wanderung im Wald gemacht hat und erst um sechs Uhr abends heimkam. Einen Augenblick denkt er verzweifelt: Ob ich wohl mit Balder über die zwei Kinder reden könnte? Vielleicht werden es Mädchen. Wir haben ja keine Schwestern. Vielleicht würde Balder es sogar lustig finden mit zwei kleinen Mädchen, zwei Schwestern. Nein, stopp, es wären nicht Balders Schwestern, sie würden – ja, was würden sie sein? Seine Nichten. Und Balder wäre zu ihnen? Der Onkel? Balder wird Onkel!

Er lacht plötzlich heiser und krächzend, und Balder blickt erstaunt hinauf zu ihm. Und als würde der Junge verstehen, dass der ältere Bruder ein Geheimnis vor ihm hat, nutzt er das aus, und es gelingt ihm, Ask von der Straße auf den Innenhof zu ziehen. Er möchte ein bisschen im Innenhof spielen, bevor sie hineingehen.

»Nur ein bisschen«, sagt Balder. »Ich will dir mein Lasso zeigen.«

Das Lasso. Es hat nie geklappt, dass er Balder ein Lasso geschickt hätte, er fand in der ganzen Welt nie ein Lasso, so hatte sich Balder eines selbst gemacht. Aus einer Wäscheleine. Er zog es unter der Treppe im Innenhof hervor, er hatte dort ein Versteck, er hantierte damit, um die Wurfschlinge vorzubereiten.

»Stell dich dort zu dem Trockengestell«, sagte er zu Ask, »dann bist du Indianer und ich Cowboy.«

Der Junge warf ein paarmal, traf aber nicht. Der Abstand war zu groß, er kam näher.

»Ich werd dich schon noch fangen«, sagte er, »wart nur.«

Der junge Mann stand im nächtlichen Dunkel im Hinterhof und betrachtete den Jungen mit dem Lasso. Ihm fiel plötzlich seine eigene Kindheit ein, ein Traum, eine Hoffnung, ein Bedürfnis, seine eigene Stärke zu manifestieren. Einige Zeit hatte er davon geträumt, Verkehrspolizist zu werden, mitten auf der Straßenkreuzung zu stehen, die Hand mit dem weißen Handschuh zu heben und wie ein Gott die Schlange der größten Autos und Straßenbahnen zu stoppen, nur durch das Heben der Hand die Welt stillstehen zu lassen. Oh, du göttlicher Verkehrspolizist!

Später, er war inzwischen einige Male im Sinfoniekonzert gewesen, hatte er immer öfter den Tagtraum, Orchesterdirigent zu werden. Das Publikum stand auf und klatschte, wenn der Dirigent das Podium betrat, es setzte sich in tiefer Ehrfurcht und Erwartung, der Dirigent hob seinen kleinen Taktstock, und auf den kleinsten Wink von ihm wurden die schönsten Töne und Akkorde erschaffen, er zauberte sie aus der Luft, kein Musiker und kein Instrument konnten ihm widerstehen! Heimlich ging er als Junge durch die Zimmer und dirigierte, er stand auf dem Esstisch in der Stube und dirigierte, mit der rechten Hand wies er die Celli und die Blechbläser und die Pauken an, mit der linken winkte er streng zu den Geigen und Flöten, aus der bloßen Luft zauberte er die Musik hervor! Oh, göttlicher Dirigent!

Aber irgendwann entstand der Traum vom Cowboy mit dem Lasso. Denn wenn er einen Vergleich anstellte, dann konnten sich weder die weißen Handschuhe des Verkehrspolizisten noch der weiße Taktstock mit einem Lasso messen, was Macht und Stärke anging. Jeder beliebige Mensch konnte sich einen weißen Handschuh anziehen, jeder beliebige Mensch konnte mit einem kleinen dünnen Stab in der Luft herumfuchteln – doch nur ein Riese und ein Held wussten ein *Lasso* zu handhaben!

Ort seines Traumes war nicht die Prärie, keine Indianer wollte er in seinem Traum fangen, keine Eisenbahnräuber, keinen Büffel, keinen Puma. Nein, der Tagtraum war ungemein präsent geworden, ungemein wirklich. Mit dem Lasso am Hosengürtel hatte er in Toreinfahrten gestanden, in Zufahrten zu Hinterhöfen, an eine Wand gelehnt und den Blick auf die Straße gerichtet. Er hatte dort Nachmittag um Nachmittag gestanden, beharrlich wartend, ohne die Kameraden zu beachten, die auf der Straße spielten. Er hatte dagestanden mit einem glasigen und brennenden Blick, den er methodisch und geduldig die Straße entlangschweifen ließ, die Straße hinunter, die Straße hinauf, die Straße hinunter. Er stand und wartete.

Er stand da und wartete auf das Pferd.

Er stand da und wartete auf das Pferd, das sich abgekämpft hatte, das durchgegangen war. Aus seinen Kinderbüchern hatte er sich ein Pferd konstruiert, das durchgehen würde. Es war ein braunes Pferd mit weißer Mähne und weißem Schweif, ein goldbraunes, schnaubendes Pferd mit hoch gerecktem Kopf, es würde die Straße heruntergaloppiert kommen, seine Hufe würden donnernd auf den Pflastersteinen klappern, seine Augen und die Nüstern würden Feuer sprühen. Manchmal stellte er sich das Pferd angeschirrt vor einem Kutschwagen vor, mit einem kleinen, vor Angst zitternden, weiß gekleideten Mädchen darin. Der Kutscher war vom Bock gefallen, nur das Mädchen saß im Wagen und hielt die Hände vors Gesicht, um die rasende Fahrt nicht zu sehen. Ein anderes Mal war es ein einzelnes Pferd ohne Sattel und sogar ohne Zaumzeug. Dann kam es in einsamer Größe die Straße heruntergaloppiert, wie das Strafgericht des Herrn, wie ein Gewitter, und es kündete von Tod und Vernichtung aller Fußgänger.

Da – in diesem Augenblick, in dem alle starr und gelähmt vor Schreck auf der Straße stehen blieben, in dem sich die dunkle Wolke des Entsetzens vor die Sonne schob, in dem die kleinen Kinder schrien und die Frauen in ohnmächtiger Angst schluchzten und weinten, in dem die Ladenbesitzer die Türen ihrer Geschäfte verriegelten und in dem die Schutzmänner grau im Gesicht wurden –, da war seine Stunde gekommen. Der Augenblick, für den er zwei Monate dagestanden und gewartet hatte.

Da würde er einen Schritt aus der Toreinfahrt heraustreten, bis an den Rand des Bürgersteiges, mit gebieterischer Stimme würde er rufen: »Runter!«, und alle auf der Straße würden auf der Stelle seine Absicht erkennen und seine Ruhe und zwingende Autorität spüren, sie würden sich augenblicklich zu Boden werfen, damit er frei und ungehindert das Lasso schwingen und zielen konnte. Er hatte in dem Augenblick, in dem er zur Bordsteinkante getreten war, die Schlinge in der rechten Hand vorbereitet, er löste sie und berechnete, dass der Durchmesser jetzt etwas größer sein musste als beim Einfangen eines Wolfes. Ruhig beginnt er die Schlinge über dem Kopf kreisen zu lassen, ruhig merkt er, dass das Seil die richtige Form einer waagrecht in der Luft liegenden

Schlinge bekommt, ruhig dreht sich das rechte Handgelenk in der Luft, braucht nicht mehr Kraft als beim Rühren von Eischnee, die Schlinge liegt groß und rund und zischend über seinem Kopf in der Luft, das Pferd ist nur noch zwanzig Meter von ihm entfernt, das einzig Richtige ist, die Schlinge über den Hals des Pferdes zu werfen, wenn es auf dich zustürmt, nicht danach, wenn es an dir vorbei ist, jetzt: eins – zwei – drei, da! Perfekt, perfekt, die Schlinge legte sich genau um den Hals des donnernden Pferdes, wie man sich die Krawatte um den Hals bindet, ein Ruck, ein furchtbares Ziehen und Zerren, die Muskeln des Donnerpferdes gegen die unnachgiebigen Muskeln des Jungen, aber es scheint, als habe das Pferd in dem Augenblick kapituliert, in dem es das Lasso am Hals spürte.

Die Wolke zieht weiter, Frauen und Kinder kriechen mit Freudentränen in den Augen aus dem Rinnstein, scharen sich mit zitternden Händen um ihn und stammeln ihre rührenden Danksagungen, das schaumbedeckte Pferd steht da, den hängenden Kopf an seine Brust gedrückt, und leckt seine Hand.

Oh Lasso!

»Komm her«, sagt er zu Balder, »ich zeig's dir. Du darfst das Lasso nicht so halten. Du musst ein Stück vom Ende des Seils dazunehmen, wenn du eine Schlinge machst. So. Und dann musst du anfangs langsam schwingen, so, und langsam das Seilende nachgeben. Dann bekommst du eine runde, schöne Schlinge, die wie ein liegendes Rad über dir in der Luft schwebt. So. Was du da wirfst, ist ein Seilsalat. Mit so einer zusammengeknüllten Schlinge fängst du nicht einmal einen Besenstiel.«

Dann wirft er auf Balder. Daneben. Entschuldigt sich damit, dass es dunkel ist. Wirft noch einmal. Trifft. Die Luft ist voll gegenseitiger Bewunderung. Dann wechseln sie Platz, und Balder wirft. Daneben. Und noch mal daneben.

»Genug, wir hören jetzt auf. Du gehst jetzt nach oben und legst dich schlafen.«

Nur noch ein einziges Mal möchte es Balder versuchen, mit dem Pfosten des Trockengestells. Er trifft. Sie gehen nach oben.

Die Wohnung ist leer und still. Im Flur sagt Balder als Fortsetzung dessen, was ihm gerade im Hinterhof geglückt war:

»Könnte man wohl auch den Mond mit einem Lasso fangen?«

»Unsinn«, sagt der ältere Bruder.

»Wenn man aber auf einem hohen Berg steht«, sagt Balder.

»Unsinn«, wiederholt Ask lauter.

Dann sind sie eine Weile getrennt, Balder in der Küche, er im Esszimmer. Er steht einen Moment am Fenster und lauscht, immer noch klingt draußen der Nationalfeiertag nach, schwache Laute und Töne aus weit entfernten Straßen dringen zu ihm.

Und irgendwo unten von der Straße, aus einem offenen Fenster in einer herrschaftlichen Villa, dringt ein schwacher, spröder Laut zu ihm. Es ist der feine, klingende Laut eines kostbaren, sandgeblasenen Glases. Er hat nie ein sandgeblasenes Glas gesehen, außer in einem Schaufenster. Er hat nie aus einem sandgeblasenen Glas getrunken. Er weiß nur genau, wie es klingt. Jetzt, in der Nachtluft, hörte er den zarten Ton von hauchdünnem Kristall. Kein Laut der Welt ist so voller menschlicher Wärme, Geselligkeit und Wohlstand, von Freundlichkeit und großmütiger Sorglosigkeit wie der klingende Laut eines sandgeblasenen Glases.

Er hört Balder draußen in der Küche rumoren. Der Junge rezitiert »Norwegens Söhne« mit lauter Stimme und gedankenloser Begeisterung, man merkt, dass ihn etwas anderes beschäftigt als das Lied. Bald singt er, bald bricht er mitten im Text ab und pfeift den Rest der Strophe, dann wieder Singen, dann Pfeifen. Etwas in Ask ruckt und zuckt, er ruft:

»Jetzt aber sofort ins Bett mit dir!«

Balder steckt den Kopf durch die Tür, grinst übers ganze Gesicht und sagt triumphierend:

»Aber wir haben etwas *vergessen*!«

»Was haben wir denn vergessen?«

»Weißt du nicht mehr, dass Mutter etwas Süßes für uns hergerichtet hat? Wir sollen es uns doch gut gehen lassen!«

Ein seltsam verbittertes Lachen steigt langsam in ihm hoch. Balder sieht ihn an, verständnislos und unglücklich, dann verschwindet er wieder in der Küche.

Genau genommen ist Ask froh, dass die Mutter ausgegangen ist.

Denn wenn sie zu Hause geblieben wäre, hätte sie entweder gesagt: »Komm nicht zu spät wieder, wenn du weggehst.« Und sie hätte ihn besorgt und bedeutungsvoll angeschaut, als wolle sie sagen, dass sich ein junger Mann vor bestimmten Dingen im Leben hüten solle, nicht zuletzt an einem 17. Mai.

Und dann wäre er gezwungen gewesen, daran zu denken, dass er, sollte er ausgehen, nur allein durch menschenleere Straßen wandern würde, in die Haufen aus Luftschlangen und Konfetti kicken würde, sich in Seitenstraßen aufhalten würde, damit er nicht von berauschten, lärmenden Bekannten entdeckt wurde, um schließlich unten am Kai zu landen und die Schiffe anzustarren, ehe er umkehrte und nach Hause ging.

Oder sie hätte gefragt: »Möchtest du heute Abend nicht irgendwo hingehen?«

Und dann wäre er gezwungen gewesen, sich an die schmerzlichen, tödlichen Augenblicke im Lehrerzimmer und mit seinen alten Freunden zu erinnern, erfüllt von bleicher, aber beherrschter Verzweiflung, wenn sie ihre Köpfe zusammensteckten und mit leisen, bedeutungsvollen Stimmen sprachen. Manchmal redeten sie über ihn, davon war er überzeugt, über ihn und sein unglückliches Schicksal, sie standen da und bemitleideten ihn und freuten sich im Stillen, manchmal redeten sie über die Gesellschaften, die sie am 17. Mai besuchen würden, die Kleidung, die sie anziehen würden, den Alkohol, den sie trinken würden, die Frauen, die sie verführen würden. Und dann wäre er gezwungen gewesen, sich an seine Verzweiflung zu erinnern, seine Einsamkeit und dass er ohne Freund war (Kvase war allein mit einer neuen Freundin ins Wochenende gefahren). Er hätte natürlich seine Mutter anlügen und sagen können, dass er eingeladen war, aber für sich und in sich wäre er gezwungen gewesen, einen Satz voll abgrundtiefer Verzweiflung, schwarzer Scham und völliger Selbstaufgabe zu formulieren, der etwa so hätte lauten können: »Nein, Mutter, es gibt niemanden auf der ganzen Welt, der mich heute Abend eingeladen hat.«

Und plötzlich dachte er auch an die beiden Frauen, er war beteiligt an der Zerstörung ihrer Leben, ob sie wohl dieses Jahr den 17. Mai feierten? Ob *sie* wohl jemanden auf dieser Welt fanden, der sie einlud, um auszugehen?

Und um nicht an diesem Punkt stehen zu bleiben, um sich von dem abscheulichen Bild grenzenloser Hoffnungslosigkeit abzuwenden, um wieder das alte, verzweifelte Tasten der Hände nach Ritzen oder Unebenheiten in der ›Felswand der Welt‹ fortzusetzen, um sich festzuklammern, reißt er sich die Fliege vom Hals, als würde sie ihn gleich erwürgen. Und seine bissige Freude darüber, dass die Mutter ausgegangen ist und ihn nicht in die Ecke der Selbstanklage zwingen kann, diese Freude äußert sich in einem Ruf:

»Balder!«

Aber er wartet keine Antwort ab, er geht rasch hinüber zu ihm in die Küche. Er sieht den Buben im Matrosenanzug an der Anrichte stehen und etwas auf ein Brett stellen.

Hatte es Momente gegeben, draußen auf der Straße und im Hinterhof, in denen er sich um die Freundschaft des Bruders bemühen wollte? Hatte es an diesem späten Abend Momente gegeben, in denen er sich gewünscht hatte, eine schwankende Brücke von der Schwermut des jungen Mannes hinüber zur Wärme und den leuchtenden Augen des Buben zu bauen? Er weiß es nicht mehr. Er ist müde, ermüdet von sich selbst, voller Abscheu und Scham und Einsamkeit. Er weiß nur, dass der Anblick der aufgeschnittenen Stücke des Napfkuchens, der Anblick der zwei geöffneten Flaschen mit roter Limonade und die zwei klobigen Gläser auf dem Tablett, dass dies zu viel für ihn ist. Es ist zu viel.

»Du freust dich ja gar nicht«, sagt Balder, »dass Mutter so nett gewesen ist.«

Was um Himmels willen soll er dem Jungen antworten? Was versteht ein Zwölfjähriger von seinen Sorgen und Sehnsüchten? Der Junge, der sich über zwölf Portionen Eis freut, der nur ein Lasso braucht, um vor Begeisterung zu jubeln, und der beim Anblick einer Flasche mit roter Limonade in Seligkeit schwimmt? Was soll er ihm antworten?

Und auf einmal spürt er das Böse und Beißende in sich aufsteigen. Er will es nicht, aber es kommt trotzdem, es ist, als breche ein Damm.

Was will er eigentlich? Ein Schiff, eine Blume, das warme Haar eines jungen Mädchens, einen Brief über Freundschaft und Liebe, den Mond? Alle Trauben des Lebens, die reifen, taunassen, prallen Trauben des Lebens wollte er pflücken, das sandgeblasene Champagnerglas des Lebens wollte er an die Lippen setzen. Und dann wird ihm rote Limonade hingestellt!

Wie ein Aushängeschild für das sinnlose Treiben seiner Jugend, für Trieb, Trauer, Scham und seine ewige Abhängigkeit stehen diese zwei Flaschen auf dem Tablett und blicken ihn sprudelnd und spottend an. Die rote Farbe des Getränks ist künstlich, die zugesetzten Geschmacksstoffe sind künstlich, kann irgendetwas einen jungen Mann mehr demütigen als Himbeerlimonade?

Er nimmt das Tablett mit beiden Händen, hebt es hoch und feuert es mit einem lauten Knall auf den Boden.

Glasscherben und Kuchenstücke schwimmen in Pfützen von schäumender Limonade.

Und als Balder ihn mit offenem Mund anschaut, ist das, als liefen in dem gutmütigen, übermüdeten, erschrockenen Jungengesicht vor ihm alle Fäden des Lebens und der Enttäuschung zusammen. Er tastet blind nach etwas, das noch auf der Anrichte liegt, ergreift es und mit voller Kraft schleudert er das Lasso ins Gesicht des Jungen.

Verwundert merkt er, dass der Junge nicht weint. Er öffnet die Augen und schaut ihn an. Er sieht, wie sich die weißen Striemen im Gesicht des Buben verändern und brennend rot werden. Aber der Junge ist tapfer. Das Erstaunen ist vermutlich stärker als der Schmerz. Aber es bebt um den Mund des Jungen und ein Kuchenkrümel fällt ihm aus dem Mund, als er sagt: »Das – das war nicht nett von dir. Ich habe dir nichts getan.«

Er hätte ihm das nicht zu sagen brauchen. Und zu allem Überfluss fügt der Junge mit einem erwachsenen Ernst schneidend und unheimlich hinzu: »Ich glaube nicht, dass das die Art war, wie sich Mutter unsere Feier zum 17. Mai vorgestellt hat.«

Der Mund ist spitz und angespannt, und die blauen Augen füllen sich langsam mit Tränen. Und der Junge will seine Augen verbergen, er dreht sich um und geht.

Er weiß nicht, wie lange er in der Küche stehen geblieben ist. Es könnten fünf Minuten gewesen sein, es könnte eine Stunde gewesen sein. Die ganze Zeit hat er den Gaskocher angestarrt. Die Kacheln sind blau geblümt, auf denen der Kocher steht. Daneben steht der Topf, in den man die abgebrannten Zündhölzer legt.

Aber am Ende hat sich seine Verzweiflung gelegt. Der Fluss ist leer, mehr hat er nicht.

Es ist dunkel im Schlafzimmer. Balder hat sich nicht in sein Bett gelegt, er hat sich in eines der Doppelbetten gelegt, in Mutters Bett.

»Schläfst du?«, fragt er. Doch nur die Dunkelheit und die Stille antworten ihm.

Er tritt vorsichtig näher und jetzt kann er den Bruder sehen. Er hatte offenbar keine Lust, sich richtig auszuziehen, denn unter der Bettdecke schaut sein Matrosenkragen hervor.

Der junge Mann bleibt stehen, sieht ihn an und horcht. Es ist ein kleiner Junge, der hier liegt, die Haare kleben an der Stirn, und er atmet ruhig und gleichmäßig auf dem Kopfkissen. Nur ab und zu stockt der Atem und er schluchzt. Kinder, die sich in den Schlaf geweint haben, pflegen so zu schlafen.

Der junge Mann wollte ihn um Verzeihung bitten. Aber der Junge schläft.

Und der junge Mann sinkt vor dem Bett seines einzigen Freundes auf die Knie, des einzigen auf der Welt, den er seinen Freund nennen kann und der stolz darauf wäre, seine Freundschaft zu besitzen. Jetzt in der Dunkelheit und der Stille kann er es machen und er benetzt das Kissen mit den Tränen der Nacht und der Einsamkeit.

Und der große Feiertag des Landes ist vorbei, das Fest des Volkes ist leise geworden und die zur Faust geballte Hand des jungen Mannes öffnet sich, wie sie auf der gehäkelten Tagesdecke liegt, und aus der Hand fällt eine zusammengeknüllte Wäscheleine und bleibt auf dem Fußboden liegen.

Eine ganz gewöhnliche, aufgerollte Wäscheleine, die für alle Menschen ein normaler Gebrauchsgegenstand ist, aber von besonderer Bedeutung für kleine Jungen und für junge Männer, deren Sehnsucht so stark ist, dass ihre Gedanken sogar bis zum Mond reichen.

Das Haus

Niemand stand auf der Treppe und erwartete ihn. Aber als er die Türklinke nach unten drückte, ging die Tür leise auf, er wurde erwartet. Seine Mutter stand im Flur. Er erkannte sie fast nicht wieder. Ihr Haar war grau geworden, die braune Gesichtshaut war faltig und voller Runzeln, was ihr Gesicht sanfter und weicher machte, und sie trug nun eine Brille. Sie hatte ein schwarzes Wollkleid mit langen Ärmeln an. Sie war still und lautlos aus der Küche gekommen, als Ask zur Tür hereinkam.

Still und dunkel stand sie dort, mit einem seltsamen, rührenden Anflug von Würde, sie erinnerte ihn an einen dunklen, verletzten Vogel. Diesen Eindruck verstärkten noch ihre Augen. Hinter den Brillengläsern schimmerte ein seltsames Licht, wie aus einem tiefen Wald, ihre Pupillen waren schwarz und riesengroß, und er sah ihr an, dass sie seit Tagen nicht geschlafen hatte.

Er wartete darauf, dass sie ihn umarmte, aber zu seiner ungeheuren Erleichterung legte sie nur sanft die Hand auf seinen Arm und sagte:

»Danke, Ask, dass du kommen konntest.«

Dann erst schien sie ihn richtig wahrzunehmen.

»Wie erwachsen du geworden bist«, sagte sie. »Du hast ja Falten auf der Stirn bekommen. Und du hast nicht mehr so viele Locken wie früher.«

Ihre großen Pupillen musterten ihn, sie glitten über ihn wie schwarze Vögel.

Dann half sie ihm aus dem Mantel. Nichts hatte sich verändert, soweit er sehen konnte. Sogar der Geruch erschien ihm gleich. Wonach riechen die Hausflure unserer Kindheit? Ist es nicht ein schwacher Duft nach einer Tischdecke aus Wachstuch? Vielleicht stammt er von den Regenschirmen, dem Regenmantel, den Galoschen? Aber es ist ein alter Duft, der tief in den Wänden sitzt, und in einem Flur wird nicht so oft gelüftet. Vielleicht kommt noch der Geruch nach Guttapercha aus den Eingeweiden des Staubsaugers hinzu, der in der Besenkammer nebenan steht.

Ihm fiel plötzlich ein: Und ich habe nicht einmal Blumen mitgebracht. Aber er hatte es so eilig gehabt und es nicht geschafft, daran zu denken.

»Wir haben die Ankündigung des Konzertes heute Morgen in der Zeitung gesehen«, sagte die Mutter. »Sonderbar, dass du uns nichts davon geschrieben hast. Balder hat so oft danach gefragt. Er hätte so gerne die Noten gesehen und dein Stück selbst gespielt. Du kannst mir glauben, er war tüchtig auf dem Klavier. Er war Solist bei einem Konzert, das das Studentenorchester im vergangenen Herbst gab. Er konnte viel besser spielen als du.«

Sie lächelte ein bisschen.

»Vater ist in der Wohnstube«, sagte sie plötzlich.

Auf dem kurzen Weg vom Taxi zur Eingangstreppe hatte er innerlich gezittert bei dem Gedanken, dass er gleich die Eltern wiedersehen würde. In ihm war etwas geschmolzen in diesen zwölf Jahren, er hatte einen Drang gespürt, die Hände auszustrecken und die Mutter und den Vater anzufassen, über eine Wange zu streichen. Aber dieses Bedürfnis war weg, war in dem Moment weg, als er eintrat und seine Mutter sah, in dem Moment, als er den Geruch im Flur bemerkte, als er sah, dass sich nichts verändert hatte. Das Haus war dasselbe, die Menschen waren dieselben, er war derselbe. Er war damals vor zwölf Jahren vor dieser Straße geflohen, vor diesem Haus, diesen Menschen, dieser Erinnerung. Jetzt wusste er, dass er nie wieder heimkommen konnte, mitten in der Trauer hatten sich ihm erneut die Nackenhaare aufgestellt, dies war nach wie vor ein Ort, an dem er sich verteidigen musste.

Und als er in die Wohnstube kam und dem Vater die Hand drückte, wurde das Gefühl des Unmöglichen noch größer. Ihn überraschte, wie grau und eingefallen der Vater geworden war, die Haut hing in kleinen Säcken unter dem Kinn, sodass er an einen Truthahn denken musste, und Vaters Hemdkragen war zu weit geworden. Nichts konnte das Alter und den Verfall eines Mannes besser zeigen, als ein zu weit gewordener Hemdkragen. Und besonders peinlich bei der Begegnung mit dem Vater: Der Händedruck des alten Mannes war so lasch und schlaff geworden, fast entschuldigend. Und kaum hatte Ask ihn begrüßt, wandte er das Gesicht ab und begann zu weinen. Die alten, dünnen blauvioletten Lippen bebten und er weinte in ein Taschentuch. Ask blickte zur Mutter, aber sie weinte nicht. Sie stand nur da und schaute zu ihnen. Ask verabscheute den Anblick von erwachsenen Männern, die weinten, er wurde – gegen seinen Willen – innerlich steif wie ein Stock.

Der Vater schluchzte und sah ihn mit rot geränderten Augen an.

»Dass du überhaupt noch mal nach Hause kommst«, sagte er.

Ask wurde noch steifer, er meinte, der Vater hätte seinen Vorwurf für später aufheben können.

»Besonders eifrig geschrieben hast du auch nicht«, sagte er.

»Nein«, sagte Ask und verzog den Mund.

Der Vater putzte sich die Nase. Dann musterte er Ask.

»Was hast du denn an«, sagte er.

Ask blickte an sich hinunter. Er hatte einen dunkelblauen Cordanzug an.

»Zieht man sich so an«, sagte der Vater.

Danach wurde nicht mehr viel gesagt. Und in seinem Herzen fühlte Ask eine bedrückende, bittere Verzweiflung, weil es in diesem Haus keine Veränderung gab.

Er schaute seinen Vater an. Noch spürte er das ferne, schwache Bedürfnis, dem alten Mann die Hand auf die Schulter zu legen, ihm über den Nacken zu streichen und das einzig erlösende Wort zu sagen: »Vater«. Diesen alten Mann in all seiner Verklemmtheit zärtlich zu berühren. Aber er wusste, dass es unmöglich war.

Die Tür

Mit einer bitteren Verwirrung hatte er das Frühstück überstanden. Er hatte von allem genommen, von den in Scheiben geschnittenen Eiern, dem Presskopf und dem Heringsfilet bis zu dem Ziegenkäse und der Himbeermarmelade. Bekannte und vertraute Gerüche stiegen auf von diesem Tisch, die Fladen, die Kartoffelpuffer, das selbst gebackene Brot und die Waffeln und die gelb glitzernde, frische Bauernbutter, seit zwölf Jahren hatte er die Gerichte der Kindheit nicht mehr gegessen. Seine Mutter saß am Tisch und betrachtete ihn mit ihren geweiteten schwarzen Pupillen, sie strich ihm geistesabwesend über die Hand und sagte:

»Du musst ordentlich essen. Ich finde, du bist dünn geworden in all diesen Jahren.«

Schließlich konnte er nicht mehr, es schnürte ihm die Kehle zu, er bat:

»Später, Mutter.«

Dann half er den Tisch abzuräumen und alles in die Küche zu bringen. Da war die Anrichte, sie hatte sich nicht verändert, da war das Spülbecken mit dem Spiegel darüber, da hatte er gestanden und sich rasiert, da hatte er die Schnitte am Kinn mit kleinen Fetzen aus dünnem Zeitungspapier verpflastert.

Besuch war gekommen, um zu kondolieren, ein Onkel vom Land, eine Tante und ein anderer Onkel aus der Stadt. Er drückte ihnen die Hand und erkannte sie wieder, aber sie waren alt geworden. Alle waren alt geworden. Sie blieben im Esszimmer sitzen, sie redeten leise und behutsam mit dem Vater.

Ask und die Mutter gingen in die Wohnstube. Sie setzten sich jeder in einen Sessel, und es war eine Weile still. Das Gesicht der Mutter war verschlossen. Sie hielt den Kopf hoch, aber sie atmete schwer.

»Es ist elf Uhr«, sagte sie. Es war, als würde sie mit sich selbst sprechen.

»Ja«, sagte Ask.

»Die anderen kommen um ein Uhr«, sagte sie.

Es wurde sehr still in der Stube. Ask konnte die Stimmen der anderen im Nebenzimmer hören.

»Willst du nicht reingehen, Ask?«, sagte die Mutter.

»Was?«, sagte Ask.

Er hatte genau gehört, was sie sagte, aber er musste fragen. Damit gewann er etwas Zeit.

»Du möchtest doch sicher reingehen?«, sagte die Mutter und sah ihn an.

»Hm«, sagte Ask. Er strich sich mit der Hand über ein Hosenbein.

»Hast du Angst?«, sagte sie. Sie schaute weg, als sie das fragte.

»Warum das denn?«, sagte er hastig.

»Nur so«, sagte sie leise. »Könnte doch sein, dass du auch etwas Ungesagtes hast.«

Jetzt hatte sie den Kopf gedreht und sah ihn direkt an. Es war ein unergründlicher Blick, das Licht in den großen dunklen Pupillen schien tief aus dem Innern zu kommen, aus einer Welt, die alles wusste, die alles erlebt hatte.

»Du hast ja nicht einmal auf seinen letzten Brief geantwortet, den er dir schrieb«, sagte sie.

»Welcher Brief«, sagte er erschrocken.

»Der steckte in einem, den ich dir vor vierzehn Tagen geschickt habe.«

Er durchforstete sein Gehirn, konnte sich aber nicht erinnern. Vielleicht hatte er ihn bekommen, ihn aber verlegt? Oder sollte er wirklich derart beschäftigt gewesen sein mit den Orchesterproben für das Konzert, dem Studium der Partitur, der Kontrolle der Notation von jedem einzelnen der 60 Instrumente, dieses brodelnde, hektische, nervöse Leben, der Tag, der 26 Stunden hätte haben müssen, war er so ungeheuer mit dem bevorstehenden Konzert beschäftigt gewesen, dass er den Brief gelesen, aber nicht begriffen hatte, was darin stand? Ihn gelesen und doch nicht gelesen hatte?

Er stand mit offenem Mund da, er verstand es nicht. Sie war ebenfalls aufgestanden, sie hatte offenbar vergessen, was sie gerade gesagt hatte, sie war einige Schritte im Zimmer auf und ab gegangen, sie legte die Hand auf die Türklinke der Tür zu Asks Jungenzimmer und schaute ihn still und bittend an und sagte:

»Komm, Ask, dann gehen wir gemeinsam hinein.«

Er schluckte und trat einen Schritt zurück.

»Mutter«, sagte er mit belegter Stimme, »Mutter, du darfst mich nicht falsch verstehen, aber ich möchte gerne zuerst allein hineingehen. Das verstehst du doch, oder?«

Sie blieb ganz ruhig.

»Ja, mein Junge«, sagte sie. Es entstand eine kleine Pause, dann fügte sie hinzu: »Du kannst dann Bescheid sagen, wenn du willst, dass ich komme.«

Er begriff plötzlich mit seinem ganzen Wesen das dringende Bedürfnis der Mutter, mit ihm reinzugehen und dabei zu sein; tief in ihr lag der Wunsch, die Menschen um sich zu vereinen, sie zu verbinden, aus ihnen eine Familie zu machen, diejenige zu sein, die alles geschaffen hatte und deshalb im Rampenlicht stehen musste, die wenigstens einmal die huldvolle Königin, die Landesmutter sein wollte. Und das hier war ihre letzte Chance. Trotzdem konnte er nicht Hand in Hand mit ihr durch die Tür hineingehen.

Er musste allein sein.

Er wartete einen Augenblick, drehte sich um, wollte sehen, wie weit sie weggegangen war, er wusste aus langer Erfahrung, wie wenig er ihr trauen konnte. Aber sie war drüben an der Tür zum Esszimmer, sie stand dort und zupfte geistesabwesend an der Gardine, sie schaute ihn an und ihr Blick war tief und unergründlich wie die Nacht.

Er wandte sich wieder zur Tür. Er schluckte, drückte die Türklinke nach unten, schob die Tür leise auf, ging in das Jungenzimmer und schloss die Tür hinter sich.

Der Blumenduft war so intensiv, dass er beinahe ohnmächtig wurde. Er blieb mit starrem Gesicht stehen und schaute auf den Boden und die Stille brauste um ihn. Er dachte: So sind auch in dieses Haus einmal Blumen gekommen.

Er stand mäuschenstill da und schaute zu Boden, sein Herz klopfte heftig und er zitterte. Seine Lippen begannen zu beben, als würde er ein Gebet wispern, als versuchte er, eine Botschaft zu überbringen, als versuchte er, etwas zu erzählen von all diesen Jahren und dem dunklen, verschlungenen Weg, von seiner Besessenheit, nicht als Mann und als Mensch zu scheitern, nicht zwischen Schilf und Tang und dem glitschigen Seegras unterzugehen. Er tastete mit den Händen, als suche er nach einer Partitur, er wollte erzählen, dass er die Rhapsodie seit drei Jahren fertig hatte und dass sie vor vier Monaten zur Aufführung angenommen worden war, aber er hatte die Nachricht wie ein Geheimnis für sich behalten wollen, wie einen Schatz, wie eine Bestätigung, er wollte ja zurückkehren mit Goldstaub auf den Schultern, gab es denn keine Möglichkeit, in diesem Zimmer voller Blumenduft eine Botschaft loszuwerden?

Seine Lippen bewegten sich unmerklich, als spräche er ein Gebet oder versuchte, eine Botschaft zu überbringen.

Dann hob er langsam den Blick zur entscheidenden Begegnung. Und sein Herz hörte auf zu schlagen.

Balder

Balder lag mit dem Kopf zu ihm. Das Erste, was er sah, war das goldbraune, dichte, lockige Haar eines jungen Mannes. Der Kopf lag still und friedlich da, so als schliefe Balder.

Mit steifen, zögernden Schritten trat er näher. Jetzt sah er Balder von der Seite. Und er sah Balders gefaltete Hände, die auf dem weißen Totenhemd lagen.

Er blieb eine Weile stehen und betrachtete nur die Hände. Sie waren groß, sehnig und weiß. Er schaute sich diese fremden Hände an. Er verstand nicht, was er da sah. Er hatte eine Erinnerung an gebräunte, schmutzige Knabenhände mit rissigen Nägeln, zwei Hände, die säuerlich nach verschwitztem Jungen rochen, nach Erde, Farbe, Benzin, Harz, nach Sirup und Tinte. Hier lagen die Hände eines erwachsenen Mannes, so sauber, so unwirklich weiß. Die Nägel waren außerordentlich schön, mandelförmig. Die Hände waren groß und kräftig, die Haut lag eng an den Knöcheln, sie waren wie gemeißelt aus gelbweißem Marmor.

Langsam drehte er den Kopf und schaute dem toten Bruder ins Gesicht. Er schluckte. War das Balder?

Mit einem eisigen Unbehagen betrachtete er den Kopf des jungen Mannes, dieses Gesicht gehörte nicht zu seinen Vorstellungen, es gehörte nicht dem Irdischen an. Natürlich hatte er sich ab und zu Balder als erwachsenen Mann vorgestellt, in Gedanken hatte er ihm die Kniebundhosen ausgezogen und dafür lange Hosen verpasst, er hatte ihm die Schiebermütze weggenommen und ihm einen Hut gegeben, er hatte sogar Fotos gesehen von Balder mit der Abiturientenmütze und später mit der Studentenmütze, ja, einmal hatte er gelächelt bei dem Gedanken, dass Balder vor dem Spiegel stand und sich rasierte. Und er dachte: Wie war Balder eigentlich als Erwachsener? Wie redete er, wie lachte er?

Wie waren seine Wangen, welche Farbe hatten seine Augen und wie bewegte er den Mund, wenn er sprach?

Der Kopf auf dem Kissen war modelliert von der Ruhe des Todes. Alle Kraft und alles Blut waren verschwunden, hier lag das Werk eines Bildhauers, und der Künstler hatte sich bemüht, den Schädel deutlich abzubilden. Abgemagert und ausgemergelt lag Balders Kopf auf dem Kissen. Unter der erstarrten gelblichen Haut traten die Schläfen, die Kieferknochen und das Kinn deutlich hervor, der gebogene Nasenrücken ragte heraus wie bei einem Vogel. Die Augen waren geschlossen, aber nicht völlig, ein winziger Spalt war zwischen den Augenlidern, schwach und gläsern schimmerten dahinter die toten Augäpfel. Die bleichen, schmalen Lippen waren ebenfalls ein wenig geöffnet, er konnte dahinter die glänzenden porzellanweißen Zähne erahnen.

Mit einer merkwürdigen Lust stand er da und schaute hinunter auf das Gesicht des Bruders, er musste sich das Gesicht des Bruders ansehen und es für immer im Gedächtnis behalten. Dies war der Mensch, den er all die Jahre in seinem Innern bewahrt hatte, es war sein versteckter Trost, sein heimlicher Schatz. Er hatte keine Erinnerung an Balder mitgenommen, als er vor zwölf Jahren aufgebrochen war, aber im Ausland hatte Balder allmählich eine Form angenommen, der jüngere Bruder war langsam zu einem Symbol geworden, er war der einzige Mensch aus der Kindheit gewesen, dem keine Verbitterung anhaftete. Balder war zum einzigen anständigen Menschen der Welt geworden, er hatte Briefe und Fotos von ihm bekommen, Balder war ein junger Mensch im Wachstum, ein Mensch mit Hoffnung, er hatte sich auf geheimnisvolle Weise mit ihm verbrüdert gefühlt. Die Gedanken des Jungen waren klug, stolz, erhaben, es schien, als wolle der Junge etwas, als wüsste er, was Sehnsucht war. Balder war sein Bruder, und eines Tages – wenn all das Schlimme vorbei war –, dann würde er mit Balder zusammenkommen, er würde Balder zeigen, dass er richtig gehandelt hatte, dass sie beide richtig gehandelt hatten. Wie erwachsene Männer würden die beiden Brüder zusammenkommen, wie erwachsene Männer würden sie sich die Hand drücken, es würde ein kräftiger Händedruck sein und ein ruhiges Lächeln, sie würden wissen, dass sie nun zusammen waren, jetzt würden sie eine Welt voller Kraft errichten, eine Welt der Musik, eine Welt der Schönheit. Insgeheim hatte er den Augenblick ihrer ersten Begegnung herbeigesehnt, wenn das vertraute, wissende, stolze Lächeln um ihre Lippen spielen würde, wenn nur sie zwei im Zimmer wären und in der Welt, wenn Ask seine Packung Zigaretten herauszöge und Balder eine anböte und wenn Balder sagen würde: »Danke, aber ich rauche lieber meine eigenen.« Denn wenn ein Mann das sagt, dann ist er erwachsen geworden. In dem Augenblick würden sie einander ebenbürtig sein, in dem Augenblick würde der Altersunterschied zwischen ihnen ausgelöscht sein, in dem Augenblick wären sie reif genug, um einander zu verstehen und zusammenzuhalten, wenn der Bruder sagen würde: »Danke, aber ich rauche lieber meine eigenen.«

Er atmete schwer und zitternd ein. Da standen vereinzelt kurze, helle Bartstoppeln auf dem Kinn des Toten. Wird man nicht rasiert, nachdem man gestorben ist? Aber dann fiel ihm ein, dass er gehört oder gelesen hatte, dass Haare und Bart noch nach dem Tod wachsen.

Eine unsagbare Zärtlichkeit für diesen bleichen, toten, unbekannten Jüngling überfiel ihn. Er spürte den brennenden Wunsch, sich mit ihm zu vereinen, dieses kalte Kinn in seine Hände zu nehmen, den Kopf an diese kalte Wange zu legen, diese erstarrten Augenlider zu küssen. Er betrachtete die bleichen, toten Lippen und er dachte: Warum küssen Brüder einander nie?

In einem Anfall starker Ergriffenheit legte er seine Hand auf die gefalteten Hände des Bruders. Sofort zog er die Hand weg, es war, als hätte er sie auf eine Skulptur aus kaltem Stein gelegt. Aber nach dem ersten Schock kehrte seine Hand wieder zurück, er begann, die Hände des Bruders zu streicheln. Merkwürdige Sache, zwei Hände zu streicheln, die sich nicht bewegen, die nicht reagieren, die keine Berührung spüren.

Er betrachtete den Körper des Bruders. Der Sarg war ungewöhnlich lang, ihm fiel ein, dass der Bruder in einem Brief voller Stolz erzählt hatte, dass er nun größer geworden sei als Ask, er sei 1,92 groß. 1,92 m. 192 cm. 1920 mm. Alle Achtung.

Er umfasste den Rand der dunklen Holzkiste, seine Finger wurden weiß, er wollte an dem Sarg ruckeln, ihn rütteln, wollte den Bruder wieder ins Leben schütteln. Das hatte es schon gegeben, dachte er plötzlich, dass Menschen nur scheintot waren. Wenn ich rüttle, wird er die Augen aufschlagen. Er hatte blaue Augen. Er würde sich im Sarg aufsetzen und sich die Augen reiben, er würde etwas verlegen lächeln, weil er so lange geschlafen hatte, er würde Ask anschauen und sagen: »Nun bist du ja endlich nach Hause gekommen.«

Wie er dort so steht, fallen ihm plötzlich Bruchstücke aus den Briefen des Bruders ein. In den Briefen hatte er von sich erzählt, aber meistens hatte er Ask um Rat gefragt:

»Das mit der Konfirmation finde ich blöd. Ich möchte das Geld lieber sparen und auf ein Konto legen, dann habe ich später im Gymnasium etwas davon. Was meinst du?«

Aber Ask hatte vermutlich nicht geantwortet.

»Soll ich den sprachlichen Zweig nehmen oder lieber den naturwissenschaftlichen?«

Doch Ask hatte nicht geantwortet.

Dann gab es einen Brief aus der Kriegszeit: »Ich und zwei andere aus meiner Klasse wurden von den Deutschen zwei Tage eingesperrt, weil wir uns rote Zipfelmützen aufgesetzt haben. Danach habe ich gedacht, dass es dumm war, auf diese Art zu demonstrieren. Was meinst du?«

Doch Ask hatte nicht geantwortet.

Ein Jahr nach dem Krieg: »Soll ich in die Arbeiterpartei oder in die Kommunistische Partei eintreten?«

Doch Ask hatte nicht geantwortet.

»Soll ich das Studium zum Ingenieur machen, wenn ich an die Hochschule komme, mit Musik als Nebenfach? Oder meinst du, ich sollte besser gleich nach Oslo fahren und mich für Klavier einschreiben? Vater und Mutter wollen natürlich, dass ich hierbleibe, und ich hätte kaum Ausgaben, wenn ich daheim wohne, und sie haben ja nur mich, wie du weißt.«

Doch Ask hatte nicht geantwortet.

»Es lief gut mit den ersten Prüfungen in Wirtschaftslehre und Bildlicher Darstellung, dann werde ich also Ingenieur, wenn alles nach Plan läuft. Ich kann immer noch, wenn ich mich bewerbe, von Maschinenbau auf Brückenbau wechseln. Aber ich glaube, ich bleibe bei Maschinenbau. Vielleicht kann ich eines Tages eine Musikmaschine konstruieren. Magst du Hammondorgel?«

Doch Ask hatte nicht geantwortet.

»Ich habe überlegt, ob ich heiraten soll. Du hast gewartet, bis du 26 warst, aber ich möchte jetzt schon heiraten, obwohl ich erst 21 bin. Ich habe eine Freundin, die ich sehr liebe, wir sind seit zwei Jahren zusammen und es dauert vier Jahre, bis ich an der Hochschule fertig bin. Meinst du, wir sollten heiraten, auch wenn ich noch keinen Job habe? Wir müssten vorerst jeder für sich wohnen, aber das ist besser, als in den Tag hineinzuleben, wie wir es jetzt machen. Was meinst du?«

Doch Ask hatte nicht geantwortet.

Er hatte sich die ganzen zwölf Jahre in seinem Bau verkrochen, er lag dort und flickte die Saiten seiner zerbrochenen Laute. Eines Tages würde er heraufkommen an die Erdoberfläche, herauf ans Licht, eines Tages würde er in der Sonne stehen und aus den Saiten singende Akkorde zaubern. Bis dahin musste sich Balder gedulden. Bis dahin mussten sich alle gedulden.

Jetzt stand er da mit seiner Laute, jetzt hatte er seine Rhapsodie fertig. Aber Balder war tot.

Und eine furchtbare Frage nahm in ihm Gestalt an, als er dort stand, eine Hand auf die toten, kalten Steinhände seines Bruders gelegt: Welchen Preis hast du für eine Rhapsodie bezahlt? Sieht so das bittere Fazit des Lebens und der Kunst aus, dass du, willst du eine Rhapsodie schaffen, das mit dem Tod eines Bruders bezahlen musst? Wenn das Gedicht das Licht der Welt erblickt, ist dann der Empfänger tot?

Das Geschenk, das er in Balders lebenswarme Hände legen wollte, konnte er jetzt nur auf einen Grabstein legen.

Erneut wandte er sich dem kalten, gemeißelten Gesicht des toten Bruders zu. Wie konnte er ihm einen letzten Gruß erweisen, eine letzte hoffnungslose Liebkosung, die er ihm zeitlebens immer verweigert hatte? Behutsam hob er die Hand und legte sie auf das dichte braune Haar des Toten, das fühlte sich nicht so kalt an, er strich ihm über die Locken. Da spürte er, dass das Haar des Toten nicht so war wie das eines jungen Mannes. Es war nicht glatt und glänzend. Es war stumpf und etwas fettig, es war wie das Haar eines Menschen, der lange im Bett gelegen hat und dessen Haar nicht gewaschen worden war, es war ungesundes Haar, von Fieber und Schweiß geprägt, von Kämpfen, Krankheit, Erschöpfung und Resignation. Wie ein von Schrecken erfülltes Abbild des Bruders im Todeskampf, so war dieses Haar. Das Gesicht des Toten war in tiefster Ruhe und stillstem Frieden erstarrt. Aber das Gesicht log. Das Haar erzählte eine andere Geschichte.

Und plötzlich fiel ihm die Schilderung wieder ein, wie Balder starb.

Er hatte im Krankenhaus gelegen, in einem Zimmer mit fünf anderen. Er war sehr schwach gewesen in der letzten Zeit und man hatte ihm gesagt, er solle der Krankenschwester klingeln, wenn er Hilfe benötige. Aber einerseits war Balder jugendlich stolz und außerdem sträubte er sich innerlich, sich von einer Krankenschwester bei den eher intimen Verrichtungen helfen zu lassen. Deshalb steht er eines Nachts auf und geht allein hinaus auf den Korridor und zur Toilette. Es entstand große Aufregung am nächsten Morgen, als sein Bett leer war. Eine Krankenschwester lief hinaus zur Toilette, konnte aber die innere Türe nicht aufbekommen. Sie sah, dass eine Gestalt in einem Krankenhaushemd auf dem Boden lag. »Ist Ihnen übel?«, sagte sie erschrocken. Eine seltsame, ungewohnte Stimme antwortete ihr: »Ich kann mich nicht bewegen. Ich bin wahrscheinlich heute Nacht gestürzt und ohnmächtig geworden. Wie spät ist es?« »Sechs Uhr.« »Dann liege ich seit drei Stunden hier.« »Können Sie etwas beiseite rutschen, dass ich die Türe öffnen kann?« »Es tut mir schrecklich leid, aber ich kann mich nicht bewegen. Irgendetwas in mir ist entzweigegangen. Es ist dumm, Sie zu behelligen, aber könnten Sie jemand finden, der Ihnen hilft? Ich liege mit dem Gesicht auf den Fliesen und habe wahrscheinlich die ganze Zeit so dagelegen.« Die Krankenschwester kehrte mit einem Krankenpfleger zurück, der über die Tür kletterte. Sie legten Balder auf eine Trage und verfrachteten ihn wieder in sein Bett. Die ganze rechte Seites seines Körpers war gelähmt, der Doktor sagte, das sei eine Gehirnblutung, möglicherweise ausgelöst durch die Überanstrengung bei dem nächtlichen Ausflug zur Toilette. Die Lähmung verschlimmerte sich im Laufe des Tages, schließlich konnte er nicht mehr sprechen. Den ganzen Nachmittag und Abend befand er sich in einem Dämmerzustand. Um halb zwölf rief man seine Eltern an. Die Mutter durfte an seinem Bett sitzen. Balder schien zu verstehen, was sie ihn fragte, konnte aber die Lippen nicht bewegen. Nur in den Fingern der linken Hand war Leben, mit ihnen versuchte er sich verständlich zu machen. Ein paarmal im Laufe der Nacht erbrach er sich, und die Mutter wischte ihm den Mund ab. Feste Nahrung konnte er nicht zu sich nehmen und er durfte nichts trinken. Um vier Uhr nachts erwachte er plötzlich zu vollem Bewusstsein. Er hob die linke Hand und schaute die Mutter mit einem eindringlichen, brennenden Blick an. »Möchtest du etwas zu trinken, Balder?«, flüsterte sie. Er machte eine verzweifelte, bejahende Geste mit der Hand. Im Halbdunkel des Krankenzimmers schlich sie zum Nachttisch eines anderen Patienten und kam mit einem Glas Wasser zurück. Sie hob Balders Kopf vom Kissen und setzte das Glas an seine Lippen. Es tropfte seitlich aus dem Mund auf sein Hemd, aber der Geschmack des Wassers schien ihm gutzutun. Als sie seinen Kopf wieder auf das Kissen legte, wurde sein Körper von Krämpfen geschüttelt, er versuchte, den Kopf zu drehen und die Mutter anzusehen. Er machte einen letzten Versuch zu sprechen, aber es wurde nur ein gequältes Stöhnen wie bei einem Taubstummen. Er starb um vier Uhr früh, erbrach sich vorher noch einmal und die Mutter wischte ihm den letzten Streifen Schleim aus dem Mundwinkel.

So war Balders Tod. Ohne ein Wort des Abschieds sagen zu können. Und er, Ask, war nicht da gewesen. Kein Wort, keine Botschaft, kein Zeichen. Nur der Tod. Und der Tod spricht nicht.

Er beugte sich über den Kopf des Bruders und küsste dem Toten auf die kurzen Haare an der Schläfe. Und er flüsterte:

»Jetzt bekamst du den Kuss, Balder.«

Es war still im Zimmer, und niemand hörte ihn. Denn der Tod hört nicht.

Das Ganze war vorüber. Er stand auf dem Bahnsteig, zusammen mit dem Vater und der Mutter. Wieder stand er vor einem Nachtzug und wartete auf die Abfahrt.

Er bemühte sich, die schwarzen, chaotischen Eindrücke des Tages abzuschütteln. Er sprach hastig und abgehackt über das bevorstehende Konzert, er hatte Glück gehabt und es war ihm gelungen, einen Tag von den Proben freizubekommen, und weil der Nachtzug hin- und zurückfuhr, verlor er nur einen Tag. Aber die Bilder flimmerten vor seinen Augen, die Laute rauschten in seinen Ohren. Der Priester, der in das Jungenzimmer kam und dort eine kleine Andacht hielt, der Schein der Kerzen in dem Kandelaber. Das junge Mädchen, dem Balders Herz gehört hatte, war auch anwesend, ihr Gesicht hatte etwas Reines und Weiches und Unschuldiges. Als der Bestatter den Deckel nahm, um ihn auf den Sarg zu legen, trat die Mutter rasch nach vorne und beugte sich über Balders Leichnam und umarmte den Toten. Zum ersten Mal sah Ask sie schluchzen, sie küsste die Wangen des Toten und nässte sein Gesicht mit ihren Tränen. Plötzlich erhob sie sich und sah das junge Mädchen bittend an: »Küsse du ihn auch.« Das Mädchen wich erschrocken zurück und kam zu Ask, suchte Zuflucht bei ihm. »Ich kann nicht«, flüsterte sie, und ihre Lippen bebten. Kaum hörbar fügte sie hinzu: »Nicht mehr jetzt, wenn er tot ist.« Und plötzlich spürte Ask mit einer seltsamen Einfühlung und Gewissheit, dass sie und Balder nicht nur eine Liebelei verbunden hatte, sondern eine tiefe, wahre Liebe. Und ihn erfüllte eine besondere, dankbare Zärtlichkeit bei dem Gedanken, dass Balder wahre Liebe und Hingabe hatte erleben dürfen. Er dachte verwundert: Weshalb trauern wir? Balder starb als ein reicher Mann.

Ihm fielen die sechs Studenten aus Balders Semester ein, die kamen, um den Sarg aus dem Haus zum Leichenwagen zu tragen. Nie hatte er norwegische Studenten so still, so behutsam, so leise gesehen, es war eine äußerst ungewöhnliche Rolle, die sie zu spielen hatten, er hatte Mitleid mit ihnen. Er erinnerte sich an die Ankunft bei dem kleinen Krematorium mit den Drachen am Giebel, er erinnerte sich an das Innere, die dunkelbraunen, gebeizten Holzbalken, der Sarg auf dem Podest, die Blumenkränze, die Orgelmusik, das kleine gedruckte Programm mit schwarzem Kreuz und schwarz umrandet, das kleine Trio, der Cellist, der zwei Töne grässlich falsch spielte, und zwei eifrige Sängerinnen mit Stimmen wie Krähen. Wer hat dieses erbärmliche, billige Schauspiel organisiert und welche Mächte verlangen, dass solche Menschen darin auftreten? Vielleicht liegt das Geheimnis gerade bei dem Cellisten, der falsch spielte? Vielleicht spielt er so nach einem geheimen und nie öffentlich gemachten Plan, um die Menschen in der kleinen Kirche zu veranlassen, aufzustehen und an etwas anderes zu denken als an den Sarg, der bald in die Tiefe gesenkt werden würde, hinunter in den rot glühenden Ofen im Keller. Sogar die Mutter war vom Spiel des Cellisten aufgeschreckt worden, sie schaute verwundert auf, beugte sich hinüber zu Ask und sagte durch den dunklen Schleier, der vom Hut herunterhing: »Hast du gehört? Er hat *falsch* gespielt.« Sie war aufgeschreckt, aber auch aufgebracht. Ask sah es ihr an: Da hatten sie teuer bezahlt für ein Trio, das in der Kirche spielen sollte, und dann spielten sie falsch!

Vielleicht werden die falschen Töne mehr missbilligt, als es eigentlich sein sollte, dachte der Komponist. Jetzt fehlte nur noch, dass der Pfarrer zu stottern anfing und nicht weiterkam oder wenn er etwas Unpassendes sagte. Das hätte die Luft in der Kapelle gereinigt, dann hätten wir alle Gelegenheit, uns laut zu räuspern. Aber der Pfarrer sagte nichts Unpassendes.

Er erinnerte sich, dass er und die Mutter nach der Zeremonie in der Kirche einen kleinen Spaziergang über den Friedhof gemacht hatten, um einige andere Gräber zu besuchen. Sie hielt seinen Arm, sie wanderten von Grab zu Grab, schließlich gingen sie zum Friedhofseingang, wo das Auto stand und auf sie wartete. Sie drehte sich um, bevor sie einstieg, schluchzte plötzlich auf und deutete hinüber zur Krematoriumskapelle: »Oh, mein Gott«, flüsterte sie. Ask drehte sich um und sah es ebenfalls. Er musste schlucken, als er den grauen, dichten Rauch sah, der aus dem Schornstein des kleinen Gebäudes stieg. Es kam ihm vor, als sei der Rauch dunkel und aufgedunsen, irgendwie feist. Die Mutter klammerte sich an ihn und flüsterte: »Glaubst du …?« Er fasste sie fest um die Schultern und sagte mit belegter Stimme: »Nein.«

Auf dem Bahnsteig ging er für einen Augenblick weg von den Eltern, er kaufte sich eine Zeitung.

Er kam zurück und zeigte ihnen eine kurze Ankündigung des bevorstehenden Konzerts. Das hatte eine wohltuende Wirkung auf die Mutter, sie lebte auf und wuchs: mein Sohn, der Komponist.

Die Wirkung auf den Vater war dagegen ungünstig.

»Du hattest eine gute Ausbildung«, sagte er.

»Wir haben all die Jahre darauf gewartet, endlich zu hören, dass du eine anständige Stellung gefunden hast. Es ist ja nicht nur deine jetzige Familie, die du zu versorgen hast. Wenn ich mich recht erinnere, dann hast du auch noch gewisse andere Verpflichtungen.«

Er warf Ask einen finsteren Blick zu, saugte an seinem Bart und sagte:

»Was hast du eigentlich für einen Beruf? Leiter eines Amateur-Musikkorps? Dein Klassenkamerad von einst, der Pelle, weißt du, was der heute ist?«

Ask musste plötzlich an Kvase denken. Kvase war Professor geworden, verheiratet, vier Kinder ...

»Pelle«, fuhr der Vater fort, »Pelle ist Chef in einem Werbebüro für den Fremdenverkehr in Amerika. Das hat mir sein Vater erzählt. Du verdienst 8 000 Kronen im Jahr und weißt du, wie viel Pelle hat? 8 000 Dollar. Weißt du, wie viel 8 000 Dollar sind? 56 000 Kronen.«

Ask dachte: An dem Abend um halb zwölf, als sie vom Krankenhaus anriefen und sagten, dass Balder im Sterben liege, als es möglicherweise um Minuten ging, rief da der Mann ein Taxi für sich und seine Frau? Nein, er beharrte darauf, die Straßenbahn zu nehmen. Ein Straßenbahnfahrer fährt gratis mit der Tram.

Ask dachte: Dass dieser Mann über Geld redet, ist unanständig.

»56 000 Kronen«, sagte der Vater. »Das nenne ich vernünftig. So nutzt man die Begabung und die Bildung, die man hat. Aber was machst du? Du kündigst Stellungen, in denen du es weit hättest bringen können. Du könntest heute Abteilungsleiter sein, hättest du dich etwas klüger angestellt und ein bisschen Verantwortung gezeigt für dich und die Deinen.«

»Trond«, sagte die Mutter.

»Stattdessen«, fuhr der Vater fort, »sitzt du da und arbeitest vier Jahre an einem Musikstück, einer Schnulze über den Mond, und was bekommst du für diese vier Jahre?«

Er stieß den Spazierstock mit einem kleinen Knall auf den Beton.

»Dreihundert Kronen! Du bekommst dreihundert Kronen für dieses Konzert!«

Er holte tief Luft und wiederholte beinahe triumphierend:

»Dreihundert Kronen.«

Weiter kam er nicht. Eine Stimme aus dem Lautsprecher ertönte:

»Die Fahrgäste für den Nachtzug nach Oslo auf Gleis fünf, bitte einsteigen, der Zug fährt ab. Türen schließen.«

Türen schließen. Türen schließen.

»Herrgott«, sagte seine Mutter und umarmte ihn, und wieder spürte er den warmen Duft ihres weichen Halses. Er schluckte.

Sein Vater streckte ihm die Hand hin.

»Ja, ja«, sagte er. Er wiederholte es: »Ja, ja.« Dann fügte er hinzu, und sein Gesicht verzog sich zu einem Weinen: »Du musst jetzt etwas öfter schreiben als bisher. Du weißt, jetzt bist du – der Einzige.«

Ask nickte und drückte ihm die Hand. Er brachte keinen Ton heraus. Dann stieg er wie ein Watvogel die Treppe zum Schlafwagen hinauf und blieb in der Tür stehen und winkte den Eltern, während der Zug aus dem Bahnhof rollte.

Er sah sie dastehen, so dunkel gekleidet, so klein, so armselig, so einsam, und eine große Traurigkeit erfasste sein Herz, denn im tiefsten Innern hatte er ihnen entgegenkommen wollen, im tiefsten Innern hatte er den Versuch machen wollen, die harte rostige Schale um die Herzen der Menschen aufzubrechen.

Ist es möglich, wieder nach Hause zu kommen?

Wieder der Zug

Er durchwühlte die Taschen nach der Fahrkarte, als der Schaffner kam. Schließlich fand er sie zwischen Briefen und Notizen in der Brieftasche.

Einer der Briefe, die er in den Händen hielt, erinnerte ihn an ein ganz besonderes Gefühl. Es war der zusammengefaltete Durchschlag eines maschinengeschriebenen Gutachtens, das ihm vor vier Monaten mit der Post zugeschickt worden war. Er hatte nicht geglaubt, was er da las, es war für ihn, als hüpften kleine, tanzende Engel aus dem Kuvert. Danach hatte er einen ganzen Tag in einem Freudenrausch verbracht, es war die heimliche Erfüllung von zwölf langen Jahren gewesen. Das Schreiben war ein Gutachten von einer Frau der Komponistenvereinigung, eine der berühmtesten Musikkritikerinnen des Landes. Er musste das Blatt nicht noch einmal auseinanderfalten, um zu wissen, was darauf stand.

»Was die anderen Komponisten betrifft, kann ich keine bestimmte Aussage machen. Ob sie nach diesen Debüt-Arbeiten noch mal erscheinen, das kann ich nicht sagen. Einiges ist konventionell, einiges originell, aber nichts ist aufsehenerregend. Dagegen muss ich sagen, dass ich, nachdem ich Ask Burles Rhapsodie ›Lasso um Frau Luna‹ gelesen und gespielt habe, ein Glas Wasser trinken musste. In meinem langen Leben als Kritikerin habe ich kaum Gelegenheit gehabt, auf eine solche Debüt-Arbeit zu stoßen. Dieser Mann präsentiert sich als absolut fertiger Komponist. Trotz all der Besonderheiten (Waldhorn und Harfe anstelle von Klavier und Klarinette und eingestreut Bruchstücke aus norwegischen Vaterlandsweisen anstelle von Negro spirituals und Jazz-Rhythmen) – an einigen Stellen hat das Werk Klänge wie vom 17. Mai – möchte ich trotzdem den Vergleich mit Gershwins ›Rhapsody in Blue‹ wagen. Das sind große Worte, mag sein, aber in diesem Fall zögere ich nicht, sie zu gebrauchen. Das Werk hat eine taufrische Originalität und eine innige Wärme, die überwältigend ist. Es ist mir eine Freude und eine Ehre, diese Rhapsodie von Ask Burle zur Aufführung beim Konzert der jungen Komponisten zu empfehlen.«

Immer noch rieselte es ihm heiß über den Rücken, wenn er an den Inhalt des Briefes dachte. Doch jetzt war der Brief schwer geworden, so als sei er aus Blei. Jedes Mal, wenn er von nun an oben auf dem Orchesterpodium das Publikum begrüßen würde, würde in der vordersten Reihe ein Stuhl stehen, der unbesetzt war. Eine schmerzende Lücke.

Und plötzlich – als erbarmungslose Bestätigung dieser Zukunftsvision – hatte er den zweiten Brief in der Hand. Das Kuvert war nicht geöffnet worden, er wusste sofort – mit schrecklicher Gewissheit –, was das für ein Brief war.

Mit klopfendem Herzen blickt er sich um. Wo findet er einen Ort, wo er mit sich alleine sein kann, wo er diese letzte Nachricht lesen kann? Der Gang ist voller Menschen. Im Abteil sind die beiden anderen Mitreisenden damit beschäftigt, auszupacken. Er geht hinaus auf den äußeren Gang, da ist gewöhnlich niemand. Aber dann geht er an der Toilette vorbei und da steht »Frei«.

Fukketetu, fukketetu, fukketetu. Der Schlaglärm der rollenden Räder ist hier drinnen stärker, geistesabwesend schließt er den Toilettendeckel. Er wischt sich den Schweiß von der Stirn, er zögert mit dem Öffnen des Kuverts, er hält einen heiligen Gegenstand in der Hand, er zittert, schließlich setzt er sich. Er schiebt den Finger unter den gummierten Rand des Kuverts, aber hält inne: Ein Kuvert zerreißt, wenn er es auf diese Weise öffnet. Er zieht den Kamm heraus und schlitzt es damit auf.

Ein kurzer Brief seiner Mutter und ein weiteres verschlossenes Kuvert mit Balders Handschrift. Wieder benutzt er den Kamm.

Fukketetu, fukketetu, fukketetu, in dem Brief lebt Balder noch. Und der Mann schluckt, als er liest, und sein Gesicht wird aschfahl, denn dies ist das Lied vom Feuer und der Rose:

»... bin jetzt schon neun Tage hier. Sie können nicht sagen, was es ist, vielleicht ein Gichtfieber, vielleicht hat es mit einer Lungenentzündung zu tun, die ich vor zwei Jahren hatte. Die Schwestern und die Ärzte hier sind tüchtig und nett, trotzdem ist es traurig. Wäre lieber zu Hause.

Glaubst Du an Gott, Ask? (Entschuldige die Schrift, aber es ist schwierig, hier im Bett zu schreiben.) Ich tue es nicht, aber trotzdem denke ich, dass alles so leer ist, wenn man sterben muss, und es gibt nichts mehr zu hoffen. Es ist, als würde man in einem Ruderboot hinaus aufs Meer geschickt, allein, im Nebel. Das klingt sicher ein bisschen wehleidig, aber ich würde mir wünschen, ich hätte einen großen Bruder, der meine Hand hält. Wenigstens zum Reden. Habe ja meine liebe Freundin und Mutter und Vater. Aber über vieles kann ich nicht mit ihnen reden. Keiner von ihnen ist ein Bruder, weißt Du.

... habe hier gelegen und nachgedacht. Ich weiß sicher mehr, als Du weißt, dass ich es weiß. Ich weiß, was geschehen ist, damals vor vielen Jahren. Das war sicher deshalb, dass Du von daheim fort bist und dass Du seitdem nie mehr zu Hause warst und dass Du Dich abgesondert hast. Was ich aber nicht verstehe, ist, dass Du Deinen Namen von Burlefot zu Burle ändern musstest. (Das hat Vater tief getroffen, er meinte, Du hieltest Dich für zu fein, um mit uns anderen verwandt zu sein.)

Ich glaube, ich muss Dir erzählen, dass ich Deine kleine Tochter kennengelernt habe. (Es ist nun mal Dein Kind, auch wenn es unehelich zur

Welt kam.) Irgendeine väterliche Zuwendung kannst Du ihr vermutlich nicht geben, weil Du eine andere geheiratet und überdies mit ihr Kinder hast, aber sie könnte doch Deinen Namen bekommen? Mein Zusammentreffen mit ihr kam so zustande, dass Mutter im vergangenen Jahr einen Brief von Gunnhild bekam, in dem sie mitteilte, dass sie und Astrid auf der Durchreise vorbeikämen. Und da ging ich mit Mutter in ihr Hotel. Du hast Dein Kind nie gesehen, oder? Sie hat eine Art Schatten auf der einen Wange, von einem Muttermal, das ihr entfernt wurde, als sie klein war, aber es sieht nicht schlimm aus, eher im Gegenteil. Sie ist ziemlich still, aber klug. Sie hat Dein Lächeln, finde ich, und Deine Augen. Ich nahm sie an einem Tag mit ins Kino. Am nächsten Tag fuhren wir hinaus zum Fjord und badeten, ich schwamm mit ihr auf dem Rücken. Du hättest sie sehen sollen, Ask. Dann würdest Du vieles anders sehen. Vergangenes Jahr ist sie zehn Jahre alt geworden. Es war ein eigenartiges Gefühl, mit so einem kleinen Mädchen an der Hand zu gehen. Sie nannte mich Onkel. Sie fragte mich, ob ich glaubte, dass sie ihren Vater einmal treffen könne. Ich wusste nicht recht, was ich sagen sollte. Ich sagte, dass sich ihr Vater eines Tages, wenn sie größer sei, vielleicht nach ihr erkundigen würde.

Ich glaubte Dir das erzählen zu müssen, Ask, bevor es zu spät ist. Ich wünschte mir, dass Du ein paar Tage freinehmen und heimkommen könntest. In dem Fall würde ich den Oberarzt bitten, nach Hause zu dürfen. Denn hier im Krankenhaus könnten wir nicht richtig miteinander reden. Aber wenn Du trotzdem nicht kommen kannst, hoffe ich, dass Du mir diesmal ein paar Zeilen schreibst. Das würde sein, wie die Hand des großen Bruders zu spüren, wenn Du mich verstehst, jetzt, wo es vielleicht zu Ende geht. Ich möchte nicht, dass Du darüber etwas zu Mutter und Vater sagst, damit sie sich nicht unnötig sorgen, aber ich habe das Gefühl, dass es diesmal der Leichenkeller wird.

Und deshalb, Ask, möchte ich Dich bitten, dass Du mir vergibst, wenn ich Dir damals, als wir Brüder waren und zusammenlebten, etwas zuleide getan habe. Ich habe immer aufgeschaut zu Dir, Ask, und war stolz auf Dich und ich weiß, dass Du an etwas Großem arbeitest. Nur schade, dass ich es nicht mehr erleben darf.

Ich habe für das Schreiben dieses Briefes zwei Tage gebraucht, ich habe solche Schmerzen überall und dann schwitze ich, wenn ich nur den

Kopf hebe. Mein Fieber ist in der letzten Woche um die 39,2 gewesen, und der Doktor sagt, dass ich nicht schreiben soll, aber es gibt Verbote, die muss man übertreten.

Leb wohl, Ask, und grüße die Deinen. Dumm, dass ich sie nie kennenlernen konnte. Schreibe ein paar Worte für einen armen Kerl, der hier liegt und Angst hat.

Es grüßt Dich
Dein kleiner Bruder.

P. S.: Viel gibt es von mir nicht zu erben, aber ich habe gedacht, dass Du mein Zeichenbesteck haben sollst (wenn Du es haben willst). Und in der mittleren Kommodenschublade liegen ein paar kleine Notenhefte mit Melodien, die ich »komponiert« habe. Sicher nichts Besonderes, aber vielleicht eine Erinnerung. Meine Armbanduhr habe ich schon Eva versprochen, meiner Liebsten.

P. S. II: Falls Vater und Mutter nicht an meinem Grammofon interessiert sind, könntest nicht Du es nehmen und es Astrid geben? Zusammen mit allen Platten? Sag ihr, das ist von ›Onkel Balder‹. Sie wurde sicher nicht mit Geschenken verwöhnt. Vielleicht könnte man auch einiges von meiner Garderobe umändern für sie? Eine Näherin könnte sicher aus meinem Wintermantel einen Damenmantel für sie machen. Es wäre irgendwie schön zu wissen, dass meine Kleider gebraucht und von jemandem getragen werden. Ich hätte dann das Gefühl, nicht ganz zwecklos gestorben zu sein.

P. S. III: Adieu, Ask. Hätte Dir so gern die Hand gedrückt, bevor wir uns endgültig trennen.

P. S. IV: Deine Heldenmedaille liegt ebenfalls in der mittleren Kommodenschublade.«

Er stand langsam auf und bemerkte das kleine Waschbecken in der Ecke, mit dem Behälter für flüssige Seife an der Wand. Da begriff er, dass er sich in einer Toilette befand. Bevor er den Riegel zurückschob und die Tür hinaus zum Gang öffnete, blickte er hinunter auf den Fußboden. Balder hatte hilflos drei Stunden in einem Klo gelegen, mit dem Gesicht auf dem Boden, bevor man ihn fand.

Draußen auf dem Gang stand eine Frau und wartete. Als Ask heraustrat, zuckte die Frau zurück, sah ihn lange mit großen, erschrockenen Augen an. Ask bemerkte den Schrecken in den Augen der Frau, deshalb versuchte er, als er den Gang entlang zu seinem Abteil ging, sein Gesicht mit den Händen zu verdecken.

Der Zug rauscht durch die Nacht und es ist dunkel im Abteil. Drei Männer, die einander nicht kennen, liegen in ihren Kojen. Zwei schlafen. Einer ist wach.

Was von Balder bleibt uns in der Erinnerung und was ist die Summe von Balder? Oh, es ist so unendlich wenig, die Hände greifen in die Luft.

»Balder«, sagt der Mann, »ich erinnere mich an dich als Kind. Als Baby. Da war ich zehn Jahre, ging in die dritte Schulklasse. An einem Nachmittag wurdest du gebadet und auf offener Bühne umsorgt. Das Zimmer war voll mit Mutters Freundinnen, du wurdest abgetrocknet und mitten auf dem Esstisch zur Schau gestellt. Mutter hielt dich von hinten, unter den Armen, du warst acht Monate alt, du konntest nicht selbst stehen. Dann passierte es. Mitten auf dem Tisch. Vor den Damen und mir, nackt, bekamst du eine Erektion. Ein Junge von acht Monaten. Die Damen lächelten. Ich blickte zu Boden. Ich fand, du warst unanständig.«

»Balder«, sagte der Mann, der in die Luft griff, »ich erinnere mich an das Transformatorhäuschen. Es stand unten an der Straße, an der Ecke auf dem Bürgersteig, dort war dein Spielplatz. Es hatte zuunterst einen Vorsprung aus Beton, der rundherum lief. Auf dem konntest du stehen und mit den Fingern griffst du in die Löcher in der Stahlwand weiter oben und so hast du dich herumgehangelt und Fassadenkletterer gespielt. Manchmal bist du ausgerutscht und heruntergefallen, das war ein ungefährlicher Sturz von einem viertel Meter, manchmal kamst du herum. Wir fragten dich, wo du gespielt hättest. Da warst du drei, vier Jahre alt, du sagtest Hauschen. Ach, sagten wir, sagt man Hauschen dazu. Eines Tages sagtest du das ganze Wort. Die Abwechslung daheim war nicht sehr groß, für uns war es jedes Mal ein Geschenk, wenn du Tranformatorhäuschen sagtest, schließlich bekamst du erst etwas zu essen, wenn du das Wort gesagt hattest. Vater wollte, dass du es jeden Tag sagst, bei jedem Mittagstisch, er konnte auf das Transformatorhäuschen nicht verzichten, es wurde seine ewige, armselige, ätzende Quelle der Erheiterung, wir wurden des Ganzen schließlich überdrüssig, wir flehten: ›Kann man den Jungen nicht in Frieden lassen?‹ Aber er hatte keine andere Erheiterung als Ersatz, du musstest bei jedem Essen mit dem Transformatorhäuschen auftreten, wie ein Zirkus-Seehund mit einem Ball auf der Schnauze. Ich werde nie das Transformatorhäuschen vergessen.«

»Balder«, sagt der Mann, »ich erinnere mich an die Mundharmonika. Ich hatte an den Vormittagen sechs Stunden Schulunterricht, von neun Uhr bis zwei. Ich hatte nur zwei Stunden Mittagspause. Dann war ich um vier Uhr wieder in der Schule und gab drei Nachhilfestunden. Ich musste Geld verdienen und ich war völlig erschöpft, ich brauchte einen Mittagsschlaf, nur eine Viertelstunde. Da hast du draußen auf der Eingangstreppe gesessen und Mundharmonika gespielt, hast falsch gespielt, und ich öffnete das Fenster und schrie dich an. Dein Gesicht, Balder, war bleich vor Schreck und Verzweiflung, denn du glaubtest, du hättest ganz leise gespielt, und du sahst, dass ich dich in diesem Moment hasste.«

»Balder«, sagt der Mann, »ich erinnere mich an das Lasso.«

»Balder«, sagt der Mann, »ich erinnere mich an die Haarlocke. Oh, wie ich mich an die Haarlocke erinnere. Jedes Mal, wenn du dagesessen und gelesen hast, und du hast oft alleine dagesessen und gelesen – hattest du den Zeigefinger oben auf der Stirn und spieltest mit einer Haarlocke. Du wusstest nicht, dass du das machtest, und hast einfach dagesessen und sie um den Finger gedreht. Und wir riefen, dass du erschrakst: ›Hör den Quatsch auf mit dem Finger!‹ Wir ertrugen es nicht, das anzusehen, und du hast die Hand fallen gelassen und zwischen die Knie geklemmt. Und es kam vor, dass wir dir auf die Hand schlugen, denn der Finger fand wieder den Weg hinauf zur Locke, und wir sagten: ›Jetzt ist aber Schluss mit dem Finger!‹«

Das ist die Summe von Balder, das ist die bittere, ärmliche Summe eines Bruders:

Ein Baby auf einem Tisch, ein Transformatorhäuschen, ein Lasso, eine Haarlocke.

Mehr nicht?

Kann niemand einen kleinen Bruder wiederbringen?

Niemand, der uns einen kleinen Bruder wiederbringen kann?

Nur für eine Minute?

Kann uns nicht einmal die Liebe ein kleines Kind wiederbringen? Nur für eine Minute?

War da keine Liebe?

Doch der Mensch ist grenzenlos in seiner Kraft und seinem Können! Haben sich die Menschen nicht die Erde und die Zeit untertan gemacht? *Fukketetu, fukketetu,* unsere mächtigen Lokomotiven stampfen über Kontinente, unsere Eisenschiffe durchpflügen Ozeane und nötigen der Zeit ein blaues Band ab, unsere Flugzeuge jagen brummend über den Himmel und werden bald die Zeit aufheben! Sind wir nicht allmächtig mit unseren wunderbaren Maschinen? Allmächtig? Legen wir nicht mit unseren Maschinen die Zuiderzee trocken, werden wir nicht eines Tages die Sahara mit unseren Maschinen bewässern, streben nicht unsere Türme in den Himmel, werden uns unsere Maschinen nicht bald zum Mond tragen?

Aber dann – dann gibt es doch auch eine Maschine, die einen kleinen Bruder wiederbringen kann? So eine Kleinigkeit? Nur einen Bruder wiederbringen?

Eine Maschine, die uns eine Minute im Leben eines Kindes wiedergeben kann.

Nur eine Minute.

Verlangen wir zu viel?

Eine Minute. Lumpige sechzig Sekunden. Was sind sechzig Sekunden in der Geschichte der Menschheit? Keine Maschine, die uns sechzig Sekunden wiedergeben kann?

Dann ist das Kind wohl verloren?

Wo ist unser kleiner Bruder jetzt? Hatte ihn niemand gesehen, ihm zugehört, mit ihm gesprochen?

Die Liebe hätte ihn wiederbringen können.

Aber wenn es die Liebe nicht kann, dann ist er wohl verloren? Verloren?

Dann ist das Kind verloren.

Und der Zug braust durch die Nacht und es ist dunkel im Abteil. Drei Männer, einander fremd, liegen in ihren Kojen. Zwei schlafen. Einer findet keinen Schlaf.

Und dann ist Balder da. Plötzlich ist Balder da. In der Dunkelheit kann der Mann ahnen, dass der Junge an der Leiter steht, nackt, frierend, der Junge ist ein paar Sprossen hochgeklettert, er steht in der Nacht und streckt vorsichtig die Hand aus.

»Balder!«

»Pst. Die andern schlafen.«

»Ich dachte, du bist tot?«

»War so allein, wo ich war. Darf ich in dein Bett kommen und mich ein bisschen aufwärmen?«

»Komm, Bruder, komm.«

»Werde nicht viel Platz brauchen, keine Bange.«

»Komm, Bruder.«

»Werde auch nicht lange bleiben.«

»Komm, Bruder, klettere über mich.«

»Darf ich wirklich innen liegen? Du bist lieb, Ask, der liebste Bruder der Welt.«

»Du bist so kalt. Hast du keinen Schlafanzug?«

»Ich werde mich hier bei dir aufwärmen. Tut gut, so in deinen Armen zu liegen, ganz nah bei dir.«

»Wir haben, glaub ich, nie zusammen in einem Bett gelegen.«

»Nein. Aber jetzt tun wir es.«

»Ja.«

»Riecht so gut, dein Hals. Nach Rasierseife und erwachsenem Mann. Einmal habe ich mich mit deiner Rasierseife gewaschen. Hast du es gemerkt?«

Jetzt hält er den Jungen sanft und beschützend in den Armen, jetzt hält er den Knabenkörper, das Haar des Jungen kitzelt ihn am Hals, der Kopf des Jungen liegt auf dem Kissen neben ihm und der Junge atmet leise.

»Darf ich ein bisschen mit meinen Haaren spielen, du weißt schon?«

»Spiele. Jetzt darfst du spielen.«

Bleib nur liegen, Bruder. Ist die Koje eng? Eng? Die Koje? Eine Koje voller Bruder, ein Abteil voller Liebe.

»Jetzt muss ich zurück. Wollte nicht stören, weißt du.«

»Bleib, Bruder.«

»Nein, ich muss gehen.«

»Es wird so leer.«

»Leer, für dich? Die Musik, das Leben, Frau, Kinder?«

»Ja, aber kein Bruder.«

»Kein Bruder? Du hast mich.«

»Ich weiß. Aber ...«

»Du meinst, ich bin tot?«

»Ja.«

»Und du bedauerst mich, weil ich tot bin?«

»Ja.«

»Aber ich bin angekommen, Ask. Mit meinem Leben ist nicht Schluss, es ist abgeschlossen.«

»Dein Leben war so kurz. So verdammt kurz.«

»Ein Ring ist ein Ring, egal ob er groß ist oder klein.«

»Aber es muss einsam sein und kalt.«

»Ich habe meinen großen Bruder. Darf ich ab und zu kommen und in der Nacht an deine Tür klopfen und ein wenig in deinem Bett liegen?«

»Komm, Bruder. Komm wieder!«

»Bleib nur liegen, ich klettere über dich. Lass los, denn jetzt muss ich gehen.«

»Nur noch einen Augenblick!«

»Nein, mach kein Licht an. Mach nie Licht an.«

»Nein. Aber lass mich deinen Kopf halten, bevor du gehst.«

»Glaubte schon, du wolltest mich küssen. Aber Brüder küssen sich nicht. Wo würdest du mich küssen? Auf den Mund? Dort küsst du eine

Frau. Auf die Wange? Dort küsst du ein kleines Mädchen. Auf die Stirn? Dort küsst du eine alte Frau. Aber ich möchte gerne, dass du mir auf den Rücken schlägst, wenn ich nach unten steige.«

»Ich werde dir auf den Rücken schlagen, Bruder.«

»Und dann boxe ich dir auf die Brust. Darf ich?«

»Bruder, box mir auf die Brust.«

»Hab Dank für diesmal, Ask. Tut gut, seinen großen Bruder zu finden.«

»Da war etwas, das mir einmal vor langer Zeit widerfahren ist. Das hat mich weggeführt. Weg von meinem Bruder.«

»Du gibst nicht den Frauen die Schuld?«

»Nein. Ich war es, der nicht stark genug war. Und dann konnte ich mit all der Verzweiflung nicht leben. Vergiss nicht, ich hatte auch keinen großen Bruder.«

»Und jetzt hast du einen Bruder verloren. Wirst du wieder vor der Verzweiflung fliehen?«

»Nein, Bruder.«

»Dann ist es gut. Dann werden du und ich zusammen sein, für immer.«

»Ja, Bruder. Aber ich habe nicht gespürt, dass du geboxt hast. Box mir auf die Brust.«

»Zu spät, Ask.«

»Boxe, Bruder! Boxe!«

»Jetzt muss ich gehen.«

»Boxe!«

»Leb wohl, Ask.«

»Aber beantworte mir vorher …«

»Adieu, Ask.«

»Bruder! Warte!«

Fukketetu fukketetu fukketetu.

»Balder?«

Fukketetu fukketetu fukketetu.

Fukketetu fukketetu fukketetu.

»Hör zu: Ich war fest überzeugt davon, dass ich es tun musste, tun sollte, ich *musste* bis ans Ende der Welt. Den Drachen töten und die Tür der Welt aus den Angeln heben. Hörst du? Balder, hörst du mich?«

»Bis ans Ende der Welt ist nur die Hälfte des Weges.«

»Sagtest du die Hälfte? Die Hälfte?«

Fukketetu fukketetu fukketetu.

»Aber sag (schweigt nun still, Räder, hört auf mit eurem Gesang), sag mir, Bruder (kann keiner dieses unerträgliche Klappern von Rädern über Eisenschienen stoppen), sag mir, Bruder, schicke mir eine Nachricht von dort, wo du bist, sag mir, wohin führt der Weg?« (*Fukketetu fukketetu fukketetu,* ach Zug, sei jetzt still, es gilt unser Leben, es ist eine Frage von Leben und Tod!) »Bruder, was hast du gesagt? Was sollen wir am Ende der Welt tun? Sprich lauter, Bruder, sprich doch lauter, was hast du gesagt? Besteht die restliche Reise darin, umzukehren? Hast du das gesagt, Bruder? (Grausamer Zug, schwanke nicht so, unsere Zähne klappern im Mund, wir haben unseren Bruder verloren, er antwortet nicht.) Sag mir, Bruder, schenke uns ein Wort, wir dachten, wir hörten …«

Wir tappen in der Nacht herum, unsere ausgestreckte Hand findet keine Knabenferse, kein warmer Knabenfuß ist in unserer Hand, unsere Hand trifft nur die glatte, kalte Sprosse der Leiter.

Kein Bruder.

Zug, du hättest schweigen sollen. Denn jetzt haben wir unseren Bruder verloren.

Eines Nachts werden wir alle mit dem Schatten eines toten Bruders in den Armen daliegen. Und da, in der Nacht, in der Dunkelheit, erst da werden wir wehmütig ahnen, dass der Tod eine Blume ist, die im Blumenbeet des Anfangs wächst.

Unruhiges Herz, hungrige Seele, wohin ging unsere Entdeckungsreise? Jetzt, in stockdunkler Nacht, sahen wir einen Funken der Weisheit. Der Ort liegt da, wo wir einst aufbrachen, und wenn der Mensch dorthin zurückkehrt, werden wir den Ort zum ersten Mal erkennen. Das Tor schien uns unbekannt, wir erinnern uns wieder daran. Kein weißer Fleck auf der Karte, kein Mond am Himmelszelt, nur der Anfang. Das verborgene Ende des Regenbogens, das Vogelnest, die Kinder im

Apfelbaum – haben wir es gewusst? Haben wir es gesehen? Nur gehört, halb gehört in der Stille zwischen zwei an den Strand rollenden Wellen. Rasch jetzt, rasch, hier, jetzt, immer – wenn wir nur eine schlichte Seele hätten. (Lässt sich nicht kaufen für weniger als alles.)

Aber eines Tages werden wir den Ort finden, einen kurzen Augenblick werden alle Menschen sich wiedererkennen und sich erinnern und alles wird gut werden, wenn sich die Flammenzungen zusammenfalten und den krönenden Knoten bilden: wenn das Feuer und die Rose eins sind.

DAS ENDE DES WEGES

Warst du einer der siebenhundert Zuhörer? Dann werden die Töne noch in dir singen, wenn du nach dem Konzert in der Aula die breite Steintreppe hinuntersteigst. Vielleicht wirst du einen Augenblick an den gerippten Steinsäulen am Universitätsplatz stehen bleiben, um mit deinem Begleiter ein kritisches oder lobendes Wort über das Konzert zu wechseln, aber dann eilst du in der kühlen Aprilnacht über den Platz, um die Straßenbahn nach Hause zu erreichen. Für dich war es vermutlich nur ein Konzert unter Konzerten.

Wenn du jedoch selbst der Dirigent des Konzertes warst, wenn du dein eigenes Werk dirigiert hast, wenn dieses Musikstück ein Bittgebet war und eine Botschaft, wenn hinter diesem Abend zwölf Jahre mit tastender, suchender und strebender Arbeit stecken – dann gehst du langsam und zögernd über den Universitätsplatz. Du gehst wie nach einem Marathonlauf. Mitten auf dem Platz bleibst du stehen und drehst dich um, du blickst zurück zu dem Gebäude. Die inneren, breiten Treppen hinter dem Säulengang liegen von Scheinwerfern beleuchtet im nächtlichen Dunkel, die mächtigen Säulen am Eingang erscheinen in einem geheimnisvollen Gegenlicht, die Aula liegt da wie ein griechischer Tempel.

Was denkst du dann?

Spürst du es wie eine Erinnerung aus der Jugend, ein leichtes Brennen in den Achselhöhlen nach der Nervosität und der Anspannung des Abends? Kommt dir kurz der Gedanke, dass es nicht schaden würde, wenn im Künstlerfoyer der Aula eine Dusche wäre? Oder vielleicht denkst du an den einen Takt gegen Ende der Rhapsodie, den du falsch dirigiertest? Erinnerst du dich an den blitzschnellen, verwunderten

Blick, den dir sechzig Musiker zuwarfen? Und wie du sie im nächsten Moment gepriesen hast für ihr professionelles Handeln und ihre Sicherheit, weil sie weiterspielten, als sei nichts gewesen? Denkst du an den Applaus von siebenhundert Menschen und an deine Versuche, dich richtig zu verbeugen? Denkst du an Embla? Denkst du an das Leuchten in ihren Augen, als sie ihre Hand auf deinen Arm legte und dich beglückwünschte, denkst du an den Blumenstrauß, der dir überreicht wurde, den du aber in ihre Hände legtest? Denkst du an den leeren Aula-Saal, durch den du mit ihr nach dem Konzert hinausgingst, siehst du noch die verlassenen Notenständer oben auf dem Orchesterpodium, siehst du die Harfe und die drei Kontrabässe, die stehen geblieben waren, hast du noch die flammende Sonne auf Edvard Munchs Wandgemälde an der hinteren Wand vor deinem inneren Auge?

Oder bleibst du stehen, weil du wie aus weiter Ferne den Ton eines Waldhorns hörst? Wirst du an einen Mann im Overall erinnert, den du heimlich auf einer Lichtung im Wald beobachtet hast? Erinnerst du dich an die Sonne, die auf dem Instrument aufblitzte, als er es zum Himmel hob? Erinnerst du dich an die Töne, die Töne aus Gold und aus Freiheit? Erinnerst du dich an diesen Menschen, der dein Vater war und der dir nie sein Herz geöffnet hat? Der Mann, dessen Genie ein Geheimnis geblieben wäre, hättest du nicht durch einen Zufall einen Funken davon erhascht? Der kommunale Trambahnfahrer, der ein begnadeter Musiker war? Erinnerst du dich an das Horn im Wald, an die Töne aus Gold und aus Freiheit?

Vielleicht.

Aber du hattest noch einen wichtigeren Grund, um stehen zu bleiben.

Du wolltest die Begegnung und die Erkenntnis, die einige Schritte weiter auf dich wartete, verzögern.

Denn wenn du dich wieder abwendest von dem Gebäude und deinen Gang fortsetzt, wenn du die noch fehlenden Schritte über den Platz hin zur Karl Johansgate machst, wenn du bis an den Rand des Bürgersteigs kommst, wenn du vor dir durch die kahlen Baumkronen im Studenterlunden die moscheeähnliche Silhouette des Nationaltheaters erblickst, wenn du hinter der düsteren Steinmasse des Theaters die Neonlichter der Hauptstadt in der Nacht leuchten siehst, da spürst du, dass du das Ende des Weges erreicht hast.

Was für ein merkwürdiger Gedanke: das Ende des Weges.

Denn wenn du da stehst, kannst du den Kopf in zwei Richtungen drehen.

Drehst du den Kopf nach rechts, siehst du am Ende der Straße oben auf dem Hügel das Schloss des Königs. Viel näher kann kein Norweger dem Palast kommen.

Aber wenn du den Kopf zur anderen Seite drehst, nach links, wirst du schlucken. Denn obwohl die Straße einen Knick macht und du das Ende nicht ganz erkennen kannst, weißt du, dass dort ein anderes Gebäude steht.

Eine Art Gegengewicht zum Palast.

Der Ostbahnhof in Oslo ist der Scheideweg des Landes. Früher oder später wird fast jeder Norweger durch die Bahnhofshalle gehen, er wird unter dem hohen, verrußten Glasdach das Echo hören.

Es führen zwei große Schienenstränge ins Ausland, in denen liegt Hoffnung. Aber es führen auch zwei große Schienenstränge ins Land hinein: Ein Gleis bringt dich über die Berge nach Norden, ein zweites bringt dich über die Berge nach Westen.

Diese zwei Gleise führen nach Hause.

Für einen, der davorsteht und das Bahnhofsgebäude betrachtet, scheint es ein Leichtes zu sein, durch den Haupteingang einzutreten, um sich eine Zeitung zu kaufen oder einen Brief aufzugeben. Der Ostbahnhof ist ein Gebäude wie andere Gebäude.

Anders wirkt das Gebäude für den, der einmal mit dem Nachtzug in Norwegen gereist ist. Der den Nachtzug genommen hat, um nach Hause zu fahren.

Gab es jemals einen Nachtzug voller Liebe?

Gab es das?